La Noble Maison

James Clavell

HONG KONG

La Noble Maison

Préface de Jean Lartéguy

FRANCE LOISIRS
123, boulevard de Grenelle, Paris

Titre original : *Noble House*

Traduit par Jacques Martinache

Édition du Club France Loisirs, Paris,
réalisée avec l'autorisation des Presses de la Cité

ISBN 2-7242-8052-0

Le « joss » de James Clavell

Joss *est un mot chinois qui signifie le sort, la chance, Dieu et le diable en même temps. Dirk Struan, le* Taï-pan, *le tout-puissant et unique maître de la Noble Maison, la grande firme de commerce, de piratage, de trafic de l'opium, des armes et du reste, avait le « joss » plus que tout autre, peut-être parce qu'il était lui-même le diable.*

Il avait provoqué, avec quelques hommes de sa trempe, la guerre contre la Chine, la guerre de l'opium, et obtenu Hong Kong comme prix de la victoire : un rocher de 80 kilomètres carrés à moins d'un mile de la côte, inhospitalier, désert, sans eau, mais dont il rêvait depuis vingt ans car sa rade immense était à ses yeux la porte de la Chine.

Et ce 26 janvier 1841, par un mardi gris et froid, « cette espèce de géant écossais qui avait écumé toutes les mers du monde, le visage buriné par mille tornades, les cheveux roux et les yeux d'un vert d'émeraude », en prenant pied sur l'île scellait son destin. Le Fils du Ciel, sous la pression de la Royal Navy, avait dû abandonner aux barbares cette portion infime et deshéritée de son territoire pour qu'ils s'y installent « éternellement ».

Le rocher stérile qui n'avait même pas d'eau, que ravageait la malaria, allait devenir la plus riche place de commerce du Sud-Est asiatique, de tous les commerces, officiels ou non, de tous les trafics où chacun se fie à son « joss ». Blancs, métis ou Chinois, sur un coup de dés, un coup de bourse, un pari insensé, parfois sur un crime gagnaient ou perdaient des fortunes.

Les descendants du Taï-pan, ont continué à régner sur la Noble Maison et sur Hong Kong, jusqu'en ce mois de juin 1960 où elle faillit sombrer.

Les taï-pans successifs s'étaient passé et repassé ce qui constituait le secret de leur force et de leur faiblesse : quatre demi-sapèques de bronze. Les demi-pièces manquantes étaient aux mains de mystérieux personnages auxquels la Noble Maison devait d'avoir survécu et aux exigences desquels elle avait dû se soumettre. À trois reprises. Un siècle avait passé et une sapèque n'avait pas été présentée. Elle devait l'être en ce mois de juin 1960.

Le rude sang écossais s'était mêlé à celui de la Chine, mais, unis devant le danger, les membres du clan avaient su résister aux tempêtes de l'Histoire, aux krachs boursiers, aux cyclones, aux assauts du clan rival, les Gornt, qui depuis la fondation de Hong Kong voulaient s'emparer de la Noble Maison.

En ce mois de juin 1960, la Noble Maison risquait de sombrer et Gornt se disposait à l'acheter quand le « joss » encore une fois joua en faveur de Ian Dunross, le dernier Taï-pan en qui s'était incarnée l'âme sauvage de son ancêtre Dirk Struan.

Si Dirk Struan ne manquait pas de « joss », l'auteur de l'étonnante épopée que constituent les deux romans ici rassemblés n'avait rien à lui envier.

Jeune officier anglais blessé, James Clavell est fait prisonnier à vingt ans par les Japonais, s'évade, est repris et apprend à Singapour, à Changi, le camp de la mort, la dure leçon de la survie. Alors il quitte une armée dont on voulait se débarrasser, un pays qui renonçait à son empire et à ses rêves de grandeur, et avec sa jeune femme émigre aux États-Unis.

Il balayera les studios avant de devenir un scénariste de la machine à rêves d'Hollywood. Il veut s'échapper de cette prison confortable où il étouffe et décide de vendre son âme — l'histoire de sa mort, celle d'un gentil petit lieutenant anglais, et de sa renaissance dans la race des survivants, tout ce qu'il a vécu à Changi. Il la vend sous la forme d'un scénario qui plus tard deviendra le livre King Rat, *le Roi des Rats, et dont Hollywood fera un film* (Un caïd).

Il empoche ses dollars et va s'installer à Hong Kong. Le rêve de Dirk Struan était de conquérir l'île en se fiant à son « joss », celui de James Clavell sera de raconter l'épopée de l'île. Et là aussi ce fut son « joss ».

Pendant une année, il épluchera l'histoire des tribunaux de Hong Kong, y trouvera matière à ses livres, « juges et secrétaires coloniaux, gouverneurs et policiers, taï-pans, gratin et lie, pots-de-vin, meurtres, corruption, adultères, pirateries »... Il dépouillera la presse depuis ses origines. Il interrogera marins et commerçants, surtout il se plongera dans le monde chinois, décrira ses réseaux secrets, les Triades qui ne sont pas un mythe, et toutes sortes d'associations qui constituent la force énorme de ce peuple.

Avec sa joie de vivre, sa truculence, son mépris amusé des « barbares » qui passent à côté de tant de secrets en les ignorant.

Mais le survivant de Changi a l'oreille particulièrement fine et saura les entendre. L'expérience qu'a James Clavell de l'Asie nous vaudra ce qu'il est convenu d'appeler des romans, mais qui sont pour l'Histoire mieux que des documents. Ils sont avec ses grandeurs, ses faiblesses, la vie passionnante de tous ces Blancs fous d'orgueil, d'aventure et d'argent, qui crurent pouvoir régner sur la Chine parce qu'ils croyaient en leur étoile, leur « joss ». Et en seront chassés parce que même les étoiles s'éteignent.

Taï-pan *et* La Noble Maison *m'en ont appris sur la Chine — à partir de Hong Kong, de cette parcelle qui en a été détachée, le demeure pour quelques années encore — plus que tous les savants traités qu'il m'a été donné de lire sur l'Empire du Milieu. Les auteurs savent tout et le plus souvent n'ont rien compris car il leur manque ce que possède James Clavell, le « joss ».*

Le « joss » dans son cas peut aussi s'appeler le talent.

Jean Lartéguy

Liste des principaux personnages

Ian STRUAN DUNROSS, Taï-pan de la Noble Maison.
Penelope, sa femme.
Duncan, son fils.
Adryon, sa fille aînée.
Kathren GAVALLAN, sœur de Ian Dunross.
Andrew GAVALLAN, mari de Kathren, membre du Conseil intérieur.
Linbar STRUAN, membre du Conseil intérieur.
Phillip CHEN, compradore et membre du Conseil intérieur.
Dianne, sa femme.
John et Kevin, ses fils.
Jacques DE VILLE, membre du Conseil intérieur.
Susanne, sa femme.
Claudia CHEN, cousine de Phillip Chen et secrétaire du Taï-pan.

Sir Geoffrey ALLISON, gouverneur.
Robert ARMSTRONG, commissaire de la Brigade criminelle.
Vicenzo BANASTASIO, homme d'affaires de la Mafia.
Dunstan BARRE, Taï-pan de Hong Kong and Lan Toa Farms.
Lincoln BARTLETT, président du groupe américain Par-Con Industries.
Sir Luis BASILIO, directeur de la Bourse.
Vassili BORADINOV, second de l'*Ivanov*, agent du KGB.
Julian BROADHURST, membre de la délégation parlementaire.
CHEN-OREILLES-DE-CHIEN, un des « Loups-Garous ».
CHING-BEAU-SOURIRE, président de la Ching Prosperity Bank.

Paul CHOY (Wu Fang Choi), dit Choy-Bonne-Fortune, fils de Wu-Quatre-Doigts.
Ernest CLINKER et sa femme, Mabel, amis de Souslev.
Roger CROSSE, directeur de la Special Intelligence.
Ginny FU, maîtresse chinoise de Souslev.
Quillan GORNT, Taï-pan de Rothwell-Gornt.
Alan Medford GRANT, alias Mr. Gresserhoff, informateur de Dunross et sa femme, Riko Anjin.
Robin GREY, frère de Penelope Dunross, membre de la délégation parlementaire.
Hugh GUTHRIE, membre de la délégation parlementaire.
Martin HAPLY, journaliste au *China Guardian*.
Paul HAVERGILL, directeur de la Victoria Bank.
JOHNJOHN, sous-directeur de la Victoria Bank.
KIN-LE-CHAUVE, chef des « Loups-Garous ».
KIN-LE-GRÊLÉ, fils de Kin-le-Chauve, un des « Loups-Garous ».
KIN PAK, fils de Kin-le-Chauve, un des « Loups-Garous ».
Richard KWANG, président de la banque Ho-Pak.
Brian KWOK, commissaire adjoint de la Brigade criminelle.
Edward LANGAN, agent du FBI, en poste au consulat.
LEE-POUDRE-BLANCHE, trafiquant.
Peter MARLOWE, écrivain et sa femme, Fleur.
Lando MATA, homme d'affaires portugais de Macao.
Dimitri METKIN, alias Nicolaï Leonov, second de l'*Ivanov*, agent du KGB.
Dave MURTAGH, vice-président de la Royal Belgium and Far East Bank.
NG-LE-PHOTOGRAPHE, homme d'affaires chinois.
Sir Charles PENNYWORTH, chef de la délégation parlementaire.
Jason PLUMM, Taï-pan d'Asian Properties.
POON-BEAU-TEMPS, lieutenant de Wu-Quatre-Doigts.
Venus POON, vedette de la télévision, maîtresse de Kwang et de Wu-Quatre-Doigts.
Richard Hamilton PUGMIRE, Taï-pan de HK General Stores et commissaire du club hippique.
Orlanda RAMOS, ex-maîtresse de Quillan Gornt.
Stanley ROSEMONT, directeur adjoint de la CIA.
Sir SHITEE T'CHUNG, milliardaire philanthrope.
Edward SINDERS, chef du MI-6.
Donald C. C. SMYTH, inspecteur principal de la Brigade criminelle.

Gregor SOUSLEV, capitaine de l'*Ivanov*, agent du KGB.
TANG-LE-GRÊLÉ, lieutenant de Wu-Quatre-Doigts.
TANG PO, sergent de la Brigade criminelle.
Casey TCHOLOK, dite K. C., vice-présidente de Par-Con Industries.
TIP TOK-TOH, dit Tiptop, directeur de la Bank of China.
Christian TOXE, rédacteur en chef du *China Guardian*.
Alexi TRAVKIN, entraîneur de l'écurie Struan.
TSU-YAN, homme d'affaires chinois.
TUK-LE-BRAILLARD, membre de la confrérie des 14 K.
TUNG-L'AVEUGLE, astrologue.
Igor VORANSKI (Youri Bakyan), agent du KGB.
WU-LE-BIGLE, lieutenant à la Brigade criminelle.
WU-QUATRE-DOIGTS (Wu Sang Fang), trafiquant, capitaine de la flotte des Wu de la mer.

8 juin 1960

Prologue

23 h 45

Sous une pluie torrentielle, Ian Dunross engagea prudemment sa vieille MG sport dans Dirk's Street, la rue longeant l'immeuble Struan, sur les quais de Hong Kong. Il faisait nuit noire. À travers toute la Colonie — dans l'île de Hong Kong et, de l'autre côté du port, à Kowloon et dans les Nouveaux Territoires faisant partie de la Chine continentale —, les rues étaient presque désertes ; calfeutrés, hommes et choses attendaient le typhon Mary. Le signal de tempête de force neuf avait été hissé à la tombée de la nuit ; déjà des vents filant quatre-vingts-cent nœuds se détachaient du cyclone, s'étirant sur plus de quinze cents kilomètres au sud, couchant la pluie qui cinglait les toits et les flancs des collines où des dizaines de milliers de miséreux sans défense se blottissaient dans les cabanes de fortune des bidonvilles.

Aveuglé par la pluie, contre laquelle ses essuie-glace se révélaient impuissants, Dunross ralentit. Une rafale de vent gifla la capote et les vitres de la voiture. Le pare-brise s'éclaircit, découvrant, au bout de Dirk's Street, Connaught Road et la Praya [1], les digues et la masse trapue du Golden Ferry Terminal. Plus loin, dans la vaste rade bien protégée, cinq cents navires mouillaient à l'abri de la tempête.

1. Promenade.

Devant lui, sur la Praya, un éventaire abandonné roula sur le sol, heurta une voiture et la renversa puis disparut avec elle, emporté par le vent. De ses poings puissants, Dunross serrait le volant de sa MG, qui tremblait violemment sous les rafales. C'était un modèle ancien mais bien entretenu, avec un moteur gonflé et des freins en parfait état. Dunross aimait la tempête, elle lui faisait agréablement battre le cœur. Après avoir attendu un instant, il monta sur le trottoir pour se garer contre le bâtiment, à l'abri du vent, et descendit.

Blond aux yeux bleus, âgé d'une quarantaine d'années, il avait une silhouette mince et élégante, enveloppée dans un vieil imperméable. Sous la pluie qui le transperçait, il se hâta vers l'entrée principale de l'immeuble de vingt-deux étages, surmontée de l'emblème des Struan : le lion rouge d'Écosse face au dragon vert de la Chine, gravit le large perron et entra.

— 'Soir, Mr. Dunross, dit le gardien chinois.

— J'ai rendez-vous avec le Taï-pan.

— Oui, monsieur, fit l'homme en appelant l'ascenseur.

La cabine s'arrêta, Dunross en sortit, traversa le petit vestibule, frappa à la porte du salon de l'appartement-terrasse et entra.

— Bonsoir, Taï-pan, dit-il avec une froide raideur.

Alastair Struan, appuyé contre une magnifique cheminée, était un Écossais corpulent au teint coloré et aux cheveux blancs. La soixantaine bien conservée — malgré un léger ventre —, il dirigeait la Compagnie Struan depuis onze ans.

— Un verre ? proposa-t-il en montrant le seau en argent dans lequel rafraîchissait une bouteille de dom pérignon.

— Volontiers, répondit Dunross, qui pénétrait pour la première fois dans les appartements du Taï-pan.

La pièce était spacieuse et richement meublée, avec d'épais tapis et, accrochés aux murs, de vieux tableaux représentant les premiers clippers et vapeurs de la Compagnie. Les grandes baies d'où l'on découvrait d'ordinaire tout Hong Kong, le port et, en face, Kowloon, étaient ce soir-là noires et striées de pluie.

Dunross se versa à boire.

— À votre santé, dit-il d'un ton froid.

Alastair Struan hocha la tête, leva son verre en réponse et fit observer avec une même froideur :

— Vous êtes en avance.
— On est à l'heure quand on a cinq minutes d'avance. C'est Père qui m'a inculqué ce principe. Est-il si important que nous nous rencontrions à minuit ?
— Oui, cela fait partie de la tradition. La tradition établie par Dirk.
Dunross but son champagne en silence. Il attendait avec une excitation croissante, tandis que la vieille horloge marine égrenait son tic-tac. Au-dessus de la cheminée se trouvait le portrait de mariage de Tess Struan, une jeune fille qui avait épousé Culum, deuxième Taï-pan et fils de Dirk Struan, le fondateur, lorsqu'elle avait seize ans.
Une bourrasque ébranla les vitres.
— Saleté de temps, marmonna Dunross, les yeux fixés sur le tableau.
Le vieil homme, qui le haïssait, se contenta de le regarder. Dans le silence de plus en plus épais, le carillon de l'horloge sonna minuit. On frappa à la porte.
— Entrez, dit Alastair Struan, soulagé et heureux de pouvoir commencer.
Lim Chum, son serviteur particulier, ouvrit la porte, s'effaça devant Phillip Chen, le compradore de la Compagnie, et la referma.
— Ah, Phillip ! à l'heure, comme d'habitude, lança le maître de maison en s'efforçant à la jovialité. Champagne ?
— Oui, merci. Bonsoir, Ian Struan Dunross, dit Phillip Chen au plus jeune des deux hommes avec une déférence inhabituelle, dans un anglais très châtié.
C'était un Eurasien fluet approchant les soixante-dix ans, plus chinois qu'européen, un très bel homme à la chevelure grise, aux pommettes haut placées, au teint clair et aux yeux noirs, typiquement chinois.
— Quelle épouvantable nuit, vous ne trouvez pas ?
— En effet, oncle Chen, répondit Dunross, usant ainsi d'une marque de respect chinoise à l'égard d'un homme qu'il estimait autant qu'il méprisait son cousin Alastair.
— On dit que ce typhon sera terrible, annonça le Taï-pan en remplissant deux coupes.
Il tendit la première à Chen et servit ensuite Dunross.
— Une chance que je ne sois pas en mer, ajouta-t-il pensivement. Alors, vous revoilà, Phillip.
— Oui, Taï-pan. C'est un honneur pour moi, un grand honneur.

Le compradore avait senti la tension entre les deux hommes mais en était peu surpris : elle accompagnait chaque passation de pouvoir d'un taï-pan de la Noble Maison à son successeur.

Après avoir savouré une gorgée de champagne, Alastair Struan reprit :

— Ian, la tradition veut que le Taï-pan passe le relais à son successeur en présence d'un seul témoin : le compradore de la Compagnie. Combien de fois avez-vous assisté à cette cérémonie, Phillip ?

— Quatre fois.

— Phillip a connu presque tous les taï-pans. Il est au courant de tous nos secrets. N'est-ce pas, cher vieil ami ? (Chen sourit.) Vous pouvez lui faire confiance, Ian. Il est de bon conseil.

Alastair reposa son verre avant de poursuivre :

— Tout d'abord, je vous pose officiellement la question : Ian Dunross Struan, voulez-vous être taï-pan de la Compagnie Struan ?

— Oui, je le veux.

— Jurez-vous devant Dieu de garder secrète cette cérémonie et de ne la divulguer qu'à votre successeur ?

— Oui.

— Répétez la formule.

— Je jure de garder cette cérémonie secrète et de ne la divulguer qu'à mon successeur.

— Lisez à voix haute, ordonna le Taï-pan en tendant à Dunross un parchemin jauni par le temps.

Bien qu'elle ressemblât à des pattes d'araignée, l'écriture en était parfaitement lisible. Dunross jeta un coup d'œil à la date : 30 août 1841.

— Il est de la main de Dirk Struan ? demanda-t-il, ému.

— Pour l'essentiel. Son fils Culum y apporta quelques ajouts. Bien entendu nous en possédons des photocopies au cas où il se détériorerait. Lisez !

— « Tous les taï-pans qui me succéderont liront à voix haute ces volontés qui sont miennes et jureront devant Dieu, par-devant témoins, selon la procédure établie par moi, Dirk Struan, fondateur de la Struan and Company, de les respecter et de les garder à jamais secrètes avant de revêtir ma cape. J'en ai décidé ainsi afin d'assurer la continuité de ma lignée et de prévenir mes descendants des difficultés auxquelles ils se heurteront à cause du sang que j'ai versé, des dettes d'honneur que j'ai contractées et des voies imprévisibles de la Chine, à laquelle nous sommes liés.

« Premièrement : il n'y a qu'un seul taï-pan à la fois et il exerce un pouvoir total sur la Compagnie, engageant ou licenciant à sa guise le personnel, ayant autorité sur tous nos capitaines, navires et filiales où qu'ils se trouvent. Le Taï-pan est toujours seul, pour sa joie et pour sa peine. Tous doivent préserver sa solitude et protéger ses arrières. Quels que soient ses ordres, il doit être obéi. Aucun comité, conseil ou groupe ne sera créé ou permis au sein de la Compagnie qui viserait à limiter ce pouvoir absolu.

« Deuxièmement : quand le Taï-pan se trouve sur le gaillard d'arrière d'un de nos bâtiments, son autorité prend le pas sur celle du capitaine ; ses ordres, qu'ils soient de combat ou de navigation, ont force de loi. Tous nos capitaines s'y engageront devant Dieu avant de prendre le commandement d'un de nos navires.

« Troisièmement : le Taï-pan désigne seul son successeur, celui-ci devra être choisi parmi les six membres d'un conseil intérieur : notre compradore, obligatoirement de la Maison de Chen, et cinq hommes, bons et loyaux, dignes de devenir taï-pan. Ils devront avoir servi au moins cinq années entières dans la Compagnie et avoir un jugement sain ; être chrétiens et apparentés au clan Struan par la naissance ou par alliance (mes descendants directs et ceux de mon frère Robb ne bénéficieront d'aucun droit de préséance, à moins que leur force d'âme et leurs qualités ne les hissent au-dessus des autres). Ils conseilleront le Taï-pan s'il le désire mais, répétons-le, lui seul choisira puisque son vote aura sept fois plus de poids que celui de chacun d'eux.

« Quatrièmement : si le Taï-pan est perdu en mer, tué dans une bataille, ou s'il disparaît pendant six mois lunaires sans avoir choisi son successeur, le Conseil désignera l'un de ses membres pour le remplacer — chacun des membres ayant droit à une voix, le compradore à quatre. Le nouveau Taï-pan prêtera ensuite serment, selon la procédure définie plus haut, devant ses compagnons — ceux qui auront voté contre lui seront sur-le-champ et à jamais exclus de la Compagnie, sans indemnités.

« Cinquièmement : le Taï-pan décide à sa guise de l'admission ou de l'exclusion du conseil intérieur. Lorsqu'il prend sa retraite, à un moment choisi par lui seul, il ne peut garder plus de dix pour cent des avoirs de la Compagnie, les navires devant être exclus de l'évaluation... Nos navires, leurs capitaines et leurs équipages sont notre sang, notre sauvegarde pour les temps futurs.

« Sixièmement : le Taï-pan agrée l'élection du compradore. Ce dernier accepte par écrit avant son élection la possibilité d'être congédié à tout moment sans explication si le Taï-pan le juge bon.

« Enfin, le Taï-pan fera prêter serment à son successeur en présence du compradore, selon la formule écrite de ma main dans notre bible familiale, ce trentième jour d'août de l'an de grâce 1841. »

— Et c'est signé Dirk Struan, en présence de... Je ne peux déchiffrer les caractères du *chop* [1], ils sont archaïques, avoua Dunross.

Alastair se tourna vers Phillip Chen, qui dit :

— Le premier témoin était le père adoptif de mon grand-père, Chen Sheng Arn, notre premier compradore ; le second, ma grand-tante T'Chung Jen May-may.

— Ainsi la légende est vraie ! s'exclama Dunross.

— En partie, répondit Phillip Chen. Oui, en partie. Demandez à ma tante Sarah, elle vous racontera de nombreux secrets à présent que vous allez devenir Taï-pan. Elle a quatre-vingt-quatre ans et se souvient parfaitement de mon grand-père, sir Gordon Chen, de Duncan et Kate, les enfants de May-may et de Dirk Struan. Oui, elle se souvient de beaucoup de choses...

Alastair s'approcha du bureau laqué, prit avec d'infinies précautions une lourde bible à la reliure élimée, mit ses lunettes. Dunross sentit les poils de sa nuque se hérisser.

— Répétez après moi, dit Alastair. Moi, Ian Struan Dunross, apparenté aux Struan, chrétien par ma foi, je jure devant Dieu, en présence d'Alastair McKenzie Duncan Struan, onzième taï-pan, et de Phillip Chen Sheng, quatrième compradore, d'obéir aux volontés qui m'ont été lues, ici à Hong Kong, de renforcer les liens de la Compagnie avec Hong Kong et le négoce avec la Chine, de maintenir à Hong Kong le centre principal de mes affaires tant que je serai Taï-pan, de tenir les promesses

1. Marque (de qualité) utilisée en Extrême-Orient. Sorte de sceau, par extension *(N.d.T.)*

faites par Dirk Struan, sur son honneur, à son éternel ami Chen-tse Jin Arn, connu aussi sous le nom de Jin-qua, ou à ses descendants, de...

— Quelles promesses ? interrompit Dunross.

— Jurez devant Dieu sans le savoir, comme tous les taï-pans l'ont fait avant vous ! Vous connaîtrez bien assez tôt le contenu de votre héritage !

— Et si je refuse ?

— Vous connaissez la réponse !

La pluie battait aux fenêtres avec une violence égale à celle du cœur de Dunross, qui lui martelait la poitrine. S'engager ainsi à l'aveuglette, quelle folie ! mais il le devait pour devenir taï-pan. Il prêta serment devant Dieu, et continua à répéter les mots lus par Alastair.

— ...d'utiliser tout mon pouvoir et tous les moyens pour maintenir solidement la Compagnie au rang de Première Maison, de Noble Maison d'Asie ; d'accomplir tout acte nécessaire pour vaincre, anéantir et chasser d'Asie la Compagnie Brock and Sons, en particulier mon ennemi, Tyler Brock, son fondateur, son fils Morgan, leurs descendants ou quiconque de leur lignée à l'exception de Tess Brock, la femme de mon fils Culum, et de sa descendance...

Dunross s'interrompit une nouvelle fois.

— Vous poserez après toutes les questions que vous voudrez, s'impatienta Alastair Struan. Finissons-en !

— Très bien. Enfin, je jure devant Dieu que mon successeur prêtera lui aussi serment de respecter toutes ces volontés. Que Dieu me vienne en aide !

Le silence qui suivit ne fut troublé que par le crépitement de la pluie sur les carreaux. Dunross sentait des gouttes de sueur lui couler dans le dos. Alastair Struan reposa la bible et ôta ses lunettes.

— Voilà, c'est fait, dit-il tendant la main. J'aimerais être le premier à vous souhaiter bonne chancc, Taï-pan. Je ferai tout ce qui est en mon pouvoir pour vous aider.

— C'est pour moi un honneur d'être le second, déclara Phillip Chen en inclinant légèrement le buste.

— Merci, répondit Dunross, tendu à l'extrême.

— Je crois que nous avons tous besoin d'un verre, reprit Alastair. Je vous sers, avec votre permission, ajouta-t-il à l'adresse du nouveau Taï-pan avec une obséquiosité gênante. Et vous, Phillip ?

— Oui, Taï-pan. Je...

— Non. C'est Ian qui est Taï-pan à présent, corrigea Alastair.

Il versa le champagne et servit d'abord Dunross, qui savoura cette marque de respect et leva son verre :

— À la Noble Maison.

Les trois hommes burent, puis Alastair sortit une enveloppe de sa poche en disant :

— Voici ma démission de la soixantaine de postes de président, administrateur ou directeur qui vont de pair avec les fonctions de taï-pan. Vous m'y remplacez automatiquement. En principe, je deviens président de notre filiale de Londres, mais c'est une tradition à laquelle vous pouvez mettre fin si vous le désirez.

— J'y mets fin.

— À vos ordres, bredouilla le vieil homme, la nuque écarlate.

— Je crois que vous serez plus utile à la Compagnie comme vice-président de la First Central Bank d'Édimbourg.

— Comment ? dit Alastair en lançant à Dunross un regard pénétrant.

— C'est bien un de vos titres, n'est-ce pas ?

— Oui, mais pourquoi...

— Je vais avoir besoin d'aide. La Struan va émettre des actions dès l'an prochain, annonça Dunross.

Les deux autres hommes le regardèrent avec stupeur.

— Quoi ?

— Émettre des act...

— Nous sommes une société privée depuis 132 ans ! protesta Alastair. Bon Dieu, je vous l'ai dit cent fois : notre force, c'est de nous passer d'actionnaires ou d'intrus qui viendraient mettre le nez dans nos affaires ! Vous n'écoutez donc jamais ?

— J'écoute toujours avec la plus grande attention, répondit Dunross d'une voix dépourvue d'émotion contrastant avec l'emportement d'Alastair. Notre seule façon de survivre, c'est de devenir une société par actions... Nous n'avons pas d'autre moyen de nous procurer les capitaux dont nous avons besoin.

— Phillip, parlez-lui. Faites-lui entendre raison.

— Quelles seront les conséquences pour la Maison de Chen ? demanda timidement le compradore.

— Notre système compradore prend fin à dater de ce

soir, trancha le nouveau Taï-pan. (Il vit Chen pâlir et ajouta :) J'ai un plan pour vous — par écrit. Il change tout et rien à la fois. Officiellement, vous restez compradore, officieusement, nous opérons de manière différente. Le principal changement, c'est qu'au lieu de vous faire un million chaque année, vous en gagnerez vingt dans dix ans, et trente dans quinze ans, grâce à vos actions.

— Impossible ! explosa Alastair Struan.

— Aujourd'hui, notre valeur nette est de 20 millions de dollars américains. Dans dix ans, elle sera de 200 millions, dans quinze ans, de 400 millions avec du *joss* [1], et notre chiffre d'affaires annuel approchera le milliard.

— Vous avez perdu la tête, rétorqua Struan.

— Non. La Noble Maison va devenir une compagnie internationale. L'époque où nous n'étions qu'une société commerciale de Hong Kong est révolue à jamais.

— Rappelez-vous votre serment, au nom du ciel ! Hong Kong est notre base !

— Je ne l'oublierai pas. Voyons maintenant les responsabilités que j'ai héritées de Dirk Struan.

— Tout est dans le coffre. Sous enveloppe cachetée, avec les « Instructions aux futurs taï-pans » de la vieille Hag.

— Où se trouve le coffre ?

— Derrière le tableau du salon de la Grande Maison.

La mine renfrognée, Alastair montra du doigt une enveloppe posée sur la cheminée à côté de l'horloge.

— Elle contient la clef spéciale et l'actuelle combinaison — que vous changerez, naturellement. Déposez une copie des nouveaux chiffres dans l'un des coffres privés du Taï-pan, à la banque, et remettez l'une des deux clefs à Phillip, en cas d'accident.

— Selon notre règlement, la banque doit me refuser l'autorisation de l'ouvrir tant que vous êtes vivant, précisa le compradore.

— Bien. À présent, Tyler Brock et ses fils. Nous étions pourtant parvenus à anéantir ces salauds, il y a cent ans.

— La descendance mâle légitime le fut mais Dirk Struan était rancunier et il cherche encore, depuis sa tombe, à assouvir sa vengeance. Vous trouverez aussi dans

1. Mot chinois signifiant chance, sort *(N.d.T.)*

le coffre une liste mise à jour des descendants de Tyler Brock. Intéressante lecture, n'est-ce pas, Phillip ?

— Certainement.

— Les Rothwell et les Tomm, Yadegar et sa progéniture, vous les connaissez. Mais il y a aussi Tusker — qui n'en sait rien lui-même —, Jason Plumm, lord Depford-Smyth, et surtout Quillan Gornt.

— Impossible !

— Non seulement Gornt est le taï-pan de la Rothwell-Gornt, notre principale ennemie, mais il est aussi un descendant mâle direct et secret de Morgan Brock — direct bien qu'illégitime. C'est le dernier des Brock.

— Mais il a toujours prétendu avoir pour arrière-grand-père Edward Gornt, le négociant américain.

— Il descend bien d'Edward Gornt, dont la mère était Kristian Gornt, une Américaine de Virginie, et dont le vrai père était sir Morgan Brock. Bien entendu on garda le secret : la société n'était alors guère plus tolérante qu'aujourd'hui. Quand sir Morgan devint taï-pan de la Compagnie Brock, en 1859, il fit venir ce fils illégitime de Virginie et lui acheta une part de la vieille société commerciale américaine Rothwell and Company, de Shanghai. Edward et lui s'attachèrent ensuite à nous détruire et y parvinrent presque — ils causèrent en tout cas la mort de Culum Struan. Mais Lochlin et Hag Struan brisèrent ensuite sir Morgan et écrasèrent la Brock and Sons. Edward Gornt ne nous le pardonna jamais, pas plus que ses descendants. Je parierais qu'eux aussi sont liés par un pacte avec leur fondateur.

— Gornt sait que nous savons ?

— Je l'ignore, mais l'ennemi, c'est lui. Son arbre généalogique se trouve dans le coffre, avec celui des autres. C'est mon grand-père qui fit cette découverte, tout à fait par hasard, pendant la révolte des Boxers, en 1899. Il y a en outre sur cette liste un nom qui vous intéresse particulièrement, Ian. Celui du...

Une violente bourrasque ébranla l'immeuble, une statuette en ivoire tomba d'une table en marbre et Phillip Chen la remit en place d'un geste nerveux. Les trois hommes se tournèrent vers les grandes baies giflées par le vent où leurs reflets se tordaient.

— *Tai-fung*, murmura Phillip, le front couvert de sueur.

Ils attendirent en retenant leur souffle que cesse le

« Vent du Diable ». Ces brusques rafales surgissaient au hasard, en n'importe quel point de la boussole, atteignant parfois cent cinquante nœuds, et détruisaient tout sur leur passage. La violence du vent faiblit. Dunross s'approcha du baromètre, en tapota le cadran et regarda la position de l'aiguille : 980,3.

— Il continue à descendre, dit-il.

Il jeta un coup d'œil vers les baies vitrées que la pluie frappait maintenant presque à l'horizontale.

— Le *Lasting Cloud* est attendu demain soir, reprit-il.

— Le capitaine Moffatt l'aura détourné sur les Philippines. Il est trop malin pour se faire prendre, fit remarquer Struan.

— Je ne suis pas de votre avis. Moffatt aime respecter l'horaire prévu, et ce typhon n'était pas prévu. Vous... il aurait dû recevoir des ordres en conséquence.

Le Taï-pan but une gorgée de champagne, avant d'ajouter d'un air pensif :

— Il vaudrait mieux que le *Lasting Cloud* ne soit pas pris dans la tempête.

— Pourquoi ? demanda Phillip, qui avait perçu la colère sous-jacente de Dunross.

— Il y a à bord notre nouvel ordinateur ainsi que des moteurs à réaction pour une valeur de deux millions de livres. Et la cargaison n'est pas assurée, ajouta Dunross en coulant un regard en direction d'Alastair. Du moins, pas les moteurs.

— C'était cela ou perdre le contrat, se défendit le vieil homme. Ces moteurs seront livrés à Canton. Phillip, vous savez bien qu'on ne peut assurer une marchandise à destination de la Chine communiste. Leur propriétaire est sud-américain, il n'y a pas de restrictions à l'exportation entre ce continent et la Chine, poursuivit-il d'un ton irrité. Et pourtant, pas moyen de les faire assurer.

Après un court silence, Phillip Chen relança la conversation :

— Je croyais que nous devions recevoir le nouvel ordinateur en mars.

— J'ai réussi à obtenir une livraison plus rapide.

— Qui transporte les documents concernant les moteurs ? demanda le compradore.

— Nous.

— C'est un gros risque, fit observer Phillip Chen, mal à l'aise. Qu'en pensez-vous, Ian ?

Dunross garda le silence.

— Une fois de plus, c'était cela ou perdre le contrat, rétorqua Alastair Struan, d'un ton plus agacé encore. Nous allons faire la culbute avec cette opération et nous avons besoin de cet argent. Les Chinois ont besoin de ces moteurs, ils ne me l'ont pas caché quand je les ai rencontrés à Canton, le mois dernier. Nous, nous avons besoin de la Chine.

— Oui, mais 12 millions, c'est... un gros risque pour un seul navire, insista l'Eurasien.

— Toute affaire soufflée aux Soviétiques est de notre intérêt, déclara le Taï-pan. D'ailleurs, il n'est plus temps d'en discuter. Alastair, vous disiez qu'il y a sur la liste un nom qui me concerne particulièrement ?

— Malborough Motors.

— Ainsi les Nikklin descendent de Tyler Brock, dit Dunross avec un sourire ravi. Je les hais, ces tapettes, autant le père que le fils.

— Je le sais.

— Nous ne tarderons pas à les rayer de la liste. Savent-ils qu'ils y figurent ?

— Je ne crois pas.

— Excellent !

— Je ne suis pas d'accord ! Vous détestez le jeune Nikklin parce qu'il vous a battu, accusa Alastair en pointant l'index vers Dunross. Il est grand temps que vous renonciez à la course automobile. Laissez les épreuves de côte et le grand prix de Macao aux semi-professionnels. Vous avez d'autres courses à gagner, plus importantes.

— Macao est réservé aux amateurs, et ces salauds de Nikklin ont triché, l'année dernière.

— On n'a pas pu le prouver. Votre moteur n'a pas tenu — cela arrive tout le temps. C'est une question de *joss*.

— Ma voiture avait été sabotée.

— On n'a pas pu le prouver non plus ! Bon Dieu, pour certaines choses, vous êtes parfois aussi stupide que Struan le Diable en personne !

— Ah oui ?

— Oui, et...

Phillip Chen se hâta d'intervenir pour empêcher que la violence n'envahisse davantage la pièce :

— Si cette question est tellement importante, avec votre permission, je tâcherai de découvrir la vérité. Je dispose de sources auxquelles vous n'avez pas accès. Mes amis chinois sauront si Tom ou le jeune Donald ont eu quelque chose à voir avec vos ennuis mécaniques. Mais naturellement, enchaîna-t-il aussitôt, si le Taï-pan désire courir, c'est à lui d'en décider. N'est-ce pas, Alastair ?

Le vieil homme parvint à maîtriser la colère qui lui empourprait la nuque.

— Oui, oui, certainement. Néanmoins, Ian, je vous conseille d'abandonner la course. Les Nikklin vous haïssent autant que vous les détestez, ne leur donnez pas de raisons supplémentaires de s'en prendre à vous.

— Y a-t-il sur la liste d'autres noms dont vous souhaitez me parler ?

Après réflexion, Alastair répondit :

— Non, pas pour le moment. À vous de jouer, maintenant, poursuivit-il en débouchant une autre bouteille. À vous le plaisir et les tracas — je vous cède volontiers le tout. Lorsque vous aurez inventorié le contenu du coffre, vous connaîtrez le meilleur... et le pire. (Il servit le champagne, avala une gorgée.) Seigneur Dieu, c'est un des meilleurs vins français que j'aie jamais bus.

— Effectivement, approuva Phillip Chen.

Dunross jugeait quant à lui le dom pérignon surestimé et savait que le cru 54 n'était pas particulièrement bon. Cependant il s'abstint d'en faire la remarque. Struan se dirigea vers le baromètre, qui indiquait 979,2.

— Cette fois, nous allons déguster, dit-il. Enfin, peu importe. Ian, Claudia Chen vous remettra un dossier concernant plusieurs questions importantes et une liste complète de nos actions, avec les noms des personnes représentant nos intérêts. Si vous avez besoin de renseignements supplémentaires, appelez-moi avant mon départ pour Londres après-demain. Vous gardez Claudia, bien entendu.

— Bien entendu.

Claudia Chen était, après le compradore, le second maillon assurant la continuité d'un taï-pan à l'autre. Secrétaire de direction du Taï-pan, c'était une cousine éloignée de Phillip Chen.

— Quelle part d'actions de notre banque, la Victoria

Bank of Hong Kong and China, détenons-nous exactement ? demanda Dunross avec un plaisir manifeste.

— Cette information est réservée aux taï-pans, répondit Alastair.

Dunross se tourna vers Phillip Chen :

— Et vous, combien en possédez-vous, directement ou par intermédiaires ?

Le compradore parut choqué.

— À l'avenir, vos actions et les nôtres feront bloc lors des votes au conseil d'administration, poursuivit le Taï-pan sans quitter des yeux Phillip Chen. Je veux connaître immédiatement le chiffre de votre pourcentage. Avant demain midi, vous me remettrez un document écrit nous confiant, à moi et à mes successeurs, une procuration perpétuelle et la priorité sur toute action que vous décideriez de vendre.

Le silence se fit.

— Ian, commença Phillip Chen, au bout d'un moment. Ces actions...

Mais ses velléités de résistance se brisèrent contre la volonté de Dunross.

— ... 6 %... un peu plus de 6 %. Je... Elles sont à votre disposition.

— Vous ne le regretterez pas, promit le nouveau chef, qui tourna ensuite ses batteries vers Alastair Struan. Alors, quelle part détenons-nous et quel pourcentage par des intermédiaires ?

Alastair hésita :

— Seuls les taï-pans ont accès à cette information.

— Certes, mais nous devons avoir une confiance absolue en notre compradore. Combien ?

— 15 %.

Le chiffre stupéfia Dunross, qui faillit s'écrier : « Sacré nom de Dieu, nous détenons 15 %, Phillip 6 %, et tu n'as pas eu l'idée d'utiliser ces actions pour nous procurer des fonds alors que nous sommes au bord de la faillite ! » Il se contint pourtant et versa le reste du champagne dans les verres pour se donner le temps de recouvrer son calme.

— Bien, dit-il d'une voix neutre. J'ai l'intention d'avancer la réunion spéciale à la semaine prochaine.

Alastair et Phillip Chen lui lancèrent un regard aigu. Depuis 1880, les taï-pans de Struan, de Rothwell-Gornt et de la Victoria Bank se réunissaient chaque année, en dépit de leur rivalité, afin de discuter de questions concernant l'avenir de Hong Kong et de l'Asie.

— Les autres pourraient ne pas accepter, supputa Alastair.

— Je leur ai téléphoné à tous ce matin. La réunion aura lieu ici, lundi prochain à 9 heures.

— Qui représentera la banque ?

— Havergill, le sous-directeur. Le vieux est au Japon et doit prendre ensuite quelques jours de vacances en Angleterre, expliqua Dunross, dont les traits se durcirent. Je m'arrangerai de son remplaçant.

— Paul est très bien, argua Struan. C'est le futur patron.

— Pas si je peux l'en empêcher, répliqua le Taï-pan.

— Vous n'avez jamais aimé Paul Havergill, n'est-ce pas Ian ? dit Phillip.

— Non. Il est pompeux, dépassé et incapable de sortir du cadre de Hong Kong.

— Et il a pris le parti de votre père contre vous.

— Oui, mais ce n'est pas pour cette raison que nous devons le liquider. Nous devons nous débarrasser de lui parce qu'il fait obstacle à la Noble Maison. Il est trop conservateur et bien trop généreux à l'égard de la société Asian Properties. Je ne serais pas surpris de le savoir secrètement allié à la Rothwell-Gornt.

— Je ne partage pas votre opinion, objecta Alastair.

— Je le sais. Nous avons besoin de fonds pour nous développer, et ces fonds, je les obtiendrai en utilisant *mes* 21 %.

Dehors la tempête redoublait de violence mais aucun des trois hommes ne paraissait s'en apercevoir.

— Je ne vous conseille pas de vous en prendre à la Victoria, dit Chen d'un ton grave.

— Moi non plus, dit Alastair.

— Je n'en ai pas l'intention... à condition que ma banque se montre coopérative, répondit Dunross. Les yeux fixés sur la pluie hachant la nuit, il ajouta : À propos, j'ai également invité Jason Plumm à la réunion.

— Pourquoi diable ? demanda Struan, dont la nuque vira de nouveau au cramoisi.

— Si l'on ajoute à nos actions celles de sa société, Asian Properties, nous...

— Plumm figure sur la liste de Dirk Struan, il nous est radicalement opposé.

— À nous quatre, nous avons la majorité à Hong Kong, insista Dunross.

Le téléphone sonna, les trois hommes tournèrent la tête vers l'appareil.

— C'est à vous de répondre, désormais, dit Struan d'un ton aigre.

Dunross décrocha, s'annonça, écouta un moment puis répondit :

— Non, Mr. Alastair Struan a pris sa retraite. C'est moi le Taï-pan, à présent. Oui, Ian Dunross. Que dit le télex... Bien, merci.

Il raccrocha et annonça après un instant de silence :

— C'était nos bureaux de Taipei. Le *Lasting Cloud* a coulé corps et biens au large de Taiwan...

Dimanche 18 août 1963

1

20 h 45

Appuyé au comptoir du bureau d'information, l'officier de police surveillait sans le regarder un Eurasien de haute taille. L'aéroport fourmillait comme à l'accoutumée de Chinois jacassants, hommes, femmes, enfants. L'air chaud et humide était chargé d'odeurs.

— Commissaire ?

Une des hôtesses tendit un téléphone à l'homme vêtu d'un léger costume tropical, d'une chemise blanche et d'une cravate de la police, en lui disant :

— C'est pour vous.

Elle lui sourit : dents blanches, cheveux noirs, yeux de jais, peau joliment dorée.

Il la remercia, remarqua qu'elle était cantonaise et nouvelle et ne s'offusqua pas en pensant que le sourire machinal masquait sans doute l'injure obscène dont elle le gratifiait intérieurement.

— Oui, fit-il dans l'appareil.

— Commissaire Armstrong ? Ici la tour de contrôle. Le *Yankee 2* vient d'atterrir. Il est à l'heure.

— Toujours porte 16 ?

— Oui. Il y sera dans six minutes.

— Merci, dit Robert Armstrong avant de raccrocher.

Lorsqu'il se pencha par-dessus le comptoir pour remettre l'appareil à sa place, son regard s'attarda sur les longues jambes de la fille, la courbe de sa croupe sous le *chong-sam* lisse, un peu trop ajusté, et il se demanda brièvement ce qu'elle donnait au lit.

— Comment vous appelez-vous ? lui demanda-t-il, bien qu'il sût qu'aucun Chinois n'aimait dire son nom à un policier — à plus forte raison à un flic européen.

— Mona Leung, commissaire.

— Merci, Mona Leung, dit-il.

Il hocha la tête en la dévisageant de ses yeux bleu pâle et vit avec plaisir une expression d'appréhension se peindre sur ses traits. « Toi aussi va te faire foutre », pensa-t-il, puis il reporta son attention sur son client.

Armstrong était étonné que John Chen, l'Eurasien qui se tenait près d'une des sorties, fût venu seul et parût aussi nerveux. Lui qui se montrait d'ordinaire impassible ne cessait de regarder sa montre, le tableau des arrivées, puis de nouveau sa montre. Une minute encore et on y va, décida le policier.

Il plongea la main dans une de ses poches à la recherche de son paquet de cigarettes et se souvint qu'il avait arrêté de fumer deux semaines plus tôt, en guise de cadeau d'anniversaire à sa femme. En marmonnant un juron, il enfonça sa main plus profondément dans sa poche.

Autour du bureau d'information, des passagers harassés, des gens venus les accueillir se hâtaient dans un sens puis dans un autre, demandaient en braillant, dans une myriade de dialectes, où et quand, comment et pourquoi. Armstrong comprenait assez bien le cantonnais ; le shanghaïen et le mandarin un peu. Il connaissait un peu le taïwanais, quelques expressions chuchow et la plupart des jurons de cet idiome.

Armstrong quitta le comptoir pour s'avancer dans la foule, qu'il dominait d'une tête. Grand, large d'épaules, il avait une démarche aisée et athlétique. Après dix-sept années passées dans la police de la colonie, il dirigeait à présent la Brigade criminelle de Kowloon.

— Bonsoir, John. Comment ça va ?

— Oh ! salut, Robert, répondit John Chen, aussitôt sur ses gardes, dans son anglais aux inflexions américaines. Tout va bien, merci. Et vous ?

— Ça marche. Votre employé à l'aéroport a informé les services de l'Immigration que vous attendez un avion spécial, le *Yankee 2*, un charter.

— Ce n'est pas un charter mais l'appareil personnel de Lincoln Bartlett, le millionnaire américain.

— Il est à bord ? demanda Armstrong, qui connaissait la réponse.

— Oui.

— Accompagné ?

— Uniquement par son vice-président, qui est aussi son homme de confiance.

— Mr. Bartlett est de vos amis ? interrogea le policier, qui savait bien qu'il n'en était rien.

— Nous l'avons invité dans l'espoir de faire affaire avec lui.

— Vraiment ? Venez donc avec moi, je vous dispenserai de toutes les formalités. C'est le moins que nous puissions faire pour la Noble Maison.

— Merci de vous donner cette peine.

— C'est un plaisir, assura le commissaire.

Il entraîna l'Eurasien en direction d'une porte ménagée dans le barrage de la douane. Un policier en uniforme le salua et regarda John Chen, qu'il avait reconnu, d'un air pensif.

— Lincoln Bartlett... Ce nom ne me dit rien, mentit Armstrong. Je devrais le connaître ?

— Oui, si vous étiez dans les affaires, répondit John Chen, qui hâtait nerveusement le pas. On l'a surnommé le « Pirate » parce qu'il a réussi à s'emparer de nombreuses autres sociétés, la plupart du temps bien plus grosses que la sienne. C'est un homme intéressant, je l'ai rencontré à New York l'année dernière. Son conglomérat rapporte environ un demi-milliard de dollars par an avant impôt. D'après lui, il aurait commencé en 45 en empruntant 2 000 dollars. À présent, il est dans la pétrochimie, l'ingénierie, l'électronique, la mécanique, les missiles — nombreux contrats avec le gouvernement américain —, les mousses de polyuréthane, les engrais, etc. Il possède même une fabrique de skis et de matériel de sport. Son groupe s'appelle Par-Con Industries et vous auriez bien de la peine à me citer une branche dont il ne s'occupe pas.

— Je croyais que votre compagnie avait déjà tout raflé, ironisa le chef de la Brigade criminelle.

— Pas en Amérique, répondit l'Eurasien avec un sourire poli. Et ce n'est pas *ma* compagnie. Je ne suis qu'un petit actionnaire de la Struan, un employé.

— Membre du conseil d'administration, ajouta Armstrong. Fils aîné de Chen, de la Noble Maison, et donc futur compradore.

Par tradition historique, le compradore était un homme d'affaires chinois ou eurasien qui servait d'intermédiaire exclusif entre une firme commerciale européenne et les Chinois. Tout passait par ses mains et il en gardait une partie au passage.

Quelle richesse et quel pouvoir ! songeait le commissaire. Pourtant, avec un peu de chance, on devrait pouvoir t'abattre, et la Struan avec toi. Sacré bon Dieu, quel chambardement ça ferait dans Hong Kong, se dit-il, en jubilant.

— Vous succéderez à votre père, à votre grand-père et à votre arrière-grand-père, sir Gordon Chen, compradore du grand Dirk Struan, fondateur de la Noble Maison et qui a quasiment créé Hong Kong.

— Le compradore de Dirk s'appelait Chen Sheng, corrigea John. Sir Gordon fut le compradore de Culum, le fils de Dirk.

— Ils étaient demi-frères, non ?

— Ainsi le veut la légende.

— Ah ! les légendes ! Sans elles nous ne pourrions pas vivre. Vous avez de la chance d'être le descendant d'un homme légendaire.

De la chance ? se demanda John Chen avec amertume. D'avoir pour ancêtres le fils illégitime d'un pirate écossais, trafiquant d'opium, meurtrier, s'il fallait en croire certaines des histoires qu'on racontait, et une chanteuse cantonaise achetée dans un bordel crasseux d'une ruelle sordide de Macao ? Presque tout Hong Kong connaissait ses origines et on le méprisait pour cela, aussi bien chez les Chinois que chez les Européens.

— Je n'appelle pas cela de la chance, répondit-il en s'efforçant de paraître calme.

Sous ses cheveux noirs striés de gris, il avait un visage de type anglo-saxon, délicat malgré une certaine mollesse dans les joues, et des yeux noirs à peine asiatiques. Âgé de quarante-deux ans, il portait un costume léger, à la coupe impeccable comme toujours, des chaussures luxueuses et une montre de prix.

— Ah ! je ne suis pas de votre avis, dit le policier,

sincère cette fois. Être le compradore de la Noble Maison d'Asie... c'est quelque chose !

— Quelque chose, oui, répéta John Chen d'une voix morne.

Depuis qu'il était en âge de penser, son héritage le tourmentait. Il sentait les regards cupides et envieux posés sur lui, l'aîné des fils, le prochain compradore de la lignée. Cette perspective l'avait toujours terrifié, malgré les efforts qu'il faisait pour vaincre sa peur. Il ne voulait ni pouvoir ni responsabilité et, la veille encore, il avait eu avec son père une querelle plus éprouvante que les précédentes.

— Je ne veux rien de la Struan ! avait-il crié. Pour la centième fois, je veux quitter Hong Kong, retourner aux États-Unis, mener ma vie comme je l'entends !

— Pour la millième fois, tu vas m'écouter. Je t'ai envoyé aux États...

— Père, confiez-moi la direction de nos intérêts américains, je vous en prie. J'aurai bien assez de travail là-bas. Il vous suffirait de me donner...

— *Ayiiya*, tu vas m'écouter ? C'est ici, à Hong Kong et en Asie, que nous gagnons notre argent. Je t'ai envoyé étudier en Amérique pour préparer la famille au monde moderne. Maintenant que tu es prêt, ton devoir...

— Pourquoi pas Richard, Père, ou Kevin ? Richard est dix fois plus doué que moi pour les affaires et il ne demanderait pas mieux. Il y a aussi l'oncle Jam...

— Tu m'obéiras ! Tu sais que ce Bartlett est très important pour nous. Nous avons besoin de tes connaissances.

— Demande à oncle James ou oncle Thomas. Oncle James, ce serait l'idéal : pour toi, pour la famille, pour...

— Tu es mon fils aîné. Tu seras chef de la famille et compradore !

— Jamais !

— Alors tu n'auras plus un sou !

— Cela ne changera pas grand-chose ! Vous vous contentez de nous faire l'aumône, contrairement à ce qu'on croit. À combien de millions se monte votre fortune ? Cinquante, soixante-dix ? Cent ?

— Si tu ne t'excuses pas immédiatement et si tu ne changes pas d'attitude une fois pour toutes, je te coupe les vivres. Sur-le-champ !

— Je m'excuse de vous avoir mis en colère mais je ne changerai jamais d'avis. Jamais !

— Je te donne jusqu'à mon anniversaire — c'est-à-dire huit jours — pour devenir un fils obéissant. C'est mon dernier mot. Si tu ne deviens pas raisonnable d'ici là, je te renie, toi et tes descendants ! À présent, va-t'en !

John Chen sentit son estomac se contracter au souvenir de la scène. Il haïssait ces disputes interminables au cours desquelles son père frôlait l'apoplexie, sa femme éclatait en sanglots, ses enfants demeuraient pétrifiés, sa belle-mère, ses frères et ses cousins le contemplaient avec une joie mauvaise. Envie, cupidité. Qu'ils aillent tous au diable, se dit-il. Père a raison toutefois en ce qui concerne Bartlett, mais pas comme il se l'imagine. Cette affaire, c'est pour moi que je la mène. Une dernière fois et je serai définitivement libre.

Comme ils avaient presque fini de traverser le hall de la douane brillamment éclairé, John Chen demanda :

— Vous allez aux courses, samedi ?

— Qui n'ira pas ?

La semaine précédente, pour la plus grande joie de tous, le très puissant club hippique — ayant le monopole exclusif des courses de chevaux, la seule forme de jeux légalement autorisée dans la Colonie — avait publié un communiqué spécial : « Bien que la saison ne commence officiellement que le 5 octobre, les commissaires ont décidé, avec l'aimable permission de notre illustre gouverneur, sir Geoffrey Allison, d'organiser le samedi 24 août une réunion spéciale en hommage à notre vaillante population qui vient de subir avec courage une des plus graves sécheresses de son histoire... »

— J'ai entendu dire que vous avez engagé Golden Lady dans la cinquième, fit Armstrong.

— D'après l'entraîneur, elle a une chance. Venez donc prendre un verre dans la loge de mon père, je profiterai de vos tuyaux. Vous êtes un fin turfiste.

— J'ai de la chance, tout simplement. Mais je ne mise que dix dollars quand vous en jouez dix mille.

— Je ne risque aussi gros que lorsqu'un de nos chevaux court. La saison dernière a été pour nous un vrai désastre... J'aimerais toucher un gagnant.

— Et moi donc ! renchérit Armstrong.

Oh ! oui, j'aimerais toucher un gagnant, pensa-t-il. Mais

toi, Johnny Chen, que tu gagnes ou que tu perdes dix mille dollars, tu t'en fous. Du calme, Robert, pas de jalousie. Ton boulot, c'est d'arrêter les escrocs, aussi riches et puissants soient-ils, et tu dois te contenter de ta misérable paye alors qu'il y a de l'or à ramasser à tous les coins de rues. Pourquoi envier ce bâtard ? Il passera à la casserole d'une façon ou d'une autre.

— Oh ! j'oubliais, ajouta-t-il. J'ai envoyé un policier chercher votre voiture et il lui fera franchir les grilles. Elle vous attendra vous et vos invités au pied de la passerelle.

— C'est formidable. Merci beaucoup, et désolé de vous causer tous ces embarras.

— Pas le moins du monde. Question de prestige, n'est-ce pas ? J'ai pensé que l'occasion était assez particulière puisque vous vous dérangez personnellement.

Ne résistant pas au plaisir de décocher un autre trait, le commissaire poursuivit :

— Il n'est rien que je ne ferais pour la Noble Maison.

Va te faire foutre, pensa John Chen en souriant. Nous te tolérons parce que tu es un flic influent mais nous ne nous faisons aucune illusion sur ton compte. Tu es dévoré d'envie, endetté jusqu'aux yeux, sans doute corrompu, et tu ne connais rien aux chevaux. Va te faire mettre doublement. *Diou ne lo mo* sur tous tes descendants. L'Eurasien gardait pour lui ses injures car il savait qu'Armstrong, honni par tout le *yan* de Hong Kong, pouvait se montrer aussi rusé et impitoyable dans sa vengeance qu'une saleté de Mandchou. L'Eurasien porta la main sur la demi-pièce de monnaie accrochée à son cou par un mince lacet de cuir. Ses doigts tremblèrent en touchant le métal sous l'étoffe de la chemise et il ne put maîtriser un frisson.

— Qu'y a-t-il ? demanda Armstrong.

— Rien. Rien du tout.

Ils avaient quitté les services de la douane pour ceux de l'immigration où des files de personnes, lasses, anxieuses, agitées, attendaient devant les petits bureaux bien rangés des fonctionnaires en uniforme qui saluèrent le policier. Sous leur regard scrutateur, John Chen se sentit mal à l'aise bien qu'il se sût à l'abri de leurs questions insidieuses. Il possédait un véritable passeport britannique, non un passeport de seconde classe de Hong Kong, ainsi qu'une carte verte américaine — la carte d'étranger —, sésame inestimable qui lui donnait libre accès aux États-Unis, lui conférait le droit d'y travailler et d'y vivre en jouissant de tous les privilèges d'un citoyen américain, excepté le droit de vote. À quoi cela sert-il, de voter ? se dit-il et, s'efforçant au courage, il soutint le regard d'un des fonctionnaires sans parvenir toutefois à cesser de se sentir nu et vulnérable.

— Commissaire ? appela un des employés en agitant un téléphone. C'est pour vous.

Tout en suivant Armstrong des yeux, John Chen se demandait pour la millième fois quelle vie il aurait s'il était un pur Britannique ou un pur Chinois au lieu de n'être qu'un Eurasien méprisé par les deux races. Pardessus le brouhaha, il entendit le policier répondre :

— Non, essaie simplement de gagner du temps. Je m'en occuperai personnellement. Merci, Tom.

Le commissaire rejoignit John, s'excusa puis le conduisit vers un petit couloir menant au hall réservé aux personnalités. C'était une vaste salle luxueuse, pourvue d'un bar, d'où l'on découvrait la ville et la baie. Elle était vide, à l'exception de deux officiers de l'Immigration et d'un des hommes d'Armstrong qui attendait près de la porte 16 — une porte de verre, donnant sur la piste inondée de lumière, et à travers laquelle l'Eurasien vit le 707 s'arrêter sur un emplacement délimité par quelques traits.

— Bonsoir, sergent Lee, dit Armstrong. Tout est en ordre ?

— Oui, commissaire. Le *Yankee 2* vient de couper ses moteurs.

Le sergent salua, ouvrit la porte aux deux hommes. Armstrong regarda John Chen en songeant que le piège allait se refermer.

— Après vous, invita-t-il.

L'Eurasien avança sur le tarmac où le *Yankee 2* le dominait de sa masse tandis que ses réacteurs agonisants laissaient échapper un dernier grondement étouffé. Par les hublots de la cabine, il aperçut les pilotes, faiblement éclairés. Sur le côté, dans l'ombre, un chauffeur chinois en livrée et un policier se tenaient près de la Rolls Silver Cloud bleu marine de John.

La porte de l'avion s'ouvrit et un steward en uniforme sortit de l'appareil pour accueillir les deux employés de l'aéroport qui attendaient sur la plate-forme. Après leur avoir remis la serviette contenant les documents et manifestes du *Yankee 2*, ils échangèrent quelques mots aimables. Puis tous se turent, prirent un air déférent et saluèrent courtoisement.

Une femme apparut, elle était grande, élégante, exquise et américaine.

— *Ayiiya !* siffla Armstrong entre ses dents.

— Bartlett a du goût, murmura John Chen, dont le cœur battit plus vite.

Perdus dans leurs rêveries masculines, les deux hommes la regardèrent descendre la passerelle.

— Elle est mannequin, à votre avis ?

— Elle en a la démarche en tout cas. C'est peut-être une vedette de cinéma.

John alla à la rencontre de la femme et se présenta :

— John Chen, de la Compagnie Struan. Je suis venu accueillir Mr. Bartlett et Mr. Tchuluk.

— C'est très aimable à vous de vous être dérangé un dimanche, Mr. Chen. Ravie de faire votre connaissance. Je suis K. C. Tcholok. Linc m'a dit...

— Casey Tchuluk ? fit l'Eurasien, sidéré. Mais...

Elle lui sourit gentiment sans lui reprocher la façon dont il écorchait son nom.

— Comme les initiales de mon prénom sont K. C., on m'a surnommée *Casey*. Bonsoir, dit-elle à Armstrong d'une voix mélodieuse. Vous êtes aussi de la Struan ?

— Oh ! pardonnez-moi, s'excusa John Chen en bredouillant. Je vous présente le commissaire Armstrong.

— Bonsoir, répondit le policier, tout en remarquant qu'elle était encore plus séduisante de près. Bienvenue à Hong Kong.

— Merci. Vous êtes donc de la police. Attendez... fit-elle d'un air pensif. Robert Armstrong ? Le chef de la Brigade criminelle de Kowloon ?

— Vous êtes parfaitement informée, répondit le commissaire en masquant sa surprise.

Miss Tcholok eut un petit rire :

— J'ai pour habitude de me renseigner quand je me rends dans un nouvel endroit. Je me suis simplement procuré l'organigramme de la police.

— Nous n'avons pas publié d'organigramme.

— C'est une façon de parler. L'administration de Hong Kong met à la disposition de quiconque possède quelques pennies un annuaire téléphonique de ses services. J'en ai acheté un et j'y ai trouvé tous les services de la police, les noms de leurs chefs ainsi que leur numéro de téléphone.

— Qui dirige la Special Branch ? demanda Armstrong pour la mettre à l'épreuve.

— Je ne sais pas. Je ne crois pas qu'elle figurait dans l'annuaire. Dites-moi, commissaire, vous vous déplacez pour chaque arrivée d'appareil privé à Hong Kong ? dit la jeune femme en plissant légèrement le front.

— Je me dérange uniquement lorsqu'ils transportent de jolies femmes bien informées.

— Plaisanterie mise à part, que se passe-t-il ?

— Rien, simple routine. Kai Tak fait partie de mon secteur, répondit Armstrong avec aisance. Puis-je voir votre passeport ?

— Bien sûr.

Casey Tcholok fronça à nouveau les sourcils, fouilla dans son sac et tendit au policier son passeport américain. Armstrong l'examina avec la rapidité que procure une longue expérience : née à Providence, Rhode Island, le 25 novembre 1936 ; taille : 1,70 m ; cheveux blonds, yeux noisette ; date d'expiration 1965. Vingt-six ans ? Je l'aurais crue plus jeune — encore que son regard ait, à l'examen, quelque chose d'étrange qui la vieillit.

Le commissaire feuilleta le passeport avec nonchalance, apparemment au hasard. Visa pour Hong Kong en règle, remarqua-t-il ; une dizaine de cachets apposés en France, en Italie, en Amérique du Sud... et en URSS. Visite de sept jours en juillet de cette année.

— Sergent Lee !

— Commissaire ?

— Faites viser le passeport de mademoiselle. Tout est en règle, dit-il en souriant à la jeune femme. Votre visa est valable pour trois mois mais si vous désirez prolonger votre séjour, adressez-vous simplement au poste de police le plus proche, nous ferons le nécessaire.

— Merci beaucoup.

— Comptez-vous rester longtemps parmi nous ?

— Cela dépendra de l'accord que nous conclurons. Nous espérons qu'il sera durable, répondit-elle avec un sourire à l'adresse de John Chen.

— Oui, euh, nous l'espérons aussi, bafouilla l'Eurasien, qui ne parvenait toujours pas à se faire à l'idée que Casey Tcholok était une femme.

Sven Svensen, le steward, descendit la passerelle portant deux sacs de voyage.

— Tenez, Casey. Vous êtes sûre que cela vous suffira pour cette nuit ?

— Certaine. Merci, Sven.

— Linc ne descend pas pour l'instant, il m'a chargé de vous dire de ne pas l'attendre. Vous voulez que je vous aide, pour la douane ?

— Non, merci. Mr. John Chen a eu l'amabilité de venir nous accueillir ainsi que le commissaire Armstrong, le chef de la Brigade criminelle de Kowloon.

Le steward regarda pensivement le policier avant de répondre :

— Bon. Je remonte.

— Tout va bien ? demanda Casey.

— Je crois, dit Sven. Les douaniers inspectent notre stock de gnôle et de cigarettes.

Quatre produits seulement nécessitaient l'obtention de licences d'importation ou étaient frappés de droits de douane dans la Colonie : l'or, l'alcool, le tabac et l'essence ; deux étaient totalement interdits et ne pénétraient donc qu'en contrebande : la drogue et les armes de toutes espèces.

— Nous n'avons pas de riz à bord, commissaire. Linc n'en mange jamais.

— Alors il va souffrir, ici.

La jeune femme eut un petit rire puis se tourna de nouveau vers le steward :

— À demain. Merci.

— 9 heures précises ! lui lança Sven en montant la passerelle.

— Comme vous l'avez entendu, nous n'attendons pas Linc, dit Casey à John Chen. J'espère que cela ne vous dérange pas.

— *Hein ?*

— Nous avons réservé à l'hôtel Victoria and Albert, à Kowloon. Allons-y, Linc viendra plus tard... ou demain.

Elle voulut prendre ses bagages mais un porteur surgit de nulle part et s'en empara.

— Mr. Bartlett ne vient pas ? dit l'Eurasien, l'air ahuri.

— Non. Il passera la nuit dans l'avion s'il obtient l'autorisation de le faire. Sinon, il nous suivra en taxi. De toute façon, il nous rejoindra demain pour le déjeuner, comme convenu. Nous déjeunons toujours ensemble, je suppose ?

— Oui, mais... bredouilla John Chen, dont le cerveau avait apparemment du mal à fonctionner. Vous voulez annuler la réunion de 10 heures ?

— Pas du tout, j'y assisterai. Linc n'avait pas prévu d'y participer : on y discutera surtout de questions de financement, pas de l'orientation générale de nos activités. J'espère que vous comprendrez, Mr. Chen. Linc est très fatigué, il est rentré hier d'un voyage en Europe. Commissaire, notre commandant a demandé à la tour de contrôle si Linc pouvait passer la nuit dans l'avion et les services de l'Immigration doivent nous rappeler pour nous donner la réponse, mais je présume que c'est finalement à vous qu'il appartiendra de prendre la décision. Je vous serais très reconnaissante de satisfaire à notre requête. Linc a trop jonglé avec le décalage horaire.

— J'en discuterai avec lui, s'entendit répondre Armstrong.

— Merci infiniment. Désolée de ces complications, Mr. Chen. Nous y allons ?

Elle se dirigea vers la porte 16, suivie du porteur, mais l'Eurasien l'arrêta et lui montra sa Rolls.

— Par ici, miss Tchu — euh, Casey.

La jeune femme écarquilla les yeux :

— Nous ne passons pas par la douane ?

— Pas ce soir, répondit Armstrong, sous le charme. C'est un cadeau du gouvernement de Sa Majesté.

— J'ai l'impression d'être un monarque en visite, plaisanta le « bras droit » de Linc Bartlett en montant dans la voiture, où flottait une agréable et luxueuse odeur de cuir.

Voyant le porteur poursuivre sa route avec les bagages vers la porte 16, elle demanda :

— Et mes affaires ?

— Ne vous inquiétez pas, la rassura John Chen. Ils seront dans votre suite avant vous.

— John est venu avec deux voitures, expliqua Armstrong. Une pour vous et Mr. Bartlett, l'autre pour les bagages.

— Deux voitures ?

— Bien sûr. N'oubliez pas que vous êtes à Hong Kong, dit le commissaire avant de claquer la portière.

Il regarda la Rolls s'éloigner en se demandant pourquoi les services secrets — la Special Intelligence — s'intéressaient à K. C. Tcholok.

— Rendez-vous à l'aéroport et examinez personnellement son passeport, lui avait ordonné ce matin le directeur de la SI. Ainsi que celui de Mr. Lincoln Bartlett.

— Puis-je vous demander pourquoi, monsieur le Directeur ?

— Non, Robert. Vous ne faites plus partie de nos services, vous avez une bonne planque à Kowloon — une vraie sinécure, n'est-ce pas ?

— Oui, monsieur le Directeur.

— Surtout ne sabotez pas le travail, ce soir : des gens très influents sont peut-être mêlés à cette affaire.

Armstrong soupira en montant la passerelle en compagnie du sergent Lee. *Diou ne lo mo* sur tous les directeurs, en particulier celui de la Special Intelligence, se dit-il. Un des douaniers qui attendaient en haut de la passerelle le salua :

— Bonsoir, commissaire. Tout est en règle. Nous avons trouvé à bord un pistolet de calibre 38 et une boîte de cartouches non entamée qui font partie de l'équipement de l'appareil, ainsi que trois fusils de chasse et un calibre 12 appartenant à Mr. Bartlett. Toutes ces armes figurent sur le manifeste et sont rangées dans une armoire dont le commandant a la clef.

— Bien.

— Vous avez encore besoin de moi, commissaire ?

— Non merci.

Armstrong examina le manifeste que le douanier lui remit avant de partir : vin, cigarettes, bière et alcool. Dix caisses de dom pérignon 59, quinze de puligny-montrachet 53, neuf de château-haut-brion 53.

— Pas de lafite-rothschild 1916 ? demanda-t-il au steward avec un sourire malicieux.

— Non, monsieur. 1916 est un mauvais cru mais il y a une demi-caisse de 1923 à la page suivante.

— Naturellement, toutes ces marchandises sont en « dépôt de douane » tant que vous restez ici.

— Je les ai mises sous clef et le douanier les a plombées. Il m'a autorisé à garder une dizaine de bières dans le réfrigérateur.

— Si leur propriétaire veut importer quelques

bouteilles, faites-le-moi savoir. Il n'y aura pas de problème — juste une petite contribution au tiroir du bas de Sa Majesté.

— Je vous demande pardon ? fit Sven, perplexe.

— Oh ! juste un jeu de mots anglais sur le tiroir de la commode où les dames rangent les affaires dont elles auront besoin plus tard. Votre passeport, s'il vous plaît.

Svensen était canadien.

— Puis-je vous conduire à Mr. Bartlett, suggéra le steward en remettant son passeport. Il vous attend.

L'intérieur de l'avion était élégant et simple. Immédiatement après le petit couloir, il y avait un salon meublé d'un canapé et de quelques fauteuils de cuir. Une porte le séparait de l'arrière de l'appareil. De l'autre côté se trouvait la cabine de pilotage, dont la porte était ouverte, et où le commandant et son copilote achevaient leur travail d'écriture.

— Commandant ? dit Svensen. Le commissaire Armstrong...

— Bonsoir, commissaire. Je suis le commandant Jannelli et voici Bill O'Rourke, mon copilote.

— Bonsoir, messieurs. Puis-je voir vos passeports ?

Les passeports des deux hommes étaient couverts de visas mais ne portaient pas un seul cachet d'un pays de l'Est. Armstrong les confia au sergent Lee pour qu'il les fasse viser.

— C'est votre première visite à Hong Kong, commandant ?

— Non. J'y ai passé quelques jours de permission pendant la guerre de Corée, et j'ai travaillé six mois pour la Far Eastern en 1956, au moment des émeutes.

— Quelles émeutes ? demanda O'Rourke.

— Kowloon tout entier avait explosé. Deux cent mille Chinois pris d'une fureur soudaine étaient descendus dans la rue. Les flics, pardon, les policiers, firent d'abord preuve de patience mais quand la foule se mit à tuer, ils installèrent quelques mitrailleuses et abattirent une demi-douzaine d'agités. Le calme revint rapidement. Ici, seuls les flics ont des armes, et c'est une excellente chose. Commissaire, vos gars ont fait du bon travail.

— Merci. D'où avez-vous décollé ?

— De L. A., Los Angeles. C'est là que Linc, Mr. Bartlett, a ses bureaux.

— Vous avez fait escale à Honolulu et à Tokyo ?

— Oui.

— Combien de temps êtes-vous resté à Tokyo ?

Bill O'Rourke consulta son carnet de bord avant de répondre :

— Deux heures dix-sept minutes. Juste le temps de refaire le plein.

— Et de se dégourdir les jambes ?

— J'ai été le seul à descendre, dit Jannelli. Je vérifie toujours le train d'atterrissage lorsque nous faisons escale.

— Bonne habitude, commenta le policier poliment. Combien de temps passerez-vous à Hong Kong ?

— Sais pas, ça dépend de Linc. Au moins une nuit puisque nous ne pouvons pas repartir avant 14 heures. Nous avons pour instruction de nous tenir prêts à décoller à tout moment.

— Vous avez la permission de rester ici jusqu'à 14 heures, dit Armstrong. Si vous voulez prolonger ce délai, appelez la tour de contrôle avant son expiration. Quand vous serez prêts, vous vous rendrez à la douane par la porte 16 — tout l'équipage s'il vous plaît.

— Entendu. Dès que nous aurons fait le plein.

— Vous savez qu'il est absolument interdit d'introduire des armes à feu dans la Colonie ? Les armes nous rendent nerveux, à Hong Kong.

— Moi aussi, commissaire. C'est pourquoi je garde la seule clef de l'armoire où on les range.

— Bien. En cas de problème, prenez contact avec mon service.

Armstrong retourna dans le salon où une hôtesse somnolait dans un fauteuil, un sac de voyage sur les genoux. De la cabine, Jannelli le regarda feuilleter le passeport de la jeune femme, une jolie fille nommée Jenny Pollard.

— Fumier, murmura le commandant. Il y a quelque chose qui cloche.

— Hein ?

— Depuis quand un ponte de la Brigade criminelle se dérange pour examiner des passeports ? Tu es sûr que nous ne transportons rien de bizarre ?

— Sûr. Je vérifie toujours tout, y compris les stocks de Sven. Naturellement, je n'ai pas inspecté les affaires de Linc ou de Casey mais ils ne commettraient pas une telle bêtise.

— Je travaille pour lui depuis quatre ans et pas une seule fois... N'empêche, il y a quelque chose de louche, dit le commandant. Il se tortilla sur son siège, chercha une position plus confortable et soupira avec lassitude : bon sang, je m'offrirais bien un massage et une semaine de congé.

Dans le salon, Armstrong passait le passeport de l'hôtesse au sergent Lee.

— Merci, miss Pollard.

— Vous avez vu tout l'équipage, dit Svensen. Si vous voulez bien me suivre, Mr. Bartlett va vous recevoir.

Le steward frappa à la porte, l'ouvrit sans attendre de réponse et annonça le moins cérémonieusement du monde :

— Linc, c'est le commissaire Armstrong.

— Salut, lança l'Américain en se levant de son bureau, la main tendue. Vous buvez quelque chose ? une bière ?

— Plutôt du café.

— Tout de suite, dit Svensen en quittant la pièce.

— Faites comme chez vous, voici mon passeport. J'en ai pour une minute, assura le milliardaire, qui se remit à taper avec deux doigts sur sa machine à écrire.

Le commissaire le détailla à loisir : cheveux blond roux, yeux bleus mouchetés de gris, visage énergique et agréable, allure sportive, jeans et chemisette. Le passeport lui apprit qu'il était né à Los Angeles le 1er octobre 1922 et qu'il avait lui aussi passé une semaine en Union soviétique. Il ne fait pas ses quarante ans, se dit Armstrong.

Le regard du policier parcourut la pièce spacieuse, qui occupait toute la largeur de la carlingue. Derrière, un couloir longeait les toilettes et deux cabines jusqu'à la porte du fond qui devait mener aux appartements du maître. Le bureau ressemblait à un centre de communications : télex, standard téléphonique, machines à écrire vissées sur un châssis, horloge illuminée sur l'une des parois, classeurs, machine à photocopier, bureau au plateau en cuir recouvert de paperasse. Sur les rayonnages, des livres : quelques « poche », des traités de droit fiscal mais surtout des ouvrages sur la guerre, des livres écrits par des généraux : Wellington, Napoléon, Patton, Eisenhower, Sun Tzu.

— Votre café, commissaire, dit Svensen, arrachant le policier à son examen.

— Merci.

Armstrong prit sa tasse et y versa un peu de lait tandis que le steward posait une boîte de bière fraîche près de Bartlett et emportait celle qui était vide. Le milliardaire but en relisant ce qu'il venait d'écrire puis dit à Svensen :

— Demandez à Jannelli de faire envoyer ce message par la tour de contrôle.

Le domestique acquiesça et sortit.

— Désolé, reprit Bartlett en tournant sur sa chaise, mais cela ne pouvait pas attendre.

— Je vous en prie. Mr. Bartlett, vous avez l'autorisation de passer la nuit dans l'avion.

— Merci, merci beaucoup. Svensen peut rester aussi ? Je n'ai aucun talent de ménagère.

— Entendu. Combien de temps durera votre visite ?

— Cela dépendra de notre réunion de demain. Nous espérons conclure un marché avec Struan. Une semaine, dix jours.

— Alors il vous faudra déménager demain : un autre appareil privé est attendu à 16 heures. J'ai demandé au commandant Jannelli de téléphoner à la tour de contrôle avant 14 heures.

— Merci. C'est normal que le chef de la Brigade criminelle s'occupe du transit à l'aéroport ?

— J'aime savoir ce qui se passe dans mon secteur, répondit Armstrong en souriant. Habitude fastidieuse mais bien enracinée. Vous savez, nous ne recevons pas si souvent d'avion privé, et il est rare que Mr. Chen vienne personnellement accueillir quelqu'un. Nous ne manquons pas une occasion de montrer notre hospitalité. Struan possède la majeure partie de l'aéroport et John est un ami personnel. Vous le connaissez depuis longtemps ?

— Je l'ai rencontré à New York puis à Los Angeles, et nous avons sympathisé. Commissaire, cet avion me sert de...

Un des téléphones se mit à sonner, Bartlett décrocha.

— Oui ?... Salut, Charlie, quoi de neuf à New York ?... Bon Dieu, c'est du tonnerre. Combien ?... Bon, achète le tout... oui, les 200 000 actions... Lundi matin dès l'ouverture du marché. Tu me confirmes par télex...

L'Américain raccrocha et revint à Armstrong.

— Désolé. Oui, cet avion me sert de centre de communications, sans lui je suis perdu. Si nous restons ici une semaine, est-ce que je pourrai aller et venir de la ville à mon appareil ?

— Je crains que ce ne soit hasardeux, Mr. Bartlett.

— Cela veut dire oui ou peut-être ?

— Dans notre jargon, hasardeux signifie difficile. Navré mais nous avons des consignes de sécurité très strictes à Kai Tak.

— S'il est nécessaire de renforcer les effectifs, je suis prêt à payer les frais.

— C'est une question de sécurité, pas d'argent. D'ailleurs, nous disposons à Hong Kong d'un réseau téléphonique de première classe, vous verrez.

Et la SI aura moins de mal à écouter vos conversations, ajouta le commissaire *in petto*.

— Je vous serais reconnaissant si vous pouviez m'accorder cette faveur, insista Bartlett.

Armstrong goûta son café avant d'orienter la conversation sur un autre sujet :

— Vous connaissez Hong Kong ?

— Non, c'est mon premier voyage en Asie. Je n'étais jamais allé plus loin à l'est que Guadalcanal, en 43.

— Avec l'armée de terre ?

— J'étais sergent dans le génie. Nous construisions tout : hangars, ponts, camps, n'importe quoi. Une fameuse expérience... Vous êtes sûr que vous ne voulez pas boire autre chose ?

— Non, non. Merci pour le café.

Amstrong vida sa tasse, commença à se lever.

— Puis-je vous poser une question à mon tour ? demanda Bartlett.

— Certainement.

— Quel genre de type est Ian Dunross, le patron de la Struan ?

— Le Taï-pan ? Vous obtiendrez des réponses différentes selon la personne à qui vous poserez la question. Vous ne l'avez jamais rencontré ?

— Pas encore. Je vais faire sa connaissance demain, au déjeuner. Pourquoi l'appelle-t-on le Taï-pan ?

— Taï-pan signifie en cantonais « chef suprême », celui qui est placé au bout de la chaîne du pouvoir. Pour les Chinois, tous les patrons européens des vieilles sociétés commerciales sont des taï-pans, et le plus grand d'entre eux, c'est *le* Taï-pan. La Struan porte le surnom de « Noble

Maison » ou « Noble Hong », *hong* signifiant « compagnie ». Cela remonte à l'essor du grand négoce avec la Chine et aux premiers jours de la Colonie. Hong Kong a été fondé le 26 janvier 1841. Quant au fondateur de la Struan and Company, Dirk Struan, c'est un personnage légendaire : un pirate pour certains, un prince pour d'autres. Quoi qu'il en soit, il fit fortune en introduisant clandestinement en Chine de l'opium indien qu'il échangeait contre des lingots d'argent, lingots avec lesquels il achetait ensuite du thé qu'il expédiait en Angleterre par clippers. Il devint un prince marchand, un grand négociant, et conquit le titre de taï-pan. Depuis, la Struan s'efforce d'être la meilleure dans tous les domaines.

— Elle y parvient ?

— Une ou deux compagnies la talonnent — Rothwell-Gornt, en particulier —, mais on peut dire qu'elle garde la tête. Rien ne rentre à Hong Kong ou n'en sort, aucune affaire ne s'y traite sans que Struan, Rothwell-Gornt, Asian Properties, la Blacs — Bank of London and China —, ou la Victoria Bank n'intervienne.

— Parlez-moi de Dunross.

Le policier réfléchit avant de répondre :

— Je le connais peu, nous nous rencontrons de temps en temps aux courses mais je n'ai eu officiellement affaire à lui pour le travail qu'à deux occasions. C'est un homme charmant, qui excelle dans son domaine... Brillant est le mot qui le résume le mieux, je crois.

— Lui et sa famille possèdent une grande partie de la Compagnie Struan ?

— Je ne saurais le dire, et je doute que quiconque le sache en dehors de la famille. Par contre je suis sûr que ce ne sont pas ses actions qui lui ont valu le titre de taï-pan. D'aucuns le disent impitoyable, prêt à tuer. En tout cas, je n'aimerais pas l'avoir pour ennemi.

Bartlett eut un sourire étrange, les petites rides rayonnant au coin de ses yeux se creusèrent.

— Un ennemi est parfois plus précieux qu'un ami, dit-il.

— Parfois ; j'espère que votre séjour vous sera profitable.

— Merci. Je vous raccompagne, proposa le milliardaire en se levant.

Il ouvrit la porte, laissa sortir le commissaire et le sergent puis les suivit jusqu'à la passerelle et aspira une profonde bouffée d'air. Il sentit à nouveau dans le vent quelque chose d'étrange, ni agréable ni déplaisant, ni parfum ni odeur — simplement étrange et bizarrement excitant.

— Qu'est-ce qui flotte dans l'air, commissaire ? Casey a eu la même impression dès que Sven a ouvert la porte.

Armstrong hésita, sourit et répondit :

— C'est l'odeur même de Hong Kong, Mr. Bartlett. L'argent.

2

23 h 48

— Les dieux soient témoins de ma poisse ! jura Wu-Quatre-Doigts avant de cracher sur le pont de sa jonque.

L'embarcation mouillait au sein d'une des immenses grappes de bateaux s'étirant dans le port d'Aberdeen, sur la côte sud de l'île de Hong Kong. Par cette nuit chaude et humide, Wu jouait au mah-jong avec trois de ses amis, vieux et basanés comme lui, eux aussi capitaines d'une jonque dont ils étaient propriétaires. Pourtant ils naviguaient sous les ordres de Wu-Quatre-Doigts, qui s'appelait en réalité Wu Sang Fang. C'était un pêcheur illettré, court sur pattes et édenté, qui n'avait pas de pouce à la main gauche. Bien que sa jonque fût sale et délabrée, il était le chef des Wu de la mer, capitaine de leur flotte, et son pavillon frappé d'un lotus d'argent flottait sur les quatre mers.

Quand vint son tour de jouer, il prit une autre plaque d'ivoire, la regarda rapidement et, comme elle n'améliorait pas son jeu, la rejeta bruyamment et cracha une nouvelle fois. À l'instar de ses amis, il portait un maillot en lambeaux et un pantalon noir de coolie mais il avait misé dix mille dollars sur cette seule partie.

— *Ayiiya*, se lamenta Tang-le-Grêlé, bien que la plaque qu'il venait de tirer lui donnât presque une combinaison gagnante. Forniquent toutes les mères sauf les nôtres si je perds !

Et il jeta une plaque d'un geste théâtral.

— Fornique la tienne si tu gagnes ! rétorqua un autre joueur.

— Et forniquent les diables d'étrangers de la Montagne dorée s'ils n'arrivent pas ce soir, enchaîna Poo-Beau-Temps.

— Ils arriveront, déclara Wu-Quatre-Doigts d'un ton confiant. Les diables d'étrangers sont des maniaques de l'heure. J'ai quand même envoyé Septième Fils à l'aéroport pour s'en assurer.

Il tendit la main vers une plaque, interrompit son geste pour regarder d'un œil sévère, par-dessus son épaule, une jonque de pêche se diriger lentement et silencieusement vers la mer, à travers deux rives de bateaux encombrant l'accès du port. Seuls ses feux de mouillage étaient allumés, à bâbord et à tribord. Cette embarcation, qui lui appartenait, partait ostensiblement à la pêche mais allait en fait à la rencontre d'un chalutier thaïlandais chargé d'opium. Quand elle fut passée, Wu reporta son attention sur le jeu. Bien que la marée fût basse, la plupart des « îles » de bateaux flottaient en eau profonde. Une odeur fétide d'algues pourrissantes, de mollusques et d'ordures montait de la côte et des bas-fonds.

La plupart des sampans et des jonques n'étaient pas éclairés, les multitudes qu'ils abritaient dormaient. Çà et là cependant brûlait une lampe à pétrole. Des embarcations de toutes tailles étaient précairement amarrées les unes aux autres, apparemment sans ordre, le long d'étroites ruelles marines serpentant dans les villages flottants. C'était là qu'habitaient les Tankas et les Haklos — le peuple des bateaux — qui passaient leur vie sur l'eau, y naissaient et y mouraient. Nombre de ces bateaux ne quittaient jamais leur mouillage et demeuraient amarrés les uns aux autres jusqu'à ce qu'ils coulent, qu'ils pourrissent, qu'ils soient détruits par un typhon ou dans un de ces spectaculaires brasiers qui ravageaient fréquemment les « îles » d'embarcations, quand un pied, une main maladroite renversait une lampe ou laissait tomber une substance inflammable sur l'inévitable feu allumé à bord.

— Grand-père ! appela la jeune vigie.

— Quoi ? grogna Quatre-Doigts.

— Sur la jetée, regardez ! Septième Fils ! cria le garçon, âgé d'à peine douze ans, en montrant la côte.

Wu et les autres tournèrent la tête vers un jeune Chinois

vêtu de jeans, d'un maillot propre et de savates, qui réglait un taxi arrêté près de la passerelle d'un des immenses restaurants flottants amarrés à des jetées modernes. Ces temples du plaisir et de l'art culinaire avaient trois, quatre ou même cinq étages et des toits à la chinoise. Étincelants de lumière et de couleurs — rouge, vert et or —, ils croulaient sous les gargouilles, les dragons et les dieux.

— Tu as de bons yeux, Troisième Petit-Fils. Va à la rencontre de Septième Fils.

L'enfant détala aussitôt, courant d'un pied sûr sur les planches branlantes qui relient les jonques entre elles. Wu regarda son septième rejeton se diriger vers une des jetées où se regroupaient les sampans assurant la traversée du port. Quand il le vit s'installer dans le canot qu'il lui avait dépêché, il se retourna et s'assit de nouveau.

— Finissons la partie, grommela-t-il. C'est la dernière pour moi, il faut que j'aille à terre, ce soir.

Les quatre hommes se remirent à tirer et à rejeter les plaques d'ivoire.

— *Ayiiya !* s'écria Tang-le-Grêlé en découvrant celle qu'il venait de prendre.

Il la retourna sur la table puis étala les treize autres plaques qu'il avait en main.

— Par tous les dieux, regardez-moi ça ! jubila-t-il.

Les autres joueurs avaient l'air consterné.

— Je pisse sur tes ancêtres ! glapit Wu. Tu as trop de chance, Grêlé.

— Une dernière partie ? À vingt mille, proposa joyeusement Tang, convaincu que ce soir, ce vieux diable de Chi Kung, le dieu des joueurs, était perché sur son épaule.

Quatre-Doigts allait refuser lorsqu'un oiseau de mer survola la jonque en poussant un cri plaintif.

— Quarante, répondit-il aussitôt, interprétant le cri de l'oiseau comme un signe du ciel l'avisant que la chance avait tourné. Quarante mille ou rien ! Et aux dés parce que je n'ai plus le temps, maintenant.

— Par tous les dieux, je n'ai pas quarante mille en liquide, geignit le Grêlé. Mais tu m'en dois vingt et je mettrai ma jonque en gage demain quand les banques ouvriront ; je te laisserai ma part sur les prochains chargements d'or ou d'opium jusqu'à ce que tu sois remboursé si tu gagnes. *Heya ?*

— Vous jouez trop gros, déclara Poon-Beau-Temps avec aigreur. Vous perdez la boule, fornicateurs que vous êtes !

— Le plus haut point en un seul coup ? suggéra Wu.

— *Ayiiya !*, vous êtes devenus fous, tous les deux, protesta Poon, bien qu'il fût aussi excité que les autres. Où sont les dés ?

Quatre-Doigts les tira d'une de ses poches.

— À toi, Grêlé. Tu joues ton putain d'avenir.

Tang cracha dans ses mains, récita une prière silencieuse puis lança les trois dés en s'écriant anxieusement :

— Aïe-aïe-aïe !

Un quatre, un trois, un autre quatre.

— Onze !

Les autres retenaient aussi leur respiration. Wu ramassa les dés, cracha dessus, les injuria, les cajola et les jeta : un six, un deux, un trois.

— Onze ! Par les dieux petits et grands ! Lance-les à nouveau !

La tension montait autour de la table. Tang-le-Grêlé jeta une seconde fois les dés.

— Quatorze !

Wu se concentra et joua à son tour.

— *Ayiiya !* rugit-il.

Et tous rugirent avec lui. Un six, un quatre et un deux. Le Grêlé riait en se tenant le ventre, les autres le félicitaient ou plaignaient le perdant. Wu, dont le cœur battait encore la chamade, haussa les épaules et marmonna :

— Maudit oiseau. Venir piailler au-dessus de ma tête à un moment pareil !

— C'est ce qui t'a fait changer d'avis ?

— J'ai cru que c'était un signe. Tu en as vu souvent, toi, des oiseaux de mer qui survolent ta jonque la nuit en criant ?

— Tu as raison. J'aurais fait pareil.

— C'est le *joss* ! conclut Quatre-Doigts. Son visage s'illumina et il ajouta : mais le plaisir du jeu, c'est encore meilleur que les nuages et la pluie, *heya ?*

— Pas à mon âge !

— Quel âge as-tu, Grêlé ?

— Soixante et quelques — soixante-dix, peut-être. Presque aussi vieux que toi, mais je me sens comme si j'en avais trente.

Les Haklos ne tenaient pas de registre des naissances comme ceux qui habitaient sur terre.

— Tu sais que le marchand de remèdes du marché d'Aberdeen a reçu une nouvelle cargaison de ginseng coréen dont une partie a plus de cent ans ! De quoi mettre le feu dans ton bâton !

— Son bâton n'a pas besoin de ça, Poon ! Sa troisième femme est encore enceinte !

Souriant de sa bouche édentée, Wu sortit de sa poche un épais rouleau de billets de 500 dollars et commença à compter, les doigts agiles malgré le pouce manquant à la main gauche. Il l'avait perdu des années plus tôt dans un combat contre des pirates fluviaux, au cours d'une expédition de contrebande. Le vieillard s'interrompit à l'arrivée de son fils, jeune homme de vingt-six ans, grand pour un Chinois. Septième Fils traversa le pont d'une démarche maladroite tandis qu'un avion à réaction passait en hurlant au-dessus du port.

— Ils sont arrivés ? demanda Wu.

— Oui, Père.

Quatre-Doigts frappa joyeusement du poing le baril retourné sur lequel il était assis.

— Parfait ! s'exclama-t-il. Nous allons pouvoir commencer !

— Hé, Quatre-Doigts, dit Tang-le-Grêlé d'un air songeur en montrant les dés. Un six, un quatre, un deux, ça fait douze, qui fait aussi trois, le chiffre magique.

— Oui, j'ai vu.

Le Grêlé, avec un sourire épanoui, tendit la main vers le nord-est, là où devait se trouver l'aéroport de Kai Tak, derrière les montagnes d'Aberdeen, de l'autre côté du port de Kowloon, à une dizaine de kilomètres.

— Peut-être que la chance a tourné pour toi, *heya* ?

Lundi

3

5 h 16

L'aube commençait à poindre lorsqu'une jeep transportant deux mécaniciens en bleus passa devant la porte 16, à l'extrémité est de l'aéroport, et s'arrêta près de la partie centrale du train d'atterrissage du *Yankee 2*. La passerelle était encore en place, et la porte de l'appareil entrouverte. Les mécaniciens, Chinois tous les deux, descendirent du véhicule et commencèrent à inspecter les roues de l'avion, l'un au centre, l'autre sous le nez. Ils vérifièrent méthodiquement les pneus, les accouplements hydrauliques des freins qu'ils éclairaient à l'aide de torches électriques. L'homme qui se trouvait sous le ventre de l'avion monta sur une roue et passa la tête et les épaules dans les entrailles de l'appareil. Quelques instants plus tard, il poussa une exclamation étouffée et murmura en cantonais :

— Lim, viens voir.

Son compagnon s'approcha d'un pas lent, releva la tête. La sueur dessinait de grandes taches sur sa combinaison.

— Elles y sont ou pas ? Je vois rien d'ici.

— Fourre-toi le machin dans la bouche et jette-toi à l'égout. Bien sûr qu'elles y sont. On est riche, on manquera plus jamais de riz ! Mais fais moins de bruit, tu vas réveiller les diables d'étrangers pleins de fiente ! Tiens...

Le mécanicien juché sur la roue passa à Lim un long paquet enveloppé de toile que ce dernier, silencieux et preste, posa dans la jeep. Il fit de même avec un second paquet de mêmes dimensions puis avec un autre plus petit. Les deux hommes, inondés de sueur, travaillaient vite et sans bruit, entassant les paquets à l'arrière de leur véhicule. Un autre, un autre encore...

Une jeep de la police surgit sur la piste au moment même où des hommes en uniformes, dont plusieurs Européens, jaillissaient par la porte 16.

— On nous a vendus, balbutia Lim avant de se lancer dans une fuite désespérée.

La jeep le rattrapa facilement ; il s'arrêta, tremblant de terreur, puis il cracha, maudit les dieux et se réfugia en lui-même.

Son complice avait aussitôt sauté de la roue et s'était glissé derrière le volant de la jeep mais les policiers l'avaient maîtrisé et lui avaient passé les menottes avant qu'il n'ait eu le temps de tourner la clef de contact.

— Eh bien, eh bien, petite bouche onctueuse, où tu crois aller ? fit le sergent Lee d'une voix suave.

— Nulle part, sergent. C'est lui, là-bas, ce bâtard de putain. Il avait juré de me couper le kiki si je l'aidais pas. Je sais rien, sur la tombe de ma mère !

— Sale menteur, t'en as jamais eu, de mère ! Tu vas te retrouver en taule pour cinquante ans si tu ne parles pas !

— Je le jure, sergent, par tous les dieux.

— Je pisse sur tes mensonges, face de merde. Qui t'a payé pour ce boulot ?

Armstrong s'avança lentement sur le tarmac, la bouche encore emplie du goût douceâtre de la capture.

— Alors, sergent, voyons un peu notre prise, dit-il en anglais.

Le visage hérissé de barbe, fatigué par la nuit blanche qu'il venait de passer, le commissaire n'était pas d'humeur à entendre les protestations d'innocence du « mécanicien » geignard. D'une voix douce, il s'adressa à lui dans un cantonais populaire parfait :

— Dis encore une seule connerie, pourvoyeur de merde de lépreux, et j'ordonne à mes hommes de t'écraser les bourses.

L'homme se figea.

— Bon. Comment t'appelles-tu ?

— Tan Sha Ta, seigneur.

— Tu mens ! Le nom de ton ami ?

— Lim Ta-cheung, mais c'est pas mon ami, seigneur, je l'avais jamais vu avant cette nuit.

— Menteur ! Qui t'a payé ?

— Je ne sais pas qui l'a payé, seigneur. Il avait juré de me trancher la...

— Mensonges ! Ta bouche est si pleine de fiente que tu dois être le dieu de la crotte en personne. Qu'y a-t-il dans ces paquets ?

— Je ne sais pas, je le jure sur la tombe de mes ancêtres...

— Menteur ! rétorqua Armstrong, qui savait que l'homme chercherait immanquablement à le tromper.

« Les Chinois ne sont pas comme nous, lui avait enseigné son premier professeur à l'école de police, un vieux fonctionnaire colonial. Je ne veux pas dire qu'ils sont plus malhonnêtes, non, mais ils ne diront jamais la vérité à un flic. On a beau les coincer, ils continuent à mentir et vous glissent entre les doigts comme un bâton merdeux. Prenez leurs noms, par exemple. Tous les Chinois reçoivent quatre noms : un à la naissance, un deuxième à la puberté, un troisième à l'âge adulte, et un quatrième qu'ils se choisissent eux-mêmes. Pour un oui ou pour un non, ils passent de l'un à l'autre. Pour tout arranger, il n'y a pas une grande variété ; les Chinois s'appellent eux-mêmes *lao-tsi-sing* : les cent vieux noms. Effectivement, il n'y a qu'une centaine de noms de famille dans toute la Chine, dont vingt Yu, huit Yen, dix Wu et Dieu sait combien de Ping, de Li ou Lee, de Chen, Chin, Chong, Wong et Fu, qui se prononcent chacun de cinq façons différentes !

— Il doit être difficile d'identifier un suspect, avait commenté le futur commissaire.

— Vingt sur vingt, mon jeune ami ! Vous pouvez avoir cinquante Li, cinquante Chang et quatre cents Wong sans qu'ils soient le moins du monde parents. Cré bon sang ! Cela nous pose un foutu problème à Hong Kong. »

Armstrong soupira. Dix-huit ans plus tard, le problème des noms chinois demeurait le même casse-tête et, par-dessus le marché, chaque Chinois semblait avoir un surnom sous lequel il était généralement connu.

— Comment t'appelles-tu ? demanda-t-il de nouveau et, sans même écouter la réponse, il poursuivit : Menteur ! Sergent, ouvrez un de ces paquets, nous allons bien voir.

Le sergent Lee dégagea de l'emballage de toile un fusil automatique M14 de l'armée américaine, neuf et soigneusement graissé.

— Ça peut te coûter cinquante ans de placard, mauvais fils de la mamelle gauche d'une pute, grinça Armstrong.

Bouche bée, l'homme contemplait l'arme d'un air stupide. Un gémissement sourd s'échappa de ses lèvres.

— Forniquent tous les dieux, je savais pas que c'était des armes.

— Tu le sais, maintenant. Sergent, emmenez cette crotte et arrêtez-le pour contrebande d'armes.

Les policiers entraînèrent le faux mécanicien sans ménagement. Comme un jeune agent chinois s'apprêtait à défaire un autre paquet, carré et plus petit, Armstrong lui ordonna en anglais :

— N'y touchez pas ! Il peut y en avoir un de piégé. En arrière, tout le monde. Sergent, faites venir une équipe de désamorçage. Nous avons le temps, maintenant.

— À vos ordres, commissaire.

Tandis que Lee se dirigeait vers la jeep de la police pour téléphoner, Armstrong passa sous le ventre de l'avion, leva la tête, ne vit rien et monta sur une roue. « Jésus Marie ! », dit-il à mi-voix en découvrant cinq caissons vissés aux parois. L'un était presque vide, les quatre autres contenaient encore tous leurs paquets. À en juger par leurs formes et leurs dimensions, c'étaient encore des M14 et des caisses de munitions ou de grenades.

— Il y a quelque chose là-haut, commissaire ? demanda l'inspecteur Thomas, jeune Anglais travaillant depuis trois ans dans la brigade.

— Venez donc jeter un coup d'œil ! Mais ne touchez à rien.

— Bon dieu, il y a de quoi équiper deux escouades anti-émeutes !

— Je me demande à qui elles étaient destinées.

— Aux communistes ?

— Ou aux nationalistes — ou aux truands. Ils...

— Qu'est-ce qui se passe, là en bas ?

Armstrong reconnut la voix de Linc Bartlett. Son visage se ferma, il sauta sur la piste et approcha de la passerelle, suivi par Thomas.

— C'est précisément ce que j'aimerais savoir, Mr. Bartlett, cria-t-il avec sécheresse au milliardaire qui se trouvait en haut des marches en compagnie de son steward.

L'Américain et son domestique, tous deux vêtus de pyjamas, avaient les cheveux en broussaille.

— Venez donc regarder ceci, dit le policier en indiquant le fusil à moitié caché dans la jeep.

Bartlett descendit aussitôt, Svensen dans son sillage.

— Regarder quoi ?

— Mr. Svensen, si vous voulez avoir l'amabilité d'attendre dans l'avion, dit Armstrong.

Le Canadien hésita, se tourna vers son patron qui acquiesça de la tête.

— Fais-nous du café, Sven, s'il te plaît.

— D'accord, Linc.

— Alors, de quoi s'agit-il, commissaire ?

— De ceci !

— C'est un M14, murmura Bartlett en plissant les yeux. Et alors ?

— Alors il était à bord de votre avion.

— C'est impossible.

— Nous avons pris sur le fait les deux lascars venus prendre livraison de la marchandise. En voici un, dit Armstrong en désignant le Chinois en combinaison qui se tenait près de la jeep, l'air renfrogné, menottes aux poignets. L'autre est déjà dans le fourgon. Si vous voulez bien m'accompagner, je vais vous faire voir ce qu'on trouve sous le ventre de votre *Yankee 2*.

— Où ça ?

— Dans la soute de la partie centrale du train d'atterrissage. Il vous faudra monter sur une roue.

Bartlett suivit ces instructions, sous les yeux du commissaire et de l'inspecteur Thomas, qui regardèrent attentivement où il posait les mains en prévision d'un relevé d'empreintes.

— Ça alors ! s'exclama l'Américain en découvrant les caissons. Si c'est du même tonneau, c'est un véritable arsenal !

— Oui. Ne touchez à rien, surtout.

Bartlett redescendit.

— Ces caissons ont été spécialement fabriqués, fit-il observer.

— Je ne vous le fais pas dire. Voyez-vous un inconvénient à ce que nous fouillions l'avion ?

— Aucun.

— Allez-y, inspecteur. Maintenant, Mr. Bartlett, vous aurez peut-être la bonté de me fournir des explications ?

— Je ne suis pas trafiquant d'armes, affirma l'homme

d'affaires, et je ne crois personne de mon équipage assez stupide pour courir ce genre de risques.

— Et miss Tcholok ?

— Pour l'amour du ciel !

— C'est une affaire très grave, Mr. Bartlett, répliqua Armstrong d'un ton glacial. Votre appareil est placé sous séquestre, et jusqu'à plus ample informé, ni vous ni votre équipage n'avez le droit de quitter la Colonie sans l'autorisation de la police. Je vous répète ma question : et miss Tcholok ?

— Il est impensable que Casey puisse être mêlée de près ou de loin à une affaire de contrebande d'armes — ou de quelque contrebande que ce soit. Impensable, répéta Bartlett, qui ne montrait pas la moindre crainte. Il en va de même pour chacun d'entre nous.

Sa voix se durcit lorsqu'il ajouta :

— Vous étiez prévenu, n'est-ce pas ?

— Combien de temps êtes-vous resté à Honolulu ?

— Une heure ou deux, le temps de faire le plein, je ne me souviens pas exactement, répondit le magnat. Il réfléchit un moment et reprit : Jannelli est descendu, comme il en a l'habitude. Mais on n'aurait pas pu monter ces caissons en une heure.

— Vous en êtes certain ?

— Non, mais je parie que le travail a été fait aux États-Unis, avant notre départ. Où, pourquoi et par qui ? je n'en ai pas la moindre idée, par contre. Et vous ?

— Pas encore, dit Armstrong en observant attentivement Bartlett. Si nous montions à votre bureau ? Nous y enregistrerons votre déposition.

Le « pirate » consulta sa montre, qui indiquait 5 h 43.

— Allons-y tout de suite, décida-t-il. Je donnerai ensuite quelques coups de téléphone. Nous n'avons pas encore installé notre système. Il y a un téléphone à l'intérieur ? demanda-t-il en indiquant la porte 16.

— Oui, mais nous préférerions parler au commandant Jannelli et à Mr. O'Rourke avant que vous ne le fassiez, si cela ne vous dérange pas. Où sont-ils logés ?

— Au Victoria and Albert.

— Sergent Lee !

— Commissaire ?

— Vous pouvez rentrer au QG.

Se tournant à nouveau vers l'Américain, le policier poursuivit :

— Nous aimerions aussi interroger miss Tcholok avant vous — toujours si vous n'y voyez pas d'inconvénient.

Bartlett monta silencieusement les marches en compagnie d'Armstrong et finit par acquiescer :

— Entendu. À condition que vous vous en chargiez personnellement et que vous ne la réveilliez pas avant huit heures. Elle a fourni un gros travail ces derniers temps et la journée sera très chargée. Je ne veux pas que vous l'importuniez inutilement.

Dans le couloir, ils retrouvèrent Svensen, revêtu de son uniforme et l'air gravement préoccupé. Des policiers en tenue ou en civil fouillaient l'avion avec diligence.

— Et ce café, Sven ? réclama le chef de Par-Con Industries en se dirigeant vers son bureau.

Par la porte du fond, restée ouverte, le commissaire vit une partie des appartements du maître, notamment un lit modèle géant. L'inspecteur Thomas inventoriait le contenu d'une commode.

— Merde ! marmonna Bartlett.

— Navré mais c'est nécessaire, déclara le chef de la brigade criminelle.

— Je ne suis pas obligé de trouver ça agréable, répliqua le milliardaire. Je n'aime pas que des inconnus fourrent leur nez dans ma vie privée.

— Cela n'a rien d'agréable, je vous l'accorde. Sung ! appela Armstrong avec un geste en direction d'un des policiers en civil.

— Commissaire ?

— Venez prendre la déposition.

— Attendez, j'ai un système qui nous fera gagner du temps, dit Bartlett.

Il se tourna vers une console électronique, appuya sur deux boutons ; une platine à cassettes se mit en mouvement. Le magnat brancha le micro, le posa sur le bureau et déclara :

— L'appareil enregistrera deux bandes : une pour vous, l'autre pour moi. Quand vous aurez fait transcrire l'enregistrement par une dactylo, je vous le signerai.

— Merci.

— Bon, allons-y.

Le commissaire éprouva un embarras soudain.

— Mr. Bartlett, commença-t-il d'une voix lente, que savez-vous de la cargaison illégale trouvée dans la soute du train d'atterrissage de votre appareil ?

Après avoir déclaré une nouvelle fois qu'il en ignorait tout, l'Américain ajouta :

— Je ne puis croire qu'un membre de mon personnel soit mêlé à cette affaire. Aucun d'entre eux n'a jamais eu affaire à la police, autant que je sache — et si c'était le cas, je le saurais.

— Depuis combien de temps le commandant Jannelli est-il à votre service ?

— Quatre ans. O'Rourke deux, et Svensen, depuis que j'ai acheté le *Yankee 2*, en 58.

— Et miss Tcholok ?

Bartlett marqua une pause avant de répondre :

— Six ans, presque sept.

— Elle exerce des fonctions de cadre supérieur dans votre compagnie ?

— Très supérieur.

— C'est peu courant, vous ne croyez pas ?

— Cela n'a rien à voir avec le problème qui nous préoccupe.

— Vous êtes propriétaire de l'avion ?

— Plus exactement, il appartient à la société Par-Con Industries.

— Vous connaissez-vous des ennemis, des gens qui souhaiteraient vous causer de gros ennuis ?

— Demandez plutôt à un chien s'il a des puces ! répliqua le milliardaire en s'esclaffant. On ne devient pas le patron d'une firme d'un demi-milliard de dollars en se faisant des amis.

— Pas d'ennemis en particulier ? insista Armstrong.

— J'espère que vous m'apporterez la réponse à cette question. Le trafic d'armes est une spécialité : ceux qui ont monté cette affaire ne peuvent qu'être des professionnels.

— Qui connaissait votre plan de vol ?

— Le voyage était prévu depuis deux mois. Mon conseil d'administration et mon secrétariat étaient au courant, répondit Bartlett en fronçant les sourcils. Je n'avais aucune raison de le garder secret... Struan aussi était au courant, depuis au moins deux semaines. Nous avions confirmé notre venue le 12 par télex, en précisant les heures exactes de départ et d'arrivée. J'aurais préféré avancer la réunion mais Dunross n'était pas libre avant le lundi 19, c'est-à-dire aujourd'hui. Vous devriez l'interroger.

— Je n'y manquerai pas, Mr. Bartlett. Merci, ce sera tout pour le moment.

— À mon tour de poser quelques questions, si vous voulez bien. Quelle est la peine encourue pour contrebande d'armes ?

— Dix ans de prison, sans possibilité de mise en liberté sur parole.

— À combien estimez-vous la valeur de la cargaison ?

— Les armes se vendent à prix d'or si l'on sait trouver le bon acheteur.

— À qui songez-vous ?

— À quiconque désire provoquer des émeutes, pratiquer l'assassinat en série, cambrioler une banque ou perpétrer un crime de quelque importance.

— Les communistes, par exemple ?

Armstrong secoua la tête en souriant :

— S'ils désiraient s'emparer de la Colonie, ils n'auraient pas besoin de nous tirer dessus ni d'introduire en fraude des M14 américains — ils disposent de toutes les armes nécessaires.

— Les nationalistes de Chiang Kai-shek ?

— Le gouvernement américain leur fournit tous les armements qu'ils désirent. Pourquoi s'embêteraient-ils à faire de la contrebande ?

— Alors une guerre des gangs ?

— Dieu du ciel, Mr. Bartlett, nos gangs ne passent pas leur temps à se canarder. Nos triades — comme nous les appelons — négocient leurs différends à la chinoise, en hommes raisonnables et civilisés, avec des couteaux, des haches, des barres de fer et des coups de téléphone anonymes à la police.

— Je parie que vous trouverez la solution de l'énigme au sein de la Struan.

— Peut-être, dit le commissaire. Il eut un curieux rire avant de répéter : peut-être. Si vous voulez bien m'excuser...

— Naturellement.

L'homme d'affaires arrêta le magnétophone, sortit les deux cassettes, en remit une au policier.

— Merci, Mr. Bartlett.

— La fouille va durer encore longtemps ?

— Cela dépend. Une heure peut-être. Il sera peut-être nécessaire de faire appel à des spécialistes. En tout cas, nous nous efforcerons de vous importuner le moins possible. Vous comptez quitter l'avion avant le déjeuner ?

— C'est exact.

— Si vous voulez y retourner, téléphonez à mes services, au 88-77-33 : je vais faire garder l'appareil pendant quelque temps. Vous descendrez au Vic ?

— Oui. Je peux aller en ville maintenant, faire ce dont j'ai envie ?

— À condition que vous ne quittiez pas la Colonie pendant l'enquête.

— Je l'avais compris, dit Bartlett avec un grand sourire.

Après le départ du commissaire, le patron de la Par-Con prit une douche, s'habilla et attendit que tous les policiers fussent partis, à l'exception des deux gardes postés en bas de la passerelle. Il retourna alors à son bureau, ferma la porte, consulta sa montre — 7 h 37 —, s'installa devant le tableau de son centre de communication, appuya sur plusieurs boutons.

Au bout d'un moment, la voix ensommeillée de Casey se fit entendre par-dessus la « friture » :

— Oui, Linc ?

— *Geronimo*, dit-il dans le micro.

— Compris, répondit la jeune femme après un silence.

4

9 h 40

La Rolls descendit du ferry reliant Kowloon à l'île de Hong Kong, tourna dans Connaught Road et se glissa dans la circulation particulièrement dense. Il faisait humide et chaud, le soleil brillait dans un ciel sans nuage. Casey se renversa sur la banquette arrière, regarda nerveusement sa montre.

— Nous avoir tout le temps, missi, assura le chauffeur. Noble Maison au bout de la rue, grand bâtiment. Dix, quinze minutes, pas de problème.

— Bon.

Ça, c'est la vie, se dit-elle. Un jour, j'aurai une Rolls à moi, conduite par un chauffeur chinois poli, calme et propre, et je me ficherai complètement du prix de l'essence. C'est peut-être ici que je vais enfin gagner la vraie grosse galette, celle qui permet de dire merde à tout le monde, d'envoyer n'importe qui « sur les roses », pour reprendre l'expression de Linc. Le fric du système sur les roses, c'est ce qu'il y a de plus précieux au monde... mais c'est aussi le plus dur à gagner, lui avait-il expliqué. Si tu travailles pour moi — avec moi mais pour moi —, je t'aiderai à l'obtenir. Le tout est de savoir si tu es prête à payer le prix.

— C'est cher ?

— Cela varie d'une personne à l'autre mais c'est toujours plus cher que ce que l'on était prêt à payer.

— Cela a été le cas pour toi ?

— Ô combien !

Jusqu'à présent, le prix n'a pas été trop élevé, songea-t-elle. Je gagne 52 000 dollars par an, mon compte en banque est créditeur et mon travail développe mes capacités intellectuelles. Mais l'État se sert trop grassement au passage et il ne m'en reste pas assez pour envoyer tout le monde sur les roses. « La fortune, celle qui permet d'emmerder tout le monde, on ne l'obtient pas en faisant des économies, il faut réussir un coup fumant », disait Linc.

Combien me faudrait-il ?

Elle ne s'était jamais posé la question auparavant.

500 000 dollars ? À 7 %, cela rapporterait 35 000 dollars par an, imposables. Le gouvernement mexicain garantit un rapport de 11 %, dont il retire 1 % pour sa peine — mais c'est toujours imposable. Avec des bons non imposables à 4 %, on arrive à 20 000 dollars par an mais les bons présentent un risque et on ne joue pas avec l'argent du système sur les roses.

— Règle numéro un, Casey : ne jamais risquer ce fric, avait déclaré Linc. Jamais.

Il avait eu un de ses rires charmeurs, qui la désarmaient toujours, avant de poursuivre :

— Jamais, excepté une ou deux fois soigneusement choisies.

Un million ? deux, trois ?

Ne rêve pas, pense à la réunion, s'ordonna-t-elle. Deux

millions voilà ce qu'il me faut. À 5,25 % nets d'impôts, cela me rapporterait 105 000 dollars par an. De quoi couvrir mes dépenses, m'offrir tout ce que je veux et faire encore des économies.

Oui, mais comment trouver deux millions nets d'impôts ? Je n'en sais rien mais j'ai la certitude que c'est ici qu'il faut chercher.

La Rolls s'arrêta brusquement devant une foule de piétons qui s'insinuait entre les files serrées de voitures, d'autobus à impériale, de taxis, de camions, de charrettes, de bicyclettes, où l'on remarquait çà et là quelques pousse-pousse. Des milliers d'hommes et de femmes surgissaient de partout, fleuve de fourmis humaines, en cette heure de pointe matinale.

Bien qu'elle eût soigneusement étudié la documentation qu'elle avait réunie sur Hong Kong, Casey n'était pas préparée à cet incroyable flot.

— Je n'avais jamais rien vu de tel, avait-elle raconté à Linc lorsqu'il était arrivé à l'hôtel, juste avant qu'elle ne parte à la réunion. Il était plus de vingt-deux heures lorsque nous sommes venus de l'aéroport mais il y avait des milliers de gens dans les rues, y compris des enfants, et toutes les boutiques étaient encore ouvertes.

— La recherche du profit, avait répondu Linc. Pourquoi sommes-nous ici, à ton avis ?

— Pour nous emparer de la Noble Maison d'Asie avec l'aide secrète du Judas Iscariote local : John Chen.

— Rectification : pour conclure un marché avec la firme Struan et flairer le vent.

— Le plan est changé ?

— Oui, d'un point de vue tactique. Mais la stratégie reste la même.

— Pourquoi ce changement, Linc ?

— Charlie m'a téléphoné hier soir. Nous avons acheté 200 000 autres actions de Rothwell-Gornt.

— Alors notre offre en direction de Struan n'est qu'un leurre et nous visons en réalité Rothwell-Gornt ?

— Nous poursuivons toujours trois objectifs : Struan, Rothwell-Gornt et Asian Properties. Nous examinons la situation et nous attendons. Si le terrain semble propice, nous attaquons ; sinon, nous pouvons nous faire cinq, huit millions cette année en faisant affaire avec Dunross. C'est du velours.

— Tu n'es pas venu pour huit millions. Dis-moi la vraie raison.

— Pour le plaisir.

La Rolls avança de quelques mètres puis s'immobilisa de nouveau. La circulation se faisait plus dense à mesure qu'ils approchaient du centre. Ah ! Linc, ton plaisir couvre une multitude d'actes de piraterie, pensa-t-elle.

— Première fois à Hong Kong, missi ? demanda le chauffeur, qui la tira de ses réflexions.

— Oui. Je suis arrivée hier soir.

— Très bon. Temps très mauvais ça fait rien. Toujours humide en été mais premier jour toujours très beau, *heya ?*

Cette première journée avait commencé par le bourdonnement de son émetteur-récepteur de CB qui l'avait arrachée au sommeil. Et par le mot « Geronimo », qui, dans leur code, signifiait danger. Elle s'était rapidement douchée et habillée sans savoir d'où viendrait ce danger et elle avait à peine mis ses verres de contact que le téléphone sonnait.

— Commissaire Armstrong à l'appareil. Excusez-moi de vous ennuyer de si bonne heure, miss Tcholok, mais je désirerais vous parler.

— Certainement, avait-elle répondu d'un ton hésitant. Si vous voulez bien patienter cinq minutes, je vous retrouve au restaurant.

Le policier lui avait posé des questions, lui révélant seulement la découverte de marchandises de contrebande à bord de l'avion.

— Depuis combien de temps travaillez-vous pour Mr. Bartlett ?

— Je travaille directement pour lui depuis six ans.

— Avez-vous déjà eu des problèmes avec la police ?

— Aucun.

— Et lui ?

— Non plus. Qu'a-t-on trouvé à bord ?

— Vous ne semblez pas particulièrement inquiète, miss Tcholok, souligna Armstrong.

— Pourquoi le serais-je ? Ni Linc ni moi n'avons commis quoi que ce soit d'illégal. Quant aux membres de l'équipage, ce sont des professionnels triés sur le volet dont j'imagine mal qu'ils traficotent dans la drogue. Car il s'agit de drogue, non ?

— Pourquoi voulez-vous que ce soit de la drogue ?

— Il n'y a pas de trafic de drogue à Hong Kong ?

— Nous avons trouvé une quantité importante d'armes sous le ventre du *Yankee 2*.

Armstrong lui avait posé d'autres questions auxquelles elle avait répondu en grande partie, puis il avait pris congé. Casey avait fini son café et refusé, pour la quatrième fois, les croissants chauds à la française proposés par un garçon souriant dans son uniforme empesé. Cela lui avait rappelé le voyage qu'elle avait fait trois ans plus tôt dans le midi de la France. Nice, le Cap-d'Ail, le rosé de Provence, et ce cher Linc, avait-elle pensé en retournant à sa chambre pour y attendre son coup de téléphone.

— Casey ? Écoute, il...

— Ah ! Linc, je suis contente que tu téléphones, l'avait-elle interrompu aussitôt. J'ai oublié de te rappeler hier soir d'appeler Martin au sujet des actions (le mot « Martin » signifiait : attention, nous sommes sûrement sur table d'écoute). Je viens d'avoir la visite du commissaire Armstrong.

— Pour Martin, j'y avais pensé moi-même. Raconte-moi exactement ta conversation avec le commissaire.

Après qu'elle la lui eut résumée, Bartlett déclara :

— Je te mettrai au courant du reste en arrivant à l'hôtel. Je quitte l'aéroport dans une minute. Comment sont les chambres ?

— Extraordinaires ! Notre suite a pour nom Printemps parfumé et ma chambre, qui est contiguë à la tienne, doit logiquement en faire partie. C'est à croire qu'il y a une dizaine de domestiques par suite. J'ai commandé du café et on me l'a apporté sur un plateau d'argent avant d'avoir eu le temps de raccrocher. La salle de bains est si grande qu'on pourrait y donner une soirée avec une vingtaine d'invités.

— Très bien. J'arrive.

La jeune femme s'installa dans un des profonds fauteuils en cuir du luxueux salon et attendit, savourant le raffinement qui l'entourait : une magnifique commode laquée, un bar bien approvisionné dans une alcôve tapissée de miroirs, des bouquets de fleurs discrètement disposés çà et là, une bouteille de scotch offerte avec les compliments de la direction et dont l'étiquette portait le nom de Lincoln Bartlett ; enfin, dans les deux chambres, qui communiquaient par une porte, les plus grands lits qu'elle eût jamais vus.

Qui a caché des armes à bord et pour quelle raison ? se demanda-t-elle. Perdue dans ses pensées, elle contempla par la grande baie courant d'un mur à l'autre l'île de Hong Kong et le Peak, point culminant de la Colonie. La ville, baptisée Victoria en l'honneur de la vieille reine, commençait sur la côte puis s'étageait en espaliers sur les premières pentes. Bien que le tissu urbain se clairsemât à mesure que l'on montait, des immeubles se dressaient non loin de la cime, notamment à proximité du terminus du funiculaire. On doit avoir une vue splendide, de là-haut, se dit-elle distraitement.

Dans le port, aussi encombré que les rues de Kowloon, l'eau bleue miroitait joliment. Des paquebots, des cargos mouillaient le long des quais de Kowloon, entraient ou sortaient du port avec de joyeux coups de sirène. Plus loin, dans l'arsenal, un destroyer de la Royal Navy côtoyait une frégate grise de la Marine des États-Unis. Des centaines de jonques de toutes tailles et de tous âges — embarcations de pêche pour la plupart —, certaines à moteur, d'autres à voile, fendaient lentement les flots. Des ferries à deux ponts, noirs de monde, surgissaient du trafic ou s'y glissaient, vifs et agiles comme des libellules, et partout des sampans, motorisés ou mus à la rame, traversaient sans crainte les grandes avenues maritimes.

Où vivent donc tous ces gens ? se demandait Casey, sidérée. Comment assurent-ils leur subsistance ?

Un groom ouvrit la porte, sans frapper, avec son passe-partout et Linc Bartlett entra.

— Tu as l'air en pleine forme, Casey, dit-il en refermant la porte derrière lui.

— Toi aussi. Cette affaire d'armes, c'est grave, n'est-ce pas ?

— Tu es seule ? pas de femme de chambre ?

— Nous sommes seuls mais les domestiques entrent et sortent comme ça leur chante.

— Celui qui m'a conduit avait ouvert la porte avant que je n'y sois parvenu.

Bartlett résuma à Casey les événements survenus à l'aéroport puis ajouta en baissant la voix :

— Et John Chen ?

— Rien de spécial. Il m'a juste fait la conversation avec

une certaine nervosité sans parler affaires une seule fois. Il n'en revenait pas que je sois une femme, j'ai l'impression. Il m'a déposée à l'hôtel et a promis de m'envoyer une voiture le lendemain à 9 h 15.

— Alors notre plan marche bien ?

— Parfaitement bien.

— Il te l'a donné ?

— Non. J'ai eu beau dire que tu m'avais autorisée à le recevoir, il a fait mine d'être surpris et m'a dit qu'il t'en parlerait en privé en te reconduisant après le déjeuner. Il m'a paru fort nerveux.

— Peu importe. La voiture ne va pas tarder, je te retrouverai pour le déjeuner.

— Tu penses que je dois parler des armes ? à Dunross, par exemple ?

— Non, laisse-les plutôt venir.

— Tu crois qu'ils pourraient être dans le coup ?

— Cela ne m'étonnerait pas. Ils connaissaient notre plan de vol et ils ont un motif.

— Lequel ?

— Nous discréditer.

— Mais pourquoi ?

— Ils croient peut-être connaître notre plan de bataille.

— Dans ce cas, n'auraient-ils pas eu intérêt à n'en rien laisser voir, pour finalement nous posséder ?

— Possible. Quoi qu'il en soit, ils ont ouvert le jeu. Premier jour : cavalier en F3, l'attaque est lancée.

— Oui, mais par qui ? Et nous jouons avec les blancs ou avec les noirs ?

Le regard de Bartlett se durcit lorsqu'il répondit :

— Je m'en moque — pourvu que nous gagnions.

Sur ce, il sortit. Restée seule, Casey se dit qu'il se passait quelque chose — quelque chose de dangereux dont il ne lui avait pas parlé.

— Le secret est un élément capital, avait-il coutume de répéter au début de leurs relations. Napoléon, César, Patton — tous les grands généraux — dissimulèrent souvent leur plan « véritable » à leur propre état-major afin de ne pas le révéler aux espions ennemis. S'il m'arrive de te cacher des choses, ce n'est pas par manque de confiance. Toi, par contre, tu ne dois rien me cacher.

— Ce n'est pas juste.

— La vie n'est pas juste, la mort non plus. Les grosses

affaires, c'est comme la guerre. Je fais des affaires comme si je faisais la guerre et c'est pour cela que je gagne.

— Que tu gagnes quoi ?

— Je veux que Par-Con Industries devienne plus gigantesque que General Motors et Exxon réunis.

— Pour quoi faire ?

— Pour le plaisir.

— Dis-moi la vraie raison.

— Casey, il te suffit d'écouter pour comprendre. Voilà pourquoi je t'aime.

— Je t'aime aussi, Pirate.

Ils avaient éclaté de rire tous les deux car ils savaient qu'ils ne s'aimaient pas vraiment — tout au moins pas dans le sens qu'on donne ordinairement à ce verbe. Ils avaient décidé, dès le départ, de délaisser l'ordinaire pour l'extraordinaire. Pendant sept ans.

Par la baie vitrée, la jeune femme regarda le port et les bateaux à l'ancre. Écraser, détruire et vaincre, songeait-elle. Les affaires sont le jeu de Monopoly le plus excitant du monde, et mon patron, Bartlett le Pirate, est passé maître dans ce domaine. Mais le temps s'enfuit, Linc. Cette année, cette septième et dernière année prendra fin le 25 novembre, le jour de mes vingt-sept ans...

Elle entendit un coup frappé à la porte, le bruit d'une clef glissée dans la serrure et se retourna pour dire « entrez » mais un domestique en uniforme frais repassé était déjà dans le salon.

— 'Jour, missi, je suis Chang, boy n° 1 service de jour. Faire la chambre s'il vous plaît ? demanda le valet avec un sourire radieux.

— Vous n'attendez jamais qu'on vous dise d'entrer, à Hong Kong ? fit Casey avec humeur.

Chang-service-de-jour la regarda d'un air déconcerté :

— Pardon, missi ?

— Rien, rien, marmonna-t-elle avec lassitude.

— Beau temps, *heya ?* Quelle chambre d'abord — monsieur ou mademoiselle ?

— La mienne. Mr. Bartlett n'a pas utilisé la sienne.

Chang eut un nouveau sourire édenté. *Ayiiya !* pensa-t-il, c'est dans ton lit que tu t'es roulée avec lui, missi ? Mais un quart d'heure seulement s'était écoulé entre l'arrivée et le départ de « monsieur » qui n'avait pas quitté la chambre le feu aux joues et la mise en désordre.

Ayiiya ! alors c'est vrai, finalement, que *ma* suite est occupée par un homme et une femme, non par deux hommes comme c'était prévu à l'origine. Ng, la femme de chambre du service de nuit, l'avait d'ailleurs confirmé : en fouillant les bagages de la cliente, elle avait trouvé des preuves sérieuses que c'était une vraie femme. Et Fung, la femme de chambre n° 3, en avait apporté ce matin une autre confirmation, en révélant des détails particulièrement intimes.

Des poils de pubis dorés, quelle horreur !

De plus, Pubis-Doré n'était ni la première ni même la seconde femme du client et, *oh ko*, plus grave encore, elle n'avait pas cherché à sauver les apparences en se faisant passer pour telle, de façon que le règlement de l'hôtel et les convenances soient respectés.

Chang-service-de-jour gloussa en pensant au règlement de l'hôtel, qui interdisait aux femmes d'entrer dans la chambre d'un homme — à quoi sert le lit, alors ? Et voilà qu'à présent une femme vivait ouvertement en pécheresse dans *sa* suite. Ces barbares ! *Diou ne lo mo* sur chacune d'entre elles. Et celle-là, c'était sûrement un vrai dragon si elle avait traité le directeur adjoint, le directeur de nuit et même le directeur général, Grand-Vent en personne, comme on le lui avait raconté.

— Non, non, non, avait gémi Grand-Vent.

— Si, si, si, avait répliqué Pubis-Doré, exigeant la seconde partie de la suite Printemps parfumé.

C'est alors que l'honorable Mong, portier-chef, chef de triade et donc de l'hôtel, avait résolu l'insoluble problème.

— La suite Printemps parfumée a trois portes, *heya ?* avait-il rappelé. Une pour chaque chambre, une pour le grand salon. Qu'on la conduise à la partie B de la suite — la moins bonne chambre, de toute façon — par la porte donnant sur le couloir en gardant fermée la porte intérieure menant au salon — et donc à la chambre du maître. Mais on laissera traîner une clef : si cette putain à la bouche onctueuse ouvre elle-même la porte... on n'y peut rien. Et si demain ou après-demain il y a une erreur dans les réservations, notre honorable directeur général se verra contraint de demander au milliardaire et à sa catin du pays de la Montagne dorée de libérer la suite. Ce ne sont pas les clients qui manquent et nous avons notre réputation à préserver.

Ainsi fut fait. Pubis-Doré fut conduite dans la partie B de la suite par la porte du couloir, et qui pourra dire si elle s'est aussitôt précipitée sur la clef pour ouvrir la porte intérieure ? Que cette porte soit ouverte maintenant, ce n'est sûrement pas moi qui irai le raconter à quiconque, se jura Chang. Bouche cousue, comme toujours.

Ayiiya, les portes donnant sur le couloir peuvent bien être chastement fermées, cela n'empêche pas les portes de communication de s'ouvrir toutes grandes, lascivement. Comme sa Porte-de-Jade, se dit le boy n° 1, pensif. *Diou ne lo mo*, je me demande quelle impression ça fait de forcer une Porte-de-Jade comme la sienne.

— Faire le lit, missi ? proposa-t-il en anglais de sa voix suave.

— Oui, allez-y.

Pouah ! Cette langue barbare a un son vraiment horrible. Chang aurait craché par terre si le règlement de l'hôtel ne l'avait interdit.

— *Heya !* Chang-service-de-jour, lança joyeusement Fung, la femme de chambre n° 3 en entrant dans la pièce, après avoir vaguement frappé à la porte.

Comme la cliente lui faisait remarquer qu'elle aurait pu attendre qu'on la prie d'entrer, Fung s'excusa en anglais puis poursuivit en cantonais à l'adresse de Chang :

— Tu n'as pas encore fini ? Tu trouves sa fiente si agréable que tu te prélasses le nez dans ses dessous ?

— Prends garde à ce que tu dis, menaça le valet. Ton vieux père pourrait bien te chatouiller les côtes.

— Les seules chatouilles dont j'ai envie, c'est pas toi qui me les feras ! Allez, laisse-moi t'aider à finir en vitesse. On commence une partie de mah-jong dans une demi-heure. L'honorable Mong m'a envoyée te chercher.

— Merci, ma sœur. *Heya*, tu as vraiment vu ses poils ?

— Je te l'ai dit ! Tu me prends pour une menteuse ? Ils sont dorés, un peu plus clairs que ses cheveux. Elle était dans son bain et je l'ai vue comme je te vois. Oh ! et puis ses tétons sont roses, pas bruns.

— Aiiie !

— Comme des tétines de truie.

— C'est dégoûtant !

— Oui, alors. Tu as lu le *Commercial Daily* aujourd'hui ?

— Non, sœurette, pas encore. Pourquoi ?

— L'astrologue du journal me prédit une bonne

semaine et la rubrique financière parle du début d'un nouveau boom.

— *Diou ne lo mo*, ça alors !

— J'ai dit à mon agent de change ce matin de m'acheter mille autres actions de la Noble Maison, autant de Golden Ferry, quarante Second Great House et cinquante Good Luck Properties. Mes banquiers sont généreux mais il n'y a plus à Hong Kong une seule caisse à laquelle je puisse emprunter !

— Tu joues gros, petite sœur. Moi aussi j'ai raclé les fonds de tiroir : la semaine dernière j'ai emprunté à la banque sur mes actions pour acheter 600 autres Noble Maison. C'était mardi, elles étaient cotées à 25,23 !

— *Ayiiya !* honorable Chang, la cote atteignait 29,14 hier à la fermeture, dit Fung, qui calcula rapidement. Tu as déjà gagné 2 348 dollars de Hong Kong. Le bruit court que la Noble Maison va lancer une OPA sur Good Luck Properties. Si c'est vrai, ses ennemis vont en crever de rage et le Taï-pan de Second Great House en pétera de la fumée !

— Et les actions des trois compagnies grimperont en flèche ! *Diou ne lo mo*, où pourrais-je dégoter encore un peu de liquide ?

— Aux courses, Chang ! Emprunte 500 dollars sur tes gains actuels et joue-les sur le pari couplé de samedi. Moi mes chiffres c'est le 4 et le 5...

Les deux domestiques levèrent la tête quand Casey entra dans la chambre.

— Oui missi ? dit Chang en anglais.

— J'ai laissé du linge sale dans la salle de bains. Vous pouvez le faire prendre ?

— Je m'en occupe. Aujourd'hui six heures, le linge est prêt okay, très bon.

Ces étrangers sont vraiment stupides, pensa le Chinois avec mépris. Pour qui me prennent-ils ? Pour un tas de merde sans cervelle ? Bien sûr que je m'occuperai du linge s'il y a du linge.

— Merci.

Le boy et la femme de chambre regardèrent, fascinés, l'Américaine vérifier son maquillage dans la glace de la chambre avant de sortir.

— Ses nichons ne tombent pas, hein ? commenta Chang. Des tétons roses ! Ça alors !

— Comme une truie, je te dis. Tes oreilles servent seulement de pot de chambre ?

— Je pisse dans les tiennes, troisième femme de chambre.

— Elle t'a déjà donné un pourboire ?

— Non. Le maître a donné trop et elle rien du tout. Dégoûtant, non ?

— Ces gens de la Montagne dorée, ils ne sont vraiment pas civilisés, soupira Fung.

5

9 h 50

La Jaguar type E du Taï-pan dévalait Peak Road à tombeau ouvert en direction de Magazine Gap. La route sinueuse n'avait qu'une seule voie de chaque côté, ce qui n'offrait que de rares occasions de doubler, et la plupart de ses tournants longeaient le vide. Comme la chaussée était sèche et qu'il connaissait bien la route, Dunross négociait les virages sans beaucoup ralentir, en serrant le flanc de la montagne. Il rétrograda comme un pilote de course et freina pour ne pas emboutir un camion qui se traînait devant lui, attendit patiemment puis déboîta, doubla et se rabattit avant de croiser un véhicule surgissant en sens inverse.

La route serpentante étant de nouveau dégagée, il appuya sur l'accélérateur et prit avec une autorité abusive le milieu de la chaussée, coupant au plus court dans les virages. La puissance du moteur semblait envahir tout son être. Soudain un camion apparut au sortir d'un tournant et la sensation de liberté qu'il éprouvait s'évanouit. Il ralentit, serra à droite le temps de croiser l'importun puis relança de nouveau la décapotable écarlate à l'assaut de courbes traîtresses. Quand il tourna à gauche dans Magazine Gap Road, la circulation devint plus intense. Il doubla à la file un taxi et trois autres voitures puis se rabattit en apercevant deux motards de la police postés au bord de la route et laissa l'aiguille de son compteur redescendre jusqu'à la vitesse réglementaire de 50 km/h. Au passage, il leur adressa un aimable salut qu'ils s'empressèrent de lui rendre.

— Tu devrais conduire moins vite, lui avait récemment conseillé son ami Henry Foxwell, directeur de la Sécurité routière.

— Je n'ai jamais eu ni accident ni contravention.

— Évidemment. Pas un flic n'oserait t'en mettre une ! Je parle dans ton intérêt. Garde ton bolide pour Monaco ou la course de côte de Macao.

— Monaco est réservé aux professionnels. Rassure-toi, je ne prends jamais de risques, et d'ailleurs, je ne conduis pas si vite que ça.

— 110 à l'heure sur Wengniechong, ce n'est pas spécialement lent, mon vieux. D'accord, il était 4 heures du matin et la route était presque déserte mais la vitesse y est limitée à 50.

— Il y a des tas de Jaguar type E à Hong Kong.

— Il y en a sept, mais je n'en connais qu'une qui soit rouge avec une capote noire, des roues et des pneus de course, et qui fonce à toute allure. Tu as eu droit à un contrôle radar jeudi dernier alors que tu te rendais en visite chez des « amis » dans Sinclair Road.

Dissimulant sa colère, le Taï-pan sourit :

— Jeudi ? Ah oui ! j'ai dîné chez John Chen, il a un appartement aux tours Sinclair. Mais je pensais être rentré avant 4 heures.

— Alors il doit s'agir d'une erreur, ironisa Foxwell. L'agent a dû se tromper de numéro d'immatriculation et de couleur. Enfin, conduis quand même un peu moins vite, ajouta-t-il en tapotant amicalement le dos de Dunross. Cela m'embêterait que tu te tues pendant que je suis à la Sécurité routière. Attends donc que je réintègre la Special Branch — ou l'École de police. Oui, il s'agit probablement d'une erreur.

Il ne s'agit pas d'une erreur, répliqua intérieurement le patron de la Struan. Nous le savons l'un et l'autre, tout comme John Chen et Wei-wei le savent probablement eux aussi. Ainsi la police connaît l'existence de Wei-wei. C'est intéressant.

— Est-ce que par hasard vous me surveilleriez ? demanda Dunross à brûle-pourpoint.

— Grand Dieu non ! protesta Foxwell, l'air choqué. La Special Intelligence s'intéresse à un suspect qui a un appartement aux tours Sinclair et il se trouve qu'un de ses agents a remarqué ta présence. L'information m'est parvenue je ne sais trop comment... Tu connais le dicton : il suffit de glisser un mot à l'homme sage.

— Dans ce cas, tu ferais peut-être bien de recommander à tes amis de la SI de se montrer plus intelligents à l'avenir.

— Ils sont heureusement très discrets.

— Discrets ou non, je n'aimerais pas que mes faits et gestes fassent l'objet d'un dossier.

— Il n'en est pas question.

— Très bien. Quel est ce suspect qui habite aux tours Sinclair ?

— C'est un de nos importants hommes d'affaires capitalistes mais nous le soupçonnons de travailler en secret pour les cocos. Ennuyeux mais il faut bien que les types de la SI gagnent leur pain quotidien.

— Je le connais ?

— Tu connais tout le monde, je crois.

— Il est shanghaïnais ou cantonais ?

— Qu'est-ce qui te fait croire qu'il est l'un ou l'autre ?

— Un Européen alors ?

— Juste un suspect. Désolé, Ian, mais pour le moment, cette affaire est strictement confidentielle.

— Voyons, dis-le-moi, nous sommes propriétaires de ces tours. Je te promets de garder le secret.

— Navré mais c'est impossible. Je vais toutefois te raconter une petite histoire. Supposons qu'un homme marié très en vue ait pour maîtresse la nièce du chef adjoint de la police secrète illégale du Kuomintang à Hong Kong ; supposons que le Kuomintang veuille gagner cet homme à sa cause. Sans doute tenterait-il de le convaincre par l'intermédiaire de sa maîtresse, tu ne penses pas ?

— Si c'est un individu stupide, répondit Dunross, mal à l'aise.

Il savait parfaitement qui était l'oncle de Wei-wei et l'avait rencontré à plusieurs reprises à Taipei, au cours de soirées privées. Il avait de la sympathie pour lui. D'ailleurs, il n'y avait pas de problème : Wei-wei n'était ni sa maîtresse ni même son amie, toute belle, désirable et tentante fût-elle.

Le Taï-pan se sourit à lui-même en descendant Magazine

Gap Road en direction du rond-point où il prendrait Garden Road et se dirigerait vers la mer.

Déjà il apercevait le grand immeuble de bureaux de la Struan, haut de vingt-deux étages et bâti face à la mer, presque devant l'embarcadère des Golden Ferry reliant Hong Kong à Kowloon. Cette vue lui procura, comme toujours, un certain plaisir.

Il se faufila dans les embouteillages, passa presque au pas devant le Hilton et le terrain de cricket puis tourna dans Connaught Street, dont les trottoirs grouillaient de piétons, et s'arrêta devant l'entrée principale de l'immeuble.

C'est le grand jour, se dit-il. Les Américains sont arrivés. Avec un peu de *joss*, Bartlett me fournira la corde pour pendre Quillan Gornt et le liquider une fois pour toutes. Bon sang, si nous réussissons ce coup-là !

— Bonjour, monsieur, le salua le portier en uniforme.

— Bonjour, Tom.

Dunross s'extirpa de la voiture surbaissée, monta deux à deux les marches de marbre. Un second portier se chargea de conduire la Jaguar au garage souterrain ; un troisième lui ouvrit la porte vitrée. Dunross vit dans le panneau de verre le reflet d'une Rolls qu'il connaissait et se retourna. Lorsque Casey en descendit, il poussa un sifflement admiratif involontaire. La jeune femme portait un tailleur en soie vert d'eau dont la coupe très stricte ne parvenait pas à dissimuler les courbes parfaites de sa silhouette ou à gâcher le charme de son allure dansante. La couleur du tissu faisait ressortir l'or de sa chevelure fauve.

Sentant le regard du Taï-pan posé sur elle, elle tourna la tête, devina aussitôt qui il était et l'observa tandis qu'il continuait à la détailler. Chacun prit la mesure de l'autre pendant un bref instant qui leur parut pourtant bien long. Une serviette à la main, elle se dirigea vers lui et il descendit à sa rencontre.

— Bonjour, Mr. Dunross.

— Bonjour. Nous ne nous sommes jamais rencontrés, il me semble ?

— Non, mais on vous reconnaît facilement d'après vos photos. Je ne pensais pas avoir le plaisir de faire votre connaissance avant le déjeuner. Je suis Cas...

— Je sais, interrompit Dunross en souriant. John Chen m'a prévenu hier soir par téléphone. Il avait l'air assez agité. Bienvenue à Hong Kong, miss Tcholok. C'est bien miss, non ?

— Oui. J'espère que le fait que je suis une femme ne compliquera pas trop les choses.

— Oh ! cela ne manquera pas de nous troubler mais nous tâcherons de garder la tête froide. Me feriez-vous le plaisir, Mr. Bartlett et vous, de déjeuner avec moi samedi, aux courses ?

— Avec joie mais il faut que je demande à Linc s'il est libre. Pourrais-je vous donner une réponse cet après-midi ?

— Naturellement, acquiesça Dunross.

Ils s'observèrent de nouveau, immobiles devant la porte que le Chinois en livrée tenait ouverte.

— Après vous, miss Tcholok, et que la bataille s'engage.

— Pourquoi la bataille ? Nous sommes ici pour discuter et nous entendre.

— Bien sûr. C'était juste une citation de Sam Ackroyd, je vous expliquerai une autre fois.

Le Taï-pan conduisit l'Américaine devant la rangée d'ascenseurs, et les personnes qui attendaient s'écartèrent pour les laisser passer, au grand embarras de Casey.

— Merci, dit simplement Dunross, qui ne voyait là rien d'extraordinaire.

Il la fit entrer dans la cabine, appuya sur le bouton du vingtième étage en se faisant machinalement la réflexion qu'elle ne portait ni parfum ni bijoux, hormis une fine chaîne d'or autour du cou.

— Pourquoi la porte d'entrée fait-elle un angle ? demanda miss Tcholok.

— Pardon ?

— La porte d'entrée n'est pas tout à fait droite. Pour quelle raison ?

— Vous êtes très observatrice. C'est à cause du *feng shui*. Quand nous avons fait bâtir l'immeuble, il y a quelques années, nous avons oublié, pour une raison ou pour une autre, de consulter notre expert en *fung sui*. C'est une sorte d'astrologue, un spécialiste du Ciel, de la Terre, des courants et des diables. Il veille à ce que les maisons soient construites sur le dos du dragon Terre et non sur sa tête.

— Quoi ?

— En Chine, la Terre est un dragon sur lequel reposent

toutes les constructions. Bâtir sur son dos c'est l'idéal, sur sa tête, c'est très mauvais et sur son orbite pire encore. Lorsque nous avons fait appel — tardivement — à notre « fengshuiste », il nous a déclaré que nous nous trouvions par bonheur sur le dos du dragon (autrement il nous aurait fallu décamper) mais que les mauvais esprits s'étaient mis dans la porte, ce qui expliquait tous nos ennuis. Sous sa gouverne, nous avons modifié l'angle de la porte, qui ne laisse plus désormais entrer les diables.

— Dites-moi la vraie raison, maintenant, réclama Casey en riant.

— *Feng shui*, répéta Dunross. Nous avons été accablés par le mauvais *joss*, la malchance, jusqu'à ce que nous changions l'angle de la porte.

— Essayeriez-vous de me convaincre que vous croyez aux diables et aux dragons ?

— Je ne crois ni aux uns ni aux autres mais, en Chine, on apprend vite à ses dépens qu'il vaut mieux respecter en partie les croyances chinoises. N'oubliez jamais que Hong Kong, bien que britannique, fait partie de la Chine.

— Vous l'avez appris à vos dép... ?

L'ascenseur s'arrêta, la porte coulissa, découvrant un couloir lambrissé, un bureau et une réceptionniste chinoise, tirée à quatre épingles, qui évalua d'un coup d'œil les vêtements et la chaîne de l'Américaine.

Sale boudin, lui lança silencieusement Casey, qui ne s'était pas méprise sur le regard de la Chinoise.

— Bonjour, Taï-pan, dit la réceptionniste d'une voix douce.

— Mary, voici miss K. C. Tcholok. Veuillez la conduire au bureau de Mr. Struan.

— Mais ils attendent un..., bredouilla Mary Li, incapable de surmonter sa surprise.

Comme elle décrochait le téléphone, Dunross l'arrêta :

— Ne l'annoncez pas, c'est inutile. Conduisez-la immédiatement.

Il se tourna vers Casey en souriant :

— Voilà, vous y êtes. À tout à l'heure.

— Merci.

— Si vous voulez bien me suivre, miss Tchuluk, dit Mary Li en quittant son bureau.

Elle s'engagea dans le couloir, la démarche aguichante, le *chong-sam* moulant ses cuisses au-dessus des longues jambes gainées de soie. Casey l'observa un moment et se demanda si c'était la coupe du vêtement qui la faisait marcher d'une manière aussi ouvertement tentatrice. Amusée par la franchise sans subtilité de cette invite sexuelle, l'Américaine se tourna vers Dunross et haussa les sourcils. En réponse, il accentua son sourire et répéta :

— À tout à l'heure, miss Tcholok.

— Appelez-moi Casey.

— J'aurais peut-être une préférence pour Kamalian Ciranoush.

— Vous connaissez mon vrai prénom ? s'étonna-t-elle. Je doute que Linc lui-même s'en souvienne.

— On est toujours bien informé lorsqu'on a des amis haut placés.

Le Taï-pan s'approcha de l'ascenseur faisant face à celui qu'ils venaient de quitter, pressa le bouton. Les portes s'ouvrirent aussitôt, il entra dans la cabine, elles se refermèrent. Casey, toute songeuse, prit le sillage de Mary Li.

Dans l'ascenseur, Dunross sortit une clef de sa poche et la glissa dans une serrure placée au-dessus de la rangée de boutons. Trois autres personnes seulement — Claudia Chen, sa secrétaire de direction, Sandra Yi, sa secrétaire particulière, et Lim Chu, son premier boy — possédaient une clef semblable permettant d'accéder aux deux derniers étages.

Au vingt et unième se trouvaient ses bureaux personnels et la salle de réunion du conseil intérieur. Au vingt-deuxième, l'appartement-terrasse du Taï-pan, relié directement au garage par un autre ascenseur dont Dunross seul avait la clef.

En lui remettant cette clef, Alastair Struan, son prédécesseur lui avait déclaré :

— Ian, votre intimité est votre bien le plus précieux. Dirk Struan avait également prévu des dispositions dans ce domaine et il fit en l'occurrence preuve d'une grande sagesse. Les ascenseurs privés, l'appartement isolé de tous ne sont pas un étalage ostentatoire de luxe mais servent uniquement à vous donner la mesure du secret dont il faudra vous entourer. Vous le comprendrez mieux lorsque vous aurez pris connaissance du contenu du coffre. Veillez jalousement sur ce coffre, il renferme de nombreux secrets — il m'arrive parfois de penser qu'il en contient trop —

dont certains pas très avouables. Vous ne sauriez être trop prudent.

— J'espère que je ne faillirai pas, avait-il répondu poliment à ce cousin qu'il détestait et dont il recevait enfin ce pour quoi il avait tant peiné et pris tant de risques.

— J'en suis sûr, avait dit le vieillard avec raideur. Nous vous avons mis à l'épreuve et nous savons que vous désiriez depuis toujours devenir taï-pan.

— C'est vrai. Je me suis efforcé de me préparer à cet honneur. Cependant je suis surpris que vous me le décerniez.

— Je vous confie la responsabilité suprême non à cause de votre naissance — qui vous donne seulement le droit d'être élu au Conseil intérieur — mais parce que vous êtes le plus apte à me succéder et que, depuis des années, vous tendez tous vos efforts, toute votre volonté dans ce but. Ai-je raison ?

— Struan doit changer et puisque nous parlons franchement, la Noble Maison va à vau-l'eau. Ce n'est pas entièrement de votre faute : il y a eu la guerre, la Corée, Suez. Je reconnais que le *joss* vous a été contraire. Il faudra des années pour que nous retrouvions une position stable et sûre. Si Quillan Gornt ou l'un quelconque de nos ennemis venait à savoir ne fût-ce qu'une partie de la vérité, s'il apprenait à quel point nos engagements dépassent nos possibilités financières, nous sombrerions aussitôt dans nos propres effets sans valeur.

— Nos effets ne sont pas sans valeur ! Vous exagérez — comme toujours.

— Nous n'avons pas assez de capitaux, pas assez de liquidités, nous courons un danger mortel.

— Balivernes !

— Vraiment ? avait rétorqué Dunross en haussant le ton pour la première fois. Rothwell-Gornt nous engloutirait en moins d'un mois s'il savait de combien nous disposons pour faire face à nos engagements.

Alastair était resté un moment silencieux avant d'affirmer :

— C'est une situation temporaire. Temporaire et due à la conjoncture.

— Foutaises ! Vous savez pertinemment que vous m'abandonnez votre titre parce que je suis le seul à pouvoir nous sortir du bourbier dans lequel vous nous avez fourrés, vous, mon père et votre frère.

— Oui, je vous en crois capable, c'est vrai, avait répliqué l'ancien Taï-pan en s'emportant. Oui, vous avez en vous assez de sang de Struan le Diable pour vous montrer digne de lui !

— Merci du compliment. Je ne laisserais personne se mettre en travers de ma route, je le reconnais. Et puisque c'est la soirée des vérités, je vais vous dire pourquoi vous m'avez toujours haï, pourquoi mon propre père m'a toujours haï, lui aussi.

— Pourquoi ?

— Parce que j'ai survécu à la guerre alors que votre fils en est mort et que votre neveu, Linbar, le dernier rejeton de la branche Struan, est un gentil garçon totalement incapable. Oui, j'ai survécu mais mes frères sont morts et mon père ne me l'a jamais pardonné. N'est-ce pas la vérité ?

— Oui, j'en ai peur, avait murmuré Alastair.

— Moi je n'ai pas peur de la vérité, je n'ai peur de rien. Grand-mère Dunross y a veillé.

— *Heya !* Taï-pan, lança joyeusement Claudia Chen quand s'ouvrit la porte de l'ascenseur.

C'était une Eurasienne joviale d'une soixantaine d'années à la chevelure grise. Assise derrière l'énorme bureau trônant dans le hall du vingt et unième étage, elle était au service de la Noble Maison depuis quarante-deux ans et avait vu se succéder vingt-cinq taï-pans.

— *Ne ho ma ?* Comment allez-vous ?

— *Ho ho*, répondit machinalement Dunross avant de passer à l'anglais. Bartlett a téléphoné ?

— Non. Nous ne l'attendons pas avant le déjeuner. Vous voulez que j'essaie de lc joindre ?

— Non, non, c'est inutile. Et mon coup de téléphone à Foster, en Australie ?

— Je n'ai pas encore réussi à l'avoir. Pas plus d'ailleurs que Mr. MacStruan à Édimbourg. Quelque chose vous tracasse ? demanda la secrétaire, qui avait aussitôt deviné les préoccupations de son patron.

— Quoi ? Non, rien.

Dunross entra dans son bureau, qui dominait le port, et s'installa dans un fauteuil près du téléphone. Claudia

Chen le suivit, ferma la porte et s'assit en face de lui, son bloc à la main.

— Je viens de me rappeler le jour J pour moi — celui où j'ai pris la succession.

— *Joss*, Taï-pan.

— Oui.

— *Joss*, répéta la vieille Eurasienne. Il y a longtemps déjà.

— Longtemps ? J'ai l'impression que cela s'est passé il y a des siècles. Pourtant trois années seulement se sont écoulées mais le monde change si vite. Que nous réservent les deux prochaines années ?

— Autant de *joss*, Taï-pan. Il paraît que vous avez rencontré miss Casey Tcholok à la porte.

— Qui vous a raconté ça ?

— Dieu du ciel, Taï-pan, je ne peux révéler mes sources ! D'après ce qu'on m'a dit, elle vous a lorgné sous toutes les coutures et vous lui avez rendu la pareille. *Heya ?*

— Quelles sottises ! Qui vous a parlé d'elle ?

— Hier soir j'ai téléphoné à l'hôtel pour voir si tout était en ordre et le directeur m'a appris que c'était une femme. Vous savez que cet imbécile voulait leur raconter qu'il n'avait plus de place pour eux ? Qu'est-ce que ça peut vous faire qu'ils partagent une suite ou qu'ils dorment dans le même lit, j'ai répliqué. Nous sommes en 1963, le monde évolue et se libère. De plus, ce sont nos invités.

Elle glousssa avant d'ajouter :

— J'ai fait un peu de chantage. *Ayiiya !* c'est beau, la puissance.

— Avez-vous averti le jeune Linbar ou les autres que K. C. est une femme ?

— Je n'ai prévenu personne. Je savais que vous étiez déjà au courant : Barbara Chen m'avait dit que maître John vous avait téléphoné au sujet de miss Tcholok. Comment est-elle ?

— Tout à fait baisable, répondit le Taï-pan en souriant.

— Mais encore ?

Dunross réfléchit.

— Elle est séduisante, très bien habillée mais d'une élégance sobre — encore que ce soit peut-être seulement pour l'occasion. Sûre d'elle, observatrice — elle m'a demandé pourquoi notre porte est de guingois.

Il prit un coupe-papier en ivoire avec lequel il se mit à jouer en poursuivant :

— Elle n'a pas du tout plu à John ; il la compare à ces Américaines pathétiques qui sont comme un fruit californien : une peau merveilleuse, une chair splendide à regarder mais aucun goût !

— Pauvre maître John ! Il adore l'Amérique mais lui préfère l'Asie dans, euh, certains domaines !

Le patron de la Struan éclata de rire.

— Nous verrons si elle est habile en affaires... Je l'ai envoyée à la réunion sans prévenir les autres, dit-il, l'œil malicieux.

— Je parie 50 dollars de Hong Kong qu'un d'entre eux au moins sait que c'est une femme.

— Phillip Chen, évidemment, mais ce vieux renard n'aura sans doute pas averti les autres. Cent dollars que ni Linbar, ni Jacques, ni Andrew Gavallan ne sont au courant.

— Tenu, répondit joyeusement Claudia. Vous avez perdu, Taï-pan, j'ai vérifié discrètement ce matin.

— Payez-vous sur la caisse, bougonna-t-il.

— Désolée, refusa-t-elle en tendant la main. Un pari est un pari.

Il lui remit de mauvaise grâce un billet rouge de cent dollars.

— Merci. Maintenant je vous parie cent autres dollars que miss Casey Tcholok va mettre dans sa poche maître Linbar, maîtres Jacques et Andrew Gavallan.

— Vous savez quelque chose ? demanda Dunross, soupçonneux.

— Cent dollars ?

— D'accord.

— Parfait ! jubila la secrétaire, puis, changeant brusquement de sujet — Et les dîners organisés pour Mr. Bartlett, la partie de golf et le voyage à Taipei ? Impossible d'y emmener une femme. Je les annule ?

— Non. Je parlerai à Bartlett, il comprendra. Par contre, je les ai invités tous les deux aux courses, samedi.

— Cela fait deux invités de trop. Je décommanderai les Pang, ils ne se vexeront pas. Vous les voulez ensemble à votre table ?

— Placez-la à ma table, comme invitée d'honneur ; lui, mettez-le à côté de Pénélope.

— Très bien, je préviens Mrs. Dunross... Oh ! j'allais

oublier — Barbara, la femme de maître John, voudrait vous parler, dit Claudia en lissant de la main un pli de son *chong-sam* bleu marine. Maître John n'est pas rentré de la nuit — non pas que cela sorte de l'ordinaire mais il est déjà plus de 10 h et je n'arrive pas à le joindre moi non plus. Apparemment, il n'a pas assisté à l'office du matin.

— Oui, je sais. Comme il a accueilli Bartlett hier, je l'en ai dispensé.

L'office du matin était le surnom humoristique donné à la réunion quotidienne obligatoire de tous les directeurs de filiales de la Compagnie Struan avec le Taï-pan.

— Il n'a rien à faire au bureau avant le déjeuner, poursuivit Dunross. Il est probablement sur son bateau, c'est un temps magnifique pour la voile.

— Barbara est furieuse.

— Elle est toujours furieuse, la bougresse ! John est en mer ou dans le lit de Ming-li. Vous avez téléphoné chez Ming-li ?

— Bouche cousue ne gobe pas de bestioles, avait coutume de dire votre père. Enfin, je peux quand même vous confier que Ming-li n'est plus que la petite amie n° 2 depuis deux mois. La nouvelle favorite s'appelle Fleur-Parfumée, elle occupe un des « appartements privés » de maître John sur Aberdeen Main Road.

— À proximité du mouillage de son bateau. Très commode.

— Cette fille est effectivement une fleur, une fleur tombée du dancing du Dragon de la Chance, à Wanchai. Elle non plus ne sait pas où est maître John : il avait rendez-vous avec elle à minuit mais il n'est pas venu.

— Comment avez-vous appris tout cela ? demanda le Taï-pan admiratif.

— Le pouvoir, Taï-pan — et un réseau de relations bâti sur plus de cinq générations. C'est la seule façon de survivre. Si je colportais les ragots, j'ajouterais que cette fleur n'était pas vierge, comme maître John le croit et comme elle le prétend, avant qu'il ne la mette dans son lit.

— Vraiment ?

— Vraiment. Maître John a payé le vendeur pour une marchandise dévaluée...

L'un des téléphones sonna, Claudia décrocha et dit :

— Un moment, je vous prie... 500 dollars américains,

ça lui a coûté, poursuivit-elle, l'appareil plaqué contre la poitrine. Mais les larmes, les, euh, les preuves, rien que du vent ! Le pauvre ! Enfin, c'est bien fait pour lui : un homme de son âge n'a pas besoin de déflorer des vierges pour fortifier le *yang* — il n'a que quarante-deux ans, *heya ?*... Bureau du Taï-pan, bonjour.

Dunross la considérait avec un étonnement amusé. Il était toujours surpris par les informations qu'elle parvenait à se procurer, du plaisir qu'elle prenait à découvrir les secrets... et à les révéler à d'autres, en choisissant toutefois avec soin ses confidents.

— Un instant... Le commissaire Armstrong voudrait vous parler ; il est en bas avec le commissaire Kwok. Il s'excuse de vous importuner sans avoir pris rendez-vous et demande si vous pouvez leur accorder quelques minutes.

— Ah ! les armes ! Notre police devient plus efficace chaque jour, fit observer Dunross avec un sourire sardonique. Je ne l'attendais pas avant midi.

À sept heures, il avait reçu un rapport détaillé de Phillip Chen, lui-même averti par un des sergents ayant participé à l'arrestation et apparenté au clan des Chen.

— Mettez tous vos informateurs sur cette affaire, Phillip, avait ordonné le Taï-pan, très préoccupé.

— C'est déjà fait. Ces armes cachées dans l'avion de Bartlett, ce ne peut être une simple coïncidence.

— Il serait extrêmement embarrassant que nous nous retrouvions mêlés à cette affaire d'une façon ou d'une autre.

— En effet.

S'apercevant que Claudia attendait patiemment une réponse, Dunross grommela :

— Dites-leur que je les recevrai dans dix minutes.

Après s'être acquittée de cette tâche, la secrétaire remarqua :

— Si le commissaire Kwok est déjà sur le coup, cela veut dire que c'est plus grave que nous le pensions, *heya ?*

— Il est normal que la Special Branche ou la Special Intelligence se mettent immédiatement sur les rangs et je parie même que le FBI et la CIA ont déjà été prévenus. Je ne suis pas surpris que Brian Kwok soit sur l'affaire : c'est un vieux copain d'Armstrong, et l'un des meilleurs limiers dont ils disposent.

— Oh ! oui, approuva chaudement Claudia. Hiiii, quel bon mari il ferait !

— Pour une fille du clan Chen, je suppose ?

Il était de notoriété publique que Brian Kwok était appelé à devenir le premier directeur adjoint chinois de la police.

— Ce serait une alliance profitable pour la famille, reconnut la secrétaire.

Le téléphone sonna à nouveau.

— Oui ?... Je lui dirai, merci.

Elle raccrocha d'un geste irrité.

— C'était le secrétaire du gouverneur, maugréa-t-elle. Il m'a chargée de vous rappeler le cocktail de ce soir — comme si j'allais oublier !

Dunross décrocha un des téléphones, composa un numéro.

— *Weiiii ?* fit la voix rauque de l'*amah*, le domestique chinois.

— Chen *tai-tai*, dit le Taï-pan dans un cantonais parfait. Mrs. Chen, s'il vous plaît. De la part de Mr. Dunross... Barbara ? Bonjour.

— Bonjour Ian. Vous avez des nouvelles de John ? Je suis désolée de vous embêter...

— Vous ne m'embêtez pas le moins du monde. Non, il n'a pas encore donné signe de vie mais je vous préviendrai dès qu'il y aura du nouveau. Il s'est peut-être rendu au champ de courses pour assister à l'entraînement de Golden Lady. Vous avez essayé le club hippique ?

— Il n'y a pas pris son petit déjeuner et l'entraînement se termine à 6 heures. Quel sale égoïste ! *Ayiiya*, les hommes !

— Il est probablement sorti faire un tour en mer sur son voilier, vous le connaissez. Vous avez téléphoné au gardien des bateaux ?

— Il n'a pas le téléphone. Pas moyen de vérifier sans aller à Aberdeen et je ne peux absolument pas décommander mon rendez-vous chez le coiffeur — tout Hong Kong sera à la réception que vous donnez ce soir.

— Envoyez un de vos chauffeurs, suggéra le Taï-pan d'un ton sec.

— Tang a pris sa journée et j'ai besoin de Wu-Chat pour me conduire. Il lui faudrait bien une heure pour faire l'aller-retour et j'ai une partie de mah-jong de deux à quatre.

— Alors je demanderai à John de vous téléphoner.

— Je ne serai pas rentrée avant 5 heures mais il va m'entendre ! Enfin, merci. Excusez-moi de vous avoir dérangé. Au revoir.

— Au revoir.

Dunross raccrocha et soupira :

— Je me fais l'effet d'une bonne d'enfants.

— Vous devriez parler au père de John, Taï-pan, conseilla la vieille Eurasienne.

— Je l'ai fait une fois, cela suffit. D'ailleurs tous les torts ne sont pas du côté de John : cette femme rendrait chèvre n'importe qui. Ce coup-ci, elle est vraiment furieuse, cela va lui coûter au moins une émeraude ou un manteau de vison.

La sonnerie du téléphone retentit pour la troisième fois.

— Bureau du Taï-pan ! annonça gaiement Claudia, qui se rembrunit aussitôt. Oui, un instant... C'est Hiro Toda, de Yokohama, murmura-t-elle à son patron.

Dunross savait à quel point elle haïssait les Japonais et désapprouvait les relations que la Noble Maison avait établies avec eux. Lui non plus ne pouvait pardonner aux Nippons ce qu'ils avaient fait subir, pendant la guerre, à ceux qu'ils avaient vaincus, aux personnes sans défense, aux femmes, aux enfants. Il ne leur pardonnait pas les camps, les morts inutiles.

Quand les japonais avaient occupé Hong Kong, Claudia, qui était eurasienne, n'avait pas été parquée à la prison Stanley avec les autres civils européens. Avec son frère et sa sœur, elle s'était efforcée d'aider les prisonniers de guerre, introduisant clandestinement dans le camp de la nourriture, des médicaments et de l'argent. La Kampeitai — police militaire japonaise — l'avait prise sur le fait : Claudia ne pouvait plus avoir d'enfant depuis la guerre.

— Je dis que vous êtes absent ? souffla-t-elle.

— Non, non.

Deux ans plus tôt, Dunross s'était lourdement endetté auprès des chantiers navals Toda, de Yokohama, ayant dû leur commander deux cargos géants pour reconstituer la flotte de la Struan décimée par la guerre. Il avait choisi cette firme japonaise parce qu'elle offrait des conditions bien meilleures que celles des chantiers britanniques et parce qu'il fallait oublier.

— Allô, Hiro ? Ravi de vous entendre, dit-il à l'armateur,

pour qui il éprouvait de la sympathie. Quoi de neuf au Japon ?

— Il fait chaud et humide, pour ne pas changer. Excusez-moi de vous déranger.

— Comment vont mes bateaux ?

— Tout marche comme prévu, Taï-pan. Je tenais seulement à vous informer que je passerai par Hong Kong samedi matin avant de poursuivre ma route pour Singapour et Sydney. Vous envisagez toujours de venir à Yokohama pour le lancement des navires ?

— Certainement. À quelle heure arriverez-vous, samedi ?

— À 11 h 10, par Japan Air Lines.

— J'enverrai une voiture à l'aéroport pour vous conduire directement aux courses, à Happy Valley[1]. Qu'en dites-vous ? Vous déjeuneriez avec nous et mon chauffeur vous déposerait ensuite à l'hôtel. Vous descendez au Victoria and Albert ?

— Non, cette fois, j'ai réservé au Hilton. Taï-pan, je ne veux pas vous causer tous ces tracas. Ne vous dérangez pas pour moi, c'est inutile.

— J'y tiens. Je chargerai quelqu'un de la maison de venir vous accueillir — Andrew Gavallan, probablement.

— Merci infiniment, Taï-pan. Je suis impatient de vous voir et je vous prie une nouvelle fois de m'excuser du dérangement.

Je me demande pourquoi il a téléphoné, songea Dunross en raccrochant. Hiro Toda, directeur du complexe de construction navale le plus dynamique du Japon, n'agit jamais sans une bonne raison. Le Taï-pan réfléchissait à la conclusion prochaine du marché passé avec Toda, aux trois versements de deux millions de dollars chacun prévus pour les 1er, 11 et 15 septembre ; au solde, payable 90 jours plus tard — soit au total douze millions de dollars américains, dont il ne disposait pas pour le moment. Il n'avait pas non plus signé le contrat d'affrètement indispensable pour obtenir des banques les crédits nécessaires.

— Peu importe, conclut-il avec désinvolture. Tout ira bien.

---

1. La Vallée Heureuse.

— Pour eux, enchaîna Claudia. Je n'ai pas confiance en eux, vous le savez. Je ne fais confiance à aucun Japonais.

— On ne peut rien leur reprocher. Ils essaient simplement de réaliser sur le plan économique ce qu'ils n'ont pas réussi à faire sur le plan militaire.

— En cassant les prix pour évincer tous leurs concurrents des marchés mondiaux.

— Ils travaillent dur, ils gagnent de l'argent et ils nous enterreront si nous les laissons faire. Mais grattez le vernis qui recouvre un Anglais, un Écossais — vous trouverez un pirate. Si nous sommes assez stupides pour les laisser faire, nous méritons de disparaître. C'est toute l'histoire de Hong Kong.

— Pourquoi aider l'ennemi ?

— Ils ont été nos ennemis il y a vingt ans, mais les relations que nous avons avec eux remontent à un siècle. N'avons-nous pas été les premiers grands négociants de la Colonie à nous tourner vers le Japon ? Hag Struan n'a-t-elle pas acheté le premier terrain à bâtir mis en vente à Yokohama en 1860 ? Ne décida-t-elle pas d'axer nos activités sur le triangle Chine-Japon-Hong Kong ?

— Oui, Taï-pan, mais...

— Non, Claudia. Nous traitons avec les Toda, les Kasige, les Toranaga depuis cent ans et, aujourd'hui, le contrat avec Toda est très important pour nous.

Le téléphone les interrompit une nouvelle fois.

— Oui ?... Oui, je lui dirai... Au revoir... C'était le traiteur, au sujet de la réception que vous donnez ce soir.

— Il y a un problème ?

— Il gémit sur son sort, voilà tout. Il est vrai que ce n'est pas une mince affaire que de préparer le vingtième anniversaire de mariage du Taï-pan, auquel tout Hong Kong assistera.

Nouvelle sonnerie.

— Oui ?... Ah ! très bien, passez-le-moi... C'est Bill Foster, de Sydney.

Dunross prit le téléphone des mains de Claudia.

— Bill... non, je vous avais mis en tête de liste. Avez-vous conclu le marché pour les Woolara Properties ?... Pourquoi ce retard ?... Je m'en moque, déclara le Taï-pan en jetant un coup d'œil à sa montre. Il est un peu plus de midi en Australie. Appelez-les immédiatement et offrez-leur cinquante cents de plus par action — offre valable jusqu'à la clôture. Prenez sur-le-champ contact avec la banque de Sydney et dites-leur d'exiger le remboursement intégral de tous leurs emprunts avant la fin de la journée... Cela m'est complètement égal, ils ont déjà trente jours de retard. Je veux prendre le contrôle de cette société *maintenant*. Sans elle, notre contrat d'affrètement pour notre nouveau cargo tombe à l'eau et il faut tout reprendre à zéro. Vous prendrez le vol Qantas 543 jeudi, je tiens à ce que vous soyez ici pour une réunion.

Il raccrocha et dit à la secrétaire :

— Demandez à Linbar de monter dès la fin de la réunion avec Tcholok. Réservez-lui une place sur le vol Qantas 716 pour Sydney, vendredi matin.

— Bien. Voici vos rendez-vous de la journée, dit Claudia en lui tendant une feuille de papier.

Dunross examina la liste : quatre conseils d'administration de filiales dans la matinée : Golden Ferry à 10 h 30, Struan's Motor Imports of Hong Kong à 11 h, Chong-Li Foods à 11 h 15 et Kowloon Investments à 11 h 30. Déjeuner avec Lincoln Barlett et miss Casey Tcholok de 12 h 40 à 14 h. D'autres conseils d'administration dans l'après-midi, Peter Marlowe à 16 h, Phillip Chen à 16 h 20, cocktail du gouverneur à 18 heures. Début de la réception à 20 h. Rappel : téléphoner à Alastair Struan en Écosse à 11 h et à une quinzaine d'autres personnes disséminées dans toute l'Asie au cours de la journée.

— Marlowe ? demanda-t-il.

— C'est un écrivain, descendu au Vic. Souvenez-vous, il a sollicité un rendez-vous par courrier il y a une semaine. Il prépare un livre sur Hong Kong.

— Ah ! oui, le genre ancien de la RAF.

— Je l'annule ?

— Non, vous les maintenez tous.

Il sortit un mince carnet de sa poche, en détacha une dizaine de feuillets couverts de signes de sténo.

— Voici quelques câbles et télex à envoyer d'urgence et des notes pour les divers conseils d'administration. Appelez-moi Jen à Taipei, puis Havergill à la banque.

— Oui, Taï-pan. J'ai entendu dire que Havergill va prendre sa retraite.

— Merveilleux. Qui lui succède ?

— On ne le sait pas encore.

— Espérons que ce sera Johnjohn. Mettez vos espions au travail. Cent dollars que je l'apprends avant vous ?

— Tenu !

— Alors payez-moi, réclama Dunross d'une voix suave en tendant la main. C'est Johnjohn.

— Quoi ?

— Le conseil d'administration a pris cette décision hier soir et j'ai demandé à ses membres de n'en parler à personne avant aujourd'hui 11 heures.

L'Eurasienne rendit à contrecœur les cent dollars.

— *Ayiiya !* gémit-elle. Je m'étais attachée à ce billet.

— Moi aussi, répliqua le Taï-pan en l'empochant.

On frappa à la porte.

— Oui ? fit-il.

Sandra Yi, sa secrétaire particulière, entra.

— Excusez-moi, Taï-pan, mais le marché est monté de deux points. Holdbrook veut vous parler, il est sur la deux.

Alan Holdbrook dirigeait leur société d'agents de change.

Dunross se brancha sur la ligne n° 2 et demanda à Claudia :

— Dès que j'aurai terminé, vous ferez entrer Armstrong.

Les deux femmes se retirèrent.

— Je vous écoute, Alan.

— Bonjour, Taï-pan. Premier point : le bruit court avec insistance que nous allons essayer de prendre le contrôle d'Asian Properties.

— C'est probablement une rumeur lancée par Jason Plumm pour faire grimper ses actions avant la réunion annuelle. Il est malin, ce salaud.

— Les nôtres ont du même coup monté de dix cents.

— Bien. Achetez-m'en immédiatement 20 000.

— Sur acompte ?

— Naturellement.

— D'accord. Second point : on raconte que nous avons conclu un marché de plusieurs millions de dollars avec Par-Con Industries.

— Quel beau rêve ! s'exclama Dunross désinvolte, en se demandant avec colère d'où provenaient les fuites.

Seuls Phillip Chen, Alastair Struan et le vieux Sean MacStruan, à Édimbourg, connaissaient en principe l'opération lancée contre Asian Properties, et le projet de contrat avec la Par-Con n'avait été annoncé à aucun des membres du conseil intérieur.

— Troisième point : quelqu'un achète des actions Struan en grande quantité.

— Qui ?

— Je l'ignore. En tout cas, il se prépare quelque chose de pas catholique. Le mois dernier, nos actions ont monté sans que cela puisse s'expliquer autrement que par des achats importants. Il en va de même pour Rothwell-Gornt, dont on raconte qu'un paquet de 200 000 actions aurait été acquis par un acheteur étranger.

— Trouvez-moi qui.

— Si seulement je connaissais le moyen de l'apprendre ! se lamenta l'agent de change. Le marché est très agité, il y a des capitaux chinois qui circulent, des transactions s'opèrent un peu partout : quelques actions ici, une poignée d'autres là, mais multipliées par cent mille... Les cours pourraient s'effondrer... ou grimper en flèche.

— Auquel cas nous ferions tous un gros coup. Rappelez-moi avant la clôture. Merci Alan.

Après avoir raccroché, Dunross marmonna entre ses dents :

— Merde, qu'est-ce qui se passe ?

Dans la pièce voisine, Claudia Chen parcourait certains documents avec Sandra Yi, sa nièce du côté maternel, une jolie fille de vingt-sept ans, intelligente et qui avait un abaque en guise de cerveau. La vieille Eurasienne consulta sa montre puis dit en cantonais :

— Le commissaire Brian Kwok est en bas, petite sœur. Va donc le chercher et ramène-le... dans six minutes.

— *Ayiiya*, j'y cours, sœur aînée !

Sandra Yi vérifia rapidement son maquillage puis sortit. Claudia sourit en pensant que sa nièce ferait une épouse idéale pour le policier puis se mit à taper les télex. Quand elle eut terminé, elle passa en revue les tâches dont son patron l'avait chargée. Rien oublié ? Ah si ! Et elle composa le numéro de son domicile personnel.

— *Weiii ?* répondit Ah Sam, son *amah*.

— Dis-moi, Ah Sam, Fung, femme de chambre n° 3 au Vic, c'est bien ta cousine au troisième degré ?

— Oui, Mère, acquiesça le domestique en utilisant le titre respectueux que les valets chinois donnaient traditionnellement à leur maîtresse. C'est ma cousine, mais au quatrième degré, et elle appartient à la branche Fung-tat, non aux Fung-sam comme moi.

— Peu importe. Appelle-la et demande-lui tout ce qu'elle sait sur deux diables d'étrangers de la Montagne dorée qui occupent la suite Printemps parfumé.

Après avoir patiemment épelé leurs noms, Claudia Chen ajouta avec délicatesse :

— Il paraît qu'ils ont de curieuses habitudes d'oreiller.

— *Ayiiya*, si quelqu'un peut obtenir des renseignements, c'est bien ma cousine Fung. Quelles curieuses habitudes ?

— Des habitudes... étranges. Occupe-t'en, petite bouche onctueuse.

La secrétaire reposa le combiné avec un sourire radieux.

La porte de l'ascenseur s'ouvrit, Sandra Yi conduisit les deux policiers auprès de la vieille Eurasienne puis se retira à contrecœur, sous le regard de Brian Kwok. Agé de trente-neuf ans, grand pour un Chinois, c'était un très bel homme aux cheveux d'un noir bleuté. Claudia bavarda poliment avec les deux hommes, mais dès qu'elle vit s'éteindre le voyant de la ligne deux, elle introduisit les commissaires dans le bureau du Taï-pan et referma la porte.

— Désolé de venir sans avoir pris rendez-vous, s'excusa Armstrong.

— Il n'y a pas de mal. Vous avez l'air fatigué, Robert.

— J'ai eu une nuit agitée. Le crime fait florès, à Hong Kong. Les méchants prolifèrent et les saints sont crucifiés.

Dunross sourit puis se tourna vers Kwok :

— Comment allez-vous, Brian ?

— Très bien, merci, Ian. J'ai quelques dollars en banque, ma Porsche n'est pas encore tombée en morceaux et les femmes seront toujours les femmes.

— Dieu merci ! Vous participez à la course de côte de dimanche ?

— Si *Lulu* est prête à temps. Il me faudrait un nouvel accouplement hydraulique latéral.

— Vous avez demandé aux mécanos de notre atelier ?

— Oui. Ils n'en ont pas, malheureusement. Et vous, vous la faites ?

— Cela dépend. Je dois me rendre à Taipei dimanche après-midi. En tout cas, je me suis inscrit. Quoi de neuf à la SI ?

— Toujours pareil. Boulot boulot.

La Special Intelligence fonctionnait de façon totalement autonome au sein de la Special Branch, service semi-secret chargé de prévenir et de détecter les activités subversives dans la Colonie ; elle disposait de fonds secrets et d'un pouvoir exorbitant et dépendait uniquement du gouverneur.

— Quelle est la raison de votre visite ? demanda le patron de Struan en se renversant dans son fauteuil.

— Je suis persuadé que vous la connaissez déjà, répondit Armstrong. Les armes trouvées dans l'avion de Bartlett.

— Oui, j'en ai entendu parler ce matin. En quoi puis-je vous être utile ? Savez-vous à qui elles étaient destinées ? Vous avez arrêté deux hommes, m'a-t-on dit.

— Oui, soupira le policier britannique. Deux authentiques mécaniciens ayant servi dans l'aviation nationaliste. Pas de casier, bien qu'on les soupçonne d'être membres de sociétés secrètes. Ils sont tous deux à Hong Kong depuis l'exode de 49. À propos, tout ceci doit rester entre nous.

— Et vos supérieurs ?

— Je vais naturellement les informer mais je vous demande de garder pour vous notre conversation.

— Pourquoi ?

— Nous avons des raisons de croire que les armes étaient destinées à quelqu'un de votre Compagnie.

— Qui ? fit le Taï-pan d'un ton sec.

— Je peux compter sur votre discrétion ?

— Oui. Qui ?

— Vous connaissez bien Lincoln Bartlett et Casey Tcholok ?

— Nous avons un dossier détaillé sur lui — pas sur elle. Je peux vous en confier une copie, à condition que vous m'assuriez vous aussi de votre discrétion.

— Naturellement. Ces renseignements nous seraient d'une grande aide.

Dunross appuya sur le bouton de l'interphone.

— Oui, monsieur ? fit la voix de Claudia dans l'appareil.

— Faites faire des photocopies du dossier Bartlett et remettez-les au commissaire Armstrong quand il sortira.

— Nous n'abuserons pas de votre temps, promit Armstrong. Vous établissez toujours un dossier sur vos clients potentiels ?

— Non, mais nous aimons savoir à qui nous avons

affaire. Le contrat que nous envisageons de signer représenterait des millions pour lui comme pour nous, en plus d'un millier d'emplois nouveaux à Hong Kong : usines, entrepôts, etc. Mais les risques vont de pair. Dans le monde des affaires, il est courant de s'assurer discrètement la solvabilité des autres — disons que nous poussons les choses un peu plus loin. D'ailleurs, je vous parie cinquante dollars contre un bouton de culotte qu'il a constitué un dossier sur moi.

— Il n'a pas de lien avec la pègre ?

— La Mafia, par exemple ? Non, absolument pas. En outre, si la Mafia cherchait à s'implanter à Hong Kong, elle ne se contenterait pas d'envoyer une dizaine de M 14, deux mille chargeurs et une caisse de grenades.

— Vous êtes bien renseigné, intervint Brian Kwok. Trop, même. Il y a une heure à peine que nous avons déballé la marchandise. Qui vous informe ?

— Vous savez bien qu'à Hong Kong, rien ne reste longtemps secret.

— On ne peut même plus avoir confiance dans ses propres flics, soupira le Chinois.

— La Mafia aurait envoyé vingt fois plus d'armes — des pistolets, pour rester dans le style américain. Mais elle n'aurait aucune chance de se faire une place en évinçant nos triades. Non, ce ne peut être la Mafia. De qui teniez-vous le tuyau, Brian ?

— De la police de l'aéroport de Tokyo. L'un de leurs mécaniciens avait découvert les armes lors d'un contrôle de routine — vous savez comme ils sont méticuleux — et avait prévenu son chef. Quand la police japonaise nous a avertis, nous leur avons demandé de ne pas intervenir.

— Vous devriez mettre le FBI et la CIA dans le coup et leur demander de vérifier à Honolulu, ou à Los Angeles, suggéra Dunross. Pourquoi soupçonnez-vous quelqu'un de chez moi ?

— Les deux mécaniciens ont déclaré..., commença Armstrong. Il s'interrompit, consulta ses notes et reprit : À la question : « Où deviez-vous livrer les armes ? » tous deux ont répondu : « Dans l'entrepôt souterrain 15 du quai 7. »

Le policier leva les yeux vers l'homme d'affaires, qui répondit :

— Cela ne prouve rien — sinon qu'ils sont intelligents.

Une telle quantité de marchandise transite par nos entrepôts de Kai Tak qu'ils n'auraient eu aucun mal à venir chercher les armes avec un camion sans se faire remarquer. L'entrepôt 15 se trouve près de la sortie — c'est le choix idéal. Je vais mettre mes propres services de sécurité sur l'affaire.

Comme le Taï-pan allongeait le bras vers le téléphone, Armstrong intervint :

— N'en faites rien pour l'instant, s'il vous plaît.

— Pourquoi ?

— Lorsque nous leur avons ensuite demandé pour qui ils travaillaient, ils nous ont naturellement donné des noms et des signalements fictifs. Mais quand un de mes sergents leur a un peu frotté les oreilles — c'est une image, bien sûr —, l'un d'eux s'est écrié : « Laissez-moi tranquille, j'ai des amis haut placés ! » « Des amis, tu n'en as jamais eu », a répliqué le sergent. « Peut-être, mais l'honorable Tsu-yan et Chen de la Noble Maison en ont pour moi ! »

Le silence se fit dans le bureau. Saloperies d'armes, jura intérieurement Dunross, dont le visage demeurait impassible.

— Nous employons plus de cent Chen, apparentés ou non. C'est un nom aussi courant que Smith, expliqua le Taï-pan, sur ses gardes.

— Et Tsu-yan ?

Le chef suprême de la Noble Maison haussa les épaules :

— Il est membre du conseil d'administration de Struan mais aussi de celui de Blacs, de la Victoria Bank et de quarante autres compagnies. C'est l'un des hommes les plus riches de Hong Kong, un nom que n'importe qui pourrait invoquer. Comme Chen de la Noble Maison, d'ailleurs.

— On le soupçonne d'occuper une place importante dans la hiérarchie de la société secrète du Pang Vert, précisa Brian Kwok.

— Tous les Shangaïnais importants sont dans le même cas, répliqua Dunross. Vous savez bien, Brian, que Chiang Kai-shek avait fait cadeau de Shanghai au Pang Vert en échange de son aide dans la campagne qu'il menait au Nord contre les Seigneurs de la guerre. Depuis, le Pang Vert est une organisation plus ou moins officiellement nationaliste.

— Savez-vous comment Tsu-yan a bâti sa fortune, à l'origine ? reprit Kwok.

— Je l'ignore. Dites-le-moi.

— En vendant de l'essence et des médicaments — surtout de la pénicilline — aux communistes pendant la guerre de Corée. Avant la guerre, il possédait en tout et pour tout un pagne et un vieux pousse-pousse.

— Ce ne sont que des on-dit, fit observer le Taï-pan.

— Struan aussi a gagné des millions.

— Oui, mais je ne conseille à personne de laisser entendre que nous les avons gagnés en faisant de la contrebande.

— Vous n'avez jamais fait de contrebande ?

— On raconte que notre Compagnie l'a quelque peu pratiquée à ses débuts, il y a cent vingt ans environ, mais c'était alors une profession honorable qui ne violait pas les lois britanniques. Nous avons toujours respecté la loi.

Brian Kwok ne sourit pas et revint à la charge :

— On dit aussi qu'une grande partie de la pénicilline vendue par Tsu-yan n'avait plus aucune efficacité et était même dangereuse.

— Si c'est vrai, arrêtez-le donc, dit Dunross avec froideur. Personnellement, je pense qu'il s'agit de ragots colportés par des concurrents envieux. Si ces rumeurs étaient fondées, il flotterait dans les eaux de la baie avec ceux qui ont pris ce risque, ou il aurait reçu le même châtiment que Wong-Mauvaise-Poudre.

Le Taï-pan faisait allusion à un contrebandier de Hong Kong qui avait vendu une grande quantité de pénicilline frelatée pendant la guerre de Corée et avait investi l'argent gagné dans l'immobilier et à la bourse. En sept ans, il édifia une immense fortune puis certaines triades de Hong Kong reçurent l'ordre d'apurer les comptes. Chaque semaine, un membre de sa famille mourut — accident de voiture, noyade, strangulation, empoisonnement — ou disparut sans qu'on retrouvât jamais les coupables. Les exécutions durèrent dix-sept mois et trois semaines puis s'arrêtèrent quand Wong resta seul avec un petit-fils en bas âge, à moitié débile. Ils vivaient encore en 1963, dans la terreur, tapis dans le même vaste appartement, naguère luxueux, avec un seul domestique et un cuisinier, protégés nuit et jour, sans jamais sortir, et sachant que ni l'argent ni les gardes n'empêcheraient la sentence inexorable publiée dans un journal chinois local de se réaliser : Wong-Mauvaise-Poudre sera puni ainsi que sa famille.

— Nous l'avons interrogé, ce salaud, Robert et moi.

— Ah oui ?

— Il a peur. Les portes de son appartement sont bardées de serrures et de chaînes, les fenêtres sont condamnées par des planches percées seulement d'un œilleton çà et là. Il n'a pas mis le nez dehors depuis le début de la tuerie et l'endroit pue abominablement. Toute la journée, il joue aux dames avec son petit-fils ou regarde la télévision.

— Et il attend, enchaîna Armstrong. Un jour, on viendra les tuer tous les deux. Le gosse doit avoir six ou sept ans, maintenant.

— Vous apportez de l'eau à mon moulin, argua Dunross. Tsu-yan ne vit pas terrorisé et barricadé. D'ailleurs qu'aurait-il fait de quelques M 14 ? J'imagine que les nationalistes mettraient à sa disposition, s'il le leur demandait, la moitié de leur armée soutenue par un bataillon de chars.

— À Taiwan, peut-être, mais pas à Hong Kong, objecta le policier chinois.

— Tsu-yan a-t-il été en rapport avec Bartlett au cours de vos négociations ? interrogea Armstrong.

— Oui. Il s'est rendu à New York et à Los Angeles pour nous représenter — les deux fois en compagnie de John Chen. Ils ont signé un accord entre nos deux sociétés qui sera définitivement adopté — ou abandonné — ce mois-ci, à Hong Kong, et ils ont officiellement invité Bartlett à venir ici.

Après avoir jeté un coup d'œil à son collègue, Armstrong reprit :

— Quand était-ce ?

— Il y a quatre mois. Il a fallu du temps de part et d'autre pour régler tous les détails.

— John Chen, murmura le commissaire britannique pensivement. Cela pourrait être lui, Chen de la Noble Maison.

— Il n'est pas homme à tremper dans ce genre de combine, vous le savez. Simple coïncidence.

— Autre coïncidence curieuse : Tsu-yan et John Chen connaissent tous deux un Américain nommé Banastasio, ou du moins ont été vus en sa compagnie, dit Brian Kwok. Ce nom évoque-t-il quelque chose pour vous ?

— Non. Qui est-ce ?

— Un joueur, soupçonné de racket, qui aurait d'étroites relations avec une des familles de la Cosa Nostra, Vincenzo Banastasio.

— « Ils ont été vus en sa compagnie », disiez-vous. Par qui ?

— Le FBI.

Il y eut un nouveau silence. Armstrong chercha dans sa poche son paquet de cigarettes, Dunross poussa vers lui un coffret en argent.

— Merci, non, répondit le commissaire. C'était machinal : j'ai arrêté de fumer il y a deux semaines... Le FBI nous a refilé le tuyau parce que Tsu-yan et John Chen sont des personnalités importantes de la Colonie et nous a priés de les avoir à l'œil.

Dunross se rappela soudain la remarque de Foxwell sur le mystérieux capitaliste travaillant en secret pour les communistes et habitant les tours Sinclair. Nom de dieu, Tsu-yan y a un appartement et John Chen aussi ! Impossible que l'un ou l'autre ait partie liée avec les communistes...

— Le trafic d'héroïne rapporte énormément d'argent, insinua le policier.

— Que voulez-vous dire ?

— Un banquier est l'homme idéal pour « blanchir » les capitaux gagnés avec la drogue. Tsu-yan et John Chen font partie du conseil d'administration de plusieurs banques...

— Robert, vous feriez mieux de garder pour vous ce genre de réflexions, rétorqua le Taï-pan d'une voix dure. Vous tirez des conclusions dangereuses sans l'ombre d'une preuve. Je ne saurais tolérer des propos qui relèvent de la diffamation.

— Vous avez raison, je les retire. Je maintiens cependant que Hong Kong sert de plaque tournante à la drogue, expédiée principalement aux États-Unis. Je finirai bien par trouver les responsables d'une façon ou d'une autre.

— Voilà qui vous fait honneur, et je vous aiderai dans la mesure de mes moyens. Moi aussi je hais les trafiquants de drogue.

— Oh ! je ne les hais pas. Ce sont des hommes d'affaires, eux aussi — des affaires illégales mais des affaires quand même. On m'a chargé de découvrir les taï-pans du trafic et je fais mon travail, tout simplement.

— En tout cas, n'hésitez pas à faire appel à moi.

— Merci, dit Armstrong en se levant lentement. Encore une ou deux petites coïncidences que je tiens à vous signaler avant de partir. Ce matin, nous sommes passés chez Tsu-yan pour bavarder avec lui mais il avait pris le premier avion pour Taipei. Curieux, non ?

— Il n'arrête pas de faire la navette, expliqua Dunross, dont l'inquiétude croissait.

Tsu-yan devait venir à sa réception, son absence serait extrêmement troublante.

— Une décision de dernière minute, apparemment, poursuivit le commissaire. Pas de réservation, pas de billet, pas de bagages, juste quelques dollars sous la table pour obtenir la place d'un autre passager. Il portait seulement une serviette. Étrange, vous ne trouvez pas ?

— Nous n'avons aucune chance de le faire extrader, ajouta Kwok.

Dunross observa un moment le policier chinois puis revint à son collègue.

— Vous parliez de deux coïncidences. Quelle est la seconde ? demanda-t-il, imperturbable.

— Nous ne parvenons pas à mettre la main sur John Chen.

— Expliquez-vous.

— Nous ne l'avons trouvé ni chez lui, ni chez sa maîtresse, ni dans un des endroits qu'il fréquente habituellement. Nous les surveillons de temps à autre, Tsu-yan et lui, depuis que le FBI nous a donné le tuyau.

— Vous avez essayé au mouillage de son bateau ? demanda le Taï-pan, certain de la réponse.

— Son voilier n'a pas quitté le port depuis hier et le gardien n'a pas vu John Chen.

— Et au terrain de golf ?

— Ni au golf ni aux courses ; nous avons vu également l'entraîneur de ses chevaux. Il a disparu, il s'est évanoui en fumée.

6

11 h 15

Il y eut un silence stupéfait dans la salle de réunion du conseil d'administration.

— Qu'y a-t-il ? demanda Casey. Les chiffres parlent d'eux-mêmes.

Les quatre hommes assis autour de la table regardèrent la jeune femme. Il y avait là Andrew Gavallan, Linbar Struan, Jacques de Ville et Phillip Chen, tous membres du Conseil intérieur.

Grand et mince, Gavallan était âgé de quarante-sept ans. Baissant les yeux sur les papiers posés devant lui, il pensa avec irritation : *diou ne lo mo* sur toutes les femmes qui se mêlent d'affaires.

— Peut-être conviendrait-il de les vérifier avec Mr. Bartlett, suggéra-t-il avec embarras.

— Je vous le répète : j'ai autorité en ce domaine, répondit Casey en s'efforçant à la patience. En ma qualité de vice-présidente de Par-Con Industries, je suis parfaitement habilitée à négocier avec vous. Nous vous l'avions d'ailleurs confirmé par écrit le mois dernier.

Casey gardait son calme, bien que la réunion se fût déroulée jusque-là avec une extrême lenteur. D'abord surpris de découvrir une femme, les quatre hommes avaient ensuite montré une politesse empruntée, attendant qu'elle s'assoie, qu'elle parle, puis se perdant dans des bavardages futiles pour retarder le moment où il faudrait en venir aux affaires. L'un d'eux avait même maladroitement assuré que sa femme serait ravie de la conduire dans les boutiques. D'ordinaire, Casey supportait stoïquement ce genre de réactions mais cette fois elle parvint difficilement à s'en accommoder tant était grand son désir de vaincre. Il fallait absolument qu'elle renverse les barrières qu'ils plaçaient entre elle et eux.

— C'est simple, avait-elle expliqué afin de dissiper leur gêne. Oubliez que je suis une femme, jugez-moi uniquement sur mes capacités. Voyons, il y a trois questions à l'ordre du jour : les usines de polyuréthane, la représentation de notre crédit-bail pour ordinateurs, et la représentation générale de nos productions pétrochimiques et pharmaceutiques en Asie. Prenons d'abord les usines de polyuréthane, les produits chimiques nécessaires à la fabrication et le calendrier de financement.

En s'appuyant sur la documentation qu'elle avait préparée, la vice-présidente leur avait exposé les données du problème — chiffres, pourcentages, frais bancaires et intérêts — avec une telle clarté que l'esprit le plus lent aurait fini par comprendre. À présent, les quatre membres du Conseil intérieur la considéraient en silence.

— Très... très impressionnant, se décida à dire enfin Andrew Gavallan.

— Et tellement inattendu de la part d'une femme aussi charmante, renchérit Jacques de Ville.

— Merci, monsieur, répondit Casey en français, mais laissez donc mon charme de côté pour l'instant. Il vaut mieux nous concentrer sur notre projet d'association, ne croyez-vous pas ?

Nouveau silence, rompu cette fois par Linbar Struan :

— Voulez-vous du café ?

— Non, merci, Mr. Struan, déclina K. C. (Attentive à se conformer aux pratiques en usage à Hong Kong, elle n'en était pas encore à les appeler par leurs prénoms.) Prenons-nous cette proposition comme base de discussion ? C'est celle que nous vous avons soumise le mois dernier... J'ai tenté de traiter aussi bien de vos problèmes que des nôtres.

Âgé de trente-quatre ans, Linbar Struan était un très bel homme aux cheveux blonds et aux yeux bleus, à l'expression un rien casse-cou.

— Vous êtes sûre que vous ne voulez pas de café, insista-t-il. Du thé, peut-être ?

— Non, merci. Alors vous acceptez notre proposition telle quelle ?

Phillip Chen toussota et répondit :

— En principe, nous avons décidé de nous associer avec Par-Con dans plusieurs branches, comme l'indiquent les différents chapitres de l'accord. En ce qui concerne les usines de polyuréthane...

Casey écouta patiemment les remarques générales du compradore puis tenta de revenir aux détails, raison d'être de la réunion. Mais la discussion n'avançait pas et les quatre hommes donnaient l'impression d'être au supplice. C'est pire que jamais, pensa-t-elle. Peut-être parce qu'ils sont anglais — je n'ai jamais eu affaire à des Anglais.

— Souhaitez-vous des éclaircissements sur un point quelconque ? proposa-t-elle. S'il y a quelque chose que vous ne comprenez pas...

— Nous comprenons parfaitement, répondit Gavallan. Vous nous présentez des chiffres bancals ; nous finançons la construction des usines et vous fournissez les machines mais vous voulez les amortir en trois ans, ce qui torpillerait n'importe quel *cash flow* et provoquerait une absence de profits pendant cinq ans au moins.

— À ce qu'on m'a dit, il est de pratique courante, à Hong Kong, d'amortir en trois ans le coût total d'une construction, rétorqua Casey, contente de trouver enfin un adversaire. Nous proposons simplement de suivre cette pratique. Si vous souhaitez un amortissement sur cinq ou dix ans — parfait, mais cela s'appliquera également aux bâtiments.

— Vous n'achetez pas les machines, vous les prenez en *leasing* et les charges mensuelles de l'entreprise que nous voulons lancer ensemble seront lourdes.

— Quel est le taux d'escompte préférentiel de votre banque, Mr. Gavallan ?

L'homme d'affaires consulta ses collègues avant de répondre à la jeune femme, qui manipula rapidement sa règle à calculer.

— À ce taux-là, vous gagneriez 17 000 dollars de Hong Kong par semaine et par machine en acceptant notre offre qui, sur la période dont nous parlons... (elle se livra rapidement à d'autres calculs) porterait vos bénéfices à 32 % au-dessus de ce que vous pourriez espérer dans le meilleur des cas — et il s'agit de millions de dollars.

Les membres du Conseil intérieur de Struan fixèrent la jeune femme sans mot dire. Finalement, Andrew Gavallan tenta de la prendre en défaut sur les chiffres mais n'y parvint pas. Cet échec ne fit qu'augmenter l'antipathie que les quatre hommes ressentaient pour elle.

Que dire d'autre pour les convaincre ? se demanda nerveusement Casey, certaine de les avoir entortillés avec ses chiffres. Ils se feront un paquet de fric s'ils se décident à bouger ; nous, nous gagnerons une fortune et moi j'aurai enfin assez d'argent pour envoyer tout le monde sur les roses. La seule partie du contrat portant sur la mousse de polyuréthane rapportera à la société Par-Con près de 80 000 dollars net par mois sur les dix prochaines années, et Linc m'a promis ma part du pactole.

— Combien veux-tu ? lui avait-il demandé avant leur départ des États-Unis.

— 51 %, avait-elle répondu en riant. Cela t'apprendra à me poser ce genre de question.

— 3 %.

— Allons, Linc. Ce n'est pas comme cela que j'accéderai un jour à la grosse galette.

— Si tu décroches le contrat, je t'offre une option prioritaire sur 100 000 actions de Par-Con à quatre dollars en dessous du cours.

— D'accord, mais je veux aussi la fabrique de mousse, avait-elle réclamé, le cœur battant. 51 %.

— En échange de quoi ?

— De Struan.

— Entendu.

K. C. attendit, calme en apparence puis, jugeant le moment venu, elle demanda négligemment :

— Alors nous sommes d'accord pour maintenir telle quelle notre proposition ? Une association à part égale — que rêver de mieux ?

— À ceci près que vous ne fournissez pas 50 % du financement, objecta Andrew Gavallan d'un ton sec. Avec le système de *leasing* que vous adopterez pour les machines et autre matériel, vous courrez des risques moins importants que les nôtres.

— Ce système permettra de diminuer les impôts et les débours en liquide. Nous finançons sur le *cash flow*, messieurs, et nous parvenons aux mêmes chiffres. Le fait que nous obtenions une indemnité de dépréciation et diverses remises n'intervient pas. Nous finançons aux États-Unis, notre domaine ; vous financez à Hong Kong, où vous êtes les maîtres.

Quillan Gornt abandonna la fenêtre de son bureau en déclarant :

— Je vous le répète, Mr. Bartlett. Nous vous offrirons toujours des conditions meilleures que Struan, quelles que soient les propositions qu'on vous fera.

— Sur tous les points ?

— Tous.

Le Britannique revint à pas lents derrière sa table de travail, que n'encombrait aucun papier, et se tourna de nouveau vers Bartlett. Les deux hommes se trouvaient au dernier étage de l'immeuble de la société Rothwell-Gornt, qui lui aussi faisait face aux quais. Gornt était un barbu corpulent aux traits durs, à la crinière noire grisonnante. Il avait des yeux marron sous des sourcils broussailleux, poivre et sel eux aussi.

— Nous pouvons aisément surenchérir, je vous l'assure, continua-t-il, et il ne nous faudrait qu'une semaine pour réunir notre part du financement. Notre association serait mutuellement avantageuse. Je vous propose d'établir ensemble une société selon la législation de la Colonie — ici, les impôts sont très raisonnables : 15 % sur toutes les possessions à Hong Kong et pas du tout d'impôt dans le reste du monde. C'est mieux qu'en Amérique.

— Beaucoup mieux, approuva Bartlett du profond fauteuil en cuir dans lequel il était assis.

— N'est-ce pas précisément la raison pour laquelle vous êtes venu ici ?

— Une des raisons.

— Quelles sont les autres ?

— Hong Kong ne compte pas encore de firme américaine aussi importante que la mienne. C'est une lacune qu'il faut combler. Nous vivons l'âge du Pacifique. La Colonie a elle aussi intérêt à nous accueillir car nous avons une expérience que vous ne possédez pas et une influence décisive sur le marché américain. En revanche, Rothwell-Gornt — ou Struan — possèdent l'expérience qui nous manque et sont bien implantés sur le marché asiatique.

— Comment pourrions-nous nous associer ?

— Je dois d'abord savoir ce que veut Struan, répondit Bartlett. C'est avec eux que j'ai commencé à négocier et je n'aime pas changer d'avion en plein océan.

— Je peux vous le dire maintenant, ce qu'ils veulent : des profits pour eux, du vent pour les autres.

— Le projet de contrat dont nous avons discuté m'a paru très correct.

— Ils sont passés maîtres dans l'art d'avancer des propositions qui semblent correctes, mais ensuite, ils réalisent leurs actions quand bon leur semble pour écrémer les profits tout en gardant le contrôle de l'affaire.

— Pas de ça avec nous.

— Cela fait près de cent cinquante ans qu'ils pratiquent cette méthode. Ils ont appris à s'en servir.

— Vous aussi, je suppose ?

— Bien sûr, mais nous sommes très différents de Struan. Nous sommes propriétaires de biens et de sociétés, eux ne détiennent en règle générale qu'un peu plus de 5 % des actions de la plupart de leurs filiales, sur lesquelles ils exercent cependant un contrôle absolu, parce qu'ils possèdent des actions spéciales donnant droit à un nombre de voix plus important lors des votes, ou parce qu'ils ont fait inclure dans les statuts un article, selon lequel leur Taï-pan est aussi Taï-pan de la filiale, avec vote prépondérant.

— Ça me semble habile.

— Ça l'est. Et ils le sont. Mais nous le sommes plus encore, et de manière plus franche. Nos contacts, notre influence en Chine et sur le pourtour du Pacifique — exception faite des États-Unis et du Canada — sont meilleurs que les leurs et ne cessent de s'améliorer.

— Pourquoi ?

— Parce que notre Compagnie a pris un essor à Shanghai, la plus grande ville d'Asie, où nous occupions une position dominante, alors que Struan s'est toujours concentré sur Hong Kong, qui, jusqu'à ces dernières années, n'était qu'une sorte de bled provincial.

— Shanghai est morte depuis que les communistes ont fermé la Chine continentale, en 49, objecta l'Américain. Aujourd'hui tout le commerce avec l'étranger se fait par Canton.

— Oui, mais ce sont les Shanghaïnais émigrés qui, avec leur argent, leurs idées et leurs tripes, ont fait de Hong Kong ce qu'il est aujourd'hui et ce qu'il sera demain : la métropole présente et future de tout le Pacifique.

— Avant Singapour ?

— Certainement.

— Manille ?

— Absolument.

— Tokyo ?

— Tokyo n'est une grande ville que pour les Japonais, répondit Gornt, les yeux brillants, le visage creusé de rides. Hong Kong est la plus grande cité d'Asie, Mr. Bartlett ; qui la contrôle contrôle tout le continent... Naturellement, je parle du commerce et des affaires.

— Et la Chine rouge ?

— À notre avis, Hong Kong profite à la République populaire de Chine pour qui nous sommes une sorte de « porte ouverte ». Hong Kong et Rothwell-Gornt représentent l'avenir.

— Pourquoi ?

— Parce que Shanghai a été le centre industriel et commercial de la Chine et que les Chinois qui en sont originaires sont restés les moteurs de la région. Les meilleurs d'entre eux se trouvent aujourd'hui parmi nous. Vous ne tarderez pas à saisir la différence entre Cantonais et Shanghaïnais. Les seconds sont entreprenants, tournés vers l'étranger : pas un industriel, un magnat du textile ou de la construction navale qui ne soit originaire de Shanghai. Les Cantonais, eux, sont des solitaires et dirigent des entreprises familiales, alors que les Shanghaïnais ont le sens de l'association et surtout de la banque, de la finance.

Gornt alluma une cigarette avant de poursuivre :

— Voilà l'explication de notre force, voilà pourquoi nous sommes meilleurs que Struan et pourquoi nous finirons par occuper la première place.

Linc Bartlett étudia l'homme qui se trouvait en face de lui. D'après le dossier préparé par Casey, Gornt était né à Shanghai, de parents britanniques, quarante-huit ans plus tôt. Veuf, père de deux enfants déjà adultes, il avait été capitaine dans l'infanterie australienne, dans le Pacifique, de 1942 à 1945. Il avait remplacé son père à la tête de la Rothwell-Gornt, qu'il dirigeait avec succès depuis huit ans comme si la firme était son fief personnel.

Le milliardaire américain changea de position sur son fauteuil en cuir.

— Si vous êtes tellement certain que vous finirez par triompher de Struan, pourquoi attendre ? demanda-t-il. Pourquoi ne pas les attaquer immédiatement ?

Le Britannique l'observait, impassible.

— Rien au monde ne me ferait plus plaisir, répondit-il. Pour l'instant, c'est impossible. J'ai failli réussir il y a trois ans, quand ils avaient trop présumé de leurs forces et que le Taï-pan précédent avait épuisé son *joss*.

— Son *joss* ?

— C'est un mot chinois qui signifie chance, destin, et

autre chose encore, expliqua Gornt d'un ton pensif. Nous sommes très superstitieux ici, et le *joss* compte beaucoup, comme le choix du moment. Le *joss* avait tourné pour Alastair Struan, qui avait connu une année désastreuse et avait dû, en désespoir de cause, céder le pouvoir à Ian Dunross. Struan faillit bien sombrer ; tout le monde se débarrassait de leurs actions et je me suis jeté dans la mêlée mais Dunross réussit à stabiliser le marché.

— Comment ?

— Disons qu'il fit un usage abusif de son influence dans certains milieux bancaires.

Gornt se rappelait, avec une colère froide, la manière dont Havergill, rompant leurs accords secrets, ne s'était pas opposé à la demande de crédits, énorme, formulée par Struan et qui avait donné à Dunross le temps de se rétablir. Il se souvenait de la rage avec laquelle il avait fustigé le banquier.

— Pourquoi avez-vous fait ça ? Leur accorder un crédit exceptionnel de cent millions ! Nous les tenions et vous les avez sauvés, bon Dieu ! Pourquoi ?

Havergill avait expliqué que Dunross avait réussi à obtenir suffisamment de voix pour au conseil d'administration et avait exercé sur lui de fortes pressions.

— Je n'ai rien pu faire, avait avoué le banquier.

Oui, j'ai perdu cette fois-là, songea Gornt, les yeux fixés sur l'Américain, mais tu m'apportes la bombe qui me permettra d'anéantir Struan et de les chasser à jamais d'Asie.

— Dunross dut se livrer à certaines extrémités pour se tirer d'affaire et il se fit ainsi plusieurs ennemis implacables, poursuivit le patron de la Rothwell. À présent, nous sommes de force égale, la situation est bloquée : ils ne peuvent pas nous couler et nous ne pouvons pas non plus les avoir.

— À moins qu'ils ne commettent une erreur.

— Ou que nous n'en commettions une, ajouta l'aîné des deux hommes. Il souffla un rond de fumée, l'examina puis revint à Bartlett. Nous finirons par gagner. Le temps, en Asie, n'a pas la même valeur qu'aux États-Unis.

— C'est ce qu'on m'a dit.

— Vous ne le croyez pas ?

— Les mêmes règles de survie s'appliquent ici, là-bas ou n'importe où. Seul le degré diffère.

Gornt regarda la fumée de sa cigarette monter en serpentant vers le plafond de son vaste bureau, où flottait une odeur de cuir et de bons cigares. Le fauteuil de chêne sculpté, tendu de peluche rouge, sur lequel il était assis donnait une impression de robustesse et de solidité — à l'image de l'homme lui-même, pensa Linc Bartlett.

— Le temps travaille pour nous, affirma le Taï-pan de la Rothwell. Ici, là-bas et n'importe où.

L'Américain s'esclaffa, Gornt se permit un sourire mais Bartlett remarqua que ses yeux demeuraient froids.

— Regardez autour de vous, Mr. Bartlett, posez des questions à leur sujet et sur le nôtre. Ensuite vous prendrez votre décision.

— C'est exactement ce que je compte faire.

— J'ai entendu dire que la police avait saisi votre avion.

— Oui, les flics de l'aéroport ont trouvé des armes à bord.

— Curieux. Si vous avez besoin d'aide pour faire lever la saisie, je pourrai peut-être vous être utile.

— Vous le seriez en me disant qui a caché ces armes et pourquoi.

— Je n'en ai pas la moindre idée... mais je gage qu'il y a quelqu'un chez Struan qui connaît la réponse.

— Qu'est-ce qui vous fait penser cela ?

— Ils connaissaient votre itinéraire exact.

— Vous de même.

— Je peux vous assurer que nous n'y sommes pour rien.

— Qui était au courant de notre rencontre ?

— Vous et moi, comme convenu. Il n'y a pas eu de fuites de mon côté, Mr. Bartlett. Après notre réunion de New York, l'année passée, tous nos entretiens ont été téléphoniques — il n'y a pas même eu un télex de confirmation. Je souscris à votre point de vue sur la nécessité de la prudence et du secret, mais dites-moi, qui, chez vous, était au courant de nos... de nos contacts ?

— Personne d'autre que moi.

— Pas même votre vice-présidente ? s'étonna Gornt sans chercher à masquer sa surprise.

— Non. Quand avez-vous appris que Casey est une femme ?

— À New York. Vous vous doutez bien que nous n'aurions pas envisagé une association sans prendre quelques renseignements sur vous et vos principaux cadres.

— Excellente pratique. Elle nous fera gagner du temps.

— N'est-ce pas un peu étrange de confier un poste clef à une femme ?

— Casey est mon bras droit et mon bras gauche, le meilleur cadre que j'aie jamais eu.

— Dans ce cas pourquoi lui avoir caché notre réunion d'aujourd'hui ?

— Une des premières règles de survie est de garder ouvertes toutes les possibilités de choix.

— Ce qui veut dire ?

— Que je ne dirige pas mes affaires en comité. En outre, j'aime improviser, tenir certaines opérations secrètes, expliqua Bartlett. Il réfléchit puis ajouta : Ce n'est pas une question de méfiance à son égard — en fait, je lui facilite les choses. Si quelqu'un de chez Struan venait à découvrir nos contacts et à lui en demander la raison, la surprise de Casey serait sincère.

— Il est rare de trouver quelqu'un qui soit totalement digne de confiance, remarqua le magnat britannique. Très rare.

— Dites-moi plutôt pourquoi on a caché des fusils M 14 et des grenades à bord de mon appareil.

— Je tâcherai de le savoir, promit Gornt en écrasant sa cigarette dans un cendrier en porcelaine de la dynastie Sung. Connaissez-vous Tsu-yan ?

— Je l'ai rencontré une ou deux fois. Pourquoi ?

— C'est un excellent homme — bien qu'il soit membre du conseil d'administration de Struan.

— C'est un Shanghaïnais ?

— L'un des plus remarquables, répondit le chef de la Rothwell en levant vers son vis-à-vis un regard dur. Traiter avec nous pourrait vous apporter quelques avantages supplémentaires, Mr. Bartlett. J'ai entendu dire que Dunross est fortement endetté : il mise beaucoup sur sa flotte, en particulier sur les deux cargos géants qu'il a commandés au Japon et sur lesquels il devra verser un acompte important cette semaine. On raconte en outre qu'il va lancer une OPA sur Asian Properties. Vous avez entendu parler de cette firme ?

— C'est une grande société immobilière.

— La plus grande de Hong Kong — plus grande encore que la KI de Struan.

— Kowloon Investments appartient à Struan ? Je la croyais indépendante.
— Elle l'est, apparemment, mais Dunross en est le Taï-pan. Les deux compagnies ont toujours le même Taï-pan.
— Toujours ?
— C'est inscrit dans leurs accords. Ian va trop loin, il est sérieusement à cours de liquidités pour l'instant, et la Noble Maison pourrait bientôt perdre sa noblesse.
L'Américain réfléchit puis demanda :
— Pourquoi ne pas vous unir à d'autres compagnies — Asian Properties, par exemple — pour triompher de Struan ? C'est ce que je ferais si je me trouvais aux États-Unis, face à une firme à laquelle je ne pourrais m'attaquer seul.
— C'est ce que vous voulez faire ici ? dit Gornt, en feignant la surprise. Vous en prendre à Struan ?
— C'est faisable ?
Le Britannique étudia le plafond avant de répondre :
— Oui, mais il vous faudrait un associé. Asian Properties, peut-être ? Non, j'en doute. Jason Plumm, son Taï-pan, n'en aurait pas le courage. En somme, vous devriez faire appel à nous car nous seuls aurions l'habileté, l'expérience et la volonté nécessaires. Néanmoins, il vous faudrait être prêt à risquer une grosse somme. En liquide.
— Combien ?
Gornt éclata de rire.
— C'est une question à considérer mais d'abord je voudrais être fixé sur le sérieux de vos intentions.
— Vous seriez partant ? demanda Bartlett en regardant le Britannique droit dans les yeux.
— Il me faudrait au préalable une certitude absolue quant à vos objectifs, répondit Gornt en soutenant le regard de Bartlett. Nul n'ignore que je déteste Struan, en général, et Dunross en particulier, que je souhaite les écraser l'un et l'autre : vous connaissez ma position, vous ne m'avez pas encore exposé la vôtre.
— Liquider Struan — cela en vaudrait la peine ?
— Oh ! assurément, acquiesça Gornt d'un ton jovial... mais vous ne m'avez toujours pas éclairé sur vos intentions.
— Je vous donnerai une réponse après avoir vu Dunross.
— Allez-vous lui faire la même proposition : vous unir pour avaler ensemble Rothwell-Gornt ?
— Mon seul objectif est de faire de Par-Con une société

internationale. Je suis disposé à investir jusqu'à trente millions de dollars dans diverses branches : négoce, usines, entrepôts, etc. Il n'y a pas si longtemps, je n'avais jamais entendu parler de Struan ou de Rothwell-Gornt.

— Très bien, Mr. Bartlett, restons-en là pour le moment. Quoi que vous décidiez, la situation sera intéressante. Nous verrons si vous savez tenir un couteau.

L'Américain fixa le Britannique sans comprendre.

— C'est une vieille expression chinoise utilisée en cuisine. Vous faites la cuisine, Mr. Bartlett ?

— Non, pas du tout.

— C'est un de mes passe-temps. Les Chinois affirment qu'on ne peut se servir correctement d'un couteau si on n'apprend pas d'abord à bien le tenir. Sinon, on risque de se couper.

— Comme c'est intéressant, dit le patron de Par-Con Industries avec un grand sourire. Je m'en souviendrai... Non, je ne fais pas la cuisine — Casey non plus, d'ailleurs.

— Les Chinois prétendent qu'il est trois arts pour lesquels aucune civilisation ne se compare à la leur : la littérature, la peinture et la cuisine. J'incline à leur donner raison. Aimez-vous la bonne chère ?

— Je n'ai jamais aussi bien mangé que dans un restaurant de la via Flaminia, à la sortie de Rome : le Casale.

— Dans ce cas, nous avons au moins un point commun : le Casale est aussi un de mes restaurants préférés.

— Casey m'y a fait goûter les *spaghetti alla matriciana al dente* et les *buscetti* avec de la bière glacée. Un régal.

— Nous aurons peut-être l'occasion de dîner ensemble pendant votre séjour et je vous ferai connaître des *spaghetti alla matriciana* presque aussi bons — en fait, la recette est exactement la même.

— Volontiers.

— Avec une bouteille de Valpolicella ou un grand vin toscan.

— Personnellement, je préfère la bière avec les pâtes. Une bière américaine glacée à même la boîte.

— Combien de temps comptez-vous rester à Hong Kong ?

— Le temps nécessaire, répondit Bartlett sans hésiter.

— Alors je vous invite un soir de la semaine prochaine. Mardi ou mercredi ?

— Disons mardi. Avec Casey ?

— Naturellement. D'ici là, vous aurez sans doute réfléchi à ce que vous voulez faire.

— Et vous saurez si je sais tenir un couteau, répliqua Bartlett en souriant.

— Peut-être. Rappelez-vous une chose, en tout cas : si nous décidons de nous unir contre Struan, une fois la bataille engagée, il sera quasiment impossible de se retirer sans y laisser des plumes. C'est pourquoi il me faut une certitude absolue. Vous, vous pourrez toujours aller soigner vos blessures en Amérique en attendant une autre occasion. Nous, nous restons ici : les risques sont inégaux.

— Les avantages aussi. Vous retireriez de la disparition de Struan quelque chose d'inestimable pour vous mais qui pour moi ne représenterait rien. Vous deviendriez la Noble Maison.

— Oui, reconnut Gornt en fermant les yeux à demi. Il se pencha pour prendre une cigarette et, derrière le bureau, son pied gauche pressa un bouton dissimulé dans le parquet.

— Nous en reparlerons mard...

Une voix s'éleva dans l'interphone :

— Excusez-moi, Mr. Gornt, faut-il reporter la réunion du conseil d'administration ?

— Dites-leur d'attendre.

— Bien, monsieur. Miss Ramos est là, elle demande si vous pouvez la recevoir.

L'homme d'affaires feignit la surprise.

— Un instant... Avons-nous terminé ? demanda-t-il à Bartlett.

— Oui, répondit l'Américain en se levant. À mardi. Restons-en là pour le moment.

Il s'apprêtait à quitter le bureau mais Gornt le retint :

— Attendez, Mr. Bartlett... Faites entrer miss Ramos, ajouta-t-il à l'intention de sa secrétaire.

Puis il appuya sur l'interrupteur de l'interphone et se leva en déclarant :

— J'ai été ravi de cette réunion.

La porte s'ouvrit sur une jeune Eurasienne aux cheveux courts, vêtue à l'américaine d'un jean collant délavé et d'une chemise.

— Bonjour, Quillan, dit-elle avec un sourire qui réchauffa la pièce, dans un anglais teinté d'un léger accent américain. Désolée de te déranger mais je reviens de Bangkok et je suis passée prendre de tes nouvelles.

— Tu as bien fait, assura Gornt. Je te présente Linc Bartlett, des États-Unis. Orlanda Ramos.

— Salut, dit Bartlett.

— Salut, répondit la fille... Linc Bartlett, le millionnaire trafiquant d'armes ? pouffa-t-elle.

— Quoi ?

— Ne prenez pas cet air choqué, Mr. Bartlett. Tout le monde est au courant — Hong Kong est un village.

— Sérieusement, comment l'avez-vous appris ?

— En lisant le journal.

— C'est impossible ! La police a découvert les armes à 5 heures du matin.

— Pourtant c'était dans le *Fai Pao* — l'Express — en dernière minute dans son édition de 9 heures. C'est un journal chinois et les Chinois n'ignorent rien de ce qui se passe ici. Ne vous tracassez pas, les journaux anglais ne publieront pas la nouvelle avant cet après-midi mais attendez-vous à la visite des journalistes.

— Merci de me prévenir.

Avoir la presse sur les reins, c'est bien la dernière chose que je pouvais souhaiter, songea Bartlett avec irritation.

— Rassurez-vous, je ne vous demanderai pas d'interview, reprit Orlanda Ramos. Bien que je travaille à la pige pour la presse chinoise, je sais faire preuve de discrétion. N'est-ce pas, Quillan ?

— Absolument, je m'en porte garant. Vous pouvez faire confiance à Orlanda, Mr. Bartlett.

— Maintenant, si vous me « proposez » une interview, j'accepte, dit la journaliste en souriant. Demain, par exemple ?

— J'y songerai.

— Je promets de vous montrer sous un jour merveilleux.

— Les Chinois savent vraiment tout ce qui se passe ?

— Bien sûr mais les *quai lohs* — les étrangers — ne prennent pas la peine de lire la presse chinoise, à l'exception de quelques vieux routiers de la Chine, comme Quillan.

— Sans oublier la Special Intelligence, la Special Branch et la police en général, ajouta Gornt.

— Et Ian Dunross, acheva miss Ramos, le bout de la langue sur les incisives.

— Il est fort à ce point ? demanda l'Américain.
— Certes oui. Le sang de Struan le Diable coule en lui.
— Je ne comprends pas.
— Vous comprendrez si vous demeurez assez longtemps ici.
Bartlett réfléchit puis reprit en fronçant les sourcils :
— Alors, vous étiez au courant, vous aussi ?
— Je savais seulement que la police avait trouvé des armes de contrebande à bord « du jet privé du millionnaire américain arrivé hier soir », pour citer mon journal, le *Sing Pao*, qui publie aussi la nouvelle ce matin. C'est une sorte de *Times* rédigé en cantonais, précisa Gornt avec un sourire sardonique. À la différence d'Orlanda, je m'étonne que vous n'ayez pas déjà eu affaire à la presse anglaise. Les journalistes britanniques de Hong Kong sont plus rapides qu'elle voudrait nous le faire croire.
L'Américain ramena la conversation là où il le voulait :
— Je ne comprends pas que vous ne m'en ayez pas parlé.
— Pourquoi l'aurais-je fait ? Ces armes n'ont rien à voir avec notre éventuelle association, gloussa le Britannique. Si les choses tournaient mal, nous vous rendrions visite en prison, Orlanda et moi.
— C'est promis, dit la jeune femme en riant.
Bartlett respira une bouffée de son parfum et abandonna les armes pour se concentrer sur sa personne.
— Ramos, c'est espagnol ?
— Portugais. De Macao. Mon père travaillait pour Rothwell-Gornt à Shanghai et ma mère est shanghaïnaise. J'ai été élevée en Chine jusqu'en 49 puis j'ai fait mes études aux États-Unis, à San Francisco.
— Vraiment ? Moi je suis de L.A., j'ai fait mes études dans la Vallée.
— J'adore la Californie, déclara Orlanda. Comment trouvez-vous Hong Kong ?
— Je viens à peine d'arriver. J'ai fait une entrée remarquée, dirait-on.
La journaliste découvrit en riant de jolies dents blanches.
— Hong Kong est une ville agréable — à condition de partir ailleurs tous les mois. Vous devriez passer quelques jours à Macao. C'est un endroit fin-de-siècle, très beau, très différent de Hong Kong. Vous prenez le ferry, ce

n'est qu'à une soixantaine de kilomètres... Quillan, excuse-moi encore de t'avoir dérangé, j'étais juste venue te saluer.

— Nous avions terminé, je partais, intervint Bartlett. Merci, Mr. Gornt, à mardi... J'espère vous revoir, miss Ramos.

— J'en serais ravie. Voici ma carte : si vous m'accordez une interview, je vous garantis une bonne presse.

Il sentit la chaleur de sa main en prenant le carton puis sortit. Gornt, qui l'avait accompagné jusqu'à la porte, la ferma derrière lui, revint à son bureau et prit une cigarette. La jeune Eurasienne la lui alluma, souffla la flamme et se laissa tomber dans le fauteuil qu'avait occupé Bartlett.

— Joli garçon, murmura-t-elle.

— Mais bien naïf. Ce petit coq aurait grand besoin qu'on lui rabatte le caquet.

— Tu veux que je m'en charge ?

— Peut-être. Tu as lu son dossier ?

— Oui. C'est intéressant, dit Orlanda en souriant.

— Il n'est pas question que tu te le tapes, repartit Gornt d'une voix dure.

— *Ayiiya !* Quillan, tu me crois complètement idiote ? fulmina-t-elle, les yeux brillants.

— Bon.

— Pourquoi passerait-il des armes en contrebande à Hong Kong ?

— Pourquoi, en effet. Quelqu'un s'est peut-être servi de lui.

— Sans doute. Si j'avais autant d'argent, je ne m'amuserais pas à commettre une telle bêtise.

— Tu as raison.

— Cela t'a plu, mon histoire de journaliste pigiste ? J'ai été plutôt bonne, je crois.

— Ne le sous-estime pas, ce n'est pas un crétin. En fait, il est très malin.

Gornt raconta que l'Américain avait glissé le nom du Casale dans la conversation et conclut :

— Il ne peut s'agir d'une coïncidence : lui aussi possède un dossier sur moi — et détaillé. Peu de gens connaissent ma prédilection pour ce restaurant.

— Mon nom y figure peut-être, supputa Orlanda.

— C'est possible. En tout cas, ne te coupe pas : souviens-toi que tu es journaliste *free-lance*.

— Voyons, Quillan, qui, à part toi et Dunross, lit les

journaux chinois ? J'ai déjà écrit un article ou deux, signé de « notre correspondant spécial », et s'il m'accorde une interview, je saurai me débrouiller, rassure-toi. Jusqu'ici, tout s'est bien passé, non ?

— À merveille. Tu devrais être comédienne, tu gâches ton talent.

— Pourquoi ne parles-tu pas de moi à ton ami Charlie Wang, le plus gros producteur de la Colonie ? Il te doit bien ça. Tout ce que je demande, c'est qu'on me donne ma chance. Quillan chéri, s'il te plaît !

— Pourquoi pas, après tout ? grogna Gornt. Mais je ne crois pas que tu sois son type.

— Je peux m'adapter. Tu as vu, avec Bartlett : j'ai fait exactement ce que tu m'avais dit. J'ai l'allure assez américaine pour lui plaire, non ?

— Tout à fait, répondit Gornt, et il ajouta en baissant le ton : tu lui conviendrais parfaitement. Je me demande même si tu ne devrais pas envisager quelque chose de plus durable...

— Comment ? dit-elle, soudain tendue.

— Vous feriez un couple bien assorti. Tu es jeune, belle, intelligente, cultivée, merveilleuse au lit, et tu as assez de patine américaine pour le mettre à l'aise.

Le Taï-pan de Rothwell exhala un rond de fumée puis reprit :

— De toutes les femmes que je connais, c'est toi qui saurais le mieux dépenser son argent. Oui, un couple parfaitement assorti, tu ne penses pas ?

— Si, mais tu oublies la femme qui partage sa suite au Vic. Elle est superbe, paraît-il.

— Selon mes informateurs, ils ne couchent pas ensemble, bien qu'ils soient plus que des amis l'un pour l'autre.

— Il est pédé ? fit-elle, soudain dégrisée.

Gornt partit d'un profond rire.

— Je ne t'aurais pas joué ce tour, Orlanda. Non, il ne l'est pas mais cette fille et lui ont adopté un *modus vivendi* plutôt curieux.

— À savoir ?

L'homme d'affaires haussa les épaules.

— Qu'est-ce que j'en fais, de cette femme ? demanda Orlanda après un silence.

— Si elle te gêne, débarrasse-toi d'elle. Tu sais te défendre, tu as des griffes.

— Tu es... commença la fausse journaliste. Parfois, tu ne me plais pas du tout.

— Toi et moi sommes des gens réalistes, non ? dit Gornt sans élever la voix.

Sentant la menace sous le calme apparent, Orlanda se leva et déposa sur ses lèvres un baiser léger.

— Tu es un démon, murmura-t-elle pour l'apaiser. Elle l'embrassa de nouveau et dit : En souvenir du bon vieux temps.

Il laissa sa main s'égarer sur sa poitrine et soupira :

— *Ayiiya*, Orlanda, nous avons connu de bons moments, n'est-ce pas ?

Elle était devenue sa maîtresse à l'âge de dix-sept ans, et l'était restée pendant cinq ans. Leur liaison aurait duré davantage s'il n'avait appris que, profitant d'une de ses absences, elle avait eu une aventure à Macao. Gornt avait rompu, immédiatement, bien qu'ils eussent une fille âgée alors d'un an. Quand elle avait imploré son pardon, il lui avait répondu :

— Je n'ai rien à te pardonner. La jeunesse cherche la jeunesse, je te l'ai répété cent fois. Sèche tes larmes, épouse ce type — je te donnerai une dot et ma bénédiction...

En dépit de ses supplications, il n'avait pas cédé.

— Nous resterons amis, avait-il promis. Je te viendrai en aide si tu en as besoin.

Le lendemain, Gornt avait tourné la colère qu'il avait su dissimuler contre le « type », un jeune Anglais occupant un poste subalterne chez Asian Properties, et l'avait brisé en moins d'un mois.

— Question de prestige, avait-il expliqué à Orlanda.

— Je comprends... mais qu'est-ce que je vais devenir maintenant ? Il part demain pour l'Angleterre, il m'a demandé de l'épouser mais il n'a ni argent ni avenir.

— Sèche tes larmes et va faire des emplettes.

— Quoi ?

— Tiens, un cadeau pour toi, avait dit Gornt en lui remettant un billet aller retour pour Londres en première classe, par le même vol que le jeune « type » (qui voyageait, lui, en classe touriste) et mille livres en billets neufs et craquants. Achète-toi des toilettes, va au théâtre. Ta chambre est réservée au Connaught pour onze jours, tu n'auras qu'à signer la note. Prends du bon temps, reviens en forme et sans problèmes !

— Merci, Quillan chéri, merci. Alors tu me pardonnes ?

— Je n'ai rien à te pardonner. Mais si tu lui parles à nouveau, si tu le revois en cachette... je ne ferai jamais plus rien pour toi ou ta famille.

Orlanda l'avait remercié avec effusion à travers ses larmes, tout en maudissant la stupidité dont elle avait fait preuve et en conjurant le ciel de frapper de sa colère celui qui l'avait dénoncée. Le lendemain, à l'aéroport et pendant le voyage, l'amant d'un jour avait tenté de la convaincre, de rester avec lui mais elle avait refusé de l'écouter ; elle savait à présent où se trouvait son bol de riz. Le jour où Orlanda avait quitté Londres, le jeune homme s'était suicidé.

Quand Gornt l'avait appris, il avait allumé un bon cigare et avait emmené Orlanda dîner au sommet du Victoria and Albert : repas aux chandelles, nappe de drap fin, couverts en argent. Après qu'il eut bu une fine champagne et qu'elle eut savouré une crème de menthe, il l'avait renvoyée seule dans l'appartement dont il payait encore le loyer. Puis il avait dégusté une autre fine en contemplant les lumières du port et le pic, plein du plaisir d'avoir recouvré la face et assouvi sa vengeance.

— Oui, nous avons connu de bons moments, répéta Gornt, en sentant monter son désir pour cette femme avec qui il n'avait pas fait l'amour depuis son incartade.

— Quillan, commença-t-elle, troublée elle aussi par la chaleur de sa main.

— Non.

— S'il te plaît, murmura-t-elle en coulant un regard vers la porte du fond. Depuis trois ans, personne...

— Non, dit-il à nouveau en l'écartant de lui avec douceur. Nous avons déjà connu le meilleur, je n'aime que la perfection.

Orlanda s'assit sur le bord du bureau et l'observa d'un air boudeur.

— Il faut toujours que tu gagnes, n'est-ce pas ?

— Le jour où tu deviendras la maîtresse de Bartlett, je te ferai un présent, promit-il. S'il t'emmène à Macao pour trois jours, je t'offrirai une nouvelle Jag. S'il te demande en mariage, tu garderas l'appartement et tout ce qu'il contient, et je te donnerai une maison en Californie comme cadeau de mariage.

Elle le regarda avec stupeur puis eut un sourire épanoui.

— Une XKE noire, Quillan ! Oh ! ce serait formidable !... Mais pourquoi Bartlett a-t-il tant d'importance pour toi ?

L'ancien amant d'Orlanda se contenta de la fixer en silence.

— Pardonne-moi, je n'aurais pas dû te poser la question, marmonna-t-elle.

Elle alluma pensivement une cigarette et la lui offrit.

— Merci, dit-il en caressant des yeux la courbe de ses seins. Un dernier détail : je n'aimerais pas que Bartlett soit au courant de notre arrangement.

— Je n'y tiens pas non plus.

Orlanda soupira, se leva et haussa les épaules avec un sourire triste.

— *Ayiiya !* cela n'aurait pas duré entre nous de toute façon, murmura-t-elle. Macao ou non. Tu aurais changé, tu te serais lassé de moi — les hommes se lassent toujours les premiers.

Elle s'examina dans la glace, envoya à Gornt un baiser et quitta la pièce. Il demeura un moment les yeux fixés sur la porte puis sourit et écrasa la cigarette qu'elle lui avait donnée et qu'il n'avait pas portée à ses lèvres de crainte d'y retrouver le goût de sa bouche.

Excellent, se dit-il en sifflotant. Nous allons voir comment vous tenez votre couteau, monsieur le Petit Coq. De la bière avec des pâtes, franchement !

Une bouffée du parfum d'Orlanda lui rappela l'époque où il couchait avec elle. Quand elle était jeune, pensa-t-il. Dieu merci, ce ne sont pas les jeunes beautés qui manquent à Hong Kong — il suffit d'un coup de téléphone, d'un billet de cent dollars.

Gornt décrocha, composa un numéro tenu secret. Quand la sonnerie s'arrêta, il entendit la voix cassante de Paul Havergill.

— Oui ?

— Paul, c'est Quillan. Quoi de neuf ?

— Bonjour, Quillan. Vous savez naturellement que Johnjohn va prendre la direction de la banque en novembre ?

— Oui, malheureusement.

— On m'a joué un tour pendable. Je pensais être réélu mais le conseil d'administration a choisi officiellement Johnjohn hier soir. C'est encore un coup de Dunross et sa clique. Et de votre côté ?

— Notre Américain a mordu à l'appât comme je vous l'avais prédit, répondit le chef de la Rothwell en tâchant de masquer son excitation. Que diriez-vous d'un peu de sport avant de prendre votre retraite ?

— Qu'avez-vous en tête ?

— Vous quitterez la banque en novembre ?

— Après vingt-trois ans. À certains égards, je ne le regretterai pas.

Moi non plus, songea Gornt avec mépris. Tu es une vieille barbe, une momie, sans autre qualité que ta haine pour Dunross.

— Dans quatre mois donc. Cela nous laisse amplement le temps d'agir. Vous, moi et notre ami américain.

— À quoi songez-vous ?

— Vous vous rappelez l'un de mes plans hypothétiques, celui que j'avais appelé « Concurrence » ?

Havergill fouilla dans sa mémoire avant de répondre :

— Comment absorber ou éliminer une banque concurrente, c'est cela ?

— Quelqu'un l'a sorti des tiroirs, lui a apporté quelques modifications et l'a mis en branle... il y a deux jours. Quelqu'un qui savait que Dunross et consorts vous évinceraient. Le plan « Concurrence » nous conviendrait parfaitement.

— Je ne vois pas en quoi. Quel intérêt aurions-nous à nous en prendre à Blacs ?

La Banque de Londres, de Canton et de Shanghai était la principale rivale de la Victoria.

— Ah ! mais, il faudrait changer d'objectif, Paul.

— En prenant qui pour cible ?

— Je viendrai vous l'expliquer à trois heures.

— Qui ? insista le banquier.

— Richard.

Richard Kwang contrôlait la Ho-Pak — l'une des plus puissantes parmi les nombreuses banques chinoises de la Colonie.

— Dieu du ciel ! s'exclama Havergill. Mais c'est... Quillan, avez-vous réellement commencé à mettre « Concurrence » en application ?

— Oui. Personne ne le sait encore, excepté vous et moi.
— Mais comment s'en servir contre Dunross ?
— Je vous expliquerai plus tard. Ian pourra-t-il faire face aux engagements qu'il a pris pour ses navires ?
— Oui, répondit Havergill après un silence dont Gornt remarqua la longueur.
— Oui, mais quoi ?
— Il se tirera d'affaire, j'en suis sûr.
— Il a d'autres problèmes ?
— Excusez-moi, mais je ne peux en parler. Ce serait contraire à l'éthique de notre profession.
— Naturellement. Présentons les choses d'une autre manière. Supposons qu'on chahute un peu sa barque... une petite vague arrivant au bon moment pourrait la faire couler.
— Tout le monde peut couler, vous y compris.
— Mais pas la Victoria Bank.
— Oh ! non.
— Parfait. Rendez-vous à trois heures.
Gornt raccrocha, de plus en plus excité, effectua un rapide calcul mental en allumant une cigarette puis appela un autre numéro.
— Charles ? Ici Quillan. Vous êtes occupé ?
— Que puis-je faire pour vous ?
— Je veux que vous me fassiez un bilan.
Le mot « bilan » signifiait que l'avocat devait téléphoner à huit hommes de paille chargés d'acheter ou de vendre des actions sans qu'on puisse remonter jusqu'à Gornt. Seul l'avocat interviendrait dans l'opération, si bien que ni les intermédiaires ni les agents de change ne sauraient pour le compte de qui la transaction serait faite.
— Un bilan, oui. De quelle nature ?
— Je veux vendre à découvert.
Ce qui signifiait vendre des actions qu'il ne possédait pas en prévision d'une baisse. Au moment où il les rachèterait — il bénéficiait d'un délai maximum de deux semaines —, il empocherait la différence si leur valeur avait effectivement diminué. Bien entendu, il y serait de sa poche si ses prévisions étaient erronées et si les actions grimpaient.
— Quels titres et quelles quantités ?
— Cent mille Ho-Pak...
— Nom de Dieu...

— ... La même chose demain à l'ouverture et deux cent mille autres dans la journée. Je vous donnerai ensuite d'autres instructions.

— Vous avez bien dit Ho-Pak ?

— Oui.

— Cela prendra du temps pour les réunir. Quatre cent mille, Quillan !

— Disons un demi-million pour arrondir.

— Mais Ho-Pak est une valeur de premier ordre. Elle n'a pas perdu un point depuis des années.

— Je sais.

— Vous avez entendu quelque chose ?

— Des rumeurs, répondit Gornt d'un ton grave en se souriant à lui-même. Si nous déjeunions ensemble au club ?

— J'y serai.

Le Taï-pan de la Rothwell coupa la communication, forma un autre numéro qui ne figurait pas dans l'annuaire.

— Oui ?

— C'est moi, dit-il. Vous êtes seul ?

— Oui. Je vous écoute.

— Le Yankee a proposé un raid.

— *Ayiiya !* Et puis ?

— Paul est dans le coup, répondit Gornt, malmenant la vérité. Secret absolu, évidemment. Je viens de lui parler.

— Alors je marche, moi aussi. En échange des navires de Struan, de sa société immobilière de Hong Kong et de 40 % des terrains qu'elle possède en Thaïlande et à Singapour.

— Vous plaisantez !

— Ce n'est pas trop cher payer pour les liquider, mon vieux. Le ton moqueur et bien élevé de Jason Plumm mit Gornt en fureur.

— Vous haïssez Dunross autant que moi, argua-t-il.

— Vous avez besoin de moi et de mes amis. Même si Paul est dans le coup, ou reste neutre, vous ne pouvez pas réussir sans moi.

— Pourquoi croyez-vous que je fais appel à vous ?

— Écoutez, je ne réclame même pas une miette du gâteau américain.

— Qu'est-ce que l'Américain vient faire là-dedans ? répliqua Gornt en s'efforçant de rester calme.

— Je vous connais, mon vieux.

— Ah oui ?

— Éliminer notre « ami » ne vous suffira pas, il vous faudra tout le gâteau.

— Que voulez-vous dire ?

— Voilà longtemps que vous cherchez à vous implanter sur le marché américain.

— Et vous-même ?

— Non. Nous savons de quel côté notre tartine est beurrée, nous nous contentons de traîner derrière, en Asie. Nous ne voulons pas devenir la Noble Maison.

— Vraiment ?

— Vraiment. Alors nous sommes d'accord ?

— Non.

— Je laisserai complètement tomber le commerce maritime, je reprendrai Kowloon Investments et les actions de l'aéroport, ainsi que 40 % des terrains en Thaïlande et à Singapour, avec en prime 25 % de la Par-Con et trois sièges au conseil d'administration.

— Allez vous faire foutre !

— Offre valable jusqu'à lundi.

— Quel lundi ?

— Lundi prochain.

— *Diou ne lo mo* sur tous vos lundis !

— Et sur les vôtres ! Je vous fais une dernière proposition : Kowloon Investments et l'aéroport, 35 % des terrains, et 10 % du gâteau yankee avec trois sièges au conseil.

— C'est tout ?

— Oui, et l'offre reste valable jusqu'à lundi. Surtout ne vous imaginez pas que vous allez nous engloutir du même coup.

— Vous êtes devenu fou ?

— Je vous connais. Alors, d'accord ?

— Non.

Gornt entendit de nouveau le doux rire moqueur de Jason Plumm.

— Je vous laisse jusqu'à lundi pour réfléchir.

— Je vous verrai ce soir à la réception de Dunross ? demanda le patron de Rothwell.

— C'est vous qui devenez fou ! Je n'irai pas pour tout l'or... Quillan, vous y allez vraiment ?

— Je n'en avais pas l'intention mais j'ai changé d'avis. Je ne voudrais pas manquer la dernière grande réception du dernier Taï-pan de Struan...

7

12 h 01

Casey Tcholok continuait à passer un mauvais moment dans la salle du conseil d'administration de Struan, où les quatre hommes refusaient toujours de mordre aux appâts qu'elle leur offrait. Son inquiétude avait crû au fil des minutes et une peur incontrôlable s'emparait d'elle à présent.

Phillip Chen griffonnait, Linbar feuilletait ses papiers, Jacques de Ville la regardait pensivement. Andrew Gavallan cessa de calculer à partir des derniers pourcentages qu'elle avait indiqués, soupira, releva la tête et dit :

— De toute évidence, l'opération doit être financée conjointement. Combien Par-Con serait-il disposé à investir au total ?

La jeune femme réprima avec peine un cri de triomphe et répondit aussitôt :

— Dix-huit millions de dollars américains cette année devraient suffire.

Elle remarqua avec satisfaction que ses quatre adversaires essayaient de cacher leur stupeur. L'année dernière, Struan avait avancé le chiffre de vingt-huit millions comme valeur nette et Bartlett avait estimé le montant de son offre sur cette base.

— Propose-leur d'abord vingt millions, avait-il recommandé à Casey. Vingt-cinq, ce serait trop. Nous sommes d'accord pour un cofinancement mais laisse-les en parler les premiers.

— Regarde leur bilan, Linc, avait-elle objecté. On ne peut être certain de leur valeur nette : il y a peut-être dix millions en plus ou en moins. Nous ne savons pas quelle est leur force — ou leur faiblesse — véritable. Prends ce chiffre, par exemple : quatorze millions maintenus dans les filiales. Quelles filiales, où et dans quel but ? Et ici : sept millions transférés à...

— Quelle importance si c'est trente millions au lieu de vingt-cinq ? Nos déductions restent valables.

— Ils ont une façon de présenter leur comptabilité ! Si nous nous permettions le centième de ce qu'ils osent, nous aurions le fisc américain sur les reins aussi sec et nous nous retrouverions en taule pour cinquante ans.

— Chez eux, c'est permis, ce qui constitue une bonne raison de nous implanter à Hong Kong.

— Vingt, c'est trop pour une première offre, insista Casey.

— Je te donne carte blanche. Rappelle-toi simplement qu'à Hong Kong nous jouons selon les règles de Hong Kong. Je veux entrer dans le jeu qui se pratique là-bas.

— Pourquoi ? Et ne me réponds pas « pour le plaisir ».

— Contente-toi de décrocher le contrat, avait répondu Bartlett en souriant.

Il faisait de plus en plus moite dans la salle et Casey aurait bien voulu s'éponger le front mais elle demeurait impassible, feignant un calme total. Gavallan se décida à rompre le silence :

— Quand Mr. Barlett confirmerait-il l'offre de dix-huit millions... au cas où nous accepterions ?

— Il n'est pas besoin de confirmation, répondit la vice-présidente d'une voix douce, sans paraître remarquer l'affront qu'on venait de lui faire. Je suis autorisée à m'engager jusqu'à vingt millions sans consulter Linc ou son conseil d'administration, ajouta-t-elle de manière à leur donner délibérément une marge de manœuvre. Alors, nous sommes d'accord ? Bien. Maintenant, nous pourrions...

— Un instant, coupa Gavallan à la hâte. Je, euh, dix-huit millions, c'est... En tout cas, nous devons soumettre la proposition au Taï-pan.

Casey joua la surprise :

— Je croyais que nous négocions d'égal à égal et que vous aviez vous aussi carte blanche. Je ferais peut-être mieux de m'adresser directement à Mr. Dunross, à l'avenir.

Andrew Gavallan s'empourpra.

— La décision finale revient au Taï-pan, maugréa-t-il. En toutes choses.

— Je suis ravie de l'apprendre. Moi je décide seulement

en dessous de vingt millions de dollars... Bon, transmettez mon offre à votre patron. Quel délai fixons-nous pour la réponse ?

Le silence s'installa de nouveau.

— Que suggérez-vous ? s'enquit Gavallan, qui se sentait pris au piège.

— Le plus court possible. J'ignore si vous aimez travailler rapidement.

— Si nous fixions ce délai après le déjeuner ? proposa Phillip Chen.

— Bonne idée, approuva Gavallan.

— Cela me va, acquiesça Casey.

Mission accomplie, pensa-t-elle. J'ai conclu à vingt millions alors qu'ils auraient pu demander trente. Ce sont des hommes, des spécialistes, et ils me prennent pour un pigeon. Mon Dieu, si ça marche, je l'aurai enfin, la grosse galette, je serai libre à tout jamais !

Libre de faire quoi ? Peu importe, je verrai bien plus tard.

— À présent nous pourrions aborder la façon dont nous répartirions ces dix-huit millions et...

— Dix-huit, c'est trop peu, interrompit Phillip Chen. Il y a des frais supplémentaires de toutes sortes...

Casey marchanda, se laissa acculer puis feignit de capituler à contrecœur :

— Entendu, vingt millions. Vous êtes terriblement durs en affaires, messieurs.

Elle eut peine à ne pas éclater de rire en les voyant réprimer des sourires de satisfaction.

— Bien, dit Gavallan, ravi.

K. C. Tcholok poursuivit sur sa lancée :

— Comment voyez-vous les structures de la société que nous allons créer ensemble ? Bien entendu, toute décision sera soumise à l'approbation finale de votre Taï-pan, ajouta-t-elle avec une ombre de sourire.

Si seulement j'avais affaire à un homme, pensait Gavallan, agacé. Je lui répondrais « va te faire foutre » et nous éclaterions de rire ensemble parce qu'il saurait aussi bien que moi qu'il faut toujours obtenir le feu vert du patron — que ce soit Dunross, Bartlett, le conseil d'administration ou son épouse. Si tu étais un homme, il n'y aurait pas dans cette salle une telle atmosphère de sexe, pour commencer. Bon Dieu, si au moins tu étais un vieux boudin, ce serait plus facile. Qu'est-ce qu'elles ont ces Américaines ? Pourquoi ne restent-elles pas à leur place ? C'est stupide !

Stupide aussi d'avoir accepté si vite un cofinancement, et plus stupide encore de nous avoir donné une marge supplémentaire de deux millions alors que nous aurions probablement accepté le chiffre total de dix. Si tu avais été un peu plus patiente, tu aurais obtenu un bien meilleur accord. Ces Américains ! aucune finesse, aucun style, aucune science de la négociation ! Et toi, ma petite, tu es trop pressée de faire tes preuves. Je sais comment te prendre maintenant.

Il se tourna vers Linbar Struan, qui observait Casey à la dérobée, et lui demanda du regard s'il voulait prendre la relève. Lorsque je serai Taï-pan, je te briserai, mon petit Linbar, pensa Gavallan. Je te briserai ou je te façonnerai. Il faudra t'habituer à sortir sans ta nounou, à réfléchir seul, à compter sur toi-même, et non sur le nom et les biens dont tu as hérité. Oui, il faudra te mettre au boulot, cela calmera l'ardeur de ton *yang*.

Le regard de Gavallan passa à Jacques de Ville, qui lui sourit. C'est toi mon principal adversaire, pensa Gavallan sans rancœur. Tu parles peu, tu observes tout, tu réfléchis, tu sais te montrer dur, impitoyable au besoin. Quel est ton avis sur cette proposition ? Quelque chose m'a échappé ? Que prévoit ton cerveau retors de juriste parisien ? Elle t'a coupé tes moyens en balayant d'un revers de main ton compliment sur son charme, hein ?

Moi aussi je la baiserais bien, se dit-il machinalement, sachant que Linbar et Jacques avaient déjà eu la même idée. Et toi, Phillip Chen ? Non, tu les aimes beaucoup plus jeunes, et capables des raffinements les plus curieux, si l'on en croit les ragots.

Gavallan reporta son attention sur Casey, dont il devinait l'impatience. Est-ce que tu serais gouine ? se demanda-t-il. Serait-ce là ton autre point faible ? Ce serait vraiment du gâchis !

— Nous l'établirons selon la législation de la Colonie, répondit-il.

— Cela va de soi. Il y a...

— Sims, Dawson et Dick nous conseilleront. Je vais leur demander un rendez-vous pour demain ou après-demain.

— C'est inutile, Mr. Gavallan. Je les ai déjà consultés

et ils m'ont fait part de leurs suggestions, à titre confidentiel bien entendu, au cas où nous tomberions d'accord.

Ahuris, ils examinèrent la copie du formulaire de contrat légal qu'elle remit à chacun d'eux.

— J'ai découvert qu'ils étaient vos avocats, je me suis informée sur eux et, les renseignements étant excellents, je les ai chargés de rédiger un projet tenant compte de vos intérêts et des nôtres. Vous n'y voyez pas d'inconvénient, j'espère ?

— Pas du tout, mentit Gavallan, furieux de ne pas avoir été prévenu par le cabinet Sims, Dawson et Dick.

Diou ne lo mo sur cette Casey machin-chose, rageait intérieurement Phillip Chen. Que ta fente dorée se dessèche et se racornisse pour te punir de ton insolence et de tes grossièretés masculines !

Dieu nous garde des Américaines ! *Ayiiya !* il en coûtera quelques sous à Barlett de nous avoir imposé cette créature, se promit-il.

Le compradore ne perdait cependant pas de vue l'intérêt considérable du marché qu'on leur proposait. Il y a au moins cent millions de dollars américains à gagner dans les années qui viennent, calcula-t-il, pris de vertige. Cela donnerait à la Noble Maison la stabilité dont elle a besoin.

Jour béni, jubila-t-il. Ces imbéciles acceptent un cofinancement à part égale ! Quelle idiotie d'accepter si rapidement sans même obtenir une petite concession en échange ! Mais qu'attendre d'autre d'une femme ? *Ayiiya !* nous allons inonder la zone du Pacifique de produits en mousse de polyuréthane : emballages, isolants, matériaux de construction. Une usine ici, une à Taïwan, une à Singapour, une à Kuala Lumpur et une à Djakarta, pour commencer. Nous allons gagner des dizaines de millions. Quant aux ordinateurs en leasing, avec le prix que ces crétins nous offrent — 10 % de moins qu'IBM, moins notre commission de 7,5 % (nous aurions été ravis de nous contenter de 5 %) —, je peux en placer trois à Singapour cette semaine, un autre ici, un cinquième à Kuala Lumpur, un autre encore à cet Indonésien, requin du commerce maritime, et gagner 67 500 dollars sur chaque — 405 000 au total pour six coups de téléphone !

Sans parler de la Chine...

Ô dieux grands et petits ! faites que le contrat soit signé et je vous offrirai un nouveau temple, une cathédrale à

Tai-ping Shang, promit Phillip Chen avec ferveur. Si la Chine lève quelques barrières ou les entrouvre simplement, nous fertiliserons les rizières de la province du Kuangtung puis tout le pays. Dans dix ans, nous ramasserons des dizaines, des centaines de millions de dollars !

Cette perspective de profits fabuleux adoucit la colère du compradore, qui acheva la lecture du projet et suggéra :

— Nous pourrions l'accepter pour base de discussion. Qu'en pensez-vous, Andrew ?

— Oui, acquiesça Gavallan en reposant le document. Je leur téléphonerai après le déjeuner. Quand pourrions-nous reprendre la discussion avec Mr. Bartlett... et vous-même, naturellement ?

— Cet après-midi — le plus tôt sera le mieux. Mais Linc ne viendra pas, c'est moi qui règle les détails, je suis payée pour cela, dit Casey avec froideur. Il définit la ligne générale et signe officiellement les documents finals quand j'ai terminé leur mise au point. C'est le rôle d'un commandant en chef, n'est-ce pas ?

— Je prendrai rendez-vous et laisserai un message à votre hôtel, proposa Gavallan.

— Pourquoi ne pas le fixer maintenant ?

Gavallan jeta à sa montre un coup d'œil irrité. Bientôt la pause, Dieu merci !

— Jacques, vous êtes libre, demain ?

— Le matin, de préférence.

— Même chose pour John, signala Phillip Chen.

Gavallan décrocha le téléphone.

— Mary ? Prenez rendez-vous avec Dawson pour Mr. de Ville, John Chen et miss Tcholok. Onze heures demain matin. À leurs bureaux.

Après avoir raccroché, il poursuivit :

— Jacques et John s'occupent de toutes les questions concernant l'entreprise. John est notre spécialiste pour les États-Unis. J'enverrai une voiture vous prendre à 10 h 30.

— Merci mais ne vous donnez pas cette peine.

— Comme vous voudrez, dit-il d'un ton poli. À présent nous pourrions peut-être nous arrêter pour déjeuner ?

— Il nous reste un quart d'heure, fit observer Casey. Si nous commencions à discuter des modalités de financement ? Nous pourrions même faire monter des sandwiches et ne pas nous interrompre, si vous le souhaitez.

Les quatre hommes lui lancèrent des regards horrifiés.

— Travailler pendant le repas ?

— Pourquoi pas ? Nous en avons l'habitude en Amérique.

— Dieu merci, nous n'avons pas cette habitude à Hong Kong, dit Gavallan.

— Dieu merci, répéta Phillip Chen en écho.

La jeune femme se sentit écrasée par le poids de leur réprobation. Ne te laisse pas avoir par ces fils de putes, se recommanda-t-elle. Après tout, tu les emmerdes.

— Si vous voulez vous arrêter, je n'y vois aucune objection, fit-elle d'une voix suave.

— Bien, conclut aussitôt Gavallan (et les autres poussèrent un soupir de soulagement). Nous déjeunons à 12 h 40. Vous désirez probablement vous remettre un peu de poudre sur le nez ?

— Oui, merci, répondit Casey, consciente que les quatre hommes voulaient être seuls pour échanger leurs impressions sur elle et sur le contrat — dans l'ordre.

Elle les imaginait sans peine en train de parier à celui qui décrocherait la timbale. Aucun de vous n'a la moindre chance, songea-t-elle. Vous êtes comme tous les autres, vous ne voulez pas d'amour, juste une partie de jambes en l'air.

Tous les autres, excepté Linc.

Ne pense pas à Linc, à ton amour pour lui, aux années merveilleuses et insupportables que vous avez passées ensemble. Merveilleuses et insupportables. Rappelle-toi ta promesse : pas avant ton anniversaire, dans quatre-vingt-dix-huit jours. Ce sera la fin des sept ans d'attente, j'aurai mon argent, je serai son égale et, si Dieu le veut, nous aurons conquis la Noble Maison. Quel cadeau de mariage lui ferai-je ?

De mariage ou d'adieu.

— Où se trouvent les toilettes ? demanda-t-elle en se levant.

Les quatre hommes se dressèrent aussitôt et Gavallan lui indiqua le chemin. Linbar lui ouvrit la porte, la referma derrière elle et murmura aussitôt :

— Mille dollars que tu ne l'auras pas, Jacques.

— Dix que vous ne l'aurez pas non plus, Linbar, dit Gavallan.

— Tenu. À condition qu'elle reste ici un mois.

— Vous emballez moins vite qu'avant, mon vieux. Et vous, Jacques ?

— Mon cher André, je vous parie vingt dollars que vous ne coucherez jamais avec une aussi belle dame, railla le Français. Quant à toi, mon petit Linbar, tu n'as pas plus de chance que ton cheval n'en a de gagner la course.

— Noble Star est une excellente pouliche, protesta Linbar. La meilleure bête de notre écurie.

— Cinquante dollars qu'elle perd.

— Tenu à cent dollars.

— Je n'aime pas assez les chevaux pour miser aussi gros. Qu'en dites-vous, Phillip ?

— Je dis que je vais rentrer chez moi et vous laisser à vos pur-sang et à vos rêves. C'est curieux, quand même : vous pariez tous qu'aucun autre ne réussira mais vous ne misez pas sur vos propres chances.

Les quatre hommes éclatèrent de rire, et Gavallan changea de sujet :

— Quelle bêtise de nous révéler son dernier chiffre, non ?

— Une affaire fantastique ! s'extasia Linbar Struan. N'est-ce pas, oncle Phillip ?

— Fantastique, comme son postérieur ! apprécia de Ville en connaisseur. Hein, Phillip ?

Phillip Chen hocha la tête d'un air bon enfant puis sortit. Pff... ! je leur laisse volontiers ce grand machin, pensait-il.

Dans les toilettes, Casey regardait autour d'elle avec consternation. L'endroit, bien que propre, sentait l'eau croupie. Dans un coin, on avait empilé des seaux au milieu d'une flaque. J'avais entendu dire que les Anglais n'ont pas beaucoup d'hygiène mais je ne m'attendais pas à ça dans la Noble Maison, se dit-elle avec dégoût.

Elle pénétra dans un des cabinets au carrelage humide et glissant, tira la chasse d'eau : rien. Irritée, elle déverrouilla la porte, alla au lavabo, tourna les robinets : pas d'eau.

Qu'est-ce que ça veut dire ? Je parie que ces salauds m'ont envoyée exprès ici ! explosa-t-elle, furieuse.

Elle recouvra une partie de son calme en retrouvant, dans le couloir, le tapis de soie, les tableaux représentant d'anciens clippers et des paysages chinois. En s'approchant de la porte de la salle du conseil d'administration, elle entendit des voix, des rires étouffés, et devina que cette bonne humeur ferait place à un silence gêné dès qu'elle apparaîtrait.

Elle entra, les quatre hommes se levèrent.

— Vous avez des problèmes de plomberie ? demanda-t-elle en tâchant de maîtriser sa colère.

— Pas que je sache, répondit Gavallan, interloqué.

— En tout cas, il n'y a pas d'eau.

— Bien sûr qu'il n'y... Oh ! personne ne vous a parlé de la pénurie d'eau ? Évidemment, comme vous êtes au V & A...

Tous commencèrent à lui fournir des explications en même temps mais la voix de Gavallan domina celle des autres :

— Le V & A a son propre système d'alimentation, de même que deux ou trois autres hôtels, mais le reste de l'île n'a droit qu'à quatre heures d'eau tous les quatre jours. Je n'ai pas songé à vous prévenir, excusez-moi.

— *Tous les quatre jours ?* Comment vous débrouillez-vous ?

— Nous avons de l'eau de 6 à 8 heures le matin et de 5 à 7 heures le soir. Cela nous oblige à stocker l'eau dont nous avons besoin : dans des seaux, dans la baignoire, etc. Dans cet immeuble, le stock touche à sa fin car c'est demain notre jour avec. Mon Dieu, j'espère qu'il restait de l'eau pour vous ?

— L'eau est coupée pendant trois jours partout ailleurs qu'à l'hôtel Victoria and Albert ? demanda Casey, incrédule.

— C'est cela même, répondit Gavallan d'un ton patient. Nous n'avons d'eau que quatre heures tous les quatre jours. Votre hôtel, qui se trouve sur le front de mer, se fait ravitailler quotidiennement par des gabares citernes — en payant, bien sûr.

— Vous ne pouvez ni vous doucher ni prendre un bain ?

— Nous sommes tous plutôt crasseux après trois jours dans cette étuve mais tout le monde est dans le même cas, dit Linbar.

— Nos réservoirs sont vides, expliqua Gavallan. Nous n'avons presque pas eu de pluie cette année et l'année précédente a été très sèche également. C'est très embêtant mais on n'y peut rien. Question de *joss*.

— D'où vient l'eau, alors ?

— De Chine, bien sûr. Par pipe-lines jusqu'aux Nouveaux Territoires, ou par bateau-citerne depuis la rivière des Perles. Le gouvernement a affrété dix tankers qui, avec l'accord de Pékin, remontent la rivière et ramènent environ quarante millions de litres d'eau par jour. Cela nous coûtera près de vingt-cinq millions de dollars, cette année. D'après les journaux, notre consommation journalière est descendue à moins de 120 millions de litres pour une population de 3,5 millions d'habitants — y compris les besoins industriels. Cela fait en moyenne 500 à 600 litres par personne.

— Tout le monde est logé à la même enseigne ? Quatre heures tous les quatre jours ? insista Casey.

— Même chez le gouverneur on a recours aux seaux, répondit Gavallan en haussant les épaules. Le Taï-pan a une propriété avec un puits, nous y faisons un brin de toilette lorsqu'il nous y invite.

— Il me reste beaucoup à apprendre, marmonna la vice-présidente de Par-Con.

Ça, tu peux le dire, pensèrent les quatre hommes à l'unisson.

— Taï-pan ?

— Oui, Claudia ? répondit Dunross dans l'interphone.

— La réunion vient de se terminer. Maître Andrew est sur la quatre et maître Linbar monte vous voir.

— Reportez son rendez-vous à cet après-midi. Vous avez réussi à joindre Tsu-yan ?

— Non. Son avion a atterri à 8 h 40 mais il n'est ni à son bureau ni à son appartement de Taipei. Je continue, bien sûr. Autre chose : je viens de recevoir un coup de fil intéressant. Mr. Bartlett se serait rendu au siège de la Rothwell ce matin et y aurait rencontré Gornt.

— Vous en êtes sûre ? demanda Dunross, l'estomac soudain contracté.

— Certaine.

Le salaud, pensa-t-il. Est-ce qu'il s'est arrangé pour que je sois au courant ? Il résolut de laisser la question de côté pour l'instant.

— Merci. Vous avez mille dollars sur le cheval de votre choix, samedi, promit-il.

— Oh !, merci, Taï-pan.

— Au travail, Claudia, dit Dunross avant d'appuyer

sur le bouton numéro quatre. Oui, Andrew ? Où en sommes-nous ?

Gavallan lui résuma la discussion.

— Vingt millions ? répéta le « chef suprême », incrédule.

— En beaux dollars américains ! et lorsque j'ai voulu savoir quand Bartlett confirmerait, la fille a eu le toupet de me répondre : pas besoin de confirmation, je peux prendre des engagements jusqu'à vingt millions sans consulter personne. C'est possible, à votre avis ?

— Je n'en sais rien, répondit Dunross, dont la tête tournait un peu. Bartlett va arriver d'un moment à l'autre, je lui poserai la question.

— Si nous réussissons ce coup...

Mais le Taï-pan n'écouta pas les commentaires enthousiastes de Gavallan.

C'est incroyable, se disait-il, c'est trop beau. Où est le piège ?

Depuis qu'il était devenu taï-pan, il avait dû sans cesse manœuvrer, mentir, flatter et même menacer — Havergill le banquier, par exemple — pour éviter les embûches et sortir de la situation désastreuse dont il avait hérité. Même en transformant la Compagnie en société par actions, il n'avait pu obtenir les capitaux et le temps nécessaires car un effondrement mondial des cours avait ruiné le marché. L'année précédente, le typhon Wanda avait fait des centaines de morts, des centaines de milliers de sans-abri, détruit mille bateaux de pêche, vingt cargos, coulé un de ses navires de gros tonnage, endommagé l'entrepôt géant en cours de construction et retardé de six mois l'ensemble de son programme. À l'automne, la crise cubaine avait éclaté, provoquant une nouvelle baisse et, au printemps, de Gaulle s'était opposé à l'entrée de la Grande-Bretagne dans le Marché commun, ce qui avait entraîné un troisième effondrement des cours. Les querelles entre la Chine et la Russie ne contribuaient pas non plus à faire remonter le marché...

Me voilà d'un seul coup à la tête de vingt millions de dollars, pensa-t-il. Mais je me retrouve plus ou moins mêlé à une affaire de contrebande d'armes, Tsu-yan est en cavale et John Chen a disparu !

— Nom de Dieu de bon Dieu ! jura-t-il avec colère.

Gavallan s'interrompit au milieu de ses explications :

— Quoi ? qu'est-ce que vous dites ?

— Rien — je pensais à autre chose. Parlez-moi un peu d'elle, Andrew. Comment est-elle ?

— Experte en chiffres, rapide et sûre d'elle, mais impatiente. Et c'est la plus jolie nana que j'aie vue depuis quelques années. Cette chute de reins ! Nous avons fait des pronostics et je crois que Linbar a la meilleure chance.

— Dommage pour lui : je l'envoie à Sydney pour six mois afin de remettre de l'ordre. Quant à Foster, je le vire.

— Bonne idée, s'esclaffa Gavallan. Linbar arrêtera peut-être de faire le con, là-bas — encore que les dames des antipodes passent pour accueillantes...

— Vous croyez que l'affaire est conclue ?

— Je le pense. Phillip plane littéralement. Mais ce que c'est emmerdant de discuter avec une femme ! On ne pourrait pas traiter directement avec Bartlett ?

— Non. Au cours des contacts que nous avons pris antérieurement, il a précisé qu'il tenait à ce que K. C. Tcholok soit son négociateur en chef.

— Alors en avant toute ! Que ne ferait-on pas pour la Noble Maison !

— Avez-vous découvert son point faible ?

— L'impatience. Elle veut sa place au soleil. Son talon d'Achille, c'est qu'elle cherche désespérément à se faire accepter dans un monde d'hommes.

— Autant chercher cela que le Saint-Graal. La réunion avec Dawson est fixée à demain 11 heures ?

— Oui.

— Dites à Dawson de l'annuler mais pas avant demain matin 9 heures. Il s'excusera et la reportera à mercredi midi.

— Juste histoire de la rendre un peu nerveuse, n'est-ce pas ?

— Prévenez Jacques que j'assisterai en personne à la réunion.

— Bien. Et John Chen ? Vous souhaitez sa participation ?

Après un instant de réflexion, le Taï-pan répondit par l'affirmative et demanda :

— Il a fait sa réapparition ?

— Toujours pas. Vous voulez que je me mette à sa recherche ?

— Non. Où est Phillip ?

— Chez lui. Il revient à 14 h 30.

— Écoutez... (l'interphone bourdonna)... Un instant, Andrew... Oui, Claudia ?

— Excusez-moi de vous interrompre mais vous avez Mr. Jen, de Taipei, sur la deux, et Mr. Bartlett vient d'arriver.

— Faites-le entrer dès que j'aurai terminé avec Jen... Andrew, je vous rejoins dans quelques minutes avec Bartlett. Jouez les maîtres de maison en m'attendant.

— Entendu.

Dunross enfonça le bouton numéro deux.

— *Tso-an*, comment allez-vous ? demanda-t-il en dialecte mandarin.

— *Shei-shei*, répondit le général Jen Tang-wa, l'oncle de Wei-wei, le chef adjoint de la police secrète illégale du Kuomintang pour Hong Kong. Quelles nouvelles, Taï-pan ? poursuivit-il en anglais.

— J'allais vous poser la question, dit Dunross, qui résuma l'affaire des armes, l'intervention de la police, mais ne parla pas de Tsu-yan ou de John Chen.

— *Ayiiya !* C'est effectivement très curieux. Vous êtes sûr que Bartlett est innocent ?

— Oui. Pourquoi aurait-il utilisé son propre avion pour faire de la contrebande d'armes ? Ce n'est pas un imbécile. Dites-moi, qui, à Hong Kong, voudrait s'équiper de ce genre d'armes ?

Le général marqua une pause avant de répondre :

— Des éléments criminels.

— Sociétés secrètes ?

— Elles ne sont pas toutes criminelles.

— Non, reconnut Dunross.

— Je vais voir si je peux dénicher quelque chose mais je suis sûr que nous ne sommes pour rien dans cette affaire. Vous venez toujours dimanche ?

— Oui.

— Bien. Je vous attends à 18 heures pour prendre un verre.

— Plutôt 20 heures. Avez-vous vu Tsu-yan ?

— Je pensais qu'il ne devait pas venir avant la fin de la semaine pour faire le quatrième avec l'Américain.

— J'ai appris qu'il avait pris l'avion ce matin, dit le Taï-pan d'un ton détaché.

— Alors il me passera un coup de fil. Je lui demande de vous appeler ?

— Oui, s'il vous plaît. Je dois lui parler d'un détail. À dimanche, 8 heures.

— Entendu, et merci pour les informations. Je vous préviens dès que j'apprends quelque chose.

Dunross reposa le combiné. Bien qu'il eût écouté attentivement la voix de Jen, il n'y avait rien découvert de particulier. Où diable était passé Tsu-yan ?

On frappa à la porte.

— Entrez, dit-il en se levant pour aller accueillir Bartlett. Bonjour, je suis Ian Dunross.

— Linc Bartlett. Je suis en avance ?

Les deux hommes échangèrent une ferme poignée de main.

— Exactement à l'heure — vous devez savoir que j'aime la ponctualité. La réunion s'est bien passée, m'a-t-on dit.

— En effet, répondit Bartlett en se demandant si Dunross ne faisait pas allusion à la réunion avec Gornt. Casey sait parler chiffres.

— Elle a beaucoup impressionné mes collaborateurs. Est-il exact qu'elle peut prendre des décisions de son propre chef ?

— Elle a autorité pour négocier et conclure jusqu'à vingt millions. Pourquoi ?

— Simplement pour savoir comment vous travaillez. Asseyez-vous, je vous prie, nous avons quelques minutes devant nous, le déjeuner est prévu à 12 h 40. Nous allons, semble-t-il, nous lancer tous deux dans une entreprise profitable.

— Je l'espère. Je vous propose de nous revoir dès que je me serai entretenu avec Casey.

— Demain 10 heures ? suggéra le Taï-pan après avoir consulté son agenda. Ici même ?

— Entendu.

— Vous fumez ?

— Non merci. J'ai arrêté il y a quelques années.

— Moi aussi mais l'envie ne m'en est pas encore passée, soupira le patron de Struan en se renversant dans son fauteuil. Je voudrais aborder quelques points mineurs avec vous avant le déjeuner. Je pars pour Taipei dimanche après-midi, je rentre mardi soir pour le dîner et je vous propose de m'accompagner. J'aimerais vous présenter à une ou deux personnes et vous montrer des emplacements possibles pour nos usines. En outre, nous aurions le temps de bavarder et de faire une partie de golf. Une précision : nous ne pouvons pas emmener miss Tcholok.

L'Américain fronça les sourcils en se demandant si le choix de mardi n'était qu'une coïncidence.

— Selon le commissaire Armstrong, je n'ai pas le droit de quitter Hong Kong, fit-il valoir.

— Cela peut s'arranger.

— Alors vous aussi vous êtes au courant ? lâcha Bartlett, qui se rendit aussitôt compte de sa gaffe.

— Quelqu'un d'autre a fait allusion à cette affaire ? demanda innocemment Dunross en le fixant.

— La police a même interrogé Casey ! Mon jet est sous séquestre, nous sommes tous suspects, et je ne sais rien de ces armes !

— Ne vous inquiétez pas, Mr. Bartlett. Nous avons une police efficace.

— Je ne suis pas inquiet mais simplement excédé.

— Je le comprends, compatit le Taï-pan.

Tu risques de l'être plus encore si John Chen ou Tsu-yan sont dans le coup, pensa-t-il. Nous perdrions l'affaire et tu te jetterais dans les bras de Gornt...

— Qui vous a informé ?

— Notre bureau à l'aéroport.

— C'est la première fois que cela se produit ?

— Oui, mais il n'y a pas de mal à faire un peu de contrebande d'armes, répondit Dunross avec désinvolture. C'est en fait une activité parfaitement honorable — nous veillons toutefois à l'exercer ailleurs.

— Où, par exemple ?

— Partout où le gouvernement de Sa Majesté le souhaite. Nous sommes tous des pirates, ici, Mr. Bartlett — du moins, aux yeux des autres... À supposer que je m'arrange avec la police, vous venez à Taipei ?

— Casey sait tenir sa langue.

— Je n'ai jamais prétendu qu'on ne pouvait lui faire confiance.

— Simplement elle n'est pas invitée ?

— Nos coutumes diffèrent un peu des vôtres. En d'autres circonstances, nous nous réjouirions de sa présence mais disons que, dans certaines situations, elle pourrait être gênante. Désolé d'être aussi brutal mais je crois que c'est plus sage, en définitive.

— Et si je ne me conforme pas à vos usages ?

— Vous manquerez sans doute une occasion unique, ce qui serait dommage — surtout si vous envisagez de vous implanter durablement en Asie.

— Je réfléchirai.

— Navré mais il me faut une réponse maintenant.

— Vraiment ?

— J'insiste.

— Allez vous faire foutre !

— Je n'y tiens pas, fit Dunross en souriant. Alors, oui ou non ?

Bartlett éclata de rire.

— D'accord pour Taipei.

— Parfait. Naturellement, ma femme prendra soin de miss Tcholok pendant notre escapade. Elle ne perdra pas la face.

— Merci, mais ne vous en faites pas pour elle. Comment réglerez-vous les choses avec Armstrong ?

— Je ne m'adresserai pas à lui ; je proposerai au directeur adjoint de la police d'être responsable de vous pendant le voyage.

— Vous vous porterez garant de ma personne, en quelque sorte.

— Exactement.

— Qui vous dit que je ne vous fausserai pas compagnie ? Je suis peut-être un vrai trafiquant d'armes.

— Peut-être, mais vous n'iriez pas loin. Hong Kong et Taipei font partie de mon fief, je vous retrouverais et je vous ramènerais — mort ou vif, comme on dit dans les films.

— Mort ou vif ?

— Ce n'est qu'une hypothèse, bien sûr.

— Combien d'hommes avez-vous tués dans votre vie ?

Le climat changea dans la pièce et les deux hommes le ressentirent profondément. Entre toi et moi, le jeu n'est pas encore dangereux, pensa Dunross. Pas encore.

— Douze, répondit-il, sur ses gardes, bien que la question l'eût surpris. Douze dont je suis sûr. J'ai piloté des Spitfire pendant la guerre. J'ai descendu deux chasseurs, un Stuka et deux bombardiers : des Dornier 17 avec un équipage de quatre personnes. Tous les appareils ont brûlé en dégringolant. Oui, douze dont je suis sûr. Naturellement, nous avons aussi attaqué des trains, des convois de troupes. Pourquoi m'avez-vous posé cette question ?

— J'avais entendu dire que vous aviez été pilote. Moi, à ma connaissance, je n'ai tué personne. Je construisais des bases, des camps dans le Pacifique. Je n'ai pas tiré un coup de feu.

— Mais vous aimez la chasse.

— Beaucoup. En 59, au cours d'un safari au Kenya, j'ai abattu un éléphant et un grand koudou.

Après un silence, Dunross reprit :

— Je crois que je préfère m'en prendre aux trains, aux avions ou aux navires. Dans la guerre, les hommes n'ont qu'une importance secondaire, vous ne pensez pas ?

— Certainement. Une fois que les chefs politiques ont désigné le général...

— Avez-vous lu *L'Art de la guerre*, de Sun Tzu ?

— C'est le meilleur ouvrage sur la guerre que j'aie jamais lu, assura Bartlett avec chaleur. Meilleur encore que ceux de Clausewitz ou Liddell Hart, bien qu'il ait été écrit cinq cents ans avant notre ère.

— N'êtes-vous pas un peu partial ? repartit le Taï-pan, heureux de ne plus évoquer ces morts auxquels il n'avait pas pensé depuis des années.

— Savez-vous que le livre de Sun Tzu ne fut publié en France qu'en 1782 ? Pour moi, Napoléon en possédait un exemplaire.

— En tout cas, les Russes le connaissent bien, et Mao en a fait son livre de chevet.

— Vous l'avez lu ?

— Mon père tint absolument à ce que je le lise. Je devais étudier l'original, en chinois, et il me posait ensuite des questions.

Une mouche se mit à se cogner contre une des vitres du bureau avec un bruit irritant.

— Votre père voulait faire de vous un soldat ?

— Non, pas du tout. Sun Tzu, comme Machiavel, parle plus de la vie que de la mort, plus de la survie que de la guerre...

Dunross se tourna vers la fenêtre, s'en approcha et écrasa la mouche avec une violence contrôlée que Bartlett remarqua.

— Mon père voulait que j'apprenne à survivre et à

commander, reprit le chef de la Struan en regagnant son bureau. Il voulait que je devienne un jour taï-pan — encore qu'il n'eût jamais une grande confiance en mes capacités.

— Il était taï-pan, lui aussi ?

— Oui. Et ce fut un excellent chef. Au début, du moins.

— Qu'arriva-t-il ?

— Il est un peu tôt pour sortir les squelettes du placard, Mr. Bartlett, dit Dunross avec un sourire sardonique. Disons que nous avons eu une divergence d'opinion, longue et pénible. Finalement, il choisit pour lui succéder Alastair Struan, mon prédécesseur.

— Il vit encore ?

— Oui.

— Lorsque vous parlez de divergences d'opinion — bel euphémisme ! —, faut-il traduire par guerre ?

— Sun Tzu déconseille clairement de faire la guerre, à moins d'y être contraint. « L'art suprême pour un général consiste à briser la résistance de l'ennemi sans combattre », écrit-il.

— Vous avez brisé celle de votre père ?

— Il s'est retiré du champ de bataille, en sage qu'il était.

L'Américain remarqua que le visage de son hôte s'était durci. Les deux hommes avaient conscience de dresser malgré eux des plans de bataille.

— Je suis content d'être ici et de vous rencontrer, assura le patron de Par-Con.

— Vous le regretterez peut-être un jour.

— Peut-être, fit Bartlett en haussant les épaules. En attendant, nous pouvons conclure un accord mutuellement avantageux.

— Me ferez-vous l'honneur d'être mes invités ce soir, Casey et vous ? Je donne une petite soirée à partir de 8 heures.

— Habillée ?

— Le smoking suffira.

— Casey m'avait prévenu de votre goût pour la cravate noire.

Bartlett remarqua alors, accroché au mur, un tableau représentant une jolie Chinoise qui tenait dans ses bras un garçonnet aux cheveux blonds.

— C'est un Quance ? Un Aristote Quance ?

— Oui, répondit Dunross sans cacher sa surprise.

L'Américain se leva pour examiner la toile de près.

— C'est l'original ?

— Oui. Vous êtes amateur d'art ?

— Non, mais Casey m'a parlé de Quance pendant le voyage. D'après elle, son œuvre est une sorte de témoignage aussi précis qu'une série de photographies.

— C'est exact.

— Si je comprends bien, ce portrait représente May-May T' Chung et l'enfant qu'elle eut avec Dirk Struan.

Les yeux fixés sur le dos de l'Américain, Dunross garda le silence.

— Difficile de voir les yeux, commenta Bartlett en s'approchant encore. Alors cet enfant est le futur sir Gordon Chen ?

Il se retourna pour faire face à Dunross.

— Nous n'en sommes pas sûrs. C'est seulement ce qu'on raconte.

Les deux magnats se mesurèrent du regard. Le Britannique était un peu plus grand mais l'Américain avait les épaules plus larges.

— Cela vous plaît d'être le Taï-pan de la Noble Maison ?

— Beaucoup.

— Je ne connais pas l'étendue de vos pouvoirs mais à la Par-Con, je peux embaucher ou congédier qui je veux et fermer boutique si je le désire.

— Alors vous êtes Taï-pan.

— Et cela me plaît beaucoup, à moi aussi... Je veux m'implanter en Asie et vous voulez un morceau du marché américain. À nous deux, nous pouvons faire du Pacifique notre territoire privé.

Ou un tombeau pour l'un de nous, pensa Dunross, qui ne pouvait s'empêcher d'éprouver de la sympathie pour l'Américain, bien qu'il le sût dangereux.

— Je possède ce dont vous avez besoin, et vous ce dont j'ai besoin, conclut Bartlett.

— Pour l'instant, nous avons tous deux besoin de nous restaurer.

Ils se dirigèrent vers la porte, devant laquelle l'Américain arriva le premier. Au lieu de l'ouvrir, il se tourna vers Dunross :

— Je sais que ce n'est pas dans vos habitudes mais puisque nous allons ensemble à Taipei, appelez-moi Linc, je vous appellerai Ian. Combien voulez-vous parier sur cette partie de golf ?

— En règle générale, nous ne jouons pas pour de l'argent mais pour des balles. Une demi-douzaine, environ.
— Jouer pour de l'argent est une vilaine habitude ?
— Pas du tout. Disons cinq cents ?
— Américains ou de Hong Kong ?
— De Hong Kong — nous sommes entre amis. Enfin, pour commencer.

Le déjeuner était servi au 19e étage, dans la salle à manger du conseil d'administration, une pièce en forme de L, haute de plafond et tendue de draperies bleues. Par les larges fenêtres, on découvrait Kowloon, l'aéroport de Kai Tak, à l'ouest l'île de Tsing Yi et, plus loin, une partie des Nouveaux Territoires. Sur la grande table en chêne, pouvant accueillir aisément vingt convives, on avait disposé des couverts en argent, des verres du cristal le plus pur. Quatre laquais silencieux, en culottes noires et habit brodé à l'effigie de Struan, veillaient à ce que tout fût en ordre.

On avait commencé à boire avant l'arrivée de Bartlett et Dunross : vermouth-vodka pour Casey et tous les autres, à l'exception de Gavallan, qui préférait le gin. Sans le consulter, un des serveurs présenta à Bartlett une boîte de bière glacée sur un plateau d'argent.
— Comment le savez-vous ? dit l'Américain, ravi.
— Avec les compliments de Struan et compagnie, répondit Dunross. Nous connaissons vos goûts.
Il présenta son invité à ses collaborateurs, commanda un verre de chablis puis adressa un sourire à Casey :
— Comment allez-vous depuis ce matin ?
— Très bien, merci.
— Excusez-moi, intervint Bartlett mais j'ai un message à transmettre à ma vice-présidente avant que je ne l'oublie. Casey, il faudrait téléphoner demain à Johnston, à Washington, pour lui demander avec qui nous pourrions entrer en contact au consulat.
— Certainement. Si je n'arrive pas à le joindre, j'essayerai avec Tim Diller.
Selon le code qu'ils avaient établi, Johnston signifiait : comment vont les choses ? Diller voulait dire bien, Tim Diller très bien, Jones mal, George Jones très mal.
— Bonne idée... Vous avez là une pièce superbe, Ian.
— Elle convient à nos besoins.

L'implication fit sourire Casey, qui se tourna vers Dunross :

— Notre réunion s'est très bien passée. Nous avons une proposition à vous soumettre.

Décidément, ces Américains n'ont aucun tact, songea le Taï-pan. Elle devrait savoir qu'on n'aborde pas les questions d'affaires avant la fin du repas.

— Oui, Andrew m'en a exposé les grandes lignes. Un autre verre ?

— Non merci. Aimeriez-vous avoir des éclaircissements sur certains points ?

— Nous en parlerons en temps utile. Je serai à votre disposition dès que j'aurai examiné le projet... Une autre bière pour Mr. Bartlett, lança Dunross à l'un des garçons. Rien de nouveau, Jacques ?

— Pas encore, répondit de Ville, dont la fille, en vacances en France avec son mari, venait d'avoir un accident de voiture dont il ignorait encore la gravité.

— Il n'y a probablement aucune raison de s'inquiéter, ajouta Ian.

Cousin de Dunross au premier degré, Jacques était entré à la Compagnie en 1945, après avoir traversé des heures difficiles pendant la guerre. En 1940, il avait envoyé sa femme et ses deux enfants en bas âge à Londres et était entré dans la Résistance. Fait prisonnier, il s'était évadé et avait rejoint les maquisards. À cinquante-quatre ans, c'était un homme puissant et taciturne, violent quand on le provoquait. Large de poitrine, il avait des mains fortes et des cicatrices sur tout le corps.

Casey revint à la charge :

— Dans l'ensemble, notre offre vous paraît acceptable ?

Dunross se résigna à lui donner satisfaction :

— Je proposerai sans doute des changements sur quelques points secondaires mais disons qu'elle nous agrée globalement.

— Excellent ! fit Casey d'un ton joyeux.

— Parfait, ajouta Bartlett en portant un toast avec sa boîte de bière. Je bois aux profits futurs — pour vous et pour nous.

Tous les autres levèrent leur verre.

— Combien de temps faudra-t-il pour transformer le projet en texte définitif ? poursuivit l'Américain.

— Ce sera rapide. Je ne pense pas que nos avocats se heurtent à des difficultés insurmontables.

— Nous les rencontrerons demain à 11 heures, précisa Casey. Mr. de Ville, John Chen et moi.

— Dawson est très fort — en particulier sur la législation fiscale américaine.

— Casey, tu ne crois pas que nous pourrions faire venir notre expert de New York sur ces questions ?

— Dès que nous serons prêts, je lui demanderai de venir. Avec Forrester — c'est le directeur de notre département mousse de polyuréthane, précisa-t-elle à l'intention de Dunross.

— Assez parlé affaires, décida le Taï-pan. Règle d'or de la maison, miss Casey : ne pas mêler le travail et la table, c'est très mauvais pour la digestion... Lim, nous n'attendrons pas maître John.

Aussitôt les serveurs apparurent, présentèrent les chaises aux convives et apportèrent le premier plat. Le menu prévoyait du cherry avec le consommé, du chablis avec le poisson, du bordeaux avec le rôti de bœuf et le fromage, et un retour au cherry pour le dessert.

— Combien de temps comptez-vous rester à Hong Kong, Mr. Bartlett ? demanda Gavallan.

— Le temps qu'il faudra. Puisque nous allons travailler ensemble pendant une longue période, je propose que nous laissions tomber les Mr. et les miss.

Gavallan aurait voulu répondre : Mr. Bartlett, nous tenons à ces petites coutumes, c'est une des façons de distinguer les amis des simples connaissances. Chez nous, les prénoms appartiennent à la vie privée. Mais comme, à son étonnement, le Taï-pan ne s'était pas formalisé quand l'Américain l'avait appelé Ian à deux reprises, Gavallan répondit :

— Pourquoi pas, Mr. Bartlett ? Nul besoin d'être cérémonieux.

De Ville, Struan et Dunross apprécièrent le « Mr. Bartlett », façon dont Gavallan avait opposé à la requête une fin de non-recevoir qu'aucun des deux Américains ne percevrait.

— Merci, Andrew, dit Bartlett. Ian, si je peux me permettre, avant le déjeuner, une dernière entorse à vos principes : serez-vous en mesure de me donner une réponse définitive, dans un sens ou dans un autre, d'ici mardi ?

Le climat bascula dans la salle à manger, les domestiques se figèrent, tous les regards se tournèrent vers Dunross et le patron de la Par-Con se demanda s'il n'avait pas été trop loin. Casey, elle, en était sûre : le visage du Taï-pan était demeuré impassible mais ses yeux avaient changé d'expression. Nul, dans la pièce, ne s'était mépris sur l'ultimatum que Bartlett avait adressé à Dunross, à la manière d'un joueur de poker lançant à son adversaire : tu « vois » ou tu te « couches » ? Réponse avant mardi.

Le chef suprême de la Noble Maison rompit le silence d'une voix calme :

— Je vous le ferai savoir demain.

La tension baissa, les serveurs reprirent leur travail, chacun se détendit — à l'exception de Linbar, qui avait les mains moites de peur. Il connaissait l'étrange propension à la violence que Dirk Struan avait léguée à ses descendants, cette brutalité primitive qui avait failli éclater sous ses yeux et dont l'imminence l'avait terrorisé.

Lui-même était le descendant de Robb Struan, le demi-frère de Dirk, et n'avait dans les veines pas une goutte de sang du fondateur de la Noble Maison. Il le regrettait amèrement et haïssait son cousin Dunross, qui le rendait malade d'envie.

Hag Struan revit en toi, Ian, elle revivra en tes descendants, songea Linbar, que le souvenir de la terrible ancêtre fit tressaillir.

— Qu'y-a-t-il, Linbar ? demanda Dunross.

— Rien, bredouilla Linbar en sursautant. Je pensais à quelque chose.

— À quoi ?

— À Hag Struan.

— Cela va t'empêcher de digérer, prends garde.

— Qui est Hag Struan ? voulut savoir Bartlett.

— Un des squelettes que la famille cache dans ses placards. Nous en avons un bon nombre, répondit le Taï-pan.

— Comme toutes les familles, commenta Casey.

— Hag Struan, pour nous, c'est un peu le Père fouettard.

— Plus maintenant, objecta Gavallan. Voilà près de cinquante ans qu'elle est morte.

— Je n'en suis pas si sûr. Peut-être va-t-elle sortir cette nuit de son cercueil pour nous manger tout cru, plaisanta Dunross en fixant Linbar.

— Je n'aime pas qu'on parle d'elle, même pour plaisanter, murmura le descendant de Robb Struan.

— « Le diable t'emporte ! », s'exclama Dunross. Voilà ce que je lui jetterais à la face si elle vivait encore.

— Je vous en crois bien capable, dit Gavallan avec un rire bref. C'est une scène que j'aimerais voir.

— Moi de même, reprit Dunross.

Et il se mit à rire lui aussi. Voyant l'expression de Casey, il ajouta :

— Ce n'est qu'une bravade. À en croire la légende, c'était un vrai monstre. Elle avait épousé Culum, le fils de Dirk Struan notre fondateur, mais s'appelait Tess Brock de son nom de jeune fille et avait pour père Tyler Brock, l'ennemi juré de Dirk. On raconte que Culum l'enleva en 1841, alors qu'elle avait seize ans et était d'une beauté saisissante. C'est un peu l'histoire de Roméo et Juliette, à ceci près qu'ils ne moururent pas et que leur union, au lieu de mettre fin à la lutte sanglante des Struan et des Brock, ne fit que l'attiser. Née Tess Brock en 1825, elle mourut Hag Struan en 1917, à l'âge de quatre-vingt-douze ans, édentée, chauve, abrutie par l'opium, méchante et terrible jusqu'à son dernier jour. La vie est étrange, *heya ?*

— Elle est parfois incroyable, répondit Casey d'un ton songeur. Pourquoi les gens changent-ils autant en vieillissant, pourquoi deviennent-ils si amers, en particulier les femmes ?

Parce que l'âge frappe inégalement les hommes et les femmes, aurait pu répondre Dunross. C'est injuste mais c'est ainsi, depuis toujours. L'épouse dont le visage se creuse de rides, dont la chair perd de sa fermeté, dont la peau se fane a peur de se faire voler par de jeunes beautés un mari encore séduisant. Elle finit d'ailleurs invariablement par le perdre parce qu'il se lasse de ses remontrances, de ses jérémiades et qu'un élan irrépressible le pousse vers la jeunesse...

« *Ayiiya !* il n'est meilleur aphrodisiaque que la jeunesse, avait coutume de répéter le vieux Chen-Chen, père de Phillip et mentor de Ian. Le *yang* a besoin pour se fortifier de la jeune substance du *yin*. Souviens-toi : plus ton Bâton-Viril vieillit, plus il lui faut de jeunesse, de changement, pour accomplir son office avec ardeur. Mais rappelle-toi également que le nid caché entre leurs cuisses, aussi beau, incomparable, délectable et délicieux soit-il, est aussi un piège, une chambre de torture. Ce doux nid, c'est ton cercueil ! » Le vieillard achevait ses recommandations secoué de rire, le ventre tressautant, les larmes aux yeux. « Les dieux sont merveilleux, poursuivait-il. Ils nous accordent le paradis sur terre mais c'est l'enfer lorsque ton Moine-Borgne ne parvient pas à dresser la tête pour entrer au havre de bonheur. Notre lot est de courir à la Fente-Avide jusqu'à ce qu'elle nous dévore... »

Qu'elle doit être douloureuse pour les femmes — en particulier les Américaines — cette blessure du vieillissement inéluctable commençant si tôt, pensait Dunross. Mais pourquoi te dire une vérité que tu connais déjà dans ta chair ? Pourquoi te répéter qu'on exige une jeunesse éternelle que ni les dieux, ni les diables, ni même un chirurgien ne peuvent te donner ? C'est injuste, je le sais, mais c'est ainsi.

Merci à tous les dieux, petits et grands, de m'avoir fait homme et non femme, songea-t-il avec ferveur. Je te plains, jolie Américaine.

— Parce que la vie n'est pas un lit de roses, répondit simplement le Taï-pan. Parce qu'on nous inculque des valeurs fausses en nous bourrant d'un galimatias de bêtises, alors que les Chinois, contrairement à nous, font preuve d'un extraordinaire bon sens. C'est sans doute la partie Brock qu'elle avait en elle qui lui valut cette terrible vieillesse. Le sort ne l'épargna pas non plus : sur les sept enfants qu'elle eut de Culum — quatre fils et trois filles —, tous les mâles moururent. Deux périrent de la peste, ici, à Hong Kong, un troisième fut poignardé à Shanghai, et le dernier se noya au large de Ayr, en Écosse, où se trouvent les terres de notre famille. Il y avait de quoi rendre amère n'importe quelle femme. Ajoutez à cela la haine et l'envie dont Culum et Hag furent entourés pendant toute leur vie, l'obligation de remettre la Noble Maison aux fils de parents moins durement frappés... On comprend sa transformation.

Le Taï-pan marqua une pause avant de continuer :

— Selon la légende, elle imposa sa volonté à Culum et à la Noble Maison jusqu'à son dernier souffle ; elle tyrannisa tous les taï-pans, les belles-filles, les gendres et les enfants. Même après sa mort, elle continua à faire peur. Je me souviens d'une nurse anglaise — qu'elle brûle à jamais en enfer ! — qui me disait : « Soyez sage, maître

Ian, sinon j'appelle Hag Struan ! » Je ne devais pas avoir plus de cinq ou six ans.

— C'est terrible, soupira Casey.

— C'est la façon dont les nurses parlent aux enfants, répondit Dunross en haussant les épaules.

— Pas toutes, Dieu merci, intervint Gavallan.

— Mes nurses ont toutes été détestables ; mes *gan sun*, par contre, furent irréprochables.

— Qu'est-ce qu'une *gan sun* ? demanda la jeune femme.

— En chinois, ces mots signifient « corps proche ». Dans la Chine d'avant 49, les enfants des familles chinoises fortunées, et de presque toutes les familles européennes ou eurasiennes installées de longue date étaient confiés à un « corps proche », une *gan sun* que, souvent, ils gardaient près d'eux toute leur vie. La plupart des *gan sun* font vœu de célibat et on les reconnaît à la longue natte qu'elles portent dans le dos. La mienne s'appelle Ah Tat, elle vit encore chez nous. C'est une femme extraordinaire, assura Dunross.

— La mienne fut plus maternelle pour moi que ma vraie mère, dit Gavallan.

— Alors Hag Struan est votre arrière-grand-mère ? demanda Casey, s'adressant à Linbar.

— Grand Dieu non ! Je n'appartiens pas à la lignée de Dirk Struan. Je descends de son demi-frère Robb.

— Vous êtes tous parents ? continua la jeune Américaine, qui sentait dans la pièce de curieuses tensions.

Linbar hésita, lança un coup d'œil à Dunross, qui répondit :

— Plus ou moins. Andrew a épousé ma sœur Kathy, Jacques est un cousin et Linbar... Linbar porte notre nom. Il y a encore à Hong Kong de nombreuses personnes qui se souviennent de la Hag, vous savez. Elle portait invariablement une longue robe noire à tournure, un drôle de chapeau avec une immense plume mangée aux mites, et jouait avec une badine noire à poignée d'argent. Elle se déplaçait le plus souvent dans une sorte de palanquin porté par quatre hommes. Bien qu'elle ne mesurât guère plus d'un mètre cinquante, elle était solide et dure comme un pied de coolie. Les Chinois, qu'elle terrorisait aussi, l'avaient surnommée l'« Honorable Vieille Mère étrangère à l'œil mauvais et aux dents de dragon ».

— C'est exact, enchaîna Gavallan. Mon père et ma

grand-mère la connaissaient. Ils avaient eu une compagnie à eux, à Shanghai, mais la guerre de 14-18 les avait plus ou moins ruinés et ils s'étaient associés à Struan en 19. Mon père me raconta que, dans son enfance, il suivait la Hag dans les rues avec ses petits copains. Quand elle se mettait vraiment en colère, elle défaisait son dentier et donnait de grands coups de dents dans leur direction. (Des rires parcoururent la table.) Des dents énormes, qui faisaient clac-clac-clac, d'après lui.

— Ma *gan sun*, la vieille A Fu, connaissait bien Hag Struan, dit Linbar. Chaque fois qu'on prononçait son nom, elle levait les yeux au ciel en priant les dieux de la protéger du mauvais œil et des dents magiques. Mon frère Kyle et moi...

Il s'interrompit et reprit sur un autre ton :

— ... nous taquinions souvent A Fu au sujet de la vieille Hag.

— Il y a un portrait d'elle dans la Grande Maison — deux en fait. Si cela vous intéresse, je vous les montrerai, proposa Dunross à Casey.

— Volontiers. Avez-vous également un portrait de Dirk Struan ?

— Plusieurs, ainsi que de Robb, son demi-frère.

— J'aimerais les voir.

— Moi aussi, enchaîna Bartlett. Je n'ai même pas une photo de mes grands-parents, alors vous pensez si les portraits d'arrière-arrière-grands-pères m'impressionnent. Je ne sais rien de mes ancêtres, excepté que mon grand-père dirigeait une compagnie d'affrètement dans l'Ouest, dans un bled appelé Jerrico.

Depuis le début du repas, l'Américain écoutait, tâchait d'accumuler des éléments qui l'aideraient, le moment venu, à choisir entre Dunross et Gornt. Si c'est Dunross, il faudra éliminer Andrew Gavallan, c'est un ennemi, se dit-il. Le jeune Struan déteste visiblement le Taï-pan, le Français est un mystère et Dunross lui-même est aussi dangereux que de la nitroglycérine.

— Votre Dirk Struan était un sacré bonhomme, on dirait, conclut l'Américain.

— Voilà l'euphémisme de l'année ! s'écria Jacques de Ville, dont les yeux noirs pétillaient. Ce fut le plus grand pirate de l'Asie. Notre Taï-pan est son portrait craché, il a hérité ce qu'il y avait de pire en lui.

— Va te faire voir, Jacques, répliqua Dunross d'un ton aimable. Ne l'écoutez pas, Casey, je ne ressemble pas du tout à Dirk.

— Mais vous descendez de lui.

— Oui. Mon arrière-grand-mère Winifred, sa seule fille légitime, épousa Lechie Struan Dunross, membre du clan. Ils eurent un fils — mon grand-père — qui succéda à Culum aux fonctions de taï-pan. Autant que nous sachions, les Dunross, ma famille, sont les seuls descendants directs de Dirk Struan.

— Légitime, disiez-vous ?

— Dirk eut d'autres enfants, notamment un fils appelé Gordon avec une dame nommée Sheng. Outre la branche Chen, il y a la branche T'chung, issue de Duncan et Kate T'chung, le fils et la fille qu'il eut avec la célèbre May-may T'chung. En tout cas, c'est ce que dit la légende et personne n'est capable de la démentir ou de la confirmer.

Le Taï-pan s'interrompit, plissa les yeux en souriant.

— À Hong Kong et Shanghai, les dames chinoises étaient aussi jolies jadis qu'aujourd'hui, et nos aïeux se montraient... entreprenants. Mais ils les épousaient rarement et, comme la pilule est une invention récente, on ne sait pas toujours exactement de qui on est parent. Nous, euh... nous ne discutons pas de ces choses en public : en vrais Britanniques, nous nous comportons comme si elles n'existaient pas. Les familles eurasiennes de Hong Kong prenaient le nom de la mère, celles de Shanghai celui du père. Dans un cas comme dans l'autre, nous avons réglé le problème.

— Tout se passe à l'amiable, déclara Gavallan.

— Le plus souvent, précisa Dunross.

— Alors vous êtes apparenté à John Chen ? conclut Casey.

— Si vous remontez au Jardin d'Eden, je suis parent avec tout le monde, répondit le maître de maison, les yeux fixés sur la chaise vide que l'Eurasien aurait dû occuper.

Cela ne lui ressemble pas de s'enfuir, songeait-il, préoccupé. Ni de se mêler de contrebande d'armes... Tsu-yan ? C'est un Shanghaïnais, il s'effraie facilement. Si John avait pris l'avion ce matin, quelqu'un l'aurait vu — tout le monde le connaît. S'il s'est enfui, il a pris le bateau. Pour où ? Macao ? Non, c'est un cul-de-sac. Alors ? Chaque jour, des navires quittent la Colonie pour une quarantaine de destinations différentes à travers le monde. En moins d'une heure, il aurait pu arranger son embarquement. Quelques dollars par-ci par-là et on fait sortir clandestinement de Hong Kong n'importe quelle cargaison : hommes, femmes, enfants, drogue.

En se servant de poisson dans le plat d'argent qu'un domestique lui tendait, Dunross remarqua que l'Américaine avait les yeux braqués sur lui.

— Oui, Casey ?

— Je me demandais comment vous avez appris mon prénom. Le Taï-pan m'a surprise, Linc. Avant même que nous ne soyons présentés l'un à l'autre, il m'a appelée Kamalian Ciranoush.

— C'est un nom persan ? tenta de deviner Gavallan.

— Arménien. Comment l'avez-vous su, Taï-pan ?

Elle préférait l'appeler par son titre que par son prénom. *Ian*, c'était prématuré.

— J'ai posé la question à votre avocat, répondit Dunross.

— Comment cela ?

— John Chen m'avait téléphoné vers minuit. Vous ne lui aviez pas dit ce que signifiaient les initiales K. C. et je voulais le savoir. Comme il était trop tôt pour téléphoner à vos bureaux de Los Angeles, j'ai appelé votre avocat à New York. Mon père disait toujours : quand tu ne sais pas, demande.

— Vous avez réussi à joindre Seymour Steigler III un samedi ? fit Bartlett, étonné.

— Oui. Chez lui, à White Plains.

— Mais ce numéro ne figure pas dans l'annuaire.

— J'ai prié un de mes amis chinois des Nations unies de l'obtenir pour moi et j'ai raconté à Mr. Steigler que j'avais besoin du prénom pour rédiger les invitations — ce qui est exact, d'ailleurs. Il faut être précis, n'est-ce pas ?

— Certainement, marmonna Casey, admirative.

— Vous saviez depuis hier soir que Casey Tcholok était... est une femme ? demanda Gavallan.

— Cela je le savais depuis des mois. J'ignorais simplement la signification des initiales K. C. Pourquoi ?

— Pour rien, Taï-pan. Casey, votre famille a émigré aux États-Unis après la guerre ?

— Après la Première Guerre mondiale, en 1918, répondit la jeune femme. Mes grands-parents s'appelaient Tcholokian mais ils ont supprimé le *ian* en arrivant à

New York pour que les Américains puissent prononcer leur nom plus facilement. Cela n'a pas empêché mes parents de m'appeler Kamalian Ciranoush. Comme vous le savez, l'Arménie est la partie sud du Caucase — au nord de l'Iran et de la Turquie, au sud de la Géorgie. Autrefois nation souveraine, elle est à présent divisée entre l'Union soviétique et la Turquie. Ma grand-mère était géorgienne — les mariages interethniques étaient nombreux à l'époque. Il y avait près de deux millions d'Arméniens disséminés dans tout l'Empire ottoman mais après les massacres de 1915 et 16... (Casey frissonna.) Ce fut un véritable génocide. Aujourd'hui, nous sommes à peine cinq cent mille éparpillés de par le monde : négociants, acteurs, peintres, joailliers, écrivains. Les Arméniens étaient aussi des guerriers et l'armée turque en comptait cinquante mille avant de les chasser de ses rangs et de les fusiller, officiers et hommes de troupe. Pendant des siècles, les Arméniens avaient constitué une élite.

— Est-ce la raison pour laquelle les Turcs les haïssaient ? demanda de Ville.

— C'étaient de très bons hommes d'affaires, aimant le travail et attachés au clan. Nous avons le commerce dans le sang, disait mon grand-père. Cependant je crois que c'était surtout parce qu'ils étaient chrétiens. Les Arméniens constituèrent le premier État chrétien à l'époque de l'Empire romain, et les Turcs, eux, sont musulmans, bien sûr. Après la conquête de l'Arménie par la Turquie, au XVIe siècle, il y eut d'incessantes guerres de frontière entre la Russie tsariste chrétienne et les Turcs païens. Jusqu'en 1917, la Russie fut notre protecteur... Les Ottomans ont toujours été un peuple étrange et cruel...

— Votre famille émigra avant les troubles ?

— Non. Mes grands-parents étaient très riches et pensaient, comme beaucoup d'autres, que rien ne pouvait leur arriver. Ils s'enfuirent par la porte de derrière, avec deux fils, une fille, et ce qu'ils purent emporter, juste avant l'irruption des soldats dans la maison. Le reste de la famille ne parvint pas à échapper aux Turcs. Mon grand-père et ma grand-mère réussirent à quitter Istanbul en payant un pêcheur pour qu'il les conduise à Chypre dans son bateau. Là, ils obtinrent un visa pour les États-Unis. Ils avaient un peu d'argent, quelques bijoux — et la bosse du commerce. Grand-mère vit encore... elle en remontrerait à plus d'un en matière de marchandage.

— Ainsi votre grand-père était négociant. Est-ce la raison pour laquelle vous vous êtes intéressée aux affaires ? demanda Dunross.

— Les Arméniens poussent effectivement leurs enfants dans cette voie dès qu'ils sont en âge de choisir un métier. Mon grand-père fonda à Providence une entreprise fabriquant des lentilles, des microscopes, et une société d'import-export travaillant surtout dans les tapis, les parfums et un peu dans les pierres précieuses. Mon père dessinait et fabriquait des bijoux, il avait une petite boutique à Providence. Son frère, mon oncle Bghos, dirige la société d'import-export depuis la mort de grand-père. L'affaire est petite mais stable. Ma sœur et moi avons grandi au sein d'une famille où l'on ne parlait que de marchandages et de profits.

— Où... oh !, encore un peu, Casey ?

— Non merci.

— Où avez-vous acquis votre formation commerciale ?

— Un peu partout. Après le collège, j'ai fait deux ans d'école commerciale à Providence : sténo, dactylo, comptabilité, classement et quelques rudiments de commerce. Mais depuis que je savais compter, j'aidais grand-père dans ses affaires pendant les vacances. Il m'apprit à réfléchir, à dresser un plan, à le mettre en application. On peut dire que j'ai surtout été formée sur le tas, même si j'ai suivi des cours du soir spécialisés après avoir quitté le collège. L'année dernière, je me suis même inscrite à Harvard, ce qui a produit l'effet d'une bombe auprès de certains bonzes de l'université. Les études commerciales supérieures s'ouvrent bien lentement aux femmes.

— Et comment êtes-vous devenue l'homme - la femme - de confiance du patron de Par-Con Industries ? demanda le Taï-pan.

— Grâce à ma perspicacité, répondit Casey en riant, et tous l'imitèrent.

— Casey a une capacité de travail extraordinaire, expliqua Bartlett. Elle lit deux fois plus vite qu'un cadre normal, elle flaire le danger, elle n'a pas peur de prendre une décision, elle sait conclure un marché et elle ne rougit pas pour un rien.

— C’est mon point fort, approuva l’Américaine. Merci, Linc.

— Mais ne vous faut-il pas renoncer à une partie de votre féminité, dans ce travail ? dit Gavallan. Cela ne doit pas être facile, pour vous, de faire un métier d’homme.

— Je ne fais pas un métier d’homme, répliqua Casey du tac au tac. Les femmes ont la même intelligence et les mêmes capacités que les hommes.

Comme Linbar et Gavallan lançaient des commentaires moqueurs, Dunross haussa la voix pour déclarer :

— Nous en discuterons une autre fois. Sérieusement, Casey, comment avez-vous gravi les échelons ?

Te raconterai-je l’histoire véritable, Ian si semblable à Dirk, le plus grand pirate d’Asie, ou celle qui est devenue légende ? se demandait la jeune femme.

Elle entendit Bartlett entamer un récit qu’elle avait entendu cent fois et qui mêlait le vrai, le faux, et ce qu’il voulait croire authentique. Quelle part de vérité renferment *tes* légendes — Hag et Dirk Struan, la Noble Maison, la façon dont tu es devenu taï-pan ? Elle but une gorgée de porto et laissa son esprit vagabonder.

Il y a quelque chose qui cloche, se dit-elle au bout d’un moment. Je le sens. Il y a quelque chose qui cloche avec Dunross.

— J’ai rencontré Casey à Los Angeles, il y a sept ans, racontait Bartlett. J’avais reçu une lettre d’un certain Casey Tcholok, président de la firme Hed-Opticals de Providence, qui voulait discuter d’une éventuelle fusion. À l’époque, j’étais dans la construction et j’avais édifié des bâtiments de toutes sortes dans la région : appartements, supermarchés, immeubles de bureaux, locaux industriels, centres commerciaux, etc. Nous avions un chiffre d’affaires de 3,2 millions de dollars, nous venions de nous transformer en société anonyme par actions, mais nous étions encore loin d’accéder au Big Board. Je...

— Vous voulez dire la Bourse de New York ?

— Oui. Arrive Casey, brillante comme un sou neuf. Elle me propose de fusionner avec Hed-Opticals — qui avait réalisé, d’après elle, 277 600 dollars de bénéfices bruts l’année précédente — et de nous attaquer ensemble à Randolf Opticals, le roi du secteur : 53 millions de ventes, coté au Big Board, part énorme du marché des lentilles et grosses réserves bancaires. Je lui réponds qu’elle est folle, mais je lui demande quand même pourquoi elle a jeté son dévolu sur Randolf. D'abord, me dit-elle, parce qu'elle est actionnaire de Bartlett Constructions — elle avait acheté dix actions à un dollar des 500 000 que j'avais mises en vente au pair — ensuite parce que « ce fils de pute » de George Toffer, le patron de Randolf Opticals, est un menteur, un voleur, un escroc qui veut la couler.

Bartlett s'interrompit pour reprendre sa respiration et le Taï-pan en profita pour glisser :

— C'est vrai, Casey ?

La vice-présidente de Par-Con refit aisément surface :

— Oh ! oui, Toffer est tout cela, et il essayait bel et bien de me ruiner.

— Pourquoi ?

— Parce que je l'avais envoyé... sur les roses.

— Pour quelle raison ?

— Je venais de reprendre Hed-Opticals. À la mort de grand-père, j'avais joué la firme à pile ou face avec l'oncle Bghos, et j'avais gagné. Un an plus tôt, Randolf nous avait fait une offre que nous avions refusée : nous avions une bonne petite affaire, d'excellents techniciens — dont un bon nombre d'Arméniens — et une part intéressante du marché. Nous manquions de capitaux mais la qualité de nos produits était notre meilleure arme. Peu de temps après que j'eus repris la direction de l'affaire, George Toffer « passa me voir ». Mon Dieu, quelle suffisance ! Il se glorifiait de sa conduite héroïque pendant la guerre — inventée de toutes pièces, comme je le découvris par la suite. Vous voyez le personnage. Quoi qu'il en soit, il me fit une seconde offre tout aussi ridicule que la première pour me « débarrasser » de Hed-Opticals, moi, la pauvre petite qui serait bien plus tranquille dans sa cuisine. Pour couronner le tout, il m'invita à dîner dans sa suite et à prendre un peu de bon temps avec lui puisqu'il était dans le coin pour quelques jours. Il eut l'air étonné de mon refus — stupéfait même — et me proposa alors de sous-traiter certains de ses contrats. Cette fois, l'offre était intéressante et nous tombâmes d'accord après quelque marchandage. Le mois suivant, nous sous-traitâmes une affaire, fournissant un meilleur travail et moins cher que tout ce qu'il aurait pu proposer et il réalisa un énorme bénéfice. Il revint alors sur une clause verbale et retint sur notre part 20 378 dollars — en fait, il me les vola purement et simplement. Le lendemain, cinq de mes meilleurs clients me quittèrent pour Randolf et, la semaine suivante, sept autres les imitèrent : Toffer leur avait proposé des contrats inférieurs aux prix de revient. Après m'avoir laissé mijoter une quinzaine de jours, il me téléphona : « Bonjour, chère petite, me dit-il, heureux comme un crapaud dans un baquet de vase, je passe le week-end seul à Martha's Vineyard (c'est une petite île au large de la côte Est), venez donc me rejoindre, nous nous amuserons et nous parlerons de l'avenir. » Comme je lui réclamais mon argent, il me rit au nez et me conseilla d'accepter son offre d'achat avant que Hed-Opticals ne disparaisse.

Casey s'interrompit pour boire une gorgée de porto puis reprit :

— Je l'ai traité de tous les noms — j'ai du vocabulaire quand je me mets en colère — je lui ai expliqué en trois langues ce qu'il pouvait se faire faire. Quatre semaines plus tard, je n'avais plus un seul client ; au bout d'un mois, mes employés durent chercher du travail ailleurs. Je décidai alors de quitter l'Est pour tenter ma chance en Californie et m'accordai deux semaines pour réfléchir et tâter le terrain. Un jour que je visitais sans but précis une foire commerciale à Sacramento, je rencontrai Linc qui avait un stand où il vendait des actions de Bartlett Constructions et je...

— Quoi ? s'exclama Dunross.

— Mais oui. J'ai vendu plus de 20 000 actions de cette façon, dit Bartlett. Continue, Casey.

— Je lus le prospectus, j'observai Linc et le trouvai très dynamique. Comme il faisait état d'un taux d'expansion exceptionnel, je me dis qu'il avait sans doute de l'avenir. Je lui achetai dix actions, je lui écrivis et j'obtins un rendez-vous. Fin de l'histoire.

— Sûrement pas ! protesta Gavallan.

— Alors à toi la suite, Linc.

— Bon, d'accord. Casey vint donc...

— Un peu de porto, Mr. Bart ? — pardon, Linc ?

— Merci, Andrew. Plutôt une bière... Casey vint donc me voir et me raconta son histoire, à peu près comme elle vient de le faire. Je lui demandai alors ce que Hed-Opticals réaliserait cette année-là comme bénéfice, après les 300 000 dollars de l'année précédente.

« Rien du tout, me répondit-elle avec le sourire. Hed-Opticals, c'est moi, il n'y a personne d'autre derrière. »

— Quel intérêt aurai-je à fusionner avec vous, dans ces conditions ? J'ai déjà bien assez de mes problèmes.

— Je sais comment ratiboiser Randolf Opticals.

— Expliquez-moi.

— Randolf est la propriété de trois hommes, qui tous méprisent Toffer, le directeur. 22 % des actions suffiraient à vous assurer le contrôle de l'affaire. Je sais comment vous pourriez prendre contact avec leurs représentants et, surtout, je connais le point faible de Toffer.

— Qui est ?

— La stupidité — bien plus encore que la vanité.

— On ne peut diriger une telle boîte en étant stupide.

— Il ne l'a peut-être pas toujours été mais il l'est devenu. Le moment est venu de le plumer.

— Et que voulez-vous en échange ?

— La tête de Toffer. Je veux être chargée de le mettre à la porte.

— Quoi d'autre ?

— Si je réussis à trouver le moyen de procéder... si nous parvenons à absorber Randolf, disons en six mois, j'aimerais travailler avec vous pendant un an en qualité de vice-présidente chargée des acquisitions, avec un salaire que vous fixerez en tenant compte de mes capacités. Si je fais mes preuves, nous prolongerons le contrat de six années.

Bartlett avala une lampée de bière et continua :

— J'acceptai en me disant que je n'avais rien à perdre. C'était la première fois que je traitais une affaire avec une femme, et je ne l'ai jamais regretté depuis.

— Merci, Linc, murmura Casey avec une douceur qui rendit tous les autres jaloux.

Et, après, quand Toffer fut viré, que s'est-il passé entre vous ? songeait Dunross.

— Vous vous êtes facilement emparé de Randolf ? demanda-t-il à son invité.

— Ce ne fut pas sans mal, nous y avons laissé des plumes mais l'expérience que nous en avons tirée nous fut extrêmement profitable par la suite. En cinq mois, Casey et moi parvînmes à conquérir une compagnie cinquante fois plus puissante que nous. Une heure avant la victoire, j'avais un découvert de quatre millions de dollars et un pied en prison mais, soixante minutes plus tard, je pris le contrôle de Randolf Opticals. Quelle bagarre, bon Dieu ! Aujourd'hui, après réorganisation, la branche Randolf de la Par-Con rapporte environ quinze millions par an et les actions continuent de grimper. Ce coup classique de *Blitzkrieg* a en quelque sorte tracé la voie que Par-Con Industries a suivie par la suite.

— Et ce George Toffer, comment l'avez-vous congédié, Casey ?

Elle détourna ses yeux de Linc, les posa sur Dunross, qui se dit : comme je voudrais te posséder !

— Dans l'heure qui suivit notre prise de contrôle..., commença la vice-présidente.

La sonnerie du téléphone l'interrompit, la tension monta soudain dans la pièce. Hormis Bartlett, tout le monde, y compris les serveurs, tourna la tête vers l'appareil. Gavallan et de Ville étaient livides.

— Que se passe-t-il ? fit Casey.

— Autre règle de la maison : pas de coups de téléphone à l'heure des repas sauf en cas d'urgence, expliqua Dunross. Une urgence de nature personnelle et concernant l'un d'entre nous.

Tous regardèrent Lim, le domestique, poser le plateau du café, traverser la salle à manger d'une démarche qui leur parut infiniment lente et décrocher. Tous avaient des femmes, des enfants et se demandaient quelle catastrophe, quelle mort on allait annoncer. Pourvu que ce soit pour quelqu'un d'autre, pensait chacun. Deux jours plus tôt, le téléphone avait sonné pour Jacques, dont la fille avait eu un accident ; un mois auparavant, Gavallan avait appris que sa mère était mourante...

Andrew était sûr que les mauvaises nouvelles le concernaient une fois de plus. Sa femme Kathren, la sœur de Dunross, souffrante depuis des semaines sans raison apparente, était entrée à l'hôpital pour une série d'examens.

— *Weiii ?* glapit Lim.

Il écouta un moment puis tendit le téléphone... à Dunross.

Les autres poussèrent un soupir.

— Allô ? Oh ! bonj... Quoi ?... Non... Non, j'y serai... Non, ne faites rien, j'arrive.

Il raccrocha, l'air bouleversé.

— Andrew, dit-il au bout d'un moment, demandez à

Claudia de reporter mes rendez-vous de cet après-midi. Jacques et vous reprendrez la discussion avec Casey. C'était Phillip : ce pauvre John a été enlevé.

8

14 h 35

Dunross descendit de voiture et se dirigea d'un pas pressé vers la grande maison chinoise perchée sur la crête montagneuse qu'on appelait le « repaire de Struan ». Il passa devant un serviteur immobile qui referma la porte derrière lui, pénétra dans la salle de séjour au mobilier victorien de mauvais goût.

— Bonjour, Phillip. Ce pauvre John, quel malheur ! Où est la lettre ?

— La voici, dit le compradore en saisissant la feuille de papier posée sur le sofa à côté de lui. Mais regardez d'abord ceci, ajouta-t-il en montrant une boîte à chaussures.

En traversant la pièce, le Taï-pan remarqua la présence de Dianne, la femme de Phillip, assise dans un coin sur une chaise à haut dossier.

— Oh ! bonjour, Dianne. Quel malheur ! répéta-t-il.

— C'est le *joss*, grommela-t-elle avec un haussement d'épaules.

Eurasienne, âgée de cinquante-deux ans, c'était la seconde épouse de Phillip. Encore séduisante, elle portait un *chong-sam* brun, un collier de perles d'une valeur inestimable et un diamant de quatre carats perdu parmi de nombreuses autres bagues.

— Le *joss*, dit-elle une deuxième fois.

Dunross la trouva plus antipathique encore qu'à l'accoutumée. Il plongea le regard dans la boîte à chaussures et, sans y toucher, en inventoria le contenu. Parmi des coupures de journaux froissées, il reconnut un stylo appartenant à John Chen, remarqua un permis de conduire, un trousseau de clefs, une enveloppe adressée à Mr. John Chen, 14 A tours Sinclair, un sachet en plastique d'où dépassait un morceau d'étoffe. À l'aide d'un stylo, qu'il sortit de sa poche, il ouvrit le permis de conduire : c'était celui de John.

— Regardez dans le sachet, suggéra Phillip.

— Non, je risque de brouiller les empreintes qui s'y trouvent, répondit Dunross.

Et il jugea aussitôt sa remarque stupide.

— J'avais oublié les empreintes ! se lamenta le compradore. J'ai dû laisser les miennes partout en l'ouvrant.

— Qu'y a-t-il dans le sachet ?

— Regardez.

Avant que le Taï-pan ait pu l'en empêcher, le vieux Chen avait tiré sur le morceau d'étoffe, révélant une oreille humaine coupée proprement, intacte.

Dunross jura entre ses dents.

— Comment la boîte est-elle arrivée ici ?

— On l'a apportée, répondit Phillip Chen en enveloppant de nouveau l'oreille d'une main tremblante. J'ai... j'ai ouvert le paquet, comme l'aurait fait n'importe qui.

— Qui l'a apporté, et quand ?

— Un jeune type en scooter, il y a une demi-heure. La servante ne le connaissait pas et elle n'a pas relevé le numéro du scooter, bien sûr. Il nous arrive souvent de recevoir des colis, cela n'a rien d'inhabituel. Ce qui l'était davantage, c'était l'étiquette : « Mr. Phillip Chen, affaire personnelle et importante. » Le jeune type avait simplement dit : « un paquet pour Mr. Chen » avant de remonter sur son scooter.

— Vous avez prévenu la police ?

— Non, Taï-pan. Vous m'aviez recommandé de ne rien faire.

— Avez-vous averti la femme de John ? demanda Dunross en s'approchant du téléphone.

— Pourquoi serait-ce à Phillip de lui apprendre la mauvaise nouvelle ? protesta Dianne. Elle va faire une scène à décrocher les tuiles du toit ! Téléphoner à Barbara ? Oh non ! Pas avant d'avoir prévenu la police. Les flics n'ont qu'à s'en charger, ils ont l'habitude.

Le dégoût du Taï-pan s'accrut.

— Vous feriez mieux de la faire venir ici rapidement, grogna-t-il.

Il composa le numéro du quartier général de la police, demanda Armstrong. Comme on lui répondit que le commissaire était absent, il laissa son nom et se rabattit sur Brian Kwok.

— Oui, Taï-pan ?

— Brian, pouvez-vous venir immédiatement ? Je suis au « repaire de Struan », chez Phillip Chen. John a été kidnappé.

Après que Dunross lui eut exposé ce qu'il savait, le policier annonça :

— J'arrive. Ne touchez à rien et empêchez-le de téléphoner à qui que ce soit.

— Entendu.

Le Taï-pan raccrocha, demanda la lettre à son compradore et l'examina en la tenant par un coin. Les idéogrammes chinois étaient clairement tracés et sans doute par une personne cultivée. Il les déchiffra lentement :

« Mr. Phillip Chen, je vous prie de savoir que j'ai grand besoin de 500 000 dollars de Hong Kong et je vous consulte à ce sujet par la présente. Vous êtes si riche que, pour vous, c'est comme arracher un poil à neuf bœufs. Ayant peur que vous refusiez, je n'ai pas d'autre alternative que de garder votre fils en otage. En faisant cela, je n'ai pas à craindre un refus. J'espère que vous réfléchirez bien et que vous prendrez l'affaire sérieusement en considération. À vous de décider ou non d'avertir la police. Ci-joint quelques objets que votre fils utilise tous les jours, afin de vous prouver la situation dans laquelle il est. Ci-joint également son oreille, pour vous faire comprendre que je suis cruel et impitoyable. Si vous payez sans faire d'histoires, votre fils sera en sécurité. Signé : le Loup-Garou. »

— Excusez-moi de vous poser cette question, commença Dunross mais reconnaissez-vous... ?

Phillip Chen eut un rire nerveux.

— Et vous, Ian ? Vous connaissez John depuis toujours, mais avez-vous jamais prêté attention à ses oreilles ?

— Qui d'autre est au courant ?

— Personne, à part les domestiques, Shitee T'Chung et quelques amis qui déjeunaient avec nous. Ils... ils étaient ici quand le colis a été livré. Ils... oui, ils étaient ici. Ils sont partis juste avant votre arrivée.

Dianne Chen s'agita sur sa chaise et dit à voix haute ce que Dunross était en train de penser :

— Et tout Hong Kong sera au courant avant ce soir !

— Cela fera les gros titres des journaux demain matin, renchérit le chef de la Noble Maison. L'oreille, le Loup-Garou : la presse va en faire ses choux gras.

— Oui, c'est inévitable, chuchota le vieux Chen, qui se rappelait ce que Shitee T'Chung lui avait conseillé après avoir lu la lettre :

« Attends une semaine au moins avant de payer la rançon, mon vieux, et tu seras célèbre dans le monde entier ! *Ayiiya*, une oreille et un Loup-Garou ! tu deviendras une vedette ! »

— Ce n'est peut-être pas son oreille, poursuivit-il, plein d'espoir.

— Peut-être.

Mais si c'est bien la sienne, si les ravisseurs l'ont envoyée dès le premier jour avant toute négociation, cela signifie sans doute que le pauvre bougre est déjà mort, conclut le Taï-pan intérieurement.

— Il était inutile de le mutiler de cette façon : vous paierez, naturellement.

— Naturellement. Une chance que nous ne soyons pas à Singapour.

À Singapour, lorsqu'une personne était enlevée, les comptes en banque de sa famille étaient aussitôt légalement bloqués de manière à empêcher le paiement de la rançon. Le kidnapping y était devenu une maladie endémique et on n'arrêtait presque jamais les ravisseurs car les Chinois préféraient payer rapidement et discrètement, sans prévenir la police.

— Voulez-vous boire quelque chose — une tasse de thé ? proposa le compradore.

— Non merci. J'attends l'arrivée de Brian Kwok et je m'en vais.

Dunross observa le trousseau de clefs, qu'il avait vu de nombreuses fois, et remarqua qu'il en manquait une :

— On a enlevé la clef du coffre.

— Comment ? s'exclama Dianne.

— John portait toujours sur lui une clef de coffre.

— Elle n'y est plus ?

— Non.

— Vous vous trompez peut-être — je veux dire, il ne la gardait peut-être pas toujours avec ses autres clefs.

Dunross regarda longuement la vieille Eurasienne puis

son mari. Si les ravisseurs ne l'ont pas prise, c'est Phillip, ou Dianne, qui l'a subtilisée, pensa-t-il. À leur place, j'aurais fait la même chose : Dieu sait ce que ce coffre peut contenir !

— Oui, je me trompe peut-être, convint-il d'un ton neutre.

— Une tasse de thé, Taï-pan ? offrit Dianne, un soupçon de malice dans le regard.

— Oui, finalement, répondit-il, certain à présent que les Chen avaient récupéré la clef.

Mrs. Chen quitta sa chaise, réclama bruyamment du thé puis retourna s'asseoir.

— Cette police ! soupira-t-elle. Ils pourraient se presser un peu !

Phillip regardait par la fenêtre le jardin desséché.

— S'il pouvait pleuvoir, murmura-t-il.

— Je me demande combien cela va nous coûter, grommela son épouse.

— Cela a de l'importance ? dit le Taï-pan.

— Bien sûr. Vraiment, Taï-pan !

— Oh ! oui, cela en a, approuva Phillip. *Ayiiya !* 500 000 dollars, c'est une fortune. Maudits brigands ! Enfin, s'ils en demandent 500 000, je m'en tirerai peut-être avec 150 000 en marchandant. Heureusement qu'ils n'ont pas exigé un million ! *Diou ne lo mo* sur tous les kidnappeurs ! Il faudrait leur couper la tête à tous.

— Ces bandits ! siffla Dianne. Si la police était moins bête, nous serions mieux protégés.

— Vous êtes injuste, objecta Dunross. Voilà des années qu'il n'y a pas eu d'affaire retentissante d'enlèvement à Hong Kong alors qu'il y en a une par mois à Singapour ! Nous avons une criminalité très faible, notre police fait un travail remarquable.

— Hum ! fit Dianne avec mépris. Ils sont tous corrompus. Pourquoi entrer dans la police si ce n'est pour devenir riche ? Je ne fais confiance à aucun policier... Je les connais, oh oui ! Quant aux enlèvements, le dernier remonte à six ans. C'était celui de Fu San Sung, mon cousin au troisième degré, et sa famille a dû verser 600 000 dollars de rançon... Ils ont frôlé la ruine.

— Bah ! s'exclama Phillip, incrédule. Ruiner Sung-l'Oiseau-Mouche ? Impossible !

Sung-l'Oiseau-Mouche était un armateur shanghaïen

d'une cinquantaine d'années qui possédait une grande fortune et un nez pointu — du moins, plutôt long pour un Chinois. On l'avait surnommé ainsi parce qu'il courait de boîte de nuit en boîte de nuit, de fleur en fleur, à Singapour, Taipei ou Hong Kong, et fourrait son Bâton-Viril dans le pot-à-miel d'une myriade de dames. D'aucuns prétendaient d'ailleurs qu'il se servait davantage de sa langue...

— Si je me souviens bien, la police retrouva une grande partie de l'argent et expédia les ravisseurs en prison pour vingt ans.

— C'est vrai, Taï-pan, mais l'affaire dura des mois et des mois. Et je suis prête à parier qu'il se trouvait bien un ou deux policiers qui en savaient plus long qu'ils ne le prétendaient.

— C'est ridicule ! Rien ne vous autorise à avoir de tels soupçons !

— Rien du tout ! renchérit Phillip Chen. La police a capturé tous les ravisseurs.

Sous le regard que lui lança sa femme, il changea de ton :

— Certains policiers sont peut-être corrompus, mais nous avons de la chance, à Hong Kong. Cette affaire ne m'inquiéterait pas tant s'il n'y avait pas... ça, dit-il, en montrant la boîte à chaussures d'un air dégoûté. Quelle horreur ! quelle barbarie !

Dunross se demanda à qui appartenait l'oreille si ce n'était pas celle de John. Où se procure-t-on une oreille ? Le caractère farfelu de la question faillit le faire éclater de rire. L'idée le traversa que l'enlèvement pouvait avoir un rapport avec les armes, Tsu-yan et Bartlett. Mutiler si rapidement la victime d'un kidnapping, ce n'était guère dans les habitudes des Chinois ; l'enlèvement était pour eux un art ancien dont les règles avaient toujours été claires : payez, gardez le silence, il n'y aura pas de problèmes.

Par la fenêtre, il contempla les jardins, le panorama de la ville et, plus bas, le paysage marin. Navires, jonques et sampans tachetaient une mer d'azur. Le ciel clair n'offrait aucune promesse de pluie, la mousson d'été soufflait régulièrement du sud-ouest. Il songea distraitement aux clippers qui filaient avec le vent ou le remontaient du temps de ses ancêtres. Dirk Struan avait toujours eu un repaire secret sur la montagne, un poste d'observation d'où l'on découvrait tous les points de l'horizon et, surtout, la passe de Sheung Szu Mun, seul accès pour les navires venant du pays — de l'Angleterre. Du « repaire de Struan », on voyait arriver le navire apportant le courrier. Le Taï-pan dépêchait aussitôt un cotre rapide à sa rencontre afin de recevoir les lettres plus tôt et de prendre sur ses rivaux quelques heures d'avance qui décideraient peut-être de sa fortune ou de sa ruine. Le pays était alors bien lointain, Dirk Struan devait attendre près de deux ans la réponse à ses lettres. Quel homme extraordinaire il fallait être ! songea Dunross.

Je dois réussir à obtenir les vingt millions de Bartlett, se dit-il.

— Leur proposition semble excellente, remarqua Phillip Chen, comme s'il avait lu dans les pensées du Taï-pan.

— En effet.

— S'ils fournissent vraiment les fonds promis, nous gagnerons une fortune, ce sera une fameuse *h'eung yau* pour la Noble Maison.

Dunross eut un sourire sardonique. *H'eung yau*, qui signifiait « graisse odorante », désignait en général l'argent, le tribut versé par les restaurants, les commerces, les tripots, les boîtes et les dames de petite vertu aux triades chinoises, dans le monde entier.

— Je trouve renversant qu'un Chinois doive payer la *h'eung yau* dès qu'il monte une affaire.

— Voyons, Taï-pan, fit Dianne comme si elle s'adressait à un enfant. Il n'y a pas de commerce sans protection, il faut payer. Tout le monde verse la *h'eung yau* sous une forme ou sous une autre...

Elle fit cliqueter les perles de son collier en changeant de position sur sa chaise. La blancheur de sa peau contrastait avec ses yeux noirs, ce qui était hautement prisé par les Chinois.

— Mais le contrat avec Bartlett, continua-t-elle, vous croyez que nous allons le signer ?

Dianne, se dit Dunross en la dévisageant, tu en sais aussi long que ton mari sur ses affaires et les miennes ; tu connais des choses qu'il ne sait pas que tu sais et il en pleurerait de rage s'il l'apprenait. Tu n'ignores certainement pas que Struan aura de gros ennuis si Bartlett refuse mais que, dans le cas contraire, nos actions grimperont comme une fusée et que nous serons riches à nouveau. Toi aussi, tu le seras si tu entres à temps dans le jeu, si tu achètes à temps.

Je connais les Chinoises de Hong Kong mieux que Phillip ne les connaîtra jamais car je n'ai aucune goutte de sang chinois en moi. Je sais qu'en matière d'argent, vous êtes les femmes les plus coriaces au monde — les plus pratiques aussi, peut-être. Je sais qu'en ce moment, tu jubiles, malgré les airs que tu prends. Car John Chen n'est pas ton enfant. S'il disparaît, tes deux fils pourront prétendre à la fortune de Phillip, et Kevin, l'aîné, deviendra l'héritier présomptif. C'est pourquoi tu vas prier avec une ferveur plus grande que jamais pour que John ne revienne pas. Tu es ravie. John a été enlevé, assassiné, sans doute, et tu te préoccupes de l'association avec Bartlett.

— Les femmes ont vraiment l'esprit pratique, maugréa Dunross.

— Que voulez-vous dire Taï-pan ? demanda Dianne, les yeux plissés.

— Elles ne perdent rien de vue.

— Parfois, je ne vous comprends absolument pas, répliqua la vieille Eurasienne avec une certaine froideur. Que pouvons-nous faire d'autre pour John ? Rien. Quand les instructions pour le versement de la rançon arriveront, nous négocierons, nous paierons et tout sera comme avant. L'affaire Bartlett est très importante, quoi qu'il arrive, *heya ? Mo ching, mo meng*. Pas d'argent, pas de vie.

— Très importante, approuva Phillip (il lorgna du côté de la boîte et frissonna). Étant donné les circonstances, je vous prie de nous excuser pour ce soir. Je ne cr...

— Non, Phillip, interrompit son épouse d'une voix ferme. Il faut aller à la réception. La Maison de Chen ne doit pas perdre la face. Nous irons, comme prévu, aussi pénible que ce soit pour nous.

— Tu crois vraiment ?

— Absolument.

Dianne imaginait déjà l'entrée spectaculaire qu'ils feraient chez le Taï-pan. Nous irons et tout Hong Kong parlera de nous. Nous emmènerons Kevin, bien sûr — il est peut-être devenu l'héritier de la Maison. *Ayiiya !* À qui vais-je le marier ? Je dois penser dès maintenant à son avenir. Vingt-deux ans, c'est le bon âge. Je ferais bien de lui choisir sans attendre une fille convenable avant que quelque jeune pouliche ayant une mère cupide et le feu au derrière ne le fasse pour moi. *Ayiiya*, les dieux nous préservent d'un pareil malheur !

— Oui, continua-t-elle en se tamponnant les yeux de son mouchoir comme si elle avait pleuré, tout ce que nous pouvons faire pour John, c'est attendre, et continuer à œuvrer pour le bien de la Noble Maison... Une association avec Bartlett réglerait tous les problèmes, n'est-ce pas ? demanda-t-elle à Dunross, les yeux brillants.

— Oui, répondit-il.

Et tu as raison, ajouta-t-il *in petto*. Il n'y a rien d'autre à faire pour le moment. Les Chinois sont des gens sages et pratiques.

Concentre-toi sur les choses importantes, s'exhorta-t-il. Réfléchis : quel meilleur moment, quel meilleur endroit pourrais-tu trouver pour lancer le plan que tu caresses depuis que tu as fait la connaissance de Bartlett ?

Il s'approcha de la porte menant aux quartiers des domestiques pour s'assurer qu'il était seul avec Dianne et Phillip.

— Écoutez, chuchota-t-il d'un ton de conspirateur en revenant auprès des Chen. J'ai rencontré Bartlett ce matin et nous nous sommes mis d'accord. Il faudra apporter au contrat quelques modifications mineures mais il sera officiellement signé mardi prochain. La Par-Con nous garantit un apport de vingt millions cette année et vingt millions supplémentaires l'année suivante.

— Félicitations, s'écria Phillip avec un grand sourire.

— Pas si fort, le rabroua son épouse. Les esclaves à bouche de tortue de la cuisine entendent tout ce qui se passe jusqu'à Java. Quelle nouvelle sensationnelle, Taï-pan !

— Nous la réserverons aux membres de la famille, reprit Dunross à voix basse. Cet après-midi, je donne pour instruction à nos agents de change d'acheter secrètement des actions de Struan — jusqu'à notre dernier sou. Faites de même de votre côté, par petites quantités à la fois et transmettez l'ordre à différents agents et intermédiaires — la procédure habituelle.

— Oui, oui.

— Moi-même j'en ai acheté quarante mille ce matin.

— De combien vont-elles monter ? demanda Dianne.

— Elles vont doubler !

— En combien de temps ?
— Dans le mois.
— Hiiii, gloussa-t-elle. Tu te rends compte !
— Prévenez uniquement vos parents proches, qui sont déjà nombreux, et qui préviendront à leur tour leurs proches, qui sont plus nombreux encore. Vous achèterez tous un maximum d'actions parce que ce tuyau vaut de l'or, qu'il est sûr, et qu'il contribuera à alimenter la flambée. Naturellement, on finira par savoir que toute la famille achète, ce qui amènera de nouveaux acheteurs, puis l'annonce de l'accord avec Par-Con attisera les flammes et lorsque, la semaine suivante, je lancerai ouvertement notre OPA sur Asian Properties, tout Hong Kong se mettra à acheter. Nos actions atteindront le ciel. Alors, le moment venu, je laisserai tomber Asian Properties et je m'attaquerai à mon objectif véritable.
— Combien d'actions faut-il acheter ? interrogea Phillip Chen, dont l'esprit se perdait en calcul de profits possibles.
— Le maximum, mais seule la famille doit être dans le coup. La montée de nos titres marquera le début du boom.
— Il y aura un boom ? bredouilla Dianne.
— Oui, et nous en serons à l'origine. Le moment est venu, tout le monde est prêt à Hong Kong. Nous dirigerons la manœuvre et, orientant judicieusement le courant ici ou là, nous provoquerons la ruée.

Dans le silence qui suivit, Dunross observa les deux visages où se lisait une cupidité sans fard. Dianne jouait avec les perles de son collier ; Phillip, les yeux dans le vague, pensait sans doute aux effets qu'il avait contresignés pour Struan et qui viendraient à échéance dans un délai de treize à trente jours : 12 millions de dollars américains aux chantiers navals Toda de Yokohama pour l'achat de deux super-cargos, 6,8 millions à la Orlin International Merchant Bank et 750 000 à Tsu-yan, qui avait réglé pour eux un autre problème. Mais Phillip songeait probablement avant tout aux 20 millions de Bartlett et à la hausse phénoménale promise par le Taï-pan.

Les actions pouvaient-elles doubler ?

Non, c'était absolument exclu...

À moins d'un boom. Oui, à moins d'un boom ! se dit Dunross, dont le pouls s'accéléra.

— S'il y a un boom... Bon sang, Phillip, nous pouvons réussir !

— Oui, oui, Hong Kong est prêt, je suis d'accord, déclara le compradore, les yeux brillants. Combien de titres, Taï-pan ?

— Tout ce que...

Dianne interrompit Dunross d'une voix excitée :

— La semaine dernière, mon astrologue m'a prédit que le mois serait très important pour nous. Il voulait parler d'un boom !

— C'est vrai, confirma son mari. Tu me l'as raconté, je m'en souviens. Combien d'actions, Taï-pan ?

— Tout ce que vous pourrez, jusqu'à votre dernier sou ! Mais la famille seulement jusqu'à vendredi. Après la fermeture du marché, je provoquerai des fuites sur l'accord avec Bartlett.

— Hiii, glapit Dianne.

— Pendant le week-end, je me contenterai de répondre que je n'ai pas de commentaires à faire sur les rumeurs — vous, Phillip, arrangez-vous pour être indisponible — et, lundi matin, tout le monde mordra à l'appât. Je continuerai à répéter : pas de commentaires, mais nous achèterons ouvertement. Le soir, après la clôture, je confirmerai l'accord, et mardi...

— Le boom !

— Exactement.

— Jour béni ! croassa Dianne, en extase. Tous les *amahs*, les serveurs, les coolies, les hommes d'affaires croiront en leur *joss* et sortiront leurs économies. L'argent se portera sur toutes les valeurs, tous les titres grimperont. Dommage qu'il n'y ait pas d'éditorial demain... ou mieux, un horoscope dans un des journaux... par Fong-Cent-Ans, par exemple... ou bien (elle en louchait presque tant elle était excitée) par le roi des astrologues. Qu'en penses-tu, Phillip ?

— Le vieux Tung-l'Aveugle ? fit l'Eurasien, étonné.

— Pourquoi pas ? Un peu d'*h'eung yau* dans la patte, ou quelques actions d'une valeur de son choix. *Heya !*

— Eh bien !...

— Laisse-moi m'en occuper. Le vieux Tung me doit bien cette faveur, je lui ai envoyé assez de clients !

D'ailleurs, il ne mentira guère en parlant de signes du ciel annonçant le plus grand boom de l'histoire de Hong Kong. Non ?

9

17 h 25

Le docteur Meng, médecin légiste, mit au point son microscope pour examiner la lamelle de chair qu'il avait découpée dans l'oreille. Brian Kwok observait avec impatience ce petit Cantonais pédant dont les lunettes à verres épais étaient relevées sur le front. Finalement, le médecin se redressa et les lunettes retombèrent à bon escient sur son nez.

— Il est possible que l'oreille ait été coupée sur une personne vivante et non sur un cadavre, diagnostiqua le docteur Meng... Il y a huit ou dix heures, peut-être. Cet hématome, ici, derrière, est pour moi la preuve que l'individu était vivant au moment de la mutilation.

— Pourquoi cet hématome, docteur ? demanda Brian.

— Il pourrait avoir pour cause la pression exercée sur l'oreille pour la maintenir pendant l'opération.

— Avec quoi a-t-on « opéré » ? Couteau, rasoir, hachoir, couperet ?

— Avec un instrument effilé, répondit prudemment le médecin légiste.

Brian Kwok poussa un soupir.

— Le choc de la mutilation suffirait à tuer quelqu'un ? — quelqu'un comme John Chen ?

Le docteur Meng joignit l'extrémité de ses doigts.

— Ce n'est pas impossible. Présentait-il une déficience cardiaque ?

— Non, d'après son père — je n'ai pas encore pu vérifier auprès de son médecin qui est en vacances. En tout cas, il donnait l'impression d'être en parfaite santé.

— Cette mutilation ne tuerait probablement pas un homme en bonne santé mais lui causerait de sérieux désagréments pendant une semaine ou deux. Oui, des désagréments très sérieux.

— Misère ! se lamenta le policier. C'est tout ce que vous pouvez me dire pour m'aider ?

— Je suis médecin légiste, pas devin.

— Pouvez-vous me dire si l'oreille appartenait à un Eurasien ou à un Chinois de race pure ?

— C'est quasiment impossible. Ce qui est sûr, c'est que ce n'est pas celle d'un Anglo-Saxon, d'un Indien ou d'un Noir.

Le docteur Meng ôta ses lunettes et leva son regard de myope vers le commissaire qui le dominait d'une bonne tête.

— Cela va causer des remous dans la Maison de Chen, *heya ?*

— Ainsi que dans la Noble Maison... À votre avis, le Loup-Garou, ce maniaque, c'est un Chinois ?

— L'écriture semble celle d'une personne civilisée, effectivement, mais il n'est pas impossible que la lettre ait été écrite par un *quai loh* désirant se faire passer pour un Chinois. Par ailleurs, l'auteur de la lettre n'est pas nécessairement celui de l'enlèvement.

— Je le sais. Vous pensez que John Chen est mort ?

— À cause de la mutilation ?

— Plutôt parce que le ou, plus probablement, les Loups-Garous ont envoyé l'oreille avant même d'entamer les négociations.

Le petit docteur sourit et dit d'un ton pincé :

— Vous faites allusion au principe de Sun Tzu : en tuer un pour en terroriser mille ? Je ne sais pas. Je ne spécule pas sur les impondérables, je n'estime les probabilités qu'aux courses ou à la Bourse. Quelles sont les chances de Golden Lady, le cheval de John Chen, samedi ?

— Excellentes. Il faudra aussi compter avec Noble Star, de Struan, Pilot Fish, de Gornt, et surtout Butterscotch Lass, de Richard Kwang, qui sera favorite à mon avis. Mais Golden Lady est une battante et le terrain sec l'avantagera. Sur terrain lourd, elle ne vaut pas un clou.

— Ah ! pas de pluie au programme ?

— On dit qu'un orage se prépare. Une petite ondée suffirait à tout changer.

— Pourvu qu'il ne pleuve pas d'ici dimanche, *heya ?*

— Il ne pleuvra pas ce mois-ci, nous n'aurons pas cette chance.

— Pluie ou pas, peu importe. L'hiver arrive, il va nous débarrasser de cette saleté d'humidité.

Le docteur Meng leva les yeux vers la pendule murale, qui indiquait 17 h 30, et proposa :

— On prend un verre avant de rentrer ?

— Non, merci. J'ai encore des choses à régler. Une sale affaire, cet enlèvement.

— Demain, je verrai ce que je peux tirer du morceau de tissu ou du papier d'emballage. Des empreintes vous aideraient peut-être.

— Je n'y compte pas trop. Cette affaire sent vraiment mauvais.

Le médecin approuva d'un hochement de tête :

— Tout ce qui concerne la Noble Maison et la Maison de Chen sent mauvais, ne croyez-vous pas ?

Kwok se mit à parler en *sei yap*, l'un des principaux dialectes de la province de Kuangtung.

— Hé ! frère, tu veux dire que tous les chiens courants capitalistes puent, que la Maison de Chen et la Noble Maison, ces tas de fiente, mènent la meute ?

— Ah ! frère, ne sais-tu pas encore, dans ta tête, que le vent du changement balaie le monde ? que la Chine, sous la conduite de l'immortel président Mao, et de la « Pensée Mao Tse-tung », a pris la...

— Gardez pour vous votre propagande, coupa sèchement le policier en revenant à l'anglais. Mao a emprunté la plupart de ses pensées à Sun Tzu, Confucius, Marx, Lao Tzu et d'autres. C'est un grand poète mais il a asservi la Chine. Il n'y a plus là-bas aucune liberté.

— La liberté ? rétorqua le petit homme d'un ton de défi. Qu'est-ce que la liberté d'une génération quand, sous la conduite du président Mao, la Chine est redevenue la Chine et a repris la place qui lui revient dans le monde ? Aujourd'hui la Chine est redoutée par tous les répugnants capitalistes ! Et même par les révisionnistes russes.

— C'est vrai et j'en remercie Mao. En attendant, si vous ne vous plaisez pas ici, retournez à Canton, vous verrez comme on a la vie belle dans votre paradis communiste. *Diou ne lo mo* sur tous les communistes — et leurs compagnons de route !

— Vous devriez aller voir vous-même. Prétendre que le communisme nuit à la Chine, c'est de la propagande. Vous ne lisez donc pas les journaux ? La famine a disparu.

— Et les vingt millions de personnes assassinées après la prise du pouvoir ? et les lavages de cerveau ?

— Propagande ! Les études que vous avez faites dans des écoles anglaises ou canadiennes ne vous ont pas transformé en un sale capitaliste, même si vous en avez le langage. Rappelez-vous votre héritage.

— Je m'en souviens parfaitement.

— Votre père a commis une erreur en vous envoyant à l'étranger !

Chacun savait que Brian Kwok, né à Canton, avait été envoyé à Hong Kong à l'âge de six ans et s'était révélé si bon élève qu'il avait obtenu une bourse dans une *public school* renommée. Il partit donc pour l'Angleterre en 1937, à l'âge de douze ans, et y resta jusqu'à la guerre. En 1939, il fut évacué au Canada avec toute l'école et, en 1942, major de sa promotion, il s'engagea dans la Police montée canadienne et devint inspecteur en civil dans l'immense quartier chinois de Vancouver. En 1945, il demanda son transfert dans la Police royale de Hong Kong, et ses supérieurs, qui tenaient à le garder, acceptèrent à contrecœur de le laisser partir.

— Vous gâchez vos talents en travaillant pour eux, continua Meng. Vous devriez servir les masses et le Parti !

— Le Parti a assassiné mon père, ma mère et presque toute ma famille en 43 !

— On ne l'a jamais prouvé ! Ce sont de simples rumeurs. C'est peut-être le Kuomintang qui a commis ces crimes. C'était le chaos, à Canton — je le sais, j'y étais. C'est peut-être ces porcs de Japonais, ou des bandits, qui sait ? Comment pouvez-vous être certain que c'est le Parti ?

— J'en suis sûr.

— Y eut-il des témoins ? Non, aucun ! Vous me l'avez confié vous-même. *Ayiiya !* vous êtes chinois, mettez votre éducation au service de la Chine et des masses, pas à celui du maître capitaliste.

— Allez vous faire voir, grommela Brian.

Le petit docteur rit et ses lunettes glissèrent au bout de son nez.

— Un jour, vos yeux s'ouvriront, commissaire Karshun Kwok. Un jour, vous comprendrez.

— En attendant, filez-moi des réponses, bon Dieu ! bougonna le policier en sortant à grands pas du laboratoire.

Il remonta le couloir jusqu'à l'ascenseur, la chemise

collée à la peau. S'il pouvait pleuvoir, gémit-il intérieurement.

Il pénétra dans la cabine de l'ascenseur, où se trouvaient d'autres policiers qui le saluèrent. Au troisième étage, il sortit, regagna son bureau et y découvrit Armstrong lisant distraitement un journal chinois.

— Salut, Robert, dit-il, content de voir le Britannique. Quoi de neuf ?

— Rien. Et toi ?

Kwok rapporta à son collègue les propos du docteur Meng.

— Ce petit con avec ses « peut-être » ! Il n'y a que les cadavres qui le rendent catégorique — et encore, il lui faut d'abord vérifier une ou deux fois.

— Les cadavres ou le président Mao.

— Ah ! il t'a resservi sa rengaine ?

— Oui, répondit Kwok en souriant. Je lui ai dit de retourner en Chine.

— Il ne quittera jamais Hong Kong.

— Je le sais bien.

Le policier chinois considéra la pile de papiers accumulés dans sa corbeille et soupira.

— Cela ne ressemble pas beaucoup à nos truands locaux de couper les oreilles, remarqua-t-il.

— Non, pas si c'est un vrai enlèvement.

— Hein ?

— Il pourrait s'agir d'un règlement de compte déguisé en kidnapping, dit Armstrong, dont le visage ridé se durcit. Je suis d'accord avec toi et Dunross : on l'a tué.

— Mais pourquoi ?

— Peut-être a-t-il tenté de s'échapper. Dans leur affolement, ils lui auront filé un coup de couteau ou de barre de fer.

Le Britannique soupira et s'étira pour soulager la douleur de ses épaules.

— En tout cas, le Grand Chef blanc veut que cette affaire soit résolue rapidement, poursuivit-il. Il m'a fait l'honneur de me téléphoner pour m'informer des préoccupations que le gouverneur en personne lui a exprimées.

— Les mauvaises nouvelles vont vite, marmonna Kwok. Toujours rien dans les journaux ?

— Non, mais le bruit de l'enlèvement court dans toute la colonie et on commencera dès demain à nous chercher des poux. M. le baron du Loup-Garou, assisté par la presse aux noirs desseins, va nous causer bien du souci, je le crains, jusqu'à ce que nous l'arrêtions.

— On l'arrêtera, c'est sûr.

— M'ouais. Si on se tapait une bière — ou mieux, un grand gin-tonic ? J'ai besoin d'un verre.

— Bonne idée. Encore ton estomac qui te tracasse ?

— Oui. D'après Mary, c'est à cause de toutes les pensées heureuses que j'accumule en moi.

Les deux hommes se dirigèrent en riant vers la porte et s'apprêtaient à sortir quand la sonnerie du téléphone retentit.

— Laisse-le sonner, ce sale machin, grogna Armstrong. C'est encore des ennuis.

Brian décrocha et se figea. C'était Roger Crosse, le directeur de la Special Intelligence.

— Brian, pourriez-vous passer me voir immédiatement ?

— Oui, monsieur.

— Armstrong est avec vous ?

— Oui, monsieur.

— Demandez-lui de venir aussi.

Le directeur avait déjà raccroché lorsque Kwok répéta pour la troisième fois « oui, monsieur ». Le dos inondé de sueur, il reposa le combiné sur son socle.

— Dieu le Père nous réclame, au trot.

Le cœur de Robert Armstrong battit plus vite.

— Pourquoi moi ? s'étonna-t-il en rattrapant Brian, qui se hâtait déjà vers l'ascenseur. Que me veut-il ? Je ne fais plus partie de la SI.

— Nous n'avons pas à nous poser des questions mais simplement à chier dans notre froc sitôt qu'il murmure, dit Kwok en appuyant sur le bouton. Je me demande ce qui se passe.

— Ça doit être important. La Chine continentale, peut-être ?

— Chou En-lai a viré Mao, les modérés ont pris le pouvoir ?

— Ne rêve pas ! Mao mourra dans son fauteuil présidentiel — en divinité adorée par la Chine.

— La seule chose qu'on peut dire en sa faveur, c'est qu'il est d'abord chinois, ensuite communiste.

— Il y a peut-être eu un nouvel incident de frontière avec les Russes.

— C'est possible, convint Kwok. La guerre se prépare. Entre la Chine et la Russie, le conflit est inéluctable, Mao a raison sur ce point aussi.

— Les Soviétiques ne sont pas si stupides, objecta le policier britannique.

— N'en sois donc pas si sûr, mon vieux. Je l'ai dit et je le répète : les Soviétiques sont l'ennemi du monde entier. Il y aura la guerre.

— Le massacre serait terrible.

— Il aura lieu, Mao a raison. Il sera terrible mais pas catastrophique.

Brian appuya de nouveau sur le bouton d'un geste agacé et releva soudain la tête.

— Et si Taiwan avait enfin lancé son débarquement ?

— Cette vieille chimère ? Ce rêve creux ? Voyons, Brian ! Chiang Kai-shek ne quittera jamais Taiwan.

— S'il ne bouge pas, le monde entier est foutu. S'il laisse trente ans à Mao pour se renforcer... Bon Dieu, tu te rends compte, un milliard d'automates ? Chiang a eu raison de vouloir liquider ces salauds de communistes : ils sont la plaie de la Chine. Il ne faut pas leur laisser le temps d'appliquer aux enfants les découvertes de Pavlov.

— On croirait entendre un chien courant de nationaliste, dit Armstrong avec douceur. Calme-toi, mon gars. Rien ne tourne rond dans ce monde... mais le chien de capitaliste que tu es peut aller aux courses samedi, participer à l'épreuve de côte dimanche et draguer les filles le reste du temps.

— Désolé, murmura Kwok en pénétrant dans la cabine. Ce petit crétin de Meng m'a énervé.

— *Ta mère te console, frère,* déclama Armstrong en cantonais.

— *La tienne s'est fait engrosser sur un tas de fumier de cochon par un moine mendiant qui n'avait qu'un testicule.*

— Pas mal, apprécia Armstrong avec le sourire. Pas mal du tout.

L'ascenseur s'immobilisa, les deux hommes suivirent un couloir aux murs ternes, s'arrêtèrent devant une porte. Kwok frappa doucement.

— Entrez.

Âgé d'une cinquantaine d'années, Roger Crosse était un

grand maigre aux yeux bleu pâle et aux cheveux blonds clairsemés. Sa mise était soignée, son bureau méticuleusement rangé, spartiate. D'une main aux doigts effilés, il invita les deux visiteurs à s'asseoir et continua à lire un dossier. Au bout de quelques instants, il le referma avec soin et le plaça devant lui.

— Un millionnaire américain débarque avec des armes de contrebande ; un ancien colporteur de drogue shangaïen, devenu millionnaire lui aussi, s'enfuit à Taiwan ; et maintenant, une personnalité est enlevée — Dieu nous préserve ! — par un Loup-Garou, qui envoie son oreille à son père. Le tout en dix-neuf heures environ. Quel est le lien ?

— Faut-il qu'il y en ait un ? dit Armstrong.

— Pourquoi n'y en aurait-il pas ?

— Je n'en sais rien. Pour le moment.

— C'est embêtant, Robert. Très embêtant.

— Oui, monsieur.

— En fait c'est extrêmement ennuyeux car les instances supérieures ont déjà commencé à me souffler leur haleine dans le cou. Ce n'est bon signe pour personne, insinua le directeur avec un sourire qui fit froid dans le dos à ses deux interlocuteurs. Robert, je vous avais pourtant prévenu hier que des personnalités importantes pourraient être mêlées à cette affaire.

— Oui, monsieur.

— Vous, Brian, vous êtes appelé à remplir de hautes fonctions. Ne pensez-vous pas que vous pourriez délaisser un peu les chevaux, les voitures et tout ce qui porte jupon pour appliquer vos indéniables talents à la solution de cette petite énigme ?

— Oui, monsieur.

— Faites-le promptement. Je vous adjoins à Robert pour quelques jours parce que vos compétences pourraient être requises dans cette affaire. Je vous prie de trouver rapidement la solution car nous avons par ailleurs un léger problème. Un de nos amis du consulat américain m'a donné hier soir un coup de téléphone. Confidentiel. En voici le résultat, dit le directeur de la SI en montrant le dossier posé devant lui. Grâce à ses informations, nous avons intercepté au petit matin l'original du document dont ceci n'est bien sûr qu'une copie. L'original a été restitué et le... comment dire ? le courrier — un amateur, par parenthèse — est reparti sans être inquiété. Ce document est un rapport, une sorte de lettre d'information comportant différentes têtes de chapitre. Toutes sont intéressantes, par exemple celle qui s'intitule « le KGB en Asie ». Selon ce document, les Russes disposeraient d'un réseau d'espions haut placés au sein de gouvernements, de polices, de grandes firmes dans toute l'Asie du Sud-Est, *en particulier à Hong Kong.* Tout tournerait autour d'un réseau ayant pour nom de code « Sevrin » et dont nous n'avons jamais entendu parler.

Brian Kwok laissa échapper un sifflement.

— Je ne vous le fais pas dire, fit Crosse. Si c'est exact.

— Vous pensez que c'est vrai ? demanda Armstrong.

— Vraiment, Robert, vous devriez envisager une retraite anticipée pour raisons médicales : ramollissement du cerveau. Si ce document ne m'avait pas ébranlé, je n'aurais pas — douloureuse épreuve — sollicité l'assistance de la brigade criminelle de Kowloon.

— Bien sûr, monsieur. Excusez-moi.

Crosse tourna le dossier pour que les deux policiers puissent le lire et l'ouvrit à la page titre : *Confidentiel. Ian Dunross seulement. À remettre en mains propres. Rapport 3/1963. Une seule copie.*

— C'est la première fois que nous avons la preuve que Struan possède son propre service de renseignement, reprit le chef de la SI. J'aimerais savoir comment un homme d'affaires se trouve en possession d'informations confidentielles que nous devrions connaître des siècles avant lui.

— Oui, monsieur, bredouilla Kwok.

— Manifestement, ce rapport fait partie d'une série. Il a été signé, au nom du Comité de recherche 16 de Struan, par un certain A. M. Grant, à Londres, il y a trois jours.

Les deux policiers n'en finissaient plus d'être sidérés.

— Grant ? répéta Kwok. Alan Medford Grant, membre de l'Institut d'études stratégiques de Londres ?

— Bravo, Brian, dix sur dix. Oui, Mr. AMG en personne, le conseiller du gouvernement de Sa Majesté sur les questions confidentielles, l'homme qui connaît le dessous des cartes. Vous avez entendu parler de lui, Brian ?

— Je l'ai rencontré à deux reprises l'année dernière, lorsque je suivais le cours des officiers supérieurs, à l'école de Guerre, en Angleterre. Il nous fit un exposé sur les considérations stratégiques avancées en Extrême-Orient. Tout à fait brillant.

Par bonheur il est anglais et dans notre camp... J'espère que, cette fois, il se trompe, sinon nous nous trouvons dans un bourbier plus profond encore que je ne l'imaginais. Il semblerait qu'un nombre restreint seulement de nos secrets restent secrets. C'est assommant. Quant à ceci, ajouta Crosse en tapotant du doigt le dossier, c'est proprement consternant.

— L'original a été livré ? demanda Armstrong.

— À Dunross personnellement, cet après-midi à 16 h 18.

Le directeur prit un ton plus mielleux encore pour poursuivre :

— Dieu merci j'entretiens d'excellentes relations avec nos cousins d'outre-Pacifique, comme vous, Robert. Ce n'est pas votre cas, Brian, il me semble. Vous n'avez jamais aimé l'Amérique, n'est-ce pas ?

— Non, monsieur.

— Pourquoi, si je puis me permettre ?

— Les Américains parlent trop, on ne peut leur confier un secret. Ils sont bavards et stupides.

— Ce n'est pas une raison pour ne pas être en bons termes avec eux, répliqua Crosse avec un sourire froid. C'est peut-être vous qui êtes stupidc.

— Oui, monsieur.

— Détrompez-vous, ils ne sont pas tous idiots, grand Dieu non !

Le directeur referma le dossier mais le laissa devant les deux hommes, qui le fixaient avec des yeux fascinés.

— Nos amis vous ont-ils révélé comment ils ont eu vent de ce dossier ? dit Armstrong sans réfléchir.

— Robert, je crois vraiment que la sinécure de Kowloon vous a atrophié le cerveau. Dois-je proposer votre mise à la retraite pour raisons de santé ?

— Non, merci, monsieur.

— Est-ce que nous, nous révélerions nos sources à nos amis ?

— Non, monsieur.

— Nous auraient-ils répondu si j'avais eu la stupidité de leur poser la question ?

— Non, monsieur.

— Cette affaire est décidément fort ennuyeuse, vous ne trouvez pas, Robert ?

— Si, monsieur.

— Bon, c'est déjà ça, grommela Crosse en se renversant dans son fauteuil.

Il dévisagea successivement ses deux subalternes, qui s'interrogeaient sur l'identité de l'indicateur. Ce n'est pas la CIA, songeait Brian Kwok. Ils auraient intercepté le document eux-mêmes, ils n'ont pas besoin de la SI pour faire le sale boulot à leur place. Ces salauds feraient n'importe quoi, ils écraseraient les doigts de pied de n'importe qui, se dit-il avec dégoût. Mais si ce n'est pas eux, qui est-ce ?

Quelqu'un qui travaille dans le renseignement mais qui ne pouvait, ou ne voulait, pas procéder à l'interception ; quelqu'un qui est en bons termes avec Crosse. Un membre du consulat ? Possible. Johnny Mishauer, des services de renseignement de la Navy ? Pas dans ses cordes... Ah ! le type du FBI, le protégé de Crosse ! Ed Langan. Mais comment Langan aurait-il été informé de l'existence du dossier ? Par Londres ? Le FBI n'y a pas de bureau. Si le tuyau était venu d'Angleterre, le MI 5 en aurait bénéficié avant tout le monde, il se serait arrangé pour se procurer le document à la source et nous l'aurait envoyé par télex en nous reprochant de ne même pas savoir ce qui se passe dans notre secteur. L'avion du « courrier » s'est-il posé au Liban ? Le FBI a un agent là-bas, si je me souviens bien. Si ce n'est ni à Londres ni au Liban, l'information a été captée dans l'avion même. Un membre de l'équipage ? *Ayiiya !* C'était un appareil de la TWA ou de la Pan Am ? Le FBI a des « contacts » dans tous les milieux — et il a raison, ô combien ! Y a-t-il un vol le dimanche ? Oui, le Pan Am ETA 2030. Il arrive trop tard pour que la livraison se fasse immédiatement. Parfait.

— Curieux que le « courrier » ait pris un vol Pan Am et non BOAC — les conditions sont bien meilleures, remarqua-t-il, satisfait du cheminement de ses réflexions.

— Je me disais la même chose, reprit Crosse. Cette conduite est bien peu britannique. Il faut reconnaître que la Pan Am arrive toujours à l'heure tandis qu'avec cette pauvre vieille BOAC... Dix sur dix une fois de plus, Brian. Venez vous asseoir au premier rang de la classe.

— Merci, monsieur.

— Quelles sont vos autres déductions ?

Après avoir réfléchi, le policier chinois répondit :

— En échange du tuyau, vous avez promis à Langan une copie du dossier.
— Et ?
— Vous regrettez d'avoir tenu votre promesse.
— Pourquoi ? fit Crosse dans un soupir.
— Je ne pourrai répondre qu'après avoir lu le dossier.
— Brian, vous vous surpassez, cet après-midi.
Le directeur feuilleta distraitement le dossier. Les deux policiers se rendaient compte qu'il mettait délibérément leur patience à l'épreuve mais se demandaient pourquoi.
— Il y a une ou deux coïncidences très troublantes dans d'autres parties de ce document. Des noms comme celui de Vincenzo Banastasio... des lieux de rendez-vous comme les tours Sinclair... Nelson Trading, cela vous dit quelque chose ?
Armstrong et Kwok secouèrent la tête.
— Très troublantes, vraiment, poursuivit Crosse. Des communistes à droite, des communistes à gauche... Nous avons même une brebis galeuse dans nos rangs, semble-t-il. À un niveau élevé.
— Impossible ! laissa échapper Armstrong.
— Combien d'années avez-vous passées à la SI, mon vieux ?
— Presque cinq, monsieur.
— Sorge était « impossible », Kim Philby aussi. Ce cher Philby !
La soudaine défection, en janvier, de celui qui avait dirigé le contre-espionnage britannique avait provoqué dans tout le camp occidental des ondes de choc qui se faisaient encore sentir, et cela d'autant plus que Philby avait été premier secrétaire de l'ambassade britannique à Washington, responsable de la liaison avec le secrétariat d'État, le ministère de la Défense et la CIA pour les questions de sécurité.
— Comment aurait-il pu travailler aussi longtemps pour les Soviétiques sans se faire prendre ? Impossible, n'est-ce pas, Robert, railla le directeur.
— Oui, monsieur.
— Et pourtant, il travaillait pour eux. Philby a eu accès à nos secrets les mieux gardés pendant des années — en tout cas de 1942 à 1958. Quand a-t-il commencé à trahir ? Dieu nous préserve !, à Cambridge, en 1931. Il avait été recruté au Parti par Burgess, cette autre grande figure de

traître, et son ami MacLean — puissent-ils tous deux rôtir en enfer pour l'éternité !

Quelques années auparavant, ces deux importants diplomates du Foreign Office — qui avaient travaillé dans le renseignement pendant la guerre — s'étaient enfuis en Union soviétique quelques secondes avant que le contre-espionnage britannique ne les perce à jour. Le scandale provoqué par cette double défection avait ébranlé la Grande-Bretagne et tout l'OTAN.

— Qui d'autre ont-ils recruté ? marmonna Crosse.

— Des gens qui occupent aujourd'hui des fonctions importantes au gouvernement, au Foreign Office, dans l'éducation, la presse, etc ; des « taupes » bien cachées, comme Philby, répondit Armstrong.

— Avec les gens, rien n'est impossible, soupira Crosse... C'est un privilège que de faire partie de la SI, n'est-ce pas, Robert ?

— Oui, monsieur.

— On ne se porte pas volontaire, on doit attendre qu'on vous propose d'y entrer, non ?

— Oui, monsieur.

— Je ne vous ai jamais demandé pourquoi vous nous avez quittés, il me semble.

— C'est exact.

— Eh bien ?

Armstrong prit une profonde inspiration avant de répondre :

— Parce que je préfère être flic qu'espion. J'aime mon travail à la criminelle : être plus intelligent que les « méchants », les pourchasser, les arrêter, prouver leur culpabilité au tribunal — tout cela en respectant la loi.

— Ce qui laisserait entendre que la SI se moque des lois et des tribunaux, que seuls les résultats l'intéressent ?

— La SI et la SB ont des principes différents, répondit prudemment le policier mais sans elles la Colonie connaîtrait le chaos.

— Oui, approuva Crosse. Les gens sont effrayants, les fanatiques prolifèrent comme des asticots sur un cadavre. Vous faisiez pourtant un bon espion. Voici le moment venu de rembourser les mois de formation dont vous avez bénéficié aux frais de Sa Majesté.

Le cœur d'Armstrong se mit à battre plus vite mais le policier demeura silencieux, retenant sa respiration, remerciant le ciel que Crosse ne pût l'affecter de nouveau à la SI sans son consentement. Comme il avait haï la Special Intelligence ! Au début, le travail lui avait paru excitant et il s'était senti honoré de la confiance qu'on lui avait montrée en le choisissant, mais la SI avait rapidement perdu de son éclat quand il avait découvert la face cachée de ses activités : les arrestations sans mandat, les interrogatoires à huis clos, les jugements portés en l'absence de preuves, les ordres de déportation secrète signés par le gouverneur, les suspects reconduits à la frontière et expulsés, sans appel.

— Ce n'est pas une conduite britannique, Brian, se plaignit-il alors à son ami. Je suis partisan de procès loyaux et publics.

— Sois réaliste, Robert. Ils sont tous coupables, ce sont nos ennemis. Ce sont des agents communistes qui détournent nos lois pour rester ici, détruire notre société, avec l'aide de quelques avocats véreux prêts à n'importe quoi pour trente pièces d'argent, ou même moins. Au Canada, c'était la même chose. Crénom, les juristes et les politiciens menaient la vie dure à la Police montée. L'important, c'est de se débarrasser des parasites, le reste...

— Le reste aussi a de l'importance. De plus, il n'y a pas que les agents communistes à Hong Kong. La colonie grouille de nationalistes qui veulent...

— Les nationalistes veulent chasser les cocos de Hong Kong, c'est tout !

— Foutaises ! Chiang Kai-shek a tenté de s'emparer de la Colonie après la guerre. Les Américains avaient cédé et il a fallu l'intervention de la marine britannique pour l'en empêcher. Il veut toujours nous imposer sa loi — en ce sens, il ne diffère pas de Mao !

— Si la SI n'utilise pas les mêmes méthodes que l'ennemi, comment peut-elle s'en sortir ?

— Brian, mon gars, j'ai simplement dit que la SI n'est pas faite pour moi. Toi, elle te convient parfaitement. Je suis un flic, pas un James Bond !

Oui, juste un flic de la criminelle, songeait Armstrong. Vivement la retraite et le retour dans cette bonne vieille Angleterre ! J'ai déjà assez de soucis avec ces satanés Loups-Garous.

— D'après ce dossier, la situation est plus catastrophique que je ne l'imaginais, reprit Crosse. C'est extrêmement ennuyeux... Dans ce document, on fait référence aux autres rapports déjà envoyés à Dunross. J'aimerais les avoir le plus tôt possible. Rapidement et discrètement.

— Claudia Chen ? suggéra Armstrong en jetant un coup d'œil à Kwok.

— Non, aucune chance.

— Alors que proposez-vous, Brian ? demanda le directeur. Je suppose que mon ami américain demandera la même chose que moi, et s'il a la malencontreuse idée de transmettre une copie du dossier au chef local de la CIA... Je serais fort contrarié de les voir arriver une fois de plus avant moi.

— Nous pourrions envoyer une équipe de spécialistes dans les bureaux et l'appartement du Taï-pan, dit Brian Kwok. Ce serait un peu risqué, il faudrait opérer de nuit, sans savoir où chercher. Les autres rapports — s'ils existent — peuvent se trouver dans un coffre à la Grande Maison, à sa résidence de Shek-O, ou même à son appartement des tours Sinclair — sans parler d'endroits que nous ne connaissons pas.

— Lacune regrettable, commenta Crosse. Nos services font preuve d'une incompétence consternante dans leur propre secteur. Si nous étions Chinois, nous serions au courant de tout, n'est-ce pas, Brian ?

— Ce n'est pas ce que j'ai voulu dire, monsieur.

— Si vous ne savez pas où chercher, posez donc la question.

— Je vous demande pardon ?

— Posez la question. Dunross s'est toujours montré coopératif et c'est votre ami. Demandez-lui les rapports.

— S'il refuse, ou s'il répond qu'ils ont été détruits ?

— Faites donc fonctionner votre brillante cervelle. Cajolez-le, flattez-lui le poil. Et marchandez.

— Qu'avons-nous à lui proposer en échange ?

— Nelson Trading.

— Comment ?

— L'explication se trouve dans le rapport, ainsi que quelques autres petites informations que je me ferai un plaisir de vous communiquer plus tard.

— Merci, monsieur.

— Robert, qu'avez-vous fait pour trouver John Chen et le ou les Loups-Garous ?

— Toute la brigade criminelle est en alerte. Nous avons diffusé le numéro de sa voiture et interrogé sa femme, Mrs. Barbara Chen. Elle nage en pleine crise de nerfs mais elle garde toute sa lucidité.
— Vraiment ?
— Elle, euh, enfin, vous me comprenez.
— Parfaitement.
— D'après elle, son mari a l'habitude de rentrer tard ou même de se rendre directement au champ de courses ou au port. J'ai l'impression qu'elle est au courant de ses frasques. Nous avons facilement reconstitué l'emploi du temps de John Chen hier soir. Il a déposé Casey Tcholok au Vic vers 22 h 30...
— A-t-il vu Bartlett ?
— Non. L'Américain n'a pas quitté son avion.
— John Chen lui a parlé ?
— Non. À moins que l'appareil ne soit équipé d'un système permettant de se brancher sur notre réseau téléphonique. Nous surveillons l'avion depuis la fouille de ce matin.
— Continuez.
— Après avoir conduit miss Tcholok à l'hôtel — dans la Rolls de son père, soit dit en passant —, il a pris le bac pour traverser le port et se rendre dans un club privé chinois situé dans la partie Hong Kong de la Colonie, près de Queen's Road. Là il a renvoyé voiture et chauffeur... (Armstrong s'interrompit pour consulter ses notes) le Tong Lau Club. Il y a rencontré un collègue et ami, Wo Sang Chi, avec lequel il a joué au mah-jong. La partie s'est terminée vers minuit, après quoi il a pris un taxi avec Wo Sang Chi et les deux autres joueurs, ses amis également : Ta Pan Fat, un journaliste, et Po Cha Sik, un agent de change.

Robert Armstrong s'écoutait réciter la litanie coutumière des rapports de police. L'énumération des faits lui plaisait et détournait son esprit de ses propres problèmes d'argent, particulièrement pressants.

— Ta Pan Fat est descendu le premier du taxi pour rentrer chez lui, dans Queen's Road, continua le commissaire. Puis ce fut le tour de Wo Sang Chi peu de temps après. John Chen et Po Cha Sik — que nous soupçonnons d'avoir des relations avec les sociétés secrètes — se sont ensuite rendus au Ting Ma Garage, dans Sunning Road, pour récupérer la voiture de Chen, une Jaguar 1960.

Dans un souci de précision, Armstrong se reporta de nouveau à son carnet. Après toutes les années passées à Hong Kong, les noms chinois lui posaient encore autant de problèmes.

— Un apprenti mécanicien nommé Tong Ta Wey nous l'a confirmé. John Chen a ensuite reconduit son ami Po Cha Sik chez lui, 17 Village Street, dans Happy Valley. Pendant ce temps, Wo Sang Chi, le collègue de John Chen, qui dirige l'entreprise de transports, filiale de Struan ayant le monopole du camionnage à l'aéroport de Kai Tak, s'était rendu au restaurant Sap Wah, dans Fleming Road. Selon lui, John Chen le rejoignit une demi-heure plus tard et ils quittèrent le restaurant dans la voiture de Chen avec l'intention de ramasser des filles dans la rue pour les emmener souper...

— Il n'a pas les moyens d'aller dans un dancing et d'acheter le droit de les sortir ? s'étonna Crosse. Quel est le tarif actuel, Brian ?

— Soixante dollars, à cette heure de la nuit.

— On dit Phillip Chen plutôt pingre — son fils aussi ?

— À cette heure-là, les filles commencent à quitter les clubs si elles n'ont pas encore trouvé un client. La plupart des boîtes ferment vers une heure parce que le dimanche n'est pas jour de paye. Il n'est pas rare de ramasser des filles dans la rue : pourquoi gaspiller soixante dollars ? ou plutôt deux ou trois fois cette somme, parce que les filles convenables se baladent par deux ou trois et qu'on invite généralement tout le groupe à souper pour commencer. Inutile de jeter l'argent par les fenêtres.

— Vous ramassez les filles dans la rue, Brian ?

— Non, monsieur. Je n'en ai pas besoin.

Avec un soupir, le directeur de la SI revint à Armstrong.

— Continuez, Robert.

— Faute de ramasser des filles, ils se rendirent au Copacabana Night Club, à l'hôtel Sap Chuk de Gloucester Road, vers une heure. Ils en ressortirent trois quarts d'heure plus tard après avoir soupé. Wo Sang Chi nous a dit qu'il avait vu John Chen monter dans sa voiture mais qu'il n'avait pas attendu pour le regarder démarrer. Lui-même est rentré à pied, il habite dans le coin. Selon Wo Sang Chi, Chen n'était ni soûl ni mal luné, il était au contraire de bonne humeur — encore qu'il se soit énervé pendant la partie de mah-jong et qu'il l'ait abrégée. Voilà, les témoignages s'arrêtent là.

— A-t-il dit à Wo Sang Chi où il allait ?

— Non. Chi nous a d'abord répondu que Chen rentrait sans doute chez lui mais il a ensuite ajouté qu'il passerait peut-être auparavant chez sa petite amie. Nous lui avons demandé qui est cette fille, il a prétendu l'ignorer puis, sur notre insistance, il s'est souvenu d'un nom : Fleur-Parfumée, sans adresse ni numéro de téléphone.

— Fleur-Parfumée ? Des quantités de belles de nuit pourraient porter ce nom.

— Oui, monsieur.

Crosse s'absorba un instant dans ses pensées.

— Pourquoi Dunross voudrait-il éliminer John Chen ? dit-il finalement.

Les deux policiers regardèrent leur supérieur avec effarement.

— Soumettez-donc cette question à votre cerveau génial, Brian, poursuivit le directeur.

— Je ne vois aucune réponse. John Chen ne saurait constituer une menace pour Dunross — même s'il devenait compradore. Dans la Noble Maison, c'est le Taï-pan qui détient tout le pouvoir.

— Ah oui ?

— Par définition. En tout cas, les choses se passent ainsi dans la Noble Maison.

— Votre avis, Robert ?

— Moi non plus je ne vois pas de réponse à la question. Pour le moment.

— Réfléchissez-y, lui conseilla Crosse avant d'allumer une cigarette.

Armstrong se sentit envahi par l'envie de fumer. Je ne tiendrai jamais le coup, se dit-il. Salaud de Crosse, qu'est-ce que tu mijotes ? Le directeur lui offrit une Senior Service, sa marque préférée.

— Non, merci, répondit le commissaire, l'estomac noué.

— Vous ne fumez pas, Robert ?

— Non, monsieur, j'ai arrêté... Enfin, j'essaie.

— Admirable ! Pourquoi Bartlett voudrait-il éliminer John Chen ?

Les deux policiers lancèrent de nouveau à leur chef un regard stupéfait.

— Vous savez pourquoi ? bredouilla Armstrong.
— Si je connaissais la réponse, je ne vous poserais pas la question. À vous de trouver le rapport entre les deux affaires. Il y a trop de coïncidences, cela sent l'intervention du KGB, et je dois confesser que je deviens irritable lorsque les Russes font des incursions dans mon domaine.
— Oui, monsieur.
— Placez Mrs. Phillip Chen sous surveillance, elle pourrait être impliquée — il y a suffisamment gros à gagner pour elle. Prenez aussi Phillip Chen en filature pendant un jour ou deux.
— C'est déjà fait pour l'un comme pour l'autre. Je ne soupçonne pas Phillip Chen mais je suppose qu'il réagira comme le font généralement les parents : pas de coopération avec la police, négociations secrètes et paiement discret de la rançon.
— Tout à fait, approuva Crosse. Je me demande pourquoi les gens — même les plus cultivés — se croient plus intelligents que nous et refusent de nous aider à faire le travail pour lequel nous sommes payés.
Sous le regard d'acier qui le fixait, Kwok sentit la sueur couler le long de son dos. Contrôle-toi, se raisonna-t-il. Ce n'est qu'un salopard d'étranger, un barbare bouffeur de fiente et couvert de fumier, un fils de singe.
— C'est une vieille tradition chinoise que de ne faire confiance ni à la police ni au gouvernement, expliqua-t-il poliment. Ils ont quatre mille ans d'expérience.
— Ils devraient faire exception pour les Britanniques : nous avons prouvé de manière irréfutable que nous sommes dignes de confiance, capables de gouverner et, d'une manière générale, incorruptibles.
— Oui, monsieur.
Le directeur observa un moment le policier chinois en tirant sur sa cigarette, puis il se tourna vers Armstrong :
— Robert, savez-vous de quoi John Chen et miss Tcholok ont parlé ?
— Non, monsieur. Nous n'avons pas encore pu l'interroger, elle a passé la journée entière au siège de Struan. Vous pensez que cela peut être important ?
— Assisterez-vous à la réception de Dunross, ce soir ?
— Non, monsieur.
— Et vous, Brian ?
— Oui, monsieur.

— Bien. Robert, je suis sûr que Dunross ne verra aucun inconvénient à ce que vous m'accompagniez. Passez me prendre à 8 heures. Le gratin de Hong Kong sera présent, ouvrez les yeux et les oreilles : Je vous laisse quelques instants pour vous permettre de lire le rapport, dit Crosse en se levant. Brian, n'oubliez pas la soirée, ce serait vraiment trop fâcheux.

Après le départ du directeur, Kwok s'essuya le front en grommelant :

— Ce salaud me pétrifie.

— Il m'a toujours fait cet effet, rassure-toi.

— Tu le crois capable d'envoyer une équipe à la Struan, dans le sanctuaire de la Noble Maison ?

— Bien sûr. Il serait même capable d'y aller lui-même pour diriger l'opération. Tu ne le connais pas encore aussi bien que moi. Ce saligaud conduirait une équipe de tueurs en enfer s'il le jugeait utile. Je te parie que c'est lui qui a subtilisé le dossier. À ma connaissance, il a franchi la frontière au moins deux fois pour bavarder avec un de nos agents. Et il y est allé seul !

— Le gouverneur le sait ?

— Je ne crois pas. Il en aurait une attaque, et si le MI6 l'apprenait, Crosse finirait ses jours à la tour de Londres. Il connaît trop de secrets pour qu'on le laisse prendre de tels risques.

— Qui était le type qu'il a rencontré ?

— Notre agent à Canton.

— Wu Fong Fong ?

— Non, un nouveau — nouveau de mon temps, du moins. Un officier de l'armée.

— Le capitaine Ta Quo Sa ?

— J'ai oublié, répondit Armstrong en haussant les épaules.

— Tu as raison, fit Kwok en souriant.

— Crosse ne connaît pas d'autre loi que la sienne.

— On t'interdit d'aller à Macao parce que tu faisais partie de la SI il y a deux ans et lui, il passe tranquillement la frontière ! Il doit être cinglé !

Armstrong acquiesça d'un hochement de tête puis imita la voix de Crosse pour demander :

— Comment se fait-il qu'un négociant puisse entrer avant nous en possession de certaines informations ?

Il reprit une voix normale pour répondre à sa propre question :

— C'est bougrement simple : il y met le prix. Il n'hésite pas à dépenser une fortune alors que nous faisons des économies de bouts de chandelles. Crosse le sait aussi bien que moi, tout le monde le sait. Comment travaillent le FBI, la CIA ou le KGB ? Avec de l'argent ! Ce n'est pas difficile de s'assurer les services d'Alan Medford Grant : il suffit de l'engager. Dix mille livres sterling d'honoraires, ça vaut quelques rapports — et Dunross a peut-être payé moins. Nous, nous recevons deux mille livres par an pour trois cent soixante-six jours de travail, vingt-cinq heures sur vingt-quatre, et un flic du bas de l'échelle en touche quatre cents. Pour obtenir un fonds secret de dix mille livres afin d'acheter des informations, il nous faut remplir des tonnes de paperasses. Où en seraient le FBI, la CIA et cette saleté de KGB s'ils ne disposaient pas de crédits illimités ? Il nous faudrait six mois pour obtenir le fric alors que Dunross et cinquante autres le prendraient sur leur argent de poche.

Armstrong était assis sur sa chaise, le dos voûté, les bras ballants, les yeux rouges et cernés d'ombres bleues, les pommettes soulignées par la lumière tombant d'en haut. Il jeta un coup d'œil au dossier mais n'y toucha pas et se demanda combien de mauvaises nouvelles il contenait.

— C'est facile, pour les Dunross, conclut-il.

Brian Kwok hocha la tête, s'essuya les mains et rangea son mouchoir.

— On dit que le Taï-pan dispose d'un fonds secret, constitué à l'origine par Dirk Struan en personne avec le fruit du pillage de Foochow. Cet argent, auquel seul le Taï-pan a accès, sert uniquement à ce genre de choses : *h'eung yau*, pots-de-vin, etc., ou même un petit meurtre, à l'occasion. Il s'agit de millions, paraît-il.

— Oui, je l'ai entendu dire moi aussi, soupira Armstrong. Il tendit la main vers le dossier, hésita puis se leva et décrocha le téléphone. Commençons par le commencement, décida-t-il en souriant à son ami chinois. D'abord, occupons-nous de certaines personnes.

Il composa le numéro du central de la police de Kowloon.

— Ici Armstrong, passez-moi le sergent Tang-po, s'il vous plaît.

— Bonsoir, commissaire, répondit au bout d'un moment la voix cordiale du sergent.

— Bonsoir, sergent. J'ai besoin d'informations : sur le destinataire des armes, sur les ravisseurs de John Chen. Je veux qu'on me retrouve Chen — ou son cadavre — dans les trois jours. Et je veux qu'on mette rapidement au frais le ou les Loups-Garous.

— Oui, commissaire, dit Tang-po après un court silence.

— Faites passer le mot : le grand chef blanc est dans une rogne terrible et lorsqu'il est seulement un peu contrarié, c'est mauvais pour les commissaires, les inspecteurs... et les sergents, qui risquent de se retrouver simples flics. Certains risquent même d'être virés de la police, expulsés de Hong Kong ou foutus en taule.

— Oui, commissaire, murmura le sergent après un plus long silence.

— Et quand il est dans une rogne terrible, les petits malins se mettent à l'abri avant que la brigade de lutte anticorruption ne s'abatte sur les coupables — voire sur les innocents...

— Oui, commissaire, je fais passer le mot tout de suite. Tout de suite.

— Merci, sergent... Ah oui : demandez donc à vos collègues de vous aider. Je suis sûr qu'ils comprendront également que mon petit problème est aussi le leur... *Quand les dragons éructent, tout Hong Kong défèque. Heya ?* ajouta Armstrong en cantonais.

— Je m'en occupe, commissaire, promit Tang-po.

— Merci.

Armstrong raccrocha.

— Il va y avoir du relâchement dans les sphincters, prédit Kwok avec le sourire.

L'Anglais retourna s'asseoir sans que son visage perdît de sa dureté.

— Je n'aime pas tirer trop souvent sur cette ficelle, dit-il. En fait, c'est la deuxième fois seulement que je l'utilise, mais je n'ai pas le choix. Fais la même chose de ton côté.

— Bien sûr. Quand les dragons éructent... C'était une plaisanterie sur les cinq dragons légendaires ?

— Oui.

Le beau visage de Brian Kwok se figea — yeux noirs sur peau dorée, menton carré presque imberbe.

— Tang-po en fait partie ?

— Je n'en suis pas sûr. Je l'ai toujours pensé, quoique rien ne vienne à l'appui de cette supposition. Il en fait partie, à ton avis ?

— Je n'en sais rien.

— Peu importe, finalement. L'essentiel, c'est que l'un d'eux soit prévenu. Personnellement, je crois à l'existence des Cinq Dragons, de ces cinq sergents de police chinois qui ont la haute main sur le jeu clandestin de Hong Kong, certains rackets à la protection, quelques boîtes et des filles. Cinq sergents sur les onze que comptent nos services...

— Moi aussi j'y crois. Ils sont peut-être plus, peut-être moins, mais il est certain que la police contrôle tout le jeu clandestin.

— Disons que c'est *probable*, mon gars, corrigea Armstrong. Nous n'avons aucune preuve, bien que nous chassions ce dahut depuis des années. Je me demande si nous réussirons à le prouver un jour — peut-être quand tu seras devenu directeur-adjoint.

— Laisse tomber, bon sang !

— Tu n'as que trente-neuf ans, tu as suivi les cours de l'École supérieure de guerre, tu es déjà une vedette. Dix contre un que tu finiras à ce poste.

— Tenu.

— J'aurais dû parier mille contre cent, maugréa le Britannique en feignant la contrariété. Tu n'aurais pas relevé.

— Essaie donc.

— Sûrement pas. Je ne peux pas me permettre de perdre aussi gros. Tu peux te faire tuer, ou donner ta démission avant, mais si tu tiens la distance, tu décrocheras le coquetier.

— Toi aussi.

— Oh ! non, je suis trop anglais pour cela. Ce sera un grand jour ! s'exclama Armstrong en tapant joyeusement son collègue dans le dos. Mais tu ne te débarrasseras pas des Dragons, même si tu parviens à réunir des preuves contre eux — ce dont je doute.

— Je n'y parviendrai pas ?

— Non. D'ailleurs, je me fiche totalement du jeu clandestin. Les Chinois veulent tous jouer et si quelques sergents leur offrent la possibilité de le faire, cela garantit au moins une certaine régularité. Si les Dragons ne contrôlaient pas le jeu, les truands s'en mêleraient et les petites bandes de salopards que nous veillons à maintenir divisées s'uniraient en une seule *tong*. Alors là, nous aurions de gros problèmes. Tu me connais, je n'aime pas faire de raffut, et c'est pourquoi je ne deviendrai jamais directeur adjoint. Je préfère maintenir le *statu quo* : les Dragons contrôlent le jeu, ce qui nous permet d'empêcher les triades de s'unir. Tant que les policiers se serreront les coudes et formeront la plus puissante triade de Hong Kong, l'ordre régnera dans les rues, la population sera calme et le taux de criminalité violente restera faible.

— Tu penses vraiment ce que tu dis, hein ? fit Brian Kwok en fixant Armstrong.

— Oui. D'une certaine façon, les Dragons sont l'un de nos plus puissants auxiliaires. Regardons les choses en face : seuls des Chinois peuvent gouverner des Chinois. Les Dragons ont eux aussi intérêt au *statu quo* et ils accordent parfois aux diables d'étrangers que nous sommes une aide que nous n'obtiendrions pas autrement. Je n'approuve ni la corruption ni le viol de la loi — absolument pas ; je n'aime ni les pots-de-vin ni les indicateurs mais aucune force de police au monde ne peut opérer sans se salir les mains de temps à autre et sans faire appel à de sales petits mouchards. Les Dragons sont un mal nécessaire. Hong Kong, c'est la Chine, et la Chine, c'est un cas spécial. Tant qu'il ne s'agit que de jeu illégal, je m'en moque. S'il ne tenait qu'à moi, le jeu serait autorisé dans les vingt-quatre heures. Par contre, je m'en prendrais à toutes les formes d'extorsion, à la « protection » des filles et des boîtes. Je ne peux pas sentir les macs. Le jeu, c'est différent. D'ailleurs, il est impossible d'empêcher les Chinois de jouer. Légalisons le jeu et tout le monde sera content. Depuis des années, la police de Hong Kong nous donne ce conseil que nous nous obstinons à ne pas suivre. Et pourquoi ? À cause de Macao ! Ces bons vieux Portugais de Macao vivent du jeu et de la contrebande de l'or, le Royaume-Uni ne peut décemment pas enlever à son vieil allié cette planche de salut !

— Robert Armstrong au pouvoir !

— Va te faire voir ! Il n'empêche que j'ai raison. Le prélèvement que nous opérons sur le jeu clandestin nous sert à payer nos indics. Où trouverions-nous l'argent nécessaire sans cette caisse noire ? Auprès de notre gouvernement reconnaissant ? Ne me fais pas rire ! En augmentant les impôts de ceux que nous protégeons ? Pff !

— Ce système risque d'avoir un jour des retombées, objecta Kwok. Les pots-de-vin, l'argent qui se trouve « par hasard » dans le tiroir d'un poste de police...

— Pas pour moi, en tout cas, parce que je n'y touche pas, et la grande majorité des autres flics non plus. Britanniques ou *Chinois*. En attendant, avec trois cent vingt-sept pauvres officiers de police étrangers, il faut contrôler un millier de flics locaux et trois millions et demi de petits Chinois qui ne peuvent pas nous encadrer.

Brian Kwok partit d'un rire contagieux et bientôt son collègue l'imita.

— Bon. Tu veux le lire d'abord ? proposa le policier chinois.

Armstrong feuilleta le dossier, qui contenait une douzaine de pages dactylographiées tapées à un seul intervalle. Le sommaire indiquait : Première partie : prévisions politiques et économiques pour le Royaume-Uni ; Deuxième partie : le KGB en Asie ; Troisième partie : l'or ; Quatrième partie : activités récentes de la CIA.

Le commissaire posa ses pieds sur le bureau, chercha une position plus confortable sur sa chaise, commença à lire puis changea d'avis.

— Tiens, dit-il en tendant le dossier à Brian. Tu lis plus vite que moi et j'en ai ma claque des mauvaises nouvelles.

Le Chinois ouvrit la chemise d'un geste impatient et, le cœur battant, entama la lecture de la première partie. Armstrong le vit blêmir, ce qui l'inquiéta car Kwok ne s'émouvait pas facilement. Brian lut le document jusqu'au bout sans faire de commentaires, revint en arrière pour vérifier un paragraphe ici ou là puis referma lentement le dossier.

— C'est si mauvais ? demanda Armstrong.

— Pire. Si je ne connaissais pas A. Medford Grant, je dirais que ce dossier est l'œuvre d'un cinglé. Il prétend que la CIA a des contacts avec la Mafia, qu'ensemble elles cherchent à assassiner Castro, que les Américains agissent en force au Viêt-nam, qu'ils utilisent la drogue et que sais-je encore ! Tiens, lis toi-même.

— Et la taupe ?

— Nous en avons bien une, répondit Brian, qui feuilleta le document à la recherche du passage concerné. Ah !

voilà... Écoute : « Il ne fait aucun doute qu'un agent communiste de haut niveau est infiltré au sein de la police de Hong Kong. Selon des informations ultra-secrètes que le général Hans Richter — chef adjoint des services de sécurité de la RDA — nous a révélées en mars dernier, lorsqu'il est passé à l'Ouest, cet agent a pour nom de code « notre ami », il est en place depuis dix ans au moins, peut-être quinze. Il a sans doute pour officier traitant un membre du KGB ayant pour couverture des fonctions de journaliste ou d'homme d'affaires, de banquier ou de marin à bord d'un des cargos soviétiques qui font régulièrement escale à Hong Kong. À notre connaissance, « notre ami » a déjà livré à l'ennemi les informations suivantes : communications radio secrètes, numéros de téléphone secrets du gouverneur, du chef de la police et des principaux hauts fonctionnaires de Hong Kong, ainsi que des dossiers sur la plupart d'entre eux...

— Des dossiers ? interrompit Armstrong. Ils y sont ?

— Non.

— Merde ! continue.

— ... les plans d'urgence de la police en cas d'insurrection fomentée par les communistes ou d'émeutes semblables à celles de Kowloon ; copies des dossiers de tous les officiers de police au-dessus du grade d'inspecteur ; noms des six principaux agents nationalistes du Kuomintang opérant secrètement dans la Colonie sous le commandement du général Jen Tang-wa (voir annexe A) ; liste des agents de la SI opérant dans le Kuantung sous les ordres de Wu Fong Fong (voir annexe B).

— Nom de Dieu ! s'écria Armstrong. Nous ferions mieux de rappeler en vitesse le vieux Fong Fong et ses gars.

— M'ouais.

— Wu Tat-sing est sur la liste ?

Kwok se reporta à l'annexe B.

— Oui. Écoute, voici la fin de cette partie : « La commission estime que la sécurité intérieure de l'île sera compromise tant que le traître ne sera pas éliminé. Pourquoi cette information n'a-t-elle pas encore été transmise à la police ? Nous l'ignorons. Nous supposons néanmoins qu'il faut y voir une conséquence de l'infiltration soviétique à tous les niveaux de l'administration britannique. Cette situation permet l'existence d'agents comme Philby et explique que certaines informations sont dissimulées ou déformées. Nous suggérons que ce rapport soit intégralement ou en partie transmis au gouverneur ou au directeur de la police de Hong Kong, si vous les jugez dignes de confiance.

Brian releva la tête.

— Ce n'est pas tout, dit-il, l'air effondré. Lis donc la partie sur la situation politique au Royaume-Uni, ou celle qui concerne « Sevrin »... Si c'est vrai, nous sommes dans la merde jusqu'au cou.

Armstrong jura à voix basse.

— Qui est-ce ? murmura-t-il. Quelqu'un de haut placé mais qui ?

Après un long silence, Kwok répondit :

— Le seul... le seul ayant accès à toutes ces informations, c'est Crosse.

— Oh, pour l'amour du ciel !

— Réfléchis, Robert. Il connaissait Philby, il a fait lui aussi ses études à Cambridge. Tous deux proviennent de milieux semblables, appartiennent à la même génération et ont travaillé dans le renseignement pendant la guerre — comme Burgess et MacLean. Si Philby a réussi à tromper tout le monde aussi longtemps, pourquoi Crosse n'en serait-il pas capable ?

— Impossible !

— Alors qui d'autre ? Crosse a fait toute sa carrière dans le MI 6 ; il a été affecté quelque temps à Hong Kong, dans les années cinquante, puis il est revenu il y a cinq ans pour faire de la Special Intelligence une branche indépendante de la Special Branch, dont il est, depuis, le directeur.

— Cela ne prouve rien.

— Ah oui ?

Armstrong scruta le visage de son ami.

— Tu sais quelque chose ? demanda-t-il d'un ton hésitant.

— Et si Crosse était homosexuel ?

— Tu es complètement dingue ! explosa Armstrong. Il est marié et... et...

— Il n'a pas d'enfant, sa femme est presque toujours en Angleterre et lorsqu'elle vient ici, ils font chambre à part.

— Qu'en sais-tu ?

— Son *amah* aurait pu me le dire si j'avais voulu le savoir.

— Ce n'est pas une preuve. Des tas de gens font chambre à part.

— Et si je t'en donnais une, de preuve ?

— Laquelle ?

— Crosse passe toujours une partie de ses vacances en Malaisie, dans les Cameron Highlands. Supposons qu'il y retrouve un jeune Malais, inverti notoire...

— Il me faudrait des photos pour y croire, et des photos, ça se trafique. Il me faudrait des enregistrements, et cela se trafique aussi. Le jeune Malais lui-même ? C'est un vieux truc que de produire de faux témoignages et de faux témoins... Et même s'il était pédé, cela ne prouverait rien — tous les invertis ne sont pas des traîtres.

— Tous les invertis prêtent le flanc au chantage. Si Crosse l'est, il devient hautement suspect. Tu es d'accord ?

Armstrong regarda autour de lui pour dissimuler son embarras.

— Je n'aime pas parler de ça ici. Nous sommes peut-être enregistrés.

— Et alors ?

— Alors il peut nous virer.

— Si c'est lui, le traître, il saura que nous sommes au courant ; dans le cas contraire, il se foutra de nous et je pourrai dire adieu à la SI. En tout cas, il ne pourra pas virer tous les Chinois de la police.

— Que veux-tu dire ? demanda Armstrong en écarquillant les yeux.

— Supposons qu'il existe un dossier sur Crosse, que tous les policiers chinois au-dessus du grade de caporal l'aient lu...

— Quoi ?

— Robert, tu sais bien que les Chinois se serrent toujours les coudes.

— Vous êtes organisés en confrérie au sein de la police ? Vous formez une triade ?

— J'ai dit « supposons ». Tout cela n'est que pure hypothèse, Robert.

— Qui est le Grand Dragon ? toi ?

— Je n'ai jamais dit qu'une telle organisation existait. J'ai dit « supposons ».

— Il y a d'autres dossiers ? sur moi, par exemple ?

— Peut-être.
— Et ?
— S'il y avait un dossier sur toi, on y apprendrait que tu es un bon flic, incorruptible, que tu as joué gros à la bourse et perdu, qu'il te faut d'urgence vingt mille dollars pour éponger tes dettes — et quelques autres détails.
— Lesquels ?
— Nous sommes en Chine, mon vieux. Nous savons presque tout sur les *quai lohs*. Nous y sommes bien obligés, pour survivre.
Armstrong jeta à son ami un regard perplexe.
— Pourquoi ne me l'as-tu pas dit avant ?
— Mais je ne t'ai rien dit maintenant. Rien du tout, sinon « peut-être » et « supposons ».
Kwok s'essuya la lèvre supérieure, humide de sueur, et passa le dossier à Armstrong.
— Tiens, lis toi-même. Si tout cela est vrai, nous sommes dans le pétrin et il faudra réagir très vite. Ecoute, Robert, je te parie mille dollars... mille contre un, que la taupe c'est Crosse.

10

19 h 43

Dunross acheva la lecture du dossier pour la troisième fois. Il en avait pris connaissance dès qu'il l'avait reçu — comme à l'accoutumée — puis l'avait relu en se rendant au palais du gouverneur. Il referma la chemise, la posa sur ses genoux et s'abîma dans ses réflexions. Il se trouvait à présent dans son bureau, au deuxième étage de la Grande Maison perchée au sommet d'un tertre, sur les hauteurs du Peak. Des fenêtres, veinées de plomb, on découvrait des jardins inondés de lumière et, au-delà, la ville et l'immensité du port.
Une horloge ancienne sonna huit heures moins le quart.
Dans quinze minutes, les invités arriveront, la soirée commencera et nous jouerons tous une nouvelle pantomime, songea-t-il. Ou peut-être continuerons-nous la même.

La pièce, haute de plafond, aux boiseries de chêne, était habillée de tentures de velours vert sombre et de tapis chinois en soie. C'était un endroit confortable, masculin, un peu vieillot, pour lequel le propriétaire des lieux avait une prédilection. Il entendit les voix étouffées des domestiques, le bruit d'une voiture grimpant la colline et s'éloignant.

Le téléphone sonna.

— Oui ? Bonsoir, Claudia.

— Je n'ai pas encore réussi à joindre Tsu-yan, Taï-pan. Il vous a appelé ?

— Toujours pas. Essayez à nouveau.

— Entendu. À tout à l'heure.

Assis dans un profond fauteuil, Dunross regardait distraitement par la fenêtre une vue qui l'enchantait toujours. Ce soir, cependant, les révélations du dossier sur « Sevrin » et la taupe gâchaient son plaisir.

Que faire ?

— Rire, répondit-il à voix haute. Et lutter.

Il se leva et, de sa démarche souple, s'approcha du portrait de Dirk Struan accroché au-dessus de la cheminée. Il fit pivoter le lourd cadre doré sur ses charnières, ouvrit le coffre que le tableau dissimulait. La cachette contenait de nombreux papiers — certains fort anciens, d'autres récents —, plusieurs coffrets, des lettres entourées d'un ruban rouge, un Mauser chargé, soigneusement graissé, une boîte de munitions, une vieille Bible à la couverture de cuir frappée des armes de Struan, et sept chemises bleues semblables à celle qu'il tenait à la main.

Il la rangea avec les autres, considéra pensivement la pile puis commença à refermer le coffre mais interrompit son geste lorsque son regard se posa sur la vieille Bible. Il la caressa du bout des doigts, la sortit du coffre et l'ouvrit. Deux moitiés de pièces de monnaie chinoise en bronze, grossièrement cassées en deux, étaient fixées à l'épaisse page de garde par la cire de sceaux anciens. Manifestement, il y avait eu autrefois quatre demi-pièces car on voyait la trace de celles qui avaient disparu et des fragments de cire rouge restaient collés au papier parcheminé. D'une belle écriture moulée, on avait inscrit en haut de la page : « Je jure devant Dieu, Notre Seigneur, d'accorder à quiconque présentera l'autre moitié de ces pièces ce qu'il demandera. » Le texte était suivi d'une date

— 10 juin 1841 —, de la signature de Dirk Struan et de celles de tous les taï-pans qui lui avaient succédé, Ian Dunross terminant la série.

Sous la première place vide, on avait écrit : « Wu Fang Choi, payé partiellement le 16 août de l'an de grâce 1841 », avec à nouveau la signature de Dirk Struan, et plus bas celle de son fils Culum avec l'inscription : « payé totalement, 18 juin 1845 ». Sous la seconde, on lisait : « Sun Chen-yat, payé totalement le 10 octobre 1911 », et, dessous, le paraphe énergique de Hag Struan.

Quelle arrogance, quelle confiance en soi devait-elle avoir pour signer non pas Tess Struan mais de ce Hag qu'elle jette comme un défi aux générations futures ! se dit Dunross, admiratif.

Combien de générations encore ? Combien d'autres taï-pans devront-ils signer et jurer de respecter aveuglément les engagements pris par un homme mort depuis près d'un siècle et demi ?

Dunross promena pensivement le doigt sur la cassure irrégulière des deux demi-pièces restantes puis il referma la Bible d'un geste décidé, la replaça dans le coffre. Il rabattit le tableau contre le mur et, les mains dans les poches de son smoking, il contempla le portrait de Dirk Struan.

C'était sa toile préférée et, lorsqu'il était devenu taï-pan, il l'avait enlevée de la longue galerie de la Grande Maison pour la mettre à la place d'honneur occupée jusque-là par le portrait de Hag Struan, dans son bureau, au-dessus de la cheminée. Aristote Quance, auteur des deux tableaux, avait représenté Dirk Struan devant une tenture écarlate, arrogant et carrant ses larges épaules dans une jaquette noire, un gilet et une chemise blanche à jabot, le sourcil épais, le nez fort, les joues rasées de près, les cheveux et les favoris roussâtres, la lèvre sensuelle. Ses yeux, dont la couleur verte ressortait sur le fond écarlate, semblaient plonger au plus profond de votre être.

Dunross eut un demi-sourire sous ce regard qui ne l'effrayait pas, qui ne le rendait pas envieux mais qui lui procurait une sorte de plénitude sereine. Il se savait possédé par ce diable d'ancêtre — en partie tout au moins. D'un geste un peu moqueur, il leva son verre de champagne en direction du tableau et lui porta un toast, comme il l'avait souvent fait.

— À ta santé !

Les yeux verts semblaient lui renvoyer son regard.

Que ferais-tu, à ma place, Dirk — Dirk le feu follet ?

— Tu donnerais sans doute l'ordre de trouver les traîtres et de les tuer, répondit le Taï-pan à voix haute. Et tu aurais probablement raison.

Le problème de la taupe infiltrée dans la police de Hong Kong le préoccupait moins que le réseau d'espions « Sevrin », ses ramifications aux États-Unis et les progrès stupéfiants réalisés en secret par les communistes au Royaume-Uni. D'où Grant tire-t-il ses informations ? se demanda-t-il pour la centième fois.

Il se souvint du jour où il avait fait la connaissance de ce petit homme chauve ressemblant à un gnome, avec ses gros yeux et ses grandes dents, son costume à rayures fraîchement repassé et son chapeau melon. Alan Medford Grant lui avait plu immédiatement.

— Ne vous inquiétez pas, Mr. Dunross, avait assuré Grant en 1960, lorsque Dunross, devenu Taï-pan, avait fait appel à ses services. Il n'y aura pas de conflit d'intérêt avec le gouvernement de Sa Majesté si je dirige votre comité de recherche sur la base que nous avons définie ensemble. En fait, j'ai déjà éclairci cette question avec ses membres. Je vous livrerai uniquement — et pour votre usage personnel, sans possibilité de les faire publier — des informations secrètes ne compromettant pas la sécurité nationale. Après tout, nous avons les mêmes intérêts en ce domaine, n'est-ce pas ?

— Je le crois.

— Puis-je vous demander comment vous avez entendu parler de moi ?

— Vous avez des amis haut placés, Mr. Grant, et votre nom est très connu dans certains milieux. Vous auriez même pu m'être recommandé par un ministre des Affaires étrangères.

— Vraiment ?

— Alors notre arrangement vous paraît satisfaisant ?

— Oui : un an d'essai, porté à cinq si tout va bien. Ensuite ?

— Cinq autres années. Si j'obtiens les résultats attendus, je doublerai vos honoraires.

— C'est très généreux de votre part. À ce propos,

pourquoi montrer une telle générosité — une telle extravagance, dirais-je même — envers ma personne et ce comité ?

— Sun Tzu a écrit : « Savoir à l'avance permet au souverain avisé, au bon général de frapper, de conquérir et de réaliser des choses hors de portée des hommes ordinaires. Seul l'espionnage permet de savoir à l'avance et rien n'est plus important pour l'État que la qualité de ses espions. Il revient dix mille fois moins cher de payer grassement les meilleurs espions que d'entretenir chichement une petite armée. »

Alan Medford Grant avait eu un sourire rayonnant.

— Très juste, Mr. Dunross. Grassement est le mot puisque mes honoraires se montent à 8 500 livres par an.

— Il ne saurait y avoir de meilleur investissement.

— À condition que je vous donne satisfaction. J'espère que vous en aurez pour votre argent : 30 000 livres par an pour les honoraires des membres du comité, un fonds de 100 000 livres pour payer les... les informateurs — C'est une somme.

— Si vous êtes bien le meilleur dans votre domaine, je la récupérerai au centuple.

— Je ferai de mon mieux. Dites-moi quelle sorte d'informations vous intéresse particulièrement ?

— Toutes les informations économiques ou politiques qui aideraient Struan à prévoir l'avenir et dresser ses plans, plus spécialement en ce qui concerne le Pacifique, la Russie, les États-Unis et le Japon. S'agissant de la Chine, nous sommes probablement mieux informés que vous. En fait, tout renseignement pourrait m'être utile car je veux sortir Struan de l'ornière chinoise, en faire une compagnie internationale et diversifier ses activités pour la rendre moins dépendante du négoce chinois traditionnel.

— Bien. Première remarque : je n'aimerais pas beaucoup confier nos rapports à la poste.

— J'organiserai un courrier spécial.

— Parfait. Deuxièmement : je voudrais pouvoir choisir à ma guise, désigner ou renvoyer les autres membres du comité, et utiliser les fonds comme je l'entends.

— Accordé.

— Cinq membres devraient suffire.

— Combien les paierez-vous ?

— Pour 5 000 livres par an, j'obtiendrai d'excellents collaborateurs. Au besoin, je ferai appel à des membres associés pour certaines études spéciales. Comme la plupart de nos, euh, contacts, seront pris à l'étranger — surtout en Suisse —, il conviendrait de placer l'argent à ma disposition dans ce pays.

— Je déposerai chaque trimestre, sur un compte numéroté, la somme convenue. Vous opérerez des retraits selon vos besoins et vous me ferez un rapport sur leur utilisation à la fin du trimestre. Vous et moi serons les seuls à pouvoir tirer de l'argent sur ce compte.

— Comme je ne pourrai nommer personne, il me sera impossible de vous révéler à qui j'aurai versé de l'argent, objecta Grant.

Dunross réfléchit avant de répondre :

— D'accord.

— Merci. Nous nous comprenons, je crois. Donnez-moi un exemple de ce que vous voulez.

— Par exemple, je ne veux pas me retrouver pris au piège comme mon prédécesseur après les événements de Suez.

— Ceux de 1956, lorsque Eisenhower nous a de nouveau trahis en provoquant l'échec de l'attaque israélo-franco-britannique lancée en représailles de la nationalisation du Canal ?

— Exactement. Nous y avons laissé une fortune, nos intérêts au Moyen-Orient se sont effondrés et nous avons frôlé la ruine. Si mon prédécesseur avait été informé de l'éventualité d'une fermeture du canal, il aurait au contraire gagné des millions en augmentant à temps notre flotte. Si, tout au moins, nous avions eu une idée de la position américaine, si nous avions su qu'Eisenhower ferait bloc contre nous avec les Russes, nous aurions grandement limité les dégâts.

— Je me souviens. Il avait menacé de geler les avoirs britanniques, israéliens et français aux États-Unis si nous ne nous retirions pas immédiatement d'Égypte — alors que nous aurions remporté la victoire quelques heures plus tard. À mon avis, tous les problèmes que nous connaissons actuellement au Moyen-Orient découlent de cette décision américaine. Les États-Unis ont approuvé à la légère un acte de piraterie internationale qui a créé un précédent et ouvert la voie à d'autres exactions de ce genre. Nationalisation — quelle plaisanterie ! Il serait plus exact de parler de « vol », de brigandage. Oui, Eisenhower fut bien mal inspiré en l'occurrence... Tout comme il fut mal inspiré de respecter les accords de Yalta, signés par un Roosevelt malade, un Attlee incompétent, et qui permirent à Staline de faire main basse sur la moitié de l'Europe alors que le politicien le plus stupide, le général le plus borné, aurait dû comprendre que céder était contraire à nos intérêts nationaux fondamentaux ainsi qu'à ceux des États-Unis ! Je crois que Roosevelt nous haïssait, nous et l'Empire britannique.

Le petit homme avait marqué une pause avant de poursuivre :

— Il faut que je mette carte sur table, Mr. Dunross : je suis patriote, anticommuniste, et farouche adversaire du KGB, principal instrument de la politique étrangère soviétique, qui a toujours ouvertement visé à nous détruire. Vous pourrez donc, si vous le jugez bon, ne pas tenir compte de certaines de mes estimations, qui vous sembleront peut-être excessives. Je suis totalement hostile à un parti travailliste dominé par son aile gauche et je ne perds jamais une occasion de rappeler que l'hymne travailliste s'intitule « Le Drapeau rouge ».

Alan Medford Grant avait eu un de ses sourires de lutin avant de poursuivre :

— Il vaut mieux vous avertir dès le départ : je suis royaliste, loyaliste, et je crois au système parlementaire britannique. Je ne vous fournirai jamais d'informations fallacieuses, bien que mes estimations puissent être orientées. Puis-je à mon tour connaître vos opinions politiques ?

— Nous n'en avons pas, à Hong Kong, Mr. Grant. Nous ne votons pas, il n'y a pas d'élections — nous sommes une colonie, plus particulièrement une colonie de port franc, pas une démocratie. Sa Majesté nous gouverne, ou plutôt son représentant, le gouverneur, exerce sur nous une autorité de despote. Le conseil législatif n'est qu'une chambre d'enregistrement et la politique officielle est depuis toujours celle du laissez-faire. Le gouverneur se garde d'intervenir. Il écoute les hommes d'affaires, procède à des changements sociaux avec une grande prudence et laisse chacun gagner de l'argent ou en perdre, bâtir, s'étendre ou aller à la ruine, s'installer ou partir, rêver ou rester éveillé, vivre ou mourir. L'impôt ne peut dépasser 15 % et ne frappe que l'argent gagné à Hong Kong. Ici, nous ne faisons pas de politique et nous ne voulons pas en faire. La Chine, qui est elle aussi pour le *statu quo*, se satisfait de cette situation. Mon opinion personnelle ? Je suis royaliste, partisan de la liberté et de la flibuste. Je suis écossais, je défends les intérêts de Struan ; je suis pour le laissez-faire à Hong Kong et pour la liberté dans le monde.

— Je crois que nous nous comprenons. Bien. Je n'ai jamais travaillé pour une personne privée — toujours pour le gouvernement. L'expérience sera nouvelle pour moi et j'espère vous donner satisfaction.

Le petit homme s'était interrompu pour réfléchir.

— Comme Suez en 56 ? avait-il murmuré, le front plissé. Eh ! bien, préparez-vous à ce que les États-Unis perdent le canal de Panama.

— C'est ridicule !

— C'est tout à fait possible, Mr. Dunross. Laissons nos ennemis poursuivre pendant dix ou quinze ans leur travail de sape, laissons les libéraux américains faire de grands discours, avec la bénédiction des âmes charitables qui croient à la bonté de la nature humaine ; ajoutons une dose savamment calculée d'agitation à Panama — de préférence parmi les étudiants —, organisée par des professionnels patients, hautement qualifiés, et financée par le KGB et le canal finira par tomber entre les mains des ennemis des États-Unis.

— Ils n'oseront jamais le revendiquer.

— Oui, mais ils s'y infiltreront secrètement. En cas de conflit ou simplement de crise, quelle meilleure arme pourraient-ils utiliser contre leur ennemi capitaliste que le blocage du canal ? Il suffirait de couler un navire au bon endroit, de détruire une écluse pour le rendre inutilisable pendant des années.

Le Taï-pan se rappela qu'il avait rempli à nouveau leurs verres avant de demander :

— Vous nous conseillez sérieusement de dresser des plans d'urgence dans cette éventualité ?

— Je prends mon travail très au sérieux, Mr. Dunross. Mon métier, celui que je me suis choisi, consiste à percer à jour les intentions de l'ennemi. Je n'ai rien contre les Russes, les Chinois ou les Allemands de l'Est, j'essaie au contraire de les aider. Je suis convaincu que nous sommes en guerre, que l'ennemi de tous les peuples, c'est le membre du Parti communiste, que ce soit en Grande-

Bretagne, en Irlande, en Chine, en Union soviétique, en Hongrie, aux États-Unis... ou sur Mars. Les communistes de tous les pays forment une immense toile d'araignée au centre de laquelle se trouve le KGB... Excellent whisky, Mr. Dunross.

— C'est du Loch Vey. Il est fabriqué dans une distillerie proche de notre ville natale, Ayr, et appartenant à Struan.

— Délicieux, vraiment.

Le Taï-pan avait mentalement pris note d'en envoyer une caisse à Grant pour Noël si les premiers rapports se révélaient intéressants.

— Je ne suis ni un fanatique ni un démagogue, avait poursuivi le petit homme. Je fais des rapports, je donne des estimations, c'est tout. Certains font collection de timbres, moi je collectionne les secrets...

Les phares d'une voiture qui s'engageait dans le tournant à demi caché de la route serpentant en bas du tertre le tirèrent momentanément de ses pensées. Il s'approcha lentement de la fenêtre, suivit des yeux le véhicule jusqu'à ce qu'il disparût, puis retourna s'asseoir dans le profond fauteuil et laissa de nouveau son esprit partir à la dérive. Oui, Mr. Grant, vous collectionnez les secrets, et votre collection est d'une richesse étonnante.

Avez-vous raison, cette fois encore, pour Sevrin ? Jusqu'à quel point dois-je vous croire ?

Dans ses précédents rapports, Grant avait émis deux hypothèses qui s'étaient vérifiées : il avait prédit, avec un an d'avance, que de Gaulle opposerait son veto à l'entrée de la Grande-Bretagne dans le Marché commun, qu'il prendrait une position de plus en plus antibritannique, antiaméricaine et prosoviétique et que, sous l'influence de pressions étrangères et d'un de ses conseillers les plus proches — une taupe ultra-secrète du KGB —, il lancerait une attaque à long terme contre l'économie américaine en spéculant sur l'or. À l'époque, Dunross avait jugé cette histoire trop tirée par les cheveux pour être crédible et avait ainsi manqué l'occasion de gagner une fortune.

Plus récemment, Grant avait annoncé, six mois avant qu'elle n'éclate, la crise des missiles de Cuba, la réaction énergique de Kennedy, le blocus de l'île et la capitulation de Khrouchtchev. Misant cette fois sur la justesse des prévisions de Grant — bien qu'une crise de cette nature parût alors hautement improbable —, Dunross avait fait gagner à Struan un demi-million de livres, achetant du sucre hawaïen sur la récolte à venir — 600 000 actions pour la Compagnie, 600 000 pour le fonds secret du Taï-pan —, il avait dressé un plan d'investissements à long terme dans les plantations d'Hawaii, plan qu'il mettrait en application dès qu'il en aurait les moyens financiers. Ces moyens, tu les as, maintenant, se dit-il en pensant à Par-Con.

— Tu les as presque, rectifia-t-il.

Dois-je me fier à ce rapport ? Malgré quelques divagations, le comité d'AMG s'était jusqu'à présent révélé un investissement utile mais quelques prévisions exactes ne garantissaient pas qu'elles le seraient toutes. Dunross se sentait un peu comme un monarque consultant son astrologue personnel. Hitler et Jules César avaient eu le leur, se rappela-t-il. Sois prudent.

Il faut pourtant agir : c'est maintenant ou jamais.

Sevrin. Alan Medford Grant écrivait dans son rapport : « Des documents portés à notre connaissance et certifiés authentiques par l'espionne française Marie d'Orléans indiquent que le département V du KGB (désinformation, Extrême-Orient) possède dans cette région un réseau d'espionnage inconnu jusqu'ici et portant le nom de code de Sevrin. Les buts poursuivis par ce réseau sont clairement définis dans le document central dérobé à notre intention :

« Objectif : paralyser la Chine révisionniste, formellement reconnue comme l'ennemi principal — exception faite des États-Unis capitalistes — par le Comité central de l'URSS.

« Moyen : en finir une fois pour toutes avec Hong Kong, bastion du capitalisme en Extrême-Orient, principale source de devises, d'aide technique et de produits manufacturés pour la Chine.

« Méthode : infiltration à long terme de la presse et des médias, du gouvernement, de la police, de l'enseignement et des milieux d'affaires par des étrangers contrôlés par notre Centre, conformément aux procédures spéciales utilisées en Asie.

« Date d'application : immédiatement.

« Durée de l'opération : provisoirement fixée à trente ans.

« Classification : ultra-secrète.

« Financement : maximum.

« Approbation : L. B., le 14 mars 1950. »

« Il convient de remarquer, poursuivait Grant, que ce document a été approuvé par un certain L. B. — sans doute Lavrenti Beria — en 1950, alors que l'Union soviétique était officiellement alliée à la Chine communiste. Il faut en conclure que, dès cette époque, l'URSS considérait secrètement la Chine comme son ennemi n° 2 (voir notre précédent rapport 3/1962 : la Russie contre la Chine).

« L'histoire montre que la Russie, poursuivant des buts impérialistes et dominateurs, a toujours cherché à s'emparer de la Chine et qu'il en sera toujours ainsi. Posséder la Chine ou la balkaniser constitue le fondement constant de la politique étrangère soviétique. Les Russes estiment cependant qu'il leur faudra auparavant s'occuper de l'Europe occidentale et qu'ensuite ils ne feront qu'une bouchée de leurs voisins chinois.

« Les documents détournés indiquent que la cellule du réseau Sevrin à Hong Kong se compose d'un officier traitant, résidant sur place, et de six agents. Nous ne savons rien de cet officier traitant si ce n'est qu'il porte le nom de code d'Arthur et qu'il travaille pour les Russes depuis que le KGB l'a recruté, en Angleterre, dans les années 30. Il doit donc avoir une quarantaine ou une cinquantaine d'années. Par contre, nous ignorons s'il est né en Angleterre et si ses parents sont anglais.

« D'autres documents datés du 6 avril 1959 et subtilisés à la STB tchécoslovaque (Sûreté de l'État) viennent à l'appui des premiers : « ... De 1946 à 1959, six agents ont été recrutés sur les indications d'Arthur : au ministère des Colonies (nom de code Charles), au Trésor (Mason), à la base navale (John), à la Bank of London and China (Vincent), à la Compagnie des téléphones de Hong Kong (William) et à la Struan (Frederick). Conformément aux procédures normales, seul Arthur connaît l'identité véritable des six agents. Sept « planques » ont été établies, notamment aux tours Sinclair, dans l'île de Hong Kong, et à l'hôtel des Neuf Dragons, à Kowloon. Le contact du réseau à New York a pour nom de code Guillio. Il a pour nous une grande valeur du fait de ses liens avec la Mafia et la CIA. »

« Nous soupçonnons Guillio d'être Vincenzo Banastasio, racketteur notoire et parrain de la famille Sallapione, continuait le rapport de Grant. Nos sources américaines procèdent actuellement à des vérifications. Nous ne savons pas si la taupe infiltrée dans la police de Hong Kong (question traitée en détail dans une autre partie) fait partie du réseau Sevrin mais nous le supposons.

« À notre avis, la Chine sera contrainte de multiplier les échanges commerciaux avec l'Occident afin de contrebalancer la poussée impérialiste soviétique et de remédier au chaos provoqué par le retrait brutal de tous les techniciens russes en 1960. L'armée chinoise a grandement besoin de se moderniser. Les dernières récoltes ont été mauvaises. Autrement dit, la Chine offrira dans les années à venir un marché important pour le matériel militaire de toute sorte et pour les denrées alimentaires. Nous recommandons donc d'investir dans le riz américain.

« Je vous prie d'agréer l'expression de mes sentiments respectueux. AMG, Londres, le 15 août 1963. »

Avions à réaction, chars, vis et écrous, roquettes, moteurs, camions, pétrole, pneus, ordinateurs et vivres, songeait Dunross, lâchant la bride à ses pensées. Un éventail illimité de produits, faciles à obtenir, faciles à transporter. Rien de tel qu'une bonne guerre pour faire des profits lorsqu'on a le sens des affaires. Mais pour l'instant la Chine n'achète rien, quoi qu'en dise Grant.

Qui est Arthur ? Qui est son agent au sein de Struan ? Bon Dieu ! d'abord Chen, Tsu-yan, les armes, et maintenant un homme du KGB dans la Compagnie !

Des coups discrets résonnèrent à la porte.

— Entre, dit Dunross, reconnaissant la façon de frapper de sa femme.

— Ian, il est presque 8 heures, annonça Penelope Dunross. Tu descends ?

— J'arrive. Tu veux une coupe de champagne ?

— Oui, merci.

Il lui servit un verre et remplit le sien.

— À propos, Penn, j'ai invité quelqu'un dont j'ai fait la connaissance cet après-midi. Un gars sympathique, le genre ancien de la RAF. Il s'appelle Peter Marlowe.

— Il était dans la chasse ?

— Oui mais les Hurricane, pas les Spit. C'est une nouvelle robe ? Elle te va bien.

— Le compliment me va droit au cœur mais je me sens terriblement vieille, ce soir, soupira Penelope en s'asseyant dans l'autre fauteuil. Peter Marlowe, dis-tu ?

— Oui. Il a été fait prisonnier à Java en 42, le pauvre, et il a passé trois ans et demi dans un camp.

— Son avion avait été abattu ?

— Non, les Japonais avaient bombardé l'aérodrome avant qu'il puisse décoller. Dans un sens, il a eu de la chance parce que les Zéros ont descendu les appareils qui avaient réussi à prendre l'air : les pilotes ont grillé dans leur engin. Son escadrille de Hurricane constituait la dernière unité aérienne alliée pour tout l'Extrême-Orient. Quelle connerie !

— Terrible.

— Dieu merci, notre guerre à nous se déroulait en Europe, reprit Dunross en observant son épouse. Marlowe m'a raconté qu'il a passé un an à Java et que les Japonais l'ont envoyé ensuite à Singapour, dans un camp de travail.

— À Changi ? fit-elle d'une voix changée.

— Oui.

— Oh !

— Il y est resté deux ans et demi.

Changi — en malais « vigne grimpante » — était le nom de la prison de Singapour dans laquelle les Japonais avaient installé un de leurs infâmes camps de prisonniers pendant la Seconde Guerre mondiale.

Penn Dunross eut un rire nerveux :

— Il y a connu Robin ?

Elle parlait de Robin Grey, son frère, seul survivant de la famille avec elle : leurs parents avaient été tués dans un bombardement à Londres, en 1943, juste avant qu'elle n'épouse Dunross.

— Il se souvient de lui mais comme visiblement il ne tenait pas à parler de cette époque, je n'ai pas insisté.

— Je comprends parfaitement. Tu lui as dit que Robin était mon frère ?

— Non.

— Quand Robin doit-il rentrer ?

— Je ne sais pas au juste — dans quelques jours. Cet après-midi, j'ai appris par le gouverneur que la délégation se trouve actuellement à Pékin.

Il s'agissait d'une délégation parlementaire britannique composée de députés des trois partis — conservateur, libéral et travailliste —, invitée en Chine pour discuter de questions commerciales. Arrivés à Hong Kong deux semaines plus tôt, les députés s'étaient immédiatement rendus à Canton, où se déroulaient toutes les négociations commerciales. De là, ils iraient à Pékin — privilège rarement accordé, surtout à une délégation parlementaire. Robin Grey, qui en était membre, représentait le Parti travailliste.

— Penn, ma chérie, tu ne crois pas que nous pourrions donner une réception en l'honneur de Robin ? Nous ne l'avons pas vu depuis des années et c'est la première fois qu'il visite l'Asie. Tu ne crois pas le moment venu d'enterrer la hache de guerre ?

— Je ne le recevrai pas chez moi.

— Oublie donc le passé, plaida Dunross.

— Pas question. Je le connais, pas toi. Il a sa vie, nous avons la nôtre, nous avons passé cet accord il y a des années. Je n'ai aucune envie de le revoir. C'est un être grossier, dangereux, et par surcroît mortellement ennuyeux.

— J'avoue qu'il est antipathique et que je suis opposé à ses vues politiques mais cette délégation est importante. Je dois recevoir ses membres d'une façon ou d'une autre.

— Je t'en prie, pas ici. Ou alors préviens-moi à temps que je puisse avoir mes vapeurs et que les enfants soient enrhumés. C'est une question de principe, je ne veux pas perdre la face.

Penelope secoua la tête comme pour chasser les contrariétés qui menaçaient de troubler son humeur.

— Ne gâchons pas la soirée en parlant de lui ! décida-t-elle. Dis-moi plutôt ce que ce Marlowe fait à Hong Kong.

— Il est écrivain, il prépare un livre sur la Colonie. Il vit à présent aux États-Unis et sa femme l'accompagne. À propos, j'ai aussi invité les Américains, Linc Bartlett et Casey Tcholok.

— Quatre ou quarante de plus, cela ne changera rien, s'cxclama Penn. De toute façon, je ne connais pas la plupart des invités ; c'est Claudia qui a tout organisé avec son efficacité habituelle. Un trafiquant d'armes chez les pirates ! dit-elle en haussant les sourcils. Cela ne devrait choquer personne.

— Tu crois qu'il l'est ?

— Tout le monde le prétend. As-tu lu l'article du *Mirror* de cet après-midi ? Ah Tat est convaincue que l'Américain apporte le mauvais *joss*, elle en a informé le personnel, les enfants et moi, ce qui rend la chose officielle. Elle a raconté à Adryon que son astrologue lui a instamment recommandé de te mettre en garde contre les mauvaises influences venues de l'Est. Autrement dit les Yankees, Ah Tat en est persuadée. Elle ne t'a rien glissé dans le creux de l'oreille ?

— Pas encore.

— Ce que j'aimerais parler couramment cantonais comme toi et les enfants ! Je dirais à cette vieille harpie de garder pour elle sa superstition. Elle exerce une mauvaise influence sur les enfants.

— Elle donnerait sa vie pour eux.

— Elle a été ta *gan sun*, je le sais ; elle t'a quasiment élevé et elle s'imagine être un don de Dieu pour le clan Dunross. Quant à moi, je la considère comme une vieille garce acariâtre et repoussante, déclara Penelope avec un sourire suave. L'Américaine est jolie, il paraît ?

— Séduisante, plutôt. Elle a fait passer un sale moment à Andrew.

— Je m'en doute. Une femme d'affaires ! Où va notre pauvre monde ! Elle y connaît quelque chose ?

— C'est trop tôt pour en juger. En tout cas, elle est très futée et elle ne nous facilitera pas les choses.

— Tu as vu Adryon, ce soir ?

— Non — qu'y a-t-il ? demanda Ian aussitôt, alerté par le ton de la question.

— Elle a encore pillé ma garde-robe : la moitié de mes bas nylon a disparu, le reste traîne un peu partout, mes foulards sont en désordre, ma nouvelle blouse est introuvable. Elle a même chipé mon plus beau sac de chez Hermès ! Cette enfant est impossible !

— À dix-neuf ans, on n'est plus une enfant, dit Dunross avec lassitude.

— Elle est impossible ! Je lui ai dit je ne sais combien de fois de ne pas fouiller dans mes affaires !

— Je lui parlerai.

— Cela n'y changera rien.

— Je sais.

Ils s'esclaffèrent tous deux.

— Quelle chipie ! marmonna Penn.

— Tiens, fit Ian en lui tendant une boîte plate. Joyeux anniversaire !

— Oh ! merci. Le tien est en bas. Tu...

Elle s'interrompit en découvrant dans l'écrin un bracelet

de jade sculpté et filigrané d'argent, un splendide bijou ancien, une pièce de collection.

— Oh ! merci, Ian, c'est très joli.

Le ton de Penelope n'exprimait ni déception ni réel plaisir.

— Très joli, répéta-t-elle en l'accrochant à son poignet par-dessus la fine chaîne d'or qu'elle portait déjà. Merci, chéri. Où l'as-tu trouvé ? À Taiwan ?

Elle se pencha vers lui, pressa brièvement sa joue contre ses lèvres.

— Non, ici, dans Cat Street. Chez Wong Chun Kit. Il a...

La porte s'ouvrit brusquement : une jeune fille grande, mince et blonde fit irruption dans la pièce et déclara d'un seul jet :

— J'espère que cela ne vous fait rien, j'ai invité un de mes copains ce soir. Il vient de m'appeler, il arrive mais il sera en retard, c'est un type épatant, formid.

— Pour l'amour du ciel, Adryon, combien de fois t'ai-je déjà demandé de ne pas te ruer ici sans frapper ? reprocha Dunross à sa fille avec douceur. Et qu'est-ce que ça veut dire, formid ?

— Sensass, bath, quoi. Père, tu es vraiment vieux jeu, ce sont des expressions dans le vent, même à Hong Kong. À tout à l'heure, il faut que je me dépêche, je sors après la soirée. Je rentrerai tard, ne m'attends...

— Une minute, l'interrompit Dunross.

— C'est ma blouse, ma nouvelle blouse ! fulmina Penelope. Adryon, enlève-moi ça tout de suite !

— Oh ! tu n'en as pas besoin, répliqua la jeune fille à sa mère. Je peux bien te l'emprunter pour un soir... S'il te plaît ? Oh ! s'il te plaît ! Père, dis-lui (elle passa au cantonais). Honorable Père, aidez votre fille numéro un à obtenir l'inaccessible, sinon elle pleurera toute la soirée *oh ko* (elle revint à l'anglais sans transition). Maman, je ferai très attention, je te le promets. S'il te plaît ?

— Non.

— Je ne l'abîmerai pas, c'est juré.

— Non.

— Maman !

— Bon, si tu prom...

— Oh, merci ! s'écria Adryon avant de s'élancer hors du bureau et de claquer la porte derrière elle.

— Misère ! grogna Ian. Pourquoi faut-il toujours que les portes claquent quand elle quitte une pièce ?

— Cette fois, du moins, elle ne l'a pas fait exprès. Je ne crois pas que je serais de force à l'élever une nouvelle fois.

— Moi non plus. Dieu merci, Glenna est plus raisonnable.

— Ce n'est que temporaire. Glenna ressemble à son père, comme Adryon.

— Je n'ai pas un sale caractère, protesta Dunross. Et puisqu'on parle d'elle, j'espère qu'elle a invité un garçon bien au lieu de la nullité habituelle. Qui est-ce ?

— Je ne sais pas. C'est la première fois que j'en entends parler.

— Ils sont toujours épouvantables ! Dans ce domaine, elle a un manque de goût consternant... Tu te souviens de ce demeuré, avec une tête comme un melon et des bras de singe, dont elle était « follement amoureuse » ? Elle avait à peine quinze ans !

— Seize, rectifia Penelope.

— Comment s'appelait-il ? Ah oui ! Byron. Byron, je te demande un peu !

— Ce n'était pas une raison pour menacer de lui briser les os. Ce n'était qu'une amourette d'adolescente.

— Une amourette ? avec ce gorille ! Et l'autre, avant lui, tu te rappelles ? Le psychiatre...

— Victor. Victor Hopper. Tu penses si je me le rappelle : il m'avait demandé si je ne voyais pas d'inconvénient à ce qu'il couche avec Adryon.

— *Il avait quoi ?*

— Tu as bien entendu, répondit Penn avec un sourire innocent. À l'époque, j'avais préféré ne pas t'en parler.

— *Quoi ?* rugit de nouveau Dunross.

— Inutile de te mettre dans cet état, c'était il y a quatre ans. Je lui ai dit : non, Adryon n'a pas quinze ans, attendez qu'elle en ait vingt et un. Encore un que le vent a emporté !

— Nom de Dieu ! Il t'a demandé si...

— C'était déjà bien de sa part de me poser la question, fit observer Penelope avec légèreté. (Elle se leva, remplit le verre de Ian et versa un peu de champagne dans le sien.) Tu n'as plus que dix années de purgatoire à passer, ensuite ce sera le tour des petits-enfants. Heureux anniversaire !

Elle eut un léger rire, leva son verre et but en regardant Dunross.

— Tu as raison, dit-il avec un sourire.

Il sentit monter en lui une vague de tendresse. Nous avons passé ensemble tant de bonnes années, songea-t-il. J'ai eu de la chance. Il se rappela ce jour d'été ensoleillé, en août 1940, pendant la bataille d'Angleterre. Il se trouvait à la base de la RAF de Biggin Hill et Penelope venait d'y être affectée en qualité d'auxiliaire féminine de l'armée. Pour lui, c'était le huitième jour de guerre, la troisième sortie, le premier avion abattu. Il était rentré avec un Spitfire criblé de balles, une aile presque arrachée. Selon toutes les règles du *joss*, il aurait dû y rester mais c'était au contraire le pilote du Messerschmitt qui était mort. Lui, était rentré sain et sauf, fou de rage, submergé par la peur, la honte, soulagé de s'en être tiré et d'avoir vu le jeune pilote ennemi hurler dans son cockpit en flammes.

Penelope Grey l'avait accueilli à son retour, lui avait offert une tasse de thé très chaud et l'avait regardé en silence, bien qu'elle eût normalement pour tâche d'assurer son « debriefing » — elle était dans les transmissions. Elle s'était contentée de lui sourire, lui laissant le temps de quitter un ciel de mort et de revenir à la vie. Quand il fut enfin capable de parler, il avait annoncé d'une voix tremblante :

— J'ai eu un Messerschmitt. Un 109.

Il ne se souvenait pas d'avoir défait son harnachement, d'être descendu de son cockpit et d'avoir grimpé dans le camion avec les autres survivants.

— Le capitaine Miller nous l'a confirmé, avait dit Penelope. Il vous demande de vous préparer à décoller de nouveau dans quelques minutes. Vous prendrez Poppa Mike Kilo, cette fois. Bravo pour le Messerschmitt abattu — cela fait un monstre en moins.

Ce ne sont pas des monstres, avait-il pensé. Le pilote allemand, c'était un jeune, lui aussi, du même âge que lui, peut-être. Il était mort en hurlant, dans un avion en feu tombant du ciel comme une feuille morte enflammée. Demain, tout à l'heure, ce serait son tour...

— Tommy est rentré ? Tom Lane ?

— Non, avait murmuré la WAAF Penelope Grey. Le lieutenant Lane a été abattu au-dessus de Douvres.

— J'ai peur de tomber, de griller.

— Ils ne vous auront pas. Pas vous, je le *sais*. Ils ne vous auront jamais.

Il avait regardé cette jeune fille aux yeux bleu clair, aux cheveux blonds et au joli visage, qui n'avait pas encore dix-huit ans mais montrait une force et une confiance peu communes. Il l'avait crue, et la confiance de Penn l'avait soutenu pendant les quatre mois au cours desquels il avait parfois effectué jusqu'à cinq sorties par jour. Elle s'était pourtant trompée puisqu'il avait fini par être abattu lui aussi, mais il s'en était tiré avec des brûlures relativement légères. Quand il était sorti de l'hôpital, il l'avait épousée.

— Vingt ans déjà, murmura-t-il, en cachant son émotion.

— Plus deux avant, ajouta-t-elle, cachant elle aussi son émotion.

La porte s'ouvrit et Penelope soupira quand Ah Tat entra dans la pièce d'un pas majestueux.

— *Ayiiya*, mon fils, tu n'es pas encore prêt ? dit la servante en cantonais. Nos honorables invités vont arriver d'un moment à l'autre et tu n'as pas encore mis ta cravate ! Et cet étranger sans mère du Kuantung du Nord, pourquoi l'a-t-on fait venir aux cuisines ? On n'a pas besoin de ce rejeton puant de catin à un dollar qui se prétend cuisinier... Ah ! Il vient d'une province où l'on trouve les meilleurs voleurs et les pires putains ! Il souille notre cuisine, il sème le désordre.

La minuscule vieille chinoise continua ses jérémiades sans reprendre haleine tout en nouant le nœud papillon de son maître :

— Pour couronner le tout, la fille numéro deux refuse de mettre la robe que l'honorable Première femme a choisie pour elle. Hiii, cette famille !... Tiens, mon fils, dit Ah Tat en remettant un télex à Dunross. Encore un message envoyé par un barbare pour te féliciter en cette heureuse journée, que ta pauvre mère a passée à courir sur ses pauvres jambes parce que les autres domestiques sont des bons à rien, des paresseux...

Ian profita que sa *gan sun* reprenait sa respiration pour glisser poliment :

— Merci, Mère.

— Du temps de ton honorable Père, les servantes travaillaient et savaient ce qu'elles avaient à faire. Ta pauvre mère n'avait pas à subir la présence de sales étrangers dans la Grande Maison.

Elle sortit en marmonnant quelques malédictions supplémentaires à l'adresse du cuisinier et ajouta :

— Ne sois pas en retard, mon fils, sinon...

Elle parlait encore lorsqu'elle referma la porte.

— Qu'est-ce qu'elle a encore ? soupira Penelope.

— Elle se plaint des traiteurs, elle n'aime pas les inconnus — tu sais comment elle est, répondit Dunross en ouvrant l'enveloppe contenant le télex.

— Qu'a-t-elle dit au sujet de Glenna ? demanda son épouse qui, malgré la pauvreté de son cantonais, avait reconnu les mots *yi-chat*, seconde fille.

— Qu'elle ne veut pas porter la robe que tu lui as achetée.

— Qu'est-ce qu'elle a, cette robe ?

— Elle ne l'a pas dit. Écoute, je crois que le mieux serait de mettre Glenna au lit. À cette heure-ci, elle devrait être couchée de toute façon, et...

— Tu te fais des illusions si tu crois qu'elle va renoncer à la soirée. Hag Struan en personne ne parviendrait pas à lui faire changer d'avis ! D'ailleurs, c'est toi qui lui as promis qu'elle y assisterait ! Pas moi, toi !

— Oui, mais tu ne penses pas que...

— Oh ! elle est bien assez âgée, à treize ans. Bon, je vais m'occuper des humeurs de cette demoiselle.

Elle s'apprêtait à sortir lorsqu'elle remarqua que son mari avait changé d'expression en prenant connaissance du télex.

— Que se passe-t-il ?

— L'un de nos collaborateurs a été tué à Londres. Grant, Alan Medford Grant.

— Je le connaissais ?

— Tu as dû le rencontrer une fois à Ayr, lors de nos dernières vacances : une sorte de petit farfadet.

Penelope fronça les sourcils :

— Aucun souvenir.

Elle prit le télex des mains de Dunross et lut : « Ai le regret vous informer de la mort de A. M. Grant, tué ce matin dans un accident de circulation. Détails suivent. Salutations, Kiernan. »

— Qui est Kiernan ?

— Son adjoint.

— Grant était de tes amis ?
— D'une certaine façon.
— Il avait de l'importance pour toi ?
— Oui.
— Je suis navrée.

Dunross se força à hausser les épaules et à répondre d'une voix calme :

— C'est le *joss*.

Pourtant il n'échappa pas à sa femme qu'il était profondément troublé, bien qu'il cherchât à le cacher. Elle aurait voulu savoir pourquoi la mort de cet inconnu préoccupait tant son mari mais elle refréna sa curiosité.

Être là, calme et silencieuse — c'est mon rôle, se rappela-t-elle. Pour recoller les morceaux, mais seulement quand on m'y invite.

— Tu descends ? demanda-t-elle.
— Dans un instant.
— Ne tarde pas trop, Ian.
— Non, non.
— Merci encore pour le bracelet.
— De rien.

Penn devina qu'il ne l'avait pas vraiment entendue. Dunross avait déjà décroché le téléphone lorsqu'elle sortit et referma la porte en silence. Elle resta un moment immobile, seule, le cœur battant, dans le long couloir menant aux ailes est et ouest. Maudits soient les télex, les téléphones et les inconnus ! Maudits soit Struan et toute la colonie ! explosa-t-elle silencieusement. Si nous pouvions partir à jamais, oublier Hong Kong, la Noble Maison, les affaires, la bourse, le pourtour du Pacifique et...

— Maman !

La voix de Glenna, qui retentit au bout de l'aile est, exprimait non pas la peur mais la rage et la frustration. Aussi Penn ne se pressa-t-elle pas de rejoindre sa fille et lui répondit-elle simplement d'une voix calme :

— Voilà, j'arrive... Qu'y a-t-il, Glenna ?
— Où es-*tuuuu* ?
— Voilà, voilà.

Glenna sera très jolie dans cette robe, se dit-elle. J'ai trouvé : je lui prêterai mon petit collier de perles. Tout heureuse, Penelope accéléra le pas.

De l'autre côté du port, à Kowloon, Tang-po, sergent de la brigade criminelle et Grand Dragon, monta un escalier branlant et entra dans une pièce où étaient déjà réunis plusieurs membres de sa société secrète.

— Mettez-vous ça dans la boîte que vous avez entre les oreilles, dit-il. Les Dragons veulent qu'on retrouve Chen de la Noble Maison et qu'on expédie en taule ces Loups-Garous vérolés, mangeurs de fange, avant que les dieux n'aient le temps de cligner de l'œil !

— Oui, Seigneur, firent en chœur les sous-fifres de la triade, impressionnés par le ton de sa voix.

La « planque » de Tang-po, où avait lieu la réunion, était un petit appartement sordide situé au cinquième étage d'un immeuble lugubre dont le rez-de-chaussée était occupé par de modestes boutiques, dans une ruelle malpropre, à quelques centaines de mètres du poste de police de Tsim Sha Tsui, quartier faisant face au port et à la montagne, à l'extrémité de la péninsule de Kowloon. Ils étaient neuf : un sergent, deux caporaux, sept flics — tous inspecteurs en civil de la brigade criminelle, tous Cantonais, choisis avec soin et liés par leur serment. Ils formaient la *tong*, la confrérie de Tang-po, qui « protégeait » tout le jeu dans le quartier de Tsim Sha Tsui.

— Regardez partout, parlez à tout le monde, continua Tang-po. Nous n'avons que trois jours.

C'était un quinquagénaire solidement bâti, aux cheveux légèrement grisonnants et aux sourcils broussailleux. Il s'était hissé au rang le plus élevé auquel un policier pouvait accéder sans devenir officier.

— C'est l'ordre de mes frères les Dragons et du Grand Dragon lui-même. Gros-Tas-de-Fiente a promis de nous virer de la police ou de nous rétrograder si nous échouons et c'est la première fois qu'il profère une telle menace. Que les dieux pissent de très haut sur tous les diables d'étrangers, en particulier sur les fornicateurs sans mère qui refusent de payer leur écot et de se comporter en personnes civilisées !

— Amen ! approuva avec ferveur le sergent Lee, qui avait fréquenté dans sa jeunesse une école catholique.

— Gros-Tas-de-Fiente a été très clair cet après-midi : si on ne lui donne pas de résultats, il nous mute sur la frontière, là où il n'y a pas un pot pour pisser dedans et pas un tripot à protéger à des kilomètres. *Ayiiya !* les dieux nous préservent de l'échec !

Le caporal Ho griffonna une note sur son cahier. C'était un homme au visage en lame de couteau, qui suivait des cours du soir pour devenir comptable. Il jouait le rôle de secrétaire de la confrérie, tenant les comptes à jour et rédigeant les minutes des réunions.

— Frère aîné, commença respectueusement le sergent Lee, y a-t-il une récompense que nous puissions offrir à nos informateurs ? Un minimum et un maximum ?

— Oui, répondit Tang-po. Le Grand Dragon a promis 100 000 dollars de Hong Kong si l'affaire est réglée dans les trois jours : la moitié pour retrouver Chen de la Noble Maison, l'autre pour les ravisseurs. Et une prime de 10 000 dollars au frère dont l'informateur fournira le tuyau.

— 10 000 pour Chen et 10 000 pour les kidnappeurs ? voulut savoir le caporal. C'est ça, frère aîné ?

Ô dieux, faites que j'aie la prime ! pria-t-il, comme tous les autres.

— *Diou ne lo mo*, c'est ce que j'ai dit, rétorqua sèchement Tang-po. Tu as les oreilles bouchées de pus ?

— Pardon, honorable seigneur.

La prime obnubilait tous les esprits. Hiii, si j'empoche la prime avant trois jours, j'aurai de quoi aller aux courses, songeait le sergent Lee. Ô dieux, grands et petits, accordez-moi votre faveur, maintenant pour la prime et samedi pour les courses !

— Passons aux autres questions, décida Tang-po. Grâce à la collaboration de Chang-service-de-jour et de l'honorable Song, la confrérie pourra utiliser leurs douches au V & A tous les jours de 8 à 9 h et non de 7 à 8 h comme auparavant — femmes et concubines à tour de rôle. Caporal Ho, tu t'occupes d'établir le roulement.

— Hé, honoré seigneur, tu as entendu parler de Pubis-Doré ? gloussa un des jeunes inspecteurs.

— Hein ?

Le policier rapporta les propos que Chang-service-de-jour lui avait tenus dans la matinée, quand il avait pris son petit déjeuner dans les cuisines de l'hôtel. Tous les participants à la réunion partirent d'un gros rire.

— *Ayiiya !* tu te rends compte ! Comme de l'or, *heya ?*

— As-tu déjà couché avec une étrangère, honorable seigneur ?

— Jamais. Rien que l'idée... Pouah !

— Moi j'aimerais bien essayer, pouffa Lee. Juste pour voir...

— Une Porte-de-Jade est une Porte-de-jade, déclara l'un des policiers, goguenard, mais j'ai entendu dire que certaines étrangères l'ont de travers !

— Elles ont la fente en biais, paraît !

— Honoré seigneur, Chang m'a dit autre chose, reprit le jeune inspecteur lorsque les rires furent retombés. Pubis-Doré possède un émetteur-récepteur miniature — le meilleur que j'ai jamais vu, meilleur encore que ceux de la Special Branch.

— Curieux, s'étonna Tang-po. Pourquoi une étrangère se promènerait-elle avec un engin pareil ?

— Ça a peut-être un rapport avec les armes ? supputa Lee.

— Je ne sais pas, petit frère. En tout cas, le poste ne se trouvait pas dans ses valises lorsque des gens à nous les ont fouillées, hier soir. Elle le porte sans doute dans son sac à main. Bon travail, caporal Ho. Après la réunion, passe donc donner une récompense à Chang-service-de-jour : un ou deux « rouges ».

Un « rouge » était un billet de cent dollars de Hong Kong.

— J'aimerais savoir à qui étaient destinées les armes, poursuivit Tang-po d'un air songeur. Dis à tous nos informateurs que cette question m'intéresse aussi.

— Chen de la Noble Maison serait mêlé à l'affaire des armes avec les deux diables d'étrangers ? demanda Lee.

— Je le crois, frère cadet. Autre fait bizarre : on n'envoie pas si vite l'oreille d'un kidnappé. Ce n'est pas civilisé.

— Tu penses que les Loups-Garous sont des étrangers ? des demi-personnes, ou des Portugais ?

— Je ne sais pas mais nous devons le découvrir si nous ne voulons pas perdre la face : l'affaire s'est passée dans notre secteur. Gros-Tas-de-Fiente fulmine, on dirait qu'il s'est mis la tête dans une essoreuse.

— Hiii, gloussa Lee, ce fornicateur a un foutu caractère.

— Espérons que le renseignement sur le poste émetteur-récepteur le calmera un peu. Je demanderai aux frères de surveiller Pubis-Doré et son ami le trafiquant d'armes, à tout hasard. Bon, voyons la suite... (Tang-po consulta une nouvelle fois ses notes.) Ah ! oui. Pourquoi la contribution du Happy Hostess Night Club est-elle tombée à trente pour cent ?

— La boîte vient de changer de propriétaire, répondit le sergent Lee, qui avait le dancing dans son secteur. Pok-N'a-qu'Un-Œil l'a vendue à un fornicateur shanghaïen nommé Wang, Wang-le-Bienheureux. Le nouveau patron prétend que les affaires marchent mal, très mal, et qu'on lui réclame trop de graisse odorante.

— *Diou ne lo mo* sur tous les Shanghaïens ! Il dit la vérité ?

— La recette a baissé mais pas tellement.

— C'est vrai, honoré seigneur, approuva le caporal Ho. Quand je suis passé prendre l'avance de la semaine, cette saleté de boîte puante était à moitié pleine.

— Il y avait des étrangers ?

— Deux ou trois, honoré seigneur. Personne d'important.

— Transmets à Wang-le-Bienheureux ce message de ma part : il a trois semaines pour relancer les affaires. Ensuite nous verrons. Caporal Ho, demande à quelques filles du Great New Oriental de recommander le Happy Hostess pendant un mois environ — ils ont un tas de clients étrangers... et préviens Wang que le *Corregidor*, un porte-avions nucléaire américain, arrive après-demain à Hong Kong. Je demanderai à mon frère le Dragon de Wanchai et des docks si Wang-le-Bienheureux peut envoyer là-bas des cartes de visite. Un millier de barbares du Pays doré en permission, ça devrait faire marcher le commerce ! L'escale durera huit jours.

— Honoré seigneur, je m'en occupe dès ce soir, promit le caporal Ho.

— Mon ami de la police militaire de la marine m'a révélé que de nombreux bâtiments de guerre américains feront prochainement escale ici : la VIIe flotte se renforce. Sur le continent, on dit que les États-Unis vont envoyer des troupes en masse au Viêt-nam. Pour l'instant, ils y dirigent une ligne aérienne — du moins, par l'intermédiaire de leur triade, la CIA.

— Hiii, c'est bon pour les affaires ! jubila Ho. Nous réparerons les navires et nous distrairons les hommes. C'est très bon pour nous.

— Et très stupide de leur part. Cela fait des mois que l'honorable Chou-Enlai les avertit poliment que la Chine ne veut pas d'eux au Viêt-nam. Pourquoi ne l'écoutent-ils pas ? Le Viêt-nam est une des marches barbares de nos frontières. Quelle idée d'aller se battre dans cette jungle puante ! Comment pourraient-ils venir à bout d'hommes que la Chine n'a pas réussi à réduire ?

Tang-po eut un ricanement méprisant et alluma une autre cigarette.

— Pour où est parti Pok-N'a-qu'Un-Œil ? reprit-il.

— Comme son visa expirait, ce vieux renard a pris le premier avion pour San Francisco — avec sa femme et ses huit gosses.

Le Dragon se tourna vers son comptable.

— Il nous devait de l'argent ?

— Non, honoré seigneur. Il était à jour. Le sergent Lee y avait veillé.

— Son visa lui a coûté combien, à ce vieux fornicateur ?

— Un don de 3 000 dollars de Hong Kong au caporal Sek Pun So des services de l'Immigration, sur notre recommandation, a facilité les choses — nous avons touché notre pourcentage. Nous l'avons également aidé à trouver le diamantaire adéquat pour convertir sa fortune en blanc-bleu. Notre commission se monte à... (le comptable consulta ses livres) 8 960 dollars de Hong Kong.

— Ce bon vieux N'a-qu'Un-Œil ! dit Tang-po d'un ton satisfait. Il s'est bien débrouillé. De quelles compétences particulières a-t-il pu se prévaloir pour obtenir le visa ?

— Il a raconté qu'il serait cuisinier dans un restaurant de Chinatown. *Oh ko*. J'ai goûté la cuisine du vieux N'a-qu'Un-Œil : c'est infect.

— Il payera quelqu'un pour prendre sa place et s'achètera une agence immobilière, un tripot ou une boîte de nuit, expliqua un membre de la confrérie. Quel *joss* !

— Et pour le visa américain, combien a-t-il dû casquer ?

— La clef du Paradis ! soupira Ho. À ce qu'on m'a raconté, il a payé cinq mille dollars pour se retrouver en tête de liste.

— *Ayiiya*, les prix ont grimpé ! Comment ça se fait ?

— On lui a aussi promis un passeport américain dès la fin du séjour obligatoire de cinq ans. Et puis il a également fallu faire oublier qu'il ne parle pas un mot d'anglais...

— Ces fornicateurs du Pays doré ! fit Tang-po avec mépris. Aucun style, aucune organisation ! Un ou deux visas par-ci par-là, alors qu'ici tout le monde sait qu'on peut s'en procurer un en graissant la bonne patte au bon moment. Pourquoi n'opèrent-ils pas de façon civilisée : vingt visas par semaine, quarante, même. Ils sont fous, ces étrangers !

— *Diou ne lo mo*, mais tu as raison, dit le sergent Lee, dont l'imagination s'enfiévrait à la pensée des pots-de-vin qu'il toucherait s'il était le vice-consul américain au service des visas.

— Si nous pouvions mettre une personne civilisée au consulat, nous deviendrions puissants comme des mandarins, nous ferions la police à San Francisco ! fit Tang-po avec chaleur. Les Américains pourraient au moins mettre un homme à ce poste — pas quelqu'un qui aime avoir un Bâton fumant dans sa ravine ! ajouta le sergent d'un ton dégoûté.

Des rires fusèrent.

— Il paraît qu'il a pour partenaire Panse-de-Porc, le jeune étranger des Travaux publics, celui qui vend des permis de construire qui ne devraient pas être accordés, précisa un policier.

— C'est de l'histoire ancienne, Chan, dit Tang-po. Aux dernières nouvelles, le chéri de notre vice-consul est en cheville avec un jeunot... le fils d'un éminent comptable qui est aussi un éminent communiste.

— Hiii, c'est mauvais, grommela le sergent Lee, qui avait aussitôt compris de qui il s'agissait.

— Très mauvais, renchérit Tang-po. D'autant que le jeunot a une garçonnière dans le coin, je l'ai appris hier. Dans mon secteur ! Celui où il y a le moins de crimes.

— C'est vrai, approuvèrent avec fierté plusieurs frères.

— Faut-il lui parler ? demanda le sergent Lee.

— Non, mettons-le simplement sous surveillance. Je veux être informé de leurs moindres gestes.

Après avoir communiqué l'adresse de la garçonnière au sergent, Tang-po annonça :

— Puisque vous êtes tous là, inutile d'attendre demain pour la paie.

Il ouvrit un grand sac contenant des billets et distribua à chacun l'équivalent de son salaire de policier, plus les indemnités autorisées.

Trois cents dollars de Hong Kong par mois — salaire normal d'un policier — ne suffisaient pas pour nourrir une famille, fût-elle petite, louer un appartement de deux pièces sans sanitaires et envoyer un enfant à l'école. D'autant qu'il fallait souvent se débrouiller pour envoyer en plus quelque argent au village natal au Kuangtung afin de venir en aide aux pères, grands-pères, mères, oncles, grand-mères qui, des années plus tôt, avaient sacrifié les économies de toute une vie pour permettre à un jeune de la famille de prendre le chemin de Hong Kong.

Tang-po avait fait le voyage à l'âge de six ans, seul, et avait survécu. Il avait retrouvé des parents éloignés et, à l'âge de dix-huit ans, il était entré dans la police — il y avait trente-six ans de cela. Il avait bien servi la Reine, la police mieux encore, et pas du tout les Japonais pendant l'Occupation. Riche et respecté à présent, il dirigeait un des secteurs les plus importants de la Colonie. L'un de ses fils faisait des études à San Francisco, un autre possédait un restaurant à Vancouver, au Canada, et la famille restée au Kuangtung recevait de lui un soutien matériel. Enfin, et surtout, c'était dans son secteur de Tsim Sha Tsui qu'on comptait le moins de vols, de crimes impunis, de batailles entre triades. En quatre ans, on n'y avait commis que trois meurtres, dont tous les coupables avaient été retrouvés et condamnés, comme par exemple ce marin étranger qui avait tué un autre matelot lors d'une rixe pour une fille de dancing. On y enregistrait peu de menus larcins et les touristes n'avaient à y redouter ni les mendiants envahissants ni les pickpockets, bien que cette zone accueillît un grand nombre de visiteurs étrangers et abritât aussi plus de 300 000 personnes civilisées qu'il fallait protéger des malfaiteurs... et d'eux-mêmes.

Ayiiya ! sans nous, ces fornicateurs de paysans au crâne épais passeraient leur temps à s'égorger, à piller et à tuer, songeait Tang-po. L'inévitable « mort aux diables d'étrangers ! » monterait de la foule et ce serait de nouveau l'émeute. Que tous les fauteurs de troubles aillent se faire voir !

— Nous nous retrouvons dans trois jours, dit-il d'un ton affable. J'ai commandé un festin de dix plats chez Chang. D'ici là, que chacun « colle son œil à l'orifice des dieux » de manière à me fournir des réponses. Il faut trouver John Chen et les Loups-Garous. Sergent Lee, ne pars pas tout de suite. Caporal Ho, rédige le procès-verbal de la réunion et présente-moi le livre de comptes demain à 5 heures.

— Oui, honoré seigneur.

Après le départ des autres, Tang-po et Lee allumèrent une cigarette. Le Dragon se mit à tousser.

— Tu devrais arrêter de fumer, grand frère.

— Et toi ? rétorqua Tang-po en haussant les épaules. Si je dois mourir, je mourrai, c'est le *joss*. Pour avoir la paix chez moi, j'ai quand même dit à ma Première femme que j'avais arrêté. Elle ne cesse de me faire des remontrances.

— Montre-m'en une qui n'en fait pas : ce sera un homme.

Les deux policiers s'esclaffèrent.

— C'est vrai. *Heya*, la semaine dernière elle m'a forcé à voir un docteur et tu sais ce qu'a dit ce fornicateur sans mère ? Vous feriez mieux d'arrêter de fumer, mon vieux, si vous ne voulez pas finir dans une jarre funéraire avant vingt lunes. Et je vous garantis que votre Première femme dilapidera votre argent avec de jeunes débauchés et que votre concubine goûtera à d'autres fruits !

— Oh ! le pourceau !

— Il m'a flanqué une de ces peurs ! Comme si ses mots me descendaient droit dans les bourses ! N'empêche qu'il a peut-être raison.

Tang-po prit son mouchoir, se moucha, reprit haleine, la respiration sifflante, se gratta la gorge et expectora dans un crachoir.

— Écoute, petit frère, notre Grand Dragon juge le moment venu de contacter Yuen-la-Contrebande, Lee-Poudre-Blanche et son cousin Wu-Quatre-Doigts.

Le sergent regarda son collègue avec stupeur car ces trois hommes passaient pour être les Tigres du trafic d'opium de Hong Kong. Ils importaient la drogue pour la consommation locale mais aussi, d'après les rumeurs, pour en exporter une grande partie vers le Pays doré, là où coulait le pactole. L'opium introduit clandestinement était transformé en morphine puis en héroïne.

— Mauvais, très mauvais, grogna Lee. Nous n'avons jamais touché à ce trafic.

— C'est vrai, admit Tang-po avec souplesse.

— Ce serait très dangereux. La brigade des stupéfiants

ne plaisante pas et Gros-Tas-de-Fiente lui-même aimerait drôlement mettre le grappin sur ces trois types. Drôlement.

Tang-po contempla le plafond avant de répondre :

— Le Grand Dragon m'a donné les explications suivantes : une tonne d'opium du Triangle d'Or coûte 67 000 dollars américains. Transformée en saloperie de morphine puis en saloperie d'héroïne, diluée à cinq pour cent et vendue dans les rues du Pays doré, elle rapporte presque 680 millions. Cela pour une tonne.

Le policier toussa et alluma une autre cigarette. La sueur commença à couler dans le dos de Lee, qui demanda :

— Combien de tonnes peuvent bien passer dans les mains de ces fornicateurs ?

— Nous n'en savons rien, mais, d'après le Grand Dragon, 380 tonnes d'opium sont exportées chaque année de l'ensemble du Triangle d'Or : Yunnan, Birmanie, Laos et Thaïlande. Disons qu'ils en reçoivent au moins 50 tonnes.

— *Oh ko !*

— Oui, dit Tang-po, qui suait lui aussi. Le Grand Dragon est d'avis qu'il faut investir maintenant dans un trafic appelé à se développer. Il a un plan pour mettre la marine dans le coup avec nous...

— *Diou ne lo mo*, on ne peut pas leur faire confiance, à ces salauds de marins.

— C'est aussi ce que j'ai dit mais il m'a répondu que nous avons besoin de ces salauds de marins. Nous en choisirons avec soin quelques-uns à qui nous pouvons nous fier. Il n'y a personne d'autre pour intercepter 20 ou même 50 % de la marchandise afin de calmer Gros-Tas-de-Fiente, à intervalles réguliers, quand la pression se fera trop forte. Si nous pouvons mettre dans le coup la marine, la brigade des stupéfiants et la Bande des Trois, notre *h'eung yau* actuelle ressemblera à un pipi de nourrisson dans les eaux du port.

Tang-po cracha de nouveau avec adresse ; Lee garda un moment le silence puis finit par objecter :

— Il faudrait recruter de nouveaux membres, et c'est toujours dangereux.

— Oui, convint Tang-po.

Dans la pièce enfumée, l'atmosphère devenait irrespirable. Inondé de sueur, le sergent Lee se servit une tasse de thé au jasmin.

— Qu'en penses-tu, frère cadet, lui demanda Tang-po.

Les deux hommes n'étaient pas parents mais utilisaient entre eux ces formules de politesse chinoise parce qu'ils se faisaient confiance depuis plus de quinze ans. Lee avait sauvé la vie de son supérieur pendant les émeutes de 1956 et fait preuve d'un héroïsme qui lui avait valu une médaille de la police. Âgé de trente-six ans, il était marié et père de trois enfants. Ses seize ans d'ancienneté lui valaient de toucher un salaire de 843 dollars de Hong Kong par mois, ce qui ne l'empêchait pas de venir au travail en tramway. Sans les rentrées supplémentaires que lui assurait la confrérie, il aurait dû s'y rendre à pied ou à bicyclette la plupart du temps.

— Je trouve l'idée mauvaise, dit-il. La drogue — n'importe quelle drogue —, c'est très dangereux. L'opium, c'est mauvais — encore que ça ne fasse pas de mal aux vieux —, la poudre blanche, la cocaïne, c'est mauvais, mais il n'y a rien de pire que les seringues de mort. Trafiquer dans les seringues de mort, ce serait tenter le *joss*.

— Je lui ai dit la même chose.

— Tu vas quand même lui obéir ?

— Ce qui vaut pour un frère doit valoir pour tous, déclara Tang-po d'un air profond, ce qui lui évita de répondre.

Lee attendit de nouveau en silence. Il ne savait pas comment on élisait les Dragons, ni combien ils étaient, ni qui était le Grand Dragon. Il savait seulement que Tang-po, son Dragon, se conduisait en homme avisé et prudent, ayant leurs intérêts à cœur.

— Il m'a dit aussi qu'un ou deux de nos supérieurs étrangers commencent à faire des histoires au sujet de leur part du gâteau, reprit-il.

Lee cracha avec dégoût.

— Qu'est-ce qu'ils ont à faire, ces fornicateurs ? Rien. Ils se contentent de fermer leurs saloperies d'yeux, exception faite pour le Serpent.

C'était le surnom de l'inspecteur principal Donald C. C. Smyth, qui organisait ouvertement son secteur d'East Aberdeen et vendait sa protection à tous les niveaux, au vu et au su de ses subalternes chinois.

— Ah celui-là ! Il faudrait le balancer à l'égout. Bientôt ceux qu'il paye pour fermer les yeux ne parviendront plus à cacher à quel point il pue. Et la puanteur nous contaminera tous.

— Il doit prendre sa retraite dans deux ans, dit Lee d'un air sombre. Peut-être continuera-t-il à agiter son arrière-train sous le nez des pontes jusqu'à son départ sans qu'ils puissent rien contre lui. Il a des amis haut placés, à ce qu'on dit.

— Et d'ici là ?

Frère aîné, je suis d'avis d'être prudent. Ne t'engage pas dans cette affaire si tu peux l'éviter. Si tu ne peux pas..., soupira le sergent Lee avec un haussement d'épaules. C'est le *joss*. Tu as pris une décision ?

— Non, pas encore. La question nous a simplement été soumise lors de notre réunion hebdomadaire.

— Avez-vous pris contact avec la Bande des Trois ?

— Je crois savoir que c'est Lee-Poudre-Blanche qui a fait le premier pas, petit frère. Les trois vont s'unir, semble-t-il.

— Par le sang ? bredouilla Lee.

— On dirait.

— Ces démons vont travailler ensemble ?

— Ils l'affirment. Je parie que le vieux Quatre-Doigts deviendra leur Grand Tigre.

— *Ayiiya !* on dit qu'il a tué une cinquantaine d'hommes de ses mains, marmonna le sergent Lee d'un ton lugubre. À eux trois, ils peuvent aligner trois cents hommes. Il vaudrait mieux pour nous qu'ils soient morts — ou sous les verrous.

— Lee-Poudre-Blanche nous garantit des profits énormes en échange d'un peu de coopération, murmura Tang-po, qui s'essuya le front et alluma une cigarette. Il m'a même juré qu'on leur avait offert une grosse somme d'argent, de l'argent américain — liquide et dépôt en banque — ainsi qu'une très importante affaire de vente au détail de la marchandise, là-bas à Manhattan.

Lee sentit de la sueur perler à son front.

— La vente au détail en Amérique... *Ayiiya !* cela signifie des millions. Garanti, il a dit ?

— Oui. Nous n'aurons pas grand-chose à faire à part fermer les yeux et nous assurer que la Marine et les Stupéfiants interceptent seulement les cargaisons désignées à l'avance et laissent passer les autres. N'est-il pas écrit dans les Vieux Livres : si tu ne pressures pas les autres, la foudre s'abattra sur toi ?

Après un silence, Lee demanda d'un ton hésitant :

— Quand... quand la décision doit-elle être prise ?

— La semaine prochaine. Si c'est oui, il faudra des mois, une année peut-être, pour organiser le trafic, dit Tang-po (il jeta un coup d'œil à la pendule, se leva). C'est l'heure de la douche. Song-service-de-nuit nous servira ensuite à dîner.

— Parfait, approuva Lee en éteignant l'unique ampoule brûlant au plafond. Et si c'est non ?

Tang-po écrasa sa cigarette en toussant.

— Si c'est non... répéta-t-il en haussant les épaules. On ne vit qu'une fois, quoi que décident les dieux, et nous avons le devoir de penser à nos familles. L'un de mes parents est capitaine pour Wu-Quatre-Doigts...

11

20 h 30

— Salut, Brian. Soyez le bienvenu.

— Bonsoir, Taï-pan. Quelle nuit idéale pour une réception ! fit observer le policier. Merci de votre invitation.

Un serveur surgit d'on ne sait où et lui présenta un plateau chargé de coupes de champagne.

— Je vous en prie, répondit le maître des lieux, qui se tenait à l'entrée de la salle de bal de la Grande Maison.

Quelques mètres plus loin, Penelope accueillait d'autres invités. Les fenêtres de la salle à moitié pleine donnaient sur des terrasses et des jardins où se pressait une foule de femmes en robes chatoyantes et d'hommes en tenue de soirée. Une brise fraîche s'était levée à la tombée de la nuit.

— Penelope, ma chérie, tu te souviens du commissaire Brian Kwok ?

— Naturellement, mentit l'épouse de Dunross en s'approchant des deux hommes avec un sourire radieux. Comment allez-vous ?

— Très bien, merci. Félicitations !

— Merci. Le dîner sera servi à 9 h 15. Claudia vous montrera votre place si vous avez perdu votre invitation. Veuillez m'excuser...

Elle s'éloigna pour souhaiter la bienvenue à d'autres invités et, tout en parlant, inspecta la salle afin de voir si tout était en ordre, s'il n'y avait pas d'esseulés qu'il faudrait intégrer à un groupe.

— Vous êtes un homme heureux, Ian. Votre femme rajeunit chaque année.

— C'est vrai.

— Je vous souhaite vingt autres années de bonheur, dit Kwok en levant son verre.

Les deux hommes trinquèrent. Ils étaient amis depuis qu'ils s'étaient rencontrés à la première course de côte, au début des années 50. Membres fondateurs du Hong Kong Sports Car and Rally Club, ils s'affrontaient régulièrement sur les routes, en rivaux amicaux.

— Et vous, Brian, rien de neuf côté cœur ? Vous êtes venu seul ?

— Je me fournirai sur place, répondit Kwok en baissant la voix. En fait, j'envisage de rester célibataire.

— Ne rêvez pas ! Cette année, toutes les mères de Hong Kong vont chercher à vous mettre le grappin dessus. Même Claudia vous a en point de mire : vous êtes cuit, mon vieux.

— Misère ! geignit le policier.

Quittant le badinage, d'un ton plus sérieux il demanda :

— Dites, je pourrais vous parler quelques instants en privé, ce soir ?

— Au sujet de John Chen ?

— Non. Tous nos hommes sont sur le coup mais il n'y a encore rien de nouveau. Il s'agit d'une autre question.

— Affaires ?

— Oui.

— Confidentiel ?

— Très confidentiel.

— Bon, je vous retrouverai après le dîner. Quel...

Un éclat de rire les fit tourner la tête en direction de Casey, qui se tenait au centre d'un groupe d'hommes admiratifs, près d'une des hautes portes-fenêtres donnant sur la terrasse.

— Hééé, murmura le Chinois.

— Comme vous dites, approuva le Taï-pan.

La jeune femme portait une longue robe en soie émeraude, aussi moulante et transparente que le permettaient les convenances.

— À votre avis, elle l'est ou pas ?

— Quoi ?

— Nue sous sa robe ?

— Cherche et tu trouveras.

— Cela ne me déplairait pas. Elle est sensationnelle.

— C'est aussi mon opinion, mais je parie que nos autres invités ne la partagent pas, dit Dunross.

— Elle a des seins parfaits, cela se voit.

— En fait, cela ne se voit pas. C'est votre imagination qui travaille.

— Vous ne trouverez pas plus belle poitrine dans tout Hong Kong.

— Je vous parie que si — à condition d'inclure les Eurasiennes.

— Comment vérifier ?

— Impossible, reconnut Dunross. D'ailleurs, je m'intéresse plutôt aux chevilles des femmes.

— Aux chevilles ?

— Le vieil oncle Chen-chen avait coutume de me recommander : « Regarde d'abord leurs chevilles, mon fils, elles te renseigneront sur leurs manières, sur la façon dont elles se conduiront, à table ou au lit. »

Brian Kwok sourit et adressa un signe amical à un couple, de l'autre côté de la salle. L'homme était de haute taille et sa compagne, grande elle aussi, blonde, aux yeux gris, était d'une beauté saisissante.

— Voilà une beauté anglaise dans tout son éclat ! apprécia Dunross.

— Fleur Marlowe ? Elle est splendide, en effet. J'ignorais que vous connaissiez les Marlowe, Taï-pan.

— J'ai fait la connaissance de Peter Marlowe cet après-midi. Et vous ?

— Je l'ai rencontré pour la première fois il y a deux mois environ. Il nous a été chaudement recommandé.

— Vraiment ?

— Nous lui montrons les ficelles.

— Pour quelle raison ?

— Il y a quelques mois, il a écrit à notre directeur qu'il se rendrait prochainement à Hong Kong afin d'y réunir des matériaux pour un nouveau roman et a sollicité son aide. Le Vieux avait lu son premier livre et vu quelques-uns de ses films. Bien entendu, nous avons quand même fait une petite enquête : apparemment, c'est un type régulier. Comme le Vieux cherche à améliorer notre image de marque, il nous a chargés de piloter Peter dans la Colonie. Nous autres, pauvres flics, ne devons pas chercher à savoir pourquoi !

— Comment s'appelle ce premier livre ?

— *Changi*. C'est l'histoire d'un camp de prisonniers de guerre. Le frère du Vieux y est mort, ce qui explique sans doute son intérêt pour le bouquin.

— Vous l'avez lu ?

— Oh non ! Je passe trop de temps sur les routes de montagne. Je l'ai quand même feuilleté. Peter prétend que c'est un roman mais je n'en crois rien... Pour un écrivain, c'est un sacré buveur de bière. Robert l'a invité à une « cent pintes » et il a tenu le coup jusqu'au bout.

Une « cent pintes » était une soirée de policiers pour laquelle les officiers offraient en contribution un tonneau de cent pintes de bière. Quand il n'y avait plus de bière, la soirée était terminée.

Les yeux de Kwok ne quittaient pas Casey et Dunross se demanda pour la millième fois pourquoi les Asiatiques étaient si sensibles au charme des Anglo-Saxons — et réciproquement.

— Pourquoi ce sourire, Taï-pan ?

— Pour rien. Pas mal du tout, Casey, n'est-ce pas ?

— Cinquante dollars qu'elle est *bat jam gai.*

Dunross prit le temps de réfléchir. *Bat jam gai* — littéralement « chair de poulet blanche » — était une expression cantonaise qualifiant les femmes qui se rasaient le pubis.

— Tenu ! Et vous avez perdu, Brian : elle est *si yau gai*, « poulet au soja ». Plus précisément roux, tendre et agréablement épicé. Je le tiens des plus hautes autorités !

Brian rit avant de demander :

— Présentez-moi.

— Faites-le vous-même. Vous êtes majeur.

— Je vous laisserai gagner la course de dimanche.

— Ne vous bercez pas d'illusions ! Vous n'avez aucune chance.

— On parie ?

— Vous plaisantez, je présume ?

— Crénom, j'aimerais me la faire. Où est l'heureux Mr. Bartlett ?

— Dans le jardin, je crois. J'ai chargé Adryon de s'occuper de lui. Excusez-moi...

Dunross s'éloigna pour accueillir quelqu'un que Kwok ne connaissait pas. Près de cent cinquante invités étaient déjà arrivés sur les deux cent dix-sept qui prendraient bientôt place autour de tables rondes disposées sur les pelouses et éclairées par des chandelles. Chacun serait placé selon l'usage et le prestige dont il jouissait. Dans la salle, des serveurs en livrée faisaient circuler des plateaux d'argent chargés de coupes de champagne, de toasts au saumon fumé ou au caviar.

Un petit orchestre jouait sur une estrade. Au milieu des smokings, Kwok remarqua quelques uniformes, américains et britanniques, armée de terre, marine et aviation. Il ne fut pas surpris de ne découvrir qu'un petit nombre d'Eurasiens ou de Chinois puisque la réception réunissait essentiellement les hommes qui tenaient les leviers de commande de la Colonie et leurs amis anglo-saxons. Le policier connaissait la plupart des invités : Paul Havergill, de la Victoria Bank ; le vieux Samuel Samuels, multimillionnaire, taï-pan d'une vingtaine de sociétés — immobilier, banque, transports, etc. — ; Christian Toxe, rédacteur en chef du *China Guardian*, conversant avec Richard Kwang, président de la banque Ho-Pak ; V. K. Lam, l'armateur, en compagnie de Phillip, Dianne et Kevin Chen ; l'Américain Zeb Cooper, héritier de la plus ancienne firme américaine de Chine, qui prêtait l'oreille à sir Dunstan Barre, taï-pan de Hong Kong and Lan Tao Farms. Kwok s'étonna de la présence d'Ed Lagan, du FBI, et de Stanley Rosemont, directeur adjoint de la station locale de la CIA ; il ignorait que ces deux hommes faisaient partie des amis de Dunross. Le Chinois laissa son regard errer de groupe en groupe, s'attardant sur les femmes qui, pour la plupart, bavardaient entre elles, à l'écart de leurs maris.

Ils sont tous là, constata-t-il, tous les taï-pans à l'exception de Gornt et de Plumm, tous les pirates venus rendre hommage à celui pour qui ils nourrissent une haine incestueuse.

Qui est l'espion, le traître, le chef du réseau Sevrin ? Qui est Arthur ?

C'est un Européen, forcément, se dit Kwok. Je parie qu'il est là ce soir. Je l'aurai. Oui, je l'aurai, maintenant que je sais qu'il existe. Nous les aurons tous, nous les prendrons la main dans le sac, ces voleurs, nous mettrons fin à leurs pirateries pour le bien de tous.

— Champagne, honoré seigneur ? proposa un serveur en cantonais avec un sourire découvrant ses dents.

— Merci, dit Brian en prenant une coupe.

Le domestique se pencha en avant et murmura rapidement :

— Le taï-pan avait un dossier à couverture bleue parmi ses papiers quand il est rentré.

— Il y a un coffre, une cachette secrète dans cette maison ? chuchota Kwok.

— Dans son bureau, au premier étage, d'après les domestiques.

Le serveur, qui répondait au nom de Feng, faisait partie des agents secrets de la SI et travaillait pour le traiteur s'occupant des réceptions les plus huppées de Hong Kong — couverture particulièrement utile.

— Derrière le tableau, à ce qu'il paraît. J'ai...

Il s'interrompit soudain et revint à un anglais de cuisine.

— Champagneu, madame ? dit-il à la vieille Eurasienne toute menue qui se dirigeait vers eux. Tlès tlès bon.

— Je vais t'apprendre à m'appeler madame, jeune impertinent ! lui lança-t-elle d'un ton sec en cantonais.

— Pardon, honorée grand-tante, bredouilla Feng-le-serveur-de-vin avant de battre en retraite.

— Alors, Brian, mon jeune ami ? reprit la vieille en levant les yeux vers le policier.

C'était Sarah Chen, la tante de Phillip, une sorte d'oiseau minuscule à la peau blanche dont les yeux décochaient des regards en tous sens. Bien qu'elle eût quatre-vingt-huit ans et parût fragile, elle se tenait droit sur ses ergots et son esprit n'avait rien perdu de sa vivacité.

— Contente de te voir. Où est John Chen ? Où est mon pauvre petit-neveu ?

— Je ne sais pas, respectée tante, répondit poliment Kwok.

— Quand me rendras-tu mon petit-neveu numéro un ?

— Bientôt. Nous faisons tout notre possible.

— Bon. Et ne vous mêlez pas des affaires de Phillip

s'il décide de payer discrètement la rançon de John. Veilles-y.

— Je ferai ce que je peux. La femme de John est ici ce soir ?

— Hein ? Qui ça ? Parle plus fort, mon garçon !

— Barbara Chen — elle est ici ?

— Non, elle est déjà partie. Quand elle a vu arriver cette créature, elle a attrapé la migraine et s'est sauvée. Hum, je ne la blâme pas !

Les vieux yeux chassieux fixaient Dianne Chen à travers la pièce.

— Cette femme ! Tu l'as vue faire son entrée ?

— Non, vénérable tante.

— On aurait dit la Nelly Melba en personne. Elle s'est avancée en se rengorgeant, un mouchoir à la main, Kevin, son fils aîné, dans son sillage — je n'aime pas ce garçon —, et Phillip, mon pauvre neveu, à la traîne comme un marmiton de troisième classe. La seule fois de sa vie où elle a pleuré, c'est lors du krach de 1956, quand ses actions se sont effondrées et qu'elle a perdu une fortune. Ha ! regarde-la se pavaner maintenant ! Elle joue la comédie du chagrin alors qu'elle se voit déjà dans le rôle de l'impératrice douairière ! C'est dégoûtant ! J'ai envie de lui donner une bonne paire de gifles !

Sarah Chen se retourna vers Brian :

— Retrouve mon petit-neveu. Je ne veux pas de cette femme ou de son rejeton comme *lo-pan* de notre maison.

— Comme taï-pan, alors ? plaisanta Kwok.

La vieille et le policier rirent ensemble. Très peu d'Européens savaient qu'à l'origine le mot taï-pan désignait, dans le langage familier, le gardien d'une maison close ou des toilettes publiques. Aussi aucun Chinois ne se donnait à lui-même le titre de taï-pan et préférait celui de *lo-pan*, qui signifiait aussi grand chef, dirigeant. Chinois et Eurasiens s'amusaient beaucoup de cette bévue linguistique des *quai lohs*.

— Retrouve mon petit-neveu, Brian Kwok, répéta la vieille.

— Nous le retrouverons.

— Bien. Maintenant, dis-moi un peu ce que tu penses des chances de Golden Lady, samedi.

— Elles sont bonnes si les chevaux courent sur terrain sec. Attention à Noble Star — elle peut gagner, elle aussi.

— Viens me voir après le dîner. J'aurai à te parler.
— Entendu, grand-tante.
Il sourit en la regardant s'éloigner. Encore une qui veut caser une de ses petites-nièces, se dit-il. Il va falloir que je me décide.
Ses yeux revinrent à Casey, qu'il détailla à loisir. L'Américaine était la cible des regards désapprobateurs de toutes les autres femmes mais les hommes qui les accompagnaient dissimulaient mal leur admiration. Elle releva la tête, croisa les yeux du policier et l'examina brièvement avec la même curiosité franche. *Diou ne lo mo*, jura intérieurement Brian, qui se sentit nu sous ce regard. Ce que j'aimerais te posséder ! Apercevant Roger Crosse et Armstrong, il se ressaisit et se dirigea vers eux.
— Bonsoir, monsieur.
— Bonsoir, Brian. Vous faites très distingué.
— Merci, monsieur, répondit simplement le Chinois, sachant qu'il valait mieux éviter tout compliment en retour. Je vois le Taï-pan après le dîner.
— Bien. Vous me rejoindrez tout de suite après.
— Oui, monsieur.
— Alors, vous trouvez l'Américaine sensationnelle ?
— Oui, monsieur.
Brian avait oublié que Crosse était capable de lire sur les lèvres de quelqu'un parlant anglais, français ou même arabe — il ne connaissait par contre aucun dialecte chinois —, et qu'il avait une vue exceptionnelle.
— Elle est d'une beauté un peu tapageuse, estima le directeur de la SI.
— Oui, monsieur.
Kwok remarqua que Crosse fixait la jeune femme et devina qu'il était en train de lire sur ses lèvres. Il lui envia ce talent et se reprocha de ne pas l'avoir cultivé.
— Apparemment, elle se passionne pour les ordinateurs, reprit le patron de la Special Intelligence en reportant son attention sur ses collaborateurs. Curieux, non ?
— Oui, monsieur.
— Que vous a dit Feng-le-serveur-de-vin ?
Brian le lui répéta.
— Bien. Je lui ferai avoir une prime. Je ne m'attendais pas à voir Langan et Rosemont ici.
— C'est peut-être une coïncidence, suggéra Kwok. Ils

aiment tous deux les courses, le Taï-pan les a déjà invités dans sa loge.

— Je ne crois pas aux coïncidences, répliqua Crosse. En ce qui concerne Langan, vous ne savez rien, bien entendu.

— Oui, monsieur.

— Bon, vous feriez peut-être mieux de vous mettre au travail, tous les deux.

Armstrong et Kwok s'apprêtèrent à quitter le directeur mais se figèrent quand le silence se fit dans la salle. Tous les yeux se tournèrent vers la porte, où se tenait Quillan Gornt — barbe noire, sourcils noirs —, conscient de l'effet que son entrée avait produit. Les invités reprirent les conversations interrompues et détournèrent le regard de la porte mais tendirent l'oreille.

Crosse siffla entre ses dents.

— Que vient-il faire ici ?

— Cinquante dollars qu'il mijote un sale coup, murmura Kwok, stupéfait lui aussi.

Ils virent Gornt s'avancer dans la salle de bal et tendre la main à Dunross. Claudia Chen, qui se trouvait à côté de son patron, se demandait, affolée, comment réorganiser la table du Taï-pan car, bien sûr, il faudrait y placer le nouveau venu.

— J'ai changé d'avis au dernier moment, déclara le patron de Rothwell-Gornt en souriant. J'espère que cela ne vous dérange pas.

— Pas le moins du monde, répondit Dunross en souriant lui aussi.

— Bonsoir, Penelope. J'ai tenu à venir vous présenter moi-même mes félicitations.

— Merci, répondit l'épouse du Taï-pan, dont le cœur se mit à battre très vite. Je... j'ai appris avec tristesse la mort de votre femme.

Emelda Gornt, clouée par l'arthrite dans un fauteuil à roulettes depuis des années, avait contracté une pneumonie en janvier et était morte peu de temps après.

— Elle n'avait jamais eu de chance, dit Gornt. Quel malheur aussi, ce pauvre John ! Vous avez lu la *Gazette* de ce soir, je suppose ? demanda-t-il en se tournant vers son hôte.

Dunross acquiesça d'un signe de tête et Penelope déclara :

— Une histoire à vous glacer les sangs...

Tous les journaux du soir s'étaient longuement étendus sur l'oreille coupée et les Loups-Garous.

— Les enfants vont bien ? enchaîna Penn pour meubler le silence qui suivit.

— Oui. Annagrey entre à l'Université de Californie en septembre, Michael est revenu pour les vacances. Ils sont tous deux en pleine forme, je m'en réjouis. Et les vôtres ?

— Ils vont très bien. Je voudrais qu'Adryon poursuive ses études mais elle n'a pas l'air décidée. Les enfants sont bien difficiles de nos jours, vous ne trouvez pas ?

— Ils l'ont toujours été, dit Gornt avec un léger sourire. Mon père se plaignait lui aussi de ce que j'étais difficile.

— Comment va-t-il ? s'enquit Dunross.

— Il a bon pied bon œil et m'écrit que le climat anglais lui réussit. Il sera ici pour Noël.

Gornt accepta la coupe offerte par un serveur et la leva en souhaitant au couple de nombreuses autres années de bonheur. Le Taï-pan inclina la tête, encore étonné de la venue de son rival. Ce n'était que pour la forme qu'il avait envoyé officiellement une invitation à Gornt et à d'autres ennemis, dont il n'attendait rien de plus qu'un refus poli. D'ailleurs, Gornt avait répondu qu'il n'assisterait pas à la réception.

Pourquoi est-il venu ? se demanda Ian.

Pour nous narguer, probablement. Il aime se repaître du malheur des autres, comme son salaud de père. Quel mauvais tour nous a-t-il joué ? Bartlett ? Il s'est servi de Bartlett ?

— Jolie pièce, proportions harmonieuses, apprécia Gornt. Je vous ai toujours envié cette maison.

Je le sais, ordure ! fulmina intérieurement Dunross en se rappelant la dernière visite des Gornt à la Grande Maison. C'était dix ans plus tôt, en 1953, à l'époque où Colin Dunross, le père de Ian, occupait encore le poste de taï-pan. Quillan Gornt et son père William, alors Taï-pan de Rothwell-Gornt, s'étaient présentés chez les Dunross, à l'improviste là encore, le soir où Struan donnait sa réception de Noël, traditionnellement la plus grande fête de la saison. Après le dîner, les deux chefs suprêmes avaient eu une violente algarade dans la salle de billard, en présence d'une douzaine d'hommes qui s'étaient rassemblés pour jouer. C'était l'époque où les Gornt et leurs amis shanghaïens avaient empêché Struan de s'emparer de la South Orient Airways, bonne à prendre depuis que les communistes avaient conquis la Chine continentale. Cette ligne d'apport avait le monopole du trafic entre Shanghai d'une part, Hong Kong, Singapour, Taipei, Tokyo et Bangkok de l'autre. En l'absorbant, Air Struan aurait quasiment eu le monopole pour tout le trafic desservant l'Extrême-Orient depuis Hong Kong. Les deux hommes s'étaient mutuellement accusés de pratiques tortueuses secrètes — ce qui était exact dans l'un et l'autre cas.

Oui, ils étaient allés jusqu'au bout cette fois-là. Après les énormes pertes de Shanghai, William Gornt avait tenté à tout prix de s'installer à Hong Kong, et quand Colin Dunross avait compris que Struan n'aurait pas le dessus, il avait arraché la South Orient à William Gornt en appuyant de tout son poids un solide groupe cantonais.

— Vous êtes tombé dans le piège, Colin Dunross, vous ne pourrez jamais plus nous arrêter, avait triomphé William Gornt. Nous sommes ici et nous y resterons. Nous vous chasserons d'Asie, vous et votre satanée Noble Maison. La South Orient n'est qu'un début. Nous avons gagné !

— Sûrement pas ! Nous sommes liés au groupe Yan-Wong-Sun, nous avons un contrat.

— Il est annulé par ce document, avait répliqué William Gornt en faisant signe à son fils aîné et héritier présomptif.

Quillan avait sorti de sa poche la copie d'un accord.

— Le groupe Yang-Wong-Sun, représentant le groupe Tso-Wa-Feng, qui lui-même représente le groupe Ta-Weng-Sap, a vendu à Rothwell-Gornt le contrôle de la South Orient pour un dollar de plus que le prix d'achat d'origine ! La South Orient nous appartient !

— Je ne vous crois pas !

— Vous avez tort. Joyeux Noël !

William Gornt avait éclaté d'un grand rire méprisant, puis était sorti. Quillan avait remis sa queue de billard au râtelier et avait suivi son père. En passant devant Ian Dunross, qui se tenait devant la porte, il avait murmuré :

— Un jour, cette maison sera à moi.

Puis il s'était retourné pour lancer aux autres joueurs :

— Venez me voir lorsque vous serez au chômage, je vous donnerai du travail. Votre Noble Maison ne sera plus noble bien longtemps.

Il y avait là Andrew Gavallan, Jacques de Ville, Alastair Struan, Lechie et David MacStruan, Phillip Chen et même son fils John.

Dunross se souvint que cette nuit-là, son père n'avait pas décoléré, accusant le sort et la traîtrise des intermédiaires, alors qu'il n'avait tenu aucun compte des nombreuses mises en garde de son fils Ian. Bon Dieu, quelle gifle ! se rappelait le Taï-pan. Nous avons été la risée de la Colonie. Gornt et ses magouilleurs shangaïens avaient pissé de haut sur la Noble Maison.

Ce soir-là, je pris ma décision : il fallait chasser Colin Dunross avant que la Noble Maison ne soit à jamais perdue. Je me suis servi d'Alastair Struan, je l'ai aidé à écarter mon père et à devenir taï-pan jusqu'à ce que je sois assez fort pour l'écarter à mon tour.

Tout en écoutant les plaisanteries de Gornt et en y répondant avec autant d'humour, Dunross se remémorait le passé. Je n'ai pas oublié la South Orient, pensait-il, ni que nous avons été contraints de fusionner notre ligne à la tienne pour un prix dérisoire, ni que nous avons perdu le contrôle de la nouvelle compagnie, rebaptisée All Asia Airways. Je n'ai rien oublié. Nous avons perdu cette fois-là, mais maintenant nous allons gagner. Totalement.

Casey observait les deux hommes, fascinée. Elle avait aussitôt reconnu Quillan Gornt d'après les photos du dossier et avait été sensible, malgré la distance qui le séparait d'elle, à l'impression de puissance et de virilité qu'il dégageait. Il faisait naître en elle un sentiment mêlé de malaise et d'excitation. Entre les deux hommes, qui se défiaient comme deux taureaux avant la charge, la tension était presque palpable.

Feignant l'ignorance, K. C. Tcholok avait demandé à Gavallan qui était le nouveau venu et pourquoi son arrivée suscitait autant d'émotion. Linbar Struan, de Ville et Gavallan lui avaient raconté la scène de la salle de billard, le « Joyeux Noël ! » de William Gornt et le « Un jour, cette maison sera à moi » de son fils Quillan.

— Comment le Taï-pan — comment Ian réagit-il ?

— Il se contenta de fixer Gornt. On devinait que s'il avait eu une arme, revolver, couteau ou gourdin, il s'en serait servi ; on sentait que, d'une seconde à l'autre, il allait se servir de ses mains, de ses dents... Gornt recula d'un pas, pour se mettre hors de portée — littéralement.

Mais c'est un type qui en a. Il se ressaisit, soutint un moment le regard de Ian puis, sans dire un mot, le contourna lentement, prudemment, sans le quitter des yeux, et franchit la porte.

— Qu'est-ce que ce salaud est venu faire ici ? marmonna Linbar.

— Il faut que ce soit pour une affaire importante, dit Gavallan.

— Oui, mais laquelle ?

Casey, qui regardait Linbar, aperçut du coin de l'œil le signe de mise en garde que de Ville adressa à ses deux collègues. Aussitôt Gavallan et Struan se composèrent un nouveau masque.

— Vous n'en avez aucune idée ? demanda-t-elle néanmoins.

— Pas la moindre, répondit Gavallan.

Elle le crut et reprit :

— Ils ne s'étaient pas revus depuis Noël 53 ?

— Oh ! si, de nombreuses fois ! En public, naturellement. Par ailleurs, ils siègent ensemble dans divers conseils d'administration. Je crois qu'ils attendent, l'un et l'autre.

Voyant les trois hommes porter de nouveau leur regard sur les deux ennemis, elle les imita. Penelope quitta son pari pour parler à Claudia Chen ; Ian Dunross jeta un coup d'œil en direction de Gavallan, sans doute pour lui signifier quelque chose, puis posa les yeux sur Casey. Gornt fit de même et l'Américaine sentit sur elle le regard des deux ennemis. Leur magnétisme lui fit tourner la tête et quelque diable la poussa à s'avancer vers eux. Elle se félicitait maintenant d'avoir revêtu, après quelque hésitation, une toilette aussi provocante.

Elle sentit en marchant la caresse de la soie sur sa peau et les pointes de ses seins se dressèrent. Les deux hommes la déshabillaient du regard, mais elle n'en éprouvait aucune gêne. Son allure se fit imperceptiblement plus féline quand elle s'approcha d'eux.

— Bonsoir, Taï-pan, dit-elle avec une innocence feinte. Vous désiriez me parler ?

— Oui, répliqua Dunross aussitôt. Vous vous connaissez, je crois ?

Inconsciente du piège, Casey secoua la tête en répondant :

— Non, je n'ai jamais rencontré Mr. Gornt, mais je sais qui il est, naturellement. Andrew vient de me l'apprendre.
— Dans ce cas, permettez-moi de faire les présentations officiellement. Mr. Quillan Gornt, Taï-pan de Rothwell-Gornt. Miss Tcholok — Ciranoush Tcholok —, des États-Unis.
Casey tendit la main en songeant au danger qu'elle courrait en se mettant entre les deux hommes.
— J'ai beaucoup entendu parler de vous, Mr. Gornt, déclara-t-elle en serrant une main plus dure mais moins puissante que celle de Dunross. La rivalité entre vos deux firmes remonte à plusieurs générations, je crois ?
— Trois seulement. C'est mon grand-père qui fut le premier à éprouver les effets de la bienveillance des Struan, répondit Gornt avec aisance. Un jour, je vous conterai notre version de la légende.
— Vous devriez peut-être fumer le calumet de la paix. L'Asie est bien assez grande pour vous deux.
— Le monde entier ne l'est pas, glissa Dunross d'un ton affable.
— En effet, approuva Gornt aimablement.
Si Casey n'avait pas connu toute l'histoire, elle aurait pu croire qu'ils n'étaient que deux rivaux s'affrontant amicalement.
— Aux États-Unis, il y a de nombreuses grandes sociétés, qui cohabitent pacifiquement tout en se faisant concurrence.
— Nous ne sommes pas en Amérique, fit observer Gornt d'une voix calme. Combien de temps passerez-vous ici, miss Tcholok ?
— Cela dépend de Linc — Linc Bartlett. Je travaille pour Par-Con Industries.
— Oui, je sais. Vous a-t-il prévenu que nous dînons ensemble mardi ?
Des signaux de danger clignotèrent dans la tête de la jeune femme.
— Mardi ?
— Oui, nous en sommes convenus ce matin. À notre réunion. Il ne vous en a pas parlé ?
— Non, répondit Casey, interloquée.
Sous le regard inquisiteur des deux hommes, elle lutta pour se ressaisir et recouvrer son calme, et dissimuler le trouble qui l'envahissait.

— Non, répéta-t-elle. Linc ne m'a parlé d'aucune réunion. Qu'avez-vous décidé ?

Après un coup d'œil à Dunross, qui demeurait impassible, Gornt répondit :

— Simplement de dîner ensemble mardi prochain, Mr. Bartlett et vous-même si vous êtes libre.

— Avec plaisir, merci.

— Où est Mr. Bartlett, en ce moment ?

— Dans... dans le jardin je crois.

— La dernière fois que je l'ai aperçu, il bavardait avec Adryon sur la terrasse, dit Dunross. Pourquoi ?

Gornt sortit de sa poche un étui à cigarettes en or qu'il présenta à Casey.

— Non, merci, je ne fume pas.

— La fumée vous dérange-t-elle ?

Elle secoua la tête. Gornt alluma une cigarette et se tourna vers Dunross.

— Je voudrais juste le saluer avant de prendre congé, fit-il d'un ton badin. J'espère que vous m'excuserez si je ne reste pas pour dîner. Je dois régler des affaires pressantes... vous me comprenez.

— Naturellement. Désolé que vous ne puissiez rester.

Seuls leurs yeux trahissaient la haine que les deux ennemis nourrissaient l'un pour l'autre. Une haine dont la violence atterra l'Américaine.

— Demandez à Ian Dunross de vous faire les honneurs de la Longue Galerie, reprit Gornt. J'ai entendu dire qu'on peut y voir quelques beaux portraits. Personnellement je n'y suis jamais allé, je ne connais que la salle de billard.

La jeune femme, qui avait recouvré ses idées, jugea préférable de vider l'abcès immédiatement en présence de Dunross :

— Cette réunion de ce matin, quand l'aviez-vous fixée ?

— Il y a trois semaines environ. Je croyais que vous étiez le bras droit de Bartlett. Je suis surpris qu'il ne vous en ait pas avisée.

— Linc est notre Taï-pan, Mr. Gornt. Je travaille pour lui, il ne me confie pas tout. Vous pensez qu'il aurait dû me mettre au courant ? Était-ce une question si importante ?

— Elle pourrait le devenir. En tout cas, je lui ai officiellement confirmé que nous sommes en mesure de surenchérir sur n'importe quelle offre de Struan. Quelle qu'elle soit.

Gornt durcit le ton pour ajouter :

— Ian, je tenais à vous avertir personnellement que nous courons le même lièvre.

— C'est la raison de votre visite ?

— Entre autres.

— Pour quelles autres raisons êtes-vous venu ?

— Pour le plaisir.

— Vous connaissez Mr. Bartlett depuis longtemps ?

— Six mois. Pourquoi ?

Dunross haussa les épaules puis tourna vers Casey un regard dans lequel elle ne déchiffra rien d'autre que de la cordialité.

— Vous ignoriez tout de ces contacts ? lui demanda-t-il.

— Oui, fit-elle avec sincérité. Êtes-vous en négociations avec Par-Con, Mr. Gornt ?

— J'en ai l'impression.

— Nous verrons qui fera les meilleures propositions, conclut Dunross. Merci de m'avoir prévenu — encore que ce fût inutile : je savais que vous seriez intéressé, vous aussi.

— Ni Mr. Bartlett ni cette demoiselle ne peuvent se rendre compte de l'importance vitale qu'a pour vous l'accord avec Par-Con, dit Gornt à son rival d'une voix dure. J'ai jugé bon de les en aviser ce soir. Tout en vous présentant bien sûr mes félicitations.

— Pourquoi vitale, Mr. Gornt ? voulut savoir Casey.

— Sans cet accord et le *cash flow* qu'il dégagera, Struan pourrait bien boire la tasse dans quelques mois.

Le Taï-pan éclata de rire et les quelques invités qui écoutaient la conversation sans en avoir l'air se posèrent anxieusement des questions. Quel accord ? la Par-Con ? Faut-il vendre ou acheter, jouer Struan ou Rothwell-Gornt ?

— Aucune chance, rétorqua Dunross.

— Nous verrons — comme vous dites.

— En attendant..., commença le maître de maison.

Il s'interrompit en voyant Claudia Chen s'approcher d'un pas hésitant.

— Excusez-moi, Taï-pan, vous avez Londres en ligne.

— Merci.

— Dunross fit signe à son épouse, qui le rejoignit aussitôt.

— Penn, tu veux t'occuper un moment de Mr. Gornt

et de miss Tcholok ? j'ai un coup de téléphone à donner. Quillan ne reste pas dîner, il a des affaires urgentes à régler.

Ian s'éloigna avec un petit signe de la main et Casey remarqua la grâce animale de sa démarche.

— Vous nous quittez déjà ? dit Penelope à Gornt sans parvenir à masquer totalement son soulagement.

— Oui, je ne peux malheureusement pas rester. Pardonnez-moi encore d'être venu à l'improviste après avoir décliné votre aimable invitation.

— Si vous voulez bien m'excuser, sollicita Penn, je reviens dans un instant.

— Ne vous inquiétez pas pour nous, répondit le chef de Rothwell-Gornt avec douceur. Nous nous débrouillons parfaitement... Penelope, vous êtes ravissante, vous ne changez pas.

Après avoir remercié Gornt, la maîtresse de maison alla rejoindre Claudia Chen, qui attendait à proximité.

— Vous êtes un homme curieux, remarqua Casey. Vous passez sans transition de la guerre au charme.

— Nous autres Anglais avons des règles, dans la paix comme dans la guerre. Ce n'est pas parce qu'on hait quelqu'un qu'il faut lui cracher à la figure ou injurier sa femme. Si nous allions voir votre Mr. Bartlett ? Ensuite je devrai vraiment partir.

— Pourquoi avez-vous lancé publiquement un défi au Taï-pan ? Vous teniez absolument à lui jeter votre gant au visage, c'est cela ?

— La vie est un jeu que nous jouons avec des règles différentes de celles que vous pratiquez aux États-Unis... Ciranoush, quel nom charmant ! Puis-je vous appeler ainsi ?

— Oui, répondit la jeune femme après un temps d'hésitation. Mais pourquoi avoir lancé ce défi *maintenant* ?

— Le moment était venu. Je n'ai pas exagéré en parlant de l'importance vitale de Par-Con pour Struan. Nous rejoignons votre Mr. Bartlett ?

Casey nota que Gornt avait utilisé à deux reprises l'expression *votre* Mr. Bartlett. Était-ce pour la taquiner ou pour tâter le terrain ?

— Pourquoi pas ?

Consciente des regards que les autres invités posaient sur elle — ouvertement ou non —, elle se dirigea vers le jardin.

— Vos entrées sont toujours aussi théâtrales ?

— Non, répondit Gornt en riant. Pardonnez-moi si je vous ai causé une désagréable surprise, Ciranoush.

— En parlant de votre entretien avec Linc ? Pas du tout. C'était très intelligent de sa part de prendre contact avec la concurrence sans m'en avertir. Prévenue, j'aurais eu moins d'aisance lors de la réunion de ce matin.

— Alors vous n'êtes pas fâchée qu'il n'ait pas eu assez confiance en vous pour vous mettre au courant ?

— Ce n'est pas une question de confiance. Il m'arrive souvent de ne pas communiquer immédiatement à Linc certaines informations, pour le protéger. Manifestement, il a voulu faire la même chose pour moi. Linc et moi nous comprenons parfaitement — du moins, je crois que je le comprends.

— Dans ce cas, dites-moi comment faire pour conclure le marché.

— Il me faut d'abord savoir ce que vous cherchez. À part la tête de Dunross.

— Je ne veux ni sa tête ni sa mort — juste la disparition prochaine de la Noble Maison. Une fois Struan liquidé, nous prendrons sa place, et les fantômes pourront dormir en paix.

— Parlez-moi de ces fantômes.

— Le moment est mal choisi, il y a trop d'oreilles hostiles.

Ne trouvant pas Linc Bartlett sur la première terrasse, ils descendirent les larges marches de pierre conduisant à la suivante, puis vers les allées serpentant entre les pelouses. La brise apportait une exquise fraîcheur, le ciel était parsemé d'étoiles. Un invité les arrêta :

— Bonsoir, Quillan. Quelle bonne surprise !

— Bonsoir, Paul. Miss Tcholok, puis-je vous présenter Paul Havergill, le directeur de la Victoria Bank ?

— Plus pour très longtemps, j'en ai peur, et uniquement parce que notre directeur général est en congé pour raison de santé. Je prends ma retraite dans quelques mois.

— À notre grand regret, dit Gornt.

Il présenta ensuite l'Américaine au reste du groupe : lady Joanna Temple-Smith, une grande femme au visage fatigué, âgée d'une cinquantaine d'années, Richard Kwang et sa femme Mai-ling.

— Richard est président de la Ho-Pak, une de nos meilleures banques chinoises, précisa Gornt.

— Dans la finance, nous nous faisons tous une amicale concurrence, miss, euh, miss — exception faite de Blacs, naturellement, dit Havergill.

— De qui donc ?

— Blacs : c'est le sigle de la Bank of London and Canton and Shanghai. Elle est peut-être un peu plus riche, un peu plus ancienne — un mois ou deux — mais nous sommes la meilleure banque de Hong Kong, miss, euh...

— Blacs est ma banque, elle me convient parfaitement, déclara le Taï-pan de Rothwell. Ce sont des financiers de premier ordre.

— De deuxième classe, Quillan.

— On dit à Hong Kong que les gens de Blacs sont des gentlemen qui essaient d'être des banquiers, et que ceux de la Victoria sont des banquiers qui s'efforcent d'être des gentlemen, expliqua Gornt à Casey.

L'Américaine se mit à rire, les autres sourirent poliment.

— Concurrence amicale, disiez-vous, Mr. Kwang ?

— Oh ! oui ! Nous n'oserions pas nous mesurer à Blacs ou à la Victoria, répondit le Chinois.

C'était un petit homme trapu dans la force de l'âge, aux cheveux noirs striés de gris et au sourire facile. Il parlait un anglais parfait.

— J'ai entendu dire que Par-Con va investir à Hong Kong, miss Tchelek.

— Nous sommes ici pour étudier les possibilités, Mr. Kwang. Aucune décision n'a encore été prise, dit Casey, sans prendre la peine de corriger la prononciation de son nom.

— Entre nous, chuchota Gornt, j'ai formellement promis à Mr. Bartlett et à miss Tcholok de leur offrir de meilleures conditions que Struan, quelles que soient leurs propositions. Blacs me soutient à cent pour cent et je dispose d'autres appuis financiers. J'espère que Par-Con considérera toutes les possibilités avant de s'engager.

— Ce serait sage, en effet, approuva Havergill. Évidemment, Struan est le mieux placé, à la corde.

— Blacs et une grande partie de la Colonie ne partagent pas votre avis, répliqua Gornt.

— J'espère qu'il n'y aura pas affrontement. Struan est notre principal client.

— Dans un cas comme dans l'autre, l'implantation d'une grande firme américaine telle que la vôtre serait une excellente chose, miss Tchelek, assura Richard Kwang. Pour vous et pour nous. Espérons qu'on puisse trouver un accord convenant à votre société. Si je puis vous être d'une aide quelconque...

Le banquier tendit sa carte ; Casey la prit, ouvrit son sac en soie et présenta la sienne avec une égale dextérité. Elle s'était préparée à cet échange immédiat de cartes qui est de rigueur en Asie. Voyant le banquier chinois froncer les sourcils en examinant le carton, elle s'excusa :

— Je ne l'ai pas encore fait traduire dans votre langue. Aux États-Unis, nous avons comme banques la First Central New York Bank et la California Merchant Bank and Trust Company.

Elle avait lancé fièrement les noms de ces deux géants de la finance dont les avoirs communs devaient dépasser les six milliards de dollars. Surprise par l'effet produit, elle demanda :

— J'ai dit quelque chose qui vous a choqués ?

— Oui et non, répondit Gornt. Simplement, la First Central New York n'est pas très populaire, ici.

— Pour quelle raison ?

— Ce sont de drôles de zigotos, comme on dit chez nous, maugréa Havergill. Voyez-vous, miss, euh..., miss..., la First Central New York Bank a fait quelques affaires ici avant la guerre puis a fortement développé ses activités vers la fin des années 40, alors que la Victoria et les autres banques britanniques se redressaient péniblement. En 49, quand le président Mao chassa Chiang Kai-shek du continent, des troupes communistes se massèrent sur notre frontière, à quelques kilomètres au nord des Nouveaux Territoires. Il s'en fallut d'un cheveu que les hordes maoïstes ne déferlent sur la Colonie. Beaucoup d'habitants s'enfuirent — pas nous, naturellement, mais les Chinois qui en avaient les moyens. Sans le moindre avertissement, la First Central New York fit rentrer les fonds qu'elle avait prêtés, remboursa ses déposants, ferma boutique et décampa — le tout en moins d'une semaine.

— Je l'ignorais, murmura Casey, interdite.

— C'était une belle bande de salauds, ma chère — pardonnez-moi l'expression, s'indigna lady Joanna. Bien entendu, ils furent les seuls à déguerpir, les autres banques restèrent.

— Peut-être y eut-il des circonstances atténuantes, plaida l'Américaine, furieuse que le vice-président chargé de gérer leur compte ne l'eût pas prévenue. Les sommes prêtées étaient-elles importantes ?

— Très importantes, j'en ai bien peur, répondit Havergill. La First Central causa la ruine d'un grand nombre de firmes et de personnes et fut à l'origine de maintes tragédies. Je dois néanmoins ajouter que son départ nous fut à tous profitable. Il y a deux ans, elle a eu le front de solliciter du secrétaire aux Finances un nouveau privilège !

— Privilège qui ne sera jamais renouvelé, enchaîna Kwang d'un ton jovial. Voyez-vous, miss Tchelek, à Hong Kong, toutes les banques étrangères doivent faire renouveler chaque année le privilège qui leur a été accordé. Nous pouvons aisément nous passer de la First Central New York, et même de toute autre banque américaine. Je suis persuadé que Blacs, la Victoria ou la Ho-Pak — ou les trois réunies — donneraient pleinement satisfaction à votre firme. Si vous-même et Mr. Bartlett désirez en discuter...

— Je vous rendrais volontiers visite, Mr. Kwang. Disons demain ? Je m'occupe généralement des questions bancaires avant tout. Demain matin ?

— Certainement. Vous nous trouverez très compétitifs, affirma le banquier, imperturbable. Dix heures ?

— Entendu. Nous sommes descendus au V & A, à Kowloon. Prévenez-moi s'il y a contretemps. J'ai été ravie de faire votre connaissance. Mr. Havergill, nous avons toujours rendez-vous demain ?

— Naturellement. À seize heures, n'est-ce pas ? Je suis impatient de m'entretenir avec Mr. Bartlett... et avec vous, bien entendu.

Casey s'efforça de chasser l'antipathie qu'elle avait aussitôt éprouvée pour ce grand maigre, dont le regard s'attarda sur son corps avant de remonter jusqu'à son visage. Je pourrais avoir besoin de lui, pensa-t-elle. Et de sa banque.

— Merci, dit-elle avec ce qu'il fallait de déférence. Lady Joanna, quelle jolie robe ! ajouta-t-elle en pensant exactement le contraire.

— Merci, ma chère, ronronna la vieille femme en

portant la main à la rangée de perles entourant son cou décharné. La vôtre doit aussi venir de Paris ?

— Elle est de chez Balmain mais je l'ai achetée à New York.

K. C. sourit à l'adresse de la femme de Richard Kwang, une solide Cantonaise, bien conservée, à la peau très pâle et aux petits yeux. Sa coiffure était compliquée, elle portait un énorme pendentif en jade impérial et une bague ornée d'un diamant de sept carats.

— Enchantée, Mrs. Kwang, dit l'Américaine, impressionnée par la fortune que représentaient ces bijoux. Nous cherchons Linc Bartlett. L'avez-vous vu ?

— Je crois qu'il est allé au bar, dans l'aile est, intervint Havergill. Il était en compagnie d'Adryon, la fille de Dunross.

— Adryon est devenue ravissante ! s'extasia lady Joanna. Ils font un couple charmant. Dites-moi, ma chère, Mr. Bartlett n'est pas marié, n'est-ce pas ?

— Non, Linc n'est pas marié, répondit Casey sur le même ton plaisant en inscrivant lady Joanna Temple-Smith sur la liste des gens qu'elle détestait.

— Il ne tardera plus à l'être, vous pouvez me croire. Adryon avait l'air sous le charme, vraiment. Venez donc prendre le thé jeudi, ma chère, c'est le jour des « plus-de-trente-ans ».

— Je ne rentre pas dans cette catégorie — mais je viendrai un autre jour avec plaisir, mentit Casey.

— Oh ! je suis terriblement désolée ! Je vous enverrai ma carte... Quillan, restez-vous pour le dîner ?

— Impossible. Le travail m'attend.

— Dommage, soupira lady Joanna.

Et elle sourit, découvrant des dents gâtées.

— Si vous voulez bien nous excuser, reprit Gornt. Je voudrais dire un mot à Bartlett avant de partir. À samedi.

Il prit Casey par le bras et l'entraîna loin du groupe, sous le regard de lady Joanna.

— Elle est assez séduisante, dans le genre vulgaire, n'est-ce pas ? persifla la vieille dame. Chuluk, c'est un nom d'Europe centrale, non ?

— C'est possible mais cela fait aussi penser au Moyen-Orient, à la Turquie, aux Balkans, peut-être, répondit Havergill... Oh ! je vois ce que vous voulez dire. Non, je ne crois pas qu'elle soit juive.

— Difficile à dire, de nos jours : elle s'est peut-être fait refaire le nez. La chirurgie esthétique permet des miracles, à présent.

— Je ne me suis jamais intéressé à la question. Vous croyez vraiment ?

Richard Kwang passa la carte de Casey à sa femme, qui la lut instantanément, sans avoir à déchiffrer les caractères anglais.

— Trésorière et vice-présidente du holding. Impressionnant. Par-Con est une grosse compagnie.

— Vous savez, en Amérique..., grommela Paul Havergill. C'est probablement juste un titre.

— Pour dorer le blason de sa maîtresse ? demanda lady Joanna.

12

21 h

La queue de billard frappa la boule blanche, qui fila sur le drap vert, expédia la rouge dans le trou le plus éloigné et s'arrêta juste derrière une autre boule.

— Formidable, Linc ! s'exclama joyeusement Adryon. Je croyais que vous bluffiez. Refaites-le !

— Pour un dollar, la rouge en trois bandes dans le trou et la blanche ici, dit Bartlett en marquant le tapis d'une croix à la craie.

— Tenu !

Il se pencha au-dessus du billard, donna un coup de queue. La blanche s'arrêta à un millimètre de la marque, la rouge disparut après trois bandes.

— *Ayiiya !* Je n'ai pas un dollar sur moi. Vous me faites crédit ?

— Une femme, aussi jolie soit-elle, doit régler sur-le-champ ses dettes de jeu.

— Mon père dit la même chose. Vous pouvez attendre jusqu'à demain ?

Le millionnaire était ravi de la compagnie de la jeune fille, ravi que son adresse l'impressionnât tant. Elle portait une jupe noire s'arrêtant aux genoux et la jolie blouse en soie empruntée à sa mère. Elle avait de très longues jambes, parfaites.

— Pas question, marmonna-t-il en feignant la contrariété.

Ils rirent ensemble dans la grande salle où trônait un billard violemment éclairé par une lampe basse qui laissait le reste de la pièce dans une pénombre intime.

— Vous jouez incroyablement bien ! s'émerveilla Adryon.

— Ne le répétez à personne mais j'ai gagné ma vie à l'armée en jouant au billard.

— En Europe ?

— Non, dans le Pacifique.

— Mon père était dans l'aviation. Il a abattu six appareils ennemis avant de se faire descendre à son tour.

— Alors c'est un as.

— Vous avez participé à ces épouvantables débarquements contre les Japonais ?

— Non, j'étais dans le génie. Nous arrivions après la bagarre pour construire des bases, des pistes d'atterrissage. À la différence de votre père, je n'ai pas connu de sales moments, pendant la guerre.

En s'approchant du râtelier, Bartlett regretta pour la première fois de sa vie dc ne pas avoir été dans les Marines.

— Nous devrions nous mettre à la recherche de votre petit ami. Il doit être arrivé, maintenant.

— Aucune importance. Ce n'est pas vraiment mon petit ami, je l'ai rencontré il y a une semaine chez des amis. Martin est journaliste au *China Guardian* et n'a pas du tout le genre séducteur. Ce n'est pas un amant extraordinaire.

— Toutes les jeunes Anglaises parlent-elles aussi librement de leur soupirant ?

— C'est la pilule. Elle nous a affranchies à tout jamais de la servitude à l'égard du mâle. À présent, la femme est l'égale de l'homme.

— Vous l'êtes vraiment ?

— Je le suis.

— Alors vous avez de la chance.

— Je le sais. Quel âge avez-vous, Linc ? lui demanda-t-elle en l'examinant attentivement.

— Je suis vieux, répondit-il.

Pour la première fois de sa vie, il n'avait pas voulu

avouer son âge. Qu'est-ce que j'ai ? pensa-t-il, bizarrement troublé. Rien. Ou alors...

— Moi, j'ai dix-neuf ans, déclarait Adryon.

— Quelle est votre date de naissance ?

— Le 27 octobre — je suis Scorpion. Et vous ?

— Le 1er octobre.

— Ce n'est pas vrai ! Répondez sans mentir.

— Je le jure ! croix de bois, croix de fer...

— Oh ! c'est merveilleux ! s'écria-t-elle en claquant des mains. Père est né le 10. C'est bon signe.

— Signe de quoi ?

— Vous verrez.

Elle sortit de son sac un paquet de cigarettes écrasé et un vieux briquet en or. Il le lui prit des mains, essaya de l'allumer — une, deux, trois fois — sans y parvenir.

— Saleté d'engin, marmonna-t-elle. Il n'a jamais bien fonctionné mais c'est un cadeau de Père. Je n'en veux pas d'autre. Naturellement, je l'ai fait tomber une ou deux fois.

Bartlett examina le briquet, le secoua, souffla sur la mèche.

— De toute façon, vous ne devriez pas fumer.

— C'est ce que Père dit toujours.

— Il a raison.

— Oui, mais j'aime ça. Quel âge avez-vous, Linc ?

— Quarante ans.

— Oh ! Le même âge que Père ! Enfin, presque — il en a quarante et un.

Ce qui signifie que je suis assez vieux pour être ton père, pensa l'Américain.

— C'est drôle, reprit Adryon en plissant le front, vous ne donnez pas l'impression d'avoir le même âge. Dans deux ans, j'en aurai vingt et un, ajouta-t-elle aussitôt. Je commencerai à dévaler la pente. Je ne peux pas m'imaginer que j'aurai un jour vingt-cinq, trente ans — sans parler de quarante. J'aimerais mieux manger les pissenlits par la racine.

— Vingt et un ans, c'est drôlement vieux, ma p'tite dame, plaisanta Linc.

Voilà longtemps que tu n'avais passé autant de temps en compagnie d'une jeunesse, songea-t-il. Attention, c'est de la dynamite cette fille. Il fit rouler une quatrième fois la molette du briquet, qui s'alluma.

— Ça alors !

La jeune fille approcha sa cigarette de la flamme.

— Merci, dit-elle en soufflant la fumée. Vous n'êtes pas fumeur ?

— Je l'étais, mais Casey m'a envoyé des brochures illustrées sur le cancer et le tabac jusqu'à ce que je comprenne. Je n'ai eu aucune difficulté à m'arrêter après l'avoir décidé. Du coup, j'ai amélioré mes performances au golf, au tennis et... et dans toutes les formes de sport.

— Casey est superbe. C'est vraiment la vice-présidente de la firme ?

— Mais oui.

— Elle... Ce sera très difficile pour elle, ici. Cela ne plaira pas aux hommes de l'avoir comme interlocutrice.

— C'est la même chose aux États-Unis, encore qu'ils commencent à s'habituer. Nous avons bâti Par-Con en six ans et Casey peut rivaliser avec les meilleurs hommes d'affaires. C'est une battante.

— Vous êtes son amant ?

— Les jeunes Anglaises sont toujours aussi directes ?

— Non, pouffa-t-elle. Je suis trop curieuse. Tout le monde dit... tout le monde suppose que vous l'êtes.

— Vraiment ?

— Tout Hong Kong ne parle que de vous. Vous avez fait une entrée remarquée avec votre jet personnel, les armes trouvées à bord, etc. En outre, d'après les journaux, Casey aurait été la dernière Anglo-Saxonne à avoir vu John Chen avant son enlèvement. Votre interview m'a plu.

— Hé ! ces sal... les journalistes m'attendaient à la sortie, cet après-midi. Je m'en suis tenu à des déclarations brèves et catégoriques.

— Par-Con vaut réellement un demi-milliard de dollars ?

— Non. Environ 300 millions, mais elle atteindra bientôt le demi-milliard. Bientôt.

Elle le fixait de ses yeux gris-vert pleins de franchise, d'un regard adulte et pourtant si jeune.

— Vous êtes un homme très intéressant, Mr. Linc Barlett. J'aime bavarder avec vous, vous me plaisez. Pourtant j'avais hurlé quand Père m'avait chargée de vous servir de guide et de vous présenter à tout le monde. Je n'ai pas été à la hauteur de la tâche, n'est-ce pas ?

— Vous avez été sensationnelle.

— Je vous ai monopolisé.

— Pas du tout. Vous m'avez présenté à Christian Toxe, le rédacteur en chef, à Richard Kwang, et à ces deux Américains du consulat — Lannan, non ?

— Langan, Edward Langan. Il est sympa. L'autre, je n'ai pas compris son nom. En fait je ne les connais pas vraiment, je les ai juste vus aux courses. Christian est très gentil, et sa femme est formidable. Comme elle est chinoise, elle n'est pas venue ce soir.

— Parce qu'elle est chinoise ?

— Oh ! nous l'avions invitée, mais elle n'a pas voulu venir, pour ne pas nuire à son mari. Les aristos désapprouvent les mariages entre races.

— Défendu d'épouser les indigènes ?

— C'est un peu ça, dit Adryon avec un haussement d'épaules. Vous verrez. Je ferais mieux de vous présenter à d'autres invités si je ne veux pas me faire tirer les oreilles.

— Havergill, le banquier, par exemple. Parlez-moi de lui.

— Père trouve que c'est un crétin.

— Un crétin de vingt-deux carats, alors !

Ils éclatèrent de rire ensemble.

— Linc ?

Bartlett et la fille de Dunross se tournèrent vers les deux silhouettes que le rectangle de lumière de la porte encadrait. Linc avait aussitôt reconnu la voix et les formes de sa vice-présidente mais il ne pouvait discerner, à contre-jour, les traits de celui qui l'accompagnait.

— Salut, Casey !

Il prit Adryon par le bras et l'entraîna nonchalamment vers les nouveaux venus.

— J'apprends à cette demoiselle quelques petits coups au billard.

— Linc est trop modeste, c'est un vrai champion, dit la jeune fille. N'est-ce pas, Casey ?

— Oui. Linc, Quillan Gornt voudrait te saluer avant de partir.

Adryon s'immobilisa soudain, livide. Le millionnaire s'arrêta, intrigué.

— Qu'y a-t-il ?

— Bonsoir, Mr. Bartlett, dit Gornt en s'avançant. Bonsoir, Adryon.

— Que faites-vous ici ? demanda-t-elle d'une petite voix.

— Je ne fais que passer.

— Avez-vous vu Père ?
— Oui.
— Alors fichez le camp. Sortez de cette maison.
— Qu'est-ce qu'il y a ? fit Bartlett.
— C'est une longue histoire, elle peut attendre jusqu'à demain... ou la semaine prochaine. Je voulais simplement confirmer pour mardi et vous inviter à passer une journée sur mon yacht si vous êtes libre pendant le week-end. Dimanche, par exemple, s'il fait beau.
— Merci, mais pouvez-vous attendre demain pour la réponse ?
— Adryon, reprit Gornt, Annagrey part la semaine prochaine, elle m'a prié de vous demander de lui téléphoner.
Comme la fille du Taï-pan demeurait silencieuse, Gornt ajouta à l'intention des deux Américains :
— Annagrey est ma fille, c'est une amie d'Adryon. Elles ont fréquenté les mêmes écoles. Annagrey va faire ses études en Californie.
— Si nous pouvons lui être utile... proposa Casey.
— C'est très aimable à vous. Vous la verrez mardi et nous en parle...
La porte située à l'autre bout de la salle de billard s'ouvrit sur Dunross. Gornt sourit et reporta son attention, un instant détournée, sur les deux Américains.
— Bonsoir, Mr. Bartlett — Ciranoush. À mardi. Bonne nuit, Adryon.
Il s'inclina, traversa la pièce et s'arrêta.
— Bonne nuit, Ian, dit-il d'un ton poli. Merci de votre hospitalité.
— Bonne nuit, répondit le Taï-pan tout aussi aimablement.
Un vague sourire aux lèvres, il s'effaça pour laisser passer son rival, le suivit un moment des yeux puis s'avança vers ses hôtes.
— C'est bientôt l'heure de dîner, annonça-t-il d'une voix calme. Vous devez mourir de faim — c'est mon cas.
— Que... que voulait-il ? balbutia Adryon.
Son père la prit par les épaules en souriant.
— Rien d'important, ma chérie. Quillan ramollit en vieillissant.
— Tu en es sûr ?

— Certain, affirma Dunross en serrant sa fille contre lui. Inutile de plisser ton joli front.

— Il est parti ?

— Mais oui.

Bartlett s'apprêtait à émettre un commentaire mais s'en abstint, captant le regard que le Taï-pan lui lança à l'insu d'Adryon.

— Tout va bien, ma chérie, assura Dunross. Il n'y a aucune raison de s'inquiéter.

Bartlett remarqua que la jeune fille s'abandonnait contre son père.

— Linc me montrait un point quand Gornt a fait son entrée. C'était comme une apparition, murmura la jeune fille.

— J'ai failli tomber à la renverse moi aussi quand il a surgi comme la fée Carabosse, avoua Ian en riant. Quillan adore faire son petit effet. Mr. Bartlett, nous discuterons après le dîner.

L'Américain nota que les yeux de Dunross ne souriaient pas.

— Entendu, acquiesça-t-il.

Un coup de gong annonça le dîner.

— Ah ! enfin ! s'exclama le maître de maison. Venez, nous allons manger. Casey, vous êtes à ma table.

Le bras toujours passé autour des épaules de sa fille, il entraîna ses invités hors de la pièce.

Gornt s'installa au volant de la Rolls Silver Cloud noire qu'il avait garée devant la Grande Maison. Il faisait bon, bien que l'humidité eût de nouveau augmenté. Maintenant, à Jason Plumm, se dit-il, satisfait de lui-même. Quand ce couillon marchera, Ian Dunross sera foutu. À moi la maison, la compagnie et tout le tremblement !

Les choses n'auraient pu mieux se passer : d'abord Casey et Ian, qui avaient eu droit au grand déballage, puis Havergill et Kwang, enfin Bartlett, et de nouveau Ian. Parfait !

Dommage pour Adryon, mais les enfants héritent des querelles de leurs pères, c'est la vie. Dommage qu'elle ne quitte pas Hong Kong, comme Annagrey — au moins jusqu'à ce que Ian et moi ayons réglé nos différends une fois pour toutes. Il vaudrait mieux qu'elle ne soit pas là lorsque je l'écraserai. Par contre, je tiens à ce qu'il soit présent quand je m'approprierai sa loge aux courses, ses sièges permanents à tous les conseils d'administration. Bientôt ils seront à moi et toute l'Asie me contemplera avec envie.

Et tous les fantômes — maudits soient-ils ! — dormiront enfin en paix.

Gornt tourna la clef de contact, mit le moteur en marche, embraya et descendit l'allée, passa devant le parking où se trouvaient les autres voitures puis franchit les grandes grilles en fer forgé portant, entrelacées, les armes de Struan. Il s'arrêta pour laisser passer la circulation, savoura l'odeur de cuir neuf et de bois précieux flottant dans le véhicule. Dans son rétroviseur, il aperçut la Grande Maison, vaste, élancée, accueillante, les fenêtres illuminées.

Bientôt tu m'appartiendras, se promit-il. Je donnerai des soirées qui étonneront l'Asie et dont la splendeur ne sera plus jamais égalée. Il me faudra une maîtresse de maison.

L'Américaine ? Gornt gloussa avant de s'exclamer, comme il l'avait fait chez Dunross :

— Ciranoush, quel nom charmant !

C'est une femme facile, se dit-il avec confiance. Quelques compliments, un grand vin, un repas fin, un peu de patience et d'expérience, la distinction d'un mâle de l'aristocratie anglaise — elle succombera quand tu voudras, où tu voudras, sans que tu aies à lui jurer un amour éternel. Puis, le moment venu, tu sauras te montrer brutal et grossier à bon escient, tu feras naître en elle des passions qu'aucun homme n'a jamais suscitées.

Cette fille me fait l'effet d'une mal baisée : soit Bartlett n'est pas à la hauteur, soit ils ne sont pas amants, comme le suggérait le rapport confidentiel. Intéressant.

Mais as-tu envie d'elle ? Comme d'un jouet, peut-être ; pour en faire ton instrument, sans doute ; mais certainement pas pour tenir ta maison. Non, elle plastronne beaucoup trop.

Quand la voie fut dégagée, Gornt redémarra et prit la direction de Peak Road puis celle de Magazine Gap, où Plumm avait un appartement-terrasse. Après le dîner et la réunion, il se rendrait à Wanchai, dans l'une de ses garçonnières, où l'attendait Mona Leung. Son pouls s'accéléra à la pensée de l'étreinte accueillante de la jeune Chinoise, de sa violence dans l'amour, de la haine à peine cachée qu'elle éprouvait pour lui et tous les *quai lohs*. Mona Leung était partagée entre cette haine et son goût du luxe, son attachement à l'appartement qu'il louait pour elle et à la modeste somme d'argent qu'il lui versait chaque mois.

« Ne leur donne jamais assez d'argent, lui avait conseillé son père. Vêtements, bijoux, vacances, bon — mais pas trop d'argent. Tiens-les en laisse avec tes dollars et ne t'imagine jamais qu'elles t'aiment pour tes beaux yeux. C'est ton argent qu'elles aiment, toi, elles te méprisent. Cela se comprend, si on y réfléchit : elles sont chinoises, nous pas.

— Il n'y a jamais eu d'exception ?

— Je ne crois pas. Pas pour un *quai loh*, mon fils. Oh ! elles te donneront leur corps, leurs enfants et même leur vie mais elles te mépriseront toujours ! C'est obligatoire : elles sont chinoises, nous sommes des étrangers !

Ayiiya ! ces conseils se sont maintes fois révélés fondés, se rappela Gornt. Et ils m'ont épargné bien des peines. Ce sera une joie de revoir le Vieux. Cette année, je lui ferai un beau cadeau de Noël : Struan.

Il conduisait prudemment sur la partie gauche de la route sinueuse qui longeait le flanc de la montagne. D'ordinaire, il laissait le volant à son chauffeur mais, ce soir, il ne voulait aucun témoin ; sa rencontre avec Plumm devait rester secrète.

Pas de témoin non plus quand je rencontrerai Wu-Quatre-Doigts, se dit-il. Que me veut ce pirate ? Rien de bon, sans doute, mais pendant la guerre de Corée, il m'a rendu un grand service et le moment est peut-être venu de rembourser. Tôt ou tard, il faut s'acquitter de ses dettes, c'est la loi, en Chine. Si l'on vous fait un cadeau, il faut offrir en échange un présent un peu plus précieux. Si l'on vous rend service...

En 1950, quand les armées chinoises communistes venues du Yalu se frayèrent un chemin vers le sud, au prix de pertes énormes, elles manquaient de matériel stratégique et étaient disposées à payer grassement ceux qui forceraient le blocus pour leur fournir ce dont elles avaient besoin. À cette époque, Rothwell-Gornt se trouvait dans une situation désespérée, ayant perdu toutes ses possessions de Shanghai l'année précédente, du fait de la victoire de Mao. En décembre 1950, Quillan et son père avaient emprunté de grosses sommes afin d'acheter en secret, aux Philippines, une énorme quantité de pénicilline, de morphine, de sulfamides et autres médicaments sans la licence d'exportation obligatoire. Ils firent charger la cargaison sur une jonque, qu'ils avaient louée avec un équipage d'hommes sûrs, et l'expédièrent à Wampoa, une île désolée de la rivière des Perles, près de Canton. La marchandise devait être payée en or à la livraison mais, dans l'estuaire aux nombreux bras secrets, la jonque fut abordée par des pirates partisans de Chiang Kai-shek qui exigèrent une rançon. Gornt ne pouvait payer et si les nationalistes avaient découvert que sa compagnie commerçait avec les communistes, il n'aurait plus eu aucun avenir en Asie.

Par l'entremise de son compradore, il avait alors rencontré à Aberdeen Wu-Quatre-Doigts, l'un des plus grands contrebandiers de l'estuaire de la rivière des Perles, selon les rumeurs.

— Où est bateau maintenant ? avait demandé Quatre-Doigts dans son affreux pidgin.

Gornt lui avait répondu en pidgin lui aussi puisqu'il ne connaissait pas le haklo, le dialecte parlé par Wu.

— Peut-être, peut-être pas ! avait dit le pirate en souriant. Moi téléphoner dans trois jours. Mot de passe *Ni choh wah*. Trois jours, *heya ?*

Le troisième jour, il avait téléphoné.

— Bon, mauvais, pas savoir. Rendez-vous dans deux jours à Aberdeen. Heure du Singe.

Ce qui signifiait 10 heures du soir. Les Chinois divisaient la journée en douze fragments de deux heures portant chacun un nom : à 4 heures, c'était le Coq, à 6 heures le Chien, puis le Cochon, le Rat, le Bœuf, le Tigre, le Lapin, le Dragon, le Serpent, le Singe, le Cheval et le Mouton.

Deux jours plus tard, à l'heure du Singe, à bord de la jonque de Wu, dans le port d'Aberdeen, Gornt avait touché le prix intégral de sa cargaison en or plus un bonus de 40 %. Il avait quintuplé sa mise de fonds.

— Moi mieux marchander que *quai loh*, ça-fait-rien. 28 000 taels d'or, avait expliqué Wu avec un grand sourire. Prochaine fois moi livrer. Oui ?

— Oui.

— Toi acheter, moi livrer et vendre. 40 % prix de vente pour moi.

Gornt, reconnaissant, avait proposé de lui accorder un pourcentage plus élevé pour cette opération mais le contrebandier avait refusé obstinément :

— 40 % seulement prix de vente.

Et le Britannique avait compris qu'il avait désormais une dette envers le Chinois.

L'or était en lingots de cinq taels — un tael pesait un peu plus d'une once —, soit environ 180 dollars américains au cours officiel, mais il valait deux ou trois fois plus au marché noir si on le faisait passer clandestinement en Inde, en Indonésie ou, de nouveau, en Chine. En recourant à Wu, Gornt avait finalement gagné un million et demi de dollars américains sur cette seule cargaison et avait lancé sa compagnie sur la voie du redressement.

Le Chinois et le Britannique avaient réalisé ensemble trois autres opérations tout aussi fructueuses, puis avaient mis fin à leur coopération à la fin de la guerre. Gornt n'avait plus entendu parler de Wu jusqu'au coup de téléphone de cet après-midi.

— Vieil ami, rencontrer ce soir ? avait dit Quatre-Doigts. Possible ? N'importe quelle heure. Moi attendre. Même endroit. Oui ?

Le moment était venu de rembourser la dette.

Il appuya sur le bouton de la radio : Chopin. Il conduisait machinalement, l'esprit absorbé par les réunions qui l'attendaient. Il ralentit pour croiser un camion puis déboîta et accéléra sur une courte ligne droite afin de doubler un taxi qui se traînait sur la route. La Rolls roulait à vive allure lorsqu'il freina à l'approche du virage en épingle à cheveux. Il eut alors l'impression que quelque chose se brisait dans les entrailles du véhicule, son pied enfonça la pédale de frein jusqu'au plancher sans rencontrer de résistance. L'estomac chaviré, il donna un coup de volant et s'engagea à trop grande vitesse dans le tournant.

Pris de panique, il freina de nouveau mais la voiture ne ralentit pas. Gornt sortit du virage en zigzaguant et fut déporté sur le mauvais côté de la chaussée où, par bonheur, il n'y avait personne. Il corrigea sa trajectoire d'un coup de volant trop brusque qui l'expédia vers la paroi rocheuse et braqua précipitamment dans l'autre sens.

La pente s'accélérait, la Rolls fonçait vers le prochain virage. Gornt le prit en catastrophe, émergea sur une courte portion de ligne droite qui lui laissa le temps de tirer sur le frein à main. La voiture perdit un peu de vitesse, mais déjà surgissait le virage suivant. Il parvint à le négocier tant bien que mal et se retrouva à nouveau du mauvais côté de la route, aveuglé par les phares d'un véhicule venant en sens inverse.

C'était un taxi, qui se rabattit sur le bas-côté dans un mugissement de klaxon et faillit basculer dans le vide. La Rolls le frôla au passage et continua à dévaler la pente. Dans la ligne droite, Gornt réussit à rétrograder, et le soudain ralentissement l'aurait projeté contre le pare-brise s'il n'avait été maintenu sur son siège par sa ceinture de sécurité.

Au sortir du tournant, il évita de justesse un autre véhicule venant à sa rencontre et eut à peine le temps de se rabattre avant le prochain virage en épingle à cheveux. Il roulait encore trop vite quand il s'y engagea et fut déporté sur l'autre côté de la route, où un camion lourdement chargé gravissait lentement la pente.

Affolé, Gornt donna un brusque coup de volant à gauche et passa à quelques millimètres du camion. Il essaya d'enclencher la marche arrière mais les pignons renâclèrent en gémissant. Terrifié, il découvrit que la route était cette fois encombrée dans les deux sens et, pris de panique, il braqua vers le flanc de la montagne.

Le métal hurla, une vitre arrière vola en éclats et la Rolls rebondit vers le milieu de la route. Le véhicule venant en sens inverse s'écarta de sa trajectoire pour se réfugier sur le bas-côté. Gornt ferma les yeux et se raidit en prévision du choc... qui ne se produisit pas. À nouveau il réussit à passer et braqua encore vers la montagne, qui lui arracha cette fois l'aile avant gauche. La Rolls s'enfonça dans les broussailles, heurta une saillie rocheuse et se souleva, projetant Gornt sur le côté. En retombant, la voiture prit une de ses roues dans une rigole, ralentit et s'arrêta, à un mètre d'une Mini immobilisée devant elle.

Gornt se redressa lentement, inondé de sueur, le cœur battant. Il avait peine à respirer, à réfléchir. La circulation était interrompue dans les deux sens et des klaxons protestaient au loin.

Il entendit des pas précipités puis une voix inconnue lui demanda :

— Ça va, mon vieux ?

— Oui, je crois, murmura-t-il en levant les yeux.

Il essuya la sueur perlant à son front, s'efforça de retrouver ses idées.

— Mes freins ont lâché...

Il se tâta la poitrine, bougea les pieds sans ressentir de douleur.

— Je... les freins ont lâché... je prenais un virage et... et tout...

— Les freins ? C'est rare sur une Rolls. Si j'étais vous, j'arrêterais le moteur.

— Quoi ?

Gornt s'aperçut que la voiture continuait à ronronner doucement et que la radio marchait encore. Il coupa le contact et enleva les clefs.

— Belle bagnole, fit l'inconnu, mais elle est dans un triste état maintenant. Il m'a toujours plu, ce modèle. C'est une 62, non ?

— Oui.

— Vous voulez que j'appelle la police ?

Gornt fit un effort pour se concentrer et réfléchir, le cœur battant encore dans ses oreilles. D'une main tremblante, il défit sa ceinture de sécurité.

— Non. Il y a un poste de police, là-haut. Si vous voulez bien m'y conduire...

— Avec plaisir, mon vieux.

L'inconnu, petit et grassouillet, se tourna vers les voitures, taxis et camions immobilisés dans les deux sens. Chauffeurs et passagers chinois observaient la scène d'un air ébahi, sans bouger de leur siège.

— Ceux-là ! grommela-t-il. Vous pouvez bien mourir dans la rue, vous aurez de la chance s'ils ne vous marchent pas dessus.

Il ouvrit la portière et aida Gornt à sortir de la Rolls.

— Merci, dit l'accidenté, dont les jambes se dérobèrent et qui dut s'appuyer à la voiture.

— Ça va, vous êtes sûr ?

— Oh oui ! C'est... c'est la frousse que j'ai eue.

Gornt fit le tour de la Rolls pour estimer les dégâts et soupira :

— Elle est drôlement esquintée.

— Vous n'êtes pas rentré dans de la guimauve ! Vous avez eu de la chance d'être dans une voiture solide, vous savez !

Le petit gros poussa la portière qui se referma avec un déclic étouffé.

— Ça, c'est de la carrosserie ! Bon, vous pouvez la laisser ici, personne ne vous la volera.

L'inconnu se dirigea en riant vers sa propre voiture.

— Montez, dit-il à Gornt. Nous y serons en moins de deux.

C'est alors que Gornt se rappela le demi-sourire moqueur de Dunross, qu'il avait pris pour une simple bravade en quittant la Grande Maison. Il y voyait plus clair. Dunross aurait-il eu le temps de trafiquer la Rolls ? Il s'y connaissait en mécanique... Il aurait osé... ?

— Le salaud, murmura-t-il, consterné.

— Ne vous en faites pas, mon vieux, le réconforta l'inconnu. La police s'occupera de tout.

13

22 h 25

— Merveilleux dîner, Ian. Mieux réussi encore que l'année dernière, affirma sir Dunstan Barre avec effusion.

— Merci, lui répondit Dunross par-dessus la table.

Il leva son verre poliment et but une gorgée de vieux cognac. Plus cramoisi que jamais, Barre avala son porto d'un trait et remplit à nouveau son verre.

— Encore trop mangé, comme d'habitude, sacrebleu ! Hein, Phillip ? Phillip !

— Oui ?... Oh ! beaucoup plus réussi, marmonna le compradore.

— Ça va, mon vieux ?

— Oui, oui... c'est juste... oui.

Dunross suivait la conversation d'une oreille distraite, laissant son regard errer sur les autres tables disséminées sur les terrasses et les pelouses. Les hommes fumaient des cigares et sirotaient un alcool, les femmes avaient regagné l'intérieur de la maison. Il découvrit Bartlett près du buffet, qui, une heure plus tôt, offrait aux invités gigots d'agneau, salades, tranches de rosbif saignant, pâtés en croûte, pommes de terre sautées, légumes variés, pâtisseries et sculptures en crème glacée. Une petite armée de domestiques emportait les reliefs tandis que l'Américain bavardait avec Roger Crosse, le directeur de la Special Intelligence, et Ed Langan. Dans un moment, je vais m'occuper de lui, se dit le Taï-pan, mais commençons par Brian Kwok. Il regarda alentour, n'aperçut nulle part le commissaire, ni à la table qu'Adryon avait présidée ni à aucune autre. Il se renversa sur sa chaise, but une goutte de cognac et s'absorba dans ses pensées.

Les dossiers secrets, le MI-6, la SI, Bartlett, Casey, Gornt, Tsu-yan disparu et Alan Medford Grant mort. La conversation téléphonique qu'il avait eue avant le repas avec Kiernan, adjoint d'AMG à Londres, l'avait quelque peu ébranlé.

— C'est arrivé ce matin, Mr. Dunross, avait raconté Kiernan. Il pleuvait, la chaussée était glissante, Alan se rendait dans le centre en moto, comme d'habitude. Autant que nous sachions, il n'y a pas eu de témoins. Le type qui l'a trouvé a simplement déclaré qu'il conduisait sous la pluie et qu'il avait vu une moto couchée sur la route, un corps roulé en boule sur le bas-côté. D'après lui, AMG était déjà mort quand il s'est arrêté pour lui porter secours. Il a prévenu la police, qui a entamé une enquête mais... Que vous dire ? C'est une grande perte pour nous tous.

— Il avait de la famille ?

— Pas à ma connaissance. Naturellement, j'ai aussitôt averti le MI-6.

— Pourquoi ?

Il y avait de la friture sur la ligne.

— Alan m'avait laissé des instructions : au cas où il lui arriverait quelque chose, je devais donner immédiatement deux coups de téléphone et vous envoyer un télégramme — ce que j'ai fait. Je ne connaissais aucun des deux numéros. Le premier se révéla être celui d'une huile du MI-6, qui arriva dans la demi-heure avec une petite équipe et fouilla dans les tiroirs d'AMG. Il emporta la plupart des papiers. Quand il découvrit la copie du dernier rapport — celui que je venais de vous adresser —, il frôla l'apoplexie et réclama les autres. Conformément aux instructions d'AMG, je lui répondis que je détruisais toujours la copie conservée au bureau dès que vous nous aviez accusé réception de l'original. Il faillit s'étrangler de rage. Apparemment, Alan n'avait pas vraiment reçu du gouvernement de Sa Majesté l'autorisation de travailler pour vous.

— Il m'a toutefois signé un document affirmant le contraire.

— Certainement. Vous êtes couvert, vous n'avez rien commis d'illégal, mais le ponte du MI-6 était fou de rage.

— Comment s'appelle-t-il ?

— On m'a recommandé — *expressément* — de ne prononcer aucun nom. Il se donnait de grands airs et invoquait la loi sur les secrets d'État.

— Deux coups de téléphone, disiez-vous ?

— Oui. Le deuxième en Suisse. C'est une femme qui a répondu. Quand je lui ai appris la nouvelle, elle a simplement dit « quel malheur ! » et a raccroché. Elle avait un accent étranger. Dans ses instructions, AMG avait spécifié que je ne devais révéler à aucun de mes interlocuteurs l'existence de l'autre, mais le haut fonctionnaire du MI-6 était tellement furieux que je lui laissai le numéro suisse en pâture, pour le calmer. Il l'appela aussitôt mais la ligne était occupée. Elle le resta un bon moment puis le central répondit qu'elle avait été débranchée. Le type du MI-6 ne décolérait pas.

— Pouvez-vous poursuivre la tâche d'AMG ?

— Non. Je ne faisais que mettre en forme les informations qu'il recueillait. Je rédigeais les rapports à sa place, je répondais au téléphone en son absence, je réglais les factures. Il passait une grande partie de son temps sur le continent mais ne révélait jamais où il était allé — d'ailleurs, il ne disait jamais rien. C'était... c'était un de ces joueurs qui tiennent leurs cartes collées contre leur nez. Je ne sais rien de ceux qui lui communiquaient des informations — je ne connaissais même pas son numéro de téléphone à Whitehall. C'était un homme très secret...

Dunross soupira et but une gorgée d'alcool. Quelle poisse ! se dit-il. Accident ou meurtre ? Le MI-6 ne devrait pas tarder à me tomber sur le râble, mais avoir un compte numéroté en Suisse n'a rien d'illégal non plus.

Il faut trouver un remplaçant à AMG.

Meurtre ou accident ?

— Plaît-il ? demanda-t-il à Barre, dont il n'avait pas compris la dernière phrase.

— Je disais : c'était sacrément drôle quand vous avez obligé Casey à nous laisser. Vous avez du culot, mon vieux.

À la fin du repas, juste avant qu'on apporte les alcools et les cigares, Penelope s'était levée de la table où Bartlett était en grande conversation avec Havergill. Adryon l'avait imitée et, l'une après l'autre, toutes les autres femmes avaient suivi. Lady Joanna, qui siégeait à la droite de Dunross, avait déclaré :

— Mesdames, l'heure est venue d'aller nous repoudrer le nez.

Les autres invitées de la table du Taï-pan avaient obtempéré et les hommes avaient courtoisement caché leur soulagement de les voir partir.

— Venez, ma chère, avait dit Joanna à Casey, restée assise.

— Je suis très bien ici, merci.

— Je n'en doute pas mais venez quand même.

Casey s'était alors aperçue que tout le monde l'observait.

— Qu'y a-t-il ?

— Rien. Simplement il est d'usage que les dames laissent les messieurs seuls un moment à la fin du repas. Venez donc.

L'Américaine avait paru déconcertée.

— Vous voulez dire qu'ils se débarrassent de nous pour discuter de politique et du prix du thé en Chine ?

— Question de bonnes manières, ma chère. À Rome, fais comme les Romains.

La vieille aristocrate avait souri à la jeune femme avec condescendance.

— Vous plaisantez, sans doute, avait répliqué Casey. Vos « bonnes manières » ont disparu avec la guerre de Sécession.

— Aux États-Unis. Ici, c'est différent, c'est aussi l'Angleterre. Venez.

— Je viendrai — plus tard, avait répondu K. C. d'une voix douce.

Joanna avait haussé les épaules, lancé un regard interrogateur à Ian puis s'était éloignée, entraînant les autres invitées dans son sillage. Un silence embarrassé se fit autour de la table.

— Taï-pan, ma présence ne vous dérange pas, j'espère ? avait demandé Casey en souriant.

— Si. Navré d'avoir à vous le dire, avait répondu Dunross avec douceur. C'est juste une coutume sans importance. En fait, elle permet aux dames d'aller aux toilettes les premières et d'avoir priorité sur l'eau des baquets.

Le sourire de la vice-présidente avait disparu.

— Et si je préfère rester ?

— C'est la coutume ici, Ciranoush. En Amérique, c'est la coutume d'appeler par son prénom quelqu'un qu'on vient de rencontrer...

Dunross avait posé sur la jeune femme un regard calme mais inflexible.

— Vous n'en perdrez pas la face pour autant, avait-il ajouté.

— Je crois que si.

— Non, je vous assure.

Les autres invités les avaient observés, captivés par l'affrontement. Seul, Ed Langan avait tenté de tourner l'affaire en plaisanterie :

— On ne peut pas lutter contre City Hall.

— C'est ce que j'ai fait toute ma vie, avait-elle reparti sèchement, visiblement furieuse.

Elle avait tambouriné des doigts sur la nappe puis s'était soudain levée en souriant.

— Messieurs, si vous voulez bien m'excuser, avait-elle susurré avant de s'éloigner, la démarche majestueuse, sous le regard des convives silencieux et ahuris.

— Je ne l'ai pas vraiment obligée à partir, rectifia Dunross.

— En tout cas, c'était drôle. Je me demande ce qui l'a fait changer d'avis. Qu'en pensez-vous, Phillip ?

— Comment ? bredouilla le compradore.

— J'ai cru un moment qu'elle allait gifler ce pauvre Ian, reprit Barre.

— Elle est susceptible comme une nichée de scorpions.

— Oui, mais quelle paire de nichons !

Dunross et Barre éclatèrent de rire, Phillip demeura plongé dans ses pensées. Le Taï-pan s'inquiétait pour son compradore. Pendant toute la soirée, il avait tenté de le distraire. En vain : Chen n'avait répondu à ses questions que par des monosyllabes, des grognements maussades.

Barre se leva en rotant.

— Je vais aller lansquiner tant que la place est libre.

— Ne pissez pas sur les camélias, lui lança distraitement Dunross.

Demeuré seul avec Phillip, il aborda le sujet qui préoccupait l'Eurasien :

— Ne vous inquiétez pas, ils retrouveront John.

— Oui, oui, j'en suis sûr, répondit le compradore d'un ton lugubre.

En fait, il n'était pas tant abattu par l'enlèvement que consterné par ce qu'il avait découvert, quelques heures plus tôt, dans le coffre de son fils quand il l'avait ouvert, avec la clef trouvée dans la boîte à chaussures.

— Ne sois pas idiot, prends-la, lui avait soufflé Dianne. Le Taï-pan le fera si tu ne le fais pas avant lui.

Les dieux soient loués, j'ai écouté son conseil, songeait-il, encore sous le coup du choc qu'il avait éprouvé en inventoriant le contenu du coffre : des enveloppes bulle de diverses dimensions portant pour la plupart une inscription, un carnet d'adresses et un agenda. Dans l'enveloppe marquée « dettes », des tickets de paris pris auprès de book-makers illégaux de Hong Kong ; un billet dans lequel il reconnaissait devoir à Mister Sing, usurier notoire, 30 000 dollars à 3 % par mois d'intérêt ; une traite à vue de 20 000 dollars sur la Ho-Pak venue à échéance depuis longtemps ; une lettre, datée de la semaine précédente, dans laquelle Richard Kwang menaçait John de parler à son père s'il ne prenait pas rapidement des dispositions.

Il y avait aussi d'autres lettres d'un joueur américain nommé Vincenzo Banastasio assurant à John que ses dettes n'avaient rien d'urgent : « ... prends ton temps, John, ton crédit n'est pas entamé, tu rembourseras quand tu pourras... », et la photocopie d'un billet à ordre parfaitement légal engageant John, ses héritiers ou ses syndics, à payer sur demande à Banastasio 485 000 dollars américains plus les intérêts.

Quel imbécile ! s'était dit Phillip avec rage, conscient qu'il devrait finalement payer ces dettes puisque son fils ne possédait pas le cinquième de cette somme.

Une épaisse enveloppe portant l'inscription Par-Con avait ensuite attiré son attention. Il y avait trouvé un contrat, signé trois mois plus tôt par K. C. Tcholok, engageant John Chen en qualité de conseiller de la firme pour « ... 100 000 dollars (dont 50 000 déjà versés) et, après conclusion d'un accord satisfaisant entre Par-Con et Struan, Rothwell-Gornt, ou toute autre société de Hong Kong choisie par la firme, un million de dollars dont le paiement serait étalé sur une période de cinq ans. En outre, dans le mois qui suivait la signature dudit accord, une dette de 485 000 dollars à Mr. Vincenzo Banastasio, 85 Orchard Road, Las Vegas, Nevada, sera remboursée... ».

En échange de quoi ? s'était demandé Phillip, interdit, dans le sous-sol de la banque.

Mais le contrat ne donnait aucune autre précision, sinon que John Chen remplirait les fonctions de « conseiller privé pour l'Asie ».

Phillip avait de nouveau regardé dans l'enveloppe, cherchant une note, une pièce jointe explicative, mais il n'avait rien trouvé. Il feuilleta à nouveau les autres papiers et découvrit une enveloppe « par avion » marquée « Par-Con II » qui lui avait échappé la première fois, sans doute parce qu'elle était collée contre la précédente. Elle renfermait des photocopies de notes manuscrites de son fils à Linc Bartlett.

Dans la première, vieille de six mois, John Chen confirmait qu'il fournirait à l'Américain des renseignements secrets sur les rouages et le fonctionnement du complexe de sociétés qui constituaient Struan « ... les bilans de Struan de 1954 à 1961 (date à laquelle elle s'est transformée en société par actions), que vous trouverez ci-joints, vous montreront que mes recommandations sont parfaitement réalisables. Si vous étudiez l'organigramme de la société ainsi que la liste de ses principaux actionnaires et de leurs parts — y compris mon père —, vous conclurez avec moi que Par-Con pourrait lancer une OPA sur Struan avec succès. Ajoutez à ces photocopies l'autre chose dont je vous ai parlé — et qui existe, je le jure devant Dieu —, vous verrez que la réussite de l'opération est assurée. Si vous pouviez m'avancer immédiatement la moitié des cent mille dollars, je vous remettrais la chose en question à votre arrivée, si vous promettez de me la rendre une fois le marché conclu, ou de l'utiliser contre Struan. De mon côté, je m'engage à en faire usage contre le Taï-pan. En fin de compte, Dunross devra en passer par où vous voulez. Veuillez adresser votre réponse à la boîte postale habituelle et détruire cette lettre comme convenu. »

— Quelle chose ? avait murmuré Phillip Chen, saisi d'angoisse.

Les doigts tremblants, il avait ouvert la seconde lettre, qui datait de trois semaines.

« Cher Mr. Bartlett, tout sera prêt pour votre arrivée à la date prévue. Je suis impatient de vous revoir et de faire la connaissance de Mr. K. C. Tcholok. Merci pour les cinquante mille dollars. À l'avenir, vous verserez les autres sommes convenues sur un compte numéroté d'une banque de Zurich dont je vous donnerai les références à votre arrivée. Merci également d'avoir accepté de me céder 3 % des actions de la nouvelle compagnie commerciale Par-Con-Asie en échange des services que je pourrai vous rendre.

« Vous trouverez ci-joint quelques autres informations intéressantes : vous remarquerez d'abord les dates d'échéance des traites signées par Struan (et contresignées par mon père) aux chantiers navals Toda pour les nouveaux navires porte-conteneurs : 1er, 11 et 15 septembre. Dunross n'a pas assez de liquidités pour y faire face.

« Deuxièmement, en réponse à la question de Mr. Tcholok sur l'attitude que suivrait mon père : il est possible de le neutraliser. Les photocopies ci-jointes prouvent que, depuis les années 50, il entretient d'étroites relations avec Lee-Poudre-Blanche et son cousin Wu Sang Fang, connu aussi sous le nom de Wu-Quatre-Doigts, et qu'ils possèdent ensemble une société immobilière, deux compagnies de navigation, et des intérêts commerciaux à Bangkok. Bien que ces deux individus fassent aujourd'hui figure d'hommes d'affaires respectables, il est de notoriété publique qu'ils se sont livrés pendant des années à la piraterie et à la contrebande. De plus, le bruit court dans les milieux chinois qu'ils sont les Grands Dragons du trafic d'opium. Si les liens qui les unissent à mon père venaient à être connus, il serait à jamais discrédité ; Struan et toutes les autres *hong* rompraient avec lui et, surtout, il perdrait toute chance d'obtenir un jour le titre de chevalier auquel il tient tant. Il suffirait donc de le menacer de divulguer ces faits pour le neutraliser — voire en faire un allié. Je me rends naturellement compte que ces documents demanderaient à être étayés par d'autres pour qu'un tribunal les juge recevables, et je dispose d'ores et déjà, dans un endroit sûr, des éléments nécessaires... »

Phillip Chen se rappelait avec quelle fébrilité il avait cherché ces autres documents en se demandant comment son fils avait pu accéder à des informations aussi secrètes : les bilans de Struan d'avant 1961, les liens avec Quatre-Doigts. Il en sait presque autant que moi ! s'était-il lamenté. Même Dianne n'en connaît pas la moitié ! Qu'a-t-il encore révélé d'autre à cet Américain ?

Rongé par l'inquiétude, il avait examiné à nouveau chaque enveloppe — sans résultats.

— Il doit avoir un autre coffre ailleurs, avait-il marmonné à voix basse.

D'un geste rageur, il avait vidé le contenu du coffre dans sa serviette en se disant qu'une étude plus attentive répondrait à ses questions. Il allait remettre en place la boîte métallique quand une idée lui était venue. Il avait retourné le coffret : deux clefs étaient collées contre le fond par du sparadrap. L'une était une clef de coffre dont on avait limé le numéro ; l'autre... Il la fixa de ses yeux écarquillés : c'était celle de son propre coffre. Pourtant il aurait parié sa tête qu'il n'existait qu'une seule clef de ce coffre : celle qu'il portait toujours autour du cou et dont il ne s'était jamais séparé depuis que son père la lui avait remise, seize ans plus tôt, sur son lit de mort.

— *Oh ko*, grommela-t-il, à nouveau envahi par la rage.

— Ça va ? lui demanda Dunross. Voulez-vous un cognac ?

— Non, non, merci, bredouilla le compradore, ramené au présent.

Il tourna les yeux vers le Taï-pan et songea qu'il devrait tout lui raconter. Pourtant il n'osait pas. Outre les nombreuses transactions sur lesquelles les autorités pourraient se méprendre, et celles, hautement embarrassantes, qui conduiraient sans doute à une série de procès, sinon en correctionnelle du moins devant un tribunal civil — stupide législation anglaise, pensa-t-il, qui est la même pour tous, les riches et les pauvres ! À quoi bon s'échiner à faire fortune ? — outre tout cela, il lui faudrait encore avouer à Dunross que, depuis des années, il rassemblait sur Struan, comme son père l'avait fait avant lui, une documentation secrète : bilans, répartition des actions, pots-de-vin, fraudes et secrets de famille. Il ne servirait à rien, il le savait, d'arguer qu'il avait agi dans le seul but de protéger la Maison car le Taï-pan répondrait : la Maison de Chen, pas la Noble Maison ; il tournerait sa colère contre son compradore et sa famille. Dans un tel combat, les Chen ne pouvaient que perdre — Dirk Struan y avait veillé dans son testament — et l'édifice qu'ils avaient mis près d'un siècle et demi à bâtir s'effondrerait.

Les dieux soient loués, tout n'était pas dans le coffre, pensa-t-il. Les autres secrets sont enterrés ailleurs.

Un extrait d'une des lettres de son fils à Bartlett lui revint soudain en mémoire : « Ajoutez à ces photocopies l'*autre chose* dont je vous ai parlé... »

Son visage perdit toute couleur.

— Si vous voulez bien m'excuser, Taï-pan, dit-il en se levant. Je, euh, je vais prendre congé. Je vais chercher Dianne et... je... merci, bonne nuit.

Et il se dirigea à pas pressés vers la maison. Perplexe, Dunross le suivit des yeux.

— Casey, je vous présente Kathren Gavallan, la sœur de Ian, dit Penelope.

L'Américaine sourit à la femme d'Andrew Gavallan, qu'elle trouva aussitôt sympathique. En compagnie d'autres invitées, elle attendait dans une des antichambres du rez-de-chaussée que son tour soit venu de passer aux toilettes. La pièce était grande, confortable, pourvue de nombreux miroirs.

— Vous avez les mêmes yeux que votre frère, remarqua-t-elle. C'est un sacré bonhomme, n'est-ce pas ?

— Je suis bien de votre avis, acquiesça Kathren avec un sourire qui lui vint aussitôt aux lèvres.

Âgée de trente-huit ans, séduisante, elle portait une longue robe en soie imprimée.

— Cette pénurie d'eau est un problème, ajouta-t-elle avec son accent écossais agréable à entendre.

— Surtout pour les enfants, je suppose.

— Oh ! non, les enfants sont ravis, intervint Susanne de Ville. Pas question de les contraindre à prendre leur bain chaque soir.

C'était une Française, fort élégante, approchant de la cinquantaine.

— Les deux miens se passent volontiers de douche, eux aussi, reprit Kathren. Ce sont les parents que cela gêne, pas eux.

— Nous avons eu un été épouvantable ! dit Penelope,

qui examinait son maquillage dans une glace. Ce soir, il fait plus frais, nous avons de la chance. Normalement, nous devrions ruisseler de sueur ! Vivement le mois prochain ! Kathren, je t'ai dit que nous prenons deux semaines de vacances ? Enfin, moi, du moins. Ian a promis de m'accompagner mais on ne sait jamais, avec lui.

— Il a grand besoin de se reposer, approuva Kathren. Vous irez à Ayr ?

Casey remarqua les ombres qui, sous le maquillage, cernaient les yeux de la sœur de Dunross.

— Oui, et une semaine à Londres.

— Veinarde ! Combien de temps passerez-vous à Hong Kong, Casey ?

— Je ne sais pas. Cela dépendra de la décision de Par-Con.

— Andrew m'a dit que vous aviez discuté avec eux toute la journée.

— Oui. Je crois qu'ils n'aiment pas beaucoup parler affaires avec une femme.

— C'est le moins qu'on puisse dire, gloussa Susanne de Ville en rajustant sa blouse. Jacques, lui, est à moitié français, il admet le rôle que jouent les femmes dans les affaires. Mais les Anglais...

— Le Taï-pan n'a pas paru choqué, fit observer Casey. À vrai dire, je n'ai pas encore réellement discuté avec lui.

— Ce que vous avez fait avec Quillan Gornt, enchaîna Kathren.

L'Américaine, qui demeurait sur ses gardes même en compagnie des femmes, ne manqua pas l'allusion.

— Non, répondit-elle. Je ne lui avais pas adressé la parole avant ce soir. Par contre, mon patron l'avait déjà rencontré.

Avant de passer à table, elle avait eu le temps de raconter à Linc l'affrontement qui avait opposé Colin Dunross et le père de Gornt un soir de Noël.

— Et dans la salle de billard, en plus ! s'était-il exclamé. Pas étonnant qu'Adryon ait fait une telle tête !

Après avoir réfléchi un instant, il avait ajouté en haussant les épaules :

— Mais cela signifie simplement des pressions supplémentaires sur Dunross.

— Peut-être. Cependant leur rivalité a des racines trop

profondes à mon goût. Elle pourrait avoir des effets en retour.

— Je ne vois pas comment — pour le moment. Gornt a juste essayé d'enfoncer le flanc de l'ennemi, comme doit le faire tout bon général. Si nous n'avions pas été déjà prévenus par John Chen, ses révélations auraient eu pour nous une grande importance. Gornt ne pouvait pas savoir que nous étions déjà au courant, il a cherché à accélérer le mouvement. Nous n'avons pas encore sorti la grosse artillerie qu'ils nous font déjà les yeux doux, tous les deux.

— As-tu choisi le cheval sur lequel tu vas miser ?

— Pas encore. À ton avis ?

— Je n'en ai pas pour l'instant. Ils sont redoutables l'un et l'autre. Tu crois que John Chen a été enlevé parce qu'il nous fournissait des renseignements ?

— Je ne sais. Pourquoi ?

— Avant l'arrivée de Gornt, le commissaire Armstrong m'a posé des questions sur ce que John Chen m'avait dit la veille, sur nos sujets de conversation. Je lui ai rapporté tout ce dont je me souvenais — sans parler bien entendu de cette « chose » dont je devais prendre livraison. D'ailleurs j'aurais été bien en peine de le faire puisque je ne sais toujours pas ce que c'est.

— Rien d'illégal, Casey.

— Je n'aime pas rester dans l'ignorance — maintenant moins que jamais. Il s'est passé trop de choses : les armes, l'enlèvement, la curiosité de la police...

— Cela n'a rien d'illégal, je te le répète. Armstrong t'a dit qu'il y avait un rapport entre les deux affaires ?

— Il ne m'a rien dit du tout. C'est le type même du flic anglais comme on en voit au cinéma : fort, laconique, intelligent et plein d'expérience. Il croit que je lui cache quelque chose, j'en ai la conviction.

Casey avait hésité une fraction de seconde avant de poursuivre :

— Linc, quelle est cette chose si importante que John Chen devait nous donner ?

Elle se rappelait la façon dont il l'avait dévisagée de ses yeux bleus moqueurs.

— Une pièce de monnaie.

— Quoi ?

— En fait, une demi-pièce.

— Je ne vois pas ce...

— Je ne t'en dirai pas plus pour le moment.

La jeune femme avait de nouveau marqué un temps puis avait demandé à Bartlett :

— Tu as passé un accord — un accord quelconque — avec Gornt ?

— Non, rien de ferme. Il veut que nous l'aidions à écraser Struan. J'ai accepté d'en discuter mardi, pendant le repas.

— Que vas-tu répondre au Taï-pan après le dîner ?

— Cela dépendra de ses questions. Il sait sans doute qu'il est de bonne guerre d'éprouver les défenses de l'adversaire.

Casey s'était demandé qui était l'adversaire et, même à présent, elle se sentait déplacée parmi ces femmes qui ne lui avaient montré que de l'hostilité — à l'exception de Penelope, Kathren, et d'une invitée dont elle avait fait la connaissance en quittant la terrasse.

— Bonsoir, lui avait dit l'inconnue. Vous êtes étrangère, vous aussi, je crois ?

— Ô combien ! s'était exclamée K. C., frappée par la beauté de cette femme.

— Je m'appelle Fleur. Mon mari, Peter Marlowe, est écrivain. Je vous trouve ravissante.

— Merci. Vous êtes sensationnelle, vous aussi. Vous venez d'arriver à Hong Kong ?

— Non, nous y sommes depuis trois mois et deux jours mais c'est la première soirée anglaise à laquelle nous sommes invités. D'habitude, nous fréquentons des Chinois ou nous sortons seuls. Nous avons loué un appartement dans l'annexe du V & A. Bon sang, si elles pouvaient se presser un peu ! avait-elle murmuré en regardant la file de dames devant la porte des toilettes.

— Nous sommes également descendus au V & A.

— Je sais : vous êtes fort célèbres.

— Tristement célèbres. J'ignorais qu'on y louait aussi des appartements.

— Oh ! ce n'est pas vraiment un appartement : juste deux chambres à coucher minuscules et un salon. La cuisine est grande comme un placard mais il y a une baignoire, l'eau courante et une chasse d'eau qui fonctionne.

Fleur Marlowe avait de grands yeux gris et de longs

cheveux blonds. Casey se demandait quel âge elle pouvait avoir.

— Votre mari écrit, disiez-vous ?

— Il a écrit un livre mais ce sont surtout les scénarios qu'il pond pour Hollywood qui font bouillir la marmite.

— Pourquoi fréquentez-vous uniquement des Chinois ?

— Peter s'intéresse à eux.

La femme de l'écrivain avait murmuré d'un ton de conspirateur, en coulant un regard vers les autres femmes :

— Elles en remettent un peu, vous ne trouvez pas ? La vieille Angleterre et toutes ces conneries !

— Mais n'êtes-vous pas anglaise, vous aussi ?

— Oui et non. Je suis anglaise mais originaire de Vancouver. Peter, les enfants et moi vivons aux États-Unis, dans ce bon vieux Hollywood. À vrai dire, je ne sais plus trop ce que je suis.

— Nous habitons également L. A., Linc et moi.

— Je le trouve formidable. Vous avez de la chance.

— Quel âge ont vos enfants ?

— Quatre et huit ans. Dieu merci, on ne nous rationne pas encore l'eau.

— Vous aimez Hong Kong ?

— C'est un endroit fascinant. Peter y prépare son prochain livre, il y trouve une matière abondante. Si la moitié des légendes sont vraies... Les Struan, les Dunross, et votre Quillan Gornt !

— Ce n'est pas mon Quillan Gornt. J'ai fait sa connaissance ce soir.

— Vous avez provoqué un mini-tremblement de terre en traversant la salle en sa compagnie. Si vous restez quelque temps, demandez donc à Peter de vous mettre au courant des scandales de toutes sortes qui pimentent la vie de la Colonie.

Fleur avait salué de la tête Dianne Chen, qui se remettait de la poudre devant un miroir.

— C'est la belle-mère de John, la femme de Phillip Chen, avait-elle expliqué. Sa seconde femme — la première est morte. Elle est eurasienne et tout le monde la déteste mais c'est une des personnes les plus gentilles que je connaisse.

— Pourquoi la déteste-t-on ?

— On l'envie. Après tout, c'est l'épouse du compradore de la Noble Maison. Nous avons fait sa connaissance peu après notre arrivée et elle m'a beaucoup aidée. Hong Kong est une ville difficile pour une femme, en particulier pour une étrangère. Je ne sais pas trop pourquoi elle m'a adoptée mais elle a été formidable avec moi.

— Elle est eurasienne ? Elle a plutôt l'air chinois.

— C'est parfois difficile à dire. Son nom de jeune fille est T'Chung, et celui de sa mère Sung. D'après Peter, les T'Chung descendent des maîtresses de Dirk Struan, et les Sung sont également une branche illégitime issue du célèbre peintre Aristote Quance. Vous avez entendu parler de lui ?

— Oh ! oui.

— Le vieil Aristote est à l'origine de quatre lignées, qui ont donné à Hong Kong plusieurs de ses meilleures familles...

La porte des toilettes s'était ouverte, une femme en était sortie et Fleur avait soupiré :

— Enfin !

Casey s'était alors intéressée à la conversation des autres invitées, qui tournait autour de quelques sujets, toujours les mêmes : les vêtements, la chaleur, la pénurie d'eau, les domestiques, la cherté de la vie, les enfants et l'école. Penelope Dunross s'était approchée d'elle :

— Je viens d'apprendre votre prise de bec avec Joanna. Ne faites pas attention à elle, c'est une peste.

— Tout est de ma faute : je ne suis pas encore habituée à vos usages.

— Ils sont stupides mais, au bout du compte, c'est plus facile de donner satisfaction aux hommes. Personnellement, je suis contente de les laisser seuls : je trouve leur conversation assommante, la plupart du temps.

— Elle l'est parfois mais c'est une question de principe. Nous devrions être traitées sur un pied d'égalité.

— Il n'y aura jamais d'égalité ici. Hong Kong est une colonie de la Couronne.

— C'est ce qu'on ne cesse de me répéter. Dans combien de temps sommes-nous censées revenir ?

— Une demi-heure environ. C'est variable... Ainsi vous connaissez Quillan Gornt ?

— Je l'ai rencontré ce soir pour la première fois.

— Il... il n'est pas le bienvenu dans cette maison.

— Je sais, on m'a raconté la soirée de Noël.

— Que vous a-t-on dit ?

Casey avait répété les confidences qu'on lui avait faites et, après un silence, Penn avait déclaré :
— Les étrangers ne devraient pas se mêler des querelles de famille.
— C'est vrai, et toutes les familles ont leurs querelles. Linc et moi sommes des intrus ici, nous le sentons bien. Tout ce que nous voulons, c'est passer un accord avec l'une des grandes compagnies de la Colonie, trouver un associé.
— Vous finirez bien par vous décider. Soyez patiente, et prudente. Tu n'es pas d'accord, Kathren ?
L'épouse de Gavallan avait posé sur Casey le même regard calme que Ian Dunross en disant :
— J'espère que vous choisirez bien. Ici, tout le monde est rancunier.
— Vraiment ?
— Cela tient, entre autres raisons, à ce que nous vivons en vase clos, que tout le monde connaît tout le monde — et presque tous les secrets. Ajoutez à cela que nos haines remontent à plusieurs générations et se sont renforcées au fil des années. Autre raison : nous vivons dans une société de pirates, où les garde-fous sont peu nombreux. Enfin, les enjeux sont très élevés, ici. Si vous possédez un magot en or, introduit illégalement, vous avez le droit, aux yeux de la loi, de le conserver. Hong Kong est un lieu de transit, personne n'y vient pour s'y installer définitivement — pas même les Chinois. On y fait fortune et on s'en va.
— Les Struan, les Dunross et les Gornt y sont implantés depuis plusieurs générations, objecta la vice-présidente.
— Ils y sont venus pour une seule raison : l'argent. C'est notre dieu, ici. Et dès qu'on en a assez gagné, on déguerpit, qu'on soit européen, américain ou chinois.
— Tu exagères, Kathy, dit Penelope.
— Oui, mais c'est quand même vrai. À Hong Kong, nous vivons en permanence au bord de la catastrophe : incendie, inondation, épidémie, glissement de terrain, émeute. La moitié de la population, qui est communiste, hait l'autre moitié, qui est nationaliste. En plus il y a la Chine, qui peut nous avaler d'une seconde à l'autre. Alors nous vivons dans le présent et au diable le reste ! Profite de ce que tu peux prendre aujourd'hui car demain, qui

sait ? Les gens sont plus durs ici qu'ailleurs parce que tout y est précaire, que rien n'y dure.

— Excepté le Peak, corrigea Penelope. Et les Chinois.

— Même les Chinois cherchent à s'enrichir rapidement pour décamper au plus vite. Vous verrez, Casey : Hong Kong vous prendra au piège de son charme — ou de ses maléfices. Pour les affaires, c'est l'endroit le plus excitant au monde et vous vous sentirez bientôt au centre de la terre. Excitant et passionnant pour un homme, s'entend ; pour une femme, c'est l'enfer. Toutes les épouses de la Colonie haïssent Hong Kong de toute leur âme, quoi qu'elles en disent.

— Voyons, Kathren, tu exagères, là encore.

— Pas du tout. Ici, chacune de nous est menacée, tu le sais bien, Penny. Les femmes de Hong Kong mènent une bataille perdue d'avance...

La sœur de Ian s'interrompit, sourit d'un air las.

— Excusez-moi, je me suis emballée. Penn, je vais demander à Andrew s'il veut rester. Moi je me sauve, si tu n'y vois pas d'inconvénients.

— Tu te sens bien, Kathy ?

— Oui, juste un peu de fatigue. Notre dernier nous pose des problèmes mais il entrera en pension l'année prochaine.

— Qu'est-ce que cela a donné, ton bilan de santé ?

— Tout va bien ; Casey, téléphonez-moi un de ces jours, mon numéro est dans l'annuaire... Ne choisissez pas Gornt, cela vous serait fatal. Penelope, ma chérie, au revoir.

— C'est un amour, dit Penn après le départ de sa belle-sœur. Mais elle se fait trop de mauvais sang.

— Vous ne vous sentez pas menacée ?

— Je suis très heureuse entre mon mari et mes enfants.

— Elle vous a demandé si vous vous sentez menacée, fit observer Suzanne de Ville sans cesser de scruter son reflet dans un des miroirs.

— Non, je suis parfois... débordée, mais je ne me sens pas plus menacée que vous.

— Ma chérie, une Parisienne ne craint aucune menace. Vous connaissez Paris, miss Tcholok ?

— Oui. C'est une belle ville.

— La plus belle du monde, assura Susanne avec une

modestie bien française. Beuh ! J'ai l'air d'avoir au moins trente-six ans, ce soir.

— Mais non, dit Penelope en consultant sa montre. Je crois que nous pouvons aller retrouver les hommes. Excusez-moi un instant...

Susanne de Ville la regarda s'éloigner puis reporta son attention sur l'Américaine.

— Jacques et moi sommes venus à Hong Kong en 1946.

— Vous êtes de la famille, vous aussi ?

— Le père de Jacques a épousé une Dunross — une tante du Taï-pan — pendant la Première Guerre mondiale, expliqua Susanne. (Elle approcha son visage de la glace, fit tomber de sa joue un peu de poudre.) Chez Struan, c'est important d'être de la famille.

Casey remarqua les yeux rusés de la Française qui l'observaient dans le miroir.

— Je suis bien de votre avis, continua Mrs. de Ville, c'est idiot cette coutume de laisser les hommes seuls à la fin du repas. Une table sans femmes, il n'y a rien de plus glacial, non ?

— Je le pense aussi, répondit Casey en souriant. Pourquoi Kathren a-t-elle parlé de menaces ? Par quoi êtes-vous menacées ?

— Par les jeunes, bien sûr ! Hong Kong regorge de charmantes jeunes Chinoises, élégantes et sensées, aux longs cheveux noirs, à la peau dorée et au postérieur aguichant. Ces filles comprennent parfaitement les hommes et traitent le sexe pour ce qu'il est : un moyen de subsistance, et souvent une marchandise de troc. Le puritanisme a déformé l'esprit de ces pauvres Anglaises. Dieu merci, je suis française de naissance ! Pauvre Kathy !

Casey comprit aussitôt :

— Oh ! je vois ! Elle a découvert que son mari a une maîtresse ?

Susanne sourit à son image sans répondre. Au bout d'un moment, elle finit par rompre le silence :

— Mon Jacques aussi a des maîtresses, comme tous les hommes. Et les femmes intelligentes prennent des amants de leur côté. Pour les Français, cela n'empêche pas un couple de bien marcher. Il faut ramener ces choses à leurs justes proportions.

— Cela doit quand même être dur pour une femme de se savoir trompée, dit Casey.

— Tout est dur pour une femme, ma chérie. Les hommes sont de tels crétins !

Susanne de Ville lissa le devant de sa robe puis se mit du parfum derrière les oreilles et entre les seins.

— Vous perdrez si vous tentez de jouer selon la règle du jeu des hommes et non celle des femmes, poursuivit-elle. Par contre, vous aurez de grandes chances de réussir à Hong Kong si vous savez être assez féminine. Rappelez-vous, les Gornt sont tous vénéneux. Et surveillez Linc : j'en connais déjà qui vous le voleraient bien.

14

22 h 42

Au premier étage, un homme se glissa prudemment hors de l'ombre du balcon et pénétra, par la fenêtre ouverte, dans le bureau de Dunross. Il s'arrêta, tendit l'oreille. Ses vêtements noirs le rendaient presque invisible dans la pénombre. Le bruit étouffé de la réception brisait par moments le silence régnant dans la pièce.

Il alluma une lampe électrique, en braqua le faisceau sur le portrait accroché au-dessus de la cheminée, s'approcha. Dirk Struan semblait le regarder avec un sourire sarcastique. L'homme promena le pinceau de lumière le long du cadre, cherchant les charnières, puis il tira la toile vers lui. Le portrait s'écarta silencieusement du mur.

La silhouette noire poussa un soupir, examina la serrure du coffre, y introduisit une des clefs à crochet de son trousseau. Sans succès. Deuxième clef, deuxième échec. La troisième tourna avec un déclic mais la serrure ne s'ouvrit pas. L'homme essaya les autres clefs du trousseau : en vain.

Agacé, il revint à la troisième, la tourna dans un sens, dans un autre mais ne réussit toujours pas à ouvrir. Après avoir hésité sur la conduite à tenir, il rabattit le portrait contre le mur, alla jusqu'au bureau, décrocha un des deux téléphones — celui qui n'était relié à aucun autre poste dans la maison — et composa un numéro. La sonnerie bourdonna plusieurs fois et s'arrêta.

— Oui ? fit une voix masculine en anglais.
— Mr. Lop-sing, je vous prie, dit l'homme en noir.
— Il n'y a pas de Lop-*ting* ici. Vous devez faire erreur.
Ayant obtenu la réponse attendue, le visiteur du bureau de Dunross poursuivit :
— Je voudrais laisser un message.
— Désolé, vous faites erreur. Consultez l'annuaire.
Là encore c'était la bonne réponse.
— Ici, Lim, chuchota-t-il, usant de son nom de code. Passez-moi Arthur, c'est urgent.
Quelques instants plus tard, il entendit une toux sèche qu'il reconnut aussitôt puis la voix d'Arthur :
— Oui, Lim ? Vous avez trouvé le coffre ?
— Derrière le portrait, au-dessus de la cheminée, mais aucune de mes clefs ne marche. Il me faudrait un équipement spé...
Il se tut en entendant des voix dans le couloir, raccrocha sans bruit, vérifia précipitamment que tout était à sa place, éteignit sa lampe et bondit vers le balcon qui courait tout le long de la façade nord. Le clair de lune tira un bref instant son visage de l'ombre : c'était celui de Feng-le-serveur-de-vin.
La porte du bureau s'ouvrit, Dunross entra, suivi par Brian Kwok. Le Taï-pan alluma la lumière et déclara :
— Ici, nous ne serons pas dérangés. Asseyez-vous.
— Merci, dit le policier, dont c'était la première visite à l'étage supérieur.
Leur verre de cognac à la main, les deux hommes s'approchèrent des fenêtres dont la brise agitait doucement les rideaux arachnéens puis s'installèrent dans les profonds fauteuils, se faisant face. Brian Kwok contempla le tableau.
— Saisissant, fit-il.
Dunross regarda lui aussi et se figea : on avait touché au portrait.
— Qu'y a-t-il, Ian ?
— Rien. De quoi vouliez-vous me parler ?
— De deux choses. D'abord de votre cargo l'*Eastern Cloud*.
C'était un des « tramps » de Struan qui faisait la navette entre les grands ports d'Asie — Bangkok, Singapour, Calcutta, Madras, Bombay, et parfois Rangoon — et la Colonie, transportant à l'aller toutes sortes de produits manufacturés et ramenant au retour des matières

premières, de la soie, des pierres précieuses, du jute, du teck, diverses denrées. Six mois plus tôt, les autorités indiennes de Calcutta l'avaient placé sous séquestre après avoir découvert, au cours d'une fouille surprise des services de la douane, 36 000 taels d'or cachés dans une des soutes. Un peu plus d'une tonne.

— L'or, c'est une chose — et nous n'avons rien à y voir — mais de là à saisir notre navire ! avait protesté le Taï-pan auprès du consul général indien à Hong Kong.

— Navré, Mr. Dunross, *sah*. La loi est la loi. Introduire de l'or en Inde clandestinement constitue un grave délit, *sah* : tout bâtiment à bord duquel sera trouvé de l'or de contrebande pourra être saisi et mis en vente.

— *Pourra*, je ne vous le fais pas dire. Excellence, je vous conjure d'intervenir auprès des autorités...

Mais les autorités avaient ignoré l'intervention du consul et toutes les démarches faites auprès de personnalités haut placées, tant en Inde qu'à Londres, avaient été vaines. Et bien que les enquêtes menées par les polices de Hong Kong et de Calcutta n'aient permis d'incriminer aucun des membres de l'équipage, l'*Eastern Cloud* était toujours bloqué dans le port indien.

— Vous avez du nouveau ? demanda Ian au policier.

— Nous croyons être en mesure de persuader les autorités indiennes de vous le restituer.

— En échange de quoi ? questionna le Taï-pan, méfiant.

Kwok se mit à rire.

— De rien. Nous ne savons pas qui est le contrebandier mais nous connaissons celui qui a refilé le tuyau à la douane indienne.

— Qui est-ce ?

— Il y a sept mois environ, vous avez changé votre politique d'embauche. Jusque-là, Struan n'employait que des matelots cantonais et, pour une raison quelconque, vous avez commencé à recruter des Shanghaïens. Exact ?

— Exact.

Dunross se souvint que cette décision avait été prise à l'instigation de Tsun-yan, lui aussi originaire de Shanghai. Selon lui, Struan avait tout à gagner en aidant aussi les réfugiés venus du Nord. « Ils sont également bons marins et peu exigeants en matière de salaire », avait fait valoir Tsu-yan.

— Struan engagea donc un équipage shanghaïen pour

l'*Eastern Cloud* — le premier, je crois —, ce qui ne fit pas plaisir aux Cantonais. Ils se plaignirent au Bâton Rouge de leur triade et...

— Ah, je vous en prie ! Nos équipages ne sont pas des triades !

— Bon, si vous préférez, ils allèrent trouver leur délégué syndical — mais vous me direz qu'ils ne sont pas syndiqués — et ce type leur répondit approximativement : *oh ko*, ces lourdauds du Nord nous ont fait perdre la face, je vais m'occuper d'eux. Et il refila le tuyau à un indicateur indien qui, sur la promesse d'obtenir une partie de la récompense, mit le consulat au courant.

— Quoi ?

— Eh oui ! dit Brian avec un grand sourire. 20 % au mouchard indien, 80 % aux Cantonais qui auraient dû faire partie de l'équipage de l'*Eastern Cloud*. Ainsi les Cantonais recouvraient la face et la lie shanghaïenne honnie faisait connaissance avec les geôles indiennes.

— Nom de Dieu ! Vous avez des preuves ?

— Évidemment ! Mais comme notre ami indien doit continuer à nous aider en échange de, euh, services rendus, nous préférerions ne pas le nommer. Le délégué syndical ? Il s'appelait entre autres Tuk-le-Braillard et avait été chauffeur à bord de l'*Eastern Cloud* pendant trois ans. Je dis « s'appelait » parce que, malheureusement, nous ne le reverrons plus. Nous l'avons surpris, la semaine dernière, en grande tenue de Bâton Rouge des 14 K grâce à l'obligeance d'un informateur shanghaïen, le frère d'un des matelots qui croupissent dans les geôles indiennes.

— Il a été expulsé ?

— Sur l'heure. Nous n'aimons pas les triades, elles sont devenues des bandes criminelles qui se livrent à toutes sortes d'activités répréhensibles. Nous l'avons expédié à Taiwan où il ne sera pas très bien accueilli, si j'en juge par la guerre que se livrent encore la triade shanghaïenne du Pang Vert et la société secrète cantonaise des 14 K pour le contrôle de Hong Kong. Tuk-le-Braillard avait rang de 426.

— Qu'est-ce que c'est, un 426 ?

— Je pensais que vous le saviez. Tous les dirigeants d'une triade sont identifiés par un nombre et un titre symbolique. Ce nombre est toujours divisible par le chiffre sacré 3. Le chef a pour nombre 489, dont les chiffres additionnés font 21, puis 3. 21, c'est aussi 3 fois 7 ; 3, la création, 7, la mort, autrement dit la deuxième naissance. Il y a ensuite l'Éventail Blanc, 438, le Bâton Rouge, 426, et ainsi de suite jusqu'au 49.

— Qui n'est pas divisible par 3 !

— Oui, mais 4 fois 9 font 36, nombre des serments secrets scellés par le sang. Les Chinois sont des dingues des nombres et de la numérologie. En tout cas, nous l'avons pris sur le fait, ce qui prouve bien que les triades existent — ou du moins qu'il en existait une à bord d'un de vos navires.

— Apparemment, convint Dunross.

Il se reprocha intérieurement de ne pas avoir prévu que la rivalité entre Shanghaïens et Cantonais créerait des problèmes. Problèmes qui n'étaient pas résolus puisque sept autres bâtiments de sa flotte comprenant une soixantaine de navires avaient un équipage shanghaïen.

— Bon Dieu, je ne peux pas débarquer les marins shanghaïens que je viens d'embaucher et, si je ne le fais pas, j'aurai les mêmes histoires. Quelle est la solution ?

— Réservez certaines routes maritimes aux Shanghaïens mais seulement après avoir consulté leurs Bâtons Rouges 426... pardon, leurs délégués syndicaux, et bien entendu leurs homologues cantonais. Arrangez-vous pour pouvoir leur dire qu'un devin célèbre vous a conseillé cette décision, porteuse d'un *joss* extraordinaire pour les deux parties. Tung-l'aveugle, par exemple.

— Génial ! s'exclama le Taï-pan. Un service en vaut un autre. Brian, vous me promettez de garder pour vous ce que je vais vous confier ?

— D'accord.

— Sûr ?

— Promis.

— Achetez des Struan dès l'ouverture demain matin.

— Combien ?

— Autant que vous pourrez.

— Et je les garde combien de temps ?

— Vous les avez bien accrochées ?

Kwok émit un petit sifflement.

— Merci, dit-il. Pour en revenir à l'*Eastern Cloud*, 36 000 taels d'or valent 1 514 520 dollars américains au cours légal mais, fondue en lingots de contrebande de 5 taels et débarquée clandestinement à Calcutta, cette cargaison vaudrait deux ou trois fois plus, c'est-à-dire 4,5 millions. D'accord ?

— Je ne sais pas exactement.

— Moi je sais. Dans cette affaire, le manque à gagner s'élève à 3 millions, les investissements perdus à 1,5.

— Et alors ?

— Alors les Shanghaïens ont l'esprit de clan très développé, comme les Cantonais et tous les Chinois. Si l'équipage de l'*Eastern Cloud* était dans le coup — et j'en suis convaincu, bien que je ne puisse le prouver —, vous pouvez parier votre dernier dollar que ce sont d'autres Shanghaïens qui ont introduit l'or en contrebande à Hong Kong, que la cargaison avait été achetée à l'origine à Macao avec de l'argent shanghaïen, et donc en partie avec des fonds provenant du Pang Vert.

— Pas obligatoirement.

— Avez-vous des nouvelles de Tsu-yan ?

— Non. Et vous ?

— Pas encore mais nous enquêtons. Je pars de l'idée que le Pang Vert s'est fait ratisser et que les criminels détestent perdre l'argent qu'ils ont durement gagné. Struan peut s'attendre à des ennuis si vous n'adoptez pas la solution que je vous ai conseillée.

— Tous les membres du Pang Vert ne sont pas des criminels.

— Question de point de vue. Par ailleurs — et à mon tour, je vous demande de garder cela pour vous —, nous sommes sûrs que Tsu-yan se livre au trafic de l'or. Et enfin, pour éviter la saisie de ses navires, une compagnie que je connais devrait réduire ses exportations d'or à destination de Macao.

— Je vous demande pardon ?

Dunross se félicita d'être parvenu à garder un ton calme. Le policier soupira et, continuant d'abattre les cartes que Roger Crosse lui avait fournies :

— Nelson Trading.

Le Taï-pan demeura impassible au prix d'un gros effort.

— Nelson Trading ?

— Nelson Trading, société anonyme, Londres. Comme vous le savez, le gouvernement de la Colonie a accordé à cette firme deux monopoles : celui de l'achat de lingots d'or sur le marché international pour fournir les joailliers de Hong Kong et, surtout, celui du transit en douane par la Colonie des lingots destinés à Macao. Elle partage ce monopole avec une autre société de moindre envergure, la Saul Feinheimer Bullion Company, également de Londres. Nelson Trading et Feinheimer ont quelques points communs : mêmes avoués, par exemple, et plusieurs personnes siégeant aux deux conseils d'administration.

— Ah ?

— Vous en faites partie, je crois.

— Je fais partie du conseil d'administration de près de soixante-dix compagnies, argua Dunross.

— Exact, et elles ne sont pas toutes à Struan. Naturellement, certaines d'entre elles pourraient lui appartenir secrètement par l'intermédiaire d'hommes de paille.

— Naturellement.

— Une chance qu'à Hong Kong on ne soit pas obligé de publier la liste des membres d'un conseil d'administration, ou la composition d'un holding.

— Où voulez-vous en venir, Brian ?

— Autre coïncidence : Nelson Trading a son siège dans le même immeuble que votre filiale britannique, Struan London S.A.

— C'est un des plus grands immeubles de la City, une centaine de firmes y ont leur siège.

— Bien davantage si on y ajoute celles qui y ont leurs avoués — les sociétés de holding qui possèdent d'autres compagnies dont les conseils d'administration bidon cachent toutes sortes de squelettes dans leurs placards.

— Eh bien ?

Dunross se demandait où Kwok voulait en venir et d'où il tenait ses informations. Depuis sa constitution en 1953 pour traiter du commerce de l'or avec Macao — seul endroit d'Asie où l'importation d'or était légale —, Nelson Trading était une filiale secrète de Struan.

— À propos, Ian, connaissez-vous le génial Portugais de Macao, Lando Mata ?

— Oui. C'est un homme charmant.

— Et pourvu de bonnes relations. On raconte qu'il y a une quinzaine d'années, il a persuadé les autorités de Macao d'instituer un monopole de l'importation d'or et de le lui céder, à lui et à deux ou trois de ses amis, contre une modeste taxe annuelle d'environ un dollar américain l'once. C'est lui aussi qui a convaincu ces mêmes autorités de légaliser le jeu et d'en confier le monopole à ces mêmes amis. Un bon filon, non ?

Dunross ne répondit pas.

— Tout se passa bien pendant plusieurs années, poursuivit le policier. En 1954, lors de la modification des lois concernant l'or à Hong Kong, certains hommes d'affaires de la Colonie proposèrent à Landa une amélioration, désormais légale, du système : leur Compagnie achète des lingots sur le marché mondial pour le consortium de Macao, au cours légal de 35 dollars l'once, et les fait venir ouvertement à Hong Kong par avion ou bateau. À l'arrivée de la cargaison, les douaniers de la Colonie supervisent le transbordement des lingots dans le ferry de Macao ou l'hydravion Catalina. À Macao, l'or, en lingots officiels de quatre cents onces, est déchargé sous la surveillance de la douane portugaise et transporté en voiture — en taxi, en fait — à la banque. C'est un petit bâtiment hideux qui n'ouvre jamais ses portes, excepté pour recevoir de l'or, et qui n'a pas d'autres clients que le consortium. Devinez qui en est propriétaire ? Mr. Mata et ses amis. Une fois à l'intérieur de la banque, l'or disparaît !

Le commissaire sourit comme un prestidigitateur venant de réussir le clou de son numéro.

— Cinquante-trois tonnes cette année, jusqu'à présent. Quarante-huit tonnes l'année dernière ! Autant l'année d'avant.

— Cela fait beaucoup d'or, commenta le Taï-pan.

— Beaucoup. Curieusement, ni les autorités de Macao ni celles de Hong Kong ne semblent se soucier de cet or qui entre dans une banque et n'en ressort jamais. Vous me suivez toujours ?

— Oui, oui.

— Voici ce qui se passe en réalité : une fois dans la banque, les lingots de quatre cents onces sont fondus en barres de cinq taels, plus faciles à transporter et à passer en fraude. Venons-en maintenant au seul aspect illégal de cette merveilleuse combine : l'introduction de l'or à Hong Kong en contrebande. Vous savez aussi bien que moi qu'il est relativement facile d'importer clandestinement une marchandise quelconque dans la Colonie. Et ce qui fait la beauté de la chose, c'est qu'à Hong Kong il est parfaitement légal de posséder de l'or, *quelle qu'en soit sa provenance*. Ce n'est pas le cas aux États-Unis, ou en Grande-Bretagne, par exemple, où nul citoyen ne peut détenir des lingots d'or à titre privé. Ici on ne pose pas de questions, et cet or qu'on a le droit de posséder, on a aussi celui de l'exporter.

— Où tout cela nous mène-t-il, Brian ?

Kwok fit tourner le vieil alcool dans son verre avant de répondre :

— Nous voudrions de l'aide.

— La Special Intelligence ? s'étonna le Taï-pan.

— Oui.

— Qui à la SI ? Vous ?

Le policier hésita.

— Mr. Crosse en personne.

— Quel genre d'aide ?

— Il voudrait lire tous les dossiers que vous a envoyés Alan Medford Grant.

— Vous voulez répéter ? dit Dunross pour se donner le temps de réfléchir.

Le commissaire lui tendit les photocopies de la première et de la dernière page du rapport intercepté.

— Voici un échantillon de celui que vous venez de recevoir. Nous aimerions jeter un coup d'œil aux autres.

— Je ne comprends pas.

— Je n'ai pas apporté tout le dossier mais je peux le faire, si vous y tenez, dit Kwok en fixant Dunross sans ciller. Nous apprécierions vraiment beaucoup votre collaboration.

L'énormité des implications de la requête sidéra le Taï-pan.

— Ce rapport et les autres — s'ils existent — sont secrets, s'entendit-il répondre d'un ton prudent. Les informations qu'ils contiennent me sont exclusivement destinées ainsi qu'au gouvernement. Par ailleurs, vous avez sans doute les moyens de les obtenir par vos propres réseaux.

— Sûrement, mais, en attendant, le directeur vous serait reconnaissant de le laisser y jeter un coup d'œil.

Dunross porta lentement son verre de cognac à ses lèvres. Il aurait pu nier l'existence des autres dossiers, les détruire, les cacher ou les laisser là où ils étaient, mais il ne souhaitait pas rejeter la requête de la Special Intelligence. Il avait au contraire le devoir de l'aider. La SI jouait un rôle capital dans la sécurité de la Colonie et constituait un élément indispensable de la position de Hong Kong en Asie. Sans elle, les jours de la Colonie étaient comptés si les rapports d'AMG contenaient une part de vérité, aussi mince fût-elle.

Dans de mauvaises mains...

— Je vais réfléchir, dit-il enfin. Je vous donnerai une réponse demain.

— Désolé, Ian, j'ai reçu l'ordre d'in..., de souligner l'urgence du problème.

— Vous alliez dire *insister* ?

— Oui. Je vous demande officiellement de nous aider.

— En échange de l'*Eastern Cloud* et de Nelson Trading ?

— L'*Eastern Cloud*, c'est un cadeau, les informations aussi. Nelson Trading ne nous intéresse pas vraiment. À ma connaissance, nous n'avons pas de dossier sur cette compagnie.

Dunross étudia le visage de son ami, les pommettes hautes et saillantes, les yeux aux paupières lourdes, le regard droit, les épais sourcils noirs.

— Avez-vous lu ce rapport, Brian ?

— Oui.

— Alors vous comprenez mon dilemme.

— Vous voulez parler de la taupe infiltrée dans la police ?

— Mais encore ?

— Vous avez raison d'être prudent. Je précise : une taupe qui pourrait occuper des fonctions importantes — celles de commissaire, par exemple ?

— Oui. Vous l'avez identifiée ?

— Pas encore.

— Vous soupçonnez quelqu'un ?

— Oui, et il est sous surveillance. Ne vous inquiétez pas, seuls Crosse et moi prendrons connaissance des dossiers.

— Une minute : je n'ai pas dit qu'ils existent, répliqua le Taï-pan en feignant l'irritation.

Kwok demeura impassible, mais une lueur, soit de colère, soit de déception s'alluma dans son regard.

— Mettez-vous à ma place, reprit Dunross. Pour un simple citoyen, ce serait de la folie que de garder des informations aussi explosives. Il vaudrait mieux les détruire après en avoir fait usage utilement. Vous ne croyez pas ?

— Possible.

— Restons-en là pour ce soir. Nous reprendrons la discussion demain, à 10 heures, par exemple.

Le visage du policier se rembrunit.

— Il ne s'agit pas d'un petit jeu de salon, de quelques tonnes d'or, de combines boursières ou d'accords juteux avec la RPC. Il s'agit d'un jeu mortel, qui engage le sort de millions de gens et des générations futures. « Sevrin », c'est sérieux ; la menace communiste, c'est sérieux, le KGB aussi ! Et nos amis de la CIA pourraient s'énerver eux aussi. Vous feriez bien de les garder soigneusement, vos dossiers.

Le Taï-pan ne se départit pas de son calme.

— Alors selon vous, ce rapport est exact ?

— Crosse pense qu'il pourrait l'être. Il vaudrait mieux que nous laissions un homme ici, pour parer à toute éventualité.

— Comme vous voudrez.

— Faut-il également faire garder votre propriété de Shek-O ?

— Comme vous voudrez.

— Vous n'êtes pas très coopératif.

— Détrompez-vous, mon vieux. Je prends vos arguments très au sérieux. Quand et comment vous êtes-vous procuré une copie du rapport ?

Le Chinois hésita avant de répondre :

— Je l'ignore, et je ne suis pas sûr que je vous le dirais si je le savais.

— Bon, allons voir Crosse, soupira le Taï-pan en se levant.

— Pourquoi les Gornt et les Rothwell ont-ils une haine aussi forte pour les Struan et les Dunross, Peter ? demanda Casey.

Elle se promenait dans le jardin, dans la fraîcheur du soir, en compagnie de Bartlett, de Peter Marlowe et de sa femme.

— Je n'en connais pas encore toutes les raisons, répondit le Britannique.

Marlowe était grand, âgé de trente-neuf ans, son accent était distingué, il avait des cheveux blonds et derrière ses yeux gris-bleu on devinait une étrange tension de l'esprit.

— On dit qu'elle remonterait aux Brock, avec lesquels les Gornt auraient des liens de parenté. Peut-être même au vieux Tyler Brock lui-même. Vous avez entendu parler de lui ?

— Bien sûr, dit Bartlett. Comment la querelle a-t-elle commencé ?

— Dans son enfance, Dirk Struan fut mousse à bord d'un des navires marchands de Tyler Brock. À l'époque, la vie était rude un peu partout et plus particulièrement en mer. Quoi qu'il en soit, Tyler Brock fit fouetter le jeune Struan pour une faute imaginaire et le laissa pour mort quelque part sur la côte chinoise. Dirk, qui avait alors quatorze ans, jura devant Dieu et le diable que lorsqu'il serait devenu un homme, il écraserait la maison Brock and Sons et ferait tâter à Tyler du chat-à-neuf-queues. Autant que je sache, il n'y parvint pas mais on raconte qu'il battit à mort le fils aîné de Tyler avec un fer de combat.

— Qu'est-ce que c'est ? demanda Casey.

— Une espèce de masse d'armes chinoise : une boule hérissée de piquants reliée à un manche par une courte chaîne.

— Il le tua pour se venger de son père ? fit l'Américaine, choquée.

— Ça non plus je ne le sais pas, mais je parie qu'il avait de bonnes raisons. Dirk Struan, le vieux Tyler, tous ces hommes qui ont fait l'Empire britannique, conquis les Indes, ouvert la Chine, c'étaient des géants ! Tyler était borgne — je vous l'ai dit ? Une drisse fouettée par le vent lui avait arraché un œil, vers 1825, quand son trois-mâts, chargé d'opium, poursuivait le clipper de Struan dans la tempête. Struan avait un jour d'avance dans la course qui menait des champs de pavot de l'Inde aux marchés de la Chine. On dit que Tyler se contenta de verser de l'eau de vie dans son orbite vide et qu'il donna l'ordre aux matelots juchés dans la mâture d'augmenter de voiles.

L'écrivain marqua un temps d'arrêt puis ajouta :

— Dirk fut tué par un typhon en 1841, dans Happy Valley, et Tyler mourut sans le sou après avoir fait faillite en 1863.

— Sans le sou ? répéta Casey.

— La légende veut que Tess, sa fille aînée — la future Hag Struan —, ait travaillé à sa perte pendant des années. Vous savez qu'elle avait épousé Culum, le fils unique de Dirk ? Hag Struan manœuvra en secret avec la Victoria

Bank, que Tyler avait fondée vers 1840, et avec Cooper-Tillman, les associés de Brock aux États-Unis. Ensemble, ils lui tendirent un piège et ruinèrent la maison Brock and Sons dans un krach gigantesque. Tyler perdit tout : sa compagnie maritime, ses rafiots à opium, ses propriétés, ses entrepôts, ses stocks — tout. Il se retrouva sur le sable.

— Que devint-il ?

— Personne ne le sait au juste, mais on raconte que la nuit de la faillite, le 31 octobre 1863, le vieux Tyler se rendit à Aberdeen, un port situé de l'autre côté de Hong Kong. Avec son petit-fils Tom et six matelots, il s'empara d'un lorcha — bateau dont la coque est chinoise et le gréement européen — et prit la mer. Fou de rage, il hissa le pavillon des Brock en haut du mât après avoir tué quatre marins pour se rendre maître du bâtiment. À la sortie du port, il expédia une bordée au cotre qui tentait de lui barrer le passage — à cette époque, la plupart des navires étaient armés de canons pour se défendre des pirates. Le vieux Tyler mit le cap vers le large, poussé par un vent d'est, sans se soucier de la tempête qui menaçait. En quittant Aberdeen, il maudit sans doute ceux qui l'avaient trahi : Hag Struan, la Victoria Bank, les Cooper de Cooper-Tillman et surtout le Taï-pan mort depuis plus de vingt ans. Le vieux Tyler Brock jura de se venger et cria, dit-on, qu'il partait vers le nord pour de nouvelles rapines et un nouveau départ. Il rebâtirait sa Maison et... « Et je reviendrai, par Dieu... je me vengerai, je deviendrai la Noble Maison... Oui, je reviendrai... »

Un frisson parcourut le dos de Casey.

— Tyler mit cap au nord et l'on n'entendit plus jamais parler de lui, poursuivit Peter Marlowe. On ne retrouva trace ni de son lorcha ni de son équipage. Pourtant, ici, on sent encore sa présence — comme celle de Dirk Struan. N'oubliez jamais que, dans toute transaction avec la Noble Maison, c'est aussi à ces deux hommes, ou à leurs fantômes, que vous avez affaire. La nuit même où Dunross devint Taï-pan, Struan perdit son plus beau cargo, le *Lasting Cloud*, dans un typhon. Ce fut une catastrophe financière pour la Compagnie. Le navire coula corps et biens au large de Taiwan. Seul rescapé : un jeune matelot anglais qui se trouvait sur le pont au moment du naufrage. Il jura que des feux trompeurs les avaient attirés vers les récifs et qu'il avait entendu un rire dément quand le bateau avait commencé à sombrer.

Casey frissonna de nouveau et Bartlett lui passa un bras autour des épaules.

— Les gens d'ici parlent de personnes mortes depuis un siècle comme si elles se trouvaient dans la pièce voisine, fit-il remarquer.

— Vieille habitude chinoise, expliqua Peter. Les Chinois croient que le passé commande l'avenir et éclaire le présent. Hong Kong a été fondée il y a cent vingt ans, c'est-à-dire hier pour un homme de quatre-vingts ans. Prenez l'exemple de Phillip Chen, l'actuel compradore. Il est âgé de soixante-cinq ans et son grand-père était le célèbre sir Gordon Chen, fils naturel de Dirk Struan, qui mourut en 1907 à l'âge de quatre-vingt-six ans. Phillip Chen avait alors neuf ans. À cet âge, un enfant à l'esprit éveillé enregistre les histoires que lui raconte un grand-père vénéré. En l'occurrence, le vieux Gordon dut lui parler du Taï-pan, son père, et de May-may, sa fameuse maîtresse. On dit que sir Gordon fut un personnage étonnant, l'archétype de l'ancêtre. Il eut deux femmes légitimes, huit concubines d'âges divers et laissa à la nombreuse famille Chen une fortune considérable. Demandez à Dunross de vous montrer ses portraits — j'en ai vu des reproductions, c'était un fort bel homme. Des dizaines de personnes qui ont connu ce grand fondateur vivent encore aujourd'hui. Hag Struan elle-même est morte il y a quarante-six ans seulement. Regardez...

L'écrivain désigna d'un mouvement de tête un petit vieillard mince et droit comme un bambou qui parlait avec volubilité à une jeune femme.

— C'est Vincent McGore, Taï-pan de la cinquième grande *hong*, International Asian Trading. Il a travaillé pendant des années pour sir Gordon puis pour la Noble Maison. D'après les ragots, il devint l'amant de Hag Struan quand il débarqua, à dix-huit ans, d'un rafiot à bestiaux en provenance du Moyen-Orient : en fait, il n'est pas du tout écossais.

— Peter, tu viens juste d'inventer cette histoire ! accusa Fleur Marlowe.

— Tu permets ? riposta-t-il en souriant. Elle n'avait que soixante-quinze ans à l'époque.

Ils éclatèrent de rire tous les quatre.

— Est-ce vrai ? interrogea Casey.

— Qui peut distinguer la vérité de la fiction ? En tout cas, c'est ce qu'on m'a raconté.

— Ne le croyez pas, murmura Fleur avec une mine de conspiratrice. Il construit ces histoires de toutes pièces.

— Où les trouvez-vous, Peter ? demanda Bartlett.

— En partie dans mes lectures. Il y a à la bibliothèque du tribunal des collections de journaux qui remontent à 1870. J'ai lu aussi L'*Histoire des tribunaux de Hong Kong*, un gros livre qui révèle le dessous de bien des aspects de l'histoire de la Colonie et met en scène des personnages très intéressants : juges et secrétaires coloniaux, gouverneurs et policiers, taï-pans, gratin et lie de la société. Tout y est : pots-de-vin, meurtres, corruption, adultère, piraterie, etc. J'ai aussi posé des questions à d'anciens employés et marins qui aiment évoquer le bon vieux temps et constituent une mine de renseignements sur l'Asie et sur Shanghai. J'ai écouté les envieux, ceux qui sont toujours prêts à salir la réputation des autres. Bien entendu, il faut ensuite faire le tri, séparer le vrai du faux, et c'est une tâche ardue, voire impossible.

Casey parut un moment perdue dans ses pensées puis demanda :

— Dites-moi, Peter, comment était-ce à Changi ?

Le regard de l'écrivain changea d'expression, bien que son visage demeurât impassible.

— Changi, c'était la genèse, l'endroit du recommencement, dit-il d'un ton qui glaça l'Américaine.

Elle vit Fleur prendre la main de son mari, qui réussit à s'arracher à ses souvenirs.

— Ça va, murmura-t-il. C'est fini.

Silencieux, mal à l'aise, ils quittèrent l'allée du jardin pour la terrasse inférieure. Casey avait conscience de s'être montrée indiscrète.

— Si nous buvions un verre ? Qu'en pensez-vous, Casey ? proposa Peter Marlowe avec un sourire qui détendit l'atmosphère.

— Volontiers, Peter.

— La violence se transmet d'une génération à l'autre chez ces boucaniers, reprit le romancier. Car ce sont des boucaniers. Hong Kong est un endroit spécial, qui engendre des êtres spéciaux.

Après une pause, il ajouta d'un ton pensif :

— À votre place, je serais très prudent.

15

23 h 05

Entraînant Brian Kwok dans son sillage, Dunross se dirigeait vers Robert Crosse, le chef de la Special Intelligence, qui bavardait sur la terrasse avec Armstrong et trois Américains : Ed Langan, John Mishauer, commandant de marine revêtu de son uniforme, et Stanley Rosemont, un quinquagénaire de haute stature. Le Taï-pan ignorait que Langan appartenait au FBI, et Mishauer aux services de renseignement de l'US Navy, mais il savait que Rosemont était membre de la CIA. Les femmes continuaient à regagner les tables ou déambulaient sur les terrasses et dans le jardin. Les hommes dégustaient leur cognac, il faisait bon. Quelques couples dansaient dans la grande salle, au son d'une musique lente et douce.

Le Taï-pan remarqua Casey et Bartlett en grande conversation avec Peter et Fleur Marlowe. Il aurait donné cher pour entendre ce qu'ils disaient. Ce Marlowe pourrait devenir gênant, pensa-t-il. Il connaît déjà trop de secrets et s'il venait à lire notre livre... Pas question. Comment Alastair a-t-il pu être aussi stupide ?

Quelques années plus tôt, Alastair Struan avait chargé un romancier célèbre d'écrire l'histoire des Struan et lui avait confié des coffres entiers de vieux documents, sans les trier au préalable. Avec ce matériau brut, l'écrivain avait brossé une fresque incendiaire qui mettait en lumière des événements et des transactions qu'on croyait enterrés à jamais. Pris de panique, Alastair avait hâtivement remercié le romancier, après l'avoir grassement payé pour sa peine, et lui avait arraché les deux exemplaires du manuscrit qu'il avait aussitôt enfermés dans le coffre du Taï-pan.

Dunross avait un moment envisagé de le détruire mais, finalement, il avait changé d'avis. Tant que nous serons les seuls à le lire..., s'était-il dit.

— Bonsoir, Roger. Nous pouvons nous joindre à vous ?

— Bien sûr, Taï-pan, faites comme chez vous.

Les Américains saluèrent la plaisanterie d'un sourire poli. La conversation roula sur des sujets anodins puis Langan, Mishauer et Rosemont, devinant que les autres aimeraient avoir une discussion en privé, s'excusèrent et s'éloignèrent. Kwok résuma alors à son chef son entretien avec Dunross.

— Votre aide serait la bienvenue, Ian, dit le directeur de la SI en dévisageant le Taï-pan de ses yeux pâles. Brian a raison : la situation est très risquée — à supposer, naturellement, qu'il existe d'autres rapports. Mais même s'il n'y en a pas, certains vilains méchants pourraient chercher à en savoir plus.

— Comment le dernier est-il tombé entre vos mains ?

— Pourquoi cette question ?

— L'avez-vous obtenu par vos propres moyens ou grâce à un tiers ?

— Pour quelle raison voulez-vous le savoir ?

— Parce que c'est important, répondit Dunross en durcissant le ton.

— Pourquoi ?

Le Taï-pan fixa Crosse dans les yeux mais le directeur, qui était aussi un homme de caractère, soutint son regard.

— Ian, si je réponds en partie à votre question, répondrez-vous à la mienne ?

— Oui.

— Nous sommes entrés ce matin en possession d'une copie du rapport. Un agent d'un service de renseignement, travaillant probablement en Angleterre, a prévenu quelqu'un d'ici — un non-professionnel — qu'un courrier vous apportait un document pouvant nous intéresser. Cet amateur nous a demandé si nous aimerions y jeter un coup d'œil — moyennant finance, bien entendu.

Crosse avait un accent convaincant qui impressionnait ses deux collègues, qui connaissaient la version authentique de l'histoire.

— Un Chinois que je n'avais jamais vu a livré la marchandise chez moi ce matin, continua le directeur.

— À quelle heure ?

— 6 h 04, pour être précis. Pourquoi ?

— Parce que Alan Medford Gr...

— Père, excuse-moi de t'interrompre, dit Adryon, mais cette musique ! il faut faire quelque chose.

Elle traînait à sa remorque un homme jeune, grand et

séduisant dont le smoking froissé, la cravate de travers et les chaussures poussiéreuses détonaient au milieu de tant d'élégance. Dunross connaissait Martin Haply et sa réputation. Âgé de vingt-cinq ans, ce journaliste canadien formé en Angleterre travaillait à Hong Kong depuis deux ans et était devenu la bête noire des milieux d'affaires, irrités par ses sarcasmes mordants, sa mise en cause de personnalités ou de pratiques commerciales, légales dans la Colonie mais condamnées partout ailleurs.

— La musique est épouvantable ! poursuivit Adryon. Je peux demander à l'orchestre de jouer autre chose ?

— D'accord mais ne transforme pas ma réception en « happening ». Bonsoir, Mr. Haply.

— Bonsoir, Taï-pan, répondit le jeune homme avec un sourire plein d'assurance. Adryon m'a invité.

— Je n'y vois aucun inconvénient, répliqua sèchement Dunross. Amusez-vous. Vous comptez de nombreux amis, ici.

— J'ai manqué le dîner parce que j'étais sur la piste d'une belle petite histoire.

— Vraiment ?

— Il semble que certains milieux, liés à une certaine banque, ont répandu des rumeurs inquiétantes sur la solvabilité d'un certain banquier chinois.

— Vous parlez de la Ho-Pak ?

— Il ne s'agit que de rumeurs. Je parie qu'il se prépare un nouveau coup de bourse.

Le Taï-pan avait lui aussi entendu dire toute la journée que Richard Kwang avait pris de gros risques.

— Vous en êtes sûr ? demanda-t-il.

— J'ai écrit un article là-dessus pour le *Guardian* de demain. À propos de la Ho-Pak, vous savez qu'une centaine de personnes ont retiré tout leur argent de la succursale d'Aberdeen, cet après-midi ? C'est peut-être l'amorce d'une ruée et...

— Pardon, Père... Viens, Martin, tu ne vois pas que Père est occupé ?

Adryon se dressa sur la pointe des pieds pour embrasser Dunross, qui la serra machinalement contre lui.

— Amuse-toi, ma chérie, lui dit-il.

Sale petit con prétentieux, pensa-t-il en les regardant s'éloigner. Il n'en était pas moins impatient de lire l'article du lendemain car il savait Haply bon journaliste, consciencieux et incorruptible. Se pouvait-il que Richard fût vraiment menacé ? Il fut tiré de ses réflexions par une voix lui demandant :

— Vous disiez, Ian ? Alan Medford Grant... ?

— AMG est mort, annonça tranquillement le Taï-pan en s'asseyant à la table des policiers.

— Quoi ? fit Kwok, interdit.

— J'ai reçu un télégramme m'apprenant la nouvelle à 19 h 59 et j'ai parlé à son adjoint à 21 h 11. Je voulais savoir quand vous êtes entré en possession du dossier afin de vérifier si votre taupe — si elle existe — aurait eu le temps de prévenir Londres et de faire assassiner ce pauvre Alan. Manifestement, la réponse est oui.

— À quelle heure est-il mort ? questionna Crosse.

Dunross lui rapporta sa conversation avec Kiernan sans mentionner le coup de téléphone en Suisse qu'une vague intuition lui conseillait de garder pour lui.

— Accident, coïncidence ou meurtre ? conclut-il.

— Je n'en sais rien mais je ne crois pas aux coïncidences, déclara le directeur de la SI.

— Moi non plus.

— Si AMG n'avait pas reçu le feu vert d'en haut, Dieu seul sait ce qu'il y a dans ces rapports, grommela Armstrong. Dieu et vous, Ian. Si vous détenez les seules copies qui existent, vous êtes assis sur de la dynamite.

— Si tant est qu'elles existent, fit observer Dunross.

— Je vous pose la question.

— Et je vous répondrai demain, à 10 heures, dit le Taï-pan en se levant. Veuillez m'excuser, je dois m'occuper des autres invités. Oh ! un dernier point : que va devenir l'*Eastern Cloud* ?

— La saisie sera levée demain, promit Crosse.

— Quoi qu'il arrive ?

— Voyons, Taï-pan ! s'exclama le chef de la SI d'un air choqué. Il ne s'agissait pas de marchander ! Brian, vous n'aviez pas précisé que nous cherchions simplement à venir en aide à la Noble Maison ?

— Si, monsieur.

— Il faut s'entraider, entre amis, non ?

— Absolument, approuva Dunross. Merci.

Après son départ, Brian Kwok murmura :

— Ils existent ou pas ?

— Les dossiers ? demanda Armstrong. Je crois que oui.

— Évidemment, intervint Crosse d'un ton irrité. Le tout est de savoir où ils se trouvent. Brian, pendant que vous étiez avec Ian, Feng-le-serveur-de-vin est venu me prévenir qu'aucune de ses clefs n'ouvrait le coffre.

— Mauvais, commenta le Chinois.

— Sans clef, ce sera coton.

— Nous pourrions peut-être essayer à Shek-O, à tout hasard, suggéra Armstrong.

— Vous y garderiez de tels documents ?

— Je ne sais pas, monsieur. Dunross a des réactions imprévisibles. À mon avis, ils sont dans l'appartement-terrasse situé en haut au siège de Struan, c'est l'endroit le plus sûr.

— Vous y êtes allé ?

— Non, monsieur.

— Et vous, Brian ?

— Non, monsieur.

— Moi non plus, dit Crosse en secouant la tête. Diablement ennuyeux !

— On ne pourrait y envoyer une équipe que la nuit, fit valoir Kwok. Il y a un ascenseur qui conduit à cet étage mais il faut une clef spéciale pour le manœuvrer. Il paraît qu'il y en a un autre qui mène directement du garage à l'appartement.

— Ils ont fait une énorme gaffe à Londres. Je ne comprends pas pourquoi ces crétins n'étaient pas sur le coup. Ni pourquoi AMG n'avait pas demandé le feu vert.

— Il ne tenait peut-être pas à ce que les gens du métier sachent qu'il travaillait pour quelqu'un d'extérieur.

— D'autant qu'ils se seraient demandé s'il n'y en avait pas d'autres, soupira Crosse.

Perdu dans ses pensées, il alluma une cigarette dont l'odeur réveilla l'envie de fumer d'Armstrong. Le commissaire but une gorgée de cognac, qui ne changea rien à son état de manque.

— Langan a fait suivre son exemplaire ? demanda Brian.

— Il l'a envoyé au siège du FBI à Washington, par la valise diplomatique, et l'a également communiqué à Rosemont.

— Bon Dieu ! jura le Chinois. On en parlera dans toute la Colonie, demain.

— Rosemont m'a promis que non. Cependant, il vaut mieux nous préparer à cette éventualité.

— Et si Foxwell parlait à Dunross ? proposa Armstrong. Ce sont de vieux amis.

— Si Brian n'a pas réussi à le convaincre, personne n'y parviendra.

— Même le gouverneur ?

Crosse secoua la tête :

— Ne le mêlons pas à cette histoire. Brian, vous vous occupez de Shek-O.

— Trouver le coffre et l'ouvrir ?

— Non. Simplement mettre une équipe en place pour empêcher quiconque de s'introduire dans la maison. Robert, rentrez au QG, appelez Londres. Demandez Pensely au MI-5 et Sinders au MI-6. Vérifiez l'heure de la mort d'AMG et l'histoire du Taï-pan. Vérifiez tout — il existe peut-être d'autres copies des rapports. Ensuite, envoyez trois hommes ici pour surveiller l'endroit, et en particulier Dunross. Sans qu'il s'en doute, évidemment. Mettez une autre équipe sur l'immeuble Struan avec un homme dans le garage, on ne sait jamais. Vous me laissez votre voiture et je vous retrouve à mon bureau dans une heure et demie. Bon, allez-y.

Les deux commissaires cherchèrent le maître de maison pour le remercier et prendre congé puis ils partirent avec la voiture de Brian Kwok. Dans la vieille Porsche qui descendait Peak Road, Armstrong émit à voix haute ce que tous deux pensaient :

— Si Crosse est la taupe, il aura eu tout le temps nécessaire pour prévenir Londres, ou Sevrin, ou le KGB.

— M'ouais.

— Nous avons quitté son bureau à 6 h 10 — 11 heures de Londres —, nous n'aurions pas eu le temps, nous... Merde, ce que j'ai envie de fumer !

— Il y a un paquet dans la boîte à gants.

— Demain. Je tiendrai le coup jusqu'à demain. C'est ce que répètent les Alcooliques anonymes et les drogués !

Armstrong rit sans conviction et se tourna vers son ami :

— Tu devrais chercher à savoir qui, à part Crosse, a lu le dossier d'AMG

— C'est ce que je me disais.

— S'il est le seul à en avoir pris connaissance...

— Il a précisé quand il a remis la copie à Langan ?

— Oui. À midi. Ils ont déjeuné ensemble.

— La fuite pourrait venir du consulat américain, cet endroit est une vraie passoire, marmonna Kwok.

— Possible, mais quelque chose me dit que non. Rosemont et Langan connaissent leur boulot.

— Je n'ai pas confiance en eux.

— Tu n'as confiance en personne. Ils ont tous les deux demandé à leur organisation d'enquêter sur les visas soviétiques apposés sur les passeports de Bart et Casey.

— De mon côté, j'enverrai un télex à un ami d'Ottawa, les Canadiens ont peut-être quelque chose sur eux. Cette Américaine, quel morceau ! À ton avis, elle portait un truc sous sa robe ?

— Dix dollars que tu n'en sauras jamais rien.

— Tenu.

Brian engagea la voiture dans un virage et Armstrong baissa les yeux vers la ville et le croiseur américain illuminé mouillant dans le port.

— Autrefois, Hong Kong accueillait fréquemment jusqu'à une demi-douzaine de bâtiments de guerre anglais, soupira tristement le commissaire britannique. Cette bonne vieille Royal Navy !

Lieutenant dans la marine pendant la guerre, il avait été coulé deux fois : la première à Dunkerque, la seconde au large de Cherbourg, trois jours après le débarquement.

— Les temps changent, fit observer Brian.

— Pas en bien. L'Empire est foutu ! Saloperie de guerre ! Salauds d'Allemands, salauds de Japonais...

— À propos de marine, tu as parlé à Mishauer ?

Le type des SR de l'US Navy ? On a discuté boutique et il a soufflé au Vieux que les États-Unis vont doubler le nombre des bâtiments de la VIIe Flotte. Les Américains prévoient d'intensifier les opérations terrestres au Viêtnam.

— Les cons ! Ils se feront baiser comme les Français. À défaut des rapports de leurs services de renseignement, ils pourraient au moins lire les journaux.

— Mishauer nous a aussi glissé dans le creux de l'oreille que leur porte-avions nucléaire arrive après-demain pour une escale de huit jours — information confidentielle. Il nous a demandé de doubler les mesures de sécurité et de jouer les nourrices auprès des matelots en virée.

— Encore des emmerdements, grogna Kwok.

— D'autant que, d'après le Vieux, un cargo soviétique est entré ce soir au port pour faire réparer ses avaries.

— Misère ! se lamenta le policier chinois.

— Je ne te le fais pas dire. En apprenant la nouvelle, Mishauer a failli avoir une attaque et Rosemont a juré pendant deux minutes d'affilée. Crosse leur a promis qu'aucun marin soviétique ne débarquerait sans autorisation spéciale, comme d'habitude, et que nous prendrions en filature tous ceux qui descendraient à terre, comme d'habitude. N'empêche qu'un ou deux matelots russes ayant reçu l'autorisation de quitter le bord, pour voir un médecin par exemple, pourraient nous filer entre les doigts...

— Il faut, au plus vite, mettre la main sur les dossiers d'AMG, Robert. Ce réseau Sevrin est un couteau planté dans les tripes de la Chine.

16

23 h 25

Le cargo *Sovetsky Ivanov* était amarré dans le vaste chantier naval de Wampoa, construit sur un terrain gagné sur la mer, dans la partie est de Kowloon. C'était un navire de vingt mille tonneaux sillonnant les routes commerciales asiatiques à partir de Vladivostok. La lumière de puissants projecteurs baignait le pont, au-dessus duquel se dressaient plusieurs antennes et le pavillon d'un équipement radar perfectionné. Des marins soviétiques étaient postés au pied des passerelles avant et arrière, gardées par deux jeunes policiers chinois portant la tenue réglementaire : chemisette et short kaki, hautes chaussettes, ceinture et souliers noirs. Un matelot russe descendit à terre, présenta ses papiers à ses compatriotes puis à l'un des agents chinois et se dirigea vers les grilles du chantier. Aussitôt deux Chinois en civil sortirent de l'ombre et le prirent en filature, sans se cacher.

Un autre matelot descendit la passerelle avant, montra patte blanche et quitta le chantier, avec dans son sillage une escorte policière.

Une barque masquée par le navire se détacha silencieusement de l'arrière de la coque, s'enfonça dans la pénombre du wharf et glissa sans bruit le long du quai vers les marches humides d'un escalier de pierre. Les deux hommes qui s'y trouvaient cessèrent de ramer et tendirent l'oreille.

Un troisième marin descendit en titubant la passerelle arrière, s'arrêta devant ses compatriotes, qui lui refusèrent l'autorisation de passer. L'homme, manifestement ivre, se mit à brailler et à menacer du poing les autres marins soviétiques. Tandis que les deux policiers chinois observaient la scène, une silhouette trapue quittait la barque, escaladait les marches, traversait le quai inondé de lumière et les voies ferrées puis disparaissait dans les allées du chantier. La barque regagna le flanc du cargo cependant que les matelots russes reconduisaient l'ivrogne à bord sans trop le rudoyer.

La silhouette trapue se faufilait dans les ruelles du chantier, se retournant de temps à autre pour s'assurer qu'elle n'était pas suivie. L'homme qui avait déjoué la surveillance des policiers chinois portait des vêtements sombres, des chaussures à semelles de caoutchouc. D'après ses papiers, il s'appelait Igor Voranski et était matelot de première classe de la marine marchande soviétique.

Évitant les grilles et les policiers qui les gardaient, il longea le mur du chantier jusqu'à une porte latérale donnant sur une venelle du Taiwan Shan, labyrinthe de cabanes en tôle rouillée, en contreplaqué et en carton, où l'on accueillait les réfugiés. Il pressa le pas, sortit du bidonville et emprunta des rues bien éclairées qui le conduisirent à Chatham Road, où il héla un taxi.

— Mong Kok, le plus vite possible, dit-il en anglais. Yaumati Ferry.

— Eh ? fit le chauffeur en le toisant d'un regard insolent.

— *Ayiiya !* tu es sourd ? repartit Voranski dans un cantonais parfait. Mong Kok ! Tu as trop reniflé de poudre blanche ? Tu me prends pour un diable d'étranger de la Montagne dorée, moi qui ai passé vingt ans à Hong Kong ! Yaumati Ferry, c'est de l'autre côté de Kowloon — il faut t'indiquer la route ? Ma parole, tu viens de Mongolie extérieure !

Le chauffeur baissa son drapeau d'un air renfrogné et

prit la direction du sud puis de l'est. Sur la banquette arrière, son passager surveillait la rue ; bien qu'apparemment sans escorte, il demeurait sur ses gardes.

Ils sont malins, ici, pensait-il. Méfie-toi.

À la station du Yaumati Ferry, il régla le taxi, octroyant au chauffeur un maigre pourboire puis se perdit dans la foule avant de faire signe à une autre voiture.

— Golden Ferry, ordonna-t-il.

Le chauffeur hocha la tête d'un air endormi, bâilla et prit une rue menant vers le sud.

Au terminus du ferry, Voranski paya le taxi avant même qu'il ne soit arrêté, descendit précipitamment et se mêla aux Chinois qui se pressaient vers les tourniquets de la gare. Mais après qu'il les eut franchis, au lieu de se diriger vers le ferry, il pénétra dans les toilettes, en ressortit puis entra dans une cabine téléphonique. Certain à présent qu'il n'était pas suivi, il se détendit quelque peu, glissa une pièce dans la fente de l'appareil et composa un numéro.

— Oui ? répondit une voix d'homme, en anglais.

— Mr. Lop-sing, s'il vous plaît.

— Je ne connais pas ce nom. Il n'y a pas de Mr. Lop-*ting* ici. Vous devez faire erreur.

— Je voudrais laisser un message.

— Désolé, c'est une erreur. Consultez l'annuaire !

Voranski se détendit tout à fait.

— Je veux parler à Arthur, fit-il dans un anglais sans accent.

— Il n'est pas encore arrivé.

— On lui avait dit d'attendre mon coup de téléphone, répliqua sèchement le Soviétique. Pourquoi ce changement ?

— Qui est à l'appareil ?

— Brown, répondit Voranski d'un ton irrité.

— Ah, Mr. Brown, soyez le bienvenu à Hong Kong ! reprit la voix avec un ton déférent qui apaisa le faux matelot. Arthur m'a prévenu de votre coup de téléphone. Il m'a chargé de vous dire que tout est prêt pour la réunion de demain.

— Quand doit-il arriver ?

— D'un instant à l'autre.

Voranski jura silencieusement : il devait téléphoner au navire dans l'heure pour faire son rapport et n'aimait pas modifier les plans établis.

— Bon, vous lui direz de m'appeler au 32.
C'était le nom de code de leur planque aux tours Sinclair.
— L'Américain est arrivé ? poursuivit-il.
— Oui.
— Bien. Accompagné ?
— Oui.
— Bien. Et ?
— Arthur ne m'en a pas dit davantage.
— Vous avez vu la fille ?
— Pas encore.
— Et Arthur ?
— Je ne sais pas.
— Avons-nous pris contact avec l'un ou l'autre ?
— Désolé, je l'ignore.
— Et pour le Taï-pan ?
— Tout est prêt.
— Excellent. Combien de temps vous faudrait-il pour venir au 32 en cas de besoin ?
— Une dizaine de minutes. Vous voulez que nous vous y retrouvions ?
— Je verrai.
— Arthur a pensé que vous aimeriez avoir un peu de compagnie après votre voyage. Elle s'appelle Koh, Maureen Koh.
— C'est très aimable à lui.
— Vous trouverez son numéro au 32, près du téléphone. Appelez-la, elle viendra dans la demi-heure. Arthur aurait voulu savoir si votre supérieur vous accompagne et s'il faut prévoir aussi quelqu'un pour lui.
— Non, il nous rejoindra seulement demain soir, comme prévu. Vous aurez alors l'occasion de témoigner de votre sens de l'hospitalité. Bonsoir, dit abruptement Voranski, avec l'arrogance que lui conférait sa position dans la hiérarchie du KGB.
Comme il raccrochait, un Chinois ouvrit soudain la porte de la cabine, un autre se rua à l'intérieur.
— Qu'est-ce...
Les mots moururent en même temps que Voranski, quand le stylet s'enfonça dans son cœur. Le Chinois retira la longue lame effilée, laissa tomber le corps du Soviétique et le contempla un instant avant de rengainer l'arme dans le fourreau attaché à son avant-bras. Puis il sourit à son

complice, qui bloquait toujours la porte, inséra une pièce dans la fente et composa un numéro.

À la troisième sonnerie, une voix annonça d'un ton courtois :

— Poste de police de Tsim Sha Tsui. Bonsoir.

— Vous parlez shanghaïen ?

Il y eut un temps mort, un déclic, et une deuxième voix enchaîna dans cette langue :

— Sergent Tang-po à l'appareil. C'est à quel sujet ?

— Un salaud de Soviétique s'est glissé entre les mailles de votre saleté de filet aussi facilement qu'un bouvillon chie une bouse. Heureusement nous l'avons envoyé rejoindre ses ancêtres. Vous vous imaginez que les 14 K vont continuer longtemps à faire votre travail ?

— Quel Soviét...

— Tais-toi, écoute ! Son cadavre plein de fiente de tortue se trouve dans une cabine téléphonique de la gare du Golden Ferry, à Kowloon. Dis à tes fornicateurs de supérieurs de surveiller les ennemis de la Chine au lieu d'avoir l'œil collé à leurs trous puants !

Le Chinois raccrocha aussitôt, sortit de la cabine, cracha sur le corps de Voranski et se fondit dans la foule avec son compagnon.

Ni l'un ni l'autre ne remarquèrent l'homme qui les filait : un petit Américain pansu, vêtu comme un touriste, l'inévitable appareil photo autour du cou. Il monta à bord du ferry à la suite des Chinois, s'accouda au bastingage et prit plusieurs photos tandis que le bateau s'ébranlait en direction de l'île de Hong Kong. Rien ne le distinguait des autres touristes mais l'appareil et la pellicule qu'il utilisait étaient très particuliers.

— Salut, lui lança un autre Américain en s'approchant de lui avec un grand sourire. Magnifique, hein ?

— Splendide.

— Ça vaut largement Minneapolis, non ? fit le nouveau venu.

Le premier touriste se tourna vers lui sans perdre complètement de vue les deux Chinois.

— Nous avons un problème, murmura-t-il.

— On l'a perdu ? Il n'est pas ressorti, Tom, j'en suis sûr : je couvrais les deux portes. Je croyais que tu l'avais retapissé dans la cabine.

— Ça, pour être retapissé, il l'est. Regarde derrière toi,

dans la rangée centrale, le Chinois à la chemise blanche et celui qui se trouve à côté : ces deux enfants de salaud l'ont refroidi.

— Merde ! lâcha entre ses dents Marty Povitz, l'un des agents de la CIA chargé de surveiller le *Sovetsky Ivanov*. Nationalistes ou cocos ?

— J'en sais rien. Ils ont laissé le macchabée dans la cabine. Où est Rosemont ?

— Il est...

Povitz s'interrompit à l'approche d'autres passagers et reprit son numéro de touriste :

— Regardez-moi ça ! s'écria-t-il en montrant la crête du Peak.

De hauts immeubles brillamment éclairés s'étageaient sur la pente de la montagne et le plus grand d'entre eux scintillait comme un bijou.

— On doit avoir l'impression de dominer le monde, de là-haut.

— C'est sûrement la propriété d'un taï-pan, supputa Tom Connochie, le plus âgé des deux agents.

Il alluma pensivement une cigarette, jeta dans l'eau noire l'allumette dont il s'était servi puis prit le gratte-ciel en photo et finit le film en mitraillant le paysage. Il ôta la pellicule de l'appareil, la passa discrètement à son collègue en chuchotant sans presque remuer les lèvres :

— Appelle Rosemont dès que nous aurons débarqué. Dis-lui qu'on a un pépin, et occupe-toi ensuite de faire développer le film. Je te téléphonerai quand ces deux lascars se seront mis au plumard.

— Tu es cinglé, ou quoi ? protesta Povitz. Pas question que tu les files seul.

— Bien obligé. La pellicule est peut-être très importante, on ne doit pas prendre de risques.

— Je ne suis pas d'accord.

— Bon sang, Marty, c'est moi le taï-pan, pour cette opération.

— D'après les ordres...

— Les ordres, je m'en fous ! Appelle Rosemont et ne bousille pas le film, un point c'est tout.

Il braqua son appareil sur le sommet de la montagne et s'exclama :

— Quand on vit là-haut, on peut dire qu'on a réussi.

Dunross et Bartlett se faisaient face dans la longue galerie, au pied de l'escalier. Ils étaient seuls.

— Avez-vous conclu un accord avec Gornt ? demanda le Taï-pan.

— Non, pas encore.

— Mais vous en avez envisagé la possibilité ?

— Je fais des affaires pour gagner de l'argent — comme vous.

— Les affaires ont leur aspect moral.

— Même à Hong Kong ?

— Puis-je vous demander quand vous avez pris contact avec Gornt ?

— Il y a six mois environ. Êtes-vous d'accord avec la proposition que nous vous avons faite ce matin ?

Dunross s'efforça de chasser sa lassitude. Il se serait bien passé de sonder l'Américain pendant la réception mais c'était nécessaire. Il sentait peser sur lui les regards de tous les portraits accrochés aux murs

— Je vous donnerai une réponse mardi, comme convenu.

— D'ici là, j'ai donc le droit de conclure avec Gornt ou n'importe qui d'autre. Si vous acceptez notre offre maintenant, nous nous engagerons de façon ferme et définitive. Je préfère traiter avec la Noble Maison, puisqu'on la dit la meilleure — à condition que vous m'assuriez toutes les garanties nécessaires. J'ai des liquidités que vous ne possédez pas ; vous bénéficiez d'une implantation en Asie qui me manque : nous sommes faits pour nous entendre.

Bartlett était ravi que l'entretien du matin avec Gornt eût conduit si rapidement à la confrontation avec un adversaire aux abois. Car tu es mon adversaire jusqu'à ce que nous tombions d'accord, pensa-t-il. *Si* nous tombons d'accord...

Faut-il déclencher maintenant la guerre-éclair ?

L'Américain avait observé le Taï-pan toute la soirée. Cet homme le fascinait — comme le fascinait cet endroit qui ne ressemblait à rien de ce qu'il connaissait. Nouvelle jungle, nouvelles règles, nouveaux dangers. Dunross et Gornt sont aussi dangereux qu'un marais grouillant de crotales, pensa-t-il. Je dois me montrer prudent.

Jusqu'où puis-je te pousser, Taï-pan ? Quels risques puis-je prendre ? Les profits potentiels sont énormes mais si je commets une seule erreur, tu nous avales, Casey et moi. J'aime les hommes de ta trempe, même si tu es un adversaire, même si des fantômes te gouvernent.

Bartlett plongea son regard dans les yeux bleus qui l'examinaient. Que ferais-je si j'étais à ta place, avec ton héritage ? se demanda-t-il. Je ne sais pas. Amène ton adversaire à combattre sur le terrain et au moment de ton choix, recommande Sun Tzu. Eh bien, j'ai choisi, c'est ici et maintenant !

— Dites-moi, Ian, comment allez-vous faire face à vos trois échéances de septembre ?

— Je vous demande pardon ? fit Dunross interloqué.

— Vous n'avez pas encore trouvé d'affréteur et votre banque ne paiera pas si vous n'en dénichez pas un.

— Il n'y a pas de problème avec la banque.

— Vous avez déjà dépassé de 20 % la limite de crédit qu'elle vous accorde. Auriez-vous d'autres soutiens financiers en réserve ?

— J'en trouverai au besoin, répliqua Dunross d'un ton glacial.

L'Américain comprit qu'il avait réussi à tourner sa garde.

— Douze millions à Toda, cela fait beaucoup d'argent — surtout si on y ajoute vos autres dettes, reprit-il.

— Quelles autres dettes ?

— Le 8 septembre, il vous faudra régler 6,8 millions de dollars sur votre emprunt non garanti de 30 millions auprès de Orlin International Banking. Le bilan consolidé de votre compagnie indique, pour cette année déjà, une perte de 4,2 millions alors que vous annonciez 7,5 millions de bénéfices l'année précédente. En outre, la saisie de l'*Eastern Cloud* et des moteurs qu'il transportait vous coûte encore une douzaine de millions.

Le Taï-pan blêmit.

— Vous semblez particulièrement bien informé.

— Sun Tzu dit qu'il faut bien connaître ses alliés.

— Ses ennemis, corrigea Dunross.

— Les alliés peuvent devenir des ennemis.

Une petite veine palpitait sur le front du chef suprême de la Noble Maison.

— Sun Tzu accordait aussi beaucoup d'importance aux espions, murmura-t-il. Le vôtre fait obligatoirement partie d'un groupe de sept hommes.

— Pourquoi aurais-je un espion ? On peut obtenir ces renseignements auprès des banques — il suffit de creuser un peu. Toda a pour banque la Yokohama National of Japan, qui est associée à Orlin dans toute une série d'opérations. Nous aussi.

— Votre espion — quel qu'il soit — se trompe. Orlin paiera, comme elle l'a toujours fait.

— N'en soyez pas si sûr. Je les connais, ces salauds : s'ils flairent le gros paquet, ils vous tomberont dessus si rapidement que vous n'aurez pas le temps de vous en rendre compte.

— Liquider Struan ? Ni Orlin ni aucune autre banque ne peut nous couler. D'ailleurs, pourquoi le voudrait-elle ?

— Elle a peut-être passé un marché avec Gornt.

— Nom de Dieu..., jura Dunross à mi-voix en s'efforçant de garder son calme. Gornt prépare quelque chose de ce côté ?

— Posez-lui la question.

— Je n'y manquerai pas. En attendant, répondez-moi !

— Vous avez des ennemis partout.

— Vous aussi.

— Cela ne doit-il pas nous inciter à unir nos forces ?

Bartlett fixa un moment le Taï-pan puis leva les yeux vers un tableau accroché au fond de la galerie : campé devant un trois-mâts, Dunross, ou son sosie, le toisait de son mur.

— Ce ne peut être que Dirk Struan, dit-il.

Ian se tourna vers le portrait.

— C'est lui.

L'Américain s'approcha de la toile. De plus près, la ressemblance était moins frappante mais indéniable.

— Jacques avait raison, fit-il. Les yeux, le dessin de la mâchoire... Et ce regard méprisant qui proclame : « Je peux vous écraser quand je le voudrai. »

— J'ai ce regard maintenant ? demanda Dunross en souriant.

— Oui.

— La question d'un soutien financier ne nous pose pas de problème, assura le Taï-pan.

— Je crois que si.

— La Victoria est notre banque, nous en détenons un important paquet d'actions.

— Qu'appelez-vous important ?

— Au besoin, nous pourrions faire appel à d'autres sources de crédit mais la Vic nous accordera tout le soutien nécessaire. Elle aussi a des liquidités.

— Richard Kwang ne partage pas cet avis.

— Pourquoi ?

— Il ne l'a pas dit. En fait, il n'a rien dit du tout mais Casey connaît les banquiers, elle sait deviner leurs pensées.

— Qu'a-t-elle deviné d'autre ?

— Que nous devrions peut-être nous associer à Gornt.

— À votre aise.

— Je ne l'exclus pas. Et Taipei ?

— Quoi, Taipei ?

— Je suis toujours invité ?

— Naturellement. Cela me rappelle que le directeur adjoint de la police vous a confié à ma garde. Armstrong en sera avisé demain. Il vous suffira de signer un papier par lequel vous vous engagez à rentrer en même temps que moi.

— Merci d'avoir arrangé l'affaire. Casey n'est toujours pas du voyage ?

— Je croyais que nous avions réglé ce problème ce matin.

— Simple question. Et mon avion ?

Surpris, le Taï-pan fronça les sourcils en répondant :

— Toujours sous séquestre, je suppose. Vous voudriez l'utiliser pour aller à Taipei ?

— Ce serait plus pratique, non ?

— Je verrai ce que je peux faire... Votre offre reste valable jusqu'à mardi ?

— Comme Casey vous l'a dit. Mardi, heure de clôture de la Bourse.

— Plutôt minuit, suggéra Dunross.

— Il faut toujours que vous marchandiez ?

— Vous pas ?

— D'accord, mardi minuit. Passé ce délai, nous ne nous considérerons plus comme engagés.

Bartlett cherchait à arracher dès maintenant au Taï-pan une contre-proposition dont il pourrait faire usage dans ses négociations avec Gornt.

— Le président de Blacs — comment s'appelle-t-il, déjà ?...

— Compton Southerby, répondit Ian.

— Southerby, c'est cela. Je lui ai parlé après le dîner :

il soutient Gornt à fond. Il a également laissé entendre que Gornt n'avait qu'à lever le petit doigt pour voir affluer les eurodollars... Et je ne sais toujours pas comment vous allez faire pour payer Toda.

Dunross ne répondit pas immédiatement et se demanda à nouveau d'où l'Américain tenait ses informations. Gavallan, de Ville, Linbar Struan, Phillip Chen, Alastair Struan, David MacStruan, ou Colin Dunross, son père — il n'y avait pas d'autres sources possibles. Bartlett aurait pu se procurer certains renseignements auprès des banques mais sûrement pas le montant précis des pertes de Struan pour l'année en cours. Le Taï-pan fixa l'Américain en songeant qu'il connaissait peut-être d'autres secrets. Il sentait le piège se refermer sur lui, lui ôtant toute possibilité de manœuvrer. Pourtant s'il cédait trop de terrain, il risquait de tout perdre.

Que faire ?

Il jeta un regard au portrait de Dirk Struan, qui parut lui répondre, avec son sourire en coin : fonce, mon gars. Tu en as ou pas ?

Très bien !

— Ne vous inquiétez pas pour nous, dit-il enfin. Si vous vous décidez pour nous, nous passerons un contrat de deux ans, avec vingt millions l'année prochaine également. J'aimerais que vous nous en versiez sept à la signature de l'accord.

Bartlett dissimula sa satisfaction.

— Pas de problème pour un contrat de deux ans. En ce qui concerne notre apport financier, Casey a proposé deux millions immédiatement et un million et demi le premier de chaque mois. Gavallan a jugé l'offre acceptable.

— Moi pas. Sept millions à la signature, le rcste par mensualités.

— Dans ce cas, je veux en garantie, pour cette année, les navires que vous avez achetés à Toda.

— Pourquoi voulez-vous une garantie ? L'intérêt de cet accord, c'est qu'il fait de nous des associés — des associés qui vont se partager un énorme gâteau.

— Nos sept millions vous permettraient de faire face à vos échéances de septembre avec Toda et de vous libérer de l'hameçon qui vous accroche à Orlin, mais nous n'obtenons rien en échange.

— Pourquoi vous ferais-je des concessions ? répliqua

Dunross. Je pourrais escompter votre contrat et obtenir sans problème une avance de dix-huit millions sur les vingt que vous vous engagez à fournir.

Sans problème — une fois le contrat signé, pensa Bartlett. Avant la signature, personne ne te prêtera quoi que ce soit.

— Je suis prêt à augmenter le versement initial, consentit le patron de Par-Con, mais que m'offrez-vous en échange ?

Il posa rapidement les yeux sur le portrait accroché en face de lui mais ne le vit pas vraiment tant sa joute avec Dunross accaparait son attention. On en venait aux choses sérieuses, il le savait. Obtenir en garantie les navires de Toda mettrait Par-Con à l'abri de tout risque, quoi que fît Dunross.

— N'oubliez pas que vos 21 % de la Victoria Bank sont déjà hypothéqués puisque vous les avez offerts en garantie de ce que vous lui devez, poursuivit-il. Si vous ne payez pas Toda, ou Orlin, votre vieux copain Havergill vous tirera la carpette de dessous les pieds. À sa place, c'est ce que je ferais.

Dunross sut qu'il était battu. Si Bartlett connaissait le nombre exact de ses actions et de celles de Chen, que lui restait-il à apprendre ?

— Bon, je vous donne mes navires en garantie pour trois mois, capitula le Taï-pan. En retour, vous me promettez que cet arrangement restera entre nous, que le contrat sera signé dans un délai d'une semaine à dater d'aujourd'hui, que le montant du premier versement sera de sept millions ; enfin, que vous ne soufflerez mot de notre accord avant que je ne l'annonce publiquement.

— Quand comptez-vous le faire ?

— Entre vendredi et lundi.

— Je veux être renseigné à l'avance, réclama Bartlett.

— Je vous avertirai vingt-quatre heures avant.

— Je veux les navires en garantie pour six mois et un délai de dix jours pour la signature du contrat.

— Non.

— Dans ce cas, je ne marche pas.

— Très bien, dit aussitôt Dunross. Allons retrouver les autres.

Il se retourna et se dirigea tranquillement vers l'escalier.

Stupéfait par cette rupture soudaine, l'Américain le rappela :

— Attendez.

Le Taï-pan s'arrêta, une main sur la rampe, et lui fit face. Bartlett, sondant son regard, y découvrit une détermination sans faille.

— Les navires en garantie jusqu'au 1er janvier, proposa le patron de Par-Con. Cela fait environ quatre mois. Signature du contrat mardi en huit — ce qui me laisser le temps de faire venir mes experts en matière fiscale — et premier versement de sept millions, selon votre proposition. Quand devons-nous nous rencontrer, demain ?

— À 10 heures. Nous pouvons reporter à 11 heures ?

— Entendu. Alors, nous sommes d'accord et nous donnons confirmation demain à 11 heures ?

— Non. Vous me dites oui ou non tout de suite.

Bartlett hésita. Son instinct lui soufflait de conclure sur-le-champ, mais il y avait Casey.

— C'est Casey qui a mené l'affaire jusqu'à présent ; cela vous dérangerait de conclure avec elle ?

— Un Taï-pan traite avec un Taï-pan, c'est une vieille coutume chinoise. Qui est Taï-pan de la Par-Con ?

— C'est moi, répondit Bartlett d'une voix neutre.

Dunross s'approcha de lui, la main tendue.

— Alors, marché conclu ?

L'Américain regarda la main offerte puis les yeux froids.

— Marché conclu... mais je tiens à ce que vous vous mettiez d'accord avec Casey.

— Qui est Taï-pan de la Par-Con ? répéta Dunross en laissant retomber son bras.

— C'est important pour elle, Ian, insista Bartlett. Je lui ai donné carte blanche jusqu'à vingt millions. Une promesse est une promesse.

Voyant que Dunross retournait vers l'escalier, il ajouta d'un ton ferme :

— Ian, s'il me faut choisir entre le contrat et Casey, la promesse que je lui ai faite, je n'hésiterai pas. Je vous demande comme une faveur de...

Il s'interrompit en entendant un léger bruit au bout de la galerie, là où quelques fauteuils faisaient face à un canapé. Dunross tourna les talons et s'avança silencieusement, prêt à bondir. Réagissant presque aussi vite, Bartlett le suivit.

Parvenu devant le canapé tendu de velours vert, le Taï-pan soupira en y découvrant sa fille Glenna, endormie dans sa robe du soir chiffonnée, le collier de perles de sa mère autour du cou.

Le cœur de Bartlett reprit un rythme normal.

— Un moment j'ai cru... Hé ! elle est adorable !

— Vous avez des enfants ?

— Un garçon et deux filles. Brett a seize ans, Jenny quatorze et Mary treize. Malheureusement, je ne les vois pas souvent. Ils vivent sur la côte est maintenant, leur mère est remariée. Nous avons divorcé il y a sept ans...

L'Américain haussa les épaules, regarda de nouveau l'enfant.

— Comme elle est mignonne ! Vous avez de la chance.

Dunross se pencha et souleva sa fille, qui remua à peine dans son sommeil et se nicha contre lui. Il posa sur l'Américain un regard pensif puis déclara :

— C'est entendu, revenez avec Casey dans dix minutes. J'accepte uniquement pour vous permettre de tenir votre promesse.

Sur ce il s'éloigna, d'une démarche sûre, et disparut dans l'aile est où se trouvait la chambre de Glenna.

Bartlett demeura un instant sans bouger puis leva la tête vers le portrait de Dirk Struan, qui lui souriait d'un air moqueur. « Va te faire foutre », marmonna-t-il, persuadé que Dunross était finalement sorti vainqueur de la confrontation. Son visage s'éclaira soudain et il ajouta : « Dirk, mon vieux, ton rejeton se débrouille drôlement bien ! »

En se dirigeant vers l'escalier, il remarqua un tableau caché dans une alcôve sans lumière et s'arrêta. C'était le portrait d'un vieux capitaine à barbe grise, borgne, le visage arrogant et couturé de cicatrices, debout près d'une table où était posé un sabre d'abordage.

La patron de Par-Con resta bouche bée en découvrant qu'on avait lacéré la toile et qu'un poignard, planté dans le cœur du personnage, la clouait au mur.

Casey fixait le poignard en essayant de cacher son émotion. Seule dans la galerie, elle attendait, en proie à une nervosité croissante. Des échos de musique de danse lui parvenaient par moments de la salle de bal. Un coup de vent agita les rideaux et fit jouer une mèche de ses cheveux ; un moustique bourdonna à son oreille.

— C'est Tyler Brock.
La jeune femme sursauta et se retourna.
— Je ne vous avais pas entendu venir, dit-elle à Dunross.
— Désolé, je ne voulais pas vous faire peur.
— Peter Marlowe nous a parlé de lui, reprit-elle en désignant le portrait.
— Il connaît bien Hong Kong mais il ne sait pas tout, et ses informations sont parfois inexactes, voire totalement fausses.
— C'est... c'est un peu mélodramatique, non, ce poignard fiché dans la toile ?
— C'est Hag Struan qui l'y planta et qui donna l'ordre qu'on l'y laisse.
— Pourquoi ?
— Parce que tel était son bon plaisir.
— Sérieusement, pourquoi ?
— Je suis sérieux. Elle haïssait son père et voulait nous rappeler notre héritage.
Casey montra du doigt un tableau accroché sur le mur opposé.
— C'est elle, n'est-ce pas ?
— Oui, juste après son mariage.
La toile représentait une jeune fille d'environ dix-sept ans, aux yeux bleu clair et aux cheveux blonds. Sa longue robe du soir révélait une taille mince, une poitrine juvénile. Sur la petite plaque de cuivre située en bas du cadre doré, il n'y avait pas de nom, simplement deux dates : 1825-1917.
— Son visage est quelconque, commenta Casey. Joli mais ordinaire, excepté les lèvres : minces, serrées, dures. Le peintre a su y capter toute la force du personnage. C'est un Quance ?
— Non, nous ignorons qui l'a peint. C'était son portrait favori. Quance a fait un autre tableau d'elle à peu près à la même époque. Il se trouve dans l'appartement-terrasse de notre siège. C'est un portrait à la fois très semblable et très différent.
— Vous en avez d'autres qui la montrent vers la fin de sa vie ?
— Non. Elle détruisit les trois autres portraits qu'elle avait fait faire dès que le peintre les eut achevés.
— Des photos ?
— Pas à ma connaissance. Elle avait horreur des appa-

reils photos et ne supportait pas d'en voir un dans la maison.

Dunross sourit et Casey remarqua sa fatigue.

— Un jour, poursuivit-il, juste avant la guerre de 14-18, un reporter du *China Guardian* eut l'audace de la prendre en photo. Dans l'heure qui suivit, elle dépêcha dans les bureaux du journal un groupe de matelots armés, qui menacèrent de mettre le feu à l'immeuble si on ne leur donnait pas le négatif et toutes les photos, et si le rédacteur en chef ne promettait pas de « cesser de la harceler ». Il s'exécuta.

— On ne peut se livrer impunément à ce genre de plaisanterie, je suppose ?

— À moins d'être le Taï-pan de la Noble Maison. En outre, tout le monde savait que Hag Struan ne voulait pas être prise en photo et ce jeune crétin prétentieux avait enfreint la règle. Comme les Chinois, elle croyait perdre une partie de son âme à chaque photo qu'on prenait d'elle.

Casey porta son attention sur le collier entourant le cou de la fille de Tyler Brock.

— C'est du jade ?

— Des émeraudes.

— Il doit valoir une fortune.

— Dirk Struan le lui avait légué dans son testament en précisant qu'il devrait ensuite être transmis à l'épouse de chaque Taï-pan de la Noble Maison...

Avec un sourire mi-figue mi-raisin, Dunross ajouta :

— Hag Struan garda le collier toute sa vie et ordonna, à sa mort, qu'on le brûle avec elle.

— Et on lui obéit ?

— Oui.

— Quel gâchis !

— Non, dit Ian, les yeux sur le portrait. Elle maintint Struan au rang de Noble Maison d'Asie pendant près de soixante-quinze ans. C'est elle qui fut le vrai Taï-pan, même si d'autres portaient ce titre. Hag Struan écarta ennemis et catastrophes du chemin de la Compagnie ; elle préserva l'héritage de Dirk, écrasa les Brock et sut faire ce qui était nécessaire en toute circonstance. Que vaut, en comparaison, une jolie babiole, qui ne nous avait d'ailleurs probablement rien coûté ? Nous l'avions sans doute trouvée en pillant le trésor d'un mandarin, qui l'avait lui-même volée à quelqu'un d'autre dont les paysans avaient payé ce bijou de leur sueur.

Le regard du Taï-pan semblait plonger au-delà du tableau, dans une autre dimension.

— J'espère seulement faire aussi bien, murmura-t-il.

Et Casey eut l'impression qu'il s'adressait à la jeune fille en robe du soir. Elle promena les yeux sur les dix portraits — neuf hommes et une femme — accrochés dans la galerie parmi des paysages de Hong Kong ou Shanghai, d'élégants clippers, des navires marchands ventrus. Sous chaque portrait, une plaque de cuivre indiquait le nom du taï-pan, les dates de sa naissance et de sa mort : « Dirk Dunross, 4e taï-pan, 1852-1894, perdu en mer avec le *Sunset Cloud* », « Sir Lochlin Struan, 3e taï-pan, 1841-1915... », « Alastair Struan, 9e taï-pan, 1900... », « Dirk Struan, 1798-1841... », « Ross Lechie Struan, 7e taï-pan, 1887-1915, capitaine au Royal Scot Regiment, mort au champ d'honneur à Ypres... »

— Vous êtes donc le 10e Taï-pan. Avez-vous fait faire votre portrait ?

— Non.

— Vous devrez le faire, non ?

— En temps utile. Rien ne presse.

— Comment devient-on Taï-pan ?

— En étant choisi par son prédécesseur.

— Avez-vous déjà désigné celui qui vous succédera ?

— Non.

Casey eut cependant le sentiment qu'il avait pris une décision concernant sa succession mais qu'il ne voulait pas la lui confier. Pourquoi me le dirait-il ? songea-t-elle. Et pourquoi suis-je en train de lui poser toutes ces questions ?

Son attention fut attirée par un petit tableau représentant une sorte de nain difforme aux yeux étranges et au sourire sardonique.

— Qui est-ce ? demanda-t-elle. Un Taï-pan ?

— Non. C'est Stride Orlov, le principal capitaine de Dirk. Quand Culum succéda à son père, mort lors d'un typhon, Orlov prit le commandement de notre flotte de clippers. Il passait pour un grand marin.

— Il me donne la chair de poule.

— Il faisait cet effet-là à tout le monde, sauf à Dirk et à Hag Struan. Même Culum le haïssait, paraît-il.

— Et *elle*, pourquoi ne le trouvait-elle pas effrayant ?

— On dit qu'après le typhon, alors que tout le monde à Hong Kong, y compris Culum, était occupé à relever les ruines, Tyler le Diable s'empara de la Noble Maison. Il s'assura le contrôle de la Compagnie, donna des ordres, traita Culum et Tess comme des enfants. Il contraignit sa fille à monter à bord de son navire, le *White Witch*, et fit savoir à Culum qu'il devait l'y rejoindre avant le coucher du soleil, sinon... Pour Tyler, la Noble Maison, c'était désormais Brock-Struan et il en était le Taï-pan. Culum n'avait alors que vingt ans — et Tess à peine seize — mais il eut l'audace d'ordonner à Orlov de se rendre sur le *White Witch* et de ramener sa femme. Tyler se trouvait alors à terre. Orlov monta seul à bord du bateau et en redescendit avec Tess, laissant derrière lui un cadavre et une demi-douzaine d'estropiés.

Casey reconnut sur les lèvres de Ian le sourire mi-moqueur mi-diabolique de Dirk Struan.

— À dater de ce jour, Tess — la future Hag Struan — se prit d'affection pour Orlov malgré sa laideur. C'était un homme remarquable, un capitaine émérite et il dirigea notre flotte avec compétence jusqu'à sa disparition.

— Il disparut dans un naufrage ?

— Non. D'après Hag Struan, il débarqua un jour à Singapour et ne revint jamais. Il menaçait toujours de quitter Hong Kong pour retourner en Norvège. Peut-être rentra-t-il chez lui ; peut-être fut-il poignardé dans une ruelle de Singapour. Qui sait ? L'Asie est un continent de violence. Hag affirmait qu'il avait été victime d'une femme car aucun homme n'aurait pu tuer Stride Orlov. Pourtant, il n'est pas impossible que Tyler lui ait tendu une embuscade.

Les yeux de Casey revinrent au portrait poignardé, qui la fascinait.

— Pourquoi a-t-elle lacéré l'image de son père ?

— Je vous le dirai un jour mais pas ce soir. Sachez seulement qu'elle enfonça le poignard dans le mur avec la batte de cricket de mon grand-père et maudit par avance quiconque oserait l'en retirer.

Le Taï-pan eut un sourire qui révéla sa lassitude et qui rassura Casey : fatiguée elle aussi, elle craignait de commettre une erreur qu'il ne manquerait pas d'exploiter.

— Nous avons un marché à conclure, dit Dunross en tendant la main.

La jeune femme fut contente d'aborder enfin le domaine des affaires.

— Désolée, je ne peux pas accepter, répondit-elle calmement.

Le sourire de Ian disparut.

— Quoi ?

— Linc m'a exposé les modifications que vous proposez. Comme il s'agit d'un contrat de deux ans, cela fait grimper notre mise initiale et je ne peux donner mon accord.

— Pourquoi ?

— Parce que, passé vingt millions, je n'ai plus carte blanche, expliqua-t-elle d'un ton léger. C'est avec Linc que vous devez conclure — il vous attend au bar.

Le visage du Taï-pan exprima brièvement un sentiment de soulagement puis redevint impénétrable.

— Alors, nous ne pouvons pas toper là, vous et moi ? dit Dunross d'une voix douce en regardant Casey dans les yeux.

Elle sentit une vague de chaleur la parcourir et dut faire un effort pour soutenir son regard.

— Un Taï-pan traite avec un Taï-pan, bredouilla-t-elle.

— C'est la règle, même en Amérique ?

— Oui.

— L'idée vient de vous ou de lui ?

— C'est important ?

— Très important.

— Si je vous réponds qu'elle vient de Linc, il perd la face, et si je vous dis qu'elle est de moi, il perd aussi la face, quoique d'une manière différente.

Ian hocha la tête en souriant et l'émotion de Casey s'accrut encore. Bien qu'elle conservât toute sa maîtrise, la jeune femme sentait son corps répondre au charme puissant et viril qui émanait de Dunross.

— Garder la face — nous y sommes tous contraints, d'une manière ou d'une autre, n'est-ce pas ? dit le Taï-pan.

Casey demeura silencieuse et détourna son regard, qui se posa sur le portrait de Hag Struan. Comment une si jolie fille a-t-elle fini par être surnommée *Hag*[1] ? s'étonna-

1. En anglais, vieille sorcière (*N.d.T.*)

t-elle. Cela doit être horrible de voir son corps et son visage vieillir alors qu'on se sent le cœur jeune. C'est injuste pour une femme. Est-ce qu'on m'appellera un jour « Hag Tcholok », ou « cette vieille peau de Tcholok », si je reste seule, sans mari dans le monde des affaires, dans ce monde d'hommes, visant les mêmes objectifs qu'eux — la puissance, l'argent, l'accomplissement de soi — et haïe parce que je m'y montre aussi bonne ou meilleure qu'eux ? Je m'en moque, du moment que nous gagnons, Linc et moi. Joue le rôle que tu t'es choisi ce soir et sois reconnaissante à la Française de son conseil. « Mon enfant, les bons conseils viennent de personnes inattendues, à un moment inattendu », avait coutume de répéter son père. Sans les recommandations de Susanne sur la conduite qu'une femme doit adopter dans ce monde d'hommes, je n'aurais peut-être pas accepté de jouer cette comédie, se dit Casey. Mais ne t'y trompe pas, Ian Struan Dunross : dans cette affaire, c'est moi le Taï-pan de Par-Con.

Elle sentit le rouge lui monter aux joues tandis qu'une autre vague de chaleur l'inondait. Jamais auparavant elle n'avait défini aussi clairement pour son seul bénéfice la position qu'elle occupait dans la firme. Oui, songea-t-elle avec satisfaction, le Taï-pan.

Reportant son attention sur le portrait, elle s'aperçut alors qu'elle s'était trompée, que le visage de cette jeune fille n'avait rien d'ordinaire et qu'on y devinait déjà le Taï-pan qu'elle serait.

La voix de Dunross la tira de ses pensées :

— Vous êtes très généreuse.

— Pas du tout, répliqua-t-elle aussitôt en se retournant vers lui.

Si tu veux savoir la vérité, Taï-pan, je ne suis pas généreuse, pensa-t-elle *in petto*. Je joue à la fille douce, modeste et gentille uniquement pour te mettre à l'aise.

— C'est vous qui êtes généreux, murmura-t-elle en baissant les yeux.

Ian lui prit la main et la baisa avec une galanterie désuète. Casey s'efforça de masquer sa surprise — c'était la première fois qu'on lui baisait la main — ainsi que le trouble que la caresse de ces lèvres avait fait naître en elle.

— Ah ! Ciranoush ! s'exclama Dunross avec une gravité feinte. Faites appel à moi lorsque vous aurez besoin d'un chevalier servant.

Il sourit brusquement et ajouta :

— Je m'en tirerai probablement très mal, mais peu importe.

Elle éclata de rire, complètement détendue à présent.

— C'est entendu, promit-elle.

Il lui prit nonchalamment la taille et la dirigea vers l'escalier. Casey sentit avec plaisir la pression du bras de Ian sur son corps. Attention, se dit-elle, ce n'est pas un enfant. Sois prudente.

17

23 h 58

La Rolls de Phillip Chen s'arrêta dans un crissement de freins devant la porte de la maison et le compradore en descendit, rouge de colère. Dianne suivit presque aussitôt, l'air préoccupé. Il faisait nuit noire, les lumières de la ville et les feux des bateaux brillaient au pied de la colline.

— Ferme les grilles et entre, toi aussi, lança l'Eurasien avec brusquerie à son chauffeur. Presse-toi, Dianne, ajouta-t-il en glissant sa clef dans la serrure d'un geste irrité.

— Qu'est-ce que tu as, Phillip ? Tu peux me dire pourquoi tu...

— Ferme-la ! ordonna-t-il à sa femme, qui se figea, interdite. Ferme-la et fais ce que je te dis !

Il ouvrit la porte, la poussa d'un coup de pied.

— Demande aux domestiques de venir !

— Mais Phil...

— Ah Sun ! Ah Tak !

Deux *amahs* aux cheveux en broussaille et au visage bouffi de sommeil apparurent, effrayés par ce ton rageur.

— Oui, Mère, oui, Père, bredouillèrent-ils ensemble en cantonais. Au nom de tous les dieux, que se...

— Tenez votre langue ! rugit Phillip Chen, dont la nuque vira au cramoisi. Entrez dans cette pièce et restez-y jusqu'à ce que je vous dise d'en sortir !

Il montra du doigt la salle à manger, dont les fenêtres donnaient au nord, sur la route.

— N'en bougez pas ! continua-t-il, et si l'un de vous regarde par la fenêtre avant mon retour, je le ferai jeter dans le port un boulet aux pieds !

Les deux domestiques se mirent à gémir et entrèrent dans la salle à manger, suivis de Dianne et du chauffeur. Phillip referma la porte.

— Arrêtez, tous les deux ! cria Dianne aux *amahs*.

Elle s'approcha de la vieille servante, lui pinça la joue, ce qui eut pour effet de faire cesser les vagissements.

— Mère, que se passe-t-il ? se lamenta la vieille en roulant des yeux effrayés. Pourquoi Père est-il si furieux ? Aïe aïe...

— Tais-toi !

L'épouse du compradore agita son éventail d'un geste nerveux. Qu'est-ce qu'il lui prend ? se demanda-t-elle, furieuse, elle aussi. Il ne me fait plus confiance ? Moi, sa seule épouse légitime, l'amour de sa vie ! Et me faire quitter la réception au pas de charge alors que tout allait si bien ! On ne parlait que de nous et tout le monde, probablement, admirait Kevin, le nouvel héritier de la Maison de Chen car chacun s'accorde à penser que John a dû mourir de peur quand on lui a tranché l'oreille. Moi j'en suis sûre, en tout cas.

Elle frissonna en repensant au cauchemar qu'elle avait fait cet après-midi et dont elle s'était éveillée couverte d'une sueur froide. Elle avait rêvé qu'on l'enlevait à son tour et qu'on lui coupait l'oreille.

— *Ayiiya !* il est devenu fou, marmotta-t-elle.

— Oui, Mère, chuchota le chauffeur. C'est l'enlèvement qui l'a rendu fou. Je n'ai jamais vu Père dans cet...

— Je t'ai demandé quelque chose ? D'ailleurs, tout est de ta faute ! Si tu avais ramené mon pauvre John à la maison au lieu de le laisser avec ses putains à la bouche fardée, rien ne serait arrivé !

Comme les deux *amahs* s'étaient remis à geindre, elle tourna de nouveau sa colère contre eux :

— Quant à vous deux, votre service a de quoi flanquer la colique ! Vous n'avez même pas pensé à me demander si je voulais un remède, de l'aspirine, du thé ou une serviette froide.

— Mère, je peux faire du thé mais voulez-vous un cognac ? proposa la vieille d'un ton plein d'espoir en montrant un buffet laqué.

— Hein ? Oui, bonne idée, Ah Tak.

Aussitôt la servante trottina jusqu'au buffet, l'ouvrit et en sortit une bouteille dont elle savait sa maîtresse friande.

— Pauvre Mère, dit-elle en remplissant un verre. Père est d'une colère ! Quelle mouche l'a piqué et pourquoi nous a-t-il interdit de regarder par la fenêtre ?

Parce qu'il ne veut pas que vous le voyiez déterrer son coffre dans le jardin, voleurs que vous êtes, pensa Dianne. Même à moi, sa femme, il n'a jamais révélé l'emplacement de cette cachette. Elle but une gorgée de cognac et sourit à la pensée qu'elle n'en connaissait pas moins l'endroit où il avait enterré la boîte métallique. Elle avait bien fait de le surveiller discrètement ; à présent, même si Phillip quittait soudain ce monde avant d'avoir pu lui dire où se trouvait la cachette, elle ne risquait rien. Elle avait bien fait de ne pas tenir sa promesse de ne pas le regarder, la nuit, où pendant l'occupation japonaise il avait enfoui prudemment leurs biens les plus précieux.

Dianne ignorait ce qu'il y avait à présent dans le coffre et n'en avait cure. L'essentiel, c'était de savoir où il était enterré.

— Cesse de pleurnicher, Ah Sun ! ordonna-t-elle à l'autre domestique.

Elle s'approcha de la fenêtre pour tirer les doubles rideaux. Dehors, il faisait un noir d'encre et l'on ne voyait rien du jardin.

— Encore un peu de cognac, Mère ? proposa la vieille *amah*.

— Merci, petite bouche onctueuse, répondit Dianne d'un ton affectueux. Ensuite, tu me masseras le cou, j'ai la migraine. Asseyez-vous tous et ne faites pas de bruit jusqu'à ce que Père revienne.

Phillip Chen descendit d'un pas pressé l'allée du jardin, une lampe électrique à la main, une pelle dans l'autre. Il s'arrêta, tourna la tête pour se repérer et trouva l'endroit qu'il cherchait. Bien qu'on ne pût le voir de la maison, il se retourna s'en assurer et, rassuré, alluma sa torche électrique. Le cercle lumineux glissa sur les broussailles, s'arrêta au pied d'un arbre : apparemment, on n'avait touché à rien. Mais quand il eut écarté la litière de feuilles recouvrant le sol, le compradore s'aperçut qu'on avait creusé la terre à cet endroit.

— Oh ! le porc ! s'exclama-t-il. Mon propre fils !

Se ressaisissant, il enfonça sa pelle dans la terre meuble. Depuis qu'il avait quitté la réception, il tentait de se rappeler quand il avait déterré le coffre pour la dernière fois. C'était au printemps, il en était sûr maintenant, lorsqu'il avait eu besoin des titres de propriété d'une rangée de taudis de Wanchai qu'il avait vendus quarante fois leur prix d'achat à Donald McBride.

— Où était John, ce jour-là ? marmonna-t-il. Dans la maison ?

Il ne parvint pas à s'en souvenir. Jamais il ne serait allé à la cachette un jour où des étrangers risquaient de le surprendre, mais il n'avait aucune raison de se méfier de son fils. John... je ne l'aurais jamais cru, se dit-il. Il a dû me suivre dans le jardin.

La pelle heurta la boîte avec un bruit métallique. Phillip Chen enleva avec soin la terre, ôta la toile protectrice, ouvrit le gros cadenas, souleva le couvercle. Les gonds, bien graissés, ne grincèrent pas. D'une main tremblante, le chef de la Maison de Chen dirigea le faisceau de sa lampe vers l'intérieur du coffre. Papiers, titres et documents semblaient en ordre mais il savait qu'on avait dû les sortir pour les lire, les recopier ou les mémoriser puisque certaines des informations contenues dans le coffre de son fils ne pouvaient avoir d'autre origine.

Les écrins à bijoux, grands et petits, étaient là aussi. Il en chercha un avec nervosité, l'ouvrit : la demi-pièce de monnaie et le document expliquant sa signification avaient disparu.

Des larmes de rage coulèrent le long de ses joues et il ressentit qu'il aurait avec joie étranglé John de ses propres mains s'il s'était trouvé là.

— Mon fils, mon fils !... que tous les dieux te maudissent !

Les jambes tremblantes, il s'assit sur un rocher et s'efforça de recouvrer son calme. Les recommandations que son père lui avaient données sur son lit de mort lui revinrent en mémoire : « Ne perds jamais cette pièce, mon fils. Elle garantit notre survie par le pouvoir qu'elle nous confère sur la Noble Maison. »

C'était en 1937, l'année où il avait accédé aux secrets les plus intimes de la Maison de Chen : celui qui devenait compradore prenait du même coup la direction, à Hong

Kong, de la Hung Mun, grande triade chinoise qui, sous Sun Yat-sen, avait pris le nom des 14 K, et qui s'était constituée à l'origine pour diriger la lutte contre les suzerains mandchous honnis par la Chine. Le compradore était le lien légitime entre la hiérarchie chinoise de l'Ile et les héritiers des 14 K sur le continent. Enfin, de par la volonté de Chen-tse Jin Arn, dit Jin-qua, légendaire prince marchand, chef de la *hong* à laquelle l'empereur avait confié le monopole du commerce avec l'étranger, la Maison de Chen était à jamais liée à la Noble Maison, par les titres de propriété et par le sang.

« Écoute bien, mon fils, avait murmuré le vieillard agonisant. Le Taï-pan Dirk Struan et la Noble Maison furent l'œuvre de Jin-qua. C'est lui qui créa et forma aussi bien la compagnie que l'homme. Le Taï-pan eut deux concubines : Kai-sung (fille de Jin-qua et de sa cinquième femme) avec laquelle il eut un fils : Gordon Chen, mon père, ton grand-père, et T' chung Jen May-may, qui fut sa maîtresse pendant six ans et qu'il épousa secrètement juste avant le grand typhon qui les tua tous deux. Elle avait alors vingt-trois ans. À dix-sept ans, cette petite-fille de Jin-qua avait été vendue au Taï-pan afin de lui enseigner, à son insu, les manières civilisées. Dirk et May-may eurent pour enfants Duncan et Kate, qui prirent le nom de T'chung et furent élevés dans la maison de mon père. Kate épousa un négociant nommé Peter Gavallan — ce qui fait qu'Andrew est aussi notre cousin, bien qu'il n'en sache rien.

« J'ai tant à te raconter et si peu de temps à vivre... Peu importe, tu trouveras les arbres généalogiques dans le coffre. Toutes les vieilles familles sont apparentées : les Wu, Kwang, Sung, Kau, Kwok et Ng. Tiens, voici la clef. Utilise ces connaissances avec prudence.

« Un dernier secret. Phillip, mon fils : notre lignée est issue de la seconde épouse de mon père, fille de John Yuan, lui-même fils naturel du grand négociant américain Jeff Cooper et d'une Eurasienne nommée Isobel Yau. Isobel était la fille secrète de Robb Struan, demi-frère du Taï-pan et cofondateur de la Noble Maison, si bien que nous sommes doublement apparentés aux Struan. Alastair Struan et Colin Dunross sont nos cousins ; les MacStruan, par contre, n'ont aucun lien avec nous — tu liras leur histoire dans le journal de Grand-Père. Mon fils, les barbares anglais et écossais venus en Chine n'épousèrent jamais les femmes qu'ils adorèrent et qu'ils abandonnèrent, la plupart du temps, avant de retourner dans leur île de brume et de pluie. Mon Dieu, je hais le climat anglais autant que le passé !

« Oui, Phillip, nous sommes eurasiens, nous n'appartenons ni à une race ni à l'autre. C'est la croix que nous devons porter, mais il nous incombe de transformer cette malédiction en bénédiction. Je te transmets une maison riche et puissante, comme Jin-qua l'avait voulu. Lègue-la à ton fils dans le même état et veille à ce qu'il en fasse de même avec le sien. Jin-qua nous a en quelque sorte engendrés, il nous a donné fortune et pouvoir... et il nous a légué une des pièces. Tiens, lis. »

Le vieux Chen avait remis à son fils un rouleau de parchemin couvert d'une écriture calligraphiée avec art.

« Au huitième jour du sixième mois de l'année 1841, selon le calendrier barbare, moi, Chen-tse Jin Arn de Canton, ai prêté au Diable-aux-yeux-verts, Taï-pan de la Noble Maison, chef pirate de tous les diables d'étrangers qui ont fait la guerre à l'Empire Céleste et nous ont volé l'île de Hong Kong, quarante lacks d'argent... un million de livres sterling... et l'ai ainsi sauvé de N'a-qu'un-œil, son ennemi juré. En retour, le Taï-pan nous accorde des conditions commerciales privilégiées pour les vingt années à venir, s'engage à choisir à jamais son compradore parmi les membres de la Maison de Chen, et jure que lui-même ou ses descendants honoreront la dette des pièces. Ces pièces, qui sont au nombre de quatre, ont été brisées en deux et j'en ai remis les quatre moitiés au Taï-pan. Lui ou son descendant seront tenus d'accorder à quiconque présentera la moitié manquante la faveur qu'il demandera, quelle qu'elle soit, qu'elle entre ou non dans le cadre de nos lois ou des siennes.

Je garde une pièce pour moi, j'en remets une à mon cousin Wu Fang Choi, le Seigneur de la guerre, une autre à mon petit-fils Gordon Chen, et la dernière à une personne dont je tais le nom. Que celui qui lira ce parchemin se souvienne qu'il ne doit pas utiliser sa pièce à la légère car le Taï-pan de la Noble Maison ne devra accéder qu'*une seule fois* à la demande. Qu'il se souvienne aussi que le Diable-aux-yeux-verts et ses descendants n'en restent pas moins des barbares enragés, devenus, grâce à *notre* enseignement, aussi rusés qu'un sale Mandchou et aussi dangereux qu'un nid de vipères. »

Phillip Chen frissonna, songeant à la violence qu'on sentait toujours prête à exploser chez Ian Dunross. C'est bien un descendant du Diable-aux-yeux-verts, se dit-il.

Maudit John ! quelle manœuvre diabolique a-t-il préparée avec Linc Bartlett ? L'Américain est-il en possession de la pièce ou John l'a-t-il gardée ? Dans ce dernier cas, elle est peut-être tombée dans les mains des ravisseurs.

Tandis que son esprit fatigué examinait toutes les possibilités, ses mains vérifiaient le contenu des écrins. Jusqu'à présent, rien ne manquait. La gorge serrée, il ouvrit le dernier et poussa un soupir de soulagement : le collier n'avait pas disparu. L'éclat des émeraudes sous la lampe électrique lui procura un vif plaisir et diminua quelque peu son angoisse. Quelle idée stupide Hag Struan avait eue d'ordonner qu'on brûle ce joyau en même temps que son cadavre ! se dit-il. Quel horrible gâchis cela aurait été ! Père a sagement agi en l'enlevant du cercueil avant qu'on ne le livre aux flammes.

Il remit le collier en place à regret et rabattit le couvercle du coffre. Que faire, pour la pièce ? se demanda-t-il. J'ai bien failli l'utiliser quand le Taï-pan nous a enlevé nos actions de la Victoria Bank — et presque tout notre pouvoir. J'ai préféré lui laisser le temps de faire ses preuves mais trois ans se sont écoulés depuis et il n'a toujours rien prouvé. Le contrat avec l'Américain paraît fabuleux mais il n'est pas encore signé. Et la pièce a disparu, maintenant.

Phillip Chen poussa un grognement de détresse. La ville brillait à ses pieds, les feux des bateaux scintillaient dans le port. Un avion à réaction décolla de Kai Tak, un autre appareil vira sur l'aile avant d'atterrir.

Qui a la pièce ? se demanda-t-il, épuisé par la tension nerveuse. Bartlett, John ou les Loups-Garous ?

Mardi

18

12 h 36

— Bien sûr que Dunross aurait pu trafiquer mes freins ! s'exclama Gornt.

— Voyons ! sois sérieux, dit Jason Plumm. Ian n'est pas stupide au point de se glisser sous ta voiture avec deux cents invités dans les parages.

Bien que l'humidité eût encore augmenté, il faisait frais dans l'appartement-terrasse de Jason Plumm, situé dans Happy Valley. Le Taï-pan d'Asian Properties, la troisième *hong* de la Colonie, était vêtu d'un smoking à veste rouge. Plus grand que Gornt, le visage racé et mince, il approchait de la soixantaine. Il jeta son mégot dans un cendrier, prit un autre cigare et l'alluma.

— Ce salaud n'est pas si bête, ajouta-t-il.

— Tu te trompes. Malgré toute sa ruse d'Écossais, c'est un homme aux réactions animales et soudaines, qui agit souvent sous le coup de l'émotion. C'est le défaut de sa cuirasse.

Plumm joignit les extrémités de ses doigts et les considéra pensivement.

— Que dit la police ?

— J'ai seulement raconté que mes freins avaient lâché. Inutile de mettre ces petits fouineurs dans le coup — du moins pour le moment. Mais des freins de Rolls, ça ne lâche pas comme ça, bon Dieu ! Demain, je demanderai à Tom Nikklin d'examiner la voiture et de me donner une réponse, une réponse précise. Il sera bien temps alors de faire intervenir la police.

— Je suis de ton avis, approuva Plumm avec un léger sourire. Nous n'avons pas besoin des flics pour laver notre linge — aussi sale soit-il.

Les deux hommes éclatèrent de rire puis Jason reprit :

— Tu as eu une sacrée veine : des freins qui lâchent sur la route du Peak...

— Une fois passé l'effet de stupeur, j'ai plutôt bien réagi, déclara Gornt en prenant quelque liberté avec la vérité.

Après le repas raffiné qu'ils avaient pris en tête à tête sur la terrasse (la femme de Plumm prenait des vacances en Angleterre, et leurs enfants, adultes à présent, ne vivaient plus à Hong Kong), les deux magnats étaient passés dans le bureau de Jason, pièce tapissée de livres et meublée luxueusement, avec un goût très sûr, comme le reste de l'appartement.

— Tom saura me dire si on a saboté ma Rolls, continua le patron de Rothwell-Gornt.

Plumm porta son verre d'eau gazeuse à ses lèvres avant de demander :

— Tu vas encore flanquer la frousse au jeune Nikklin avec cette histoire de Macao ?

— Moi ? Tu plaisantes !

— Pas le moins du monde, dit Plumm, avec son petit rire moqueur d'homme bien élevé. Dunross a bien failli se tuer, il y a trois ans, pendant la course suite à une défaillance mécanique ?

— Les bolides ont souvent des défaillances mécaniques.

— Souvent, mais il est plus rare que ce soit un adversaire qui les provoque, insinua Plumm.

— Ce qui veut dire ?

— Rien, juste une rumeur, répondit le président d'Asian Properties en versant un autre whisky à son hôte. On prétend qu'un mécanicien chinois aurait, comme on dit, jeté du sable dans les rouages, en échange d'une modeste rétribution.

— Je doute que cette histoire soit vraie.

— Je doute qu'on puisse l'éclaircir. Dans un sens ou dans un autre. Certaines personnes sont prêtes à n'importe quoi pour une poignée de billets. C'est écœurant.

— Heureusement, nous travaillons, nous, dans la haute finance.

— C'est précisément le sens de ma remarque. Quelle opération me proposes-tu ?

— C'est très simple : si Bartlett ne passe pas d'accord avec Struan dans les dix jours qui viennent, nous pouvons plumer la Noble Maison comme dinde avant Noël.

— Beaucoup ont déjà fait ce rêve et Struan est toujours la Noble Maison.

— Oui, mais Dunross est vulnérable en ce moment.

— Pour quelle raison ?

— À cause des traites sur l'achat de ses navires à Toda et du remboursement de l'emprunt contracté auprès d'Orlin.

— C'est inexact, le crédit de Struan est excellent. Oh, certes ! Dunross est endetté, mais pas plus qu'un autre. Ses bailleurs de fonds lui accorderont une rallonge, sinon il s'adressera à Richard Kwang ou à Blacs.

— Supposons que Blacs lui refuse son aide et que Richard Kwang soit mis hors circuit. Il ne lui resterait plus que la Victoria.

— Alors il demandera à la banque de nouveaux crédits et nous serons contraints de les lui accorder. Paul Havergill soumettra la décision au conseil d'administration et comme il est impossible de battre le bloc Struan, nous voterons les crédits, pour sauver la face, en assurant que nous sommes ravis de lui rendre ce service, comme d'habitude.

— Cette fois, Richard Kwang votera contre Struan, le conseil d'administration ne pourra pas prendre de décision et la demande de crédits sera renvoyée à plus tard. Dunross ne sera pas en mesure de faire face à ses engagements, il plongera.

— Pour l'amour de Dieu ! Richard Kwang ne fait même pas partie du conseil d'administration ! Tu deviens cinglé ?

Gornt tira une bouffée de son cigare.

— Tu oublies mon plan Concurrence. Je l'ai lancé il y a deux jours.

— Contre Richard ?

— Oui.

— Ce pauvre vieux Richard !

— Son vote sera décisif et Dunross ne s'attendra jamais à une attaque de ce côté.

— Richard et Ian sont de grands amis, objecta Plumm.

— Richard a des ennuis, la ruée sur la Ho-Pak a commencé. Il fera n'importe quoi pour sauver sa peau.

— Je vois. Combien d'actions de la Ho-Pak as-tu vendues à découvert ?

— Un gros paquet.

— Es-tu certain que Richard n'a pas les moyens d'enrayer la ruée, de trouver d'autres soutiens ?

— S'il y parvient, nous aurons toujours la ressource d'annuler l'opération, toi et moi.

— Oui, c'est une possibilité, murmura Jason pensivement en regardant monter la fumée de son cigare. Mais même à supposer que Dunross ne puisse faire face à ses engagements, il ne sera pas lessivé pour autant.

— Exact, mais après la « catastrophe » de la Ho-Pak, l'annonce de la non-solvabilité de Struan fera dégringoler sa cote. Le marché sera agité, tout indiquera qu'un krach se prépare et nous pousserons à la roue en vendant à découvert. En principe, le conseil d'administration ne devrait pas se réunir avant deux semaines à moins que Paul Havergill ne convoque une réunion spéciale. Et il ne le fera pas. Paul donnerait n'importe quoi pour récupérer les parts de Struan. Il promettra donc à Richard de le sauver du naufrage, s'il vote dans le même sens que lui. Le conseil d'administration laissera Ian mijoter quelques jours puis lui proposera d'étendre son crédit et de rétablir la confiance... en échange des parts que Struan détient dans la banque.

— Dunross n'acceptera jamais — pas plus que Phillip Chen ou Tsu-yan.

— Il accepte ou il coule. Une fois qu'il aura perdu ses actions, vous contrôlerez le conseil d'administration, et donc la Victoria Bank. Ce sera fini pour lui.

— Mais supposons qu'il obtienne de nouveaux crédits ?

— Il sera de toute façon très affaibli, peut-être de façon permanente, et nous gagnerons un gros paquet dans un cas comme dans l'autre.

— Et Bartlett ?

— Bartlett et la Par-Con sont de mon côté, affirma Gornt. L'Américain ne montera pas à bord d'un navire en perdition, j'y veillerai.

Après un instant de réflexion, Plumm déclara :

— C'est possible. Oui, c'est possible.

— Alors tu marches ?

— Après avoir coulé Struan, comment feras-tu pour avaler Par-Con ?

— Seul je n'y parviendrais pas, mais à nous deux..., dit Gornt en écrasant son mégot de cigare. Par-Con demande un effort à long terme et pose une série de problèmes tout à fait différents. D'abord Struan, d'accord ?

— Si j'obtiens la société immobilière de Struan à Hong Kong, 35 % de ses terrains en Thaïlande et à Singapour, plus 50 % de Kai Tak.

— D'accord, sauf pour Kai Tak : il me faut la totalité des actions pour agrandir le domaine de All Asia Airways. Tu auras un siège au conseil d'administration de la nouvelle compagnie, 10 % des actions au pair, plusieurs sièges au conseil de Struan, bien sûr, et de toutes ses filiales.

— 15 %. Et nous partageons la présidence de Struan à tour de rôle chaque année.

— Entendu, mais je commence.

L'année suivante, Struan sera démantelé et ta présidence ne vaudra plus un kopek, Jason, pensa Gornt en allumant une cigarette.

— Alors nous sommes d'accord ? demanda-t-il. Si tu veux, nous pouvons mettre les conditions dans une note par écrit.

— À Dieu ne plaise ! Pas besoin de note. J'accepte ! dit Plumm en tendant la main.

Les deux hommes échangèrent une poignée de main énergique.

— À bas la Noble Maison ! s'exclama Gornt.

Ils éclatèrent de rire, satisfaits l'un et l'autre du marché qu'ils venaient de passer. L'appropriation des terrains de Struan ferait d'Asian Properties la première société immobilière de Hong Kong tandis que Gornt s'assurerait le quasi-monopole du transport aérien ou maritime et du courtage des marchandises.

Bien, pensa-t-il. À présent, à Wu-Quatre-Doigts.

— Si tu veux bien m'appeler un taxi...

— Mon chauffeur va te reconduire, proposa Plumm.

— Non, merci, Jason, je préfère prendre un taxi.

Plumm téléphona donc au gardien de son immeuble de vingt-deux étages, propriété de la firme Asian Properties qui en assurait aussi la gestion. En attendant le taxi, les deux hommes d'affaires burent à l'anéantissement de Struan et aux profits qu'ils en retireraient. La sonnerie du téléphone retentit dans la pièce voisine.

— Excuse-moi, mon vieux, dit Plumm en se dirigeant vers la porte de la chambre, dans laquelle il dormait parfois lorsqu'il travaillait tard.

C'était une petite pièce soigneusement rangée et aménagée comme une cabine de navire, avec une couchette fixée au mur, des haut-parleurs diffusant de la musique, un réfrigérateur et une plaque électrique. Du matériel de radio amateur — la passion de Jason Plumm depuis son enfance — occupait tout un mur.

Il ferma la porte à demi, décrocha.

— Oui ?

— Mr. Lop-sing, s'il vous plaît ? fit une voix de femme.

— Il n'y a pas de Mr. Lop-*ting* ici, répondit Plumm avec aisance. Vous faites erreur.

— Je voudrais laisser un message.

— Vous avez fait un faux numéro. Consultez l'annuaire.

— Message urgent pour Arthur : le Centre nous a informés par radio que la réunion est reportée à après-demain. Vous recevrez d'autres instructions à 6 heures.

La femme raccrocha et Plumm fit de même en fronçant les sourcils.

Appuyé contre la lisse de plat-bord de sa jonque, Wu-Quatre-Doigts près de Poon-Beau-Temps regardait le sampan dans lequel Gornt venait de monter.

— Il n'a pas beaucoup changé, dit-il distraitement.

— Pour moi, tous les diables d'étrangers se ressemblent, ça fait rien, répondit Poon en se grattant la tête. C'était il y a combien ? Dix ans ?

— Bientôt douze, rectifia Wu. Ah ! c'était le bon temps ! On gagnait gros, et quand on remontait vers Canton en évitant les diables d'étrangers et leurs laquais, les partisans de Mao nous accueillaient à bras ouverts. Notre peuple avait pris le pouvoir et chassé tous les étrangers ; plus un seul fonctionnaire gras comme un pourceau ne réclamait la graisse odorante ; on pouvait sans problème rendre visite aux parents et aux amis. C'est pas comme maintenant, *heya ?*

— Les rouges deviennent coriaces et intelligents — pires que les mandarins.

Wu se retourna quand son septième fils monta sur le pont, vêtu d'une chemise blanche propre, d'un pantalon gris, et chaussé de souliers.

— Tu te rappelles ce que tu dois faire ? lui lança le vieillard avec brusquerie.

— Oui, Père.

— Bon, grogna Quatre-Doigts, en cachant la fierté qu'il éprouvait à la vue de son fils. Je ne veux pas d'erreur.

Il regarda le jeune homme se diriger maladroitement vers la passerelle de planches reliant la jonque à sa voisine, elle-même reliée à la suivante. On empruntait ainsi huit embarcations pour gagner un débarcadère de fortune.

— Septième-fils est au courant ? demanda Poon à voix basse.

— Pas encore. Ces crétins se sont fait prendre avec les fusils ! Nous aurons travaillé pour rien si nous n'avons pas d'armes.

— Bonsoir, Mr. Gornt, je m'appelle Paul Choy. Mon oncle Wu m'a chargé de vous montrer le chemin, dit le jeune Chinois dans un anglais parfait, répétant un mensonge qui était devenu presque vrai pour lui.

Gornt s'immobilisa, surpris, puis continua à monter les marches branlantes avec plus de sûreté que son guide.

— Bonsoir. Vous êtes américain ou bien vous avez fait vos études aux États-Unis, Mr. Choy.

— Les deux, répondit Paul en souriant. Faites attention, les planches sont glissantes.

Il s'appelait de son vrai nom Wu Fang Choi et était le septième rejeton que Quatre-doigts avait eu avec sa troisième épouse. À sa naissance, son père l'avait déclaré aux autorités de Hong Kong — acte inhabituel pour un Haklo —, lui avait donné le nom de jeune fille de sa mère et avait demandé à un de ses cousins de se faire passer pour son père.

— Mon fils, lui avait expliqué Wu dès qu'il avait été en âge de comprendre, lorsque nous parlons haklo, à bord de mon navire, tu peux m'appeler Père, mais jamais en présence d'un diable d'étranger. Pour eux, je suis ton oncle.

— Pour quelle raison, Père ? Ai-je fait quelque chose de mal ? Je suis désolé si je vous ai offensé.

— Tu n'as rien fait de mal. Tu es un bon garçon, tu travailles dur. Je t'ai simplement donné un autre nom dans l'intérêt de la famille.

— Mais pourquoi, Père ?

— Je te le dirai le moment venu.

Quand Paul eut douze ans et qu'il eut prouvé ses mérites, son père l'envoya aux États-Unis en lui expliquant :

— Tu vas maintenant apprendre les manières des diables d'étrangers. Tu dois commencer à parler comme eux, dormir comme eux, montrer tes sentiments comme eux, mais n'oublie jamais qui tu es, qui est ton peuple. Tous les étrangers sont des êtres inférieurs, à peine humains, et pas du tout civilisés.

Paul sourit en lui-même. Si les Américains savaient ! Les Américains, les Britanniques, les Iraniens, les Allemands, les Russes, les étrangers de toute race et de toute couleur, du Taï-pan au dernier sous-fifre — s'ils savaient ce que pense d'eux le plus misérable des coolies ! se dit-il pour la millième fois. Les Chinois ne les méprisent pas, ils les jugent indignes de leur considération. Bien sûr, nous avons tort, les étrangers sont des êtres humains, certains d'entre eux sont même civilisés — à leur manière —, et très en avance sur nous dans le domaine technique. Seulement, nous sommes *meilleurs*...

— Pourquoi ce sourire ? questionna Gornt en évitant les détritus jonchant le pont d'une jonque.

— Je pensais à la vie, aux chemins insensés qu'elle nous fait parfois prendre. Le mois dernier, je faisais du surf à Malibu Colony, en Californie. Aberdeen, c'est autre chose !

— Vous voulez parler de l'odeur ?

— Bien sûr.

— Je dois reconnaître...

— Ce n'est guère mieux à marée haute mais personne ici ne semble s'apercevoir de cette puanteur.

— À quand remonte votre dernier séjour à Hong Kong ?

— J'y ai passé dix jours il y a deux ans, après avoir obtenu ma licence de sciences économiques, mais je n'arriverai jamais à m'y faire ! Rien à voir avec la Nouvelle-Angleterre !

— Où avez-vous fait vos études ?

— D'abord à Seattle, lycée et faculté. J'ai ensuite préparé un diplôme à l'École supérieure de commerce de Harvard.

Gornt s'arrêta.

— Harvard ?

— Oui, j'ai bénéficié d'une bourse.

— Bravo. Quand en êtes-vous sorti ?

— L'année dernière, en juin. J'ai eu l'impression de quitter une prison ! Bon Dieu ! on vous en fait baver pendant deux ans ! Je me suis ensuite rendu en Californie avec un copain pour faire du surf et oublier l'École, gagnant de quoi vivre avec des petits boulots à droite à gauche. Et puis... et puis, il y a deux mois, l'oncle Wu m'a rappelé à son bon souvenir et m'a dit qu'il était temps de rentrer pour me mettre au travail. C'est lui qui a payé mes études, mes parents sont morts depuis longtemps.

— Vous étiez bien classé dans votre promotion, à Harvard ?

— Troisième.

— C'est très bien.

— Je vous remercie. Ce n'est plus très loin, maintenant, notre jonque est la dernière.

Les Haklos posaient sur Gornt un regard soupçonneux tandis qu'il passait d'une maison flottante à une autre. À bord des bateaux, les Chinois sommeillaient, mangeaient ou faisaient la cuisine, pêchaient, jouaient au mah-jong ou réparaient leurs filets.

— Prenez garde, cet endroit est glissant, Mr. Gornt, dit Paul Choy en sautant sur le pont mal entretenu. Nous y voilà ! Quel bonheur de se retrouver dans la douceur du foyer !

Il ébouriffa les cheveux du jeune garçon à l'air endormi qui était de garde et lui dit en haklo :

— Ouvre l'œil, petit frère, sinon les diables nous emporteront.

— Compte sur moi, répondit l'enfant d'une voix fluette en regardant Gornt avec méfiance.

Paul fit descendre l'étranger dans le ventre de la vieille jonque qui sentait le goudron et le teck, le sel marin et le poisson pourri. Sous le pont, un couloir conduisait à une cabine qui occupait toute la largeur de la coque. Un feu de charbon de bois brûlant dans une cheminée de briques faisait chanter une bouilloire culottée de suie. La fumée qui montait en spirales du foyer s'échappait à l'extérieur par une simple ouverture ménagée dans le pont. Quelques vieilles chaises et tables en rotin voisinaient avec les couchettes rudimentaires fixées à la paroi.

Wu-Quatre-Doigts, qui était seul, indiqua un des sièges à son invité.

— Grand plaisir te voir, dit-il dans un anglais haché, à peine compréhensible. Whisky ?

— Merci. Moi aussi je suis content de te voir.

Paul Choy versa un scotch de première qualité dans deux verres d'une propreté douteuse.

— De l'eau, Mr. Gornt ?

— Non, pur, s'il vous plaît. Pas trop, je vous prie.

— Oui, oui.

Wu prit son verre et le leva en regardant Gornt.

— Grand plaisir, répéta-t-il.

— Oui, à ta santé !

Les deux Chinois attendirent que le Britannique ait bu son whisky.

— Excellent scotch, apprécia l'homme d'affaires.

Quatre-Doigts eut un sourire radieux et fit un geste en direction de Paul :

— Lui, fils de sœur à moi.

— Oui.

— Bonne école, Pays doré.

— Oui, il me l'a raconté. Tu dois être fier de lui.

— Eh ?

Paul traduisit pour le vieillard.

— Ah ! merci, merci ! Lui bien parler, *heya ?*

— Très bien, renchérit Gornt en souriant.

— Ah bien ! ça-fait-rien. Cigarette ?

Wu et son fils regardèrent leur hôte prendre une cigarette dans le paquet posé sur la table, puis le vieux contrebandier se servit à son tour et Paul donna du feu aux deux hommes. Il y eut un silence.

— Tout va bien pour vieil ami ?

— Ça va. Et toi ?

— Bien... Lui, fils de sœur, répéta Wu, qui prenait plaisir à faire attendre Gornt.

Le Britannique hocha la tête en silence, résigné à en passer par les préliminaires imposés par l'étiquette chinoise. On dirait que certains de ces diables roses ont fini par apprendre à se conduire en êtres civilisés, se dit Wu. Trop bien, même, dans le cas du Taï-pan, cet étranger qui parle un peu le haklo et vous regarde de ses yeux froids de poisson mort. Il faut dire qu'il a toute une lignée d'ancêtres derrière lui, en particulier le fondateur, le Diable-aux-yeux-verts qui conclut un pacte avec mon ancêtre le grand capitaine Wu Fang Choi et son fils Wu

Kwok, pacte qu'il respecta et fit respecter à ses fils ainsi qu'à leurs descendants. C'est pourquoi nous devons considérer le Taï-pan actuel comme un vieil ami, même s'il est le plus dangereux de la lignée.

Le vieillard se gratta la gorge et cracha pour chasser de son gosier le dieu maléfique caché derrière la glotte de tout homme, puis il examina son hôte. Quelle horreur ce visage rose et poilu comme une face de singe ! se dit-il. Pouah !

Il se contraignit à sourire pour masquer son dégoût et tenta de déchiffrer le hideux visage. En vain. Peu importe, pensa-t-il joyeusement, le moment est venu de mettre à profit le temps et l'argent consacrés à préparer Septième fils.

— Peux demander faveur ? fit-il d'un ton hésitant.

La jonque se balança en faisant craquer sa coque.

— Oui. Quelle faveur, vieil ami ?

— Fils de sœur doit gagner sa vie. Donner travail ?

Wu vit sans plaisir une expression de surprise se peindre sur le visage de Gornt.

— Explique, dit-il en anglais, avant de s'adresser à Paul Choy, dans un haklo guttural : Explique ce que je veux à ce mangeur de merde de tortue. Répète-lui ce que je t'ai dit.

— Mon oncle s'excuse de ne pouvoir s'adresser directement à vous en anglais, Mr. Gornt. Il voudrait savoir si vous pourriez me confier un emploi — en qualité de stagiaire — dans votre branche transports aériens et maritimes.

— Pourquoi ce secteur, Mr. Choy ?

— Mon oncle y a des intérêts importants, comme vous le savez, et il désire que je modernise sa compagnie. Je puis vous fournir mon *curriculum vitae*, si vous le souhaitez. Au cours de ma seconde année à Harvard, je me suis particulièrement intéressé aux transports en tous genres. Le département international de la Bank of Ohio m'avait offert un poste avant que mon oncle ne me retombe des... ne me rappelle.

— Quels dialectes parlez-vous en plus du haklo ?

— Le mandarin.

— Combien d'idéogrammes pouvez-vous écrire ?

— Quatre mille environ.

— Connaissez-vous la sténo ?

— Seulement une méthode d'écriture rapide. Je tape à

la machine : quatre-vingts mots à la minute mais avec des fautes de frappe.

— Eh ? intervint Quatre-Doigts.

Gornt examina le jeune homme pendant qu'il traduisait la conversation à son oncle et tenta de s'en faire une idée plus précise.

— Qu'entendez-vous au juste par stagiaire ?

— Oncle Wu désire que je me forme dans le commerce maritime, la gestion de lignes aériennes, le courtage et l'affrètement — tout en vous étant utile, naturellement. Mes connaissances théoriques et les années que j'ai passées aux États-Unis pourraient vous intéresser. J'ai vingt-six ans, je suis licencié, diplômé de Harvard, et j'ai également des notions approfondies d'informatique.

— Mais si vous ne faites pas l'affaire, ou si surgit entre nous un ... comment dire ? un conflit de personnalités ?

— Il n'y en aura pas, Mr. Gornt, assura Paul d'un ton ferme. Du moins, je ferai tout pour l'éviter.

— Qu'est-ce qu'il a dit ? demanda Quatre-Doigts en haklo. Répète-le-moi exactement.

Son fils obtempéra.

— Bien, approuva le vieillard de sa voix rauque. Dis-lui que si tu ne lui donnes pas satisfaction, tu seras banni de la famille et que ma colère te poursuivra éternellement.

Paul hésita. Tout ce qu'il y avait d'américain en lui le poussait à rétorquer à son père d'aller se faire foutre, qu'il était diplômé de Harvard, qu'il devait à son seul mérite le passeport américain qu'il avait réussi à obtenir. Mais il détourna les yeux et étouffa la colère qui avait explosé en lui.

Ne sois pas ingrat, s'ordonna-t-il. Tu n'es pas vraiment américain, tu es chinois, et le chef de ta famille a sur toi tous les droits. Sans lui, tu serais le patron d'un bordel flottant, ici à Aberdeen.

Paul Choy se savait mieux loti que ses onze frères, dont quatre étaient capitaines de jonque à Hong Kong. Deux d'entre eux avaient péri en mer et les autres vivaient à Bangkok, bateliers sur le Mékong, ou à Singapour, exploitant une compagnie de ferry-boats, en Indonésie, dans l'import-export. Paul avait même un frère en Angleterre dont il ne connaissait pas l'occupation. Enfin, son frère aîné avait la haute main sur une douzaine de restaurants flottants du port d'Aberdeen, ainsi que sur trois bateaux de plaisir et huit belles de nuit.

Lorsque Gornt lui demanda de traduire, le jeune homme hésita puis répéta fidèlement les propos de son père.

— Merci d'avoir été franc avec moi, Mr. Choy. Vous avez sagement agi. Vous me faites une excellente impression.

Se tournant vers Wu pour la première fois depuis que le vieillard avait posé sa question en mauvais anglais, il répondit :

— Je serai heureux de donner du travail à ton neveu.

Un sourire épanoui éclaira le visage de Wu tandis que Paul s'efforçait de cacher son soulagement.

— Je ne vous décevrai pas, Mr. Gornt.

— J'en suis persuadé.

— Whisky ? offrit Wu en montrant la bouteille.

— Non, merci.

— Quand commencer travail ?

— Quand aimeriez-vous commencer ? demanda Gornt à Paul Choy.

— Demain ? Quand vous voudrez.

— Demain, mercredi.

— Huit heures ?

— Neuf pour le premier jour mais huit heures ensuite. Semaine de six jours, bien sûr. Nous travaillons beaucoup et je ne vous ménagerai pas. À vous de savoir si vous voulez vous former rapidement et prendre des responsabilités.

— Merci, Mr. Gornt.

Paul traduisit d'un ton joyeux pour son père, qui prit le temps de finir son verre avant de demander :

— Combien argent ?

Gornt hésita, conscient qu'il fallait proposer une somme juste, ni trop dérisoire ni trop élevée, pour satisfaire le neveu et l'oncle.

— Mille dollars de Hong Kong les trois premiers mois, ensuite nous verrons.

Paul masqua sa déception et traduisit.

— Peut-être deux mille ? suggéra Wu, cachant, lui, sa satisfaction.

Mille dollars lui convenaient parfaitement, il marchandait pour le principe.

— Certains de nos cadres prendront sur leur temps de

travail pour lui apprendre ses fonctions. Former quelqu'un, cela coûte de l'argent, fit observer Gornt.

— Beaucoup argent Montagne dorée, rétorqua Wu d'un ton ferme. Deux mille ?

— Mille le premier mois, mille deux cent cinquante les deux suivants.

— Mille cinq cents troisième mois ?

— Bon, d'accord. Mille cinq cents pour le troisième et le quatrième mois, salaire révisé ensuite. En outre, ton neveu s'engage à travailler chez nous au moins deux ans.

— Eh ?

Paul Choy traduisit. Merde ! pensait-il, comment me payer des vacances aux États-Unis avec cinquante ou soixante balles par semaine ? Merde ! Et je vais vivre où ? Sur une saloperie de sampan ? Il s'arracha à ses réflexions en entendant Gornt lui parler.

— Pardon ?

— Je disais que pour vous récompenser de votre franchise, vous serez logé gratuitement dans une des maisons de notre compagnie, « Les Pignons ». C'est là que nous accueillons nos stagiaires venus d'Angleterre. Si vous devez faire partie d'une *hong* des diables d'étrangers, autant que vous fréquentiez tout de suite ses futurs dirigeants.

— Oui, monsieur, merci monsieur ! fit Paul avec effusion.

Wu posa une question en haklo.

— Mon oncle voudrait savoir où se trouve la maison.

— Sur le Peak. L'endroit est vraiment charmant. Vous serez plus que satisfait, j'en suis sûr.

— J'te crois ! Je veux dire, oui, monsieur.

— Soyez prêt à vous y installer demain soir.

— Oui, monsieur.

Après traduction, le vieux Wu approuva d'un hochement de tête.

— Tout d'accord. Deux ans au moins. Plus, peut-être, *heya ?*

— Peut-être.

— Merci à vieil ami, dit Quatre-Doigts, qui ajouta en haklo : maintenant, demande-lui ce que tu voulais savoir... au sujet de la banque.

Gornt se levait quand Paul Choy se tourna vers lui :

— Mon oncle aimerait vous poser une dernière question, si nous n'abusons pas de votre temps.

— Pas le moins du monde, assura l'homme d'affaires en se rasseyant.

Paul remarqua qu'il semblait à présent sur ses gardes.

— Mon oncle voudrait connaître votre opinion au sujet de la ruée dont la succursale de la Ho-Pak à Aberdeen a fait l'objet aujourd'hui.

Gornt posa sur le jeune homme un regard tranquille.

— Que veut-il savoir, au juste ?

— Toutes sortes de rumeurs circulent et mon oncle, ainsi que la plupart de ses amis, a déposé de grosses sommes dans cette banque.

— Je crois qu'il ferait bien de retirer son argent, répondit Gornt, ravi de cette occasion inattendue de jeter de l'huile sur le feu.

— Bon Dieu ! murmura Paul Choy, atterré.

Il avait remarqué la lueur de satisfaction qui s'était allumée dans le regard de son nouveau patron. Après avoir hésité un instant, il décida de changer de tactique :

— Il aimerait savoir si vous vendez à découvert.

— Lui ou vous, Mr. Choy ? répliqua sèchement le Britannique.

— Tous les deux. Mon oncle détient un important portefeuille d'actions dont il me confiera plus tard la gestion, expliqua le faux neveu sans trop s'encombrer des faits réels. Je lui ai expliqué le fonctionnement de la Bourse, les différences entre Hong Kong et les États-Unis : il a très vite compris.

Autre entorse à la vérité : Paul Choy n'était pas parvenu à triompher des préjugés de son père.

— Est-ce qu'il doit vendre, lui aussi ?

— Il ferait bien, conseilla Gornt. On raconte que Ho-Pak a pris des engagements qui excèdent ses moyens financiers, qu'elle emprunte à court terme et à faible taux et prête à long terme et à taux élevé, principalement sur biens immobiliers, ce qui, pour une banque, est le meilleur moyen de se retrouver face à de graves difficultés. Pour éviter tout risque, votre oncle devrait retirer son argent de la Ho-Pak et vendre ses actions.

— Est-ce que Blacs ou la Victoria n'essayeront pas de la renflouer ?

Gornt parvint à demeurer impassible. La vieille jonque se balança doucement au passage d'une autre embarcation.

— Pourquoi le feraient-elles ?

Je suis pris au piège, pensait-il. Si je leur révèle la vérité, Dieu sait à qui ils la répéteront, mais en même temps je ne peux pas leur opposer un refus. Ce vieux salaud réclame le paiement de la dette que j'ai envers lui et je dois l'acquitter.

Paul Choy se pencha en avant, l'air excité.

— Personnellement, je pense qu'en cas de ruée sur la Ho-Pak, les autres banques ne la laisseront pas couler, dit-il. La faillite de l'East India and Canton Bank, l'année dernière, a eu des répercussions néfastes sur l'ensemble du marché. Tout le monde attend un boom et je parie que les gros actionnaires ne laisseront pas une faillite renverser la tendance. Blacs et la Victoria étant les plus importantes banques de la Colonie, on peut supposer qu'elles se chargeront de renflouer la Ho-Pak.

— Où voulez-vous en venir, Mr. Choy ?

— Si quelqu'un connaissait à l'avance le moment où Ho-Pak touchera le fond et quand les deux banques lanceront leur opération de renflouement, il gagnerait une fortune.

Gornt tardait à prendre une décision : il se sentait las, engourdi. L'accident doit m'avoir éprouvé plus que je ne le pensais, se dit-il. Est-ce Dunross qui a saboté ma voiture ? Ce salaud a-t-il voulu se venger de l'affront de la réception de Noël, de l'affaire du Pacific Orient — ou même de la vieille histoire de Macao ?

Il repensa à son excitation pendant qu'il suivait la course, sachant que le moteur de la voiture du Taï-pan « casserait » d'un moment à l'autre, regardant les bolides passer en trombe, tour après tour, jusqu'à ce que Dunross disparaisse de la tête de la meute. Il avait alors attendu, plein d'espoir, et on avait annoncé que le Taï-pan était « sorti » à l'épingle à cheveux Melco. L'estomac serré, il avait continué à attendre. En apprenant que la voiture avait pris feu, mais que Dunross était parvenu à s'extirper indemne du brasier, Gornt avait été à la fois déçu et soulagé.

Il ne souhaitait pas la mort de Dunross : il voulait le briser mais le garder en vie pour qu'il pût avoir conscience de sa chute.

D'ailleurs, ce n'est pas moi qui avais mis cette affaire en branle, se dit-il. Bien sûr, j'ai aiguillonné quelque peu le jeune Donald Nikkin, j'ai suggéré qu'en mettant un peu de *h'eung yau* dans la bonne main...

Constatant que le vieux pirate et son neveu attendaient une réponse, il chassa les pensées vagabondes qui l'avaient envahi et se concentra.

— Votre raisonnement est juste, Mr. Choy, mais vous partez de prémisses erronées. Naturellement, tout ceci n'est que pure hypothèse : la Ho-Pak n'a pas encore fait faillite et elle n'en viendra peut-être pas là. Je ne vois aucune raison pour qu'une banque quelconque vole au secours d'une autre, comme vous le suggérez. Cela ne s'est jamais produit. Chaque banque coule ou surnage selon qu'elle joue bien ou mal — c'est ce qui fait tout l'intérêt de notre système de libre entreprise. Les manœuvres que vous imaginez créeraient un dangereux précédent, et il ne serait certainement pas possible de venir en aide à tous les banquiers qui commettent des erreurs de gestion. Ni Blacs, ni la Victoria n'ont besoin de s'approprier la Ho-Pak, Mr. Choy ; elles ont l'une et l'autre déjà bien assez de déposants et n'ont jamais cherché à se développer en absorbant d'autres sociétés bancaires.

Foutaises ! pensait Paul. Une banque doit croître comme n'importe quelle autre affaire et les deux que j'ai nommées sont les plus rapaces du lot — mis à part Struan et Rothwell-Gornt.

— Vous avez raison, Mr. Gornt, je n'en doute pas, mais mon oncle vous serait reconnaissant de bien vouloir le prévenir si vous appreniez quelque chose, dans un sens ou dans l'autre.

Se tournant vers son père, Septième fils ajouta en haklo :

— J'ai fini, honorable oncle Wu. D'après ce barbare, il est possible que la banque ait des ennuis.

Quatre-Doigts blêmit.

— Des ennuis graves ?

— Je serai le premier à faire la queue demain devant le guichet. Il faut retirer rapidement tout votre argent de la Ho-Pak.

— *Ayiiya !* Par tous les dieux ! J'égorgerai moi-même Kwang-le-Banquier — il a beau être mon neveu — si je perds un seul sou dans cette affaire !

— Votre neveu ? s'étonna Paul Choy.

Ignorant la question, le vieux contrebandier continua à s'égosiller :

— Quelle fornication que ces banques ! Juste une invention des diables d'étrangers pour dépouiller les honnêtes gens ! Il me rendra mon argent jusqu'au dernier centime sinon je l'éventre ! Répète-moi ce qu'il a dit exactement au sujet de la banque !

— Soyez patient, oncle vénéré. Selon les usages barbares, nous ne devons pas le faire attendre.

Wu mit un frein à sa fureur et demanda dans son exécrable pidgin :

— Banque mauvais, *heya ?* Merci dire la vérité. Banque mauvaise habitude, *heya ?*

— Parfois, répondit prudemment Gornt.

Quatre-Doigts cessa de tordre ses mains noueuses et se contraignit au calme.

— Merci pour faveur... oui... d'accord aussi comme fils de sœur a dit ?

— Désolé, je ne comprends pas. Pouvez-vous traduire, Mr. Choy ?

Après avoir échangé quelques mots avec son père pour préserver les apparences, le jeune homme expliqua :

— Mon oncle vous serait infiniment reconnaissant si vous l'avertissiez secrètement de toute OPA ou tentative de renflouement. Bien entendu, il garderait pour lui ces informations.

— Oui, reconnaissant, répéta Wu de sa voix rauque.

Il tendit la main et serra celle de Gornt, bien qu'il trouvât cette coutume barbare et dégoûtante, contraire aux manières civilisées héritées de temps immémoriaux. Mais il tenait à ce que son fils fasse ses armes dans la deuxième firme de Hong Kong et il avait besoin des informations de Gornt. Quatre-Doigts savait à quel point il importe d'être bien renseigné. Sans les amis que j'ai dans la police maritime, ma flotte ne me servirait à rien, songea-t-il.

— Accompagne-le à terre, neveu. Mets-le dans un taxi et attends-moi. Fais venir Tok-Deux-Hachettes et attends-moi à la station de taxi.

Wu remercia à nouveau son visiteur, monta avec lui sur le pont et le regarda s'éloigner dans le sampan qui le ramenait à terre avec Septième fils. La nuit était belle. Il flaira le vent et y sentit quelque humidité. De la pluie ? Il scruta le ciel, faisant appel à sa longue expérience de marin. La pluie ne viendrait qu'avec la tempête, et la tempête pouvait amener un typhon. Il arrivait que les pluies d'été viennent tardivement, soudaines et fortes. Quant aux typhons, il pouvait encore y en avoir en novembre et certains sévissaient précocement, dès le mois de mai ; les dieux les provoquaient à leur guise en toute saison.

La pluie serait la bienvenue mais pas le typhon. Nous sommes presque entrés dans le neuvième mois, pensa-t-il avec un frisson.

Le neuvième mois évoquait pour lui de mauvais souvenirs. Au fil de son existence, il avait été pris dix-neuf fois dans un typhon au cours de ce mois-là — sept fois depuis la mort de son père, en 1937, et son accession à la tête de la Maison des Wu de la mer, en qualité de capitaine de toutes les flottes.

Cette année-là, des vents de cent quinze nœuds déferlant du nord-nord-ouest avaient coulé une flotte d'une centaine de jonques dans l'estuaire de la rivière des Perles. Plus de mille marins avaient péri dans le naufrage, dont son fils aîné et toute sa famille. En 1949, lorsqu'il avait ordonné à l'armada de la rivière des Perles de fuir la Chine communiste pour s'installer dans les eaux de Hong Kong, son navire, pris dans la tempête, avait coulé avec quatre-vingt-dix autres jonques et trois cents sampans. Lui-même et ses enfants avaient survécu, mais il avait perdu huit cents des siens dans le naufrage. Les vents étaient venus cette fois de l'est, comme ceux qui envoyèrent par le fond soixante de ses jonques douze ans plus tard. En 1956, le typhon « Susan », dont les vents soufflaient du nord-est à quatre-vingts nœuds, avait décimé sa flotte de Taiwan, causé la mort de cinq cents matelots dans l'île nationaliste et deux cents à Singapour, parmi lesquels un autre de ses fils. En 1957, le typhon « Gloria » avait une nouvelle fois ravagé sa flotte et, l'année dernière, « Wanda » s'était abattu sur Aberdeen et la plupart des villages marins haklos des Nouveaux Territoires.

Wu se rappelait parfaitement les dates de ces catastrophes toutes survenues le neuvième mois : le deux, le huit, le deux à nouveau, le dix-huit, le vingt-deux, le dix, et le premier pour le typhon « Wanda ». Si on additionnait ces chiffres, on obtenait soixante-trois, nombre qui, divisé par le chiffre sacré trois, donnait vingt et un : soit encore trois. Le typhon frapperait-il cette année le troisième jour du neuvième mois ? Cela n'était jamais arrivé de mémoire de Haklo. Soixante-trois, cela faisait aussi neuf, et la tempête pourrait venir au neuvième jour.

Wu huma de nouveau le vent, qui avait fraîchi et soufflait à présent du nord-nord-est. Oui, il allait pleuvoir.

Le vieux marin se gratta la gorge et cracha. *Joss !* Que ce soit le neuf, le trois ou le deux, c'est toujours affaire de *joss*. Ce qui est sûr, c'est que le typhon viendra au neuvième mois.

Il reporta son attention sur le sampan où se trouvait son fils et se demanda jusqu'à quel point il pouvait lui faire confiance. Le petit est malin, il connaît bien les usages des diables d'étrangers, pensa-t-il avec orgueil, mais n'a-t-il pas été contaminé par eux ? Je le découvrirai bientôt. Une fois intégré au circuit, il obéira — ou il mourra. La Maison de Wu a toujours fait le trafic de l'opium, avec ou pour la Noble Maison — et parfois sans elle. Jadis, le trafic d'opium était un négoce honorable. Il l'est resté pour certains : moi, d'abord, Lee-Poudre-Blanche et Mo-le-Contrebandier, ensuite. Que faire avec ces deux-là ? Former une confrérie ?

La poudre blanche, est-ce une drogue tellement différente ? C'est plus fort que l'opium, tout simplement, comme l'alcool est plus fort que la bière.

Faire le trafic du sel ou celui de la poudre blanche — quelle différence ? Aucune. Sauf qu'une stupide loi étrangère dit aujourd'hui que l'un est autorisé et l'autre illégal ! *Ayiiya*, il y a une vingtaine d'années, c'était le gouvernement lui-même qui monopolisait le trafic !

Le commerce entre Hong Kong et la Chine ne reposait-il pas sur l'opium provenant des champs de pavot des Indes ?

À présent qu'ils ont détruit leurs propres champs, les barbares font comme s'ils n'avaient jamais fait le trafic de l'opium et déclarent que c'est un crime épouvantable, passible de vingt ans de prison !

Ayiiya ! comment une personne civilisée pourrait-elle comprendre un barbare ? se demanda le vieillard avec une moue de dégoût en quittant le pont.

La journée a été difficile. D'abord John Chen qui disparaît, ensuite ces deux fornicateurs de Cantonais qui se font pincer à l'aéroport, puis ma cargaison d'armes saisie par cette fornication de police. Et cet après-midi, la lettre du Taï-pan : « Salut, honorable vieil ami. À la réflexion, je te suggère de placer plutôt Septième fils chez l'ennemi — c'est préférable pour lui et pour nous. Demande à Barbe-Noire un rendez-vous pour ce soir et tiens-moi au courant par téléphone. » La lettre portait le *chop* du Taï-pan et la signature d'un « Vieil Ami ».

Un « vieil ami », pour un Chinois, c'est une personne qui vous a accordé une faveur insigne, quelqu'un qui, en affaires, s'est montré digne de confiance pendant des années.

Oui, le Taï-pan est un vieil ami, se dit Wu-Quatre-Doigts. C'est lui qui m'a conseillé de donner à Septième fils un autre nom et un autre père, qui m'a recommandé de l'envoyer au Pays doré ; c'est encore lui qui a facilité son entrée à la grande université et qui l'a surveillé, à son insu, pendant ses études. Ce subterfuge avait permis à Wu d'assurer une éducation américaine à l'un de ses fils dont n'aurait sans doute pas bénéficié l'enfant d'un Chinois soupçonné de trafic d'opium.

Ces barbares, quels imbéciles ! Le Taï-pan, lui, n'est pas stupide, et c'est un authentique vieil ami.

Quatre-Doigts se rappela des profits que lui et sa famille avaient réalisés en secret au fil des ans, avec ou sans l'aide de la Noble Maison, en temps de paix comme en temps de guerre, en commerçant là où les navires des barbares ne pouvaient aller : marchandises de contrebande, or, essence, opium, caoutchouc, machines, médicaments, tout ce qu'on se procurait avec difficulté, et même des hommes, qu'il avait aidés à quitter la Chine continentale ou à y pénétrer, au prix fort, naturellement. Avec ou sans la Noble Maison, mais la plupart du temps avec son aide, celle de l'actuel Taï-pan et, avant lui, celle de Nez-Crochu, son vieux cousin, et, avant lui celle de Chien-Enragé, son père, et avant lui encore celle du cousin de son père, le clan Wu avait prospéré.

À présent Wu-Quatre-Doigts possédait 6 % de la Noble Maison, qu'il avait acquis secrètement au fil des ans grâce à tout un labyrinthe d'hommes de paille. Il était le principal actionnaire de leur affaire d'importation d'or et avait également investi de grosses sommes dans l'immobilier, le commerce maritime et la finance, tant dans la Colonie qu'à Macao, à Singapour et en Indonésie.

La finance, pensa-t-il avec amertume. Je trancherai la gorge de mon neveu après lui avoir fait avaler ses bourses si je perds un seul centime !

Le vieillard descendit dans la cabine crasseuse, jonchée de détritus où il dormait avec son épouse. Étendue sur une couchette recouverte de paille, elle se retourna dans son demi-sommeil et lui demanda :

— Tu as fini ? Viens te coucher.

— Pas maintenant, j'ai encore du travail, lui répondit-il avec douceur. Rendors-toi.

C'était sa *tai-tai*, sa principale épouse, avec qui il vivait depuis quarante-sept ans.

Wu se déshabilla, mit une chemise blanche, des chaussettes propres, un pantalon au pli bien repassé et des chaussures. Puis il sortit, ferma doucement la porte de la cabine derrière lui et monta sur le pont d'une démarche gauche, mal à l'aise dans ses vêtements.

— Je rentrerai avant l'aube, Quatrième petit-fils.

— Oui, grand-père.

— Ne t'endors pas, surtout !

Wu tapota la joue de l'enfant, emprunta le chemin de planches et s'arrêta à la troisième jonque.

— Poon-beau-temps ? appela-t-il.

— M'oui ? grommela une voix ensommeillée.

— Rassemble tous les capitaines. Je serai de retour dans deux heures.

Poon se dressa du tas de vieux sacs où il était étendu.

— Nous mettons à la voile ? fit-il.

— Non. Obéis, c'est tout.

Quatre-Doigts poursuivit sa route et monta à bord de son sampan personnel, où on l'accueillit avec force courbettes. Se tournant vers la côte, il vit son fils debout près de la grande Rolls noire dont la plaque d'immatriculation portait simplement le chiffre 8 porte-bonheur, et qu'il avait achetée 150 000 dollars de Hong Kong au gouvernement dans une vente aux enchères. Paul Choy attendait son père en compagnie de Tok-Deux-Hachettes, chauffeur et garde du corps du vieux Wu. Comme à l'accoutumée, Quatre-Doigts éprouva du plaisir à contempler la grosse voiture et il en oublia momentanément ses soucis. Certes, il n'était pas le seul Haklo à posséder une Rolls mais il s'arrangeait toujours pour avoir la plus imposante et la plus récente. Le chiffre 8, *baat*, portait chance parce qu'il rimait avec *faat*, prospérité croissante.

Il sentit le vent tourner et son inquiétude se réveilla. La journée avait été mauvaise, demain serait pire encore.

Ce tas de viande pour chien de John Chen s'est-il enfui au Pays doré ou a-t-il vraiment été enlevé ? se demanda-t-il. Sans ce monceau d'excréments, je reste le chien courant du Taï-pan et je suis fatigué de courir. Les 100 000 dollars de récompense pour John Chen, c'est un bon investissement — je paierais volontiers douze fois cette somme pour retrouver ce fornicateur et sa demi-pièce. Les dieux soient loués de m'avoir soufflé l'idée de placer des espions dans la maisonnée de Chen !

— Dépêche-toi, grogna-t-il au matelot du sampan. J'ai beaucoup à faire avant l'aube.

19

14 h 23

Il faisait une chaleur étouffante et les nuages commençaient à obscurcir le ciel d'une menace d'orage. À Aberdeen, depuis l'ouverture de la petite agence de la Ho-Pak, une foule de Chinois bruyants et en sueur se pressaient aux guichets.

— Honorable Sung, je n'ai plus de quoi payer, murmura la caissière effrayée au directeur.

— Combien vous faut-il ? demanda nerveusement le directeur.

— 7 457 dollars pour Mr. Tok-sing, et il y a encore une cinquantaine de personnes qui attendent.

— Retournez à votre guichet. Gagnez du temps, faites semblant de vérifier une nouvelle fois l'état du compte. Le siège central m'a assuré que d'autres fonds sont partis de là-bas il y a une heure... les embouteillages, peut-être... Retournez à votre caisse, miss Pang.

Le directeur referma la porte de son bureau derrière la caisse et décrocha le téléphone.

— Passez-moi l'honorable Richard Kwang. C'est urgent...

Depuis que la banque avait ouvert ses portes, ce matin à 10 heures, quatre ou cinq cents personnes avaient fait la queue pour retirer leur argent, compte courant ou économies, puis étaient ressorties en jouant des coudes et en bénissant le *joss*.

Ceux qui avaient un coffre étaient descendus un par un dans la chambre forte en compagnie d'un employé. Puis, une fois seuls, ils avaient fourré leurs titres, leurs lingots ou leurs bijoux dans une serviette, un sac en papier, ou dans leurs poches déjà bourrées de billets. Après avoir remercié le ciel de faire partie des heureux élus arrivés à temps, ils avaient soudain pris peur en remontant vers la sortie, effrayés d'avoir sur eux toute leur fortune.

La file avait commencé à se former bien avant l'aube et les hommes de Wu-Quatre-Doigts avaient pris les trente premières places. La nouvelle avait aussitôt fait le tour du port et d'autres étaient accourus, puis tous ceux qui avaient un compte à la Ho-Pak étaient venus grossir la foule. À dix heures, une multitude inquiète et nerveuse se pressait aux portes de l'agence et, redoutant une émeute, la police d'East Aberdeen avait dépêché quelques agents. À mesure que la matinée s'avançait, leur nombre avait augmenté et, vers midi, deux fourgons noirs de la police stationnaient à proximité, soutenus par une brigade spéciale anti-émeute et plusieurs officiers britanniques.

La plupart de ceux qui attendaient étaient de simples pêcheurs, haklos ou cantonais, dont un sur dix seulement était né à Hong Kong. Les autres étaient des réfugiés arrivés récemment de la république populaire de Chine, de l'Empire du Milieu, comme ils appelaient leur pays. Fuyant les communistes ou les nationalistes, ou simplement la famine et la pauvreté comme leurs ancêtres depuis plus d'un siècle, ils avaient trouvé refuge à Hong Kong. La population de la Colonie était chinoise à 98 pour 100 depuis sa fondation.

Ceux qui sortaient avaient beau répondre, quand on les interrogeait, que la banque les avait intégralement remboursés, ceux qui attendaient encore étaient malades d'appréhension. Ils se rappelaient le krach de l'année précédente ou d'autres affaires semblables — faillites, escroqueries —, et songeaient qu'on peut facilement voir les économies de toute une vie s'évanouir, quels que soient les tenants du régime : communistes, nationalistes, ou Seigneurs de la guerre. Depuis quatre mille ans, il en était ainsi.

Et tous maudissaient les banques, dont ils ne pouvaient

cependant se passer puisqu'il fallait bien mettre son argent à l'abri, notamment des voleurs qui proliféraient comme des puces. *Diou ne lo mo* sur toutes les banques ! pensaient-ils. C'est une invention du diable — des diables d'étrangers. Avant l'arrivée des barbares, il n'y avait pas de papier-monnaie, dans l'Empire du Milieu on ne connaissait que le métal, or, argent et cuivre — surtout argent et cuivre —, que l'on pouvait toucher et cacher, qui ne risquait pas de partir en fumée. Ce n'était pas comme cette saleté de papier, que les rats pouvaient grignoter. Oui, une invention des diables d'étrangers, qui avaient apporté le malheur à l'Empire du Milieu. *Diou ne lo mo* sur tous les diables d'étrangers !

À 8 heures, ce matin-là, le directeur de l'agence, inquiet, avait téléphoné à Richard Kwang.

— Mais, vénéré seigneur, il doit bien y avoir cinq cents personnes, la queue s'étire tout le long du quai !

— Peu importe, honorable Sung. Remboursez ceux qui réclament leur argent et ne vous inquiétez pas. Parlez-leur, ce ne sont que des pêcheurs superstitieux. Dissuadez-les de liquider leur compte mais s'il y en a qui insistent, payez-les. La Ho-Pak est aussi forte que Blacs ou Victoria ! C'est un mensonge éhonté que de prétendre que nous sommes en difficulté ! Payez ! Vérifiez soigneusement les livrets d'épargne, prenez votre temps avec chaque client. Soyez méthodique.

Le directeur et les employés avaient donc tenté de persuader les déposants qu'il n'y avait rien à craindre, que des gens malintentionnés avaient répandu des rumeurs fallacieuses.

— Bien sûr, vous pouvez retirer votre argent, mais ne pensez-vous pas que...

— *Ayiiya !* donnez-lui son argent, avait explosé le client suivant, exaspéré. Elle veut son argent, je veux le mien, le frère de ma femme, qui est derrière moi, veut le sien, et ma tante fait aussi la queue dehors. Je n'ai pas toute la journée à perdre ! Il faut que j'aille en mer. Avec ce vent, il y aura une tempête dans quelques jours, je dois sortir aujourd'hui...

Et l'agence avait commencé à rembourser ses déposants. Intégralement.

Comme toutes les banques, Ho-Pak utilisait les fonds déposés chez elle pour financer toutes sortes d'emprunt.

À Hong Kong, la législation était fort souple en ce domaine, et certains banquiers prêtaient jusqu'à 80 % de leurs liquidités parce qu'ils étaient certains que leurs clients ne retireraient jamais tout leur argent en même temps.

C'était pourtant ce qui se produisait ce jour-là à Aberdeen. Par chance, il ne s'agissait que d'une des dix-huit agences disséminées dans la Colonie, et la Ho-Pak n'était pas encore menacée.

Le directeur avait appelé à trois reprises le siège central pour réclamer des fonds, et deux autres fois pour demander conseil.

À 10 h 01, Wu-Quatre-Doigts, escorté de Paul Choy et de Tok-Deux-Hachettes, exposait le motif de sa visite à l'honorable Sung.

— Vous voulez fermer tous vos comptes ? avait bredouillé le directeur.

— Oui. Immédiatement.

— Mais nous n'avons pas...

— Je veux mon argent tout de suite ! liquide ou lingots. Vous comprenez ?

Mr. Sung avait appelé Richard Kwang, à qui il avait rapidement exposé la situation.

— Oui, oui, seigneur... L'honorable Kwang voudrait vous parler, honorable Wu, avait dit le directeur en tendant le téléphone au vieillard.

Kwang ne s'était pas montré plus persuasif.

— Non. *Maintenant*, avait répliqué Quatre-Doigts. Mon argent, celui des miens, et aussi celui des comptes spéciaux.

— Mais il n'y a pas assez de liquide à l'agence, honorable oncle, avait plaidé le banquier. Nous pouvons vous faire un billet à ordre, si vous voulez...

— Je ne veux pas de chèque, je veux de l'argent ! Vous comprenez ? De l'argent !

Comme, manifestement, le vieillard ne savait pas ce qu'était un billet à ordre, Mr. Sung s'était mis en devoir de le lui expliquer. Le visage de Paul Choy s'était éclairé.

— C'est très bien, vénéré oncle..., avait-il commencé.

— Comment un bout de papier pourrait-il être la même chose que de l'argent liquide ? avait rugi le vieux marin. Je veux mon argent tout de suite !

— Laissez-moi parler à l'honorable Kwang, avait

proposé Paul d'un ton apaisant. Il y a peut-être moyen de s'arranger.

— Parle-lui tant que tu veux mais fais-moi récupérer mon argent.

Après s'être présenté, Paul Choy avait ajouté :

— Cela serait peut-être plus facile en anglais.

Au bout de quelques minutes de conversation, il avait hoché la tête, satisfait.

— Un moment, je vous prie, Mr. Kwang... Grand oncle, avait-il poursuivi en haklo, l'honorable Kwang vous paiera au siège central en vous remettant des titres d'État, de l'or ou de l'argent et un papier que vous présenterez à Blacs ou à la Victoria pour obtenir le reste. Mais si je puis me permettre un conseil, comme vous n'avez pas de coffre où mettre tous ces lingots, il vaudrait mieux accepter le billet à ordre de l'honorable Kwang avec lequel je peux ouvrir un compte pour vous, à l'une ou l'autre banque, immédiatement.

— Les banques ! Les banques sont des casiers à langoustes posés par les diables d'étrangers pour prendre au piège les langoustes civilisées !

Au bout d'une demi-heure, Paul Choy était parvenu à convaincre son père et à l'emmener au siège central de la Ho-Pak, mais le vieux Wu avait laissé son chauffeur en faction dans le bureau de Mr. Sung, qui tremblait de tous ses membres.

— Tu restes ici, Tok, avait ordonné Quatre-Doigts. Si je n'obtiens pas mon argent là-bas, tu le prendras ici !

— Oui, seigneur.

À midi, Wu avait de nouveaux comptes en banque, moitié chez Blacs, moitié à la Victoria. Le nombre de comptes séparés qu'il avait fallu fermer et ouvrir de nouveau avait sidéré Paul Choy. Il y en avait au total pour une vingtaine de millions de dollars de Hong Kong...

En dépit des conseils du jeune homme, le contrebandier avait refusé de réaliser un coup de Bourse en vendant des actions Ho-Pak à découvert, un jeu qu'il laissait à ces voleurs de *quai lohs*. Paul lui avait faussé compagnie pour tenter d'effectuer l'opération pour son propre compte, mais tous les agents de change avec lesquels il avait pris contact lui avaient répondu :

— Mais mon cher ami, vous n'avez aucun crédit. Ah,

si vous me donniez en garantie le *chop* de votre oncle, ou un document écrit de sa main ! évidemment !...

Il avait découvert à cette occasion que la quasi-totalité des compagnies d'agents de change étaient européennes — britanniques pour la plupart —, et qu'aucune n'était chinoise. La Bourse était entièrement contrôlée par des Européens.

— Cela ne me paraît pas juste, Mr. Smith, avait fait remarquer Paul à l'un des courtiers qu'il avait rencontrés.

— Voyez-vous, Mr..., Mr..., Mr. Chee, n'est-ce pas ?

— Choy. Paul Choy.

— Voyez-vous, Mr. Choy, je crains que les gens du cru ne s'intéressent pas vraiment aux opérations modernes complexes comme le courtage et la Bourse. Vous savez naturellement que les habitants de Hong Kong viennent tous d'ailleurs ; lorsque nous nous sommes installés ici, l'île n'était qu'un rocher nu.

— Moi je m'y intéresse, Mr. Smith. Aux États-Unis, un agent...

— Ah, en Amérique, évidemment ! C'est différent, en Amérique, je n'en doute pas. Si vous voulez bien m'excuser, Mr. Chee... Bon après-midi.

Paul avait eu beau courir les agents de change, partout on lui avait opposé la même réponse : impossible sans l'aval de son père. Assis sur un banc de Memorial Square, près du tribunal et des immeubles de Struan et de Rothwell-Gornt, il contemplait à présent le port tout en réfléchissant. Une idée lui vint et il se rendit à la bibliothèque du Palais.

— Je travaille pour Sims, Dawson and Dick, déclara-t-il avec désinvolture à l'employé aux manières pédantes qui l'accueillit. Je suis nouveau chez eux, j'arrive des États-Unis. Il me faudrait rapidement des informations sur la Bourse.

— La législation gouvernementale, par exemple ? suggéra le vieil Eurasien, manifestement désireux de se rendre utile.

— Oui.

— Il n'y en a pas.

— Comment ?

— Enfin, quasiment pas.

L'employé s'approcha des rayonnages, sortit un énorme

volume, l'ouvrit et montra au visiteur les quelques paragraphes relatifs à sa requête.

— C'est tout ?

— Oui, monsieur.

Paul en eut le vertige.

— Mais alors le marché est grand ouvert !

Le bibliothécaire parut amusé.

— Comparé à Londres ou à New York, certainement. Ici, n'importe qui peut devenir agent de change à condition de trouver des gens prêts à lui payer une commission sur l'achat ou la vente d'actions. L'ennui, c'est que les firmes déjà en place ont le monopole du marché.

— Comment pourrait-on le briser, ce monopole ?

— Oh ! ce n'est pas souhaitable ! Ici, à Hong Kong, nous sommes pour le maintien du *statu quo*.

— Alors comment se fait-on une place ?

— Je doute que vous puissiez y parvenir. Les Britanniques ont les choses bien en main.

— C'est injuste.

Le vieil homme hocha la tête avec un sourire indulgent. Ce jeune Chinois lui plaisait, il lui enviait sa naïveté — et son éducation américaine.

— Je suppose que vous voulez jouer à la Bourse pour votre propre compte ? murmura-t-il en joignant l'extrémité de ses doigts.

— M'ouais...

Réalisant aussitôt qu'il avait fait une gaffe, Paul Choy ajouta en bredouillant :

— C'est-à-dire que Dawson...

— Allons, Mr. Choy, vous ne travaillez pas pour Sims, Dawson and Dick, dit l'employé d'un ton poliment réprobateur. S'ils avaient engagé un Américain — ce qui serait en rupture totale avec leurs habitudes —, je l'aurais su bien avant votre arrivée ici. Vous devez être Mr. Paul Choy, neveu du grand Wu Sang Fang, qui vient de rentrer des États-Unis après avoir fait ses études à Harvard.

Le jeune homme le regarda, bouche bée.

— Comment le savez-vous ?

— Hong Kong est tout petit, Mr. Choy, et il faut se tenir au courant si l'on veut survivre. Vous désirez vraiment jouer à la Bourse ?

— Oui. Mr... ?

— Manuel Perreira. Je suis de Macao.

Le bibliothécaire prit un stylo-plume et, avec l'application d'un écolier, écrivit en lettres bien moulées quelques mots de recommandation au dos d'une de ses cartes de visite.

— Tenez, reprit-il. Ishwar Soorjani est un vieil ami, il a un bureau derrière Nathan Road, à Kowloon. C'est un Parsi qui fait dans l'import-export et achète et vend des actions à l'occasion. Il pourra peut-être vous aider, mais attention : s'il vous prête de l'argent, il prendra cher, vous n'avez pas intérêt à vous tromper.

— Merci, Mr. Perreira, dit Paul en tendant la main.

L'employé parut surpris mais la prit néanmoins. Le jeune homme le remercia de nouveau avec effusion, s'apprêta à partir, puis s'arrêta :

— Dites, Mr. Perreira, il n'est vraiment pas possible de se faire une place sur le marché des valeurs ?

Manuel Perreira passa ses doigts effilés dans ses longs cheveux gris argent et considéra le jeune Chinois qui se trouvait devant lui.

— Rien ne vous empêche de fonder une compagnie afin d'établir votre propre marché des valeurs — un marché chinois. C'est conforme à la législation, ou plutôt à l'absence de législation, de Hong Kong...

Les yeux brillants, il ajouta :

— Tout ce qu'il vous faut, c'est de l'argent, des relations, des informations et quelques téléphones...

— Mon argent, s'il vous plaît, fit la vieille *amah* d'une voix rauque et basse. Voici mon livret d'épargne.

Il était près de 15 heures et elle attendait depuis l'aube. La chaleur qui régnait dans l'agence de la Ho-Pak lui colorait le visage ; des traînées de transpiration maculaient sa vieille blouse blanche et son vieux pantalon noir.

— Poussez pas, grogna-t-elle à ceux qui se trouvaient derrière elle, et le mouvement agacé de son buste agita la longue natte grise en queue de rat qui lui pendait dans le dos. Ce sera bientôt votre tour !

La jeune caissière prit le livret d'un geste las et regarda une nouvelle fois la pendule. *Ayiiya*, les dieux soient loués ! nous fermons à trois heures, pensa-t-elle, puis elle se demanda comment allaient réagir les clients qui se pressaient devant les grilles quand on leur claquerait la porte au nez.

La vieille servante avait sur son livret 323,42 dollars de Hong Kong. Conformément aux recommandations de Mr. Sung de prendre son temps et de procéder à des vérifications minutieuses, la caissière alla consulter le fichier et fit la sourde oreille aux obscénités marmonnées depuis le matin par la foule impatiente. Malgré le mal de tête qui lui vrillait les tempes, elle vérifia que le montant était exact, regarda de nouveau la pendule en reprenant place sur son haut tabouret et ouvrit sa caisse. Comme il n'y avait plus assez d'argent pour rembourser la cliente, elle la referma aussitôt et repartit vers le bureau du directeur. Un murmure de colère parcourut la file d'attente, où les regards allaient alternativement de la caissière courtaude à la pendule.

Elle frappa, entra, referma la porte derrière elle et annonça sur un ton désespéré :

— Je ne peux pas rembourser la vieille Ah Tam, je n'ai plus que cent dollars. J'ai gagné autant de temps que j'ai pu...

Mr. Sung essuya la sueur de sa lèvre supérieure.

— Il est presque trois heures, arrangez-vous pour qu'elle soit la dernière, miss Cho.

Par une porte latérale, il emmena la caissière à la chambre forte dont les casiers étaient vides. Miss Cho ouvrit la bouche toute grande : d'ordinaire, à cette-heure-là, ils étaient pleins de liasses empilées et de rouleaux de pièces. Compter l'argent après la fermeture, c'était ce qui lui plaisait le plus — davantage encore que de palper les liasses de billets neufs et craquants.

— Oh ! c'est terrible, honorable Sung, gémit-elle, au bord des larmes, les cheveux en désordre et les lunettes embuées.

— Ce n'est que temporaire, miss Cho, la réconforta le directeur. Rappelez-vous ce qu'écrit l'honorable Haply dans le *Guardian* d'aujourd'hui.

Épuisant ses dernières réserves, il donna à son employée 15 000 dollars et en prit autant pour chacune des deux autres caissières. À présent, il n'y avait plus un cent dans la chambre forte.

Quand il apparut derrière les guichets, les liasses à la main, un murmure parcourut la file comme une onde électrique. Il remit l'argent aux deux caissières puis se réfugia de nouveau dans son bureau.

Miss Cho rangea les billets dans sa caisse, laissa une liasse de mille devant elle, rompit la bande qui l'entourait, en sortit trois billets de cent, ajouta l'appoint et recompta. Tous les regards étaient braqués sur elle. La caissière fit glisser les 320 dollars vers la vieille Chinoise, qui les fourra dans un sac en papier. Le client suivant s'avança et poussa son livret d'un geste impatient vers miss Cho.

— Je veux mes sept mil...

La pendule sonna trois heures, Mr. Sung apparut aussitôt et déclara d'une voix forte :

— C'est l'heure de fermer. Je demande à toutes les caissières de baisser leur...

Un rugissement de colère couvrit le reste de sa phrase.

— Par tous les dieux, j'attends depuis le lever du soleil...

— *Diou ne lo mo*, voilà huit heures que je fais le poireau...

— *Ayiiya !* payez-moi, il vous reste juste assez...

— S'il vous plaît...

En temps normal, la banque aurait simplement fermé ses portes et les employés auraient servi les clients se trouvant à l'intérieur, mais, cette fois, les caissières effrayées placèrent l'écriteau « fermé » devant leur guichet.

La foule massée dans la banque se transforma soudain en meute.

Une jeune femme écrasée contre le comptoir se mit à hurler, des mains agrippèrent les grilles des guichets, plus décoratives que réellement protectrices ; un vieux marin dont ç'aurait dû être le tour tenta de passer le bras au travers ; bousculée en tous sens, la vieille *amah* serrait son argent contre elle de ses mains décharnées et tâchait de gagner la sortie. Une femme perdit l'équilibre et tomba, tenta de se relever mais fut piétinée. En désespoir de cause, elle mordit une jambe, ce qui lui ménagea une ouverture qu'elle mit à profit pour se redresser, le *chong-sam* déchiré, les bas filés, en proie à une crise d'hystérie qui se communiqua à la foule.

— Tuons-le, ce fils de putain sans mère ! hurla quelqu'un.

— À mort ! reprirent d'autres en écho.

Les plus excités foncèrent vers le comptoir.

— *Stop !*

Le mot retentit comme une bombe, en anglais d'abord puis en haklo et en cantonais. Le silence se fit.

Un inspecteur de police en uniforme se tenait devant

eux, calme et sans arme, un magnétophone à la main. Il était entré dans la banque par la porte de derrière et avait traversé les bureaux pour rejoindre la grande salle et se camper devant la meute.

— Il est trois heures, poursuivit-il en haklo, l'heure légale de fermeture. Cette banque est maintenant fermée. Veuillez rentrer chez vous ! Calmement !

Après quelques secondes d'un silence lourd de colère, un homme marmonna d'un ton bourru :

— Et mon argent, alors ?

D'autres clients s'apprêtèrent à protester eux aussi mais l'officier de police passa de l'autre côté du comptoir et, sans crainte apparente, fendit la foule pour se planter devant le contestataire.

— Demain, dit-il sans hausser le ton à l'homme qu'il dominait de la tête. Tu auras ton argent demain.

Le Chinois baissa les yeux, incapable de soutenir le regard froid et la proximité même d'un diable d'étranger. La mine renfrognée, il recula d'un pas. L'inspecteur examina la foule.

— Toi, là-bas au fond, retourne-toi et dégage le passage pour les autres, ordonna-t-il avec la même assurance tranquille.

L'homme obtempéra et la meute redevint une foule. Les clients hésitèrent un instant puis se dirigèrent lentement vers la porte.

— Pressons, fit le policier, je n'ai pas de temps à perdre.

Tandis que les clients sortaient en ronchonnant, l'inspecteur s'approcha de la vieille *amah* dont la bouche saignait.

— Vous vous sentez bien, Vieille Dame ? lui demanda-t-il en haklo.

Comme elle le regardait fixement sans comprendre, il répéta sa question en cantonais.

— Ah, oui... oui, répondit-elle de sa voix rauque, le sac en papier plaqué contre sa poitrine. Merci, honoré seigneur.

Elle s'éloigna en trottinant et disparut dans la foule. L'agence se vidait lentement. Le policier anglais sortit après le dernier client et regarda les Chinois se disperser en traînant les pieds.

— Sergent !

— Inspecteur ?

— Vous pouvez rappeler les hommes. Vous enverrez une escouade ici demain à neuf heures ; vous mettrez des barrières en place et vous laisserez les gens entrer dans la banque trois par trois. Vous-même et quatre hommes, cela devrait suffire.

Le sergent salua, l'inspecteur retourna dans la banque, ferma les portes et sourit au directeur.

— Il fait plutôt humide, cet après-midi, n'est-ce pas ? fit-il en anglais, sachant que tous les Chinois de Hong Kong s'enorgueillissaient de parler cette langue.

— Oui, plutôt. Merci, inspecteur.

— Allons dans votre bureau, je vais prendre votre déclaration.

— Certainement, dit le directeur.

Redressant la tête, il retrouva un ton autoritaire pour ordonner à son personnel :

— Faites les comptes et rangez.

Puis il conduisit le policier dans son bureau, s'assit et proposa avec un grand sourire :

— Du thé, inspecteur ?

— Non, merci.

L'inspecteur principal Donald C. C. Smyth mesurait plus d'un mètre quatre-vingts. De stature robuste, il avait un visage énergique et hâlé, des yeux bleus et des cheveux blonds.

— Voici les comptes de mes hommes, dit-il en posant des papiers devant le directeur. Vous les rembourserez demain à neuf heures, ils passeront par la porte de derrière.

— Naturellement, avec plaisir. Mais je regrette de perdre des clients aussi précieux. La banque est aussi solide aujourd'hui qu'elle l'était hier, inspecteur.

— Bien sûr. Quoi qu'il en soit, payez-les demain à neuf heures. En liquide. Et faites-moi un billet à ordre pour ces comptes-ci, fit le Britannique en tendant au Chinois une autre liasse de papiers. Immédiatement.

— Mais, inspecteur, ce qui s'est passé aujourd'hui est tout à fait inhabituel. La banque Ho-Pak n'a aucun problème. Vous pourriez...

— Immédiatement, répéta Smyth d'une voix suave. J'ai préparé les bordereaux de retrait.

Sur les documents figuraient les noms de Chinois dont Sung savait qu'ils étaient les hommes de paille de celui qui se trouvait devant lui et qu'on surnommait le Serpent.

Les comptes totalisaient 850 000 dollars, et il y en avait sans doute d'autres à la Victoria et à Blacs.

— Très bien, soupira Mr. Sung, résigné. Mais je suis navré que d'aussi bons clients nous quittent.

— Ho-Pak n'est pas encore complètement à sec ?

— Certainement pas ! Notre capital déclaré se monte à un milliard de dollars de Hong Kong et nous avons des dizaines de millions de liquidités en réserve. Ces pauvres gens se sont affolés sans raison, ce n'est que temporaire. Avez-vous lu l'article de Mr. Haply dans le *Guardian* ?

— Oui.

— Selon lui, des taï-pans envieux et d'autres banques ont colporté des rumeurs malveillantes. Et si Haply l'écrit, c'est que c'est vrai.

— Naturellement. En attendant, je suis un peu pressé, cet après-midi...

— Oui, oui, je vous fais vos chèques tout de suite. Je, euh, j'ai lu dans le journal que vous aviez arrêté un des Loups-Garous.

— Nous détenons seulement un suspect.

— Maudits gredins ! fit Mr. Sung avec un frisson. Envoyer une oreille ! Je suis sûr que ce sont des étrangers... Tenez, inspecteur, voici vos chèques.

On frappa à la porte, un caporal entra et salua.

— Excusez-moi, inspecteur, il y a dehors un camion de la banque. Le chauffeur dit qu'il vient du siège central de Ho-Pak.

— *Ayiiya !* s'exclama Sung, soulagé. Il est bien temps — ils avaient promis que l'argent serait là à deux heures.

— Combien apportent-ils ? voulut savoir Smyth.

— Un demi-million, répondit le caporal en tendant le manifeste à son supérieur.

— Eh bien, Mr. Sung, voilà une bouffée d'oxygène qui vous permettra de mieux respirer, n'est-ce pas ? fit Smyth.

— Oui, oui, bien sûr...

Voyant que les deux policiers le regardaient avec insistance, le directeur ajouta avec chaleur :

— Sans vous et vos hommes... Avec votre permission, j'aimerais consulter Mr. Kwang, mais il estime sans doute, comme moi, qu'il convient de verser une modeste contribution à vos fonds de bienfaisance pour vous exprimer notre reconnaissance.

— C'est très aimable à vous mais ce n'est pas nécessaire.

— Inspecteur, vous me désobligeriez en n'acceptant pas.

— Non, vraiment, c'est inutile, répondit Smyth, qui prit les chèques et partit.

Mr. Sung se rabattit sur le caporal, qui le renvoya à son supérieur direct, le sergent Mok, mais ce dernier déclina lui aussi l'offre du directeur. Mr. Sung se permit cependant d'insister et, après avoir demandé l'avis de Richard Kwang, remit au policier 20 000 dollars en argent liquide avec les remerciements de la banque.

— Merci, honorable Sung, dit le sergent en songeant que le Serpent avait précisément estimé à 20 000 dollars le travail de cet après-midi. J'espère que votre grande banque restera solvable et que vous traverserez cet orage avec votre habileté habituelle. À demain : nous serons ici à neuf heures pour nous faire rembourser...

Assise sur un banc en face du port, la vieille *amah* reprenait sa respiration et attendait que ses côtes lui fissent moins mal. Elle commençait à se lever péniblement quand un jeune Chinois se précipita vers elle en disant :

— Assieds-toi, vieille femme, je veux te parler.

Petit, trapu, il avait le visage grêlé par la petite vérole.

— Il y a quoi, dans ce sac ?

— Hein ? quel sac ? fit Ah Tam.

— Le sac en papier que tu serres contre tes nippes puantes.

— Ah ça ! ce n'est rien, honoré seigneur. Juste quelques courses que je viens...

Le jeune homme s'installa sur le banc et se pencha vers la vieille en murmurant :

— Ferme-la, sorcière ! Je t'ai vue sortir de cette fornication de banque. Y a combien, là-dedans ?

Ah Tam agrippait son sac désespérément, les yeux emplis de terreur.

— Toutes mes économies, hono...

Il lui arracha le sac, l'ouvrit, compta les billets.

— 323 dollars ? soupira-t-il, écœuré. Tu es servante chez un mendiant ? Tu n'as pas été bien maligne pour économiser si peu.

— Tu as raison, seigneur.

— Je prends 20 % de *h'eung yau*, déclara-t-il en se servant.

— Honoré seigneur, c'est trop, gémit Ah Tam. Je te

serais reconnaissante de bien vouloir accepter 5 %, avec les remerciements d'une vieille femme.

— 15.

— 6.

— 10 % c'est mon dernier mot. Je n'ai pas de temps à perdre.

— Tu es jeune et fort, tu es sans doute un 489. Les forts doivent protéger les faibles et les vieux.

— C'est juste. Bon, 7 %.

— Tu es généreux, seigneur. Merci, merci.

Le jeune Chinois garda 22 dollars, rendit le reste et sortit de la poche de son jeans 61 cents qu'il tendit à la vieille en disant :

— Tiens, ta monnaie.

Elle le remercia avec effusion, ravie du marché qu'elle avait conclu. Par tous les dieux, je croyais bien ne pas m'en tirer à moins de 15 %, pensa-t-elle.

— As-tu aussi un compte à la Ho-Pak, seigneur ?

— Naturellement, mentit le jeune homme en prenant des airs importants. Notre confrérie y place son argent depuis des années. Nous avons... (à la réflexion, il doubla le chiffre qu'il venait d'inventer) 25 000 dollars rien que dans cette agence.

— Hiiii, glapit la vieille, admirative. Quelle fortune ! J'ai tout de suite compris que tu étais des 14K et que tu avais au moins le rang de 489.

— Mieux que ça ! s'exclama le truand avec fierté. Je suis...

Se rappelant les exhortations de son chef à la prudence, il s'interrompit et garda pour lui qu'il s'appelait Kin Sopming, Kin-le-Grêlé, et qu'il faisait partie des célèbres Loups-Garous.

— Sauve-toi, la vieille, j'ai plus important à faire que de parler avec toi.

Ah Tam se leva, s'inclina devant le bandit et vit en se redressant que l'homme qui s'était trouvé devant elle dans la file d'attente se dirigeait vers eux. Elle le connaissait de vue ; c'était un Cantonais, comme elle, qui vendait de la volaille sur les marchés grouillants de monde d'Aberdeen.

— Si tu cherches un autre client, j'en vois un facile à plumer, souffla-t-elle. Il était devant moi à la banque, il a retiré plus de 8 000 dollars.

— Ah ! oui ? Où est-il ?

— Tu me donnes une commission de 15 % ?

— 7, pas plus. Inutile de discuter !

— D'accord. Regarde, là-bas, cet homme gras comme un mandarin, avec une chemise blanche — celui qui sue comme s'il venait de faire les Nuages et la Pluie.

— Je le vois.

Le jeune bandit se leva et courut vers le volailler qu'il intercepta au coin de la rue. Après marchandage, le commerçant accepta de verser un tribut de 16 % et s'éloigna à pas pressés en se félicitant de l'habileté avec laquelle il avait négocié. Le Loup-garou revint à la vieille.

— Ce fornicateur avait retiré 8 162 dollars, 16 %, ça fait...

— 1 305,92, et mes 7 % font 91,41 dollars, fit aussitôt Ah Tam.

Elle empocha sa commission et convint de le retrouver le lendemain pour lui servir à nouveau de rabatteur.

— Comment t'appelles-tu ? lui demanda-t-il.

— Ah Su, mentit-elle. Et toi, seigneur ?

— Mo Wu-fang, répondit-il, en donnant le nom d'un ami.

— À demain, promit la vieille d'un ton joyeux avant de s'éloigner de sa démarche de canard, ravie des gains de la journée.

Pour le Loup-Garou aussi, la journée avait été profitable puisqu'il avait en poche 3 000 dollars alors que ce matin il n'avait même pas de quoi prendre le bus. Il ne s'attendait d'ailleurs pas à cette aubaine car il était venu de Glessing Point à Aberdeen dans le seul but de poster la seconde demande de rançon adressée à Chen de la Noble Maison.

— C'est plus sûr, avait dit son père, le chef des Loups-Garous. Le cachet de la poste mettra la police sur une fausse piste.

— C'est pas ça qui nous rapportera de l'argent, avait-il rétorqué. Comment tirer un sou d'un cadavre ? La famille ne paiera pas si nous ne fournissons pas la preuve que le fils est encore en vie. Quelle idée de lui filer des coups de pelle !

— Il essayait de se débiner, avait plaidé le frère de Kin-le-Grêlé.

— Le premier coup l'avait seulement estourbi. Tu aurais dû en rester là.

— Les mauvais esprits s'étaient glissés en moi. D'ailleurs, je n'ai frappé que quatre fois mais ces types de la haute ont le crâne en carton.

— Inutile de se lamenter, c'est fait maintenant, avait grogné le père.

Il était de petite taille, avait de nombreuses dents en or et s'appelait Kin Min-ta — Kin-le-Chauve.

— C'est de sa faute, avait-il ajouté, il aurait pas dû essayer de s'échapper. Vous avez lu la première édition du *Times* ?

— Pas encore, Père, avait répondu le Grêlé.

— Je vais vous lire l'article : « Le directeur de la police a déclaré aujourd'hui que ses hommes ont arrêté un repris de justice qu'ils soupçonnent d'être l'un des Loups-Garous, cette bande de dangereux criminels qui ont enlevé John Chen. Selon les autorités, l'affaire trouverait rapidement une conclusion. »

Les quatre Loups-Garous avaient éclaté de rire : le Grêlé, son frère, son père et son ami Chen Pun Po, Chen-Oreilles-de-Chien, car ils savaient que ces déclarations n'étaient qu'un tissu de mensonges. D'abord ils ne faisaient partie d'aucune bande, ensuite ils n'avaient jamais eu affaire à la police, même si Kin-le-Chauve s'occupait parfois de jeu illégal à North Point. C'était lui qui avait eu l'idée du kidnapping, lui aussi qui, après la mort de John Chen, avait proposé de lui trancher l'oreille et de l'envoyer à la famille.

— Débrouillons-nous pour que cet « accident » nous soit profitable, avait-il argué. L'histoire de l'oreille va terrifier Hong Kong, nous serons bientôt célèbres et riches !

Oui, songea Kin-le-Grêlé, assis au soleil à Aberdeen, mais la fortune vient moins vite que la célébrité. D'ailleurs, le matin même, il avait fait remarquer à son père :

— Je veux bien aller poster la lettre à Aberdeen : c'est un bon truc, c'est ce qu'aurait fait Humphrey Bogart. Mais, à mon avis, ce n'est pas ça qui nous aidera à toucher la rançon.

— Écoute-moi. J'ai un plan digne d'Al Capone : nous attendons quelques jours, nous téléphonons à Chen de la Noble Maison, et s'il ne crache pas, c'est lui que nous enlevons ! Oui, ce vieux grigou de Chen en personne !

Les trois autres Loups-Garous avaient regardé Kin-le-Chauve avec consternation.

— Ouais, et si l'histoire de l'oreille ne le décide pas à payer, nous déterrerons le cadavre de son fils pour le lui montrer ! Chen, nous aurons encore besoin de tes tuyaux.

Cousin éloigné de John Chen, Chen-Oreilles-de-Chien était le directeur d'une des nombreuses compagnies de la famille du compradore.

— Tes informations sur le fils étaient parfaitement exactes, avait poursuivi le Chauve. Peut-être pourras-tu nous renseigner aussi sur le père.

— Certainement. C'est un homme d'habitudes, facile à effrayer. Sa *tai-tai* aussi, et elle paiera très vite pour le récupérer. Cette putain à la bouche onctueuse sait dans quelle partie du lit elle couche ! Oui, je suis sûr que le compradore se montrera coopératif, mais il faudra exiger au départ le double de ce que nous espérons toucher car il s'y connaît en marchandage. J'ai travaillé assez longtemps chez ce fornicateur pour savoir à quel point il est rapiat.

— Bon. Maintenant, voyons quand et comment nous enlèverions Chen de la Noble Maison.

20

16 h 01

Sir Dunstan Barre fut introduit dans le bureau de Richard Kwang avec la déférence qui lui était due. Comme la plupart des bureaux des firmes chinoises, c'était une petite pièce, triste et encombrée de meubles, destinée au travail et non à l'apparat. L'immeuble de la Ho-Pak, situé à proximité d'Ice House Street, était d'ailleurs également petit et sans prétention. La plupart des cadres y partageaient à deux ou trois un bureau, un téléphone, une secrétaire.

Richard Kwang, lui, ne partageait pas car il savait que cette promiscuité déplaisait à ses clients *quai lohs*, peu nombreux mais importants pour le renom de la banque et les avantages secondaires qu'ils pouvaient apporter : l'admission au club hippique, au club de golf, de cricket, par exemple, ou à l'un quelconque des endroits très fermés, réservés presque exclusivement aux taï-pans britanniques des grandes *hongs*, où se traitaient toutes les grosses affaires.

— Bonjour, Dunstan, dit le banquier chinois. Comment allez-vous ?

— Bien, et vous ?

— Très bien. Mon cheval a fait un excellent galop d'entraînement ce matin.

— Oui, j'étais moi aussi à l'hippodrome.

— Vraiment ? Je ne vous ai pas vu.

— Je ne suis resté que quelques minutes. Mon hongre a de la température, il ne courra pas samedi, mais, ce matin, Butterscotch Lass avait des ailes.

— Elle a presque battu le record de la piste. Elle a de grandes chances de gagner, samedi.

— Je compte sur vous pour me donner des tuyaux sur sa forme juste avant la course.

Les deux hommes continuèrent à bavarder quelques instants avant que Barre n'en vînt à l'objet de sa visite. Richard Kwang s'efforça de dissimuler sa surprise :

— Vous voulez fermer les comptes de toutes vos compagnies ?

— Oui, mon vieux. Aujourd'hui même. Navré, mais mon conseil d'administration estime que c'est plus sage en attendant que vous parveniez à...

— Vous ne croyez quand même pas que nous avons vraiment des difficultés ? Avez-vous lu l'article de Haply dans le *Guardian* ? Il parle de rumeurs malveillantes répandues par certains taï-pans et par une certaine banque...

— Oui, j'ai vu. Haply nous gratifie de ses fadaises habituelles. C'est ridicule ! Qui aurait intérêt à faire circuler de tels bruits ? J'ai discuté avec Paul Havergill et Southerby ce matin ; ils m'ont assuré qu'ils feraient un procès à Haply s'il osait écrire qu'ils sont à l'origine de ces rumeurs. Ce foutu blanc-bec mérite une leçon... Quoi qu'il en soit, j'aimerais que vous me fassiez immédiatement un billet à ordre. Vous connaissez les conseils d'administration...

Richard Kwang parvint à sourire, bien qu'il éprouvât une haine plus forte encore qu'à l'accoutumée pour son visiteur ventripotent au teint fleuri. Le Chinois savait que Barre dictait, en fait, ses volontés à son conseil d'administration.

— Nous n'avons aucun problème, argua le banquier. Notre capital est d'un milliard de dollars. Quant à l'agence d'Aberdeen, simple réaction irraisonnée de pêcheurs superstitieux.

— Oui, je sais. J'ai entendu dire qu'il y avait eu la même réaction à vos agences de Mong Kok, de Tsim Sha Tsui, de Sha Tin, dans les Nouveaux Territoires, et même, Dieu nous préserve !, à Lan Tao.

Située à une vingtaine de kilomètres à l'est de Hong Kong, Lan Tao était la plus grande des trois cents îles composant la Colonie mais comptait très peu d'habitants parce qu'elle était totalement dépourvue de sources.

— Quelques clients qui retirent leurs économies, expliqua Kwang. Il n'y a pas de problème.

Il mentait. Cela avait commencé avec la succursale d'Aberdeen, puis d'autres directeurs lui avaient fait part de leurs inquiétudes. Sur les dix-huit agences disséminées dans la Colonie, quatre avaient dû faire face à des retraits importants et fâcheux. À Mong Kok, quartier grouillant de monde de cette fourmilière qu'était Kowloon, une queue s'était formée devant la banque en début d'après-midi. Sans prendre les proportions du mouvement de panique d'Aberdeen, cette réaction indiquait clairement que Ho-Pak n'inspirait plus confiance. Richard Kwang comprenait que les villages marins, apprenant les retraits de Wu-Quatre-Doigts, aient précipitamment suivi le mouvement, mais comment expliquer les clôtures de comptes à Mong Kok, à Lan Tao, à Tsim Sha Tsui, l'agence la plus prospère située près de la gare du Golden Ferry, où passaient chaque jour cent cinquante mille personnes ?

Il ne pouvait s'agir que d'un complot.

Qui tire les ficelles ? se demandait Kwang. Ching-Beau-Sourire, mon rival de toujours, ou les fornicateurs de Blacs et de Victoria ?

Est-ce Havergill, ce mince-tube-de-fiente, qui dirige l'attaque, ou Compton Southerby, pour Blacs ? Ils m'ont toujours détesté, ces sales *quai lohs* ! mais pourquoi s'en prendre à moi ? Bien sûr, je suis meilleur banquier qu'eux et ils sont jaloux de ma réussite mais je travaille avec des personnes civilisées, sans empiéter sur leur domaine. Pourquoi ? Auraient-ils appris qu'en dépit de mes objections mes associés m'ont contraint à pratiquer une politique — emprunter à court terme et à taux peu élevé, prêter à long terme et à taux élevé — qui nous rend momentanément vulnérables et incapables de faire face à une ruée ?

Richard Kwang avait envie de crier, de hurler, de s'arracher les cheveux. Les associés secrets qui lui avaient imposé cette conduite stupide étaient Lando Mata et Tung-l'Avare, principaux actionnaires du syndicat du jeu et du trafic de l'or avec Mo-le-Contrebandier, qui l'avait aidé à fonder et à financer la Ho-Pak dix ans plus tôt.

— Avez-vous lu les prédictions de Tung-l'Aveugle ? demanda le banquier chinois.

— Non. Que dit-il ?

Kwang tendit le journal à Barre et répondit :

— Qu'un boom se prépare, tous les signes l'indiquent. Le chiffre 8 est partout dans le ciel et nous sommes au huitième mois de l'année. J'ajoute que je suis né le huitième jour du huitième mois...

Le Britannique parcourut des yeux l'horoscope. Bien qu'il ne crût pas aux devins, il avait vécu trop longtemps en Asie pour les ignorer totalement et son pouls s'accéléra quelque peu. Tung-l'Aveugle jouissait d'une solide réputation à Hong Kong.

— À l'en croire, nous allons connaître le plus formidable boom de l'histoire du monde, commenta Barre.

— Il se montre d'ordinaire plus circonspect. Ce serait une bonne chose, *heya ?*

— Une excellente chose. En attendant, mon vieux Richard, si nous revenions à nos affaires ?

— Certainement. Ces rumeurs sont un typhon dans une coquille d'huître. Nous sommes plus solides que jamais : notre cote a à peine baissé d'un point.

À l'ouverture de la Bourse, une quantité de petites offres de vente aurait pu provoquer une chute des actions de la Ho-Pak si Kwang n'avait aussitôt ordonné à ses agents de change d'acheter. Pour maintenir la cote, il avait fallu acheter près de cinq millions de titres, chiffre record pour les transactions d'une seule journée. Aucun des experts de Kwang n'était parvenu à savoir qui avait lancé sur le marché une telle quantité d'actions et, apparemment, la méfiance à l'égard de la banque n'avait d'autre source que les retraits de Wu-quatre-doigts. Que tous les dieux maudissent ce vieux démon et son fornicateur de neveu !

— Pourquoi ne pas..., commença Kwang.

Le téléphone sonna. Le banquier décrocha et lança d'un ton sec à sa secrétaire :

— Je t'avais dit que je ne voulais pas être dérangé !

— C'est Mr. Haply, du *Guardian*. Il prétend que c'est important, répondit Mary Yok, la nièce de Kwang. La secrétaire du Taï-pan a appelé également : la réunion du conseil d'administration de Nelson Trading est avancée à cet après-midi 17 heures. Mr. Mata vous fait savoir qu'il y participera aussi.

Pourquoi ce changement ? se demanda Kwang avec inquiétude. Il écarta momentanément cette question pour s'occuper de Haply et décida qu'il serait trop dangereux de laisser Barre écouter leur conversation.

— Dis à Haply que je le rappellerai dans quelques minutes... Où en étions-nous, Dunstan ? Oui, il n'y a aucun problème, vous devriez attendre un jour ou deux.

— Impossible, mon vieux. Il y avait réunion extraordinaire, il a fallu prendre une décision immédiatement.

— Nous nous sommes montrés généreux à votre égard par le passé. Nous vous avons prêté quarante millions sans garantie et nous envisageons d'investir encore soixante-dix millions dans votre nouveau programme de construction.

— C'est exact, et vous en tirerez d'importants bénéfices. Mais il s'agit d'une autre affaire, négociée il y a plusieurs mois et qui ne posera aucun problème ; nous avons toujours tenu nos engagements, avec Ho-Pak comme avec n'importe quelle autre banque.

Le promoteur tendit au banquier des documents signés portant l'en-tête de sa firme.

— Les comptes sont groupés, signala-t-il. Un seul chèque suffira.

Le total s'élevait à un peu plus de neuf millions et demi.

Richard Kwang établit le chèque, raccompagna son visiteur avec le sourire puis, après son départ, lâcha une bordée de jurons, s'en prit à tous ceux qui se trouvaient dans les parages et retourna dans son bureau. Il claqua la porte derrière lui, donna un coup de pied dans un classeur, décrocha le téléphone et demanda à sa nièce de rappeler Haply.

— *Diou ne lo mo* sur tous ces sales *quai lohs* ! vociféra-t-il en direction du plafond.

Ce tas de viande pour chien ! pensa-t-il, quelque peu soulagé. Je me demande si le Serpent ne pourrait pas empêcher les files d'attente de se former devant les agences, demain. En suggérant à ses hommes de casser quelques bras ici ou là...

Le banquier passa en revue les événements d'une journée qui avait mal commencé, dès le matin à l'hippodrome. Il était persuadé que son entraîneur — ou son jockey — dopait sa pouliche pour la faire courir plus vite à l'entraînement et faire baisser ainsi sa cote — elle serait favorite —, qu'il interromprait le traitement samedi, miserait sur un outsider et raflerait un gros paquet sans l'avoir mis dans la combine. Vermine ! menteurs ! tous, jusqu'au dernier ! Ils s'imaginent que j'ai acheté un cheval pour perdre de l'argent ?

Kwang lança un jet de salive qui atterrit dans le crachoir.

Ce salaud de Barre avec sa bouche de magot et ce chien d'oncle Wu ! Leurs retraits vont me mettre à sec. Peu importe : avec Lando Mata, Mo-le-Contrebandier, Tung-l'Avare et le Taï-pan, je n'ai rien à craindre. Oh ! il faudra que je pousse des cris et des gémissements mais je ne risque rien, pas plus que la Ho-Pak. Je suis trop important pour eux.

Oui, une journée vraiment mauvaise, éclairée seulement par la visite de Casey Tcholok. Il avait pris plaisir à la contempler, cette Américaine à l'odeur fraîche et nette qui faisait penser à la vie au grand air. Ils avaient cordialement rompu quelques lances sur des questions de financement et Kwang ne doutait pas d'empocher, là aussi, une part du gâteau, voire la totalité. Cette fille était d'une naïveté incroyable. Elle montrait des connaissances impressionnantes en matière économique mais s'agissant de l'Asie : nulle ! Les dieux soient loués de nous avoir donné les Américains.

— J'adore l'Amérique, miss Casey, avait-il assuré. Je m'y rends deux fois par an pour manger de bons steaks, jouer à Las Vegas — et faire des affaires, naturellement.

Les putains du Pays doré sont les meilleures *quai lohs* du monde, les plus faciles à obtenir, pensa-t-il joyeusement. Et pas chères comparées aux filles de Hong Kong. Quel plaisir de coucher avec des femmes aux gros seins, aux longues cuisses, et aux aisselles fleurant le déodorant ! C'est à Vegas qu'on trouve les plus excitantes. Ah, cette blonde qui me dépassait d'une bonne tête ! Quand elle s'allongeait...

Le téléphone de sa ligne personnelle directe sonna et il regretta une fois de plus de l'avoir fait installer. Enfin, il n'avait pas eu le choix : quand son ancienne secrétaire l'avait quitté pour se marier, sa femme lui avait imposé sa nièce comme remplaçante — pour l'espionner, bien sûr. Alors il avait bien fallu trouver une solution...

— Oui ? grommela-t-il avec irritation, se demandant ce que son épouse voulait encore.

— Tu ne m'as pas appelée de la journée... Voilà des heures que j'attends !

La voix inattendue lui fit battre le cœur plus vite.

— Écoute, Petit Trésor, ton pauvre Père a été très occupé toute la journée, plaida-t-il. J'ai...

— Tu ne veux plus de ta fille. Je vais devoir retourner au port chercher quelqu'un d'autre qui me donnera sa tendresse...

— Je te verrai ce soir à dix heures, petite bouche onctueuse. Nous ferons d'abord un festin de roi à Wanchai, dans mon restaurant préf...

— Dix heures, c'est trop tard et je ne veux pas de festin. Je veux un steak, je veux boire du champagne sur la terrasse du V & A.

Kwang était partagé entre la crainte des ragots, qui risquaient de parvenir aux oreilles de sa *tai-tai*, et le désir de montrer à toute la ville sa nouvelle maîtresse. Venus Poon, étoile montante au firmament de la télévision.

— À dix heures, je...

— Dix heures, c'est trop tard. Neuf heures.

— Petit Trésor, j'ai encore trois réunions.

— Tu ne m'aimes plus, gémit la fille. Je n'ai plus qu'à me trancher les veines... ou à répondre aux propositions d'autres hommes, moins honorables que mon vénéré Père, mais tout aussi riches...

— D'accord, Petit Trésor. Neuf heures.

— Alors tu m'aimes toujours ? minauda la starlette. Dis-le-moi, dis-moi que tu m'aimes !

Le banquier céda au caprice de sa maîtresse avant de raccrocher. Petite putain à la bouche sucrée ! pensa-t-il, agacé. Enfin, à dix-neuf ans, on a le droit d'être exigeante et d'avoir des humeurs quand on donne l'impression à un homme de soixante ans qu'il n'en a que vingt. Je n'ai jamais connu fille plus experte. Elle me coûte cher mais elle sait faire jouer les muscles de sa Fente-Dorée avec un art dont seul le légendaire empereur Kung a parlé !

En attendant, il faut penser à demain. Comment éviter le pire ? Téléphone à ton ami le Grand Dragon Tang-po, sergent à Tsim Sha Tsui, afin qu'il veille à la protection de l'agence de son secteur et des autres quartiers de Kowloon. Demande à Blacs, au cousin Tung, de la banque Tung Po, au cousin Ching-Beau-Sourire et à Havergill de t'avancer de l'argent liquide sur les titres et les actions de la Ho-Pak. Appelle ton bon ami Joe Jacobson, vice-président de la Chicago Federal and International Merchant Bank, dont le capital s'élève à quatre milliards et qui est ton obligé. Il ne manque pas de gens qui ont une dette envers toi, aussi bien parmi les *quai lohs* que chez les personnes civilisées. Fais appel à leur aide !

Le téléphone tira le banquier de ses réflexions.

— Mr. Haply est en ligne, oncle Richard.

— Bonjour, Mr. Haply, ravi de vous entendre. Excusez-moi de vous avoir fait attendre.

— Ce n'est rien. Je voudrais simplement vérifier quelques faits avec vous, d'abord l'émeute d'Aberdeen. La police...

— On ne peut guère parler d'émeute, Mr. Haply. Un peu d'énervement de la part de quelques personnes manquant de patience, voilà tout.

— J'ai sous les yeux les photos publiées dans le *Times* de cet après-midi : cela ressemble fort à une émeute.

— Peut-être, je n'étais pas sur place... Je vais demander à Mr. Sung sa version des faits.

— J'ai cu la même idée que vous et je l'ai rencontré cet après-midi à 15 h 30. D'après lui, sans l'intervention de la police, la foule aurait mis l'agence à sac... Je comprends que vous cherchiez à minimiser l'incident et je suis même disposé à vous aider mais, pour cela, j'ai besoin de connaître exactement la situation. Combien de clients ont-ils demandé la fermeture de leur compte à Lan Tao ?

— Dix-huit, répondit Kwang, réduisant de moitié le nombre réel.

— Notre reporter parle de trente-six, et de quatre-vingt-deux à Sha Tin. Combien à Mong Kok ?
— Une poignée.
— On m'a communiqué le chiffre de quarante-huit, plus une bonne centaine qui attendait encore au moment de la fermeture. Et à Tsim Sha Tsui ?
— Je n'ai pas d'informations précises pour l'instant, mentit Kwang, exaspéré par cette cascade de questions.
— Tous les journaux du soir relatent les événements. Certains emploient même le terme de ruée.
— *Oh ko*...
— Vous pouvez vous attendre à une rude journée demain. Vos ennemis sont très bien organisés.
— Croyez bien que j'apprécie l'intérêt que vous nous témoignez, dit Kwang d'un ton aimable. Si je puis faire quelque chose pour vous...
— Vous pourriez me dire si vous avez perdu de gros déposants.
Comme le banquier hésitait, Haply ajouta :
— Naturellement, je suis déjà au courant pour Wu-Quatre-Doigts. Je pensais aux grandes *hongs* britanniques.
— Non, Mr. Haply. Pas encore.
— Le bruit court que la société Hong Kong and Lan Tao Farms va changer de banque.
— Espérons qu'il n'est pas fondé. Dites-moi, qui sont ces Taï-pans et cette banque auxquels vous faites allusion dans votre article ? Victoria ou Blacs ?
— Pourquoi pas une banque chinoise ? Désolé, je ne peux pas vous répondre sans divulguer mes sources. Je vous conseille cependant de vous préparer à de fortes attaques : tout indique que les *gros* veulent vous couler.

21

16 h 25

— Ils ne couchent pas ensemble, Taï-pan, affirma Claudia Chen.
— Mmmm ? fit Dunross en levant les yeux du document qu'il lisait.

— En tout cas, ils n'ont pas couché ensemble la nuit dernière.

— Qui ça ? demanda-t-il distraitement.

— Bartlett et la Ciranoushi.

Cette fois, l'intérêt du Taï-pan s'éveilla.

— Ils font lit à part, chambre à part, et prennent le petit déjeuner ensemble dans la grande pièce après avoir pudiquement enfilé un peignoir, continua la secrétaire.

— Tiens ! murmura Ian en souriant.

C'était le premier vrai sourire de la journée. Depuis son arrivée au bureau, ce matin à 8 heures, il n'avait cessé de travailler, de courir de réunion en réunion sans même prendre le temps de déjeuner. Aujourd'hui plus que jamais, il avait senti tout le poids du fardeau qui, tôt ou tard, fait plier les taï-pans — et qui parfois les brise.

Les pertes énormes des années de guerre avaient ainsi usé son père, à qui la révolution chinoise avait donné le coup de grâce. De même, Alastair Struan ne s'était jamais remis de l'affaire de Suez et la malchance avait continué à l'accabler jusqu'à la ruée orchestrée par Gornt, qui avait causé son effondrement.

Claudia Chen changea abruptement de sujet.

— Réunion du conseil d'administration de Nelson Trading dans une demi-heure, vous m'aviez demandé de vous le rappeler.

— Oui, oui. Vous êtes drôlement bien renseignée sur nos amis américains. Que savez-vous d'autre ?

— Elle n'a jamais été mariée. Oh ! ce ne fut pas faute de soupirants mais elle les a tous éconduits. On dit même qu'elle n'aurait jamais...

— Jamais fait l'amour ?

— Nous n'en sommes pas sûrs, mais elle n'a pas la réputation de sortir tard ou de passer la nuit avec des messieurs. Le seul homme avec qui elle sort, c'est Mr. Bartlett, et encore, assez peu souvent. Lui, par contre, il court le jupon. Il a divorcé en 56, l'année où votre *Cirrannousshi* est entrée dans la société.

— Ce n'est pas *ma* Ciranoush.

— Elle a vingt-six ans, elle est Sagittaire.

— Vos espions ont fait du bon travail.

— Voyons, Taï-pan ! s'exclama l'Eurasienne en feignant l'indignation. Je n'espionne personne, je pose simplement des questions. Je vous parie cent dollars qu'il y a pourtant — ou qu'il y a eu — une histoire d'amour entre eux.

— Vous ne prenez guère de risques en l'affirmant. Ils s'aiment, c'est évident, il n'y a qu'à voir la façon dont ils ont dansé ensemble l'autre soir.

— Alors je vous parie qu'ils n'ont jamais été amants. Cent dollars ?

— D'où tenez-vous vos informations ?

Claudia tira un télex parmi les papiers qu'elle portait et posa le reste dans la corbeille du courrier.

— Avant-hier soir, vous avez télégraphié à notre bureau de New York de se renseigner sur elle et de vérifier le dossier de Bartlett. La réponse vient d'arriver.

Dunross parcourut rapidement le télex. Il avait une vitesse de lecture peu commune et une mémoire quasi photographique. Outre les informations déjà communiquées par la secrétaire, il apprit que K. C. Tcholok avait un casier judiciaire vierge, possédait 46 000 dollars sur un livret d'épargne et 8 700 dollars sur son compte à la Los Angeles and California Bank.

— C'est consternant avec quelle facilité on peut, aux États-Unis, savoir combien d'argent les gens ont à la banque.

— Consternant, Taï-pan. Si je vivais là-bas, je ne ferais pas appel aux banques.

— Sauf pour leur emprunter de l'argent ! Claudia, la prochaine fois, contentez-vous de me donner le télex.

— Vous ne trouvez pas que j'ai une façon plus captivante de présenter les choses ?

— Ou de les inventer. Certains détails ne figurent pas dans le télex.

— C'est parce que je les tiens de Chang-service-de...

Claudia s'interrompit trop tard, elle était tombée dans le piège.

— Voyez-vous ça, fit Ian avec un sourire angélique. Un espion au V & A !

La secrétaire se hâta de détourner la conversation :

— Voici la liste de vos rendez-vous, j'en ai reporté le plus possible à demain.

Le Taï-pan hocha machinalement la tête, déjà replongé dans ses pensées. Il songeait à la réunion qu'il aurait à 18 heures avec Roger Crosse et Brian Kwok, à celle qu'ils avaient eue ensemble le matin même.

— Rien de nouveau sur AMG ? avait demandé Dunross.

— Apparemment, il s'agit bien d'un accident, avait répondu le directeur de la Special Intelligence. Pas de marques suspectes sur le corps, pas de traces de pneus autres que celles de la moto, pas d'individus louches repérés dans le coin. Passons aux dossiers : nous avons maintenant la confirmation que vous en détenez les seules copies existantes.

— Navré, mais je ne peux satisfaire votre requête.

— Pour quelle raison ? avait répliqué Crosse d'un ton sec.

— Je n'ai d'ailleurs pas reconnu leur existence...

— Ne soyez pas ridicule, pour l'amour de Dieu ! Bien sûr qu'ils existent. Vous nous prenez pour des idiots ? Je vous conseille fortement de nous laisser les photocopier.

— Et je vous conseille fortement de garder votre calme.

— Si vous croyez que j'ai perdu mon sang-froid, vous me connaissez mal. Je vous demande officiellement de me remettre ces documents. En cas de refus, je ferai usage ce soir à 18 heures des pouvoirs qui me sont conférés par la loi sur les secrets d'État. Taï-pan ou pas, Noble Maison ou pas, à 18 h 01 vous serez en état d'arrestation. Nous vous mettrons au secret et nous fouillerons vos papiers, vos coffres, jusqu'à ce que nous les trouvions ! Donnez-moi ces dossiers !

Dunross se rappelait l'expression tendue du visage de Crosse, la dureté de son regard, et l'air consterné de Brian Kwok.

— Non.

Crosse avait soupiré.

— Pour la dernière fois, pourquoi ?

— Parce qu'ils pourraient nuire au gouvernement de Sa Majesté s'ils tombaient en de mauvaises mains.

— Mais Bon Dieu ! Je suis directeur de la Special Intelligence !

— Désolé, c'est non. J'ai passé la nuit à essayer de trouver une solution qui me permettrait de vous les...

Le policier s'était levé en disant :

— Je reviendrai chercher les dossiers à 18 heures. Ne les brûlez pas, c'est un conseil d'ami... 18 heures.

Le Taï-pan avait effectivement passé une nuit blanche à relire les dossiers, à se demander ce qu'il devait en faire. Les remettre à Crosse, c'était trop risqué, les garder, impossible. Il avait songé à les détruire puis avait changé d'avis ; son devoir lui dictait de n'en rien faire.

Il avait alors quitté son bureau pour la salle de bains voisine de sa chambre, s'était habillé silencieusement et était sorti. Le chemin conduisant à l'immeuble Struan étant dégagé, il avait conduit plus vite encore que d'habitude et amélioré son record de seize secondes. Il était monté à l'appartement-terrasse pour se raser, passer un costume frais, et était redescendu au vingtième.

Après avoir examiné les télex arrivés dans la nuit, il avait appelé Bartlett pour remettre leur rendez-vous à 18 h 30, puis il avait reçu un coup de téléphone du vieux Wu, qui lui avait résumé sa rencontre avec Gornt. Intrigué par les confidences alarmistes que le patron de Rothwell avait faites au contrebandier au sujet de la Ho-Pak, le Taï-pan était allé trouver Havergill à la banque.

— Paul, que se passe-t-il avec la Ho-Pak ?

— Cette ruée fait tort à tout le monde, elle nuit à notre image de marque. Pauvre Richard ! Nous sommes certains qu'il dispose de toutes les réserves nécessaires pour faire face à l'orage mais nous ne connaissons pas l'étendue de ses engagements. Naturellement, je lui ai téléphoné aussitôt après avoir lu l'article ridicule de Haply. Je ne vous cacherai pas que j'ai également appelé Christian Toxe pour lui demander en termes parfaitement clairs de moins lâcher la bride à ses journalistes. Je l'ai menacé de prendre des mesures si Haply persiste et ne revient pas sur ses déclarations.

— On m'a dit qu'on avait fait la queue devant l'agence de Tsim Sha Tsui.

— Je l'ignorais. Kwang a pourtant fait de Ho-Pak une affaire solide et sérieuse, qui jouit sans doute encore du soutien de banques comme la Ching Prosperity et la Lo Fat. Dieu sait ce qui arrivera s'il coule ! Nous avons déjà enregistré quelques retraits à notre succursale d'Aberdeen. Espérons qu'il ne s'agit que d'une tempête dans un verre d'eau. À ce propos, vous ne croyez pas que nous pourrions avoir de la pluie ?

— Pas samedi, par pitié !

— Ce serait une catastrophe pour les courses... Votre réception était très réussie et j'ai pris plaisir à bavarder avec vos amis américains. Comment progressent les négociations ?

— Le mieux du monde puisque le marché est conclu et que nous signons dans sept jours. L'accord porte sur deux ans et prévoit un apport de 20 millions de la Par-Con chaque année.

— Félicitations, mon vieux. À combien se monte le versement initial ?

— À sept millions.

— Formidable ! Vous allez pouvoir régler Toda, rembourser en partie Orlin et oublier enfin les années de vaches maigres. Avez-vous déjà affrété vos navires ?

— Non, mais je trouverai des affréteurs en temps utile pour couvrir les intérêts de notre emprunt.

— J'ai vu que votre cote a monté de deux points.

— Elle va doubler dans le mois qui vient, assura Dunross.

— Qu'est-ce qui vous fait penser cela ?

— Il va y avoir un boom.

— Comment ?

— Tout l'indique, Paul. Le climat est à la confiance et notre accord avec Par-Con va être le catalyseur d'un mouvement qui se prépare depuis longtemps.

— Quand l'annoncerez-vous officiellement ?

— Vendredi, après la clôture.

— Excellent. Lundi, tout le monde prendra le train en marche.

— Mais, d'ici là, seule la famille doit être dans la confidence.

— Bien entendu. Vous êtes absolument sûr de vous, Ian ?

— Au point que j'ai l'intention d'acheter des Struan à tout va. Vous pourriez m'avancer un million ?

— Achat personnel ou pour la Noble Maison ?

— Personnel.

— Nous garderions les actions ?

— Naturellement.

— Et si elles dégringolent ?

— Impossible.

— Supposons-le quand même.

— Que suggérez-vous ?

— Disons que si elles perdent deux points, nous vendons et nous débitons notre compte de la différence.

— Trois points, plutôt. La cote de Struan va doubler.

— Deux jusqu'à ce que vous signiez avec Par-Con. La

Noble Maison a déjà largement dépassé son crédit à renouvellement automatique.

— Bon, d'accord.

Avant de quitter la banque, Dunross était passé voir Bruce Johnjohn, le directeur général adjoint, héritier présomptif de Havergill, homme doux et rondelet, doté d'une vitalité d'oiseau-mouche. À la différence de Paul, il s'était montré beaucoup plus circonspect à l'égard d'un boom éventuel et très préoccupé par la ruée sur la banque Ho-Pak.

— Je n'aime pas cela, Ian. Cette affaire sent mauvais, avait-il déclaré.

— Que pensez-vous de l'article de Haply ?

— Stupide. Nous ne donnons pas dans ce genre de manœuvres, et Blacs pas davantage. Pourquoi chercherions-nous à éliminer une grande banque chinoise ? Le vieux Ching-Beau-Sourire est peut-être dans le coup, il est le rival de Kwang depuis des années. Il se peut même que les déposants de Ho-Pak soient vraiment effrayés : il semble que Richard trempe dans des affaires immobilières douteuses. En tout cas, s'il s'effondre, nous en subirons tous les conséquences. Soyez prudent, Ian.

— Je serai content de vous voir dans le fauteuil de Havergill, Bruce.

— Ne vendez pas trop tôt la peau de Paul. Il est intelligent, il a grandement contribué à la prospérité de la banque et de Hong Kong. Nous allons connaître en Asie des temps difficiles et vous avez raison d'essayer de vous implanter en Amérique du Sud. C'est un marché énorme que nous avons délaissé jusqu'ici. Avez-vous pensé à l'Afrique du Sud ?

— Dans quel sens ?

— Dînons ensemble mercredi prochain. J'ai une idée à vous soumettre.

— Laquelle ?

— Cela peut attendre. Je suis tombé sur Phillip Chen à l'hippodrome. Il avait l'air... complètement à plat. L'enlèvement de John lui a fichu un sacré coup.

— Cela vous étonne ?

— Non, non, mais je ne pensais pas qu'il était aussi lié à son fils aîné.

Dunross pensa à Adryon et Glenna, à son fils Duncan, qui avait quinze ans et passait des vacances en Australie, dans la ferme d'un ami. Que ferait-il si on enlevait l'un de ses enfants ? Si on lui envoyait par la poste l'oreille de sa fille ?

Je deviendrais fou de rage, je laisserais tout tomber pour retrouver les ravisseurs et je me vengerais...

On frappa à la porte.

— Oui ? Oh ! bonjour Kathy, fit-il, content, comme toujours, de voir sa sœur cadette.

— Excuse-moi de te déranger, Ian, mais Claudia m'a dit que tu avais quelques minutes avant ta prochaine réunion. C'est vrai ? demanda la jeune femme du seuil de la porte.

— Oui, entre.

Kathy prit place dans le fauteuil situé près de la fenêtre. Elle portait une robe en soie jaune et un chapeau de paille orné d'un ruban assorti.

— Tu respires la fraîcheur, la complimenta son frère en souriant. Quoi de neuf ?

— J'ai la sclérose en plaques.

— Quoi ?

— C'est ce qu'affirment les résultats des tests, annonça calmement Kathy, droite sur son fauteuil, plus jolie qu'il ne l'avait jamais vue. Il... fallait que j'en parle à quelqu'un. J'ai pensé que tu pourrais m'aider à organiser ma vie en conséquence — pas aujourd'hui, mais quand tu auras le temps, pendant le week-end, peut-être.

Voyant l'expression de Ian, elle partit d'un rire nerveux.

— Ce n'est pas si terrible. Du moins, je crois.

— La sclérose en plaques... C'est grave, non ?

— Oui. C'est une maladie du système nerveux qu'on ne parvient pas encore à guérir. Les médecins ne savent pas ce qui la provoque ou comment on l'attrape.

— Il faut voir un autre médecin, ou plutôt tu iras en Angleterre avec Penn consulter des spécialistes. Il doit bien y avoir un traitement, quand même !

— Non, il n'y en a pas, mais l'Angleterre, c'est une bonne idée... D'après le Dr Tooley, je n'en suis qu'au premier stade et il n'y a pas de raison de s'inquiéter outre mesure si je fais attention.

— C'est-à-dire ?

— Si je me ménage, si je prends mes médicaments et si je fais la sieste pour être moins fatiguée. Je pourrai continuer à m'occuper d'Andrew, de la maison et des enfants, et même jouer un peu au tennis ou au golf. Tu comprends, on peut arrêter l'évolution de la maladie mais on ne peut réparer les dégâts qu'elle a déjà faits.

Dunross parvint à cacher l'angoisse qui lui serrait la gorge et dit, apparemment aussi calme que sa sœur :

— Tu permets que je voie Tooley ?

— Bien sûr. Il ne faut pas s'alarmer, Ian. D'après lui, tout ira bien si je fais très attention et je lui ai promis d'être une patiente modèle.

Kathy s'étonnait que sa voix restât posée, que ses mains, sagement croisées sur ses genoux, ne trahissent pas la terreur qu'elle éprouvait. Elle avait l'impression de sentir les microbes ou les virus de la maladie envahir son corps, grignoter lentement ses nerfs. Peu à peu, l'engourdissement croîtrait dans ses doigts et ses orteils, gagnerait ses poignets, ses chevilles, ses jambes... Oh, mon Dieu !

Elle sortit un mouchoir de son sac et s'en épongea le front, la base du nez.

— Ce qu'il peut faire lourd !

— Pourquoi est-ce si soudain ?

— En fait je souffrais de cette maladie depuis quelque temps déjà mais on ne parvenait pas à établir un diagnostic. C'est la raison pour laquelle on m'a fait faire des tests.

Tout avait commencé six mois plus tôt par des maux de tête, de légers vertiges qui la prenaient le plus souvent lorsqu'elle jouait au golf. Le vieux docteur Tooley, le médecin de famille, l'avait envoyée à l'hôpital Matilda subir divers tests et radiographies du cerveau mais on n'avait décelé aucune tumeur. Seule la ponction lombaire avait fourni un indice qu'une autre série de tests avait confirmé. Hier, songeait Kathy. Doux Jésus, est-ce seulement hier qu'on m'a condamnée à devenir une infirme bavant dans son fauteuil à roulettes ?

— Tu as prévenu Andrew ?

La question éloigna Kathy du bord du gouffre.

— Non, pas encore. Le pauvre, il s'affole si facilement. Je lui dirai ce soir, il fallait que je t'en parle d'abord... Oh Ian ! s'écria-t-elle soudain en éclatant en sanglots.

Il s'approcha, lui passa le bras autour des épaules, la fit se lever et la serra contre lui. Peu à peu elle cessa de pleurer, sécha ses larmes et sortit de son sac un petit miroir dans lequel elle se regarda.

— Mon Dieu, je suis affreuse ! murmura-t-elle.

Elle alla refaire son maquillage dans la salle de bains dont la porte était dissimulée derrière de faux rayonnages de livres. Quand elle revint, elle trouva son frère debout devant la fenêtre, regardant au dehors. Il se retourna et dit :

— Andrew n'est pas au bureau en ce moment mais je lui parlerai dès son retour.

— Non, c'est à moi de le faire.

Elle s'approcha en souriant et posa la main sur son bras.

— Je t'aime tendrement, Ian.

— Moi aussi, Kathy.

22

16 h 55

La boîte à chaussures que les Loups-Garous avaient envoyée à Phillip Chen se trouvait sur le bureau de Roger Crosse, à côté des objets qu'elle avait contenus, et qui maintenant portaient tous une étiquette : la lettre, le trousseau de clefs, le permis de conduire, et même le papier journal qui avait servi d'emballage.

Crosse les examina une nouvelle fois espérant y découvrir un indice qui lui aurait échappé. On n'entendait aucun bruit dans la pièce dont les petites fenêtres donnaient sur Wanchai et une partie du port, du côté de Glessing Point. La sonnerie du téléphone le fit sursauter.

— Oui ?

— Mr. Rosemont, de la CIA, et Mr. Langan, du FBI.

— Je vais les recevoir.

Il raccrocha, prit le dossier d'AMG qui se trouvait également sur son bureau et le rangea dans un tiroir qu'il ferma à clef. Puis il appuya sur un bouton et les bobines du magnétophone dissimulé dans le tiroir central du bureau se mirent à tourner silencieusement. L'appareil était relié à un micro très sensible caché dans l'interphone. Il pressa un autre bouton, qui fit s'ouvrir sans bruit le verrou de la porte, et se leva.

— Entrez, je vous en prie, dit-il d'un ton aimable en allant à la rencontre de ses visiteurs. Asseyez-vous. Une tasse de thé ?

— Non, merci, répondit l'homme de la CIA.

— Que puis-je pour vous ?

Rosemont ouvrit l'enveloppe qu'il tenait à la main, en sortit deux paquets de photos au format 18 × 25 et tendit celui du dessus à Crosse.

On y voyait Voranski traversant le wharf en courant, marchant dans les rues de Kowloon, montant ou descendant d'un taxi. Les photos montraient aussi ses assassins, notamment lorsqu'ils quittaient la cabine téléphonique, après avoir enjambé le cadavre qu'on distinguait en partie à l'arrière-plan.

Seule une parfaite maîtrise de soi permit au directeur de la SI de masquer sa stupeur d'abord, sa colère, ensuite.

— Excellentes, commenta-t-il en les posant sur le bureau. Et alors ?

— Vous le suiviez aussi ? demanda Langan en fronçant les sourcils.

— Naturellement, mentit Crosse avec aisance. J'aimerais que vous nous laissiez travailler sans vous mêler de nos affaires.

— Nous voulions simplement protéger vos arrières.

— Nous pouvons nous en charger nous-mêmes, rétorqua le Britannique avec raideur.

— Naturellement, naturellement, fit Rosemont d'un ton conciliant.

Grand et mince, les cheveux en brosse, les traits agréables, il avait des mains fortes et toute sa personne dégageait une impression de puissance.

— Nous croyons savoir où se cachent les deux tueurs, poursuivit-il. Un de nos hommes pense les avoir repérés.

— Combien de vos agents surveillent le navire ?

— Dix. Nos gars ont failli se faire avoir par la diversion des Russes.

— Les nôtres aussi, fit Crosse, se demandant de quelle diversion il s'agissait.

— Nous savons que le Russe a donné deux coups de téléphone de la cabine... reprit Rosemont.

L'Américain fut surpris de voir le Britannique froncer légèrement les sourcils. Curieux, pensa-t-il. S'il ignore ce détail, cela veut peut-être dire qu'il n'avait personne sur le coup.

— Nous avons envoyé sa photo à notre siège par bélino

et nous aurons bientôt une réponse, continua-t-il. Qui était-ce ?

— D'après ses papiers, Igor Voranski, matelot de première classe de la marine marchande soviétique.

— Avez-vous un dossier sur lui ?

— C'est plutôt rare de vous voir ensemble, non ? Au cinéma, la CIA et le FBI sont toujours en bisbille.

— C'est vrai que nous nous tirons dans les pattes, répondit Langan en souriant. Comme vous et le MI-5, comme le KGB et le GRU. Mais parfois nos intérêts coïncident. Nous... nous sommes venus solliciter votre aide... Stan et moi, nous avons perdu pied.

— C'est exact, approuva Rosemont, qui n'en pensait pas un mot.

— D'accord pour vous aider, mais dites-moi d'abord ce que vous savez, répondit Crosse.

— Bon, soupira Rosemont. Depuis quelque temps, nous avons l'impression qu'il se prépare quelque chose à Hong Kong. Quoi exactement ? Nous l'ignorons mais l'affaire a sans aucun doute des ramifications aux États-Unis. À mon avis, le lien, c'est le dossier d'AMG. Prenez Banastasio : c'est un gros bonnet de la Mafia, il fait le trafic de stupéfiants. Prenez Bartlett et les armes...

— Bartlett est lié à Banastasio ?

— Nous n'en sommes pas certains, nous vérifions. Par contre, nous sommes sûrs que les armes ont été embarquées à Los Angeles. Ajoutez à cela que nous nous intéressons de plus en plus au Viêt-nam. D'où vient la drogue ? Du Triangle d'Or : Viêt-nam, Laos, et province du Yunnan, en Chine. Nous sommes au Viêt-nam...

— Et vous avez grand tort d'y être, je n'ai cessé de vous le répéter.

— Nos services ne décident pas plus que les vôtres de la politique de leur pays. Je continue : notre porte-avions nucléaire fait escale à Hong Kong, il y est précédé par le *Sovetsky Ivanov* — curieuse coïncidence ! Ed vous refile un tuyau, nous mettons la main sur le dossier d'AMG et nous apprenons l'existence du réseau Sevrin ! Le KGB a infiltré des agents dans toute l'Asie et une taupe dans vos propres services.

— Ce n'est pas encore prouvé.

— Je connais AMG, il ne s'engage pas à la légère.

Revenons à la drogue : la Chine communiste est notre grand ennemi...

— Là encore, vous vous trompez, Stanley. La RPC n'est pas notre ennemie pour tout, les Russes le sont.

— La Chine est communiste, et le communisme, c'est l'ennemi. Pour porter un coup aux États-Unis, les Chinois pourraient les inonder de drogue à bon marché.

— Ils ne l'ont pas fait. Nos services des stupéfiants, les meilleurs d'Asie, n'ont jamais rien trouvé à l'appui de votre théorie selon laquelle la Chine de Mao serait derrière le trafic. Rien. La RPC est aussi hostile à la drogue que nous.

— Pensez ce que vous voudrez, grogna Rosemont. Avez-vous un dossier sur ce Voranski ?

Crosse alluma une cigarette avant de répondre :

— Il était venu nous rendre visite l'année dernière sous le nom de Serguei Koudryov, matelot de première classe lui aussi, toujours sur le même navire — ils n'ont pas beaucoup d'imagination, vous ne trouvez pas ? Il s'appelait en réalité Youri Bakyan, major du KGB, division 6.

— Alors tu as raison, dit l'homme du FBI à son collègue de la CIA. Tout est lié.

— Peut-être. Qui avait-il rencontré l'année dernière ?

— Il avait joué les touristes et était descendu à l'hôtel des Neuf Dragons, à Kowloon...

— AMG mentionne cet hôtel dans son rapport, souligna Langan. Oui. Nous avons surveillé l'endroit pendant un an sans rien trouver. Bakyan-Voranski y a passé deux semaines.

— Rien côté femmes ?

— Rien de régulier. Il fréquentait assidûment le dancing de la Chance, à Wanchai. Apparemment c'était un chaud lapin. Pour le reste, il ne posait jamais de questions et ne rencontrait personne de particulier.

— Pas de visite aux tours Sinclair ?

— Non.

— Dommage, cela aurait collé parfaitement, dit Langan d'un ton de regret. Tsu-yan, qui y a un appartement, connaît Banastasio, qui lui-même connaît John Chen ; revoilà les armes, la drogue, AMG et Sevrin.

— Ouais, marmonna Rosemont. Vous avez retrouvé la trace de Tsu-yan ?

— Non. Il a disparu à Taipei.

— Vous croyez qu'il se cache là-bas ?

— Je le suppose, répondit Crosse, convaincu en fait que Tsu-yan était déjà mort, éliminé par les communistes, les nationalistes, la Mafia ou les sociétés secrètes.

— On finira par le retrouver — vous, nous, ou les services de Taiwan.

— Voranski vous a mené quelque part, Roger ? demanda Langan.

— Non. Pourtant nous le suivions depuis des années. Il avait été attaché à la mission commerciale soviétique de Bangkok, il avait passé quelque temps à Hanoi, à Séoul, sans se livrer à quoi que ce soit de suspect. Je suis désolé qu'il soit mort : nous avions mis du temps à le repérer...

— Qu'allez-vous faire du cadavre ?

— Un de mes hommes, qui parle russe, a prévenu le capitaine du navire, Gregor Souslev. Il est membre du Parti, naturellement, mais tout à fait inoffensif. Il a une petite amie à Mong Kok, une fille de bar qui le distrait pendant ses escales à Hong Kong en échange d'une modeste allocation mensuelle. Il joue aux courses, va au théâtre, connaît bien l'anglais. Nous le surveillons — ne venez pas tout bousiller avec vos gros sabots.

— Cela fait longtemps qu'il vient ici, alors ?

— Des années. Vladivostok est l'un des ports d'attache de son bateau. C'est un ancien commandant de sous-marin — ce qui ne l'empêche pas d'avoir souvent du vent dans les voiles.

— Que voulez-vous dire ?

— Qu'il boit. Il fait la bringue avec certains socialos de chez nous, comme Sam et Molly Finn.

— Ceux qui n'arrêtent pas d'écrire aux journaux ?

— Oui. Ils sont plus embêtants que dangereux. Bref, nous avons prévenu Souslev qu'un de ses matelots avait probablement été victime d'une crise cardiaque dans une cabine téléphonique de la gare du Golden Ferry. Souslev s'est montré raisonnable : c'est un professionnel, il sait que nous ne liquidons pas leurs agents sans y être vraiment contraints, que nous nous contentons de les placer sous surveillance et d'en expulser un de temps à autre, quand ils nous échauffent vraiment trop la bile.

Crosse fixa Rosemont dans les yeux en ajoutant :

— Nous trouvons cette méthode plus efficace que l'emploi du couteau, du revolver ou du poison.

— Alors qui voulait sa mort ? fit l'agent de la CIA.

— Le Chinois qui nous a téléphoné s'est réclamé des 14 K mais comme il parlait uniquement shanghaïen, c'est sans doute faux. Il appartient probablement à une société secrète, le Pang Vert, par exemple. C'est un pro, il manie le couteau avec beaucoup d'adresse. Il a peut-être été formé par votre CIA s'il appartient aux services de Chiang Kai-shek ou à ceux de la Corée du Sud. Eux aussi sont antisoviétiques, non ?

Rosemont ne releva pas la raillerie et tendit à Crosse le second jeu de photos.

— Voici la maison dans laquelle les deux tueurs sont entrés. Et là, c'est la plaque de la rue. Notre homme ne connaît pas le chinois mais il a eu la présence d'esprit de la prendre en photo et nous l'avons fait traduire : rue de la Première Saison. C'est en fait une ruelle sordide située derrière le dépôt d'autobus de North Point.

Tandis que Crosse examinait soigneusement les photos, Rosemont se leva et s'approcha de la fenêtre donnant sur le port.

— Regardez ! lança-t-il avec orgueil.

Le porte-avions nucléaire américain venait de doubler North Point et se dirigeait vers l'arsenal maritime, arborant le grand pavois. Des files de marins vêtus de blancs s'alignaient sur le pont, devant les chasseurs à réactions. 84 000 tonneaux, pas de cheminées, une passerelle immense et une piste de trois cents mètres sur laquelle les « jets » pouvaient se poser ou s'envoler simultanément. C'était le premier d'une nouvelle génération de bâtiments.

— Un sacré navire, dit avec envie le directeur de la SI, qui avait rejoint l'Américain. Quelle est sa vitesse de pointe ?

— Je n'en sais rien : secret militaire, comme ses autres caractéristiques. Vous ne pouviez pas envoyer au diable ce satané navire-espion soviétique ?

— Nous aurions pu le couler, tant que vous y êtes ! Voyons, Stanley, il faut se conduire en personnes civilisées. La réparation des bâtiments soviétiques constitue pour nous une source de revenus et aussi de renseignements. Croyez-moi, nos méthodes ont fait leurs preuves.

Jadis, pensa Rosemont sans rancœur. Aujourd'hui, elles sont dépassées. L'Empire britannique a disparu et nous devons maintenant faire face à un ennemi différent, fanatique, totalitaire, qui ignore totalement les règles du marquis de Queensberry. Vous, les Britanniques, vous n'avez plus le fric et les forces nécessaires, votre gouvernement est noyauté par les socialistes, contaminé par la gangrène ennemie. Vous vous êtes fait baiser de l'intérieur par les Klaus Fuchs et les Philby. Bon Dieu ! nous avons gagné deux guerres pour vous, nous avons réglé presque toute l'ardoise et, les deux fois, vous nous avez fait perdre la paix. Sans nos missiles, notre force nucléaire et l'argent de nos contribuables, vous seriez morts, ou en Sibérie.

— Roger, le meurtre de Voranski en ce moment précis est une troublante coïncidence. Est-ce qu'un de nos traducteurs pourrait assister à l'interrogatoire des deux Chinois ?

— Je vous préviendrai si nous avons besoin d'aide.

— Par ailleurs, nous aimerions avoir maintenant les copies des autres rapports que AMG a adressés au Taï-pan.

La requête mit Crosse mal à l'aise, bien qu'il s'y attendît.

— Il me faudra l'autorisation de Whitehall, fit-il valoir.

Rosemont eut l'air surpris.

— Notre chef de station à Londres a rencontré vos plus hautes instances, la question est réglée. Vous auriez dû en être avisé il y a une heure.

— Vraiment ?

— Washington nous presse d'obtenir rapidement des résultats. Nous essayons de retrouver la destinataire du second coup de téléphone mais...

— Vous pouvez répéter ?

— Le coup de téléphone en Suisse, de Kiernan.

— Je ne vous suis pas.

Après avoir suivi les explications de Rosemont, Crosse déclara en plissant le front :

— Je n'était pas au courant... et je ne vois pas pourquoi Dunross ne m'en a pas parlé.

— Il est régulier, votre Taï-pan ?

— C'est une sorte de flibustier, royaliste à cent pour cent, dont la loyauté va à sa Maison, à lui-même et à la Reine — pas forcément dans cet ordre.

— Bon, Rog, si vous nous remettez nos copies, nous ne vous embêterons pas plus longtemps.

— Quand j'aurai le feu vert de Londres.

— Vous l'avez ! Vérifiez auprès de vos services de décodage, ils ont dû recevoir un message prioritaire 1-4 A.

Pris au piège, Crosse ne se résignait pas à avouer aux

Américains qu'il n'avait pas encore obtenu les autres dossiers. Il décrocha le téléphone, composa un numéro.

— Ici Crosse. Avez-vous reçu un message 1-4 A de la Source ?

— Non, monsieur. Pas depuis celui que nous vous avons transmis il y a une heure, répondit l'employé du chiffre.

— Merci, fit Crosse, et il raccrocha. Nous n'avons rien reçu, dit-il à Rosemont.

— Merde, grommela l'agent de la CIA. Il devrait arriver d'un moment à l'autre. Avec votre permission, nous attendrons.

— J'ai un rendez-vous dans quelques instants. Nous pourrions nous revoir ce soir ?

Les deux Américains secouèrent la tête.

— Nous attendons. Nous avons l'ordre de les expédier directement sous bonne garde, sans même les faire photocopier ici. Un appareil de l'armée devrait bientôt atterrir à Kai Tak pour prendre livraison de la marchandise.

— Vous n'en faites pas un peu trop ?

— C'est vous qui pourriez répondre à cette question : vous connaissez le contenu des dossiers. Que disent-ils ?

Crosse jouait avec son vieux briquet frappé du blason de Cambridge.

— Est-il vrai que la CIA a des liens avec la Mafia, comme le prétend AMG ? contra-t-il.

— Je n'en sais rien, répliqua Rosemont en le regardant dans les yeux. Vous-mêmes, vous avez utilisé toutes sortes de crapules pendant la guerre. Aujourd'hui aussi c'est la guerre, et nous devons gagner à tout prix.

— À tout prix, répéta Langan. Parce que si nous perdons cette fois, nous n'aurons plus jamais d'autre chance.

Sur la passerelle couverte du *Sovetsky Ivanov*, trois hommes braquaient leurs jumelles en direction du porte-avions nucléaire. L'un d'eux, un civil, dictait au magnétophone une description technique de ce qu'il avait sous les yeux. De temps à autre, ses deux compagnons, revêtus de l'uniforme de la marine, ajoutaient un commentaire. L'un était le capitaine Gregor Souslev, l'autre son second.

Flanqué de remorqueurs qui se contentaient de l'escorter, le colosse américain entrait au port par ses propres moyens, salué par les sirènes des cargos et des ferries. Une fanfare jouait sur le pont arrière, des marins vêtus de blanc agitaient la main en direction des navires qu'ils croisaient.

— Le capitaine s'y connaît, en manœuvres, apprécia le second du *Sovetsky*.

— Avec tout cet appareillage, un enfant pourrait le commander, maugréa Souslev.

C'était un barbu aux larges épaules, aux yeux marron profondément enfoncés dans un visage sympathique.

— Ces antennes, on dirait les nouveaux GE pour radar à très longue portée, continua-t-il. Tu ne crois pas, Vassili ?

Le technicien interrompit sa description pour répondre :

— Si, camarade capitaine. Mais regardez à l'arrière ! Il y a quatre appareils d'interception F5 sur le pont d'envol droit.

— En principe, ils ne devaient pas être mis en service avant l'année prochaine, fit observer le capitaine. Envoie un rapport séparé sur ce point dès que le porte-avions sera au bassin. Cette information, à elle seule, paie notre voyage et compense un peu la mort de Voranski.

— C'est de la folie de l'amener ici, dit le second. Ces Américains sont stupides.

— Une chance pour nous : cela nous facilite le travail.

Souslev déplaça ses jumelles le long du bâtiment américain, dont la puissance et la taille l'impressionnaient malgré lui.

— Il paraît qu'il ne s'est pas réapprovisionné en combustible depuis son lancement, en 1960.

La porte de la cabine-radio, voisine de la passerelle, s'ouvrit derrière le capitaine ; un opérateur s'approcha, salua et lui remit un câble en disant :

— Message urgent du centre, camarade capitaine.

Après un dernier coup d'œil au porte-avions, Souslev laissa les jumelles retomber sur sa poitrine et quitta la passerelle pour gagner sa cabine. Il referma la porte à clef derrière lui, ouvrit le petit coffre encastré dans une paroi, en sortit un carnet de déchiffrement, s'installa à son bureau, et décoda rapidement le message.

Il réfléchit un moment, les yeux fixant le vide, puis relut le câble, brûla l'original dans un cendrier et replaça le carnet dans le coffre. Il décrocha ensuite le téléphone.

— Passerelle ? Envoyez le camarade Metkin à ma cabine.

Il raccrocha et attendit, parcourant machinalement du regard la cabine en désordre, les photos encadrées posées sur son bureau : une femme corpulente au sourire affecté, un jeune homme en uniforme de la marine, une adolescente. Une raquette de tennis et un journal traînaient sur la couchette aux draps froissés.

On frappa, il alla ouvrir.

— Entre, Dimitri, dit-il à un homme petit et râblé, aux cheveux grisonnants.

C'était le commissaire politique du navire et, à ce titre, la plus haute autorité à bord après le capitaine. Il prit le câble décodé que lui tendait Souslev et lut : « Message prioritaire. À Gregor Souslev. Prenez immédiatement les fonctions de Voranski. Londres nous informe que CIA et MI-6 s'intéressent vivement à dossiers couverture bleue transmis à Ian Dunross, de Struan, par expert renseignement britannique AMG. Ordre à Arthur d'en obtenir une copie. Si Dunross les a détruits, envisager l'enlever et lui faire subir interrogatoire méthode chimique. »

— AMG ? Alan Medford Grant ? fit Metkin.

— Oui. Puisse-t-il rôtir en enfer !

Souslev sortit d'un placard une bouteille de vodka à moitié pleine et deux verres.

— Écoute, Dimitri, si je ne reviens pas, tu prends le commandement. Voici la clef du coffre, tu y trouveras des instructions.

— Laisse-moi y aller à ta place. Tu es plus impor...

— Tout ira bien, interrompit Souslev avec autorité.

Une autorité d'autant plus grande qu'en plus de ses fonctions de capitaine, il était secrètement directeur adjoint de la division 6 du KGB, responsable des opérations clandestines en Chine, en Corée du Nord et au Viêt-nam ; maître de conférence à l'école de contre-espionnage du département des Affaires étrangères de l'université de Wladivostok ; colonel du KGB et, surtout, dirigeant du Parti pour l'Extrême-Orient.

Metkin, qui naviguait avec lui depuis plusieurs années, ignorait d'où Souslev tirait son pouvoir et était parfois tenté de chercher à le savoir. Tu prends ta retraite dans un an, tu auras peut-être besoin d'amis puissants. Enfin, Souslev ou pas Souslev, tu vas goûter un repos mérité en

Crimée avec ta femme, et ton fils, en poste à Washington, viendra te voir de temps en temps.

Dieu le garde de trahir ou de commettre une erreur ! pensa-t-il. Et, comme à chaque fois qu'il invoquait le Seigneur, il fut envahi par la crainte que ses supérieurs ne découvrent sa foi et que ses parents, des paysans, l'avaient élevé religieusement. S'ils venaient à l'apprendre, plus de retraite en Crimée...

— Voranski était un agent de premier plan, dit Metkin, cachant, comme toujours, la haine qu'il avait éprouvée pour le faux matelot. Quelle erreur a-t-il commise ?

— On l'a trahi, mais nous retrouverons ses assassins et ils paieront, menaça le capitaine d'un air sombre. Et si je dois être le prochain à y passer...

Il haussa les épaules, vida son verre et partit d'un rire soudain.

— Bah ! Je mourrai pour la cause, pour le Parti et la Russie !

La chaleur de l'alcool dissipa quelque peu son angoisse et ses craintes. Il s'approcha du hublot, regarda en direction du porte-avions.

— Un sacré rafiot !

— Nous n'avons rien pour lutter contre un tel monstre, ou contre les F5.

Souslev revint à son bureau, remplit de nouveau les verres.

— Non, camarade, convint-il. Mais l'ennemi pourrait bien avoir une centaine de ces porte-avions, sans la volonté de vaincre, ils ne lui serviraient à rien.

— Les Américains sont imprévisibles, et ils ont les moyens de nous balayer de la surface du globe.

— Ils en ont les moyens mais ils ne le feront pas, ils n'ont pas de couilles ! Et bientôt nous leur mettrons le nez dans leur merde.

— Ce sera une guerre terrible.

— Non, elle sera courte et fera peu de victimes. Une fois l'Amérique vaincue, l'Occident s'écroulera, comme le cadavre en putréfaction qu'il est déjà.

— Peu de victimes ? Et leurs bombes A et H ?

— Ils n'oseront jamais les utiliser contre nous, ils ont trop peur des nôtres !

— Nous irions jusqu'à les utiliser ?

— Je ne sais pas, fit pensivement le capitaine en mettant

le feu au message décodé. D'ailleurs, je suis sûr que nous n'aurons même pas besoin de livrer bataille. Encore vingt ans de détente — à quel génie russe doit-on cette merveilleuse invention ? — et nous les surpasserons dans tous les domaines militaires. La mère Russie peut bien attendre encore vingt ans pour dominer le monde.

— Et la Chine ?

Souslev but puis se versa un troisième verre de vodka.

— C'est peut-être contre elle que nous ferons usage de l'arme nucléaire, répondit-il avec détachement. Cela réglerait une fois pour toutes le problème chinois.

— Revenons aux dossiers, suggéra Metkin.

— Nous n'aurons aucun mal à les prendre à Dunross. L'un de nos agents est de sa famille, un autre fait partie de ses associés. De quelque côté qu'il se tourne, il tombe sur Arthur et Sevrin. Nous avons infiltré la SI, le Parlement et même le gouvernement !

— Et s'il les détruit ?

— On dit qu'il a une mémoire prodigieuse : il suffira de le droguer et de l'interroger. Quand tu enverras ton rapport au centre, ce soir, demande-leur de tenir un expert à notre disposition, en cas de besoin. Koronski, de Vladivostok, par exemple.

Le regard de Metkin accrocha par hasard le gros titre du *Guardian* étalé sur la couchette. « La police arrête un suspect dans l'affaire des Loups-Garous. »

— Si nous devons enlever Dunross, pourquoi ne pas leur mettre ça sur le dos ? proposa-t-il. Et si on ne retrouve pas Dunross, notre homme pourrait devenir Taï-pan...

— Dimitri, tu es génial, gloussa Souslev.

Rosemont consulta sa montre et décida qu'il avait assez attendu.

— Roger, je peux me servir de votre téléphone ?

— Certainement.

L'Américain écrasa sa cigarette et composa le numéro de la CIA au consulat des États-Unis.

— Ici Rosemont, passez-moi le poste 2022... Chapman ? c'est Stan. Quoi de neuf ?

— Rien. Marty Povitz nous a signalé que trois types observent le *Corregidor* à la jumelle à bord de l'*Ivanov*. On prévient le commandant ?

— Non, inutile de le faire frétiller de la queue plus

que nécessaire. Dis-moi, Phil, nous avons eu confirmation pour notre 40-41 ?

— Oui, le câble est arrivé à... une seconde... à 16 h 03.

— Merci. À bientôt.

Rosemont raccrocha, alluma une autre cigarette.

— À quoi jouez-vous, Crosse ? fit-il avec une brusquerie qui gêna Langan. Vous avez reçu votre 1-4 A à 16 h 03, comme nous. Pourquoi nous faire lanterner ?

— J'ai mes raisons, répondit Crosse d'un ton badin.

— Moi, j'ai des instructions : il me faut les copies immédiatement !

— Désolé, Stanley.

— Vous voulez dire que vous ne vous conformez pas aux ordres reçus ?

— Pas pour le moment.

Rosemont se leva, s'approcha de la porte et lança avant de sortir :

— Ne vous étonnez pas si on vous passe un sacré savon !

Langan se leva à son tour et suivit son collègue. Aussitôt, Crosse appuya sur le bouton commandant le verrou de la porte puis arrêta le magnétophone. Il décrocha le téléphone, composa un numéro.

— Brian ? Des nouvelles de Dunross ?

— Non, monsieur.

— Attendez-moi en bas. Avec Armstrong.

Il raccrocha, sortit d'un tiroir un formulaire portant comme titre « ordre de détention selon la loi sur les secrets d'État », y inscrivit le nom de Ian Dunross et signa. Il détacha le premier exemplaire, le glissa dans sa poche et rangea l'autre dans le tiroir qu'il referma à clef. Puis il inséra un petit morceau de papier entre le cadre du bureau et le bord supérieur du tiroir, afin de savoir, à son retour, si on avait essayé de l'ouvrir. Satisfait, il sortit de la pièce.

23

17 h 45

Dans la salle de réunion de Struan, Dunross présidait le conseil d'administration de Nelson Trading.

— Non, Richard, désolé, je ne peux pas attendre jusqu'à demain.

— Pour vous, c'est la même chose ; pour moi, cela change tout, plaida le banquier.

Son regard interrogea les autres participants : Phillip Chen, Lando Mata et Tung-le-Zeppelin.

— Je ne suis pas d'accord, répliqua le Portugais sèchement. Tu n'as pas l'air de prendre cette ruée au sérieux !

Tung poussa un grognement et Dunross soupira. Sans lui, les autres membres du conseil d'administration se seraient jeté des obscénités à la figure, il le savait. Ils auraient crié, hurlé, comme dans toute négociation entre Chinois, et d'autant plus fort que l'affaire était d'importance. Mais la Noble Maison avait pour principe de tenir toutes les réunions du conseil d'administration en anglais, ce qui inhibait les Chinois et les privait d'une partie de leurs moyens — c'était naturellement le but recherché.

— Il faut régler la question maintenant, reprit Mata.

C'était un quinquagénaire au visage en lame de couteau dont le teint doré et les cheveux noirs trahissaient le sang chinois qu'il tenait de sa mère. Jamais Kwang n'osera révéler que je contrôle la banque avec Tung-l'Avare et Mo-le-Contrebandier, pensait-il en tambourinant sur la table de ses doigts longs et fins. La banque, c'est une chose, l'or, c'en est une autre.

— Pas question de laisser planer une menace sur nos lingots ! s'écria-t-il.

— Absolument pas, renchérit Tung-le-Zeppelin. Mon père a été clair : il veut son or !

— Nous en avons près de cinquante tonnes dans tes coffres.

— Plus de cinquante, corrigea Tung, le front luisant de sueur. Mon père m'a donné les chiffres exacts : 1 792 668 onces, 298 778 lingots de cinq taels.

Tung-le-Zeppelin était un homme replet de quarante ans aux petits yeux. Toujours vêtu avec élégance, il parlait anglais avec un accent distingué. Fils aîné de Tung-l'Avare, il tenait son surnom d'un film que son père avait vu le jour de sa naissance.

— C'est exact, Richard ? continua-t-il.

Kwang consulta ses papiers en songeant que s'il devait céder les lingots ce soir, la banque connaîtrait de graves difficultés. Si la nouvelle venait à se savoir — ce qui ne manquerait pas —, tout l'édifice serait ébranlé. Malgré la panique qui le gagnait, il garda une attitude calme.

— Votre or et votre argent sont en sécurité, assura-t-il. Nous sommes les banquiers de Nelson Trading depuis sa fondation et il n'y a jamais eu le moindre ennui. Nous avons pris de gros risques avec vous au début...

— Je t'en prie, Richard. Ce n'est pas une raison pour en prendre maintenant avec *notre* or ! riposta Mata.

Cet or appartenait à la Compagnie de la Chance de Macao, par ailleurs détentrice du monopole du jeu pour trente années. On estimait son actif à plus de deux milliards de dollars américains, dont 40 % appartenaient à Tung-l'Avare, 40 % à Lando Mata et 20 % aux héritiers de Mo-le-Contrebandier, mort l'année précédente. Et à nous trois, pensait Mata, nous possédons 50 % de la Ho-Pak que ce tas d'étrons a mis en danger par sa bêtise.

— Alors, navré, Richard, poursuivit le Portugais, je demande que Nelson Trading change de banque, au moins temporairement. Tung-l'Avare est très inquiet... et la famille Chin m'a donné procuration.

— Il n'y a rien à craindre, protesta Kwang. Haply écrit dans son nouvel article qu'il s'agit d'une panique sans fondement suscitée par des rumeurs mal...

— Possible, mais les Chinois croient aux rumeurs, et la ruée est bien réelle.

— Mon père croit aux rumeurs, confirma le Zeppelin. Il croit aussi à ce que lui dit Wu-Quatre-Doigts, et tu sais comment il est...

Oh, oui ! pensa Kwang. Ce vieux grigou se traînerait par terre pour trois sous.

— Je vous demande d'attendre un jour ou deux...

Dunross, qui avait déjà pris sa décision, laissait les autres s'exprimer pour la forme, Nelson Trading appartenant en majeure partie à Struan, qui faisait la pluie et le beau temps au conseil d'administration. Mais bien que le gouvernement lui eût accordé le monopole de l'importation d'or à Hong Kong, Nelson n'aurait pas rapporté un sou sans la Compagnie de la Chance, qui lui rachetait l'or.

La filiale de Struan touchait un dollar par once d'or importée pour la Compagnie et livrée à Macao, et un dollar sur chaque once exportée de Hong Kong. Nelson recevait en outre 10 % des profits réels de l'opération dont elle était l'inspiratrice et qu'elle avait proposée à la compagnie.

— Bon, fit le Taï-pan, signifiant que la discussion était close. Inutile d'attendre, j'ai pris des dispositions. Notre camion se présentera à ma banque à 20 heures précises.

— Pourquoi si tard ? demanda Mata. Il n'est pas encore 18 heures.

— Parce qu'il vaut mieux attendre la tombée de la nuit pour transporter cinquante tonnes d'or. Il pourrait y avoir des curieux.

— Vous pensez aux triades ? demanda Tung, inquiet. Je vais téléphoner à mon père de nous envoyer quelques gardes supplémentaires.

— Inutile, la police nous recommande de ne pas trop nous faire remarquer. Elle assurera notre protection discrètement.

— Est-ce que notre or ne risque rien à la Victoria Bank ? s'inquiéta Mata.

— Quand la Victoria fera faillite, il n'y aura plus de Colonie, répondit le Taï-pan en décrochant le téléphone.

Il composa le numéro de la ligne personnelle de Johnjohn à la banque.

— Bruce ? Ian. Nous aurons besoin de la chambre forte, à 20 h 30.

— Bien, je préviens nos services de sécurité. Vous utiliserez la porte latérale, celle de Dirk's Street. Richard est encore là ?

— Oui.

— Alors rappelez-moi plus tard, je serai chez moi. J'ai fait mon enquête, il est dans de sales draps. Mes amis chinois sont tous très inquiets : il y a même eu une mini-ruée sur la Moktung à Aberdeen. Bien entendu, nous avancerons à Richard tous les fonds nécessaires sur ses titres bancables mais, à votre place, je retirerais tout mon argent de la Ho-Pak.

— Merci, Bruce. À plus tard.

Après avoir raccroché, il se tourna vers Kwang :

— Richard, vous me ferez un billet à ordre pour solder le compte de Nelson Trading.

— Et un autre pour celui de mon père ! réclama le Zeppelin.

— Je vous les ferai parvenir dès demain.

— Ce soir, exigea Mata.

— Je n'ai pas assez de liquidités pour couvrir les trois. Même la banque d'Angleterre ne le pourrait pas ! explosa Kwang.

— Alors engage une partie de tes titres, répliqua Mata. Demande de l'aide à Havergill ou à Southerby, ils attendent ton coup de téléphone.

— Quoi ?

— Je leur ai parlé cet après-midi.

Kwang chercha une dernière échappatoire :

— Dans ce cas, rendez-vous à la banque dans une heure...

— Phillip vous accompagnera, c'est encore mieux, intervint Ian. Vous lui remettrez les trois billets à ordre et il les portera aussitôt à Blacs, qui les compensera à minuit, comme elle le fait chaque jour pour des quantités d'autres.

— Entendu, murmura le banquier en se levant. Vous venez, Phillip ?

Après le départ des deux hommes, il y eut un moment de silence.

— Ce pauvre Phillip a l'air effondré, dit enfin Mata.

— Rien d'étonnant, fit Tung. Le bruit court qu'il a commencé à négocier avec les Loups-Garous.

— À votre avis, la Ho-Pak est fichue ? questionna le Portugais.

— Oui, si Richard ne trouve pas les liquidités nécessaires, répondit Dunross. Dunstan a fermé tous ses comptes chez lui cet après-midi.

— Encore une rumeur qui se vérifie !

— J'en ai peur. Sa cote va chuter.

— Est-ce que cela aura des répercussions sur le boom que vous prévoyez ?

— Parce que je prévois un boom ?

— J'ai entendu dire que vous achetiez des Struan en grande quantité, de même que Phillip et sa *tai-tai*.

— C'est une opération que je conseillerais à n'importe qui. Notre cote est sous-évaluée.

Tung-le-Zeppelin, qui avait lui aussi entendu parler des achats massifs de la famille Chen, écouta plus attentivement.

— Vous avez vu les prédictions de Tung-l'Aveugle ? demanda-t-il. Il a l'air très sérieux.

En prenant connaissance ce matin de l'horoscope annonçant un boom, Dunross avait souri. Dianne Chen avait décidément beaucoup d'influence.

— Oui. L'Aveugle est un de vos parents, Zep ?

— Non, pas que je sache. J'espère que Richard va nous donner les billets. Mon père aura une attaque s'il manque un centime.

Le Taï-pan crut discerner une curieuse lueur dans le regard de Mata.

— Qu'y a-t-il ?

— Rien, répondit le Portugais. Zep, il vaudrait mieux que tu préviennes ton père le plus vite possible. Essaie de le joindre avec l'aide de Claudia.

— Tu as raison.

Le Chinois se leva et sortit.

— Alors, qu'y a-t-il ? répéta Dunross.

Mata hésita puis annonça à mi-voix :

— J'ai l'intention de transférer mes fonds de Macao et Hong Kong à New York.

Dunross le regarda avec consternation.

— Vous allez bousiller tout le système. Si vous vous retirez, les autres en feront autant : l'Avare, les Chin, Quatre-Doigts...

— Qu'est-ce qui est le plus important : le système lui-même ou l'argent ?

— Je tiens aussi au système.

— Vous vous êtes mis d'accord avec Par-Con ?

— Verbalement. Nous signons dans sept jours. Votre retrait nous ferait très mal, Lando, et ce qui est mauvais pour nous le serait aussi pour vous.

— J'y réfléchirai. Ainsi Par-Con s'installe à Hong Kong. C'est excellent, et si American Superfood réussit à absorber HK General Stores, ce sera une impulsion de plus pour le marché. Le vieux Tung-l'Aveugle n'exagère peut-être pas. Il lui est déjà arrivé de se tromper ?

— Je ne sais pas. Personnellement, je ne crois pas qu'il bénéficie des confidences du Tout-Puissant mais beaucoup de gens en sont convaincus.

— Un boom serait le bienvenu, reprit Mata. Nous pourrions même lui donner un coup de pouce...

— Quelle serait votre contribution ?

— Dix millions de dollars américains entre moi et les Chin — l'Avare ne sera pas intéressé, je le sais. Précisez-moi quand et comment.

— Un demi-million investi dans Struan mardi juste avant la clôture, le reste réparti entre Rothwell-Gornt, Asian Properties, Hong Kong Wharf, Hong Kong Power, Golden Ferry, Kowloon Investments et HK General Stores.

— Pourquoi mardi ? Pourquoi pas demain ?

— La ruée sur Ho-Pak fera chuter les cours. Si nous achetons mardi, avant la clôture, nous gagnerons une fortune.

— Quand annoncerez-vous l'accord avec Par-Con ?

Dunross marqua un temps avant de répondre :

— Vendredi, après la fermeture.

— Bon, je marche. Quinze millions au lieu de dix. Vous allez vendre des Ho-Pak en masse demain ?

— Naturellement. Lando, savez-vous qui est derrière la ruée ?

— Non, mais Richard a commis des imprudences. Les gens parlent, les Chinois sont à l'écoute des rumeurs et se méfient toujours des banques. À mon avis, Kwang va boire le bouillon.

— Nom de Dieu !

— C'est le *joss*. J'ai décidé de tripler nos importations d'or.

Le Taï-pan considéra le Portugais avec étonnement.

— Vous tournez déjà à plein régime. Si vous forcez, vous risquez un pépin.

— Quatre-Doigts et les autres assurent qu'ils peuvent en toute sécurité nous livrer d'importants chargements.

— Ne prenez pas de risques.

— Ian, écoutez-moi. Il y a des troubles en Indonésie, en Chine, en Inde, au Tibet, en Malaisie, à Singapour, aux Philippines. Les Américains s'engagent en Asie du Sud-Est, ce qui est excellent pour nous et désastreux pour eux. L'inflation va atteindre des sommets et, comme toujours, les hommes d'affaires avisés vont chercher à convertir en or leur papier monnaie. Nous devons être prêts à satisfaire cette demande.

— Qu'avez-vous entendu de précis, Lando ?

— Des bruits curieux. Par exemple que certains généraux américains souhaitent une confrontation avec les communistes et qu'ils ont choisi le Viêt-nam comme terrain.

— Les Américains n'y remporteront pas la victoire, la

Chine ne le permettrait pas. S'ils ouvraient n'importe quel livre d'histoire, ils apprendraient que la Chine franchit *toujours* ses frontières afin de protéger ses marches quand l'envahisseur approche.

— Et pourtant il y aura affrontement.

Dunross scruta le visage de Mata qui, grâce à son immense fortune et aux longues années consacrées à « l'honorable profession de négociant » — pour reprendre ses propres termes — avait ses entrées dans les milieux les plus fermés.

— Que savez-vous d'autre, Lando ?

— Le budget de la CIA a été doublé.

— Comment pouvez-vous détenir des informations aussi secrètes ?

— Les services secrets américains sont aussi étanches qu'une passoire. On retrouve la CIA partout dans le Sud-Est asiatique. Je crois même que certains de ses agents tentent de se faire une place dans le trafic d'opium au bénéfice des tribus montagnardes du Mékong, afin de les inciter à lutter contre le Vietcong.

— Sacré bon Dieu !

— L'argent américain coule à flots pour la construction d'aérodromes, de ports, de routes, à Okinawa, à Taiwan et surtout au Sud-Viêt-nam. Certaines familles jouissant de hautes relations politiques fournissent le ciment et l'acier nécessaires à des conditions très avantageuses.

— Lesquelles ?

— Cherchez du côté de la Nouvelle-Angleterre...

— Bon sang, vous êtes sûr ?

— J'ai même entendu dire qu'un prêt très important a été englouti dans la construction d'un aérodrome... qui n'existe pas. Les profits sont déjà énormes, vous pouvez tripler les livraisons dès demain, croyez-moi. Nos hydroglisseurs entreront en service le mois prochain et réduiront le trajet Hong Kong-Macao : de trois heures il passera à soixante-quinze minutes.

— Ce n'est pas plus sûr avec le Catalina ?

— Je ne pense pas. Les hydroglisseurs transporteront plus de lingots et leur vitesse leur permettra d'échapper à n'importe quel bâtiment, dans ces eaux.

— Une telle quantité d'or attirera toutes sortes de requins, fit remarquer Dunross. Ils afflueront du monde entier.

— Qu'ils y viennent — ils ne repartiront jamais. Nous avons le bras long, en Asie. Ian, nous sommes de vieux amis, je voudrais vous demander conseil.

— Volontiers.

— Croyez-vous au changement ?

— Dans le domaine des affaires ? Cela dépend, répondit aussitôt le Taï-pan. En près d'un siècle et demi, la Noble Maison a à la fois peu et beaucoup changé.

— Dans quelques semaines, les autorités de Macao seront tenues de remettre aux enchères la concession du jeu...

Dunross dressa immédiatement l'oreille. À Macao, toutes les affaires juteuses faisaient l'objet d'un monopole, accordé à la personne ou à la compagnie offrant le plus de royalties.

— ... La période de cinq ans va expirer. En principe, ces enchères sont ouvertes à tous mais, en pratique, nous effectuons une sévère sélection. Mon vieil associé Mo est mort, laissant pour seule descendance de jeunes débauchés qui préfèrent le midi de la France à l'Asie et le golf à l'avenir du Syndicat. C'est toujours la même histoire : un coolie sue sang et eau pour gagner de l'argent, économise, devient riche, investit dans la terre ; ses héritiers jettent l'argent par les fenêtres, hypothèquent les terres et la troisième génération vend les terres et finit ruinée ; la quatrième retombe au niveau du coolie...

Mata poussa un soupir avant de poursuivre :

— Mon vieil ami est mort et je n'ai aucune sympathie pour ses fils. Quant à l'Avare, il n'en a plus pour longtemps.

— Mais je l'ai vu il y a une semaine. Il m'a paru en bonne santé : frêle, certes, mais aussi pisse-vinaigre que d'habitude.

— Il est condamné, Ian. Je le sais parce que je lui ai servi d'interprète auprès des spécialistes portugais — il ne faisait pas confiance à ses fils. J'ai mis des mois à le convaincre de voir les médecins ; leur diagnostic est formel : cancer du côlon. Ils lui donnent un mois, deux au mieux. Le vieux les a agonis d'injures, traités de charlatans et a refusé de payer pour un diagnostic qu'il jugeait erroné...

Le Portugais eut un rire sans chaleur.

— Il possède plus de 600 millions de dollars américains mais il ne payera jamais la note du médecin, pas plus qu'il ne renoncera à la pipe d'opium qu'il fume à l'occasion, ou à ses décoctions d'herbes chinoises malodorantes et au goût infect. Il n'acceptera jamais le diagnostic d'un *quai loh*, vous le connaissez.

Dunross le connaissait effectivement très bien. Pendant les vacances scolaires, son père l'envoyait travailler chez certains de ses vieux amis, et Dunross se souvenait de l'été effroyable qu'il avait passé dans le sous-sol de la banque du syndicat, à Macao, s'efforçant de donner satisfaction à son mentor tandis que ses camarades de classe s'amusaient sur les plages. Mais à présent, il ne regrettait pas les mois passés auprès du vieux Chinois. Tung-l'Avare lui avait appris bien des choses sur l'argent : comment le gagner, comment le garder, comment le prêter.

Il se rappelait parfaitement le vieillard édenté aux yeux froids, analphabète tout juste capable d'écrire son nom, mais qui avait un ordinateur dans la tête et savait, au cent près, ce qu'on lui devait et quand l'emprunt arrivait à échéance. Le vieux Tung tourmentait les mauvais payeurs avec un tel acharnement qu'ils finissaient tous par s'acquitter de leur dette.

Cet été-là, le jeune Ian, qui avait treize ans, était devenu l'ami de Lando Mata, personnage mystérieux, évoluant déjà dans les milieux du pouvoir, silhouette étique apparaissant et disparaissant au gré de sa fantaisie, étrange Asiatique peu connu, rarement vu, toujours à l'arrière-plan, amassant d'incroyables richesses. Aujourd'hui encore, seule une poignée d'initiés connaissait son nom — sans parler de l'homme lui-même. Dunross lui-même n'avait jamais pénétré dans sa villa de la rue de la Fontaine-Brisée, une bâtisse basse et trapue cachée derrière de hauts murs d'enceinte et une grille en fer forgé. Nul ne savait qui il était vraiment, d'où il venait, qui étaient ses parents, et comment il avait obtenu les deux monopoles sur lesquels il avait édifié son immense fortune.

— Cette nouvelle me peine, fit le Taï-pan. Il avait le cœur sec mais il ne m'avait pas traité plus durement que ses propres fils, en définitive.

— Ils vont devenir riches, comme les Chin. Zeppelin héritera de cinquante à soixante-quinze millions de dollars américains.

— Le jeu rapporte des sommes colossales, remarqua Ian.

— Vous pensez que je devrais m'adapter ? demanda Mata, les yeux mi-clos.

— Pour le moment, seuls les jeux chinois sont permis : fan-tan, dominos et dés. Mais avec un nouveau groupe moderne, voyant loin et prêt à investir dans la construction d'un grand casino avec roulette, vingt-et-un, chemin de fer, voire passe anglaise, toute l'Asie affluerait à Macao.

— Y a-t-il des chances que le jeu soit légalisé à Hong Kong ?

— Aucune. Sans le jeu et le trafic de l'or, Macao mourrait, vous le savez mieux que moi, et les hommes d'affaires de Londres ou de la Colonie tiennent à l'éviter à tout prix. À nous les chevaux, à vous les tables de jeu.

Le Portugais tendit une feuille au Taï-pan en disant :

— Voici quatre groupes de trois noms qui pourraient participer aux enchères. J'aimerais connaître votre opinion.

Sans un regard pour la feuille, Dunross répondit :

— Vous voudriez que je vous conseille le groupe que vous avez déjà choisi ?

Mata s'esclaffa :

— Ian, vous me connaissez trop bien !

Le patron de Struan parcourut la liste rapidement.

— Ils sont tous riches et célèbres, fit-il observer.

— Et capables de gouverner un empire.

— Alors pourquoi mon nom n'y figure-t-il pas ? demanda Dunross en souriant.

— Abandonnez la Noble Maison, formez votre groupe et je vous garantis l'octroi du monopole. Ma part se monterait à 40 %.

— Désolé mais c'est impossible, Lando.

— En dix ans, vous porteriez votre fortune personnelle à un milliard de dollars.

— L'argent, murmura Dunross en haussant les épaules.

— *Moh ching moh meng !* Pas d'argent pas de vie !

— Il n'y a pas assez d'argent au monde pour me faire quitter la Noble Maison. Je vous propose un compromis : Struan dirigera les jeux pour vous, par l'intermédiaire d'hommes de paille.

— Non. C'est tout ou rien.

— Je comprends. Non, c'est impossible.

— Vous pourriez cependant nous être utile à titre personnel, en qualité... de conseiller.

— À condition que je choisisse le bon groupe ?

— Peut-être, répondit Mata en souriant.

Dunross s'interrogeait sur les risques d'une telle association. Entrer dans le syndicat du jeu de Macao, c'était autre chose que de devenir commissaire du club hippique.

— J'y réfléchirai.

— J'aimerais avoir votre réponse dans les quarante-huit heures, Ian.

— Entendu.

— Un dernier point : je ne crois pas que vous reverrez jamais votre ami Tsu-yan.

— Quoi ? s'exclama le Taï-pan, stupéfait.

— Il m'a téléphoné hier matin de Taipei, dans un état proche de l'affolement, pour me demander d'envoyer le Catilina le prendre. L'affaire était urgente, il m'expliquerait dès son arrivée à Macao.

Le Portugais considéra ses ongles manucurés et haussa les épaules.

— Tsu-yan est un vieil ami, je lui ai donc rendu ce service, mais il ne s'est pas présenté chez moi. Oh ! il était bien dans la vedette : mon chauffeur, que j'avais chargé d'aller le chercher à quai, lui a même parlé. D'après lui, Tsu-yan était déguisé en coolie : vêtements sales et rapés, chapeau de paille. Il a marmonné qu'il viendrait me voir plus tard puis s'est précipité dans le premier taxi comme s'il avait tous les diables à ses trousses.

— Vous êtes sûr que c'était bien lui ?

— Certain, il est très connu. Par bonheur, mon chauffeur, un Portugais, est capable de prendre des initiatives. Il a filé le taxi, qui a pris la direction du nord et s'est arrêté près de la barrière. Tsu-yan est descendu, il a couru vers la Chine et s'est rué dans le poste de garde des soldats de la RPC.

Dunross fixait Mata d'un regard incrédule : Tsu-yan était l'un des hommes d'affaires les plus notoirement anticommunistes de Hong Kong et de Taiwan. Avant la révolution, il avait même été une sorte de petit seigneur de la guerre dans la région de Shanghai.

— La RPC ne lui réservera pas un bon accueil, il figure probablement sur leur liste noire.

— À moins qu'il ne travaille pour eux, insinua Mata.

— Ce n'est pas possible.

— Tout est possible, en Chine.

Vingt étages plus bas, Roger Crosse et Brian Kwok descendaient d'une voiture de police, suivis par Robert Armstrong. Un agent de la SI en civil s'avança à leur rencontre et annonça :

— Dunross est toujours dans son bureau.

Robert Armstrong demeura dans l'entrée, tandis que ses deux collègues se dirigeaient vers l'ascenseur. Ils sortirent au vingtième étage.

— Bonsoir, messieurs, dit Claudia Chen en souriant à Brian.

Tung-le-Zeppelin, debout près du téléphone, sursauta en reconnaissant les deux policiers.

— Mr. Dunross m'attend, fit Crosse.

— Certainement.

La secrétaire décrocha son téléphone, enfonça un bouton.

— Mr. Crosse vient d'arriver, Taï-pan.

— Introduisez-le dans une minute, répondit Ian.

Il raccrocha, se tourna vers Mata :

— Crosse est ici. Si je ne vous vois pas à la banque ce soir, rendez-vous demain matin.

Mata se leva, traversa la pièce et sortit par une porte dérobée encastrée dans les rayonnages de livres donnant sur un escalier qui conduisait à l'étage inférieur.

Après le départ du Portugais, Dunross rangea ses papiers puis se renversa sur son fauteuil, les yeux braqués sur la porte, le cœur battant un peu plus vite que la normale. La porte s'ouvrit, Crosse et Kwok entrèrent, Claudia referma derrière eux.

— Bonsoir, leur lança le Taï-pan.

— Les dossiers, s'il vous plaît, Ian, réclama Crosse.

— Certainement, mais, d'abord, je veux voir le gouverneur.

— D'abord les dossiers.

Crosse sortit le mandat de sa poche tandis que Dunross décrochait le téléphone. Après quelques instants d'attente, le Taï-pan dit dans l'appareil :

— Bonsoir, Excellence. Crosse est ici... oui... oui, je vous le passe.

Le directeur de la SI hésita et finit par prendre le téléphone que lui tendait Dunross.

— Ici Crosse... oui, Excellence... Très bien.

Il raccrocha et se tourna vers Ian :

— Qu'est-ce que vous mijotez encore ?

— Rien. Je suis prudent, voilà tout.

— Si vous ne me donnez pas les dossiers, je ferai usage de ce mandat, gouverneur ou pas, menaça Crosse en agitant le papier sous les yeux du Taï-pan.

Dunross soutint le regard du policier et répondit :

— Je vous en prie.

— Vous l'aurez cherché, Ian Dunross ! explosa le directeur de la SI. Navré mais vous êtes en état d'arrestation !

Les muscles des mâchoires du Taï-pan saillirent quelque peu.

— Bon, mais d'abord, nous verrons bel et bien le gouverneur !

24

18 h 20

Laissant Brian Kwok près de la voiture de police, le Taï-pan et Roger Crosse traversèrent l'étendue de gravier blanc menant à la porte principale du palais du gouverneur. Un jeune officier de marine en uniforme les accueillit avec déférence et les conduisit dans une antichambre au mobilier raffiné.

Son Excellence sir Geoffrey Allison, DSO, OBE[1], approchait la soixantaine et avait les cheveux d'un blond roux. En dépit de ses manières courtoises, c'était un homme dur et inflexible. Assis derrière un bureau ancien, il invita ses visiteurs à prendre place dans les fauteuils lui faisant face puis attaqua sans préambule :

— Roger, il semble que nous ayons un problème : Ian détient légalement quelque chose que vous lui réclamez et qu'il rechigne à vous céder.

— Que je lui réclame *légalement*, précisa le directeur de la SI. Londres m'a autorisé à faire usage de la loi sur les secrets d'État.

— Oui, je sais, j'ai parlé au ministre il y a une heure.

1. Décorations britanniques *(N.d.T.)*

Il considère — et je partage son opinion — que nous ne pouvons guère arrêter Ian et fouiller la Noble Maison. Ce ne serait ni efficace ni très avisé, quel que soit notre désir de mettre la main sur les dossiers d'AMG. Je ne pense pas non plus qu'il soit souhaitable de recourir à l'arsenal de l'espionnage traditionnel pour les obtenir, vous ne croyez pas ?

— Si Ian accepte de coopérer, rien de tout cela ne sera nécessaire, répondit Crosse.

— C'est bien mon avis. Ce matin, Ian m'a expliqué les raisons pour lesquelles il se montre aussi, aussi prudent... Raisons tout à fait valables, à mon sens, et le ministre partage mon point de vue. Roger, je vous serais reconnaissant de découvrir au plus vite qui est la taupe infiltrée dans ma police et qui sont les agents du réseau Sevrin. Ian a eu l'amabilité de me communiquer le rapport que vous avez intercepté...

Le gouverneur plissa le front et poursuivit :

— Si je me souviens bien, on y recommande de transmettre ces révélations au directeur de la police ou au gouverneur s'ils sont *dignes de confiance* ! Dieu Tout-Puissant ! Où allons-nous ?

— Je n'en sais rien, Excellence.

— C'est votre travail de le savoir, Roger. Qui pourrait être la taupe ?

— Vous, moi, Armstrong — n'importe qui, répondit instantanément Crosse. Je crois que cet homme s'est incrusté si profondément qu'il a probablement oublié qui il est vraiment et à qui va en fait sa loyauté. Il est habile, comme tous les membres du réseau Sevrin : malgré l'efficacité de la SI et de la CIA, nous n'avions pas même soupçonné leur existence.

— Comment comptez-vous le démasquer ? demanda Dunross.

— Aucune idée. Par définition, il est au-dessus de tout soupçon, et, pourtant, c'est un espion. Il faudrait un coup de chance, une erreur de leur part.

— Ian m'a assuré que les autres dossiers ne fournissent aucun indice sur leur identité, intervint le gouverneur. Ils ne nous seraient donc d'aucune aide dans l'immédiat.

— Ils nous aideraient dans d'autres domaines, objecta Crosse.

— Je le sais, reprit sir Geoffrey d'un ton qui signifiait : fermez-la, laissez-moi finir.

Après un silence, il ajouta :

— Le problème est donc simplement d'obtenir la coopération de Ian et, je le répète, je comprends sa prudence. Philby, Burgess et MacLean nous ont donné une belle leçon. Je dois l'avouer, chaque fois que je téléphone à Londres, je me demande si je ne parle pas à un traître... Bon, passons. Ian, voudriez-vous exposer à Roger à quelles conditions vous remettriez les dossiers d'AMG ?

— Je les remettrais personnellement au chef du MI-5 ou du MI-6 — ou à leur adjoint — si Son Excellence me garantit par écrit que cet homme exerce bien les fonctions dont il se réclame.

— Le ministre serait d'accord ? demanda Crosse au gouverneur.

— Si vous l'êtes vous-même.

Là encore, le ton de sir Geoffrey indiquait clairement au directeur qu'il ferait bien de l'être.

— Mr. Sinders a accepté ces conditions ?

— Il arrive vendredi — si la BOAC y met de la bonne volonté.

Crosse se tourna vers Dunross :

— Il vaudrait peut-être mieux que je garde les dossiers d'ici là. Vous les mettriez dans un paquet cacheté et...

— Non, dit Dunross en secouant la tête. Ils ne risquent rien jusqu'à la livraison.

— Si je suis au courant de leur existence, d'autres peuvent l'être, argua le policier. Nous devons savoir où ils se trouvent et assurer leur protection vingt-quatre heures sur vingt-quatre.

— Cela me paraît acceptable, intervint le gouverneur. Qu'en pensez-vous, Ian.

Après un temps de réflexion, le Taï-pan répondit :

— Ils sont dans un coffre, à la Victoria.

Le visage de Crosse s'empourpra lorsque Dunross posa sur le bureau une clef dont le numéro avait été soigneusement limé.

— Il y en a un bon millier à la banque, poursuivit-il. Moi seul connais le numéro. Sir Geoffrey, je vous en confie l'unique clef... Voilà, je ne peux faire davantage.

— Roger ?

— Si vous êtes d'accord...

— Ils sont en sécurité : impossible de forcer tous les coffres de la Victoria. Bon, cette affaire est réglée et le mandat est annulé... Dites-moi, Ian, les négociations avancent, avec Par-Con ?

— J'espère pouvoir vous faire un rapport favorable la semaine prochaine.

— Excellent. L'implantation de quelques grandes firmes américaines à Hong Kong serait une bonne chose. À propos, la délégation parlementaire britannique arrive de Pékin demain. Je donne une soirée jeudi pour ses membres — vous êtes invité, naturellement.

— Un « dîner de garçons » ?

— Oui, bonne idée.

— De mon côté, je les inviterai aux courses samedi ; s'ils sont trop nombreux pour tenir tous dans ma loge, le reste occupera celle de la banque.

— Merci, Ian. Roger, si vous voulez bien m'accorder quelques instants...

Dunross prit congé et sortit. Bien qu'il fût venu avec Crosse dans la voiture de police, sa Rolls l'attendait dehors.

— Alors ? lui demanda Kwok lorsqu'il passa près de lui.

— Votre patron vous mettra au courant.

— Il en a pour longtemps ?

— Sais pas. Golden Ferry, ordonna le Taï-pan d'un ton sec à son chauffeur.

Sir Geoffrey versait un excellent sherry dans une délicate et transparente tasse en porcelaine.

— Cette affaire AMG m'effraie, Roger, et je m'aperçois que je ne suis pas encore habitué aux coups fourrés de l'ennemi — même après tant d'années.

Le gouverneur avait fait toute sa carrière dans le corps diplomatique, à l'exception des années de guerre, pendant lesquelles il avait été officier d'état-major dans l'armée britannique. Il parlait russe, mandarin, français et italien.

— Je vous suggère de placer deux hommes dans la salle des coffres : un de la SI, un autre de la criminelle pour plus de sûreté. Parallèlement, vous exercerez une surveillance — discrète, bien entendu — sur le Taï-pan.

— C'est déjà fait, répondit Crosse saisissant avec appréhension la tasse fragile que lui tendait le gouverneur. Vous a-t-il appris s'il avait relu les dossiers récemment ? Hier soir, par exemple ?

Le front plissé, sir Geoffrey fit appel à sa mémoire.

— Attendez... Voici les propos exacts qu'il m'a tenus ce matin : « Quand j'ai lu les rapports d'AMG pour la première fois, j'ai pensé qu'il exagérait sur certains points mais à présent... » Oui, cela pourrait signifier qu'il les a relus. Pourquoi ?

— J'ai souvent entendu dire qu'il a une mémoire remarquable... Le KGB pourrait avoir l'idée de l'enlever.

— Grand Dieu ! vous les croyez capables d'une telle stupidité ?

— Tout dépend de l'importance qu'ils accordent aux dossiers, répondit Crosse d'une voix neutre. La surveillance exercée sur le Taï-pan pourrait aussi être dissuasive et nous ferions alors en sorte de ne pas trop la cacher. Vous pourriez lui en toucher un mot ?

— Certainement, fit le gouverneur en griffonnant une note sur son bloc.

Crosse observait au soleil couchant la transparence bleutée de la porcelaine qui semblait faire ressortir l'or du sherry.

— Je trouverai Arthur et les autres, promit-il. Vous pouvez compter sur moi.

— Je n'ai pas d'autre solution, je le crains. Par ailleurs, il va falloir aviser le Premier ministre et les chefs d'état-major.

— Ce qui multipliera les risques de fuite.

— J'ai obtenu un délai du ministre : vous avez quatre jours, Roger. Après, il transmettra. Du nouveau sur Bartlett et miss Casey ?

— Non, Excellence. Il semble qu'il y ait un rapport entre Bartlett et Banastasio, nous ne savons pas encore de quelle nature. En outre, Casey et son patron se sont rendus à Moscou le mois dernier.

— Ah ! fit sir Geoffrey en remplissant de nouveau les tasses. Qu'avez-vous fait pour ce pauvre Voranski ?

— J'ai prévenu son capitaine, il a récupéré le corps, répondit le policier, qui résuma ensuite son entrevue avec Rosemont et Langan.

— Nos cousins deviennent intelligents, dirait-on, commenta le gouverneur. Je vous conseille de retrouver les deux tueurs avant le KGB... et la CIA.

— J'ai placé des hommes autour de la maison. Dès qu'ils réapparaîtront, nous les arrêterons et nous les mettrons au secret. D'autre part, j'ai renforcé la surveillance de l'*Ivanov*. Plus personne ne réussira à passer à travers les mailles du filet, je vous le promets.

— Le directeur de la police a également demandé à la criminelle de se montrer plus vigilante. Roger, je vais envoyer une note au ministre concernant votre refus d'obéir à l'instruction 1-4 A ; il s'agit simplement de calmer les Américains, dont le représentant à Londres chargé de la liaison avec nos services doit fulminer.

— Si je puis me permettre : il vaut peut-être mieux ne pas mentionner que nous ne sommes pas encore entrés en possession des dossiers. Cette information-là aussi pourrait tomber dans de mauvaises mains.

— Reste le problème de l'*Ivanov*, fit sir Geoffrey. Ce matin, Pékin m'a fait savoir que sa présence à Hong Kong les préoccupe gravement.

Le représentant officieux de la République populaire de Chine à Hong Kong était l'un des vice-présidents de la Banque de Chine, par laquelle s'effectuaient tous les échanges avec l'étranger, notamment le ravitaillement de l'île, source de millions de dollars pour les Chinois. La Grande-Bretagne considérait en effet que Hong Kong était terre britannique, colonie de la Couronne, et ne pouvait à ce titre accueillir de représentant *officiel* de la Chine communiste.

— Leur porte-parole m'a même suggéré d'exiger qu'il quitte le port, poursuivit le gouverneur. Je l'ai remercié de son conseil et je lui ai dit que j'en référerais à mes supérieurs... en temps utile. Par contre, la présence du porte-avions américain ne le contrarie apparemment pas.

— C'est curieux.

— Faut-il y voir l'indice d'un changement important en matière de politique étrangère, d'un désir de paix avec les États-Unis ? Je n'arrive pas à y croire. En tout cas, si les Chinois apprennent par une fuite l'existence du réseau Sevrin, ils vont pousser les hauts cris — à juste titre.

Le gouverneur s'assit près d'une fenêtre et contempla les pelouses soigneusement entretenues, le jardin à l'anglaise, les buissons et les massifs de fleurs de son parc, protégé de l'extérieur par un haut mur blanc. Son épouse, accompagnée par un jardinier chinois à la mine désapprobatrice, composait un bouquet. Sir Geoffrey la suivit un moment des yeux. Ils étaient mariés depuis trente ans, avaient trois enfants, mariés eux aussi, et vivaient en harmonie, satisfaits l'un de l'autre.

— Des traîtres, encore et toujours, murmura-t-il sombrement. Les Soviétiques sont passés maîtres dans l'art de les utiliser. Ce n'est pas difficile pour eux de répandre çà et là un peu de poison, d'affoler les Chinois, qui souffrent déjà de xénophobie aiguë ! Oh ! oui, rien de plus facile que de compromettre notre position !... Que comptez-vous faire au sujet du général Jen et de ses agents nationalistes clandestins ?

— Rien, ils sont sur écoute depuis des mois. Il vaut mieux laisser tranquilles des agents connus que d'avoir à repérer leurs remplaçants.

— Le ministre m'a demandé d'assurer la sécurité de la délégation parlementaire avec efficacité et discrétion. Certains de ses membres pourraient entrer au gouvernement en cas de victoire des travaillistes ; autant que la Colonie leur fasse bonne impression.

— Vous croyez que le Labour a une chance ?

— Je ne me mêle pas de ce genre de questions, fit le gouverneur d'un ton réprobateur. Je ne m'occupe pas de politique, je représente Sa Majesté la Reine. Je considère cependant que la philosophie socialiste de leur aile gauche est absolument contraire au mode de vie anglais. Certains d'entre eux aident l'ennemi, consciemment ou pas. Puisque nous avons abordé ce sujet, pensez-vous qu'il se trouve parmi nos invités parlementaires des personnes posant problème ?

— Cela dépend de ce que vous entendez par là. Deux d'entre eux sont des syndicalistes appartenant à l'aile gauche travailliste, des députés sans portefeuille qui donnent l'impression de vouloir tout avaler : Robin Grey et Lochin Donald McLean. Ce dernier ne cache pas ses sympathies pour le Parti communiste britannique et il figure en bonne place sur notre liste de personnes à surveiller. Tous les autres travaillistes sont des modérés, de même que les conservateurs. Hugh Guthrie, le représentant du Parti libéral, est au contraire un partisan à tout crin de l'impérialisme.

— Vous avez d'autres renseignements sur les deux premiers ?

— McLean est un ancien mineur, fils de mineur, qui

a longtemps milité dans les syndicats écossais. Robin Grey était capitaine dans l'infanterie.

— Il est rare de trouver d'anciens officiers parmi les syndicalistes de gauche, fit observer sir Geoffrey.

— Plus rare encore qu'ils soient apparentés à un Taï-pan.

— Hein ?

— Robin Grey est le frère de Penelope Dunross.

— Dieu du ciel ! s'exclama le gouverneur, sidéré. Pourquoi Ian ne m'en a-t-il pas parlé ?

— Il n'est peut-être pas très fier de son beau-frère. Mr. Grey est tout l'opposé de Mrs. Dunross.

— Vous êtes sûr de votre information ?

— Absolument. C'est Brian Kwok qui a fait cette découverte en vérifiant les renseignements personnels demandés pour le visa chinois. Il a remarqué que Grey avait une sœur, prénommée Penelope, domiciliée au château Avisyard, à Ayr, et s'est souvenu que c'était l'adresse de la famille Dunross.

Crosse sortit de sa poche un étui à cigarettes.

— La fumée vous dérange, Excellence ?

— Non, allez-y.

— Merci. Une petite enquête nous a permis d'établir rapidement que Robin Grey s'est brouillé avec sa sœur juste après la guerre. Fait prisonnier à Singapour en 42, le capitaine Grey a été détenu à Changi et est rentré en Angleterre en 45, alors que Penelope était mariée à Dunross depuis déjà deux ans. Les histoires de famille ne nous regardent pas mais il semble que la brouille ait...

Crosse s'interrompit en entendant un léger coup frappé à la porte.

— Oui ? fit sir Geoffrey avec humeur.

La porte s'ouvrit sur le jeune officier de marine.

— Excusez-moi, Excellence, lady Allison m'a prié de vous prévenir qu'on vient de rétablir l'eau.

— Ah ! très bien, merci.

Comme le policier se levait, le gouverneur l'invita à se rasseoir.

— Finissez donc, Roger, ce n'est pas à quelques minutes près — encore que je commençais à m'impatienter. Voulez-vous prendre une douche avant de partir ?

— Merci, mais nous avons nos propres réservoirs d'eau au QG de la police.

— Je l'avais oublié. Reprenez.

— La brouille semble être grave puisqu'ils ne se sont apparemment pas revus depuis la guerre. Un ami de Grey confiait il y a quelques jours, à l'un de nos hommes, qu'à sa connaissance Robin Grey n'a pas d'autres parents vivants. Le frère et la sœur doivent vraiment se haïr.

— Enfin, comme vous le disiez, cela ne nous regarde pas, conclut le gouverneur.

Il vida sa tasse et la reposa d'un geste appuyé qui fit comprendre à Crosse que l'entretien était terminé. Le policier se leva, remercia le gouverneur et sortit. Resté seul, sir Geoffrey poussa un soupir, demeura un moment pensif puis décrocha le téléphone de sa ligne spéciale et donna à la standardiste le numéro personnel du ministre.

— Ici Geoffrey Allison. Il est là ?

Au bout de quelques secondes, la voix du ministre retentit dans l'appareil :

— Bonsoir, Allison !

— Bonsoir, monsieur le Ministre. Je viens de voir Roger : la cachette et Dunross lui-même seront étroitement gardés. Mr. Sniders est en route ?

— Il arrivera chez vous vendredi. J'espère que le regrettable accident survenu au marin n'aura pas de répercussions ?

— Non, non. Tout est en ordre.

— Le Premier ministre était inquiet.

— Je le comprends. Au sujet de l'instruction 1-4 A... il vaudrait peut-être mieux ne rien dire à nos amis pour le moment.

— Ils m'ont déjà fait part de leur mécontentement... Bon, par chance, nous allons avoir un long week-end : j'attendrai lundi pour les informer et rédiger le blâme.

— Merci, monsieur le Ministre.

— Dites-moi, Geoffrey, ce sénateur américain que vous avez chez vous en ce moment, il faudrait lui fournir un guide.

Le gouverneur fronça les sourcils : fournir un guide signifiait en langage codé « surveiller très attentivement ». Le sénateur Wilf Tillman, candidat possible aux prochaines élections présidentielles, faisait escale à Hong Kong avant de se rendre à Saigon, à la tête d'une commission d'enquête autour de laquelle la presse avait fait beaucoup de battage.

— Je m'en occupe immédiatement, promit le gouverneur, impatient d'aller prendre une douche. Y a-t-il d'autres problèmes ?
— Non. Envoyez-moi simplement une note sur le programme du sénateur.
Un « programme », autrement dit un rapport détaillé.
— Quand vous aurez le temps, ajouta le ministre.
— Vous l'aurez sur votre bureau vendredi.
— Merci, Geoffrey. Vous me rappelez demain à l'heure habituelle.
Le gouverneur raccrocha d'un air songeur. Bien que ses entretiens téléphoniques avec Londres fussent brouillés au départ puis rétablis à l'arrivée par un procédé électronique, il faisait toujours preuve d'une grande prudence car l'ennemi disposait des appareils d'écoute les plus perfectionnés au monde. Lorsque la conversation, téléphonique ou autre, portait sur des questions vraiment secrètes, il descendait au sous-sol, dans la pièce aux murs de ciment que des experts inspectaient chaque semaine afin d'y déceler la présence d'éventuels micros.
Quelle barbe ces précautions qu'on croirait tirées d'un roman d'espionnage ! songea-t-il... Roger ? Impensable, et pourtant il y a bien eu Philby...

25

18 h 30

Le capitaine Gregor Souslev adressa un joyeux signe de la main aux policiers gardant les grilles et sortit des chantiers navals de Kowloon, suivi par deux inspecteurs en civil. Le Soviétique, qui portait un costume bien coupé, attendit un moment sur le trottoir puis arrêta un taxi et y monta. Lorsque la voiture redémarra, une petite Jaguar grise, dans laquelle se trouvaient le sergent Lee et un de ses collègues de la criminelle, prit son sillage.
Le taxi descendit Chatham Road, artère toujours encombrée longeant la voie ferrée, puis tourna dans Salisbury Road, à l'extrémité sud de Kowloon, passa devant la gare et s'arrêta près du débarcadère du Golden Ferry. Souslev

régla le chauffeur et gravit d'un pas alerte le perron de l'hôtel Victoria and Albert. Le sergent Lee l'imita tandis que l'autre inspecteur garait la Jaguar de la police.

Dans l'immense hall au haut plafond tarabiscoté, où des ventilateurs désuets brassaient l'air, Souslev chercha une table libre, s'installa, commanda une double vodka d'une voix forte et se mit à lire un journal. C'était l'heure du cocktail et de nombreux clients — européens pour la plupart — bavardaient en prenant un verre.

Une fille s'approcha de la table de Souslev.

— Salut, dit-elle.

— Ginny, *doragaya !* s'écria le Russe en se levant.

Il la prit dans ses bras et la souleva de terre sous le regard désapprobateur de toutes les clientes, et envieux de tous les clients.

— Toi en retard, lui reprocha la fille avec un mouvement de la tête qui fit danser ses cheveux courts.

Elle s'assit à la table, consciente des yeux braqués sur elle, tout à la fois ravie et ulcérée d'être au centre de l'attention.

— Pourquoi me faire attendre ? continua-t-elle. Une dame convenable pas attendre toute seule au Victoria, *heya ?*

— Tu as raison, *golubchik !* rugit Souslev en tirant de sa poche un paquet plat. Tiens, je t'ai ramené ça de Vladivostok.

— Oh ! grand merci !

Ginny Fu, qui avait vingt-huit ans, travaillait presque tous les soirs au Bar des Joyeux Buveurs, dans une ruelle donnant sur Mong Kok. Dans la journée, elle remplaçait ses amies derrière le comptoir de minuscules échoppes quand elles étaient occupées avec un client. Elle avait des dents éclatantes, des yeux d'un noir de jais, comme ses cheveux, un teint doré et de longues jambes gainées de bas sous un *chong-sam* de couleur criarde.

Elle glissa le présent dans son sac et releva la tête au moment où le serveur apportait la vodka de Souslev avec la moue méprisante que tous les Chinois réservent à leurs jeunes compatriotes qui fréquentent des *quai lohs*. Encore une putain de bas étage, se disait-il. Aucune autre femme n'accepterait de s'asseoir en public à la table d'un étranger. Il posa le verre devant le Soviétique et dévisagea Ginny Fu avec une insolence délibérée.

— *Diou ne lo mo* sur tes pourceaux d'ancêtres, murmura-t-elle en cantonais populaire. Mon mari est 489 dans la police, si je lui parle de toi, il viendra arracher de ton corps puant les cacahuètes qui te servent de couilles !

— Hein ? bredouilla le serveur en blêmissant.

— Apporte-moi du thé bien chaud, et si tu craches dedans, mon mari fera un nœud au fêtu de paille qui te sert de verge !

Il déguerpit.

— Que lui as-tu dit ? demanda Souslev, qui ne connaissait que quelques mots de cantonais.

— Apporter du thé, répondit la jeune femme avec un sourire suave. Prochaine fois, pas rendez-vous ici, trop de gens méchants, ajouta-t-elle en faisant la grimace à un groupe de vieilles Anglaises qui la toisaient. Trop de vieilles peaux puantes !

Elle gloussa en voyant les Anglaises rougir et détourner les yeux.

— Merci tellement pour le cadeau, Gregor.

Souslev savait que les bonnes manières chinoises interdisaient à Ginny d'ouvrir le paquet devant lui. Ainsi évitait-on des situations embarrassantes : celui qui recevait le cadeau n'avait pas à cacher son éventuelle déception ; celui qui l'offrait ne risquait pas d'être blessé par la froideur des remerciements de l'autre.

— Tu as l'air en forme, dit-il.

— Toi aussi.

Cela faisait trois mois que Souslev n'était pas revenu à Hong Kong, et bien qu'il eût à Vladivostok une autre maîtresse, fille d'une Russe blanche et d'un père chinois, il revoyait toujours Ginny Fu avec plaisir.

— Gregy, finir le verre, murmura-t-elle avec un sourire aguichant. On commence la fête. Toi, tu as vodka, moi j'ai autre chose !

— Ça tu peux le dire, *golubchik !*

— Combien de jours tu restes ?

— Au moins trois mais...

La Chinoise s'efforça de cacher sa déception.

— ... il faudra que je retourne plusieurs fois au navire, acheva le Soviétique. Mais cette nuit, je reste avec toi, et les étoiles vont scintiller !

Le serveur apporta le thé avec empressement.

— Hum ! fit Ginny Fu en le fusillant du regard. Il est

froid et sans goût, je le vois tout de suite. Pour qui tu me prends ? Pour un tas de viande de chien, une étrangère ? Je suis une personne civilisée des Quatre Provinces que son père, après s'être ruiné au jeu, a vendue comme concubine à ce chef de la police des diables d'étrangers. Alors va pisser dans ton galurin ! conclut-elle en se levant.

Le serveur recula d'un pas.

— Que se passe-t-il ? demanda Souslev.

— Pas payer pour le thé, Gregy ! dit la Chinoise d'un ton impérieux. Pas donner pourboire !

Le capitaine paya quand même, la prit par le bras et sortit de l'hôtel. Ginny Fu relevait le menton pour marquer son mépris à tout le personnel chinois, même au petit groom qui lui ouvrit la porte et qui ressemblait tant au jeune frère qu'elle avait à sa charge.

Dunross, qui montait les marches du perron, s'écarta pour les laisser passer, une lueur amusée dans le regard, puis pénétra dans le hall. Il se dirigeait vers le téléphone quand il aperçut à une table Jacques de Ville et sa femme, qui regardaient tous deux dans le vide, le visage fermé. Ce pauvre Jacques s'est encore fait prendre, elle vient de lui faire la leçon sur ses infidélités, devina-t-il. En temps ordinaire, il les aurait laissés à leur scène de ménage, semblant ne pas les voir, mais quelque chose le poussa à aller les saluer.

— Bonsoir Jacques, bonsoir Susanne. Comment allez-vous ?

— Oh ! bonsoir Taï-pan, fit Jacques en se levant. Vous prenez un verre ?

— Non, merci, je n'ai pas le temps.

Remarquant alors la souffrance peinte sur le visage de son ami, il se rappela l'accident survenu en France à sa fille Avril et à son gendre.

— Que s'est-il passé ?

— Avril m'a téléphoné de Cannes au moment où je quittais le bureau. Elle m'a expliqué en sanglotant qu'elle essayait de me joindre depuis deux jours, que Borge était mort. Elle a répété plusieurs fois en bredouillant « Mon Borge est mort ! » puis elle a raccroché. Nous savons qu'elle est dans un hôpital à Cannes, et Susanne part par le premier avion. Le vol a du retard... nous attendons. J'ai demandé à la réception d'essayer de rappeler Cannes mais je ne crois pas qu'ils obtiendront la communication.

Dunross ressentit un pincement au cœur en pensant qu'Avril avait l'âge d'Adryon et qu'il aurait pu arriver la même chose à sa fille.

— Je suis désolé, compatit-il. Susanne, pourquoi ne pas nous confier le bébé ? Jacques pourrait partir avec vous — je m'occuperais de tout.

— Non, il vaut mieux que j'y aille seule, répondit-elle. Jacques aura les *amahs* pour l'aider... C'est trop injuste ! gémit-elle soudain, les yeux inondés de larmes.

— Penn passera chez vous tous les jours pour s'assurer que le bébé ne manque de rien, promit Ian. Ne vous faites pas de souci. Jacques, quand vous aurez mis Susanne dans l'avion, retournez au bureau, envoyez un télex à notre agent de Marseille pour qu'il réserve une suite au Capitole et se mette à la disposition de votre femme pendant son séjour. Vous lui demanderez également de me faire demain, par téléphone, un rapport détaillé sur l'accident, les circonstances, le chauffeur de l'autre voiture, etc.

— Bien.

— Ça ira, vous êtes sûr ?

— Oui, merci, répondit de Ville en se forçant à sourire.

Le Taï-pan s'éloigna conscient que jusqu'à présent sa famille avait été épargnée. Il empoigna le téléphone :

— Mr. Bartlett, s'il vous plaît.

Quelques secondes plus tard, il entendit la voix de Casey :

— Allô ?

— Bonsoir, Ciranoush. Pouvez-vous prévenir Linc que je suis dans le hall ?

— Bien sûr. Vous ne montez pas ?

— Non, je vous attends en bas. Si vous n'êtes pas trop occupés, je vous montrerai quelque chose qui vous intéressera. Ensuite nous dînerons ensemble, si vous êtes libres.

— Volontiers. À tout de suite, fit la jeune femme avec un sourire dans la voix.

Dunross se dirigea vers une table, accompagné par le très haut maître d'hôtel, accouru pour avoir le rare honneur de faire asseoir le Taï-pan. C'était un personnage majestueux aux cheveux gris, qui répondait au nom de Pok-après-midi et régnait avec autorité sur le bar et le restaurant.

— Quel plaisir, honoré seigneur ! s'exclama-t-il en s'inclinant avec déférence. Avez-vous mangé du riz aujourd'hui ?

Ce qui était la façon polie de dire bonjour ou comment allez-vous ? en chinois.

— Oui, merci, Frère aîné, répondit Ian. Vous avez l'air prospère.

— Vous aussi, Taï-pan, mais vous n'avez toujours qu'un seul fils. Ne pensez-vous pas qu'il est temps que votre révérée Première Épouse vous trouve une seconde femme ?

Les deux hommes sourirent et Pok, l'allure altière, conduisit Dunross à la table qui venait miraculeusement d'apparaître dans l'espace que quatre serveurs énergiques avaient ménagé, en repoussant celles d'autres clients.

— Comme d'habitude, monsieur ? s'enquit le sommelier. J'ai une bouteille de 52.

Dunross aurait préféré du thé au vin qu'on lui proposait mais il ne pouvait refuser, et la Doucette fraîchissait déjà dans un seau à glace.

— J'attends Mr. Bartlett et miss Tcholok, prévint-il.

Un serveur se précipita aussitôt vers l'ascenseur pour accueillir les Américains.

— Si vous désirez la moindre chose, appelez-moi, fit le très haut maître d'hôtel, qui gratifia le Taï-pan d'une autre courbette avant de s'éloigner.

En s'asseyant, Ian remarqua la présence de Peter et Fleur Marlowe, qui avaient grand-peine à faire tenir tranquilles deux turbulentes petites filles de quatre et huit ans. À la table voisine, le vieux Willie Tusk lui adressa un salut de la main.

Quand Ian n'était qu'un adolescent, sir Ross Struan, le père d'Alastair, l'envoyait deux ou trois fois par semaine porter des papiers chez Tusk, importateur capable de faire venir n'importe quoi de Thaïlande, de Birmanie ou de Malaisie et de l'expédier n'importe où, moyennant une commission de 7,5 % à laquelle s'ajoutait un peu de *h'eung yau*.

— Pourquoi 7,5 et pas 7 %, oncle Tusk ? lui avait un jour demandé le jeune garçon.

— Les 0,5 % de plus, c'est pour la bagatelle, c'est de l'argent dont je fais cadeau aux dames.

— Pourquoi donnez-vous de l'argent aux dames ?

— C'est une longue histoire, mon petit.

Très longue, pensa Dunross en se souriant intérieurement. Cette partie de son éducation avait été assurée par divers « professeurs » et le vieux Chen-chen, notamment, avait fourni à Ian sa première maîtresse quand il avait quatorze ans.

— Surtout, pas un mot à ton père, il m'arracherait les tripes pour en faire des supports-chaussettes ! lui avait recommandé l'Eurasien. C'est lui qui aurait dû s'en occuper, d'ailleurs. Enfin, peu importe.

— Mais quand faut-il... quand faut-il payer, oncle Chen-chen ? Avant ou après ? C'est ce que je voudrais savoir.

— Tu ne sais pas grand-chose, en effet ! Pas même quand il faut se taire et écouter ! Comment veux-tu que je fasse ton instruction si tu n'arrêtes pas de jacasser ? Tu crois que j'ai du temps à perdre ?

— Non, oncle Chen-chen.

— Tu as une sacrée chance, gloussa le vieillard. La première fois, c'est formidable ! Parce que c'est la première fois, non ? Dis-moi la vérité.

— Euh !... eh bien !... oui.

Des années plus tard seulement, Dunross apprit que plusieurs des meilleures « maisons » de Hong Kong et de Macao s'étaient secrètement disputé l'honneur de dépuceler l'arrière-arrière-petit-fils du Diable-aux-yeux-verts. Outre le prestige que le choix du compradore de la Noble Maison conférerait à l'établissement élu, le *joss* ne manquerait pas de favoriser l'initiatrice elle-même : la première semence de n'importe quel jouvenceau, si humble soit-il, était un puissant élixir, de même que les essences du *yin* d'une jeune vierge avaient le pouvoir de régénérer le *yang* des vieillards.

Quand Ian avait fait cette découverte, il avait explosé :

— C'est vrai, oncle Chen, vous avez mis mon pucelage aux enchères ? Vous m'avez vendu à un bordel ?

— Bien sûr, avait ricané l'ancien compradore, à présent aveugle et proche d'une mort qu'il attendait sereinement. Qui te l'a dit ?

C'était Tusk. L'importateur, qui était veuf et fréquentait assidûment les lieux de plaisir, tenait l'histoire d'une *mama-san* selon qui c'était une tradition dans la Noble Maison : le compradore avait pour mission d'initier les descendants du Diable-aux-yeux-verts.

— C'est plutôt dégoûtant, oncle Chen-chen !

— Pourquoi ? Cela ne t'a rien coûté et t'a procuré

beaucoup de plaisir. Cela ne m'a rien coûté non plus et j'ai empoché 20 000 dollars. La maison y a gagné en réputation, la fille aussi : elle s'est assuré pendant des années une foule de clients désireux de partager, d'une certaine manière, ta première expérience !

Jade Élégant — Dunross ne connaissait son initiatrice que sous ce nom — était une fille experte, de vingt-deux ans, qui exerçait sa profession depuis que ses parents l'avaient vendue, à l'âge de douze ans, à la Maison des Mille Plaisirs. C'était, au gré de sa fantaisie, une femme douce et gentille ou un véritable dragon. Ian en était tombé follement amoureux et l'« initiation » avait duré deux ans de suite, pendant les vacances d'été qu'il passait à Hong Kong, alors qu'il poursuivait ses études au pensionnat anglais. Mais la troisième année, le contrat passé par Chen-chen avait expiré, et lorsque Ian s'était précipité à la Maison des Mille Plaisirs, Jade Élégant avait disparu.

Aujourd'hui encore, Dunross se souvenait de la détresse qui l'avait envahi. Il avait recherché la fille mais n'avait pu retrouver sa trace. Des années plus tard, il avait demandé une explication au vieux Chen-chen, qui attendait la mort dans son lit.

— Il fallait qu'elle parte, avait murmuré l'Eurasien d'une voix lasse. Les jeunes gens s'enflamment trop facilement et donnent trop de leur temps, trop d'eux-mêmes à la femme dont ils sont épris. Il fallait qu'elle parte... Ne t'en fais pas, mon fils, elle n'a pas eu d'enfant de toi et elle a été bien payée.

Dunross goûta le vin sans cesser d'évoquer ses souvenirs. C'est la seule fois qu'il m'a appelé son fils, pensa-t-il.

Chen-chen était mort la semaine suivante et Hong Kong lui avait fait les plus grandes funérailles qu'on ait jamais vues : mille pleureuses, vêtues de blanc, suivirent le cercueil en gémissant, implorant les dieux de faciliter le passage de l'esprit du défunt vers le Grand Vide. Comme Chen-chen était officiellement chrétien, il eut droit, pour plus de sécurité, à deux services religieux : l'un anglican, l'autre bouddhiste...

— Bonsoir, Taï-pan !

Casey et Bartlett se tenaient près de sa table, souriants, bien qu'ils eussent tous deux l'air un peu fatigué. Ils s'installèrent, commandèrent à boire.

— Dawson, votre homme de loi, a reporté la réunion de ce matin à demain midi, annonça Casey.

— Je pense que j'y assisterai également, annonça Ian, cela accélérera les choses. Je lui demanderai de passer à notre siège et j'enverrai une voiture vous prendre à 11 h 10.

— Inutile, je sais comment venir par le ferry, répondit la jeune femme. J'ai fait la traversée dans les deux sens, cet après-midi : on en a pour ses cinq cents. Comment faites-vous pour maintenir le prix du billet aussi bas ?

— Nous avons transporté quarante-sept millions de passagers l'année dernière, expliqua Dunross, qui se tourna ensuite vers Bartlett. Vous serez à la réunion, demain ?

— Non, à moins que vous n'y teniez pour une raison particulière. Casey s'occupe toujours des questions juridiques dans un premier temps et Seymour Steigler III arrive jeudi par le vol de la Pan Am. Il réglera tous les détails avec vos avocats de manière que nous puissions conclure sans problème dans sept jours.

Un garçon au sourire obséquieux apporta un whisky pour Casey, une bière pour Bartlett, et remplit le verre de Dunross. Après son départ, la vice-présidente de Par-Con reprit à voix basse :

— En ce qui concerne vos bateaux, vous voulez un accord séparé ? Si nous confions aux avocats le soin de s'en occuper, il n'y aura plus de secret.

— Je préparerai moi-même le document et j'y apposerai notre *chop*, ce qui le rendra légal et astreignant. Ainsi cette disposition restera entre nous.

— Qu'est-ce qu'un *chop* ? voulut savoir l'Américain.

— C'est l'équivalent d'un sceau.

Le Taï-pan sortit d'une de ses poches un étui oblong, en bambou, de cinq centimètres de long. Il fit coulisser la partie supérieure, sortit le *chop* de son écrin de soie rouge et en montra les caractères chinois, gravés en relief dans l'ivoire.

— C'est mon *chop* personnel... Comme il a été gravé à la main, il est presque impossible d'en fabriquer un faux. Vous encrez cette partie ici... (Dunross montra le godet d'encre rouge et presque solide placé dans un coin de la boîte) et vous imprimez votre marque sur le papier. À Hong Kong, il arrive très souvent qu'on ne signe pas un document mais qu'on y appose seulement son *chop*. Le sceau de notre compagnie est identique à celui-ci mais un peu plus grand.

— Que signifient les caractères ? demanda Casey.

— C'est une sorte de jeu de mot sur le nom de mon ancêtre. Littéralement, ils signifient « illustre poignard fendant les nobles eaux vertes », allusion à « dirk », poignard écossais, au surnom de Diable-aux-yeux-verts et à la Noble Maison.

Dunross sourit, rangea le *chop* et ajouta :

— Il a d'autres significations — notamment celle de « Taï-pan de la Noble Maison » — car en chinois il y a toujours plusieurs niveaux de lecture. C'est ce qui rend cette langue si complexe et si intéressante.

Casey s'éventait avec un menu. Il faisait chaud dans la salle malgré la légère brise créée par les ventilateurs du plafond.

— Il fait toujours aussi humide ? questionna-t-elle.

— Le temps est relativement sec, aujourd'hui. L'automne et le printemps sont les meilleures saisons à Hong Kong. Cependant on prévoit effectivement de la pluie et nous pourrions avoir un typhon.

— Ian, j'ai parlé à Forrester, le responsable de notre branche polyuréthane, et il arrive par le même avion que Steigler, annonça Bartlett. J'ai pensé que nous pourrions gagner du temps en mettant la machine en branle sans attendre la signature des papiers.

— Charlie connaît de A à Z la question des mousses de polyuréthane : fabrication, vente et distribution, précisa K. C.

Désireux de vérifier une supposition, Dunross lâcha un ballon-sonde.

— Souhaitez-vous qu'il nous accompagne à Taipei ? proposa-t-il innocemment à Bartlett.

À l'expression de l'Américain, le Taï-pan comprit qu'il avait deviné juste. Salaud ! tu ne lui en as pas encore parlé, se dit-il. Tu m'as fait passer un sale moment hier soir, avec ces informations confidentielles que tu sortais de je ne sais où. Eh bien, à toi de te dépatouiller maintenant !

— Pendant notre partie de golf, Forrester discutera avec mes experts et reconnaîtra divers emplacements où nous pourrions implanter les usines, poursuivit Ian.

— Excellente idée.

Bartlett ne parut pas le moins du monde embarrassé et sa cote remonta dans l'opinion du Taï-pan.

— Taipei ? Taipei à Taiwan ? s'écria Casey, tout excitée. Nous allons à Taipei ? Quand ?

— Dimanche après-midi, répondit Bartlett d'une voix calme. Nous nous y rendons pour deux jours, Ian et m...

— C'est parfait, Linc. Pendant que tu joueras au golf, je mettrai les choses au point avec Charlie et j'étudierai les possibilités offertes à Taiwan.

Le « chef suprême de la Noble Maison » décida charitablement de tirer Bartlett du guêpier dans lequel il l'avait fourré :

— À la réflexion, il vaut peut-être mieux que vous envisagiez d'abord avec Forrester les possibilités à Hong Kong, qui constituera notre marché principal. Comme il arrive jeudi, vous souhaiterez sans doute passer le week-end ici avec lui.

Il regarda l'Américain, qui offrait l'image même de l'innocence.

— Si vous préférez annuler, je n'y vois pas d'inconvénient, vous aurez tout le temps de vous rendre à Taipei plus tard. Moi je ne peux malheureusement pas remettre.

— Non, non, je pars avec vous. Casey, tu t'occuperas de Seymour, il aura besoin d'aide. De mon côté, je procéderai à une prospection préliminaire et nous retournerons ensemble à Taiwan plus tard.

L'Américaine but pour se donner une contenance. Ainsi je ne suis pas invitée, se dit-elle avec colère.

— Alors vous partez dimanche ?

Dunross ne décela aucune trace d'irritation dans sa question et crut que son subterfuge avait marché.

— Oui, dans l'après-midi. Il est possible que je participe à la course de côte dans la matinée. Venez donc, si cela vous intéresse. Ensuite, nous irons directement ensemble à l'aéroport. À ce propos, je dois encore régler la question de votre appareil.

— Justement, fit Casey. Je croyais que ni l'avion ni Linc ne pouvaient quitter Hong Kong.

— J'ai arrangé cela : la police l'a confié à ma garde.

— Et quand rentrez-vous ?

— Mardi, pour le dîner.

— Le jour de la signature ?

— Exactement.

— Linc, tu ne crois pas que c'est un peu juste ?

— Non, le marché est conclu, il ne reste plus qu'à signer, et je resterai en contact avec toi.

— Comme tu voudras. Tout sera prêt pour votre retour. Taï-pan, s'il y a un problème, je le règle avec Andrew ?

— Ou avec Jacques. De toute façon, les liaisons téléphoniques sont excellentes entre Hong Kong et Taipei, ne vous tracassez pas. Bon, êtes-vous libres pour dîner ?

— Certainement, dit Bartlett.

— Quel genre de cuisine vous plairait ?

— Cuisine chinoise ?

— Ah ! il faut être plus précis. C'est comme si vous parliez de cuisine européenne — ce qui fait aller la gamme, des raffinements italiens aux viandes bouillies anglaises.

— Nous nous en remettons à vous, dit Casey. Personnellement, j'apprécie le riz cantonais, le chop suey, la sauce aigre-douce, mais je me méfie des plats trop « exotiques », trop éloignés de mes goûts.

— Moi aussi : pas de chien ni de serpent, ajouta Bartlett.

— Le serpent est excellent en cette saison. En particulier la bile, qui, mélangée au thé, donne une boisson très roborative. Et un petit chow-chow mitonné dans du jus d'huître : succulent !

— Vous avez mangé du chien ? fit Casey, choquée.

— On m'avait dit que c'était du poulet et, effectivement, cela y ressemble beaucoup. Il paraît qu'il ne faut jamais boire de whisky lorsqu'on mange du chien : la viande devient dure comme du bois et très difficile à digérer.

Tout en débitant des propos anodins, Ian regardait Jacques et Susanne de Ville sortir de l'hôtel. Comme il aurait voulu pouvoir les aider davantage ! Comment diriger la Noble Maison et rester humain, sensible ? se demandait-il. « Être Taï-pan comporte des joies et des peines », lui avait souvent répété Dirk Struan dans ses rêves. Bien peu de joies, songeait-il.

Quel est le but de mon existence ? l'argent, le pouvoir, la conquête de la Chine ?

Il s'aperçut que Bartlett et Casey l'observaient. Depuis l'arrivée de ces deux-là, je n'ai que des ennuis, pensa-t-il.

— Bon, je choisirai pour vous, trancha-t-il, en décidant de les emmener dans un restaurant cantonais.

Un groom, porteur d'un tableau noir sur lequel on avait

écrit « miss K. C. Shuluk », traversait la salle en agitant une clochette. Dunross lui fit signe et précisa à Casey :

— Il va vous conduire à la cabine téléphonique.

Elle se leva et il la regarda s'éloigner d'une démarche pleine de sensualité.

— Vous êtes un beau salopard, lui lança Bartlett d'une voix calme.

— Vraiment ?

— Vraiment, répéta l'Américain avec un grand sourire. Mais je ne vous ai pas fait de cadeaux hier soir — c'était mon tour d'encaisser. Pourtant ne recommencez pas ce petit jeu avec Casey : chasse gardée !

Les deux hommes suivirent des yeux la jeune femme, qui s'arrêta un instant à la table des Marlowe puis reprit son chemin.

— D'ailleurs elle a parfaitement compris qu'elle n'était pas invitée, reprit Bartlett.

— Vous êtes sûr ? demanda Dunross, chagriné. Je croyais bien l'avoir embobinée.

— Oh ! votre numéro était excellent mais je vous parie qu'elle n'en a pas été dupe.

Le visage de Bartlett se fendit d'un nouveau sourire et le Taï-pan se demanda ce qu'il cachait. Il va falloir que je me méfie un peu plus de ce type, pensa-t-il. Ainsi Casey est chasse gardée ? Qu'est-ce qu'il a voulu dire par là ?

Dunross avait choisi délibérément de rencontrer les Américains en public afin d'alimenter les rumeurs sur le prochain accord, de perturber le marché et de désorienter les boursicoteurs. Si la Ho-Pak s'effondrait sans entraîner d'autres banques avec elle, le boom pourrait quand même avoir lieu. Si les Américains se montraient un peu plus accommodants et s'il pouvait leur faire vraiment confiance, il raflerait le pactole des pactoles. Trop de si, estima-t-il. Pour l'instant ce n'est pas moi qui ai l'offensive mais eux.

— Que pensez-vous de Banastasio ? interrogea-t-il à brûle-pourpoint.

— Vincenzo ? C'est un type intéressant. Pourquoi ?

— Pour rien. Vous le connaissez depuis longtemps ?

— Trois ou quatre ans. Casey et moi avons été aux courses plusieurs fois avec lui, à Del Mar. C'est un gros flambeur, il lui arrive de jouer 50 000 dollars sur un cheval, à ce qu'il prétend. John Chen le connaît bien. Et vous ?

— Je ne l'ai jamais rencontré mais j'en ai entendu parler par John, et par Tsu-yan.

— Un sacré flambeur aussi celui-là. Quand je l'ai vu à L.A., il ne pensait qu'à filer claquer son fric à Vegas. D'ailleurs, nous l'avions rencontré à l'hippodrome la dernière fois que nous y étions allés avec John Chen.

Dunross s'efforça de faire rapidement le point. Le dossier qu'il avait fait établir sur Bartlett ne prouvait aucunement que l'Américain était mêlé aux activités de la Mafia mais Banastasio apparaissait maintenant comme le fil conducteur reliant les armes, John Chen, Tsu-yan et Par-Con.

La Mafia était sans cesse à la recherche d'affaires légales lui permettant de « blanchir » l'argent gagné avec la drogue. Quant à Tsu-yan, il avait fait le trafic de médicaments pendant la guerre de Corée et, selon les rumeurs, se livrait maintenant avec Wu-Quatre-Doigts à la contrebande de l'or. Si Banastasio vendait des armes, qui était l'acheteur ? John Chen avait-il été enlevé parce qu'il avait découvert quelque chose ? Par-Con était-elle contrôlée par la Mafia ?

— Je crois me rappeler que, d'après John, Banastasio est un de vos principaux actionnaires, lança le Taï-pan à l'aveuglette.

— Vincenzo a un gros paquet d'actions de Par-Con mais il n'est membre ni du bureau ni du conseil d'administration. Pourquoi ?

Sentant Bartlett intrigué, Dunross décida de mettre fin à l'interrogatoire.

— Décidément, le monde est petit, conclut-il d'un ton anodin.

Casey bouillait encore de colère lorsqu'elle pénétra dans la cabine.

— Ici miss Tcholok, vous avez une communication pour moi ?

— Ung moment si-vous-plet.

Alors je ne suis pas invitée, songeait-elle, furieuse. Pourquoi Dunross a-t-il tourné autour du pot au lieu de me le dire ? Pourquoi Linc s'est-il prêté à ce jeu ? Nous avons pourtant l'habitude d'être francs l'un envers l'autre. Elle se souvint du jour où il lui avait déclaré :

— Avec toi, je ne joue pas. C'est toi que je veux, rien

d'autre ne compte. Oublions le contrat que nous avons passé, marions-nous et...

C'était quelques mois après son entrée à Par-Con. Elle venait d'avoir vingt ans, elle l'aimait déjà mais elle voulait d'abord se trouver, devenir financièrement indépendante et prendre sa revanche sur les hommes.

— Non, Linc, avait-elle répondu. Nous avons décidé d'attendre sept ans. Je t'aiderai à devenir riche, je gagnerai de l'argent en t'en faisant gagner et nous ne dépendrons pas l'un de l'autre. Tu peux me licencier à tout moment, je peux partir quand j'en ai envie : nous sommes libres et égaux. Je t'aime de tout mon cœur mais je tiens à cet accord. Si tu veux encore m'épouser lorsque j'aurai vingt-sept ans, alors j'accepterai. Je deviendrai ta femme, je vivrai avec toi — comme tu voudras. Mais pas maintenant. Je t'aime, c'est vrai, pourtant si nous devenons amants maintenant, je... je ne pourrai jamais... Je ne peux pas, Linc, pas maintenant. J'ai trop de choses à apprendre d'abord sur moi-même.

Quel marché insensé ! pensa-t-elle en soupirant. Vaut-il vraiment toutes ces années d'efforts, d'attente et de solitude ? Je n'en sais rien. Et Par-Con ? Pourrai-je un jour atteindre mon double objectif : Par-Con *et* Linc, ou devrai-je renoncer à l'un des deux ?

— Ciranoush ? fit une voix dans l'appareil.

— Ah ! Mr. Gornt ! Bonsoir, quelle bonne surprise !

Casey sentit une vague de chaleur l'envahir et s'efforça aussitôt de recouvrer ses esprits.

— J'espère que je ne vous dérange pas.

— Pas du tout. Que puis-je faire pour vous ?

— Je me demandais si vous pourriez me donner dès maintenant confirmation pour dimanche, de manière que je puisse préparer ma promenade en mer. Je serai ravi de vous avoir comme invités d'honneur, tous les deux.

— Je suis désolée, mais Linc n'est pas libre.

Après une légère pause, Gornt reprit :

— Alors venez seule. Il y aura aussi quelques-unes de mes relations d'affaires — des gens qui vous intéresseront.

Je devrais peut-être y aller pour Par-Con, se dit Casey. D'ailleurs, si Linc et le Taï-pan vont à Taipei sans moi, je peux bien faire une balade en mer sans eux.

— J'accepte avec joie — si vous êtes sûr que je ne serai pas de trop.

— Absolument pas. Je passerai vous prendre au wharf, près du Golden Ferry, juste en face de l'hôtel, vers 10 heures environ. Nous irons vers les petites îles, nous pique-niquerons, nous ferons du ski nautique et nous rentrerons juste avant le coucher du soleil.

— J'aimerais que cette excursion reste entre nous, sollicita Casey. « Bouche cousue ne gobe pas les mouches », a dit Confucius.

— Il a dit beaucoup de choses. Il a entre autres comparé une dame à un rayon de lune.

Bien qu'elle sentît venir le danger, la jeune femme répondit d'un ton léger :

— Dois-je me faire accompagner d'un chaperon ?

— Peut-être.

— Que diriez-vous de Dunross ?

— Il gâcherait ce qui promet d'être une belle journée.

— À dimanche, Mr. Gornt.

— Merci, dit Gornt avant de raccrocher aussitôt.

Sale con prétentieux ! faillit s'exclamer K. C., tu crois que c'est dans la poche ? Juste « merci », et hop, je raccroche, sans même dire au revoir. Je ne suis pas à prendre, je suis à Linc.

Alors pourquoi as-tu joué les coquettes à la réception et maintenant, au téléphone ? se demanda-t-elle. Et pourquoi veux-tu que ce salaud ne parle à personne de votre rendez-vous de dimanche ?

Les femmes aussi aiment les secrets, se dit-elle. En fait elles aiment très souvent ce qu'aiment les hommes.

26

20 h 35

Au sous-sol de la Ho-Pak, dans la chambre forte, deux costauds soulevèrent un sac en toile qu'ils posèrent sur le dos courbé d'un coolie, un petit homme âgé vêtu d'un maillot crasseux et d'un short en lambeaux. Il ajusta sur son front la courroie passant autour du sac, tendit le cou et agrippa les deux sangles usées. Son cœur fatigué battait à grands coups, ses doigts se crispaient pour ne pas céder sous le poids du fardeau.

Le sac pesait quarante-cinq kilos — presque autant que lui — et contenait deux cent cinquante petits lingots de cinq taels, dont un seul aurait nourri sa famille pendant des mois. Pourtant le vieil homme ne songeait pas à voler, fût-ce une once d'or. Il ne pensait qu'à dominer sa souffrance, à avancer, à faire sa part du travail, à toucher sa paye puis à se reposer.

— Presse-toi, grommela le contremaître. Y en a encore vingt tonnes à charger, fornication ! Suivant !

Le coolie ne répondit pas, il ne devait pas gaspiller inutilement son énergie s'il voulait tenir jusqu'à la fin. Il se mit péniblement en mouvement, les jambes noueuses, variqueuses et couturées de cicatrices après tant d'années de travail.

Un autre prit sa place tandis qu'il sortait lentement du caveau de béton humide où s'alignaient, sur des rayonnages, des lingots soigneusement empilés. Deux employés de banque d'allure proprette les comptaient et les recomptaient avant de les mettre dans un sac qu'ils fermaient et plombaient.

En montant l'étroit escalier, le coolie trébucha, reprit avec peine son équilibre et leva le pied pour gravir la marche suivante. Plus que vingt-huit, se dit-il. Il arrivait sur le palier quand ses jambes se dérobèrent sous lui. Il chancela, s'appuya contre le mur pour soulager son dos et serra désespérément la courroie de ses deux mains, conscient qu'il ne parviendrait jamais à recharger le sac sur son dos s'il venait à tomber, terrifié à la pensée que le contremaître ou son aide pourraient passer par là. À travers le brouillard dont la douleur l'enveloppait, il entendit des pas derrière lui, parvint à remonter le sac et se remit à avancer. Cette fois, il faillit tomber en avant.

— Hé ! Chu-Neuf-Carats, ça va ? lui demanda l'autre coolie en dialecte du Shan-tung.

— Oui... oui, haleta le vieux, rassuré par la voix de son ami, originaire du même village que lui et chef de leur petite bande. Forniquent tous les dieux ! j'ai... glissé...

Le « pays » de Chu vit la détresse du vieillard dans ses yeux chassieux, son regard torturé.

— Repose-toi un moment, je monterai ton sac.

Il déchargea Chu de son fardeau et le posa sur les planches du palier.

— Je dirai à cet étranger sans mère qui croit avoir assez de cervelle pour être contremaître que tu es parti pisser.

Il sortit de ses haillons une feuille de papier à cigarettes pliée en deux qu'il tendit au vieillard en disant :

— Tiens. Je le déduirai de ta paye ce soir.

Envahi par la douleur, à peine capable de penser, Chu marmonna des remerciements tandis que son ami hissait le sac sur son dos et montait lentement l'escalier, satisfait du marché qu'il venait de passer.

Le vieillard descendit quelques marches, s'accroupit et se coula dans une niche poussiéreuse. Les doigts tremblants, il déplia la feuille de papier contenant la pincée de poudre blanche puis il craqua une allumette et la promena sous la feuille. Quand la poudre commença à noircir et à fumer, il l'approcha de ses narines et inspira profondément, une, deux, trois fois, jusqu'à ce que le dernier grain blanc fût transformé en cette fumée âcre dont il emplissait avidement ses poumons.

Il se renversa contre le mur et, bientôt, la douleur fit place à l'euphorie. Il se sentit jeune et fort, capable de finir le travail de ce soir. Samedi, aux courses, il miserait sur le gagnant. Oui, ce serait sa semaine de chance et, avec ses gains, il achèterait un terrain, modeste, mais le boom en décuplerait le prix ; il le revendrait, en acquerrait d'autres et ferait fortune, il deviendrait un ancêtre vénéré, entouré d'une multitude de petits enfants...

Il se leva et retourna dans la chambre forte, où il reprit place dans la file des coolies.

— *Diou ne lo mo*, dépêchez-vous ! s'écria-t-il d'un ton impatient dans son dialecte chantant. J'ai un autre boulot à minuit, moi !

Un autre travail l'attendait effectivement, sur un chantier situé non loin de la banque car, ce soir-là, Chu avait eu la chance de trouver deux fois de l'embauche en plus de son emploi habituel d'ouvrier du bâtiment. C'était grâce à la poudre blanche qu'il tiendrait le coup ce soir, il le savait, mais la poudre était dangereuse et, en homme sensé et prudent, il n'en prenait qu'une fois parvenu à la limite de ses forces. Qu'il en prît désormais presque tous les jours, et souvent deux fois par jour, cela ne le préoccupait pas. C'est le *joss*, pensa-t-il en chargeant un autre sac sur son dos.

Fils aîné de paysans propriétaires d'une petite ferme dans la province du Shan-tung, il avait jadis cultivé la terre fertile du delta du fleuve Jaune où, depuis des siècles, on faisait pousser des fruits et des céréales, du soja, des cacahouètes, du tabac et des légumes.

Ah ! la bonne terre, se souvenait-il en grimpant l'escalier sans plus sentir les battements de son cœur. Les champs couverts d'une riche récolte, comme c'était beau ! Mais les mauvais temps étaient venus, les diables de la mer de l'Est, avec leurs canons et leurs chars, s'étaient emparés de nos terres. Puis les seigneurs de la guerre, Mao Tse-tung et Chiang Kai-shek les avaient chassés, mais ils avaient aussitôt commencé à se battre entre eux et la terre était de nouveau restée en jachère. Il avait fallu fuir la famine, avec la jeune femme et les deux fils, pour finir ici, à Port-Odorant, perdu parmi des barbares du Sud et des diables d'étrangers. Nous avons parcouru tout le chemin à pied et nous avons survécu. J'ai porté mes fils pendant presque tout le voyage — ils ont à présent seize et quatorze ans. Nous avons aussi deux filles et tous les enfants mangent du riz une fois par jour. Oui, je sens que la chance est revenue. Quand j'aurai gagné assez d'argent, je retournerai au village, je récupérerai mes terres et je sèmerai de nouveau. Le président Mao nous souhaitera la bienvenue, nous serons riches et heureux...

Parvenu dans la rue obscure, il s'arrêta près du camion, des mains empoignèrent le sac et le placèrent à côté d'autres, sous le regard vigilant des employés de banque. Quelques mètres plus loin, des gardes s'appuyaient contre le deuxième camion, déjà chargé ; un seul policier sans arme surveillait nonchalamment les environs.

Chu allait redescendre lorsqu'il vit trois Européens s'approcher : deux hommes et une femme. Il s'arrêta, bouche bée, près d'un groupe de coolies.

— *Diou ne lo mo !* Regardez-moi cette putain ! — le monstre avec le chapeau de paille, s'exclama-t-il à la cantonade.

— Incroyable ! fit en écho un autre homme de peine.

— La façon dont ces garces s'habillent ! s'indigna un vieux coolie. Avec ces pantalons collants, on leur voit les rides de la fente, fornication !

— Je parie que tu pourrais y fourrer le poing et le bras ! s'esclaffa un autre.

— Sans toucher le fond ! renchérit Chu-Neuf-Carats.

Il se gratta la gorge, cracha par terre et se dirigea de nouveau vers l'entrée de la banque.

— C'est dégoûtant, cette habitude de cracher en public, murmura Casey.

— Les Chinois croient qu'ils ont dans la gorge un esprit malfaisant dont il faut se débarrasser constamment si l'on ne veut pas qu'il vous étouffe, expliqua Dunross, venu montrer à ses invités la curiosité promise avant le dîner.

— Pourquoi nous avoir amenés ici ? questionna Bartlett.

— J'ai pensé que vous aimeriez voir cinquante tonnes d'or.

— Ces sacs sont pleins d'or ? demanda Casey, ahurie.

— Oui. Venez.

Dunross conduisit ses hôtes au sous-sol où les responsables de la banque l'accueillirent avec déférence, sous les yeux des gardes sans arme et des coolies. Ébahis, les deux Américains contemplaient les rangées de lingots empilés sur les rayonnages métalliques.

— Je peux en prendre un ? demanda la jeune femme.

— Servez-vous, répondit Dunross, qui les avait conduits à la banque pour sonder la profondeur de leur cupidité.

Ni Casey ni Bartlett n'avait jamais vu autant d'or de leur vie. Elle promena les doigts sur un lingot avant de le soulever.

— C'est lourd, murmura-t-elle.

— On les appelle des « barres de contrebandier » parce qu'elles sont faciles à cacher et à transporter, dit le Taï-pan. Les contrebandiers portent une sorte de gilet en toile avec des poches taillées à la dimension des lingots. On prétend qu'un bon passeur peut porter jusqu'à quarante kilos d'or par voyage.

Casey tourna vers Ian des yeux agrandis par l'excitation :

— Ils sont à vous ?

— Grand Dieu non ! Ils appartiennent à une compagnie de Macao qui les transfère à la Victoria Bank.

— Je comprends maintenant pourquoi le regard de mon père s'éclairait quand il parlait d'or, dit Casey.

Dunross, qui l'observait, ne lut sur son visage aucune cupidité, seulement de l'étonnement.

— Les banques organisent souvent ce genre de transfert ? voulut savoir Bartlett.

— C'est très fréquent, répondit Ian, qui se demanda si l'Américain envisageait déjà un braquage avec son ami Banastasio. Nous attendons la livraison d'une très importante quantité d'or dans trois semaines, ajouta-t-il pour l'appâter davantage.

— Cinquante tonnes d'or, cela vaut combien ?

— Soixante-trois millions de dollars au cours légal.

— Et vous les transportez dans des camions qui ne sont même pas blindés, sous la seule protection de quelques gardes sans arme ?

— Naturellement. Cela vous explique pourquoi la police de Hong Kong veille soigneusement à ce qu'aucune arme ne soit introduite en fraude dans la Colonie : si les policiers sont les seuls à être armés, il n'y a rien à craindre des brigands.

— Mais où sont les policiers ? Je n'en ai vu qu'un et il n'avait pas d'arme.

— Oh ! ils ne doivent pas être loin ! répondit Dunross d'un ton délibérément insouciant.

Après avoir laissé ses invités contempler tout leur soûl le trésor offert à leurs yeux, le Taï-pan proposa :

— Nous remontons ?

En sortant dans la rue, il aperçut deux hommes qui bavardaient dans l'ombre, près des camions, et il se raidit en reconnaissant Martin Haply, du *China Guardian*, en compagnie de Peter Marlowe.

— Bonsoir, Taï-pan, lui lança le jeune journaliste en s'approchant avec un sourire confiant. Je ne pensais pas vous trouver ici. Miss Casey, Mr. Bartlett... Taï-pan, j'aimerais avoir votre opinion sur l'affaire Ho-Pak.

— Quelle affaire Ho-Pak ?

— La ruée sur la banque.

— Je ne suis pas au courant.

— Vous n'avez pas lu mon article sur les...

— Mon cher Haply, vous devriez savoir que j'accorde rarement d'interviews, et jamais au coin d'une rue.

— Ce transfert est un sale coup pour la Ho-Pak, non ? Un vrai baiser de la mort pour Richard Kwang.

— Oubliez donc la Ho-Pak, Mr. Haply, soupira Ian. J'aimerais vous dire un mot en particulier.

Il prit le jeune homme par le bras et l'entraîna avec

une douce fermeté. Lorsqu'ils furent seuls, à demi cachés par l'un des camions, il le lâcha et déclara, baissant inconsciemment la voix :

— Puisque vous sortez avec ma fille, je tiens à vous dire que je lui suis très attaché. J'espère que vous êtes un type bien, et si je venais à apprendre le contraire, je vous demanderais immédiatement des comptes.

Le Taï-pan fit aussitôt volte-face et retrouva instantanément un sourire amical en se dirigeant vers les autres.

— Bonsoir, Marlowe, comment ça va ?

— Très bien, merci. Sidérant, cette montagne d'or ! dit l'écrivain en montrant les camions.

— Où avez-vous entendu parler du transfert ?

— Un de mes amis journalistes m'en a informé, il y a une heure. J'ai pensé que le spectacle pouvait m'intéresser. Je... je ne suis pas indiscret, j'espère ?

— Pas du tout. Vous voyez, Casey, je vous l'avais dit, Hong Kong est un village, rien n'y reste secret longtemps. Mais ces sacs ne contiennent que du plomb : de l'or pour gogos. Le vrai transfert s'est effectué il y a une heure et il ne portait que sur quelques milliers d'onces. Les réserves en or de la Ho-Pak sont à peine entamées.

Ian adressa un sourire à Haply, qui le regardait, le visage fermé.

— Alors, tout ça, c'est de la frime ? bredouilla Casey.

Peter Marlowe se mit à rire :

— Je dois dire que l'opération me semblait un tantinet risquée !

— Venez, il est temps d'aller dîner, décréta Dunross en prenant le bras de l'Américaine. Bonsoir, messieurs.

Le trio descendit la rue et tourna pour se diriger vers le grand immeuble de la Victoria.

— J'aurais pourtant juré que c'était de l'or, murmura K. C.

— C'en était.

La jeune femme s'arrêta.

— Pardon de cet embrouillamini, j'ai seulement cherché à semer la confusion dans l'esprit de Haply et Marlowe. À présent, ils se méfieront de leurs informateurs.

— C'est curieux, reprit Casey avec un rire nerveux. J'étais sûre que c'était de l'or mais quand vous avez dit le contraire, je vous ai cru et maintenant je vous crois à nouveau. C'est facile à faire, de faux lingots d'or ?

— Oui et non. Pour savoir si un lingot est bon, on le soumet au test de l'acide, c'est le seul moyen, expliqua Ian.
— Pour l'or comme pour les gens, enchaîna Bartlett avec un demi-sourire.
— Je vois que nous nous comprenons parfaitement, conclut le Taï-pan.

Comme il était trop tard pour rentrer par le ferry, Casey et Linc avaient pris une vedette-taxi pour traverser le port. La nuit était merveilleuse, il flottait dans l'air une agréable odeur marine. Assis sur le banc faisant face à Hong Kong, ils se tenaient par la main. Le dîner avait été succulent, Dunross s'était révélé un hôte charmant. Ils se sentaient tous deux en paix avec le monde et avec eux-mêmes.
Répondant à la pression des doigts de Linc, Casey se laissa aller contre lui.
— Quelle vue romantique ! s'extasia-t-elle. Regarde toutes ces lumières sur le Peak. C'est le plus bel endroit du monde !
— Plus beau que le midi de la France ?
— C'était très différent.
Deux ans plus tôt, ils avaient pris des vacances ensemble sur la Côte d'Azur pour la première et la dernière fois. Ne pas céder à la tentation leur avait demandé à tous deux trop d'efforts.
Après être descendus au wharf, côté Kowloon, ils regagnèrent l'hôtel à pas lents, bras dessus bras dessous. Il y avait encore quelques grooms dans le hall et à leur étage, Chang-service-de-nuit se précipita pour leur ouvrir la porte de la suite.
— Un dernier verre ? proposa Bartlett.
— Non, merci. Eh bien... à demain, Linc, dit Casey en restant immobile au milieu du salon.
Une veine battait à ses tempes et elle avait l'impression que ses reins se liquéfiaient. Jamais Linc ne lui avait paru aussi beau.
— Dans trois mois, c'est ton anniversaire, Casey.
— Treize semaines et six jours.
— Pourquoi attendre ? Marions-nous demain.
— Linc, tu as été merveilleux, murmura la jeune femme avec un sourire hésitant. Tu t'es montré si patient, si

compréhensif. Ce ne sera plus long, maintenant. Je t'en prie, ne changeons rien à ce que nous avons décidé.

Bartlett la regarda longuement avant de répondre :

— Entendu. Tu as raison, cet endroit est romantique — trop même : moi aussi j'en ressens les effets. Tu... ferais peut-être mieux de prendre une autre chambre.

Il passa dans la pièce voisine, ferma la porte.

Cette nuit-là, Casey s'endormit en pleurant.

Mercredi

27

5 h 45

Les deux chevaux de course émergèrent du tournant à très vive allure pour se lancer dans la dernière ligne droite. Bien que l'aube commençât à pointer, le ciel restait noir à l'ouest. Sous les yeux de quelques curieux matinaux venus suivre l'entraînement à l'hippodrome de Happy Valley, Dunross montait Buccaneer, un grand hongre bai, et venait de se porter à la hauteur de Noble Star, montée par le jockey Tom Leung. En apercevant le poteau, Ian ressentit le soudain désir de pousser son cheval et d'arriver le premier. Tom Leung dut avoir la même envie mais les deux cavaliers savaient qu'ils n'étaient pas en course, qu'il s'agissait simplement d'une séance d'entraînement, et qu'il valait mieux ne pas dévoiler les cartes de l'écurie Struan avant samedi.

Les deux pur-sang avaient les flancs luisants de sueur, les oreilles rabattues en arrière. Excités par la proximité du poteau, ils donnaient à présent le meilleur d'eux-mêmes tandis que leurs jockeys, debout sur les étriers, se penchaient en avant.

Noble Star, qui avait la corde et portait moins de poids, commença à se détacher. Instinctivement, Ian donna du talon dans le flanc de Buccaneer, qui accéléra l'allure. L'écart se réduisit. Jugeant qu'aucun entraîneur indiscret ne pourrait estimer avec précision la force de son cheval sur une distance aussi courte, le Taï-pan donna un autre coup de talon, plus appuyé : la course avait commencé.

Les chevaux, qui l'avaient compris, allongèrent leur foulée. Voyant que Buccaneer se rapprochait, Noble Star eut un sursaut, s'envola et gagna d'une demi-longueur.

Les deux cavaliers ralentirent leurs bêtes et firent un nouveau tour au petit trot puis Dunross s'arrêta ; il descendit, flatta l'encolure de son cheval et tendit la bride à un lad qui se mit aussitôt en selle pour poursuivre la séance d'entraînement.

Ian tira les épaules en arrière et éprouva dans ses muscles une douleur agréable. Il avait le cœur battant, un goût de sang dans la bouche : il se sentait bien. Officiellement, à Hong Kong, les courses étaient réservées aux amateurs et, dans sa jeunesse, Dunross avait monté deux saisons. Il aurait continué si son père, alors Taï-pan et premier commissaire de course, ne lui avait ordonné d'abandonner. Mais bien qu'il eût cessé de monter en course, il continuait à entraîner les chevaux de l'écurie Struan quand il en avait envie.

Se lever alors que presque tout le monde dormait encore, galoper dans le petit jour lui clarifiaient les idées pour la journée.

D'autres pur-sang s'entraînaient, pénétraient sur la piste ou la quittaient. Propriétaires, entraîneurs et jockeys discutaient par petits groupes, tandis que les lads, les *ma-fous*, faisaient évoluer des chevaux protégés par une couverture.

Butterscotch Lass, la jument de Richard Kwang, passa au petit trot en secouant sa tête frappée d'une étoile blanche. Elle avait fière allure. Plus loin, Pilot Fish, l'étalon de Gornt, prit le galop derrière un autre cheval de l'écurie Struan, Impatience, un poulain que Dunross venait d'acheter et qu'il n'avait pas encore essayé. Ian suivit d'un œil critique sa nouvelle acquisition et trouva qu'elle manquait de nerf.

Son entraîneur, un émigré russe d'une soixantaine d'années, au visage parcheminé, s'approcha de lui.

— Taï-pan, vous n'avez pas résisté à l'envie de faire la course. Vous avez vu comment Noble Star s'est détachée ?

— C'est une battante, tout le monde le sait, Alexi.

— J'aurais préféré qu'elle ne le rappelle pas aujourd'hui devant toute cette clique, maugréa le Russe en montrant les autres entraîneurs.

Alexi Travkin avait quitté la Russie en 1919 pour Harbin, en Mandchourie, puis était descendu vers le Sud et s'était installé dans la concession internationale de Shanghai. Ce fut là qu'il commença à monter des gagnants. Comme il connaissait mieux les chevaux que la plupart des hommes se connaissent eux-mêmes, il devint entraîneur. Lorsqu'il dut fuir à nouveau la révolution, en 1949, il passa quelques années à Hong Kong et partit ensuite pour l'Australie, où l'élevage prospérait. Mais l'Asie lui manqua et il revint à Hong Kong. Dunross, qui cherchait alors un entraîneur, lui proposa de s'occuper de l'écurie de la Noble Maison. La première saison n'avait pas été très bonne, la suivante avait été meilleure et les deux hommes savaient que cette troisième année serait l'épreuve de vérité.

— Et samedi ? demanda Dunross en regardant passer Noble Star.

— Elle sera tout aussi battante. Mais d'autres aussi voudront gagner : Butterscotch Lass et Pilot Fish, notamment. D'ailleurs les huit courses de la réunion seront très ouvertes.

Dunross aperçut Gornt discutant avec sir Dunstan Barre près de l'arrivée.

— Je n'aimerais pas du tout me faire battre par Pilot Fish, grogna-t-il.

— Alors montez Noble Star vous-même. Vous le coincerez entre la balustrade dans le tournant s'il vous menace, ou vous filerez un coup de cravache dans les yeux de son jockey, eh ? Ce n'est pas ce que vous auriez fait aujourd'hui si vous aviez été en course ?

— Comme ce n'était pas une course, vous ne le saurez jamais, répondit Ian en souriant.

Un *ma-fou* s'approcha de l'entraîneur et lui remit une note.

— Message de Mr. Choi : il vous demande de jeter un œil aux bandages de Chardistan quand vous aurez un moment.

— J'arrive. Dites-lui d'ajouter de l'eau blanche aujourd'hui et demain à la nourriture de Buccaneer.

Voyant que le Taï-pan avait les yeux fixés sur Noble Star, Travkin fronça les sourcils :

— Vous n'envisagez pas sérieusement de monter samedi ?

— Non, rassurez-vous. Au revoir Alexi. Demain, je ferai travailler Impatience.

L'entraîneur regarda le Taï-pan s'éloigner puis déplia

la note qu'on venait de lui remettre. Elle était courte et écrite en russe : « Bons baisers de Kurgan, Altesse. J'ai des nouvelles de Nestorova... » L'émigré blêmit. Qui, en Asie, pouvait savoir qu'il était le fils du prince de Kurgan et Tobol, qu'il avait épousé, mille années plus tôt, Nestorova, femme-enfant chérie disparue dans les tourbillons de la révolution tandis qu'il se battait avec son régiment. Il n'avait jamais parlé d'elle à personne...

Bouleversé, il relut la note et se demanda si c'était un nouveau tour des bolcheviks ou le message d'un ami.

« Rendez-vous au restaurant du Dragon Vert, dans la rue qui donne sur Nathan Road, au niveau du n° 189, à trois heures cet après-midi, dans la salle du fond. » Il n'y avait pas de signature.

De l'autre côté du paddock, Richard Kwang se dirigeait vers son entraîneur lorsqu'il vit Ching-Beau-Sourire, son cousin au sixième degré, président de la puissance Ching Prosperity Bank, braquant ses jumelles sur Pilot Fish.

— Bonjour, cousin, fit-il en cantonais d'un ton affable. As-tu mangé du riz aujourd'hui ?

Le vieil homme matois fut aussitôt sur ses gardes.

— Tu n'auras pas un sou de moi, marmonna-t-il, découvrant un peu plus les dents mal plantées qui lui faisaient un éternel sourire grimaçant.

— Et pourquoi pas ? répliqua le banquier. Fornication, je t'ai prêté dix-sept millions que...

— Remboursables en quatre-vingt-dix jours et bien investis. Nous t'avons régulièrement payé les 40 % d'intérêt.

— Misérable os de chien ! Je t'ai aidé quand tu avais besoin d'argent. Le moment est venu de rembourser !

— Rembourser quoi ? Je t'ai fait gagner une fortune : j'ai pris les risques, tu as récolté les bénéfices. D'ailleurs, cette catastrophe ne pouvait tomber plus mal ! Tout mon argent est investi, jusqu'au dernier cent. Je ne suis pas comme certains banquiers qui laissent dormir leur capital, je le fais travailler.

En investissant dans le trafic de drogue, songea Kwang. Bien sûr, ce n'étaient que des rumeurs mais on racontait que la Prosperity servait à « blanchir » les profits énormes du trafic des stupéfiants, dont la plaque tournante était Bangkok.

— Pense à la famille, plaida Kwang. Quand ces fornicateurs d'étrangers les attaquent, les personnes civilisées doivent se serrer les coudes !

— C'est toi la cause de la ruée sur Ho-Pak. C'est après toi qu'ils en ont, moi ils me laissent tranquille. Tu as dû leur faire tort d'une façon ou d'une autre ! D'ailleurs, il paraît que tu t'es lancé dans des affaires très risquées. Oui, cousin : tu as mis toi-même la tête dans la cangue. Demande donc de l'aide à tes associés, à ce mauvais fils de putain maltaise — il a des milliards — ou à l'Avare...

Le vieux Ching ricana et poursuivit :

— Tiens, je te donnerai un dollar pour chaque cent qu'il te prêtera !

— Si je bois la tasse, la Prosperity ne tardera pas à suivre.

— Pas de menaces ! riposta Beau-Sourire avec colère, un filet de salive aux lèvres. Si tu plonges, ce ne sera pas de ma faute. Ne rejette pas ton mauvais *joss* sur la famille ! Si les déposants de la Prosperity se mettent eux aussi à fermer leurs comptes, je ne tiendrai pas un jour !

Richard Kwang éprouva une satisfaction passagère à savoir l'empire Ching également menacé mais les soucis reprirent bientôt le dessus. Malgré les accords qu'il avait passés avec Blacs, la Victoria et la Bombay and Eastern Bank of Kowloon en offrant ses titres en garantie, il était inquiet. Et furieux. Les circonstances l'avaient contraint à prendre des engagements extrêmement désavantageux, qu'il n'avait aucune envie d'honorer.

— Allons, cousin, implora-t-il, juste cinquante millions pendant dix jours et je renouvellerai ton emprunt pour deux ans.

— Cinquante millions pendant trois jours, à 10 % d'intérêt par jour, avec en garantie l'argent que tu m'as prêté plus ton immeuble dans le centre.

— Va forniquer dans l'oreille de ta mère ! tempêta Kwang. Cet immeuble vaut quatre fois plus.

Ching haussa les épaules et regarda de nouveau Pilot Fish dans ses jumelles.

— Tu crois que le grand noir va battre aussi Butterscotch Lass ?

Richard Kwang regarda d'un air renfrogné l'étalon de Gornt.

— Ma jument devrait gagner si son jockey ne la retient pas ou si mon entraîneur ne la drogue pas.

— Ces voleurs ! On ne peut pas leur faire confiance ! Moi mon cheval n'a même jamais réussi à finir placé.

— Cinquante millions pendant une semaine, à 2 % par jour ?

— 5 %, plus l'im...

— Jamais !

— Alors la moitié.

— Je t'offre 6 % des parts de l'immeuble, proposa Kwang.

Beau-Sourire estima les risques et les profits. Même si Ho-Pak faisait faillite, le prêt serait largement couvert par l'immeuble. Oui, il y avait gros à gagner... à condition que sa banque ne fasse pas, elle aussi, l'objct d'une ruée.

— 15 % des parts, pas moins, et Butterscotch Lass en prime, exigea-t-il.

Après quelques marchandages supplémentaires, les deux hommes convinrent que Richard Kwang aurait ses cinquante millions en liquide, le jour même à 14 h, et qu'il donnerait en garantie 39 % sur l'immeuble et un quart sur sa jument.

— Pour samedi, dans la cinquième course, on pourrait peut-être s'arranger avec le jockey de Pilot Fish ? suggéra Ching. *Notre* cheval sera favori, il suffira de le retenir et de parier sur Pilot Fish.

— Bonne idée, approuva Kwang. Nous prendrons une décision samedi matin.

— J'ai entendu dire que tu as dîné hier soir à l'Old Vic ?

Le patron de la Ho-Pak sourit en repensant au succès que Venus Poon s'était taillé en entrant dans la salle du restaurant, vêtue de la nouvelle robe de chez Dior qu'il lui avait offerte, des bracelets en or étincelant à ses poignets. En s'asseyant à la table bien placée pour laquelle il avait glissé un « rouge » — cent dollars — au maître d'hôtel, Kwang remarqua quatre de ses amis chinois dînant en compagnie de leurs épouses, bouffies et couvertes de bijoux. Les femmes lui avaient décoché un regard glacial.

Toutes les mêmes, ces épouses, pensa-t-il. Des dragons ! Et elles devinent qu'on va leur mentir avant même qu'on ait ouvert la bouche. Il n'était pas encore rentré chez lui pour affronter Mai-ling, que deux ou trois de ses amies avaient sans doute prévenue. Après l'avoir laissé tempêter, crier, pleurer un moment, il répondrait qu'elle avait tort de croire les ragots colportés par des commères pleines de fiel et lui parlerait du manteau de vison qu'il avait commandé pour elle trois semaines plus tôt et qu'il passerait prendre à temps pour qu'elle puisse le porter samedi aux courses. Le calme reviendrait dans son foyer — jusqu'à la prochaine fois.

Une bonne idée, ce vison. L'ennui, c'est qu'à l'origine il l'avait acheté pour Venus Poon, et que ce matin, amolli par ses caresses, il avait promis de le lui apporter ce soir. Bah ! tant pis, se dit-il. De toute façon, il m'a coûté 40 000 dollars, c'est trop pour cette petite garce. Je lui en trouverai un autre, d'occasion si possible...

— Avec Venus Poon, *heya ?* précisa Ching.

— J'ai l'intention de me lancer dans la production de films et d'en faire une star, répondit Kwang d'un ton pompeux, fier du mensonge qu'il venait d'imaginer et qu'il servirait à sa femme.

Beau-Sourire eut l'air impressionné :

— Dis donc ! mais ce n'est pas risqué, ce genre d'affaires ?

— Il y a moyen d'éliminer les risques, chuchota Kwang.

— *Ayiiya*, tu penses à un film cochon ? Fais-moi savoir quand tu lances la production, je veux y participer. Toute l'Asie se ruera pour voir Venus Poon nue ! Comment est-elle au lit ?

— Parfaite maintenant que je l'ai éduquée. Elle était vierge...

— Quel *joss* ! Combien de fois as-tu « escaladé les remparts » ?

— Hier soir ? Trois fois — et chaque fois plus forte que la précédente ! Sa corolle : une merveille ! Et son triangle ! dcs poils doux comme de la soie, des lèvres roses délicates. Sa Porte-en-Jade ! sa Porte-en-Jade a la forme d'un cœur, et sa perle est d'un rose...

Richard Kwang sentit son cœur battre au souvenir du soir où Venus s'était allongée sur le sofa et lui avait tendu une loupe en lui proposant fièrement : « Regarde la déesse que ton Moine-Chauve va adorer. » Et il l'avait examinée, méticuleusement.

— C'est la meilleure partenaire que j'ai jamais eue, déclara-t-il avec chaleur, sans trop se soucier de la vérité. J'ai l'intention de lui faire cadeau d'un gros diamant. La pauvre petite bouche onctueuse a pleuré ce matin quand j'ai quitté l'appartement que je lui ai offert.

— Tu es un homme heureux, soupira Beau-Sourire.

Se sentant observé, il se retourna et découvrit dans les tribunes, à cinquante mètres au-dessus de lui, Gros-Tas-de-Fiente, le chef de la brigade criminelle de Kowloon, qui le regardait de ses yeux froids de poisson, une paire de jumelles au cou.

— Qu'est-ce que tu as, cousin ? lui demanda Kwang.

— Rien, j'ai envie de pisser, c'est tout. Envoie-moi les papiers à deux heures si tu veux l'argent.

Beau-Sourire déguerpit en direction des toilettes en se demandant si la police était au courant de l'arrivée d'un des Grands Dragons étrangers de la poudre blanche, un homme de la Montagne dorée nommé Vincenzo Banastasio.

Qu'ils le sachent ou non, peu importe, pensa-t-il en crachant bruyamment. Ils ne peuvent rien contre moi, je ne suis qu'un banquier.

Robert Armstrong approcha les jumelles de ses yeux et examina successivement Pilot Fish, Noble Star, Butterscotch Lass et Golden Lady, la jument de John Chen. Il réprima un bâillement : la nuit avait été longue, il n'était pas rentré se coucher. Hier soir, au moment où il s'apprêtait à quitter le QG de la police de Kowloon, un coup de téléphone anonyme l'avait informé que John Chen se trouvait dans les Nouveaux Territoires, à Sha Tau Kwok, petit village de pêcheurs à cheval sur la frontière.

Il s'y était précipité avec une équipe, avait fouillé l'endroit, cabane après cabane : fausse alerte. Il n'était cependant pas revenu complètement bredouille puisque ses hommes avaient découvert un laboratoire où l'on transformait l'opium brut en morphine puis en héroïne, ainsi que six tripots.

De retour au QG, il avait reçu un autre coup de téléphone qui l'avait lancé sur une autre fausse piste, et il était cinq heures du matin quand il avait mis fin à l'opération et envoyé ses hommes se coucher.

— Brian, je vais me mettre au lit. Encore une nuit pour rien, avait-il conclu dans un bâillement.

— Puisqu'on est dans le coin, pourquoi ne pas prendre

le petit déjeuner au Para avant d'aller jeter un œil à l'entraînement ? avait proposé Kwok.

La fatigue d'Armstrong s'était subitement envolée.

— Bonne idée !

Le restaurant Para, situé dans Wanchai Road, près du champ de courses de Happy Valley, était toujours ouvert et servait de point de ralliement aux truands locaux et à leurs filles. On y mangeait bien pour un prix modique. Quand les deux policiers firent leur entrée dans la grande salle bruyante et animée, il y eut un moment de silence. Ko-N'a-qu'Un-Pied s'approcha en claudiquant et les conduisit à sa meilleure table avec un sourire épanoui.

— *Diou ne lo mo* sur toi aussi, mon vieux, lui avait lancé Armstrong, que le sourire de N'a-qu'Un-Pied n'avait pas abusé.

Et pour faire bonne mesure, il avait ajouté quelques obscénités choisies en jetant un regard appuyé au groupe de jeunes frappes qui le dévisageaient à la table voisine. Les truands avaient détourné les yeux.

Ko partit d'un rire qui dévoila ses dents cariées.

— Seigneurs, vous faites honneur à mon pauvre établissement. *Dim sum ?*

Autrement dit des beignets de crevettes ou de petits morceaux de viande qu'on trempe dans le soja.

— Pourquoi pas ?

— Vos seigneuries vont à l'hippodrome ?

Brian Kwok hocha la tête et parcourut la salle d'un regard qui mit les clients mal à l'aise.

— Qui va gagner la cinquième ?

Le restaurateur hésita puis prit le parti de dire la vérité :

— D'après ce qu'on raconte, ni Pilot Fish, ni Noble Star, ni Golden Lady, ni Butterscotch Lass n'ont une...

Ko s'interrompit en sentant sur lui les yeux froids d'Armstrong.

— C'est ce qu'on raconte, bredouilla-t-il.

— Je passerai samedi matin ou j'enverrai le sergent. Tu le préviendras s'il y a des combines. Si la course est truquée et que je ne suis pas au courant, tes soupes pourriront une cinquantaine d'années dans leurs marmites en attendant ton retour.

— Oui, seigneur, fit Ko avec un sourire nerveux.

— Avant de retourner à tes fourneaux, donne-nous donc les dernières rumeurs concernant John Chen.

— Il n'y en a pas, honoré seigneur, affirma N'a-qu'Un-Pied, la lèvre supérieure luisante de sueur. Pas la moindre information dans tout Port-Odorant — pas même un pet de chien. Pourtant tout le monde est à l'affût, avec cette nouvelle récompense.

— Quelle récompense ? Les 50 000 dollars offerts par Struan et Chen de la Noble Maison ?

— Non, non. 100 000 dollars si on le retrouve dans les trois jours qui viennent.

— Offerts par qui ? demanda le policier britannique.

— Personne ne sait, seigneur. Un des Dragons, peut-être. 100 000 dollars et une promotion si on le retrouve vivant avant trois jours. Avec votre permission, je vais aller m'occuper de votre repas.

Après le départ du restaurateur, Armstrong murmura à son collègue :

— Je ne m'attendais pas à une réaction aussi rapide en m'adressant au sergent Tang-po. 100 000 dollars, ça en fait, du fric ! Cette affaire cache peut-être autre chose qu'un simple enlèvement.

Mais Armstrong n'avait rien appris de plus avant de se rendre sur le champ de courses. Il braqua ses jumelles sur Butterscotch Lass, qui lui parut en grande forme.

— Robert ?

— Oh ! bonjour Peter.

— Vous avez remarqué comme Noble Star a déboulé sans être sollicitée par son jockey ? dit l'écrivain.

— Vous avez de bons yeux.

— C'est McBride qui me l'a soufflé dans le creux de l'oreille, avoua Marlowe en montrant un groupe d'hommes entourant un des chevaux.

Donald McBride, commissaire de course, était un promoteur eurasien qui avait quitté Shanghai en 1949 pour s'installer à Hong Kong.

— Il ne vous aurait pas aussi refilé le gagnant, par hasard ? S'il y a quelqu'un qui le connaît, c'est bien lui.

— Non, mais il m'a invité dans sa loge samedi. Vous courez, vous aussi ?

— Grand Dieu non ! Je ne fais pas partie du gratin !

Les deux hommes observèrent un moment les pur-sang puis Armstrong tourna ses jumelles vers Dunross, qui discutait avec plusieurs commissaires. L'homme de la

Special Intelligence que Crosse avait affecté à sa surveillance se tenait à proximité.

— Avant que j'oublie, Peter : le Vieux est d'accord pour votre balade le long de la frontière. Après-demain vendredi, six heures précises au QG de Kowloon.

— Formidable ! s'exclama Marlowe, ravi.

Enfin il allait pouvoir regarder la Chine continentale, plonger les yeux dans l'inconnu. De toute la zone frontière des Nouveaux Territoires, les touristes avaient accès à un seul observatoire, si lointain qu'on n'y découvrait quasiment rien de la Chine, même avec des jumelles. Par contre il existait une route qui longeait la frontière d'une côte à l'autre et traversait le no man's land situé entre la Chine et la Colonie. Une fois par jour, la police de Hong Kong y effectuait une patrouille selon des règles soigneusement établies : le gouvernement de Sa Majesté ne tenait pas à irriter la République populaire de Chine.

— À une condition, précisa Armstrong. Vous n'en parlerez pas avant un an.

— Vous avez ma parole.

Le commissaire reprit dans un bâillement :

— Vous serez le premier Américain à y faire un tour. À propos, pourquoi avez-vous pris la nationalité américaine ?

— C'est aux États-Unis que je gagne ma vie. En outre, je commence à avoir des lecteurs et je préfère avoir le droit d'émettre des critiques sur ce pays.

— Vous vous êtes déjà rendu de l'autre côté du rideau de fer ?

— Je suis allé à Moscou en juillet pour le festival cinématographique : un de mes films représentait les États-Unis. Pourquoi ?

— Oh ! pour rien, répondit Armstrong en songeant aux visas soviétiques des passeports de Bartlett et Tcholok.

— Un service en vaut un autre : j'ai entendu certains bruits sur les armes trouvées à bord de l'avion.

Armstrong dressa l'oreille car Peter Marlowe avait le rare privilège de fréquenter toutes les couches sociales de Hong Kong et de compter des amitiés parmi des groupes hostiles les uns aux autres.

— Il ne s'agit probablement que de rumeurs mais des amis à moi considèrent...

— Des amis chinois ?

— Oui. Selon eux, ces armes n'étaient que des échantillons destinés à l'un de vos contrebandiers notoires, qui devait ensuite les livrer à l'un des groupes de guérilla opérant au Viêt-nam du Sud : le Vietcong.

— Cela me paraît tiré par les cheveux, marmonna le commissaire. Hong Kong est le dernier endroit à choisir pour y faire transiter des armes.

— Il s'agissait d'une cargaison spéciale : la première d'une série, réclamée et livrée de toute urgence. Vous avez entendu parler de la Delta Force ?

— Non, mentit Armstrong, stupéfait que Marlowe fût déjà au fait d'une information ultra-confidentielle, que Rosemont lui avait confiée sous le sceau du secret.

— Si j'ai bien compris, ce sont des soldats américains spécialement entraînés opérant au Viêt-nam en petites unités sous le commandement de l'American Technical Group, couverture de la CIA. Ces troupes ont remporté de tels succès que le Vietcong a besoin rapidement de grandes quantités d'armes modernes, et il est prêt à les payer un bon prix. Voilà pourquoi des échantillons ont été envoyés de toute urgence par l'avion de Bartlett.

— Il est dans le coup ?

— Mes amis en doutent. Une fois les échantillons approuvés, la livraison en grande quantité ne posera pas de problème.

— Expliquez-vous.

— Ces armes proviennent de l'armée américaine et c'est elle qui va les fournir.

— Comment ?

— C'est très simple. Il suffit que le Vietcong soit informé *à l'avance* de la date exacte, de la destination, de la quantité et du type d'armes livrées au Viêt-nam. Vous connaissez l'Asie : un peu de *h'eung yau* ici et là... Ensuite il n'y a plus qu'à détourner la cargaison.

— Comment le Vietcong paiera-t-il ? Par l'intermédiaire d'une banque de Hong Kong ?

— En opium, livré ici. Une des grandes banques de la Colonie assure le financement de l'opération.

— C'est sans faille, fit Armstrong, admiratif.

— Oui. Un salopard de traître transmet à l'ennemi, depuis les États-Unis, des informations grâce auxquelles il nous vole les armes dont il a besoin pour tuer nos propres soldats. L'ennemi paie avec un poison qui ne lui coûte rien — le seul produit, j'imagine, dont il dispose en grande quantité. L'opium est introduit à Hong Kong par des contrebandiers chinois et transformé en héroïne. C'est ici, en effet, que se trouvent les labos et les spécialistes. Aux États-Unis, les traîtres qui ont fourni les renseignements passent un marché avec la Mafia, qui revend l'héroïne avec un profit énorme à de jeunes Américains. Si bien que, du même coup, l'ennemi mine un des piliers de notre pays : sa jeunesse.

Le policier réfléchit un moment à cette théorie qui permettait d'assembler tous les éléments du puzzle.

— Banastasio, cela vous dit quelque chose ?

— C'est un nom à consonance italienne, répondit Peter Marlowe sans se troubler.

Il tenait ses informations de deux journalistes eurasiens portugais qui détestaient la police. Quand il leur avait demandé s'il pouvait les transmettre à Armstrong, l'un d'eux, Da Vega, avait posé certaines conditions : « Ne citer aucun nom, ni les nôtres, ni ceux de Wu-Quatre-Doigts, Pa-le-Contrebandier, la Ching Prosperity ou Banastasio. »

Après un moment de silence, le commissaire relança l'écrivain :

— Qu'avez-vous entendu d'autre ?

— Des tas de choses mais je vous en ai assez dit pour aujourd'hui. Un dernier tuyau, cependant : un ami journaliste m'a chargé de vous prévenir qu'une réunion concernant la drogue se tiendra prochainement à Macao.

— Les yeux bleus du policier se rétrécirent.

— Quand ?

— Je n'en sais rien.

— Quel genre de réunion ?

— Gros bonnets : fournisseurs, importateurs, exportateurs, distributeurs, pour reprendre les termes de mon ami.

— Où, à Macao ?

— Il ne me l'a pas dit.

— Il a prononcé des noms ?

— Aucun, mais il a précisé qu'il y aurait un participant américain.

— Bartlett ?

— Il n'a mentionné aucun nom, je vous le répète. Bartlett me fait d'ailleurs l'impression d'un type très bien dont on cherche à salir la réputation.

Armstrong grimaça un de ses sourires de bilieux :

— Je suis un flic méfiant et l'on trouve des fripouilles

partout : aussi bien dans les palaces que dans les taudis. Peter, mon vieux, j'ai un message pour votre ami journaliste : s'il veut me filer des tuyaux, il peut m'appeler directement.

— Il a peur de vous. Moi aussi d'ailleurs !

— Mon œil, grogna le commissaire. À votre avis, quel est le meilleur endroit de la Colonie pour la contrebande ?

— Aberdeen ou Mirs Bay, tout le monde le sait.

Aberdeen, songeait Armstrong. Oui, mais quel contrebandier ?... ils sont près de deux cents. Je parierais pour Quatre-Doigts, mais il y a aussi Poon-Beau-Temps, Pa-le-Contrebandier, Ta Sap-fok, Pok-le-Pêcheur... Et à Mirs Bay ? Les frères Pa, Fang-le-Braillard, plus un millier d'autres...

— À mon tour de jouer les informateurs : prévenez votre ami que la délégation parlementaire britannique arrive aujourd'hui de Pékin... Qu'avez-vous ?

— Rien, assura Marlowe en s'efforçant de masquer son trouble. Vous disiez ?

— La délégation arrive cet après-midi par le train de Canton, annonça Armstrong en scrutant le visage de l'écrivain. Elle changera de voiture à la frontière à 16 h 32 : votre ami pourrait se débrouiller pour obtenir une interview exclusive.

— Merci, je transmettrai. Bon, il faut que je vous quitte.

Brian Kwok s'approcha d'eux en courant.

— Salut, Peter, haleta-t-il. Robert, Crosse veut nous voir immédiatement.

— Merde ! soupira Armstrong d'un ton las. Je t'avais dit de ne pas appeler le QG avant de rentrer. Ce type ne dort jamais. Va chercher la voiture, je te retrouve devant l'entrée.

Quand Kwok se fut éloigné, Armstrong demanda à l'écrivain :

— Pourquoi avez-vous sursauté quand j'ai parlé de la délégation ?

— Je... j'ai connu un de ses membres pendant la guerre : le lieutenant Robin Grey. Il a été prévôt de Changi pendant deux ans, répondit Marlowe d'un ton glacial. Nous nous haïssons mutuellement. J'espère seulement que je n'aurai pas à le rencontrer.

Planté près du poteau d'arrivée, Gornt regardait l'écrivain se diriger vers un groupe de jockeys et d'entraîneurs après avoir quitté Armstrong.

— Sale fouineur ! grinça le Taï-pan de Rothwell.

— Qui ça ? Ah ! Marlowe ! ricana sir Dunstan Barre. Ce n'est pas un fouineur mais il aimerait bien tout savoir sur Hong Kong. Il est fasciné par les zones d'ombre de votre passé — et de celui du Taï-pan.

— Et le vôtre, Dunstan ? Pas de squelettes dans les placards de votre famille ?

— Si, naturellement. Prenez un Anglais, grattez le vernis, vous trouverez un foutu pirate. Nous avons tous un passé ténébreux.

— J'organise une petite fête dimanche, à bord de mon yacht. Épouses interdites. Qu'en dites-vous ?

— Ah ! je suis dans le coup ! s'exclama Barre. Je peux amener une amie ?

— Deux si vous voulez. Plus on est de fous... Il y aura Plumm, c'est un type agréable et sa petite amie m'amuse beaucoup.

Voyant Marlowe obliquer vers Donald McBride, qui venait de lui faire signe, Gornt eut une idée soudaine.

— Je crois que je vais aussi inviter Marlowe.

— Vous ne venez pas de le traiter de fouineur ?

— Précisément. Je lui réserve quelques histoires sur les Struan, les pirates d'hier et d'aujourd'hui.

— S'il pouvait pleuvoir ! soupira l'aristocrate rougeaud en s'épongeant le front. Vous savez que Marlowe était dans les Hurricanes ? Il a descendu trois foutus boches à la bataille d'Angleterre avant d'être envoyé à Singapour. Je ne pardonnerai jamais à ces foutus Japs ce qu'ils ont fait à nos gars. Un cauchemar... À propos de cauchemars, vous avez essayé d'en donner à Ian en venant à sa réception ?

— Il m'a rendu la pareille en s'occupant de ma voiture.

— Hein ? on a trafiqué votre Rolls ?

— On a cassé le maître cylindre en tapant dessus.

Barre secoua la tête avec une expression incrédule :

— Ian est un homme violent mais ce n'est pas un imbécile. Je ne le crois pas capable d'une tentative de meurtre.

— Ce ne serait pourtant pas la première fois.

— À votre place, j'éviterais de répéter ce genre de choses devant témoin.

— Vous n'êtes pas un témoin, pas vrai, mon vieux ? Par les temps qui courent, les amis doivent se serrer les coudes.

— Ah oui ? balbutia Barre, s'attendant au pire.

— Le marché est très agité, la ruée sur Ho-Pak pourrait compromettre une partie de nos plans.

— Ma société Hong Kong and Lan Tao Farms est aussi solide que le Peak.

— À condition que vos banquiers suisses maintiennent les nouveaux crédits qu'ils vous ont accordés.

Le visage rubicond blêmit.

— Sans leurs capitaux, vous ne pouvez pas mettre la main sur la Compagnie des docks de Hong Kong, la Royal Insurance of Hong Kong and Malaya, ni vous implanter à Singapour, ni réaliser les quelques autres petites opérations douteuses que vous projetez, vous et votre nouvel ami Mason Loft, l'enfant prodige de Threadneedle Street.

— D'où tenez-vous ces informations ? murmura Barre, le dos inondé de sueur froide.

— J'ai des amis haut placés. Mais rassurez-vous, je ne révélerai à personne votre talon d'Achille... À propos, Dunstan, j'aurai peut-être besoin de votre voix au prochain conseil d'administration de la banque.

— Sur quelle question ?

— Sais pas encore, marmonna Gornt en observant son cheval. J'ai seulement besoin de savoir que je peux compter sur vous.

— Mais naturellement, vieux.

— Merci. Vous vendez vos Ho-Pak, vous aussi ?

— Bien sûr, et j'ai retiré tout mon argent de la banque de Kwang. Pourquoi ?

— J'ai entendu dire que l'accord entre Struan et Par-Con ne se fera pas et j'ai l'intention de vendre également Struan à découvert...

— Bonjour, Quillan, bonjour Dunstan, dit Donald McBride en s'approchant, deux hommes dans son sillage. Puis-je vous présenter Mr. Charles Biltzmann, vice-président d'Americain Superfoods, qui dirigera la nouvelle société General Stores-Superfoods, et qui s'installe dès à présent ici. Mr. Gornt, sir Dunstan Barre...

Grand et blond, l'Américain portait un costume gris, une cravate, et des lunettes à verres non cerclés.

— Charmé de faire votre connaissance, assura-t-il aimablement en tendant la main. Joli petit hippodrome, que vous avez là.

À ses côtés se tenait Richard Hamilton Pugmire, Taï-pan de HK General Stores, commissaire du club hippique, petit homme arrogant dans la cinquantaine qui semblait lancer sa taille à la figure du monde comme un défi.

— Bonjour ! s'exclama-t-il. Alors, qui gagnera dans la cinquième ?

— Je vous le dirai après la course, répondit Gornt en le toisant.

— Voyons, Quillan, vous savez bien que l'arrivée sera décidée avant même que les chevaux n'entrent en piste.

— Richard plaisante, intervint McBride.

C'était un Eurasien aux traits agréables et au sourire chaleureux, âgé d'un peu plus de soixante ans.

— On parle toujours de courses truquées mais nous faisons notre travail, ajouta-t-il à l'intention de Biltzmann.

— Ainsi vous allez vivre à Hong Kong, Mr. Biltzmann ? demanda Gornt.

— Appelez-moi Chuck. Oui, il faudra bien puisque je suis à présent le Taï-pan de Superfoods of Asia. Ça sonne bien, non ?

— À merveille ! ironisa Gornt.

Peu habitué aux sarcasmes anglais, Biltzmann continua d'un ton joyeux :

— Je suis ici pour deux ans au moins et j'ai l'intention de profiter au maximum de mon séjour. Dès que ma femme sera dans ses meubles, nous vous inviterons à dîner. Un barbecue, peut-être ? Nous ferons venir des steaks de New York une fois par mois. Et des pommes de terre de l'Idaho !

— Je suis particulièrement content pour les pommes de terre, persifla Gornt. Je suppose que vous allez faire construire ?

— Non. Dickie nous a trouvé quelque chose dans Blore Street, le quartier chic.

Les autres retinrent leur rire : la plus ancienne et la plus célèbre des maisons de petite vertu de la Colonie se trouvait dans cette rue, au n° 1. Elle avait été fondée en 1860 par Nellie Blore, l'une des « jeunes demoiselles » de Mrs. Fotheringill, avec l'argent que lui avait donné Culum Struan, et fonctionnait toujours selon les mêmes règles.

Les « pensionnaires » venaient d'Europe ou d'Australie, la clientèle indigène n'était pas admise.

— Blore Street vous conviendra parfaitement, déclara Gornt.

— La vue est formidable mais il y a des problèmes de tuyauterie. La bourgeoise s'en occupera.

— Elle travaille dans la plomberie ?

L'Américain s'esclaffa.

— Non, mais elle bricole dans la maison.

— Si vous voulez bien m'excuser, je dois voir mon entraîneur... Donald, je peux vous dire un mot ?

— Bien sûr. À tout de suite, Mr. Biltzmann.

— Appelez-moi Chuck, voyons.

Quand les deux hommes se furent suffisamment éloignés, Gornt attaqua d'un ton rageur :

— Vous n'envisagez pas sérieusement de faire entrer ce guignol au club hippique ?

— Eh bien... si ! répondit McBride avec embarras. C'est la première fois qu'une grande firme américaine s'installe ici. Pour nous, c'est important.

— Alors faites-en un membre sans droit de vote, cela nous épargnera au moins de l'avoir dans les loges. Si vous voulez l'inviter dans la vôtre, c'est votre affaire, mais pas question de lui donner une voix et une loge ! Il va probablement faire imprimer Superfoods sur la casaque de ses jockeys !

— Il est nouveau, il apprendra, plaida le commissaire. C'est un type bien, même s'il commet quelques gaffes, et il a de la fortune.

— Depuis quand l'argent donne-t-il accès au club ? S'il en était ainsi, nous serions envahis par tous les parvenus chinois !

— Je ne suis pas d'accord. Il faudrait peut-être augmenter le nombre des membres ayant droit de vote.

— Certainement pas. Bien entendu, la décision appartient aux commissaires mais je vous conseille de réfléchir.

Les deux cents membres du club ayant droit de vote désignaient chaque année les douze commissaires à bulletin secret. Gornt, qui se présentait régulièrement, n'avait jamais obtenu le nombre de voix nécessaires pour être élu.

— Très bien, quand sa candidature sera proposée, je ferai part de votre opposition, promit McBride.

— Ce qui reviendra à assurer son élection, répliqua Gornt en souriant.

— Je n'en suis pas sûr. C'est Pug qui m'a prié de le présenter à tout le monde et je dois reconnaître que Biltzmann a pris un très mauvais départ. Avec Paul Havergill, il a comparé nos procédures bancaires à celles des États-Unis — et la comparaison n'était pas flatteuse pour nous ; avec le Taï-pan, il s'est extasié sur Hag et Dirk Struan, sur les autres pirates et trafiquants d'opium de la famille ! Je me demande vraiment pourquoi Pug a vendu sa firme aux Américains.

— Parce qu'il n'a pas l'envergure de son père. Depuis la mort de sir Thomas, General Stores dévalait la pente. Maintenant Pug a un contrat de cinq ans qui lui garantit un revenu personnel de six millions de dollars américains par an. À lui la galette sans les soucis !

— Il s'est bien débrouillé, convint McBride. Quillan, je suis préoccupé par la cinquième course de samedi. On parle de dopage...

— Il y a toujours des rumeurs de ce genre avant une grande course.

— Les commissaires ont décidé hier soir de rendre les tests anti-dopage obligatoires avant et après chaque course, comme cela se pratique en Angleterre et aux États-Unis.

— Vous aurez le temps de mettre le système sur pied d'ici samedi ?

— Le docteur Meng, le médecin légiste, a accepté de se charger des analyses en attendant que nous ayons un spécialiste.

— Excellente idée, estima Gornt.

— Oui, mais le Puissant Dragon n'est pas de taille face au Serpent local, soupira McBride.

Sur ce, il se retourna et partit. Gornt se dirigea vers son entraîneur, qui discutait avec le jockey de Pilot Fish, un Australien nommé Bluey White. Sur le papier, White était directeur d'un des services de la Rothwell, ce qui lui permettait de préserver son statut d'amateur.

— 'jour, Mr. Gornt, fit le jockey en portant la main à son front.

— Bonjour... Bluey, si tu gagnes, tu auras une prime de cinq mille dollars. Si tu finis derrière Noble Star, tu seras viré.

— Oui, patron ! dit le petit homme sec et dur.

— Va te changer, maintenant.
— Je gagnerai, patron, promit White avant de s'éloigner.
— Pilot Fish est en grande condition, déclara l'entraîneur, mal à l'aise.
— Si Noble Star gagne, vous êtes viré. Si Noble Star finit devant Pilot Fish, vous êtes viré.
— Parole, Mr. Gornt, c'est pas moi qui décide de l'...
— Je ne prétends rien de tel. Je vous annonce simplement ce qui risque de vous arriver, reprit l'homme d'affaires d'un ton enjoué.
Il se rendit au restaurant du club, commanda son petit déjeuner favori — des œufs Benedict et du café de Java. Il savourait sa troisième tasse quand le serveur s'approcha de sa table :
— Un appel téléphonique pour vous, Mr. Gornt.
Le Taï-pan de Rothwell s'isola dans la cabine.
— J'écoute.
— Bonjour, Mr. Gornt. Ici Paul Choy, le neveu de Mr. Wu. J'espère que je ne vous dérange pas.
— Vous êtes matinal, Mr. Choy, remarqua Gornt en cachant sa surprise.
— J'ai tenu à être le premier au bureau pour ma première journée. C'est pourquoi j'étais seul ici quand le téléphone a sonné. C'était Mr. Bartlett, l'Américain, vous savez...
— Bartlett ?
— Oui, il voulait vous parler de toute urgence. J'ai d'abord appelé chez vous puis j'ai essayé au club.
— Que voulait-il ?
— Je ne sais pas. Vous devez le rappeler au V & A, poste 773 : ce n'est pas le numéro de sa suite mais celui de son bureau.
— Bien, merci, fit Gornt, impressionné. Bouche cousue ne gobe pas les mouches, Mr. Choy.
— Soyez tranquille, Mr. Gornt. L'oncle Wu nous a appris à nous taire à coups de taloche.
Gornt mit fin à la communication et composa aussitôt le numéro de l'hôtel.
— Poste 773, s'il vous plaît... Mr. Bartlett ? Bonjour, ici Gornt. Vous vouliez me parler ?
— Oui. J'ai reçu des nouvelles préoccupantes. Vous connaissez la société Toda ?
— C'est une firme japonaise géante qui a des intérêts

dans la construction navale et la sidérurgie. Struan lui a acheté deux navires, des minéraliers, je crois. Pourquoi ?

— Struan lui doit 12 millions de dollars : 6 payables en trois fois, les 1er, 11 et 15 du mois prochain, et 6 autres payables dans quatre-vingt-dix jours. Par ailleurs, Dunross doit rembourser 6,8 millions avant le 8 à Orlin International. Vous connaissez cette banque ?

Gornt était stupéfait que l'Américain connût aussi bien la situation financière du Taï-pan.

— J'en ai entendu parler, répondit-il en tâchant de garder un ton détaché.

— Je sais aussi que Struan ne dispose actuellement que de 1,3 million en liquide et qu'il n'attend pas de rentrées importantes avant novembre. En outre, il a un découvert à la Victoria.

— Voilà des renseignements strictement confidentiels, Mr. Bartlett. Pourquoi me les transmettez-vous ?

— De quelles liquidités disposez-vous ?

— Je vous ai déjà répondu : plus de vingt fois celles de Struan, mentit Gornt avec aisance.

— Si je conclus l'accord avec Dunross, mon apport initial de fonds lui permettra de remplir ses engagements auprès de Toda et Orlin, même si sa banque ne le soutient plus.

— Oui, et alors ?

— Pensez-vous que la Victoria le soutiendra ?

— Elle l'a toujours fait.

— Si elle le lâche, il sera dans la panade.

— Struan est un gros actionnaire de la Victoria, elle est obligée de le soutenir.

— Dunross a un découvert important et Havergill le déteste. Et si l'on additionne les parts de Struan, celles de Chen et de leurs hommes de paille, on obtient seulement 21 %...

Gornt faillit laisser tomber le combiné.

— Comment le savez-vous ? Il faut être parmi les initiés pour...

— Exact, coupa l'Américain d'une voix calme. Pouvez-vous vous assurer le contrôle des 79 % restants ?

— Quoi ?

— Dunross est vulnérable. Si sa banque cesse de le soutenir, il devra vendre une partie de ses biens ou trouver du crédit ailleurs. Dans un cas comme dans l'autre, il s'expose dangereusement à une attaque, à une prise de contrôle de ses sociétés pour une bouchée de pain.

Gornt s'épongea le front et maîtrisa l'excitation qui montait en lui.

— Vous êtes sûr de vos chiffres ?

— Absolument sûr. J'ai en ma possession les bilans de Struan pour les sept dernières années.

— Impossible ! s'écria Gornt.

— On parie ?

— Alors il suffirait d'obtenir aussi l'organigramme secret des sociétés qu'il contrôle pour l'avoir à notre botte.

— J'ai également ce document. Vous êtes dans le coup ?

— Bien sûr, répondit le Britannique avec un détachement qu'il n'éprouvait pas. Quand pourrions-nous nous voir ? À midi ?

— Pourquoi pas maintenant ? Mais ni à l'hôtel ni dans vos bureaux. Il nous faut un endroit plus tranquille.

Gornt avait la bouche sèche, il se demandait jusqu'à quel point il pouvait faire confiance à Bartlett.

— Je... je vous enverrai une voiture. Nous discuterons en roulant.

— Bonne idée mais passez plutôt me prendre à la gare du Golden Ferry dans une heure.

— D'accord. J'ai une Jaguar immatriculée 8888. Je vous attendrai à la station de taxi.

Gornt distingua l'Américain dans la foule et lui envia un moment sa haute silhouette mince, son allure désinvolte et pleine d'assurance. Bartlett portait des jeans, une chemise à col ouvert, une veste sport et, en bandoulière, un appareil photo, ce qui fit rire le Britannique.

Le Taï-pan de la Rothwell ouvrit la porte de sa voiture et lança avec une jovialité forcée :

— Bienvenue sur l'île de Hong Kong !

Puis il mit le moteur en marche, descendit Gloucester Road en direction de Glessing Point et du Yacht Club.

— Comment va miss Casey ? Je pensais qu'elle vous accompagnerait.

— Elle n'est pas encore au courant.

— Elle ne sait pas que vous m'avez téléphoné ?

— Elle ne sait rien du tout.

— Je croyais qu'elle était votre bras droit.

— Elle l'est, mais le patron, c'est moi.

— Je n'en ai jamais douté, mentit Gornt, dont l'opinion sur Bartlett venait de changer.

— On peut s'arrêter quelque part ? J'ai quelque chose à vous montrer.

Gornt continua à descendre Gloucester Road, où la circulation était aussi dense qu'à l'ordinaire, et trouva une place près de Causeway Bay, devant les grappes de bateaux de toutes sortes amarrés le long de la digue antityphon.

— Tenez, dit Bartlett en tendant une chemise à Gornt.

Elle contenait une copie du bilan de Struan pour l'année qui avait précédé sa transformation en société par actions. Gornt en parcourut rapidement les chiffres.

— Bon Dieu, murmura-t-il. Alors le *Lasting Cloud* leur a coûté douze millions ?

— Son naufrage a failli couler la Noble Maison. Il transportait toutes sortes de marchandises curieuses, notamment des moteurs à réaction destinés à la Chine, non assurés.

— Évidemment : on n'assure pas les marchandises de contrebande.

La stupeur de Gornt croissait à mesure qu'il prenait connaissance du document.

— Si j'en avais su seulement la moitié, je les aurais écrasés. Je peux le garder ?

— Je vous en remettrai une copie quand nous nous serons mis d'accord.

Bartlett reprit la chemise et tendit à Gornt une feuille de papier :

— Voici un autre échantillon.

Le second document révélait la participation de Struan dans Kowloon Investments et montrait comment, par l'entremise de compagnies bidon, le Taï-pan exerçait un contrôle absolu sur une firme censée être totalement indépendante et cotée en tant que telle sur le marché.

— De toute beauté ! fit le rival de Dunross, admiratif. Officiellement, Struan ne détient qu'un très faible pourcentage mais, en fait, la société lui appartient.

— Aux États-Unis, ce genre d'astuce vous conduit en taule.

— Dieu merci, c'est parfaitement légal à Hong Kong — quoiqu'un peu tortueux.

Les deux hommes partirent d'un même rire et Bartlett récupéra la feuille en disant :

— Je possède des informations semblables sur le reste de leurs holdings.

— Pour être clair, qu'envisagez-vous exactement, Mr. Bartlett ?

— Une attaque commune contre Struan, une offensive de guerre éclair que nous déclencherions dès aujourd'hui. Nous nous partagerions également les dépouilles : à vous la maison sur le Peak, le yacht, le prestige, le titre de commissaire de course — oui, je sais que vous y attachez une importance particulière. Pour tout le reste, moitié moitié.

— Excepté Kai Tak : j'en ai besoin pour ma ligne aérienne.

— Dans ce cas, vous me laissez Kowloon Investments.

— Non, nous partageons, comme pour le reste, répliqua Gornt.

— Pas question. Il vous faut Kai Tak, il me faut Kowloon Investments pour asseoir l'implantation de Par-Con en Asie.

— Pourquoi ?

— Parce que toutes les grandes fortunes de Hong Kong reposent sur l'immobilier. KI me fournira la base nécessaire.

— Pour lancer d'autres raids ?

— Naturellement, reconnut l'Américain. Votre ami Jason Plumm est le suivant sur la liste ; nous pourrions facilement absorber Asian Properties. Là encore, moitié moitié ?

Le Britannique demeura silencieux un long moment avant de demander :

— Et après lui ?

— Hong Kong and Lan Tao Farms.

Le cœur de Gornt se mit à battre plus vite. Il avait toujours détesté Dunstan Barre, et sa haine n'avait fait que croître trois ans plus tôt, lorsque Barre avait été nommé chevalier — titre obtenu, Gornt en était persuadé, grâce à de judicieuses contributions financières au Parti conservateur.

— Comment comptez-vous opérer ?

— Il vient toujours un moment où un pays, une armée, une compagnie devient vulnérable. Les généraux comme les P-DG doivent prendre des risques pour se maintenir au premier plan.

— Et vous, vous l'êtes, vulnérable ?

— Je l'étais il y a deux ans. Maintenant, j'ai les réserves qu'il me faut. Qu'il *nous* faut, si vous êtes dans le coup.

Des mouettes tournoyaient dans le ciel, piquaient vers la mer avec des cris rauques.

— Que devrai-je faire ?

— Vous serez le fer de lance de l'offensive, moi je couvrirai l'arrière. Quand vous aurez ouvert une brèche dans ses défenses, je lui assènerai le coup de grâce. Vous avez déjà pris position en ce qui concerne Ho-Pak, je suppose ?

— Oui, je vends. Modérément, mentit Gornt.

— Aux États-Unis, on réussirait à obtenir des informations auprès des propres comptables de la Struan. Et ici ?

— J'en doute.

— Même en y mettant le prix ?

— Non, mais cela ne nous empêche pas de lancer des rumeurs. Oui, ce serait possible. Ensuite ?

— Vous vendez à découvert dès l'ouverture. Un paquet.

Le Taï-pan de Rothwell alluma une cigarette.

— Je vends à découvert. Bien. Et vous, qu'est-ce que vous faites ?

— Rien ouvertement. C'est le piège.

— Un piège qui pourrait se refermer sur moi.

— Et si je m'engageais à couvrir les pertes, pour vous prouver ma bonne foi ?

— Comment ?

— Soit nous partageons les bénéfices moitié moitié, soit je paie les pertes. Si nous ne réussissons pas à le mettre à genoux avant vendredi après-midi, vous rachetez des Struan juste avant la clôture : c'est raté. Si au contraire nous pensons l'avoir, nous vendons à tout va jusqu'à la fermeture. Lundi, après l'avoir laissé mijoter tout le week-end, j'abats mes cartes et je passe à l'offensive. Imparable.

— À condition que je puisse vous faire confiance.

— Aujourd'hui, à 10 h, je déposerai deux millions de dollars américains à votre nom dans une banque suisse de votre choix ; cela compenserait largement vos pertes éventuelles. Je ne vous demande rien en échange : pas de contrepartie, pas de papier, pas d'engagement, juste votre parole que cet argent servirait à couvrir vos pertes. Si nous gagnons, nous partageons les profits et le reste de Struan comme convenu.

— Vous mettriez deux millions de dollars à ma disposition ? demanda Gornt, incrédule.

— De toute façon, vous êtes certain de ne rien perdre. Étant donné vos relations, Dunross ne s'étonnera pas de vous voir mener l'assaut et il ne s'attendra pas à l'attaque que je lancerai sur l'aile.

— Pourquoi ce changement soudain, Mr. Bartlett ? Vous deviez attendre jusqu'à mardi, voire plus tard.

— Nous avons procédé à certaines vérifications et les chiffres que nous avons découverts ne me plaisent pas du tout. Nous ne devons rien à Dunross et ce serait de la folie que de choisir un associé aussi mal en point. L'accord que je vous propose peut rapporter des centaines de millions.

— Et si nous perdons ?

— Je retournerai chez moi, répondit Bartlett avec un haussement d'épaules. À moins que nous ne passions un accord Rothwell-Gornt-Par-Con. On ne peut pas toujours gagner mais cette opération est trop belle pour que je ne la tente pas. Sans vous, elle ne peut réussir. Je connais maintenant assez Hong Kong pour savoir que la règle du jeu y est très particulière. Je n'ai pas le temps de l'apprendre, je préfère m'associer avec vous.

— Ou avec Dunross.

Bartlett se mit à rire.

— Vous n'êtes ni endetté ni vulnérable — lui si. Alors, qu'en dites-vous ?

— Vous êtes très convaincant, je dois le reconnaître. Qui vous a fourni les informations — et le document ?

— Je vous répondrai mardi, après l'effondrement de Struan.

— Il faudra donc prévoir la récompense de Mr. X ?

— 5 % du total, pas davantage.

Gornt hocha la tête, partagé entre son désir d'anéantir Struan et sa méfiance à l'égard de Bartlett.

— Je vais réfléchir.

— Combien de temps ?

— Jusqu'à 11 heures.

— Non, pas question. C'est un raid que je vous propose, pas une affaire ordinaire. Nous nous mettons d'accord maintenant ou pas du tout.

Gornt consulta sa montre : il avait le temps. Un coup de téléphone à un journal chinois suffirait pour que les informations qu'il voulait rendre publiques paraissent dans la presse du matin. Et si Bartlett préparait un coup fourré, il avait gardé, lui aussi, un as dans sa manche — Havergill.

Il suivit des yeux une mouette qui, portée par un courant d'air chaud, planait en direction du Peak. Son regard se posa sur la Grande Maison, perchée sur les hauteurs.

— D'accord, déclara-t-il en tendant la main.

— Parfait. Où dois-je verser les deux millions ?

— À la Banque de Suisse et de Zurich, compte numéroté 181819. Attendez, je vais vous le noter.

Gornt porta la main à l'une de ses poches et s'aperçut que ses doigts tremblaient.

— Non, inutile, fit l'Américain. Le compte est à votre nom ?

— Grand Dieu non ! À celui de Canberra SA.

— Eh bien ! Canberra Société Anonyme est plus riche de deux millions ! Et dans trois jours, avec un peu de chance, vous serez Taï-pan de la Noble Maison ! dit Bartlett en ouvrant la portière de la voiture. Salut.

— Attendez, je vais vous dépo...

— Non, merci. Je dois donner un coup de téléphone et, à 9 h 15, j'ai rendez-vous avec votre amie Orlanda Ramos.

Bartlett descendit de la Jaguar et s'éloigna avec un dernier signe de la main. Parfait, se dit Gornt. Elle l'aura à l'œil si elle devient sa maîtresse — et elle le deviendra, elle a trop à y gagner.

Il suivit l'Américain des yeux jusqu'à ce qu'il disparaisse dans la foule de Wanchai, et se sentit soudain très las. Tout paraissait trop simple, trop facile. Son regard se porta de nouveau vers la Grande Maison qui semblait l'attirer irrésistiblement. Une bouffée de haine le submergea et il repensa à ses ancêtres : sir Morgan Brock, brisé par les Struan ; Gorth Brock, assassiné par Dirk Struan ; Tyler Brock, trahi par sa fille, Hag Struan. Il renouvela le serment qu'il avait fait à son père et que son père avait fait au sien : venger les Brock, détruire la Noble Maison.

28

10 h 50

Émergeant d'un ciel légèrement nuageux, le soleil accablait Aberdeen de ses rayons. L'air était moite, étouffant. La mer était à marée basse, et l'odeur des plages de vase découvertes, du varech pourrissant rendait l'atmosphère plus lourde encore.

Une foule de Chinois impatients et renfrognés se pressait entre les barrières que la police avait placées devant l'agence de la Ho-Pak et qui ne laissaient passer qu'une personne à la fois. Des hommes et des femmes de tous âges se bousculaient, se poussaient pour gagner quelques centimètres dans la file d'attente.

— Regarde ces cons, murmura l'inspecteur principal Donald C. C. Smyth. Si chacun attendait tranquillement son tour, cela irait beaucoup plus vite. Appelle la brigade anti-émeute.

— Oui, inspecteur, répondit le sergent Mok.

Ayiiya, pensait Mok en se dirigeant vers la voiture de ronde, ce crétin n'a pas encore compris que les Chinois sont incapables de faire la queue pendant des heures comme les *quai lohs* ou les diables de la mer de l'Est.

— Sergent Mok, annonça-t-il dans le micro du tableau de bord. L'inspecteur réclame une unité anti-émeute de toute urgence. Garez-vous derrière le marché aux poissons et restez en contact.

Le sergent alluma une cigarette en plissant le front. Cette foule l'inquiétait. Si la banque fermait à trois heures comme hier, avant d'avoir remboursé tout le monde, les déposants mettraient l'agence à sac. En tout cas, c'est ce qu'il aurait fait, lui, s'il n'avait déjà récupéré ses économies ce matin grâce au sergent.

— Sergent ?

— Oui ?

— Regardez, là-bas ! dit un jeune inspecteur en civil. Près des barrières de la Victoria. La vieille *amah*.

— Où ?... Ah ! oui.

Mok observa un moment la vieille sans rien déceler d'anormal puis il la vit trottiner à travers la foule et murmurer quelque chose à l'oreille d'un jeune Chinois en jeans en indiquant un vieil homme qui venait de sortir de la banque. Le jeune Chinois prit aussitôt le sillage du vieux tandis que l'*amah* retournait se poster près de la barrière.

— C'est la troisième fois, sergent. La vieille lui montre un client, il le suit, revient quelques minutes plus tard. Je suis sûr de l'avoir vu glisser quelque chose à l'*amah*. De l'argent, sans doute.

— Bon travail, Wu-le-Bigle. C'est sûrement la mère et le fils, qui opèrent pour la même triade. Suis-le, moi je fais le tour pour l'intercepter de l'autre côté.

Le sergent Mok tourna le coin de la rue, descendit une ruelle encombrée d'étals puis tourna de nouveau, juste à temps pour voir des billets passer d'une main dans une autre. Quand il aperçut le Bigle à l'autre bout de la rue, il s'avança d'un pas pesant.

— Qu'est-ce qui se passe ?

— Hein ? Rien, rien du tout, bafouilla le vieux. Je n'ai rien fait !

— Pourquoi tu lui as donné de l'argent ?

Le jeune Chinois regardait le policier avec insolence. Il n'avait pas peur, il était Kin-le-Grêlé, l'un des Loups-Garous qui terrifiaient Hong Kong !

— Il t'a accosté ? reprit Mok. Il t'a menacé ?

— Non. Je... je lui devais cinq cents dollars... C'est mon cousin.

Des badauds commençaient à s'attrouper.

— Pourquoi tu sues comme ça ? insista le sergent.

— Les dieux forniquent tous les pourceaux ! Il fait chaud, tout le monde sue !

— C'est vrai, fornication ! lança quelqu'un.

Le policier se tourna vers le jeune truand qui l'observait d'un air moqueur.

— Comment tu t'appelles ?

— Sixième fils Wong.

— Menteur ! Vide tes poches !

— J'ai rien fait ! Je connais la loi. Vous pouvez pas me fouiller sans mand...

La poigne d'acier de Mok saisit le bras du Grêlé et le

tordit derrière son dos. Le Bigle s'avança, sortit des poches du racketteur des liasses de billets.

— D'où ça vient ? aboya Mok.

— C'est à moi, gémit Kin. Je suis prêteur sur gages, je ramasse mon ar...

— Où travailles-tu, habituellement ?

— Dans... la Troisième Allée, derrière Aberdeen Road.

— Allons-y, ordonna le policier en lâchant le Grêlé.

— Rendez-moi d'abord mon fric ! réclama le jeune arnaqueur, qui prit la foule à témoin. Vous avez vu, il m'a pris mon argent ! Je suis un honnête prêteur sur gages !

— Oui, rendez-lui son argent, fornication !

— S'il est prêteur...

Les curieux se mirent à échanger des arguments pour et contre. Voyant une ouverture dans la foule, Kin s'y précipita et s'enfuit à toutes jambes. Wu-le-Bigle voulut se lancer à sa poursuite mais les badauds ne s'écartèrent pas sur son chemin comme ils l'avaient fait pour faciliter la fuite du truand.

— Laisse-le donc courir, ce saligaud sans mère, grogna Mok.

— Qu'est-ce que vous allez faire de son argent, fornication ? demanda une voix.

— Je vais en faire cadeau à un asile de vieillards, rétorqua le sergent. Va déféquer dans l'oreille de ta grand-mère !

La foule se dispersa.

— Pourquoi ils réagissent comme ça, sergent ? demanda Wu. Nous cherchons seulement à les protéger.

— Ils ne font pas confiance aux flics, soupira Mok. C'est comme ça en Chine depuis que la police existe.

— Mais nous, c'est différent, nous sommes de la police britannique.

— Oui, oui, répondit le sergent, qui ne voulait pas briser les illusions de son jeune collègue.

Moi aussi j'ai servi loyalement la Reine et le drapeau *quai loh* se souvint-il. Mais lorsque j'ai eu besoin d'aide et de protection, personne ne m'en a accordé. Les Britanniques me traitent comme de la viande de chien et me versent un salaire de misère. Comment vivre en sécurité sans argent ? Comment envoyer mes fils faire leurs études en Angleterre ou aux États-Unis ?

Quand j'ai eu besoin de 10 000 dollars pour l'aîné, ce

n'est pas le directeur de la police qui me les a prêtés, c'est le Serpent, et à 10 % d'intérêt seulement. Maintenant mon fils est architecte, le mois prochain il aura un passeport américain, il pourra revenir ici, personne ne s'en prendra à lui. Au contraire, c'est lui qui nous protégera. Non pas que j'aie besoin de protection, puisqu'à présent, je suis Grand Dragon. Ni les dieux, ni les diables, ni le Serpent lui-même ne peuvent toucher à ma famille ou à mes comptes en Suisse et au Canada.

De retour devant l'agence, le sergent rapporta l'incident à son chef.

— Mets l'argent dans la cagnotte et offre un gueuleton à tes hommes ce soir, ordonna Smyth. Qui était avec toi ? Wu, celui qui veut entrer dans la SI ?

— Oui, inspecteur. Il est plein de bonne volonté.

Smyth fit venir le Bigle et lui demanda :

— Où est-elle, cette *amah* ?

Wu lui montra la vieille, qui attendait au coin de la rue le retour de son complice.

— Quand elle s'en ira, suis-la sans te faire voir, elle te mènera au jeunot qui vous a filé entre les doigts. Et peut-être au reste de la bande.

Il se fit derrière eux un silence menaçant puis des cris s'élevèrent, suivis d'un rugissement furieux. La foule avait renversé les barrières, bousculé les quatre policiers postés devant l'entrée, et s'était ruée dans la banque. Sung, le directeur, tentait en vain d'endiguer le flot avec l'aide de ses employés.

— Appelle du renfort ! ordonna Smyth.

Mok courut à la voiture tandis que le Serpent se dirigeait vers l'agence en lançant des appels au calme dans son mégaphone. Dans le tumulte, personne ne l'entendit. D'autres policiers accoururent à la rescousse, parvinrent à fermer la porte mais la foule l'ouvrit de nouveau. Une brique fracassa la vitre d'une des fenêtres et déclencha une avalanche de projectiles de toutes sortes, ramassés sur un chantier voisin.

Smyth empoigna une des barrières métalliques en criant à ses hommes :

— Aidez-moi !

Et s'en servant comme d'un bouclier, il força la meute à reculer.

— À mort ces fornicateurs de banquiers ! Ils ont volé notre argent !

— *À mort les diables d'étrangers !*

Smyth sentit soudain que l'incident virait à l'émeute, comme en 1956. Plusieurs Chinois se jetèrent sur lui, une main s'agrippa à sa ceinture, une autre fit tomber sa casquette ; un poing s'enfonça dans son ventre, des ongles lui lacérèrent le visage. Mok chargea à la tête d'un petit groupe pour libérer son chef, que la foule venait d'engloutir.

Dix hommes de la brigade anti-émeute déboulèrent alors de la rue, foncèrent sur les assaillants et dégagèrent l'inspecteur. Smyth avait la bouche en sang, l'épaule gauche disloquée.

— Ça va, inspecteur ?

— Nom de Dieu, relevez les barrières ! Et virez-moi ces salauds de la banque à la lance d'arrosage !

Mais les lances d'arrosage ne furent pas nécessaires. La première charge de la brigade anti-émeute avait fait reculer la foule des Chinois, qui se tenaient à présent à distance, l'air renfrogné. Certains criaient encore des insultes.

Smyth emboucha le mégaphone et menaça en cantonais :

— Quiconque s'approche à moins de vingt mètres sera arrêté et déporté ! Mettez-vous sur une file si vous voulez entrer dans la banque ! Là-bas, à cent mètres.

La foule gronda, hésita mais battit en retraite quand Mok s'avança de nouveau avec les hommes de la brigade anti-émeute.

— Inspecteur ! appela un policier agenouillé près d'une femme que la foule avait piétinée.

Un filet de sang coulait de la bouche de la fille, qui respirait difficilement.

Smyth s'approcha.

— Bon Dieu, fais venir l'ambulance !

La fille hoqueta, cracha un flot de sang et mourut.

Christian Toxe, rédacteur en chef du *Guardian*, griffonnait des notes, le téléphone plaqué contre l'oreille.

— Comment s'appelle-t-elle, Dan ? demanda-t-il à son correspondant par-dessus le brouhaha de la salle de presse.

— Su Tzee-Ian, d'après l'un de ses livrets d'épargne, répondit Dan Yap, le journaliste, depuis Aberdeen. Mais un autre livret porte le nom de Tak H'eung fah. Elle avait au total plus de 7 000 dollars d'économie.

— Ces noms te disent quelque chose ?

— Non. Le premier, Su, signifie Glycine, le second, Tak, Fleur-Parfumée.

— Ça fait beaucoup de fric pour une fille de dancing, non ?

— Elle devait être entretenue. Détail intéressant, on a retrouvé dans son sac une enveloppe chiffonnée contenant une lettre d'amour à l'eau de rose écrite il y a deux semaines et adressée à... une seconde... à Tak H'eung fah, 14 Tsung Pan Street, Aberdeen.

— En anglais ?

— Non, en chinois, mais les caractères étaient tracés bizarrement, comme par une main *quai loh*.

— Débrouille-toi pour en avoir une copie pour l'édition de ce soir. C'était signé ?

— « Ton seul amour » — amour en anglais.

— Dan, tu restes sur cette affaire, tu suis les flics à l'appartement de la fille — si c'est le sien. Tu me trouves le nom du propriétaire, tu te renseignes sur les parents et les amis de la morte.

Toxe raccrocha et appela son adjoint :

— Mac ! On passe l'affaire en « dernière heure » avec ce titre : « La foule tue Fleur-Parfumée. »

Un grand maigre aux cheveux gris et à l'air sévère sortit de son bureau.

— Plutôt : la foule assassine..., proposa-t-il.

— Oui, c'est meilleur. Martin !

Martin Haply s'approcha.

— Martin, tu me fais un jus du genre : « La belle entraîneuse a été piétinée par la foule mais qui sont les véritables tueurs ? Des gouvernants incompétents qui refusent de réglementer un système bancaire dépassé ? des hommes d'affaires qui lancent des rumeurs fallacieuses ? On peut se demander si la ruée sur la banque Ho-Pak est aussi spontanée qu'il y paraît », etc.

— Compris.

Haply retourna à son bureau, but un reste de café froid, s'installa devant sa machine à écrire et se mit à taper. Des téléscripteurs crépitaient au fond de la salle ; quelques grouillots silencieux passaient prendre la copie.

— Hé, Martin ! cria Toxe. Tu as les derniers cours de la Bourse ?

Le journaliste composa un numéro et répondit :

— Ho-Pak perd quatre points ; à 24,60, Struan perd un point bien qu'il y ait eu des achats importants ; Hong Kong Lang Tao gagne trois points : ce n'est pas étonnant, tout le monde sait maintenant que Dunstan Barre a retiré ses fonds de la Ho-Pak.

— Alors tu avais raison !

— Vic baisse d'un demi-point. Toutes les banques sont instables et il n'y a pas d'acheteurs... Paraîtrait qu'une queue se forme devant les sièges centraux de Blacs et de Victoria.

— Mac, envoie quelqu'un vérifier ! ordonna Toxe.

Bon Dieu, pensa le rédacteur en chef, si Vic boit la tasse, c'est toute l'île qui fait naufrage — avec mes économies. Il se renversa dans son vieux fauteuil, posa les pieds sur son bureau.

— Mr. Toxe, j'ai Mrs. Mong au téléphone, annonça sa secrétaire.

— Merde ! Bon, passe-moi le Dragon.

Le Dragon, c'était la femme de Mong Pa-tok, propriétaire du *Guardian*, de trois journaux chinois et de cinq magazines.

— Allô ? Bonjour Mrs. Mong, que puis-je faire pour vous ?

— Je vois dans édition d'aujourd'hui encore article sur certains taï-pans et grande banque à l'origine rumeurs non fondées concernant Ho-Pak.

— Oui. Haply est sûr de ses informations.

— Mon mari et moi avons d'autres qui disent exactement le contraire. Peut-être sage abandonner attaques.

— Il ne s'agit pas d'attaques mais d'un désir de présenter l'affaire sous son vrai jour. Nous sommes certains que ces rum...

— Pas par taï-pans et grande banque. Mon mari et moi n'aimons pas ces articles. Vous changez, ça-fait-rien.

— C'est moi qui décide de la ligne du journal, riposta Toxe. J'en suis le rédacteur en chef.

— Et nous propriétaires. Nous vous disons arrêter, vous arrêtez.

— Vous m'en donnez l'ordre ?

— L'ordre.

— Bon, dans ces conditions...

Après que l'épouse de Mong Pa-tok eut raccroché, Toxe lança son stylo contre le mur et se mit à jurer. Peg, sa secrétaire, soupira et ferma la porte qui séparait les deux bureaux pour laisser passer l'orage. Il la rouvrit après s'être calmé et lança :

— Peg, fais-nous du café... Mac ! Martin !

Toxe retourna à son bureau, s'assit en faisant craquer son fauteuil, alluma une cigarette et inhala une longue bouffée.

— Oui ? demanda Haply en entrant.

— Laisse tomber l'article que tu es en train d'écrire et fais-moi un jus général sur le système bancaire de Hong Kong...

Comme les deux hommes le regardaient bouche bée, Toxe expliqua :

— Mong n'aime pas notre façon de voir les choses.

— Qu'il aille se faire foutre ! explosa Haply. Vous avez entendu vous-même ce que disaient ces types à la réception du Taï-pan !

— Ça ne prouve rien, et sans preuve, je ne peux pas prendre position. On laisse tomber.

— Mais...

Toxe devint cramoisi.

— *On laisse tomber ! Compris ?*

Haply ouvrit la bouche pour répliquer puis changea d'avis et sortit en claquant la porte.

— Quel sale caractère il a, ce môme, marmonna Christian Toxe.

— Mong n'a pas eu cette idée tout seul, supputa Mac. Quelqu'un a dû la lui souffler. Si tu étais à sa place, que demanderais-tu en échange de ce petit service ?

— Voyons... Mon entrée au club hippique avec droit de vote !

— Vingt sur vingt !

Singh, reporter indien, apporta les derniers télex au rédacteur en chef, qui les lut à mi-voix :

— Téhéran, manœuvres militaires soviétiques près de la frontière et des régions pétrolières de l'Azerbaïdjan iranien où d'autres émeutes ont éclaté... Tel Aviv, la Knesset confirme les plans d'un nouveau détournement des eaux du Jourdain pour irriguer le désert du Neguev... Réactions hostiles immédiates de la Jordanie, de l'Égypte et de la Syrie... Bon, tu en fais des brèves pour la dernière

— c'est pas ça qui nous fera vendre des canards. En première, on développe sur les Loups-Garous : « Malgré le ratissage de la police, les ravisseurs de Mr. John Chen demeurent introuvables... »

Wu-le-Bigle vit la vieille sortir de l'immeuble, un panier au bras, et se mêler à la foule bruyante d'une étroite ruelle d'Aberdeen. En attendant sa réapparition, il avait habilement questionné un vendeur de thé et de boulettes de gruau de riz qui exerçait son négoce au coin de la rue. Ah Tam vivait dans le quartier depuis un an ; elle était venue du village de Ning-tok avec le flot de réfugiés de l'été dernier.

C'était un coup de chance pour le Bigle, dont les parents étaient originaires de ce même village. Il regarda la vieille acheter des légumes puis s'arrêter devant l'étal d'un marchand de volaille dont les poulets étiques, à peine vivants, étaient entassés dans des cages. Après un long marchandage, le volailler consentit un rabais à la vieille, qui était une bonne cliente, saisit le poulet choisi, l'étrangla adroitement d'un geste machinal et le tendit à sa fille de cinq ans, accroupie au milieu des plumes et des tripes.

— J'en veux un au même prix ! s'écria alors le policier. Celui-là !

Tandis que le marchand empoignait en grommelant la bête désignée, Wu se tourna vers Ah Tam.

— Grande sœur, tu viens de me faire gagner de l'argent. Je t'offre une tasse de thé en attendant que la petite vide nos poulets.

— Ah ! merci ! mes vieux os sont fatigués. Allons là-bas, décida Ah Tam en pointant un doigt noueux vers l'étal d'en face. Nous surveillerons pour être sûrs qu'il ne nous en refile pas un autre.

Le volailler marmonna une obscénité qui fit éclater de rire la vieille et le policier. Ah Tam se fraya un chemin à travers la foule, se laissa tomber sur un banc, commanda du thé et commença aussitôt à se lamenter sur la vie qu'elle menait à Hong Kong, au milieu d'étrangers. Wu glissa dans la conversation un ou deux mots de patois de Ning-tok, que Ah Tam releva aussitôt, et tous deux de s'extasier de la coïncidence. Ravie de rencontrer un « pays », elle lui raconta comment la famine avait chassé une grande partie des habitants de son village, comment elle était arrivée dans la colonie, sans argent ni amis.

— J'ai fini par trouver un emploi de cuisinière chez les Ch'ung, des éboueurs. La Première épouse est une sorcière à bouche de magot qui ne me donne pas un sou pour mon travail, juste la nourriture et un coin pour dormir. Mais je serai bientôt débarrassée de toute cette clique !

Ah Tam baissa la voix pour ajouter :

— Les dieux m'ont enfin prise sous leur protection. Dans un mois ou deux, je rentre au pays, je prends ma retraite.

— Ta retraite ? Il faut de l'argent pour cela, grande sœur. Ne viens-tu pas de me dire que les Ch'ung ne te donnent pas un sou ?

— J'ai un ami haut placé, gloussa la vieille.

— Quel genre d'ami ?

— Un homme d'affaires qui a besoin de mes services.

— Ne me raconte pas d'histoires, pouffa le Bigle.

— Mon ami est si puissant que toute l'île en a peur !

— Allons !

— Tu as entendu parler des Loups-Garous ? murmura Ah Tam.

— Quoi ? fit Wu, interloqué.

Il rassembla aussitôt ses esprits : si la vieille disait vrai, il toucherait la récompense, obtiendrait de l'avancement et peut-être sa mutation à la Special Intelligence.

— Tu inventes !

— Est-ce que je mentirais à quelqu'un de mon village ? Mon ami fait partie de leur bande, je te dis.

— Alors tu as de la chance, grande sœur. La prochaine fois que tu le vois, demande-lui s'il n'aurait pas aussi du travail pour moi. Il est aussi de Ning-tok ?

— Non. C'est... c'est mon neveu. Je vais le voir bientôt, il doit m'apporter de l'argent.

— Ne le mets pas à la banque — en tout cas pas à la Ho-Pak si...

— Pourquoi me parles-tu de Ho-Pak ? demanda l'*amah*, soudain méfiante. Je n'ai rien à voir avec Ho-Pak.

Wu essaya de rattraper sa gaffe :

— Je disais Ho-Pak comme ça, parce que j'ai vu la queue ce matin.

Pas tout à fait convaincue, Ah Tam hocha la tête,

remercia le jeune homme pour le thé et alla chercher son poulet en marmonnant entre ses dents.

L'homme de la CIA descendit de voiture et entra d'un pas pressé au QG de la police.

— Bonjour, Mr. Rosemont, le salua un sergent en uniforme.

— J'ai rendez-vous avec Mr. Crosse.

— Oui, il vous attend.

La mine sombre, l'Américain se dirigea vers l'ascenseur. J'en ai ma claque de cette putain d'île et de ces emmerdeurs de Britanniques ! soupira-t-il intérieurement.

— Bonjour, Stanley, lui lança Armstrong. Vous nous rendez visite ?

— Salut, Robert. Je viens voir votre patron.

— J'espère que vous lui apportez de bonnes nouvelles — il est en pétard, dit Armstrong en pénétrant dans la cabine.

— Vous assisterez à notre entretien ?

— J'en ai bien peur, répondit le policier en bâillant.

— J'avais demandé à lui parler en privé ! protesta Rosemont.

— Je suis un tombeau.

— M'ouais. Et Brian aussi, et toute la police — sauf que l'un de vous fait des confidences aux Russes !

L'Américain se rendit compte qu'il avait froissé le Britannique. Et puis, je m'en fous, pensa-t-il. Après tout, c'est la vérité. L'ascenseur s'arrêta, les deux hommes retrouvèrent Kwok dans le couloir et entrèrent avec lui dans le bureau de Crosse.

— Roger, j'avais demandé à vous parler en privé, attaqua Rosemont sans préambule.

— Brian et Robert sont d'une discrétion à toute épreuve. Que puis-je pour vous, Stanley ? demanda Crosse avec une amabilité glacée.

— Votre taupe s'est surpassée, cette fois, répliqua d'un ton hargneux l'homme de la CIA. Pour commencer, nous venons d'apprendre d'un de nos agents de Canton que Fong-fong et son équipe sont brûlés : ils ont été arrêtés hier soir.

— Brian, allez vérifier. Utilisez le code d'urgence. Ensuite ?

— Ensuite, la plupart des informations contenues dans le rapport d'AMG ont filtré de l'autre côté.

— Saloperies de traîtres, murmura Crosse.

— Ce n'est pas tout, Roger : la mort d'AMG n'était pas un accident. Sa moto a été renversée par une voiture.

— Comment se fait-il que la Source ne m'en ait pas informé ?

— Je viens de recevoir un coup de téléphone de Londres. Comme il est cinq heures là-bas, vos amis prennent sans doute le temps de boire une tasse de thé avant de vous prévenir.

Le directeur de la SI demeura imperturbable :

— Ensuite ?

— Pour finir, je voudrais savoir comment vous avez utilisé les photos des tueurs de Voranski.

— Nous avons surveillé la maison mais comme ils ne réapparaissaient pas, nous nous sommes décidés à opérer une descente au petit jour. Nous avons fouillé partout sans trouver personne ressemblant aux deux types des photos. Il n'y a pas non plus de passage secret ou de truc de ce genre ; votre agent a dû se tromper.

— Non, Marty Povitz est sûr de lui. Les tueurs ont profité de ce que toutes les issues n'étaient pas encore gardées pour s'échapper. Là encore, votre taupe les a prévenus.

Rosemont sortit de sa poche un télex qu'il tendit à Crosse. Ce dernier le lut et le passa à Armstrong.

« Du directeur, Washington, à Rosemont, chef-adjoint de l'agence de Hong Kong : Sinders, du MI-6, apporte ordres de la Source, selon lesquels vous assisterez vendredi à remise documents et obtiendrez immédiatement photocopie. »

— Vous recevrez confirmation cet après-midi, Roger. À propos des dossiers, nous aussi nous avons placé Dunross sous surveillance. Il...

— Je vous prierai de ne pas piétiner nos plates-bandes ! coupa le directeur, furieux.

Rosemont posa sur le bureau un autre télex.

« Rosemont, Hong Kong. Câble à remettre au directeur de la SI en personne. Jusqu'à ordre contraire, Rosemont est autorisé à prendre de son côté toute initiative qu'il jugera bon. Lui demandons cependant rester dans le cadre de la loi et vous tenir informé. Source 8-98/3. »

— C'est tout ? demanda Crosse en ravalant sa colère. On ne vous autorise à rien d'autre ?

— C'est tout. Vendredi, nous nous présenterons à la banque et...

— Vous savez où Dunross a mis les dossiers ?

— Dans les milieux du renseignement, c'est devenu le secret de polichinelle : je vous dis que votre taupe s'est surpassée ! Voyons, Rog, vous saviez bien qu'en prévenant Londres, il y aurait des fuites. Nous avons tous des problèmes d'étanchéité mais les vôtres sont pires que tout ! Si vous aviez joué franc jeu avec moi dès le début, nous nous serions épargné ces complications.

— Ce n'est pas sûr. J'ai simplement cherché à limiter les risques.

— Aux dernières nouvelles, je suis dans le même camp que vous ! S'il ne tenait qu'à moi, je ferais ouvrir tous les coffres de la banque avant ce soir — tant pis pour les conséquences !

— Dieu merci, ce n'est pas vous qui décidez.

— Nous sommes en guerre, bon Dieu ! Il y a peut-être dans ces dossiers de quoi démasquer votre taupe !

— Peut-être pas.

— Que voulez-vous dire ?

— Dunross a promis de remettre les dossiers vendredi à Sinders mais il pourrait bien nous refiler un emballage vide, ou de la fausse monnaie. Nous ne sommes même pas sûrs que les dossiers sont bien à la banque.

— Alors, que faisons-nous ? Nous restons le cul sur notre chaise jusqu'à vendredi ?

— Nous attendons — nous en avons reçu l'ordre. Même si Dunross a détruit les dossiers, en partie ou en totalité, nous ne pouvons le mettre en prison ou le forcer à les régurgiter de mémoire.

— Si la Source décide de s'occuper vraiment de lui, il y a certains moyens..., reprit Rosemont. L'ennemi n'hésiterait pas à s'en servir.

Crosse et Armstrong fixèrent l'Américain.

— Cela ne les rend pas légitimes pour autant, dit enfin Armstrong d'un ton froid.

— Cela ne les rend pas non plus condamnables, rétorqua Rosemont. Un dernier point, réservé à vos seules oreilles, Rog...

Aussitôt Armstrong se leva mais Crosse lui fit signe de se rasseoir.

— Non, désolé, Rog, insista le cadre de la CIA. Ordre de vos supérieurs et des miens.

Le directeur hésita puis prit une décision :

— Attendez dehors, Robert. Je sonnerai pour vous rappeler.

— Bien, monsieur, dit Armstrong en se levant de nouveau.

Il sortit, ferma la porte derrière lui.

— Eh bien ?

L'Américain alluma une autre cigarette avant de répondre :

— Information ultra-secrète : aujourd'hui à 4 heures, le 92e régiment de paras a sauté au-dessus de l'Azerbaïdjan iranien et s'est déployé le long de la frontière soviétique avec le soutien d'unités de la Delta Force. Cette opération, réclamée par le shah lui-même, répond aux préparatifs militaires soviétiques de l'autre côté de la frontière et aux émeutes fomentées dans tout le pays par des agents russes.

Rosemont s'épongea le front.

— Bon Dieu, Rog, vous ne pourriez pas faire installer l'air conditionné ? À 6 heures, des unités aéroportées ont atterri à Téhéran. La VIIe Flotte a mis le cap sur le Golfe, la VIe, celle de Méditerranée, croise au large d'Israël, la IIe quitte l'Atlantique pour la Baltique. L'OTAN est en alerte, les « Poseïdon » prêts à intervenir.

— Que se passe-t-il ?

— Khrouchtchev a jugé le moment venu de s'en prendre à l'Iran. Il estime que le terrain lui est favorable : il est sur sa frontière alors que nous sommes loin des nôtres. Hier, les services de renseignements du shah ont découvert le projet d'une insurrection « socialiste démocratique » qui devait éclater dans quelques jours en Azerbaïdjan. Le Pentagone a aussitôt réagi. Si l'Iran tombe, c'est tout le golfe Persique qui passe sous la coupe des Russes, puis l'Arabie Saoudite. Plus de pétrole pour l'Europe... et bientôt, plus d'Europe.

— Le shah a déjà eu ce genre d'ennuis. Vous ne croyez pas que vous en faites un peu trop, cette fois encore ?

— Khrouchtchev a fait machine arrière à Cuba parce que JFK ne bluffait pas. Les cocos ne comprennent qu'un seul langage : celui de la force.

— Vous prendriez le risque de faire voler le monde en éclats pour quelques émeutiers analphabètes, fanatiques et cinglés, qui d'ailleurs n'ont probablement pas entièrement tort ?

— Mon boulot, ce n'est pas de faire de la politique, c'est de gagner. Le pétrole, iranien ou saoudien, est indispensable à l'Occident. Nous ne laisserons pas l'ennemi s'en emparer.

— Il le prendra si ça lui chante.

— Pas cette fois. L'opération, qui a pour nom de code « coup à blanc », consiste à intervenir massivement pour effrayer l'ennemi puis à nous retirer rapidement. D'après le Pentagone, les Soviétiques ne nous croient pas capables d'une réaction aussi énergique dans un délai aussi court et sur un terrain aussi éloigné de nos frontières. Notre riposte leur flanquera la frousse et ils courront se réfugier dans leur trou — jusqu'à la prochaine fois.

— Pourquoi me révéler tout cela ?

— Ordre d'en haut. Il faut informer les services de renseignements alliés parce qu'il y aura, comme d'habitude, des manifestations et des émeutes, soigneusement orchestrées dans le monde entier, pour soutenir l'insurrection iranienne. Autant que vous soyez prévenu : c'est ici que le réseau Sevrin opère, et il pourrait y avoir un rapport. En outre, Hong Kong est un point stratégique capital pour nous : la Colonie commande l'accès à la Chine, à Vladivostok, à tout l'est de l'URSS ainsi qu'à leurs bases de sous-marins nucléaires.

— Là encore vous exagérez. Les États-Unis n'ont rien à craindre dans cette région.

Rosemont se rembrunit :

— On me traite de faucon parce que je suis simplement réaliste. Les Russes sont sur le pied de guerre.

— Vous vous trompez, ils ne la veulent pas plus que nous.

— Il vous faut des preuves ? Vous les aurez demain, dès que j'aurai obtenu l'autorisation de vous les révéler. J'espère qu'ensuite, vous accepterez de coopérer.

— Tout ce que vous voudrez. Stanley, il y a autre chose qui vous tracasse, n'est-ce pas ? demanda Crosse, d'un ton cordial.

— Nous avons perdu hier soir l'une de nos meilleures équipes à Berlin-Est. Un de mes amis s'est fait descendre en traversant la frontière. Nous sommes persuadés que ce coup de filet a un rapport avec les dossiers d'AMG.

— Navré, Stan. Ce n'était pas Tom Owen ?

— Non, il a quitté Berlin le mois dernier. C'était Frank O'Connell... Rog, cette taupe sème la merde dans nos rangs.

Rosemont se leva, s'approcha de la carte accrochée au mur.

— Vous connaissez Iman ? C'est un nœud ferroviaire situé à 300 kilomètres au nord de Vladivostok, un important centre industriel.

— Et ?

— Vous êtes au courant, pour l'aérodrome ?

— Quel aérodrome ?

— Une piste souterraine, construite en dehors de la ville dans un gigantesque labyrinthe de grottes naturelles. Ce doit être une des merveilles du monde. Cent mille prisonniers nazis et japonais y ont, paraît-il, travaillé de 1945 à 1947. L'abri peut contenir 2 500 appareils, il est à l'épreuve des bombes, même atomiques, et a quatre-vingts pistes qui débouchent sur un immense terrain d'envol courant entre des collines. En 46, il a fallu neuf heures à l'un de nos gars pour le parcourir en voiture — alors, maintenant...

— Ça doit être encore plus impressionnant — si tout cela est vrai.

— Bien sûr que c'est vrai, mais les renseignements concernant cette base sont délibérément enterrés, ainsi que d'autres informations, bougonna Rosemont en se levant. Dites, vous avez envisagé de placer Dunross en détention préventive ?

— Pas question.

— Vous pouvez invoquer la loi sur les secrets d'État.

— Pas question, répéta Crosse.

— En tout cas, je vais le demander. À propos, le FBI a établi le rapport entre Banastasio et Bartlett : le *mafioso* est un important actionnaire de Par-Con, à qui il a avancé les fonds nécessaires à la fusion qui en a fait une firme de premier plan.

— Et le voyage à Moscou de Bartlett et Tcholok ?

— Du tourisme, apparemment. Nous n'avons rien trouvé.

— Du nouveau pour les armes ?

Dans la matinée, Armstrong avait rapporté à Crosse la

théorie de Peter Marlowe et le directeur avait immédiatement donné l'ordre de surveiller Wu-Quatre-Doigts.

— Le FBI est certain qu'elles ont été embarquées à L.A., répondit Rosemont. N'importe qui aurait pu le faire, le hangar de Par-Con n'est pas gardé. Les collègues de Langan ont aussi vérifié les numéros de série que vous leur aviez communiqués : les fusils proviennent tous d'un chargement qui s'était « égaré » entre l'usine et Camp Pendleton, le dépôt des Marines en Californie du Sud. Ils ont peut-être découvert un trafic important : plus de sept cents M14 ont été « égarés » de cette manière au cours des six derniers mois. Par ailleurs...

On frappa à la porte, Crosse appuya sur le bouton ouvrant le verrou, Kwok et Armstrong entrèrent.

— Par ailleurs, vous vous souvenez de l'affaire CARE ?

— Le détournement de fonds collectés par une organisation caritative ?

— Oui. Nous avons une piste pour vous.

— Robert, vous vous étiez chargé de cette affaire, n'est-ce-pas ?

— Oui, monsieur.

Trois mois plus tôt, l'un des vice-consuls américains avait orienté la criminelle sur certains administrateurs qu'il soupçonnait de détourner une partie des fonds à leur profit. L'enquête se poursuivait.

Rosemont sortit d'une de ses poches une liste de trois noms : Thomas K. K. Lim (Lim-l'Étranger), Tak Chou-lan (Tak-les-Grosses-Mains) et Lo Tup-lin (Lo-Dents-de-Lapin), bureau 720, Princes Building.

— Thomas K. K. Lim est américain, plein aux as, et possède des relations à Washington, au Viêt-nam et en Amérique du Sud, exposa l'agent de la CIA. Il est associé avec les deux autres dans une affaire dont le siège se trouve à cette adresse. Selon nos informateurs, il est mouillé dans quelques coups foireux avec AID, et Grosses-Mains s'occupe de CARE. Comme ce n'est pas de notre ressort, je vous transmets le tuyau. Le monde est au bord du gouffre mais il faut quand même faire la chasse aux escrocs.

Rosemont haussa les épaules et sortit. Après son départ, Crosse résuma à l'intention des deux commissaires ce que l'Américain lui avait révélé de l'opération « coup à blanc ».

— Un de ces jours, un cinglé d'Amerlo va faire une

boulette, dit Kwok d'un air sombre. Ils sont fous de jouer avec les armes nucléaires.

— Brian, prévenez Dunross que la mort d'AMG n'était pas un accident. Dites-lui de ne sortir sous aucun prétexte sans notre protection.

— Bien, monsieur, répondit Kwok, en songeant que le Taï-pan n'en ferait qu'à sa tête.

— Notre plan anti-émeute devrait nous permettre de faire face aux retombées des événements iraniens, reprit Crosse. Toutefois...

Il s'interrompit, voyant Armstrong froncer les sourcils à la lecture de la liste de Rosemont.

— Oui, Robert ?

— Tsu-yan n'avait pas un bureau au Princes Building ?

— Brian ?

— Il s'y est rendu plusieurs fois alors que nous l'avions placé sous surveillance. Il y rencontrait une relation d'affaires... (Le commissaire chinois fouilla sa mémoire) un type qui s'occupe de transport maritime... Ng, Vee Cee Ng, surnommé Ng-le-Photographe. Bureau 721. Nous nous sommes renseignés sur son compte mais, apparemment, il ne trempe dans aucune combine louche. Il dirige la compagnie Asian and China Shipping et une cinquantaine d'autres petites sociétés satellites. Pourquoi ?

— Les trois autres occupent le bureau voisin, le 721, répondit Armstrong. Tsu-yan pourrait être le lien entre John Chen, les armes, Banastasio, et même les Loups-Garous.

Le directeur de la SI prit la liste des mains d'Armstrong et la considéra longuement.

— Prenez une équipe, Robert, et allez donc voir un peu ce qui se passe dans ces deux bureaux. Tout de suite.

— Ce n'est pas mon secteur, monsieur, objecta le commissaire de la brigade de Kowloon.

— C'est parfaitement exact, répliqua Crosse d'une voix lourde de sarcasmes. Je sais que vous êtes de Kowloon, mais je vous donne l'autorisation d'effectuer cette descente. Allez-y, et au trot.

— Bien, monsieur, grommela Armstrong. Et il sortit, le visage cramoisi.

Crosse prit une cigarette, l'alluma, se renversa dans son fauteuil et déclara :

— Brian, je crois que la taupe, c'est Robert.

29

13 h 38

Robert Armstrong et un sergent en uniforme descendirent d'une voiture de ronde et fendirent la foule en direction de Princes Arcade, vaste galerie, où de petites boutiques proposaient des bijoux, des appareils photos ou des transistors, au rez-de-chaussée d'un haut immeuble de bureaux d'aspect vieillot. Ils se frayèrent un chemin jusqu'aux ascenseurs devant lesquels se massait un essaim de Chinois et pénétrèrent dans une cabine. L'air y était lourd et fétide.

Ils en sortirent au septième étage et firent quelques pas dans un couloir sombre et étroit au long duquel s'alignaient des portes. Un tableau indiquait que le bureau 720 abritait l'Immobilière Ping-sing Wah et que le 721 était le siège d'Asian and China Shipping. Armstrong s'avança d'un pas pesant, suivi du sergent Yat.

Comme ils approchaient de l'endroit où le couloir tournait, un Chinois d'âge mûr, vêtu d'une chemise blanche et d'un pantalon noir, sortit du bureau 720, et se rua de nouveau à l'intérieur en les apercevant. Armstrong s'y précipita juste à temps pour voir le Chinois à la chemise blanche disparaître par la porte du fond, en compagnie d'un autre homme tout aussi pressé que lui.

Le policier poussa un soupir sous le regard stupéfait de deux secrétaires défraîchies. L'une d'elles tenait une paire de baguettes au-dessus d'un bol de poulet aux nouilles.

— Bonjour, dit Armstrong. Je voudrais voir messieurs Lim, Tak et Lo. Vous savez où ils sont ?

L'une des secrétaires haussa les épaules, l'autre recommença à manger bruyamment. Le bureau était sale, mal rangé, encombré d'assiettes et de bols vides ; les corbeilles à papiers débordaient.

Armstrong montra son mandat de perquisition ; les deux femmes ouvrirent de grands yeux.

— Vous parlez anglais ? grogna-t-il avec irritation.

— Oui, monsieur, répondirent-elles en chœur.

— Bon. Donnez vos noms au sergent et répondez à ses questions. Il...

À ce moment, la porte du fond s'ouvrit et les deux fuyards entrèrent dans la pièce, poussés par deux policiers en uniforme.

— Merci, caporal, bien joué. Alors, où couriez-vous, tous les deux ? interrogea le commissaire.

Avec volubilité, les deux Chinois commencèrent à protester de leur innocence en cantonais.

— La ferme ! cria Armstrong, en cantonais également. Donnez-moi vos noms, et ne mentez pas, sinon je vais me mettre en rogne, fornication !

— Lui c'est Tak Chou-lan, déclara celui qui avait des dents de lapin.

— Et toi ?

— Euh, Lo Tup-sop, seigneur, mais je n'ai rien f...

— Lo Tup-sop, pas Lo Tup-lin ?

— Ah ! non, ça c'est mon frère !

— Où est-il ?

— Je ne sais pas. S'il vous pl...

— Tu avais l'air bien pressé, Dents-de-Lapin.

— J'avais oublié un rendez-vous important. C'est très urgent, est-ce que je peux m'en aller ?

— Non ! J'ai un mandat de perquisition, nous allons jeter un œil dans vos papiers.

Comme les deux hommes recommençaient à déverser un flot de paroles, Armstrong les fit taire.

— Vous préférez être expulsés tout de suite ?

Lo et Tak secouèrent la tête en silence.

— Bon. Maintenant dites-moi où est votre ami Thomas Lim ?

N'obtenant pas de réponse, Armstrong braqua son index en direction du plus jeune des deux Chinois.

— Où est Lim, Dents-de-Lapin ?

— En Amérique du Sud, bredouilla Lo nerveusement.

— Où ?

— Je ne sais pas, il partage seulement le bureau avec nous. C'est un étranger de la Montagne dorée à qui le cousin Tak loue une partie de cette pièce. Il va, il vient, je ne sais rien de ses affaires.

— Tu es peut-être mieux renseigné sur le détournement des fonds de CARE ?

— Hein ? firent les deux Chinois en écarquillant les yeux.

— Vous avez volé de l'argent destiné à des femmes et à des enfants qui meurent de faim ! accusa le policier.

Nouvelles protestations d'innocence.

— Ça suffit ! C'est le juge qui décidera. En route ! nous prendrons vos dépositions au poste. Caporal, em...

— Honoré seigneur, je peux parler dans le bureau ? demanda Lo dans un anglais haché, désignant la pièce voisine.

Dents-de-Lapin conduisit Armstrong dans le bureau, referma la porte et murmura en cantonais :

— Je ne suis au courant de rien, seigneur. S'il se passe ici quelque chose d'illégal, c'est à cause de ces deux fornicateurs. Moi je suis un homme d'affaires honnête qui veut gagner de l'argent pour envoyer ses enfants étudier aux États-Unis et...

— Bien sûr. Continue.

— Je n'ai rien fait, rien du tout...

Lo ouvrit un tiroir rempli de liasses de billets rouges usagés.

— Si vous me laissez partir, seigneur..., chuchota-t-il en tripotant l'argent.

D'un coup de pied, Armstrong referma le tiroir sur les doigts de Lo, qui poussa un hurlement de douleur. Le policier s'approcha, repoussa le Chinois et évalua la somme qui se trouvait dans le tiroir : trente à quarante mille dollars, probablement, et autant dans les autres. Ce serait si facile de faire cracher Dents-de-Lapin, pensa-t-il. Je pourrais payer mes dettes et il me resterait encore de quoi jouer...

— Tu connais Tsu-yan ? demanda-t-il.

— Qui ? moi ? Quel Tsu-yan ?

Le Britannique agrippa le Chinois et le secoua.

— Tsu-yan le trafiquant d'armes ! celui qui se rend chez ton voisin, Mr. Ng.

— Ah oui ! Je ne savais pas qu'il était trafiquant d'armes, je le prenais pour un homme d'affaires. Il est du Nord, comme Ng-le-Photographe. Je ne lui ai jamais parlé. Oh ! ma main ! Il faut que je voie un docteur...

Agacé, Armstrong poussa Lo dans un fauteuil et ouvrit brutalement la porte. Les trois policiers et les deux secrétaires le regardèrent en silence.

— Sergent, emmenez ce zigoto au central et inculpez-le de tentative de corruption. Venez voir, dit le commissaire en ouvrant grand le tiroir.

— *Diou ne lo mo !* s'exclama le sergent Yat.

— Comptez-les, établissez le total et faites contresigner la somme par vos hommes avant de la remettre au central. Vous, caporal, commencez à fouiller les classeurs. Je vais à côté.

Armstrong sortit du bureau. Il savait que Yat négocierait rapidement avec Lo et Tak le montant à déclarer et partagerait le reste avec eux. Lo et Tak seraient convaincus que lui aussi toucherait sa part tandis que ses hommes le jugeraient une fois de plus trop bête pour profiter de l'aubaine. Il s'en moquait. Yat et les autres étaient de bons policiers, sous-payés par rapport au travail qu'ils fournissaient.

À Hong Kong, il faut savoir être pragmatique, pensa-t-il en poussant la porte du bureau 721. Une secrétaire plutôt jolie leva les yeux du bol contenant son déjeuner : riz d'un blanc de neige, lamelles de porc rôti.

— Bonjour, dit Armstrong en montrant sa carte. Je voudrais voir Mr. Vee Cee Ng, s'il vous plaît.

— Désolée, il est sorti déjeuner, il ne reviendra pas avant cinq heures.

— Comment vous appelez-vous ?

— Virginia Tong, répondit la fille après un temps d'hésitation.

— Cela vous dérangerait que je jette un coup d'œil ? J'ai un mandat.

Elle lui lança un regard plein d'appréhension.

— Vous ne pourriez pas attendre cinq heures ?

— Non, je préfère maintenant.

Virginia Tong haussa les épaules, se leva et le conduisit dans la pièce voisine. C'était un petit bureau comportant trois autres portes : celle du fond donnait sur un escalier d'incendie ; une autre, du côté du 720, conduisait à un minuscule cabinet de toilette ; sale et malodorant ; il ne parvint pas à ouvrir la troisième.

— La clef, s'il vous plaît.

— Il n'y en a qu'une et c'est Mr. Ng qui l'a, répondit la secrétaire.

Armstrong soupira :

— J'ai un mandat, miss Tong. Ne m'obligez pas à défoncer la porte à coups de pied.

— Je... Un instant, je vais voir s'il ne l'a pas laissée.

Le policier la regarda ouvrir un tiroir, faire semblant de chercher, en inspecter un autre. Sentant qu'il commençait à s'impatienter, elle se décida à « trouver » la clef.

— Ah ! la voilà ! Vous avez de la chance.

Elle ouvrit et se recula, révélant une deuxième porte qu'Armstrong poussa aussitôt. Avec un sifflement admiratif, il entra dans une grande et luxueuse pièce, au sol recouvert d'un épais tapis. Un bureau ancien en bois de rose, sur lequel étaient posés un vase et quelques photos encadrées représentant toutes le même Chinois souriant — à cheval, en tenue de soirée, serrant la main du gouverneur, en compagnie de Dunross —, occupait le centre de la pièce.

— C'est Mr. Ng ?

— Oui.

Le policier examina brièvement les tableaux accrochés au mur, le bar, l'électrophone haute fidélité, et se dirigea vers une autre porte, à demi ouverte. Elle menait à une chambre élégante et féminine, dont le lit, immense et défait, se reflétait dans un grand miroir fixé au plafond.

— Intéressant, murmura Armstrong.

La fille garda le silence. Elle portait des vêtements chics, coûteux sans doute, que le policier n'avait pas remarqués de prime abord. Rien ne vous empêche, si vous en avez les moyens, de vous faire installer une garçonnière derrière votre bureau, pensa Armstrong avec une pointe d'envie. Ce n'est pas illégal — pas plus que d'avoir une jolie secrétaire.

Il fouilla les tiroirs d'une commode mais n'y trouva rien d'intéressant, hormis un appareil photo perfectionné et un projecteur démontable. Il revint au bureau, inspecta les tiroirs, qui se révélèrent tous vides. Son œil accrocha l'énorme bar en bois de rose ; il l'ouvrit, n'y trouva rien de particulier et s'apprêtait à l'abandonner quand il remarqua l'étroitesse anormale de l'intérieur du meuble par rapport à l'extérieur. Quelques secondes lui suffirent pour ouvrir une des fausses parois latérales qui dissimulait un double fond.

Le commissaire écarquilla les yeux en découvrant une douzaine de photos de Portes-en-Jade dans toute leur splendeur. Chacune d'elles était encadrée et portait une date et un nom de femme. Il partit d'un rire gêné et se retourna : Virginia Tong avait disparu. Il parcourut rapidement les noms et trouva celui de la secrétaire sur la troisième photo en partant du bas.

Il éclata à nouveau de rire puis se ressaisit et examina les photos de plus près. Elles avaient toutes été prises avec le même objectif, à la même distance. Tiens, celle-là est *bat jam gai*, remarqua-t-il. Mona Leung... J'ai déjà entendu ce nom quelque part. C'est curieux se dit-il, généralement, les Chinois estiment que les pubis sans poils sont moins érotiques... Et là ? Venus Poon ! Alors, c'est comme ça qu'elle l'a, la petite sainte-nitouche de la télé ?

Armstrong retourna dans le premier bureau, où Virginia Tong, visiblement furieuse, se limait les ongles.

— Je pourrais avoir Mr. Ng au téléphone ?

— Pas avant quatre heures, répondit-elle, l'air renfrogné.

— Mr. Tsu-yan, alors, lança le policier au hasard.

La secrétaire composa un numéro sans consulter son répertoire, prononça une phrase ou deux dans un cantonais guttural et raccrocha brutalement.

— Il n'est pas là. Il a quitté la ville et personne, à son bureau, ne sait où il est.

— Quand l'avez-vous vu pour la dernière fois ?

— Il y a trois ou quatre jours, maugréa miss Tong. (Elle ouvrit d'un geste agacé un gros agenda.) Vendredi.

— Vous permettez ?

Elle hésita puis haussa les épaules et poussa vers Armstrong le carnet de rendez-vous. En le feuilletant, il y reconnut de nombreux noms : Richard Kwang, Jason Plumm, Dunross — plusieurs fois —, Thomas K. K. Lim, le mystérieux Américain du bureau voisin, Johnjohn, de la Victoria, Donald McBride, Mata, plusieurs fois lui aussi. Il allait rendre l'agenda à la secrétaire quand l'idée lui vint de regarder aussi les prochains rendez-vous. « Samedi, 10 h. V. Banastasio. »

Sans commentaires, il referma le carnet et s'appuya contre un des classeurs, l'air pensif. La fille continuait à se faire les ongles sans lui prêter attention. La porte s'ouvrit, le sergent Yat entra :

— Excusez-moi, commissaire, téléphone pour vous.

— Restez ici jusqu'à mon retour, ordonna Armstrong, qui ne tenait pas à laisser à Virginia l'occasion de prévenir quelqu'un.

Dans le bureau voisin, Lo-Dents-de-Lapin gémissait en agitant sa main blessée tandis que Tak, s'efforçant à la désinvolture, faisait des remarques à la secrétaire sur son travail. En voyant réapparaître Armstrong, ils se lancèrent dans de nouvelles protestations d'innocence.

— Fermez-la ! leur intima le policier en empoignant le combiné. Armstrong à l'appareil.

— Salut, Robert, ici Don Smyth, à East Aberdeen...

En dépit du dégoût qu'il éprouvait pour le personnage, et malgré les soupçons de trafic d'influence pesant sur lui, Armstrong lui rendit son salut d'un ton aimable. Si l'on pouvait admettre que des sous-fifres chinois agrémentent l'ordinaire en palpant des pots-de-vin, il était inadmissible qu'un officier britannique fasse de même. Cependant, il n'y avait aucune preuve contre Smyth, qui n'avait même jamais fait l'objet d'une enquête. Selon la rumeur, il bénéficiait de la protection de certains pontes à qui il graissait la patte.

— Quoi de neuf ? ajouta Armstrong.

— Un coup de veine — du moins, je crois. C'est toi qui t'occupes du kidnapping de John Chen, non ?

— Exact, dit le commissaire, soudain intéressé.

Bien que corrompu, Smyth faisait parfaitement son boulot de flic et East Aberdeen connaissait le plus bas taux de criminalité de toute la Colonie.

— Tu es tombé sur quelque chose ? continua Armstrong.

Smyth lui résuma l'incident devant la banque, la filature de la vieille *amah*, les propos qu'elle avait tenus au Bigle.

— Tu la coffres tout de suite ou tu préfères attendre ?

— J'attends, même s'il est peu probable que le Loup-Garou cherche à la revoir. Continue à la surveiller et tiens-moi au courant.

— Bon. Le sergent Mok consulte les photos des archives pour tenter d'identifier le jeune Chinois. J'ai moi-même l'impression d'avoir déjà vu son visage grêlé par la petite vérole. S'il est fiché chez nous, on l'épinglera avant ce soir.

— Excellent. Ça se calme, à Aberdeen ?

— Ho-Pak continue à rembourser mais en faisant traîner les choses. La banque est foutue, Robert, et, maintenant, il y a aussi la queue devant l'agence de la Victoria.

— La Vic ne risque rien, quand même ! C'est chez elle que le gouvernement dépose ses fonds.

— En tout cas, moi j'ai fermé tous mes comptes. Bon, je retourne au boulot.

— Comment va ton bras ?

— C'est l'épaule, elle est démise. J'ai bien cru que j'allais y avoir droit quand ils se sont mis à crier : « Mort aux *quai lohs* ! »

Armstrong fut parcouru d'un frisson. Depuis les émeutes de 1956, il faisait fréquemment un cauchemar qui le ramenait au sein d'une foule hystérique et hurlante. C'était à Kowloon, les Chinois venaient de renverser la voiture dans laquelle le consul helvétique se trouvait avec son épouse, et ils y avaient mis le feu. Armstrong avait chargé avec ses hommes pour secourir les deux Suisses, mais le consul était mort quand il l'avait sorti du véhicule. Sa femme, gravement brûlée, avait la peau calcinée, en lambeaux. Et tout autour, des femmes, des hommes, des adolescents vociféraient : « Mort aux *quais lohs* ! »

— Les salauds, murmura-t-il, croyant encore sentir l'odeur de la chair brûlée.

— Ça fait partie du boulot. Bon, je te tiens au courant. Si le Loup-Garou remet les pieds à Aberdeen, il tombera dans une souricière plus serrée qu'un trou du cul de mouche.

30

14 h 20

Phillip Chen blêmit en trouvant dans son courrier une enveloppe portant l'inscription : « Mr. Phillip Chen, personnel ».

— Qu'y a-t-il ? lui demanda sa femme.

— Les Loups-Garous, répondit-il d'une voix tremblante en lui montrant la lettre par-dessus la table du déjeuner. Ils ont écrit...

Dianne reposa sa tasse de café d'un geste nerveux.

— Attention aux empreintes, sers-toi de ton mouchoir.

— Ah oui !

Le compradore ouvrit l'enveloppe avec un coupe-papier en ivoire et déplia la lettre.

— Oui, c'est... c'est bien d'eux.

— Eh bien, lis !

— « À Phillip Chen, compradore de la Noble Maison, salutations. J'ai l'honneur de vous informer qu'il faut payer la rançon et j'explique comment. 500 000 dollars, pour vous, c'est rien du tout, mais pour nous pauvres paysans, ce serait un héritage pour... »

— Menteurs ! grinça Dianne en agitant ses colliers. Comme si des paysans auraient osé enlever John et le mutiler ! Continue.

— « ... pour nos pauvres petits-enfants affamés. Vous avez parlé à la police mais c'est comme pisser dans l'Océan. Maintenant, plus question de police. Non. Sinon votre fils ne reviendra pas et toute la mauvaise volonté sera de votre faute. Prenez garde, nous avons des yeux partout. Si vous essayez de nous avoir, le pire arrivera et ce sera tout de votre faute. Je vous téléphonerai ce soir à six heures. Pas un mot à personne, même pas à votre femme. En atten... »

— Fripouilles ! fulmina Dianne. Sales fils de putain qui essayent de semer la discorde entre le mari et la femme !

— « ... En attendant préparez la rançon en billets usagés de cent dollars... » Cela ne me laisse pas beaucoup de temps pour aller à la banque.

— Finis donc la lettre !

— Oui, oui, une seconde, répondit Phillip. Où en étais-je ? « ... de cent dollars. Si vous suivez scrupuleusement nos instructions, vous reverrez votre fils ce soir... » Oh ! je l'espère de tout mon cœur ! « ... Ne prévenez pas la police, n'essayez pas de nous tromper. Nous vous surveillons en ce moment même. Signé : les Loups-Garous. »

Le compradore ôta ses lunettes. Ses yeux étaient rouges, il avait l'air vieux et fatigué.

— En ce moment même ? murmura-t-il. Un des domestiques, peut-être ?

— Mais non. Ils sont à notre service depuis des années.

— Cela ne veut rien dire. Je... je ferais mieux d'appeler la police.

— Ne la préviens pas avant de savoir exactement ce

qu'il faut faire. Passe à la banque, retire 200 000 dollars seulement — en marchandant, tu devrais obtenir leur accord sur cette somme. Si tu prends davantage, tu seras tenté de céder à leurs exigences.

— Oui, tu as raison... Et le Taï-pan, il faut le mettre au courant, tu crois ? Il pourrait nous aider.

— Comment ? répliqua Mrs. Chen d'un ton méprisant. Nous avons affaire à une triade, pas à des gredins *quai lohs*. S'il faut demander de l'aide, c'est aux nôtres que tu dois t'adresser. Et tu ferais mieux de me dire ce qui te tourmente, pourquoi tu t'es mis dans une telle colère hier soir, et pourquoi tu t'agites comme un chat échaudé au lieu de t'occuper de tes affaires !

— Je m'occupe de mes affaires, riposta Phillip sur la défensive.

— Combien d'actions de Struan as-tu achetées ? As-tu mis à profit les confidences du Taï-pan ? Tu n'as pas oublié que Tung-l'Aveugle a prédit un boom, j'espère ?

— Mais non, voyons. J'ai déjà doublé notre portefeuille et j'ai donné secrètement l'ordre à divers agents de change d'acheter encore moitié autant.

Dianne jubila intérieurement à la pensée que les profits de l'opération viendraient s'ajouter à ceux qu'elle réaliserait de son côté, grâce aux achats qu'elle avait effectués pour son propre compte, sans en aviser son mari.

— Combien les as-tu payées !

— À 28,90, en moyenne.

— Hum ! Selon les journaux d'aujourd'hui, la cote de la Noble Maison était de 28,80 à l'ouverture, fit Dianne, furieuse d'apprendre que son époux avait payé l'action cinq cents de moins qu'elle. Tu aurais mieux fait d'aller à la Bourse ce matin, au lieu de rester ici à broyer du noir.

— Je ne me sentais pas très bien.

— C'est depuis avant-hier que tu ne te sens pas bien ! Qu'est-ce qui t'a mis dans cet état ?

— Rien, répondit Chen en se levant pour fuir l'interrogatoire. Rien du tout.

— Assieds-toi ! *Rien*, la façon dont tu m'as traitée devant les domestiques ? *Rien*, de m'avoir enfermée dans la salle à manger ? moi, Dianne Mai-wei T'Chung, dans les veines de qui coule le sang du grand Dirk Struan ! Moi qui t'ai donné les plus belles années de ma vie et qui ne t'ai jamais reproché ni tes ronflements ni cette garce d'entraîneuse à qui tu as fait un marmot !

— Hein ?

— Oh ! je sais tout d'elle et des autres ! Je sais même que tu as envoyé le gosse faire ses études aux États-Unis. Tu ne m'as jamais aimée, tu m'as épousée parce que j'avais des terres et des titres, parce que je décorerais joliment ta maison ! Je connais toutes tes vilaines petites manies et je suis même au courant pour ton club.

— Mon club, quel club ?

— Le 74, un club privé chinois de quarante-trois membres, où l'on déguste des plats raffinés et où de jeunes hôtesses raniment l'ardeur de vieux cochons comme toi !

— Ce n'est pas vrai, balbutia Phillip. Simplement, nous...

— Ne mens pas ! Tu as versé au départ 87 000 dollars américains, de même que Shitee T'Chung et tes deux autres amis, et tu continues à payer une cotisation de 4 000 dollars de Hong Kong par mois. Tout cet argent pour quoi ?... Où vas-tu ?

— Je... je dois aller aux toilettes, murmura le compradore en se rasseyant.

— Chaque fois que nous discutons, tu dois aller aux toilettes !

Craignant que ses récriminations ne finissent par provoquer chez son mari une explosion de colère, Dianne changea de tactique.

— Mon pauvre Phillip, fit-elle, d'un ton radouci. Confie-moi ce qui te tracasse tant.

Chen lui raconta ce qu'il avait découvert dans le coffre de John et se sentit aussitôt soulagé.

— Mon propre fils ! gémit-il.

— Si le Taï-pan découvre que Chen-chen et toi gardiez des documents sur la Noble Maison, il est capable de nous ruiner !

— Je le sais ! C'est pour cela que je suis si inquiet. Le testament de Dirk lui en donne le droit et les moyens... Mais ce n'est pas tout : John a aussi trouvé le coffre enterré dans le jardin.

— Quoi !

Quand Phillip lui eut parlé de la demi-pièce, Dianne se sentit partagée entre la peur et la jubilation car désormais, qu'il revînt ou non, John ne pourrait plus hériter.

C'est mon Kevin qui sera compradore de la Noble Maison ! se dit-elle. Son exaltation retomba cependant aussitôt et elle murmura :

— Si la Maison de Chen existe encore...

— Que dis-tu ?

— Rien. Laisse-moi réfléchir... Passe à la banque, retire 300 000 dollars, au cas où le marchandage se révélerait difficile. Il faut à tout prix récupérer John. À ton avis, il gardait la pièce sur lui ou il l'avait mise à la banque ?

— À la banque, ou chez lui, aux tours Sinclair.

— Impossible d'aller fouiller là-bas, avec cette garce de Barbara. Si elle se doutait de quelque chose... Je sais à qui nous pourrions demander de l'aide : à ton cousin Quatre-Doigts...

Phillip parut surpris puis un sourire éclaira son visage.

— Des hommes à lui t'accompagneront sans se montrer quand tu remettras la rançon, ils suivront ensuite les Loups-Garous jusqu'à leur repaire et délivreront John, continua Dianne. Surtout, pas un mot de la pièce à ce vieux pirate : dis-lui simplement que tu veux sauver ton fils.

— Tu as raison, c'est au cousin Wu qu'il faut s'adresser. Je sais où le trouver cet après-midi.

Le compradore se dirigeait vers la porte lorsque le téléphone sonna. Il s'arrêta, regarda sa femme se lever pour décrocher.

— *Weiiii ?* fit Dianne. Oh ! bonjour, Taï-pan, comment allez-vous ?

Phillip Chen devint livide.

— Votre mari est là ? demanda Dunross.

— Oui, un instant, je vous le passe, répondit-elle en s'efforçant de dominer sa nervosité.

Elle tendit le combiné à son époux et lui fit signe de ne pas plaquer l'écouteur contre son oreille pour qu'elle puisse suivre elle aussi la conversation.

— Allô, Taï-pan ?

— Bonjour, Phillip. Quels sont vos projets pour cet après-midi ?

— Rien de particulier. Je dois simplement passer à la banque. Pourquoi ?

— Auparavant, rejoignez-moi à la Bourse. Le marché s'affole. La ruée sur Ho-Pak s'est étendue à toute la Colonie et la cote de la banque dégringole bien que

Richard tente de la soutenir avec tous les moyens dont il dispose. Ho-Pak va s'effondrer d'un moment à l'autre en entraînant probablement d'autres banques dans sa chute. J'ai entendu dire qu'on fait la queue devant la Ching Prosperity, et même devant la Vic...

Phillip Chen et sa femme échangèrent un regard inquiet.

— Toutes les valeurs sont en baisse, poursuivit Dunross, y compris les plus solides : le V & A, Kowloon Investments, Hong Kong Power, Rothwell-Gornt, Asian properties, Hong Kong and Lao Farms, Zong Securities, Solomon Textiles, nous..., tout le monde.

— Combien de points avons-nous perdus ?

— Trois depuis ce matin.

— Quoi ? s'écria le compradore, qui faillit lâcher le téléphone.

— Eh oui ! reprit le Taï-pan d'un ton désinvolte. Quelqu'un a lancé des rumeurs sur nous. Le bruit court que nous sommes en difficulté, que nous ne pourrons payer ni Toda ni Orlin la semaine prochaine. Je crois qu'on vend des Struan à découvert.

31

14 h 45

À la Bourse, Gornt, assis à côté de son agent de change Joseph Stern, regardait, satisfait, le grand tableau des cotes. Il faisait chaud et très humide dans la vaste salle bondée et bruyante, où s'agitaient employés, donneurs d'ordres et contrepartistes. D'ordinaire les transactions s'effectuaient dans le calme et sans hâte mais, ce jour-là, tout le monde était tendu et nerveux.

Gornt ne s'inquiétait pas de la baisse d'un point de ses propres actions — Struan en avait perdu 3,5 et Ho-Pak vacillait. L'attaque était lancée, la Noble Maison n'en avait plus pour longtemps.

Son attention se porta vers la partie du tableau où figurait Ho-Pak après qu'un agent de change eut inscrit de nouvelles offres de vente. Aucun acheteur ne se manifesta. Lundi, quand Gornt avait commencé à vendre, la cote était de 28,60 ; elle atteignait maintenant 24,30, soit la baisse la plus importante de toutes celles que la banque avait enregistrées depuis sa fondation, onze ans plus tôt.

4,30 multipliés par 500 000, cela fait 2 150 000, calculait joyeusement Gornt. Ce n'est déjà pas mal mais je ne rachète pas encore, j'attends. Ho-Pak va s'effondrer, si ce n'est demain, ce sera après-demain, et je gagnerai alors vingt fois plus.

Décidant de passer ouvertement à l'offensive, il ordonna à son agent de change :

— Vendez 200 000 Ho-Pak.

Stern le regarda avec stupeur :

— Kwang va devoir sortir près de cinq millions pour couvrir. Cela va provoquer un vent de panique.

— J'y compte bien, répondit l'homme d'affaires gaiement.

L'un des téléphones se mit à sonner au moment où le cambiste se levait.

— Oui ?... Bonjour, Chang-service-de-jour, dit Stern dans un cantonais médiocre. Que puis-je faire pour vous ?

— Sauver mon argent, j'espère, honorable intermédiaire. À combien est la Noble Maison ?

— 25,30.

— Misère de misère ! Et il ne reste qu'une demi-heure avant la clôture, fornication d'os de chien ! Vendez ! Vendez Noble Maison et toutes ses filiales, l'Immobilière de la Chance, la Golden Ferry... À combien est Rothwell-Gornt ?

— 23,30.

— Elle a perdu un point depuis ce matin ? Vendez !

— Mais Chang, le marché est solide et...

— Vendez immédiatement ! Vous n'avez pas entendu les rumeurs ? La Noble Maison va s'effondrer !

Stern raccrocha, l'air préoccupé : c'était le cinquième appel affolé qu'il recevait de fidèles clients. Directeur de la firme Stern and Jones, qui s'était lancée depuis la guerre dans les transactions boursières, c'était un petit homme brun, presque chauve, d'une soixantaine d'années. Beaucoup le soupçonnaient d'avoir quelques gouttes de sang chinois dans les veines.

Il se dirigea vers le tableau, s'arrêta devant la colonne de Golden Ferry et inscrivit l'offre de Chang dans la partie vente.

— J'achète à 30 cents en dessous du cours, proposa un cambiste.

— Il n'y a pas de ruée sur Golden Ferry, rétorqua Stern.

— Il y en a une sur Struan. Alors, oui ou non ?

— Les bénéfices de Golden Ferry ont augmenté, ce trimestre.

— Bon Dieu, ce qu'il fait chaud ! On pourrait quand même s'offrir l'air conditionné, tu ne crois pas ? Alors oui ou non ?

Joseph Stern réfléchit. Hier encore, Golden Ferry avait monté d'un dollar parce que la réunion annuelle de la Compagnie se tiendrait dans une semaine, que l'année avait été bonne et que, selon les rumeurs, on allait fractionner les actions. Mais Stern connaissait la règle d'or applicable à toute transaction : hier n'est pas aujourd'hui, et le client avait donné l'ordre de vendre.

— 20 cents en dessous ? marchanda-t-il.

— 30, dernier prix. Qu'est-ce que cela peut te faire, de toute manière ? Tu toucheras la même chose.

— D'accord.

L'agent de change descendit le long du tableau, vendit sans trop de difficultés la plupart des titres de Chang, en consentant à chaque fois un léger rabais. Il eut par contre plus de mal à faire reporter les Ho-Pak. Dans la colonne de la banque, sous les ordres de vente, nombreux mais portant sur de faibles quantités, il inscrivit le nombre 200 000. Une onde de choc parcourut la salle et Stern se tourna vers Forsythe, le cambiste de Richard Kwang, seul acheteur de Ho-Pak ce jour-là.

— Quillan veut couler Ho-Pak ? questionna un agent.

— Elle a déjà la tête sous l'eau, fit observer un autre. Tu achètes, toi ?

— Sûrement pas ! Oh ! je n'aime pas ça du tout !

— T'inquiète donc pas, Harry. Le marché s'anime, c'est le principal.

— Tu crois que Richard va tenir le coup ? demanda le nommé Harry en s'adressant à Stern.

— Question de *joss*, répondit l'agent de change de Gornt en songeant que les déposants de Kwang avaient déjà tranché.

Comme Forsythe lui faisait signe, il fendit la foule pour le rejoindre.

— Tu achètes ?

— En temps utile, mon bon Joseph ! répondit l'agent de Kwang. Dis, tu ne pourrais pas convaincre Quillan de ne pas jouer contre nous ? J'ai toutes les raisons de croire qu'il est de mèche avec ce taré de Southerby.

— C'est une accusation publique ?

— Juste une opinion personnelle. Tu n'as pas lu l'article de Haply sur les rumeurs répandues par une grande banque et certains taï-pans ? Richard est aussi solide que... que Rothschild ! Il a plus d'un milliard en rés...

— J'ai assisté au krach de 29, mon vieux : il y avait des trillions en réserve, et tout le monde a quand même fini ruiné. C'est une question de liquidités de crédit et de confiance. Tu vas couvrir notre offre ?

— Probablement.

— Combien de temps pourras-tu tenir ?

— Éternellement. Moi je suis simplement intermédiaire, j'exécute les ordres et je touche 0,25 %, à l'achat comme à la vente.

Stern alla rejoindre Gornt et lui annonça :

— Je crois qu'il achètera avant la clôture.

— Bon. À présent...

Il y eut un remous dans la salle quand Dunross, accompagné de Casey et Linc Bartlett, se dirigea vers le bureau d'Alan Holdbrook, directeur d'une compagnie d'agents de change appartenant à Struan.

— Ils ont l'air en excellents termes, constata Stern, observant le trio. Je me demande s'ils ne feront pas finalement affaire, contrairement aux bruits qui courent.

— Impossible, assura Gornt. Bartlett n'est pas bête au point de s'associer à un homme dont l'empire vacille.

— C'est curieux, quand même, ces rumeurs qui surgissent d'un seul coup de nulle part : les traites sur les navires, l'emprunt à Orlin, le soutien défaillant de la Vic. J'ai téléphoné aujourd'hui à Havergill et il m'a affirmé que sa banque ne modifierait pas son attitude.

— Que pouvait-il vous dire d'autre ? répliqua Gornt. À présent, vendez 200 000 Struan.

L'agent de change porta la main à ses sourcils broussailleux :

— Mr. Gornt, je crois que vous faites erreur, cette fois. Le Taï-pan trouvera tout le soutien nécessaire. Vous allez vous brûler les doigts.

— Les temps changent, les gens aussi. Et les canards

boiteux ne survivent pas longtemps, à Hong Kong. Portez donc le nombre à 300 000.

— À quel prix ?

— Au cours du marché.

— Il faudra du temps pour faire reporter les actions. Je devrai vendre par plus petites quantités...

— Que voulez-vous dire ? Que mon crédit n'est pas assez bon ou que vous n'êtes pas capable de faire votre travail ?

— Ni l'un ni l'autre, bien sûr, répondit Stern, peu désireux d'offenser son principal client.

— Alors, vendez, tout de suite.

Stern alla trouver sir Luis Basilio, cambiste possédant personnellement un grand nombre de Struan et qui comptait parmi ses clients d'autres détenteurs. Après avoir fait reporter les titres, il s'approcha du tableau et y inscrivit l'énorme offre de vente. La craie crissa sur le bois, peu à peu le silence se fit dans la salle. Les regards se portèrent sur le Taï-pan, glissèrent vers Gornt puis revinrent à Dunross.

Casey, elle aussi, tourna vers Ian des yeux interrogateurs. Vêtue d'une jupe et d'une blouse en soie jaune, une écharpe verte retenant ses cheveux dorés, elle faisait plus californienne que jamais. Pourquoi est-elle si désirable ? se demanda Gornt. Parce qu'aucun homme ne l'a jamais satisfaite ?

Holdbrook se pencha vers Dunross, qui haussa les épaules, secoua la tête et reprit tranquillement la conversation interrompue avec les Américains.

Quelqu'un proposa une transaction à Stern et, après marchandage, 50 000 actions changèrent de main. La cote de la Noble Maison chuta à 24,90. Un second cambiste acheta une petite quantité d'actions puis plus personne ne se présenta. Stern retourna s'asseoir, le corps inondé de sueur.

— Si cela en reste là, c'est mauvais pour Ian.

— Oui, dit Gornt, les yeux braqués sur Casey, qui écoutait attentivement le Taï-pan. Vendez encore 100 000 Ho-Pak, et 200 000 Struan.

— Voyons, Mr. Gornt, si Struan dégringole tout le marché va s'en ressentir, votre compagnie aussi.

— Il y aura des ajustements, c'est certain.

— Il y aura une hécatombe. Si Struan s'effondre,

d'autres compagnies suivront, des milliers d'investisseurs seront lessivés et...

— Je ne vous demande pas un cours sur l'économie de la Colonie, Mr. Stern, coupa Gornt d'un ton froid. Si vous ne voulez pas exécuter mes ordres, je porterai ma clientèle ailleurs.

Le cambiste rougit :

— Il va falloir que je réunisse d'abord les actions. Une telle quantité...

— Raison de plus pour vous presser ! Je les veux au tableau aujourd'hui !

Stern retourna auprès de sir Luis Basilio, qui le regarda s'approcher en souriant.

— Alors, Joseph, vous voulez faire reporter d'autres actions de la Noble Maison pour Quillan ?

Basilio, septuagénaire élégant, petit et très mince, présidait cette année-là le comité dirigeant la Bourse.

— Asseyez-vous donc, mon ami, invita-t-il. Combien vous en faut-il, cette fois ?

— 200 000.

— Alors qu'il en reste près de 300 000 au tableau ? s'étonna le vieillard. Gornt lance une offensive générale, on dirait.

— Il... il ne me fait pas de confidences, mais j'en ai l'impression.

— J'envisage de suspendre les transactions sur Ho-Pak et la Noble Maison. Je suis inquiet, je vous l'avoue. Une double faillite pourrait provoquer un effondrement général du marché. Madonna ! la chute de Struan, c'est impensable ! Hong Kong ne s'en relèverait pas.

— L'heure est peut-être venue pour la Noble Maison de passer la main. Je peux faire reporter 200 000 Struan ?

— Répondez d'abord à ma question. Faut-il suspendre les transactions sur Ho-Pak et Struan ? J'ai consulté tous les membres du comité, vous excepté. Les avis sont presque également partagés.

— Je crois qu'il vaut mieux ne pas intervenir. Qu'ils se battent et que le meilleur gagne. Vous me direz que je ne risque rien, je joue peu à la Bourse.

— Dans quoi placez-vous votre argent ?

— Dans le diamant. Les juifs préfèrent investir dans des valeurs qu'on peut emporter facilement.

— Ici vous n'avez rien à craindre, Joseph. Votre famille

vit et prospère à Hong Kong depuis de nombreuses années. Regardez Solomon : c'est un des hommes les plus riches de toute l'Asie.

— Pour un juif, la peur est un mode de vie.

— Alors Joseph, que me conseillez-vous ? Suspension ou non ? Pour l'instant, je vous l'ai dit, les membres du comité se répartissent en deux camps d'importance presque égale.

Un murmure s'éleva dans la salle, les deux hommes regardèrent le tableau : une transaction venait de faire descendre la cote de Struan à 24,70.

— Vous maintenez votre position ? reprit Basilio. Bon, dans ce cas, les deux camps se retrouvent à égalité et c'est à moi de trancher. Vous pouvez faire reporter 200 000 Struan jusqu'à vendredi deux heures. Au-delà de cette limite, je vous demanderai de les restituer. Il faut que je songe à ma propre maison, eh ?

Stern retourna au tableau et y inscrivit d'une main ferme les deux nouvelles offres de vente. Après un moment de silence, la salle s'anima de nouveau quand Soorjani, le Parsi, acheta une partie des valeurs proposées mais, de notoriété publique, il agissait pour le compte de nombreux membres du clan Struan. Soudain la voix du Taï-pan s'éleva :

— *J'achète !*

— Toutes mes actions ? demanda Stern, le cœur battant.

— Les vôtres et le reste. Au cours du marché !

— Avec quoi ? lança Gornt, sardonique. Cela fait près de neuf millions.

Dunross se tourna vers son ennemi, un sourire méprisant aux lèvres.

— La Noble Maison dispose de cette somme et de bien davantage. Qui en a jamais douté ?

— Moi. Et demain, je vends !

La cloche retentit, annonçant la fermeture. Dans la salle, la tension retomba.

— Quelle journée ! dit un cambiste.

— Je n'en pouvais plus, fit un autre en écho.

— Sacré Taï-pan !

— Tu crois que Gornt va l'avoir cette fois ?

— Les rumeurs n'ont peut-être aucun fondement. En tout cas, il a cinq jours pour payer les actions.

Casey regarda Bartlett, qui sifflotait, les yeux braqués

sur le tableau. Elle était impressionnée et avait un peu peur. Juste avant de rejoindre Dunross, Linc lui avait dévoilé sa rencontre avec Gornt.

— Tu sais tout, maintenant, avait-il dit en lui souriant. Ils vont s'empoigner, chercher à se porter des coups mortels. Nous, nous attendons. Que l'un ou l'autre gagne, c'est nous qui remporterons la victoire.

32

15 h 03

Alexi Travkin remonta la ruelle animée donnant dans Nathan Road et entra au restaurant du Dragon Vert. Il portait un petit calibre 38 sous l'aisselle gauche et se déplaçait avec souplesse pour un homme de son âge.

Dans un coin de la salle à manger, petite et triste, aux tables dépourvues de nappe, quatre Chinois avalaient bruyamment leur soupe au vermicelle. Un serveur qui avait l'air de s'ennuyer à mourir prit un menu et s'avança à la rencontre de Travkin. L'entraîneur refusa ses services d'un signe de tête et passa sous l'arcade menant à la salle du fond.

La pièce n'avait que quatre tables, et un seul client.

— *Zdravstvouïtïe*, dit Souslev paresseusement.

— *Zdravstvouïtïe*, répondit Travkin, qui ajouta, toujours en russe — Qui êtes-vous ?

— Un ami, Altesse.

— Ne me donnez pas ce titre. Je n'ai rien d'une altesse.

— Vous avez pourtant été prince. Asseyez-vous donc, proposa le capitaine en montrant sur la table une bouteille de vodka entamée et deux verres. Votre père, Nikolaï Petrovitch, fut prince lui aussi, comme ses ancêtres avant lui — prince de Kurgan et de Tobol.

— Vous parlez par énigmes, l'ami, dit Travkin d'une voix calme en s'asseyant. D'après votre accent, vous êtes moscovite — et géorgien.

— Quelle oreille, prince Kurgan ! Oui je suis moscovite mais né en géorgie. Vodka ?

— Pourquoi pas ?

Travkin regarda l'inconnu empoigner la bouteille et servir, il prit le verre le plus éloigné ; sans la moindre hésitation, Souslev se rabattit sur celui qu'il destinait à l'entraîneur.

— Santé ! J'ai des nouvelles de votre femme, annonça le marin.

— Je n'ai pas de femme. Que voulez-vous de moi, *l'ami* ?

Dans la bouche de Travkin, le mot sonnait comme une insulte.

— Votre femme s'appelle Nestorova Mikhaïl. C'est la fille du prince Anatoli Zergueïev, dont les terres entouraient Karaganda, non loin du propre domaine de votre famille.

L'émigré garda ses mains immobiles, son visage demeura impassible cependant, il ne put s'empêcher de blêmir.

— Que voulez-vous ?

— Vous connaissez bien Ian Dunross ?

— J'entraîne ses chevaux depuis trois ans, répondit Travkin, surpris.

— Vous aimeriez revoir la princesse Nesto...

— Pour la dernière fois, qui êtes-vous et que voulez-vous ?

Souslev remplit les verres avant de répliquer d'un ton aimable :

— Elle a aujourd'hui soixante-trois ans, elle vit à Iakoutsk...

— En Sibérie ? Dans quel *goulag*, espèce de salaud ?

Dans l'autre salle, à présent vide elle aussi, le serveur leva les yeux de son journal de courses, bâilla puis reprit sa lecture.

— Pourquoi dans un *goulag* ? rétorqua Souslev d'un ton plus dur. Elle y habite de son plein gré, depuis qu'elle a quitté Kurgan. Tenez, ajouta-t-il en sortant son portefeuille, voici une photo de sa *datcha*. Elle appartenait à la famille, je crois ?

Devant la maison de campagne couverte de neige, une petite silhouette au dos voûté agitait joyeusement la main. Elle se trouvait trop loin pour qu'on pût distinguer ses traits.

— C'est ma femme ? demanda Travkin d'une voix étranglée. Je ne vous crois pas !

Souslev posa sur la table une autre photo, le portrait d'une femme aux cheveux blancs, dont le visage, quoique marqué, avait gardé une grande noblesse. La chaleur de son sourire atteignit l'émigré au plus profond de lui-même.

— Ordure ! s'écria-t-il. Vous et vos maîtres du KGB, vous êtes des porcs répugnants !

— Parce que nous l'avons retrouvée ? répliqua le capitaine avec humeur. Parce que nous lui avons épargné le... le centre de rééducation qu'elle et tous les membres de votre classe auraient dû connaître ? Je suis russe et fier de l'être. Vous, vous avez quitté votre pays. Mon père et ma mère, qui *appartenaient* à votre famille, ont vécu dans la misère...

Souslev s'interrompit et reprit d'une voix changée :

— C'est du passé, des fautes ont été commises de part et d'autre, oublions-les. Tous les Soviétiques ne sont pas des assassins comme Béria ou Staline... Votre femme sait que vous êtes vivant.

— Impossible : elle est morte. Elle a été tuée par une bande d'émeutiers qui a mis à sac notre pal..., notre maison de Kurgan.

— Les masses avaient le droit de...

— Ils étaient conduits par des bolcheviks venus d'ailleurs, qui ont ensuite massacré les paysans par milliers, avant d'être eux-mêmes victimes des purges.

— Il n'empêche qu'elle réussit à s'enfuir avec un vieux domestique d'origine autrichienne, nommé Pavchen.

— Mensonges ! Elle est morte.

— Elle prit le chemin de la Mandchourie, dans l'espoir de vous rejoindre, mais l'hiver la surprit à Iakoutsk et elle décida d'y attendre le printemps. Elle était bien obligée, d'ailleurs, parce qu'elle était enceinte...

Souslev sortit une troisième photo :

— C'est votre fils, avec sa famille. Elle a été prise l'année dernière.

Un homme en uniforme de capitaine de l'armée de l'air, un bras passé autour des épaules d'une femme assez belle, souriait d'un air affecté. Près d'un garçon qui s'efforçait de garder son sérieux, une fillette tenait un bébé dans ses bras.

— Elle l'a appelé Pietr Ivanovitch, comme votre grand-père. Il est pilote de bombardier.

— Alors elle sait que je suis vivant ?

— Depuis trois mois. Nous le lui avons appris.

— Pourquoi pas plus tôt ?

— Parce que nous-mêmes ne l'avons découvert qu'il y a six mois seulement.

Travkin avait l'impression de faire un mauvais rêve, de ne pouvoir penser clairement.

— Elle m'aurait écrit, murmura-t-il d'une voix étrange.

— Elle l'a fait, je vous donnerai la lettre dans quelques jours.

— Et eux ? demanda l'entraîneur en montrant la photo de famille, ils savent aussi ?

— Non. Votre femme a préféré cacher la vérité à son fils, de peur de lui attirer des ennuis. Comme si nous rejetions sur les enfants les fautes des parents ! Il a grandi en vous croyant mort, sans rien savoir de vous. Comme vous le voyez, il vous fait honneur. Comme il travaillait bien en classe, il fut envoyé à l'université. À présent, tous les enfants doués peuvent faire des études. Savez-vous, Alexi Ivanovitch, que je fus le premier fils de paysan de toute ma province à poursuivre des études ? Aujourd'hui, la justice règne en Russie.

— Combien de cadavres avez-vous enjambés pour vous hisser là où vous êtes ?

— Quelques-uns. Tous des criminels ou des ennemis de la Russie. Voulez-vous voir votre femme ?

— Si c'est bien elle, si elle vit encore.

— Soyez-en sûr. Je peux vous la faire rencontrer à Vladivostok.

— Non. Ici, à Hong Kong.

— Impossible.

Travkin partit d'un rire sans joie :

— Bien sûr, *l'ami*.

Souslev le regarda puis baissa les yeux vers la photo du pilote. Il se gratta la barbe d'un air pensif et déclara :

— D'accord. Ici, à Hong Kong.

Le cœur de Travkin fit un bond dans sa poitrine.

— Que demandez-vous en échange ?

— Des informations. Et votre collaboration.

— Quelles informations ?

— Tout ce que vous savez sur le Taï-pan de la Noble Maison, sur les gens que vous avez connus en Chine.

— Et la collaboration ?

— Je vous en parlerai plus tard.

— Quand la reverrai-je ?

— À Noël.

— Comment être sûr que je peux vous faire confiance ?

— Vous devez me croire sur parole. Si vous vous montrez coopératif, votre femme sera ici à Noël. Et n'oubliez pas, prince Kurgan, que votre fils et vos petits-enfants resteront, eux, en notre pouvoir...

— C'est quand vous me tenez ce langage que je vous crois. Par quoi voulez-vous commencer ?

— Par le Taï-pan. Mais d'abord, je dois aller pisser.

Souslev se leva, demanda au garçon où se trouvaient les toilettes et sortit par la cuisine.

Demeuré seul, l'émigré contempla la photo de la *datcha* et les larmes lui montèrent aux yeux. Ma chérie, es-tu vraiment vivante ? pensa-t-il. Il savait qu'il ne connaîtrait plus la paix avant d'avoir une certitude. Qui est ce mange-merde ? se demanda-t-il en tournant vers la porte de la cuisine un regard haineux. Comment a-t-il fait pour me retrouver ?

Il attendit, en proie à des pensées lugubres, puis se dressa, soudain pris de panique. Il se rua dans la cuisine, la traversa, ouvrit la porte des toilettes : elles étaient vides. Il se précipita dans la rue par la porte de derrière. L'inconnu avait disparu.

33

17 h 50

— Bonsoir, Ian, dit Penelope. Tu rentres tôt, aujourd'hui. La journée a été bonne ?

— Oui, oui, répondit Dunross distraitement.

Juste avant de quitter le bureau, il avait appris par Brian Kwok qu'AMG avait probablement été assassiné et qu'il ferait bien de se montrer lui-même très prudent.

— Oh ! je vois, reprit Penn. Ce qu'il te faut, c'est une coupe de champagne.

— Tu lis dans mes pensées !

Il posa sa serviette sur une console et suivit sa femme dans l'un des salons de la Grande Maison. Sur une table basse, une bouteille de champagne émergeait d'un seau de glace, près de deux verres à moitié pleins. Penelope en remplit un troisième et le tendit à Ian en disant :

— Kathy est là-haut, elle raconte une histoire à Glenna. Elle... elle vient de me prévenir, pour... pour sa maladie.

— Comment Andrew a-t-il pris la nouvelle ? Il ne m'en a pas parlé.

— Elle le mettra au courant ce soir seulement. Le champagne, c'est pour lui donner du courage. Tout ira bien, n'est-ce pas ?

— Je le pense. J'ai longuement discuté avec le docteur Tooley, il est optimiste. Il m'a communiqué les noms de trois spécialistes de Londres avec lesquels j'ai déjà arrangé des rendez-vous par télégramme. Le docteur Fergusson leur envoie, par avion, des copies du dossier médical de Kathy. Ils les recevront avant votre arrivée.

La brise qui soufflait par les portes-fenêtres ouvertes sur le jardin apportait un peu de fraîcheur.

— Il y a des messages ? continua Dunross.

— Oui, pardon. Ils sont sur la console.

Le Taï-pan les parcourut rapidement : Johnjohn, Holdbrook, Phillip Chen, et l'inévitable Claudia, qu'il venait pourtant de quitter. Il repensa avec plaisir à la passe d'armes qui l'avait opposé à Gornt cet après-midi, à la Bourse. Cela ne l'inquiétait pas de ne pas disposer dans l'instant des moyens de payer les actions puisqu'il avait cinq jours de délai pour réunir la somme.

Depuis que son agent de change l'avait appelé ce matin, peu après l'ouverture, pour l'avertir des rumeurs circulant à la Bourse et de l'effritement de Struan, Dunross avait consolidé ses défenses en prévision d'une attaque soudaine. Avec l'aide de Phillip Chen, Holdbrook, Gavallan et de Ville, il avait prévenu tous les gros actionnaires qu'il avait pu toucher que ces rumeurs étaient sans fondement et leur avait conseillé de ne pas prêter de grandes quantités d'actions à Gornt. Il avait même révélé confidentiellement à certains d'entre eux que l'accord avec Par-Con était conclu et qu'une merveilleuse occasion leur était offerte d'écraser définitivement Rothwell-Gornt.

À tous, il avait déclaré : « Si Gornt vend à découvert, laissez-le faire. Feignons d'être vulnérables et d'avoir des difficultés à soutenir nos valeurs. Vendredi, après l'annonce de l'accord, notre cote grimpera en flèche et Gornt y laissera sa chemise. Nous récupérerons notre ligne aérienne et nous nous emparerons de la sienne. Ainsi, sa flotte s'ajoutant à la nôtre, nous dominerons toute l'Asie. »

Toute la journée, il avait insufflé aux autres une confiance qu'il n'avait pas lui-même. Il avait rassuré les actionnaires inquiets qui lui téléphonaient : Tung-l'Avare et Wu-Quatre-Doigts, par exemple, qu'il avait convaincus, non sans peine, de ne pas vendre ou prêter d'actions Struan pendant les jours qui venaient.

J'ai résisté au premier assaut, conclut-il, l'avenir me dira si Bartlett est un ami ou un traître. Curieux que les informations secrètes qu'il a réussi à obtenir sur moi se soient soudain mises à circuler de bouche à oreille à la Bourse. Qui est son espion ? Celui qui travaille aussi pour le réseau Sevrin ?

La sonnerie du téléphone interrompit le cours de ses pensées.

— Oui ?... Bonjour Lando. C'est à quel sujet ?

— Navré mais je me vois contraint de revenir sur les quinze millions que je vous avais promis pour demain. Le marché me rend nerveux.

— Simplement Gornt qui s'amuse à ses petites combines, argua le Taï-pan, la gorge nouée.

— Je suis très inquiet. Il ne s'agit pas seulement de Gornt mais aussi de Ho-Pak et de la tendance générale. La crise de confiance gagne maintenant les déposants de la Ching Prosperity, et même la Vic. Je préfère prendre mes précautions.

— Je comptais sur vous, Lando.

— Avez-vous triplé la prochaine cargaison d'or comme je vous l'avais demandé ?

— Je m'en suis occupé personnellement.

— Excellent.

— J'aurai besoin demain de votre lettre de crédit.

— Naturellement. Envoyez quelqu'un chez moi, je lui remettrai un chèque.

— Un chèque ? s'étonna Dunross. Sur quelle banque ?

— Victoria.

— Le moment n'est guère choisi pour retirer une telle somme.

— Je ne retire rien du tout, je paye simplement une cargaison d'or. Et si j'étais à votre place, je m'arrangerais pour convertir en lingots une partie de mon argent.

— Qu'avez-vous entendu dire ? questionna Ian.

— Rien, je suis prudent, c'est tout. Nous en discuterons plus longuement demain, mais ne comptez pas sur les quinze millions.

— Je vous connais : vous savez quelque chose. *Chi pao pu chu huo.*

(Littéralement : on n'enveloppe pas le feu dans du papier, autrement dit, il n'est secret si bien gardé qu'il ne finisse par transpirer.)

Après un long silence, Mata passa aux confidences :

— L'Avare a commencé à vendre, il a l'intention de se défaire de toutes ses actions. Il a beau être mourant, il a toujours autant de flair et je ne l'ai jamais vu se tromper.

— Quand lui avez-vous parlé ?

— Aujourd'hui. Pourquoi ?

— Je l'ai eu au téléphone cet après-midi et il m'a donné sa parole de ne vendre aucune action de Struan. Il aurait changé d'avis ?

— Il le voudrait qu'il ne le pourrait pas : il n'en détient aucune.

— Il en a 400 000 !

— Il en *avait* 600 000 mais il s'en est débarrassé aujourd'hui. En fait, sir Luis Basilio possède peu d'actions, il sert surtout de prête-nom au vieux Tung.

Le Taï-pan ravala une grossièreté.

— Confidentiellement, je puis vous révéler que l'Avare a donné à Basilio l'ordre de vendre ou de faire reporter toutes ses actions de la Noble Maison. Il en a cédé immédiatement 100 000 à divers agents de change ; le reste... ce sont celles que vous avez achetées cet après-midi à Gornt. Dès qu'il eut compris qu'une offensive était déclenchée contre la Noble Maison et que Gornt vendait à découvert, l'Avare a donné ses instructions à sir Luis. À la fermeture, il avait gagné près de deux millions.

— Le vieux roublard ! murmura Dunross, sans véritable rancœur. (C'était sa faute, il aurait dû lui téléphoner plus tôt.) Et vos 300 000 actions, Lando ?

Le Portugais tardait à répondre et Ian sentit son estomac se serrer.

— Je les ai encore, dit enfin Mata. Comme je les ai achetées à 16 lorsque vous les avez lancées, je n'ai pas encore lieu de m'inquiéter. Alastair Struan avait peut-être raison quand il vous déconseillait de transformer la Noble

Maison en société par actions. Si vous ne l'aviez pas fait, vous ne seriez pas vulnérable aujourd'hui.

— Je n'aurais pas non plus réussi à redresser la situation dont j'ai hérité ni à atteindre un taux de croissance cinq fois supérieur à celui de Gornt. Nous contrôlons toujours la Vic, qui doit donc continuer à nous soutenir, et lorsque nous aurons surmonté ces quelques difficultés passagères, notre firme sera la plus puissante d'Asie.

— Possible. Mais peut-être auriez-vous mieux fait d'accepter notre proposition. Elle vous aurait épargné les aléas de la Bourse. Lando Mata, Tung-l'Avare et Chin-le-Joueur avaient à l'époque proposé au Taï-pan 20 % des revenus de leur syndicat du jeu contre 50 % de Struan — à condition qu'il ne la transforme pas en société par actions.

— C'était impossible et ça l'est toujours.

— Voyons, Ian, soyez raisonnable. L'Avare et moi, nous vous offrons 100 millions cash contre 50 % de la société. Vous demeurerez Taï-pan, vous dirigerez le nouveau syndicat du jeu et notre trafic d'or — ouvertement ou secrètement, à votre guise —, et vous toucherez en outre 10 % des bénéfices à titre d'appointements personnels.

— Qui désignera mon successeur ?

— Vous — après consultation.

— Vous voyez bien ! C'est impossible. 50 % des actions vous donneraient sur la Noble Maison un pouvoir que je ne suis pas prêt à vous céder. Ce serait contraire au testament de Dirk : je romprais mon serment en vous abandonnant le contrôle de Struan.

— Un serment fait à un dieu inconnu auquel vous ne croyez pas, au nom d'un pirate assassin, mort depuis plus d'un siècle ?

— Je ne peux accepter, quelles que soient mes raisons.

— Vous risquez de tout perdre...

Après un long silence, Mata reprit, sur le même ton amical :

— Notre offre demeurera valable deux semaines. Si le *joss* vous est contraire, vous pourrez toujours prendre la tête de notre syndicat. Je ne commencerai à vendre mes Struan que lorsqu'elles seront descendues à 21. Bonne nuit et bonne chance, Taï-pan.

Dunross raccrocha et finit sa coupe de champagne. Cent millions cash, songeait-il. De quoi écraser Gornt, absorber Asian Properties et contraindre Dunstan à la retraite. Puis je transmettrais une Noble Maison solide à Jacques ou à Andrew et...

Et ensuite ? Je me retirerais en Écosse pour chasser la grouse ? Je donnerais des réceptions à Londres ? Je me ferais élire au Parlement et je dormirais sur les banquettes pendant que les socialistes livreraient le pays aux communistes ? Mais je m'ennuierais à mourir ! Je...

— Comment ? Que disais-tu, Penn ?

— Mauvaises nouvelles, n'est-ce pas ?

— Oui, mais c'était à prévoir. C'est le *joss* ! répondit-il d'un ton enjoué. (Il tira la bouteille du seau à glace — elle était vide.) Nous en avons bien mérité une autre... Non, chérie, ne bouge pas, je m'en occupe.

Il ouvrit le réfrigérateur dissimulé dans un grand meuble laqué chinois.

— Comment te débrouilles-tu pour tenir, Ian ? Depuis que tu as pris la succession, chaque coup de téléphone annonce une catastrophe. Tu travailles tout le temps, sans jamais prendre de vacances. Est-ce que le déluge va s'arrêter ?

— Non, bien sûr : cela fait partie du boulot.

— Est-ce que cela en vaut la peine ?

— Certainement.

Pour toi, Ian, pas pour moi, pensa Penelope.

— Je peux partir ? Tu sauras t'occuper des enfants ?

— Ne te fais pas de soucis.

— Tu participes à la course de côte, dimanche ?

— Oui. Ensuite je vais à Taipei avec Bartlett.

Penn se demanda s'il n'allait pas y retrouver une beauté chinoise, douce, chaude, et surtout bien plus jeune qu'elle. Tandis qu'il desserrait le fil de fer emprisonnant le bouchon, elle scrutait son visage anguleux, séduisant et volontaire. Une femme peut-elle garder un homme plus de quelques années ? se demanda-t-elle.

— Je n'aurais jamais pu être Taï-pan, soupira-t-elle. On reçoit trop de coups sur la tête.

— Je n'aurais jamais su m'occuper d'une maison et élever des enfants, répondit Dunross en débouchant adroitement la bouteille.

— Je crois que la future génération va remettre en cause ce partage des rôles. Adryon, par exemple — son mari n'aura pas la vie facile.

— Chaque nouvelle génération veut refaire le monde.

Tu te rappelles comme nous supportions mal la façon de vivre de nos parents ?

— C'est vrai, mais en plus, aujourd'hui il y a la pilule et...

— Quoi ? Tu veux dire qu'Adryon prend la pilule ?

— Calme-toi. Peu de gens se rendent compte de la révolution que la pilule va provoquer. À présent, les femmes peuvent faire l'amour sans crainte d'avoir un enfant ; elles peuvent chercher tranquillement leur plaisir, comme les hommes. Quant à Adryon, elle prend la pilule depuis l'âge de dix-sept ans.

— *Quoi ?*

— Tu aurais préféré qu'elle tombe enceinte ?

— Bien sûr que non ! Alors elle a eu des... des aventures et...

— Je l'ai envoyée chez le docteur Tooley quand elle est venue me demander mon avis. Pourquoi te mettre dans un tel état ? Adryon aura vingt ans le mois prochain. Il n'y a rien là que de tout à fait normal.

— Sûrement pas ! Et je me demande si je ne devrais pas avoir une conversation avec elle.

— Non, non. C'est un sujet... très intime. Il s'agit de son corps, de sa vie. Quoi que tu puisses lui dire, elle a le droit de mener sa vie comme elle l'entend. Cette discussion serait gênante aussi bien pour toi que pour elle.

Voyant le visage de son mari s'empourprer soudain, Penelope lui demanda :

— Qu'y a-t-il ?

— Je pensais à... Je pensais, voilà tout.

— À celui qui est ou sera son amant ?

— Oui, reconnut Ian.

— Pour ton propre bien, tu ferais mieux de penser à autre chose. Je lui fais confiance, elle est raisonnable.

— Elle est trop jeune, bon Dieu !

— Je ne partage pas ton avis et comme je viens de te le dire, tu n'y peux rien de toute façon. Sois raisonnable, toi aussi.

— Tu as raison, murmura Dunross d'un ton plus amer que convaincu.

— Commence à te préparer pour le dîner sinon tu seras en retard, lui recommanda Penn.

— Tu sais bien qu'il te faut une heure de plus que moi.

De toute façon, nous n'y ferons qu'une brève apparition et nous partirons dès la fin du repas. Pourquoi...

— Chéri, je préfère ne pas y aller.

— Mais...

— Je dois préparer mon départ et m'occuper d'un tas de choses avant de partir. Tu m'excuseras auprès des autres.

— Si tu me donnais la vraie raison ? demanda Ian avec un léger sourire.

— Robin y sera sans doute, je ne veux pas le rencontrer.

— La délégation n'arrive que demain, voyons !

— Non, j'ai lu dans le *Guardian* qu'on l'attendait cet après-midi. Je suis sûre que ses membres seront invités.

Le dîner était donné par sir Shitee T'Chung, professeur milliardaire, pour fêter son anoblissement et lancer sa dernière œuvre de charité : une collecte pour la construction d'une nouvelle aile à l'hôpital Elizabeth.

— Je t'en prie, je n'ai vraiment aucune envie d'y aller, insista Penn.

— Bon, capitula Dunross. Je réponds aux coups de téléphone et j'y vais. Je passerai te voir avant de partir.

Il monta dans son bureau et y trouva Lim, le valet de chambre : tunique blanche, pantalon noir et chaussons.

— Bonsoir, Taï-pan, dit le vieux serviteur.

D'un geste calme, il invita Dunross à s'approcher de la fenêtre et lui montra deux hommes, deux Chinois, déambulant lentement le long du haut mur qui entourait la Grande Maison.

— Ils sont là depuis un moment, précisa le domestique.

Dunross les observa avec inquiétude.

— S'ils sont encore là à la tombée de la nuit, préviens les services de Crosse, ordonna-t-il... À propos, Lim, quand je souhaite qu'on trafique une voiture, je suis assez grand pour en donner l'ordre moi-même.

Le vieux Lim Chu, qui servait la famille depuis l'âge de sept ans — comme avant lui son père et le père de son père —, regarda son maître d'un air impassible.

— Je ne comprends pas, Taï-pan.

— On n'enveloppe pas le feu dans du papier. La police est habile et le vieux Barbe Noire y compte des amis. En examinant des freins trafiqués, un expert peut parvenir à toutes sortes de conclusions.

— Je ne connais rien aux méthodes de la police, bougonna le serviteur avec un haussement d'épaules. Taï-pan, la nuit de la réception, comme je ne pouvais pas dormir, je suis venu ici. En pénétrant dans le bureau, j'ai aperçu sur le balcon une ombre qui a disparu aussitôt. Voilà ce que j'ai trouvé, accroché au tuyau de la gouttière.

Lim tendit à Dunross un lambeau de tissu tout à fait ordinaire. Le Taï-pan l'examina en fronçant les sourcils puis leva les yeux vers le portrait de Dirk Struan : apparemment, on n'y avait pas touché. Il s'approcha, le fit tourner sur ses gonds et constata que le cheveu qu'il avait posé sur le bord de la porte du coffre s'y trouvait toujours. Satisfait, il remit le tableau en place et retourna à la fenêtre. Les deux hommes étaient toujours en faction sur le trottoir et, pour la première fois, Dunross se félicita d'être sous la surveillance de la Special Intelligence.

34

19 h 58

Il faisait une chaleur moite dans le bureau où Phillip Chen attendait, assis près du téléphone. L'irruption de Dianne dans la pièce le fit sursauter.

— Inutile d'attendre plus longtemps, les Loups-Garous n'appelleront pas ce soir, dit-elle d'un ton irrité. Va donc te changer.

Elle portait un *chong-sam* du soir coûteux et à la dernière mode, une profusion de bijoux qui la faisait ressembler à un arbre de Noël.

— Il a dû se passer quelque chose, continua-t-elle. La police, peut-être... Ou alors ces canailles s'amusent à nous laisser mijoter. Va te changer ! Nous allons être en retard.

— Je n'ai pas envie d'y aller. Shitee T'Chung a toujours été assommant et il l'est sans doute deux fois plus depuis son anoblissement. Vas-y sans moi.

— *Ayiiya*, pas question que tu restes ici après ce qui s'est passé aujourd'hui à la Bourse. Tout Hong Kong dirait que nous avons peur de nous montrer parce que la Maison ne peut plus honorer ses engagements. Et Constance, la nouvelle femme de Shitee, cette putain à la bouche pulpeuse, n'attend que l'occasion de m'humilier !

Dianne Chen se retenait à grand-peine pour ne pas se mettre à crier. La journée lui avait coûté plus de cent mille de ses propres dollars, et lorsque Phillip lui avait téléphoné de la Bourse, juste après trois heures, pour la prévenir des événements, elle avait failli s'évanouir.

— *Oh ko*, il faut que tu viennes ! insista-t-elle. Sinon, nous serons ruinés !

Le compradore acquiesça d'un signe de tête.

— Tu as sans doute raison, murmura-t-il d'un air sombre. Toutes les langues de vipères de la Colonie seront à la soirée.

Pourquoi ai-je fait confiance à Dunross ? se lamenta-t-il intérieurement. Je n'aurais jamais dû acheter autant de Struan ! J'ai déjà perdu près d'un million de dollars et si Gornt gagne la partie, je suis lessivé.

— Bon, je me prépare, soupira-t-il. J'en ai pour une minute.

Le téléphone sonna au moment où Phillip sortait du bureau. Il revint sur ses pas et décrocha.

— *Weiii ?* grogna-t-il avec humeur.

En moins de deux heures, il avait reçu six appels de membres de la famille qui s'inquiétaient de la chute des actions de la Noble Maison. Encore un, se dit-il.

— Vous êtes de mauvais poil ? fit une voix d'homme en cantonais. Et les bonnes manières, alors ? fornication !

— Qui parle ? Qui êtes-vous ?

— Le Loup-Garou, le chef des Loups-Garous, par tous les dieux !

Phillip Chen devint livide et, d'un geste affolé, appela son épouse à la rescousse.

— Com... quel est votre nom ? bredouilla-t-il.

— Vous avez les oreilles bouchées ? Je vous dis que je suis le Loup-Garou. Vous me croyez assez bête pour vous donner mon nom ?

— C'est que... je ne vous connais pas. Comment savoir si vous me dites la vérité ?

— Moi non plus je vous connais pas ! Vous seriez pas un fornicateur de policier, des fois ?

— Je suis Chen de la Noble Maison, je le jure !

— Bon. Vous avez reçu la lettre ?

— Oui, oui. Je vous en prie, laissez-moi parler à mon fils !

— Pas possible. Il est dans une autre partie de l'île...

dans les Nouveaux Territoires, en fait, dans un endroit où y a pas le téléphone. Mais il se porte bien et il manque de rien. Vous avez l'argent ?

— Oui. Enfin, c'est-à-dire, je n'ai pu réunir que cent mille dollars.

— Cinq cent mille, fornication ! Pour vous, c'est comme arracher un poil à un bœuf.

— C'est faux ! glapit le compradore. Je ne suis pas si riche. Vous avez vu ce qui s'est passé à la Bourse, aujourd'hui ?

— Nous autres, pauvres paysans, on s'intéresse pas à la Bourse ! Vous voulez que je vous envoie l'autre oreille ?

Chen blêmit.

— Non, surtout pas. Mais nous pouvons discuter. Cinq cents, c'est trop. À la rigueur, je pourrais me débrouiller pour en trouver cent cinquante.

— Si j'accepte cent cinquante, toute la Chine se foutra de moi ! Je suis pas du genre à montrer une tête d'agneau pour vendre de la viande de chien, vous pouvez me faire confiance. Mais cent cinquante mille pour le premier fils du compradore de la Noble Maison ? Non, impossible. J'aurais l'air d'un crétin !

— Vous avez peut-être raison, convint Chen. Je voudrais d'abord savoir quand je reverrai mon fils.

— Dès que vous aurez payé la rançon. C'est juré sur les os de mes ancêtres ! Quelques heures après avoir touché l'argent, nous le conduirons sur la route de Sha Tin.

— Parce qu'il se trouve à Sha Tin ?

— Essayez pas de me piéger, Chen de la Noble Maison. Cette conversation pue la fiente. La police écoute, fornication ? Vous l'avez prévenue ?

— Non, je n'ai pas prévenu la police et je n'essaie pas de vous tendre un piège. Mais comprenez-moi, j'ai besoin de garanties.

Après un silence, le Loup-Garou reprit sur un ton radouci :

— Bon, bon. Mais s'il y a des ennuis, tant pis pour votre fils, et ce sera de votre faute. Je vais me montrer raisonnable : quatre cents, paiement cette nuit.

— Impossible ! Autant me demander de pêcher un tigre dans la mer ! Les banques étaient fermées quand j'ai reçu votre lettre mais je dispose de cent mille dollars en petites coupures...

Dianne donna un coup de coude dans les côtes de Phillip et lui montra deux doigts tendus.

— Écoutez, honorable Loup-Garou, en empruntant à des amis, je pourrais peut-être trouver cent mille autres dollars ce soir.

— Les dieux m'allongent raide mort si j'accepte une telle misère ! Trois cent cinquante mille.

— Deux cents, versement dans une heure !

— Trois cents cette nuit ou l'autre oreille dans deux jours !

Phillip Chen se lamenta, argumenta, jura et marchanda pendant une demi-heure encore, après quoi, il feignit de céder :

— J'abandonne, vous êtes trop fort pour moi. Deux cent mille ce soir et cent mille dans quatre mois.

— Dans un mois !

— Disons trois.

Interloqué par le flot d'obscénités que provoquait sa proposition, le compradore se demanda s'il n'avait pas sous-estimé son adversaire.

— Deux ! rugit le Loup-Garou.

Dianne fit signe à son mari d'accepter.

— Bon, d'accord. Cent mille dans deux mois.

— Très bien, dit le ravisseur, apparemment satisfait. Je réfléchis et je vous rappelle.

— Attendez, honorable Loup-Garou ! Quand...

— Dans une heure.

— Mais...

L'homme avait raccroché. Phillip Chen poussa un juron et s'épongea le front.

— Je pensais bien l'avoir, ce misérable étron de chien !

— Tu as bien manœuvré, Phillip ! s'exclama Dianne, ravie. Deux cents seulement maintenant, plus cent dans deux mois. Parfait ! Tout peut arriver en deux mois : s'ils se font prendre par cette saleté de police, nous n'aurons même pas à leur payer le solde.

Une pensée lui traversa l'esprit :

— Et la soirée de Shitee T'Chung ? Il faut que tu attendes le coup de téléphone des Loups-Garous...

— Vas-y avec Kevin, je vous rejoindrai plus tard, répondit Phillip.

— Voilà la solution ! s'écria Dianne. Tout va bien, le *joss* va peut-être nous être de nouveau favorable. Nous allons récupérer la pièce et peut-être y aura-t-il un boom, comme l'a prédit Tung-l'Aveugle.

Elle sortit en remerciant les dieux. Excellent, pensait-elle, et elle se voyait déjà faisant son entrée au bras de son fils, vêtu de son nouveau smoking blanc.

— Keviiiin !

Elle referma la porte derrière elle et Phillip poussa un soupir.

Une demi-heure après le départ de Dianne et Kevin, le téléphone sonna de nouveau.

— Chen de la Noble Maison ?

— Honorable Loup-Garou ?

— Nous acceptons. Paiement ce soir. Vous aurez l'argent ?

— Oui, oui.

— En coupures de cent ?

— Comme vous l'avez demandé.

— Bon. Vous prendrez un taxi...

— Oh ! mais j'ai une voiture !

— Je le sais bien, fornication ! J'en connais même le numéro. Je sais des tas de trucs sur vous ! Si vous essayez de me rouler, vous ne reverrez jamais votre fils et vous serez le prochain sur ma liste ! Compris ?

— J'ai compris, honorable Loup-Garou. Je prendrai un taxi — pour où ?

— Le jardin triangulaire de Kowloon Tong. Dans Essex Road, y a une palissade percée d'un trou, une flèche tracée à la craie sur le trottoir vous montrera. En glissant la main dans le trou, vous trouverez une lettre. Vous la lirez, nos hommes vous rejoindront et vous diront « *Tin koun chi fouk* », vous leur remettrez le sac.

— Et si je me trompe de personne ?

— Impossible avec le mot de passe. Combien il vous faut pour aller là-bas ?

— Je peux partir immédiatement et passer prendre l'argent qui me manque chez un ami.

— Bon, alors allez-y tout de suite. Venez seul, n'oubliez pas qu'on vous surveillera dès que vous aurez mis le nez dehors.

— Et mon fils ? demanda Chen, le front couvert de sueur.

— Obéissez aux instructions ! beugla le kidnappeur avant de raccrocher.

Le compradore saisit une bouteille de cognac d'une main tremblante et se versa un verre qu'il vida d'un trait. La chaleur de l'alcool se répandit dans son corps sans dissiper son appréhension. Quand il eut recouvré un peu de calme, il composa un numéro et demanda en dialecte haklo :

— Je voudrais parler à Wu-Quatre-Doigts.

— Un instant...

Il entendit quelques mots murmurés en haklo puis une voix dit en anglais :

— C'est à Mr. Phillip Chen que j'ai l'honneur... ?

— Oh ! fit l'Eurasien, surpris. Qui êtes-vous ?

— Paul Choy, le neveu de Wu. Mon oncle a dû s'absenter mais il m'a chargé d'attendre votre coup de téléphone et m'a laissé des instructions. Les ravisseurs ont pris contact avec vous ?

Bien qu'il se sentît gêné de se confier à un inconnu, Chen n'avait pas le choix et il rapporta à Paul Choy le résultat des négociations avec le Loup-Garou.

— Un moment, Mr. Chen, sollicita le neveu de Wu.

Le compradore perçut des bribes indistinctes de conversation en haklo puis de nouveau la voix de Choy :

— Tout est en ordre, nous vous envoyons un taxi. Vous téléphonez du « Repaire » ?

— Oui, je suis chez moi.

— Le chauffeur est un homme à nous et d'autres, euh... employés de mon oncle seront disséminés dans Kowloon Tong. N'ayez aucune crainte, vous serez à chaque instant sous notre protection. Contentez-vous de payer la rançon, nos hommes se chargeront du reste. Le lieuten..., euh, l'assistant de mon oncle m'a assuré que tout se passera bien. Mr. Chen ? vous êtes toujours là ?

— Oui, oui je vous écoute. Merci.

— Le taxi passera vous prendre dans vingt minutes.

Paul Choy raccrocha.

— Chen de la Noble Maison vous remercie, honorable père, dit-il à Wu-Quatre-Doigts.

Les yeux perçants du vieillard le mettaient mal à l'aise et il ne parvenait pas à cacher sa peur. Il faisait étouffant dans la grande cabine de la vieille jonque, amarrée le long d'un des quais d'Aberdeen.

— Puis-je accompagner vos hommes ? demanda Paul d'une voix mal assurée.

— On ne chasse pas le dragon avec un lapin, rétorqua le vieux pirate d'un ton méprisant. Poon ! tu prends le commandement.

Poon-Beau-Temps sortit de la cabine, entraînant à sa suite les hommes de main du vieux Wu. Resté seul avec son fils, le contrebandier alluma une cigarette, toussa et cracha sur le plancher. Paul Choy l'observait avec inquiétude. La peur, plus que la chaleur, le faisait ruisseler de sueur.

La cabine, qui servait de bureau à Quatre-Doigts, était meublée de quelques vieilles tables, de chaises branlantes et de classeurs. C'était d'ici que Wu commandait sa flotte. Si la plupart du temps ses navires transportaient des cargaisons parfaitement légales, la consigne, pour les capitaines des bâtiments arborant le lotus d'argent, était la suivante : charger n'importe quelle marchandise, la livrer n'importe où, à n'importe quel moment — au meilleur prix.

Assis sur un baril renversé, Wu fixait Paul Choy par dessous ses sourcils broussailleux.

— On apprend de drôles de manières à la Montagne dorée, *heya ?*

Paul garda le silence, le cœur battant. Comme il regrettait d'être revenu à Hong Kong !

— Par exemple à mordre la main qui te nourrit, *heya ?* poursuivit le vieillard.

— Honorable père, excu...

— On t'a appris que tu pouvais puiser dans mes coffres et te servir de mon *chop* ?

— Non, honoré seigneur. Pardon de vous avoir mécontenté, balbutia Paul, que la peur dégonflait comme une baudruche.

Le matin, quand Gornt était arrivé au bureau après sa rencontre avec Bartlett, les secrétaires n'avaient pas encore pris leur travail et Choy avait proposé son aide à son nouveau patron. Gornt l'avait chargé de donner plusieurs coups de téléphone tandis que lui-même utilisait sa ligne directe. Sans le vouloir, le jeune homme avait entendu une phrase concernant Struan qui lui avait fait dresser l'oreille. Il s'était rappelé le coup de téléphone de Bartlett, une heure plus tôt, et en avait déduit que son patron avait rencontré l'Américain. À en juger par la bonne humeur de Gornt, la rencontre avait été fructueuse. Les suppositions de Paul s'étaient trouvées confirmées quand il avait entendu Gornt ordonner à son agent de change : « Vous vendez... Non, il ne se passera rien avant que je ne sois couvert, vers onze heures environ... »

Le Taï-pan de la Rothwell avait ensuite téléphoné au directeur de la Banque de Suisse et de Zurich, à qui il avait déclaré :

— J'attends une importante rentrée en dollars ce matin avant onze heures. Prévenez-moi dès que la somme aura été portée à mon compte...

En assemblant les divers morceaux du puzzle, Choy avait échafaudé l'hypothèse suivante : Bartlett avait conclu un accord secret avec Gornt, l'ennemi de Struan, pour lancer un de ses raids de pirate ; l'Américain prenait sa part des risques — voire la totalité — en déposant sur un compte numéroté d'une banque suisse de quoi couvrir les pertes éventuelles de Gornt. Autrement dit, Par-Con envoyait Rothwell à l'offensive en restant dans l'ombre ; la cote de Struan allait s'effondrer.

Le neveu de Wu avait aussitôt décidé de se tailler une part du gâteau en vendant Struan à découvert avant même que Gornt et Bartlett ne déclenchent leur attaque. Ne disposant ni de fonds, ni d'actions, ni de crédit, il avait appelé son nouvel ami Ishwar Soorjani, le prêteur et intermédiaire dont il avait fait la connaissance grâce au vieil Eurasien de la bibliothèque.

— Dis-moi, Ishwar, ton frère est bien directeur de la compagnie d'agents de change Soorjani ?

— Non, jeune maître. Arjan est mon cousin germain. Pourquoi ?

— Si j'envisageais de vendre à découvert, tu me soutiendrais ?

— Certainement. À condition, comme je vous l'ai dit, que vous m'offriez des garanties suffisantes.

— Un tuyau sensationnel, par exemple ?

— Le chemin de la prison pour dettes est pavé de tuyaux sensationnels. Jeune maître, je vous conseille de vous en méfier.

— Nous aurions pu nous faire quelques centaines de milliers de dollars, avait soupiré Choy.

— Ah oui ? Sur quel titre porterait l'opération ? Si vous vouliez bien me murmurer son nom...

— Tu me couvrirais pour... pour 20 000 dollars américains ?

— Désolé, jeune maître. Je prête de l'argent, je n'en fais pas cadeau : mes ancêtres me l'interdisent.

— 20 000 dollars de Hong Kong.

— Pas même dix dollars de la Confédération sudiste ! Pourquoi ne vous adressez-vous pas à votre illustre parent ? Avec le *chop* de votre oncle, j'irai jusqu'à un demi-million — de Hong-Kong.

Choy savait que son père détenait un important paquet de Struan et qu'il risquait de perdre gros si Gornt gagnait la partie. Il avait promis à Soorjani de le rappeler et avait aussitôt téléphoné à Wu mais n'avait pas réussi à le joindre. Après avoir laissé des messages un peu partout, il avait attendu avec une anxiété croissante. Peu avant dix heures, il avait entendu la secrétaire de Gornt répondre au téléphone :

— Oui ?... Un moment, je vous prie... Mr. Gornt, une communication personnelle de Zurich... Je vous la passe.

Paul s'apprêtait à essayer une nouvelle fois de joindre son père quand Gornt l'avait fait venir dans son bureau.

— Mr. Choy, vous remettrez ceci à mon agent de change, lui avait ordonné son patron en lui remettant une enveloppe cachetée. En mains propres.

Le jeune homme avait donc quitté les bureaux de Rothwell et s'était arrêté en chemin à toutes les cabines téléphoniques pour tenter de prévenir son père. Sans succès. Il avait remis la note à l'agent de change, dont le visage s'était éclairé en la lisant.

— Y a-t-il une réponse ? avait demandé Paul poliment.

— Dites simplement que le nécessaire sera fait.

Sur le chemin du retour, il avait longuement réfléchi puis s'était décidé à rappeler Soorjani.

— Ishwar ? Mon oncle veut se défaire d'urgence de ses Struan. 150 000 actions.

— Il agit en homme avisé, il court des bruits inquiétants.

— Je propose que tu te charges de l'opération avec ton cousin. Tu peux le faire immédiatement ?

— Sans problème. Le crédit du vénérable Quatre-Doigts

est aussi solide que celui des Rothschild ! Où sont les actions ?

— Dans le coffre, à la banque.

— Il me faudrait son *chop*.

— Je vais le chercher mais mon oncle désire que vous commenciez à vendre sans attendre. Par petites quantités pour ne pas perturber le marché, et au meilleur prix. Immédiatement, c'est possible ?

— Entendu, immédiatement. Et au meilleur prix !

— Un dernier point : il vous demande d'être discret.

— N'ayez crainte, jeune maître. Et votre propre opération ?

— Ah oui !... J'attendrai d'avoir les moyens de la faire.

— C'est la sagesse même.

Debout dans la cabine de la jonque, le cœur battant, Paul gardait les yeux fixés sur la cigarette de son père et n'osait affronter les yeux froids et durs qu'il sentait sur lui. Il se souvenait de son excitation quand la cote de Struan avait commencé à baisser, de la nervosité avec laquelle il avait ordonné à Ishwar de racheter juste avant la clôture. Vers la fin de l'après-midi, Poon-Beau-Temps lui avait téléphoné que Wu l'attendrait à Aberdeen à 19 h 30 et, avant de se rendre à la jonque, Paul était passé prendre chez Soorjani le chèque établi au nom de son père. 615 000 dollars de Hong Kong, moins la commission de l'agent de change.

Enivré par son succès, il avait remis le chèque à son père mais lorsqu'il lui en avait expliqué la provenance, le vieux Wu avait été pris d'une colère qui avait stupéfié le faux neveu, et que le coup de téléphone de Chen avait interrompue.

— Je suis profondément désolé de vous avoir offensé, hono...

— Alors mon *chop* et mes biens t'appartiennent ? cria soudain Quatre-Doigts.

— Non, honorable père, j'ai simplement voulu protéger votre fortune et vous faire gagner de l'argent.

— Rien pour toi ?

— Non, père, c'était pour vous. Afin de vous rembourser en partie ce que vous avez dépensé pour mon éducation.

— Ce n'est pas une excuse ! Viens avec moi !

Paul se leva en tremblant et suivit le vieillard sur le pont. Quatre-Doigts congédia ses gardes du corps en les gratifiant d'une bordée de jurons et pointa un index épais vers les eaux croupies du port.

— Si tu n'étais pas mon fils, siffla-t-il entre ses dents, si tu n'étais pas mon fils, tu nourrirais déjà les poissons, une chaîne aux pieds.

— Oui, père.

— Si tu te sers encore de mon nom, de mon *chop* ou de quoi que ce soit qui m'appartienne sans mon autorisation, je te tue.

— Oui, père, marmonna Paul, pétrifié, convaincu que Wu disposait des moyens et de l'influence nécessaires pour mettre sa menace à exécution sans avoir rien à craindre de la justice. Pardon, père, je vous jure de ne plus recommencer.

— Bon, grogna le vieux pirate. Mais c'est bien parce que je n'ai pas perdu un sou dans l'affaire que tu es encore en vie.

Wu lança à son fils un regard furibond et continua à cacher son plaisir. Avoir gagné une grosse somme, 615 000 dollars, sans lever le petit doigt, pensait-il, rien qu'un bon tuyau et quelques coups de téléphone ! Incroyable. Ce garçon n'est ici que depuis trois semaines et il m'a déjà remboursé vingt fois l'argent consacré à son éducation. Comme il est intelligent... et dangereux !

Que se passerait-il si je laissais mes rejetons prendre des décisions ? *Diou ne lo mo*, je serais en leur pouvoir, et leurs bêtises finiraient par m'envoyer en prison ! Pourtant c'est comme cela que font les barbares, et Septième fils a été élevé chez eux. Les dieux m'en soient témoins, je n'ai pas voulu en faire une vipère !

Le vieillard dévisagea ce fils qu'il ne comprenait pas et dont il haïssait les manières, sa façon de parler sans détours — comme les barbares —, et non indirectement, par insinuation, comme une personne civilisée.

Et cependant, il m'a fait gagner plus de 600 000 dollars en un jour. S'il m'avait consulté, je n'aurais pas été d'accord et cette aubaine me serait passée sous le nez.

— Explique-moi pourquoi ce diable d'étranger barbu me doit tant d'argent ! ordonna Wu à son fils.

Paul démonta pour lui le mécanisme de l'opération.

— Alors, demain, je recommence ? demanda Quatre-Doigts.

— Non, honorable père, vous gardez vos gains.

Aujourd'hui l'affaire était sûre : c'était un raid, une attaque soudaine. Mais nous ne savons pas comment la Noble Maison réagira demain ou même si Gornt a l'intention de poursuivre son offensive.

— Alors, qu'est-ce que je fais, demain ?

— Vous attendez. Il faut voir comment la situation va évoluer pour Ho-Pak et Victoria. Puis-je utiliser votre nom pour demander des informations à Gornt sur Ho-Pak ?

— Quoi ? Ah oui ! Et ce morceau de papier, qu'est-ce que j'en fais ? marmonna Wu en tirant le chèque de sa poche.

— Convertissez-le en or, père. Le prix du lingot est stable.

— Je le mettrai où cet or ?

Paul Choy expliqua qu'il n'était pas nécessaire de garder des lingots chez soi pour les posséder.

— Je ne fais pas confiance aux banques, répliqua le vieillard avec colère.

— Pas une banque de Hong Kong, père. Une banque suisse, absolument sûre.

— Tu en réponds sur ta tête ?

— Oui, père.

Quatre-Doigts endossa le chèque pour le faire convertir en or et le signa.

— Sur ta tête, mon fils, répéta-t-il. Alors, demain, rien à rafler ?

— Il y aura peut-être une occasion mais je n'en suis pas sûr. Je serai fixé vers midi.

— Appelle-moi à midi !

— Oui, père. Évidemment, si nous avions notre propre marché, nous manipulerions des centaines de titres différents...

— Hein ?

Le jeune homme expliqua alors, lentement, qu'il était possible de créer un nouveau marché des valeurs contrôlé par des Chinois, et offrant de fabuleuses perspectives de profits. Il exposa longuement son projet, prenant confiance à mesure qu'il parlait.

— Si c'est si simple, pourquoi Tung-l'Avare ne l'a pas déjà fait ? objecta Quatre-Doigts. Ou Sung-Gros-Nez, ou Kwang, ou des dizaines d'autres ?

— Ils n'y ont peut-être pas pensé ou n'ont pas eu le culot. Peut-être préfèrent-ils rester dans le système des diables d'étrangers : le club hippique, le cricket, les titres de chevalier et autres foutaises anglaises. Peut-être ont-ils peur d'aller à contre-courant ou s'en sentent-ils incapables. Nous avons les connaissances et l'expérience nécessaires. Et j'ai un ami de la Montagne dorée avec qui j'ai fait mes études...

— Quel ami ?

— Un Shanghaïen établi à New York comme agent de change. En nous associant, nous pourrions réussir, j'en suis certain !

— *Ayiiya !* travailler avec un barbare du Nord ! s'exclama Wu.

— On peut lui faire confiance, honorable père. Bien entendu, il faudrait veiller à protéger le jardin des mauvaises herbes, comme le fait tout bon jardinier.

— Mais les diables d'étrangers tiennent l'île sous leur coupe. Les personnes civilisées n'auront jamais les ressources nécessaires pour créer un marché concurrent.

Choy s'efforçait de contrôler son expression et le ton de sa voix, pour ne pas trahir l'excitation qui montait en lui.

— Vous avez peut-être raison père, convint-il prudemment. Mais les Chinois aiment jouer et pas un seul d'entre eux n'est agent de change ! Pourquoi les barbares nous tiennent-ils à l'écart ? Parce qu'ils savent que nous ne mettrions pas longtemps pour les battre sur leur terrain. Les personnes civilisées et leurs sociétés viendraient vers nous en masse dès la création de notre marché, et les diables d'étrangers seraient contrains de nous ouvrir les portes de leur propre marché. En matière de jeu, ils ne nous arrivent pas à la cheville. Tout ceci (d'un geste circulaire, il montra la côte, les navires, les jonques, les restaurants flottants) pourrait être à vous ! C'est grâce à la Bourse, aux titres et aux actions, que l'homme moderne *possède* le monde.

Quatre-Doigts tira nonchalamment une bouffée de sa cigarette.

— Combien il coûterait, ton nouveau marché ? demanda-t-il.

— Un an d'efforts, avec un investissement initial de... je ne sais pas au juste mais je pourrais vous fournir une estimation dans une semaine.

Le vieil homme tourna son regard rusé vers le visage

de son fils et y lut son excitation, sa cupidité. De quoi a-t-il tant envie ? D'argent ou de pouvoir ? Des deux, probablement. Ce jeune imbécile ignore que l'un ne va pas sans l'autre.

Le mot pouvoir le fit penser à la Noble Maison, à Phillip Chen et à la demi-pièce volée par John. Dianne et Phillip sont des imbéciles, eux aussi. Ils auraient dû savoir qu'il y a toujours une oreille collée de l'autre côté du mur... Les fils, se dit le vieux Wu, songeur... ils sont la richesse d'un père mais ils causent aussi parfois sa mort. Bien fou celui qui fait entièrement confiance à son enfant !

— Très bien, mon fils. Soumets-moi ton plan par écrit, avec une estimation, et je prendrai une décision.

Devant le triangle de gazon de Kowloon Tong, Phillip Chen descendit de taxi, une serviette à la main, et s'engagea dans Essex Road, la rue qui longeait le jardin. Il avait l'impression que la serviette devenait de plus en plus lourde au bout de son bras, et que chaque passant qu'il croisait savait qu'elle contenait 200 000 dollars de Hong Kong. Sa nervosité s'accrut. Dans ce faubourg surpeuplé de Kowloon, labyrinthe de taudis et de gratte-ciel, la vie d'un homme ne valait guère plus d'une centaine de dollars. Il avançait d'un pas rapide, les yeux baissés vers le trottoir défoncé.

Il avait presque contourné le jardin quand il repéra la flèche pointée vers la palissade. Bien que l'endroit fût sombre, mal éclairé par de rares réverbères, le compradore découvrit le trou et, à l'intérieur, ce qui ressemblait à un journal froissé. Il s'en saisit hâtivement, s'assura qu'il n'y avait rien d'autre et alla s'asseoir sur un banc, à la lumière. Quand les battements de son cœur se firent moins rapides et que sa respiration devint plus calme, Chen ouvrit le journal. Il y trouva une enveloppe contenant un message : « Marchez jusqu'à Waterloo Road. Prenez la direction du camp militaire, restez sur le trottoir gauche. Attention, nous vous surveillons en ce moment même. »

Il frissonna, regarda autour de lui, mais ne vit personne, ni ami ni ennemi. Pourtant il se sentait observé.

Les dieux me protègent ! pria-t-il avec ferveur. Où sont passés les hommes de Quatre-Doigts ?

Quand il eut rassemblé un reste de courage, il se remit

en route pour Waterloo Road, artère animée débouchant non loin du jardin. Il la remonta sans prêter attention à la foule, sans regarder quiconque, mais se sentant menacé de toutes parts. Les boutiques étaient ouvertes, les restaurants bondés, les ruelles adjacentes noires de monde. Un train de marchandises fit entendre au loin un sifflement lugubre par-dessus le concert de klaxons.

Il marchait d'un pas lent depuis quelques minutes lorsque deux jeunes gens surgirent devant lui et lui barrèrent le chemin.

— *Tin koun chi fouk*, murmura l'un d'eux.

— Hein ?

Tous deux portaient des lunettes noires, une casquette rabattue sur le front.

— *Tin koun chi fouk*, répéta Kin-le-Grêlé d'un ton menaçant. *Diou ne lo mo*, donne-moi le sac !

Chen tendit l'argent au Loup-Garou qui lui ordonna :

— Continue à marcher sans te retourner !

— Oui, mais vous devez tenir votre promes...

Le compradore s'interrompit : les deux jeunes gens avaient disparu. Abasourdi, il se remit en marche en tentant de fixer dans sa mémoire le peu qu'il avait aperçu de leurs visages. Une femme qui venait en sens inverse le bouscula, l'image des deux Loups-Garous s'effaça de son esprit. Soudain, il sentit quelqu'un lui agripper le bras.

— Où est la serviette, fornication ?

— Quoi ?

— La serviette, répéta Poon-Beau-Temps. Où elle est ?

— Deux jeunes gens... bredouilla Phillip en pointant le doigt derrière lui.

Poon poussa un juron, écarta Chen et émit un long sifflement. Il descendit rapidement la rue, suivi de ses hommes ; il aperçut un des Loups-Garous portant la serviette au moment où il tournait dans une ruelle, et se mit à courir.

Le Grêlé et son frère cadet se frayaient un chemin dans la foule sans se presser. Persuadés qu'ils ne risquaient plus rien, ils ôtèrent leurs lunettes, leurs casquettes, et les fourrèrent dans leurs poches.

— *Diou ne lo mo*, ce vieux con avait la trouille à en crever ! ricana Kin.

— La semaine prochaine, c'est lui qu'on enlève, et il crachera encore ! Comme un vieux chien qui pète !

Ils éclatèrent de rire, s'arrêtèrent devant une boutique et profitèrent de sa lumière pour examiner le contenu de la serviette.

— *Ayiiya !* s'exclama le plus jeune des deux frères en voyant les liasses de billets. Nous avons franchi d'un bond les portes du ciel ! Dommage que le fils soit mort et enterré.

Le Grêlé haussa les épaules en tournant dans une ruelle plus étroite encore.

— L'honorable père a raison, on a su profiter d'un mauvais coup du sort. C'est pas de notre faute si ce salaud avait la tête fragile ! Quand nous le déterrerons pour le porter sur le bord de Sha Tin Road, avec un message sur la poitrine...

Il s'interrompit et s'écarta pour laisser passer un camion bringuebalant et lourdement chargé. Comme il regardait machinalement derrière lui, il vit trois hommes changer brusquement de direction en l'apercevant et se précipiter vers lui.

— *Diou ne lo mo !* on est refait, murmura-t-il.

Il se lança dans la foule, son frère sur les talons. La peur donnait des ailes aux deux Loups-Garous qui contournaient les éventaires et les marmites, aidés dans leur fuite par l'obscurité. Le Grêlé, qui tenait la serviette, cria à son jeune frère sans cesser de courir :

— Rentre à la maison par un autre chemin !

Au croisement suivant, il tourna à gauche, laissant son cadet continuer tout droit. Leurs trois poursuivants se séparèrent aussi, deux d'entre eux prenant le sillage du Grêlé. Il faisait de plus en plus sombre dans le dédale de ruelles qui tournaient en tous sens sans jamais aboutir à un cul-de-sac. Kin haletait mais il avait réussi à prendre de l'avance sur ses poursuivants. Il se rua dans un passage et pénétra aussitôt dans une boutique malpropre servant aussi d'habitation. Sans un regard pour la famille rassemblée autour d'un poste de télévision braillard, il traversa la pièce en courant, sortit par la porte de derrière et gagna à toutes jambes le coin de la rue. Là il ralentit, examina les lieux prudemment avant de tourner. Quelques passants l'observèrent avec curiosité mais, peu désireux de s'attirer des ennuis, ils continuèrent leur route sans tenter de l'arrêter.

Se sentant enfin en sécurité, le Grêlé se glissa dans la foule et marcha d'un pas tranquille pour reprendre sa respiration. Déjà il pensait à se venger de Phillip Chen, qui les avait trahis. La semaine prochaine, quand nous l'enlèverons, je lui couperai le nez avant de le libérer ! se promit-il.

Le poids de l'argent au bout de son bras le rasséréna. Il acheta une valise bon marché et, dans la pénombre d'une ruelle, y transféra les liasses de billets ; puis il revendit la serviette en cuir du compradore à un brocanteur. Satisfait, il prit l'autobus pour Kowloon City, où son père avait loué sous un nom d'emprunt un petit appartement leur servant de planque. Kin ne remarqua pas Poon-Beau-Temps qui montait à son tour dans le bus, suivi par deux de ses hommes, pas plus que le taxi qui suivait le véhicule.

Kowloon City était une sorte d'ulcère suppurant, un ramassis de taudis entre lesquels les égouts coulaient à ciel ouvert. Le Grêlé savait qu'il y serait en sécurité car la police n'y mettait jamais les pieds. En 1898, lorsque la Chine avait accordé à la Grande-Bretagne une concession de cent ans sur les Nouveaux Territoires, elle avait maintenu sa suzeraineté sur Kowloon City, qui se trouvait donc théoriquement en territoire chinois. Les autorités britanniques ne s'occupaient pas de cette zone pourvu qu'elle restât calme et l'on n'y comptait plus les fumeries d'opium, les tripots ainsi que les criminels en fuite qui y trouvaient refuge. De temps à autre, la police opérait une descente en force : le lendemain, tout reprenait comme avant à Kowloon City.

L'escalier menant à l'appartement de cinq pièces était branlant, jonché de déchets, le plâtre des murs s'écaillait. Kin frappa selon le code convenu, la porte s'ouvrit.

— Salut, père, salut Chen-Oreilles-de-Chien ! lança joyeusement le Grêlé. J'ai l'argent !

Découvrant son jeune frère, il s'écria :

— Oh, formidable ! Tu leur as échappé, toi aussi ?

— Bien sûr ! On aurait dû descendre un ou deux de ces mangeurs de fiente de policiers en civils, pour leur apprendre ! dit Kin Pak en agitant un P38. Faut nous venger !

— T'as peut-être raison, approuva le père.

— Tuer un policier, c'est trop dangereux, objecta Oreilles-de-Chien timidement.

— *Diou ne lo mo* sur toute la police, jura Kin Pak en rengainant son arme.

Le Grêlé haussa les épaules :

— De toute façon, nous avons l'arg...

La porte s'ouvrit brusquement : Poon-Beau-Temps et trois de ses hommes firent irruption dans la pièce, couteau à la main. Tout le monde se figea. Soudain, le père tira un poignard de sa manche et fit un bond de côté mais avant qu'il ait pu lancer son arme, celle de Poon fendait l'air et s'enfonçait dans sa gorge. Le vieux Kin s'effondra, les mains sur le manche du couteau. Ni ses fils ni Oreilles-de-Chien n'avaient bougé. Ils regardèrent son corps tressaillir, les muscles contractés par un spasme, puis devenir immobile.

— Où est Premier fils Chen ? brailla Beau-Temps, un autre couteau à la main.

— On connaît pas de...

Deux des hommes de Wu se jetèrent sur le Grêlé et lui saisirent une main qu'ils plaquèrent sur la table. Poon s'avança, trancha l'index du Loup-Garou et répéta sa question. Livide, le Grêlé regarda son doigt mutilé et le sang qui en jaillissait par saccades. Quand Beau-Temps se pencha de nouveau vers sa main, il se mit à crier.

— Non ! supplia-t-il. Non ! Il est mort, on l'a enterré.

— Où ?

— Près... près de Sha Tin Road. Écoutez, on partage l'argent avec vous. On...

Poon lui glissa la pointe de son couteau dans la bouche.

— Contente-toi de répondre à mes questions, merde de putain, sinon je te coupe la langue. Où sont les affaires de Premier fils — celles qu'il portait sur lui ?

— On... on a tout envoyé à Chen de la Noble Maison, tout sauf l'argent. Je le jure !

L'un des deux hommes qui le maintenaient lui tordit le bras, le faisant gémir de douleur.

— C'est la vérité ! Les dieux m'en soient témoins !

Quand la lame pénétra dans sa bouche, le Grêlé poussa un hurlement et s'évanouit. Oreilles-de-Chien se mit à crier, Poon le gifla si fort que sa tête heurta violemment le mur, perdant conscience lui aussi. Tous les yeux se tournèrent alors vers Kin Pak.

— C'est vrai, geignit le jeune Loup-Garou, terrorisé. Tout ce qu'il a dit est vrai.

— Vous l'avez fouillé avant de l'enterrer ?

— Oui, seigneur — enfin, pas moi, lui, répondit Kin Pak montrant le cadavre de son père.

— Tu étais là ?

Comme le jeune Kin hésitait, Poon se rua sur lui avec une agilité surprenante pour un homme de son âge et lui taillada le visage juste en dessous de l'œil droit.

— Menteur !

— J'étais là, seigneur, j'allais vous le dire !

— La prochaine fois que tu mens, je te crève un œil. Qui d'autre était là ? Lui ? demanda Beau-Temps en montrant le Grêlé.

— Non, seigneur.

— Et lui ?

— Oui. Oreilles-de-Chien était là.

— Vous avez fouillé dans toutes ses poches ?

— Oui, partout.

— Vous avez trouvé des papiers, des bijoux ?

Kin Pak faisait désespérément appel à sa mémoire sans quitter le couteau des yeux.

— Rien, seigneur. On a tout envoyé à Chen de la Noble Maison, sauf l'argent. On a gardé l'argent... et sa montre, j'oubliais sa montre ! C'est celle-là ! dit-il en tendant le bras vers le poignet de son père.

Poon-Beau-Temps poussa un juron. Wu-Quatre-Doigts lui avait ordonné de récupérer John Chen et toutes ses affaires, en particulier les pièces qu'il portait sur lui, puis de liquider les ravisseurs. Je ferais mieux de lui téléphoner pour demander de nouvelles instructions, pensa-t-il.

— Qu'est-ce que vous avez fait de l'argent ?

— On l'a dépensé, seigneur. Il avait seulement quelques centaines de dollars en billets et de la monnaie.

— Il ment ! déclara un des hommes de main.

— Non, seigneur, je le jure ! s'écria Kin Pak en fondant en larmes. Par pitié...

— La ferme ! Je lui coupe la gorge, à celui-là ? demanda l'homme d'un ton tranquille en montrant le Grêlé, affalé, toujours inconscient, dans une mare de sang qui s'élargissait.

— Non, pas tout de suite, répondit Beau-Temps, qui se gratta pensivement la poitrine. On va déterrer Premier fils Chen... Oui, c'est ce qu'on va faire. Dis-moi, petit étron, qui l'a tué ?

Kin Pak désigna sans hésiter le cadavre de son père.

— C'est lui. Il l'a frappé avec une pelle quand il a essayé de se sauver, le soir où on l'a enlevé, expliqua Kin Pak, les yeux fixés sur la lame qui le terrorisait. C'était pas ma faute, seigneur.

— Comment tu t'appelles ?

— Soo Tak-gai, mentit aussitôt le Loup-Garou en se servant du faux nom qu'il s'était choisi à l'avance.

— Et lui ? demanda Poon en montrant le Grêlé.

— Soo Tak-tong.

— Lui ?

— Wu-tip Sup.

— Lui ?

Kin Pak considéra le cadavre de son père.

— Soo-la-Dent-d'Or, seigneur. Il était très mauvais mais... mais on devait lui obéir. C'était notre père.

— Où t'as emmené Premier fils Chen avant de le tuer ?

— À Sha Tin, seigneur, mais je l'ai pas tué. On l'a enlevé à Hong Kong, on l'a fourré à l'arrière d'une voiture volée et on l'a conduit dans une vieille cabane que mon père avait louée, juste à la sortie du village. Il avait tout combiné... on était obligé de lui obéir.

Beau-Temps poussa un grognement avant d'ordonner à ses hommes :

— On va d'abord fouiller ici. Toi, occupe-toi du doigt de ton frère, dit-il à Kin Pak.

Le Loup-Garou déchira une vieille serviette de table et, le cœur au bord des lèvres, fit un tourniquet autour du moignon.

Poon soupira en se demandant par où commencer. Il ouvrit la valise contenant l'argent, regarda les billets, et la posa sur la table. Chacun l'observait avec convoitise. Il fit passer son couteau d'une main dans l'autre, referma la valise et parcourut la pièce, touchant au passage les chaises, le lit de fer au matelas souillé. Le papier se décollait des murs, les fenêtres, dépourvues de carreaux, étaient presque toutes obstruées par des planches. Il souleva le matelas, le palpa mais ne trouva rien. Il alla ensuite dans la cuisine sale et presque vide, alluma la lumière, passa dans les toilettes malodorantes. Kin-le-Grêlé commençait à reprendre conscience en gémissant.

Dans un tiroir, Poon trouva des feuilles de papier, de l'encre et des pinceaux.

— C'est quoi, ça ? demanda-t-il en sortant une des feuilles.

On y avait écrit, en gros caractères : « Premier fils Chen a été assez bête pour essayer de nous échapper. Personne n'échappe aux Loups-Garous ! Hong Kong, prends garde ! Nous avons des yeux partout ! »

— C'est quoi ? répéta Beau-Temps.

Kin Pak s'empressa de répondre :

— Comme on pouvait pas le rendre vivant, mon père avait décidé que cette nuit, on le déterrerait, on lui mettrait ça sur la poitrine et on le porterait sur la route de Sha Tin.

Poon-Beau-Temps fixa le Loup-Garou en disant :

— Il vaudrait mieux pour toi que tu retrouves vite son cadavre. Parce que sinon, petite merde, tes yeux ne verront plus jamais rien.

35

21 h 30

Orlanda Ramos monta le large escalier du restaurant du *Dragon flottant*, ancré à Aberdeen, et chercha Linc Bartlett parmi les invités de sir T'Chung.

Les deux heures qu'elle avait passées à l'interviewer le matin même lui avait appris beaucoup de choses, notamment au sujet de Casey, et l'instinct d'Orlanda lui avait soufflé d'engager au plus tôt le combat contre sa rivale. Elle n'avait eu aucune difficulté à les faire inviter par Shitee T'Chung, qui était une vieille connaissance de Gornt.

Une agréable odeur marine entrait par les fenêtres, il faisait bon malgré l'humidité et le ciel couvert. Des guirlandes de lumière festonnaient les hauteurs et la ville d'Aberdeen ; dans le port flottaient les îles de jonques, en partie éclairées, où vivaient 150 000 personnes.

La salle dans laquelle le dîner avait lieu occupait toute la largeur du bateau et la moitié de sa longueur. Gargouilles, licornes et dragons décoraient les trois ponts du restaurant, rutilant de lumière et bondé de clients. Aux cuisines, installées dans les soutes, vingt-huit cuisiniers aidés par une armée de marmitons s'affairaient devant une douzaine d'énormes chaudrons fumants. Quatre-vingt-deux garçons assuraient le service du *Dragon flottant*, qui pouvait accueillir quatre cents clients sur chacun des deux premiers ponts et deux cents sur le troisième. Sir Shitee avait réservé l'ensemble du pont supérieur où ses invités, rassemblés en petits groupes impatients, attendaient de s'installer autour des tables rondes de douze couverts.

Dans la robe de soie blanche qu'elle avait choisie avec soin pour Bartlett, Orlanda se sentait sûre d'elle. Elle savait qu'elle avait une silhouette parfaite et qu'on lui enviait la franche sensualité qui émanait de sa personne. C'est une des nombreuses choses que Quillan m'a apprises, songeait-elle, un demi-sourire aux lèvres. Il m'a ouvert le monde de la sensualité.

Elle se tenait devant Havergill et son épouse, dont elle sentait les regards sur sa poitrine sans soutien-gorge. Orlanda avait conscience d'être probablement la seule à avoir opté ce soir-là pour cette mode audacieuse née à Londres l'année précédente.

Elle les salua poliment et continua à se frayer un chemin entre les groupes. La « journaliste » connaissait bien Havergill, qu'elle avait souvent rencontré à bord du yacht de Gornt. À l'époque, sa femme étant clouée au lit, Quillan ne cachait pas qu'Orlanda était sa maîtresse et il l'emmenait au cours des « excursions » en mer qu'il offrait à ses amis. Le yacht partait de Hong Kong mais, avant de prendre le large, il faisait escale à Kowloon, où des filles en maillot l'attendaient à l'embarcadère, près du Golden Ferry.

Orlanda aurait pu écrire un livre sur chacun des amis de Gornt mais, même après la rupture, elle avait toujours su se montrer discrète. Une autre chose que Quillan m'a apprise, pensait-elle — la discrétion.

La rupture... Quel gâchis ! Après la mort de son épouse, elle s'était rendue chez lui et avait bien cru l'avoir reconquis mais il n'avait fait que jouer avec elle. « Rhabille-toi, Orlanda, lui avait-il ordonné. Je voulais simplement savoir si tu étais toujours aussi bien faite que *de mon temps*. Ton corps n'a rien perdu de sa perfection, je dois le reconnaître, mais je n'éprouve aucun désir pour toi. » Elle avait sangloté, imploré, il était demeuré inébranlable. Il l'avait écoutée en fumant une cigarette, puis il avait écrasé son mégot et dit d'une voix tranquille : « Ne reviens plus jamais ici sans y avoir été invitée. Tu as choisi Macao. »

— Orlanda !

Richard Hamilton Pugmire lui barrait le chemin.

— Je vous présente Charles Biltzmann, des États-Unis, dit le petit homme en la lorgnant d'un air polisson. Charles va prendre la direction de General Stores. Chuck, voici Orlanda Ramos.

— Enchanté, mam'zelle.

— Ravie, murmura Orlanda à l'Américain, qui lui fut aussitôt antipathique.

— Appelez-moi Chuck. Vous, c'est Orlanda ? Joli nom... et jolie robe !

D'un geste théâtral, Biltzmann lui tendit sa carte de visite en déclarant :

— Vieille coutume chinoise !

La « journaliste » la prit sans lui rendre la pareille.

— Merci, Mr. Biltzmann. Si vous voulez bien m'excuser, des amis m'att...

Avant qu'elle n'ait pu achever sa phrase, Pugmire la prit par le bras, l'entraîna à l'écart et lui murmura :

— Si nous dînions ensemble un de ces soirs ? Tu es très en beauté.

Orlanda se dégagea en s'efforçant de ne pas trop attirer l'attention.

— Laissez-moi, Pug.

— Écoute...

— Je vous ai demandé poliment cinquante fois de me laisser tranquille ! Maintenant je vous dis *diou ne lo mo* sur vous et toute votre descendance !

Pugmire devint écarlate. Elle l'avait toujours détesté, même à l'époque de sa liaison avec Gornt. Après la rupture, il avait essayé par tous les moyens de la fourrer dans son lit — et il n'avait pas encore renoncé.

— Si vous continuez à m'importuner, je révélerai vos habitudes particulières à toute la Colonie, le menaça-t-elle.

Elle salua Biltzmann d'un signe de tête, laissa discrètement tomber sa carte et s'éloigna. Pugmire revint à l'Américain.

— Drôlement roulée ! apprécia le nouveau Taï-pan de General Stores en suivant la jeune femme des yeux.

— C'est — c'est une des prostituées les plus en vue de Hong Kong, fit Pugmire d'un ton méprisant.

— Une putain ? demanda Biltzmann, interloqué.

— Ici, c'est difficile à deviner. Je suis surpris que T'Chung l'ait invitée. Il se fiche probablement des convenances maintenant qu'il a réussi à se payer son titre de chevalier. Il y a quelques années, elle a eu une liaison avec un de mes amis, ce qui ne l'a pas empêché de continuer à exercer son métier pour se faire de petits suppléments. Quand il l'apprit, il s'en débarrassa à grands coups de pied dans le derrière.

— Je lui mettrais bien un coup d'autre chose, murmura Biltzmann qui ne parvenait pas à détacher ses yeux d'Orlanda.

— Simple question d'argent, mon vieux, assura Pugmire. Mais, entre nous, elle ne vaut rien au lit, je peux vous le dire, et, de nos jours, ces filles couchent avec n'importe qui. Personnellement une fois m'a suffi, mais si vous tenez quand même à y tremper votre biscuit, prenez vos précautions.

Dunross venait d'arriver et prêtait une oreille distraite à Richard Kwang, qui lui exposait avec grandiloquence les accords qu'il avait dû passer pour enrayer la ruée. Le banquier chinois n'avait pas assez de mots pour fustiger ceux qui avaient lancé les rumeurs concernant Ho-Pak.

— Je suis bien de votre avis, Richard, répondit distraitement le Taï-pan, observant les membres de la délégation parlementaire qui se trouvaient à l'autre bout de la salle. Le monde est plein de salauds. Avec votre permission...

— Je vous en prie... Dites, Taï-pan, j'aurai peut-être besoin d'aide, ajouta Kwang en baissant la voix.

— Tout ce que vous voudrez, sauf de l'argent.

— Vous pourriez parler à Johnjohn, de la Vic. Il accepterait peut-être de...

— C'est exclu, vous le savez bien. Vos amis chinois sont votre seule chance. Vous vous êtes adressé à Ching-Beau-Sourire ?

— Ce vieux filou ! Jamais je ne m'abaisserai à lui demander un sou ! Il mérite la prison, et sa banque aussi fait l'objet d'une ruée, mais lui, il ne l'a pas volé ! Tout cela, c'est sûrement un coup des communistes, qui cherchent à nous ruiner. Vous savez qu'on a fait la queue devant les guichets de Blacs et aussi de la Victoria ? La Banque de l'Est asiatique et du Japon, du vieux Tok-Panse-de-Cochon, n'a pas résisté, elle n'ouvrira pas ses portes demain.

— Vous en êtes sûr ?

— Il m'a téléphoné ce soir pour me demander vingt millions. *Diou no lo mo*, Taï-pan, c'est toute la Colonie qui va couler si nous ne trouvons pas d'aide. Nous sommes...

Il s'interrompit en voyant Venus Poon faire son entrée au bras de Wu-Quatre-Doigts. Quelques heures auparavant, elle lui avait fait une scène parce qu'il ne lui avait pas apporté le manteau de vison promis. Elle avait pleuré, tempêté, et il avait dû lui jurer qu'elle aurait son manteau sans faute pour les courses.

— Tu m'emmènes au dîner de Shitee ? avait-elle alors demandé.

— Je ne peux pas. Ma femme a changé d'avis, elle y va, mais après, nous irons...

— Après, je serai fatiguée ! D'abord pas de cadeau, et maintenant, pas de réception ! Tu ne m'aimes plus, ta pauvre fille n'a plus qu'à se tuer ou à accepter l'invitation de Wu-Quatre-Doigts.

Kwang se souvenait du mal qu'il s'était donné pour la calmer. Il lui avait fallu promettre de la rejoindre à l'appartement dès qu'il pourrait s'éclipser de la soirée. À présent, elle se tenait dans l'entrée, au bras d'un autre, souriante et resplendissante, dans la robe qu'il venait de lui offrir.

— Qu'y a-t-il, Richard ? s'inquiéta Dunross.

Incapable de répondre, le banquier alla rejoindre sa femme d'une démarche mal assurée.

— Ça va, chérie ? marmonna-t-il, les jambes flageolantes.

— Très bien, répondit Mai-ling Kwang d'unc voix suave. Qui est cette putain ?

— Où ça ?

— Là, dans l'entrée.

— Ce... ce n'est pas la starlette de la télé — comment s'appelle-t-elle, déjà ?

— Poon, non ? Poon-le-Feu-aux-Fesses.

Richard se força à rire avec sa femme alors qu'il avait envie de se rouler par terre et de s'arracher les cheveux. Tout Hong Kong saurait demain que sa dernière maîtresse était venue au banquet en compagnie d'un autre homme et on ne manquerait pas d'y voir la confirmation de ses difficultés financières : la petite putain avait quitté la jonque en perdition pour un navire plus sûr.

— Quoi ? fit-il d'une voix lasse. Que disais-tu ?

— Je te demandais si le Taï-pan a accepté d'intervenir auprès de la Victoria.

La proximité d'oreilles non chinoises incita Kwang à répondre en cantonais.

— Malheureusement, ce fils de pute a lui aussi des ennuis, il ne nous aidera pas. Ses difficultés nous ont d'ailleurs fait gagner un peu d'argent : j'ai vendu aujourd'hui toutes nos actions de la Noble Maison.

— Excellent. À quel prix ?

— Nous avons gagné 2,70 par action et j'ai tout converti en or sur notre compte commun de Zurich, répondit Richard, travestissant quelque peu la vérité.

— Parfait, approuva Mai-ling en jouant avec son pendentif d'aigue-marine.

Le banquier se souvint alors qu'il avait promis d'offrir ce bijou à Venus Poon. Catastrophe, se dit-il...

— Tu ne te sens pas bien ? demanda sa femme.

— Je... je ne digère pas le poisson de ce midi. Je vais aller aux toilettes.

— Dépêche-toi, nous allons bientôt passer à table, je suppose... En attendant, je vais regarder cette petite putain d'un peu plus près.

— Non, viens donc avec moi.

Il la prit par le bras et la conduisit vers l'escalier menant aux toilettes. En descendant, il salua çà et là diverses connaissances d'un air jovial, comme si tout allait parfaitement. Dès que Mai-ling eut disparu dans les toilettes des dames, Kwang remonta l'escalier précipitamment, s'approcha de Tung-le-Zeppelin, échangea quelques mots avec lui puis feignit soudain de découvrir Quatre-Doigts.

— Bonsoir, honorable oncle Wu ! s'exclama-t-il avec chaleur. Merci de l'avoir amenée ici. Bonsoir, petite bouche onctueuse !

— Quoi ? croassa le vieillard. Je l'ai amenée pour moi, pas pour toi.

— Et je ne vous permets pas de m'appeler petite bouche onctueuse, ajouta Venus Poon. Adressez-vous à celle qui porte *mon* manteau de vison et *mon* pendentif !

— Voyons, petite b...

— Laisse-la, neveu, tu vas l'énerver, grommela Wu. Elle ne sera pas en forme pour cette nuit !

Kwang grimaça un sourire, marmonna quelques plaisanteries et s'éloigna d'une démarche raide en direction de l'escalier.

— On dirait que la pouliche a déserté le paddock pour une prairie plus grasse, lança un invité.

— Ne dites pas de bêtises ! rétorqua le banquier en se retournant. J'ai simplement demandé à ce vieil idiot de l'accompagner à ma place parce que ma femme est ici ce soir. D'ailleurs, qu'est-ce qu'il pourrait bien en faire, de Venus Poon ? À son âge ! Même avec toute la technique que je lui ai enseignée, elle ne parviendrait pas à réveiller ce qui est mort ! Ça l'arrange, ce vieux, de faire croire qu'il est encore capable de quelque chose.

— Très habile de ta part, Kwang ! dit l'homme.

Il fit quelques pas et murmura l'histoire à l'oreille d'un autre invité, qui lui répondit d'un ton sarcastique :

— Tu avalerais un seau de merde si on te disait que c'est du bœuf bouilli avec une sauce aux haricots noirs ! Ne sais-tu pas que Wu entretient son Bâton-Viril avec les meilleures drogues et les meilleurs onguents ? Le mois dernier, sa septième concubine a donné naissance à un fils ! Ne t'en fais pas pour lui. Avant que la nuit ne se termine, Venus Poon va avoir droit à de tels assauts que sa Fente-Dorée criera grâce en huit dialectes !

— Vous restez pour le dîner, Taï-pan ? demanda Brian Kwok à Dunross. Si tant est que Shitee finisse par arriver...

— Oui. Pourquoi ?

— Je dois rentrer, j'ai du travail, mais il y aura quelqu'un d'autre pour vous chaperonner.

— Vous ne pensez pas que vous en faites un peu trop ?

— Je ne crois pas. Je viens de téléphoner à Crosse au sujet de ces deux types qui flânaient en bas de chez vous. Ils ont décampé en voyant nos hommes arriver.

— Ce n'était peut-être que des truands qui n'apprécient pas le voisinage de la police.

— Non, sûrement pas. Crosse m'a chargé de vous prévenir : il y a un navire-espion soviétique dans le port.

— Je ne vois pas le rapport.

— Vous le voyez parfaitement : vous connaissez le

contenu des rapports d'AMG. Écoutez, Ian, je vous parle en ami. Je suis vraiment très inquiet... Même le sage peut tomber dans les ronces, ajouta le policier en cantonais.

— Dans deux jours, le mandarin du MI sera ici et je lui remettrai les documents. Deux jours, ce n'est pas long.

— C'est suffisant pour permettre à un espion de nous causer un tort considérable. Pourquoi tenter les dieux ?

— Non, désolé, pas avant vendredi.

Kwok durcit le ton et reprit en anglais :

— Nos amis américains nous ont demandé de vous placer en détention préventive.

— Quels idiots !

— Ils ne sont pas si idiots que ça. Chacun sait que votre mémoire est prodigieuse, et vous feriez bien de continuer à être prudent même après avoir remis les rapports. En tout cas, évitez de vous déplacer seul et n'essayez pas de semer vos anges gardiens. Si vous aviez des rendez-vous d'un caractère, disons, privé, prévenez-moi.

— Des rendez-vous secrets ? Ici, à Hong Kong ? Quelle idée !

— Le nom de Jen ne vous dit rien ?

Le regard de Dunross devint de glace.

— Vous vous montrez un peu trop curieux.

— Et vous n'avez pas l'air de comprendre que vous jouez un foutu jeu, dans lequel tous les coups sont permis.

— Merci du conseil.

— Bonsoir, Taï-pan.

— Bonsoir, Brian.

Dunross alla rejoindre Jacques de Ville, qui s'entretenait avec quatre membres de la délégation parlementaire. Les autres députés, fatigués par le voyage, s'étaient fait excuser. Le Français présenta son patron à sir Charles Pennyworth, conservateur, Hugh Guthrie, libéral, Julian Broadhurst, travailliste. Pour le quatrième — travailliste lui aussi —, les présentations étaient inutiles.

— Bonsoir, Robin, dit le Taï-pan.

— Bonsoir, Ian. Cela fait un bout de temps que nous ne nous étions pas vus.

— En effet. Vous n'avez pas changé.

— Vous non plus, assura Robin Grey, qui se tourna ensuite vers Pennyworth. J'ai fait la connaissance de Ian à Londres, juste après la guerre. Je venais d'être élu délégué syndical.

Grey était un homme mince aux lèvres fines et aux cheveux grisonnants.

— Si vous voulez bien m'excuser, glissa Jacques de Ville. Ma femme est en voyage et je dois m'occuper d'un de nos petits-enfants. Bonsoir, messieurs.

— Vous restez longtemps à Hong Kong, Robin ? reprit le Taï-pan.

Lui aussi respectait l'accord que Penelope et son frère avaient passé bien des années auparavant : ne jamais parler de leurs liens de parenté.

— Quelques jours, répondit le député travailliste avec un semblant de sourire de ses lèvres minces. Comme je n'ai jamais mis les pieds dans ce paradis des travailleurs, je vais en profiter pour rencontrer quelques représentants syndicaux.

Sir Charles Pennyworth, le chef de la délégation, se mit à rire. C'était un homme bien en chair au teint fleuri, ancien colonel du London Scottish Regiment.

— Je ne crois pas qu'on soit très porté sur les syndicats, ici. N'est-ce pas, Taï-pan ?

— Nos ouvriers se débrouillent parfaitement sans eux, déclara Dunross.

— Des ouvriers surexploités, répliqua Grey. Selon vos propres statistiques, celles du gouvernement.

— Disons plutôt selon *vos* statisticiens. Notre main-d'œuvre est la mieux payée de toute l'Asie — Japon mis à part — et nous vivons dans une société libre.

— Libre ? Allons donc ! Libre d'exploiter les travailleurs, oui ! Enfin, le parti travailliste mettra bon ordre à tout cela quand il aura remporté les prochaines élections.

— Les travaillistes n'ont aucune chance aux prochaines élections, affirma sir Charles.

— N'en soyez pas si sûr, riposta Robin Grey. Les Anglais veulent le changement, les travailleurs veulent une plus juste répartition des richesses qu'ils contribuent à créer.

— Les socialistes parlent toujours des « travailleurs » comme si nous ne faisions pas nous aussi notre part du travail. Nous sommes également des travailleurs, nous travaillons aussi dur que quiconque si ce n'est plus, avec une journée de travail plus longue et...

— Ah ! mais vous êtes taï-pan, vous vivez dans une grande maison dont vous avez hérité en même temps que de votre pouvoir. Votre capital provient du labeur de pauvres gens — sans parler du trafic d'opium qui est à l'origine de votre fortune. Il serait juste qu'il y ait une redistribution du capital, que chacun ait les mêmes chances au départ. Les riches devraient payer plus d'impôts et il faudrait instituer une taxe sur le capital. Les Anglais vivront mieux quand il n'y aura plus de grosses fortunes, n'est-ce pas, Julian ?

Homme d'âge mûr grand et distingué, Julian Broadhurst était membre de la Société des Fabians, pépinière d'intellectuels du mouvement socialiste. D'une voix lente, presque hésitante, il répondit :

— Je ne suis certes pas partisan, comme vous, Robin, d'édifier des barricades mais voyez-vous, Mr. Dunross, je pense qu'il pourrait y avoir à Hong Kong de vrais syndicats, des parlementaires élus, un salaire minimum, une politique sociale et tous les autres avantages dont jouissent les Britanniques.

— Grossière erreur, Mr. Broadhurst. La Chine ne permettrait pas que l'on touche à notre statut colonial, elle ne veut pas d'un État-cité à ses frontières, sous quelque forme que ce soit. Quant à vos avantages, qui paie la facture ? Notre système, libre de toute entrave, donne des résultats vingt fois supérieurs à ceux de la Grande-Bretagne et...

— Payez donc la facture sur vos profits, Ian, proposa Grey d'un ton sarcastique. Si, au lieu de vos 15 %, vous payiez autant d'impôts qu'en Angleterre...

— À Dieu ne plaise ! s'exclama le Taï-pan. Avec vos impôts, vous vous empêchez d'être compétitifs.

Le député libéral Hugh Guthrie se mit de la partie ·

— Vous parlez de profits, Robin, mais le dernier gouvernement travailliste a empêché les entreprises de faire du bénéfice, en se lançant dans des dépenses inconsidérées et inutiles, des nationalisations insensées ; par sa stupide politique d'abandon, il a laissé l'Empire s'émietter, il a démantelé le Commonwealth et enfoncé la pauvre vieille Albion dans la boue.

— Le gouvernement travailliste a répondu aux aspirations des masses, rétorqua Grey. Il a suivi la politique voulue par les Anglais.

— Voulue par nos ennemis ! par les communistes ! En moins de vingt ans, vous avez perdu le plus vaste empire jamais édifié, vous avez fait de la Grande-Bretagne une nation de second ordre et vous avez laissé ces salopards de Soviétiques dévorer presque toute l'Europe !

— Le communisme est un système terrifiant, je suis entièrement d'accord, dit Broadhurst d'un ton conciliant. Mais en ce qui concerne l'Empire, les temps ont changé, le colonialisme devait disparaître. Il faut voir les choses à long terme, Hugh.

— C'est ce que je fais, et je constate que le pays va à vau-l'eau. Churchill avait raison, comme toujours.

— Les Anglais n'étaient pas de cet avis puisqu'ils votèrent contre lui, répliqua Grey avec un sourire. Et votre Empire, mon cher Hugh, n'était que le moyen d'exploiter des indigènes qui n'en pouvaient mais.

Le député travailliste observa les visages autour de lui et y lut de la haine ; il en avait l'habitude et la rendait avec intérêts. Après la guerre, il aurait voulu rester dans l'armée mais on l'avait rejeté : l'Angleterre regorgeait de capitaines décorés pour leur conduite héroïque alors que lui avait passé la guerre au camp de Changi. Aigri et plein de ressentiment, il avait trouvé un emploi de mécanicien aux usines Crawley, important constructeur d'automobiles, et y était rapidement devenu délégué syndical. Après avoir gravi les échelons du syndicat, il avait été élu député travailliste et était devenu le protégé d'Aneurin Bevan, socialiste de gauche à présent décédé.

— Oui, reprit-il, nous nous sommes débarrassés de Churchill, et l'année prochaine, nous ferons table rase une fois encore de vos méthodes dépassées, nous nationaliserons toute l'industrie et...

— Allons, Robin, l'interrompit sir Charles, vous êtes à une soirée, pas à Hyde Park sur une caisse à savon. Nous étions convenus d'oublier la politique pendant le voyage.

— Vous avez raison. C'est le Taï-pan de la Noble Maison qui m'a provoqué. À ce propos, comment va la Noble Maison ? demanda Grey en se tournant vers Dunross.

— On ne peut mieux.

— J'ai lu dans un journal du soir qu'elle fait l'objet d'une attaque en règle.

— Un de nos concurrents qui joue l'imbécile, rien de plus.

— Et les ruées sur les banques ? Ce n'est rien non plus ?

— L'affaire est sérieuse, répondit Ian en choisissant ses mots avec soin.

Il existait au parlement un puissant *lobby* anti-Hong Kong regroupant de nombreux membres des trois partis, Dunross ne l'ignorait pas. Ces parlementaires étaient opposés au statut colonial, à l'absence d'élections et aux privilèges fiscaux de la Colonie.

— Elle concerne Ho-Pak, l'une de nos banques chinoises, poursuivit-il.

— Que se passera-t-il pour les déposants si elle fait faillite ? voulut savoir Robin Grey.

— Ils perdront malheureusement leur argent.

— Vous auriez grand besoin d'une législation bancaire, comme en Grande-Bretagne.

— Notre système nous donne pleine satisfaction. Comment avez-vous trouvé la Chine ?

La question s'adressait manifestement au chef de la délégation mais, avant que sir Charles n'ait eu le temps d'ouvrir la bouche, Grey répondit :

— Nous pensons que les Chinois sont dangereux et qu'il faudrait fermer la frontière. Ils s'efforcent ouvertement d'exacerber les tensions dans le monde et leur régime n'est qu'une dictature déguisée permettant l'exploitation des masses.

— Je vous en prie, Robin, intervint sir Charles d'un ton sec. C'est seulement votre opinion et celle du comm...
— de McLean. Je pense au contraire que les Chinois essaient réellement de résoudre les problèmes de leur pays, qui sont monumentaux, et à mon avis insolubles.

— Dieu merci, ils vont effectivement avoir de gros ennuis, fit Grey d'un ton méprisant. Les Russes le savent, c'est pour cela qu'ils s'en vont. Sinon, pourquoi quitteraient-ils la Chine ?

— Parce que la Chine est leur ennemie, parce qu'ils ont huit mille kilomètres de frontière commune, dit Dunross en tâchant de maîtriser sa colère. Les Russes et les Chinois ne se sont jamais fait confiance, parce que les envahisseurs de la Chine sont toujours venus de l'Ouest et ceux de la Russie de l'Est. La Russie a toujours été obsédée par la conquête de la Chine.

— Vous exagérez, Mr. Dunross, protesta Broadhurst.

— L'Union soviétique a tout intérêt à voir disparaître Hong Kong, à affaiblir et à diviser la Chine.

— Les Russes sont civilisés, eux, au moins, marmonna Grey. Les Chinois sont de dangereux fanatiques avec lesquels il faut rompre tout rapport, en particulier ici.

— C'est ridicule ! explosa le Taï-pan. La civilisation chinoise est la plus ancienne du monde et la Chine veut devenir l'amie de l'Occident. La Chine est chinoise avant d'être communiste.

— C'est Hong Kong et des hommes comme vous qui permettent aux communistes de se maintenir au pouvoir.

— Allons donc ! Mao et Chou Enlai n'ont besoin ni des Soviétiques ni de nous pour demeurer à Pékin !

— Personnellement, je juge la Chine communiste et la Russie soviétique aussi dangereuses l'une que l'autre, opina Guthrie.

— On ne peut pas comparer ! s'insurgea Grey. À Moscou, on mange avec un couteau et une fourchette ! En Chine, la nourriture, les hôtels sont infects, et c'est le royaume de l'hypocrisie !

— Je ne vous comprends pas, mon vieux, dit sir Charles avec humeur. Vous avez fait des pieds et des mains pour faire partie de la délégation, vous êtes censé vous intéresser à l'Asie et vous ne cessez de vous plaindre.

— Critiquer n'est pas se plaindre. Pour être tout à fait clair, je suis résolument opposé à toute aide à la Chine communiste, et, dès notre retour, je proposerai un changement radical du statut de Hong Kong : embargo sur toute marchandise en provenance ou à destination de la Chine, élections immédiates, instauration d'un véritable système fiscal, création de véritables syndicats et politique de justice sociale !

— Autrement dit : détruire notre position en Asie ! s'indigna Dunross.

— La position des taï-pans, pas celle du peuple !

— Je parlais du monde libre ! Vous devriez comprendre que l'Union soviétique n'a qu'un but : dominer le monde, et pour cela nous détruire. La Chine ne poursuit pas cet objectif.

— L'arbre vous cache la forêt, Ian, dit Grey.

— Si la Russie...

— La Russie a déjà fort à faire pour résoudre ses propres problèmes, Mr. Dunross, intervint Broadhurst. La politique d'endiguement du communisme poursuivie par les États-Unis en constitue précisément un. Les Russes préféreraient qu'on les laisse tranquilles, ils n'aiment pas se sentir menacés par des Américains trop nerveux et trop bien nourris, prêts à appuyer sur le bouton de la guerre nucléaire.

— Foutaises ! s'écria Hugh Guthrie d'un ton rageur. Les Yankees sont nos seuls amis ! Ah ! parlons-en des Soviétiques : la guerre froide, Berlin, la Hongrie, Cuba, l'Égypte ! Ils nous grignotent petit à petit.

Sir Charles Pennymorth poussa un soupir.

— La vie est étrange et les hommes ont la mémoire courte. Le 2 mai 1945, dans la soirée, nos troupes faisaient la jonction avec les Russes à Wismar, dans le nord de l'Allemagne. Jamais de ma vie je n'avais été aussi heureux et aussi fier. Oui, fier. Nous avons chanté et bu ensemble, en nous souhaitant tous les bonheurs possibles. Puis ma division reçut l'ordre d'arrêter sa progression pour permettre aux Ruskofs de déferler en Allemagne par les Balkans, la Tchécoslovaquie et la Pologne. À l'époque, je ne m'en suis pas beaucoup préoccupé, tant j'étais content de voir enfin approcher la fin de la guerre, tant j'étais fier de nos amis russes. Aujourd'hui, avec le recul, je sais que nous avons été trahis. Trahis par nos propres dirigeants, Julian, par vos foutus socialistes, par Eisenhower, Roosevelt et ses conseillers fourvoyés. Je ne sais pas ce qui s'est passé mais nous avons perdu la guerre.

— Vous vous trompez, Charles, dit Broadhurst. Nous avons gagné, tous les peuples du monde ont gagné quand l'Allemagne nazie a été... — Qu'avez-vous, Robin ?

Grey regardait fixement un groupe situé à l'autre bout de la pièce.

— Ian ! Cet homme, le grand en blazer qui parle avec des Chinois, vous le connaissez ?

— Le blond ? C'est Peter Marlowe.

— Cet enfoiré de Marlowe, murmura Grey. Que... que fait-il à Hong Kong ?

— Il prépare un livre sur la Colonie. Il est écrivain.

— Écrivain ? Curieux. C'est un de vos amis ?

— J'ai fait sa connaissance il y a quelques jours. Pourquoi ?

— La fille à côté de lui, c'est sa femme ?

— Oui, Fleur Marlowe. Pourquoi ?

Grey ignora une fois de plus la question.

— Vous le connaissez, Robin ? demanda Broadhurst, troublé lui aussi.

Grey dut faire un effort pour détacher son regard de Marlowe.

— Nous étions ensemble à Changi, le camp de prisonniers de guerre dont j'étais le prévôt — chargé de la discipline — pendant les deux dernières années, répondit le député en essuyant le filet de salive qui coulait au coin de ses lèvres. Lui, c'était un des rois du marché noir.

— Marlowe ? fit Dunross, éberlué.

— Oui, le lieutenant Marlowe, le gentleman anglais. Avec son ami américain, le caporal King, il trafiquait pendant que nous crevions de faim. Ce sont des types comme Marlowe qui trahissent les pauvres bougres comme nous, nés sans privilèges, dit Grey en fixant sir Charles. Sans vouloir vous offenser, vous allez tous enfin recevoir ce que vous méritez. Bon Dieu ! j'ai besoin de boire un coup, excusez-moi.

L'ancien syndicaliste se dirigea à grands pas vers le bar.

— Incroyable, murmura Charles Pennyworth.

Guthrie eut un petit rire nerveux :

— J'ai cru un moment qu'il fonçait sur Marlowe.

— Ne faites pas attention, Mr. Dunross, dit Broadhurst. Grey est... plutôt vulgaire, et pas du tout représentatif du parti travailliste, Dieu merci. Harold Wilson, notre nouveau dirigeant, vous plairait beaucoup, j'en suis certain. Je serais ravi de vous le présenter à votre prochain passage à Londres.

— Merci. En fait, je pensais à Marlowe. On l'imagine mal en traître, non ?

— Sait-on jamais, avec les hommes ?

Robin Grey se fit servir un whisky-soda au bar puis revint sur ses pas.

— Ma parole, mais c'est le lieutenant Marlowe !

L'écrivain se retourna, son sourire s'évanouit. Les deux hommes se dévisagèrent.

— Bonsoir, Grey, dit Marlowe d'une voix blanche. Chérie, je te présente le député Robin Grey.

L'écrivain fit ensuite les présentations pour les Chinois, notamment l'hôte de la soirée.

— Mr. Grey, c'est un honneur de vous avoir parmi nous, assura Shitee T'Chung avec un accent d'Oxford prononcé.

Grand, plutôt bel homme, il ressemblait davantage à un Européen qu'à un Chinois.

— Nous espérons que votre séjour sera agréable, reprit-il. Si je puis vous être utile en quoi que ce soit...

— Merci, répondit Grey machinalement, avec une grossièreté que tous remarquèrent. Ce vieux Marlowe ! Vous n'avez pas beaucoup changé.

— Vous non plus, mais vous avez fait votre chemin...

À l'intention des autres, Marlowe ajouta :

— Nous avons fait la guerre ensemble, nous ne nous étions pas revus depuis 1945.

— Nous avons été prisonniers ensemble, précisa Grey. Marlowe, mon vieux, vous êtes toujours dans le commerce ?

Pour un homme issu comme Marlowe d'une longue lignée d'officiers anglais, le mot « commerce » sonnait comme une insulte.

— Je suis écrivain.

— J'aurais pensé que vous feriez carrière dans l'armée, comme vos illustres ancêtres.

— J'ai été réformé après avoir attrapé la malaria. Fort ennuyeux.

Marlowe accentuait son parler aristocratique, sachant que cela rendait Grey furieux.

— Ainsi vous voilà au Parlement. Vous êtes très habile. Vous représentez Streatham East, je présume ? C'est bien le quartier où vous êtes né ?

— Oui, en effet, répondit le député en rougissant.

La tension sous-jacente qu'on devinait entre les deux hommes incita T'Chung à s'éclipser.

— Avec votre permission, je dois m'occuper du dîner...

Il s'éloigna, bientôt imité par les autres Chinois.

— Peter, je crois que nous devrions nous mettre à la recherche de notre table, suggéra Fleur en s'éventant.

— Excellente idée, Mrs. Marlowe, approuva Grey. Et King, comment va-t-il ?

— Je n'en sais rien, je ne l'ai pas revu depuis Changi, répondit Marlowe en toisant le député.

— Mais vous êtes restés en relations ?

— Non, pas du tout.

— Vous ne savez pas ce qu'il est devenu ?

— Absolument pas.

— Curieux, vous étiez si proches.

Grey accorda enfin un peu d'attention à Fleur Marlowe et découvrit qu'elle était d'une beauté extraordinaire. Blonde, délicate, délicieusement anglaise, comme Trina, son ex-épouse qui était partie avec un Américain un mois après qu'il eut été porté disparu au cours d'une mission. Un mois...

— Savez-vous que nous étions ennemis, votre mari et moi, à Changi ? demanda-t-il avec une douceur qui effraya la jeune femme.

— Peter ne parle jamais de Changi, Mr. Grey. Ni à moi ni à personne.

— C'est étonnant. Nous y avons passé des moments terribles, Mrs. Marlowe, et ils sont restés gravés dans ma mémoire. Je...

Il leva les yeux vers Marlowe, parut se raviser et partit en marmonnant de vagues excuses.

— Quel horrible bonhomme ! murmura Fleur après son départ. Il me flanque la chair de poule.

— Tu n'as aucune raison d'être inquiète, ma chérie.

— C'est vrai que vous étiez ennemis ?

— Je t'expliquerai plus tard, pas maintenant, dit Marlowe en souriant à sa femme. Ce type n'est rien pour nous.

36

21 h 45

Linc Bartlett eut le souffle coupé en apercevant Orlanda Ramos, qui était toujours à sa recherche. Il ne put s'empêcher de la comparer à Casey, qui bavardait à ses côtés avec Andrew Gavallan. Orlanda portait une robe longue en soie blanche, décolletée dans le dos et maintenue sur le devant par une bretelle passant autour de son cou. Casey avait revêtu une robe verte sur laquelle ses cheveux fauves tombaient en cascade.

— Voudriez-vous venir ce soir à la réception de Shitee ? lui avait proposé la « journaliste » dans la matinée. Cette soirée pourrait vous être utile.

— Pourquoi ?

— Parce que c'est dans ce genre de raout que se traitent toutes les affaires importantes de Hong Kong.

L'interview n'avait été en fait qu'une longue conversation à bâtons rompus pendant laquelle ils avaient pris le petit déjeuner, au Mandarin, un hôtel flambant neuf choisi par Orlanda. Jamais Bartlett ne s'était trouvé en compagnie d'une femme affirmant sa féminité avec une telle assurance et sans la moindre hypocrisie. Casey était forte, efficace, maîtresse d'elle-même, et peu féminine. C'était de sa part un choix délibéré et Linc devait reconnaître qu'il l'avait approuvé. Ainsi Casey se parfumait-elle rarement pour, disait-elle, ne pas distraire l'attention des hommes d'affaires qu'elle était amenée à rencontrer. Orlanda, au contraire, usait d'un parfum affriolant.

— C'est Orlanda ? demanda Casey, qui observait l'Eurasienne en fronçant les sourcils.

— Oui. Que penses-tu d'elle ?

— C'est de la dynamite.

— Dans quel sens ?

Casey s'esclaffa et se tourna vers Gavallan qui faisait des efforts pour suivre la conversation mais dont les pensées revenaient sans cesse à Kathy.

— Vous la connaissez, Andrew ?

— Qui, pardon ?

— La fille en blanc.

— Où ça ? Ah oui ! De réputation.

— Bonne ou mauvaise ?

— C'est affaire de point de vue. Elle est portugaise — eurasienne, bien sûr. Pendant quelques années, elle a été l'amie de Gornt.

— Vous voulez dire sa maîtresse ?

— C'est le terme exact, je suppose, répondit Gavallan, choqué par la franchise de la jeune femme. Leur liaison fut très discrète.

— Gornt a du goût. Tu étais au courant, Linc ?

— Elle me l'a appris ce matin. J'ai fait sa connaissance chez Gornt, il y a deux jours. D'après lui, ils sont restés amis.

— On ne peut avoir confiance en Gornt, déclara Gavallan.

— Il bénéficie de soutiens très importants à Hong Kong et ailleurs, paraît-il, dit Casey. Autant que je sache, il ne connaît pas actuellement comme vous des problèmes de trésorerie. Vous avez sans doute entendu dire qu'il essaie de vous griller au poteau en signant un accord avec nous ?

— Nous n'avons pas de problèmes de trésorerie et nous nous sommes déjà mis d'accord, non ?

— Signature mardi, si vous êtes prêts, dit Bartlett.

— Nous le sommes d'ores et déjà.

— Ian souhaite que nous différions l'annonce de l'accord jusqu'à samedi et nous n'y voyons pas d'objection, n'est-ce pas, Linc ?

— Aucune, affirma Bartlett en reportant son regard sur Orlanda.

L'ancienne amie de Gornt bavardait avec un homme d'une cinquantaine d'années, mince et élégant, au visage attirant.

— À qui parle-t-elle, Andrew ?

— À Lando Mata. Un Portugais lui aussi, de Macao.

Gavallan se demanda si Dunross parviendrait à persuader Mata de leur venir en aide avec ses millions. Quelle décision prendrais-je si j'étais taï-pan ? Continuer à acheter demain ou passer ce soir un marché avec Mata et l'Avare ? Leur argent mettrait la Noble Maison à l'abri pour des dizaines d'années sans que nous en perdions le contrôle.

Mata sourit à Orlanda puis tous deux regardèrent dans la direction de Bartlett et s'approchèrent. Gavallan avait les yeux braqués sur les seins fermes de la jeune femme, que l'on voyait danser librement sous la soie. Bon Dieu ! jura-t-il intérieurement, même Venus Poon n'oserait pas faire ça !

Après les présentations, il se recula pour mieux observer les deux couples.

— Bonsoir, dit Orlanda à Casey avec un grand sourire. Linc m'a beaucoup parlé de vous.

— Il m'a parlé de vous aussi, assura Casey sur le même ton cordial.

Mais pas assez, songea-t-elle. Tu es bien plus jolie qu'il ne le laissait entendre. Alors voici Orlanda Ramos, la belle journaliste pleine de féminité, la garce qui veut me souffler Linc ! Mon Dieu, que puis-je faire ? Peut-être vaut-il mieux laisser Linc avoir une aventure ? Il doit en avoir assez d'attendre. Hier soir, ce fut aussi dur pour moi que pour lui... Mais comment l'arracher ensuite à cette charmeuse ? Ne sera-t-elle qu'un nom de plus dans la série des filles avec qui il a couché quelques jours et qui n'eurent d'importance ni pour moi ni pour lui ?

Elle, c'est différent, estima Casey.

— Orlanda, votre robe est ravissante, assura-t-elle.

— Merci. Puis-je vous appeler Casey ?

Les deux femmes savaient que la guerre avait commencé. Bartlett, lui, était ravi que Casey sympathisât avec Orlanda.

— Comment trouvez-vous Hong Kong, miss Casey ? demanda Mata en s'interrogeant sur les capacités érotiques de la jeune Américaine.

— Je n'en ai pas encore vu grand-chose, je le crains. J'ai quand même visité rapidement les Nouveaux Territoires, ce qui m'a permis d'entrevoir un bout de Chine.

— Vous aimeriez voir la Chine pour de bon ? Je pourrais m'arranger pour vous faire inviter à Canton.

— Mais nos passeports ne sont pas valables pour la Chine.

— La Chine populaire ne s'embarrasse pas de passeports. Les visiteurs *quai lohs* sont si peu nombreux qu'il leur suffit d'un visa et d'un cachet.

— Le Département d'État américain n'est sans doute pas de cet avis. Non, je préfère ne pas courir de risques.

— Nous n'avons même pas le droit d'entrer dans le magasin que les communistes ont installé ici, renchérit Bartlett.

— Entrer dans un magasin maoïste, mais c'est de la subversion ! ironisa le Portugais. Vous connaissez l'histoire du Hilton ? La chaîne a acheté une série d'antiquités chinoises pour son nouvel hôtel, toutes à Hong Kong, naturellement. Eh bien ! il paraît que le gouvernement des États-Unis en a interdit l'usage pour la décoration de l'hôtel et qu'elles sont bloquées dans un entrepôt. C'est du moins ce qu'on raconte.

— Cela ne m'étonnerait pas, marmonna Bartlett.

— Vous devriez visiter ce magasin, Casey, reprit Mata. Il s'appelle Art et artisanat chinois et se trouve dans Queen's Road. Vous verrez que les prix y sont très intéressants et que les communistes n'ont ni cornes ni queue fourchue.

— C'est très différent de ce à quoi je m'attendais, dit Bartlett. Casey, il y a des bibelots qui t'emballeraient.

— Tu y es allé ?

— Bien sûr.
— J'y ai conduit Mr. Bartlett ce matin, expliqua Orlanda. Nous étions dans le coin. Je serais ravie de vous y emmener.
— Volontiers, merci, répondit aimablement Casey, qui entendait résonner dans sa tête un signal d'alarme. Pourtant on nous a raconté à L.A. que la CIA surveille les Américains qui s'y rendent : elle est sûre que le magasin sert de lieu de rencontre aux communistes.
— Il m'a fait l'impression d'un magasin tout à fait ordinaire, déclara Bartlett, sans rien de particulier, à part quelques portraits de Mao. Il y a des affaires sensationnelles — dommage qu'on ne puisse rien ramener.
Les États-Unis avaient décrété l'embargo sur toutes les marchandises d'origine chinoise, y compris les antiquités qui se trouvaient à Hong Kong depuis une centaine d'années.
— Ce n'est pas un problème, intervint Mata, qui songeait déjà à ce qu'il pourrait gagner en servant d'intermédiaire. Si vous désirez acquérir quelque objet, je serais heureux de l'acheter pour vous.
— Nous ne pourrons pas pour autant le ramener en Amérique, objecta Casey.
— Rien de plus simple. Je rends fréquemment ce service à mes amis américains. J'envoie leurs achats à l'une de mes compagnies de Singapour ou Manille qui, pour une somme modique, les expédie aux États-Unis avec un certificat d'origine malais ou philippin, au choix.
— Mais c'est de la contrebande ! s'exclama Casey.
Mata, Gavallan et Orlanda éclatèrent de rire.
— C'est le commerce qui fait tourner le monde, dit Gavallan. Des marchandises américaines tombant sous le coup de l'embargo parviennent quand même en Chine populaire, et réciproquement, pourvu qu'il y ait une demande.
— Je le sais, mais je n'approuve pas ces pratiques, répondit Casey.
Gavallan se tourna vers Bartlett :
— Vous commercez avec l'Union soviétique, bien qu'elle cherche à vous détruire.
— Par-Con ne fait pas d'affaires avec les Russes, affirma l'Américaine. Ils nous ont pourtant contactés pour l'achat d'ordinateurs mais pas question, quels que soient les

bénéfices potentiels. Notre gouvernement commerce en effet avec l'Union soviétique mais uniquement pour des marchandises soigneusement contrôlées, le blé, par exemple.

— Si quelqu'un est décidé à acheter, il se trouvera quelqu'un pour vendre, répliqua Gavallan, agacé par Casey. Prenez le cas du Viêt-nam, votre « Algérie ».

— Comment ?

— Je veux dire que le Viêt-nam saignera votre économie à blanc comme l'Algérie l'a fait pour la France.

— Nous ne mettrons jamais les pieds au Viêt-nam, déclara Bartlett, péremptoire. Nous n'avons rien à y faire.

— C'est exact, mais cela n'empêche pas les États-Unis d'y être de plus en plus engagés, corrigea Mata. Je crois en fait, Mr. Bartlett, qu'un gouffre vous aspire.

— Que voulez-vous dire ? demanda Casey.

— Que les Soviétiques vous ont délibérément attirés au Viêt-nam. Vous y enverrez des troupes, eux non. Vous combattrez les Viets, la jungle, mais ce sont les Russes qui gagneront. Votre CIA y joue déjà un rôle actif, notamment par l'intermédiaire de la ligne aérienne qu'elle dirige. Actuellement, on construit au Viêt-nam des aérodromes avec l'argent des États-Unis et le pays est inondé d'armes américaines. Vos soldats s'y battent déjà.

— Je ne vous crois pas, répliqua Casey.

— Vous avez tort. Ces troupes portent le nom de Special Forces, ou parfois de Delta Force. Désolé mais le Viêt-nam va devenir un gros problème pour votre gouvernement à moins qu'il ne fasse preuve d'une grande habileté.

— De l'habileté, il en a, dit Bartlett d'un ton confiant. Kennedy a réglé le problème de Cuba, il réglera aussi celui du Viêt-nam.

Gavallan sourit :

— D'après Ian, ce sont les Américains qui ont perdu à Cuba, et je suis de son avis. Les Russes vous ont tendu un piège, ils ont installé leurs missiles quasi ouvertement, pour que vous n'ayez aucune peine à les détecter. Bien entendu vous les avez repérés, vous vous êtes lancés dans vos rodomontades ; le monde a tremblé et, pour finir, en échange du retrait des missiles soviétiques de Cuba, votre président a abandonné la doctrine Monroe, pierre angulaire de tout votre système de sécurité.

— Quoi ?

— Parfaitement. Kennedy ne s'est-il pas engagé, dans un document écrit à Khrouchtchev, à ne pas envahir, ni permettre l'invasion de Cuba depuis le territoire américain ou n'importe quel pays occidental ? Par *écrit* ! À présent, une nation européenne hostile, la Russie soviétique, est établie à cent cinquante kilomètres de vos côtes, et votre président a approuvé personnellement sa présence dans un document écrit ratifié par votre Congrès. Monsieur K a réussi un coup prodigieux, sans précédent dans l'histoire, poursuivit Gavallan en durcissant le ton. Cuba se porte bien, merci, elle engraisse et finira par contaminer toute l'Amérique du Sud... Dieu tout-puissant ! quelle belle victoire pour les États-Unis !

— Linc, ce n'est pas vrai ? demanda Casey, troublée.

— Je... Si l'on y réfléchit bien, cet accord n'a rien coûté aux Russes.

— C'est précisément l'opinion de Ian, reprit Gavallan. Quant au Viêt-nam, il n'est personne ici pour croire Kennedy capable de résoudre le problème, quelle que soit l'admiration que nous ayons pour lui.

Il y eut un silence, que Bartlett finit par briser :

— Alors vous pensez qu'il y aura la guerre ?

— Il n'y a pas là de quoi vous inquiéter. Par-Con est implanté dans des secteurs auxquels la guerre donnera de l'expansion : industrie lourde, ordinateurs, pétrochimie, aéronautique, etc. En cas de guerre, vos profits grimperont en flèche.

— Je n'aimerais pas gagner de l'argent de cette façon, dit Casey. Ce serait plutôt moche.

Gavallan se tourna vers elle :

— Beaucoup de choses sont moches et injustes sur cette terre...

Irrité de ce qu'elle ne cessait de s'immiscer dans sa conversation avec Bartlett, il fut tenté de l'accabler de sarcasmes mais décida finalement que ce n'était ni le moment ni le lieu.

— Bien sûr, vous avez raison, continua-t-il d'un ton affable. Personne ne voudrait faire de la mort une source de profits. Si vous le permettez, je vais repérer ma place... Vous savez que chacun a sa place indiquée par son nom ? fit-il en s'éloignant.

— J'ai l'impression que je ne lui suis pas du tout

sympathique, marmonna Casey sur un ton qui fit éclater de rire tous les autres.

— Vous avez raison, Casey, approuva Orlanda. La guerre est une chose affreuse.

— Vous l'avez connue ? demanda naïvement l'Américaine.

— Oui, mais à Macao. Ma mère m'a raconté que les Japonais ne nous ont pas trop embêtés parce que le Portugal était neutre. Naturellement, je ne m'en souviens pas très bien, je n'avais pas encore sept ans à la fin de la guerre. Macao est une jolie ville, Casey, vous devriez y venir avec Linc, je serais ravie de vous servir de guide.

Je n'en doute pas, pensa Casey, qui se sentit soudain vieille, malgré ses vingt-six ans, face à cette femme à la peau de jeune fille.

— Ce serait formidable... Dites-moi, Lando, pourquoi Andrew s'est-il montré si désagréable ? Parce qu'il n'aime pas traiter d'affaires avec une femme ?

— Je crois plutôt qu'il n'aime pas beaucoup les États-Unis et qu'il ne s'habitue pas à la disparition de l'Empire britannique. L'Amérique, dont dépend aujourd'hui le sort du monde, commet à son avis des erreurs patentes. Et la plupart des Britanniques partagent son opinion, j'en ai peur. C'est en partie une réaction d'envie. Soyez indulgente pour Andrew. Après tout, votre gouvernement avait bel et bien abandonné Hong Kong à Chiang Kai-shek en 45, et seule la Navy britannique l'empêcha de s'en emparer. De même, les États-Unis se sont entendus avec l'Union soviétique contre la Grande-Bretagne lors de la crise de Suez, et en Palestine, ils ont soutenu les juifs hostiles aux Anglais. Je pourrais vous citer dix autres exemples. Il est vrai également que nous sommes nombreux, en Asie, à juger malavisée votre hostilité actuelle à l'égard de la Chine.

— Les Chinois sont aussi communistes que les Russes. Ils nous ont fait la guerre alors que nous tentions seulement de protéger la liberté en Corée du Sud. Nous n'avions pas l'intention de les attaquer.

— Les Chinois ont toujours traversé le Yalou quand un quelconque envahisseur étranger approchait de cette frontière. *Toujours*. J'aurais cru que votre général MacArthur connaissait mieux l'histoire. En fait, c'est lui, ou votre président, qui a contraint la Chine à prendre une voie dont elle ne voulait pas.

Un murmure de soulagement parcourut la salle, les invités se dirigèrent vers leurs tables et un bataillon de serveurs portant des plats recouverts de dômes d'argent fit son entrée.

— Dieu soit loué, je meurs de faim ! s'exclama Casey.

— Orlanda, vous auriez dû prévenir vos amis qu'il faut toujours manger avant de venir aux dîners de Shitee.

L'Eurasienne se contenta de lui adresser un de ses charmants sourires. Casey examina sa rivale, qui mesurait près d'une tête de moins qu'elle. Pour la première fois de sa vie, elle se sentit trop grande, un peu balourde.

— Nous sommes tous à la même table, poursuivit le Portugais. Je dois avouer que j'y suis pour quelque chose.

Il prit la tête du groupe, tout excité à la perspective de l'offensive qu'il allait mener. Car il voulait mettre Casey dans son lit, il avait pris cette décision en la voyant. En partie parce qu'elle était grande et belle, qu'elle avait une poitrine admirable et qu'elle représentait un changement agréable après toutes ces Asiatiques menues et si semblables les unes aux autres ; en partie à cause des incitations discrètes d'Orlanda, mais surtout parce qu'il avait soudain réalisé que le meilleur moyen pour faire échouer l'incursion de Par-Con en Asie, c'était de faire éclater le couple Bartlett-Casey. Il vaut mieux tenir le plus longtemps à l'écart de notre territoire ces Américains à la morale hypocrite et gênante, s'était-il dit. Et si Dunross ne passe pas de marché avec Par-Con, il sera contraint de me céder le contrôle de sa compagnie. Je deviendrai enfin le Taï-pan de la Noble Maison, malgré les Dunross et les Struan. Curieux que cette femme puisse être la clef du plus beau coffre d'Asie. Elle est à vendre, c'est évident, pensa-t-il avec satisfaction. Il suffit d'y mettre le prix.

37

23 h 01

Mata et Orlanda servaient aux Américains les mets du repas de douze plats commandés par Shitee T'Chung.

Hormis Fleur et Peter Marlowe, tous les autres invités assis à leur table étaient chinois. Après l'échange rituel des cartes de visite, ils s'étonnèrent en anglais de voir des Blancs se servir de baguettes puis prirent leurs aises et revinrent au cantonais. Les femmes, couvertes de bijoux, échangeaient sur les étrangers des commentaires à peine édulcorés par la présence de Mata et Orlanda.

— Que disent-ils, Orlanda ? demanda Bartlett dans le brouhaha.

— Ils se posent des questions sur vous et miss Casey, répondit l'Eurasienne.

Elle omit de traduire les remarques égrillardes sur le volume des seins de Casey, sur ses vêtements, leur provenance et leur prix probables, et l'impression bizarre qu'on doit avoir à être aussi grande. De Bartlett elles parlaient peu, si ce n'est pour s'interroger à voix haute sur son éventuelle appartenance à la Mafia, insinuation lancée par un journal chinois.

En bas, aux cuisines, l'énorme fourneau à gaz dégageait une chaleur d'enfer que venait encore alimenter un barbecue au charbon de bois. Une armée de marmitons aidait les vingt-huit cuisiniers à préparer viandes et légumes, plumer les poulets, tuer et nettoyer les poissons frais, et accomplir les mille et une tâches requises par la cuisine chinoise où rien ne se cuit à l'avance.

Le restaurant ouvrait à 10 heures, le travail cessait aux cuisines à 22 h 45, parfois plus tard lorsqu'il y avait une réception. Le personnel savait que, ce soir, le pourboire serait bon car Shitee T'Chung ne regardait pas à la dépense. La plupart des serveurs présumaient que l'argent collecté pour les bonnes œuvres était en fait utilisé pour remplir son estomac et ceux de ses invités ou payer les bijoux de ses petites amies. T'chung avait en outre la réputation d'être rancunier avec ses détracteurs, pingre avec sa famille, impitoyable avec ses ennemis.

— Pressons ! beugla le chef de cuisine. Je vais attendre toute la nuit ? Apportez-moi les crevettes, fornication !

Un marmiton en sueur, vêtu d'un pantalon en lambeaux et d'un vieux maillot se précipita portant un plateau en bambou couvert de crevettes fraîchement pêchées et décortiquées. Le chef les jeta dans une marmite fumante, ajouta une poignée de glutamate, remua puis il les sortit et les égoutta, disposa sur deux plateaux des cosses de pois étuvées et répartit également les succulentes crevettes roses et luisantes.

— Tous les dieux pissent sur toutes les crevettes ! grommela-t-il, l'estomac tenaillé par son ulcère, les pieds douloureux après dix heures passées au fourneau. Allez, monte-les avant qu'elles ne pourrissent ! Dépêche-toi *diou ne lo mo* ! C'est ma dernière commande, je vais enfin pouvoir rentrer chez moi.

Un jeune aide de cuisine qui portait un pot de graisse fondue trébucha et renversa le contenu du pot sur l'un des brûleurs du fourneau. Le liquide prit feu en explosant ; la panique s'empara aussitôt du personnel. Un cuisinier cerné par les flammes, le visage brûlé, les cheveux roussis, se mit à hurler. Un autre jeta sur le feu un seau d'eau, ce qui contribua à propager l'incendie. Dans un tourbillon de fumée, les flammes s'élevèrent jusqu'aux planches du premier pont. Des marmitons criaient et se bousculaient au pied de l'escalier, provoquant un embouteillage. Une fumée noire et âcre commença à envahir les soutes.

Le Chinois le plus proche de l'escalier décrocha l'un des deux extincteurs, enfonça la manette et visa le brasier. Rien ne se produisit. Il s'apprêtait à faire un nouvel essai quand son voisin lui arracha l'appareil en jurant, essaya à son tour, sans succès, et le jeta sur le plancher. L'autre extincteur se révéla également hors d'usage : personne n'avait jamais pris la peine de les vérifier.

— Tous les dieux défèquent sur ces inventions de *quai lohs* sans mère ! gémit un cuisinier en reculant devant le brasier.

À l'autre bout des cuisines, un coolie effrayé et suffocant fit un bond de côté et renversa des jarres contenant des œufs pourris et de l'huile de sésame. L'huile se répandit sur les planches et prit feu, enveloppant le coolie dans les flammes.

En haut, la plupart des clients étaient partis mais les invités de T'Chung se trouvaient encore sur le pont supérieur du *Dragon flottant*. Les Chinois, dont Wu-Quatre-Doigts et Venus Poon, sortaient ou s'apprêtaient à le faire car on avait servi depuis longtemps le dernier plat, et l'étiquette chinoise voulait qu'on prît congé dès la fin du repas, table après table. Seuls les étrangers s'attardaient devant un verre de porto ou de cognac, en fumant un cigare.

Les serveurs installaient à présent les tables de mah-jong en faisant cliqueter les plaquettes d'ivoire.

— Vous jouez au mah-jong, Mr. Bartlett ? demanda Mata.

— Non. Appelez-moi donc Linc.

— Vous devriez, c'est encore plus passionnant que le bridge. Aimez-vous le bridge, Casey ?

— Elle est de première force, ne jouez jamais avec elle pour de l'argent, avertit l'Américain en souriant.

— Nous pourrions faire une partie un de ces soirs, reprit le Portugais. Bonsoir, Taï-pan.

Dunross salua tout le monde d'un sourire.

— Comment avez-vous trouvé le repas ?

— Succulent ! s'exclama Casey. Voulez-vous vous joindre à nous ?

— Merci mais...

— Bonsoir, Taï-pan, dit Dianne Chen en s'approchant.

Elle traînait derrière elle son fils Kevin, un jeune homme courtaud et trapu, aux cheveux noirs et bouclés, et à la lippe boudeuse.

Après les présentations, Dunross s'enquit de son compradore.

— Il n'a malheureusement pas pu venir, répondit Dianne. Eh bien ! bonne nuit !...

Elle sourit, son fils l'imita et tous deux se dirigèrent vers la porte.

— Moi aussi je vais partir, annonça Ian.

— Comment était votre table ?

— Éprouvante.

Il avait mangé à la table d'honneur, avec les députés, Gornt, Shitee et son épouse.

— Robin Grey a son franc-parler mais il est souvent mal informé, continua le Taï-pan. Certains d'entre nous ont rompu des lances avec lui et, pour une fois, je me suis trouvé dans le même camp que Gornt. Notre table a été servie en premier pour que le pauvre Shitee puisse filer avec sa femme. Il a décampé sans se faire prier il y a un quart d'heure.

Dunross dirigea son regard vers Marlowe et se demanda si l'écrivain savait que Robin était le frère de Penelope.

— Grey vous connaît bien, semble-t-il, Mr. Marlowe.

— Il a une excellente mémoire et des manières déplorables.

— Je ne me prononcerai pas sur ses manières mais s'il obtient jamais ce qu'il veut au Parlement, que Dieu protège Hong Kong ! Nous dînons ensemble, demain ? proposa-t-il à Bartlett et Casey.

— Volontiers, acquiesça la jeune femme. Au V & A, par exemple ? Juste avant le dîner, Andrew me dis...

Elle s'interrompit en entendant des cris étouffés. Chacun se tut et tendit l'oreille.

— *Au feu !*

— Bon Dieu ! regardez, s'écria Ian, montrant l'ouverture du monte-plats par laquelle s'échappaient de la fumée et des flammes.

Les invités mirent une seconde pour réagir puis se ruèrent vers l'escalier principal devant lequel ils formèrent bientôt un embouteillage. Bartlett se leva d'un bond et entraîna Casey avec lui, Mata courut vers la sortie.

— *Du calme !* rugit Dunross par-dessus le tumulte. Pas de panique, nous avons tout le temps, inutile de courir !

Son intervention rassura les plus effrayés, qui ralentirent et commencèrent à dégager lentement la porte embouteillée. Mais plus bas, dans l'escalier, les cris et la bousculade redoublèrent.

Gornt, qui n'avait pas bougé, tirait sur son cigare. Havergill et sa femme s'étaient approchés des fenêtres d'où l'on découvrait la foule qui s'agglutinait en bas devant la sortie principale.

— Ne craignez rien, chère, dit-il à son épouse. Quand le plus gros sera passé, nous sortirons tranquillement.

Lady Joanna, qui se trouvait à côté d'eux, lui demanda :

— Vous avez vu Biltzmann détaler ? Quel rustre !

Tournant la tête, elle remarqua Bartlett et Casey, qui s'étaient arrêtés près de Dunross, et s'étonna de leur attitude :

— Voyons, Joanna, lui répondit Havergill, tous les Yankees ne sont pas des pleutres.

Une longue langue de feu jaillit soudain du monte-plats et les cris de panique reprirent.

— Il y a une autre sortie ? demanda Bartlett au Taï-pan.

— Je ne sais pas. Allez voir, je reste ici pour les calmer, murmura Ian en réponse.

Il jeta un coup d'œil rapide sur les visages autour de lui. Fleur Marlowe, bien que livide, avait gardé son sang-froid ; Casey, l'air égaré, fixait les invités obstruant la sortie ; Orlanda, pétrifiée, paraissait sur le point de s'effondrer.

— Tout va bien, Orlanda, lui dit-il. Il n'y a pas de danger...

À l'autre bout de la salle, Gornt se leva et se rapprocha de la porte. À voir la foule qui s'y pressait, l'escalier devait être complètement bloqué. Les cris contribuaient à accroître la panique, et sir Charles Pennyworth, qui se trouvait sur le seuil, s'efforçait vainement d'organiser l'évacuation.

En dessous, sur le palier bondé du deuxième pont, Lando Mata trébucha et entraîna dans sa chute tout un groupe comprenant Dianne et Kevin. La seule issue se trouvant momentanément barrée, des hommes et des femmes s'écroulèrent en hurlant, poussés par d'autres qui ne songeaient qu'à fuir et se mettre à l'abri. Dans l'escalier, Pugmire, accroché à la rampe, parvint à rester debout et, résistant de toutes ses forces à la pression exercée dans son dos, empêcha que d'autres invités ne tombent. À ses côtés, Julian Broadhurst, effrayé mais maître de lui, conjugua ses efforts à ceux de son voisin. Ensemble, ils parvinrent à endiguer provisoirement le flot mais peu à peu ils furent submergés et Pugmire sentit qu'il lâchait prise. Dix marches plus bas, Mata parvint péniblement à se relever, écrasa quelques personnes dans sa hâte et dévala l'escalier, la veste à moitié arrachée. Dianne Chen se dégagea à coups de griffes, se releva et entraîna Kevin. Dans la bousculade, elle ne sentit pas la main qui se posait sur son pendentif en diamant et le subtilisait. Sans appui, Pugmire fut entraîné par le flot humain, Broadhurst perdit l'équilibre. Une seconde vague de corps s'engouffra dans l'escalier et s'y figea, comme coagulée.

Quatre-Doigts, qui se trouvait sur le premier palier avec Venus Poon quand l'alerte avait été donnée, s'était aussitôt précipité vers la passerelle et le quai. Une fois en sécurité, il se retourna, le cœur battant, le souffle court. Des hommes et des femmes sortaient en titubant de l'énorme entrée tarabiscotée, des flammes s'échappaient des hublots proches de la ligne de flottaison. Un policier qui effectuait sa ronde dans le secteur accourut, observa un instant la scène en écarquillant les yeux puis se rua vers le téléphone. Wu cherchait encore sa respiration quand il vit Richard Kwang et sa femme émerger de la mêlée. Il se mit à rire et se sentit beaucoup mieux. Des badauds commençaient à se rassembler ; sans chercher à venir en aide à qui que ce soit, ils contemplaient le spectacle, bouche bée. Ils ont raison, pensa Wu, il ne faut jamais contrarier la volonté des dieux. Les dieux ont leurs propres lois, ils décident du sort des humains. Mon *joss* était d'en réchapper et de jouir cette nuit de cette putain. Que tous les dieux m'aident à maintenir dressé mon Fer-Impérial jusqu'à ce qu'elle demande grâce.

— Viens, petite bouche onctueuse, caqueta le vieillard. Laissons-les à leur *joss*, le temps est précieux.

— Non, Père, répondit Venus Poon, les journalistes et les photographes ne vont pas tarder à arriver. Je dois penser à ma publicité, *heya ?*

— Ta publicité ? C'est le plumard et ta Fente-D'or...

— Plus tard ! ordonna-t-elle, impérieuse. Tu ne veux pas qu'on te traite en héros ?

Rapidement, elle frotta ses mains par terre, les passa sur son visage, arracha une des bretelles de sa robe et s'approcha de la passerelle, là où on pouvait la voir. Le vieux pirate la suivit des yeux. Un héros ? se dit-il. Pourquoi pas ? Et il prit son sillage en veillant toutefois à ne pas pénétrer dans la zone dangereuse.

Des rescapés continuaient à sortir du bateau, toussant à cause de la fumée qui enveloppait désormais une partie du restaurant. Un homme s'effondra dans un cri, ceux qui suivaient le piétinèrent en hurlant à ceux qui les précédaient de se presser. Quatre-Doigts et d'autres curieux se mirent à rire.

Sur le pont supérieur, Bartlett se pencha par-dessus le bastingage pour regarder la coque du bateau et la jetée. Il vit la foule rassemblée sur le quai, les groupes hystériques jaillissant sur la passerelle. Il n'y avait aucune autre sortie. Son cœur lui martelait la poitrine mais il n'avait pas peur. Il n'y a pas encore vraiment de danger, pensait-il. Nous pourrons toujours nous jeter à l'eau. Il doit y avoir une dizaine de mètres — c'est facile, si l'on évite de tomber sur le ventre. Il parcourut de nouveau en courant toute la longueur du pont, ouvrit la porte de la salle, et la referma aussitôt après y avoir pénétré pour ne pas provoquer d'appel d'air. La fumée s'était épaissie, elle sentait la chair brûlée. Presque tous les invités assiégeaient la sortie, à l'exception de Gornt qui sirotait un verre, accoudé au bar.

Bartlett fit un écart pour éviter les flammes vomies par le monte-plats et faillit heurter Christian Toxe, à moitié dissimulé par la fumée.

— Je m'en fous ! s'époumonait le rédacteur en chef dans le téléphone. Envoyez-moi d'abord un photographe et *ensuite* appelez les pompiers !

Il raccrocha d'un geste rageur en marmonnant « Les cons ! » puis il retourna auprès de sa femme, une matrone chinoise qui posa sur lui un regard sans expression. Bartlett rejoignit le Taï-pan, qui se tenait toujours à la même place, près des Marlowe, de Casey et d'Orlanda.

— Rien, fit l'Américain. Pas d'escalier, pas d'échelle. Mais on peut sauter si cela devenait nécessaire.

— Ceux d'en dessous n'auront peut-être pas cette possibilité, dit Dunross. Il va falloir prendre une décision rapidement, continua-t-il en fixant le monte-plats situé près de la porte. Le feu pourrait bientôt nous couper de la sortie. Si nous quittons la salle, il nous sera impossible d'y revenir et nous devrons sauter ; si nous restons, l'escalier constituera notre seule chance.

— Mon Dieu, murmura Casey.

Elle s'efforçait de dominer la sensation de claustrophobie qui montait en elle. Son cœur battait la chamade, sa peau lui semblait gluante de sueur.

— Rien à craindre, assura Bartlett en la prenant par les épaules. Il sera toujours possible de sauter.

— Oui, Linc, chuchota-t-elle en s'agrippant à lui.

— Vous savez nager, Casey ? demanda Ian.

— Oui. Je... j'ai déjà été prise dans un incendie. Depuis, le feu me terrorise... Mais ça ira, bredouilla-t-elle. Je préfère sortir, un petit plongeon me fera du bien.

— Je ne sais pas nager ! dit Orlanda d'une voix tremblante.

Perdant soudain son sang-froid, elle se dirigea vers l'escalier mais Bartlett la retint.

— Vous n'y arriverez jamais par là. Écoutez-les crier, ceux qui sont pris au piège. Les pauvres, ils sont mal partis. Non ! l'escalier, non ! Restez calme.

L'Eurasienne s'accrochait à lui, terrifiée.

— Tout ira bien, dit Casey pour la rassurer.

— Nous... nous ne courons pas un grand danger, n'est-ce pas, Taï-pan ? questionna Peter Marlowe. Le feu vient sans doute des cuisines, on finira bien par le maîtriser. Fleur, ma chérie, il ne sera pas nécessaire de sauter.

— Mais nous ne risquons rien, intervint Bartlett. Il y a des quantités de sampans qui viendront nous repêcher !

— Fleur ne sait pas nager non plus.

— Tu m'as pourtant souvent répété que je devrais apprendre, balbutia Fleur Marlowe en saisissant le bras de son mari.

Dunross n'écoutait pas. Malade de peur, il revivait un épisode de la guerre au cours duquel il avait failli mourir et que l'odeur de chair calcinée avait fait émerger de sa mémoire.

— Qu'en pensez-vous, Taï-pan ?

— Quoi ?

— Nous restons ici ou non ? répéta Marlowe.

— Nous restons pour le moment, répondit Dunross, apparemment imperturbable. Nous sortirons par l'escalier quand il sera dégagé — ce serait idiot de se mouiller pour rien.

Casey lui adressa un sourire hésitant :

— Ces incendies sont fréquents ?

— Pas ici mais à Hong Kong, ils le sont. Nos amis chinois ne se soucient pas beaucoup des règlements de sécurité.

Quelques minutes seulement s'étaient écoulées depuis que l'incendie avait éclaté aux cuisines, mais le feu avait déjà gagné toute l'étendue des soutes et, par le monte-plats, une bonne partie des trois ponts. Vingt employés des cuisines étaient bloqués au fond, coupés de l'escalier par les flammes ; les autres avaient rejoint la foule qui se bousculait sur le premier pont. Saisi de panique, un cuisinier fonça dans la barrière de flammes, il hurla quand elles l'enveloppèrent et réussit presque à passer mais il glissa et on l'entendit encore crier pendant de longues secondes dans le brasier. Un murmure horrifié s'éleva du groupe de ses compagnons.

— Des sacs de farine de riz !... ordonna le chef de cuisine. Du riz... Vite !

Comme les autres le regardaient sans bouger, paralysés par la peur, il secoua le plus proche, l'entraîna dans la réserve et lui mit sur les bras un sac de vingt-cinq kilos dont il déchira le dessus.

— Faites la même chose ! cria-t-il. Et attendez mon ordre.

La vitre d'un des hublots éclata, le courant d'air ainsi créé activa les flammes. Terrorisés, suffocants, les hommes s'exécutèrent.

— *Maintenant !* rugit le chef de cuisine en jetant le sac dans le couloir de feu courant le long du fourneau.

Un tourbillon blanc tomba sur le brasier, qui perdit un peu de sa violence. D'autres sacs suivirent, des flammes moururent, étouffées par la farine. Une seconde bordée dégagea un passage dans lequel le chef de cuisine se précipita. Tous l'imitèrent pêle-mêle, fonçant à travers les dernières flammes, enjambant deux cadavres carbonisés. Ils parvinrent au pied de l'escalier avant que le feu ne reprît de plus belle, gravirent les marches en toute hâte et rejoignirent les clients qui se poussaient, criaient et toussaient sur le pont.

Des larmes coulaient sur la plupart des visages, la fumée rendait l'air presque irrespirable. La cloison protégeant le conduit du monte-plats commençait à noircir et à se gondoler puis elle se fendit soudain. Des flammes envahirent le premier palier ; ceux qui se trouvaient plus bas, dans l'escalier, essayèrent désespérément de descendre plus vite ; ceux qui étaient sur le palier reculèrent. Puis, voyant qu'il ne leur restait que quelques mètres à franchir pour échapper au brasier, ils foncèrent de nouveau en avant, contournèrent les flammes et dévalèrent les marches. Hugh Guthrie, le député, voulut s'arrêter pour aider une femme qui venait de tomber mais la poussée des autres le fit s'effondrer à son tour. Il se releva en jurant, eut le temps d'agripper la femme par le bras avant que le flot humain ne le submerge de nouveau, et descendit avec elle les dernières marches.

La moitié du palier situé entre le premier et le second pont était à présent la proie des flammes mais ceux qui se trouvaient au-dessus ne pouvaient se rendre compte de la situation à cause de la fumée.

— Pourquoi on ne descend plus ?

— La voie est encore libre ?

— Allez-y, bon Dieu !

Perdu parmi les invités bloqués dans l'escalier du deuxième pont, Grey avait conscience que la cloison céderait bientôt aussi à leur niveau. Il ne parvenait pas à décider s'il fallait battre en retraite ou aller de l'avant. Apercevant un enfant blotti contre la rampe, il le prit dans ses bras et, soudain résolu, poussa ceux qui étaient devant lui pour descendre quelques marches.

Sur le pont supérieur, où il ne restait plus qu'une cinquantaine de personnes, Gornt finit son verre, le reposa et se dirigea vers le groupe entourant Dunross.

— Ian, il semble que le feu ait gagné le premier palier, dit-il d'un ton détaché. Je propose une petite trempette.

Le Taï-pan jeta un coup d'œil aux flammes qui jaillissaient par l'ouverture du monte-plats, près de la porte de sortie.

— Deux des femmes ne savent pas nager, répondit-il. Attendons encore quelques minutes.

— Bien. Je pense que ceux qui n'ont pas peur de sauter devraient se rendre sur le pont.

Une explosion secoua légèrement le bateau, la déflagration fut suivie d'un silence inquiétant.

Aux cuisines, le feu avait gagné la réserve et fait éclater un tonneau de quatre cents litres d'huile. L'explosion avait ouvert une brèche dans la coque, par laquelle des hordes de rats cherchaient à s'échapper.

Un second tonneau métallique vola en éclats, fracassant la coque en dessous de la ligne de flottaison. Sur le quai, les badauds reculèrent bien qu'il n'y eût aucun danger ; d'autres rirent nerveusement. Un troisième tonneau explosa, crachant des gerbes de flammes dans toutes les directions. Les planches du plafond, aspergées d'huile, commencèrent à brûler.

Bloqué un peu au-dessous du premier palier, Grey serrait l'enfant contre lui d'un bras et s'agrippait à la rampe de l'autre. Quand il put enfin avancer, protégeant l'enfant de son mieux, il traversa le palier en évitant les flammes et descendit le dernier escalier, où la voie était presque libre. Le tapis recouvrant les planches commençait à fumer. Au moment où le député atteignit la passerelle, les deux derniers tonneaux explosèrent, faisant se volatiliser le plancher derrière lui. La déflagration le propulsa en avant avec l'enfant.

Hugh Guthrie jaillit de la foule attroupée sur le quai pour lui venir en aide.

— Ça va, mon vieux ?

Étourdi, haletant, les vêtements fumants, Grey murmura à demi consciemment :

— Oui... oui, je crois.

Guthrie lui prit des bras l'enfant, qui avait perdu conscience.

— Le pauvre !

— Il est mort ? demanda Grey.

— Je ne pense pas.

Guthrie tendit le petit Chinois à un spectateur et les deux Britanniques retournèrent aider ceux qui avaient réussi à gagner le quai mais restaient groggy après l'explosion.

— Dieu du ciel ! murmura Guthrie en constatant qu'on ne pouvait plus sortir par la passerelle.

Par-dessus le rugissement des flammes, il entendit des sirènes qui se rapprochaient.

L'incendie, qui s'était propagé à l'ensemble du premier pont, contraignait les gens à remonter l'escalier. Effrayés, suffocants, ils refluaient dans la salle du troisième niveau.

— Ian, nous ferions mieux de partir, dit Bartlett.

— Oui, vous avez raison. Quillan, voulez-vous leur montrer le chemin et prendre la direction des opérations sur le pont ?

— *Tout le monde par ici !* cria Gornt. Dehors, vous serez en sécurité... Un par un...

Il ouvrit la porte, se planta à proximité et tâcha d'assurer l'évacuation en bon ordre des derniers invités, des Britanniques pour la plupart. Bartlett, qui attendait dans la salle, était tendu mais pas effrayé car il savait qu'il suffirait de briser les vitres d'une des fenêtres et de sauter à l'eau avec Casey pour échapper au brasier.

— Ça va, Casey ?

— Oui.

— À ton tour de sortir.

— Je sortirai en même temps que toi.

Le patron de Par-Con aida lady Joanna à franchir la porte puis Havergill, qui boitait, et son épouse. Apercevant Orlanda figée sur sa chaise, Casey se sentit prise de pitié pour elle. Elle s'approcha, lui posa doucement la main sur l'épaule et la fit se lever. L'Eurasienne avait les jambes tremblantes, l'Américaine passa un bras sous le sien.

— J'ai... perdu... mon sac, marmonna Orlanda.

— Non, il est sur la chaise, dit Casey en se baissant pour le prendre.

Bien qu'elle-même ne fût guère vaillante, elle soutint Orlanda jusqu'à la porte. Une fois dehors, sur le pont où s'entassaient les rescapés, elle se sentit beaucoup mieux et conduisit la Portugaise au bastingage. Elle se retourna, cherchant Linc des yeux, et le vit qui la regardait de l'intérieur. Il lui adressa un petit signe de la main auquel elle répondit.

Marlowe et sa femme rejoignirent Casey.

— Ça va ? demanda Peter.

— Oui. Et vous, Fleur ?

— Très bien. Il... fait meilleur ici, non ? plaisanta la femme de l'écrivain bien qu'elle fût terrorisée par la perspective de sauter à l'eau d'une hauteur de dix mètres. Vous croyez qu'il va pleuvoir ?

— Espérons-le.

Casey se pencha et vit que des sampans commençaient à se rassembler sur les eaux boueuses autour du bateau en flammes. Soudain un homme jeta une chaise dans l'une des fenêtres de la salle du deuxième pont, passa par l'ouverture et se lança dans le vide. Une embarcation se dirigea aussitôt vers l'endroit où il était tombé, un matelot lui jeta un cordage. D'autres hommes pris au piège sautèrent à leur tour, une femme les imita, disparut dans l'eau et ne refit pas surface.

Les flammes de l'incendie trouaient la nuit noire et projetaient sur le quai des ombres menaçantes. La foule recula quand les voitures des pompiers arrivèrent dans un hurlement de freins. Aussitôt les pompiers chinois et les officiers britanniques déroulèrent les tuyaux, qui furent branchés sur les bouches d'incendie. Quand la première lance cracha son jet d'eau, la foule poussa une exclamation. Deux pompiers protégés par un masque et une combinaison d'amiante, une bouteille sur le dos, se précipitèrent vers la passerelle pour mettre à l'abri ceux qui gisaient, inconscients, sur les planches. Une explosion les cribla de cendres brûlantes que l'un de leurs collègues éteignit d'un jet de lance.

Dans la salle du troisième pont, il ne restait plus à présent que Bartlett, Dunross et Gornt. Ils sentirent les planches basculer sous eux et faillirent perdre l'équilibre.

— Nom de Dieu, nous allons couler ? s'exclama l'Américain.

— Ces explosions ont dû crever la coque, répondit Gornt. Pressons-nous !

Il sortit, suivi de Bartlett. Resté seul, le Taï-pan parvint à dominer sa peur et parcourut rapidement la salle pour voir s'il n'y restait personne. À travers la fumée, il distingua une forme inerte allongée sur les premières marches de l'escalier. Malgré les flammes qui le cernaient de toutes parts, Ian se précipita, prit l'homme par les bras et le traîna vers la porte. L'odeur de chair brûlée faisait renaître en Dunross de vieilles terreurs mais il continua à tirer son fardeau, homme évanoui ou cadavre, il ne savait. Bartlett vint à son aide et ensemble ils portèrent le Chinois au-dehors.

— Merci, fit Ian, pantelant.

Quillan Gornt les rejoignit, se pencha et retourna l'homme, dont le visage était partiellement brûlé.

— Vous avez joué au héros pour rien, dit-il. Il est mort.

— Qui est-ce ? demanda Linc.

— Je n'en sais rien, répondit Gornt avec un haussement d'épaules. Vous le connaissez, Ian ?

— C'est Tung-le-Zeppelin, murmura Dunross, les yeux baissés vers le corps.

— Le fils de l'Avare ? reprit Gornt d'un ton surpris. Comme il a grossi, je ne l'aurais jamais reconnu. Bon, il vaut mieux préparer tout le monde à sauter, ajouta-t-il en se relevant. Ce bateau est un cimetière.

Comme il s'éloignait, une nouvelle explosion secoua le *Dragon flottant*, qui s'inclina fortement. Plusieurs personnes passèrent par-dessus le bastingage et sautèrent, des sampans filèrent à la rescousse. Le bras entourant les épaules de son épouse chinoise, Christian Toxe regardait l'eau d'un air sombre.

— Il va falloir sauter, Christian, lui dit Dunross.

— Dans le port d'Aberdeen ? Vous plaisantez, mon vieux ! Si cette puanteur ne nous étouffe pas, nous attraperons la peste !

— C'est ça ou frire comme un poulet, lança quelqu'un en riant.

À l'autre extrémité du pont, sir Charles Pennyworth tentait de rassurer tout le monde.

— Allons, mademoiselle, ce n'est qu'un petit saut, vous verrez, dit-il à Orlanda.

Elle secoua la tête, les yeux agrandis par la peur.

— Je... je ne sais pas nager.

— Moi non plus, dit Fleur Marlowe en lui passant le bras autour des épaules. Ne vous en faites pas, je reste aussi.

— Peter, vous lui tiendrez la main, elle ne risquera rien, intervint Bartlett. Fleur, tout ce que vous aurez à faire, c'est retenir votre respiration.

— Elle ne sautera pas, répondit Marlowe d'une voix calme. Du moins, pas avant la dernière seconde.

— Il n'y a pas de danger !

— Elle est enceinte de trois mois.

Des flammes s'élevèrent en rugissant d'un conduit d'aération. À l'intérieur de la salle, les tables brûlaient. L'escalier central s'effondra dans un tourbillon d'étincelles.

— Mon Dieu ! gémit Casey. Et ceux qui se trouvaient en dessous de nous ?

— Ils sont sortis depuis longtemps, assura Dunross sans trop y croire.

À présent qu'il était hors de la salle, il était redevenu parfaitement maître de ses émotions et le fait d'avoir réussi à dominer sa peur augmentait encore son sang-froid.

— La vue est splendide, vous ne trouvez pas ? ajouta-t-il d'un ton désinvolte.

— Nous avons de la chance ! lui cria Pennyworth. Le bateau s'incline dans le bon sens, ce ne sera pas trop dangereux quand il coulera. À moins qu'il ne se retourne. Ah ! on se croirait revenu au bon vieux temps ! J'ai été coulé trois fois en Méditerranée.

— Quelle est la profondeur de l'eau ? demanda Bartlett.

— Six mètres ou plus, dit Dunross.

— Cela suff...

Une vedette de la police s'approcha en faisant mugir sa sirène, se faufila entre les îles de bateaux qu'elle prenait dans son projecteur. Lorsqu'elle fut à proximité du *Dragon flottant*, une voix ordonna en cantonais à l'aide d'un mégaphone :

— À tous les sampans, dégagez la voie, dégagez la voie.

Puis elle poursuivit en anglais :

— Les personnes qui se trouvent sur le pont supérieur doivent se préparer à abandonner le navire ! La coque est trouée !

— J't'en fous que je vais bousiller ma seule tenue de soirée ! grommela Christian Toxe.

— Elle ne t'a jamais plu, de toute façon, dit son épouse en s'agrippant à son bras.

— Ce soir, elle me plaît, bougonna-t-il. Toi non plus tu ne sais pas nager...

Elle haussa les épaules :

— Je te parie cinquante dollars que nous allons barboter comme des canetons, toi et moi.

— Pari tenu, Mrs. Toxe. Nous sauterons les derniers, comme ça il y aura foule pour nous regarder.

Le pont s'inclinait de plus en plus à mesure que l'eau s'engouffrait par les brèches de la coque. Les pompiers continuaient à braquer leurs lances sur le brasier, sans grand résultat. Un murmure parcourut la foule quand le *Dragon flottant*, tremblant de toute sa coque, brisa deux de ses amarres.

Appuyé au bastingage, Pennyworth exhortait les indécis à sauter. Paul Havergill aida sa femme à passer de l'autre côté de la rambarde, la vit s'élancer et attendit qu'elle eût refait surface pour sauter à son tour. À bord de la vedette, des matelots jetaient aux rescapés des bouées de sauvetage, d'autres mettaient un canot à l'eau. Sous la conduite d'un officier, une dizaine de marins plongèrent pour aider les femmes et les enfants en difficulté. Un sampan repêcha lady Joanna et les Havergill, qui montèrent avec reconnaissance à bord de l'embarcation délabrée.

Sur le pont supérieur, un homme glissa et heurta Pennyworth, qui perdit l'équilibre. Il tomba à la renverse, rebondit sur la poupe d'un sampan et coula à pic. Personne ne s'en aperçut.

Casey se tenait au bastingage avec Bartlett, Dunross, Gornt, Orlanda et les Marlowe. Non loin d'eux, Toxe tirait sur sa cigarette en essayant de rassembler son courage. Le feu grondait dans les bouches d'aération. Soudain le bateau racla le fond et fit trembler toute sa carcasse. Gornt lâcha prise et fut projeté contre la rambarde, la tête la première ; Toxe et sa femme basculèrent par-dessus bord ; Peter Marlowe retint sa femme tandis que Bartlett et Casey s'écroulaient sur le pont.

En bas, les matelots aidaient les « naufragés » à se hisser à bord du canot de sauvetage. Toxe et sa femme firent surface à quelques mètres de l'embarcation, en crachant et suffoquant, puis disparurent à nouveau. Un marin plongea à l'endroit où l'eau les avait recouverts et, après quelques longues secondes, parvint à agripper la femme du journaliste par sa robe et à la faire remonter. Le jeune lieutenant commandant les sauveteurs plongea à son tour à la recherche de Toxe mais ne réussit pas à le trouver dans les eaux sombres. Il refit surface pour respirer et plongea de nouveau, les bras tâtonnant dans le noir. Il eut l'impression que ses poumons allaient exploser quand ses doigts frôlèrent ce qui ressemblait à de l'étoffe. Il empoigna le vêtement et donna un coup de pied pour remonter. Dans son affolement, Toxe s'accrochait à l'officier qui dut le frapper pour lui faire lâcher prise, puis il le tourna sur le dos et le tira jusqu'au canot.

Sur le bateau, Dunross fut le premier à se relever. Il découvrit Gornt, inerte, étendu sur le pont, s'approcha de lui en titubant, essaya vainement de le relever.

— Ça... ça va, grogna Gornt en reprenant conscience. Merci...

Il secoua la tête, leva les yeux et constata que c'était Dunross qui était venu à son secours.

— Merci, répéta-t-il en se mettant sur pied. Mais cela ne m'empêchera pas de continuer à vendre demain. Dans une semaine, vous serez liquidé.

Dunross s'esclaffa :

— Je préfère ça ! L'idée de brûler avec vous ou de me noyer en votre compagnie ne me séduit aucunement.

Quelques mètres plus loin, Bartlett aidait Casey à se relever.

— Ce foutu rafiot peut basculer d'un moment à l'autre, grommela-t-il.

— Et elles ? murmura Casey en désignant Orlanda et Fleur.

Il réfléchit, puis dit d'un ton décidé :

— Tu sautes d'abord, tu attends en bas.

— Compris.

Elle lui tendit son petit sac, qu'il fourra dans l'une de ses poches, ôta ses chaussures et sa robe, qu'elle noua autour de sa taille. Après avoir enjambé le bastingage, elle se tint un moment en équilibre, repéra avec soin son point d'impact et se lança en un plongeon parfait.

Dès qu'il vit Casey refaire surface, Bartlett souleva

Orlanda, la fit passer de l'autre côté de la rambarde et lui dit :

— Retenez votre respiration, mon chou.

Il la lâcha. Orlanda tomba les pieds en avant et pénétra dans l'eau à quelques mètres de Casey, qui, anticipant sur le point de chute, nageait déjà sous l'eau. Elle agrippa facilement l'Eurasienne et donna un vigoureux coup de pied pour remonter. Orlanda sortit la tête de l'eau et aspira une goulée d'air sans avoir clairement conscience de ce qui s'était passé. Casey lui passa un bras autour de la poitrine et la remorqua vers le canot.

Le *Dragon flottant* s'inclina un peu plus encore et Bartlett faillit perdre l'équilibre en s'approchant des Marlowe.

— Vous êtes bon nageur, Peter ?

— Plutôt moyen.

— Alors vous me la confiez ? J'ai été maître-nageur sur une plage pendant des années.

Avant que Marlowe ait pu refuser, Bartlett souleva Fleur, la prit dans ses bras, enjamba la rambarde et dit :

— Bloquez simplement votre respiration.

Elle lui passa un bras autour du cou, se pinça le nez quand il sauta. Ils ne restèrent sous l'eau que quelques secondes et Fleur ne suffoquait même pas lorsqu'ils refirent surface.

Du pont supérieur, Peter Marlowe vit sa femme prendre place dans le canot de sauvetage.

— Bien joué, murmura-t-il.

— Vous avez vu Casey ? demanda Dunross. Sensationnelle, non ?

— Quoi ? Oh ! non, Taï-pan.

— Juste un soutien-gorge et une drôle de culotte-jarretelles ! Quelle ligne, et quel plongeon !

— Ça s'appelle un panty, c'est la dernière mode en Amérique, expliqua Marlowe distraitement, les yeux fixés sur l'eau, rassemblant son courage.

— Ah ! oui, quelle ligne ! approuva Gornt. Et quel cran !

La carcasse du bateau gémit quand la dernière amarre se rompit. Le pont bascula lentement. Les trois hommes s'élancèrent dans le même temps, Marlowe sautant, Dunross et Gornt plongeant. Les deux hommes plongeaient bien mais ni l'un ni l'autre n'arrivaient à la cheville de Casey.

38

23 h 30

De l'autre côté de l'île, un vieux taxi remontait péniblement une rue étroite située au nord de West Point, sur les hauteurs. Affalé sur la banquette arrière, Souslev beuglait une ballade russe dans les oreilles du chauffeur. La cravate de côté, la chemise maculée de taches de sueur, il semblait passablement ivre.

Un coup d'œil à sa montre lui apprit qu'il serait un peu en retard au rendez-vous mais il pensa que cela n'avait pas d'importance : Arthur lui-même n'arrivait jamais à l'heure.

Malgré les vitres baissées, il faisait étouffant à l'intérieur du taxi qui traversait une zone de hauts immeubles plantés sur d'étroits terre-pleins gagnés sur la montagne. Le chauffeur s'arrêta à l'adresse que son passager lui avait donnée : Rose Court, un bloc de constructions modernes qu'un petit mur de béton séparait de Sinclair Road et des tours Sinclair, situées un peu plus bas.

Le compteur indiquait 8,70 dollars, Souslev tendit au chauffeur un billet de cent au lieu d'un billet de dix et sortit en grognant. Il tituba jusqu'à l'entrée d'un immeuble, se baissa pour examiner l'interphone et appuya sur le bouton précédé de l'inscription : Ernest Clinker, gardien.

— Oui ? fit une voix.

— Ernie, c'est moi, Gregor ! s'écria le capitaine d'une voix pâteuse. T'es là ?

— Non, j' suis sorti ! répondit la voix à l'accent cockney. T'es en retard, mon pote, et on dirait que t'as pas sucé de la glace ! Allez, grouille ! Mabel et moi on t'attend avec de la bière et d' la vodka !

Souslev s'approcha de l'ascenseur et pressa le bouton marqué d'une flèche dirigée vers le bas. Il sortit de la cabine au troisième sous-sol, traversa le garage et se dirigea vers un petit homme rougeaud au visage ingrat qui l'attendait sur le seuil de son « appartement ». Clinker, qui devait avoir une soixantaine d'années, sourit, révélant de fausses dents de mauvaise qualité.

— Dis donc, t'es déjà un peu bourré ! lança-t-il joyeusement.

Le Russe lui donna l'accolade avant de pénétrer dans l'appartement garni de meubles bon marché. Seule note de luxe, un magnétophone perfectionné qui diffusait de la musique d'opéra.

— Bière ou vodka ?

L'agent du KGB éructa avant de répondre :

— D'abord, je... je vais pisser, ensuite, une vodka, après, une autre vodka, et... au lit !

— T'as raison, capitaine ! Hé, Mabel, dis bonsoir au pitaine !

Le vieux bulldog assoupi sur une carpette élimée ouvrit un œil, aboya, et se rendormit aussitôt. Tandis que Souslev se dirigeait vers les toilettes d'un pas chancelant, Clinker remplit un verre de vodka et se servit une Guinness.

— Tu restes combien de temps, Gregor ? cria-t-il.

— Juste cette nuit, *tovaritch*. Peut-être aussi demain.

— Et Ginny ? Elle t'a encore jeté dehors ?

À bord d'une camionnette banalisée équipée d'un matériel d'écoute, Roger Crosse, Brian Kwok et un technicien radio de la police suivaient la conversation au moyen d'un haut-parleur. Malgré la qualité du micro dissimulé chez Clinker, il y avait des parasites.

— Elle t'a foutu à la porte ? poursuivit Clinker.

— On a baisé toute la soirée et pis... et pis elle m'a dit : « Va chez Ernie, laisse-moi dormir. »

— T'as de la veine, quand même. C'est une vraie princesse, c'te môme. Amène-la-moi demain.

— Oui, d'accord. C'est vrai qu'elle est champion.

Les trois hommes cachés dans la camionnette entendirent Souslev jeter un seau d'eau dans les toilettes puis revenir dans la pièce où se trouvait Clinker.

— Tiens, mon pote.

— Ah ! merci... Ça fait du bien. Je crois que je vais m'étendre quelques minutes.

— Quelques heures, plutôt ! T'en fais pas, je te prépare un bon petit déjeuner. Un dernier coup ?

Cela faisait deux ans que Crosse avait donné l'ordre de placer un micro chez Clinker et d'enregistrer ses conversations de temps à autre, notamment quand Souslev était à Hong Kong. Le Russe, que la SI gardait constamment sous surveillance, avait fait la connaissance de Clinker dans un bar. Anciens sous-mariniers l'un et l'autre, ils s'étaient liés d'amitié et le capitaine passait parfois la nuit à Rose Court. Naturellement, la SI avait procédé à une enquête sur Clinker mais n'avait rien déniché de suspect. Après avoir passé vingt ans dans la Royal Navy, il avait bourlingué dans toute l'Asie à bord de navires marchands puis s'était installé à Hong Kong quand il avait pris sa retraite. C'était un homme tranquille, accommodant, qui vivait seul et assurait les fonctions de gardien d'immeuble à Rose Court depuis cinq ans. Le Russe et l'Anglais étaient bien assortis : ils aimaient boire, faire la noce et raconter des histoires. Jusqu'à présent, leurs interminables conversations n'avaient offert aucun intérêt.

— Il a fait le plein, comme d'habitude, soupira Crosse.

Dans le petit salon, Clinker aida Souslev à se lever, le conduisit dans la chambre et le fit s'étendre sur le lit. Puis il tira les doubles rideaux et mit en marche un autre petit magnétophone. Aussitôt on entendit un bruit de respiration lourde, entrecoupée de ronflements. Souslev se leva sans bruit, il n'avait plus l'air soûl du tout. Clinker, qui s'était déjà accroupi, souleva un tapis dissimulant une trappe qu'il ouvrit ; Souslev descendit et rabattit la trappe derrière lui. L'escalier menait à un tunnel débouchant sur un conduit souterrain d'évacuation des eaux en cas d'orage.

Le Soviétique avançait prudemment, s'éclairant à l'aide de la torche électrique qu'il avait trouvée accrochée au pied de l'escalier. Après avoir franchi quelques pas, il entendit une voiture rouler au-dessus de sa tête, dans Sinclair Road. Quelques mètres encore et il se trouva sous les tours. Une autre trappe conduisait dans un placard à balais, sous un escalier désaffecté. Souslev en gravit les premières marches.

Roger Crosse écoutait le bruit de respiration d'homme soûl mêlé à la musique d'opéra.

— On dirait qu'il en a pour la nuit, dit-il.

Un voyant rouge s'alluma sur l'émetteur-récepteur, le technicien appuya sur un bouton et dit :

— Voiture 1423, j'écoute.

— Message urgent du central pour Mr. Crosse.

— Ici Crosse.

— Nous venons d'apprendre que le restaurant du

Dragon flottant est en feu, il y aurait déjà au moins vingt morts. Apparemment l'incendie s'est déclaré aux cuisines... Un moment, sir, je reçois un autre rapport de la Marine...

— Dunross ! fit Brian Kwok.

— Il est trop malin pour mourir asphyxié ou noyé. Je me demande si c'est un accident...

— Le bateau s'est retourné, reprit la voix. Il restait probablement des gens à bord.

— Notre agent était avec notre client ?

— Non, il attendait sur le quai, près de sa voiture. Il ne nous a pas encore appelés.

— J'envoie le commissaire Kwok sur les lieux avec cette voiture, décida Crosse. Réclamez une équipe d'hommes-grenouilles à la Marine et mettez-la à sa disposition. Je serai chez moi si vous avez besoin de m'appeler.

Crosse coupa la communication et se tourna vers Kwok :

— Je rentrerai à pied. Téléphonez-moi dès que vous aurez des nouvelles de Dunross. S'il est mort, nous ouvrirons sans attendre les coffres de la banque, tant pis pour les conséquences. Faites vite !

Le directeur de la SI descendit de la camionnette et regarda les tours Sinclair, dont une de ses équipes surveillait l'entrée, attendant patiemment le retour de Tsu-yan. Où est-il passé, ce salaud ? se demanda Crosse.

Souslev sortit une boîte de bière du réfrigérateur, l'ouvrit et en but une longue gorgée. Situé au onzième étage d'une des tours, l'appartement 32 était spacieux, propre et bien meublé. Il y en avait trois par étage : le 31 appartenait à Mr. et Mrs. John Chen, le 33 à Mr. K. V. Lee. D'après Arthur, Lee était le nom d'emprunt de Dunross qui, comme ses prédécesseurs, possédait trois ou quatre retraites secrètes disséminées dans la Colonie.

Si nous devons lui faire subir un interrogatoire, ce sera l'endroit idéal, se dit le Russe. En plus, nous avons Travkin comme solution de rechange...

Un courant d'air agita les doubles rideaux tirés sur les fenêtres ouvertes et il entendit la pluie. Il alla les fermer, regarda au dehors. Les trottoirs et les toits étaient déjà mouillés ; un éclair zébra le ciel, un roulement de tonnerre suivit. Il va y avoir un bel orage, pensa-t-il, satisfait de n'être pas resté dans le studio minuscule et malpropre de Ginny Fu à Mong Kok, ni dans l'appartement de Clinker.

C'était Arthur qui avait tout arrangé : Clinker, Ginny Fu, la planque de Sinclair, le tunnel. Il savait par Arthur qu'il avait été facile de s'attacher les services de l'ancien sous-marinier, qui avait toujours détesté ses supérieurs et leur classe sociale. « Le hideux petit Ernie ne sait pas grand-chose de vous, Gregor, lui avait dit Arthur. Juste que vous êtes russe et capitaine de l'*Ivanov*. Quant au tunnel, je lui ai raconté que vous rencontrez au Sinclair la femme d'un gros bonnet de Hong Kong. J'ai justifié le magnétophone et les ronflements enregistrés en prétendant que les poulardins cherchent à vous coincer et qu'ils ont caché un micro chez lui.

— Les poulardins ?

— La police, dans le jargon de Clinker. Les cockneys n'ont aucune sympathie pour les poulardins. Faites l'éloge de la Royal Navy et il vous mangera dans la main... »

Clinker n'est pas un mauvais bougre, pensa Souslev en souriant, juste un peu emmerdant. Il retourna à pas lents dans le salon en sirotant sa bière. Un des titres du *Guardian*, posé sur un fauteuil, attira son attention : « La foule assassine Fleur-Parfumée ». Il s'assit, regarda la photo de l'émeute et se mit à lire l'article.

Quelques instants plus tard, il entendit l'ascenseur s'arrêter au onzième, il s'approcha de la table près de la porte et prit l'automatique à silencieux caché sous son plateau. Il empocha l'arme, regarda par l'œilleton et ouvrit.

— Salut, mon vieux ! s'exclama-t-il joyeusement. Cela fait une paie !

— Tu peux le dire, camarade, répondit Jacques de Ville d'un ton aussi chaleureux.

La dernière fois que le Français avait rencontré Souslev, c'était à Singapour, cinq ans plus tôt, lors d'une réunion secrète organisée par Arthur juste après l'entrée de De Ville dans le réseau Sevrin. De Ville avait fait la connaissance du Soviétique à Lyon, en juin 1941, quelques jours avant que l'Allemagne nazie n'envahît la Russie. Souslev avait proposé au Français, qui était dans la Résistance, de poursuivre la *vraie guerre*, la guerre contre le capitalisme, une fois que le fascisme aurait été écrasé. De Ville avait accepté avec enthousiasme.

— Tu as l'air fatigué, Frederick, dit Souslev, utilisant le nom de code de De Ville. Qu'est-ce qui ne va pas ?

— Juste des problèmes familiaux.

— Raconte.

Et le Russe écouta attentivement l'histoire de l'accident. Depuis 1941, il était l'officier traitant de « Frederick » ; en 1947, il lui avait donné l'ordre d'entrer chez Struan et de s'installer à Hong Kong. Cela n'avait pas posé de problème puisque, avant la guerre, de Ville dirigeait avec son père une importante affaire d'import-export ayant d'étroites relations avec Struan — sans parler des liens noués par alliance. « Frederick » avait alors reçu pour mission de devenir membre du conseil intérieur et plus tard Taï-pan.

— Et pour toi, comment vont les choses ? demanda ensuite de Ville.

— Très bien. Tu bois un verre ? Il y a une excellente vodka.

— Alors, vodka, mais pas trop, répondit le Français, qui aurait bien voulu savoir pourquoi on l'avait fait venir ici.

— Si Dunross prenait sa retraite, tu deviendrais Taï-pan ? dit Souslev en ouvrant la porte du bar.

— Le choix se ferait entre Gavallan, David MacStruan, moi et Linbar Struan.

— Dans cet ordre ?

— Je ne sais pas. Sauf que Linbar est probablement en queue de liste. Merci, dit de Ville en prenant son verre. Personnellement, je vois de bonnes chances à Gavallan.

— Qui est ce MacStruan ?

— Un cousin éloigné qui s'occupe actuellement de notre implantation au Canada : nous essayons de diversifier nos affaires en investissant dans la fibre de bois, le cuivre, tous les minerais canadiens, principalement en Colombie britannique.

— Il est fort ?

— Très fort. Et coriace, il n'hésite pas à porter des coups bas. Quarante et un ans, ancien lieutenant de paras, médaille militaire. Si j'étais Dunross, c'est lui que je choisirais.

— Dunross a fait son testament ?

— Ian ne laisse rien au hasard... Arthur doit aussi venir ?

— Oui. Comment pourrions-nous améliorer ta position ?

De Ville haussa les épaules.

— Il nous serait facile de discréditer ce MacStruan et les autres, reprit Souslev. Ou de les éliminer... Dunross compris.

— Ce n'est pas la solution.

— Tu en vois une autre ?

— La patience. Je ne voudrais pas être la cause de... de sa disparition.

— Il n'est pas nécessaire de tuer quelqu'un pour l'éliminer. Nous ne sommes pas des barbares ! dit le capitaine en songeant que son protégé était resté trop tendre. Parle-moi de l'Américain, Bartlett, et de l'accord avec Par-Con.

De Ville donna tous les renseignements qu'il possédait et conclut :

— L'argent de Bartlett résoudrait tous nos problèmes.

— Gornt pourrait réussir à absorber Struan ?

— Possible. Il est puissant et il nous hait. C'est un vieil ennemi...

— Oui, je sais.

Souslev était irrité de ce que de Ville ne fît que répéter des renseignements qu'il lui avait déjà fournis. Mauvais signe, songea-t-il. Il consulta sa montre.

— Notre ami est en retard de vingt-cinq minutes. C'est beaucoup, même pour lui.

De Ville pensa subitement :

— Il était peut-être dans l'incendie...

— Quel incendie ?

— Celui du *Dragon flottant*, un restaurant d'Aberdeen. J'ai entendu la nouvelle à la radio juste avant de monter.

Les de Ville occupaient l'appartement 20, au sixième étage.

— Tu l'as vu ? demanda le Russe, soudain inquiet.

— Non, mais je suis parti bien avant le dîner.

Souslev but une gorgée de vodka d'un air pensif.

— Il t'a révélé qui sont les autres membres de Sevrin ?

— Non, pas encore. Je lui ai posé la question, adroitement, comme tu m'en avais donné l'ordre, mais...

— L'ordre ? Je ne te donne pas d'ordre, *tovaritch*, je suggère simplement.

— Bien sûr. Il s'est contenté de me répondre : « Nous nous réunirons tous en temps utile. »

— Il a raison de se montrer prudent, approuva Souslev.

En fait, le capitaine avait voulu éprouver et de Ville et Arthur. La règle au KGB était qu'on ne prend jamais trop de précautions, même avec des agents sûrs. Souslev se rappela le temps où son instructeur s'échinait à lui faire entrer dans le crâne un passage de *l'Art de la guerre*, de Sun Tzu, que tous les militaires soviétiques devaient étudier : « Il y a cinq catégories d'espions : locaux, internes, convertis, condamnés et survivants. Lorsqu'elles travaillent conjointement, elles assurent la sécurité de l'État et l'inviolabilité de l'armée... Si un espion divulgue un secret avant le moment voulu, il doit être mis à mort, ainsi que la personne à qui il l'a révélé. »

Si les autres rapports d'AMG ressemblent à celui qui a été découvert, Dunross est condamné, pensa Souslev sans émotion. Il se récita mentalement le dernier paragraphe de *l'Art de la guerre*, ouvrage si important pour l'élite soviétique que nombre de dirigeants le connaissaient par cœur : « Les espions constituent l'élément le plus important d'une guerre car c'est d'eux que dépend la capacité de manœuvre d'une armée. »

Le KGB suit cette règle, songea le capitaine avec satisfaction.

— Arthur ne m'a jamais donné le moindre indice sur l'identité des six autres membres du réseau, dit de Ville.

Souslev se réjouit de l'habileté et de la prudence d'Arthur. Il avait en effet été décidé que les sept membres ne devaient jamais se connaître, qu'ils devraient ignorer que Souslev était en réalité le responsable de Sevrin et le supérieur d'Arthur. L'identité des sept agents n'était pas un secret pour lui puisque c'était lui qui les avait choisis avec Arthur, qui avait éprouvé leur loyauté au fil des années, en éliminant certains pour les remplacer par d'autres. Le contrôle est permanent, pensait-il. Dès qu'un espion chancelle, il faut le neutraliser ou l'éliminer — avant qu'il ne vous élimine. On n'est jamais sûr que de soi-même, c'est ce que nous enseigne notre système soviétique. Même Ginny Fu ne sait rien, et ce n'est pas une espionne. Il est temps que je lui offre le voyage que je lui ai promis. La semaine prochaine, je l'emmène à Vladisvostok, elle pourra y être utile après un stage de rééducation.

Souslev avala un peu de vodka, qu'il fit rouler sur sa langue.

— Donnons-lui une demi-heure, décida-t-il. Assieds-toi.

De Ville ôta le journal du fauteuil pour s'y installer.

— Tu as lu l'article sur la ruée ?

— Oui, *tovaritch*. Merveilleux !

— C'est une opération du KGB ?

— Pas que je sache, mais si c'est le cas, il y a de l'avancement dans l'air. La faillite de Ho-Pak en entraînera d'autres. D'après le journal, même la Victoria ne serait pas à l'abri.

De Ville eut involontairement une expression inquiète qui réveilla les doutes de Souslev à son égard.

— Ce serait la fin de Hong Kong, murmura le Français... Oh ! je sais, au plus vite, au mieux mais... à force de jouer un personnage, on oublie parfois qui on est vraiment.

— Ne t'inquiète pas, cela nous est arrivé à tous. C'est l'accident de ta fille qui te tracasse.

— Quand passerons-nous à l'action ? Je suis las d'attendre.

— Bientôt. En janvier, j'ai participé, à Moscou, à une réunion de hauts responsables à laquelle on a discuté des questions bancaires. D'après les derniers calculs, nous devons actuellement près de trente milliards de dollars aux capitalistes, la majeure partie aux États-Unis.

— Bon sang ! Je ne me doutais pas que vous aviez si bien réussi.

— Je parle seulement de l'Union soviétique ! fit Souslev avec un grand sourire. Ajoute 6,3 milliards pour nos satellites. L'Allemagne de l'Est, par exemple, vient d'obtenir un prêt de 1,3 milliard pour acheter aux capitalistes des laminoirs, de la technologie informatique et des quantités d'autres choses dont nous avons besoin.

Il éclata de rire, vida son verre et le remplit de nouveau.

— Je ne comprends pas les capitalistes : nous ne cachons pas que nous voulons les détruire et ils nous donnent les moyens de le faire. C'est sidérant. Dans vingt ans, notre dette s'élèvera à soixante, soixante-dix milliards, et ils continueront à nous considérer comme de bons clients puisque nous n'aurons jamais manqué de faire face à nos engagements financiers, que ce soit en temps de paix, de guerre ou de crise. Tu sais ce que disent les banquiers suisses ? Prêtez un peu, vous avez un débiteur. Prêtez beaucoup, vous avez un associé ! Soixante-dix milliards, mon vieux Jacques, et nous les aurons ! Nous orienterons leur politique dans le sens qui nous convient et quand nous jugerons le moment venu, nous leur porterons le coup de grâce : « Désolés, MM. les banquiers capitalistes et sionistes, nous sommes fauchés, nous ne pouvons plus rembourser, pas même les intérêts. Notre monnaie actuelle ne vaut plus rien, nous la remplaçons par un nouveau rouble, un rouble rouge valant cent de vos dollars... »

Souslev éclata de rire avant de poursuivre :

— Aussi riches soient-elles, les banques capitalistes ne pourront résister à une perte brutale de soixante-dix milliards. D'autant que nous choisirons, pour nous déclarer insolvables, l'une de leurs inévitables périodes de récession. Et pris de panique, ils nous supplieront de les tirer du pétrin. Ces crétins méritent de perdre ! s'écria le Russe d'un ton méprisant. Inutile de les combattre, par leur cupidité et leur stupidité ils travaillent à leur propre destruction.

De Ville acquiesça d'un hochement de tête hésitant. Souslev lui faisait peur. Je dois me faire vieux, se dit-il. Au début, je n'avais aucun mal à croire à la cause des masses, les cris des opprimés me parvenaient clairement. Maintenant... maintenant, je les entends moins bien. Pourtant je reste engagé, profondément, et je ne regrette rien. La France vivra mieux sous le communisme.

Est-ce certain ?

Je n'en suis plus aussi sûr qu'avant. Quel malheur qu'il faille toujours se raccrocher à un mot en « isme », pensa-t-il. Je serais tellement mieux à me dorer au soleil sur la Côte d'Azur, sans m'occuper de communisme ou de capitalisme.

— Crois-moi, mon vieux, continua Souslev, Staline et Beria furent des génies, les plus grands hommes de notre histoire.

De Ville parvint à masquer sa stupeur. Il se rappelait les horreurs de l'occupation allemande, l'humiliation de la France, et réfléchit que Hitler n'aurait jamais osé attaquer la Pologne et déclencher le chaos s'il ne s'était senti garanti sur ses arrières par le pacte de non-agression conclu avec Staline. Sans Staline, il n'y aurait eu ni guerre ni holocauste.

— Mais vingt millions de Russes sont morts, objecta-t-il. Et des millions d'autres hommes.

— Coût modeste, répondit Souslev, échauffé par la vodka. Grâce à Staline et à Beria, nous nous sommes emparés de toute l'Europe du Nord, de la Baltique aux Balkans : Estonie, Lettonie, Lituanie, Tchécoslovaquie, Hongrie, Roumanie, Bulgarie, Pologne, Allemagne de l'Est. Nous sommes en Mongolie-Extérieure, en Corée du Nord, nous avons des têtes de pont dans le monde entier. L'opération « Lion » a brisé l'Empire britannique, les Nations unies sont devenues une des armes les plus efficaces de notre arsenal.

Il éructa joyeusement avant d'ajouter :

— Et puis il y a Israël. Mon père fut l'un des responsables de ce programme.

— Quoi ? fit de Ville, dont les cheveux se hérissèrent sur la nuque.

— Israël est un coup de maître que nous devons à Staline et à Beria. Qui l'aida, ouvertement et en secret, à se créer ? Qui le reconnut aussitôt ? Nous, et pourquoi ? Pour implanter au cœur des pays arabes un cancer qui ne cessera de suppurer, jusqu'à la destruction des deux camps et, avec eux, de la puissance industrielle de l'Occident.

Souslev ricana et considéra d'un regard trouble la vodka qu'il faisait tourner dans son verre. De Ville le haïssait, il aurait voulu lui faire ravaler ses mensonges mais il se savait en son pouvoir. Quelques années plus tôt, « Frederick » avait rechigné à communiquer certains chiffres concernant Struan à une boîte postale de Berlin. Le lendemain, un inconnu lui avait téléphoné *chez lui*, cela ne s'était jamais produit. Bien que le ton fût amical, de Ville avait compris.

Le Russe engloutit sa vodka et s'en servit une autre. Est-ce pour en arriver là que j'ai attendu seize ans, terré dans ma tanière de taupe, sans éveiller les soupçons. Même Susanne ne sait rien, tout le monde me croit anticommuniste. Grâce à moi, Sevrin pourrait causer la perte de la Chine, comme le veulent Arthur et Souslev, mais est-ce que je le veux encore, moi aussi, maintenant que je connais ces monstres et leur hypocrisie ?

— Mon père m'a raconté qu'à Yalta, quand Roosevelt accepta de nous céder, sans contrepartie, la Mandchourie et les Kouriles, qui nous assuraient le contrôle des eaux chinoises et japonaises, Staline eut bien du mal à ne pas éclater de rire.

Après un silence, de Ville demanda :

— Et Soljenitsyne ? et les *goulags* ?

— Nous sommes en guerre, nous devons nous occuper des traîtres. Sans un régime de terreur, il est impossible à une minorité d'imposer son pouvoir, Staline le savait bien. C'était un grand...

Le téléphone l'interrompit : une seule sonnerie, suivie, une vingtaine de secondes plus tard, d'une seconde. Les deux hommes poussèrent un soupir de soulagement — une seule sonnerie signifiait : danger, retraite immédiate. Souslev décrocha, il entendit une respiration puis la voix d'Arthur demandant avec son curieux accent :

— Mr. Lop-sing est-il là ?

— Il n'y a pas de Mr. Lop-*ting*, c'est une erreur.

Après l'échange des autres phrases du code, Arthur fit entendre sa toux sèche, aisément reconnaissable et annonça :

— Je ne peux pas venir ce soir. Est-ce que vendredi trois heures vous conviendrait pour un autre rendez-vous ?

Vendredi signifiait jeudi (le lendemain), mercredi voulait dire mardi, et ainsi de suite. Trois heures signifiait que la rencontre aurait lieu au champ de courses de Happy Valley, à l'aube.

— Oui, ça ira, répondit Souslev.

Il y eut un déclic et il n'entendit plus que la tonalité.

Jeudi

39

4 h 50

Poon-Beau-Temps baissa les yeux vers le cadavre à demi nu de John Chen, trempé par une pluie battante, et lâcha un chapelet de jurons. Il avait fouillé méticuleusement les vêtements du mort, il avait passé au tamis des kilos de terre que Kin Pak et Oreilles-de-Chien avaient pelletés. En vain.

Avant de quitter la maison, il avait ordonné aux deux jeunes Loups-Garous de déposer le corps du vieux Kin dans une ruelle et avait menacé le Grêlé de lui couper la langue s'il gémissait encore sur sa main mutilée. Puis il s'était rendu auprès du roi des mendiants de Kowloon City, un cousin éloigné de Wu-Quatre-Doigts.

— Honorable roi des mendiants, cet homme, qui est de nos relations, vient de mourir, avait expliqué Beau-Temps au vieillard. Comme il n'a aucune famille, on l'a mis dans la ruelle des vendeurs de fleurs. Si tu pouvais nous arranger un enterrement discret, mon grand dragon t'en serait reconnaissant.

Après quelques minutes de marchandage courtois, Poon avait versé la somme convenue puis il avait regagné le taxi dans lequel se trouvaient deux de ses hommes et les Loups-Garous.

— Maintenant, conduis-nous à John Chen, avait-il ordonné à Kin Pak. Et vite.

— Prends la route de Sha Tin, avait indiqué Kin Pak au chauffeur.

Oreilles-de-Chien tremblait sur la banquette arrière, entre les deux hommes de Poon, le reste suivait dans l'autre voiture, avec le Grêlé.

Les deux véhicules avaient pris la direction des Nouveaux Territoires par la route de Sha Tin-Tai Po, qui serpentait entre des villages, des zones d'accueil pour réfugiés, des bidonvilles, le long de la voie ferrée conduisant vers la frontière. Çà et là, ils étaient passés devant de fertiles jardins maraîchers d'où montait une odeur d'excréments. Juste avant le village de pêcheurs de Sha Tin, ils avaient quitté la grand-route pour tourner à gauche, dans un chemin creusé d'ornières, et s'étaient arrêtés devant un bosquet.

Sous la pluie, la terre dégageait une senteur douceâtre. La pelle sur l'épaule, Kin Pak avait guidé Poon dans les taillis et s'était mis à chercher la « tombe », à la lueur d'une lampe électrique. Cela n'avait pas été facile, dans le noir. Après avoir commencé à creuser deux fois pour rien, Kin Pak s'était souvenu que son père avait marqué l'emplacement d'un rocher en forme de croissant. Ruisselants de pluie, ils avaient cherché et fini par trouver le rocher et s'étaient remis à creuser. Sous la surface, la terre était restée dure et sèche. Quelques minutes leur avaient cependant suffi pour déterrer le cadavre, enveloppé dans une couverture et dégageant une puanteur lourde. La fouille avait alors commencé et n'avait rien donné.

— Tu as envoyé tout le reste à Chen, tu es sûr ? demanda à nouveau Poon-Beau-Temps, les vêtements trempés, le visage dégouttant de pluie.

— Oui ! répondit le jeune Kin Pak d'un ton hargneux. Fornication, faut le répéter combien de fois ?

Épuisé, ruisselant, il était sûr de mourir.

— Enlevez vos vêtements puants, ordonna Poon. Chaussures, chaussettes, tout !

Les Loups-Garous obéirent. Kin Pak portait autour du cou, accroché à une ficelle, un morceau de jade porte-bonheur. En Chine, tout le monde ou presque croyait au pouvoir de l'esprit du jade, qui vous empêchait, par exemple, de vous faire mal lorsqu'un dieu maléfique vous faisait tomber. Poon ne trouva rien dans les poches du Loup-Garou, et il lui jeta ses habits à la figure d'un geste furieux.

— Remets tes vêtements et rhabille le mort ! Grouille !

Chen avait sur lui près de quatre cents dollars et un bracelet en jade de valeur. L'un des hommes de Poon prit le bijou, son chef empocha l'argent. Quand vint le tour du Grêlé, tous ouvrirent des yeux ronds en découvrant l'épaisse liasse de billets qu'il cachait dans une de ses poches.

— Au nom de la Divine Putain, où t'as trouvé ça ? demanda Poon en abritant l'argent de la pluie.

Kin lui expliqua comment il avait rançonné les déposants de Ho-Pak qui avaient eu la bonne fortune de pouvoir récupérer leur argent.

— Très habile, le complimenta le lieutenant de Wu-Quatre-Doigts. Comment s'appelle cette vieille ?

— Ah Tam, répondit le Grêlé en tordant ses orteils dans la boue. Sa main mutilée, à présent en feu, lui faisait horriblement mal. Je vous conduirai à elle, si vous voulez.

— La lumière par ici, fornication ! réclama Kin Pak qui s'échinait à rhabiller le cadavre de John Chen. Vous pourriez m'aider, non ?

— Allez-y, acquiesça Poon.

Le Grêlé et Oreilles-de-Chien s'accroupirent eux aussi auprès du corps boursouflé que la pluie lavait de sa terre. L'arrière du crâne était couvert de sang mais le visage restait reconnaissable.

— *Ayiiya !* pressons, grogna un des hommes de Poon. Je sens des mauvais esprits rôder dans le coin.

— Sa chemise et son pantalon, ça suffira, décida Beau-Temps.

Quand le cadavre fut en partie rhabillé, il examina tour à tour les Loups-Garous.

— Maintenant, bande de fils de putains sans mère, lequel de vous a aidé le vieux à tuer ce pauvre fornicateur ?

— Je vous l'ai déjà d..., commença Kin Pak.

Il s'interrompit en voyant les deux autres le désigner du doigt.

— C'est lui, firent en chœur le Grêlé et Oreilles-de-Chien.

— M'en doutais, grommela Beau-Temps. Étends-toi dans le trou.

— On a un plan pour enlever Chen de la Noble Maison, ça rapportera trois fois plus ! dit Kin Pak précipitamment. Je vais vous expliquer.

Poon-Beau-Temps hésita un moment puis se rappela les instructions de Quatre-Doigts.

— Dans le trou ! brailla-t-il. Le nez dans la terre !

Comprenant qu'il allait mourir, le jeune Loup-Garou haussa les épaules. C'est le *joss*, pensa-t-il.

— Je pisse sur ta descendance ! lança-t-il avant de sauter dans la tranchée.

Il s'allongea, prit sa tête entre ses mains et ferma les yeux, résigné à voir s'éteindre la lumière de sa vie. Du néant au néant. Mais il ferait toujours partie de la famille Kin, il vivrait éternellement à travers elle, de génération en génération.

Poon-Beau-Temps empoigna une pelle et, pour récompenser Kin Pak de son courage, le tua d'un coup. Le Loup-Garou mourut sur le coup.

— Rebouchez le trou !

Oreilles-de-Chien s'empressa d'obtempérer. Beau-Temps éclata de rire, le fit trébucher et lui donna un coup de pied pour le punir de sa lâcheté. Oreilles-de-Chien tomba dans le trou. Aussitôt la pelle décrivit un arc de cercle dans les mains de Poon et heurta le crâne du Loup-Garou, qui s'effondra sur le cadavre de Kin Pak.

Les hommes de Beau-Temps ricanèrent.

— Tu joues de la pelle comme les diables d'étrangers jouent au cricket, dit l'un d'eux. Il est mort ?

Sans répondre, Beau-Temps se tourna vers Kin-le-Grêlé, seul survivant de la bande des Loups-Garous. Remarquant une ligne noire autour de son cou, il braqua la torche électrique sur le visage du Grêlé et vit qu'il s'agissait d'une ficelle, dont l'autre extrémité pendait dans son dos. On y avait passé une demi-pièce de monnaie en cuivre qui semblait ancienne.

— Tous les dieux pètent à la face de Tsao Tsao ! s'exclama Poon, dont le visage s'éclaira d'un sourire. Où t'as trouvé ça ?

— Mon père me l'a donnée.

— Et lui, il l'avait trouvée où, petit étron ?

— Il me l'a pas dit.

— Dans les affaires de Premier fils Chen, par hasard ?

— Je sais pas, répondit le Grêlé en haussant les épaules. J'étais pas là quand ils l'ont tué. Sur la tête de ma mère, j'ai rien fait !

D'un geste brusque, Beau-Temps arracha le cordonnet et ordonna à deux de ses hommes :

— Conduisez-le à la voiture, on l'emmène. Les autres, vous rebouchez le trou et vous effacez soigneusement les traces. Ensuite vous portez le cadavre de John Chen dans le taxi, avec la couverture.

Quelques minutes plus tard, les deux véhicules reprenaient la direction de la route de Sha Tin. Quand ils furent parvenus devant un abri d'arrêt d'autobus, ils stoppèrent, deux hommes descendirent, jetèrent le corps de John Chen dans un coin et placèrent dessus le message préparé par les Loups-Garous.

— Pourquoi on fait ça ? Pourquoi tu...

— Parce que Quatre-Doigts m'a dit de le faire ! répliqua Poon. Est-ce que je sais, moi ! Tu ferais mieux de la ferm...

Pris dans le faisceau des phares d'un véhicule qui émergeait du virage, ils se figèrent. Puis, une fois la voiture passée, ils se précipitèrent vers le taxi. L'aube commençait à zébrer le ciel, la pluie perdait de sa violence.

Arraché au sommeil par la sonnerie du téléphone, Armstrong tâtonna dans le noir et décrocha. Sa femme s'agita à côté de lui et s'éveilla à son tour.

— Sergent Tang-po, commissaire. Désolé de vous tirer du lit mais nous avons retrouvé John Chen. Les Loups...

— Vivant ?

— Non. Les Loups-Garous ont déposé son cadavre dans un abri-bus, sur la route de Sha Tin, avec un message.

Après en avoir lu le texte, le sergent expliqua que la police de Sha Tin, prévenue par un voyageur matinal, avait aussitôt bouclé le secteur et alerté la brigade criminelle de Kowloon.

— Envoyez-moi une voiture immédiatement, demanda Armstrong.

Il raccrocha, se frotta les yeux et s'étira. Le *sarong* qu'il portait se plaqua contre sa poitrine musclée.

— Des ennuis ? dit son épouse en bâillant.

Mary Armstrong avait quarante ans, deux de moins que son mari. Brune, toujours tirée à quatre épingles, elle avait un visage attrayant bien que déjà marqué. Quand Armstrong lui eut répondu, elle s'écria :

— Oh ! le pauvre John ! c'est terrible !

— Je vais faire du thé.

— Je m'en occupe, dit Mary en se levant. Tu prendras ton petit déjeuner ?

— Non, juste une tasse de thé. Tu entends la pluie ? Saleté de temps !

Armstrong alla à la salle de bains, se rasa et s'habilla rapidement. Il eut le temps d'avaler deux gorgées de thé avant que la sonnette de la porte d'entrée ne se fît entendre.

— Je te téléphonerai, promit-il à Mary. Nous pourrions manger un curry chez Singh, ce soir.

— Oui. Oui, si tu veux.

Mary gardait les yeux fixés sur la porte qu'il venait de refermer derrière lui. Ce soir, c'est notre quinzième anniversaire de mariage, je me demande s'il s'en souviendra, pensa-t-elle. Probablement pas. Elle alla à la fenêtre, tira les rideaux et retourna s'asseoir devant sa tasse de thé en songeant à John Chen. Autrefois, elle avait été follement amoureuse de lui. Leur liaison avait duré deux ans, c'était son premier amant. Pauvre John ! se rappela-t-elle. Tyrannisé par son père, il avait fini par accepter d'épouser un laideron, une harpie dont la famille avait de l'argent et des relations. Moi je n'avais rien. J'aurais dû rentrer alors en Angleterre mais je ne savais pas où aller. Je suis restée à Hong Kong, j'ai travaillé au Colonial Office. Et puis j'ai rencontré Robert... Robert, si bon pour moi. J'ai essayé moi aussi d'être une bonne épouse, j'essaie encore, mais je n'ai pu avoir d'enfant. Un jour, il y a quelques années, il a appris ma liaison avec John Chen. Il ne m'a jamais posé de questions mais je sais qu'il est au courant. Pauvre Robert, comme j'ai dû te décevoir ! Pauvre John, comme tu m'as déçue ! Je voudrais être morte moi aussi !

Mary Armstrong se mit à sangloter.

40

7 h 15

— Il va continuer à pleuvoir, prédit Dunross en regardant le ciel couvert, puis la piste déjà détrempée du champ de courses.

— S'il pleut aussi demain, le terrain sera impraticable, samedi, dit Alexi Travkin.

— Qu'en pensez-vous, Jacques ?

— Dieu soit loué pour la pluie ! mais qu'il serait dommage d'annuler les courses.

Dunross hocha la tête. Bien que son visage portât des traces de contusion, il avait l'œil vif et clair, il se tenait droit et respirait la confiance en soi. Près du poteau d'arrivée, d'autres entraîneurs et propriétaires, vêtus comme lui d'un imperméable, examinaient eux aussi le ciel d'un air préoccupé. Les jockeys tenaient la bride haute aux quelques chevaux qu'ils entraînaient car la piste était très glissante. Pilot Fish, le pur-sang de Gornt, avait cependant l'air fringant et paraissait apprécier la pluie.

— Même s'il ne pleut plus demain, le terrain sera lourd samedi, déclara Travkin.

L'entraîneur avait les yeux bordés de rouge et les traits tirés.

— Cela augmente les chances de Noble Star ? questionna de Ville, les yeux fixés sur la pouliche de Dunross.

— Dieu seul le sait : elle n'a jamais couru sous la pluie.

Travkin avait du mal à se concentrer. L'inconnu du KGB lui avait téléphoné, en pleine nuit, pour lui demander à brûle-pourpoint ce qu'il savait de Dunross : ses manies, ses habitudes, les rumeurs circulant à son sujet — tout. Travkin avait obtempéré. Il était coincé, il le savait ; l'inconnu enregistrerait sans doute ses déclarations puis les soumettrait à une vérification soigneuse. La moindre entorse à la vérité sonnerait le glas pour sa femme, ou son fils, ses petits-enfants — à supposer qu'ils existent vraiment.

— Qu'avez-vous, Alexi ? demanda Dunross.

— Rien. Je pensais à l'incendie. D'après la radio, on a déjà dénombré quinze victimes, dont deux enfants. Il faudra plusieurs jours pour établir le nombre exact des morts. Et vous, comment vous sentez-vous ?

— Oh ! parfaitement bien. J'espère que nous n'attraperons pas le croup après notre baignade dans ce bouillon de culture.

Quand le *Dragon flottant* avait soudain basculé, Dunross, Gornt et Peter Marlowe se trouvaient encore dans l'eau. De la vedette, un officier leur avait crié de prendre garde à l'aide du mégaphone et ils avaient nagé frénétiquement pour se mettre à l'abri. Bons nageurs, Gornt et le Taï-pan étaient parvenus à s'éloigner suffisamment mais Marlowe, submergé par la vague, avait disparu sous l'eau. Aussitôt Ian avait plongé à sa recherche. Ses doigts avaient accroché la chemise de l'écrivain et s'y étaient cramponnés. Le tourbillon avait aspiré leurs deux corps, qui avaient heurté la coque du bateau. À demi étourdi, Dunross n'avait cependant pas lâché Marlowe et, lorsque le courant les entraînant vers le fond s'était fait moins fort, il avait battu des jambes pour remonter. Les deux hommes avaient refait surface en même temps, Marlowe avait bredouillé des remerciements avant de nager lentement vers la vedette. Le Taï-pan s'était alors rendu compte que le canot de sauvetage s'était retourné, renvoyant à l'eau les personnes qui venaient d'être repêchées. Il avait vu Casey plonger pour secourir quelqu'un, Bartlett remonter avec Christian Toxe.

— Je crois que Gornt est au fond, lui avait dit l'Américain.

Une explosion sous l'eau avait provoqué de nouveaux remous. Casey avait émergé pour emplir ses poumons d'air puis avait replongé. Dunross l'avait imitée, il était descendu jusqu'à la coque du *Dragon* et avait longé le pont supérieur, à présent presque vertical. Après de vaines recherches, il était remonté et avait rejoint Toxe, accroché à présent à une bouée de sauvetage.

— Tenez bon, Christian... vous êtes sauvé, maintenant.

Pantelant, le journaliste avait bredouillé :

— Ma f... femme... a... coulé.

— Je ne l'ai pas vue. Attendez, je vais demander de l'aide.

Le Taï-pan avait crié en direction de la vedette, d'où plusieurs matelots avaient aussitôt plongé. Casey avait de nouveau refait surface et s'était accrochée au canot renversé, le temps de reprendre sa respiration.

— Ça va ? lui avait demandé Ian.

— Oui... il y a une femme au fond... une Chinoise, je crois. Je l'ai vue couler.

— Avez-vous vu Gornt ?

— Non... il est peut-être...

Casey avait eu un geste en direction de la vedette, puis elle avait replongé. Avec Dunross et Bartlett, elle avait continué à chercher jusqu'à ce que tout le monde fût hissé à bord des sampans mais la femme de Christian Toxe était demeurée introuvable.

En rentrant chez lui, le Taï-pan avait trouvé Penelope endormie.

— Ian ? avait-elle grogné en se réveillant.

— Oui. Rendors-toi, ma chérie.

— Tu t'es bien amusé ?

— Oui. Dors, maintenant.

Et ce matin, il ne l'avait pas réveillée avant de quitter la Grande Maison pour se rendre au champ de courses.

— Gornt s'en est tiré, vous êtes au courant, Alexi ?

— Oui, je l'ai entendu dire. C'est la volonté de Dieu.

— Ce qui signifie ?

— Que sa mort aurait arrangé bien des choses.

— Elle m'aurait au contraire fort contrarié en m'enlevant le plaisir d'écraser Rothwell-Gornt moi-même.

— Excusez-moi, Taï-pan, fit de Ville avec un hochement de tête vers les tribunes. J'ai un mot à dire à Jason Plumm, je suis censé jouer au bridge avec lui ce soir.

— Rendez-vous pour la « Prière ». Alexi, je vais au bureau, téléphonez-moi à 6 heures.

— Taï-pan... commença l'entraîneur.

Il s'interrompit, l'air indécis.

— Quoi ?

— Je... je tiens simplement à vous dire que j'ai beaucoup d'admiration pour vous.

Interloqué, Dunross donna une tape amicale dans le dos de l'émigré.

— Merci. Vous n'êtes pas mal non plus, dit-il avec un grand sourire avant de s'éloigner.

Des larmes de honte montèrent aux yeux de Travkin. Il les essuya du revers de la main et tâcha de concentrer son attention sur Noble Star. Cependant une silhouette placée à la limite de son champ de vision lui fit détourner le regard. Il tressaillit : l'homme du KGB se trouvait dans les tribunes, en compagnie d'un vieux joueur au visage de gnome connu de toute la Colonie. Comment s'appelait-il, déjà ? Clinker !

Jason Plumm, qui se trouvait derrière l'agent du KGB, répondit au signe que lui adressait de Ville et se leva pour aller à sa rencontre. L'homme du KGB braqua ses jumelles vers Travkin. L'entraîneur tourna aussitôt la tête en se demandant s'il avait été repéré. Il sait peut-être lire sur les lèvres, pensa-t-il, affolé. Sainte Mère de Dieu ! heureusement que je n'ai pas révélé la vérité au Taï-pan !

Travkin avait la nausée, son cœur battait à tout rompre. Il regarda autour de lui pour se donner une contenance et recouvrer son calme. Richard Kwang parlait avec fougue à un groupe de Chinois qu'il ne connaissait pas ; Linbar Struan et Andrew Gavallan, appuyés contre la balustrade, discutaient avec Rosemont et d'autres Américains du consulat dont il ignorait les noms ; près des vestiaires, Donald McBride s'entretenait avec d'autres commissaires des courses, dont sir Shitee T'Chung, Pugmire et Roger Crosse. McBride salua Dunross de la main et l'invita à s'approcher. Quelques mètres plus loin, Brian Kwok attendait le directeur de la SI.

Maîtrisant l'envie qu'il avait de courir vers eux et de leur parler de l'homme du KGB, Travkin se tourna vers son premier *mafoo* :

— Rentre les chevaux et veille à ce qu'on les sèche avant de les nourrir.

L'entraîneur se dirigea d'un pas lent vers les vestiaires. Du coin de l'œil, il vit que son maître chanteur l'observait à la jumelle.

— Ah ! Ian, nous pensons que si la pluie continue demain, il faudra annuler la réunion. Vous êtes d'accord ? Nous annoncerions la nouvelle demain à 18 heures.

— Je propose que nous attendions jusqu'à samedi matin, 10 heures.

— N'est-ce pas un peu tard ? demanda Pugmire.

— Pas si les commissaires préviennent les journalistes de la radio et de la télé.

— Bonne idée, approuva Crosse...

— Alors c'est réglé, décréta Ian. Rien d'autre ? J'ai une réunion dans une demi-heure.

— Taï-pan, je suis terriblement navré pour hier soir, dit Shitee avec embarras.

— Ce midi, à la réunion du conseil, nous pourrions suggérer au gouverneur d'instituer une réglementation très sévère en matière de lutte contre les incendies, répondit Dunross.

— Tout à fait d'accord, dit Crosse. C'est un miracle que nous en ayons réchappé.

— Vous voulez fermer les restaurants ? protesta Pugmire, qui avait des intérêts dans deux d'entre eux.

Cela nuirait au tourisme. On ne peut pas rajouter d'issues de secours, il faudrait tout revoir !

— Le gouverneur pourrait ordonner que les cuisines soient installées dans des barges amarrées le long des bateaux-restaurants, proposa le Taï-pan.

Tous les yeux se fixèrent sur lui.

— Ian, vous êtes un génie ! s'exclama Shitee.

— Nous aurions dû y penser avant, soupira Dunross. Pas de chance pour Zep et la femme de Christian. On a retrouvé son corps ?

— Pas encore.

— Tous les membres de la délégation s'en sont sortis, Pug ?

— Tous, sauf sir Charles Pennyworth. Le pauvre a heurté un sampan de la tête en tombant.

— Superfoods s'en est tiré lui aussi. Il paraît que ce cher « Appelez-moi-donc-Chuck » a été le premier à détaler.

— Je ne sais pas, répondit Pugmire, mal à l'aise. Je... j'ai entendu dire que Casey et Bartlett se sont très bien comportés. Il faudrait peut-être leur décerner une médaille.

— Proposez-le donc, dit Dunross, pressé de partir. Plus rien d'autre ?

— Ian, vous devriez voir un médecin. Il y a dans la baie des bestioles qu'on n'a même pas encore identifiées.

— C'est fait. Après la baignade, j'ai emmené Bartlett et Casey chez le docteur Toobley — il a failli avoir une attaque quand je lui ai raconté que nous avions fait trempette dans le port d'Aberdeen. Il nous a administré sans nous demander notre avis un puissant émétique qui nous a instantanément retourné l'estomac. Je lui aurais botté le derrière si je n'avais pas été trop occupé à jouer des coudes pour arriver le premier aux toilettes. Il nous a ensuite bourrés de pilules de toutes les couleurs. D'après lui, nous risquons au minimum une gastro-entérite, peut-être la dysenterie ou la peste, conclut Dunross en feignant la terreur.

— J'ai pensé à une collecte pour les familles des victimes, dit Shitee.

— Excellente idée. Le club hippique devrait aussi verser sa contribution. 100 000 ?

— C'est très généreux, non ? dit Pugmire.

— 150 000, répliqua Dunross. La Noble Maison

donnera la même somme. Donald, consultez les autres commissaires.

Pugmire rougit, les autres se turent.

— Réunion terminée ? reprit le Taï-pan. Alors bonne journée, messieurs.

Il souleva son chapeau et s'éloigna. Crosse quitta lui aussi le groupe, fit signe à Kwok de le rejoindre et prit le sillage de Dunross.

— Ian !

— Oui, Roger ?

En arrivant à la hauteur du Taï-pan, le policier annonça :

— Nous avons reçu confirmation de l'arrivée de Sinders par le vol BOAC de demain. Nous nous rendons directement de l'aéroport à la banque, si cela vous convient.

— Le gouverneur nous accompagnera ?

— Je le lui demanderai. Vous avez été informé de la levée du séquestre sur l'*Eastern Cloud* ?

— Oui, merci. J'ai reçu hier un télex de Delhi. Dites, Brian, vous vous souvenez de votre pari sur les nichons de Casey ?

— Euh, oui, pourquoi ? dit le policier en rougissant sous le regard de son supérieur.

— Je ne sais pas si ce sont les plus beaux de Hong Kong mais ils auraient une bonne chance de remporter la palme.

— Alors, c'est vrai, elle était nue ?

— Lady Godiva plongeant à la rescousse ! À demain.

Crosse et Kwok regardèrent Dunross s'éloigner. À la sortie de l'hippodrome, un agent de la SI attendait pour le prendre en filature.

— Il mijote quelque chose, murmura Crosse.

— Je suis de votre avis, monsieur.

Le directeur de la SI se tourna vers son subalterne :

— Vous avez l'habitude de faire des paris sur les seins des dames ?

— Non, monsieur. Désolé.

— J'aime mieux cela. Attendez-moi ici, dit Crosse en se dirigeant vers le groupe des commissaires.

Il les rejoignit au moment où Pugmire chuchotait en observant à la dérobée Adryon et Martin Haply :

— Qu'est-ce que fait ce salaud avec la fille du Taï-pan ?

— Rien de bon, c'est sûr, répondit quelqu'un.

— Ce type ne cause que des ennuis, marmonna

Pugmire. Je ne comprends pas pourquoi Toxe le garde. Parce qu'il est socialiste, sans doute !

— Allons, Pug, Toxe est un gars bien, intervint Shitee. Comme certains socialistes, d'ailleurs. Mais je suis de votre avis, il devrait vider Haply.

Tous les membres du groupe acquiescèrent. Chacun d'eux avait été la cible des attaques du journaliste. Quelques semaines plus tôt, par exemple, il avait écrit une série d'articles dénonçant les zones obscures des affaires de sir T'Chung et laissant entendre que divers hauts fonctionnaires du gouvernement auraient touché des pots-de-vin en échange de menus services.

C'était aussi Haply qui avait révélé les détails de la fusion de Hong Kong General Stores avec Superfoods et insinué que Pugmire en tirerait un profit bien supérieur à celui des autres actionnaires, à peine consultés sur les conditions de l'opération.

— J'aimerais savoir d'où ce saligaud tire ses informations, dit Pugmire.

Crosse observait les lèvres des deux jeunes gens qui, pour l'instant, regardaient les chevaux en silence.

— Curieux qu'il s'intéresse à cette fille... Struan est la seule grande compagnie à laquelle il ne se soit pas encore attaqué.

— Alors, d'après vous, le tour de Struan est venu et Haply soutire des renseignements à Adryon ?

Tout excités, les commissaires suivirent du regard le Taï-pan, qui se dirigeait vers les deux jeunes gens.

— Il va peut-être lui flanquer une volée, comme à l'autre, gloussa Pugmire.

— Quel autre ? demanda Shitee T'Chung.

— Comment, vous n'êtes pas au courant ? Il y a deux ans, un jeune cadre de la Vic fraîchement débarqué d'Angleterre s'était mis à tourner autour d'Adryon, alors âgée de seize ans —, peut-être dix-sept. Lui en avait vingt-deux, il s'appelait Byron et se prenait pour une réincarnation du poète. La pauvre fille en devint toquée et Ian dut intervenir. Comme le type insistait, il l'invita à Shek-O, l'emmena dans sa salle de gymnastique, il lui fit mettre des gants — c'était une sorte de colosse qui se piquait de connaître la boxe — et lui infligea une véritable correction. Une semaine plus tard, la banque le réexpédiait en Angleterre.

Dunross escalada les marches des tribunes avec agilité et s'arrêta près de sa fille.

— Bonjour, chérie, tu es matinale.

— Oh ! bonjour, papa, fit Adryon, surprise. Je ne t'avais pas vu, qu'est-ce que tu t'es fait au visage ?

— Je suis rentré dans un autobus. Bonjour, Haply.

— Bonjour, monsieur, répondit le journaliste en se levant à demi.

— Tu es tombée du lit ? reprit Dunross en s'asseyant près de sa fille.

— À vrai dire, nous ne nous sommes pas couchés de la nuit.

Ravalant les trente-six questions qui lui vinrent aussitôt à l'esprit, Dunross dit simplement :

— Tu dois être fatiguée. Vous fêtiez quelque chose ?

— Non. En fait, ce pauvre Martin a des problèmes, expliqua Adryon en posant la main sur l'épaule du jeune homme.

— De quel genre ?

Le journaliste expliqua que Toxe, cédant aux pressions du propriétaire du journal, avait annulé sa série d'articles.

— Ce salaud nous a laissé tomber, il a joué les censeurs. Pourtant j'ai raison, j'en suis sûr !

— Quelle prétention ! Comment pouvez-vous en être aussi sûr ?

— Désolé, je ne puis révéler mes sources.

— Les journalistes ont le droit de garder pour eux leurs sources d'information. Cela fait partie de la liberté de la presse.

Haply posa sur les genoux d'Adryon une main que la jeune fille recouvrit de la sienne.

— La ruée sur Ho-Pak a été provoquée artificiellement, affirma-t-il.

— Pour quelle raison ?

— Je n'en sais rien mais Gor... — mais certains taï-pans sont dans le coup.

— Gornt est dans le coup ? fit Dunross, les sourcils froncés.

— Je n'ai prononcé aucun nom.

— Que doit faire Martin, père ? Donner sa démission ou ravaler son dégoût et...

— Je ne pourrais pas.

— Laisse parler papa.

— Deux choses, répondit Dunross. D'abord retourner au journal, Christian aura besoin de toute votre aide.
— De mon aide ?
— Sa femme est morte. Vous l'ignoriez ?
Ian résuma rapidement aux jeunes gens les événements de la nuit.
— Mon Dieu... je n'ai pas écouté la radio, murmura Haply. Nous avons passé la nuit à danser, à parler... Je file au journal ! décida-t-il en se levant.
— Je te dépose, proposa Adryon.
— Et la seconde chose, Taï-pan ?
— Deuxièmement, n'oubliez pas que le propriétaire d'un journal a le droit d'en faire ce qu'il veut. Mais il est, comme tout le monde, sensible aux arguments, et aux pressions. En l'occurrence, on peut se demander qui l'a persuadé de passer un savon à Christian...
Le visage du journaliste s'éclaira.
— Merci ! cria-t-il en entraînant Adryon en bas des gradins. Dunross regarda les deux jeunes gens s'éloigner, la main dans la main, poussa un soupir et descendit à son tour.
Roger Crosse, qui avait suivi la conversation en lisant sur les lèvres du Taï-pan, se tourna vers Kwok :
— Inutile de rester ici plus longtemps, Brian. Venez.
— Je me demande si Robert a trouvé quelque chose sur la route de Sha Tin. Ces foutus Loups-Garous vont flanquer une trouille du diable à toute...
Kwok s'arrêta soudain en remarquant Souslev et Clinker parmi les turfistes qui avaient bravé la pluie pour assister à l'entraînement.
— Je ne l'aurais jamais cru en état de se lever aussi tôt, dit le commissaire.
— Oui, c'est curieux.
Crosse fronça les sourcils, hésita puis se dirigea vers eux en tâchant de lire sur leurs lèvres.
— Autant aller bavarder avec lui, reprit-il. Ah ! ils nous ont vus, et Clinker ne semble pas avoir beaucoup de sympathie pour nous.
Le Russe se força à sourire, sortit une flasque de sa poche, but une lampée, et la tendit à Clinker.
— Merci, mon pote, j'aime que la bière, répondit le vieux cockney en regardant les policiers s'approcher. Ça

schlingue, dans le coin, tu trouves pas ? ajouta-t-il à voix haute.

— Bonjour, Clinker, dit Crosse d'un ton froid. Bonjour, capitaine. Sale temps, n'est-ce pas ?

— Nous sommes vivants, *tovaritch*, ce qui fait que toutes les journées sont belles, répondit Souslev, fidèle au personnage bonhomme qui lui servait de couverture. On courra samedi ?

— Probablement. Nous prendrons une décision samedi matin. Combien de temps resterez-vous parmi nous ?

— Pas longtemps, mais la réparation du gouvernail n'avance pas vite.

— J'espère que ce ne sera pas trop long. Nous devenons tous nerveux lorsque nos hôtes de marque ne bénéficient pas d'un service rapide. J'en toucherai un mot au capitaine du port.

— Merci, c'est très... très aimable à vous.

Souslev hésita, se tourna vers Clinker et dit :

— Tu m'excuses un moment, mon vieux ?

— J't'en prie. Les bourriques me font mal aux seins.

Brian Kwok le fusilla du regard mais le vieux gnome n'en parut pas le moins du monde effrayé.

— J'vais à la bagnole, déclara-t-il en s'éloignant.

— Très aimable aussi à vos services de nous avoir rendu le corps de notre pauvre camarade Voranski, reprit Souslev. Avez-vous retrouvé les assassins ?

— Non, malheureusement. Il pourrait s'agir de tueurs à gages venant de n'importe où. Naturellement, si votre ami n'avait pas débarqué en grand secret, il travaillerait encore efficacement, j'en suis sûr, pour... pour les services qui l'employaient.

— C'était un simple marin. Je croyais qu'on était en sécurité à Hong Kong.

— Avez-vous transmis les photos des assassins à vos supérieurs du KGB ?

— Je ne suis pas du KGB, je pisse sur le KGB ! Oui, j'ai transmis... à mes supérieurs. Voranski était un excellent homme, il faut découvrir ceux qui l'ont tué.

— Nous les trouverons, assura Crosse avec désinvolture. Saviez-vous que votre Voranski était en réalité le major Youri Bakyan, du département 6 du KGB ?

Le capitaine parut stupéfait.

— Pour moi, c'était simplement un ami qui faisait le voyage avec nous de temps en temps.

— Qui en décidait, capitaine ?

Souslev se tourna vers Kwok, qui le regardait avec dégoût.

— Pourquoi vous mettre en colère ? Qu'est-ce que je vous ai fait ? demanda le Russe.

— Pourquoi vos maîtres sont-ils si voraces, en particulier quand ils regardent la Chine ? répliqua Kwok.

— La politique ! soupira Souslev avec une mimique amère. Moi je ne me mêle pas de politique.

— Vous ne faites que cela ! Quel est votre grade au KGB ?

— Je n'ai rien à voir avec le KGB !

— Si vous vous montriez un peu plus coopératif, nous pourrions nous entendre, intervint Crosse. Qui décide de la composition de votre équipage, capitaine Souslev ?

Le Russe le regarda à travers ses paupières mi-closes.

— Je peux vous dire un mot en particulier ?

— Certainement, répondit Crosse. Attendez ici, Brian.

Souslev descendit les gradins jusqu'à la pelouse, Crosse suivit.

— Que pensez-vous des chances de Noble Star ? demanda le capitaine d'un ton jovial.

— Plutôt bonnes mais elle n'a jamais couru sur terrain lourd.

— Et Pilot Fish ?

— Regardez-le : il adore la pluie. Il sera favori. Vous pensez être encore ici samedi ?

Souslev sourit en s'appuyant contre la balustrade.

— Pourquoi pas ?

— Pourquoi pas, en effet, dit Crosse.

Certain que personne ne pouvait désormais les entendre, il ajouta :

— Vous êtes un excellent acteur, Gregor.

— Vous aussi, camarade.

— Vous prenez un risque énorme, vous ne croyez pas ? dit Crosse, en remuant à peine les lèvres.

— La vie est un risque. Le Centre m'a ordonné d'assurer l'intérim jusqu'à l'arrivée du remplaçant de Voranski : il y a des décisions importantes à prendre au cours de cette escale, notamment en ce qui concerne Sevrin. De toute façon, Arthur en a décidé ainsi, comme vous le savez.

— Je m'interroge parfois sur sa sagacité.

Le Soviétique sourit en plissant les paupières.

— Moi pas. Oh non ! Je suis content de vous voir, Crosse. J'ai des tas de choses à vous dire. Le Centre est satisfait de votre travail de cette année.

— Qui est le salaud qui a informé AMG de l'existence de Sevrin ?

— Nous l'ignorons, mais nous le découvrirons. Considérez-le dès maintenant comme un homme mort.

— Quelqu'un a vendu plusieurs de mes agents à la RPC, et la fuite ne peut venir du dossier AMG. Qui d'autre que vous, à bord de l'*Ivanov*, a lu mon exemplaire ? Un traître s'est infiltré parmi vos hommes !

Souslev blêmit :

— Je vais procéder immédiatement à un contrôle, mais c'est peut-être à Washington ou à Londres qu'il faudrait chercher.

— J'en doute... Non, c'est de Hong Kong que vient la fuite : pensez à Voranski.

— Vous avez prévu un moyen de filer, en cas d'urgence ?

— Plusieurs, même.

— J'ai ordre de vous fournir toute l'aide nécessaire. Vous envisagez vous réfugier à bord de l'*Ivanov* ?

Crosse réfléchit avant de répondre :

— Je veux d'abord prendre connaissance des dossiers. Ce serait dommage de ne pas attendre un peu, après toutes ces années...

— Je suis de votre avis.

— C'est facile, pour vous : si vous êtes pris, on vous expulsera en vous priant poliment de ne plus revenir, mais moi, si je suis découvert...

— Ils ne vous prendront pas, vous êtes trop malin, assura Souslev en allumant une cigarette. Vous avez quelque chose pour moi ?

— Vous voyez ce grand type, là-bas, près de la balustrade ?

Le Russe porta les jumelles à ses yeux et observa un moment les chevaux avant d'examiner brièvement l'homme indiqué par Crosse.

— C'est Stanley Rosemont, de la CIA, reprit le Britannique. Vous savez que ses services vous filent ?

— Oui. Je peux les semer quand je veux.

— À côté de lui, c'est Ed Langan, du FBI, et le barbu, c'est Mishauer, des services de renseignements de la Marine américaine.

— Mishauer ? Ce nom me dit quelque chose. Vous avez un dossier sur lui ?

— Pas encore mais un Américain du consulat vit une belle histoire d'amour avec le fils d'un de nos éminents avoués chinois. À votre prochain voyage, il sera tout disposé à satisfaire vos moindres requêtes.

— Excellent, jubila Souslev, qui regarda de nouveau rapidement les trois Américains pour graver leurs traits dans sa mémoire. Quel est son boulot, à ce Rosemont ?

— Chef de station adjoint. C'est un ancien de l'OSS, entré à la CIA il y a quinze ans. En plus du consulat, leur organisation a une douzaine d'autres couvertures commerciales à Hong Kong et des planques un peu partout. J'en ai envoyé une liste sur micropoint au 32.

— Bien. Le Centre réclame justement une surveillance accrue de toutes les activités de la CIA.

— Pas de problème, ils sont d'une telle négligence ! Ils disposent pourtant de crédits de plus en plus importants.

— Le Viêt-nam ?

— Le Viêt-nam, bien sûr. Ces idiots ne se doutent pas de ce qui les attend. Ils s'imaginent pouvoir combattre dans la jungle en reprenant les tactiques de la Seconde Guerre mondiale ou de la guerre de Corée.

— Ils ne sont pas tous idiots, objecta Crosse. Rosemont, par exemple, est un type remarquable. À ce propos, ils connaissent l'existence de la base aérienne d'Iman et savent presque tout de Petropavlosk, la nouvelle base de sous-marins de l'île Sakhaline...

— Comment est-ce possible ?

— Il y a toujours des traîtres, répondit Crosse avec un léger sourire.

— Pourquoi êtes-vous agent double, Roger ?

— Pourquoi me posez-vous cette question à chacune de nos rencontres ?

Souslev soupira. On lui avait expressément ordonné de ne pas poser de questions à Crosse et de lui accorder toute l'aide requise. Bien qu'il fût responsable de tout le secteur Extrême-Orient, Souslev ne connaissait l'identité de Crosse que depuis un an. Au KGB, on entourait cet agent du secret le plus absolu, car on le jugeait aussi important qu'un Philby. Mais Philby lui-même ignorait que Crosse travaillait pour le KGB depuis sept ans.

— Parce que je suis curieux, répondit le Soviétique.

— Ne vous a-t-on pas ordonné de ne pas l'être, camarade ?

Le capitaine éclata de rire :

— Ni vous ni moi n'obéissons en permanence, n'est-ce pas ? Le Centre a beaucoup apprécié votre dernier rapport et m'a chargé de vous informer que votre compte en Suisse serait crédité d'une prime de 50 000 dollars le 15 du mois prochain.

— Ce n'est pas une prime, c'est en paiement de la marchandise livrée, fit observer Crosse.

— Quels renseignements la SI possède-t-elle sur la délégation parlementaire ?

L'agent double répéta à Souslev ce qu'il avait dit au gouverneur puis demanda :

— Pourquoi cette question ?

— Simple routine. Trois de ses membres peuvent devenir des hommes très importants : Guthrie, Broadhurst et Grey. Nous manœuvrons actuellement pour faire entrer ces deux derniers dans notre Conseil mondial de la paix. Leurs sentiments antichinois nous aident. Quant à Guthrie, nous aimerions que vous le fassiez filer : il a peut-être de mauvaises habitudes. Si on pouvait le prendre en photo avec une fille de Wanchai, par exemple...

— Je verrai ce qu'on peut faire.

— Vous avez quelque chose sur les meurtriers de Voranski ?

— Non, mais je finirai par les avoir. Apparemment, Voranski était repéré depuis un moment — c'est inquiétant pour nous.

— Vous pensez au Kuomintang ou aux salopards de Mao ?

— Je n'en sais rien. Ni les uns si les autres ne portent la Russie dans leur cœur, répondit Crosse avec un sourire sardonique.

— Les Chinois ont trahi la cause du communisme. Il faut les écraser avant qu'ils ne deviennent trop forts.

— C'est de la politique ?

— C'en est depuis Genghis Khan, ricana Souslev. (Du pouce, il indiqua Brian Kwok.) Pourquoi ne vous débarrassez-vous pas de ce *matiersiebiets* ? Il ne me plaît pas du tout.

— C'est un bon policier, j'ai besoin d'hommes connaissant leur métier. Informez le Centre que Sniders, du MI-6, arrive demain de Londres pour prendre livraison des dossiers. Le MI-6 et la CIA pensent que AMG a été assassiné. C'est vrai ?

— Aucune idée. En tout cas, il aurait dû l'être depuis longtemps. Vous réussirez à obtenir une copie des documents ?

— Je ne sais pas mais je suis à peu près sûr que Sinders me laissera en prendre connaissance avant son départ.

— Sinon ?

— Sinon, nous trouverons un autre moyen, répondit le directeur de la SI en haussant les épaules.

— Dunross ?

— Uniquement en dernier ressort. Il est trop précieux là où il est et où je peux l'avoir à l'œil. Et Travkin ?

— Vos informations m'ont été très utiles, je l'ai à ma botte, maintenant. Il fera tout ce que nous lui ordonnerons, même tuer Dunross, au besoin.

— Qu'y avait-il de vrai dans ce que vous lui avez raconté ?

— Pas grand-chose.

— Sa femme est vivante ?

— Mais certainement, *tovaritch*.

— Elle ne vit pas dans sa propre *datcha* ?

— Maintenant, si.

— Et avant ?

— Je lui ai raconté ce qu'on m'avait ordonné de dire.

Crosse alluma une cigarette et demanda :

— Que savez-vous de l'Iran ?

— Que ce pays fait partie des huit grands objectifs qu'il nous reste à atteindre et qu'une opération capitale s'y déroule actuellement.

— Le 92e régiment aéroporté américain se trouve en ce moment même sur la frontière irano-soviétique.

— Quoi ?

Crosse exposa au capitaine tout ce que Rosemont lui avait confié de l'opération « coup à blanc ». Lorsqu'il en vint aux armes nucléaires dont disposeraient les forces américaines, il vit Souslev pâlir.

— Sainte Mère de Dieu ! Un jour, ces maudits Américains commettront une erreur qui créera une situation inextricable ! Ils sont fous de jouer avec de telles armes.

— Vous avez les moyens de riposter ?

— Pas encore, répondit le Russe d'un ton agacé. Fondamentalement notre stratégie consiste à ne pas affronter directement l'Amérique avant qu'elle ne soit complètement isolée. Dans les circonstances actuelles, un affrontement direct serait un suicide pour nous. Je transmets immédiatement la nouvelle au Centre.

— Faites-leur bien comprendre que, pour les Américains, il s'agit seulement d'un « coup à blanc ». Retirez immédiatement vos forces, ne fournissez pas aux Américains de prétexte pour intervenir et ils quitteront l'Iran dans quelques jours.

Crosse se tut et regarda autour de lui. Kwok attendait dans les gradins, à demi assoupi ; Rosemont et ses collègues observaient Souslev à la dérobée ; Jacques de Ville faisait quelques pas avec Jason Plumm.

— Vous avez parlé à Jason ? demanda Souslev. Que vous a-t-il dit au sujet de De Ville ?

— Il doute qu'il devienne un jour Taï-pan. C'est aussi mon sentiment, après notre rencontre d'hier soir : il est trop faible, ou trop peu motivé. Les taupes qu'on laisse trop longtemps sans rien faire perdent souvent de leur enthousiasme, c'est le risque. J'ai bien peur qu'il ne soit pas capable de remplir sa mission.

— Que comptez-vous faire de lui ?

— Je n'ai pas encore pris de décision.

— Le faire passer de la catégorie « interne » à celle de « condamné » ?

— Seulement si vous-même ou d'autres membres du réseau Sevrin étiez menacés.

À l'intention d'éventuels curieux, Souslev porta la flasque à ses lèvres puis l'offrit à Crosse, qui secoua la tête. Le Britannique savait qu'elle ne contenait que de l'eau.

— J'ai une idée, reprit le capitaine. Nous intensifions nos activités au Canada, où le mouvement séparatiste francophone nous ouvre d'immenses possibilités. Une sécession du Québec bouleverserait toute l'Amérique du Nord. Je me demandais si de Ville ne pourrait pas prendre la direction des intérêts de Struan au Canada.

— Pourquoi pas ? dit Crosse en souriant. J'aime bien

Jacques, ce serait dommage de le sacrifier. Oui, votre idée est ingénieuse.

— D'autant qu'avant la guerre il a connu à Paris des Canadiens importants, tous séparatistes et de gauche. Ces hommes font aujourd'hui partie d'un mouvement qui devient une force politique de premier plan au Canada.

— Vous lui demanderiez de se mouiller ?

— Non. Il pourrait aider les séparatistes sans se compromettre lui-même grâce à sa position de directeur d'une importante filiale de Struan. Et si l'un de ses amis devenait ministre des Affaires étrangères, ou même Premier ministre...

— C'est possible ? Détacher le Canada des États-Unis serait un coup de maître, murmura Crosse, admiratif. Vous ne trouvez pas, Pietr Oleg Mzytryk ?

— Qui vous a révélé mon vrai nom ? demanda le Russe, interdit.

— Vos supérieurs, répondit le directeur de la SI, dont le regard se fit soudain plus dur. Vous connaissez mon identité, je connais la vôtre — c'est juste, non ?

— Oui... bien sûr, convint « Souslev » avec un rire forcé. Il y a si longtemps que je n'emploie plus ce nom... je l'avais presque oublié.

— Séparons-nous, maintenant. Je raconterai que j'ai essayé de vous acheter et que vous avez refusé. Rendez-vous demain au 7, à 10 heures.

7 était le nom de code de l'appartement voisin de celui de Ginny Fu, à Mong Kok.

Crosse désigna discrètement le groupe de Rosemont et ajouta :

— Avant de partir, donnez-moi quelque chose pour eux.

— Entendu. Demain, je...

— Non, tout de suite ! Si je n'ai pas accès à la copie de Sinders, il faudra que je marchande avec eux.

— Vous me jurez de ne divulguer vos sources à personne ?

— Promis.

— Bon. Cette nuit, un de nos agents prendra livraison de matériel ultra-secret en provenance du porte-avions nucléaire. Ça vous va ?

— Parfait ! C'est pour cela que vous êtes à Hong Kong ?

— Entre autres.

— Où et quand s'effectuera la livraison ?

Souslev répondit aux deux questions puis exigea :

— Pour ce prix-là, il me faut une copie de tous les dossiers !

— Naturellement, Rosemont aura une dette envers moi. Depuis combien de temps votre agent se trouve-t-il à bord du porte-avions ?

— Deux ans — ou plutôt, cela fait deux ans qu'il travaille pour nous.

— La marchandise est bonne ?

— Tout ce qu'il nous fournit est intéressant.

— Quels sont ses tarifs ?

— Pour cette livraison ? 2 000 dollars. Il n'est pas cher — aucun de nos agents ne l'est, excepté vous.

— Ah ! mais je suis votre meilleur agent dans toute l'Asie, je l'ai prouvé cinquante fois, répondit Crosse avec un sourire sans chaleur. Jusqu'à présent, j'ai travaillé quasiment pour le plaisir.

— Vous nous ruinez ! Pour moins de 8 000 dollars par an, nous avons accès aux plans de bataille, aux codes de l'OTAN, etc.

— Ces amateurs tuent le métier... Faites-nous donc un petit numéro en partant, je sens des jumelles braquées sur nous.

Souslev se mit à jurer en russe en agitant son poing sous le nez de Crosse puis s'éloigna d'un pas vif.

Sur la route de Sha Tin, Robert Armstrong regardait le cadavre de John Chen, que des policiers trempés venaient de porter dans l'ambulance.

— La pluie a effacé toutes les traces, lui annonça le sergent Lee.

— Continuez à chercher autour de l'abri-bus et envoyez un homme au village le plus proche : quelqu'un aura peut-être remarqué quelque chose.

Le commissaire essuya son visage ruisselant, passa devant les barrières contre lesquelles se pressait une foule de curieux et retourna à sa voiture. Il ferma la portière, décrocha le micro.

— Ici Armstrong. Passez-moi l'inspecteur principal Donald Smyth, à East Aberdeen...

Il attendit quelques instants avant d'obtenir Smyth puis lui expliqua la situation.

— Mes hommes continuent à ratisser le secteur, mais,

avec cette pluie, ils ne trouveront sans doute rien. Quand les journalistes entendront parler du cadavre de John Chen et du message, nous serons débordés. Il faut arrêter la vieille *amah* immédiatement, elle est notre seule piste. Tu la surveilles toujours ?

— Certainement.

— Alors, attends-moi, j'arrive. Je veux perquisitionner chez elle ; préparez une équipe.

— Tu seras long ?

— Il me faudra bien deux heures : c'est embouteillé d'ici à la gare du ferry.

— Chez nous aussi, mais pas seulement à cause de la pluie. De nouvelles files d'attente se sont formées devant les agences de la Ho-Pak, de la Victoria — en fait devant toutes les succursales d'Aberdeen —, et selon un rapport, près de cinq cents personnes sont déjà massées devant le siège central de la Vic.

— Bon Dieu ! C'est là que sont mes maigres économies.

Armstrong entendit le Serpent s'esclaffer.

— Je t'avais prévenu, mon vieux ! À propos, si tu as des Struan, dépêche-toi de les vendre : j'ai entendu dire que la Noble Maison va s'effondrer.

41

8 h 29

Claudia prit la pile de notes et de lettres placées dans la corbeille du courrier en partance et la feuilleta rapidement. Dehors, la pluie et les nuages obscurcissaient la vue mais la température était agréable après la chaleur moite des dernières semaines. La pendule ancienne montée sur un cardan d'argent sonna la demie de 8 heures.

Sandra Yi entra, posa un paquet de documents sur le bureau du Taï-pan en précisant :

— Le projet de contrat avec Par-Con est au-dessus, sœur aînée. Voici la liste de ses rendez-vous pour la journée — du moins ceux que je connais. Le commissaire Kwok a téléphoné il y a dix minutes, dit-elle en rougissant sous le regard appuyé de Claudia. C'est au Taï-pan qu'il voulait parler, pas à moi.

— Mais j'espère que toi, tu lui as parlé, petite sœur, que tu as poussé de profonds soupirs, dit Claudia en cantonais. Il faut lui mettre le grappin dessus avant qu'une petite bouche onctueuse d'un autre clan ne l'accapare.

— Nous dînons ensemble demain, avoua Sandra.

— Très bien. Sois réservée, habille-toi de façon stricte... mais ne mets pas de soutien-gorge, comme Orlanda.

— Vous croyez vraiment ? demanda la jeune fille, un peu choquée.

— Pour l'honorable jeune étalon, certainement. Il a un nez, celui-là !

— Mon astrologue m'a prédit une année exceptionnellement bonne.

— Ah ! très bien, fit Claudia distraitement en examinant la liste de rendez-vous. Linbar dans quelques minutes... sir Basilio à 8 h 45... Quand il arrivera...

— Sir Luis est déjà là. Je lui ai donné les journaux du matin et une tasse de café.

Les deux femmes tournèrent la tête quand Dunross entra.

— Bonjour, Taï-pan, dit Claudia, tandis que Sandra Yi sortait du bureau. Votre ligne directe a sonné deux fois.

C'était un numéro non répertorié que seuls connaissaient les membres de sa famille et quelques personnes triées sur le volet. Nul autre que Ian n'avait le droit de décrocher.

— Bonjour. Annulez tous mes rendez-vous jusqu'à midi sauf Linbar, sir Luis et la banque. Assurez-vous que tout est en ordre pour le départ de Penn et Kathy — Gavallan la conduit à l'aéroport. Mais, d'abord, appelez Tung l'Avare... et aussi Lando Mata, demandez-lui si je peux le voir aujourd'hui, de préférence à 10 h 20, après l'ouverture de la Bourse, au Coffee Place. Vous avez vu ma note pour Zep ?

— Je m'en occupe. L'assistant du gouverneur a téléphoné pour savoir si vous seriez à la réunion de ce midi.

— Oui, répondit Dunross en décrochant un combiné.

Claudia sortit pendant qu'il composait un numéro.

— Penn ? Tu voulais me parler ?

— Oui, mais je ne t'ai pas téléphoné si c'est cela que tu veux dire. En tout cas je suis heureuse de t'avoir. Je viens d'apprendre la nouvelle de l'incendie... et je... je ne savais plus si tu étais rentré hier soir ou si j'avais rêvé. J'étais terriblement inquiète. Ah tat m'a dit que tu étais parti de bonne heure, mais je ne me fie pas à cette vieille sorcière, elle divague, parfois. Cela a dû être horrible.

— Non, pas vraiment. Je te raconterai en détail en te conduisant à l'aéroport. (L'interphone bourdonna.) Excuse-moi... Oui, Claudia ?

— Le commissaire Kwok sur la deux. Il dit que c'est important.

— Bon. Penn, il faut que je te quitte, à tout à l'heure. Au revoir, chérie... Quoi d'autre, Claudia ?

— L'avion de Bill Foster, en provenance de Sydney, est encore retardé d'une heure. Mr. Havergill et Johnjohn confirment leur rendez-vous de 9 h 30. J'ai entendu dire qu'ils sont à la banque depuis 6 heures du matin.

— Mauvais, marmonna Ian. Il y avait déjà la queue devant leur siège quand je suis arrivé.

— La Vic ne peut pas faire faillite, n'est-ce pas ? demanda la secrétaire d'une voix anxieuse.

— Si la Vic saute, nous sautons tous, répondit le Taï-pan avant d'enfoncer le bouton de la ligne deux. Salut Brian, c'est à quel sujet ?

Le policier lui annonça la découverte du cadavre de John Chen.

— Les salauds ! Vous avez prévenu Phillip ?

— Non, je voulais d'abord vous avertir.

— Merci. Écoutez, je vais à la réception du gouverneur, ce soir à 7 heures, mais ce sera terminé vers 10 h 30. Nous pourrions prendre un verre ensemble.

— Bonne idée. Au Quance Bar de l'hôtel Mandarin ?

— À onze heures moins le quart ?

— Entendu. À propos, j'ai donné des instructions pour que votre *tai-tai* n'attende pas aux services d'immigration. À ce soir.

À peine Dunross avait-il raccroché que le téléphone sonnait de nouveau.

— Lando Mata sur la deux, Taï-pan, fit la voix de Claudia.

— Lando ? Bonjour. Est-ce qu'on pourrait se voir à 10 h 20 ?

— Naturellement.

— Vous avez parlé à l'Avare ?

— Oui, il arrive par le prochain ferry.

— J'aurai peut-être besoin de votre aide aujourd'hui.

— Ian, nous en avons discuté hier soir. Je croyais vous avoir...

— Il faut que vous me souteniez, dit Dunross en durcissant le ton.

Après un long silence, le Portugais répondit :

— Je... j'en parlerai à l'Avare.

— Faites-le, mais je voudrais savoir *maintenant* si vous me soutenez ou non.

— Vous avez reconsidéré notre offre ?

— Lando, je vous demande une réponse.

Après un autre silence, Mata dit d'une voix nerveuse :

— Je vous la donnerai à 10 h 20. Désolé, Ian, mais je dois vraiment parler d'abord à l'Avare. À tout à l'heure.

Le Taï-pan raccrocha en murmurant :

— *Diou ne lo mo* sur toi, Mata mon vieil ami.

Le téléphone se remit aussitôt à sonner.

— Le gouverneur en ligne, Taï-pan...

— Bonjour, Excellence.

— Ian, excusez-moi de vous déranger, je voudrais vous parler de l'incendie. Le ministre est furieux de la mort de sir Pennyworth et met en cause nos règlements de sécurité. Il faut nous attendre à ce qu'il y ait des remous.

Dunross exposa son idée d'installer les cuisines sur des barges et l'attribua à Shitee T'Chung.

— Astucieux, commenta sir Geoffrey. Grey, Broadhurst et les autres ont déjà demandé à me rencontrer pour protester contre les insuffisances de notre réglementation. D'après mon assistant, Grey ne décolérait pas — à juste titre, peut-être. Quoi qu'il en soit, il ne manquera pas de jeter de l'huile sur le feu, si je puis dire. Demain, il tient une conférence de presse avec Broadhurst, qui est devenu le doyen de la délégation depuis la mort de sir Charles. Dieu sait ce qui peut nous tomber sur la tête s'ils se mettent à parler de la Chine !

— Demandez au ministre de leur clouer le bec.

— C'est déjà fait, et vous savez ce qu'il m'a répondu : « Grand Dieu ! Geoffrey, empêcher un député de parler ? Ce serait pire que de mettre le feu au Parlement. » Aussi ai-je pensé que vous pourriez calmer Mr. Grey. Il sera votre voisin à la réception de ce soir.

— Je ne crois pas que ce soit une bonne idée. C'est une sorte d'excentrique, ce bonhomme.

— Ian, je vous serais reconnaissant d'essayer quand même. Vous êtes le seul à qui je peux confier cette tâche, Quillan ne réussirait qu'à le braquer davantage. Si vous l'invitiez samedi aux courses ?

Dunross pensa à Peter Marlowe.

— Invitez-le plutôt dans votre loge avec les autres, je me chargerai de lui par ailleurs.

— Très bien. Autre chose : Roger m'a demandé d'être à la banque demain à 6 heures pour la remise des documents.

— Vous connaissez personnellement Sinders ?

— Oui, pourquoi ?

— Je voulais simplement m'en assurer, répondit Dunross qui enchaîna aussitôt, sur un ton détaché : la Victoria est en difficulté ?

Sir Geoffrey hésita presque imperceptiblement avant de s'exclamer :

— Seigneur Dieu ! pas le moins du monde. Quelle idée ! Merci, Ian, le reste peut attendre jusqu'à ce soir.

Le Taï-pan raccrocha en fronçant les sourcils. Mauvais signe, cette hésitation, se dit-il. Si quelqu'un connaît vraiment la situation, c'est bien lui. À la réunion de 8 heures, tous les membres du conseil intérieur — Jacques, Gavallan, Linbar — s'étaient déclarés convaincus que la Vic soutiendrait Struan jusqu'au bout, mais il leur avait demandé :

— Et dans le cas contraire ?

— C'est impensable, voyons !

— Dans le cas contraire ? avait répété Dunross.

— Gornt ne poursuivra peut-être pas son offensive après la nuit dernière.

— Il continuera à vendre. Que faisons-nous ?

— Il faut trouver le moyen de l'arrêter, ou de remettre nos échéances. Sinon...

Impossible d'obtenir un délai de Toda ou d'Orlin, pensa Ian. Sans l'aide de la banque ou de Mata, même l'accord avec Par-Con ne suffira pas à arrêter Quillan. Il a toute la journée d'aujourd'hui et celle de demain pour vendre, vendre, vendre, et je ne peux même pas achet...

— Maître Linbar, Taï-pan.

— Faites-le entrer.

Le jeune homme pénétra dans le bureau, referma la porte derrière lui.

— Tu as près de deux minutes de retard, lui fit observer Dunross.

— Vraiment ? Désolé.

— Il est impossible de diriger soixante-trois compagnies sans des collaborateurs ponctuels. Si cela se reproduit, ta prime annuelle sautera.

— Désolé, marmonna Linbar en rougissant.

— Je veux que tu prennes la direction de notre filiale de Sydney en remplacement de Bill Foster.

Le visage du jeune homme s'éclaira.

— Cela me plairait beaucoup. J'ai toujours rêvé d'être à la tête d'un secteur que je dirigerais seul.

— Bien. Alors tu partiras demain par le vol Qantas...

— Demain ? Impossible ! Il me faudra au moins deux semaines pour...

— Je veux que tu partes demain, reprit le Taï-pan avec une douceur qui fit blêmir Linbar. Tu resteras quinze jours là-bas et tu rentreras me faire un rapport. Compris ?

— Compris... J'aurais voulu voir la course de Noble Star, samedi.

— Samedi, tu seras en Australie. Foster n'a pas réussi à mettre la main sur Woolara Properties, ce qui fait que nous n'avons pas d'affréteurs pour nos navires. Et sans affréteurs, nos accords bancaires sont nuls et non avenus. Tu as deux semaines pour réparer ce fiasco.

— Et si je ne réussis pas ?

— Ne me fais pas perdre de temps, tu connais la réponse. En cas d'échec, tu ne feras plus partie du conseil intérieur. Et si tu ne prends pas l'avion demain, tu ne feras plus partie de Struan aussi longtemps que je serai Taï-pan.

Linbar ouvrit la bouche pour protester mais se ravisa.

— Bien, dit Dunross. Si tu réussis, je doublerai ton salaire.

Le jeune homme continua à le regarder fixement en silence.

— C'est tout, tu peux partir.

Après le départ de Linbar, le Taï-pan se leva, alla à la fenêtre et s'absorba un moment dans la contemplation de la pluie. Il aurait voulu être dehors, à bord d'une vedette, ou mieux, foncer au volant de sa voiture, un peu trop, prenant les virages de plus en plus vite, l'esprit complètement vide. La sonnerie de sa ligne directe le ramena vers son bureau.

— Penn ?

— Mr. Dunross ? fit une voix inconnue.

— Oui. Qui êtes-vous ? demanda Ian, avec appréhension.

— Je m'appelle James Kirk. Je suis un ami de Mr. Alan Melford Grant...

Dunross faillit lâcher l'appareil. AMG avait été une des rares personnes à connaître ce numéro et Ian lui avait recommandé de ne le communiquer à personne, sauf circonstances exceptionnelles.

— ... Il m'a demandé de vous téléphoner dès mon arrivée à Hong Kong. J'espère que je ne vous dérange pas.

— Pas du tout.

— Je dois vous remettre un paquet et un message. Euh, ma femme et moi sommes ici pour trois jours et, euh, nous pourrions peut-être nous rencontrer.

— Certainement. Où êtes-vous descendus ? demanda Ian en s'efforçant de garder un ton calme.

— Aux Neuf Dragons, à Kowloon, chambre 455.

— Quand avez-vous vu Alan pour la dernière fois, Mr. Kirk.

— Avant notre départ, il y a, euh, deux semaines. Oui, deux semaines. Nous avons visité Singapour et l'Indonésie. Pourquoi ?

— Est-ce que cet après-midi vous conviendrait ? Navré, mais je ne suis pas libre avant 15 h 20.

— Ce sera parfait.

— Je vous enverrai une voiture.

— Non, c'est, euh, inutile. Nous trouverons bien vos bureaux.

— J'insiste : mon chauffeur passera vous prendre à 14 h 30, dit le Taï-pan avant de raccrocher, l'air songeur.

La pendule sonna neuf heures moins le quart. Claudia frappa, ouvrit la porte et annonça :

— Sir Luis Basilio.

— Je me fous de ce que vous pensez à Londres ! rugissait Johnjohn dans le téléphone à la Victoria Bank. Je vous dis que nous avons sur les bras un début de ruée. Je... Quoi ? Parlez plus fort, la liaison est mauvaise !... Ça m'est complètement égal qu'il soit une heure et demie du matin chez vous. D'ailleurs, où étiez-vous fourré — voilà des heures que j'essaie de vous joindre !... L'anniversaire de qui ?... Dieu tout-puissant ! soupira Johnjohn, faisant un effort pour se calmer. Écoutez, vous allez filer dès demain matin à l'hôtel de la Monnaie pour leur dire que leur foutue colonie risque de se retrouver sans argent... Allô ? Allô ?... Oh ! ce téléphone !

Il raccrocha d'un geste exaspéré, enfonça le bouton de l'interphone.

— Miss Mills, nous avons été coupés, rappelez Londres immédiatement.

— Bien, Mr. Johnjohn, répondit une voix très calme, très anglaise. Mr. Dunross est ici.

Le banquier regarda sa montre : 9 h 33.

— Bon Dieu ! grommela-t-il. Annulez l'appel pour le moment, je vais le recevoir.

Il se leva précipitamment, prit une profonde inspiration et ouvrit la porte avec une décontraction affectée.

— Désolé de vous avoir fait attendre, mon cher Ian. Comment allez-vous ?

— Très bien. Et vous-même ?

— À merveille.

— À merveille ? Vous m'étonnez. Il doit bien y avoir six à sept cents clients impatients qui font déjà la queue dehors, une demi-heure avant l'ouverture.

— Rien d'inquiétant, déclara Johnjohn. Vous voulez boire un café ou passer directement chez Paul ?

— Allons tout de suite chez Paul.

Johnjohn conduisit Ian le long d'un couloir recouvert d'un épais tapis.

— Non, rien d'inquétant, répéta-t-il. Simple réaction d'affolement provoquée par des rumeurs. Vous savez comme les Chinois sont superstitieux !

— Pourtant j'ai entendu dire qu'on fait la queue devant toutes les banques de la Colonie, exceptée celle de la RPC.

Le directeur adjoint de la Vic partit d'un rire jaune.

— Nos amis communistes réagiraient différemment : face à une ruée, ils enverraient la troupe.

— Alors il y a bien ruée ?

— Sur la Ho-Pak, pas sur nous. En tout cas, nous sommes loin d'avoir pris autant de risques que Richard Kwang. Il paraît qu'il a vraiment prêté de l'argent dans des conditions douteuses, et on murmure que la Ching

Prosperity n'est pas mieux lotie. En l'occurrence, Beausourire ne l'aurait pas volé après toutes les combines dans lesquelles il a trempé.

— Stupéfiants ?

— C'est ce qu'on dit.

Johnjohn salua d'un signe de tête la vieille secrétaire anglaise, poussa la porte portant l'inscription : Paul Havergill vice-président, et fit entrer Dunross dans une vaste pièce aux boiseries de chêne dont les fenêtres donnaient sur la place.

Havergill se leva de son immense bureau en disant :

— Bonjour, mon cher Ian. Navré de n'avoir pu vous recevoir hier. Comment allez-vous après toutes ces émotions ?

— Ça va, je crois. Pour l'instant. Et vous ?

— J'ai la courante. Dès notre retour à la maison, Constance et moi avons avalé une bonne dose de l'« Élixir du Dr Colicos », un remède mis au point pendant la guerre de Crimée pour soigner les milliers de soldats britanniques atteints de typhoïde, de dysenterie ou de choléra.

— Un remède de cheval ! Tooley nous en a donné aussi.

— Pas de veine pour la femme de Toxe.

— On a retrouvé son corps ce matin, coincé sous un pilier, dit Johnjohn d'un air sombre. Si je n'avais pas eu un « ticket rose » ce soir-là, Mary et moi serions venus à la réception.

Avoir un ticket rose signifiait sortir sans sa femme, avec son autorisation bienveillante.

— Qui était l'heureuse élue ? demanda Havergill en souriant.

— J'ai joué au bridge avec McBride, au club.

— La discrétion est une vertu cardinale pour un banquier, déclara le vice-président. Que puis-jc faire pour vous, Ian ?

— Je veux cent millions de crédit supplémentaires pour trente jours.

Les deux cadres de la Victoria regardèrent le Taï-pan en silence et Ian crut discerner une lueur amusée dans l'œil de Havergill.

— Impossible, affirma ce dernier.

— Gornt a lancé une attaque contre nous, c'est l'évidence même. Si la banque nous accorde ouvertement un soutien total, il n'osera pas poursuivre l'offensive et nous n'aurons même pas besoin de cet argent. Tout ce qu'il me faut, c'est une promesse d'aide. Maintenant.

Il y eut un autre silence, que Johnjohn finit par rompre :

— C'est une grosse somme, Ian, dit-il avec embarras. Où en êtes-vous avec Par-Con ?

— Nous signons mardi.

— Vous pouvez faire confiance à cet Américain ? demanda Havergill.

— Nous avons conclu un accord.

— La Victoria ne tient pas à se retrouver malgré elle au cœur de la bataille. Il paraît que Gornt bénéficie de soutiens financiers extérieurs — allemands, d'après les rumeurs. Nous ne pouvons pas courir le risque d'un affrontement avec un consortium de banques allemandes, mon cher Ian. Vous avez déjà épuisé votre crédit à renouvellement automatique et il vous faudra payer lundi les cinq cent mille actions que vous avez achetées hier. Désolé, c'est non.

— Soumettez la question au conseil d'administration, répliqua Dunross, qui savait pouvoir y triompher de l'opposition de Havergill.

— Entendu. Je la soumettrai... à la prochaine réunion.

— Dans trois semaines ? Non, il faut convoquer une réunion extraordinaire.

— Navré, il n'en est pas question.

— Pourquoi ?

— Je n'ai pas d'explication à vous donner, rétorqua Havergill d'un ton cinglant. Bien que nos deux affaires aient d'importants intérêts communs, Struan n'est pas propriétaire de la banque. C'est à moi seul qu'il revient de décider des réunions extraordinaires.

— Et d'accorder des crédits. En fait, vous n'avez nul besoin du conseil d'administration pour me donner satisfaction.

— Je présenterai votre requête à la prochaine réunion. Aviez-vous autre chose à me dire ?

Le Taï-pan maîtrisait à grand-peine son envie de rabattre le caquet de son adversaire.

— Il me faut cet argent pour soutenir notre cote, dit-il.

— Bien sûr, et il vous faut celui de Par-Con pour régler Toda et rembourser en partie Orlin. À ce propos, je crois savoir qu'Orlin ne renouvellera pas votre crédit et que vous devrez vous acquitter totalement de votre dette dans un délai de trente jours, comme le prévoit le contrat.

— D'où tenez-vous cela ?

— Du président en personne. Je lui ai téléphoné hier pour lui demander...

— Quoi ?!

— Naturellement, mon cher, fit Havergill, ravi de la stupeur de Dunross et de Johnjohn. Nous sommes vos banquiers, nous avons le droit de nous renseigner. Notre réputation serait également compromise si vous veniez à faire faillite.

— Vous faites tout pour que cela se produise !

Le vice-président alluma une cigarette avec lenteur.

— Nous n'avons aucun intérêt à ce qu'une grande entreprise de Hong Kong fasse naufrage — la Noble Maison moins que toute autre. Ne vous inquiétez pas : le moment venu, nous interviendrons, nous achèterons vos actions.

— Quand jugerez-vous le moment venu ?

— Quand votre cote aura atteint un certain niveau.

— Lequel ?

— Je dois y réfléchir.

Le Taï-pan se savait battu mais il n'en laissait rien paraître.

— Autrement dit, vous attendrez qu'elle s'effondre et vous prendrez le contrôle de Struan pour une bouchée de pain.

— Lorsque vous avez décidé de transformer la Noble Maison en société par actions, Alastair et moi vous avons mis en garde contre les dangers d'une telle opération. Vous auriez peut-être dû écouter nos conseils — comme vous auriez peut-être dû nous consulter avant d'acheter cette énorme quantité de parts. Quillan pense vous avoir coincé, et il est vrai que vous l'êtes un peu. Mais rassurez-vous, nous ne laisserons pas la Noble Maison faire faillite.

— Hong Kong sera un endroit beaucoup plus agréable lorsque vous en serez parti, lança Dunross en se levant.

— Vraiment ? Je reste au poste de vice-président jusqu'au 23 novembre, et la Colonie pourrait bien être débarrassée de vous avant cette date !

— Vous ne croyez pas..., intervint Johnjohn.

— Vous entrerez en fonction le 24 novembre, le coupa Havergill. Si tant est que l'assemblée générale annuelle confirme votre nomination. D'ici là, c'est moi qui dirige la Victoria.

— N'en soyez pas si sûr, répliqua le Taï-pan avant de sortir.

— Vous devez convoquer une réunion extraordinaire ! dit Johnjohn, furieux. Vous devez...

— La question est réglée, vous m'entendez ? Réglée ! Nous devons penser d'abord à nos propres problèmes. Je serais surpris que ce salaud parvienne à s'en sortir, cette fois. Struan a trop longtemps fait la loi chez nous, le moment est venu de récupérer les actions qu'elle possède à la Victoria.

— Ce n'est pas...

— Nous ne sommes pas une institution charitable, nous sommes une entreprise qui cherche à gagner de l'argent ! J'ai toujours considéré votre ami Dunross comme un gros risque financier. À présent, il a le dos au mur, et si je peux aider à le couler, je le ferai !

Les yeux sur le cadran de sa vieille montre de gousset, le médecin prenait le pouls de Fleur Marlowe. Cent trois, calcula-t-il en reposant sur la couverture le poignet fragile et fiévreux. Peter Marlowe sortit de la salle de bains.

— Comment était-ce ? lui demanda le Dr Tooley, le type même du beau vieillard, avec des cheveux clairsemés et un nez proéminent.

— Juste des crampes et un peu de liquide. Comment te sens-tu, ma chérie ? dit l'écrivain à sa femme, étendue pâle et défaite sur le lit.

— Ça va, merci Peter.

— Ma petite dame, vous avez un peu de fiè... commença le docteur de sa voix bourrue et amicale.

— Pardon, l'interrompit Fleur en se levant. Je crois que...

Elle se précipita vers la salle de bains.

— Alors ? chuchota Peter au médecin.

— Elle a le pouls agité, fiévreux. C'est peut-être une simple gastro-entérite.

— Pas de risque d'hépatite ?

— Impossible à dire pour le moment : l'incubation est de six ou huit semaines. Tous ceux qui ont fait le plongeon en sont menacés, j'en ai peur. Quant à la typhoïde, il ne devrait pas y avoir de problème avec les piqûres que je vous ai faites.

— Et le bébé ?

— Une fausse couche est à craindre si les crampes empirent, répondit Tooley à voix basse. Il vaut mieux que vous soyez prévenu. Désolé, mais je ne peux rien faire. Dieu sait quels virus et quelles bactéries prolifèrent dans ce bouillon de culture ! Voilà un siècle que le port d'Aberdeen sert d'égout à la Colonie.

— Nous risquons tous de tomber malades ? Nous avons tous dû avaler un peu d'eau — impossible de faire autrement.

— Disons que sur la cinquantaine de personnes qui ont plongé, cinq seront gravement malades, cinq n'auront rien du tout, le reste oscillant entre les deux. Question de *joss*... Je vais vous prescrire un nouvel antibiotique mais continuez à prendre ce bon vieil « Élixir du Dr Colicos », il vous remettra les tripes en place. Surveillez attentivement l'état de votre femme, prenez régulièrement sa température.

Des gémissements se firent entendre de l'autre côté de la porte, dans la salle de bains.

— Ne vous en faites pas, dit le docteur d'un ton hésitant. Je repasserai ce soir vers six heures.

Tooley se dirigea vers la porte mais hésitait à partir. De la salle de bains, Fleur Marlowe l'appela d'une voix faible :

— Docteur... s'il... s'il vous plaît...

Il entra, referma derrière lui. Il flottait dans la petite pièce une puanteur dont il ne parut pas s'apercevoir.

— Je... c'est..., balbutia la jeune femme, interrompue par de nouvelles crampes.

Le médecin lui posa une main sur le dos, l'autre sur le ventre, et se mit à masser doucement les muscles abdominaux endoloris.

— Là, laissez-vous aller, je ne vous lâcherai pas... Vous devez être du même âge que ma cadette. J'ai trois filles, l'aînée a deux enfants... Détendez-vous, la douleur va partir.

— Ça... va mieux, dit-elle.

Elle mentait, il le savait. Il lui épongea le front, l'aida à se lever et l'essuya comme un bébé. Le papier montrait des traces de sang mais il n'y avait pas encore hémorragie. Il la fit s'appuyer sur le rebord du lavabo, prit une serviette sèche et la noua autour de son ventre.

— Rien de tel contre les coliques, assura-t-il. C'est un truc que je tiens de mon grand-père, major dans l'Armée des Indes. Vous êtes très courageuse, tout ira bien. Prête ?

— Oui. Excusez-moi pour...

Tooley ouvrit la porte et, avec l'aide de Peter, porta la jeune femme dans son lit. Il la considéra un moment d'un air soucieux et finit par dire :

— Je crois qu'il vaut mieux vous mettre en clinique un jour ou deux.

— Mais...

— Vous n'avez rien de grave mais il faut songer au bébé, n'est-ce pas ? Deux jours de repos et vous serez sur pied ! affirma le médecin d'un ton bougon qui rassura l'écrivain et sa femme. Je m'occupe de votre admission et je reviens dans un quart d'heure. Ne vous inquiétez pas pour l'argent, Hong Kong sait être généreuse avec ses jeunes visiteurs.

Après le départ de Tooley, Peter s'assit au chevet de Fleur.

— Rien de tout cela ne serait arrivé si je n'avais pas insisté pour que nous allions à cette réception, murmura-t-il, l'air misérable.

— Comme tu dis toujours, c'est le *joss*, fit la jeune femme avec un pâle sourire.

42

10 h 01

Orlanda Ramos ouvrit la porte de son appartement, se débarrassa de son parapluie dégouttant de pluie et, radieuse, invita Bartlett à entrer :

— *Minha casa é vossa casa.* Ma maison est la vôtre.

— Vous en êtes sûre ? demanda l'Américain avec un sourire.

— Ah ! cela reste à voir, répondit-elle d'un ton badin en ôtant son imperméable. C'est une vieille coutume portugaise que d'offrir... sa maison. N'ayez pas peur de mouiller le couloir, mon *amah* essuiera.

Linc trouva la salle de séjour accueillante, féminine et

de bon goût. Orlanda ferma la porte et ouvrit les portes-fenêtres d'un petit balcon donnant sur Kotewall Road. Elle habitait au huitième étage d'un des immeubles de Rose Court.

— Il pleut toujours à seaux, ici ? demanda Bartlett.

— C'est encore pire avec un vrai typhon. Il peut tomber jusqu'à quarante centimètres d'eau en une journée, ce qui provoque des glissements de terrain dans les zones d'accueil de réfugiés.

Du balcon, il découvrait de hautes constructions bâties au bord de routes dévidant leur ruban dans la montagne. Par moments, la pluie laissait apercevoir au loin la ligne de la côte.

— On se croirait en avion, dit-il. Quand le ciel est dégagé, la vue doit être splendide.

— On peut voir tout Kowloon. Avant la construction des tours Sinclair — ces bâtiments, devant vous —, c'était le plus beau panorama de Hong Kong. Vous savez que ces tours appartiennent à Struan ? Je crois que Dunross les a fait construire en dépit de l'opposition de Quillan, qui possède l'appartement-terrasse de cet immeuble — ou du moins, qui le possédait.

— Ce mauvais tour a dû revenir cher au Taï-pan.

— Pas du tout. À Hong Kong, un immeuble est amorti en trois ans. L'immobilier, voilà le pactole !

— Si je me fixais ici, où me conseilleriez-vous d'habiter ?

— Ici, à mi-pente. Plus haut, il fait toujours humide, les murs suintent et tout moisit.

Orlanda enleva son foulard, secoua sa chevelure et s'assit sur le bras d'un fauteuil, les yeux fixés sur le dos de son invité. Il se retourna et dit :

— De toute beauté. Comme vous.

— Merci, mon bon monsieur. Café ?

— Avec plaisir. C'est un Quance ? demanda-t-il en regardant un tableau accroché au mur.

— Oui. Quillan me l'a offert.

— J'aimerais mieux connaître la peinture...

Il allait ajouter « Casey est une experte » mais se retint à temps et suivit Orlanda dans la cuisine. C'était une grande pièce très bien équipée.

— On dirait une photo de *Maisons et jardins*, commenta-t-il.

— C'était une idée de Quillan — il adore manger et faire la cuisine. C'est lui qui a dessiné les plans de l'appartement, le reste, c'est mon œuvre, mais je dois reconnaître que je lui dois beaucoup en matière de goût.

— Vous regrettez cette rupture ?

— Oui et non. C'est le *joss*, répondit-elle avec un calme qui le toucha. D'ailleurs, cela n'aurait pas pu durer. Pas ici.

Une vague de tristesse l'envahit mais elle la chassa aussitôt et s'affaira devant la machine à expresso, étincelante de propreté.

— Comme vous le voyez, Quillan m'a transmis sa manie de l'ordre. Mon *amah*, Ah Fat, n'a pas du tout les mêmes conceptions, elle me rend folle !

— Elle habite ici ?

— Bien sûr mais elle fait les courses en ce moment. Sa chambre se trouve au bout du couloir. Faites le tour de l'appartement, si vous voulez, j'en ai pour une minute.

Bartlett fit rapidement la visite des lieux puis revint silencieusement à la cuisine et observa Orlanda. Il aimait la regarder. Ce matin, il l'avait réveillée par un coup de téléphone pour lui rappeler de consulter un médecin et après l'avoir remercié, elle lui avait proposé de prendre le petit déjeuner avec elle : œufs Benedict et toasts tout en haut du Mandarin, en compagnie d'une femme spirituelle et aimant rire, féminine et sûre d'elle, qui lui donnait une sensation de virilité et de puissance. Au cours du repas, elle avait posé sur son bras une main aux doigts effilés dont le contact l'avait profondément troublé.

Après l'avoir raccompagnée, il avait proposé de monter prendre un café, et il était là, sur le seuil de la cuisine, à l'admirer dans sa jupe en soie et sa blouse ample, serrée autour de sa taille fine.

Bon Dieu ! fais gaffe, mon gars ! se dit-il.

— Oh, vous êtes là ? je ne vous avais pas entendu. Tenez, c'est prêt.

Bartlett prit sa tasse, but une gorgée.

— Excellent !

— C'est Quillan qui m'a appris à — décidément, je ne cesse de parler de lui. Excusez-moi, il... il a été le premier homme dans ma vie, le seul, en fait.

— Vous ne me devez aucune explication, Orlanda.

— Je le sais, mais j'ai envie de me confier à vous. Je n'ai pas d'amis véritables, je n'ai jamais parlé de Quillan à quiconque. Vous, c'est... c'est différent... Et puis, j'oubliais : désormais, je suis sous votre responsabilité ! s'exclama la jeune femme en battant des mains.

— Comment cela ?

— Vous m'avez sauvé la vie, vous êtes intervenu dans mon *joss*, et puisque vous avez pris la place des dieux, vous héritez aussi de leurs responsabilités. À présent, selon la coutume chinoise, vous devez vous occuper de moi jusqu'à ma mort !

— Je suis votre homme ! repartit Linc du même ton joyeux.

— Vous êtes trop galant, je n'ai pas l'habitude. Je vous libère officiellement de vos obligations !

— Je n'ai peut-être pas envie d'être libéré.

Linc vit les yeux d'Orlanda s'agrandir. Il avait la gorge nouée, le cœur battant. Il tendit la main vers la chevelure soyeuse, lourde et sensuelle. Premier contact, première caresse. Un frisson et ils se retrouvèrent lèvres à lèvres. La main de Linc descendit vers la poitrine de la jeune femme, dont il sentit la chaleur à travers la soie. Elle frissonna de nouveau et tenta faiblement de se dégager mais il la maintint contre lui. Elle interrompit le baiser sans toutefois chercher à s'écarter.

— Linc, murmura-t-elle, les yeux fermés, la voix rauque.

Il se pencha pour l'embrasser de nouveau mais elle se déroba.

— Attends, Linc...

Il posa sa bouche sur son cou, sentit son trouble et essaya une nouvelle fois de l'embrasser.

— Attends. D'abord...

— D'abord un baiser, ensuite j'attendrai !

Elle rit, la passion retomba aussitôt, et Bartlett se traita de tous les noms pour avoir commis cette erreur. Leurs regards s'affrontèrent. Au moment où il allait donner libre cours à la colère qui avait succédé en lui au désir, elle l'enlaça, l'embrassa puis approchant sa bouche de son oreille :

— Tu es trop fort pour moi, chuchota-t-elle. Trop fort, trop attirant, trop gentil.

Elle lui caressa la nuque et le regarda en disant :

— Tout à l'heure... peut-être.

— Bon, feignit de capituler Bartlett.

Il essaya à nouveau de l'embrasser mais elle lui mit un doigt sur les lèvres.

— Mr. Bartlett ! s'écria-t-elle en jouant l'indignation. Tous les Américains sont comme vous ?

— Non, répondit-il aussitôt.

— Je sais, dit-elle, sérieuse cette fois. C'est de cela que je voulais vous parler. Café ? proposa-t-elle en s'éloignant de lui.

Elle alla remplir les tasses sous le regard de Bartlett, qui se demandait comment reprendre ses travaux d'approche.

— Allons dans le salon, décida Orlanda.

Il l'accompagna, passa un bras autour de sa taille et elle ne protesta pas. Il se laissa tomber dans un des fauteuils.

— Venez vous asseoir ici, dit-il en tapotant le bras du siège.

— Pas maintenant. D'abord je veux vous parler.

Avec un petit rire timide, elle s'installa en face de lui, sur le sofa tendu de velours bleu nuit.

— Linc, je ne vous connais que depuis quelques jours et... je ne suis pas une femme facile.

Elle rougit et, devançant les commentaires de Bartlett, poursuivit aussitôt :

— C'est vrai. Quillan a été le seul homme dans ma vie, je ne veux plus de liaison, je ne veux pas repasser par tout cela. J'ai appris à vivre sans amour. J'ai été follement amoureuse de Quillan, je ne le suis plus. J'avais dix-sept ans quand... quand tout a commencé, j'en ai vingt-cinq maintenant. Tout est fini depuis trois ans, je ne suis amoureuse ni de lui ni de quiconque. Désolée mais je ne suis pas du genre à me payer du bon temps, comme on dit.

— Je ne l'ai jamais pensé, mentit Bartlett en maudissant sa malchance. Pour qui me prenez-vous ?

— Pour un type bien, mais, en Asie, une femme apprend vite que les hommes ne cherchent qu'une seule chose : coucher avec elle. Je ne suis pas une coucheuse, Linc, même si je suis eurasienne. Vous comprenez ce que j'essaie de vous expliquer ?

— Bien sûr : bas les pattes, répondit-il sans réfléchir.

Orlanda pâlit et parut prête à fondre en larmes.

— Si c'est ce que vous avez voulu comprendre..., murmura-t-elle en se levant.

— Orlanda ! je n'ai pas cherché à vous blesser, dit Bartlett en s'élançant vers elle.

— Linc, je ne joue ni les mijaurées ni les allumeuses, je...

— J'ai compris, fit-il d'une voix douce en la prenant dans ses bras.

— Oh ! je suis si heureuse ! Un moment j'ai cru... Vous ne m'en voulez pas ? demanda-t-elle avec un regard innocent.

— Que cherchez-vous au juste, Orlanda ?

— Je... je peux seulement vous dire ce que je ne cherche pas, répondit Orlanda d'une petite voix. Je ne suis pas une Marie-couche-toi-là.

— Je le sais. Bon sang, qu'est-ce qui vous a mis cette idée dans la tête !

Voyant que les larmes lui montaient aux yeux, il ajouta :

— Ne pleurez pas, vous n'avez aucune raison de pleurer.

Elle s'écarta de lui, ouvrit son sac et en sortit un mouchoir.

— *Ayiiya*, je me conduis comme une gamine, une sainte-nitouche. C'était si soudain, je ne m'attendais pas à... je me suis laissé aller...

Elle prit une profonde inspiration avant de murmurer :

— Piètres excuses.

— Je les refuse, de toute façon, dit Bartlett en riant.

— D'ordinaire, je sais faire face à ce genre de situation. J'ai eu droit à tout l'éventail des avances, j'ai une méthode pour les repousser avant même qu'elles ne soient clairement formulées, mais avec vous... Presque tous les hommes que je rencontre pensent à la même chose.

— Quel mal y a-t-il à cela ?

— Aucun, mais c'est pénible de traverser une pièce, une salle de restaurant sous des regards qui vous déshabillent. Je me demande comment un homme réagirait. Vous, par exemple, quelle impression cela vous ferait-il de vous sentir examiné, détaillé par toutes sortes de femmes : les grand-mères à dentier, les harpies à perruque, les grosses, les laides, les vulgaires ? de savoir qu'elles vous arrachent mentalement vos vêtements, qu'elles vous caressent les fesses, reluquent votre poitrine, votre entrejambe, et vous imaginent déjà dans leur lit ?

— Ça ne me plairait pas du tout. Je vous comprends.

— Oh ! je ne voudrais pas être un homme, je suis très heureuse d'être une femme mais c'est parfois très dur. N'être qu'un réceptacle que n'importe qui peut acheter, dire merci beaucoup au gros porc à l'haleine fétide qui vous donne vingt dollars...

— Dites, comment en est-on arrivé à ce passionnant sujet de conversation ? demanda Bartlett en plissant le front.

Orlanda s'esclaffa :

— Vous m'avez embrassée.

— Très juste. À ce propos, vous ne m'auriez pas promis un autre baiser ?

— Je voulais précisément vous parler du premier. Pour être franche, je n'étais pas du tout préparée à ce qu'il provoque en moi une émotion aussi forte. Je me suis sentie — emportée, c'est le mot.

— Est-ce bien ou mal ?

— Les deux à la fois, répondit Orlanda en souriant. Oui, Mr. Bartlett, je me suis sentie submergée par une vague de désir, et j'ai eu peur.

— Vous n'aviez aucune raison d'avoir peur.

Bartlett était indécis quant à la conduite qu'il devait maintenant adopter. Partir ? Rester et attendre, sans rien dire ? Il opta finalement pour la première solution.

— Orlanda, je crois qu'il vaut mieux que...

— Vous ne pouvez pas rester un peu ? Je voudrais vous parler.

— D'accord.

— C'est de moi que je veux vous parler, précisa la jeune femme en écartant de son visage une mèche de cheveux. À Shanghaï, mon père travaillait pour Quillan, qui a pour ainsi dire toujours fait partie de ma vie. Il a payé une partie de mes études, il a aidé la famille. Quand je suis revenue de San Francisco, avec mon diplôme, j'avais dix-sept ans, presque dix-huit et... Quillan est un homme attirant — en tout cas, à mon goût — quoiqu'il puisse se montrer parfois très cruel.

— De quelle façon ?

— Il croit à la vengeance. Pour lui, un homme a le devoir de se venger s'il est un homme. Pourtant il a toujours été bon pour moi... Il me verse encore une allocation chaque mois, il paie le loyer de cet appartement.

— Vous n'avez pas de comptes à me rendre.

— Je le sais, mais je vous demande quand même de m'écouter.

Il la fixa longuement puis répondit :

— Bon, entendu.

— Cela vient en partie du fait que je suis eurasienne. La plupart des Blancs nous méprisent, en particulier les Britanniques — non, laissez-moi finir, s'il vous plaît. Nous sommes un objet de mépris pour la plupart des Blancs, et pour tous les Chinois. On nous considère comme des bâtards aux origines troubles, des femmes à la cuisse légère. Aux États-Unis, j'ai oublié ma « tare » d'Eurasienne, j'ai appris à me respecter moi-même — un peu grâce à Quillan. Je lui dois beaucoup mais je ne l'aime pas. Voilà ce que je voulais vous dire.

— Pourquoi avez-vous rompu ?

Orlanda lui raconta d'un ton grave son escapade à Macao et la vengeance de Gornt.

— Je continue à le voir de temps à autre, poursuivit-elle. À présent, nous sommes simplement amis. Nous... nous avons un enfant, qui vit au Portugal avec mes parents. Quillan m'avait autorisée à le garder, bien que lui n'en voulût pas, à condition que j'accouche en Angleterre.

— C'est lui qui a eu l'idée du Portugal ?

— Oui, et il a eu raison. Je vais voir ma fille une fois par an. Mes parents m'avaient suppliée de la leur confier.

Des larmes roulèrent sur les joues de la jeune femme.

— Voilà, conclut-elle. Maintenant vous savez que je n'ai pas été une maîtresse fidèle, que je suis une mauvaise mère et que...

Bartlett la prit dans ses bras et la serra contre lui pour arrêter ses sanglots, lui donner un peu de sa chaleur et de sa force. Quand elle cessa de pleurer, elle se dressa sur la pointe des pieds pour déposer sur ses lèvres un baiser léger mais plein de tendresse. Ils se regardèrent longuement puis s'embrassèrent à nouveau, avec passion cette fois.

Le bruit d'une clef dans la serrure de la porte d'entrée les fit sursauter tous les deux au même moment. Ils se séparèrent, haletants, et entendirent l'*amah* crier du vestibule :

— *Weiiii ?*

Orlanda remit de l'ordre dans sa tenue, haussa à demi les épaules, comme pour s'excuser, et lança en cantonais :

— Je suis au salon. Va dans ta chambre et restes-y jusqu'à ce que je t'appelle.

— Le diable d'étranger est encore là, alors ? Et les commissions, qu'est-ce que j'en fais ?

— Laisse-les dans l'entrée !

— Oh ! très bien, jeune maîtresse, bougonna la domestique, qui se retira dans ses quartiers en claquant la porte.

— Désolée, murmura Orlanda, la main sur l'épaule de Bartlett, ses ongles caressant son cou.

— Nous dînons ensemble ?

Elle hésita avant de répondre :

— Si vous emmenez Casey.

— Non. Rien que vous et moi.

— Linc, je crois qu'il vaut mieux nous en tenir là, avant que...

— Je passerai vous prendre à huit heures, vous choisirez le restaurant.

— Non, c'est déjà trop difficile.

— À huit heures, répéta-t-il.

Il l'embrassa brièvement, se dirigea vers la porte. Orlanda lui tendit son imperméable.

— Merci. À huit heures, d'accord ?

— Nous jouons avec le feu.

— Peut-être, dit Bartlett avec un étrange sourire. Question de *joss*.

Elle ne répondit pas, referma la porte derrière lui, retourna d'un pas lent au salon et s'assit pensivement dans un fauteuil. Elle se demanda si elle parviendrait à lui tenir assez longtemps la dragée haute pour qu'il propose le mariage. Il faut jouer serré, pensa-t-elle. Casey le tient, elle a enroulé ses anneaux autour de lui. Mon seul atout, c'est de déverser sur lui des tombereaux d'amour sans coucher avec lui. C'est comme ça qu'elle l'a eu, je dois faire la même chose.

Elle se rappela ce que Gornt lui avait dit : « Pour épouser un homme, il faut le prendre au piège, au piège de son désir ou de son instinct de propriété, de sa cupidité ou de sa paresse. Nul homme ne décide de son plein gré d'épouser sa maîtresse. »

Il a raison, une fois de plus, se dit-elle. Mais il se trompe sur mon compte s'il croit que je me contenterai de miettes. Je veux tout, Linc et le reste.

— Il est parti ? demanda Ah Fat en se glissant dans le salon. Très bien. Tu dois être fatiguée, je vais te faire du thé.

La vieille femme, qui s'occupait d'Orlanda depuis sa naissance, remit machinalement de l'ordre dans la pièce en grommelant. Elle avait les cheveux tressés en une longue natte qui oscillait dans son dos lorsqu'elle bougeait.

— Je l'ai observé en bas, quand vous êtes arrivé. Il est tout à fait présentable pour un barbare.

— Je ne t'ai pas vue. Où étais-tu ?

— Cachée derrière l'escalier. Hiiiii ! je l'ai bien regardé, ça oui. Ta pauvre vieille mère s'occupe de toi, petite reine. J'ai bien compris en vous voyant que le *yin* et le *yang* allaient batailler, mais tu n'avais pas besoin de me demander de partir !

— Je ne te voulais pas dans l'appartement : les diables d'étrangers sont pudiques. Maintenant tais-toi et va faire du thé sinon je te renvoie aux commissions !

— Il va devenir le nouveau maître ? demanda la servante, pleine d'espoir. Il serait temps ! Ça ne vaut rien aux jeunesses de ne pas avoir de Bâton-Viril pour leur Porte-de-Jade. Elle se ratatine, elle se dessèche à force de ne pas servir ! Tu ne rajeunis pas, petite maîtresse, il faut penser à te caser. C'est le bon coup, cette fois ?

— Je l'espère, dit Orlanda d'un ton farouche.

Elle songea à nouveau que Linc Bartlett lui offrait une occasion qu'elle ne retrouverait jamais de sa vie. Soudain affolée à la pensée qu'elle avait été trop loin et qu'il ne reviendrait pas, elle éclata en sanglots.

43

10 h 50

La pluie qui tombait depuis près de douze heures avait détrempé le sol sans remplir les réservoirs. Dévalant le long des pentes cuites par le soleil, l'eau avait inondé la partie basse de la Colonie, transformant les routes en bourbiers, les chantiers de construction en petits lacs. Dans les zones d'accueil de réfugiés, créées à flanc de montagne, c'était la catastrophe.

On y avait édifié des bidonvilles de cabanes branlantes, faites de bric et de broc, s'appuyant les unes contre les autres, montant les unes sur les autres, le long de chemins que l'eau avait envahis. La pluie traversait les toits, mouillait les paillasses, les vêtements et les misérables objets accumulés au cours d'une existence. Stoïques, les habitants de ces taudis surpeuplés haussaient les épaules et attendaient la fin du mauvais temps.

Les réfugiés avaient parfaitement le droit de s'installer à Hong Kong car selon une loi fort ancienne, tout Chinois ayant franchi la frontière devenait résident légal de la Colonie. Depuis toujours, cette main-d'œuvre abondante, bon marché et peu revendicative constituait l'atout majeur de la Colonie. Hong Kong offrait asile aux réfugiés, en échange, ils travaillaient docilement au prix qu'on voulait bien leur payer. Ils arrivaient de jour comme de nuit, à pied ou par bateau, chaque fois que la famine s'abattait sur la Chine ou que le pays était en proie à des convulsions. Des familles entières émigraient, s'installaient et attendaient de pouvoir retourner chez elles, car même après dix générations, la Chine demeurait leur pays.

Pourtant ils n'étaient pas toujours les bienvenus. L'année précédente, le flot des réfugiés avait presque submergé la Colonie. Pour une raison inconnue, les autorités de la RPC avaient relâché le contrôle à la frontière, sans prévenir, provoquant un afflux de plusieurs milliers de personnes en une semaine. La plupart d'entre elles franchirent de nuit la barrière symbolique séparant les Nouveaux Territoires de la province du Kuangtung et débordèrent rapidement une police incapable d'endiguer ce raz de marée. Il fallut faire appel à l'armée, qui bloqua six mille réfugiés près de la frontière, les nourrit puis les renvoya le lendemain en Chine. Mais des milliers d'autres réussirent à passer et obtinrent du même coup le droit de s'installer à Hong Kong. Le flot ne tarissait pas, chaque nuit des milliers de Chinois se pressaient à la frontière et ceux qui avaient déjà conquis l'autorisation de rester manifestaient leur colère et empêchaient l'armée de refouler les nouveaux venus.

Puis l'exode cessa aussi soudainement qu'il avait commencé, la frontière se ferma à nouveau, sans raison apparente.

En six semaines, l'armée avait refoulé 70 000 Chinois mais près de 200 000, sans doute, étaient passés à travers les mailles du filet. Parmi eux se trouvaient les grands-parents de Wu-le-Bigle, quatre de ses oncles avec femmes et enfants — au total dix-sept personnes qui vivaient depuis dans une zone d'accueil située sur les hauteurs entourant Aberdeen. Le Bigle avait tout arrangé, il les avait installés sur un terrain appartenant aux Chen de la Noble Maison et loué, parcelle par parcelle, à quiconque avait les moyens de payer. Le jeune policier avait accepté avec gratitude de verser un loyer mensuel de 240 dollars pour un rectangle de six mètres sur quatre puis, au fil des mois, il avait aidé la famille à se procurer de quoi construire deux cabanes qui, jusqu'à la venue de la pluie, leur avait offert un coin sec où dormir.

Dans ce centre d'accueil, il n'y avait ni égout ni électricité et on comptait un seul poste d'eau pour cent familles. Pourtant on y vivait, on y travaillait, on s'y lançait même dans les affaires. Un des oncles de Wu avait déjà ouvert dans une cabane située en contrebas une petite fabrique de fleurs en plastique ; un autre vendait au marché des gâteaux et du gruau de riz à la mode de Ning-tok, le village de la famille. Tout le monde travaillait car, avec la venue récente d'un bébé, il y avait à présent dix-huit bouches à nourrir. Les plus petits, âgés de deux ou trois ans, accomplissaient aussi leur part et se voyaient confier les tâches les plus simples : trier par exemple les pétales en plastique fabriqués par le reste de la famille.

Fassent les dieux que je touche la récompense pour la capture des Loups-Garous avant samedi, pensait le Bigle avec ferveur. Je pourrai jouer sur Pilot Fish, l'étalon noir qui, selon tous les signes, doit remporter la victoire.

Les pieds nus, il avançait péniblement le long d'une des ruelles serpentant dans la zone. À ses côtés, sa nièce de six ans, pieds nus elle aussi, portait un grand chapeau de coolie qui la faisait paraître plus minuscule encore. Tous deux avaient roulé le bas de leur pantalon car ils enfonçaient parfois dans la boue jusqu'aux chevilles. Wu tenait sous son imperméable le sac en plastique dans lequel il avait mis les chaussures qu'il portait pendant son travail. Son pied glissa dans une ornière et il faillit perdre l'équilibre.

— Forniquent tous les dieux ! jura-t-il en se félicitant de ne pas habiter avec la famille.

La pièce qu'il louait près du poste de police d'Aberdeen et qu'il partageait avec sa mère n'était pas exposée comme les cabanes aux caprices des dieux de la pluie. Une chance aussi que je ne doive pas faire ce chemin tous les jours, se dit-il. Mes vêtements n'y résisteraient pas et je perdrais tout espoir d'entrer à la Special Intelligence où l'on aime l'ordre et la propreté.

La pluie lui ruisselait dans le cou, la fatigue lui courbait le dos. Ce matin, quand il avait terminé son service, un de ses collègues l'avait prévenu que la police effectuerait dans la journée une descente chez Ah Tam, la vieille *amah* liée aux Loups-Garous. Le Bigle avait répondu qu'il se hâterait de rendre visite à son grand-père malade, et sans doute mourant, afin d'être de retour à temps au poste.

Il regarda sa montre et constata, rassuré, qu'il avait largement le temps de franchir les deux kilomètres le séparant du poste de police. Il contourna un tas de détritus et tourna dans une ruelle plus large qui longeait le fossé d'écoulement des eaux de pluie. Profond d'un mètre cinquante, ce fossé servait d'égout, de bac à lessive ou d'évier selon le niveau de l'eau. Ce jour-là, il débordait, rendant plus pénible encore la condition de ceux qui habitaient dans la partie la plus basse.

— Sixième oncle, je peux venir avec toi jusqu'au bout ? demanda la petite fille.

— Seulement jusqu'à la boutique du marchand de bonbons. Fais attention, il y a du verre par terre.

— C'est vrai que l'honorable grand-père va mourir ?

— Les dieux en décideront. Notre sort est entre leurs mains, alors pourquoi nous tracasser ?

— Oui, les dieux sont les dieux, dit la fillette d'un ton grave.

Que les dieux protègent l'honorable grand-père et rendent heureux les jours qu'il lui reste à vivre, pria Wu. Pour plus de sûreté il ajouta : « Je vous salue Marie mère de Dieu, bénissez grand-père », car le dieu chrétien existait peut-être aussi, après tout.

Chez le marchand de bonbons, un vieillard édenté, il acheta un gâteau de riz et un cornet de morceaux de pelure d'orange séchés au soleil.

— Merci, sixième oncle, dit la petite fille, radieuse sous son immense chapeau.

Wu examina avec satisfaction son joli visage. Si les dieux nous sont propices, elle deviendra très belle en grandissant et nous vendrons sa virginité un bon prix, pensa-t-il.

— Rentre vite, maintenant, lui ordonna-t-il. Et fais attention.

Après avoir embrassé son oncle, la fillette fourra le reste du gâteau dans sa bouche et commença à remonter la colline. La pluie continuait à tomber, monotone, criblant le bidonville de ses grosses gouttes lourdes. L'eau débordant du fossé s'écoulait en un ruisseau charriant des débris de toutes sortes et qui se transformait en cascades quand la pente devenait plus raide.

La nièce de Wu évita de justesse un gros bidon cabossé que l'eau projeta contre la cloison de carton d'une cabane. Effrayée, elle s'arrêta.

— Fiche le camp, il n'y a rien à voler ici ! lui cria un des habitants de la cabane.

Au moment où la petite reprenait son escalade, la terre céda sous ses pieds, des centaines de tonnes de boue et de roche glissèrent vers le bas de la colline, ensevelissant tout ce qui se trouvait sur leur passage. En quelques secondes, la masse énorme progressa d'une cinquantaine de mètres, écrasant les cabanes, renversant hommes, femmes, enfants, creusant une crevasse à travers le bidonville.

Puis elle s'arrêta soudain, comme elle avait commencé.

Il se fit un grand silence troublé seulement par le bruit de la pluie. Des cris et des appels à l'aide s'élevèrent, les rescapés jaillirent des cabanes épargnées en remerciant les dieux, des mères coururent à la recherche de leurs enfants. Debout au bord de la ligne de rupture, la nièce de Wu plongeait un regard incrédule dans le trou béant qui s'était ouvert presque sous ses pieds. Se sentant glisser, elle recula en chancelant mais le sol céda sous elle et elle se figea, pétrifiée, serrant contre sa poitrine son cornet de pelure d'orange.

— Ne bouge pas ! lui cria un vieillard.

— Écarte-toi du bord ! lança un autre.

D'autres rescapés regardaient, retenant leur respiration, et attendaient la décision des dieux.

Un bloc de terre se détacha du bord et tomba dans le trou, entraînant la fillette. Par bonheur, sa chute s'arrêta aussitôt et elle ne fut pas ensevelie. Enfoncée dans la boue jusqu'aux genoux, elle s'assura qu'elle n'avait pas perdu son cornet puis éclata en sanglots.

44

11 h 30

La voiture du commissaire Armstrong se frayait un chemin parmi la foule furieuse qui débordait sur la chaussée devant la banque Ho-Pak. Toutes les autres banques du quartier, petites ou grandes, faisaient l'objet d'un pareil siège et la pluie ajoutait encore au climat de tension. Des policiers, nerveux eux aussi — ils n'étaient qu'une vingtaine, armés seulement de matraques, pour calmer un millier de personnes —, canalisaient entre des barrières le flot des déposants venus retirer leur argent.

Le véhicule s'arrêta devant le poste de police d'Aberdeen, Armstrong en descendit et alla directement au bureau de l'inspecteur principal Donald C. C. Smyth.

— Excuse-moi d'avoir été si long, il y a des kilomètres de bouchon.

— C'est sans importance, répondit Smyth, qui avait encore le bras en écharpe. Nous manquons d'hommes, malgré les renforts envoyés par West Aberdeen et le central. Il va falloir nous contenter de Wu-le-Bigle, qui nous accompagnera, et d'un de ses collègues qui est déjà en faction sur le derrière de la maison.

— Bon.

— On y va ? Je ne voudrais pas être absent trop longtemps.

— Ça se comprend. La situation a l'air explosive dans le secteur.

— Foutues banques ! marmonna le Serpent. Tu as liquidé ton compte ?

— Tu plaisantes ? Pour le peu de fric que j'ai... Ah Tam est à l'appartement ?

— Oui, autant que je sache. L'un des truands pouvant se trouver aussi là-bas, j'ai obtenu du directeur l'autorisation de porter un revolver. Tu en veux un aussi ?

— Non, allons-y.

Plus petit que son collègue, Smyth était bien bâti et portait bien l'uniforme. Il enfila maladroitement son imperméable, gêné par son bras en écharpe, se dirigea vers la porte et s'arrêta soudain en disant :

— Bon sang ! j'allais oublier : Kwok, de la SI, a téléphoné ; il a demandé que tu le rappelles.

Armstrong décrocha et composa un numéro.

— Brian ?

— Salut, Robert. Ça va ? Le Vieux veut que tu emmènes directement la cliente chez nous au lieu de la cuisiner à East Aberdeen.

— Pourquoi ?

— Me l'a pas dit mais il est de bon poil aujourd'hui. Nous avons un 16/2, ce soir.

Ce qui signifiait, dans le jargon de la SI, qu'un agent ennemi avait été découvert et qu'il allait être mis en détention préventive.

— Y a-t-il un rapport avec notre problème ? demanda Armstrong, faisant allusion au réseau Sevrin.

— Peut-être. Tu te souviens de ce que je t'ai dit au sujet de la taupe ? Je suis plus convaincu que jamais d'avoir raison.

Brian Kwok passa au cantonais, parlant par allusions, de manière indirecte, au cas où l'on écouterait leur conversation.

— Cela ne veut rien dire, répondit Armstrong. Crosse le connaît, moi aussi — j'ai même déjà bu un verre avec lui, histoire de le sonder.

— Peut-être. Mais si Crosse est notre taupe, un contact en public, au vu de tous, serait bien dans sa manière.

— Nous en discuterons à mon retour, dit Armstrong, malade d'appréhension.

— Le Vieux te demande de lui faire un rapport dès ton arrivée avec l'*amah*.

— Entendu. À tout à l'heure, dit le commissaire avant de raccrocher.

— Mauvaises nouvelles ? s'enquit Smyth.

— Crosse veut que je conduise directement la vieille au QG.

L'inspecteur haussa les sourcils.

— L'affaire relève de ma juridiction. Elle est donc si importante, cette *amah* ?

— Je n'en sais rien et je m'en fous !... Excuse-moi, je suis nerveux, je n'ai pas beaucoup dormi ces derniers jours.

— C'est la taupe qui te tracasse ?

— Quelle taupe ?
— Allons ! Le bruit court chez les Dragons que nos intrépides supérieurs ont reçu l'ordre de trouver au plus tôt le traître. Le ministre aurait même passé un savon au gouverneur et Londres aurait décidé d'envoyer sur place le patron du MI-6.
— D'où tirent-ils leurs informations ? soupira Armstrong.
— Des standardistes, des domestiques, d'un peu tout le monde.
— Ils ne sauraient pas qui est la taupe, par hasard ?
Après un silence, Smyth déclara :
— Ce renseignement coûterait cher. Tu veux que je leur en demande le prix ?
— S'il te plaît. Toi, ça ne te turlupine pas, cette histoire de taupe ?
— Pas du tout, ce n'est pas mon boulot. D'ailleurs, quand vous l'aurez capturée, ses patrons — quels qu'ils soient — parviendront bien à trouver un remplaçant qui leur rendra les mêmes services. Sans la ruée sur Ho-Pak, East Aberdeen serait le secteur le plus tranquille de la Colonie, et c'est tout ce qui m'intéresse.
L'inspecteur sortit une cigarette d'un luxueux étui en or et reprit :
— Je ne demande qu'une chose : qu'on me fiche la paix jusqu'à ce que je prenne ma retraite, dans quatre ans... À ce propos, tu as tort de ne pas prendre l'enveloppe qu'on laisse tous les mois dans un tiroir de ton bureau.
— Vraiment ? répliqua Armstrong en lançant au Serpent un regard haineux.
— Vraiment. Personne ne te demande rien en échange.
— Oui, mais si tu la prends, tu te retrouves dans le bain, avec les autres.
— Non, ici c'est différent. C'est la Chine.
— Ce sont tes « amis » qui t'ont chargé de me transmettre ce message ?
Smyth haussa les épaules :
— J'ai entendu certains bruits. Ta part de la récompense offerte par les Dragons pour retrouver John Chen se monte à 40 000 dollars de Hong Kong.
— Ce n'est pas moi qui l'ai retrouvé ! rétorqua Armstrong.

— Peu importe, l'enveloppe sera ce soir dans le tiroir de ton bureau. Juste un bruit qui court, bien sûr.

Le commissaire songea que cette somme couvrait exactement une dette qu'il devait rembourser avant lundi, des pertes à la Bourse qu'on lui avait récemment rappelées : « Mon cher monsieur, il faudrait penser à nous payer, cela fait plus d'un an que nous attendons, c'est contraire à nos principes. Sans vouloir vous mettre le couteau sur la gorge... »

— 40 000 seulement ? fit-il avec un sourire amer.

— J'imagine que cela t'aiderait à régler tes problèmes les plus pressants. Je me trompe ?

Armstrong ne s'étonna pas que le Serpent en sût aussi long sur sa vie privée. Les Dragons étaient au courant de tout — pourquoi pas du montant de ses dettes ?

— Allons-y, marmonna le commissaire en se dirigeant vers la porte.

En chemin, Wu-le-Bigle fit à Armstrong le récit des événements et lui répéta les propos de la vieille *amah*.

— Bon travail, Wu, le complimenta le commissaire. L'inspecteur Smyth m'a dit que tu désires entrer à la SI ?

— Oui, commissaire. J'ai toujours voulu combattre les ennemis de la Colonie.

On entendit au loin, sur les hauteurs, la plainte d'une sirène.

— Encore un crétin qui a renversé son brasero, grommela Smyth. Heureusement qu'il pleut !

— Si cette affaire nous mène quelque part, je te recommanderai pour la SI, promit Armstrong au Bigle.

— Oui, commissaire, merci, commissaire, dit le jeune policier, rayonnant de bonheur.

Ils tournèrent dans la rue où habitait Ah Tam. Chalands et boutiquiers leur jetèrent des regards renfrognés ou méfiants.

— C'est là, murmura Wu.

Comme convenu, Smyth s'arrêta devant l'étal situé à droite de la porte de la maison et feignit de s'intéresser aux légumes d'un marchand, qui pâlit en découvrant le *quai loh* le plus connu et le plus craint d'Aberdeen. Armstrong et Wu passèrent devant l'entrée puis firent soudain demi-tour. Les trois policiers pénétrèrent dans l'immeuble et grimpèrent rapidement l'escalier branlant et jonché de débris.

Au troisième étage, Smyth, qui ouvrait la marche, s'arrêta, défit la languette maintenant son revolver dans l'étui et fit un pas de côté. Sans hésiter, Armstrong donna un coup d'épaule dans la porte pour faire sauter la serrure et se rua à l'intérieur. Smyth suivit, Wu-le-Bigle resta de garde à l'entrée. Il flottait dans la pièce aux murs tristes, meublée d'un vieux sofa et de fauteuils défraîchis, une odeur douceâtre et écœurante d'opium à laquelle se mêlaient des relents de graillon. Une matrone chinoise regarda les intrus en roulant de grands yeux et laissa tomber son journal. Smyth poussa une porte, découvrit une chambre malpropre, puis une salle de bains en désordre et une autre chambre dont quatre couchettes occupaient presque toute la surface.

De son côté, Armstrong était entré dans une cuisine minuscule et sale, où Ah Tam, courbée au-dessus d'un évier encrassé, s'affairait sur une pile d'assiettes. Elle lui lança un regard dénué d'expression. Au fond, il y avait une autre porte, que le policier ouvrit aussitôt. Elle donnait sur une pièce sans fenêtre, une sorte de grand placard, assez vaste pour y loger une petite couchette métallique sans matelas et une commode boiteuse.

Armstrong revint dans la salle de séjour avec la vieille qui traînait les pieds derrière lui. Smyth les rejoignit, sortit quelques feuillets de sa poche et dit d'un ton aimable à la matrone :

— Désolé de vous déranger, madame, mais nous avons un mandat de perquisition.

— *Heing ?*

— Wu, viens traduire, ordonna Smyth.

Le jeune policier s'exécuta en cherchant à faire croire à la femme, comme convenu, qu'il servait simplement d'interprète à deux flics obtus ne parlant pas cantonais.

La matrone ouvrit la bouche toute grande.

— Fouiller ? glapit-elle. Pour trouver quoi ? Nous respectons la loi, dans cette maison ! Mon mari travaille pour le gouvernement, il a des relations. Si vous cherchez le tripot, c'est au quatrième, et nous n'avons rien à voir avec ces gens-là, rien non plus avec les putains parfumées du 16 qui sont une vraie honte pour...

— Suffit, coupa Wu. Ces seigneurs de la police sont ici pour une question importante. Vous êtes la femme de Ch'ung l'éboueur ?

— Oui ! qu'est-ce que vous nous voulez ? Nous n'avons rien fait !

— Assez, intervint Armstrong en anglais. Cette vieille, c'est Ah Tam ?

— Eh ! toi, tu t'appelles Ah Tam ? demanda Wu à la domestique.

— *Heing, quoi ?* fit l'*amah*, qui n'avait pas reconnu le Bigle, en tordant nerveusement son tablier.

— Bon, tu es Ah Tam ! Tu es en état d'arrestation.

— Ah ! c'est après elle que vous en avez, dit la matrone. Nous ne savons rien d'elle, nous l'avons ramassée dans la rue il y a quelques mois, nous lui avons donné un foyer et un sal...

— Wu, dis-lui de se taire !

Le Bigle obtempéra de façon grossière et ajouta :

— Ces seigneurs veulent savoir s'il y a quelqu'un d'autre dans l'appartement.

— Ils sont aveugles ? répliqua Mrs. Ch'ung. Ils ont forcé ma porte comme des malfaiteurs pour fouiller partout et ils viennent me demander s'il y a quelqu'un !

— Ah Tam, montre ta chambre aux honorables policiers.

— Que veulent-ils de moi ? bredouilla la servante. Je n'ai rien fait, j'ai des papiers en règle depuis l'année dernière.

— Ta chambre !

— Là-bas, derrière la cuisine, intervint la matrone. Comme si ça ne sautait pas aux yeux ! Ils ne savent donc pas où couchent les bonnes, les diables d'étranger ? Et toi, vieille guenon, qu'est-ce que tu as manigancé pour nous attirer des ennuis ? fulmina-t-elle en se tournant vers sa servante. Si elle a volé des légumes, je n'y suis pour rien !

— Taisez-vous ou nous vous embarquons aussi !

La femme de l'éboueur obéit d'un air boudeur.

— Bon, demande..., commença Armstrong.

Remarquant quelques Chinois qui suivaient la scène avec intérêt sur le palier, il leur lança un regard appuyé. À peine eut-il fait un pas dans leur direction que les curieux détalèrent. Il ferma la porte, revint au centre de la pièce.

— Demande-leur ce qu'elles savent des Loups-Garous, reprit-il.

Quand Wu eut traduit, la matrone le regarda, bouche bée, le visage d'Ah Tam vira au gris.

— Moi ? s'écria Mrs. Ch'ung. Qu'est ce que j'ai à voir avec ces horribles bandits ? Je ne sais rien du tout.

— Et toi, Ah Tam ?

— Moi non plus. Je suis une respectable *amah* qui ne s'occupe que de son travail !

Wu répéta en anglais pour ses deux supérieurs, qui apprécièrent la qualité de la traduction et continuèrent à jouer leurs rôles de *quai lohs*.

— Dis-lui qu'elle a intérêt à arrêter de nous mentir, ordonna Armstrong en regardant Ah Tam d'un air menaçant.

Pourtant il n'avait à son égard aucune animosité, il voulait simplement la vérité.

— Je veux la vérité. Dis-lui !

— Quelle vérité, honorable seigneur ? bégaya la servante. Comment une pauvre vieille comme moi pourrait-elle...

— Ça suffit ! explosa le commissaire en levant les deux mains.

À ce signal, convenu entre les trois hommes, Wu-le-Bigle se mit à utiliser le dialecte de Ning-tok :

— Sœur aînée, je te conseille de parler. Nous savons tout !

Ah Tam ouvrit la bouche toute grande, montrant les deux dents mal plantées qu'il lui restait à la mâchoire inférieure.

— Eh, jeune frère, répondit-elle, désarçonnée, dans la langue de son village, que veux-tu de moi ?

— La vérité. Je te connais, tu sais.

— Je ne t'ai jamais vu de ma vie !

— Tu ne te souviens pas de moi ? Au marché, tu m'as aidé à avoir un poulet à un bon prix, nous avons bu du thé. Hier, tu te rappelles ? tu m'as raconté que les Loups-Garous te donneraient une grosse récompense...

Les trois policiers remarquèrent la lueur qui s'alluma brièvement dans les yeux de la vieille.

— Moi ? fit-elle d'un ton indigné. Impossible, tu confonds avec quelqu'un d'autre. Dis aux nobles seigneurs que je ne t'ai jamais vu et que...

— La ferme, vieille sorcière ! Tu as travaillé pour Wu

Ting-top, ta maîtresse s'appelait Fan-ling, elle est morte il y a trois ans !

— C'est pas vrai !

Elle nie, traduisit Wu pour les deux Britanniques qui, cette fois, en avait vraiment besoin.

— Bon, dis-lui qu'on l'embarque. Elle parlera au poste.

Ah Tam se mit à trembler.

— Vous oseriez torturer une pauvre vieille ? gémit-elle. Oh oh oh...

— Il doit revenir quand, le Loup-Garou ? Cet après-midi ?

— Oh oh oh... je sais pas... il avait promis, ce gredin, mais il n'est pas revenu.

— Où habite-t-il ?

— Je... je ne me rappelle plus... il a parlé de North Point, je crois.

Après avoir bombardé la vieille de questions, Armstrong et Smyth conclurent qu'elle ne savait presque rien.

— On l'emmène, de toute façon, décida le commissaire.

— Vous pouvez vous débrouiller sans moi, maintenant ? demanda l'inspecteur. Il faut vraiment que je retourne là-bas.

— D'accord. Merci.

Après le départ du Serpent, Armstrong confia les deux femmes au Bigle et se remit à fouiller l'appartement.

— Jeune frère, murmura Ah Tam en dialecte. Je n'ai rien fait, je te le jure. J'ai juste rencontré ce jeune bandit par hasard, comme toi au marché. Les gens d'un même village doivent s'entraider, *heya ?* Un beau jeune homme comme toi a besoin d'argent — pour les filles ou pour sa femme. Tu es marié, honorable petit frère ?

— Non, sœur aînée, répondit Wu qui, selon les instructions d'Armstrong, laissait venir la servante.

Devant le placard qui servait de chambre à Ah Tam, le commissaire se demandait pour la millième fois pourquoi les Chinois traitaient leurs domestiques aussi durement, et pourquoi ces derniers acceptaient sans broncher un sort aussi misérable. La réponse que lui avait donnée son vieux professeur, à l'école de la police, lui revint en mémoire :

« Parce qu'ils font partie de la famille, je crois. En général, les domestiques gardent la même place pendant toute leur vie et s'intègrent à la famille de leurs maîtres.

D'ailleurs les *ho chiou*, les bons côtés de la situation, ne manquent pas. Il va sans dire que tous les domestiques détournent une partie de l'argent consacré à la nourriture, à l'entretien, etc. Les maîtres le savent et ferment les yeux aussi longtemps que cela reste dans les limites généralement admises. »

Oui, c'est peut-être l'explication, se dit Armstrong en s'avançant dans la « chambre ». Le nez pincé à cause de l'odeur, il commença à fouiller. Rien sous le lit, sauf quelques cadavres de punaises, un pot de chambre ébréché et une valise vide. La commode contenait des vêtements élimés, des bijoux de pacotille, un bracelet en jade bon marché. Dans un sac brodé, caché sous de vieilles nippes, Armstrong découvrit des lettres, une coupure de journal et deux photographies.

Il eut l'impression que son cœur s'arrêtait de battre.

Il retourna dans la cuisine, moins obscure, examina de nouveau les deux photos. Non, il ne s'était pas trompé. Il remarqua que l'une d'elles portait une date, comme la coupure de journal qu'il se mit à lire fébrilement.

Au sous-sol du QG de la police, Ah Tam était assise sur un tabouret, au centre d'une grande pièce insonorisée où tout était blanc : les murs, le plafond, l'unique porte, qui se détachait à peine du mur, et même le tabouret. La vieille *amah* était seule, comme pétrifiée sous l'éclairage cru tombant d'une ampoule nue.

— Que sais-tu du barbare qu'on voit à l'arrière-plan sur la photo ? fit la voix de Wu, déformée par un haut-parleur encastré dans un des murs.

— Je te l'ai dit, je ne sais rien, gémit la servante. Je l'ai à peine vu, ce diable d'étranger, il n'est venu qu'une fois... Je ne me souviens pas, il y a si longtemps... Je peux partir, maintenant ? Je vous ai tout dit.

Armstrong l'observait à travers le miroir sans tain placé entre la grande pièce et la cabine dans laquelle il se trouvait avec le Bigle. Devant eux, deux micros, une console et un magnétophone dont les bobines tournaient silencieusement. Les deux hommes avaient l'air sombre, préoccupé.

— Je crois qu'il n'y a plus rien à en tirer, conclut le commissaire. Demande-lui encore d'où vient le sac.

Wu traduisit en dialecte de Ning-tok d'une voix calme et pleine d'autorité.

— Mais je te l'ai dit ! pleurnicha Ah Tam.
— Répète-le et tu pourras partir.
— Bon... c'est ma maîtresse qui me l'a donné sur son lit de mort. Je le jure !
— Tout à l'heure, tu m'as raconté qu'elle te l'avait donné la veille de sa mort. Il faudrait savoir.
Ah Tam tira nerveusement sur sa natte.
— Je... je ne sais plus...
Elle ouvrit la bouche, remua silencieusement les lèvres puis lâcha d'un trait :
— Je l'ai pris après sa mort, et j'ai pris aussi les deux photos et le tael d'argent, parce que ni ses fils ni ses filles, cette racaille qui la haïssait et me détestait, ne m'auraient donné un sou... Elle me l'avait promis avant de mourir, il est à moi, elle me l'a donné...
Les deux policiers laissèrent la vieille continuer à vider son sac et se justifier. L'horloge murale indiquait deux heures moins le quart, ils interrogeaient Ah Tam depuis une demi-heure.
— Restons-en là pour le moment, décida Armstrong. Nous remettrons ça dans trois heures pour plus de sûreté mais je crois qu'elle ne nous a rien caché.
D'un geste las, le commissaire décrocha le téléphone.
— Armstrong à l'appareil, vous pouvez la reconduire à sa cellule. Veillez à ce qu'elle soit bien traitée et faites-la examiner à nouveau par le médecin.
Il était de règle, à la SI, de faire subir un examen médical aux prévenus avant et après l'interrogatoire. En l'occurrence, le docteur avait déclaré qu'Ah Tam avait un cœur de jeune fille.
Quelques instants plus tard, la porte blanche presque invisible s'ouvrit, une femme en uniforme fit aimablement signe à la vieille Chinoise de se lever. Armstrong réduisit l'intensité de l'éclairage, appuya sur le bouton de rembobinage du magnétophone.
— Tu as bien travaillé, Wu. Tu apprends vite.
— Merci, commissaire.
Quand le discret ronron de l'appareil cessa, Armstrong sortit la bande.
— Nous indiquons toujours la date, l'heure et la durée exacte de l'interrogatoire, et nous donnons au suspect un nom de code, expliqua-t-il. (Il consulta un registre, inscrivit un chiffre sur la bobine puis commença à remplir

un formulaire.) Pour plus de sûreté, nous reportons ces indications sur cette feuille, nous la signons, et nous écrivons ici en bas le nom de code d'Ah Tam : V-11-3. Ce document est ultra-secret, il est conservé dans un coffre. D'ailleurs, tout ce que tu as vu aujourd'hui ici est ultra-secret.

— Vous pouvez compter sur moi, assura le jeune Chinois.

— Souviens-toi toujours que la SI n'a de comptes à rendre qu'au gouverneur et au ministre de Londres. La loi anglaise, les procédures policières normales ne s'appliquent pas à la Special Intelligence. Pour nos clients, pas d'*habeas corpus*, pas de procès public, pas d'appel. Tu as compris ?

— Oui, commissaire, vous pouvez me faire confiance, déclara Wu, plein d'espoir.

— Bon. De toute façon, tu es consigné ici pour quelques jours.

— Mais... Oui, commissaire.

Ils sortirent de la cabine, Armstrong ferma la porte à clef et remit le formulaire et la clef au policier de service à l'entrée.

— Je garde la bande pour l'instant, j'ai signé le bordereau. Prenez soin du jeune Wu, il sera notre hôte pour quelques jours. Il nous a été fort utile. Commencez à établir son dossier, je vais recommander son détachement à la SI.

Armstrong pénétra dans la cabine de l'ascenseur, un goût amer dans la bouche. Il n'aimait guère les méthodes de la SI, malgré les résultats qu'elles permettaient d'obtenir. Il leur préférait le bon vieil interrogatoire où il faut faire preuve de patience et de ruse. « Trop dangereux, ces techniques psychologiques modernes », marmonna-t-il en remontant le couloir conduisant à son bureau.

Par la porte ouverte, il vit Kwok affalé dans un fauteuil, les jambes étendues, le nez dans un des journaux du matin de la Chine populaire. Au fond, la pluie dessinait des hachures sur les fenêtres.

— Quoi de neuf ?

— Un article sur l'Iran : « Avec l'aide du shah, ce despote sanguinaire, la CIA capitaliste a réprimé une insurrection révolutionnaire en Azerbaïdjan. Des milliers de manifestants ont été tués... », et ainsi de suite. Je n'avale pas toute cette propagande, mais on dirait bien que la CIA et le 92e régiment de paras ont désamorcé la bombe. Pour une fois, les Amerlos ont droit à mes félicitations.

— Pour ce que ça changera, grogna Armstrong.

Brian Kwok leva les yeux vers son ami.

— Qu'est-ce qu'il y a ?

— Je me sens à plat. J'ai commandé deux bières, ensuite nous irons manger. Un curry, ça te va ?

— Laissons tomber le déjeuner si tu n'es pas en forme.

— Non, non... J'ai horreur des interrogatoires *en blanc*, ça me retourne.

— Vous avez descendu la vieille *amah* au sous-sol ? demanda Kwok, surpris. Pourquoi diable ?

— Ordre de Crosse, ce salaud !

— C'est un beau salaud, en effet, et je suis sûr de ne pas me tromper sur son compte.

— Plus tard, Brian. Quand je pense que je ne fais même plus partie de la SI !

— Tu es officiellement détaché chez nous, non ?

— On ne m'en a rien dit et j'espère bien ne pas l'être. Le 16/2 de ce soir, qu'est-ce que c'est au juste ?

— Crosse ne m'a donné aucun détail.

— Naturellement !

— J'ai une nouvelle qui va te remonter le moral.

— Ton ami N'a-qu'un-pied, du restaurant Para, t'a refilé les quatre gagnants pour samedi ?

— Ce serait trop beau. Non, il s'agit des dossiers que tu as trouvés chez Lo-Dents-de-Lapin hier et que tu as transmis à la brigade anticorruption.

— Oui, et alors ?

— Notre ami Thomas K. K. Lim, le millionnaire sino-américain, qui est en ce moment quelque part au Brésil, mérite une attention toute particulière. De l'or en barres, ces dossiers !

— Il est en cheville avec Tsu-yan ?

— Oui, et avec d'autres personnages très intéressants.

— Banastasio ?

— Vincenzo Banastasio lui-même. Du coup, tout s'emboîte : John Chen, les armes, Tsu-yan, Banastasio et la théorie de Peter Marlowe.

— Bartlett aussi ?

— Pas encore. Ce Marlowe a des informateurs trop bien renseignés, il va falloir s'intéresser à lui.

— Je m'en occupe, dit Armstrong. Il y avait autre chose dans ces papiers ?

— Thomas K. K. Lim, Américain d'origine chinoise de la troisième génération, est une sorte de pie voleuse : il amasse dans ses archives des lettres, des notes, des circulaires, etc., qu'il grappille un peu partout. Le tout donne de nos amis américains une image assez déplorable.

— À savoir ?

— Par exemple, une grande famille influente et bien connue de la Nouvelle-Angleterre fricote avec certains généraux américains et vietnamiens. La construction au Viêt-nam de gigantesques bases aériennes complètement inutiles rapporte beaucoup d'argent à tout ce beau monde.

— *Alléluia !* Les noms y sont ?

— Les noms, les grades, toutes les références. Si ces messieurs venaient à savoir que l'ami Thomas a réuni cette documentation, on frémirait d'horreur dans les beaux quartiers et au Pentagone.

— Lim leur sert d'intermédiaire ?

— Il est en très bons termes avec de nombreux pontes, des deux côtés de la barrière. Les documents que tu as saisis permettent de démonter la combine. Par ailleurs, ils projettent de détourner huit millions de dollars américains grâce à un nouveau programme d'aide bidon, et Lim aborde même dans une lettre la question du transfert en Suisse du premier million de *h'eung yau*.

— On pourrait les coincer ?

— À condition de le vouloir. J'en ai parlé à Crosse, qui s'est contenté de hausser les épaules en répondant que l'affaire ne nous concerne pas : si les Amerlos veulent truander leur gouvernement, libre à eux.

— Il va refiler la marchandise à Rosemont ou provoquer des « fuites » ?

— Je ne crois pas. En un sens, il a raison, ce n'est pas nos oignons. Pourtant, ces types mériteraient de se faire pincer : il faut être fou pour mettre par écrit ce genre de tripotages.

— Il y a un rapport entre Lim et les deux autres, Lo-Dents-de-Lapin et son petit copain ? Ils se remplissent les poches avec les fonds de CARE ?

— Certainement, mais leurs dossiers à eux sont en chinois, il faudra plus de temps à la brigade pour les éplucher. Curieux que Crosse ait levé ce lièvre — un peu comme s'il connaissait d'avance le lien entre tous ces lascars...

Kwok baissa la voix pour ajouter :

— Je sais que j'ai raison au sujet de Crosse.

Armstrong contempla la pluie un instant, puis revint à Kwok.

— Sur quoi t'appuies-tu ?

— Tu connais le vice-consul américain — le pédé qui traficote avec les visas ? Crosse a dîné avec lui le mois dernier. *Dans son appartement.*

— Cela ne prouve rien, objecta le policier britannique en se frottant nerveusement le visage. Écoute, demain, nous aurons les dossiers...

— On ne nous laissera peut-être pas les lire.

— Personnellement je m'en fous. Moi, je suis de la criminelle, et les histoires de la SI...

On frappa, la porte s'ouvrit, un serveur chinois entra avec un plateau et deux chopes de bière.

— Bonjour, *commissé*, dit-il en souriant de toutes ses gencives édentées.

Armstrong but une longue gorgée, soupira et rangea la bande de l'interrogatoire dans son coffre.

— Du nouveau sur Voranski ou ses assassins ? demanda-t-il en revenant près de son ami.

— Ils se sont volatilisés. Avec les photos, nous finirons par les avoir, à moins qu'ils ne soient passés en Chine.

— Ou à Taiwan.

— À Macao, en Corée, au Viêt-nam — n'importe où, renchérit Kwok. Cette affaire Voranski préoccupe tout le monde : Londres, le MI6, la CIA. Rosemont a mis tous ses hommes sur le coup ; l'idée que l'assassinat pourrait être lié à la venue du porte-avions nucléaire l'empêche de dormir.

Le policier chinois avala une dernière lampée de bière et se leva en proposant :

— Bon, on y va ?

— Attends un peu...

Armstrong décrocha le téléphone, commença à composer un numéro et s'arrêta en voyant son ami cligner des yeux puis tituber. Il l'attrapa au moment où il allait tomber, le poussa vers le fauteuil. La porte s'ouvrit, Crosse entra avec trois agents de la SI, tous britanniques et ayant beaucoup d'ancienneté. L'un d'eux passa une cagoule noire au policier inconscient, le chargea sur son dos et sortit, suivi de ses collègues.

À présent Robert Armstrong n'éprouvait plus rien, ni colère, ni indignation, ni remords. Si quelque chose en lui refusait encore de croire à la culpabilité de son ami, il devait se rendre à l'évidence : Brian était une taupe communiste, il en avait lui-même trouvé une preuve irréfutable chez la vieille *amah*. Son ami n'était pas le fils de Chinois nommés Kwok, assassinés à Canton en 1943 par les communistes, mais celui de Fang-ling Wu, l'ancienne maîtresse d'Ah Tam. Une des photos le montrait en compagnie d'une minuscule Chinoise, devant une pharmacie de village, près d'un croisement. En dépit de la médiocre qualité du cliché, on pouvait déchiffrer l'enseigne de la pharmacie et reconnaître les traits de Brian. À l'arrière plan, il y avait une vieille voiture près de laquelle se tenait un Blanc, le visage à demi tourné. Wu-le-Bigle avait reconnu la pharmacie du village de Ning-tok, appartenant à la famille Tok-ling Wu, et Ah Tam avait identifié sa maîtresse.

— Et l'homme ? avait demandé le policier.

— C'est son fils, seigneur, je te l'ai dit. Deuxième fils Chutoy, qui vit maintenant chez les diables d'étrangers, au nord du pays de la Montagne dorée.

— Tu mens.

— Non, seigneur, c'est Chu-toy. Il est né à Ning-tok, j'ai aidé à l'accouchement de mes propres mains. Il est parti encore enfant.

— Pour où ?

— Le Pays de la pluie, puis la Montagne dorée. Maintenant il a un restaurant là-bas, et deux enfants... Quand père a été proche de la mort, il est venu, comme un bon fils, mais il est reparti et la pauvre mère a pleuré, pleuré...

— Il est souvent venu voir ses parents ?

— Juste cette fois-là. Je n'aurais d'ailleurs pas dû le rencontrer : mère m'avait envoyée rendre visite à des parents du village voisin, mais je suis rentrée un jour plus tôt que prévu. C'est comme ça que j'ai vu le jeune maître, juste avant qu'il parte dans la voiture étrangère.

— Elle venait d'où, cette voiture ? C'était la sienne ?

— Je ne sais pas. Personne à Ning-tok n'avait de voiture, pas même père qui était pharmacien et membre

du comité... Chu-toy avait cinq ou six ans quand on l'a envoyé ici, à Port odorant, chez un oncle...
— Il s'appelait comment, cet oncle ?
— Je ne sais pas. Je me souviens seulement que mère pleurait, mais que père lui disait que Chu-toy devait étudier... Je peux partir, maintenant ? S'il vous plaît...
— On l'a envoyé à l'école à Hong Kong ? Où ça ?
— Je ne sais pas. Et puis je l'ai oublié, et maîtresse aussi. C'était mieux parce qu'il était parti pour toujours. Ils doivent toujours partir, les deuxièmes fils...
— Quand est-il revenu à Ning-tok ?
— Il y a quelques années, juste avant la mort de père. Le jour de la photo, comme je vous l'ai dit. Mère y tenait tellement à cette photo ! Elle l'a supplié et il a fini par accepter, comme un bon fils.
— Et le barbare, qui est-ce ?
— Je ne sais pas. Il conduisait la voiture, mais c'était un homme important, parce que le comité et Chu-toy lui-même avaient beaucoup d'égards pour lui. C'était la première fois que je voyais un diable d'étranger.
— Et qui sont les mariés de l'autre photo ?
— Père et mère, bien sûr. Ting-top Wu et sa *tai-tai* Fang-ling, ma maîtresse.
— Et la coupure de journal ?
— Elle était avec les photos, alors je l'ai prise...
C'était un entrefilet d'un journal chinois de Hong Kong, daté du 16 juillet 1937. On y lisait que trois jeunes Chinois particulièrement brillants dans leurs études avaient obtenu du gouvernement une bourse pour une *public school* anglaise. Le premier cité s'appelait Kar-shun Kwok, le nom chinois de Brian pour l'état civil.
Crosse tira Armstrong de ses réflexions en disant :
— Vous avez fait du bon travail, Robert.
— Vraiment ? répondit le commissaire avec amertume.
— Oui, de l'excellent travail. Vous êtes venu me voir immédiatement avec les photos, vous avez suivi mes instructions à la lettre, et notre taupe est maintenant en lieu sûr... Une chance que le serveur ne se soit pas trompé en posant les chopes devant vous. Brian ne s'est pas méfié ?
— Je ne crois pas. Excusez-moi, monsieur, je me sens... sale. Je vais prendre une douche.
— Asseyez-vous une minute, vous devez être fatigué. C'est éprouvant, ce genre d'histoire.

Éprouvant ! Armstrong aurait voulu hurler : « Non, c'est impossible, il est mon ami depuis des années ! » Mais comment expliquer le faux nom, la fable des parents massacrés ? Si ce pharmacien n'était pas son vrai père, pourquoi aurait-il pris le risque de revenir à Ning-tok pour le voir une dernière fois avant sa mort ? Et le reste est facile à déduire. Pour savoir que son père était mourant, il lui fallait être en contact permanent avec la Chine ; pour pouvoir se rendre secrètement de l'autre côté de la frontière et en revenir, il fallait avoir d'importantes relations en RPC. Ces relations, il les avait parce qu'il était des leurs, qu'on l'avait préparé pendant des années à devenir une taupe.

— Bon Dieu, murmura le commissaire. Dire qu'il serait devenu directeur adjoint de la police...

— Que faisons-nous, maintenant ? demanda Crosse avec douceur.

Armstrong s'arracha à son hébétude, le « métier » reprit le dessus.

— Nous vérifions, en fouillant son passé. L'oncle chez qui on l'a envoyé devait être de Ning-tok et du Parti, lui aussi. Par ailleurs, il doit être possible de retrouver des traces du contrôle qu'ils ont exercé sur lui en Angleterre puis au Canada.

— Vous avez raison, mais, auparavant, nous allons l'interroger, et c'est à vous que revient l'honneur de commencer à le cuisiner.

— Je... je ne pourrai pas.

Crosse poussa un soupir, ouvrit la grande enveloppe bulle qu'il tenait à la main et tendit une photo au commissaire : l'agrandissement du visage du Blanc situé à l'arrière-plan sur la photo de Ning-tok.

— Qu'en pensez-vous ?

— Je... Je dirais qu'il a détourné la tête en voyant l'appareil.

— C'est ce que je crois également. Vous le reconnaissez ?

Armstrong étudia les traits indistincts et répondit par la négative.

— Voranski, peut-être ? suggéra Crosse.

— Non, je ne pense pas.

— Dunross, alors ?

Le commissaire approcha la photo de la lumière, l'agrandissement en avait grossi le grain.

— C'est possible... mais peu probable. Le Taï-pan à la tête de Sevrin ? Non, impossible.

— Peu probable mais pas impossible, corrigea le directeur de la SI. Dunross est un bon ami de Brian... En tout cas, je veux savoir rapidement qui est cet homme, et Brian connaît la réponse. Nous le préparerons, mais c'est vous qui lui porterez le coup de grâce.

— Non. Trouvez quelqu'un d'autre.

— Robert, ne soyez donc pas aussi assommant ! Chu-toy Wu, alias Brian Kar-shun Kwok, est tout simplement une taupe ennemie qui nous a trompés pendant des années. À propos, vous participerez au 16/2 de ce soir, à 18 h 30, et vous êtes dorénavant officiellement détaché à la SI.

— Pas question, et pas question non plus que j'interroge...

— Mon cher ami, je ne vous demande pas votre avis, coupa Crosse. Vous êtes le seul à pouvoir vous en charger, Brian est trop intelligent pour se laisser prendre comme un amateur. Naturellement, je comprends votre stupeur. Tout le monde est stupéfait — moi-même, le gouverneur...

— Je vous en prie.

— C'est lui qui a donné Fong-fong, un autre de vos amis, et qui est sans doute à l'origine des fuites dans l'affaire AMG. Dieu sait quelles autres informations il a pu transmettre ! Il avait accès à la plupart des dossiers et je voulais en faire mon bras droit, je le reconnais. Voilà pourquoi nous devons le faire parler au plus vite. J'ai donné l'ordre de lui faire subir l'interrogatoire de première catégorie sans attendre.

Armstrong pâlit et tourna vers son chef un regard chargé de haine.

— Vous êtes un salaud, le dernier des salauds.

— C'est exact, dit Crosse avec un léger rire.

— Et une tapette aussi, peut-être ?

— Peut-être. Allons, Robert, vous croyez vraiment qu'on pourrait me faire chanter, moi ? D'ailleurs, si je devine bien, l'homosexualité serait plutôt considérée avec indulgence en haut lieu.

— Ah oui ?

— Je vous assure, c'est presque bien vu, déclara Crosse avec désinvolture. On s'y adonne à l'occasion dans les milieux les plus influents — même à Moscou. Évidemment, il faut être discret et éviter de se compromettre, mais, dans notre profession, avoir des penchants particuliers peut présenter des avantages. Vous n'êtes pas de mon avis ?

— Au nom de la SI, vous justifieriez n'importe quel crime, n'importe quelle saleté !

— Robert, je comprends votre désarroi mais en voilà assez.

— Vous ne pouvez pas me contraindre à réintégrer la SI. Je donnerai ma démission.

— Et vos dettes, mon cher Robert ? fit Crosse d'un ton méprisant. N'oubliez pas qu'il vous faut 40 000 dollars avant lundi. Nous ne sommes plus des enfants, mon vieux — ni vous ni moi. Je vous ordonne de briser Brian, et vite.

45

15 h

La sonnerie de la cloche qui annonçait la clôture de la Bourse se perdit dans le brouhaha montant des groupes d'agents de change lancés dans d'ultimes tractations. Pour Struan, la journée avait été désastreuse. Sur l'énorme quantité d'actions mises en vente, certaines avaient trouvé acheteur mais elles avaient été remises sur le marché quand de nouvelles rumeurs s'étaient ajoutées aux précédentes. La cote de la Noble Maison avait chuté de 24,70 à 17,50 et il restait encore 300 000 actions inscrites dans la colonne vente. Toutes les banques étaient à la baisse, le marché connaissait des remous inquiétants. Chacun s'attendait au naufrage prochain de la Ho-Pak, que sir Luis Basilio avait provisoirement sauvée en suspendant à midi toutes les transactions sur les banques.

— Merde, grommela un cambiste en entendant la cloche. Baisé par le gong !

— Regardez le Taï-pan ! s'écria un autre. Dieu tout-puissant, on ne dirait pas que le glas vient de sonner pour la Noble Maison !

— Il a du cran, c'est certain. Sa cote dégringole à 17,50, alors qu'elle n'était jamais descendue en dessous de 25, et il sourit comme si de rien n'était. Demain Gornt va prendre le contrôle de Struan.

— Gornt ou la banque.

— La Vic ? Non, elle a des problèmes, elle aussi, intervint un troisième agent de change.

— Sapristi, vous pensez vraiment que Gornt va devenir le Taï-pan de la nouvelle Noble Maison ?

— Je n'arrive pas à y croire ! cria un quatrième par-dessus le vacarme.

— Il faudra vous y faire, mon vieux. Je dois reconnaître que Dunross n'a pas l'air d'un homme dont l'empire s'effondre.

— Il était temps que ça arrive !

— Allons ! le Taï-pan est un type bien et Gornt est un salaud pétri d'orgueil !

— Ils sont aussi salauds l'un que l'autre !

— Oh ! je ne crois pas. En tout cas, je me suis fait un joli paquet en commissions, aujourd'hui. Et j'ai liquidé mes propres actions, Dieu merci ! Certains de mes clients vont y laisser des plumes mais ils peuvent se le permettre.

— Moi je détiens encore 58 000 Struan, et personne n'en veut.

— Nom de Dieu !

— Qu'est-ce qu'il y a ?

— La Ho-Pak est lessivée, elle vient de fermer ses portes !

— *Quoi ?*

— Toutes les agences !

— Vous êtes sûr ?

— Naturellement. On dit que la Vic n'ouvrira pas non plus demain et que le gouverneur va décréter la fermeture de toutes les banques pour vingt-quatre heures. Je le tiens de source bien informée.

— Bon Dieu, nous sommes tous ruinés...

— Non, je viens de parler à Johnjohn. La ruée les a atteints, c'est vrai, mais il m'a assuré qu'ils tiendraient.

— Il en est certain ?

— D'après lui, il y a eu un mouvement de panique à Aberdeen, quand les agences de la Ho-Pak ont fermé. Richard Kwang vient de publier un communiqué rassurant : la fermeture n'est que momentanée, la banque est solvable et...

— Quel menteur !

— ... et tous les déposants doivent se rendre au siège central de la banque, qui reste ouvert, s'ils désirent retirer de l'argent.

— Et leurs actions, à combien vont-ils les payer ? dix cents le dollar ?

— Dieu seul le sait ! Des milliers de gens vont y perdre leur chemise.

— Hé, Taï-pan ! vous laissez votre cote s'effondrer ou vous achetez ?

— La Noble Maison se porte comme un charme, mon vieux, répondit Dunross avec aisance. Je vous conseille d'acheter.

— Combien de temps pourrez-vous tenir, Ian ?

— Il y a quelques petits problèmes que nous allons résoudre, ne vous inquiétez pas.

Dunross continua à fendre la foule en direction de la sortie. Linc et Casey le suivaient, le bombardant de questions auxquelles il répondait laconiquement ou qu'il esquivait en plaisantant. Quand il se retrouva face à Gornt, il se fit un grand silence dans la salle.

— Ah ! Quillan, la journée a été bonne ? demanda-t-il aimablement.

— Excellente, merci. Nous avons gagné trois ou quatre millions, mes associés et moi.

— Vous avez des associés ?

— Naturellement. On ne s'attaque pas à Struan sans s'assurer au préalable de solides soutiens financiers. Il se trouve que des quantités de gens bien détestent Struan, et cela depuis plus de cent ans. J'ai le plaisir de vous annoncer que je viens d'acquérir 300 000 autres actions que je vais m'empresser de mettre sur le marché. Voilà qui devrait vous porter le coup de grâce.

— Nous tiendrons.

— Jusqu'à demain, ou lundi au plus tard... Nous dînons toujours ensemble mardi, Mr. Bartlett ?

— Certainement.

— À vendre à découvert sur un marché aussi versatile, on risque de se brûler les ailes. Vous ne croyez pas ? demanda Dunross aux Américains.

— La Bourse de New York n'aurait pas résisté à une telle journée, déclara Bartlett. N'est-ce pas, Casey ?

— Sûrement pas, répondit la jeune femme, que le regard scrutateur de Gornt mettait mal à l'aise.

— Vous vendez à découvert, vous aussi, Mr. Bartlett ? demanda le Taï-pan de la Rothwell.

— Non. Pas pour le moment.

— Vous devriez. Il y a beaucoup d'argent à gagner quand le marché s'effondre. Et vous, Ciranoush, vous jouez à la baisse ?

La façon dont il prononça son nom fit frissonner Casey. Attention, se dit-elle. Cet homme est dangereux — comme Dunross, comme Linc.

Lequel d'entre eux ?

Je crois que je les désire tous les trois, s'avoua-t-elle en sentant une onde de chaleur la parcourir.

— Non, je n'aime pas jouer. J'ai eu trop de mal à gagner l'argent que je possède, répondit-elle.

— Sage attitude, commenta Gornt. Pourtant, il y a parfois des coups absolument sûrs qui vous permettent de faire un *malheur*, ajouta-t-il en regardant Dunross.

— C'est une image, naturellement.

— Naturellement, répéta Ian avec le sourire. À demain, Quillan.

— Hé, Mr. Bartlett ! cria quelqu'un, avez-vous oui ou non conclu un accord avec Struan ?

— Et que pense le pirate des raids à la mode de Hong Kong ? lança un autre.

— Tous les raids se ressemblent, répondit Bartlett en haussant les épaules. On n'est jamais sûr de gagner avant la fin, et comme l'a dit Mr. Dunross, on risque de se brûler les ailes. Mais je suis également d'accord avec Mr. Gornt : on a parfois l'occasion de casser la baraque — c'est une image, bien sûr.

Des rires fusèrent tandis que Ian reprenait le chemin de la sortie, suivi par Linc et Casey. Parvenu devant sa Rolls, Dunross leur proposa :

— Montez, mon chauffeur va vous reconduire après m'avoir déposé. Désolé de ne pas vous accompagner, je dois retourner au bureau.

— Non, non, c'est inutile, nous prendrons un taxi.

— Avec cette pluie, vous n'en trouverez pas. Montez donc.

— Bon, qu'il nous laisse à la gare du ferry, ce sera suffisant, dit Casey.

Quand le trio fut installé à l'arrière, Bartlett demanda :

— Que comptez-vous faire au sujet de Gornt ?

Le Taï-pan partit d'un rire dont l'Américain s'efforça d'estimer la sincérité.

— Je vais attendre. La patience est une vertu chinoise. Merci de votre discrétion concernant notre accord. Vous vous en êtes bien tiré.

— Vous l'annoncerez demain, après la clôture, comme prévu.

— J'aimerais garder une marge de manœuvre. Peut-être demain, peut-être mardi, après la signature. Notre accord tient toujours jusqu'à mardi minuit ?

— Certainement, dit Casey.

— Si cela ne vous dérange pas, laissez-moi manœuvrer seul en ce qui concerne l'annonce de notre accord. Je vous préviendrai avant de le rendre public, mais je préfère ne pas fixer de date maintenant.

— Entendu.

— Merci. Évidemment, si je suis nettoyé d'ici là, tout est changé, je le comprends parfaitement.

— Gornt peut vraiment prendre le contrôle de Struan ? demanda Casey.

Le Taï-pan continua à sourire mais son regard se durcit.

— Non, en fait, mais il peut réunir assez d'actions pour avoir accès au conseil d'administration et y désigner d'autres membres. Une fois dans la place, il connaîtra nos secrets et sera en mesure de nous détruire. Car c'est cela qu'il veut : nous détruire.

— À cause du passé ?

— En partie. À Hong Kong, les forts survivent, les faibles disparaissent ; le gouvernement n'intervient ni pour vous prendre de l'argent ni pour vous protéger. Si vous n'aimez pas la liberté, ce n'est pas ici qu'il faut venir. Vous êtes venu pour gagner de l'argent, *heya* ? interrogea Ian en regardant Bartlett. Et vous en gagnerez, d'une façon ou d'une autre.

Linc acquiesça d'un ton neutre et Casey se demanda avec inquiétude ce que Dunross savait de ses tractations avec Gornt.

— Nous sommes venus pour gagner de l'argent, reconnut-elle, mais pas pour détruire.

— Parfait. Avant que j'oublie : Jacques vous invite à dîner ce soir. Je ne pourrai pas être des vôtres, je dois voir le gouverneur, mais je vous rejoindrai plus tard pour prendre un verre.

— Non, ce soir c'est impossible, répondit Bartlett en pensant à Orlanda.
— Et vous, Casey ?
— Non plus, j'ai des milliers de choses à faire. Une autre fois.
Ravie de la réponse de Linc, la jeune femme pensait déjà au plaisir qu'elle aurait à dîner en tête à tête avec lui.

Quand Dunross entra dans son bureau, Claudia lui annonça :
— Mr. et Mrs. Kirk attendent en bas, à la réception, et la démission de Bill Foster est sur votre bureau.
— Merci Claudia. Rappelez à Linbar que je veux le voir avant son départ.
Bien que l'Eurasienne fût experte dans l'art de dissimuler ses sentiments, il devinait sa peur. D'ailleurs la peur semblait s'être insinuée dans tout l'immeuble et, malgré une apparente tranquillité, le personnel de Struan s'était mis à douter. « Quelles que soient les armes et les troupes dont elle dispose, une armée ne peut vaincre sans faire confiance à son général », se rappela le Taï-pan, puisant une fois de plus dans les enseignements de Sun Tzu.
Après avoir examiné ses positions, il conclut que le meilleur moyen de défense serait l'attaque, mais il ne pouvait passer à l'offensive sans une rentrée massive de fonds. Au cours de son entrevue avec Mata, dans la matinée, il n'avait arraché au Portugais réticent qu'un simple « peut-être ».
— Je vous avais prévenu que je devais d'abord consulter l'Avare, avait argué Mata. Je n'ai pas réussi à le joindre.
— Il est à Macao ?
— Oui, je crois. Il arrive aujourd'hui, en principe, mais je ne sais pas à quelle heure. S'il n'est pas dans le dernier ferry, je retournerai à Macao pour le voir et je vous téléphonerai ce soir, dès que je lui aurai parlé. Vous avez reconsidéré nos deux propositions ?
— Oui. C'est non pour l'une et l'autre : je ne peux vous céder le contrôle de Struan ni quitter la Noble Maison pour m'occuper du jeu à Macao.
— Notre argent vous permettrait d'écraser Gornt.
— Je garde le contrôle de Struan.
— Nous pourrions peut-être combiner les deux proposi-

tions. Nous vous soutenons contre Gornt en échange du contrôle de Struan et vous prenez secrètement la direction du syndicat du jeu.

Le Taï-pan s'installa derrière son bureau en songeant que Mata et l'Avare cherchaient uniquement à tirer profit de l'impasse dans laquelle il se trouvait. Bartlett et Casey aussi, se dit-il sans colère. Une femme intéressante, cette miss Cholok : belle, courageuse, loyale — envers Bartlett. Je me demande si elle sait qu'il est monté chez Orlanda ce matin. Je me demande s'ils se doutent que je suis au courant des deux millions versés à Gornt sur un compte suisse. Bartlett est malin, il place bien ses pièces mais il est vulnérable parce qu'on prévoit ses coups. Et parce qu'il va se faire entortiller par une jeune beauté à la peau dorée, Orlanda ou une autre. C'était habile de la part de Quillan de l'amorcer avec cet appât...

— Les appels téléphoniques, Claudia ?

La vieille secrétaire consulta sa liste.

— Hiro Toda vous demande de rappeler, même chose pour Alastair Struan à Édimbourg... David MacStruan a téléphoné de Toronto... Votre père de Ayr... Sir Ross Struan de Nice...

— Faites-moi plutôt voir cette liste... Oncle Trussler de Londres, Oncle Kelly de Dublin... Le cousin Cooper d'Atlanta... Les mauvaises nouvelles vont vite.

Les yeux de Claudia s'embuèrent.

— Qu'est-ce... qu'est-ce que nous allons faire ? gémit-elle.

— Surtout pas pleurer, dit Ian d'une voix calme.

— Oui, pardon.

Claudia retrouva d'autant plus facilement son sang-froid qu'elle s'inquiétait avant tout pour son patron. Personnellement, elle ne risquait plus rien ; elle avait vendu ses actions avant la dégringolade et elle n'avait pas acheté comme le chef de la Maison de Chen l'avait discrètement recommandé aux membres du clan.

— Ma fille, il n'y a point de malheur pire que la mort, déclara Ian en prenant l'accent écossais. C'est ce que répétait le vieux Taï-pan.

Le vieux Taï-pan, c'était sir Ross Struan, le père d'Alastair, le premier Taï-pan dont il se souvînt. Il revint à la liste :

— Le cousin Kern de Houston et le cousin Deeks de Sydney. La famille est au complet.

Chacune de ces branches familiales détenait des actions de la Noble Maison mais le Taï-pan en titre en disposait à son gré au conseil d'administration. Les Dunross, qui descendaient de Dirk Struan par sa fille Winifred, en possédaient 10 % ; les Struan, héritiers de Robb, le demi-frère de Dirk, 5 % ; les Trussler et les Kelly, de la branche issue de la fille cadette de Culum et Hag, 5 % également, tout comme les Cooper, les Kern et les Derby, descendants du négociant américain Jeff Cooper, ami de Dirk, qui avait épousé la fille aînée de la vieille Hag ; les MacStruan, rejetons illégitimes de Dirk, 2,5 % ; enfin les Chen, 7,5 %. Quant aux 50 % restants, Hag Struan, à qui ils avaient appartenu en propre, les avaient constitués en un fidéicommis à perpétuité, confié au Taï-pan en exercice « quel qu'il soit », et dont les bénéfices étaient partagés de la façon suivante : une moitié au Taï-pan, l'autre répartie entre le reste des branches en proportion de leur nombre d'actions. Ainsi en avait décidé la douairière, qui avait ajouté dans son testament, de son écriture énergique : « Si, pour une raison quelconque, le Taï-pan décide de ne pas verser aux autres branches les bénéfices provenant de mes actions, ils iront grossir sa cassette personnelle et il en usera à son gré. Mais que les taï-pans successifs prennent garde : j'ajouterai ma malédiction à celle de Dirk pour frapper celui ou celle qui nous trahira si la Noble Maison n'est pas transmise de génération en génération... »

Pourquoi ces deux fantômes continuent-ils à nous hanter ? se demandait Ian. Pourquoi ne pouvons-nous nous libérer du passé ? Pourquoi ne vivons-nous que pour obéir à leurs volontés ?

Ce n'est pas vrai, je ne suis pas à leurs ordres, j'essaie seulement de me montrer digne d'eux.

— Il y a eu d'autres appels ? demanda Dunross à sa secrétaire.

— Une douzaine. Phillip Chen, puis Dianne, Johnjohn, le général Jen de Taiwan, Gavallan père de Paris, Wu-Quatre-Doigts, Pug...

— Quatre-Doigts ? coupa Ian, plein d'espoir. Quand a-t-il appelé ?

Claudia baissa les yeux sur sa liste et répondit :

— À 14 h 56.

Le Taï-Pan se demanda si le vieux pirate avait changé d'avis. La veille, quand il l'avait rencontré à Aberdeen pour solliciter son aide, il n'avait obtenu que de vagues promesses, comme avec Lando Mata.

— Vieil ami, je ne t'ai encore jamais demandé de faveur, avait-il fait observer à Wu en dialecte haklo.

— Tes ancêtres taï-pans ont souvent bénéficié des faveurs des miens, avait répliqué le vieillard en le regardant de ses yeux rusés. Forniquent tous les chiens ! Comment un pauvre pêcheur comme moi pourrait-il te prêter vingt millions ?

— Il en est sorti bien davantage hier de la Ho-Pak, vieil ami.

— *Diou ne lo mo* sur tous les colporteurs de ragots ! J'ai retiré mon argent à temps, c'est vrai, mais je m'en suis servi pour acheter de la marchandise.

— Pas de la poudre blanche, j'espère, elle porte le mauvais *joss*. Surtout, n'y touche pas, c'est un conseil d'ami. Mes ancêtres, le Diable-aux-yeux-verts et la vieille Hag au mauvais œil et aux dents de dragon, ont maudit tous ceux qui en font le trafic.

Sachant à quel point Quatre-Doigts était superstitieux, Dunross avait quelque peu travesti la vérité pour l'impressionner.

— Je te mets en garde contre la poudre qui tue. D'ailleurs, tu gagnes sans doute davantage avec l'or.

— Je ne m'occupe pas de poudre blanche, avait répondu Wu avec un sourire découvrant ses gencives édentées. Et je n'ai pas peur des malédictions, d'où qu'elles viennent.

— Tant mieux. Cinquante millions pendant trois jours, c'est tout ce que je te demande.

— Je vais voir avec mes amis, Taï-pan. Peut-être qu'à nous tous, nous pourrons t'aider, mais on ne tire pas d'eau d'un puits à sec... À quel taux d'intérêt ?

— Élevé si j'ai l'argent demain.

— Impossible, Taï-pan.

— Parles-en à l'Avare, c'est ton associé, ton ami.

— Le seul ami de l'Avare, c'est l'Avare lui-même, avait répondu le vieillard d'un air renfrogné.

Dunross décrocha le téléphone et demanda à Claudia tout en composant un numéro :

— Qui encore ?

— Crosse, une nuée d'actionnaires, les directeurs de

nos filiales, la plupart des membres du club hippique, Travkin, ça n'a pas arrêté.

— Ici le Taï-pan, annonça Ian en haklo dans l'appareil. Mon vieil ami est là ?

— Certainement, Mr. Dunross, répondit poliment une voix en anglais. Merci d'avoir rappelé.

— Mr. Choy, je présume ?

— C'est exact.

— Votre oncle m'a parlé de vous. Bienvenue à Hong Kong.

— Je vous le passe.

Dunross se posait des questions. Pourquoi Paul Choy était-il auprès de Quatre-Doigts au lieu de s'employer à faire son trou chez Gornt ? Pourquoi Crosse et Johnjohn avaient-ils téléphoné ?

— Taï-pan ?

— Oui, vieil ami. Tu voulais me parler ?

— Oui. On peut se voir ce soir ?

Dunross aurait voulu crier : « Tu as changé d'avis ? » mais les bonnes manières le lui interdisaient et il savait que les Chinois préféraient les discussions de vive voix aux conversations téléphoniques.

— Certainement. Vers minuit ? proposa-t-il en pensant à son rendez-vous avec Kowk à onze heures moins le quart.

— Bien. Mon sampan t'attendra à l'embarcadère.

Ian raccrocha, le cœur battant, et ordonna à sa secrétaire :

— D'abord Crosse, ensuite les Kirk, puis le reste de la liste. Préparez une téléréunion avec mon père, Alastair et sir Ross — disons... à 17 heures, il sera 21 heures en Grande-Bretagne et 22 heures à Nice. J'appellerai David et les autres cousins des États-Unis ce soir, inutile de les réveiller en pleine nuit.

— Bien, Taï-pan, répondit Claudia, qui composait déjà le numéro du directeur de la Special Intelligence.

Elle tendit le téléphone à son patron, sortit et ferma la porte derrière elle.

— Allô, Roger ?

— Combien de fois vous êtes-vous rendu en Chine ?

La question interloqua Dunross, qui resta muet quelques secondes avant de grogner :

— La réponse se trouve dans vos archives, vous n'avez qu'à chercher.

— Je le sais, mais pourriez-vous me la donner maintenant, s'il vous plaît ?

— Je suis allé quatre fois à Canton, pour la foire, et une fois à Pékin l'année dernière avec une mission commerciale.

— Avez-vous réussi à sortir de Canton, ou de Pékin ?

— Pourquoi cette question ?

— Répondez.

Dunross hésita. La Noble Maison comptait en Chine de nombreux « vieux amis » à qui elle pouvait faire confiance. Certains avaient sincèrement épousé la cause communiste ; d'autres, malgré les apparences, étaient demeurés avant tout chinois, c'est-à-dire prudents, secrets et apolitiques. Ces derniers n'en occupaient pas moins des postes importants dans la hiérarchie du Parti, y compris au Présidium. Ils savaient que l'empereur d'aujourd'hui pouvait être le chien courant de demain, que les dynasties se succèdent selon le caprice des dieux, que le premier d'une nouvelle lignée à monter sur le trône du Dragon a inévitablement les mains souillées de sang, qu'il faut toujours se ménager une porte de sortie, et que certains barbares sont dignes de confiance.

Mais, surtout, ces hommes étaient réalistes, ils savaient que leur pays avait besoin de matériel et d'aide face à son seul véritable ennemi : l'Union soviétique.

C'est pourquoi ils avaient maintes fois fait appel à la Noble Maison, officiellement ou non, pour se procurer toutes sortes de marchandises et de biens d'équipement — par exemple des moteurs à réaction. Aussi Dunross s'était-il souvent rendu dans des endroits interdits aux autres visiteurs, notamment à Hangchow, ville située dans la plus belle région du pays, où il avait été reçu avec faste ainsi que d'autres membres du Club 49. Ce club regroupait les compagnies, pour la plupart anglaises, qui avaient continué à commercer avec la Chine après 1949. La Grande-Bretagne avait en effet reconnu le gouvernement de Mao peu après que Chiang Kai-shek se fut réfugié à Taiwan. Les relations entre les deux pays avaient cependant toujours été tendues, ce qui, par définition, n'était pas le cas entre « vieux amis ».

— Oh ! J'ai fait quelques petites escapades, reconnut Ian, qui ne voulait pas mentir au patron de la SI. Pourquoi ?

— Pourriez-vous me préciser où ?

— Certainement, à condition que vous m'expliquiez pourquoi. Nous ne sommes ni des politiciens ni des espions mais des hommes d'affaires. C'est grâce au commerce que l'Union Jack a flotté naguère sur la moitié du globe. Dites-moi donc ce que vous avez en tête, mon vieux !

Après un instant de silence, Crosse répondit :

— Rien de particulier. Je serai plus précis quand j'aurai lu les dossiers. Excusez-moi de vous avoir dérangé. Au revoir.

Dunross raccrocha, perplexe. Certains des contrats qu'il avait passés avec la Chine n'étaient certes pas conformes à la politique officielle de Londres, encore moins à celle de Washington. Ce qui, pour la Noble Maison, n'était que du commerce, pouvait être considéré par ces gouvernements comme de la contrebande.

— Mr. et Mrs. Jamie Kirk, annonça Claudia.

Jamie Kirk, petit homme au visage et aux mains roses, entra en compagnie d'une grande et forte femme.

— Nous sommes absolument ravis..., commença-t-il d'un ton un peu guindé.

— Ravis, ravis, intervint son épouse — une Américaine — en le bousculant gentiment. Viens-en au fait, Jamie chéri, Mr. Dunross est un homme très occupé et nous avons des emplettes à faire. Mon mari a un paquet pour vous, Mr. Dunross.

— Oui, de la part d'Alan Medford G...

— Il le sait, chéri, que c'est de la part de Grant, coupa de nouveau Mrs. Kirk. Donne-lui le paquet.

— Euh... oui. Il y a également...

— Une lettre, acheva la grande Américaine. Mr. Dunross a sûrement des milliers de choses à faire, donne-lui vite la lettre et le paquet. Nous, nous irons nous occuper de nos emplettes.

— Oui. Eh bien... voilà.

Kirk remit à Dunross un paquet de trente centimètres sur vingt environ, emballé dans un papier brun maintenu par du ruban adhésif. L'enveloppe portait un sceau de cire rouge que le Taï-pan reconnut aussitôt.

— Alan m'a chargé...

— De vous le remettre en main propre et de vous transmettre ses amitiés, compléta Mrs. Kirk d'un ton enjoué en se levant. Viens, chéri, allons-nous...

Dunross leva une main de manière impérieuse et demanda d'un ton courtois mais énergique :

— Quelles emplettes voulez-vous faire, Mrs. Kirk ?

— Hein ? Oh ! des vêtements pour moi, des chemises pour Jamie, il en a besoin...

Le Taï-pan appuya sur un bouton, Claudia entra aussitôt dans le bureau.

— Claudia, conduisez immédiatement Mrs. Kirk chez Sandra Lee, qui l'accompagnera en bas chez Li Fou Tap. Qu'elle lui dise que je le ferai expulser s'il ne traite pas Mrs. Kirk comme sa meilleure amie.

Avant d'avoir pu placer un mot, l'Américaine se retrouva dans le couloir avec la secrétaire. Son mari poussa un long soupir.

— J'aimerais être capable d'en faire autant, murmura-t-il.

— Mais je n'ai rien fait. Votre femme voulait acheter des vêtements, n'est-ce pas ?

— Oui, c'est exact mais... Passons. Alan a précisé que vous devez lire la lettre en ma présence. Je... je ne l'avais pas dit à mon épouse — vous croyez que j'aurais dû ?

— Non, répondit Ian en souriant. Mr. Kirk, j'ai une mauvaise nouvelle à vous apprendre : AMG s'est tué lundi dernier sur sa moto.

— Quoi ?

— J'ai pensé qu'il valait mieux vous l'apprendre.

Perdu dans ses pensées, le petit homme contemplait les gouttes de pluie zigzaguant sur les vitres d'une des fenêtres.

— Fichues motos ! dit-il enfin. Ce pauvre Alan... Je suis content que vous n'en ayez pas parlé devant Frances, elle l'aimait bien, elle aussi... Pauvre Alan ! répéta Kirk en regardant ses doigts aux ongles rognés. Pauvre, pauvre vieil Alan !...

Pour lui laisser le temps de se ressaisir, Ian ouvrit la lettre et lut :

« Cher Mr. Dunross,

Jamie Kirk, un ami d'enfance, vient de vous remettre un paquet que je vous demande d'ouvrir quand vous serez seul. C'est un homme à qui on peut faire confiance, bien qu'il ne sache pas exactement en quoi consistent mes activités ; pour lui, je suis une espèce d'historien amateur possédant une fortune personnelle. (Dunross aurait souri si l'auteur de la lettre n'avait été mort.) Jamie est un des meilleurs géologues marins au monde. Posez-lui des questions sur ses travaux, les plus récents notamment — de préférence en l'absence de Frances, sa femme. Ce n'est pas qu'il ait des secrets pour elle mais elle est un peu envahissante. Vous verrez que mon ami a des idées qui pourraient être utiles à la Noble Maison. Amitiés. »

— Alan et vous étiez des amis d'enfance ?

— Nous avons été au collège ensemble. J'ai ensuite fait Cambridge et lui Oxford, mais nous sommes toujours restés en contact. De loin en loin, naturellement. Vous, euh..., vous le connaissiez depuis longtemps ?

— Trois ans, et je l'estimais beaucoup. Vous préférez peut-être ne pas parler de lui maintenant ?

— Non, non. Je... la nouvelle a été un choc, naturellement, mais la vie continue. Ce vieil Alan... C'était un curieux personnage, n'est-ce pas ? avec sa pipe, ses pantoufles en tapisserie... Chez lui, il portait toujours des pantoufles en tapisserie.

— Je n'y suis jamais allé. Nous nous rencontrions en général à mon bureau de Londres, parfois à Ayr.

— Ah ! oui, il m'a parlé de cette propriété. Vous avez de la chance de posséder un aussi beau domaine, Mr. Dunross.

— Le château d'Avisyard ne m'appartient pas mais il est dans la famille depuis plus de cent ans. Dirk Struan en avait fait cadeau à sa femme — c'était leur maison de campagne, en quelque sorte.

Dunross éprouva une sensation de chaleur, comme chaque fois qu'il pensait à Ayr, aux collines ondulant doucement, aux lacs, aux forêts et aux landes, à ces six mille acres où l'Écosse éclatait de beauté.

— Traditionnellement, le Taï-pan est le châtelain d'Avisyard mais, naturellement, toutes les autres branches connaissent bien le château, en particulier les enfants. Ils y passent leurs grandes vacances, les fêtes de Noël. Ah ! Noël à Avisyard : les moutons et les quartiers de bœuf rôtis à la broche, les flambées, les cornemuses et le whisky ! Il faut que vous nous y rendiez visite un jour. AMG écrit dans sa lettre que vous êtes l'un des meilleurs géologues au monde...

— Il est trop aimable — je veux dire, il l'était... À la réflexion, je crois qu'il vaut mieux ne pas annoncer sa mort à Frances. Inutile de lui gâcher ses vacances, il sera toujours temps de lui apprendre la nouvelle à notre retour. Qu'en pensez-vous ?

— Comme vous le jugerez bon. Votre spécialité, ce sont les fonds marins, si j'ai bien compris ?

— Plus particulièrement la pétrologie : l'étude des roches, leur description et leur interprétation, si l'on peut dire. Je m'intéresse surtout aux roches sédimentaires et, ces dernières années, j'ai participé à des recherches effectuées sur la plate-forme continentale est de l'Écosse. AMG pensait que cela pourrait vous intéresser.

— Certainement, affirma Ian en dissimulant son impatience. Ce doit être très intéressant. Quel était le but de ces recherches ?

— La découverte d'hydrocarbures. On les trouve dans les couches sédimentaires de la période paléozoïque. Du pétrole, si vous préférez.

— Ainsi vous cherchiez du pétrole ?

— Non ! Nous voulions simplement établir la présence d'hydrocarbures au large des côtes écossaises. Et les recherches nous ont permis de conclure qu'il y en avait en abondance non pas près des côtes mais plus loin, en mer du Nord... Oui, je crois que les gisements sont nombreux et étendus.

Dunross ne voyait toujours pas l'intérêt.

— Je sais qu'on exploite des gisements *offshore* au Moyen-Orient et dans le golfe du Texas mais je ne vois vraiment pas comment on pourrait le faire au large de l'Écosse. La mer du Nord est une des plus capricieuses au monde, ses tempêtes soulèvent des vagues hautes comme des montagnes. Comment y forer ? Comment y ancrer les plates-formes ? Comment acheminer le pétrole jusqu'à terre si, par miracle, on réussissait à en pomper ? À supposer que toutes ces questions soient résolues, le prix de revient serait beaucoup trop élevé.

— Très juste, Mr. Dunross, approuva Kirk. Cependant, je n'entre pas dans ces considérations, mon rôle se borne à découvrir les précieux hydrocarbures. En toute modestie, personne n'avait jusqu'à présent décelé leur présence, ajouta le petit homme avec fierté. Naturellement, ce n'est encore qu'une hypothèse, seuls les forages pourraient en apporter la confirmation, mais je dois dire que je manie assez bien l'interprétation sismique — l'étude des ondes produites par des explosions expérimentales. En traitant d'une manière assez peu orthodoxe les derniers...

Le Taï-pan n'écoutait que d'une oreille en s'interrogeant sur les raisons qui avaient pu amener AMG à lui infliger cette conférence. Après avoir laissé Kirk poursuivre un moment, il l'interrompit poliment :

— Vous m'avez convaincu, Mr. Kirk, je vous félicite. Vous restez longtemps à Hong Kong ?

— Jusqu'à lundi. Nous allons ensuite en Nouvelle-Guinée.

— Où ça ? demanda Dunross, dont l'intérêt se réveilla.

— À Sukanapura, sur la côte nord, dans la nouvelle partie indonésienne. Je ne vous apprends pas, bien entendu, que le président Soekarno a annexé la Nouvelle-Guinée néerlandaise en mai.

— *Volé* serait le terme exact. Sans les pressions malavisées des Américains, la Nouvelle-Guinée serait restée hollandaise et s'en trouverait fort bien. Je crois que vous avez tort de vous y rendre : la situation politique est très instable, Soekarno n'aime guère les Européens ni l'Occident en général. C'est lui qui soutient l'insurrection marxiste au Sarawak, en Malaisie. En outre, Sukanapura est un port misérable, brûlé de soleil, infesté de maladies.

— Ne vous inquiétez pas, j'ai la robustesse des Écossais et nous sommes les hôtes du gouvernement.

— Ce que j'essaie de vous faire comprendre, c'est qu'en ce moment le gouvernement n'a guère d'autorité.

— On m'a demandé d'étudier des couches sédimentaires particulièrement intéressantes. Je suis géologue, je ne fais pas de politique. Non, rassurez-vous, tout est arrangé.

— Je donne un cocktail samedi à 19 h 30, vous m'obligeriez en y venant avec votre femme. Nous y reparlerons de la Nouvelle-Guinée.

— Très volontiers, c'est fort aimable à vous... Où dois-je...

— Je vous enverrai une voiture. Vous désirez peut-être rejoindre Mrs. Kirk, à présent ? Je ne lui parlerai pas de la mort d'AMG si vous n'avez pas changé d'avis.

— Ce pauvre Alan ! Je l'avais presque oublié, avec mes histoires de roches sédimentaires.

Après avoir confié le géologue à Claudia, le Taï-pan referma la porte de son bureau et ouvrit le paquet. Il découvrit un second emballage et une enveloppe portant l'inscription : « Ian Dunross, personnel et confidentiel. » À la différence de la première lettre, écrite à la main, la seconde était tapée à la machine :

« Cher Mr. Dunross,

« Je confie à mon vieil ami Jamie cette lettre que je vous écris à la hâte après avoir reçu des nouvelles préoccupantes. Il y a dans notre organisation une nouvelle fuite, d'origine britannique ou américaine, et nos adversaires intensifient leur travail de sape. Cela pourrait avoir de fâcheuses conséquences pour moi, ou même pour vous, de là mon inquiétude. Pour vous, parce qu'il est possible que l'existence des rapports ultra-secrets que je vous envoie ait été découverte. S'il devait m'arriver quoi que ce soit, appelez le 871-65-65, à Genève, et demandez Mrs. Riko Gresserhoff. Pour elle, mon nom est Hans Gresserhoff. Elle s'appelle en réalité Riko Anjin, elle parle allemand, japonais, anglais et français. Elle vous remettra des documents, dont certains à transmettre en main propre à d'autres personnes. J'ai confiance en vous, vous êtes le seul à connaître l'existence de Riko et son vrai nom. Rappelez-vous, vous ne devez montrer à quiconque ni cette lettre ni les rapports que je vous ai adressés.

« Quelques explications concernant les travaux de Kirk : je pense que d'ici une dizaine d'années, les pays arabes auront oublié leurs divergences et qu'ils utiliseront le pouvoir que leur donne le pétrole non contre Israël mais contre le monde occidental. Nous serons ainsi placés devant l'alternative suivante : abandonner Israël... ou crever de faim.

« S'ils parviennent à s'unir, les cheiks et les rois féodaux d'Arabie Saoudite, d'Iran, d'Irak, de Libye, des émirats du golfe Persique pourront à leur gré priver les Occidentaux et les Japonais de la seule matière première qui leur soit indispensable. Ils pourront même recourir à une tactique plus habile encore : faire monter le prix du pétrole, et rançonner ainsi les pays occidentaux. Les Arabes nous tiendront la dragée haute tant que nous dépendrons d'eux pour notre approvisionnement en pétrole. Voilà pourquoi les idées de Kirk m'intéressent.

« Actuellement l'extraction d'un baril de pétrole dans un désert du Moyen-Orient revient à huit cents américains, alors que le même baril, pompé en mer du Nord et transporté par bateau jusqu'en Écosse, coûterait sept dollars. Si le pétrole arabe, vendu aujourd'hui trois dollars le baril, devenait soudain beaucoup plus cher sur le marché mondial et atteignait par exemple neuf dollars... Vous avez compris où je veux en venir, j'en suis persuadé. Les gisements de la mer du Nord deviendraient rentables et constitueraient une richesse considérable pour la Grande-Bretagne.

« Selon Jamie, ces gisements sont situés au nord et à l'est de l'Écosse, ce qui conduirait logiquement à choisir le port d'Aberdeen pour acheminer le pétrole extrait en mer. Un homme d'affaires avisé commencerait donc à s'intéresser aux possibilités qu'offre cette ville : docks, aérodromes, terrains. Si, par ailleurs, mes prévisions concernant les prochaines élections se vérifient, si les travaillistes remportent la victoire à cause de l'affaire Profumo... »

Ce scandale avait fait la une des journaux pendant plusieurs semaines. Six mois plus tôt, en mars, John Profumo, secrétaire d'État à la Guerre, avait officiellement démenti avoir eu une liaison avec Christine Keeler, call-girl soudain propulsée sur le devant de la scène avec Stephen Ward, ostéopathe londonien renommé qui avait joué les entremetteurs. Le bruit avait alors couru — sans qu'on pût le vérifier — que cette fille avait aussi été la maîtresse d'un des attachés soviétiques de l'ambassade d'URSS, le commandant Evgueni Ivanov, agent du KGB rappelé en Russie en décembre. Profumo avait donné sa démission, Ward s'était suicidé.

« Il est curieux que ce scandale ait éclaté à un moment particulièrement bien choisi si l'on se place du point de vue soviétique, continuait Grant dans sa lettre. Je n'ai pas de preuves mais je ne crois pas qu'il s'agisse d'une coïncidence. Rappelez-vous que l'URSS a pour tactique de diviser les pays — la Corée, l'Allemagne —, puis de laisser agir les sous-fifres qu'elle a endoctrinés. Je suis convaincu que les socialistes prosoviétiques contribueront à faire éclater la Grande-Bretagne en plusieurs fragments : Angleterre, Écosse, pays de Galles, Irlande du Nord — surveillez l'Irlande, c'est le terrain idéal pour les manœuvres soviétiques.

« Voici donc le plan que je propose à la Noble Maison : traiter l'Angleterre avec circonspection, concentrer ses forces sur l'Écosse, *que le pétrole de mer du Nord devrait rendre largement autonome sur le plan économique.* Avec sa population énergique et nationaliste, l'Écosse pourrait devenir une entité viable, capable même de soutenir une Angleterre chancelante... Notre pauvre pays ! Mr. Dunross, j'ai de grandes craintes pour l'Angleterre.

« Peut-être n'est-ce qu'une autre de mes idées extravagantes mais je vous conseille néanmoins de considérer désormais l'Écosse et Aberdeen en pensant aux gisements de la mer du Nord. »

— Ridicule ! s'exclama le Taï-pan en interrompant sa lecture.

Pourtant... AMG a tendance à exagérer, il voit des cocos partout mais sa théorie est peut-être fondée, on ne peut l'exclure à priori. En prenant les devants, nous gagnerions une fortune, se dit Ian, dont l'excitation croissait. Il serait facile de commencer à abandonner Londres et d'investir en Écosse. L'Écosse aux Écossais exportateurs de pétrole ? Une Écosse autonome, mais non complètement séparée de l'Angleterre, dans le cadre d'une Grande-Bretagne forte... Mais si la City de Londres, le Parlement tombaient sous la coupe de la gauche...

Que se passera-t-il si le linceul du socialisme recouvre la Grande-Bretagne ? se demanda Dunross avec appréhension. Que feront les Robin Grey et les Julian Broadhurst ? Ils nationaliseront tout, ils mettront la main sur le pétrole de la mer du Nord — si pétrole il y a — et ils feront disparaître Hong Kong, comme ils l'ont promis.

Le Taï-pan s'efforça de chasser cette pensée et reprit sa lecture :

« Point suivant : je crois avoir identifié trois des agents du réseau Sevrin. Ces informations m'ont coûté cher — j'aurai sans doute besoin de fonds supplémentaires avant Noël —, et je ne suis pas certain de leur exactitude. Je procède sans tarder aux vérifications nécessaires car je sais l'importance que vous accordez à cette question. Les trois taupes seraient donc : Jason Plumm, patron de la société Asian Properties, Lionel Tuke, de la Compagnie des téléphones, et Jacques de Ville, de Struan... »

Impossible ! AMG était devenu fou !

Le téléphone de la ligne privée se mit à sonner, Dunross décrocha.

— Mr. Dunross ? Un appel de Sydney, en Australie, de Mr. Duncan Dunross. Vous acceptez le PCV ?

— Bien sûr ! Duncan ? Allô Duncan ?
— Père ?
— Comment vas-tu, mon fils ?
— Très bien. Désolé de te déranger au bureau mais je n'arriverai pas par le vol prévu, il n'y a plus de place. Je prendrai le Singapore Airlines de midi. Inutile de venir me chercher, je...
— J'enverrai la voiture avec Li Choy. Et passe au bureau avant d'aller à la maison, d'accord ? Alors, ces vacances ?
— Terribles ! J'y retourne l'année prochaine. J'ai fait la connaissance d'une fille formidable.
Ian avait du mal à oublier la lettre d'AMG pour s'intéresser aux aventures sentimentales de son fils. Quel cauchemar si Jacques avait trahi !
— Père ?
— Oui, je t'écoute.
— Est-ce qu'on peut sortir avec une fille un peu plus vieille que soi ?
Dunross songea que lui-même n'avait pas quinze ans — l'âge de son fils — lorsqu'il était tombé amoureux de Jade-Élégant.
— Cela dépend du garçon, de l'âge de la fille, répondit-il.
Après un silence, Duncan déclara :
— Elle a dix-huit ans.
— Cela me paraît parfait pour un jeune gars grand et fort qui connaît la vie.
— Je... je n'ai pas...
— Ce n'était pas un reproche, seulement une réponse à ta question. Un homme doit choisir avec soin les filles qu'il fréquente. Où l'as-tu rencontrée ?
— À la ferme. Elle s'appelle Sheila Scragger, c'est la nièce du vieux Mr. Tom. Elle vit en Angleterre et fait des études d'infirmière au Guy's Hospital.
— Présente mes amitiés à Tom Scragger et offre-lui une bouteille de whisky avant ton départ.
— Je lui en ai déjà donné une caisse. Je n'aurais pas dû ?
Le Taï-pan s'esclaffa.
— Non, c'est très bien. À propos, ta mère est partie aujourd'hui pour Londres avec Glenna et tante Kathy. Tu devras te débrouiller seul pour la rentrée.
— Formidable ! Je suis un homme maintenant, et presque à l'université.

Une douce tristesse envahit Ian, qui avait cette fois totalement oublié la lettre d'AMG.

— C'est vrai, murmura-t-il.

— Bon, je te quitte, Père. À lundi. Je t'embrasse.

— Je t'embrasse, répondit Dunross, mais son fils avait déjà raccroché.

Il songea aux satisfactions que lui donnaient sa femme et ses enfants puis revint à d'autres préoccupations. Jason et Jacques, espions communistes ? Impossible. Lionel Tuke ? lui non plus. Il est ici depuis les années 30, il fait partie de l'équipe de cricket, du club hippique. N'a-t-il pas été prisonnier à Stanley, de 42 à 45 ?

Finis d'abord la lettre avant d'y revenir point par point, s'ordonna-t-il.

« Comme je vous l'ai dit, je n'ai pas de certitude, mais je tiens mes informations d'une source généralement digne de confiance.

« La guerre des services de renseignements s'est intensifiée depuis que nous avons démasqué et arrêté Vassal — chiffreur à l'Amirauté —, depuis que Philby, Burgess et MacLean sont passés à l'Est. Attendez-vous à voir l'espionnage redoubler en Asie. (Nous avons déjà réussi à coincer Skripov, le premier secrétaire de l'ambassade soviétique en Australie, et à l'expulser du pays en février.)

« Le monde libre est sérieusement infiltré, le MI-5 et le MI-6 sont touchés, la CIA elle-même n'est pas épargnée. Nos ennemis ont compris très vite que le rapport de force dépendrait demain non seulement de la puissance militaire mais aussi de la puissance économique, et ils se sont mis à nous voler nos secrets industriels.

« Fait étrange, les médias du monde libre ne soulignent jamais que tous les progrès soviétiques reposent à l'origine sur une idée, une technique qu'ils nous ont dérobées ; que, sans notre blé, les Russes crèveraient de faim, que, sans les crédits que nous leur accordons, ils ne pourraient développer l'infrastructure militaro-industrielle sur laquelle s'appuie leur domination.

« Je vous conseille de renforcer vos relations avec la Chine, que les Soviétiques considèrent de plus en plus comme l'ennemi numéro un. Autre fait étrange, l'Union soviétique semble ne plus avoir peur des Etats-Unis, qui sont pourtant devenus la première puissance industrielle et militaire du monde. La Chine, qui ne dispose que d'atouts médiocres dans ces deux domaines, et ne saurait être considérée comme une menace militaire, inspire cependant aux Soviétiques une sainte frousse.

« Cela tient, en premier lieu, aux huit mille kilomètres de frontière que les deux pays ont en commun. En second lieu, les Russes ont volé aux Chinois de vastes territoires au cours des siècles et ils savent que les Chinois n'oublient rien. La Chine est patiente, elle a toujours reconquis les territoires perdus quand la guerre lui en offrait les moyens. J'ai maintes fois souligné que la politique impérialiste russe consiste avant tout à isoler la Chine, à la maintenir au rang de nation faible. Le cauchemar des Soviétiques, c'est une alliance entre la Chine, le Japon et les États-Unis, et la Noble Maison doit tout faire pour favoriser ce rapprochement. C'est obligatoirement par Hong Kong — et donc par vous — que transiteraient les marchandises à destination de la Chine en cas d'accord tripartite.

« Pour terminer, quelques mots encore au sujet de Sevrin. J'ai pris de gros risques en contactant notre taupe au Département 5, le cœur même du KGB. L'identité d'Arthur, le chef de Sevrin est ultra-secrète, notre homme ne peut avoir accès aux documents qui la révèlent. Il m'a néanmoins fourni deux indices : Arthur est britannique, l'une de ses initiales commence par R. Plutôt mince, j'en ai peur.

« J'espère avoir bientôt le plaisir de vous revoir. Rappelez-vous, mes rapports vous sont exclusivement destinés, vous ne devez en aucun cas les transmettre à quiconque. Amitiés. AMG. »

Dunross grava le numéro de téléphone suisse dans sa mémoire, l'inscrivit en code dans son répertoire, alluma son briquet et mit le feu à la lettre. En regardant le papier noircir et se tordre, il fit défiler dans son esprit des prénoms commençant par la lettre R : Robert, Ralph, Richard, Rod, Robin, Rex, Rupert, Rodney et Roger. Robert et Roger. Robert Armstrong, Roger Crosse.

Il décrocha le combiné de sa ligne personnelle et demanda :

— Le 871-65-65 à Genève, s'il vous plaît.

Il se sentit soudain fatigué. Il avait mal dormi la nuit dernière et s'était réveillé en sursaut pour échapper au cauchemar qui l'avait ramené dans son cockpit en flammes, pendant la guerre. L'odeur de chair brûlée qu'il croyait encore sentir l'avait empêché de se rendormir. Il s'était levé en silence pour ne pas réveiller sa femme et s'était rendu au champ de courses ; les mauvaises nouvelles avaient commencé à pleuvoir.

Je pourrai peut-être faire un petit somme de cinq à six, se dit-il. J'aurai besoin de toute ma lucidité ce soir.

— *Ja ?*

— *Hier ist Herr Dunross, im Hong Kong. Frau Gresserhoff, bitte*, demanda Ian en allemand.

— *Ich bin Frau Gresserhoff.*

Le Taï-pan passa au japonais, qu'il parlait avec un assez bon accent :

— *A so desu ! Ohayo gozaimasu. Anata wa Anjin Riko-san ?* Bonjour. Vous vous appelez aussi Riko Anjin ?

— *Hai. Hai, dozo. A, nihongo wa jôzu desu*. Oui. Vous parlez très bien japonais.

— *Iye, sukoshi, gomen nasai*. Non, désolé, seulement un peu.

Dans le cadre de sa formation, Ian avait passé deux ans au bureau de Struan à Tokyo.

— Je vous téléphone au sujet de Mr. Gresserhoff, poursuivit-il en japonais. Vous connaissez la nouvelle ?

— Je l'ai apprise lundi, répondit son interlocutrice avec un accent de tristesse.

— Je viens de recevoir une lettre de lui dans laquelle il m'informe que vous avez... certaines choses à me remettre.

— C'est exact, Taï-pan.

— Pourriez-vous venir ici ? Navré mais je ne peux me rendre à Genève.

— Oui, naturellement, dit Mrs. Gresserhoff de sa voix douce et agréable. Quand pourrai-je vous rencontrer ?

— Le plus tôt possible. Passez à nos bureaux de l'avenue de Berne dans deux heures — disons à midi — vous y trouverez un billet d'avion à votre nom et de l'argent. Je crois qu'il y a un vol Swissair pour Hong Kong cet après-midi. Vous pourriez le prendre ?

La femme hésita avant de répondre :

— Oui, c'est possible.

— Sous quel nom voyagerez-vous et avec quel passeport : suisse ou japonais ?

Après un silence plus long encore, elle dit à voix basse :

— Je... je crois... un passeport suisse, au nom de Riko Gresserhoff.

— Merci, Mrs. Gresserhoff. Je suis impatient de faire votre connaissance. *Kiôtsukete*, bon voyage.

Le Taï-pan raccrocha d'un air pensif et regarda la lettre qui achevait de se consumer en fumée. Que faire maintenant au sujet de Jacques ? se demanda-t-il en écrasant soigneusement les cendres.

46

17 h 45

Jacques de Ville monta d'un pas lent l'escalier de marbre conduisant à la mezzanine de l'hôtel Mandarin, où de nombreux clients finissaient de prendre le thé. Il se débarrassa de son imperméable avec des gestes pleins de lassitude puis s'avança entre les tables.

Sa femme, Susanne, venait de lui téléphoner de Nice. D'après les spécialistes, l'état de sa fille Avril n'était peut-être pas aussi grave qu'on aurait pu le craindre. « Ils nous recommandent d'être patients, mais la pauvre petite est désespérée, avait dit Susanne. Elle ne cesse de répéter : c'est ma faute, c'est moi qui conduisais, sans moi, Borge serait encore en vie. J'ai peur pour elle. »

Jacques avait fait de son mieux pour calmer son épouse et avait promis de la rappeler une heure plus tard. Après avoir réfléchi un moment, il avait quitté le bureau pour téléphoner de l'extérieur.

Comme la cabine située près du kiosque à journaux était occupée, il acheta un quotidien du soir, en parcourut les titres : Un glissement de terrain fait vingt morts dans une zone de réfugiés... Météo pessimiste : les courses de samedi seront-elles annulées ?... JFK met en garde les Soviétiques contre une intervention au Viêt-nam... Un traité d'interdiction des essais nucléaires signé à Moscou... Les communistes malais intensifient leur offensive... La chasse à l'homme continue dans l'affaire du train postal... Le scandale Profumo coûte cher aux conservateurs...

— Excusez-moi, monsieur, vous attendez pour téléphoner ? lui demanda une Américaine qui se trouvait derrière lui.

— Oui, pardon. Je n'avais pas vu que c'était libre.

De Ville entra dans la cabine, ferma la porte, glissa une pièce dans la fente et composa un numéro. Il sentait sa nervosité croître.

— Oui ?

— Mr. Lop-sing, s'il vous plaît, dit-il d'une voix mal assurée.

— Il n'y a pas de Mr. Lop-*ting* ici. C'est une erreur.

— Je voudrais laisser un message, reprit le Français, soulagé d'entendre la voix de Souslev.

— Vous avez fait un faux numéro. Consultez l'annuaire.

— Désolé de te..., commença de Ville.

— Quel est ton numéro ? l'interrompit le Russe d'un ton dur.

De Ville répondit.

— C'est une cabine ?

— Oui.

La communication fut aussitôt coupée et de Ville raccrocha, les mains soudain moites de sueur. Il ne devait utiliser le numéro de Souslev qu'en cas d'urgence mais c'était un cas d'urgence. Comme il demeurait immobile, les yeux fixés sur l'appareil, l'Américaine lui demanda à travers la porte en verre :

— Vous pouvez me laisser téléphoner ? J'en ai pour une minute.

— Je... ce ne sera pas long, promit de Ville.

Trois Chinois qui attendaient leur tour derrière l'Américaine lui lancèrent un regard mauvais. Quelques instants plus tard, le téléphone se mit à sonner.

— Alors, quel est le problème ?

Jacques résuma à Souslev sa conversation avec sa femme en prenant soin de ne pas prononcer de noms.

— Je prends l'avion pour Nice ce soir, conclut-il. J'ai préféré te prévenir person...

— Pas ce soir, c'est trop tôt. Demain.

— Mais j'en ai déjà parlé au Taï-pan, il est d'accord, et j'ai réservé ma place. Je serai de retour dans trois jours...

— Non, trancha le Russe. Je t'appelle ce soir, comme convenu. Cette histoire aurait pu attendre : ne te sers plus de mon numéro à moins qu'il n'y ait vraiment urgence !

Jacques s'apprêtait à répliquer, mais Souslev avait déjà

raccroché. *Il y a urgence !* pensa-t-il avec colère. Susanne et Avril ont besoin de moi, je n'ai pas d'ordres à recevoir de ce type ! s'indigna-t-il en composant à nouveau le numéro.

Il s'arrêta soudain, le dos inondé de sueur. Pas d'ordres, vraiment ? Il raccrocha.

— Pardon, monsieur, vous avez terminé ? demanda poliment l'Américaine.

— Hein ? Oui, excusez-moi.

À peine de Ville était-il sorti de la cabine qu'un des Chinois s'y précipitait, bousculant au passage l'Américaine.

— Hé ! c'est mon tour, protesta-t-elle.

Pour toute réponse, le Chinois déversa un flot d'injures sur elle et son ascendance.

Dans l'appartement crasseux de Kowloon où Arthur avait établi une de ses « planques », Souslev venait de raccrocher d'un geste furieux. Cet imbécile de De Ville devient dangereux, se dit-il, les yeux braqués sur le téléphone. Je vais en parler ce soir à Arthur.

Il sortit de l'appartement, ferma la porte à clef, fit quelques pas sur le palier et glissa une autre clef dans la serrure de la porte de Ginny Fu, voisine de celle de la planque.

La jeune Chinoise l'accueillit par un de ses sourires aguichants.

— Tu veux vodka ? lui proposa-t-elle.

Assise sur le sofa défoncé, les jambes repliées sous elle, elle était complètement nue. Souslev était occupé à l'embrasser quand un des deux téléphones avait sonné — celui du placard, auquel elle n'avait pas le droit de toucher.

— Bois, *tovaritch*, dit Ginny en tendant un verre au capitaine. Ensuite, tu boiras moi, *heya ?*

Le Russe caressa le joli petit postérieur en disant :

— Tu es une bonne fille, Ginny, *goloubouschka*.

— La meilleure pour toi ! Baiser, maintenant ? Attends, j'enlève tes vêtements.

Ses petits doigts commencèrent à déboutonner la chemise.

— Je pars la semaine prochaine, dit Souslev. Tu veux venir avec moi ? Tu te souviens que je t'ai promis des vacances...

— C'est vrai ? pas mentir ?

— Nous reviendrons à Hong Kong dans un mois.

— Oh ! Gregy ! un mois ! s'exclama Ginny Fu. Demain je demande passeport.

— Non, pas de passeport. Les flics ne te laisseraient jamais partir avec moi.

— Comment, alors ?

— Je te passe en contrebande, dans un coffre de marin ! répondit Souslev en éclatant de rire.

Elle le regarda d'un air inquiet.

— C'est vrai, je pars ? Un mois sur ton bateau ?

— Un mois au moins, mais n'en parle à personne.

— Je dis même pas à ma mère ! promit Ginny Fu avec flamme. Hiii, femme de capitaine ! gloussa-t-elle.

Elle acheva de déshabiller Souslev puis usa de ses doigts et ses lèvres avec un art consommé jusqu'à ce qu'il crie de plaisir. Satisfaite de son travail, elle se lova contre lui et l'écouta respirer bruyamment. Il ne lui arrivait pas souvent, à elle, de connaître « les nuages et la pluie » mais elle jouait toujours la comédie lorsqu'ils faisaient l'amour. Il n'y avait qu'avec Tok-service-de-nuit, le groom du Victoria & Albert, qu'elle atteignait au zénith à chaque fois. Tous les dieux bénissent mon *joss*, pensa-t-elle joyeusement, encore un an avec Gregor et nous aurons assez d'argent, Tok et moi, pour ouvrir notre restaurant. Nous aurons des fils, des petits-fils, nous ferons un avec les dieux !

Ginny Fu ferma les yeux et se pelotonna contre cet étranger qu'elle aimait bien finalement, à présent qu'elle avait réussi à surmonter le dégoût que sa peau blanche et son odeur lui inspiraient au début. Tous les dieux soient loués, pensa-t-elle en glissant dans le sommeil.

Souslev ne dormait pas. Le corps apaisé, il songeait aux événements de la journée. Après sa rencontre avec Crosse, le matin au champ de courses, il était retourné à bord de l'*Ivanov* et avait transmis par radio les informations concernant l'opération « coup à blanc ». En retour, on lui avait appris que Voranski ne serait pas remplacé avant la prochaine visite du *Sovetsky Ivanov* et que Koronski, l'expert en interrogatoire chimique, arriverait de Bangkok dans les douze heures. « Arrangez-vous pour obtenir une copie des dossiers d'AMG d'une façon ou d'une autre, lui avait-on ordonné pour conclure. Nous ne voulons pas d'un échec. »

Ce dernier mot l'avait fait tressaillir. Il en avait subi très peu, jusqu'à présent, mais on ne manquait jamais de les lui rappeler. Il lui fallait absolument découvrir le traître infiltré à bord. Qui d'autre que lui avait pris connaissance des dossiers ? Dimitri Metkin, son second. Non, ce ne pouvait être lui, la fuite venait d'ailleurs, Crosse se trompait.

Ginny Fu respirait doucement contre lui, il sentait avec plaisir ses petits seins se soulever et retomber. Elle était docile, facile à vivre : tout le contraire de Vertinskaya, sa maîtresse de Vladivostok, une tigresse aux yeux noisette et aux longs cheveux bruns, fille d'une authentique princesse Zergeyev et d'un petit boutiquier chinois, qui avait acheté aux enchères, pour en faire sa femme, une réfugiée russe de treize ans fuyant l'hécatombe de 1917.

La libération, pas l'hécatombe, rectifia Souslev. Quel plaisir de baiser la fille d'une princesse Zergeyev quand on est le petit-fils d'un serf ayant appartenu à cette famille !

Le nom de Zergeyev le fit penser à Alexi Travkin. Pauvre type, se dit-il. Je doute qu'il revoie sa femme à Noël. D'ailleurs, cela vaudrait mieux pour lui : il en aurait une surprise en retrouvant une petite vieille édentée, ridée et arthritique. La princesse Nestorova est devenue une sorcière des neiges. Autant lui éviter cette épreuve, il est russe et ce n'est pas un mauvais bougre.

L'agent du KGB passa en revue son programme pour la journée. Il avait encore le temps de dormir quelques heures avant de rencontrer le député britannique puis, de nouveau, Arthur. Souslev sourit : il adorait faire des cachotteries à Arthur. Mais Arthur avait lui aussi ses petits secrets et il était peut-être déjà au courant pour le député. Il est malin, Arthur, songea le Soviétique, et il se méfie, lui aussi.

Principe numéro un : ne jamais faire confiance à personne — homme, femme, enfant — si l'on veut rester en vie, hors de portée de ses ennemis. J'ai survécu parce que j'ai su me faire des relations, parce que j'ai appris à me taire et à servir mes propres intérêts en servant ceux de l'État.

Il regarda Ginny Fu, qui s'agitait dans son sommeil.

— Dors, petite princesse, lui murmura-t-il avec douceur. Dors...

Souslev serra contre lui le corps souple et chaud, bâilla, ferma les yeux et remarqua avant de s'endormir que la pluie avait cessé.

47

18 h 25

Robert Armstrong finit sa bière et en commanda aussitôt une autre sur un ton geignard, en affectant d'être soûl. La Fille de la Chance, bar animé et bruyant des quais de Wanchai, était ce soir-là bondé de marins américains descendu du porte-avions nucléaire. Des entraîneuses chinoises faisaient boire le client et se laissaient tripoter en sirotant des boissons fortement allongées d'eau. De temps à autre, l'une d'elles prenait un vrai whisky qu'elle faisait goûter à son compagnon pour lui prouver que le bar était honnête et qu'on ne cherchait pas à le rouler.

Au premier, il y avait des chambres mais il n'était pas conseillé d'y monter car les filles n'étaient pas toutes propres ou prudentes. Il arrivait aussi qu'un client se fasse « entôler », encore qu'on réservât uniquement ce traitement aux plus soûls. D'ailleurs il n'était point besoin de faire les poches à des hommes prêts à dépenser tout ce qu'ils avaient sur eux.

— Tu veux monter ? proposa au policier une adolescente trop maquillée.

Diou ne lo mo sur tous tes ancêtres, eut-il envie de répliquer. Tu devrais être chez toi, à apprendre tes leçons. Mais il n'en fit rien, il aurait parlé dans le vide. Vraisemblablement, c'étaient les parents de la fille qui lui avaient trouvé ce travail pour que la famille vive un peu moins misérablement.

— Tu bois un verre ? dit-il en anglais.

— Un scotch, un scotch ! réclama l'enfant.

— Prends plutôt un thé, je te donnerai ta commission, de toute façon.

— Forniquent tous les dieux et leurs mères ! Je triche pas ! s'indigna la fille.

Elle passa sous le nez d'Armstrong le verre que le serveur venait de poser devant elle. Il contenait effectivement du whisky mais de qualité médiocre. Après l'avoir vidé d'un trait sans faire la grimace, l'entraîneuse dit au garçon :

— La même chose : un scotch et une bière ! Je bois, tu bois, après on monte.

— Comment t'appelles-tu ?

— Lily Chop. C'est vingt-cinq dollars pour monter.

— Quel âge as-tu ?

— J'ai l'âge qu'il faut. Et toi ?

— J'ai dix-neuf ans.

— Menteur ! Tous les flics sont des menteurs.

— Comment tu sais que je suis flic ?

— La patronn' m'a dit. Vingt dollars seulement, *heya ?*

— C'est qui, la patronne ?

— La femme, derrière le bar. *Mama-san.*

À travers la fumée, Armstrong vit une femme maigre d'une cinquantaine d'années qui échangeait des plaisanteries salaces avec les marins en préparant les commandes.

— Comment elle le sait, que je suis flic ?

Lily Chop haussa les épaules.

— Elle m'a dit « Lily, donne du bon temps à ce type, sinon tu retournes à la rue. » On monte, maintenant ? Pour rien, sur le compte de la maison, insista l'enfant, dont Armstrong sentait à présent la peur.

Comme elle se levait, il la fit se rasseoir.

— Si je plais pas à toi, elle me fiche à la porte, plaida-t-elle.

— Tu me plais, soupira le policier en donnant à la fille un billet de cinquante dollars. Tiens, file ça à la *mama-san* avec mes remerciements. Dis-lui que je ne peux pas monter parce que j'ai mes règles.

Lily le regarda avec des yeux ronds puis partit d'un rire caquetant de vieille femme.

— Hiii ! elle est bonne, fornication !

Puis elle se leva et s'éloigna, la démarche mal assurée sur ses hauts talons, les jambes minces, presque grêles sous le *chong-sam.*

Toujours le même vieux truc, pensa Armstrong en se levant à son tour. On monte, on paye, on ne monte pas, on paye quand même. Il vida son verre, régla les consommations et se dirigea vers la sortie tandis que des marins braillards et en sueur prenaient déjà d'assaut la table qu'il venait de quitter.

— Revenez nous voir ! lui lança la *mama-san* au passage.

— Je n'y manquerai pas, grommela le policier.

Dehors, la pluie s'était transformée en crachin, la nuit tombait. Dans la rue, il croisa d'autres marins braillards, tous Américains — les matelots britanniques avaient reçu l'ordre de ne pas fréquenter ce quartier pendant quelques jours. Armstrong transpirait sous son imperméable en marchant. Quelques centaines de mètres plus loin, il quitta Gloucester Road et les quais pour O'Brien Road, où la foule se pressait en évitant les flaques d'eau. La ville sentait bon, elle avait l'air propre, récuré.

Il tourna dans Lochart Road puis dans la venelle qu'il cherchait, animée comme à l'ordinaire, avec ses chiens étiques maraudant entre les boutiques, ses poulets entassés dans des cages, ses étals de légumes et de fruits. Il s'arrêta sous une toile tendue au-dessus de quelques tabourets, s'installa à l'abri du crachin, commanda un bol de vermicelle de Singapour — légèrement frit, avec des épices, des crevettes pilées, des légumes frais et commença à attendre.

Brian Kwok. Ses pensées revenaient toujours à Brian Kwok.

Et aux 40 000 dollars en billets usagés qu'il avait trouvés dans le tiroir de son bureau — celui qu'il fermait toujours à clef. Attention, concentre-toi, sinon tu vas gaffer, et tu ne peux pas te permettre une erreur !

Il se sentait las, souillé par une saleté dont le savon et l'eau chaude ne viendraient pas à bout. Il fit un effort pour rester attentif aux mouvements et aux bruits de la rue malgré la fatigue qui l'engourdissait.

Armstrong terminait son bol de vermicelle quand il vit le marin américain, un grand flandrin à lunettes qui dominait les passants d'une bonne tête bien qu'il se tînt légèrement voûté. La fille qui l'accompagnait le tirait par la manche en disant :

— Non, pas par là, chéri. Ma chambre pas par là, compris ?

— Oui, trésor, j'ai compris, mais on va d'abord où je veux, ensuite on ira où tu veux. D'accord ?

Le commissaire le regarda s'approcher en se demandant si c'était bien l'homme qu'il attendait. L'Américain, âgé d'une trentaine d'années, avait l'accent traînant du Sud. Il avançait en tournant la tête à chaque instant, comme s'il cherchait à se repérer. Armstrong eut l'impression que le marin avait changé de direction en apercevant l'enseigne d'un tailleur situé au coin de la ruelle, en face d'un petit restaurant éclairé par la lumière crue d'ampoules nues. Sous les caractères chinois proclamant le nom de l'établissement — « Longue vie à Mao » —, on avait écrit en anglais « bienvenue aux soldats américains ».

— Viens, poulette, on va se taper une bière, dit le marin en entraînant la fille vers le restaurant.

— Non, chéri, pas bon, bière meilleure à mon bar.

— On boit une bière là ! s'entêta le matelot.

Il entra, s'assit devant l'une des tables en plastique et beugla :

— De la bière ! Deux ! De la San Miguel, pigé ?

La fille le rejoignit, l'air boudeur. De l'endroit où il se trouvait, Armstrong les voyait distinctement. Quatre coolies qui mangeaient bruyamment leur soupe leur jetèrent un bref regard et l'un d'eux fit une remarque obscène qui provoqua le rire de ses compagnons. La fille rougit, leur tourna le dos. Le marin fredonnait en regardant à la ronde, son verre à la main.

— Faut que j'aille pisser, dit-il.

D'un pas qui n'avait rien d'hésitant, il se dirigea vers le fond de la salle et passa de l'autre côté d'un rideau couvert de chiures de mouches. Armstrong poussa un soupir : le piège était tendu.

Quelques minutes plus tard, le marin revint et lança à la fille :

— Allez, on se tire.

Il vida son verre, paya, et repartit dans la direction d'où il était venu.

— Vous voulez encore du vermicelle ? demanda le marchand à Armstrong d'un ton hostile.

— Non, juste une bière.

— J'en ai pas.

— Les dieux forniquent avec toute ta lignée ! répliqua le policier à voix basse, en cantonais. Tu me prends pour un nigaud de la Montagne dorée ? Je suis client de ta saloperie d'établissement ! Apporte-moi une bière, fornication ! ou j'ordonne à mes hommes de t'arracher les bourses et de les jeter aux chiens !

Le Chinois resta coi puis traversa la ruelle et revint avec une San Miguel qu'il posa sur le comptoir. Les autres clients avaient les yeux braqués sur le commissaire qui se gratta la gorge bruyamment, cracha et rendit son regard au Chinois le plus proche. L'homme remua sur son tabouret d'un air gêné et détourna les yeux.

Armstrong prit la bière que lui apportait le patron, se tourna de manière à pouvoir surveiller la rue et la venelle et attendit.

Quelques instants plus tard, un Blanc courtaud et trapu faisait son apparition dans la ruelle, la remontait lentement et s'arrêtait devant la vitrine d'un magasin de chaussures. Ah ! un professionnel, se dit Armstrong avec satisfaction, car il savait que l'homme examinait le restaurant dans le reflet de la vitrine.

L'inconnu prenait son temps. Il portait un imperméable en plastique et un chapeau assorti, ses traits n'avaient rien de particulier. Un coolie portant deux gros ballots à l'aide d'un bambou posé sur ses épaules passa devant le Blanc, qui lui emboîta le pas afin de demeurer caché derrière lui.

Il est très fort, pensa Armstrong en suivant les jambes de son gibier entre les mollets variqueux du coolie. L'homme passa devant le restaurant puis redescendit la ruelle : on eût dit une truite tournant autour d'une libellule. Finalement il entra, s'assit et commanda une bière. De son poste d'observation, Armstrong sourit.

L'homme attendit un long moment avant de se lever, demanda les toilettes et disparut derrière le rideau. Lorsqu'il revint à sa table, les quatre coolies bondirent sur lui, l'immobilisèrent et lui passèrent une corde autour du cou. Un client ébahi laissa tomber ses baguettes, un autre s'éclipsa prudemment.

Armstrong se leva de son tabouret, traversa la ruelle d'un pas nonchalant. Le Chinois qui se tenait derrière le comptoir ôta son tablier et alla à sa rencontre.

— Bonsoir, commissaire, dit-il.

— Bonsoir, Malcolm.

Malcolm Sun, agent chinois de la SI, avait été chargé d'organiser la souricière.

— Comment vous appelez-vous ? demanda aimablement Armstrong à l'homme à l'imperméable.

— Qui êtes-vous ? rétorqua l'inconnu dans un mauvais anglais. Lâchez-moi !

— À vous, Malcolm, dit le commissaire.

— Écoute-moi bien, fumier ! attaqua aussitôt en russe le faux cuisinier. Nous savons que tu es de l'*Ivanov* ; tu viens de prendre livraison de la marchandise déposée par un marin américain. Nous avons déjà bouclé ce salaud et...

— Vous vous trompez, bredouilla le Russe dans sa langue. Je ne connais pas d'Américain. Laissez-moi partir !

— Bon, on l'embarque, décida le commissaire. Sergent, allez chercher le fourgon,

Un des quatre faux coolies sortit tandis qu'Armstrong commençait à fouiller le Russe, en vain : l'homme ne portait ni documents ni rouleaux de pellicule.

— Où l'as-tu mis ?

— Je comprends rien ! s'écria le Soviétique d'un ton haineux.

Armstrong considéra sa prise sans aucune animosité : pour lui ce n'était qu'un adversaire malchanceux, un agent désormais grillé auprès des siens, un homme mort, peut-être. Mais pourquoi cette affaire n'avait-elle pas été confiée à Rosemont et à son équipe ? Comment Crosse avait-il eu vent de la livraison ? Le directeur de la SI avait simplement révélé au commissaire l'heure et l'endroit de la livraison.

— Je vous charge de l'interception, Robert. Pas de boulette, surtout.

— Ne vous en faites pas. Mais pour Brian, trouvez quelqu'un d'autre, je vous en prie.

— Pour la dernière fois, vous êtes chargé de l'interrogatoire de Kwok ! Vous resterez détaché à la SI aussi longtemps que je le jugerai utile et si vous renaclez encore, je vous ferai virer de la police, sans droit à la retraite. Je n'ai pas besoin de vous rappeler que la SI a le bras long. C'est enfin clair ?

— Oui, monsieur.

— Bon. Vous commencerez à six heures demain matin, Kwok sera prêt.

Quel coup de chance nous avons eu ! songea le commissaire en fouillant de nouveau son prisonnier. Si le Bigle n'avait pas été originaire de Ning-tok, si la vieille *amah* n'avait pas parlé au Loup-Garou, si la banque Ho-Pak n'avait pas eu de problèmes... Tant de si ! Mais la plupart des grosses prises se font par hasard. Bon Dieu ! Brian ! Pauvre salopard !

— Où est la pellicule ?

— Comprends pas ! riposta le Russe avec un regard de défi.

Le fourgon fendit la foule qui obstruait la ruelle et

s'arrêta devant le restaurant. D'autres agents de la SI en descendirent.

— Emmenez-le, ordonna le commissaire aux hommes qui maintenaient le Russe immobile. Ne lui lâchez pas les mains un seul instant, il pourrait se débarrasser de la camelote ou l'avaler.

Un murmure parcourut les rangs des curieux quand les faux coolies portèrent leur prisonnier par les bras et par les jambes à l'intérieur du fourgon. Armstrong monta à son tour dans le véhicule, Sun l'imita et claqua la portière.

— En route, dit Armstrong au chauffeur. Bon, allez-y, Malcolm.

L'agent chinois approcha de la gorge du Russe un couteau effilé.

— Comment t'appelles-tu ? demanda une nouvelle fois Armstrong en s'asseyant sur un banc en face du Soviétique devenu blême.

Malcolm Sun répéta la question en russe.

— D... Dimitri Metkin, murmura l'homme, toujours maintenu par les quatre faux coolies. Matelot de première classe.

— Tu mens, dit le commissaire d'un ton détaché. Continuez, Malcolm.

Sun piqua la pointe du couteau sous l'œil gauche de Metkin, qui faillit perdre conscience.

— Reste avec nous, sale espion, dit le Chinois avec un sourire glacial.

D'une main experte, il fendit l'imperméable puis s'attaqua avec une hargne délibérée aux vêtements du Soviétique, qu'il réduisit en lambeaux. L'homme se retrouva complètement nu sans que la lame l'eût égratigné une seule fois. Une nouvelle fouille ne donna pas plus de résultats que les précédentes et Armstrong conclut :

— Si ce n'est pas *sur* lui, c'est *en* lui.

Aussitôt, les agents de la SI contraignirent Metkin à se courber, Sun enfila des gants de caoutchouc, prit une sonde et commença l'exploration. Le Russe tressaillit et gémit, des larmes de douleur coulèrent de ses yeux.

— *Diou ne lo mo !* s'exclama joyeusement Sun en montrant un petit cylindre de cellophane.

— Ne lâchez pas le bonhomme ! rappela Armstrong.

Assuré que le prisonnier ne pouvait faire un geste, le

policier examina l'objet extrait du corps de Metkin. C'était un rouleau de pellicule entouré d'un papier transparent.

— Minolta, on dirait, marmonna-t-il distraitement.

Après avoir enveloppé le cylindre avec des mouchoirs en papier, il retourna s'asseoir en face du Soviétique.

— Mr. Metkin, au nom de la loi sur les secrets d'État, je vous arrête pour activités d'espionnage à l'encontre du gouvernement de sa Majesté et de ses alliés. Tout ce que vous direz pourra être retenu contre vous, déclara le commissaire d'un ton officiel.

D'une voix aimable, il ajouta :

— Vous êtes pris, cher monsieur. Nous sommes tous de la Special Intelligence, nous ne sommes pas davantage tenus par la loi que vos collègues du KGB. Nous ne vous voulons aucun mal mais nous pouvons vous garder en prison aussi longtemps que cela nous chante. Nous vous demandons simplement de répondre à quelques questions. Si vous refusez, nous obtiendrons les renseignements que nous cherchons par d'autres moyens — en utilisant par exemple les techniques de vos services. Vous savez, nous n'avons rien à apprendre du KGB en la matière.

Armstrong lut de la peur dans les yeux du Soviétique mais quelque chose lui disait pourtant que l'homme ne craquerait pas facilement.

— Quel est ton vrai nom ? celui qu'on te donne au KGB ?

Le Russe dévisagea Armstrong en silence.

— Quel grade as-tu ?

L'homme continua à narguer son interrogateur du regard.

Le commissaire soupira :

— Si tu préfères, je peux te confier à mes amis chinois. Ils n'aiment vraiment pas les Russes. L'armée soviétique a rasé le village de Malcolm Sun, en Mandchourie, et a massacré sa famille. Navré, mais il me faut réellement ton nom, ton grade et tes responsabilités.

Comme le pseudo-Metkin continuait à observer un silence hostile, Armstrong haussa les épaules et dit :

— Allez-y, Malcolm.

Sun tendit le bras, prit le pied-de-biche accroché à la paroi du fourgon. Les quatre agents qui tenaient le Russe le retournèrent sur le ventre et lui écartèrent les jambes.

Quand Sun introduisit l'extrémité de l'instrument, Metkin se mit à crier :

— Attendez ! attendez... Je m'appelle Dimitri... (il hurla) Nikolaï Leonov, je suis major, et commissaire politique...

— Suffit, Malcolm, ordonna Armstrong, étonné par l'importance de la prise.

— Mais commissaire...

— Suffit, répéta-t-il avec sécheresse.

Désormais Armstrong se montrerait délibérément bienveillant à l'égard de Leonov face à un Sun délibérément hargneux. Une fois de plus, le truc avait réussi. Car c'était un truc : si le détenu ne parlait pas immédiatement, brisé par la peur bien plus que par la douleur, on arrêtait de le tourmenter et l'on reprenait l'interrogatoire au QG, sans avoir recours à la torture.

— Relevez-le... Ne prenez pas mal les choses, major Leonov, nous n'avons rien contre vous personnellement.

Metkin cracha en direction d'Armstrong et se mit à l'injurier en versant des larmes de terreur et de rage. Sur un signe de son chef, Malcolm Sun prit un chiffon qu'il pressa fermement contre le nez et la bouche de l'espion.

L'odeur lourde et écœurante du chloroforme se répandit dans le fourgon. Metkin se raidit, tenta de se débattre puis cessa de résister. Armstrong lui prit le pouls et souleva une de ses paupières pour s'assurer qu'il ne jouait pas la comédie.

— Vous pouvez le lâcher, dit-il. Bon travail, je ferai votre éloge à tous dans mon rapport. Ne le quittez pas des yeux, Malcolm, il est bien capable d'essayer de se suicider.

Le fourgon continuait à se faire un chemin à travers la circulation, s'arrêtait et repartait. Il se fit dans le véhicule un silence que Sun, exprimant la surprise que tous éprouvaient, finit par briser :

— Dimitri Metkin, alias Nikolaï Leonov, major du KGB, commissaire politique à bord de l'*Ivanov*. Qu'est-ce qu'un gros poisson comme lui faisait dans une opération aussi simple ?

48

19 h 05

Linc Bartlett choisit avec soin une cravate assortie à la chemise bleu clair et au costume tabac qu'il portait. Toute la journée il avait hésité : téléphoner ou non à Orlanda, en parler ou non à Casey. Il n'avait cessé d'y penser, même à la Bourse, même à bord du ferry qui les avait ramenés à Kowloon, Casey et lui.

— Ian a perdu, n'est-ce pas ? lui avait demandé sa vice-présidente sur le chemin du retour.

— J'en ai l'impression mais il a de la ressource. La bataille ne fait que commencer.

— Comment pourrait-il se relever ? Sa cote a chuté terriblement.

— Oui, comparée à la semaine dernière, mais nous ne connaissons pas son quotient de capitalisation boursière. Cette Bourse est un vrai yoyo, tu en as fait toi-même la remarque.

— Je parie qu'il est au courant pour les deux millions que tu as versés à Gornt.

— Possible. En tout cas, il me jouerait le même tour s'il en avait l'occasion. Tu iras accueillir Seymour et Charlie Forrester ?

— Oui, je repars pour l'aéroport dès notre arrivée. Il faudra les inviter à dîner, tu crois ?

— Non, ils seront fatigués par le voyage — du moins je l'espère.

Seymour Steigler III, leur avocat, et Charlie Forrester, responsable du département mousse de polyuréthane, étaient tous deux particulièrement ennuyeux en société.

— À quelle heure arrivent-ils ?

— 16 h 50, avait répondu Casey. Nous serons à l'hôtel à 18 heures.

À 18 heures, ils avaient eu une réunion avec Seymour — Forrester, souffrant, était allé se coucher. L'avocat de Par-Con était un New-Yorkais bel homme, à la chevelure bouclée poivre et sel, aux yeux noirs soulignés de cernes.

— Casey m'a expliqué l'affaire en détail, avait-il déclaré. J'ai l'impression que nous sommes sur un gros coup, Linc.

Bartlett et Casey avaient néanmoins omis de révéler à Steigler l'accord secret concernant les navires de Dunross.

— Il me paraît nécessaire d'introduire une ou deux clauses nous assurant une garantie totale, avait ajouté l'avocat.

— D'accord, mais pas question de rouvrir les négociations, avait répondu Bartlett. Je veux conclure l'affaire mardi, comme prévu.

— Et Rothwell-Gornt ? Si je tâtais le terrain dans ce coin-là ?

— Non, ne vous occupez ni de Gornt ni de Dunross, avait répondu Casey. Nous nous en chargeons. Vous, vous traitez avec leurs avocats.

Linc n'avait pas plus révélé à Steigler l'accord passé avec Gornt.

— Quel genre de types, ces confrères ?

— Très anglais, avait répondu Casey. J'ai fait ce midi la connaissance de John Dawson, l'un des patrons du cabinet juridique qui gère les intérêts de Struan. Dunross s'était fait remplacer par Jacques de Ville, un membre du conseil d'administration spécialisé dans les questions entreprise et financement. C'est un homme très capable mais Dunross s'occupe et décide de tout. C'est la règle.

— Si je lui téléphonais maintenant, à ce Dawson ? Nous pourrions nous voir demain matin à huit heures, au petit déjeuner.

— Sûrement pas ! s'était esclaffé Casey. Ils arrivent au bureau à dix heures, ils prennent deux heures pour déjeuner, ils mangent et boivent comme s'ils devaient mourir demain.

— Alors je le verrai après le repas, quand il sera à moitié assoupi, et je lui apprendrai peut-être un ou deux tours de ma façon. Bon, je donne un coup de téléphone à New York et je vais me coucher. Ah ! j'oubliais : j'ai tous les documents concernant la fusion avec GXR et...

— Donnez-les-moi, avait dit Casey.

— Et j'ai acheté les 200 000 actions de Rothwell-Gornt à 23,50. À combien sont-elles aujourd'hui ?

— 21.

— Bon Dieu, Linc, vous avez déjà perdu 300 000 dollars. Vous devriez vendre, quitte à racheter plus tard, au besoin.

— Non, nous les gardons.

Cette perte n'inquiétait pas Bartlett, qui restait largement bénéficiaire avec sa part de l'opération de vente à découvert lancée par Gornt.

— Allez donc vous reposer, Seymour, avait poursuivi Linc. Nous prendrons le petit déjeuner ensemble à huit heures, si vous êtes levé.

— D'accord. Casey, vous pouvez m'avoir un rendez-vous avec Dawson ?

— Je m'en occupe. Le Taï-pan lui a demandé d'accorder la priorité à notre affaire.

— Pas étonnant : notre paiement initial le sortira du pétrin.

— S'il ne s'est pas écroulé avant.

— Bah ! vivant aujourd'hui, mort demain, profitons-en !

Cette phrase que l'avocat se plaisait à répéter résonnait encore dans la tête de Bartlett. Profitons-en, se dit-il en nouant sa cravate devant la glace. Oui, mais Casey ? Nos règles sont claires, c'est elle-même qui les a établies : si l'un de nous sort avec quelqu'un d'autre, il n'y aura ni questions ni récriminations. Alors pourquoi suis-je mal à l'aise maintenant que j'ai décidé de voir Orlanda sans lui en parler ?

On frappa un léger coup à la porte, Song-service-de-nuit entra, la bouche fendue d'un sourire.

— Voilà Mademoiselle, annonça-t-il en s'écartant pour laisser passer Casey.

La jeune femme pénétra dans la pièce, un classeur à la main, l'air joyeux.

— Ah ! j'allais t'appeler, dit Linc.

— J'ai du courrier pour toi, fit-elle en sortant du classeur une pile de lettres et de télex.

Elle portait une tenue décontractée — pantalon collant, ballerines, chemisier gris, cheveux tirés en arrière — et avait remplacé ses verres de contact par des lunettes.

— Il y a deux télégrammes concernant la fusion avec GXR : tout est arrangé, nous prendrons possession de l'affaire le 2 septembre. On nous confirme la réunion du conseil d'administration pour 15 heures à L.A. — cela nous laisse largement le temps de rentrer. J'ai demandé à...

— Préparer le lit, maître ? interrompit Song du seuil de la porte.

Bartlett s'apprêtait à répondre mais Casey le devança :

— *Um ho. Cha z'er do ji.* Non merci, plus tard.

— Heing ? fit le domestique, choqué que Pubis-Doré eût l'inconvenance de s'adresser à lui en cantonais.

Casey répéta sa réponse mais Song feignit une nouvelle fois de ne pas comprendre :

— Préparer lit, *heya ?*

De guerre lasse, la jeune femme revint à l'anglais :

— Non, plus tard !

Satisfait d'avoir gagné la partie, Song sortit avec un sourire radieux et ferma la porte un rien trop fort pour bien marquer sa victoire.

— Sale con, marmonna Casey. Il avait parfaitement compris, j'en suis sûre.

— Mais où as-tu appris le chinois ?

— C'est du cantonais. J'ai un professeur, il m'a donné une leçon ce matin. Je voudrais pouvoir dire au moins bonjour, l'addition s'il vous plaît, des phrases usuelles. Mais c'est terriblement compliqué. En cantonais, il y a sept façons différentes de prononcer le même mot : tu demandes l'addition, *mai dan*, mais si tu n'y mets pas la bonne intonation, ça voudra dire œufs au plat, *mai dan* également, et le serveur t'apportera des œufs pour te rabattre ton caquet.

Casey se laissa tomber sur le sofa et ouvrit son bloc tandis que Linc achevait de parcourir les télex.

— La secrétaire de Vincenzo Banastasio a téléphoné pour me demander de confirmer la réservation de sa suite, il arrive samedi, dit-elle.

— J'ignorais qu'il devait venir à Hong Kong. Et toi ?

— Je crois qu'il nous avait parlé d'un voyage en Asie la dernière fois que nous l'avons vu... Aux courses, à Del Mar, le mois dernier — la fois où John Chen était là.

— Aucun souvenir. Il descend ici ?

— Non, il veut être côté Hong Kong, j'ai réservé au Hilton. Il arrive... samedi matin via Tokyo. Tu veux que je prenne un rendez-vous avec lui ?

— Il reste longtemps ?

— Le week-end, quelques jours, tu sais comme il est toujours vague. Samedi après les courses ? Le Hilton n'est pas loin de l'hippodrome.

« Plutôt dimanche », allait répondre Bartlett, qui se souvint à temps du voyage prévu à Taipei.

— Entendu, samedi, après les courses.

— Je n'aime pas ce type.

— Avant de lui céder 4 % des actions de Par-Con, nous avons demandé à Seymour et à d'autres de se renseigner sur son compte. Tous ont conclu dans le même sens : son argent est propre. Il n'a jamais été arrêté ou inculpé, en dépit des rumeurs. En outre, il ne nous a jamais posé de problèmes, il n'a jamais exigé de faire partie de tel ou tel conseil d'administration. En fait, il n'assiste même pas aux réunions, il me donne procuration. Alors ?

— Alors, rien. Tu sais ce que je pense de lui. D'accord, il nous a apporté des fonds quand nous en avions besoin et il n'est pas question de lui reprendre des actions que nous lui avons cédées de notre plein gré. Je prendrai rendez-vous en me montrant des plus aimables, comme toujours.

Casey remonta ses lunettes, qui avaient glissé au bout de son nez, et poursuivit :

— J'ai ouvert un compte à la Victoria pour notre compagnie en y déposant 25 000 dollars. Voici ton chéquier. La First Central y transférera les sept millions du versement initial dès que nous lui en donnerons l'ordre. Je t'ai aussi ouvert un compte personnel, avec 25 000 autres dollars. Tu pourras t'offrir deux ou trois bols de *chop suey* et une statuette en jade — méfie-toi, les imitations sont difficiles à reconnaître, paraît-il.

— Alors, pas de jade, dit Bartlett, qui n'osait pas regarder sa montre.

Ensuite ?

— Clive Bersky te demande une faveur.

— Tu lui as répondu d'aller se faire voir ?

Bersky, le directeur de l'agence new-yorkaise de la First Central où Par-Con avait son compte, était un personnage pédant et maniaque dont la méticulosité irritait souvent Bartlett.

Casey eut un rire bref avant de reprendre :

— Il nous prie, en cas d'accord avec Struan, de faire virer nos fonds par l'intermédiaire de... (elle consulta ses notes) la Royal Belgium and East Bank.

— Pour quelle raison ?

— Je n'en sais rien, je vais vérifier. Nous sommes censés prendre un verre avec le directeur de leur succursale locale à huit heures. La First Central vient de lui racheter sa banque.

— Occupe-toi de lui, Casey.

— Je le liquide en vitesse et ensuite nous allons manger ? À l'Escoffier ou aux Sept Dragons, par exemple. Ou alors nous pourrions nous promener dans Nathan Road et y choisir un petit restaurant chinois — pas trop loin, la Météo annonce que la pluie va reprendre.

— Non, pas ce soir. Il faut que j'aille à Hong Kong.

— Ah ? Qu'est-ce que t..., commença Casey. Très bien. Tu pars quand ?

— Maintenant. Enfin, rien ne presse, répondit Barlett.

Bien que Casey arborât le même sourire en continuant à parcourir ses notes, il comprit qu'elle avait aussitôt deviné ce qu'il allait faire ce soir. Cela le rendit furieux et il dut prendre sur lui-même pour demander d'un ton calme :

— Rien d'autre ?

— Le reste peut attendre, dit-elle gentiment. J'ai rendez-vous demain matin avec le capitaine Janelli pour préparer le voyage à Taipei. Comme convenu, les services d'Armstrong ont envoyé les documents levant temporairement la saisie de l'avion. Il faut simplement que tu signes un papier dans lequel tu t'engages à revenir à Hong Kong mardi. Ça va, mardi ?

— Bien sûr, c'est le jour J.

— Terminé pour ce soir, soupira la jeune femme en se levant. Enlève donc cette cravate, la bleue irait beaucoup mieux.

Comme d'habitude, elle lui envoya un baiser de loin et lui souhaita de beaux rêves, comme elle le faisait tous les soirs, avant de le quitter.

Pourquoi suis-je dans une telle rogne ? se demanda Linc. Casey ne m'a rien dit, elle a été parfaite. Bon Dieu de bon Dieu ! qu'est-ce que je fais maintenant ?

Casey regagnait sa chambre, les yeux baissés sur le tapis du couloir. Je suis sûre qu'il sort avec cette garce, pensa-t-elle. J'aurais dû la laisser se noyer, l'autre soir. En levant les yeux, elle vit Song-service-de-nuit qui lui tenait la porte ouverte avec un sourire qui lui parut moqueur.

— Tupeuxtelefoutreaucultoiaussi ! s'écria-t-elle d'un trait avant d'avoir pu se contrôler.

Elle entra dans la chambre, claqua la porte, jeta les papiers et le bloc sur son lit.

— Tu ne pleures pas, s'ordonna-t-elle à voix haute, avec un sanglot dans la voix. Aucun homme ne t'infligera cette humiliation. Aucun !

Elle regarda ses mains, que la rage faisait trembler.

— Et merde pour tous les hommes !

49

19 h 40

— Pardon, Excellence, on vous demande au téléphone.

— Merci John. Messieurs, si vous voulez bien m'excuser, dit sir Geoffrey Allison à ses invités.

Il laissa Dunross et les députés dans la grande salle de sa résidence officielle, et passa dans son bureau, dont son assistant referma la porte. C'était une grande pièce aux murs recouverts d'un papier velouté de couleur bleue. Sur le parquet, des tapis persans magnifiques, souvenirs des deux années passées à l'ambassade de Téhéran ; dans une vitrine, des porcelaines chinoises, de l'argenterie et du cristal.

— Allô ?

— Désolé de vous déranger, Excellence, dit la voix de Crosse dans l'appareil. J'ai deux informations importantes à vous communiquer — de bonnes nouvelles. Je pourrais vous voir maintenant ?

Sir Geoffrey jeta un coup d'œil à l'horloge en porcelaine placée au-dessus de la cheminée.

— Le dîner commence dans un quart d'heure. Où êtes-vous ?

— À trois minutes d'ici, je ne vous retarderai pas. Mais si vous le préférez, je viendrai après.

— Venez maintenant, j'ai grande envie d'entendre de bonnes nouvelles après toute cette agitation à la Bourse. Passez par la porte du jardin, John vous y attendra.

Traditionnellement, le chef de la Special Intelligence possédait une clef de la grille du parc, entouré par de hauts murs d'enceinte. Trois minutes plus tard, exactement, Crosse traversait la terrasse et pénétrait dans le bureau par les portes-fenêtres grandes ouvertes.

— Nous avons pris un agent ennemi la main dans le sac, annonça-t-il sans préambule. C'est un gros poisson, major du KGB, commissaire politique de l'*Ivanov*. Il venait de prendre livraison d'un rouleau de pellicule déposé par un électronicien américain du porte-avions.

— Ce satané rafiot ! fulmina le gouverneur. Un major, dites-vous ? Vous vous rendez compte de la tempête diplomatique et politique que cette histoire va provoquer ?

— C'est bien pourquoi j'ai voulu vous consulter sans attendre.

Après avoir résumé la capture, Crosse conclut :

— Tous deux sont maintenant en lieu sûr, le Russe et l'Américain.

— Qu'y avait-il sur la pellicule ?

— Elle était vierge, voilée. Naturellement, les deux hommes ont nié s'être livrés à des activités d'espionnage. Le marin américain prétend avoir gagné au poker les 2 000 dollars que nous avons trouvés sur lui.

— Vous avez fait chou blanc ?

— Non. Supposant aussitôt qu'il y avait un autre film, j'ai ordonné une nouvelle fouille ainsi que l'administration d'émétiques et de purgatifs aux deux hommes. Le major nous a *remis* le vrai négatif il y a une heure. Voici les photos, dit Crosse en tendant à sir Geoffrey une grande enveloppe brune.

Le gouverneur la prit mais ne l'ouvrit pas.

— Que représentent-elles ?

— Il y a une série de photos du manuel du système de guidage par radar du navire. D'autres reproduisent la liste complète de l'armement du porte-avions : ogives, missiles, munitions, quantités et calibres.

— Dieu tout-puissant ! Y compris les ogives nucléaires ? Non, ne répondez pas à cette question.

Sir Geoffrey Allison regarda Crosse en silence quelques instants puis il ajouta :

— C'est un coup de chance inouï que ces renseignements ne soient pas tombés aux mains de l'ennemi. Je vous félicite, Roger. Nos amis américains vous en seront très reconnaissants. Avec ces informations, les experts soviétiques auraient pu estimer aisément la puissance de feu du porte-avions. Qu'allez-vous faire de votre major ?

— Je vais l'envoyer immédiatement à Londres par vol spécial de la RAF. On l'interrogera là-bas — quoique, à mon avis, nous soyons mieux équipés ici pour le faire et nous ayons plus d'expérience. Ce que je redoute, c'est que ses supérieurs, qui seront au courant dans une heure, ne tentent de le libérer ou de le faire taire. Moscou pourrait même exercer de fortes pressions par voie diplomatique pour nous contraindre à le remettre au capitaine de l'*Ivanov*. Par ailleurs, si les Chinois de la RPC ou de Taiwan apprennent que nous avons capturé un aussi gros gibier, ils essaieront de le détourner à leur profit.

— Et l'Américain ?

— Il serait peut-être avisé, sur le plan politique, de le remettre immédiatement à la CIA avec le négatif et ces photos — c'est le seul tirage que j'ai fait. Pour des raisons de sécurité évidentes, je les ai développées moi-même.

— Rosemont est ici, précisa le gouverneur.

— Oui, je le sais.

Le regard de sir Geoffrey se durcit :

— Vous vous arrangez pour vous faire communiquer la liste de mes invités, Roger ?

— Non, Excellence. Il y a une demi-heure, j'ai téléphoné au consulat et l'on m'a répondu que Rosemont était ici.

Il ment, pensa le gouverneur en observant le patron de la SI par-dessous ses sourcils broussailleux. Je suis sûr qu'il sait toujours exactement qui je rencontre et quand. Enfin, c'est son travail. Et je suis prêt à parier une guinée en or contre un *doughnut* qu'il existe un autre jeu de photos. Roger sait pertinemment que l'Amirauté aimerait elle aussi jeter un coup d'œil à ces documents, et il se fera un plaisir de les lui transmettre.

— Croyez-vous que cette histoire soit liée aux dossiers d'AMG ?

— Certainement pas, affirma Crosse d'une voix où le gouverneur crut déceler un soupçon d'hésitation.

Sir Geoffrey quitta son fauteuil et se mit à arpenter son bureau en silence. Roger a raison, se dit-il, des deux côtés du rideau de bambou, on sera rapidement au courant puisque tous nos services utilisent des Chinois ayant des sympathies communistes ou nationalistes. Il vaut mieux mettre l'espion soviétique hors de portée, il ne tentera personne — du moins, pas ici.

— Je vais immédiatement consulter le ministre, décida-t-il.

— Étant donné les circonstances, vous pourriez peut-être l'*informer* des dispositions prises.

— Le major est déjà en route pour Londres ?

— Non mais j'ai autorité pour régler cette question sur-le-champ — avec votre accord.

Sir Geoffrey considéra de nouveau l'horloge d'un air pensif puis eut un petit sourire.

— Très bien. C'est l'heure du déjeuner à Londres, je l'*informerai* dans une heure environ. Cela vous suffira ?

— Largement, Excellence. J'ai déjà tout préparé.

— Je m'en doutais.

— Je respirerai mieux quand notre homme sera dans l'avion. Merci, Excellence.

— Et pour le marin ?

— Je vous propose cette fois de *demander* au ministre d'approuver sa livraison à Rosemont.

Le gouverneur aurait voulu poser une dizaine de questions au moins au directeur des services secrets, mais il se savait mauvais menteur, il jugea donc préférable de ne pas connaître les réponses et s'abstint.

— Bien. Vous avez une deuxième bonne nouvelle à me communiquer ?

— Nous avons capturé la taupe.

— Excellent ! Qui est-ce ?

— Le commissaire Kwok.

— Impossible !

— C'est exactement ce que j'ai d'abord pensé, dit Crosse en cachant sa satisfaction. Pourtant le commissaire Kwok est bien un espion au service de la RPC.

Après avoir expliqué comment une série de coïncidences avait abouti à la découverte de la taupe, Crosse ajouta :

— Nous avons des preuves irréfutables. Bien entendu, nous ignorons encore le comment et le pourquoi de sa trahison, mais nous ne tarderons pas à les connaître.

Le gouverneur remarqua le ton de froideur implacable sur lequel le policier prononça la dernière partie de sa phrase.

— Tenez-moi au courant, demanda-t-il. Grand Dieu ! un garçon aussi charmant — et bon joueur de cricket, qui plus est. Oui, tenez-moi au courant.

— Certainement, Excellence, assura Crosse en se levant.

Maintenant je comprends pourquoi Kwok était aussi anti-américain — c'était son seul défaut. Cela aurait dû me mettre la puce à l'oreille... Bonsoir, Excellence, excusez-moi d'avoir interrompu votre soirée.

— Vous méritez des félicitations, Roger. Dites-moi, ne serait-il pas souhaitable d'envoyer aussi Brian Kwok à Londres, comme l'autre espion et pour les mêmes raisons ?

— Non, je ne crois pas. Il recevra ici un « traitement » plus efficace et plus rapide. En outre, c'est nous qui avons besoin de le faire parler : Kwok est une menace pour Hong Kong, pas pour la Grande-Bretagne. Et n'oubliez pas qu'il y a une différence entre nos deux espions : l'un travaille pour les Russes, l'autre pour les Chinois, ce n'est pas la même chose.

Sir Geoffrey poussa un soupir :

— Vous avez raison. Quelle épouvantable journée ! D'abord les queues devant les banques, ensuite la Bourse, sans parler du glissement de terrain d'Aberdeen... Pour tout arranger, on dirait bien qu'il se prépare une tempête qui va probablement nous contraindre à annuler les courses de samedi. Et vous venez m'apprendre qu'un marin américain trahit son pays et son navire pour deux mille malheureux dollars !

— La somme lui paraissait peut-être moins mesquine qu'à vous, dit Crosse avec un léger sourire.

— Nous vivons une époque terrible, murmura le gouverneur.

Intérieurement, il corrigea aussitôt sa déclaration : non, ce n'est pas l'époque, ce sont les gens ; on ne peut rien changer à leur nature, ils agiront toujours pour les mêmes raisons — cupidité, orgueil, luxure, jalousie, avarice, gloutonnerie, colère, soif de pouvoir. La plupart des gens, en tout cas.

— Merci de vos informations, Roger, je les transmettrai au ministre. Bonsoir.

Sir Geoffrey Allison regarda le directeur de la SI traverser le parc de sa démarche assurée. Lorsque son assistant eut refermé la grille derrière le visiteur, le gouverneur se posa à nouveau la question qui n'avait toujours pas reçu de réponse : *Qui est la taupe infiltrée dans ma police ?*

Car le rapport d'AMG parle d'un traître travaillant pour l'Union soviétique, non pour la Chine populaire. Pourquoi Roger n'a-t-il pas relevé cette évidence ?

50

20 h 17

La porte s'ouvrit avant qu'il eût relâché le bouton de la sonnette.

— Linc ! s'exclama Orlanda joyeusement. Je croyais que vous ne viendriez plus. Entrez !

— Désolé d'être en retard, marmonna Bartlett, sidéré par la beauté de la jeune femme. Il y a des embouteillages, le ferry est bondé et pas moyen de trouver une cabine libre.

— Vous n'êtes pas en retard puisque vous êtes là. Je craignais seulement...

Orlanda hésita puis poursuivit d'un trait :

— Je craignais que vous ne veniez pas, j'aurais été très malheureuse. Voilà, j'ai avoué, j'ai mis bas toutes mes défenses mais je suis si heureuse de vous voir que je m'en moque.

Elle se dressa sur la pointe des pieds, déposa sur les lèvres de l'Américain un léger baiser, le prit par le bras et referma la porte.

Elle portait une robe blanche sans décolleté, à manches longues serrées au poignet, qui bruissait à chacun de ses mouvements.

— Je suis si heureuse, répéta-t-elle en lui prenant son parapluie.

— Moi aussi.

Elle l'entraîna dans la salle de séjour, éclairée par des bougies, le conduisit sur la terrasse et lui montra la ville, étagée de la montagne à la mer. Les lumières se troublaient parfois au passage d'une traînée de nuage. Deux cents mètres plus bas, le port de Kowloon était plongé dans une nuit d'où émergeait le porte-avions américain rutilant de lumière.

— La vue est splendide ! s'extasia-t-il. Comme vous.

— Merci. Oh ! j'oublie de vous servir à boire !

Orlanda quitta la terrasse en tourbillonnant.

— Je ne sais pas pourquoi, je me sens comme une écolière avec vous, cria-t-elle de la cuisine.

Elle revint quelques instants plus tard avec un plateau sur lequel elle avait posé des toasts, une terrine de pâté et une bouteille de bière glacée de l'Anweiser.

— Vous connaissez ma marque préférée ? s'étonna-t-il.

— Vous me l'avez dit ce matin. Et vous m'avez aussi avoué que vous aimez boire à la bouteille.

— Ce sera dans l'article ? demanda Linc en prenant sa bière.

— Non, j'ai décidé de ne pas écrire sur vous, répondit Orlanda, soudain plus grave.

— Pour quelle raison ?

— J'ai pensé que cela pourrait vous mettre mal à l'aise de savoir que vos confidences pourraient peut-être fournir la matière d'un article, dit Orlanda en se servant un verre de vin blanc. Alors pas d'article, c'est juré. Croix de bois, croix de fer...

Elle s'adossa à la balustrade de la terrasse et il la rejoignit.

— Un baiser pour sceller le serment ? proposa-t-il avant de l'embrasser brièvement. Prenez garde, vous pourriez tomber.

— J'ai moins peur de l'altitude que de l'eau. Vous m'avez sauvé la vie, l'autre soir.

— Vous vous seriez bien débrouillée sans moi.

— Peut-être, mais j'aurais étalé ma trouille devant tout le monde. Grâce à vous je n'ai pas perdu la face.

— On dirait qu'à Hong Kong on préfère perdre la vie plutôt que perdre la face.

— C'est parfois vrai. Pourquoi dites-vous cela ?

— Je pensais à Dunross et Quillan Gornt. C'est important, pour eux, dc ne pas perdre la face, n'est-ce pas ?

— Oui, vous avez raison, dit Orlanda. D'un ton pensif, elle ajouta : ce sont tous deux des hommes remarquables à certains égards, et de vrais démons si on les considère sous un autre jour.

— Comment cela ?

— Ils sont impitoyables, forts, coriaces, intelligents. *Chan ts'ao, chu ken*, disent les Chinois (quand on arrache des mauvaises herbes, il faut extirper les racines). Ces deux hommes ont planté en Asie des racines qu'il serait bien difficile d'extirper. D'ailleurs, Hong Kong n'aurait rien à gagner à ce que l'un ou l'autre soit déraciné.

— Pourquoi ?

— Oh ! parce qu'ils s'équilibrent, d'une certaine manière. Pas seulement Quillan et Dunross, les *hongs* elles-mêmes, Struan et Rothwell-Gornt. Si l'une avalait l'autre, elle deviendrait sans doute trop puissante, il n'y aurait plus de véritable concurrence, le nouveau Taï-pan trouverait peut-être alors la Colonie trop étriquée pour ses ambitions et l'abandonnerait...

— Ce n'est un secret pour personne que j'envisage de m'associer à l'un des deux. À ma place, lequel choisiriez-vous ?

— Ni l'un ni l'autre, répondit la jeune femme en riant.

— Pourquoi ?

— Vous n'êtes pas britannique, vous ne faites pas partie de la « vieille bande », vous n'appartenez à aucun des clubs. Quelles que soient votre fortune, votre puissance, en définitive, c'est la « vieille bande » qui décidera.

Orlanda alla chercher une autre bière à la cuisine.

— Si vous concluez un marché avec Struan ou Rothwell-Gornt, ce n'est pas vous qui en profiterez le plus, dit-elle en revenant.

— Ils sont si malins ?

— Ils sont chez eux, en Asie. À Hong Kong, on dit : « *T'ien hsia wu ya i pan hei* », les corbeaux sont noirs sous tous les cieux. Tous les taï-pans sont les mêmes, ils unissent leurs forces pour éliminer les intrus.

— Alors ni Ian ni Quillan ne veulent d'associé ?

— Je ne sais pas, répondit Orlanda d'un ton hésitant. Je parle de choses que je connais mal mais je n'ai jamais entendu dire qu'un Américain ait réussi à se tailler ici une place importante.

— Et Biltzmann ? Superfoods vient bien d'absorber HK General Stores ?

— Biltzmann est un pantin, tout le monde le hait et espère qu'il se cassera la figure — même Pugmire. Non, aucun Américain n'a réussi, pas même Cooper et Tillman, des trafiquants d'opium opérant à la fin du siècle dernier sous la protection du vieux Dirk. Les Struan et les Cooper sont parents par alliance puisque la Hag maria sa fille aînée Emma à Jeff Cooper, le vieux Nez-Crochu, en récompense, dit-on, de l'aide qu'il lui accorda contre Tyler

Brock. Vous avez entendu parler de ces gens ? les Brock, sir Morgan et son père Tyler, la Hag.

— Peter Marlowe nous a raconté certaines histoires.

— Si vous voulez connaître le vrai Hong Kong, il faut aller voir Z'Yeux-Brillants, Sarah Chen, la tante de Phillip. C'est un personnage fascinant. Elle est restée vieille fille et avoue quatre-vingt-huit ans mais je la soupçonne d'être plus âgée. C'est la fille de sir Gordon Chen, le fils naturel de Dirk et de sa maîtresse Kai-sung. Sa mère, c'était Karen Yuan, la célèbre beauté.

— Qui était-ce ?

— La petite-fille de Robb Struan, le demi-frère de Dirk. Robb avait une maîtresse appelée Yau Ming Soo avec qui il eut une fille nommée Isobel. Isobel épousa John Yuan, fils naturel de Jeff Cooper qui devint pirate et trafiquant d'opium. Elle est surtout connue pour avoir dilapidé au mah-jong la fortune de deux maris. Karen, la fille d'Isobel et de John, se maria avec John Chen, dont elle fut la seconde femme : une sorte de concubine plutôt. Encore aujourd'hui les Chinois de Hong Kong peuvent épouser autant de femmes qu'ils le désirent.

— C'est pratique.

— Pour les hommes ! Cette branche des Yuan est donc issue des Cooper tandis que les T'Chung et les Chen descendent de Dirk Struan, les Sung, les Tup et les Tong d'Aristote Quance, le peintre. Ici à Hong Kong, il est d'usage que les enfants illégitimes prennent le nom de leur mère, généralement une pauvre fille vendue par ses parents.

— Par ses parents ?

— Presque toujours, répondit Orlanda d'un ton désinvolte. *T'ung t'ien yu ming'*, comme on dit : écoute le ciel et suis le destin. C'est d'autant plus vrai quand on crève de faim.

— Comment se fait-il que vous connaissiez aussi bien les histoires d'alcôves des Struan et des Cooper ?

— À Hong Kong, il n'y a pas de vrais secrets, chacun connaît presque tout des autres. Nos racines sont profondes, je vous l'ai dit. Et n'oubliez pas que les Chen, les Yuan et les Sung sont eurasiens. Les Eurasiens se marient entre eux puisque ni les Britanniques ni les Chinois ne veulent les épouser. Les familles chinoises inscrivent traditionnellement leur généalogie dans le registre du village ; c'est la seule preuve de leur légitimité, il n'y a pas d'état civil... Pour revenir à votre question, aussi bien Dunross que Quillan seraient heureux de bénéficier de vos dollars et de votre implantation sur le marché américain. Vous tireriez sans doute profit de votre association avec l'un ou l'autre — à condition de vous contenter d'un rôle passif.

Bartlett contempla le panorama d'un air songeur tandis qu'Orlanda, immobile à ses côtés, attendait patiemment. Quillan avait raison, une fois de plus, pensait-elle.

Ce matin, elle l'avait appelé au téléphone et lui avait dit, avec des sanglots dans la voix :

— Oh ! Quillan, je crois que j'ai tout gâché...

— Que s'est-il passé exactement ?

Quand elle eut fini de le lui raconter, il l'avait rassurée :

— À mon avis, tu n'as aucune raison de t'inquiéter. Il reviendra — si ce n'est ce soir, demain.

— Tu en es certain ?

— Oui. Sèche tes larmes et écoute bien.

Gornt lui avait expliqué comment elle devrait se comporter, quelle toilette elle devrait mettre, et lui avait rappelé qu'elle devait être avant tout une femme.

Une femme, songeait-elle tandis que remontaient à sa mémoire les conseils que Quillan lui donnait quand elle était sa maîtresse et qu'il faisait son éducation :

— Si tu veux avoir de belles choses, être aimée et caressée, à l'abri du besoin dans ce monde incertain, sois une femme.

— Comment, mon chéri ?

— Ne pense qu'à mon plaisir. Sois passionnée ou calme, selon mon humeur, mais toujours discrète. Sois un cordon bleu, un véritable sommelier ; ne m'importune jamais et ne me fais jamais perdre la face.

— C'est unilatéral, comme marché !

— Peut-être, mais c'est ce que je te demande, pas moins. Tu as accepté mes conditions en devenant ma maîtresse.

— Je suis heureuse de l'avoir fait mais... parfois je pense à l'avenir.

— Mon chou, tu n'as rien à craindre, nous avons fixé à l'avance la règle du jeu. Tu as dix-neuf ans, nous renouvellerons notre contrat chaque année — si tu le souhaites — jusqu'à tes vingt-quatre ans. Si tu choisis alors de me quitter, je te laisserai l'appartement, de l'argent et une dot pour te trouver un mari. Nous avons tous les deux approuvé cet arrangement, tes parents aussi.

Ô combien ! se rappela Orlanda. Elle se souvint de l'enthousiasme avec lequel ses parents avaient accueilli la proposition de Quillan lorsqu'elle était rentrée des États-Unis, après ses études.

— C'est un excellent homme, avait fait valoir son père. Il a promis de s'occuper de ton avenir si tu acceptes. À toi de décider, Orlanda, mais nous te conseillons de dire oui.

— Père, je n'aurai que dix-huit ans le mois prochain et je veux retourner vivre aux États-Unis. Je suis certaine de pouvoir obtenir la carte verte de résident.

— Tu l'auras sans doute, mon enfant, mais tu resteras pauvre, avait argué sa mère. Nous ne pouvons pas t'aider, tu le sais. Qui s'occupera de toi ? Si tu acceptes, tu n'auras plus de soucis matériels dans quelques années.

— Mais il est vieux. Il a...

— Un homme vieillit moins qu'une femme. Il est puissant, respecté et a été bon pour nous pendant des années. Il nous a promis de te chérir et de veiller sur ton avenir, quelle que soit la durée de votre liaison.

— Je ne l'aime pas.

— Tu dis des sottises ! Sans la protection des lèvres, les dents deviennent froides ! lui avait lancé sa mère avec colère. Cette occasion qu'on t'offre, c'est la plume du phénix, le cœur du dragon ! Qu'auras-tu à faire en échange ? Rien, sinon être une femme, obéir pendant quelques années — ou davantage, si tu le veux — à un homme bon et respectable. Et qui sait ? sa femme est invalide, elle se meurt lentement. Si tu lui donnes satisfaction, il t'épousera peut-être.

— Épouser une Eurasienne ? Quillan Gornt ?

— Pourquoi pas ? Tu n'es pas seulement eurasienne, tu es aussi portugaise. Il a déjà des fils et des filles britanniques, *heya ?* Les temps changent, même à Hong Kong. Donne-lui un fils dans un an ou deux, avec sa permission, et nous verrons bien. Les dieux sont les dieux, ils peuvent faire tonner l'orage dans un ciel serein s'ils en ont envie. Aimer ? Mais qu'est-ce que cela signifie pour toi ?

Orlanda regardait la ville sans la voir. Comme j'étais

naïve et stupide alors ! pensa-t-elle. Je ne le suis plus maintenant. Quillan a fait mon éducation.

Elle tourna les yeux vers Linc mais ne fit rien qui pût troubler sa réflexion. Oui, j'ai été bien préparée, se dit-elle. Je serai pour Bartlett la meilleure épouse du monde. Cette fois, je ne commettrai pas d'erreur ; Quillan me conseillera, il m'aidera à éliminer Casey. Je deviendrai Mrs. Linc Bartlett. Cela doit être, j'en prends à témoin les dieux et les diables.

Bartlett finit par s'arracher à la contemplation de la ville et tourna la tête vers la jeune femme. Il remarqua qu'elle le regardait avec un sourire qu'il ne parvenait pas à déchiffrer.

— Qu'y a-t-il ?

— Je pensais à la chance que j'ai eue de vous rencontrer.

— Vous faites souvent des compliments aux hommes ?

— Uniquement à ceux qui me plaisent — et ils sont aussi rares que les plumes de phénix ou les cœurs de dragon. Un peu de pâté ?

— Volontiers. Et vous, vous ne mangez pas ?

— Je me réserve pour le dîner. Vous avez faim ?

— Je meurs de faim.

— Vous voulez toujours dîner dans un restaurant chinois ?

— Peu importe, comme vous voudrez.

— Sûr ?

— Oui, oui. Pourquoi ? Il y a un changement au programme ?

— Venez voir.

Elle le conduisit dans la salle à manger où la table était dressée pour deux avec un goût exquis.

— Tout est prêt, nous pouvons faire un vrai repas italien dans vingt minutes si le cœur vous en dit, proposa Orlanda. Ensuite nous irons danser ou faire une promenade en voiture. Qu'en pensez-vous ?

— J'adore la cuisine italienne ! s'exclama Bartlett.

Il eut aussitôt l'impression d'avoir déjà prononcé cette phrase dans la journée. Était-ce ce matin, à Orlanda, ou plus tard, à Casey ?

51

20 h 32

Brian Kwok se réveilla en sursaut, le cœur battant, et resta un moment suspendu entre le cauchemar qu'il venait de quitter et la réalité. Puis il reconnut les murs suintants de sa cellule et se rappela où il se trouvait.

Il s'allongea de nouveau sur la paillasse collante de crasse, la bouche pâteuse, la tête douloureuse. Ils m'ont drogué, se dit-il. Il se souvenait d'avoir discuté avec Armstrong dans son bureau, ensuite tout devenait vague. Il s'était réveillé une première fois dans cette cellule obscure dont les murs semblaient se refermer sur lui et avait compris qu'on l'avait trahi, qu'il se trouvait au sous-sol du QG de la police, dans une boîte sans fenêtre, à la merci de ses ennemis. Il s'était rendormi puis des voix furieuses l'avaient à nouveau réveillé — ou était-ce un rêve ? —, il avait sombré dans le sommeil une nouvelle fois... Non, il avait mangé d'abord, une bouillie infecte baptisée dîner et bu du thé froid... Réfléchis ! s'ordonna-t-il, il faut que tu te souviennes ! Oui, il y a eu ce rata puant mais le thé, c'était avec des œufs, pour le petit déjeuner. Les lumières se sont allumées les deux fois, j'ai juste eu le temps de manger... Non, elles se sont éteintes, j'ai dû finir dans le noir. Ensuite je me suis levé pour uriner, je suis retourné à la paillasse.

Dcpuis combien de temps suis-je ici ? Il faut que je compte les jours.

Kwok se leva lentement en s'appuyant au mur. Il faut que je fasse marcher mes muscles, il faut que j'élimine la drogue de mon organisme avant l'interrogatoire. Je dois avoir la tête claire quand la fête commencera vraiment — quand ils me jugeront *à point*. Ensuite, ils m'empêcheront de dormir jusqu'à ce que je craque.

Non, je ne craquerai pas. Je suis résistant et préparé, je connais les pièges à éviter.

Qui m'a trahi ? Incapable de réfléchir plus longtemps à la question, le prisonnier se rabattit sur des exercices physiques qu'il effectua mollement, au prix d'un énorme effort. Il entendit des pas s'approcher, retourna s'allonger sur la paillasse et feignit de dormir.

Les pas s'arrêtèrent, un verrou grinça, un judas s'ouvrit, laissant pénétrer dans la cellule un rayon de lumière. Une main posa sur le rebord du guichet une assiette et un gobelet en métal.

— Avale ton petit déjeuner en vitesse, ordonna une voix en cantonais. Bientôt l'interrogatoire.

— Écoute, je... commença Kwok mais le judas s'était déjà refermé, le replongeant dans le noir.

— Sois calme, se dit-il. Sois calme et réfléchis.

Soudain la lumière inonda la cellule, révélant des murs sombres presque noirs, qui semblaient se rapprocher pour l'écraser. Ne t'affole pas, s'exhorta-t-il, tu les connais, ces boîtes noires, tu en as déjà vu. Et les interrogatoires au sous-sol, tu connais aussi, même si tu n'y as jamais participé.

Son cœur se souleva à la pensée de l'épreuve à venir. Il parcourut la cellule des yeux, trouva la porte, qui se distinguait à peine du mur, le judas, presque invisible lui aussi. Dans l'assiette en fer-blanc, un croûton voisinait avec deux œufs huileux et froids, il n'y avait ni couteau ni fourchette.

Il but le thé lentement, se forçant pour le faire durer, mais le gobelet fut vide avant qu'il n'eût étanché sa soif. *Diou ne lo mo !* qu'est-ce que je ne donnerais pas pour une bière et une brosse à dents !

La lumière s'éteignit aussi brusquement qu'elle s'était allumée et le laissa désemparé. Sois calme, se dit-il à nouveau, ils cherchent à t'ébranler.

La terreur s'empara de lui quand il songea à ce qui l'attendait. Il n'était pas suffisamment préparé, il le savait, bien qu'on l'eût entraîné à résister aux interrogatoires de l'ennemi en cas de capture. L'ennemi, la République populaire de Chine. Mais les véritables ennemis, c'étaient les Britanniques et les Canadiens qui avaient prétendu être ses amis.

N'y pense pas. Ce n'est pas toi qu'il faut convaincre, c'est eux.

Je dois tenir, affirmer mon innocence aussi longtemps que je pourrai, puis leur servir l'histoire que je prépare depuis des années. C'est mon devoir.

La soif et la faim le torturaient. Il aurait voulu jeter le gobelet vide contre le mur, appeler à l'aide, mais cela aurait été une erreur. Il lui fallait garder son sang-froid, épargner la moindre parcelle d'énergie en prévision du combat qu'il aurait à livrer.

Sers-toi de tes méninges, de ta formation. Applique les théories que tu as apprises, rappelle-toi l'entraînement qu'on t'a fait subir l'année dernière en Angleterre. Il faut manger, boire et dormir chaque fois qu'on le peut car on ne sait pas quand commenceront les privations. Il faut se servir de ses yeux, de son nez, de ses doigts, de son intelligence pour garder la notion du temps dans l'obscurité. Il faut penser que les geôliers finiront tôt ou tard par faire une erreur, qui vous permettra d'avoir une idée du temps écoulé. En gardant la notion du temps, on ne s'effondre pas, on peut ruser et ne pas révéler l'essentiel : les noms et les contacts, les vrais. Mobiliser contre ses adversaires toutes les ressources de son cerveau, c'est la règle fondamentale. Demeurer actif, se forcer à observer.

Ont-ils commis une erreur, ces barbares ? Oui, les œufs ! Ces crétins d'Anglais avec leurs œufs pour le petit déjeuner !

Cette petite victoire lui redonna confiance. Il prit l'assiette, mangea lentement les œufs, le pain, et se sentit mieux. Quand il eut terminé, il n'eut même pas la ressource d'essuyer ses doigts gluants à ses vêtements puisqu'il était complètement nu.

Kwok se leva, s'approcha à tâtons du seau hygiénique fixé au mur et y plongea l'index pour évaluer approximativement le niveau de l'urine, puis il se soulagea. Il trempa de nouveau le doigt dans le liquide, en estima la différence. Si on n'y a pas ajouté d'eau pour me tromper, j'ai dû pisser trois ou quatre fois, pensa-t-il. Un homme urine combien de fois par jour ? deux, trois, quatre ?

Il essuya son doigt souillé contre sa poitrine et se sentit plus sale encore. Pour lutter contre la nausée qui montait en lui, il se contraignit à penser à Ning-tok, à ses parents, à son départ pour Hong Kong à l'âge de six ans. Il voulait étudier, grandir et devenir un patriote comme son oncle, fouetté à mort sur la place du village. À Hong Kong, les membres de la famille qui l'avaient accueilli lui avaient expliqué que patriote et communiste c'était la même chose, que les seigneurs du Kuomintang faisaient autant de mal au pays que les étrangers ayant imposé à la Chine des traités iniques, et que seul était patriote celui qui suivait les enseignements de Mao Tse-tung. Il devait donc travailler, devenir le meilleur pour faire triompher la cause de Mao, qui était celle de la Chine. Il apprendrait en secret auprès de professeurs maoïstes, et n'oublierait jamais qu'il faisait lui aussi partie de la grande lame de fond révolutionnaire qui balaierait les diables d'étrangers et leurs laquais.

Comme ses professeurs secrets avaient été fiers de lui lorsqu'il avait obtenu cette bourse, à douze ans ! Il était parti étudier chez les barbares, dont il parlait déjà parfaitement la langue, à Londres, capitale du plus grand empire que le monde eût jamais connu — un empire qui serait bientôt réduit en miettes, il le savait, mais qui, en 1937, brillait de ses derniers feux.

Pendant deux ans, il y avait caché sa haine du collège et des collégiens anglais... *Petit Chinois d'Afrique, qui fait caca dans le pot...* Les professeurs de sa nouvelle confrérie l'avaient soutenu et guidé, ils avaient replacé questions et réponses dans leur contexte, lui avaient expliqué le mécanisme étonnant de la dialectique. Kwok n'avait jamais douté de leur enseignement.

Puis la guerre avait éclaté, il avait été évacué au Canada avec les autres élèves de son école. Vancouver, le Pacifique, l'immensité de l'Océan et des montagnes, la ville chinoise grouillante où il avait retrouvé la bonne cuisine de Ningtok et une nouvelle branche de la confrérie, de nouveaux professeurs, quelqu'un à qui parler, quelqu'un pour le guider et répondre à ses questions.

Ses camarades de classe ne l'avaient toujours pas accepté mais il continuait à se montrer meilleur qu'eux dans tous les domaines, y compris au cricket. « Sois le meilleur, Chu-toy, mon fils, lui avait recommandé son père avant son départ pour Hong Kong. Pour le Parti, pour la gloire de Mao Tse-tung, qui est la Chine. » Ces mots, que le vieillard devait lui répéter sur son lit de mort, il les portait gravés en lui depuis l'âge de six ans.

Son entrée dans la police montée canadienne faisait partie du plan. Il lui fut facile de s'y montrer une fois de plus le meilleur et d'être affecté dans la ville chinoise. Bientôt il devint l'expert chinois de Vancouver, le policier digne de confiance menant une lutte implacable contre les crimes dont les triades tiraient d'énormes profits : trafic d'opium et de morphine, prostitution, jeu.

Son travail lui avait valu les félicitations de ses supérieurs et des chefs de sa confrérie, qui luttaient aussi contre les rois de la pègre et l'aidaient à les démasquer. Détaché pendant six mois à Ottawa pour participer à une enquête sur un trafic de drogue local, il prit contact avec d'autres membres de la confrérie qui lui permirent de démanteler la filière des trafiquants. Il est facile d'être un excellent policier quand on dispose de centaines d'amis secrets...

À la fin de la guerre, il demanda sa mutation dans la police de Hong Kong, dernière partie du plan. Pourtant il n'avait aucune envie de quitter le Canada, ni surtout Jeannette. Jeannette Dubois, une Canadienne française de dix-neuf ans dont les parents ne voyaient pas d'un mauvais œil les sorties avec ce jeune policier monté de vingt et un ans, promis à une belle carrière.

Brian Kwok s'agita sur la paillasse. Sa peau était froide et moite, l'obscurité l'oppressait, ses paupières lui semblaient de plomb. Il repensa aux efforts qu'il avait déployés pour convaincre le chef de la confrérie qu'il serait plus utile au Canada qu'à Hong Kong, où il y en avait beaucoup d'autres comme lui ; au Canada, il était unique et, dans quelques années, il se hisserait aux échelons supérieurs de la police de Vancouver.

Mais ses arguments avaient fait long feu, il n'avait pas réussi à persuader la confrérie — qui avait eu raison, il le reconnaissait maintenant. S'il était resté au Canada, il aurait fini par rompre avec le Parti, il serait passé de l'autre côté. Il avait lu trop de rapports sur les Soviétiques, le KGB, les *goulags*, il s'était fait trop d'amis canadiens et nationalistes. Hong Kong et la Chine étaient loin, le passé était loin ; il aimait Jeannette et s'entendait bien avec ses collègues, qu'il ne considérait plus comme des barbares.

Le chef de la confrérie lui avait rappelé le passé, il lui avait expliqué qu'un barbare reste un barbare, qu'on avait besoin de lui à Hong Kong, où la bataille ne faisait que commencer. Kwok avait obéi parce qu'il n'avait pas d'autre solution, il était sous l'autorité de ses chefs. Après l'étonnante, l'incroyable victoire de Mao, il avait recommencé à creuser patiemment son terrier de taupe, mettant toutes ses compétences à lutter contre la criminalité qui affligeait la Colonie et faisait la honte de la Chine.

La vie était redevenue agréable, les Britanniques lui promettaient une belle carrière parce qu'en dépit de ses origines chinoises il était passé par une *public school* et savait jouer au cricket, comme avant lui les cadres de l'ancien empire.

Kwok avait sombré dans un sommeil agité quand la porte de la cellule s'ouvrit doucement. Armstrong entra, en compagnie de Malcolm Sun, d'un gardien et du médecin de la SI, le docteur Dorn, petit homme tiré à quatre épingles déployant une activité fébrile d'oiseau-mouche. Armstrong considéra son ami avec pitié tandis que Dorn lui prenait le pouls et l'auscultait.

— Votre client est en parfaite condition physique, commissaire, conclut le docteur en souriant. Le cœur bat un peu vite mais c'était à prévoir.

Il inscrivit son diagnostic sur une feuille de papier qu'il tendit à Armstrong. Le policier l'examina, regarda sa montre et apposa sa signature à côté de celle du praticien.

— Bon, vous pouvez continuer.

Dorn enfonça l'aiguille de la seringue dans une des fesses de Kwok et lui injecta le liquide.

— Le dîner à l'heure que vous voudrez, fit-il avec un sourire en essuyant la goutte de sang perlant sur la peau du prisonnier.

Le gardien rajouta de l'urine dans le seau, Armstrong le nota également sur la feuille.

— Drôlement malin de sa part de mesurer le niveau, commenta Malcolm Sun. Je n'aurais pas cru qu'il ferait ça.

Les œilletons à infrarouge percés dans le plafond permettaient de suivre les mouvements du prisonnier dans le noir le plus total.

— *Diou ne lo mo*, il a toujours été fortiche, poursuivit Sun.

— Espérons qu'il ne le sera pas trop, le pauvre, dit Armstrong. Il vaut mieux pour lui qu'il parle rapidement, le Vieux n'a pas l'intention de lâcher le morceau.

Les autres le regardèrent, le jeune gardien frissonna.

— On maintient le cycle de deux heures ? demanda Dorn.

Armstrong baissa les yeux vers son ami inconscient. Depuis qu'il avait avalé la bière droguée, peu après midi,

Kwok avait été tiré de sa léthargie toutes les deux heures par une piqûre — à 16 h 30, 18 h 30, 20 h 30 —, et l'on poursuivrait le « traitement » jusqu'au lendemain matin 6 h 30, avant de commencer à l'interroger sérieusement. Dix minutes après l'injection, le prisonnier était réveillé, la faim et la soif artificiellement attisées par les drogues. Puis il retombait dans un sommeil profond, entretenu par une autre piqûre. On alternait l'obscurité et la lumière crue, les voix criardes et le silence. Il se réveillait : petit déjeuner ; deux heures plus tard, dîner, et deux heures plus tard, petit déjeuner de nouveau. Ainsi pour le prisonnier douze heures devenaient six jours — davantage même si sa condition physique le permettait. Inutile de le torturer, il suffisait de le plonger dans le noir et de le désorienter pour lui faire dire tout ce que vous vouliez savoir, lui faire signer n'importe quel papier, lui faire croire à la « vérité » de votre choix.

Après un tel traitement, suivi de deux ou trois jours sans sommeil, n'importe qui craquait.

Pauvre Brian, pensait Armstrong, tu vas essayer de tenir et cela ne fera que prolonger tes souffrances. Ce n'est plus ton ami ! protesta une autre partie de lui-même. C'est un agent ennemi, un espion qui te trahit depuis des années. C'est probablement lui qui a donné Fong-fong et ses gars, qui subissent en ce moment le même traitement que lui, mais dans une cellule puante, sans médecin et sans soins. Est-ce une raison cependant pour lui infliger de tels tourments ? A-t-on le droit de bourrer de drogues un détenu sans défense ?

Non... Si, parfois. Comme il est parfois nécessaire de tuer. Après tout, ces techniques modernes d'interrogatoire ont été mises au point par Pavlov et d'autres Soviétiques, par le KGB sous un régime communiste. Mais est-ce une raison pour suivre le même chemin ?

Je ne sais pas. Tout ce que je sais, c'est que le KGB cherche à nous détruire et à...

Armstrong s'aperçut que tous les regards convergeaient vers lui.

— Hein ?

— On maintient le cycle de deux heures ? répéta le médecin.

— Oui, et l'interrogatoire commencera à 6 h 30.

— Vous vous en chargerez ?

— C'est écrit sur la feuille, nom de dieu ! Vous ne savez pas lire ?

— Excusez-moi. Vous voulez un calmant, mon vieux ? proposa Dorn avec sollicitude.

Armstrong sortit de la cellule en marmonnant un juron et monta directement au mess des officiers, situé au dernier étage.

— Barman !

— Tout de suite, commissaire.

On lui servit rapidement sa pinte de bière habituelle mais, ce soir-là, le breuvage sombre, amer et sucré qu'il aimait tant ne parvenait pas à étancher sa soif ou à chasser le goût désagréable qu'il avait dans la bouche. Des milliers de fois il s'était demandé comment il se comporterait s'il se faisait prendre, si on l'enfermait, complètement nu, dans une cellule obscure. Son expérience des techniques employées lui permettrait sans doute de faire mieux que ce pauvre Brian, qui n'en avait qu'une connaissance superficielle.

— Barman !

— Oui, inspecteur.

— Bonsoir, Robert, je peux te tenir compagnie ? demanda l'inspecteur principal Donald C. C. Smyth.

— Oh ! salut. Oui... assieds-toi, répondit le commissaire sans enthousiasme.

Smyth s'installa sur un tabouret de bar à côté de son collègue et fit légèrement glisser son bras blessé dans l'écharpe qui le maintenait.

— Quoi de neuf ? dit-il.

Armstrong l'observait en songeant à quel point il méritait son surnom. Smyth était sinueux comme un serpent, aussi dangereux, et avait l'habitude de passer régulièrement la pointe de sa langue entre ses lèvres pour les humecter.

— Je n'arrive pas à croire que c'est Brian, poursuivit l'inspecteur, qui faisait partie des quelques rares personnes au courant de l'arrestation de Kwok. Robert, le directeur de la Criminelle m'a chargé de prendre la suite dans l'affaire des Loups-Garous tant que durerait ton détachement.

— Tout est dans le dossier. Le sergent Tang-po te mettra au courant, c'est un excellent flic.

Armstrong but une gorgée de bière avant d'ajouter sur un ton sarcastique :

— Il a beaucoup de relations.

— Cela aide, répondit Smyth en souriant.

— En tout cas, ne t'avise pas d'*organiser* mon secteur.

— Dieu m'en garde, mon vieux ! East Aberdeen suffit à ma peine. Pour les Loups-Garous, on continue à surveiller Phillip Chen ?

— Et sa femme.

— Avant d'épouser le vieux Chen, Dianne s'appelait Mai-wei T'Chung. Elle a pour cousin Sung-l'Oiseau-Mouche. Intéressant, non ?

— Tu fais des heures supplémentaires ?

— Boulot boulot ! J'aimerais coincer ces salopards en douceur. Nous avons reçu trois coups de téléphone de personnes affolées à qui les Loups-Garous ont réclamé une *h'eung yau* « tlès tlès vite » sous peine de se faire enlever. Si trois citoyens apeurés nous ont appelés, on peut parier que trois cents autres n'en ont pas eu le courage.

Le Serpent avala une gorgée de whisky-soda et poursuivit :

— Si nous n'arrêtons pas rapidement les Loups-Garous, tous les petits truands qui ont un peu d'astuce vont vouloir profiter de l'occasion eux aussi.

— C'est probable. Tu reprends quelque chose ?

— C'est ma tournée. Barman !

— Tu penses qu'il y a un rapport entre John Chen et Sung-l'Oiseau-Mouche ? demanda Armstrong en regardant le serveur tirer sa bière.

Sung, le riche armateur célèbre pour ses goûts oraux en matière sexuelle, avait été enlevé six ans plus tôt.

— Nous avons mis ses ravisseurs au trou pour vingt ans mais sait-on jamais ? répondit Smyth en haussant les épaules. Dianne et John se haïssaient, ce n'est pas un secret.

Armstrong émit un grognement, se frotta les yeux.

— J'avais l'intention de voir demain la veuve de John, Barbara, mais maintenant...

— J'ai pris rendez-vous avec elle. Et demain matin, je vais à Sha Tin : quelque chose a peut-être échappé aux péquenots locaux.

— Possible, fit le commissaire en regardant Smyth boire son whisky. Tu as une idée derrière la tête ?

Le Serpent fixa son collègue et répondit :

— Il y a beaucoup de choses que je ne comprends pas dans cette affaire. Par exemple, pourquoi les Dragons ont offert une récompense aussi importante à celui qui retrouverait John Chen — mort ou vif, curieusement.

— Pose-leur donc la question.

— C'est ce que j'ai fait. Du moins, j'ai demandé à quelqu'un qui les connaît et je n'ai pas obtenu de réponse. J'ai l'impression qu'il faudrait mettre un peu le nez dans le passé de John.

Armstrong sentit se réveiller en lui une vieille douleur qu'il croyait morte.

— Bonne idée, grommela-t-il.

— Tu sais que Mary le connaissait ? Elle l'avait rencontré au camp de Stanley.

— Oui, elle me l'a dit.

Le commissaire but une gorgée de bière qui lui parut insipide.

— Elle pourrait peut-être nous fournir une piste, suggéra le Serpent en braquant ses yeux bleu clair sur ceux de son collègue. John Chen aurait pu tremper dans des combines de marché noir, par exemple.

— Je penserai à lui poser la question, dit Armstrong.

Il n'en voulait pas à Smyth, à sa place, il aurait fait de même. Il se demanda combien de personnes étaient au courant, pour Mary et John Chen. Combien savaient qu'il y avait dans son tiroir quarante mille dollars qui finiraient par brûler le bois du bureau comme ils brûlaient sa conscience.

— C'était il y a longtemps, murmura-t-il.

— Je sais, répondit Smyth.

— Tes « amis » te donnent un coup de main ? demanda Armstrong en levant sa chope.

— Disons que la grande confrérie du jeu a offert une récompense substantielle pour tout renseignement susceptible de conduire aux Loups-Garous, répondit le Serpent, sardonique.

D'un ton plus grave, il ajouta :

— Il faut coffrer ces foutus salauds avant qu'ils ne sèment vraiment la merde.

52

21 h 15

Ancrée au large, au point de rendez-vous, la jonque à moteur de Wu-Quatre-Doigts se balançait au rythme des vagues, tous feux éteints. Le vieux pirate se pencha vers Kin-le-Grêlé, étendu à ses pieds, troussé comme un poulet et hébété par la douleur.

— Écoute, petit étron, je veux savoir qui d'autre fait partie de ta bande et qui t'a donné la demi-pièce.

Comme le Loup-Garou ne répondait pas, Wu s'écria :

— Réveillez-le, ce fornicateur !

Poon-Beau-Temps jeta un autre seau d'eau de mer sur le jeune Chinois prostré sur le pont. N'obtenant pas de résultat, il prit son couteau et se courba. Le Grêlé poussa un cri et sortit aussitôt de sa stupeur.

— Que... qu'y a-t-il, seigneur ? Arrêtez, que voulez-vous ?

Quatre-Doigts répéta ses questions, et Beau-Temps les appuya d'un coup qui arracha un gémissement au Loup-Garou. Kin n'aurait jamais cru qu'il était possible de souffrir autant sans mourir. Docilement, il balbutia à nouveau les noms et les adresses de ses complices et parla même de la vieille *amah* d'Aberdeen.

— La pièce, c'est mon père qui me l'a donnée... Il m'a pas dit où il l'avait trouvée, je le jurrrr...

Kin s'évanouit une nouvelle fois et Wu cracha d'un air dégoûté.

— Les jeunes d'aujourd'hui n'ont plus rien dans les tripes !

Il faisait nuit noire, un vent mauvais soufflait en rafales sous un ciel bas et lourd. Le puissant moteur de la jonque tournait au ralenti avec un ronron de mécanique bien réglée. L'embarcation mouillait à quelques kilomètres au sud-ouest de Hong Kong, dans les eaux territoriales chinoises, au bord des grandes routes maritimes. À bâbord, la vaste embouchure de la rivière des Perles, à tribord la haute mer.

Wu alluma une cigarette et grommela :

— Les dieux maudissent ces merdes de triades !

— Je le réveille ? questionna Poon.

— Non, ce fornicateur a dit la vérité.

Le vieillard porta une main calleuse à sa poitrine et vérifia nerveusement si la demi-pièce se trouvait toujours sous son maillot troué.

— Tu as fait du bon travail, Beau-Temps. Ce soir tu auras une prime, déclara-t-il, les yeux tournés vers le sud-est.

Le signal se faisait attendre mais Wu ne s'alarmait pas. Il flaira le vent, ouvrit la bouche et sentit sur sa langue l'amertume du sel, promena le regard sur l'horizon et le ciel.

— Va pleuvoir, annonça-t-il.

Poon alluma une autre cigarette à son mégot, qu'il écrasa sur le pont de son talon nu, dur comme de la corne.

— Ça va foutre en l'air les courses de samedi ? demanda-t-il.

— Si les dieux le veulent. Ça va pisser dru demain encore à moins que le vent tourne.

— J'ai dans l'idée que le cheval de Kwang-le-Banquier gagnera, pronostiqua Beau-Temps.

— Mon imbécile de neveu à la bouche molle en aurait bien besoin ! lança Quatre-Doigts avec mépris. Ce nigaud a perdu sa banque !

Poon se racla la gorge et cracha pour attirer la chance.

— Les dieux soient loués de nous avoir envoyé Choy-Bonne-Fortune !

Depuis que Wu, ses capitaines et ses matelots avaient retiré à temps leur argent de la Ho-Pak, grâce aux informations de Paul ; depuis que le vieux pirate avait gagné une grosse somme en jouant Struan à la baisse, il avait surnommé son fils Choy-Bonne-Fortune. Il lui avait pardonné sa désobéissance mais en homme prudent, il l'avait caché à tout le monde, excepté à son ami et confident Poon-Beau-Temps.

— Fais-le monter, justement, ordonna-t-il.

— Et lui ? fit Beau-Temps en enfonçant un orteil dans le flanc du Grêlé. Le jeune Bonne-Fortune n'aime pas beaucoup cette histoire, *heya ?*

— Il est temps qu'il grandisse, qu'il apprenne comment on traite ses ennemis. Je vais le débarrasser de toutes les idées prétentieuses que ses professeurs de la Montagne dorée lui ont mises dans le crâne. Il a oublié qui il est et où est son intérêt.

— On ne prend pas un lapin pour chasser le dragon, tu l'as dit toi-même. Pense que Choy t'a déjà fait gagner vingt fois ce qu'il t'a coûté en quinze ans. Sur le marché de l'argent, c'est un dragon, bien qu'il n'ait que vingt-six ans. Laisse-le dans son domaine, c'est là qu'il te sera le plus utile.

— Ce soir, c'est ici son domaine.

— J'en suis pas si sûr, répondit Poon en se grattant l'oreille. Moi, je l'aurais laissé à terre... Tu as vu ? dit-il en levant le bras vers le sud-est.

— Oui, mais on a tout le temps.

— Faut quand même dire que j'ai failli éclater de rire lorsque Bonne-Fortune est devenu blanc comme une méduse en voyant couler le sang de ce fornicateur de Loup-Garou. Je me suis tellement retenu pour pas lui faire perdre la face que j'en ai lâché un pet !

— Les jeunes d'aujourd'hui n'ont rien dans les tripes, répéta Wu. Mais tu as raison : après cette nuit, Bonne-Fortune restera là où il me rend les meilleurs services. Et celui-là, il est mort ? dit-il en baissant les yeux vers le Grêlé.

— Pas encore. Je lui coupe l'autre oreille, pour le punir de son arrogance et de ses mensonges ?

— Attends un peu.

— J'ai toujours pas compris pourquoi tu m'as dit de laisser le message qu'ils avaient préparé sur le cadavre de John Chen, comme ils en avaient l'intention. Quand ce fornicateur sera crevé, y aura plus de Loup-Garou, *heya ?* Alors pourquoi ce message ?

— Tout devient clair pour qui sait attendre, gloussa Quatre-Doigts. Patience.

Le vieux brigand avait rapidement compris qu'il pourrait aisément s'assurer une autre source de revenus en cachant la liquidation de la bande des Loups-garous. Quelques coups de téléphone, un enlèvement ou deux, une autre oreille tranchée, peut-être...

— Tu comprendras bientôt, Beau-Temps, continua Wu. Quand...

Il s'interrompit en voyant surgir de la nuit un petit cargo mal éclairé qui envoya aussitôt le signal. Quatre-

Doigts se rendit au poste de pilotage et répondit au signal puis il donna l'ordre à un matelot de faire monter sur le pont le reste de l'équipage. Il revint auprès de Beau-Temps, regarda le Grêlé et dit d'un ton cruel :

— Occupons-nous d'abord de lui. Va chercher mon fils.

Paul Choy monta en titubant sur le pont et respira une grande bouffée d'air frais pour chasser la puanteur qui emplissait ses narines. Quand il découvrit le corps mutilé du Grêlé baignant dans une flaque de sang, il tourna brusquement la tête et se mit à vomir par-dessus bord.

— Viens ici aider Poon, lui dit son père.

— Quoi ? hoqueta Paul.

— Tu as les oreilles pleines de vomi ? Viens l'aider.

Paul s'approcha, les jambes flageolantes.

— Qu'est-ce... qu'est-ce que je dois faire ?

— Prends-le par les jambes.

Paul Choy s'efforça de dominer sa nausée, malgré l'odeur de sang et de vomi qui lui levait le cœur. Il se courba, prit les jambes du Grêlé et les souleva. Poon portait presque tout le poids du corps du Loup-Garou et aurait facilement pu se passer de l'*aide* de Bonne-Fortune. Le marin déposa le Grêlé en équilibre sur le plat-bord et, comme convenu avec Wu, laissa Paul se débrouiller seul.

— Balance-le par-dessus bord ! ordonna Quatre-Doigts à son fils.

— Mais, Père... je vous en prie... il n'est pas... il n'est pas mort. Je vous en...

— *Par-dessus bord !*

Envahi par la haine et la rage, Paul Choy tenta de tirer le corps vers lui mais une rafale de vent fit osciller la jonque et le dernier des Loups-Garous tomba dans la mer, où il s'enfonça aussitôt. Impuissant, le jeune homme regardait les vagues lécher la coque du bateau. Il s'aperçut alors qu'il avait du sang sur sa chemise, sur ses mains et fut à nouveau pris de nausées.

— Tiens ! grogna Wu en tendant à son fils une flasque de bon whisky.

Paul but une gorgée, faillit s'étrangler mais ne vomit pas. Quatre-Doigts se tourna vers l'homme de barre et lui fit signe de mettre droit sur le cargo. Surpris par le brusque changement de cap et de régime, Paul Choy dut s'agripper au plat-bord pour ne pas tomber. Quand il eut recouvré son équilibre, il tourna les yeux vers son père, qui se trouvait près de la barre, en compagnie de Beau-Temps, et scrutait les ténèbres. Il haïssait son père, il haïssait ce bateau où il se trouvait, contraint de participer à ce qui devait être de la contrebande, après avoir assisté à la mort horrible d'un homme.

Sentant le regard de son fils posé sur lui, Wu l'appela.

— Viens ici ! s'écria-t-il en martelant le bastingage de sa main sans pouce.

Paul Choy obéit. La jonque filait sur la mer sombre, parfois brièvement éclairée par un rayon de lune perçant le plafond de nuages. Elle fut bientôt dans le sillage du cargo, un petit navire vieux et lent que ballottait une houle de plus en plus forte.

— C'est un caboteur thai, expliqua Poon à Bonne-Fortune. Il y en a des dizaines, de ces poux de mer, dans les eaux asiatiques. Ils prennent l'eau comme une éponge et recrutent leurs équipages parmi la racaille. La plupart font la navette sur la route Bangkok, Singapour, Manille, Hong Kong et partout où ils peuvent trouver une cargaison. Celui-là vient de Bangkok. Pour rien au monde je mettrais les pieds sur une de ces saloperies. Le...

Beau-Temps s'interrompit en voyant le cargo émettre un bref signal, auquel Wu répondit. Quelque chose de lourd et de volumineux tomba alors du navire, côté tribord, et fit jaillir une gerbe d'eau de mer. Quatre-Doigts ordonna d'arrêter les machines, il se fit un silence assourdissant. Des matelots se penchèrent par-dessus le bastingage pour scruter l'obscurité tandis que la jonque ralentissait.

Une des vigies leva un drapeau et l'homme de barre corrigea la trajectoire en conséquence. Après un autre signal silencieux, un autre changement de direction, le matelot agita furieusement son drapeau. « Machine arrière ! », ordonna Wu. L'hélice mordit les flots, la jonque vint mourir près de la ligne de bouées dansant sur la mer. Un matelot armé d'une gaffe hissa à bord une première bouée de liège, d'autres membres de l'équipage l'aidèrent à haler le câble, qui fut solidement attaché à une épontille. D'une main experte, le quartier-maître détacha les bouées, les jeta par-dessus bord puis s'assura qu'il y avait bien deux ballots fixés à l'autre extrémité du câble, sous la ligne de flottaison. Il fit alors signe à l'homme de barre, qui remit les moteurs en marche et changea de cap. La jonque repartit à vitesse de croisière, sa cargaison collée contre son flanc, à un mètre sous la surface de l'eau.

L'opération, qui n'avait duré que quelques secondes, s'était effectuée dans un silence complet. Bientôt les feux de route du cargo thai disparurent dans la nuit, la jonque fut de nouveau seule sur la mer.

Wu et Poon allumèrent une cigarette.

— Très bien, commenta Beau-Temps.

Quatre-Doigts ne répondit pas, il continua à écouter l'agréable musique des moteurs. Pas d'ennuis de ce côté-là, se dit-il. Ni avec le vent. Alors pourquoi es-tu nerveux ? À cause de Septième fils ?

Il jeta un coup d'œil à Paul Choy, qui lui tournait le dos et regardait les balles immergées.

— Pourquoi ne les faites-vous pas hisser à bord, Père ? Vous risquez de les perdre.

Wu fit signe à Beau-Temps de lui répondre.

— Vaut mieux laisser la moisson de la mer à la mer jusqu'à ce qu'on puisse tranquillement l'amener à terre, Bonne-Fortune, expliqua le marin.

— Mon nom est Paul, répliqua le jeune homme, qui dirigea de nouveau son regard vers son père. Vous n'auriez pas dû tuer cet homme, c'était inutile !

— C'est pas le capitaine qui l'a trucidé, c'est toi, Bonne-Fortune, intervint Poon. Tu l'as jeté par-dessus bord, je t'ai vu, j'étais à deux pas de toi.

— Mensonge ! J'ai essayé de le ramener ! Et d'ailleurs c'est mon père qui m'en avait donné l'ordre, il m'avait menacé.

— Raconte donc ça à un juge, Bonne-Fortune, tu verras comme il te croira !

— Je ne m'appelle pas B...

— Le capitaine t'a surnommé Bonne-Fortune, tu porteras ce nom à jamais, par tous les dieux ! Pas vrai ? fit Poon en adressant un sourire à Quatre-Doigts.

Le vieillard se contenta de sourire en retour, révélant quelques dents cassées qui rendaient sa grimace encore plus effrayante. Il hocha sa tête chauve à la peau parcheminée en signe d'approbation puis regarda Paul Choy.

— Avec moi ton secret sera bien gardé, mon fils. Ne crains rien. Personne à bord de cette jonque n'a rien vu. N'est-ce-pas, Beau-Temps ?

— Personne ! Par tous les dieux petits et grands, personne a rien vu !
— On n'enveloppe pas le feu dans du papier, rétorqua Paul.
— Ici c'est possible, dit Poon en riant.
— Sur cette jonque, un secret est un secret, renchérit Wu de sa voix rauque. Tu ne veux pas savoir ce qu'il y a dans ces balles ?
— Non.
— De l'opium. L'opération de cette nuit me rapportera 200 000 dollars et tout l'équipage touchera une forte prime.
— Trop risqué pour moi, répliqua Paul. Je vous ai fait gagn...
Il s'interrompit en voyant une lueur de colère s'allumer dans le regard de son père. Quatre-Doigts cracha sur le pont, fit signe à Poon de prendre les commandes et alla s'asseoir sur l'une des banquettes entourant le gaillard d'arrière.
— Viens ici, Bonne-Fortune.
Paul obtempéra craintivement.
— Le profit c'est le profit, déclara le vieux pirate d'un ton irrité. Ta part se monte à 10 000 dollars : de quoi t'acheter un billet aller-retour pour Honolulu et y passer dix jours de vacances.
— Je ne reviendrai pas ! répondit Paul avec courage.
— Oh, si, tu reviendras ! Tu as pêché dans des eaux dangereuses.
— Je ne reviendrai jamais. J'ai un passeport américain et...
— Et une putain japonaise, *heya ?*
Interdit, Paul Choy se demanda comment son père avait appris l'existence de Mika, l'étudiante américaine d'origine japonaise dont il était tombé amoureux à l'université. Puis la colère remplaça la stupeur.
— Ce n'est pas une putain, par tous les dieux ! C'est une fille convenable, ses parents...
— Silence ! Pour moi toutes les femmes sont des putains, mais si ça peut te faire plaisir, c'est une princesse. N'empêche que c'est une étrangère du pays de la mer de l'Est, dont le peuple a saccagé la Chine.
— Elle est américaine, comme moi ! explosa Choy, les poings serrés.

Sans en avoir l'air, Poon suivait la dispute et se préparait à intervenir au besoin.

— Son père a fait la guerre en Italie ! poursuivit Paul.

— Tu es un Haklo, de la famille des Wu de la mer, et tu m'obéiras ! s'écria Quatre-Doigts. Tu m'entends, Choy-Bonne-Fortune ?

Le jeune homme fit un pas vers son père.

— Je vous interdis de l'insulter ! hurla-t-il, tremblant de rage.

— Tu oses me menacer ? moi qui t'ai donné la vie, moi qui t'ai tout donné — y compris la possibilité de rencontrer ta princesse de la mer de l'Est ?

Choy virevolta, comme sous l'effet d'une rafale de vent, et se retrouva nez à nez avec Beau-Temps.

— Tu parles au capitaine de toutes les flottes, montre-lui du respect, lui enjoignit Poon en le poussant vers la banquette. Le capitaine t'a demandé de t'asseoir, assieds-toi. *Assieds-toi !*

Paul s'assit, resta un moment silencieux puis demanda d'un ton boudeur :

— Comment avez-vous su ?

— Par tous les dieux, j'ai engendré un singe mal élevé et sans cervelle ! gémit Wu. Tu crois donc que je ne t'ai pas fait surveiller ? Tu t'imagines que j'aurais envoyé une taupe parmi les serpents, un jeune garnement civilisé parmi les barbares sans le protéger ? Tu es le fils de Wu Sang Fang, chef des Wu de la mer, qui protège chacun des siens contre ses ennemis. Car, sache-le, nous ne manquons pas d'ennemis qui n'attendent que l'occasion de te couper les bourses et de me les envoyer juste pour me narguer. Tu ne crois pas ?

— Je ne sais pas, murmura Bonne-Fortune.

— Eh bien, apprends-le, mon fils !

Quatre-Doigts ne doutait pas de l'issue de l'affrontement : il avait procédé de la même manière avec ses nombreux autres enfants et n'avait jusqu'ici perdu qu'un seul fils. Il eut une pensée reconnaissante pour le Taï-pan, qui lui avait fourni les renseignements sur la fille et ses parents. Voilà peut-être le moyen qui me permettra de dompter ce rejeton impudent d'une troisième femme qui garda jusqu'à son dernier jour une Fente-Dorée douce et tendre. Peut-être le laisserai-je faire venir cette putain — ce nigaud a besoin d'une femme de toute façon. Une fille convenable, à ce qu'il prétend. Ha ! j'ai entendu dire que les femmes de là-bas n'ont pas de poil au pubis. C'est dégoûtant ! Le mois prochain, je lui donnerai la permission d'aller la chercher, et si ses parents la laissent venir seule, ça prouvera bien que c'est une putain. S'ils refusent, l'affaire sera réglée. Pendant ce temps, je lui trouverai une femme, une des petites-filles de l'Avare, par exemple, ou de Lando Mata. Je crois me souvenir que la plus jeune a fait aussi ses études au pays de la Montagne dorée, dans un collège réputé. Sang-mêlé ou pas, ce jeune étourneau s'en moque.

Ou peut-être vaudrait-il mieux lui donner une Haklo aux hanches larges et aux jambes solides, se demanda le vieux brigand. Enfin, ce crétin a beau être grossier et mal élevé, on ne se tranche pas le Bâton-Viril parce qu'on a la vessie faible.

— Dans un mois, Barbe-Noire te donnera des vacances, déclara Wu à son fils. Je m'en occupe. Tu te serviras de tes 10 000 dollars pour aller là-bas en machine volante... Non ! fais-la plutôt venir, dit-il, comme si l'idée venait de lui traverser l'esprit.

— Pas question. Je ne veux pas de cet argent, et je vous conseille d'abandonner le trafic de drogue avant...

Un flot de lumière jailli de tribord inonda soudain la jonque, aveuglant tous ses passagers.

Une voix amplifiée par un haut-parleur lança un ordre en anglais puis le répéta en haklo et en cantonais.

— *Arrêtez les machines !*

Wu et Poon furent les premiers à réagir : Quatre-Doigts fit virer la jonque à bâbord pour l'éloigner de la vedette de la police et donna toute la puissance du moteur ; Beau-Temps bondit sur le pont et détacha le câble retenant les deux balles, qui s'enfoncèrent vers les profondeurs.

— *Venez à tribord !* intima la voix métallique.

Paralysé de frayeur, Paul vit son père tirer d'un coffre des chapeaux à visière de l'armée populaire chinoise et en coiffer un.

— Vite, lui dit le vieillard en lui lançant un couvre-chef.

Médusé, Bonne-Fortune imita son père et constata que tout l'équipage avait fait de même. Certains matelots endossaient à la hâte une vareuse, d'autres sortaient des coffres des fusils et des mitraillettes de l'armée de la RPC ; d'autres encore, collés contre le plat-bord, proféraient des obscénités en direction de la vedette. L'embarcation de la police, élancée et rapide, armée d'un canon, braquait ses deux projecteurs sur le bateau de Wu et se maintenait sans peine à sa hauteur, à une centaine de mètres à tribord.

Quatre-Doigts s'approcha du bastingage et cria dans un porte-voix :

— Allez vous faire voir, sales barbares ! Regardez nos couleurs !

Il montra du doigt le drapeau de la marine de la RPC flottant en haut du mât de la jonque.

— Nous sommes dans nos eaux territoriales !

Un pistolet à la main, Poon se tenait sur la dunette, la visière rabattue sur les yeux afin de dissimuler ses traits aux officiers britanniques qui devaient l'observer à la jumelle. Il savait, contrairement à ce que prétendait le capitaine, que la jonque avait quitté depuis un quart d'heure les eaux territoriales chinoises. Cependant les ordres étaient clairs : pas question de laisser quiconque monter à bord.

— *À tribord ! Nous allons vous aborder !*

La vedette ralentit, un canot fut mis à la mer et certains matelots de la jonque commencèrent à s'inquiéter. Wu essaya vainement d'augmenter la vitesse de son bateau et se reprocha de ne pas avoir vu plus tôt la vedette ou senti sa présence. Les policiers possédaient un système qui leur permettait de voir dans le noir, il le savait, alors que lui devait s'en remettre à ses yeux et à ce sixième sens qui l'avait jusque-là maintenu en vie.

Bien sûr, la cargaison avait coulé depuis longtemps mais il restait à bord des choses que la police ne devait pas trouver : des armes, par exemple, et Paul Choy. Les dieux défèquent sur cette vedette ! jura-t-il intérieurement. Beau-Temps avait peut-être raison. Je n'aurais pas dû emmener Bonne-Fortune.

— Aucun fornicateur d'étranger ne montera à bord d'un patrouilleur de la république populaire de Chine ! cria-t-il dans le porte-voix.

Tout l'équipage poussa des acclamations et appuya cette réponse d'une bordée d'injures.

— *À tribord !*

Le vieillard fit la sourde oreille et maintint le cap sur l'estuaire de la rivière des Perles en priant le ciel qu'il n'y eût pas dans les parages de vrai patrouilleur de la

RPC. Dans la lumière des projecteurs, il vit le canot, à bord duquel se trouvaient dix hommes armés, se rapprocher pour intercepter la jonque.

— *Pour la dernière fois...*

— Ne venez pas importuner un pacifique patrouilleur de la RPC dans ses eaux territoriales...

Soudain la vedette fit mugir ses sirènes et parut bondir en avant, elle passa devant la proue de la jonque et s'immobilisa pour lui barrer la route. Paul Choy regarda avec effroi le canon et les mitrailleuses du bâtiment gris vers lequel le navire de son père se dirigeait.

— Baisse la tête, lui dit Wu.

Le vieillard courut à l'avant, Poon le rejoignit.

— Maintenant !

Les deux hommes mitraillèrent les projecteurs qui s'éteignirent aussitôt. Dans l'obscurité revenue, l'homme de barre vira à tribord tout en espérant que Quatre-Doigts avait vu juste.

La jonque passa à quelques mètres de la vedette, la contourna et reprit sa route vers l'estuaire. Encore quelques centaines de mètres et elle serait à l'abri, dans les eaux territoriales chinoises. Mais la vedette avait manœuvré pour se replacer en travers de son chemin, à bâbord cette fois, et ses projecteurs fonctionnaient de nouveau.

— Li-Gros-Nez ! appela Wu.

Le quartier-maître accourut, Quatre-Doigts lui tendit sa mitraillette.

— Ne tire pas avant mon ordre et évite de toucher un de ces fornicateurs !

Un éclair zébra la nuit, le canon tonna, une gerbe d'eau s'éleva devant la proue de la jonque.

— Allez forniquer avec vos mères ! cria Wu en agitant le poing en direction de la vedette. Laissez-nous tranquilles sinon le président Mao coulera Hong Kong !

Il retourna à l'arrière et remplaça l'homme de barre qui tremblait de frayeur. Paul Choy aussi avait peur, mais il éprouvait en même temps une étrange excitation et était impressionné par le comportement de son père, par la discipline dont faisait preuve un équipage qu'il avait d'abord pris pour une bande disparate de pirates et de gredins.

— *Venez à bâbord !*

Cette fois, la vedette demeurait hors de portée des

mitraillettes de la jonque et le canot suivait à l'arrière. Wu maintint stoïquement le cap. Il y eut un nouvel éclair, une nouvelle détonation et un obus explosa dans l'eau devant l'embarcation des contrebandiers, qu'une vague souleva.

— Forniquent tous les dieux ! murmura le vieux capitaine. Pourvu qu'ils continuent à bien tirer !

Wu savait que les coups de canon étaient uniquement destinés à l'effrayer car, selon son ami le Serpent, on avait formellement interdit aux vedettes de tirer sur une embarcation arborant le pavillon de la RPC — à moins qu'un de leurs marins ne vînt à être blessé ou tué.

— Envoyez une rafale ! ordonna Quatre-Doigts.

Les deux matelots qui se tenaient à l'avant arrosèrent les vagues en prenant soin d'éviter la vedette. Les projecteurs s'éteignirent.

Que vont-ils faire, maintenant ? se demanda Quatre-Doigts en scrutant l'obscurité. Plus qu'une centaine de mètres pour être à l'abri... Soudain il aperçut par bâbord arrière la silhouette grise de la vedette qui avait décrit un cercle complet pour se retrouver derrière la jonque, se rapprocher par surprise et la capturer à l'aide de crochets d'abordage. Si Wu s'éloignait de ce nouveau danger, il resterait dans les eaux internationales, son poursuivant renouvellerait l'opération et le contraindrait alors à gagner la haute mer. Tout serait fini pour lui quand ses hommes n'auraient plus de munitions ou quand l'aube se lèverait.

Wu n'osait pas engager vraiment le combat car tuer un marin de la police britannique était puni de mort, et ni l'argent ni les relations ne lui éviteraient la pendaison. Mais s'il maintenait son cap, les marins cantonais de la vedette, habiles et pleins de haine pour les Haklos, jetteraient leurs grappins sur la jonque.

Lorsque la vedette ne fut plus qu'à une cinquantaine de mètres de sa poupe, Quatre-Doigts donna un coup de barre qui mit la jonque en travers de la trajectoire de ses poursuivants, et pria le ciel que leur capitaine eût les yeux bien ouverts. La vedette fit un écart pour éviter la collision et frôla la jonque, dont elle aspergea la coque au passage. Wu vira à bâbord, il avait gagné quelques mètres.

Le patrouilleur de la marine britannique décrivit un cercle en faisant rugir ses moteurs et se dirigea de nouveau vers la jonque, qui venait de pénétrer dans les eaux chinoises. Wu lâcha la barre, prit une mitraillette et tira une rafale dans le noir. Un des projecteurs s'alluma et le prit dans son faisceau. Aveuglé, Quatre-Doigts tourna la tête et cligna des yeux, puis il fit de nouveau face à la vedette et pointa son arme droit vers la lumière. Le canon brûlant de la mitraillette tremblait au bout des mains du vieillard : s'il tirait, c'était la mort, s'il ne tirait pas, la prison.

Mais la vedette se détourna et s'éloigna, abandonnant la partie. Le Serpent avait raison ! La marine britannique ne voulait pas prendre le risque de tirer sur un véritable patrouilleur de la RPC. Wu laissa tomber son arme et prit le porte-voix.

— Victoire pour le président Mao ! beugla-t-il. Restez en dehors de nos eaux territoriales, sales fornicateurs !

Les matelots de la jonque poussèrent des cris de joie en montrant le poing à la lumière qui s'éloignait. Soudain les projecteurs s'éteignirent et quand les yeux des Haklos se furent accoutumés à l'obscurité, ils découvrirent la vedette, par le travers, presque immobile, feux de navigation allumés.

— Ils vont nous suivre au radar, maintenant, murmura Paul Choy.

— Quoi ? fit Poon.

Le jeune homme répéta en haklo, remplaçant le mot radar par « œil magique ». Quatre-Doigts, qui connaissait le principe du radar, poussa une exclamation de mépris.

— Et alors ? Leur œil magique ne leur servira à rien, nous les sèmerons facilement dans les passes proches de Lan Tao. Il n'y a aucune preuve contre nous, nous ne transportons rien d'illégal.

— Sauf les armes !

— Nous les jetterons à la mer s'il le faut, décida Wu. Hiii, Beau-Temps, quand l'obus nous a frôlés, j'ai bien cru que mon sac à étrons allait se vider !

Le vieillard rit à en avoir les larmes aux yeux puis redevint soudain sérieux :

— La sortie de cette nuit ne nous rapportera rien du tout, la cargaison est à l'eau.

Il avait déjà promis à Venus Poon un diamant qu'il comptait payer avec les profits de l'opération mais il lui fallait maintenant envisager de puiser dans ses économies, ce qui était contre ses principes. Les putains, on les paie avec l'argent qu'on vient de gagner, jamais avec celui qu'on a mis de côté, pensa-t-il. Ah ! je pisse sur cette saleté de vedette ! Venus Poon mérite ce diamant, sa Boîte-à-Délices est aussi splendide que le prétendait Richard Kwang et elle tortille du postérieur avec un art à la hauteur de sa réputation. Cette nuit, sa Porte-en-Jade va de nouveau s'ouvrir pour moi...

— Saleté de *joss* ! maugréa-t-il. Se faire surprendre, comme ça... Nous n'avons pas gagné un sou et les dépenses sont lourdes.

— La marchandise est perdue définitivement ? s'étonna Paul Choy.

— Bien sûr, elle a coulé.

— On n'y avait pas mis de « mouchard » ?

Paul expliqua à son père qu'il s'agissait d'un petit appareil émettant un signal sonore.

— J'étais certain que vous aviez pensé à équiper les balles d'un « mouchard », ou d'un flotteur qui serait libéré, un ou deux jours plus tard, par un procédé chimique. De cette manière, il suffit de repasser prendre la marchandise ou d'envoyer des hommes-grenouilles la chercher.

S'apercevant que Wu et Poon le regardaient avec des yeux ronds, Bonne-Fortune demanda :

— Quoi, qu'est-ce que j'ai dit ?

— On en trouve facilement, de ces « mouchards » ? s'enquit Quatre-Doigts.

— Je peux vous les obtenir en une ou deux semaines.

— Tu pourrais nous expliquer comment on les utilise — ou le faire pour nous ?

— Bien sûr, mais pourquoi ne pas vous équiper aussi d'un œil magique ?

— Nous n'en avons pas besoin et personne ne saurait s'en servir. Nos yeux et nos oreilles nous suffisent, répondit Wu.

— Cette nuit, vous vous êtes fait prendre.

— Surveille ton langage ! C'était le *joss*, les dieux ont voulu nous jouer un mauvais tour. Nous nous en sommes tirés, c'est l'essentiel.

— Je ne suis pas d'accord, capitaine, répliqua Paul qui n'éprouvait plus désormais la moindre crainte. Avec un œil magique, vous verriez les vedettes au moment même où elles vous repèrent, ou même avant. Elles ne pourraient plus vous prendre par surprise. En outre, avec des

« mouchards », vous n'auriez plus besoin de vous trouver sur les lieux lors de l'immersion, vous prendriez tranquillement livraison une semaine plus tard.

— Ce serait parfait, approuva Beau-Temps avec chaleur. Mais si les dieux sont contre toi, Bonne-Fortune, même un œil magique ne te sauvera pas. On l'a échappé belle, cette nuit. Cette putain de vedette n'aurait pas dû être là. Les trois hommes tournèrent les yeux vers le bâtiment gris, immobile à quelques centaines de mètres. Wu ralentit l'allure de la jonque et dit :

— Ne nous avançons pas trop dans les eaux chinoises, ces fornicateurs de communistes sont moins respectueux des lois que les Britanniques... Cette idée d'œil magique, ce n'est peut-être pas idiot.

— Pourquoi ne pas acheter carrément une vedette ? suggéra Paul. Ou une embarcation encore plus rapide, qui vous permettrait de semer la marine anglaise.

— Tu es fou ! Qui accepterait de nous en vendre une ?

— Les Japonais.

— Maudits soient les diables de la mer de l'Est ! s'écria Beau-Temps.

— En tout cas, ils vous construiraient un navire rapide, équipé d'un radar et...

Bonne-Fortune fut interrompu par le mugissement des sirènes de la vedette qui, renonçant à la chasse, s'éloignait dans la nuit.

— Regardez-la partir, reprit Paul. Quelle classe ! Je parie qu'ils ont encore le cargo thai sur l'écran de leur radar. Ils peuvent repérer n'importe quelle embarcation à des milles à la ronde, même dans la tempête.

D'un air pensif, Quatre-Doigts ordonna à l'homme de barre de maintenir la jonque à la limite des eaux chinoises et de mettre cap au nord, vers les îles et les récifs entourant Lan Tao, où attendait une autre jonque avec laquelle ils rentreraient à Aberdeen. Puis il entraîna Paul et Poon à l'arrière et les fit asseoir sur la banquette.

— Acheter une vedette, non, trancha-t-il. Les diables d'étranger deviendraient fous furieux. Mais l'œil magique... Bonne-Fortune, tu pourrais nous l'installer et nous montrer comment on s'en sert ?

— Je pourrais faire appel à des experts — des Japonais, de préférence.

— *Heya ?* fit Wu en lançant un regard interrogateur à Poon.

— Je veux pas de ces étrons ou de leur œil magique à bord de mon bateau, répondit le marin en grommelant.

— Il n'y a pas d'autres vendeurs ?

— Les Japonais sont les meilleurs et les moins chers, Père.

— Les moins chers ? Combien ça me coûterait ?

— Je ne sais pas au juste. Vingt, quarante mille...

— Quarante mille dollars ! explosa le vieillard. Tu me crois en or ? Je dois travailler pour gagner mon argent !

Paul laissa s'égosiller cet homme pour qui il n'éprouvait plus aucun sentiment filial. Après le crime horrible de cette nuit, le chantage qu'il avait exercé sur lui et surtout la façon dont il avait parlé de Mika, il ne le considérait plus comme son père. Il l'estimait pour son courage, ses qualités de marin et de chef, mais désormais il était pour lui un homme comme les autres.

Quand il jugea que le vieillard avait assez épanché sa bile, il déclara :

— Si vous voulez, je peux vous faire installer le premier œil magique pour rien.

— Comment ça, pour rien ? rétorqua Wu, aussitôt méfiant.

— Je paierai les frais.

Beau-Temps commença à ricaner mais son patron le fit taire :

— Ferme-la idiot. Bonne-Fortune sait des choses que tu ne connais pas ! Comment paieras-tu, mon fils ?

— Je prendrai l'argent sur mes bénéfices.

— Quels bénéfices ?

— Laissez-moi gérer pendant un mois les fonds que vous avez déposés à la Victoria.

— Impossible !

— Laissez-moi faire fructifier pendant un mois ces vingt millions qui dorment.

— Comment ?

— À la Bourse.

— Tu veux jouer avec mon argent ? De l'argent que j'ai durement gagné ? Jamais !

— Un mois seulement, Père. Nous partagerons le profit.

— Ah ! parce que nous partagerons ? C'est mon argent,

fornication ! Trop aimable à toi de me laisser la moitié ! La moitié de quoi, d'abord ?

— De vingt autres millions, peut-être...

Paul vit une lueur de cupidité s'allumer dans le regard de Quatre-doigts et il comprit qu'il réussirait à le convaincre, même si la discussion était longue.

— *Ayiiya*, pas question ! Je préfère payer l'œil magique moi-même, dit Wu pour éprouver la détermination de son fils.

— Dans ce cas, je ne resterai pas à Hong Kong.

— Tu resteras si je te dis de rester !

— Quel intérêt si je ne vous sers plus à rien ? M'avez-vous payé des études pour faire de moi un maquereau sur l'un de vos bateaux de plaisir, un matelot sur l'une de vos jonques ? Plutôt partir ! Plutôt gagner de l'argent ailleurs pour commencer à vous rembourser. Je vais prévenir Barbe-Noire que je m'en vais.

— Tu t'en iras quand je te dirai de partir ! Tu as pêché dans des eaux dangereuses.

Toi aussi, aurait voulu répliquer Paul. N'essaie pas de me faire chanter : je te tiens autant que tu me tiens, et tu as plus à perdre. Mais il préféra taire sa révolte pour le moment et se contenta de répondre d'un air énigmatique :

— Toutes les eaux sont dangereuses si les dieux en décident ainsi.

Wu tira une longue bouffée de sa cigarette en observant son fils. Attention, ce jeune chiot est dangereux, pensa-t-il. Beau-Temps avait raison : cela avait été une erreur de l'emmener, il en savait trop, maintenant.

Oui, mais c'était une erreur facile à réparer...

53

22 h 03

— Qu'avez-vous l'intention de faire, Paul ? demanda le gouverneur à Havergill. Si la Victoria Bank vient à manquer de fonds, elle aussi, toute la Colonie va sombrer.

Les deux hommes se trouvaient sur la terrasse de la résidence officielle de sir Geoffrey, en compagnie de

Johnjohn. Havergill regarda autour de lui pour vérifier que d'autres invités ne pouvaient l'entendre et répondit à voix basse :

— Nous avons pris contact avec la Banque d'Angleterre. À minuit demain soir, heure de Londres, un avion de la RAF bourré de billets de cinq et dix livres décollera de Heathrow. Comme je vous l'ai dit, la Victoria est solide, nos avoirs à Hong Kong et en Angleterre nous permettent de faire face à toutes les éventualités — enfin, presque toutes.

— D'ici là, vous avez assez de disponibilités en dollars de Hong Kong pour endiguer la ruée ?

— Nous aurons des difficultés si le, euh..., problème persiste, mais je suis convaincu que tout finira par s'arranger, Excellence.

— Comment avons-nous pu en arriver là ? soupira sir Geoffrey.

— Le *joss*, répondit Johnjohn d'une voix lasse. Malheureusement, il faudrait des semaines pour faire imprimer les dollars HK dont nous avons besoin, et il ne serait pas sain, de toute façon, d'injecter une telle somme en papier-monnaie dans notre économie.

— De combien avons-nous besoin, exactement ?

Havergill et Johnjohn échangèrent un regard qui renforça les inquiétudes du gouverneur.

— Nous l'ignorons, Excellence, avoua Johnjohn. Toutes les banques de la Colonie devront engager les valeurs qu'elles détiennent — comme nous l'avons fait temporairement avec la Banque d'Angleterre — pour obtenir les liquidités qui leur sont nécessaires. Si chaque déposant de Hong Kong réclame son argent jusqu'au dernier dollar... Nous ne savons pas dans quelle mesure les autres banques ont puisé dans les dépôts pour investir. Personne ne le sait.

— Un avion suffira ? demanda sir Geoffrey en essayant de ne pas prendre un ton sarcastique. Un milliard de livres en billets de cinq et de dix ! Où vont-ils les trouver ?

— Nous n'en avons pas la moindre idée, dit Havergill en s'essuyant le front, mais on nous a promis que le premier contingent arriverait lundi soir au plus tard.

— Pas avant ?

— Non, c'est impossible.

— Y a-t-il d'autres mesures à prendre en attendant ?

Johnjohn avala sa salive et dit :

— Nous avions l'intention de vous demander de décréter un jour férié pour les banques afin de ralentir la ruée mais, euh, nous avons finalement conclu — et on est de notre avis à la Banque d'Angleterre — que cette décision pourrait mettre le feu aux poudres.

— D'ici la fin de la semaine prochaine, cette affaire sera oubliée, déclara Havergill d'un ton qu'il voulait rassurant.

— Moi je ne l'oublierai pas, répondit le gouverneur. Et nos amis les députés travaillistes non plus : elle leur servira d'argument pour réclamer une législation bancaire.

— Ces deux imbéciles ne distingueraient pas leur derrière d'un trou dans le mur ! fit Havergill avec mépris.

Sir Geoffrey aurait contesté cette affirmation s'il n'avait aperçu Rosemont, le chef adjoint de la station de la CIA, et Ed Langan, le responsable du FBI, à l'autre bout de la terrasse.

— Tenez-moi au courant, messieurs. Avec votre permission, je vous laisse.

Il abandonna les deux banquiers et rejoignit les Américains.

— Magnifique soirée, Excellence, assura Rosemont. Mais Grey, le député socialiste, a bien failli la gâcher : manifestement, Havergill ne peut pas le souffrir.

— Le Taï-pan non plus, glissa Langan en riant.

— Oh ! je ne sais pas, dit le gouverneur d'un ton badin. Dans une bonne démocratie, il faut une opposition, non ? Stanley, je voudrais vous entretenir quelques instants en particulier. Je peux vous enlever votre collègue, Mr. Langan ?

— Certainement.

Sir Geoffrey entraîna Rosemont à l'écart, dans une allée du jardin encore humide où les feuilles des arbres continuaient à s'égoutter.

— Stanley, j'ai un petit problème. La SI a surpris un des marins de votre porte-avions en train de livrer des documents à un agent du KGB. Nous les avons arrêtés tous les deux et Londres juge préférable que vous vous chargiez vous-même de votre ressortissant. C'est un expert en électronique, je crois.

— Le salaud ! Quels documents voulait-il livrer aux Russes ?

— Je ne sais pas au juste. Voyez Roger sans perdre de temps, il vous donnera tous les détails.

— Nous pourrons également... interroger l'agent du KGB ?

— Réglez cette question avec Roger, il est lui aussi en contact direct avec Londres.

— Merci, Excellence. Il vaut mieux que je parte immédiatement.

Rosemont regagna la terrasse, emmenant Langan au passage et retourna dans la salle.

Sir Geoffrey poussa un soupir. Foutus espions, foutues banques et foutus socialistes qui ne comprennent rien à Hong Kong ! pensa-t-il.

Johnjohn s'approcha du bar, où se trouvait Dunross.

— Ian ?

— Oui ? Un dernier verre avant de partir ?

— Non, merci. Je peux vous parler ?

— Bien sûr mais faites vite, j'ai promis de reconduire nos amis les députés au ferry.

— Vous avez un ticket rose, vous aussi ?

— Mon vieux, j'ai un ticket rose quand je veux, que Penn soit là ou non. Où est Havergill ?

— Il vient de partir.

— Ah ! voilà pourquoi vous parliez de ticket rose ! Il paraît que Paul est drôlement mordu pour cette Lily Su de Kowloon.

— Comment faites-vous pour être au courant de tout ? demanda le banquier en regardant fixement le Taï-pan.

Dunross haussa les épaules. Il se sentait las, nerveux ; plusieurs fois au cours de la soirée, il avait dû faire effort pour garder son calme en écoutant Robin Grey discuter avec d'autres taï-pans.

— Vous savez, j'ai tout fait pour convaincre Paul de réunir le conseil d'administration mais je n'ai pas barre sur lui, poursuivit Johnjohn.

— Évidemment, grogna Ian.

Il parcourut des yeux la petite pièce, voisine de la salle de réception, dans laquelle il se trouvait : peintures chinoises sur soie, tapis persans, argenterie, là encore, mais il remarqua que la peinture s'écaillait dans les coins et sur les moulures du plafond. Il se sentit comme offensé : tout aurait dû être impeccable chez le représentant de la Grande-Bretagne.

— Ian..., commença Johnjohn d'un ton hésitant. Ce

que je vais vous dire doit rester entre nous... Vous connaissez Tiptop Toe ?

Dunross devint aussitôt plus attentif. Tip Tok-toh — que les Britanniques surnommaient Tiptop Toe (Super-Orteil) — était un Chinois du Hu-nan (la province natale de Mao Tse-tung) arrivé à Hong Kong lors de l'exode de 1950. On ne savait rien de lui à l'époque, sauf qu'il avait des ressources relativement importantes, mais, au fil des ans, on découvrit qu'il entretenait des relations très particulières avec la Bank of China et on finit par le considérer comme son représentant officieux. Personne ne connaissait sa position exacte dans la hiérarchie du Parti mais elle devait être élevée car Pékin contrôlait étroitement la Bank of China, seul établissement financier représentant la RPC à l'étranger.

Le Taï-pan avait de la sympathie pour Tiptop, charmant quinquagénaire aux propos mesurés, aimant le cognac et parlant parfaitement l'anglais — bien qu'il eût généralement recours à un interprète, pour se conformer aux pratiques en usage chez les dirigeants de la RPC. Il portait la plupart du temps une veste Mao (mais bien coupée) et ressemblait un peu à Chou-Enlai, dont il avait la brillante intelligence. La dernière fois que Dunross avait eu affaire avec lui, c'était à propos d'un avion civil que la Chine populaire désirait acheter. Tip Tok-toh avait réglé en vingt-quatre heures les modalités de la transaction par l'intermédiaire de diverses banques suisses.

Ian refréna son impatience tandis que Johnjohn examinait les flacons disposés dans une vitrine. C'étaient de minuscules bouteilles en verre à l'*intérieur* desquelles on avait peint un paysage, des fleurs, des oiseaux ou même délicatement calligraphié un poème.

— Comment fait-on pour peindre à l'intérieur ? demanda le banquier.

— On utilise un pinceau très fin dont les poils forment un angle droit avec le manche, expliqua le Taï-pan en soulevant un flacon.

Il regarda le paysage peint d'un côté, le bouquet de camélias de l'autre, et les caractères calligraphiés le long de la bouteille.

— Étonnant ! fit Johnjohn d'un ton admiratif. Que dit celui-ci ?

— Ah ! c'est une des pensées de Mao : « Connais-toi,

connais ton ennemi ; sur cent batailles tu remporteras cent victoires. » En fait le Président l'a reprise de Sun Tzu.

Le cadre de la Victoria se décida à aborder la question qui le préoccupait.

— Ian, accepteriez-vous de prendre contact avec Tiptop en notre nom ?

— À quel sujet ?

— Nous voulons emprunter de l'argent liquide à la Bank of China.

— Quoi ? dit Dunross, interloqué.

— Pour une semaine ou deux. Leurs coffres regorgent de dollars HK et il n'y a pas de ruée chez eux : aucun Chinois n'oserait faire la queue devant la Bank of China. Nous leur verserions un intérêt substantiel et leur offririons toutes les garanties qu'ils jugeraient nécessaires.

— Vous parlez officiellement au nom de la Vic ?

— Non, bien sûr. L'idée est de moi, je n'en ai même pas encore discuté avec Paul. Alors, vous seriez d'accord ?

— Si j'obtiens demain le prêt de cent millions que je vous ai demandé.

— Je n'ai pas capacité pour vous l'accorder.

— Paul le peut.

— Oui, mais il n'en fera rien.

— Dans ce cas, je n'ai aucune raison de vous aider, répliqua Dunross.

— Ian, si notre banque ne résiste pas, les cours s'effondreront... et la Noble Maison aussi.

— Elle risque de s'effondrer de toute façon si je ne trouve pas les cent millions dont j'ai besoin.

— Je verrai ce que je peux faire, promit Johnjohn. En attendant, vous acceptez de parler à Tiptop ? Vous rendriez un immense service à la Colonie.

— Accordez-moi mon emprunt et je lui parlerai dès ce soir.

— Si vous pouvez le persuader de nous prêter un demi-milliard en liquide, je vous obtiendrai le soutien financier que vous réclamez.

— Comment ?

— Je n'en sais rien !

— Je veux pour demain matin 10 h un engagement écrit signé par vous, Havergill et une majorité de membres du conseil d'administration.

— Impossible !

— Alors je ne vois pas pourquoi je vous aiderais — et je ne vois pas non plus pourquoi la Bank of China le ferait.

— Parce que nous sommes de vieux amis de la Chine, parce que nous sommes Hong Kong, déclara Johnjohn avec assurance. Sans nous, plus de Colonie, et plus de Struan. La Chine a besoin de nous.

— Dans ces conditions, pourquoi ne parlez-vous pas vous-même à Tiptop ?

— Je ne peux pas. Vous savez que la Banque commerciale de Moscou a de nouveau sollicité l'autorisation d'ouvrir une succursale à Hong Kong ?

— Si nous laissons les Russes entrebâiller la porte, ils n'ont pas fini de nous faire danser.

— Ils nous ont proposé — officieusement — une aide immédiate en dollars de Hong Kong.

— Le conseil d'administration votera contre.

— Si vous n'en faites plus partie, mon cher Ian, le conseil votera comme bon lui semblera, répliqua Johnjohn. Et si le conseil est d'accord, il sera ensuite facile de persuader le gouverneur et le Colonial Office.

— Vous êtes pire qu'Havergill !

— Meilleur, plutôt. Il suffirait d'un rien pour que la Vic s'empare de la Noble Maison, que cela vous plaise ou non. Nombre de membres du conseil d'administration souhaitent votre élimination, à n'importe quel prix. Je vous demande simplement d'aider Hong Kong — et vous aussi par la même occasion. La Victoria serait gravement touchée mais elle ne coulerait pas, ne l'oubliez pas. Un jour je serai président de la banque et je me souviendrai du service que vous m'aurez rendu.

— Ou que je vous aurai refusé.

— Exactement. Je m'en souviendrai dans les deux cas, dit le banquier d'une voix douce. Alors, vous le prenez, ce dernier verre ?

Robin Grey était assis à l'arrière de la Rolls de Dunross, entre Hugh Guthrie et Julian Broadhurst ; le Taï-pan était à l'avant, à côté du chauffeur en livrée. Bientôt j'aurai moi aussi une Rolls, avec chauffeur, pensait Grey. Tous ces salauds ramperont devant moi, y compris Ian Dunross. Et Penn, ma chère petite sœur, si pleine de mépris, verra les puissants humiliés.

— Vous croyez qu'il va pleuvoir ? demanda Broadhurst en essuyant la buée de sa vitre.

— Oui, répondit Dunross. La météo prévoit que le mauvais temps va se transformer en un véritable typhon. D'après un message de l'*Eastern Cloud*, l'un de nos cargos qui vient de quitter Singapour, la mer est agitée jusque dans cette région.

— Le typhon risque de passer par Hong Kong ? s'inquiéta Guthrie, le député libéral.

— Impossible à dire. Les typhons se dirigent parfois droit sur vous et virent au dernier moment. Ou l'inverse. L'année dernière, Wanda a fait deux cents morts, des milliers de blessés, de dizaines de milliers de sans-abri. *Tai-fung*, le Vent Suprême, soufflait à deux cents kilomètres à l'heure, la marée haute avait atteint un niveau supérieur de sept mètres à la normale.

— Bon Dieu !

— À Sha Tin, dans les Nouveaux Territoires, la mer, sous l'effet des rafales, s'engouffra dans la passe, détruisit les jetées et projeta des embarcations de pêche à près d'un kilomètre à l'intérieur des terres. Le village fut presque complètement submergé. Huit cargos et un millier de petits bateaux disparurent, des millions de dollars coulèrent par le fond.

Le Taï-pan haussa les épaules et poursuivit :

— C'est le *joss*. Les typhons nous rappellent que nous sommes peu de chose.

— Dommage, dans ce cas, qu'il n'y en ait pas tous les jours, dit Grey. Certains membres du gouvernement en auraient grand besoin.

— Robin, vous êtes vraiment assommant, intervint Guthrie. Vous ne pouvez pas vous empêcher de cracher votre venin toutes les cinq minutes ?

La voiture s'arrêta devant le Mandarin, Dunross en descendit.

— Le chauffeur va vous reconduire, dit-il. À samedi.

La Rolls redémarra, fit le tour de l'hôtel et prit la direction du bac réservé aux voitures, dont l'embarcadère était situé dans Connaught Road, non loin de la gare du Golden Ferry. La voiture de Dunross se plaça dans la file d'attente, Grey ouvrit la portière et déclara avec une jovialité forcée :

— J'ai envie de me dégourdir les jambes, j'ai besoin

d'exercice. Je vais marcher jusqu'à la gare et prendre le Golden Ferry pour rentrer. Bonne nuit.

Le député travailliste s'éloigna d'un pas vif en longeant les quais, soulagé d'avoir si facilement échappé à ses compagnons. Pauvres types ! pensa-t-il. Ils auront ce qu'ils méritent avant longtemps — Broadhurst, en particulier. Quand il fut certain que ses collègues ne pouvaient plus le voir, il s'arrêta sous un réverbère et fit signe à un taxi.

— Tenez, dit-il en tendant au chauffeur un morceau de papier sur lequel on avait dactylographié une adresse.

L'homme regarda le papier en se grattant la tête.

— C'est en chinois de l'autre côté, ajouta Grey.

Comme le chauffeur feignait de ne pas avoir entendu et continuait à regarder l'adresse rédigée en anglais avec des yeux ronds, Grey tendit la main et retourna le papier. Aussitôt le chauffeur le retourna à nouveau, y jeta un coup d'œil, embraya et se faufila dans la circulation.

Quelques minutes plus tard, il s'arrêtait devant un immeuble vétuste dans une rue triste et sale. Grey descendit et dit au chauffeur de l'attendre, chercha vainement un numéro au-dessus de la porte et s'approcha d'un vieillard qui lisait un journal de courses, assis sur une chaise branlante devant ce qui semblait être une entrée secondaire.

— Est-ce que c'est le 68 Kwan Yik Street, dans Kennedy Town ? demanda poliment le Britannique.

Le vieillard le regarda avec des yeux ronds comme s'il voyait un monstre venu de l'espace puis répondit en cantonais sur un ton hostile.

— 68 Kwan Yik Street, répéta Grey, plus lentement et plus fort.

Le Chinois eut un geste irrité en direction d'une petite porte et reprit sa lecture. Grey pénétra dans un couloir sombre à la peinture écaillée où s'étirait une rangée de boîtes aux lettres. Il y trouva le nom qu'il cherchait, revint au taxi, régla la course, puis retourna dans l'immeuble et prit l'ascenseur. La cabine minuscule et malpropre monta en gémissant au quatrième étage et s'arrêta. Grey en sortit, sonna au numéro 44 ; la porte s'ouvrit.

— Mr. Grey, quel honneur ! s'exclama Sam Finn.

C'était un homme musculeux originaire du Yorkshire, un ancien mineur et délégué syndical qui avait gardé des amis dans le parti travailliste. Il avait des yeux bleu pâle, le teint couperosé, le visage ridé et grêlé, la peau incrustée de particules de charbon.

— Molly, viens voir ! poursuivit-il. Le grand chef en personne ! Vrai, je suis content de vous voir.

— Merci, Mr. Finn. Moi aussi, je suis enchanté de faire votre connaissance. J'ai beaucoup entendu parler de vous.

Le député entra, défit son imperméable et accepta une bière. L'appartement était exigu, d'une propreté immaculée et encombré de meubles bon marché. Il y régnait une odeur de saucisses et de pommes de terre frites. Molly Finn sortit de sa cuisine et tendit au visiteur une main rougie par des années de vaisselle et de lessive. Elle était petite et ronde, aussi solide que son mari et, comme lui, âgée de 65 ans.

— On a ben failli tomber sul'cul en apprenant qu'on aurait d'la visite, dit-elle.

— Nos amis communs veulent savoir comment vous vous débrouillez.

— Au poil ! assura Sam Finn. Évidemment, c'est pas le Yorkshire, et les copains du syndicat nous manquent mais on a un lit et de quoi manger. Y a un ami qu'on voudrait vous présenter.

Il y eut un bruit de chasse d'eau, la porte des toilettes s'ouvrit, un grand barbu en sortit.

— Sam m'a beaucoup parlé de vous, dit-il en tendant la main au député. Je m'appelle Gregor Souslev, je suis le capitaine de l'*Ivanov*, un navire soviétique faisant escale dans ce havre capitaliste pour y réparer quelques petites avaries. Je crois que nous avons des amis communs, Mr. Grey.

— Vraiment ?

— Zdenek Hanzolova, de Prague.

— Ah ! certainement. J'ai fait sa connaissance l'année dernière en Tchécoslovaquie, pendant la visite d'une délégation parlementaire britannique.

— Comment avez-vous trouvé la ville ?

— Intéressante, mais la présence soviétique s'y fait sentir un peu trop lourdement à mon goût.

— Ce sont les Tchécoslovaques qui la souhaitent et nous aimons contenter nos amis. Cela dit, je n'approuve pas tout ce qui se passe là-bas, ou même en Russie.

— Asseyez-vous donc, tous les deux, fit l'ancien mineur.

Les deux visiteurs s'installèrent autour de la table sur laquelle trônait un aspidistra en pot.

— Je ne suis pas communiste, je ne l'ai jamais été, déclara Grey. Je suis contre le totalitarisme et je suis convaincu que l'avenir est au socialisme démocratique tel que nous le concevons en Grande-Bretagne : un Parlement, des dirigeants élus, etc. Cependant, je dois reconnaître que certaines idées marxistes ont leur intérêt.

— La politique ! grommela Souslev en faisant la moue. Laissez-la donc aux politiciens.

— Mr. Grey est un de nos meilleurs défenseurs au Parlement, Gregor, intervint Molly Finn. Gregor est un bon gars, Mr. Grey, il fait pas partie de leur sale engeance.

— Qu'est-ce qui vous a décidé à vous établir à Hong Kong, Sam ? demanda Grey.

— Quand on a eu la retraite, M'âme Finn et moi, on a voulu voyager un peu avec l'argent qu'on avait mis de côté, et on a pris des places sur un cargo...

— Mon Dieu ! Seigneur ! quel beau voyage. On a été dans plein d'pays étrangers, intervint Molly Finn. C'était magnifique mais, en arrivant ici, Sam était fauché, alors on a dû débarquer.

— Et j'ai rencontré un type bien qui m'a offert un boulot, enchaîna Sam Finn. Conseiller technique pour les mines qu'il exploitait dans un coin nommé Formose. On est allé là-bas mais c'était pas la peine de rester sur place, alors on est revenu ici. La bière est bonne, on se fait un peu d'oseille, on est devenu des résidents.

La conversation dévia ensuite sur d'autres sujets sans importance. Grey aurait avalé l'histoire de Finn s'il n'avait pris connaissance du dossier de l'ancien mineur avant de quitter Londres. Membre du Parti communiste britannique de Grande-Bretagne depuis des années, Finn avait été envoyé à Hong Kong avcc mission de se procurer toutes les informations disponibles sur l'administration et le gouvernement de la Colonie.

Au bout d'un quart d'heure, Molly Finn réprima un bâillement et dit :

— Je suis flapie ! Excusez-moi mais faut que j'aille me coucher.

Son mari continua à parler quelques minutes puis se mit à bâiller lui aussi.

— Je crois que je vais faire comme Molly, annonça-t-il en se levant. Non, non ne bougez pas, continuez à bavarder. Bonne nuit, les amis.

Il passa dans la chambre et ferma la porte derrière lui. Souslev se leva, mit le poste de télévision en marche et régla le volume du son de manière qu'on pût parler sans être entendu de la pièce voisine.

— On n'est jamais trop prudent, hein ? ricana-t-il.

— Je vous transmets les salutations fraternelles des camarades de Londres, dit Grey à voix basse.

Depuis 1947 il faisait partie lui aussi du PC britannique et appartenait à un groupe ultra-secret dont seuls quelques initiés connaissaient les membres.

— Vous leur transmettrez les miennes. Que savent-ils au juste ? murmura le Russe en montrant la porte de la chambre.

— Simplement que j'appartiens à l'aile gauche du Labour et que je pourrais devenir membre du Parti.

— Excellent.

Souslev se détendit. Le Centre avait préparé la rencontre avec une extrême prudence, et par ailleurs, Roger Crosse, qui ignorait les activités secrètes de Grey, lui avait spécifié que les membres de la délégation n'étaient pas surveillés par la Special Intelligence.

— Nous ne risquons rien, ici, poursuivit l'agent soviétique. Sam fait du bon travail — nous recevons un double de ses rapports — et il ne pose pas de questions. Comment s'est déroulée la réunion de Pékin ?

— Voici les copies des rapports officiel et secret de notre délégation. Lisez-les avant que je ne parte, vous les recevrez plus tard par les canaux habituels. Voici en gros mon opinion : les Chinois s'enferrent dans leur politique agressive et révisionniste. Ce fou de Mao et Chou-Enlai, son acolyte, sont d'implacables ennemis du communisme international. La Chine n'a qu'un seul point fort : sa volonté de se battre jusqu'au bout. Plus vous attendrez, plus il vous sera difficile d'abattre les Chinois mais ils ne deviendront vraiment dangereux que lorsqu'ils disposeront d'armes nucléaires et de systèmes balistiques à longue portée.

— Dans le domaine des échanges commerciaux, que veulent-ils ?

— Du matériel pour l'industrie lourde, craquage et forage, chimie, sidérurgie.

— Ils paieront comment ?

— Ils prétendent avoir des devises — Hong Kong leur en fournit une bonne partie.

— Ils ont demandé des armes ?

— Pas directement mais ils sont habiles et notre délégation s'est parfois divisée, ce qui fait que je n'ai pas assisté à toutes les réunions. J'ai eu l'impression qu'ils se méfiaient de moi et de Broadhurst et il n'est pas impossible qu'ils aient discuté en particulier avec Pennyworth ou un autre conservateur. Cela ne les aura d'ailleurs pas avancés à grand-chose puisque ce salaud est mort. Vous êtes au courant ?

— Oui.

— Bon débarras, c'était un ennemi. En tout cas, la RPC veut des armes, j'en suis certain.

— Quel genre d'homme est-ce, ce Broadhurst ?

— Un intellectuel qui se prend pour un socialiste. Vieille famille patricienne, cravate aux couleurs de l'école, etc. Mais il nous est utile et sera un des piliers du prochain gouvernement travailliste.

— Le Labour passera aux prochaines élections, Mr. Grey ?

— Je ne pense pas, bien que nous fassions tout pour aider les travaillistes et les libéraux.

Souslev fronça les sourcils :

— Pourquoi aider les libéraux ? Ce sont des capitalistes.

— Vous ne comprenez pas le système politique britannique, capitaine, dit Grey avec un sourire sardonique. Sans les libéraux, les travaillistes n'auraient jamais accédé au pouvoir, et ils ne le reprendront pas sans eux.

— Je ne comprends pas.

— Au mieux, le Labour peut obtenir 45 % des suffrages, soit prcsquc autant que les conservateurs. Les 10 % qui restent vont aux libéraux, qui constituent donc la clef du pouvoir pour les travaillistes... et pour nous. Bientôt le PCB contrôlera le Labour par l'entremise des syndicats — secrètement, bien sûr.

— Je ne saurais trop souligner l'importance que mes supérieurs accordent à votre travail, déclara Souslev.

Il avait reçu l'ordre de flatter Grey, dont il avait lu le dossier avant son départ : « Traître britannique qui déclare adhérer aux idéaux marxistes-léninistes. À utiliser sans lui faire confiance et à liquider dès que le PCB prendra le pouvoir. »

— Avez-vous des informations à me communiquer ? demanda Grey.

— Oui, *tovaritch*, et aussi quelques questions, avec votre permission, répondit le Soviétique d'un ton déférent. Mes supérieurs aimeraient savoir où en est l'application de la directive 72/Prague.

Cette directive ultra-secrète accordait la priorité des priorités à l'infiltration d'agents dans les syndicats de l'industrie automobile aux États-Unis et en Occident — l'automobile constituant, du fait des nombreuses branches annexes qui en dépendent, la clef de voûte de la société capitaliste.

— Nous progressons à pas de géants, affirma le député avec chaleur. Le système des grèves sauvages nous permet de passer au-dessus des directions syndicales sans briser la puissance des syndicats. Quelques hommes bien placés suffisent pour en entraîner des milliers d'autres et nous avons à présent des camarades au Canada, en Nouvelle-Zélande, en Rhodésie, en Australie — surtout en Australie. Dans quelques années, nous disposerons d'agitateurs dans chaque syndicat important de l'industrie mécanique des pays anglophones.

— Et vous serez l'un de ceux qui tireront les ficelles. C'est formidable ! s'exclama Souslev, écœuré par la vanité de Grey.

— La victoire ne se fera plus attendre très longtemps, dit Grey avec ferveur. Nous avons opéré des coupes sombres dans le budget de nos forces armées et nous le réduirons à nouveau l'année prochaine. Il n'y a plus que les Américains qui nous posent problème mais nous les contraindrons à désarmer, eux aussi.

— Vous savez que les États-Unis arment le Japon en secret ?

— Quoi ?

— Ah ! vous n'étiez pas au courant ? Une délégation américaine se trouve en ce moment même au Japon pour proposer des armes nucléaires aux Japonais, mentit Souslev avec une parfaite aisance.

— Quels salauds, ces Américains !

— À propos de nucléaire, reprit le Russe, étonné de la

crédulité du député, envisagez-vous également d'infiltrer les centrales nucléaires ?

— Non, il n'en existe que deux dans tout le Royaume-Uni et elles ne sont pas importantes.

— Vous devriez vous y intéresser davantage, vous ne croyez pas ?

— Pourquoi ?

— L'un de vos compatriotes vient de rédiger une étude sur la question. Il s'appelle Philby.

— Comment va-t-il ?

— Très bien, je pense. Il travaille maintenant à Moscou. Vous l'avez connu ?

— Non, il appartenait au Foreign Office et personne, chez nous, ne soupçonnait qu'il était de notre camp.

— Il souligne dans son étude qu'une centrale nucléaire est autonome puisqu'elle fabrique son propre combustible. À la différence des centrales classiques, elle nécessite très peu de matières premières et de main-d'œuvre. Aujourd'hui, toutes les industries occidentales dépendent du charbon ou du pétrole, c'est cet état de fait que Philby recommande de maintenir. Autrement dit, vous devriez encourager l'utilisation du pétrole et combattre le développement de l'énergie nucléaire.

— Je vois. Je vais m'arranger pour faire partie de la commission parlementaire sur l'énergie nucléaire.

— Cela vous sera possible ?

— Très facilement, camarade ! Les Britanniques sont paresseux, ils préfèrent ignorer les problèmes, aller au *pub*, jouer au football. Nous nous avons un plan, eux ils se laissent vivre.

— Un dernier point : avez-vous l'intention de faire état de vos liens de parenté avec le Taï-pan au cours de votre conférence de presse ?

— Comment êtes-vous au courant ? murmura Grey, soudain sur ses gardes.

— Mes supérieurs s'efforcent de tout savoir, répondit l'agent soviétique d'un ton calme. J'ai reçu l'ordre de vous suggérer d'envisager une telle déclaration.

— Dans quel but ?

— Pour renforcer votre position, Mr. Grey. Vos propos auraient plus de portée s'ils sortaient de la bouche du beau-frère du Taï-pan de la Noble Maison.

— Puisque vous êtes si bien renseigné, vous devez

savoir que nous sommes convenus, ma sœur et moi, de ne pas en parler. C'est une question purement familiale.

— Les intérêts de l'État prennent le pas sur les questions familiales, Mr. Grey.

— Qui êtes-vous ? demanda le député, dont la méfiance s'était éveillée. Qui êtes-vous en réalité ?

— Rien qu'un messager, Mr. Grey, je vous assure. *Tovaritch*, nous devons user de tous les moyens dont nous disposons pour servir la cause. Mes supérieurs pensent uniquement à votre avenir, j'en suis convaincu. Cette alliance avec une famille capitaliste aussi puissante pourrait vous aider au Parlement, vous ne croyez pas ? Quand le parti travailliste accédera au pouvoir, il placera au gouvernement des hommes politiques ayant des relations, et vous apparaîtrez comme le mieux introduit à Hong Kong. Vous pourrez ainsi nous aider à contenir la Chine, à la remettre dans le droit chemin, et à mettre la Colonie à la place qui lui revient : aux oubliettes.

Le cœur de Grey se mit à battre plus vite.

— Vous croyez que nous parviendrons à détruire Hong Kong ?

— Certainement, répondit Souslev avec un grand sourire. Ne vous inquiétez pas, vous n'aurez pas à aborder vous-même le sujet, je m'arrangerai pour qu'on vous pose la question.

54

23 h 05

Dunross attendait Brian Kwok au bar du Mandarin, devant une fine à l'eau. L'endroit, exclusivement réservé aux hommes, était presque vide. Il n'est jamais en retard d'habitude, pensait-il. Je lui donne encore cinq minutes, de toute façon j'ai largement le temps de me rendre à Aberdeen au rendez-vous avec Wu.

Cela ne le dérangeait pas trop d'attendre, il avait de quoi s'occuper l'esprit, les problèmes ne manquaient pas. Cet après-midi, il avait longuement discuté au téléphone avec Hiro Toda, qui l'avait questionné sur la Bourse et sur Struan — pas directement, bien sûr, mais par la bande, à la japonaise. L'armateur, qui avait avancé son voyage à Hong Kong de vingt-quatre heures, avait néanmoins laissé percer ses doutes sous le ton courtois.

— Tout ira bien, avait assuré le Taï-pan. Nous prendrons livraison des navires comme prévu.

Est-ce si sûr ? se demanda-t-il. Oui, j'y arriverai, d'une façon ou d'une autre. Demain, Linbar se rend à Sydney pour sauver le marché avec Wollara et renégocier l'affrètement. Un coup de dés...

Et Jacques ? se peut-il qu'il soit vraiment un espion communiste ? Et Jason Plumm, et Tuke ? Qui est la taupe dont le nom commence par un R ?

Ian parcourut des yeux la pièce, petite et agréable, les fauteuils recouverts de cuir vert, les tables en chêne ciré, les murs ornés de reproductions de tableaux de Quance dont les originaux se trouvaient soit chez lui, dans la grande galerie, soit dans les couloirs de la Victoria. Ian se sentait bien parmi les portraits de ses ancêtres, qui semblaient veiller sur lui. Juste devant lui, une jeune Haklo tenait dans ses bras un enfant blond : May-may T'Chung et son fils Duncan, un tableau que Quance avait peint pour l'un des anniversaires de Dirk Struan. Je me demande ce que Dirk penserait de son œuvre, Hong Kong, s'il la voyait aujourd'hui : grouillante, exigeante, toujours au centre du monde — le monde asiatique, le seul qui vaille.

— Un autre verre, Taï-pan ? lui proposa le barman.

— Non, merci, Feng.

Dunross se leva pour aller téléphoner.

— Police, j'écoute, dit une voix féminine.

— Le commissaire Kwok, je vous prie.

— Un instant.

Quelques secondes plus tard, une voix d'homme demanda :

— Qui désire parler au commissaire Kwok ?

— Mr. Dunross, de Struan.

Après un nouveau silence, Ian entendit une voix qu'il reconnut aussitôt :

— Bonsoir, Taï-pan, Robert Armstrong à l'appareil. Désolé, Brian n'est pas disponible. C'est important ?

— Non. Nous devions simplement boire un verre ensemble et il est en retard.

— D'habitude, il n'oublie pas ce genre de choses. Quand aviez-vous fixé votre rendez-vous ?

— Ce matin. Il m'avait téléphoné pour m'avertir qu'on avait retrouvé John Chen. Rien de neuf sur cette affaire ?

— Non. Brian a dû s'absenter — un petit voyage, vous savez ce que c'est.

— Naturellement. Dites-lui que je le verrai dimanche à la course de côte.

— Vous n'allez pas à Taiwan avec Bartlett ?

— Si, nous partons tout de suite après et nous rentrons mardi.

— Taï-pan, je ne voudrais pas vous inquiéter mais il se produit des événements préoccupants en ce moment. Soyez très prudent d'ici l'arrivée de Sinders.

— Oui, merci Robert. Bonsoir.

Ian raccrocha. Le conseil d'Armstrong lui rappela que la SI le faisait suivre par un garde du corps. Ce soir, l'homme devait être plus habile que ses collègues, il ne l'avait même pas remarqué. En tout cas, il fallait le semer avant le rendez-vous avec Quatre-Doigts.

Il sortit, se dirigea d'un pas nonchalant vers les toilettes — personne ne le suivit. Quand il en ressortit, il traversa la mezzanine, descendit le grand escalier menant au hall d'entrée et acheta un journal. En revenant sur ses pas, il repéra un Chinois à lunettes qui l'observait de son fauteuil, par-dessus le bord de son magazine. Dunross fit mine d'avoir oublié quelque chose et retourna au kiosque à journaux : le Chinois continuait à le suivre du regard. Satisfait, Ian remonta l'escalier et se heurta à un homme qui paraissait absorbé par ses pensées.

— Bonsoir, Marlowe.

— Oh, pardon ! Bonsoir, Taï-pan.

— Vous avez l'air épuisé. Que se passe-t-il ?

— Rien, rien.

— Si, je le vois bien.

— C'est... c'est Fleur, dit l'écrivain, qui lui apprit le mauvais état de santé de sa femme.

— Tooley est un bon médecin, elle s'en sortira. Vous prenez un verre ?

— Non, je dois rentrer, l'*amah* qui garde les enfants ne peut pas passer la nuit chez nous, il n'y a pas de place.

— Une autre fois. Et vos recherches, ça avance ?

Combien de nouveaux squelettes avez-vous découverts dans nos placards ?

— Des quantités, répondit Marlowe avec un sourire sans chaleur. Dirk Struan était un homme extraordinaire. Vous aussi, me répète-t-on partout, et tout le monde espère que vous prendrez le meilleur sur Gornt.

— Je peux vous poser une question sur Changi ?

Une ombre passa sur le visage ridé, à la fois vieux et jeune, de l'écrivain.

— Cela dépend.

— Grey prétend que vous vous y êtes livré au marché noir avec un caporal américain.

— Je faisais du commerce, Mr. Dunross, ou plutôt je servais d'interprète à mon ami qui, lui, faisait du commerce. Il m'avait sauvé la vie, ainsi qu'à de nombreux autres. Il s'appelait King, et c'était bien le roi de Changi, dans un sens. Pourtant les Japonais interdisaient tout commerce et...

— Vous avez dit les Japonais, pas les Japs, fit observer Dunross. Vous ne les détestez donc pas après les atrocités qu'ils ont commises à Changi ?

— Je ne déteste personne, pas même Grey. Je n'ai pas trop de toute mon énergie pour jouir simplement du fait d'être en vie. Bonsoir.

— Un instant, Marlowe. Voulez-vous venir dans ma loge samedi, pour les courses ? Vous y rencontrerez des gens intéressants pour vos recherches.

— Merci, mais Donald McBride m'a déjà invité. Et le livre ?

— Quel livre ?

— Celui que vous devez me faire lire, l'histoire des Struan.

— Ah ! oui, naturellement. Je le fais retaper, il n'en existe qu'un seul exemplaire. Mes amitiés à Fleur.

Dunross regarda Marlowe descendre l'escalier, jeta un coup d'œil au Chinois, qui l'observait toujours derrière son magazine puis retourna au bar.

— Feng, il y a en bas un journaliste que je ne tiens pas à rencontrer.

— Pas de problème, répondit le barman en ouvrant la porte du comptoir.

Comme le bar était interdit aux femmes, il arrivait souvent aux clients de s'esquiver par la sortie de service pour échapper à un dragon féminin campant dans le hall. Dunross paya, laissa un généreux pourboire et passa derrière le comptoir.

Une fois dans la rue, il fit rapidement le tour du pâté de maisons, monta dans un taxi et se tassa sur la banquette arrière.

— Aberdeen, dit-il au chauffeur.

L'homme le reconnut aussitôt, son visage s'éclaira.

— *Ayiiya*, comme une flèche ! Taï-pan. Quel est votre pronostic pour samedi, pluie ou pas ?

— Pas de pluie, par tous les dieux, affirma Ian en cantonais.

— Hiiii, et le gagnant de la cinquième ?

— Pas plus les dieux que les mauvais dragons qui graissent la patte aux jockeys ou dopent les chevaux ne m'ont fait leurs confidences, mais Noble Star tentera sa chance.

— Tous les chevaux la tenteront mais les dieux et le grand dragon des courses de Happy Valley n'en choisiront qu'un. Que pensez-vous de Pilot Fish ?

— C'est un bon étalon.

— Et Butterscotch Lass ? Kwang-le-Banquier aurait bien besoin que sa chance tourne.

— Elle est bonne également.

— Dites, Taï-pan, les cours de la Bourse vont continuer à baisser ?

— Oui. Je te conseille d'acheter des Noble Maison vendredi à trois heures moins le quart.

— À quel prix ?

— Sers-toi de ta tête, petit frère. Est-ce que tu me prends pour Tung-l'Aveugle ?

Serrés l'un contre l'autre, Orlanda et Linc dansaient dans la pénombre d'une boîte de nuit au son d'une musique douce et sensuelle jouée par un orchestre philippin. Dans la grande salle à l'éclairage tamisé, des garçons en smoking munis d'une lampe de poche circulaient comme des lucioles entre les tables basses entourées de fauteuils profonds. Des filles en robe du soir aux couleurs vives bavardaient entre elles ou regardaient les danseurs. De temps à autre, l'une d'elles allait s'asseoir à la table d'un homme seul, lui offrait sa compagnie le temps d'un verre puis repartait, sous l'œil vigilant de la *mama-san* et de ses aides. La *mama-san* de cette boîte était une Shanghaïenne de cinquante ans, mince et encore séduisante, élégante et discrète. Elle parlait six langues et dirigeait les filles comme les serveurs avec l'autorité d'une reine.

S'il était rare qu'un client vînt accompagné, ce n'était toutefois pas mal considéré — pourvu qu'il laissât de gros pourboires et qu'il renouvelât fréquemment la commande. La Colonie comptait des dizaines de ces lieux de plaisir, certains privés, la plupart ouverts à toute clientèle masculine, touristes, hommes d'affaires en visite ou résidents. On y trouvait des entraîneuses de toutes les races que l'on payait pour quelques danses, un quart d'heure de conversation. Le prix variait selon l'établissement choisi mais l'objectif était toujours le même : du plaisir pour le client, de l'argent pour la maison.

Linc et Orlanda oscillaient plus qu'ils ne dansaient, étroitement collés l'un à l'autre. La tête contre la poitrine de l'Américain, elle lui caressait la nuque d'un geste presque machinal. Que vais-je faire de lui cette nuit ? se demandait-elle rêveusement. Oui ou non ? Comme j'en ai envie...

Son corps semblait se mouvoir de sa propre initiative, ses reins se cambraient, son ventre cherchait un contact plus étroit. Une onde de chaleur la parcourut. C'est trop, pensa la jeune femme, qui voulut s'écarter de son danseur. Du bras qui lui entourait la taille, Bartlett la ramena contre lui, pour sentir de nouveau la chaleur de son corps, nu sous la robe.

— Allons nous asseoir, murmura Orlanda d'une voix rauque.

— À la fin de la danse, marmonna Linc.

— Non, je ne tiens plus sur mes jambes. Vous ne voudriez pas que je tombe, quand même ?

Elle lui passa les bras autour du cou et se renversa en souriant.

— Vous ne risquez pas de tomber, répondit-il en lui rendant son sourire.

Ils continuèrent à danser, mais plus sagement, puis ils retournèrent s'asseoir sur un petit canapé bas.

— La même chose, monsieur ? demanda un serveur.

— Une autre crème de menthe, proposa Bartlett à Orlanda.

— Non, merci, mais reprenez un verre.

L'Américain aurait préféré une bière mais il craignait d'avoir mauvaise haleine et, surtout, de gâcher le repas parfait qu'il venait de faire : pâtes succulentes, veau tendre et juteux avec une sauce au vin délicieuse.

— Je n'ai pas passé une aussi bonne soirée depuis des années, affirma-t-il.

Orlanda leva son verre et dit avec une solennité affectée :

— Portons un toast : qu'il y en ait de nombreuses autres !

Oui, de nombreuses autres, après notre mariage ou tout au moins nos fiançailles, pensa-t-elle. Tu me troubles trop, Linc Bartlett, tu es trop fort, trop séduisant. Elle s'aperçut qu'il suivait des yeux une jeune entraîneuse qui allait rejoindre d'autres filles déjà attablées en compagnie d'un groupe d'hommes d'affaires japonais tapageurs.

— Elles sont toutes disponibles ? demanda Bartlett sans réfléchir.

— Pour faire l'amour ?

Il se tourna vers Orlanda et répondit d'un ton circonspect :

— C'est un peu le sens de ma question.

— La réponse est non, reprit la jeune femme d'une voix douce, mais, en Asie, les choses ne sont jamais tranchées, c'est toujours peut-être. Cela dépend de l'humeur de la fille, du genre de client, de la somme proposée, des dettes qu'elle a à rembourser. Vous avez quelqu'un de particulier en vue ?

— Voyons, Orlanda ! protesta Bartlett en riant.

— Je ne vous donne pas tort, elle est charmante — je l'ai remarquée moi aussi.

— Vous parliez de dettes ?

— Pour se faire engager ici, il faut être jolie. Les vêtements, le coiffeur, les bas, le maquillage, tout cela coûte cher, et la *mama-san* — la femme qui s'occupe des filles —, ou le propriétaire de la boîte avance l'argent nécessaire. En général, les filles sont jeunes et écervelées, elles dépensent sans compter, ensuite il faut rembourser. Quand elle a réglé ses dettes, une entraîneuse peut changer de boîte ; certaines filles sont très demandées et il arrive parfois qu'un concurrent les paie pour les engager dans son night-club.

— Ces dettes sont lourdes, si je comprends bien ?

— Elles ne parviennent presque jamais à s'en acquitter.

Les intérêts sont d'au moins 20 %, ce qui fait rapidement grossir la somme. Comme tous les propriétaires ne sont pas patients, les filles doivent parfois emprunter ailleurs, à un taux plus élevé encore, pour les rembourser. Un soir, la *mama-san* montre un homme à une fille en lui disant : « Il veut te sortir. »

— Qu'est-ce que cela veut dire ?

— La boîte a un règlement, les entraîneuses doivent arriver dès l'ouverture — à huit heures, par exemple —, maquillées et pomponnées, et rester jusqu'à une heure du matin. Si elles sont en retard, mal fagotées ou désagréables avec les clients, elles ont une amende. Si un homme veut emmener une fille dîner ailleurs ou faire quoi que ce soit d'autre — et la plupart des clients se contentent de les emmener dîner —, il verse à la maison une somme proportionnelle au temps qu'il reste à atteindre jusqu'à la fermeture. La fille touche un pourcentage sur cette somme, 30 % je crois, et tout ce qu'elle gagne au-dehors lui revient intégralement — à moins que la *mama-san* n'ait marchandé pour elle avec le client avant son départ, auquel cas la maison perçoit sa dîme. Dans une boîte comme celle-ci, l'une des plus cotées, sortir une fille coûte à peu près 80 dollars HK de l'heure, soit environ 16 dollars américains.

— Ce n'est pas cher.

— Pour un millionnaire comme vous, mais pour des milliers d'habitants de Hong Kong, c'est ce qu'il faut pour nourrir la famille pendant une semaine.

— Ces filles mènent une vie horrible.

— Pas du tout, répondit Orlanda d'un ton innocent. Pour la première fois de leur existence, elles sont bien habillées et font l'objet d'attentions. Quel autre travail pourraient-elles trouver ? Un emploi dans un bureau, avec beaucoup de chance, ou dans une usine, à s'échiner de douze à quatorze heures par jour pour 10 dollars HK. Vous devriez voir dans quelles conditions les gens d'ici travaillent, vous les comprendriez mieux. Non, ces filles s'estiment privilégiées ; pendant un court moment de leur vie au moins, elles se paient ce dont elles ont envie, elles s'amusent, elles rient.

— Jamais de pleurs ?

— Si, bien sûr, mais il y a toujours des pleurs dans la vie d'une femme.

— Dans la vôtre aussi ?

Orlanda soupira, posa une main sur le bras de Linc.

— J'en ai eu ma part, répondit-elle. Mais vous me les faites oublier.

Un éclat de rire à la table des Nippons lui fit tourner la tête.

— Je suis si heureuse de ne pas devoir... de ne pas tenir compagnie aux Japonais. Ce sont les meilleurs clients, ils dépensent énormément et sont traités comme des rois, même si les gens d'ici les haïssent. Ils savent qu'on les déteste mais apparemment ils s'en moquent, ils se fichent de ne recevoir que des simagrées en échange de leur argent. En mandarin, on les appelle *lang syin gou fei*, cœur de loup, poumons de chien, autrement dit des hommes sans conscience.

— Je ne vois pas le rapport, dit Bartlett en fronçant les sourcils.

— Les Chinois cuisinent et mangent toutes les parties du corps des animaux sauf le cœur de loup et les poumons de chien : on ne peut les accommoder, ils puent toujours, quoi qu'on fasse.

Un second groupe de filles passa devant eux et alla s'installer à une autre table. La boîte se remplissait peu à peu.

— Laquelle voulez-vous ?

— Quoi ?

— Linc Bartlett, ne soyez pas hypocrite, j'ai vu votre regard, dit Orlanda en riant.

— Arrêtez, voyons, fit-il avec embarras et irritation. On ne peut pas faire autrement que de les regarder.

— C'est précisément pourquoi je vous ai proposé de venir ici, reprit la jeune femme en posant la main sur le genou de Linc. Pour le régal de vos yeux...

Elle claqua des doigts, le maître d'hôtel apparut aussitôt et se pencha au-dessus de la table basse.

— La carte, réclama-t-elle d'un ton impérieux en cachant son appréhension. Et laissez-moi votre lampe, je vous appellerai quand nous aurons besoin de vous.

Le Chinois s'éloigna, Orlanda se rapprocha de Linc jusqu'à le toucher. Il lui passa un bras autour des épaules tandis qu'elle dirigeait le mince faisceau lumineux sur le grand rectangle de carton que lui avait remis le maître d'hôtel. Bartlett découvrit une trentaine de photographies de filles bordées d'une ligne de caractères chinois.

— Elles ne sont pas toutes ici ce soir mais si l'une d'elles vous plaît, nous la ferons venir, expliqua Orlanda.

— Vous êtes sérieuse ? demanda Bartlett en la dévisageant.

— Très sérieuse. Ne vous inquiétez pas, je me chargerai du marchandage si la fille vous plaît toujours quand vous lui aurez parlé.

— Je ne veux pas de ces filles, c'est vous que je veux.

— Oui... Oui, je le sais, mon chéri, mais ce soir laissez-moi être le maître d'œuvre de votre nuit. Accordez-moi ce petit jeu, s'il vous plaît.

— Bon Dieu ! vous êtes quelqu'un de pas ordinaire !

— Et vous l'homme le plus merveilleux que j'aie jamais rencontré. Je veux que la soirée soit parfaite mais comme je ne peux pas encore vous donner ce que vous attendez de moi, je vous propose un substitut temporaire. Qu'en dites-vous ?

Bartlett regarda fixement Orlanda et but son verre d'un trait. Le garçon lui en apporta aussitôt un autre, qu'il vida à moitié. Orlanda songeait que sa proposition lui permettrait de s'attacher Linc plus étroitement, quelle que soit sa décision. S'il acceptait, il lui serait reconnaissant de lui avoir offert une nuit excitante que ni Casey ni aucune *quai loh* ne lui aurait jamais proposée. S'il refusait, il lui saurait néanmoins gré de sa générosité.

— Vous êtes en Asie, Linc. Ici, pas de tabous sexuels ridicules, pas de sentiment de culpabilité. L'amour est un plaisir comparable à celui que procure un mets raffiné ou un grand cru. Que signifie pour un homme, un vrai, une nuit avec une de ces dames galantes ? Un moment de plaisir, un souvenir, rien de plus. Quel rapport avec l'amour véritable ? Aucun. Je ne suis pas la fille d'une nuit, je ne suis pas à vendre... Oh ! Linc, dit Orlanda en lui entourant le cou de ses bras et en le regardant d'un air implorant. Je vous en prie, ne soyez pas prisonnier de votre absurde puritanisme anglo-saxon. Je veux vous offrir tout ce qu'une femme peut donner.

— C'est sérieux ?

— Naturellement. Je voudrais vous offrir tout ce que vous pouvez désirer d'une femme. Tout. Lorsque je serai vieille ou que vous n'aurez plus envie de moi, je vous aiderai à organiser *cette* partie de votre vie. Tout ce que je demande, c'est devenir votre *tai-tai*, faire partie de votre vie.

Elle l'embrassa brièvement, le sentit soudain sans défense, et sut qu'elle avait gagné. Quillan, tu es génial ! songea-t-elle. Je n'aurais jamais cru que ton plan marcherait aussi bien. Dissimulant son exultation, elle attendit patiemment, sans bouger.

— Que veut dire *tai-tai* ? demanda Bartlett d'une voix enrouée.

— Suprême des suprêmes. Selon la tradition chinoise, la femme était le chef suprême à la maison. Je veux être votre *tai-tai*, répéta Orlanda dans un murmure.

Elle attendit de nouveau. Bartlett se pencha vers elle, lui effleura les lèvres d'un baiser très différent de ceux qu'il lui avait donnés jusqu'alors.

— Bon, Mr. Linc Bartlett, dit-elle comme si elle s'adressait à un enfant turbulent. Laquelle choisissez-vous ?

— Vous.

— En attendant, veuillez vous décider pour ma remplaçante. Si aucune de ces filles ne vous plaît, nous irons dans une autre boîte. Que pensez-vous de celle-là ?

Orlanda lui montrait la photo de la première fille qu'il avait remarquée. Personnellement, elle en aurait choisi une autre mais il avait le droit d'avoir des goûts différents. Oh ! quelle épouse parfaite je vais être pour toi ! songea-t-elle avec sincérité.

— Elle s'appelle Lily Ti — toutes les filles se choisissent un nom de guerre —, elle a vingt ans, elle est de Shanghai...

— Orlanda, je n'ai pas couché avec une prostituée depuis des années, depuis la guerre, en fait. Je n'ai jamais beaucoup aimé cela.

— Je vous comprends parfaitement, vous avez raison. Mais ces filles ne sont pas des prostituées, du moins pas au sens que les Américains donnent à ce mot. Il n'y a rien de vulgaire ou de honteux dans leur fréquentation. Ce sont des dames galantes qui *peuvent*, si elles le désirent, vous offrir leur jeunesse — valeur inestimable — en échange de votre argent, qui lui n'en a aucune ou presque. C'est un marché loyal, dans lequel personne ne perd la face grâce à certaines règles qu'il faut observer. Par exemple, vous devez savoir à l'avance quelle somme il faut lui donner mais vous ne devez pas la lui remettre directement, vous la glissez dans son sac. C'est important, et je tiens absolument à ce que cette première expérience soit parfaite.

— Voyons, Orl...

— Je suis sérieuse. Je veux vous faire ce cadeau, je veux que vous compreniez vraiment ce qu'est l'Asie, que vous vous débarrassiez de l'image que s'en font les Américains. Je vous en prie.

Bartlett était complètement déboussolé, ses repères habituels ne lui servaient à rien avec cette femme qui le déconcertait autant qu'elle le fascinait. Soûl de chaleur et de tendresse, il était prêt à céder.

Soudain un signal d'alarme résonna dans sa tête, chassant son euphorie. Il venait de se souvenir du nom de la personne à qui il avait dit combien il appréciait la cuisine italienne : ce n'était pas Casey, c'était Gornt. C'était à lui qu'il avait parlé, deux jours plus tôt, de son goût pour la cuisine italienne arrosée de bière. Nom de Dieu ! est-ce qu'Orlanda et lui font équipe ? Impossible ! J'ai peut-être fait la même remarque à Orlanda... Souviens-toi, bon sang !

Il fouilla sa mémoire mais le souvenir de leurs conversations demeurait flou, il ne parvenait pas à se concentrer devant cette femme qui le regardait avec des yeux pleins d'amour. Gornt et Orlanda ? Non, impossible. Mais sois prudent quand même, tu ne sais presque rien d'elle.

Mets-la à l'épreuve, lui souffla quelque chose en lui. Si elle est sincère, c'est une femme exceptionnelle et il te faudra prendre une décision, car tu ne l'auras qu'en acceptant ses conditions. Mets-la à l'épreuve tant que tu en as la possibilité, tu n'as rien à perdre.

— Bon, alors, je choisis ? dit-il.

55

23 h 35

Souslev attendait Arthur dans la pénombre de l'appartement 32 des tours Sinclair ; à cause de sa rencontre avec Grey, il avait changé le lieu de son rendez-vous avec le chef du réseau Sevrin. Devant lui, sur une table, une bouteille de vodka, deux verres, le téléphone.

La sonnerie — qu'il avait soigneusement étouffée — se fit entendre trois fois puis ce fut de nouveau le silence : Arthur ne tarderait plus. Le capitaine glissa la main sous un des coussins du sofa et toucha l'automatique qui y était caché. Ordre du Centre — un des nombreux ordres qu'il désapprouvait. Il n'aimait pas les armes à feu, il leur préférait le poison. Ses doigts remontèrent jusqu'à la micro-capsule dissimulée sous le revers de sa veste, à portée de ses dents. Il se demanda à quoi pouvait ressembler la vie sans la menace permanente d'une mort instantanée.

La porte du fond s'ouvrit sans bruit, une silhouette qu'il ne reconnaissait pas entra. Souslev demeura un instant paralysé par la peur puis l'ombre se redressa, la légère voussure de son dos disparut.

— *Khristos !* murmura le Soviétique. Vous m'avez flanqué la trouille.

— Cela fait partie du métier, mon vieux, répondit une voix saccadée, entrecoupée par une toux sèche.

La silhouette s'avança sans bruit, fit disparaître l'arme qu'elle tenait à la main. Souslev se détendit et lâcha l'automatique caché sous le coussin mais le garda à portée de main.

— Pour une fois, vous êtes à l'heure, dit-il.

— J'ai bien failli ne pas arriver, répondit Jason Plumm en reprenant sa voix normale.

— Qu'y a-t-il ? Et pourquoi m'avez-vous demandé de fermer les fenêtres et de tirer les rideaux ?

— J'ai l'impression que cet appartement est surveillé.

— Pourquoi ne pas m'avoir averti ?

— C'est simplement une impression. Nous n'allons pas abandonner, à la première fausse alerte, une planque que nous avons eu tant de mal à installer. Camarade, il y a le feu aux poudres, la SI a capturé un type de votre navire, un nommé Metkin. Il...

— Quoi ? s'exclama Souslev en jouant la stupeur.

— Metkin, votre commissaire pol...

— Mais c'est impossible ! Metkin n'aurait jamais couru le risque de prendre lui-même livraison de documents !

Le Soviétique feignit la consternation avec un art consommé et dissimula avec soin son plaisir d'apprendre que Metkin était tombé dans le piège qu'il lui avait tendu.

— En tout cas, la SI l'a eu ! Armstrong l'a pris sur le fait avec un Américain du porte-avions. Metkin connaissait l'existence de Sevrin ?

— Absolument pas.

— Vous en êtes sûr ?

— Oui. Moi-même j'en ignorais tout jusqu'à ce que le Centre me donne l'ordre, il y a quelques jours, de remplacer Voranski, mentit Souslev.

— Roger est furieux ! Pourquoi n'avons-nous pas été prévenus que vous prépariez une opération ? Nous aurions pris des dispositions en cas de pépins. Je suis le chef de Sevrin et vous venez opérer ici sans même m'en avertir ! Voranski nous tenait toujours au courant.

— Mais, camarade, je n'étais pas au courant moi-même. Metkin était libre d'agir à sa guise, il ne me disait pas tout — loin de là ! Je ne sais pas ce qui lui a pris, il a dû perdre la tête. Dieu merci, c'est un homme courageux et comme il porte toujours une capsule de poison au revers...

— Ils l'ont eu vivant.

Cette fois, la stupeur de Souslev n'était pas feinte.

— Vous êtes sûr ? demanda-t-il, atterré.

— Il leur a révélé son vrai nom, son grade et ses responsabilités. En ce moment même, un avion de la RAF l'emmène à Londres sous bonne escorte.

Le capitaine de l'*Ivanov* se sentit soudain pris de vertige. Le coup avait pourtant été bien monté. Il avait adroitement incité Metkin à remplacer l'agent qui devait prendre livraison des documents. Depuis quelques mois, le commissaire politique se montrait de plus en plus critique, curieux, indiscret, et donc dangereux. À trois reprises l'année précédente, Souslev avait intercepté des rapports confidentiels adressés au Centre dans lesquels son adjoint critiquait son manque de zèle, sa liaison avec Ginny Fu. Metkin s'apprêtait à lui tendre un piège, il en était convaincu ; il aurait sans doute fini par faire croire au Centre qu'il y avait un traître à bord de l'*Ivanov* et que ce traître pouvait bien être le capitaine. Ni Metkin ni le Centre n'auraient eu besoin de preuve, de simples soupçons auraient suffi.

— Vous êtes absolument certain qu'il ne savait rien de Sevrin ? poursuivit Plumm.

— Oui, je vous l'ai dit, répondit Souslev avec une pointe d'irritation. Vous êtes le seul à connaître tous les membres de Sevrin, n'est-ce pas ? Même Crosse ignore l'identité de certains d'entre eux, non ?

— C'est exact.

Le Russe se versa un verre de vodka en se félicitant de l'étanchéité des sas de sécurité cloisonnant le réseau : Plumm ne savait pas que Crosse travaillait directement pour le KGB en dehors de Sevrin, Roger seul connaissait le véritable rôle de Souslev en Asie mais ni lui ni Plumm ne savaient qu'il manipulait de Ville depuis très longtemps. Quant aux autres membres, ils ne se connaissaient pas, et nul ne savait la moindre chose au sujet de Banastasio et des armes.

— Je suis étonné qu'il se soit fait prendre vivant, marmonna Souslev avec sincérité.

— Roger m'a raconté que les hommes d'Armstrong lui ont passé une corde autour du cou avant qu'il n'ait pu mordre dans son revers.

— On a trouvé des choses compromettantes sur lui ?

— Roger ne m'en a rien dit. Il a dû faire très vite : nous avons pensé qu'il fallait immédiatement expédier Metkin hors de la Colonie avant qu'il ne se mette à parler. Étant donné son grade, nous craignions qu'il ne connût l'existence de Sevrin. À Londres, il sera plus facile de s'occuper de lui.

— Crosse réglera le problème Metkin.

— Je l'espère, murmura Plumm d'un air inquiet.

— Comment la SI a-t-elle eu vent de l'opération ? demanda Souslev, fidèle à son personnage. Il doit y avoir un traître à bord de l'*Ivanov*...

— Non. D'après Roger, le tuyau venait d'un informateur du MI-6 à bord du porte-avions. La CIA elle-même n'était pas au courant.

— *Khristos !* Si Roger se met à faire du zèle...

— C'est Armstrong qui dirigeait l'opération. Crosse doit jouer le jeu, tout le monde contrôle tout le monde à la SI. Enfin, puisque Metkin ne savait rien, le mal n'est pas trop grand.

S'apercevant que le Britannique le scrutait avec attention, Souslev s'efforça de garder un masque impénétrable. Plumm était un homme intelligent, rusé, impitoyable, et qui plus est, protégé par Philby.

— Il faut cependant informer le Centre, qui prendra des mesures.

— C'est déjà fait, répondit Plumm. J'ai réclamé une aide en toute priorité.

— Bon. Décidément, gagner Roger à la cause fut un coup de maître, je vous renouvelle mes félicitations.

Souslev était sincère : Crosse était un professionnel, pas un amateur comme Jason et les autres.

— Je me demande parfois si ce n'est pas lui qui m'a recruté et non l'inverse, dit Plumm d'un air songeur. Parfois je m'interroge aussi sur votre compte, camarade. Voranski, je le connaissais, nous avions travaillé ensemble pendant des années, mais vous... La capture de votre supérieur ne semble pas vous bouleverser outre mesure.

— Oui, je le reconnais. Metkin a commis une faute grave en prenant cette initiative absolument contraire aux ordres. À parler franchement... je crois qu'il y a eu des fuites dont l'*Ivanov* était la source. Voranski excepté, Metkin était le seul membre de l'équipage autorisé à descendre à terre quand il le voulait. Il passait pour irréprochable mais on ne sait jamais. Peut-être avait-il commis d'autres erreurs, peut-être avait-il trop bavardé dans une boîte...

— Dieu nous protège des traîtres et des imbéciles ! D'où AMG tirait-il ses informations ?

— Nous n'en savons rien. Dès que nous l'apprendrons, la fuite sera colmatée.

— Allez-vous continuer à remplacer Voranski ?

— Je l'ignore, je n'ai pas encore reçu d'instructions.

— Je n'aime pas le changement, c'est dangereux. Qui l'a tué, à votre avis ?

— Demandez-le à Crosse — moi aussi je voudrais bien le savoir.

Souslev coula un regard vers Plumm, qui hocha la tête, apparemment satisfait.

— Et les rapports d'AMG ? poursuivit le Soviétique. Sinders arrive vendredi...

— Roger a tout prévu, il est sûr que nous réussirons à en prendre connaissance. Vous recevrez votre exemplaire demain, dit Plumm en dévisageant le capitaine. Que se passera-t-il si nos noms y figurent ?

— C'est impossible, Dunross aurait averti Roger, ou l'un de ses amis flics, Chop Suey Kwok, par exemple, ou encore le gouverneur. Ses révélations seraient revenues aux oreilles de Crosse, fatalement. Non, vous ne risquez rien, c'est sûr.

— Rien n'est jamais sûr, répliqua Plumm, qui s'approcha de la fenêtre et regarda le ciel menaçant. Prenez Jacques, par exemple, il est devenu dangereux et il ne sera jamais Taï-pan.

L'agent russe fit mine de réfléchir puis d'avoir soudain une idée :

— Pourquoi ne pas le persuader de quitter Hong Kong ? Nous pourrions lui suggérer de demander son transfert... au Canada, par exemple. Le drame familial qu'il vient de traverser servirait de prétexte. Là-bas, il serait sur une voie de garage...

— C'est une excellente idée, approuva Plumm. Pour en revenir aux dossiers, je serai plus tranquille quand je les aurai lus et quand vous m'aurez dit comment AMG nous a découverts.

— Il a découvert l'existence du réseau, pas l'identité de ses membres. Camarade, je vous assure que vous pouvez poursuivre sans risque votre travail. Il faut tout faire pour précipiter la crise et provoquer un effondrement du marché des valeurs.

Le téléphone sonna, les deux hommes le regardèrent fixement. Une seule sonnerie : *danger*. Souslev saisit l'arme cachée sous le coussin, se rua dans la cuisine, ouvrit la porte du fond, fit signe à Plumm de passer le premier puis sortit à son tour. Au même moment, un coup ébranla la porte d'entrée de l'appartement. Le Soviétique referma la porte de derrière sans faire de bruit et colla un œil à la serrure.

La porte de devant craqua, les verrous cédèrent, quatre hommes pénétrèrent dans le vestibule. Souslev s'enfuit à la suite de Jason Plumm, qui dévalait déjà l'escalier. Il le rattrapa, le dépassa puis s'arrêta sur le palier et braqua son automatique vers le haut pour couvrir la fuite de son complice. Ce fut ensuite au tour de Plumm de s'immobiliser, l'arme au poing, tandis que Souslev descendait jusqu'au palier suivant.

Le Britannique rejoignit le Russe et l'aida à bouger les casiers dissimulant une trappe située près de la sortie. Des bruits de pas précipités résonnaient dans l'escalier. Plumm se glissa par l'ouverture, se coula à l'intérieur et attendit que Souslev l'eût rejoint pour refermer la trappe.

Il décrocha la torche électrique accrochée à un clou et s'avança dans la pénombre, guidé par le faisceau de sa lampe. Quand les bruits de pas retentirent au-dessus d'eux, les deux hommes s'immobilisèrent et tendirent l'oreille mais ils ne purent entendre si leurs poursuivants parlaient anglais ou chinois.

Ils reprirent leur marche prudente et silencieuse dans le conduit souterrain humide et s'arrêtèrent quand ils se jugèrent en sécurité.

— Le Kuomintang ? murmura Souslev.

Plumm haussa les épaules et essuya son front ruisselant de sueur. Une voiture passa en grondant au-dessus de la galerie, dont il éclaira la voûte. Elle était suintante et crevassée ; des gouttes s'en détachaient parfois et tombaient dans les flaques d'eau recouvrant le sol.

— Il vaut mieux nous séparer, décida Plumm d'une voix parfaitement calme. Diablement fâcheux, ce genre d'incidents.

Souslev éprouvait des difficultés à parler et ce fut d'une voix mal assurée qu'il demanda :

— Où nous rencontrerons-nous demain ?

— Je vous le ferai savoir... D'abord Voranski, ensuite Metkin, et maintenant ceci. Les fuites deviennent trop nombreuses, dit Plumm d'un air grave. Votre Metkin en savait peut-être plus long que vous ne le pensez.

— Il ne connaissait ni le réseau, ni cette planque, ni Clinker. Seuls Voranski et moi étions au courant. Ce n'est pas de notre côté qu'il faut chercher la fuite.

— J'espère que vous ne vous trompez pas, reprit Plumm d'un ton sec. Appelez-moi demain toutes les demi-heures à partir de 19 h 30 en changeant à chaque fois de téléphone.

— Entendu, un dernier point : que faisons-nous si nous n'avons pas accès aux dossiers ?

— Le Taï-pan est connu pour sa mémoire exceptionnelle...

— Vous songez à un interrogatoire « chimique » ?

— Pourquoi pas ?

Souslev proposa de faire porter éventuellement la responsabilité de l'enlèvement de Dunross aux Loups-Garous, mais ne précisa pas que cette idée revenait à Metkin.

— Astucieux, dit Plumm en souriant. À demain.

Il remit la torche au Soviétique, tira de sa poche une

lampe-stylo et descendit le conduit en évitant les flaques. Souslev le suivit des yeux jusqu'à ce qu'il eût tourné dans un embranchement. Lui-même n'avait jamais été plus loin, Plumm le lui ayant déconseillé : il se produisait parfois des éboulements dans le conduit après de fortes pluies.

Un camion passa, ébranla la galerie. Un bloc de terre se détacha du plafond et tomba dans l'eau avec un bruit qui fit sursauter Souslev. Il attendit puis remonta lentement la pente du conduit dans lequel il avait maintenant l'impression d'être pris au piège.

56

23 h 59

Dunross contemplait la carcasse calcinée du *Dragon flottant*, couché sur le flanc dans les eaux du port d'Aberdeen. Autour de l'épave, les autres restaurants brillaient de toutes leurs lumières et accueillaient une foule joyeuse et bruyante. Les barges sur lesquelles on avait hâtivement installé les cuisines, leurs fourneaux et leurs armées de marmitons, étaient reliées au bateau-mère par des passerelles précaires sur lesquelles trottinaient des serveurs portant des plateaux et des plats. Des sampans tournaient autour du bateau incendié, qui était devenu une véritable attraction.

Des équipes de récupération s'affairaient déjà, à la lumière de projecteurs, sur la partie émergeant de l'eau. Sur le quai, des marchands de souvenirs proposaient des photos de l'incendie et une immense enseigne lumineuse proclamait fièrement en chinois et en anglais que « Le Nouveau Dragon, le seul restaurant totalement à l'épreuve du feu », ouvrirait bientôt.

Le Taï-pan s'approcha d'un des débarcadères devant lequel s'agglutinaient des grappes de sampans, petits et grands. La plupart étaient à louer, avec leur unique rameur — homme, femme ou enfant de tous âges. Une toile tendue sur la moitié de l'embarcation protégeait de la pluie, du soleil ou des regards indiscrets. Les « bateaux de plaisir », plus élaborés, offraient des coussins et des tables basses, assez de place pour manger, boire et faire l'amour à l'aise. Le rameur se montrait discret et l'on pouvait passer une heure ou une nuit dans le sampan dérivant paresseusement dans le port. Parfois d'autres bateaux s'approchaient et proposaient au couple toutes sortes de boissons et de mets.

On pouvait aussi s'embarquer seul, se rendre près d'une des vastes îles de bateaux, rencontrer les dames de la nuit, choisir, marchander et partir à la dérive avec l'une d'elles. Sur les eaux du port, on pouvait satisfaire à tous les désirs, à tous les appétits.

Ian resta sourd aux offres des rameurs proposant leurs services et attendit.

— Taï-pan !

Un bateau de plaisir arborant le lotus d'argent se faufila entre les sampans. Son pilote, un Chinois petit et trapu, vêtu d'un short kaki et d'un maillot de corps, lui souriait en montrant de nombreuses dents en or. Dunross reconnut le fils aîné de Quatre-Doigts, le *loh-pan*, le chef de la flotte de bateaux de plaisir du vieux Wu. Pas étonnant que les autres lui laissent le passage, pensa-t-il, impressionné par le fait que Quatre-Doigts eût envoyé Bouche-d'Or en personne pour l'accueillir.

Dès que Dunross eut grimpé à bord, le fils de Wu éloigna son bateau du quai d'un coup de rame.

— Soyez le bienvenu, Taï-pan, dit Bouche d'Or dans un anglais parfait.

Il avait fait ses études à Londres et y serait volontiers resté si son père ne lui avait ordonné de rentrer. C'était un homme doux et paisible pour qui Ian avait de la sympathie.

Le Taï-pan s'assit à une table laquée portant du thé, du whisky, du cognac, et regarda autour de lui. La cabine était propre, confortable, presque luxueuse. Un poste de radio diffusait de la bonne musique. Ce doit être le sampan personnel de Bouche-d'Or, pensa Dunross, à la fois amusé et sur ses gardes.

Il faisait agréablement frais dans la cabine. Ian se servit un cognac, s'étendit sur les coussins et but lentement son verre. Le sampan ralentit, un bruit sourd ébranla sa coque, des pas résonnèrent sur ses planches. Quatre-Doigts passa la tête sous la toile et sourit à son visiteur de sa bouche édentée.

— Bong-soir, Taï-pan. Aller bien ? dit-il dans son horrible anglais.

— Très bien et toi ? répondit Dunross en masquant sa surprise.

Le vieillard portait un costume, une chemise propre, une cravate criarde, des chaussures et des chaussettes. Ian ne l'avait vu vêtu de la sorte que le soir de l'incendie du *Dragon flottant* et le jour du mariage de Shitee T'Chung.

Paul Choy entra à son tour dans la cabine, l'air nerveux. Il se présenta et précisa qu'il était là pour servir d'interprète si le besoin s'en faisait sentir. Bien qu'il n'ignorât rien des véritables liens unissant le jeune homme et le vieillard, le Taï-pan joua la petite comédie convenue avec Quatre-Doigts.

— Ainsi vous travaillez avec votre oncle, maintenant ?

— Non, j'ai commencé chez Rothwell-Gornt il y a deux jours.

— Cognac ? proposa Wu.

— Ça va, merci, répondit Dunross en montrant son verre. Content de te voir.

Il poursuivait en anglais, attendant que Quatre-Doigts lui-même se décidât à passer à l'haklo. Le vieux pirate s'assit, se versa un whisky et débita quelques propos anodins. Paul, à qui Wu n'avait pas offert à boire, se demandait avec appréhension pourquoi son père l'avait fait venir, après lui avoir fait juré le secret et l'avoir menacé de châtiments épouvantables s'il ne tenait pas sa langue.

Quand Quatre-Doigts jugea qu'il avait suffisamment fait languir son invité, il dit en haklo :

— Des liens de vieille amitié unissent nos familles depuis de nombreuses années.

Il parlait lentement et articulait avec soin car il savait que le Taï-pan ne connaissait pas parfaitement le haklo.

— Oui, les Wu de la mer et les Struan sont comme des frères, répondit Ian d'un ton prudent.

— Le présent est comme le passé, le passé comme le présent, *heya ?* reprit Quatre-Doigts. Le nom de Wu Kwok signifie-t-il quelque chose pour le Taï-pan de la Noble Maison ?

— C'était ton arrière-grand-père, *heya ?* Fils et amiral d'un autre de tes ancêtres, plus illustre encore, Wu Fang

Choi, le seigneur de la guerre dont le pavillon au lotus d'argent flottait sur les quatre mers.

— Lui-même ! Sais-tu que le Diable-aux-yeux-verts, le premier Taï-pan de la Noble Maison, et l'illustre Wu Kwok se rencontrèrent ?

— Oui, une première fois dans l'estuaire de la rivière des Perles, devant...

— Tout près d'ici, entre Pok Liu Chau et Apli-chau.

— Une seconde fois au large de Hong Kong, à bord du vaisseau-amiral de Wu Kwok, reprit Dunross. Le Taï-pan s'y rendit seul et... (Ian chercha le mot exact) négocia un marché avec ton ancêtre.

— Un marché mis par écrit ?

— Non.

— Et ce marché fut-il honoré ?

— Ce sont des manières de fornicateur de poser à un vieil ami une question dont on connaît la réponse !

Paul Choy sursauta à ce brusque changement de ton.

— C'est juste, Taï-pan, convint le vieillard, pas le moins du monde ébranlé. Le marché fut honoré, à la lettre du moins. Tu en connais le contenu ?

— Pas du tout, répondit Dunross avec sincérité.

— Le marché prévoyait qu'un membre de notre famille apprendrait le métier de capitaine, à bord de chacun de vos vingt clippers. Le Diable-aux-yeux-verts promit aussi d'envoyer trois des fils de Wu Kwok dans son pays où ils recevraient la même éducation que ses propres enfants. Troisième...

— Qui étaient ces fils ? interrogea Ian, en haussant les sourcils. Que devinrent-ils ?

Quatre-Doigts sourit d'un air narquois et continua :

— Troisièmement, le Diable-aux-yeux-verts accepta de vendre à l'illustre Wu Fang Choi un clipper armé et gréé, le *Lotus Cloud*. Mon ancêtre paya la somme convenue mais quand Culum-le-Faible livra le navire, près de deux ans plus tard, ce fornicateur de Stride Orlov-le-Bosco, votre amiral en chef, surgit de l'est comme un assassin dans la nuit et envoya par le fond le navire et Wu Kwok.

Dunross attendait la suite, apparemment détendu mais intérieurement il était sur ses gardes. Qui étaient ces fils de Wu Kwok ? Dirk n'en parlait ni dans son testament ni dans son journal.

— *Heya ?* fit le vieux brigand.

— Je connais l'histoire du *Lotus Cloud* et celle des capitaines formés à bord de nos clippers, mais je ne sais rien des trois fils. Une question : mon ancêtre avait-il promis de ne pas lancer ses navires contre celui qu'il vous avait vendu ?

— Non, il n'avait rien promis de tel, il était habile — très habile. La mort de Wu Kwok ? C'était le *joss*, nous mourrons tous un jour. Le Diable-aux-yeux-verts a tenu sa parole, Culum-le-Faible aussi. Et toi, tiendras-tu les engagements pris par ton ancêtre ?

Quatre-Doigts ouvrit le poing, révélant la demi-pièce.

Dunross la prit avec précaution, d'une main qui tremblait imperceptiblement. Elle était semblable aux autres demi-pièces qui se trouvaient encore dans la bible de Dirk enfermée dans le coffre de la Grande Maison.

— Elle est peut-être authentique, dit-il en la rendant à Wu. Il faudrait vérifier ? D'où vient-elle ?

— Bien sûr qu'elle est authentique, fornication ! Tu la reconnais ?

— Non. D'où vient-elle ?

Quatre-Doigts alluma une cigarette, toussa, se gratta la gorge et cracha.

— Combien y avait-il de pièces à l'origine ? Combien le fameux mandarin Jin-qua en donna-t-il au Diable-aux-yeux-verts ?

— Je ne sais pas exactement.

— Quatre. Il y avait quatre pièces.

— *Une* à ton illustre ancêtre Wu Kwok, mais elle a déjà été honorée. Le grand Jin-qua ne lui en aurait jamais donné deux, donc celle-là a été volée. À qui ?

Le vieillard s'empourpra et Dunross se demanda s'il n'était pas allé trop loin.

— Volée ou pas, tu dois accorder la faveur demandée, rétorqua Quatre-Doigts. À moins que la Noble Maison se moque aujourd'hui de la parole du Diable-aux-yeux-verts...

— D'où vient-elle ? répéta le Taï-pan.

Wu le regarda longuement et écrasa sa cigarette sur le tapis.

— Pourquoi le Diable-aux-yeux-verts prit-il cet engagement, pour lui-même et ses descendants ?

— En échange d'une autre faveur.

— Oui, Taï-pan. Tu la connais, cette faveur ?

Ian regarda le vieillard droit dans les yeux.

— L'honorable Jin-qua prêta au Taï-pan, mon arrière-arrière-grand-père, quarante lacks d'argent.

— Quarante lacks, quatre millions de dollars actuels. Exigea-t-il un papier, une reconnaissance de dette sur laquelle ton ancêtre aurait apposé son *chop* — celui de la Noble Maison ?

— Non.

— Quarante lacks d'argent, sans papier, sans *chop*, sur parole ! C'était un accord entre vieux amis, *heya ?*

Wu tendit vers Dunross sa main sans pouce, sur laquelle se trouvait la demi-pièce.

— En échange, ton ancêtre promit d'accorder n'importe quelle faveur à quiconque lui présenterait une des quatre demi-pièces remises à Jin-qua. Je demande une faveur.

Le Taï-pan demeura un moment silencieux, poussa un soupir et dit :

— D'abord je vérifie si les deux moitiés correspondent, ensuite tu m'exposeras ta requête.

Il voulut prendre le fragment de métal mais Wu referma prestement la main et se tourna vers son fils.

— Explique ! lui ordonna-t-il.

— Voici comment mon oncle voudrait procéder, dit Paul Choy en anglais. Il comprend naturellement que vous vouliez au préalable vous assurer sans doute possible de l'authenticité de la pièce, mais il préférerait ne pas s'en séparer pour le moment.

— Il n'a pas confiance en moi ?

— Si, bien sûr, s'empressa d'affirmer Paul avant de traduire pour son père la question du Taï-pan.

— J'ai confiance en toi, dit Wu en grimaçant un sourire, mais toi, as-tu confiance en moi ?

— Naturellement, vieil ami. Donne-moi la pièce, si elle est authentique, le Taï-pan de la Noble Maison te donnera satisfaction... dans la mesure du possible.

— *N'importe quelle* faveur ! ton ancêtre l'a promis ! rappela Quatre-Doigts.

— Mon... mon oncle suggère le compromis, reprit Paul. Vous emportez ces trois empreintes de la demi-pièce que nous avons prises avec de la cire, dit-il en montrant une tablette jaunâtre. Si cette première vérification se révèle positive, nous nous rendrons ensemble chez un expert assermenté ou un conservateur de musée qui examinera les deux fragments en notre présence et nous donnera une réponse.

— Il serait facile de graisser la patte de l'expert, objecta Dunross.

— Nous lui soumettrons les deux moitiés de pièce ensemble, sans préciser laquelle appartient à qui.

— Il pourrait être soumis à des pressions.

— Fixons l'expertise à demain et demandons aux deux parties leur parole de ne pas fausser le jeu, répondit Bonne-Fortune en s'essuyant le front. Bon Dieu ! on étouffe, ici.

Ian réfléchit puis tourna la tête vers Wu et le considéra d'un regard froid.

— Hier je t'ai demandé une faveur, tu me l'as refusée.

— C'était différent, Taï-pan, rétorqua aussitôt le vieillard. Cette fois, il s'agit de tenir une vieille promesse.

— Tu as parlé à tes amis de ma requête ?

— Oui. La situation de la Noble Maison les préoccupe, répondit Quatre-Doigts en durcissant le ton.

— Si la Noble Maison disparaît, je ne vois pas comment elle pourra t'accorder une faveur, argua Dunross.

Les yeux rusés de Wu se portèrent sur Paul Choy puis revinrent au Taï-pan, qui réfléchissait. Si la pièce était authentique, il devrait payer, qu'elle ait été volée ou non. À qui ? Dirk Struan n'avait jamais su à quelles autres personnes Jin-qua avait remis les pièces. Dans son testament, il mentionnait simplement qu'il soupçonnait May-may, sa maîtresse, d'en posséder une — encore qu'il ne comprît pas très bien pourquoi Jin-qua lui aurait fait un tel cadeau. De May-may, la pièce serait passée à Shitee T'Chung, l'actuel chef de la descendance de May-may.

Qui d'autre à Hong Kong pouvait détenir une des demi-pièces ?

Si Dirk et la Hag n'ont pu répondre à cette question, comment le pourrais-je ? se dit Dunross.

Il attendit en silence. Une goutte de sueur tomba du menton de Paul Choy quand il tourna la tête vers son père et le Taï-pan crut voir dans son regard une lueur de haine qui l'intrigua. Constatant que le vieux Wu examinait lui aussi son fils de manière étrange, il prit brusquement une décision et déclara en anglais :

— À Hong Kong, je suis le maître du jeu. Soutiens-moi, tu feras d'énormes bénéfices en une semaine.

— *Heya ?* grogna Quatre-Doigts.
Paul avait sursauté et relevé la tête.
— Veuillez traduire, Mr. Choy.
Le fils de Wu s'exécuta et Dunross remarqua avec satisfaction qu'il n'avait pas traduit « À Hong Kong, je suis le maître du jeu ». Sentant les deux hommes prêts à mordre à l'appât, il se détendit quelque peu.
— Taï-pan, tu es d'accord avec ma proposition, pour la pièce ? questionna le vieillard.
— Tu es d'accord pour me soutenir financièrement ?
— Les deux questions ne sont pas liées comme la pluie et l'orage, répliqua Quatre-Doigts d'un ton furieux. Pour la pièce, c'est oui ou c'est non ?
— C'est oui, mais pas demain. La semaine prochaine, cinquième jour.
— Non, demain.
— Honorable oncle Wu, intervint Paul Choy, vous pourriez peut-être consulter à nouveau vos amis demain matin. S'ils se montrent disposés à aider le Taï-pan...
Se tournant vers Dunross, il enchaîna en anglais :
— Demain, c'est vendredi. Donnons-nous rendez-vous lundi à 16 heures pour la pièce.
Il traduisit la proposition à son père, qui demanda avec humeur :
— Pourquoi à cette heure-là ?
— Le marché des valeurs des diables d'étrangers ferme à la troisième heure de l'après-midi, honorable oncle. Nous saurons alors si la Noble Maison existe encore.
— D'accord, acquiesça le Taï-pan, impressionné par l'habileté avec laquelle le jeune homme avait aplani les obstacles.
— Je veux d'abord consulter l'astrologue pour savoir si ce jour m'est favorable, grommela Quatre-Doigts. Si les courants qui unissent le Ciel à la Terre sont propices, je suis d'accord. Toi, ajouta-t-il à l'adresse de son fils, va dans l'autre bateau.
— Bonne nuit, Taï-pan, dit le jeune homme en se levant.
— À bientôt, Mr. Choy, répondit Ian, qui s'attendait à recevoir sa visite dès le lendemain.
Après le départ de son fils, Wu murmura à son visiteur :
— Merci, vieil ami. Nous allons nous entendre.
— Souviens-toi, vieil ami, que le Diable-aux-yeux-verts

et la Hag au-mauvais-œil-et-aux-dents-de-dragon ont tous deux maudit la poudre blanche et ceux qui en font le trafic.

Le vieux marin haussa les épaules nerveusement :

— Qu'est-ce que ça peut me faire ? Je ne m'occupe pas de poudre blanche, fornication !

Et il quitta le bateau à son tour. Dunross se versa un verre d'une main tremblante tandis que le sampan recommençait à bouger. Mille contre un qu'elle est authentique, pensa-t-il en caressant des doigts les empreintes de la pièce. Dieu tout-puissant ! qu'est-ce que ce démon va me demander ? Quelque chose en rapport avec la drogue, j'en suis sûr. J'ai bien observé sa réaction quand je lui ai sorti la malédiction inventée de toutes pièces. Malédiction ou pas, je refuse de toucher à la drogue...

Pourtant Dunross se sentait mal à l'aise lorsqu'il repensait à la promesse de Dirk Struan d'accorder à « quiconque » présenterait une des demi-pièces la faveur qu'il demanderait, « quelle qu'elle soit »...

Avec un léger bruit sourd, une autre embarcation aborda la sienne, des pas résonnèrent sur les planches du sampan. Ian se tint prêt à affronter un danger dont il ignorait la nature.

Une fille jeune et belle entra dans la cabine.

— Je m'appelle Jade-de-Neige, dit-elle d'un ton joyeux. J'ai dix-huit ans et je suis un cadeau personnel de l'honorable Wu pour cette nuit.

Elle portait un *dong-sam* fraîchement repassé dont le col lui enserrait pudiquement le cou, des bas qui gainaient ses longues jambes et des hauts talons.

— Il a pensé que vous auriez besoin de vous sustenter, continua-t-elle avec un sourire qui découvrit de jolies dents blanches.

— Ah oui ? marmonna Dunross.

La fille s'installa à côté de lui en riant.

— Oui, c'est ce qu'il a dit. Moi aussi, j'ai besoin de me sustenter, je meurs de faim. L'honorable Bouche-d'Or a commandé quelques plats qui vont vous mettre en appétit : crevettes frites aux cosses de pois, émincé de bœuf aux haricots noirs, canetons à la shanghaïenne, légumes frits avec du chou de Setchouan et un poulet piquant à la Ch'iang Pao. Moi, je suis le dessert !

Vendredi

57

0 h 35

Richard Kwang enfonça une nouvelle fois le bouton de la sonnette d'un geste rageur. La porte s'ouvrit brusquement, Venus Poon glapit en cantonais :

— Comment oses-tu venir ici en pleine nuit sans avoir été invité ?

Le menton relevé, la main sur la hanche, elle le toisait dans sa robe du soir affriolante.

— Silence, petite putain ! rétorqua le banquier en pénétrant dans l'appartement. Qui paie le loyer, qui règle les factures ? Et pourquoi n'es-tu pas prête à te mettre au lit ? Qu...

— *Silence ?* répéta la jeune femme d'une voix aiguë qui couvrit celle de Kwang. Parlons-en du loyer ! C'est justement le terme, aujourd'hui — tu y as pensé ?

— Tiens ! riposta-t-il, et il sortit de sa poche un chèque qu'il lui agita sous le nez. Je n'oublie pas mes promesses, *moi* !

Venus Poon cligna des yeux, son expression changea, sa voix se fit de miel :

— Oh ! Père s'est souvenu ? On m'avait raconté que tu avais abandonné ta pauvre fille, que tu étais retourné chez les putains de Bore Street.

— Mensonges ! s'écria Kwang, au bord de l'apoplexie. Pourquoi es-tu encore en robe du...

— Trois personnes différentes m'ont assuré qu'elles t'y avaient vu cet après-midi. Les gens sont terribles !

Venus Poon savait cependant que Kwang s'était effectivement rendu à la maison close de Bore Street en compagnie de Ching-le-Banquier, à qui il espérait emprunter de l'argent.

— Pauvre Père, murmura-t-elle d'une voix apaisante en se rapprochant de Kwang. D'un geste preste, elle s'empara du chèque avant qu'il n'eût le temps de retirer sa main. Merci, Père, du fond du cœur... *Oh ko !* Il n'est pas signé, sale vieux tas de viande pour chien ! Ooooh ! je sais ce que je vais faire, j'irai me tuer devant chez toi... non, devant les caméras de la télévision et je dirai à tout Hong Kong...

L'*amah* entra dans la salle de séjour et joignit aussitôt ses lamentations à celles de sa maîtresse. Kwang tenta de crier plus fort que les deux femmes mais ses protestations lui valurent un flot accru d'imprécations et d'accusations. Il résista un moment puis, vaincu, sortit un stylo de sa poche, prit le chèque d'un geste théâtral et le signa. Les gémissements cessèrent, Venus Poon reprit le chèque, l'examina soigneusement et le fit disparaître dans son sac.

— Merci, honorable Père, dit-elle d'une petite voix.

Soudain elle se tourna vers son *amah* :

— Et toi, comment oses-tu te mêler des affaires de ta maîtresse et de son père chéri, tas de fiente ? Dehors ! va préparer du thé ! Père a besoin d'un verre, apporte-lui un cognac, dépêche-toi !

La vieille servante feignit la terreur et trottina vers la cuisine en faisant semblant de pleurer. Venus Poon se fit câline et caressa doucement la nuque du banquier, qui se laissa progressivement amadouer. D'un ton bougon, il se lamenta sur sa malchance, sur l'ingratitude de ses amis et associés qui l'abandonnaient après qu'il eut sué sang et eau pour bâtir la Ho-Pak.

Venus Poon l'écoutait avec des mines compatissantes en pensant qu'elle n'avait plus qu'une demi-heure pour aller à son rendez-vous avec Quatre-Doigts. Leur dernière rencontre avait tellement excité le vieux Wu qu'il lui avait promis un diamant si elle renouvelait la performance.

« Ce sera encore mieux, seigneur », avait-elle murmuré d'une voix faible, épuisée par deux heures de labeur intense, la peau moite de sueur. Tout en massant la nuque de Kwang, elle se remémorait les efforts prodigieux de Quatre-Doigts, ses proportions imposantes et sa technique indubitable. *Ayiiya* ; il me faudra trouver des trésors de *yin* pour venir à bout du *yang* de ce vieux débauché, se dit-elle.

— Comment va ton cou, mon chéri ? demanda Venus Poon d'une voix enjôleuse.

— Mieux, répondit Kwang d'une voix rauque.

Il fit asseoir sa maîtresse sur ses genoux, glissa une main sous la robe qu'il lui avait offerte la semaine précédente et lui caressa les seins. Comme elle ne protestait pas, il fit tomber les bretelles du vêtement, découvrit la poitrine de la jeune femme, s'extasia sur sa fermeté et sa douceur. Excité par la chaleur du corps de Venus Poon, il lança son autre main à la conquête du *yin* mais elle se dégagea de son étreinte et se leva.

— Non, Père ! Je voudrais bien mais l'« Honorable Rouge » m'a rendu visite et...

— L'« Honorable Rouge » ? fit le banquier, méfiant. Il devait arriver après-demain !

— Non, non, il est arrivé en même temps que l'orage.

— Enfin, je le sais bien ! j'ai consulté mon calendrier avant de venir, et tu n'es jamais en retard ou en avance. Nous avons la nuit à nous, je suis censé être à Taiwan.

— Non, Père, c'est venu ce matin. La frayeur de l'incendie, la crainte que tu ne m'aies abandonnée...

— Viens ici, petite friponne !

Il l'agrippa avant qu'elle n'ait pu se reculer, la fit rasseoir sur ses genoux et commença à soulever la robe. Venus Poon ne se débattit pas mais se pressa au contraire contre lui en lui caressant l'entrejambes.

— Cela porte malheur de contrarier l'« Honorable Rouge », murmura-t-elle. Et il y a d'autres façons pour le *yin* de titiller le *yang* !

— Mais je veux d'abord...

— D'abord ? Oh ! comme tu es vigoureux ! Je comprends pourquoi toutes les petites bouches onctueuses veulent me voler mon vieux Père ! Un homme si fort, si puissant !

Venus Poon titilla habilement le *yang* et en vint à bout.

— Au lit, dit Kwang, engourdi par le plaisir. Un petit somme et ensuite...

— Un petit somme, oui, mais pas ici, répondit la jeune femme d'un ton ferme en aidant le banquier à se lever.

— Mais puisque je suis censé être à Tai...

— Alors va à ton club.
— Mais...
— Oh ! non, tu as épuisé ta pauvre fille, tu ne vois pas ?
Elle remit de l'ordre dans la tenue de Kwang et le poussa vers la porte, l'embrassa passionnément, lui jura un amour éternel, promit de le voir le lendemain et l'abandonna sur le palier. Le diamant, maintenant, résolut-elle en fermant la porte.

— Nous revoir quand, Pôl ? demanda Lily Su.
— Bientôt, la semaine prochaine. Je t'appellerai, comme d'habitude.
Havergill finit de s'habiller dans la petite chambre propre et agréable puis enfila à contre-cœur son imperméable.
— Pourquoi toi triste ?
Étendue sur le lit, Lily Su observait cet homme qui était son « ami » depuis quatre mois — pas son seul « ami » puisqu'il ne payait ni le loyer ni les autres dépenses. Elle travaillait comme entraîneuse à La Bonne Hôtesse, une boîte de Kowloon où « Pôl » se rendait fréquemment. Son propriétaire, Pok-le-Borgne, était un vieux client de la Victoria et la *mama-san*, en femme avisée, veillait à garder la clientèle du banquier. Au fil des ans, Havergill avait été « l'ami » de nombreuses filles de la boîte, la plupart pour quelques heures seulement, certaines pendant un mois ou davantage. Une seule fois en quinze ans, il avait eu une mésaventure avec une entraîneuse qui avait essayé de le faire chanter. Il avait aussitôt été trouver la *mama-san*, la fille avait quitté la boîte le soir-même.
— Pourquoi triste, *heya* ?
Parce que je vais bientôt quitter Hong Kong, aurait voulu répondre Havergill. Parce que pour la première fois je suis jaloux des autres hommes, que j'ai envie de t'avoir à moi seul et que je n'ose pas.
— Pas triste, fatigué, simplement, mentit-il.
— Téléphone bientôt, *heya* ?
— Oui, bientôt.
Leur arrangement était simple : il lui suffisait d'appeler. S'il ne parvenait pas à la joindre, il prévenait la *mama-san*, venait le soir à la boîte, seul ou avec des amis, dansait un peu avec Lily Su pour sauvegarder les apparences puis la laissait partir la première. Une demi-heure plus tard,

il la rejoignait à la maison de rendez-vous, tout était payé d'avance. Lily Su ne voulait pas être vue dans la rue avec un diable d'étranger ; elle ne tenait pas à perdre sa réputation en s'affichant avec un barbare en dehors de son lieu de travail. Havergill le savait mais il ne s'en offusquait pas. C'était normal, à Hong Kong.

Luttant contre son envie de rester, ou d'emmener Lily Su avec lui, il dit simplement *Do jé*, merci, et s'en alla. Après son départ, l'entraîneuse laissa enfin libre cours à l'envie de bâiller qu'elle avait réprimée à plusieurs reprises au cours de la soirée et s'étira voluptueusement. Le lit aux draps froissés était mille fois plus confortable que la couchette de la chambre qu'elle louait à Taï-ping Shan. On frappa doucement à la porte.

— Honorable dame ?

— C'est toi, Ah Chun ?

Une vieille fit son entrée à pas feutrés, porta des serviettes propres dans la salle de bains et demanda :

— Vous restez encore longtemps ?

Lily Su hésita. Généralement, le client louait la chambre pour toute la nuit mais la fille la libérait rapidement et la direction de l'établissement lui ristournait une partie de la somme versée.

— Toute la nuit, répondit-elle. Fais-moi couler un bain.

La vieille obéit en grommelant puis sortit. Lily bâilla à nouveau en écoutant le joyeux gargouillis de l'eau dans la baignoire. Elle était fatiguée, elle aussi : la journée avait été épuisante et le client, plus bavard qu'à l'ordinaire, ne l'avait pas laissé dormir après l'amour. Elle la connaissait bien, cette envie de parler qu'éprouvaient la plupart des hommes, surtout les barbares et les vieux.

Pourtant, elle n'avait pas à se plaindre de son sort, bien meilleur que celui de sa pauvre sœur Fleur-Parfumée et de son « ami » le premier fils de Chen le compradore. L'une avait été piétinée à mort par des pêcheurs puant le poisson devant l'agence de la Ho-Pak à Aberdeen ; l'autre avait été mutilé puis assassiné par les terribles Loups-Garous.

Ce matin, elle avait vu dans le journal la copie de la lettre d'amour de John Chen et l'avait aussitôt reconnue. Sa sœur la lui avait souvent montrée en se moquant de son « ami ». « Un drôle de type, disait Fleur-Parfumée. Il me paie juste pour m'embrasser ou me regarder danser sans mes vêtements et me fait promettre de raconter aux autres combien il est viril. »

Lily Su et son père étaient allés au poste de police d'East Aberdeen pour identifier le corps de Fleur-Parfumée mais ils n'avaient rien dit au sujet de son « ami ». « Chen de la Noble Maison préférera sans doute que le nom de son fils ne soit pas prononcé, avait sagement estimé le père de Lily. Dans un jour ou deux, je lui téléphonerai pour le sonder. Il faut attendre un peu : il ne doit pas être d'humeur à négocier après ce que les Loups-Garous ont fait à son fils aîné. »

Oui, père est malin, songea l'entraîneuse. Ce n'est pas pour rien que ses camarades de travail l'appellent Chu-Neuf-Carats. Chen voudra absolument récupérer les deux autres lettres que son fils a écrites à Fleur-Parfumée, et il a plus de billets rouges qu'un chat a de poils.

Appuyée contre le mur près de la fenêtre de sa chambre, Casey regardait tristement le spectacle de la rue. Bien qu'il fût plus d'une heure et demie du matin, la circulation était encore animée. Le ciel était bas et lourd, il n'y avait pas de lune ; les couleurs vives des enseignes lumineuses géantes se reflétaient dans les flaques et transformaient le hideux quartier en pays de conte de fées.

Des couples se faufilaient entre les voitures pour entrer au Royal Netherlands Hotel, flambant neuf, ou pour avaler un en-cas à l'European, le café où elle avait pris un dernier verre avec le capitaine Janelli, leur pilote.

Après avoir dîné avec Seymour Steigler tout en réglant plusieurs problèmes relatifs aux aspects juridiques de l'accord avec Struan, elle avait prétexté du travail en retard pour se retirer et était montée dans sa chambre. Elle avait parcouru plusieurs journaux et magazines financiers avant d'ouvrir *Changi*, le roman de Peter Marlowe, qu'elle avait acheté la veille chez un bouquiniste. En marchandant, elle avait fait baisser le prix du livre de 22 à 7,5 dollars de Hong Kong... pour s'apercevoir, quelques minutes plus tard, qu'une librairie proposait le livre neuf au prix de 5,50 dollars.

Casey promena son regard le long de Nathan Road, qu'elle avait remontée à pied dans la matinée jusqu'à Boundary Road. Cette rue, animée et bruyante comme toutes les autres, n'avait rien de particulier sauf qu'elle marquait une limite, comme son nom l'indiquait[1] : tout ce qui était situé au nord de cette rue reviendrait à la Chine en 1997. En 1898, les Britanniques avaient en effet obtenu une concession de 99 ans sur le territoire s'étendant de Boundary Road à la rivière Sham Chun, où passerait la nouvelle frontière.

— N'était-ce pas stupide ? avait-elle demandé à Marlowe, qu'elle avait rencontré par hasard dans le hall de l'hôtel, à l'heure du thé.

— Rétrospectivement, cela peut paraître stupide mais les Britanniques avaient sans doute de bonnes raisons d'agir ainsi à l'époque.

— 99 ans, c'est trop court, ils auraient dû y penser.

— Ils étaient alors les maîtres du monde. Que leur importait un lopin de terre de plus ou de moins ? Et d'ailleurs la décision suscita des troubles dans les Nouveaux Territoires. Naturellement, le gouverneur d'alors, sir Henry Blake, s'en occupa. Il n'envoya pas la troupe, il parla aux opposants indigènes et finalement les chefs de village acceptèrent, à la condition de garder leurs lois et leurs coutumes et d'avoir la possibilité d'être jugés selon la législation chinoise s'ils le désiraient et...

— Les lois chinoises sont toujours en vigueur pour leurs descendants ?

— Les lois anciennes, pas celles de la RPC. Voilà pourquoi les magistrats britanniques de Hong Kong doivent connaître les arcanes de la législation confucéenne, très différente de la leur. La loi chinoise, par exemple, présume que tous les témoins s'efforcent de mentir et qu'il appartient au juge de découvrir la vérité. Chez les personnes civilisées, on ne jure pas de dire la vérité, on laisse ces inepties aux barbares. Les Chinois jugent insensée cette pratique du serment, et je ne suis pas sûr qu'ils aient tort. Savez-vous également qu'il est tout à fait légal, à Hong Kong, d'avoir plusieurs épouses — à condition d'être chinois.

— Quelle chance ils ont ! s'était exclamée Casey sur un ton ironique.

— La polygamie présente certains avantages.

1. *Boundary* : frontière.

— Peter, je suis sûre que Fleur suffit amplement à vous rendre heureux.

Casey quitta la fenêtre pour retourner au lit. Sa chambre, plutôt petite, n'avait pas l'élégance de la suite. De la suite de Linc puisqu'il en occupait à présent la totalité. « Je préfère conserver l'autre chambre, elle pourra servir de bureau à l'occasion », lui avait-il expliqué.

À qui destinait-il la chambre qu'il lui avait fait quitter ? À Orlanda ? Casey, ne sois pas bête ! s'ordonna-t-elle. Jamais auparavant tu n'as été jalouse — pas sérieusement, du moins. C'est toi qui as fixé les règles de votre relation. Oui, mais elles deviennent de plus en plus dures à observer. Je suis contente d'avoir changé de chambre ; l'autre soir, c'était vraiment trop pénible de résister à la tentation. Pour Linc, c'était sûrement plus dur encore ; Orlanda lui apportera un peu de calme... Merde, qu'elle aille se faire foutre !

Tu changes, tu deviens vulgaire, se reprocha-t-elle en allant prendre une bouteille de Perrier dans le réfrigérateur. Avant de venir ici, tu étais sûre de toi, dynamique, bien dans ta peau. Est-ce que tu vieillirais ? Cette garce de lady Joanna, avec son club des « plus-de-trente-ans » ! Je n'en ai pas encore vingt-sept !

S'il y avait seulement Orlanda ! Elles sont des centaines ici, jeunes, belles, disponibles — sans compter celles qui travaillent dans les maisons spécialisées. Pas étonnant que Jannelli se soit cru ramené à l'heureux temps des permissions pendant la guerre de Corée : « Bon Dieu, Casey ! ça n'a pas changé. Pour cinquante balles, on vous traite en nabab. »

Vers dix heures, le pilote lui avait proposé de prendre un verre avec l'équipage du jet au Royal Netherlands. Après avoir prétendu qu'elle avait des milliers de choses à faire, elle s'était laissé convaincre, elle l'avait rejoint et avait commandé des œufs au bacon dont elle n'avait aucune envie. En guise de protestation. Contre l'Asie, contre Hong Kong, Joanna et Orlanda.

Mais pourquoi ai-je suggéré à Linc d'essayer de nous faire une place sur le marché mondial ? se demanda-t-elle. Parce que c'est la seule voie de développement offerte aux entreprises américaines, à Par-Con. Il faut exporter, et l'Asie constitue le plus important marché restant à conquérir. Mais pourquoi Hong Kong, au climat si éprouvant ? Parce que c'est ici que je peux gagner assez d'argent pour envoyer tout le monde « sur les roses » ; parce qu'il faut bien occuper son temps en attendant la fin des sept ans.

Au rythme où ça va, tu n'auras bientôt plus rien à attendre. Plus de Linc, plus de boulot, plus d'avenir. Arrête de broyer du noir, cette Orlanda, tu peux facilement la battre.

Un peu rassurée, elle prit le roman de Peter Marlowe, s'installa plus confortablement sur l'oreiller et commença à lire. Une dizaine de minutes plus tard, la sonnerie du téléphone la fit sursauter. Submergée par une vague de bonheur, elle décrocha.

— Bonsoir, Linc, tu t'es bien amusé ?

— Casey, c'est Peter Marlowe. Désolé de vous appeler si tard mais je dois me rendre à l'hôpital et comme vous m'avez gentiment proposé votre aide en cas de...

— Que se passe-t-il ?

— Je ne sais pas, on m'a simplement demandé de venir. Les enfants dorment mais je serais plus tranquille si je pouvais leur laisser un message avec votre numéro de téléphone au cas où ils se réveilleraient. Quand je vous ai présentée à eux hier, dans le hall, ils vous ont trouvée formidable, alors j'ai pensé...

— Vous avez bien fait. Je peux même venir chez vous, ce serait encore mieux.

— Non non, pas question ; je...

— Aucun problème, je n'ai pas sommeil. J'arrive tout de suite, vous pourrez partir tranquille.

Quelques minutes suffirent à Casey pour enfiler une blouse, un pantalon et un pull en cachemire. Dans le couloir, Song-service-de-nuit lui lança un regard inquisiteur avant de détourner la tête. Elle prit l'ascenseur, descendit, traversa le hall, sortit et marcha rapidement jusqu'à l'annexe de l'hôtel. Peter Marlowe, qui l'attendait dans l'entrée, dit hâtivement au portier de nuit :

— Voici miss Tcholok, elle s'occupera des enfants pendant mon absence...

Et il se précipita dehors. Po, le groom de nuit, conduisit la jeune femme à l'appartement, la laissa devant la porte entrouverte et s'éloigna en grommelant. Ces barbares ! Comme s'il n'aurait pas pu s'occuper lui-même de deux gosses avec qui il jouait à cache-cache tous les soirs !

Casey entra, referma la porte, trouva la chambre des enfants. Ils dormaient à poings fermés dans leurs lits gigogne : Jane, la cadette, dans la couchette du dessus, Alexandra, l'aînée, dans l'autre. Blondes, angéliques, serrant dans leurs bras leurs ours en peluche. Comme j'aimerais avoir des enfants ! se dit Casey, attendrie. Des enfants de Linc.

Tu oublies les couches, les nuits sans sommeil, les soirées passées invariablement à la maison, se rappela-t-elle. Je ne sais pas...

Elle quitta la chambre, s'installa au salon, sortit le livre de Marlowe de son sac et se remit à lire. Lorsque l'écrivain revint, deux heures plus tard, elle remarqua aussitôt son expression abattue.

— Elle a perdu le bébé ? demanda-t-elle.

Marlowe hocha la tête d'un air triste.

— Pardon d'avoir été aussi long. Voulez-vous une tasse de thé ?

— Oui, je vais le préparer.

— Non, laissez-moi faire, je sais où Fleur range les choses.

— Elle... elle va bien ?

— Les médecins pensent que oui. Ce sont les crampes stomacales qui ont provoqué la fausse-couche.

— Je suis désolée.

— Fleur est hors de danger, c'est l'essentiel, répondit Marlowe d'une voix ferme. Pour les Japonais, un bébé n'est rien avant d'avoir un mois — trente jours pour un garçon, trente et un pour une fille. Vu de cette façon, c'est moins pénible, non ? Encore que pour la mère... Excusez-moi, je dis un peu n'importe quoi.

— Pas du tout, continuez.

Casey était apitoyée par cet homme qui s'efforçait de rester digne et calme et qui lui faisait penser à un petit garçon prêt à éclater en sanglots. Elle aurait voulu le toucher mais elle hésitait à le faire.

— Les Chinois et les Japonais sont des gens pleins de sagesse, reprit-il. Ce qui nous apparaît souvent comme des superstitions contribue à leur rendre la vie plus facile. En l'occurrence, le taux de mortalité devait être jadis si élevé chez ces peuples qu'ils ont préféré croire qu'un bébé n'est rien avant l'âge d'un mois.

Il passa dans la cuisine, elle le suivit et le regarda

préparer le thé. Quand ils revinrent au salon, Marlowe remarqua son roman, que Casey avait laissé sur un fauteuil.

— Ah ! dit-il.

— Ce que j'en ai lu jusqu'à présent me plaît beaucoup. Dans quelle mesure correspond-il à la réalité ?

— Les événements que je relate sont authentiques. Je les ai reproduits aussi fidèlement qu'un écrivain peut le faire en se fiant à sa mémoire. Naturellement, mes personnages sont fictifs mais ils s'inspirent de personnes qui ont réellement dit ou fait de telles choses.

— C'est incroyable. Incroyable que des êtres humains aient pu survivre à un tel enfer — surtout si jeunes. Quel âge aviez-vous ?

— Dix-huit ans quand le camp de Changi a commencé à fonctionner, vingt et un ans quand j'en suis sorti.

— Qui êtes-vous, dans le livre ?

— Je n'y suis peut-être pas du tout.

Casey décida d'achever la lecture du livre avant de poursuivre la discussion.

— Je m'en vais, dit-elle. Vous devez être mort de fatigue.

— Non, pas du tout. Je crois que je vais mettre quelques notes en forme en attendant le réveil des enfants. Merci, Casey, vous m'avez rendu un grand service.

La jeune femme secoua la tête en souriant et resta un moment silencieuse.

— Peter, vous connaissez bien Hong Kong, fit-elle enfin. Qui choisiriez-vous, Dunross ou Gornt ?

— Gornt pour aujourd'hui mais Dunross pour l'avenir, s'il parvient à surmonter la tempête. D'après ce qu'on raconte, ce n'est guère probable.

— Pourquoi dites-vous que l'avenir appartient à Dunross.

— Question de prestige. Gornt n'a pas la classe nécessaire pour devenir *le* Taï-pan.

— C'est si important ?

— Ici, c'est essentiel. Si Par-Con veut un siècle de prospérité et de croissance — Dunross ; si vous voulez simplement faire un gros coup et vous retirer — Gornt.

Casey but une gorgée de thé et demanda :

— Que savez-vous d'Orlanda ?

— Des tas de choses, répondit l'écrivain du tac au tac. Mais recueillir des ragots vieux d'un siècle pour un livre, ce n'est pas la même chose que parler de la vie privée d'une personne vivante.

— Même si on vous le demande comme un service ?

— C'est différent. Vous me demandez ce service ? dit-il en fronçant les sourcils.

La jeune femme reposa sa tasse, secoua la tête.

— Non, pas pour l'instant. Plus tard, peut-être.

— Vous la considérez comme une menace ? Orlanda a été formée par Gornt, à Hong Kong elle est sur son terrain. Attendez-vous à une rude bataille si elle a jeté son dévolu sur Linc — ce que j'ignore.

— Croyez-vous qu'elle puisse être l'instrument de Gornt ?

Après avoir réfléchi, Marlowe répondit :

— Elle doit être avant tout l'instrument d'Orlanda. Mais si vous voulez mon avis, vous n'avez rien à redouter d'aucune rivale.

— Que savez-vous de moi ?

— Entre autres que vous êtes intelligente, courageuse, que vous savez garder la face.

— J'en ai plein le cul, de garder la face. Plein le dos, si vous préférez.

— C'est plus convenable dans la bouche d'une dame, répondit l'écrivain en riant.

— Je ne suis pas une dame.

— Oh ! mais si. J'ai observé la façon dont Linc vous regardait à la soirée des Dunross. Il vous aime, et il serait complètement idiot s'il vous abandonnait pour une autre.

— Merci, Peter.

Elle se leva, l'embrassa et partit, pleinement rassurée. Quand elle sortit de l'ascenseur à son étage, elle découvrit dans le couloir Song-service-de-nuit qui s'empressa autour d'elle et lui ouvrit la porte de sa chambre. Comme elle coulait un regard en direction de la suite de Linc, le domestique annonça sur un ton claironnant :

— Maître pas encore rentré.

— Mon vieux, tu deviens de moins en moins drôle, soupira Casey.

— *Heing ?*

Satisfaite, elle referma la porte, se déshabilla, se recoucha et reprit la lecture du livre de Marlowe. Au lever du jour, elle tourna la dernière page et s'endormit.

58

9 h 25

Dunross engagea sa Jaguar dans l'allée et s'arrêta à quelques centimètres des grilles qui se dressaient entre deux hauts murs d'enceinte. Un gardien chinois apparut sur le seuil d'une petite porte adjacente, reconnut le Taï-pan et courut ouvrir.

La voiture remonta l'allée sinueuse puis s'immobilisa devant un vaste pavillon chinois tarabiscoté. Ian descendit, un domestique s'approcha.

— Par ici, Taï-pan, s'il vous plaît.

En montant l'escalier, Dunross promena les yeux sur les pelouses soigneusement entretenues, le court de tennis où quatre Chinois disputaient un double mixte. C'était la première fois qu'il se rendait chez Tiptop — et personne, parmi les gens qu'il connaissait, n'y avait jamais été invité. Aussi examinait-il les lieux avec une curiosité qu'il s'efforçait de dissimuler. La pièce dans laquelle le valet le fit entrer mêlait des antiquités chinoises du meilleur goût à du mobilier moderne parfaitement laid. Quelques méchantes estampes décoraient les murs.

Il s'assit ; un autre domestique apporta du thé et se retira. Ian se sentait observé mais cela n'était pas pour le surprendre : dans la plupart de ces vieux manoirs, les murs étaient percés de trous permettant une surveillance discrète — la Grande Maison elle-même n'en manquait pas.

En y retournant ce matin, vers quatre heures, Dunross s'était rendu directement à son bureau et avait ouvert le coffre. Un simple coup d'œil l'avait convaincu : l'une des deux demi-pièces devait s'ajuster à l'empreinte que Wu lui avait remise. Par acquit de conscience, il avait néanmoins procédé à une vérification et constaté que les deux moitiés s'imbriquaient parfaitement.

« Nom de Dieu, avait-il marmonné. Et maintenant ? » Il avait replacé les pièces dans le coffre, à côté de l'automatique chargé posé près de l'endroit où se trouvaient quelques jours plus tôt les rapports d'AMG. Puis il avait refermé le coffre et était allé se coucher. Dans sa chambre, il avait trouvé un message sur son oreiller : « Père chéri, peux-tu me réveiller avant de partir ? Je voudrais assister à l'entraînement avec Martin. Baisers, Adryon. P. S. : Est-ce que je peux inviter Martin aux courses samedi ? S'il te plaît ! P. P. S. C'est un type épatant. P. P. P. S. Toi aussi. P. P. P. P. S. Tu rentres drôlement tard, il est déjà plus de 3 heures ! »

— Ah, Taï-pan, navré de vous avoir fait attendre !

Dunross se leva, serra la main offerte.

— Heureux de vous voir, Mr. Tip. Vous êtes enrhumé, m'a-t-on dit ?

Tip Tok-toh avait sans doute dépassé la soixantaine. Il avait un visage rond et sympathique, des cheveux grisonnants. Il était vêtu d'un peignoir et semblait respirer avec difficulté.

— J'ai dû attraper froid dimanche dernier sur le bateau de Shitee T'Chung, expliqua-t-il avec une pointe d'accent américain, ou canadien.

Ni Dunross ni Alastair Struan, son prédécesseur, n'étaient parvenus à connaître le passé de cet homme, que nul n'avait remarqué dans les milieux financiers chinois avant 1949. Même T'Chung et Phillip Chen, qui le traitaient régulièrement en hôte de marque, n'avaient réussi à lui arracher une confidence — ce qui expliquait le surnom d'Huître que lui donnaient les Chinois.

— Je vous présente Mr. L'eung, qui travaille avec moi, dit Tiptop en désignant l'homme qui l'accompagnait.

C'était un Chinois au visage anonyme, à l'expression froide et méfiante, vêtu d'une veste mao et d'un pantalon de couleur terne. « Qui travaille avec moi » pouvait désigner n'importe quelle fonction, de patron à interprète en passant par gardien. L'homme hocha la tête, Dunross lui rendit son salut.

Après quelques minutes de bavardage destiné à satisfaire à l'étiquette chinoise, le banquier orienta la conversation vers le motif de la visite de Dunross :

— L'effondrement de vos actions doit vous causer de graves inquiétudes, Taï-pan.

— Il ne s'agit pas d'un effondrement mais d'un réajustement. Le marché alterne le flux et le reflux, vous le savez bien.

— Et Mr. Gornt ?

— Fidèle à lui-même : toujours en train de nous mordiller les talons. Les corbeaux sont noirs sous tous les cieux, dit Ian en s'interrogeant sur ce que savait Mr. Tip.

— Et la ruée sur Ho-Pak, c'est aussi un réajustement ?

— Là c'est plus grave. La banque n'a pas eu de chance.

— La chance n'a pas grand-chose à voir dans cette affaire. C'est le système capitaliste et l'incompétence de Kwang qu'il faut mettre en cause.

Dunross jeta un coup d'œil à L'eung, qui semblait suivre la conversation avec une extrême attention, comme s'il cherchait une signification cachée derrière les mots.

— Je ne connais pas les affaires de Mr. Kwang, répondit le Taï-pan. Malheureusement la ruée s'étend à présent à d'autres banques, ce qui est très mauvais pour Hong Kong... et pour la république populaire de Chine.

— Comment cela ?

— Nous avons toujours considéré la Chine comme une sorte de mère pour la Noble Maison. Actuellement, Hong Kong connaît une crise temporaire due à un manque de confiance et de liquidités mais nos banques sont plus solides que jamais et disposent d'importantes réserves.

— Pourquoi ne pas faire marcher la planche à billets si votre monnaie est si forte ?

— Nous n'avons pas le temps de faire imprimer la quantité nécessaire, Mr. Tip.

Patiemment, Dunross répondit aux autres questions que lui posait Tiptop et qui étaient — il le comprenait maintenant — avant tout destinées à L'eung. L'homme à la veste mao était un politicien, pas un banquier, et il occupait probablement un rang plus élevé dans la hiérarchie du Parti.

— En attendant, nous pourrions adopter une solution consistant à faire venir, de toute urgence par avion, assez de livres sterling pour couvrir les retraits.

— Cela ne renforcerait pas le dollar de Hong Kong.

— Nos banquiers le savent, ce ne serait qu'un pis aller. Le problème est que nous n'avons pas assez de réserves en dollars HK pour rembourser tous les déposants.

Les deux hommes gardèrent un moment le silence. D'après Johnjohn, la Bank of China disposait d'importantes réserves en dollars HK, devise qui, au contraire de la livre, n'était soumise à aucune restriction à l'exportation.

Tip Tok-toh se moucha bruyamment, se pencha en avant et lança à Dunross un regard appuyé.

— Est-il vrai, Taï-pan, que la Orlin Merchant Bank ne prolongera pas votre crédit à renouvellement automatique ?

— C'est exact, répondit Ian, dont le rythme cardiaque s'accéléra.

— Que votre banque refuse de vous avancer les fonds nécessaires pour faire échouer l'attaque de Rothwell-Gornt ?

— Exact, dit Dunross d'une voix calme.

— Que de nombreux vieux amis vous ont refusé leur soutien ?

— Oui.

— Que Hiro Toda arrive cet après-midi pour vous réclamer le paiement des navires construits par ses chantiers ?

— Oui.

— Que la Compagnie de la Chance, de Mata et Tung, a triplé ses achats de lingots d'or mais qu'elle ne vous aidera pas directement ?

— Toujours exact.

— Et que ces chiens courants d'hégémonistes russes ont une fois de plus eu l'impudence de demander l'autorisation d'ouvrir une banque à Hong Kong ?

— C'est une information que je tiens de Johnjohn. Il va sans dire que tous les taï-pans, toutes les banques britanniques et le gouverneur lui-même s'y opposeront. Toujours selon Johnjohn, les hégémonistes ont eu le front d'offrir à la Colonie la livraison d'importantes quantités de dollars HK pour la tirer de ses difficultés passagères.

— Encore un peu de thé, Taï-pan ? proposa le banquier chinois. Quelle terrible époque ! Les ennemis s'introduisent au sein du foyer, les vieux amis abandonnent les vieux amis... À ce propos, Taï-pan, un de vos vieux amis voudrait savoir si vous pouvez lui obtenir de l'oxyde de thorium.

Dunross parvint à demeurer impassible. L'oxyde de thorium était une terre rare utilisée naguère pour la fabrication des manchons de bec à gaz, à qui il donnait leur lumière blanche et vive. L'année précédente, il avait appris fortuitement que Hong-Kong était devenu le premier importateur d'oxyde après les États-Unis. Intrigué, il avait fait une enquête et découvert que ce filon, apparemment très lucratif, était exploité discrètement par un grand nombre de petits importateurs qui se montraient très évasifs sur leurs affaires. Dans la nature, on trouvait du thorium dans divers isotopes radioactifs aisément convertibles en uranium 235, matière fissible, et le thorium 232 lui-même était très recherché pour les surgénérateurs nucléaires. Naturellement, ces deux dérivés du thorium, considérés comme matières stratégiques, étaient soumis à une réglementation stricte, mais le nitrate et l'oxyde, pourtant facilement transformables, ne l'étaient pas.

Il n'était guère difficile de deviner à qui était destiné l'oxyde de thorium — à la Chine, évidemment. La Chine que Dunross et d'autres soupçonnaient de poursuivre un programme nucléaire, probablement encore au stade de la recherche, et qui ne donnerait pas de résultats avant dix ans au moins. L'accession éventuelle de la Chine à l'arme nucléaire suscitait en lui des sentiments mêlés. D'une part, toute prolifération nucléaire était dangereuse ; de l'autre, une Chine puissance nucléaire devenait un rival formidable pour l'Union soviétique, une menace, même.

Le Taï-pan remarqua qu'une petite veine palpitait au front de L'eung, dont le visage restait impénétrable.

— Je pense que ce serait possible, Mr. Tip. De quelle quantité aurait-il besoin et quand ?

— Le plus possible, le plus rapidement possible. Comme vous le savez, la RPC se modernise, mais nous nous éclairons encore beaucoup au gaz. Où comptez-vous vous procurer la marchandise ?

— On trouve de l'oxyde de thorium aux États-Unis, en Tasmanie, au Brésil, en Inde, en Afrique du Sud, en Rhodésie et dans l'Oural — gros gisements, dans l'Oural. Le plus pratique pour nous serait l'Australie ou la Rhodésie. Pensez-vous à quelqu'un de particulier à qui nous pourrions nous adresser ?

— À Mr. Vee Cee Ng, dont les bureaux se trouvent dans Princes Building.

Dunross retint de justesse un sifflement : un autre morceau du puzzle se mettait en place. Ng-le-Photographe était un grand ami de Tsu-yan, le millionnaire qui s'était mystérieusement réfugié en Chine en franchissant la frontière à Macao.

— Je connais Mr. Ng, dit Ian. À ce propos, comment va mon vieil ami Tsu-yan ?

L'eung sursauta. En plein dans le mille, pensa Dunross, qui se reprocha de n'avoir pas deviné plus tôt que Tsu-yan travaillait pour les communistes.

— Tsu-yan ? fit Tiptop en plissant le front. Je ne l'ai pas vu depuis plus d'une semaine. Pourquoi ?

— J'ai entendu dire qu'il s'était rendu à Pékin via Macao.

— C'est curieux ! Un capitaliste comme lui ? Le monde ne cesse de m'étonner. Prenez contact avec Mr. Ng, il vous donnera tous les détails.

— Je m'en occupe dès mon retour au bureau.

Dunross attendit ; la balle était maintenant dans le camp chinois.

— Taï-pan, je ne comprends pas pourquoi vous faites tant d'efforts pour tirer d'embarras des banques qui refusent de vous aider, attaqua Tiptop.

— Elles finiront par s'apercevoir de leur erreur. Voyez-vous, il est parfois nécessaire d'oublier des avantages immédiats pour penser à l'intérêt général. De la même manière, l'effondrement de Hong Kong n'apporterait rien de bon à l'Empire du Milieu. Selon la tradition chinoise, les vieux amis ne se font jamais défaut et tant que je serai Taï-pan de la Noble Maison, je garderai mon amitié à la Chine. Avec l'aide d'autres amis qui pensent comme moi — Johnjohn, le gouverneur, pour ne citer que ces deux là —, je m'efforcerai d'empêcher les hégémonistes de prendre pied sur notre rocher.

— *Notre* rocher, rectifia le banquier chinois d'un ton sec. Actuellement administré par la Grande-Bretagne.

— Hong Kong fait et fera toujours partie de l'Empire du Milieu convint le Taï-pan.

— Selon les traités iniques imposés à nos ancêtres — et que nous ne reconnaissons pas —, tous les territoires situés au nord de Boundary Road nous reviendront dans trente-cinq ans.

— Mes ancêtres ont toujours reconnu la sagesse de leurs vieux amis, qui n'étaient pas hommes à se couper le Bâton-Viril pour faire la nique à une Porte-en-Jade.

Tiptop s'esclaffa, L'eung gardait une expression fermée et hostile.

— À votre avis, Mr. Dunross, qu'adviendra-t-il en 1997 ?

— Je ne prédis pas l'avenir, comme Tung l'Aveugle,

mais je présume que les vieux amis auront encore besoin les uns des autres.

— Si personne ne lui vient en aide, la Noble Maison restera-t-elle la Noble Maison ?

— Le grand Jin-qua posa la même question à mon ancêtre, le Diable-aux-yeux-verts, alors assiégé par ses ennemis, Tyler Brock et sa racaille. Il lui répondit en riant : *Neng che to lao*, l'homme capable porte de nombreux fardeaux. Comme mes capacités dépassent celles de beaucoup d'autres hommes, mes fardeaux sont plus lourds.

— Et plus nombreux ? demanda Tiptop en souriant.

— J'essaie d'éviter le quatre-vingt-quatrième, répondit Ian d'un ton jovial. Comme vous le savez, le Bouddha a dit que chaque homme porte quatre-vingt-trois fardeaux ; s'il parvient à en éliminer un, il en reçoit automatiquement un autre. Le secret de la vie, c'est de s'accommoder des quatre-vingt-trois fardeaux et d'éviter à tout prix le quatre-vingt-quatrième.

— Avez-vous envisagé de vendre une partie de votre compagnie ?

— Non, Mr. Tip. Le Diable-aux-yeux-verts nous l'a interdit, il tenait à ce que nous portions nos fardeaux.

— Espérons qu'ils ne seront pas trop écrasants. Taï-pan, nous pensons qu'en cette période agitée il serait bon que la Bank of China établisse des contacts plus étroits avec votre système bancaire.

— Je me demande si votre banque ne pourrait pas envisager une liaison permanente avec la Vic en échangeant des représentants, suggéra Dunross. (Le sourire qui flottait sur les lèvres de Tiptop confirmait que Ian avait visé juste.) Ainsi, les crises seraient plus faciles à surmonter et vous bénéficieriez de l'aide dont vous pourriez éventuellement avoir besoin sur le plan international.

— Le président Mao nous exhorte à nous aider nous-mêmes, et c'est ce que nous faisons, mais votre proposition pourrait être utile. Je la transmettrai.

— Je suis persuadé que notre banque vous serait reconnaissante de lui recommander quelqu'un qui pourrait la représenter auprès de la grande Bank of China.

— Je transmettrai également. Pensez-vous que Blacs ou la Victoria accepteraient d'avancer les devises nécessaires pour les importations de Mr. Ng ?

— La Victoria serait ravie de vous rendre ce service.

N'est-ce pas elle qui, pendant plus d'un siècle, vous a accordé les emprunts dont vous aviez besoin pour vous équiper en voies ferrées, en avions ?

— Pour son plus grand profit, ajouta Tiptop en coulant un regard vers L'eung.

L'homme à la veste mao dit quelques mots dans un dialecte que Dunross ne comprenait pas, Tiptop lui répondit affirmativement.

— Excusez-moi, Mr. Dunross, mais je dois prendre mes médicaments. Téléphonez-moi après le déjeuner, disons vers deux heures et demie.

Le Taï-pan tendit la main au Chinois en se disant qu'il fallait absolument régler au plus vite la question du thorium — en tout cas avant deux heures et demie.

— Merci de m'avoir reçu.

— Quels sont vos pronostics pour la cinquième course ? demanda le banquier en reconduisant son visiteur.

— Vous pouvez parier quelque argent sur Noble Star.

— Et Butterscotch Lass ?

— Aussi.

— Pilot Fish ?

— C'est un bon cheval mais il n'a pas la même classe et je ne le vois pas gagnant — à moins que Dieu ou le diable ne s'en mêlent.

Quand ils furent parvenus dans l'entrée, un domestique leur ouvrit la porte. L'eung prononça à nouveau quelques mots en dialecte, Tiptop acquiesça de la tête et sortit le premier. L'eung le suivit et se dirigea aussitôt vers le court de tennis.

— J'aimerais vous présenter un ami, un nouvel ami, Mr. Dunross, annonça Tiptop. Vous traiterez peut-être de nombreuses affaires avec lui... si vous le souhaitez.

Le Chinois que L'eung escortait était un homme de quarante ans environ, bien bâti et d'allure sportive, les cheveux noirs ébouriffés par le match. Il portait une tenue de tennis à la dernière mode américaine.

— Dr. Joseph Yu, de Californie, Mr. Ian Dunross.

— Salut, dit Yu avec une familiarité aussi américaine que ses vêtements. Mr. Tip m'a parlé de vous et de Struan. Content de faire votre connaissance avant mon départ — nous partons demain pour la Chine, mon épouse Betty et moi, précisa-t-il avec un geste vague en direction d'une des deux femmes restées sur le court. Comme nous avons l'intention d'y rester un moment, j'aimerais vous donner rendez-vous à Canton dans un mois ou deux. Pas de problème de visa pour Mr. Dunross ? demanda-t-il à Tiptop.

— Aucun. Avec votre permission, nous vous laissons bavarder.

Le banquier s'inclina et retourna à l'intérieur avec L'eung.

— Je suis né aux États-Unis, à Sacramento — Californien depuis trois générations ! reprit Joseph Yu d'un ton enjoué. Mais j'ai fait une partie de mes études à Canton. Je suis diplômé de Standford, spécialisé dans les fusées et les problèmes de combustibles. Après l'université, j'ai passé quelques années à la NASA. L'équipement dont j'aurai besoin couvrira toutes sortes de produits faisant appel à une technologie de haut niveau, en particulier dans le domaine aérospatial. D'après Mr. Tip, vous seriez l'importateur idéal pour du matériel britannique surtout, mais aussi français, allemand, et peut-être japonais. Ma proposition vous intéresse ?

Le Taï-pan écoutait avec un intérêt qu'il ne prenait pas la peine de dissimuler.

— À condition qu'il ne s'agisse pas de matériel stratégique et soumis à réglementation, répondit-il.

— Il s'agira essentiellement de matériel stratégique et soumis à réglementation. Cela vous intéresse toujours ?

— Pourquoi me faire toutes ces confidences ?

— Je vais réorganiser le programme spatial de la Chine, dit Yu en souriant. Cela vous surprend ?

— Beaucoup.

— Moi aussi, je dois dire. Comme Mr. Tip m'a assuré qu'on peut vous faire confiance, je voudrais vous charger d'un message. Lorsqu'on commencera à parler de mon « enlèvement », de mon départ « dans des conditions étranges », de mes troubles psychologiques » et autres fadaises, vous me rendriez service en rétablissant la vérité. Ma femme et moi avons quitté les États-Unis de notre plein gré. Depuis trois générations, les Chinois émigrés en Amérique sont traités comme des galeux. Mon père a combattu pendant la Première Guerre mondiale, j'ai participé à la mise au point de la bombe atomique et savez-vous ce qu'on nous a répondu lorsque nous avons décidé,

Betty et moi, de vivre à Beverly Hills ? C'est la goutte qui a fait déborder le vase ! Vous connaissez Beverly Hills ?

— Oui.

— Une espèce d'enfant de salaud nous a tranquillement déclaré : « Je ne vends pas ma maison à des foutus Chinetoques. » Vous vous rendez compte ? Je suis le meilleur dans mon domaine et ce trou-du-cul me crache à la figure qu'il ne veut pas vendre à un Chinetoque ! Je compte sur vous pour expliquer les raisons de mon départ.

— Publiquement ou dans des milieux restreints ? Je vous citerai textuellement si vous le désirez.

— Informez-en d'abord la CIA mais pas avant lundi 18 heures. Dans un mois, après notre rencontre à Canton, vous pourrez en parler à tout le monde.

— Entendu. Pouvez-vous me communiquer le nom du vendeur de la maison, la date, les détails ?

Yu tendit à Dunross une feuille de papier où étaient inscrits deux noms et deux adresses à Beverly Hills.

— Deux fois le même refus ?

— Oui, deux fois.

— Je m'en occupe, Dr. Yu.

— Vous me trouvez mesquin ?

— Pas du tout. Je suis navré que cette mésaventure vous soit arrivée mais cela se produit partout. En Chine comme ailleurs. Nous sommes tous parfois intolérants et xénophobes, et tout le monde est le *quai loh* de quelqu'un.

— En l'occurrence, cela s'est produit *entre Américains*. C'est ce que je n'admets pas.

— Vous croyez qu'une fois en Chine vous pourrez aller et venir à votre guise, quitter le pays ?

— Non, mais je m'en moque. Je suis parti de mon plein gré, on ne m'a pas fait chanter, on ne m'a pas promis une fortune. Je vais là où mes voisins n'auront pas honte de moi. Que diriez-vous de voir la Chine accéder à la force de frappe nucléaire, comme la France ?

— L'idée que n'importe quel pays possède des missiles à ogive nucléaire m'emplit d'horreur.

— Ce sont simplement les armes de notre époque, Mr. Dunross.

— Sacré bon Dieu ! s'exclama Johnjohn, stupéfait.

Havergill, qui n'était pas moins interloqué, demanda au Taï-pan :

— Ce Dr. Joseph Yu est-il vraiment une sommité ?

— Absolument. J'ai téléphoné à un ami de Washington : d'après lui, Yu est l'un des trois meilleurs spécialistes mondiaux en matière de fusée. Personne là-bas ne sait encore qu'il a quitté Hawaii, où il est censé prendre des vacances.

Aussitôt après le déjeuner, Dunross était passé à la banque rendre compte de son entrevue du matin avec Tiptop.

— Ian, avez-vous envisagé de prévenir Crosse, ou Rosemont, pour empêcher Yu de passer en Chine ? dit Johnjohn.

— J'y ai songé mais c'est impossible, je ne peux pas.

— Naturellement que c'est impossible ! renchérit Havergill. Vous ne comprenez pas ce qui est en jeu ? Ne nous cachons pas la vérité, la ruée a commencé, nous allons bientôt toucher le fond. Nous avons juste assez de liquide pour tenir jusqu'à la fermeture — Dieu merci, c'est samedi, demain ! Alors nous n'allons pas gâcher nos chances d'obtenir l'aide des Chinois en divulguant leurs confidences ! Ian, vous savez que Ho-Pak a fermé ses portes ?

— Non, je n'ai pas arrêté de courir depuis que j'ai quitté Tiptop.

— La Ching Prosperity a fermé également et la Far East and India chancelle. Blacs épuise ses réserves et espère, comme nous, tenir encore une demi-heure. Ian, vous pouvez appeler Tiptop, il est 14 h 30 précises, annonça Havergill en poussant le téléphone vers le Taï-pan.

Le visage impassible, Dunross répondit d'une voix égale :

— Il faut d'abord régler une ou deux choses, par exemple la question des importations de thorium. Vous avancerez les devises ?

— À condition que le thorium ne soit pas soumis à réglementation.

— J'aimerais avoir votre engagement par écrit.

— Vous l'aurez avant ce soir. Appelez-le.

— Dans dix minutes — question de prestige. Seconde condition, acceptez-vous la présence dans vos murs d'un représentant permanent de la Bank of China ?

— Oui. Ils ne nous accorderont jamais la réciproque

mais peu importe. En tout cas, il faudra le surveiller et apporter quelques changements à notre façon de travailler : simple question de sécurité.

— Absolument, approuva Johnjohn. L'idéal serait d'avoir Tiptop lui-même. Vous pensez que c'est possible, Ian ?

— Je l'ignore. Enfin, la proposition de Yu.

— Nous ne pouvons financer des transactions illégales, il faudra que vous opériez sans nous.

— Qui a parlé de transactions illégales ?

— Personne, c'est juste. Bon, disons que nous examinerons la question si les Chinois vous demandent votre aide.

— Voyons, Paul, vous savez bien qu'il faut donner une réponse maintenant, cela fait partie du marché. Sinon, pourquoi m'auraient-ils fait rencontrer Yu ?

— Essayez de faire traîner les choses, intervint Johnjohn. Nous vous aiderons le moment venu.

— Promis ?

— Sur cette question et sur celle du thorium.

— Alors si nous reparlions de mon emprunt ?

— Je n'ai pas capacité pour vous l'accorder, Ian, répondit Havergill. Nous en avons déjà discuté.

— En ce cas, réunissez le conseil d'administration.

— Je vais réfléchir. Voyons comment la situation évolue.

Il appuya sur une touche de l'interphone, réclama la Bourse. Un instant plus tard, une voix résonna dans le petit haut-parleur :

— Oui, Mr. Havergill ?

— Charles, donnez-moi les dernières cotations.

— L'ensemble du marché a perdu 28 points... Cela commence à tourner à la panique. La cote de la banque a baissé de 7 points, Struan est descendu à 11,50...

— Oh ! nom de Dieu ! murmura Johnjohn.

— Rothwell-Gornt moins 7, Hong Kong Power moins 5, Asian Land moins 11... Toutes les banques s'effondrent. La cote de Ho-Pak est bloquée à 12 mais elle tombera à un dollar quand on la débloquera... On se croirait à New York en 1929. Je ne voudrais pas être pessimiste mais...

La voix de l'agent de change fut couverte par le brouhaha.

— Excusez-moi... On vient de mettre en vente 200 000 autres actions Struan.

— D'où diable viennent-elles ? demanda Johnjohn.
— De tous les petits porteurs de Hong Kong, répondit Dunross d'un ton froid. Et de la Vic.
— J'ai le devoir de protéger nos clients, se justifia Havergill. Merci, Charles, rappelez-moi à trois heures moins le quart. Ian, vous l'avez votre réponse : en toute conscience, je ne peux recommander au conseil de vous accorder un nouvel emprunt de cent millions sans garantie.
— Allez-vous, oui ou non, convoquer le conseil ?
— Votre cote tombe en chute libre, vous n'avez plus rien pour la soutenir. Vos avoirs bancaires sont déjà engagés, votre portefeuille d'actions perd de sa valeur à chaque instant. Lundi ou mardi, Gornt rachètera et prendra le contrôle de Struan.
— Vous le laisseriez faire ? Je ne vous crois pas, vous achèteriez avant lui. À moins que vous n'ayez déjà décidé de vous partager les dépouilles de Struan...
— Nous n'avons pas passé d'accord avec Gornt — pas encore. Si vous donnez votre démission, si vous vous engagez par écrit à nous vendre autant d'actions que nous le souhaitons au prix de clôture de lundi, si vous acceptez de désigner un nouveau Taï-pan ayant l'aval du conseil d'administration, nous annoncerons que nous soutenons Struan à fond.
— Quand feriez-vous cette déclaration ?
— Lundi à 15 h 10.
— Autrement dit, vous ne m'accordez rien du tout.
— Ne répétez-vous pas sans cesse que l'un des avantages de Hong Kong c'est d'être un marché libre, où les faibles périssent et où les forts survivent ? Pourquoi ne pas avoir demandé à sir Luis de retirer provisoirement Struan du marché ?
— Il me l'a proposé, j'ai refusé.
— Pourquoi ?
— Struan est plus solide que jamais.
— N'avez-vous pas plutôt refusé par orgueil ? Désolé, je ne puis empêcher une dégradation devenue inéluctable.
— Foutaises ! s'écria Dunross. Vous pouvez réunir le conseil, vous pouv...
— Pas de réunion !
Johnjohn intervint pour calmer les deux hommes :
— Écoutez, Paul, nous pourrions adopter un compromis : si, grâce à Ian, nous obtenons les dollars de

la Bank of China, vous convoquerez le conseil aujourd'hui même en séance extraordinaire.

Havergill hésita puis déclara :

— Je vais réfléchir.

— Je ne me contenterai pas de cette réponse, répliqua Dunross.

— Je vais réfléchir. Appelez Tiptop, s'il vous plaît.

— Pas avant que vous ne m'ayez promis de réunir le conseil avant demain dix heures !

— Vous ne me ferez pas chanter comme la dernière fois, rétorqua le vice-président de la Victoria. Si vous refusez d'appeler Tiptop, je le ferai, moi. Si les Chinois ont décidé de nous aider, ils le feront, quelle que soit la personne qui leur téléphonera. Tout ce que je peux vous promettre, c'est d'envisager une réunion avant l'ouverture de la Bourse, lundi matin.

Après un temps de réflexion, Dunross haussa les épaules, décrocha et composa un numéro.

— *Weiii ?* fit une voix de femme.

— L'honorable Tiptop, je vous prie. De la part du Taï-pan.

— Ah ! le Taï-pan. Un moment, s'il vous plaît...

Dunross attendit. Une goutte de sueur roula sur la joue de Johnjohn.

— *Weii ?* Taï-pan, il est avec le docteur, rappelez plus tard.

La communication fut interrompue avant que Ian n'ait eu le temps de dire quoi que ce soit. Il composa de nouveau le numéro de Tiptop.

— Ici le Taï-pan, je...

— Ah ! ce téléphone ! marmonna la voix féminine. Il est malade, je vous dis. Rappelez plus tard !

Dunross attendit quelques minutes avant de rappeler mais, cette fois, la ligne était occupée. On frappa à la porte, le chef caissier entra, l'air harassé.

— Excusez-moi, monsieur le Vice-Président, mais la queue ne diminue pas et nous devons tenir encore un quart d'heure. Je suggère de limiter les retraits à mil...

— Non, coupa Havergill.

— Mais les caisses sont presque vides...

— Il faut continuer à rembourser, jusqu'au dernier penny.

Le caissier hésita puis sortit. Dunross essaya une

nouvelle fois d'obtenir Tiptop : la ligne était toujours occupée. Il fit vainement une dernière tentative juste avant quinze heures puis demanda les renseignements, où on lui répondit que la ligne était provisoirement en dérangement.

— Vingt contre un que son téléphone est débranché, soupira le Taï-pan. Il est trois heures une, voyons ce qui se passe à la Bourse.

Havergill s'apprêtait à appuyer sur la touche de son interphone quand le téléphone se mit à sonner. Il décrocha.

— Ici, le chef caissier. Ça va, nous... nous venons de payer le dernier client, les portes sont fermées. Blacs s'en est tiré aussi.

— Bien. Voyez ce qu'il nous reste dans les coffres et rappelez-moi.

Havergill raccrocha et obtint la liaison avec la Bourse.

— Charles ? les dernières nouvelles ?

— À la clôture, le marché avait perdu 37 points et la banque 8.

— Nous n'étions jamais descendus aussi bas, même pendant les émeutes de 56, dit Johnjohn.

— Et Struan ?

— À 9,50.

Les deux banquiers regardèrent Dunross, qui demeurait impassible. Il composa à nouveau le numéro de Tiptop tandis que l'agent de chance égrenait les cours de clôture. Toujours occupé.

— J'essayerai du bureau, décida-t-il. Dès que je l'aurai obtenu, je vous téléphonerai. Que comptez-vous faire si la Chine ne vous aide pas ?

— Il n'y a que deux solutions : ou nous attendons les livres sterling, et le gouverneur déclare que lundi sera jour férié pour les banques ; ou nous acceptons l'offre de Moscou.

— Tiptop m'a clairement fait comprendre que cela aurait des conséquences graves. En fait il n'y a qu'une seule solution. Dites-moi, le gouverneur vous a-t-il téléphoné ?

— Oui, il m'a demandé d'ouvrir la salle des coffres ce soir à six heures pour lui-même, Crosse, vous et un nommé Sinders. Qu'est-ce que c'est que cette histoire ?

— Il ne vous a pas fourni d'explication ?

— Simplement que l'affaire relève de la loi sur les secrets d'État.

— Rendez-vous à six heures, dit Dunross.

Et il sortit en souriant. Havergill s'essuya le front avec un mouchoir.

— Le seul avantage de la situation, c'est que ce salaud arrogant est encore plus dans le pétrin que nous, grommela-t-il.

Le téléphone sonna, Johnjohn décrocha.

— Ici le chef caissier. Il ne reste que 716 027 dollars HK dans les coffres, déclara l'homme d'une voix tremblante.

— Merci.

Johnjohn raccrocha et transmit l'information au vice-président, qui se contenta de composer en silence le numéro de Tiptop. La ligne était encore occupée.

— Je crois que vous feriez mieux d'ouvrir le dialogue avec les Soviétiques.

— Mais c'est impossible ! protesta Johnjohn.

— Prenez contact immédiatement ! ordonna Havergill d'un ton rageur.

Dès l'arrivée de Dunross au bureau, Claudia lui annonça, sans cacher son dégoût et sa nervosité :

— Mr. Toda est ici, avec l'escorte habituelle.

— Faites-les entrer.

— Mr. Alastair a téléphoné deux fois, votre père également, ainsi que miss Tcholok.

— Je les rappellerai plus tard. Après Toda, je verrai Jacques et Phillip Chen. Des nouvelles de Mrs. Riko Gresserhoff ?

— Son avion arrive à 19 heures. Je lui ai réservé une chambre au V & A.

Ian passa dans son bureau. Presque aussitôt, quatre Japonais entrèrent.

— Bonjour, Taï-pan.

— Bonjour, Hiro, dit Dunross en serrant la main tendue.

Hiro Toda, directeur des chantiers navals qui portaient son nom, était un homme tiré à quatre épingles, sensiblement du même âge que Dunross. Il avait un regard intelligent, le sourire facile, et un léger accent américain acquis au cours de deux années passées à l'UCLA.

— Puis-je vous présenter mes associés : Mr. Kazunari, Mr. Ebe et Mr. Kasigi.

Les trois hommes, plus jeunes que Toda, portaient comme lui un complet sombre bien coupé, une chemise blanche et une cravate aux tons discrets. Ils inclinèrent le buste vers Ian, qui répondit à leur salut.

— Prenez place, proposa-t-il en montrant les fauteuils disposés autour d'une petite table de conférence.

La porte s'ouvrit, Akiko, collaboratrice japonaise du Taï-pan, entra, posa sur la table un plateau, se présenta, servit du thé vert aux visiteurs et alla s'asseoir près de Dunross. Bien qu'il parlât le japonais presque couramment, Ian avait recours à une interprète pour une question de prestige.

Selon la coutume japonaise, la conversation roula d'abord sur des sujets anodins, préalable à toute discussion sérieuse. L'étiquette nipponne voulait également que le cadre chargé de conduire les négociations soit accompagné d'un nombre important de collaborateurs : plus il occupait un rang élevé, plus son escorte était nombreuse.

Hiro Toda, patron des chantiers fondés près d'un siècle plus tôt par son arrière-grand-père, descendait des *daïmyos*, seigneurs féodaux dont la classe disparut en 1870, à l'aube de l'ère moderne japonaise. Bien qu'il fût apparemment le maître incontesté des chantiers, le pouvoir était de fait entre les mains de son père, un vieillard de soixante-treize ans qui avait officiellement pris sa retraite. Ce genre de situation était fréquent au Japon.

Toda en arriva aux faits :

— La construction de vos navires avance plus vite que prévu. Tenez, voici un rapport détaillé sur la progression des travaux.

— Excellent ! Voulez-vous que nous avancions également le programme de paiement ? suggéra Ian.

Le Japonais dissimula sa surprise :

— J'en discuterai avec mes collègues, mais je suis heureux d'apprendre que vous avez la situation en main et que vous avez repoussé l'attaque dont vous étiez l'objet.

— Sun Tzu a dit : « L'imprévoyant qui sous-estime ses adversaires est sûr de tomber en leur pouvoir. » Gornt continue à nous mordiller les talons mais nous avons résisté au plus fort de l'assaut. J'envisage même de vous passer une autre commande.

La veille, en rentrant chez lui, Dunross avait brusquement compris l'importance des révélations d'AMG et de Kirk, et l'utilisation qu'il pouvait en faire dans le cadre d'un plan sur lequel il travaillait depuis près d'un an.

— Deux autres navires, Taï-pan ? Géants, comme on les construit maintenant ? Ils pourraient être prêts dans un an.

— Plutôt vingt-deux, lâcha Ian d'un ton détaché. J'ai une proposition à vous faire — en fait elle s'adresse à tous les constructeurs japonais. Actuellement, vous construisez des navires que vous vendez à des *gaï-jins* comme nous ou à des armateurs japonais. Les Japonais sont de plus en plus confrontés au même problème que les Américains : les équipages coûtent cher du fait de la législation nationale en matière d'emploi. Bientôt vous ne serez plus concurrentiels face aux Grecs, ou à nous-mêmes qui avons des frais beaucoup moins élevés.

Le Taï-pan écouta un instant Akiko, qui traduisait ses propos presque simultanément.

— Par ailleurs, le Japon doit importer 95 % de son énergie, reprit-il. Comme l'avenir est au pétrole, vous construisez des pétroliers géants qui assurent votre approvisionnement par voie maritime. En tant que constructeurs, vous ne craignez pas la concurrence mais en tant qu'armateurs, vous risquez de perdre votre place sur le marché du fait de vos frais trop élevés et des impôts très lourds que vous devez payer. Ma proposition est simple : vous cessez d'être propriétaires de vos propres flottes marchandes, qui ne sont pas rentables, vous vendez vos navires à l'étranger en *lease-back*.

— Quoi ?

— Un bateau a une durée d'une quinzaine d'années, environ. Vous le vendez — à nous par exemple —, et vous incluez dans le contrat une clause par laquelle nous vous le louons pendant quinze ans. Nous fournissons le capitaine et l'équipage. Avant de nous le livrer, vous passez un contrat d'affrètement sur quinze ans avec Mitsubishi ou une autre de vos grandes compagnies. Ainsi le navire sera utilisé pour approvisionner le Japon en charbon ou en minerais, en riz, en blé ou en pétrole : en définitive ce sont les Japonais eux-mêmes qui transporteront les matières premières dont leur pays a besoin.

Dunross considéra les visages perplexes de ses visiteurs avant de poursuivre :

— Vous pouvez même vous permettre d'aider financièrement les acheteurs — soigneusement choisis — de vos navires puisque le prix d'achat est couvert par un contrat d'affrètement de quinze ans. Et comme il s'agit d'un contrat à long terme, nos banques, la Vic ou Blacs, par exemple, accepteront volontiers de fournir le reste des fonds nécessaires. Tout le monde y gagne — vous surtout parce que vous vous assurez du contrôle d'un système d'approvisionnement régulier, et planifié à long terme... Sans parler des avantages sur le plan fiscal.

Le Taï-pan se leva, alla prendre sur son bureau un document de plusieurs pages.

— Voici une étude fiscale réalisée par notre bureau de Tokyo, avec des exemples précis, notamment la sous-évaluation du prix des navires, dit-il en revenant vers la table. Je vais vous donner une idée des autres avantages du système. Si vous nous choisissiez comme acheteurs, la société Woolara Mines serait prête à passer avec Toda Industries un contrat par lequel elle s'engagerait à vous fournir 95 % de son charbon pendant cent ans.

Hiro Toda ouvrit la bouche de stupéfaction.

— Nous pourrions de même vous aider à obtenir du cuivre, du blé, des fruits, du minerai de fer, etc., reprit Dunross. L'Australie possède d'immenses richesses : pétrole, uranium, thorium, laine, que sais-je encore ! On m'a révélé — confidentiellement — que de très importants gisements de minerai de fer à haute teneur viennent d'être découverts dans l'ouest du pays, non loin de Perth. Avec mon système, c'est *vous* qui contrôlez votre approvisionnement. De leur côté, les armateurs étrangers reçoivent l'aide financière nécessaire pour constituer des flottes gigantesques, notamment des pétroliers pouvant transporter jusqu'à un million de tonnes de brut.

Toda devança Akiko et traduisit lui-même ce dernier chiffre pour ses collaborateurs.

— Je... je crois que nous allons étudier vos propositions, enchaîna-t-il en anglais d'un ton qu'il voulait calme. Elles ouvrent des perspectives... très intéressantes. Pourrions-nous en discuter plus tard ?

— Certainement. Assisterez-vous aux courses, demain ? Nous déjeunerons à une heure moins le quart...

— Merci de votre invitation, mais je ne serai pas en mesure de vous fournir une réponse aussi tôt, dit Toda avec une soudaine nervosité.

— Je le comprends. À demain en tout cas.

Les Japonais se levèrent et prirent congé. Ils ont mordu

à l'hameçon, pensa Dunross, tout excité. Dans un an, nous aurons la plus grande flotte d'Asie... si nous réchappons au typhon qui nous menace aujourd'hui.

— Mr. Jacques monte vous voir, Taï-pan, annonça Claudia. Mr. Phillip est dans son bureau, il attend que vous lui demandiez de venir. Roger Crosse a téléphoné, votre rendez-vous est reporté à 19 heures, l'avion de Mr. Sinders a du retard.

— Bien. Merci, Claudia.

Ian composa le numéro du V & A et demanda Bartlett. L'Américain étant sorti, on lui passa Casey.

— Ian Dunross à l'appareil. Vous m'avez appelé, m'a dit ma secrétaire ?

— Oui. Est-ce que je pourrais vous voir ?

— Naturellement. Voulez-vous que nous prenions un verre au Mandarin vers 6 heures et quart ?

— Je préférerais passer à votre bureau, dans une demi-heure par exemple. Je ne vous retiendrai pas longtemps, j'ai simplement quelque chose à vous dire.

— Entendu, répondit Ian, perplexe. Je vous ferai peut-être attendre un peu mais venez.

La porte s'ouvrit au moment où il raccrochait ; Jacques de Ville entra, l'air soucieux et las.

— Vous vouliez me voir, Taï-pan ?

— Oui, asseyez-vous, Jacques. Je croyais que vous deviez prendre l'avion hier.

— Susanne préfère finalement que j'attende un jour ou deux. C'est mieux pour Avril...

Dunross écoutait de Ville avec la plus grande attention. Depuis qu'il avait réfléchi aux révélations d'AMG, l'idée que Jacques fût un espion travaillant pour les Russes ne lui paraissait plus aussi invraisemblable. Les sentiments antinazis du jeune résistant idéaliste qu'il avait été pendant la guerre avaient pu le conduire à épouser la cause communiste. D'ailleurs, à cette époque, la Russie était une alliée et la mode était au communisme, même aux États-Unis. On ne connaissait pas encore la vérité sur Staline et le *goulag*, la répression, le KGB, les exécutions massives, l'absence totale de liberté.

— Quelle impression Grey vous a-t-il faite ? demanda Ian.

— C'est un parfait crétin — hormis le fait qu'il est

trop à gauche pour mon goût. Puisque je ne pars pas dans l'immédiat, je reprends l'affaire Par-Con ?

— Simplement le contrat, la discussion avec Bartlett je m'en charge.

— Il y a un petit problème : Mr. Steigler, leur avocat, veut renégocier le programme de financement et reporter la signature de quelques jours.

Voilà sans doute ce dont Casey veut me parler, se dit Dunross avec irritation. Mais pour l'instant, le problème numéro un, c'est de Ville, en qui je ne peux plus avoir confiance. Plus question de songer à lui comme futur Taï-pan tant que je ne serai pas certain de son innocence.

— Je m'en occupe, déclara Dunross. Je procède actuellement à des changements en matière d'organisation. Linbar est parti aujourd'hui pour Sydney, il y restera un mois et tentera de sauver l'affaire Woolara. Mais je ne compte pas trop sur lui et je souhaite que vous vous chargiez désormais de l'Australie.

Une lueur s'alluma dans le regard de De Ville. Satisfaction ou inquiétude ? Ian n'aurait su dire.

— J'ai mis en branle le plan Toda, reprit-il.

— Comment a-t-il réagi ?

— Il a avalé l'appât, l'hameçon et la ligne. C'est d'ailleurs une des raisons pour lesquelles je tiens à ce que vous vous occupiez de l'Australie. Gardez cette décision pour vous dans un premier temps mais préparez-vous à vivre là-bas.

— Très bien, dit de Ville sur ton hésitant.

— Où est le problème ? Susanne n'a jamais beaucoup aimé Hong Kong, non ?

— Non, et j'avais précisément l'intention de vous demander une nouvelle affectation. J'envisageais de passer un an ou deux au Canada...

— Tiens ? marmonna Dunross, surpris.

— Oui, je pense que mes relations avec certains Canadiens francophones pourraient nous être utiles. Si nous traitons avec les Japonais, nous aurons besoin de pulpe de bois, de cuivre, de blé, de charbon et d'autres matières premières que le Canada peut nous fournir.

De Ville eut un sourire hésitant puis se lança à l'assaut :

— Le cousin David fait des pieds et des mains pour revenir à Hong Kong, vous le savez, et je pense que je suis capable de le remplacer. D'ailleurs, il est plus qualifié que moi pour s'occuper de l'Asie : il parle cantonais couramment et se débrouille en japonais. Enfin, c'est à vous de voir, Taï-pan...

Dunross réfléchit. Il avait décidé d'éloigner Jacques de Hong Kong jusqu'à ce qu'il sache la vérité mais n'avait pas songé au Canada.

— Je verrai, dit-il, bien qu'il eût déjà résolu d'adopter la proposition de De Ville. Nous prendrons une décision dimanche.

Jacques se leva et serra la main du Taï-pan, qui le regarda sortir en se demandant s'il venait de discuter avec un ami ou avec un traître. Impossible de demander l'aide de Crosse ou de Sinders : Jacques était membre du conseil intérieur, il connaissait des secrets qui ne devaient pas sortir de la Noble Maison, on ne pouvait courir ce risque.

Dunross informa sa secrétaire qu'il était prêt à recevoir Phillip Chen et donna quelques coups de téléphone en attendant. La ligne de Tiptop était toujours occupée. On frappa, le compradore entra.

— Taï-pan ! qu'allons-nous faire ? s'écria-t-il aussitôt d'une voix aiguë. 9,50 ! J'ai acheté à 28,90, jusqu'à mon dernier sou comme vous me l'aviez conseillé. Dianne a acheté à 28,80 et revendu à 16,80, elle me réclame la différence ! Qu'est-ce que nous allons faire ?

— Nous allons attendre et prier le ciel. Avez-vous réussi à joindre Tiptop de votre côté ?

— Non, sa ligne est occupée. J'ai fait vérifier par un cousin qui travaille à la poste : les deux appareils de la maison sont décrochés.

— Que conseillez-vous ?

— Ce que je conseille ? murmura Phillip, qui semblait avoir vieilli de vingt ans en quelques jours. Nous pourrions lui envoyer un messager... J'avoue que je n'ai pas réfléchi à la question : avec nos actions qui s'effondrent, la ruée sur les banques, la mort de John, les journalistes qui ne me laissent pas en paix... Toutes les valeurs de mon portefeuille sont en baisse — toutes !

Le vieillard déversa sur Gornt, ses ancêtres et sa descendance un flot d'injures obscènes puis demanda dans un murmure :

— Qu'allons-nous faire si la Vic saute ?

— Elle ne sautera pas. Le gouverneur décrétera le lundi jour férié pour les banques si Tiptop nous laisse tomber.

Réfléchissez un peu, Phillip ! Je ne peux pas lui envoyer un messager simplement pour lui dire : « Je sais que vous avez décroché votre téléphone ! »

Le compradore parut se ressaisir sous l'effet des reproches du Taï-pan.

— Excusez-moi, je... Tous ces ennuis, et John, le pauvre...

— L'enterrement a lieu quand ?

— Demain à dix heures pour la cérémonie chrétienne, lundi pour les funérailles chinoises. Si vous acceptiez de prononcer quelques mots, demain...

— Naturellement. Alors, pour Tiptop ?

Le compradore fit un effort pour se concentrer et répondit :

— Invitez-le aux courses, dans votre loge. Il n'y est jamais allé, ce serait pour lui une grande victoire sur le plan du prestige. Vous pourriez lui dire... Non, pardon, je n'ai pas les idées claires. Je vais lui écrire, ce sera beaucoup mieux. Je lui dirai que vous auriez aimé l'inviter personnellement mais que vous n'avez pu le joindre car son téléphone est en dérangement. De cette façon, qu'il vienne ou que ses supérieurs le lui interdisent, il ne perdra pas la face et vous non plus... J'ajouterai dans la lettre que la Noble Maison a d'ores et déjà passé commande à Sydney, pour le thorium — à ce propos, l'affaire semble juteuse, j'ai fait une petite enquête. Savez-vous que la Rhodésie et l'Afrique du Sud fournissent 90 % de la production mondiale de vanadium, de chrome, de platine, de manganèse, de titane — des métaux indispensables pour la construction des fusées. 90 %, si l'on excepte la Russie ! Je n'avais pas conscience que l'Afrique australe avait une telle importance pour le monde libre. Nous devrions demander à George Trussler, de nos bureaux de Singapour, de se rendre là-bas pour cxplorer les possibilités d'achat de thorium et envisager l'ouverture d'une antenne de Struan à Johannesbourg ou à Salisbury. Le thorium et, euh, les importations proposées par Mr. Yu pourraient nous rapporter gros, Taï-pan. Si nous traitons l'affaire avec la prudence requise... Oui, dans ma lettre à Tiptop, je parlerai également de Trussler ; je dirai que nous envoyons un de nos collaborateurs, un membre de la famille, en mission exploratoire.

— Parfait, approuva Dunross en appuyant sur la touche

de l'interphone. Claudia, appelez-moi Trussler immédiatement... À votre avis, Phillip, pourquoi Tiptop s'arrange-t-il pour que nous ne puissions pas le joindre ?

— Pour faire monter les enchères, nous arracher d'autres concessions.

— Devons-nous continuer à l'appeler ?

— Non. C'est lui qui nous appellera quand il aura reçu la lettre. Il ne nous prend pas pour des imbéciles.

— Quand téléphonera-t-il ?

— Quand il aura obtenu le feu vert, pas avant. Je pense qu'il le fera avant l'ouverture des banques, lundi matin. Conseillez à Johnjohn et à ce tas de viande pour chien d'Havergill de ne pas chercher à le joindre — cela contribuerait uniquement à compliquer la situation. On n'attrape pas les requins avec des têtards.

— Maître Trussler sur la deux, annonça la voix de Claudia dans l'interphone.

— Merci... Allô, George ? Quoi de neuf à Singapour ?

— Rien, il pleut et on étouffe.

— George, je veux que vous preniez le premier avion pour Johannesbourg. Dès votre arrivée, téléphonez-moi, je vous donnerai des instructions. Compris ?

— Johannesbourg ? répéta Trussler, qui semblait un peu déconcerté.

— Oui, par le prochain vol.

— Entendu, Taï-pan. À bientôt.

Dunross raccrocha en songeant que le pouvoir procurait de grandes satisfactions.

— Je m'occupe de cette lettre, dit Chen en se levant.

— Un instant, Phillip. Je voudrais vous consulter sur un autre problème.

Ian ouvrit un tiroir de son bureau et en sortit les empreintes de la demi-pièce. Outre lui-même et les taï-pans précédents encore en vie, seul le compradore connaissait le secret des quatre pièces.

— Voici des empreintes qui m'ont été remises par...

Il s'interrompit en voyant l'expression ahurie de Phillip, dont les yeux semblaient prêts à jaillir de leurs orbites. Lentement, comme s'il était perdu dans un rêve, le vieillard prit la plaquette de cire et l'examina en remuant silencieusement les lèvres.

La clarté se fit soudain dans l'esprit de Ian : la pièce avait appartenu à Phillip, bien sûr ! C'était à lui qu'on l'avait volée. Jin-qua avait dû en faire cadeau à sir Gordon Chen, pour une raison que le Taï-pan ne s'expliquait pas. Pourquoi un célèbre mandarin aurait-il fait ce présent inestimable au fils eurasien de Dirk Struan ?

Le compradore remua de nouveau les lèvres sans proférer un son puis finit par articuler :

— Bar... Bartlett vous l'a... déjà donnée ?

— Bartlett ? Qu'est-ce qu'il vient f...

Dunross se tut : une nouvelle pièce du puzzle venait de se mettre en place. Il comprenait maintenant d'où l'Américain tenait ses informations secrètes, que seul un des sept membres du conseil intérieur pouvait lui avoir livrées. Phillip Chen était le traître, il travaillait pour Bartlett et Casey ! Submergé par la rage, il se dressa et alla à la fenêtre, où il demeura immobile un long moment. Sa colère retomba peu à peu et lorsqu'il se retourna, il avait compris qu'il s'était trompé dans son analyse.

— Eh bien ? lança-t-il d'un ton glacial.

— Taï-pan, bredouilla le vieillard d'une voix brisée en se tordant les mains.

— La vérité, compradore ! Tout de suite !

— C'était John, sanglota Phillip. Pas moi, je le jure.

— Je le sais ! La suite, vite.

Chen raconta la découverte des lettres de Bartlett dans le coffre de son fils, la disparition de la pièce, la demande d'aide à Quatre-Doigts, son cousin, dont les hommes de main auraient dû intervenir au moment de la remise de la rançon mais l'avaient laissé choir, si bien qu'il avait perdu et l'argent et son fils.

— C'est la vérité, Taï-pan, conclut Phillip. Ensuite j'ai attendu, et ce matin, on a retrouvé le corps de mon pauvre John, avec ce damné message sur la poitrine...

Dunross s'efforça de faire le point. Il ne comprenait toujours pas comment Quatre-Doigts — dont il ignorait jusqu'alors les liens de parenté avec Chen — avait bien pu s'emparer de la pièce, à moins qu'il ne fût le chef des Loups-Garous. Restait un autre mystère :

— Comment John a-t-il eu connaissance de nos secrets, ceux qu'il a livrés à Bartlett ? Comment aurait-il pu être au courant des structures de la Maison ?

— Je l'ignore, mentit le compradore.

— Vous avez dû les lui révéler.

— Non, je le jure.

Ian maîtrisa la colère qui montait de nouveau en lui. Sois logique, s'ordonna-t-il. Phillip est plus chinois que blanc, considère-le sous cet angle. Jamais il n'aurait confié à son fils un secret aussi important, donc...

— Vous gardiez des dossiers secrets ! s'exclama-t-il soudain. Voilà comment John a tout découvert ! Ils étaient dans votre coffre, c'est ça ?

Terrorisé, l'Eurasien s'effondra.

— Oui, oui, laissa-t-il échapper avant de pouvoir se reprendre. Je... J'y étais contraint...

— Contraint ? Pour quelle raison ?

— Mon père... avant de me transmettre la pièce... m'avait fait promettre de tenir secrètement un dossier sur la Noble Maison afin de protéger la Maison de Chen. C'était uniquement une garantie, nous ne l'aurions jamais utilisé contre vous ou la Noble Maison.

Le Taï-pan se sentit envahi de fureur mais il se rappela le conseil que le vieux Chen-chen, son mentor, avait coutume de lui prodiguer quand il se plaignait de la façon injuste dont son père et Alastair le traitaient. « Ne te mets pas en colère, jeune Ian, cherche plutôt à obtenir justice. C'est ce que je disais toujours à Culum et à la Hag. Culum ne m'écoutait pas mais la Hag suivait mon conseil. Les personnes civilisées ne se mettent pas en colère, elles se vengent, tout simplement. »

— Ainsi Bartlett connaît nos structures secrètes, notre bilan. Que sait-il encore ?

Le compradore se contentait de regarder Dunross de ses yeux exorbités.

— Réfléchissez, Phillip, nom de Dieu !

Le Taï-pan grimaça en songeant aux liens qui unissaient peut-être Bartlett à Banastasio, Par-Con à la Mafia. Si les secrets de la Noble Maison tombaient dans de mauvaises mains...

— Je ne sais pas, gémit Phillip. Qu'est-ce... qu'est-ce que l'Américain vous a demandé en échange de la pièce ? Elle est à moi ! s'écria le vieillard.

Remarquant le teint livide de son compradore, le tremblement de ses mains, Ian lui servit un verre de cognac.

— Mer... merci.

— Allez chez vous chercher les documents, dit le chef de la Noble Maison en enfonçant un bouton de l'interphone. Andrew ? Pouvez-vous venir dans mon bureau ? Phillip ne se sent pas bien, vous allez le raccompagner et ramener certains documents de chez lui.

— J'arrive.

— Qu'est-ce que Bartlett vous a... commença Chen.

— Ne vous mêlez pas de ça ! Vous remettrez à Andrew les lettres de John, celles de Bartlett et le reste, ordonna Dunross d'un ton glacial.

La rage qui l'habitait était si violente qu'il en avait mal à la tête mais les propos de Chen-chen résonnaient à ses oreilles : « Ne te mets pas en colère, venge-toi. »

Quand Casey entra dans le bureau, Ian se leva pour aller l'accueillir. Elle avait un parapluie à la main et portait à nouveau la robe vert pâle qui mettait en valeur l'or de sa chevelure. Dunross remarqua qu'elle avait les yeux cernés, ce qui, curieusement, la rendait plus désirable.

— Pardon de vous avoir fait attendre, s'excusa-t-il.

— Je sais combien vous êtes occupé, je serai brève.

— D'abord nous allons prendre le thé. À moins que vous ne préfériez un verre ?

— Non, pas d'alcool, mais ne vous dérangez pas.

— De toute façon il est 16 h 40, c'est l'heure du thé.

La porte s'ouvrit comme par magie, un grouillot en uniforme entra, posa sur la table un plateau d'argent, servit un thé noir et fort et se retira.

— C'est du Darjeeling, commenta le Taï-pan. La Noble Maison en fait le négoce depuis 1830. J'espère que vous l'aimerez.

L'Américaine but une gorgée et dit :

— Excellent, quoique un peu fort pour moi. J'en ai pris à 2 heures du matin, cela m'a empêchée de dormir.

— Vous souffrez encore du décalage horaire ?

Casey expliqua qu'elle avait gardé les enfants de Peter Marlowe pendant qu'il se rendait à l'hôpital.

— Quel malheur ! soupira Dunross en branchant l'interphone. Claudia, appelez la clinique Nathan pour prendre des nouvelles de Mrs. Marlowe et envoyez-lui des fleurs. Merci.

— Comment savez-vous qu'elle est à la clinique Nathan ? fit la vice-présidente de Par-Con en fronçant les sourcils.

— C'est toujours là que Tooley envoie ses patients. Une autre tasse de thé ? Je vous recommande nos petits pains, dit Ian en montrant le plateau. Voici comment nous les mangeons. Regardez : une bonne cuillerée de crème caillée du Devonshire, un peu de confiture de fraise au milieu de la crème... Tenez ! On n'en fait qu'une bouchée.

Casey prit le petit pain sans enthousiasme et l'avala.

— Délicieux, marmonna-t-elle en s'essuyant les lèvres. Mais c'est trop, je ne fais que manger depuis que je suis à Hong Kong.

— Cela ne se voit pas.

— Cela finira par se voir si je n'y prends garde, répondit-elle en souriant.

Ian était étonnée de la sentir si amicale alors que, manifestement, Par-Con faisait machine arrière. Attention, ma petite, pensa-t-il, nous avons déjà conclu le marché verbalement. En la voyant se croiser les jambes nerveusement, il songea que Gavallan avait raison : son talon d'Achille, c'était son impatience.

— Je peux commencer ? demanda-t-elle.

— Vous êtes sûre que vous ne voulez pas encore un peu de thé ? proposa Dunross afin de la rendre plus nerveuse encore.

— Non, merci.

— Bon, fini pour le thé. Je vous écoute.

Casey prit une profonde inspiration avant de lancer :

— Struan fait de la corde raide et va bientôt tomber, semble-t-il.

— Ne vous inquiétez pas de cela. Nous ne nous sommes jamais mieux portés.

— Possible, mais tout le monde pense le contraire. En ce qui concerne notre accord...

— Il est valable jusqu'à mardi, nous en sommes convenus, coupa le Taï-pan d'un ton sec. Dois-je comprendre que vous le remettez en cause ?

— Non, mais compte tenu de votre situation, nous ne pouvons aller de l'avant comme prévu, ce serait de la folie. Par-Con se trouve devant l'alternative suivante : ou choisir Rothwell-Gornt, ou vous aider à vous en sortir.

— Ah bon ?

— J'ai un plan qui vous tirerait d'affaire et rapporterait gros à nos deux maisons. Je préfère traiter avec vous, à long terme, vous êtes la meilleure solution.

— Merci, dit Dunross, qui ne croyait pas un mot de ce que disait la jeune femme.

— Voici, reprit-elle. Notre banque, la First Central de New York, voudrait bien se réimplanter ici mais y a laissé un si mauvais souvenir qu'elle n'en obtiendra jamais l'autorisation. Exact ?

— Et alors ?

— Elle a absorbé récemment la Royal Belgium and Far East Bank, un petit établissement ayant des succursales à Tokyo, Singapour, Bangkok et Hong Kong. La First Central nous a demandé de faire transiter nos fonds par la Royal Belgium si nous concluons le marché et j'ai rencontré hier soir Dave Murtagh, le directeur de l'agence locale. Il m'a expliqué que leurs affaires vont mal, que les grandes banques installées de longue date raflent la presque totalité des dépôts et donc des dollars HK nécessaires pour prêter de l'argent. Si bien que la Royal Belgium tourne à vide, malgré les dollars US et l'énorme puissance de la First Central.

— Je ne savais pas que la First Central était derrière eux. Quand ont-ils été rachetés ?

— Il y a deux mois. Que diriez-vous si la Royal Belgium vous avançait lundi 120 % du prix d'achat des deux navires construits par Toda ?

— Contre quelles garanties ?

— Les navires eux-mêmes.

— Impossible ! Aucune banque ne prendrait ce risque.

— 100 % pour Toda, 20 % pour couvrir les frais de livraison, l'assurance et le coût de fonctionnement pendant les premiers mois.

— Sans le *cash flow* nécessaire pour un programme de remboursement raisonnable ?

— Facilement, répondit Dunross. Maintenant dites-moi ce qu'ils exigent en échange de ce geste généreux.

— L'engagement de déposer chez eux pendant cinq ans 50 % de vos devises, de laisser en permanence sur votre compte de cinq à sept millions de dollars HK — soit 1,5 million de dollars US —, de faire de la Royal Belgium votre seconde banque à Hong Kong et de la First Central votre principale banque à l'étranger. Qu'en pensez-vous ?

Le Taï-pan dut faire appel à toute sa maîtrise pour ne pas clamer sa joie.

— C'est une offre ferme ? demanda-t-il d'une voix calme.

— C'est ce que j'ai cru comprendre.

— Le directeur d'une agence locale n'est pas habilité à faire ce genre de proposition, objecta Ian.

— Si vous êtes d'accord, Murtagh prendra aussitôt contact avec ses supérieurs.

— Laissons cette question de côté pour l'instant, murmura Dunross, perplexe. Quelle est votre part, dans tout cela ?

— Un instant, il y a un autre aspect de l'offre dont je ne vous ai pas encore parlé. Murtagh essayerait d'obtenir de la direction générale un prêt de cinquante millions de dollars US à renouvellement automatique garanti par les actions non émises que vous avez en votre possession. De cette façon, vous seriez couvert. Personnellement, je pense qu'il est un peu cinglé.

Dunross sentit la sueur lui inonder le dos. Ces cinquante millions lui permettraient de repousser l'assaut de Gornt, et si ce dernier était neutralisé, Orlin se montrerait plus compréhensif puisque Struan avait toujours été un bon client. D'ailleurs, la First Central ne faisait-elle pas partie du consortium Orlin ?

— Et que devient notre accord ? questionna-t-il.

— Rien de changé, vous l'annoncerez quand le moment vous semblera opportun, pour vous comme pour nous. Si — je dis bien *si* — la First Central accepte de prendre ce risque, nous pouvons gagner une fortune en achetant des Struan à 9,50 lundi matin ; elles devraient remonter à 28, voire 30, n'est-ce pas ? Reste le problème de la ruée, auquel je ne vois pas de solution.

Dunross s'essuya le front avec son mouchoir sans la moindre gêne, se leva, versa deux cognac, en donna un à Casey et se rassit, l'air songeur. Les questions se bousculaient dans sa tête, il passait alternativement de l'espoir à l'incrédulité, de l'excitation à la crainte.

— Qu'est-ce que cela me coûterait ? demanda-t-il.

— À vous de parler chiffres avec la Royal Belgium. Les intérêts seraient élevés mais le jeu en vaudrait la chandelle. En outre, il vous faudrait garantir *personnellement* l'emprunt jusqu'au dernier centime.

— Diable !

— Enfin, il y a la question du prestige. Vous terniriez votre réputation en traitant avec — comment disait lady Joanna ? — avec ces « saligauds » de la First Central. Pensez, ma chère, des Américains !... Quelle vieille garce !

— Garce, pas vraiment. Elle est assez caustique, elle a la dent dure mais c'est quelqu'un de plutôt bien. Je vous accorde qu'elle est antiaméricaine mais voyez-vous, son mari, sir Richard, a été tué à Monte Cassino par une bombe américaine : le pilote du bombardier avait pris son bataillon pour une unité nazie.

— Ah ! je comprends.

— Que veut Par-Con exactement — que veulent miss Tcholok et Mr. Bartlett ?

— Un accord à long terme avec Struan qui feraient de nous de vieux amis, répondit Casey avec un curieux sourire. J'ai appris ce que cette expression signifie pour les Chinois.

— Ensuite ?

— Est-ce à dire que vous acceptez ?

— J'aimerais connaître toutes les clauses avant d'en accepter une.

— Linc ne veut rien d'autre. En fait, il n'est pas au courant.

— Je vous demande pardon ? fit Dunross, décontenancé.

— Il ne connaît rien encore de la proposition de la Royal Belgium, répondit la jeune Américaine d'un ton neutre. J'ai tout échafaudé aujourd'hui avec Dave Murtagh. Je ne sais d'ailleurs pas si, en fin de compte, je vous rends un grand service car, en cas d'accord, c'est votre responsabilité personnelle qui sera engagée. Mais cette proposition peut sauver Struan, et donc notre marché.

— Ne croyez-vous pas que vous devriez consulter votre chef bien-aimé ? dit le Taï-pan en s'interrogeant sur les implications de cette révélation inattendue.

— Je suis vice-présidente de Par-Con, responsable de l'affaire Struan. Notre intervention en votre faveur ne nous coûte rien ; nous nous contentons de faire jouer notre influence — l'influence, c'est à cela que ça sert. Je veux faire affaire avec vous, je ne veux pas voir Gornt gagner.

— Pourquoi ?

— Je vous l'ai dit : parce qu'à long terme vous représentez pour nous la meilleure solution.

— Et vous, Ciranoush, que demandez-vous en échange de votre intervention ?

Les yeux de la jeune femme s'assombrirent, leur couleur noisette se fit plus profonde.

— Je veux que le Taï-pan de la Noble Maison me traite en égale, non avec condescendance ou mépris. Je ne veux plus être considérée comme une femme reléguée dans le sillage d'un grand homme d'affaires. Enfin, je veux que vous m'aidiez à gagner assez d'argent pour me permettre d'envoyer qui que ce soit « sur les roses ».

— Ce dernier point ne pose pas de problème si vous êtes prête à prendre des risques. Quant au premier, je n'ai jamais eu pour vous la moindre condescendance...

— Ce n'est pas le cas de Gavallan et des autres.

— ... et je n'en aurai jamais, acheva Ian. En ce qui concerne les autres, vous n'avez qu'à quitter la table de conférence — et le champ de bataille — s'ils ne vous traitent pas comme vous le souhaiteriez. Ne leur imposez pas votre présence. Je n'ai pas le pouvoir de faire de vous mon égale ; vous êtes une femme et vous vivez dans un monde d'hommes, que cela vous plaise ou non. Aussi longtemps que je vivrai, je traiterai une femme en femme, quelle qu'elle soit.

— Alors allez vous faire foutre !

— Avec plaisir. Quand ?

Ils éclatèrent de rire ensemble, la tension retomba.

— Désolée, je l'ai bien cherché, dit Casey en se levant. David Murtagh attend votre coup de téléphone.

— Un instant, il y a une ou deux choses dont je voudrais vous parler.

Le Taï-pan évoqua l'attitude de Steigler lors de son entrevue avec Dawson.

— Quel enfant de salaud ! s'exclama Casey, visiblement contrariée. Je lui avais pourtant bien recommandé de ne pas rouvrir les négociations. Les avocats s'imaginent toujours qu'ils peuvent faire mieux que vous. Ces types sont une véritable plaie, Linc est aussi de cet avis.

— À ce propos, quelle sera l'attitude de Linc ? demanda Ian en songeant aux deux millions de dollars que l'Américain avait avancés à Gornt. Est-ce qu'il soutiendra votre plan à cent pour cent ?

Casey réfléchit avant de répondre :

— Oui, j'en suis convaincue.

— Ciranoush, je t...

— Appelez-moi Casey, s'il vous plaît. Ciranoush appartient à un autre monde.

— D'accord. Casey donc, je tiens à vous remercier. Nous sommes maintenant de vieux amis et je vous aiderai à gagner votre indépendance financière. Combien vous faut-il ?

— Deux millions de dollars, impôts déduits.

— Votre législation fiscale est sévère, rigide. Seriez-vous prête à l'enfreindre ?

La jeune femme hésita.

— Tout Américain a le droit d'essayer de payer le moins d'impôts possible, finit-elle par répondre. À condition de ne pas frauder le fisc.

— Je vois. Dans ces conditions, c'est quatre millions de dollars avant déduction d'impôts qu'il vous faudra gagner. C'est une sacrée somme quand on ne dispose au départ que de 46 000 dollars à la caisse d'épargne de San Fernando et de 8 700 dollars sur un compte à la Los Angeles and California Bank.

— Vous êtes un salaud.

— J'ai simplement des amis haut placés. Comme vous. Je vous invite à dîner ce soir, Linc et vous.

— Linc n'est pas libre.

— Alors dînons ensemble, voulez-vous ? Rendez-vous à 8 heures dans le hall du Mandarin.

Le ton sur lequel Casey avait répondu que Linc n'était pas libre était presque un aveu : l'Américaine était jalouse d'Orlanda Ramos, c'était la vraie raison de sa proposition d'aide. Casey a peur d'Orlanda, se dit le Taï-pan. Mais craint-elle avant tout que Gornt, qui tire les ficelles derrière l'Eurasienne, ne fasse trébucher Bartlett, ou est-elle jalouse au point de provoquer elle-même la chute de Linc ?

59

17 h 35

Casey prit la queue s'étirant devant un des tourniquets de la gare du Golden Ferry. Lorsque la cloche annonça l'imminence du départ, les Chinois qui se trouvaient devant elle se mirent à courir, elle-même accéléra machinalement l'allure et se laissa porter à bord par le flot humain bruyant et excité. Elle trouva une place assise et, promenant sur le port un regard triste, elle se demanda si elle avait réussi son coup.

— Mais la direction générale ne marchera jamais ! s'était écrié Murtagh lors de leur entrevue.

— Alors elle ratera une affaire en or, et vous aussi. Ne laissez pas passer cette chance : quand Dunross prendra contact...

— Rien de moins sûr !

— Il vous contactera, je saurai le convaincre. Vous lui direz que l'idée vient de vous, pas de moi. De mon côté, je vous soutiendrai à fond auprès de la direction.

— Bon sang, Casey, vous me voyez en train d'expliquer à ces crétins ce qu'est un vieil ami ?

— Bon, ne leur parlez pas de ça, utilisez d'autres arguments. Si vous parvenez à les persuader, vous deviendrez le banquier américain le plus important de toute l'Asie.

Et moi j'aurai tiré Linc des griffes de Gornt, pensa la jeune femme. Je sais que je ne me trompe pas sur le compte de ce type.

— Tu te trompes ! lui avait lancé Linc avec colère ce matin-là.

— Cela crève pourtant les yeux. Je ne cherche pas à me mêler de tes...

— Tiens !

— C'est toi qui as commencé à parler d'Orlanda, pas moi ! Tu ne taris pas d'éloges sur... sur sa cuisine, sa façon de danser, son élégance, sa conversation ! Moi je t'ai simplement demandé : « Est-ce que tu t'es bien amusé ? »

— Oh ! bien sûr, mais d'un tel ton que j'ai entendu : « J'espère que tu as passé une soirée lamentable ! »

Il a raison, pensa Casey au bord des larmes. S'il veut découcher, cela le regarde. J'aurais dû me taire, comme les autres fois, et ne pas lui faire une scène. Mais cette fois-ci, c'est différent, il est en danger et ne s'en rend pas compte.

— Linc, cette femme n'en veut qu'à ton argent. Depuis combien de temps la connais-tu ? Deux jours. Où as-tu fait sa connaissance ? Chez Gornt ! J'ai fait une enquête : c'est lui qui règle son loyer et ses factures.

— Elle me l'a dit, elle m'a raconté tout ce qui s'était passé entre eux ! Ne me parle plus d'Orlanda, compris ? Je t'interdis de la salir !

— Par-Con doit choisir entre Dunross et Gornt, et l'un et l'autre sont prêts à user de tous les stratagèmes pour te faire baisser ta garde.

— Alors Orlanda est un stratagème ! Je t'en prie, Casey, reconnais que tu es jalouse. Cette fille représente tout ce qu'un homme peut désirer ; toi, tu...

Linc n'avait pas achevé sa phrase. C'est vrai, se dit Casey en se mettant à pleurer doucement, je suis une machine à faire des affaires, je ne suis pas aussi féminine qu'elle, je ne veux pas devenir une bonne femme d'intérieur, du moins pas pour le moment. Orlanda est douce, docile, libérée, experte en amour, et elle n'a qu'une seule idée : mettre le grappin sur un homme riche. La Française avait raison : pour toutes les croqueuses de diamants de la Colonie, Linc est le gibier idéal.

Les sampans et autres petites embarcations s'écartaient prestement pour laisser le ferry sortir du port. Le ciel était lourd, le vent soufflait en rafales. Casey essuya ses larmes et sortit un miroir de son sac pour vérifier si son rimmel avait coulé. Un cargo ventru passa majestueusement en faisant mugir sa sirène mais elle ne le vit pas plus que la masse énorme du porte-avions nucléaire amarré le long du quai de l'Amirauté. Reprends-toi, s'exhorta-t-elle en examinant son visage. Mon Dieu, tu parais quarante ans !

Les bancs de bois inconfortables avaient été pris d'assaut par les passagers, Chinois pour la plupart, encore qu'il y eut çà et là dans la foule quelques Blancs, quelques touristes armés d'appareils photo. Les Chinois qui encadraient l'Américaine lisaient leur journal, comme ils l'auraient fait dans le métro de n'importe quelle grande ville, à cette différence près qu'ils se raclaient bruyamment la gorge de temps à autre. L'un d'eux cracha, apparemment insensible à la pancarte fixée au bastingage qui en faisait interdiction en deux langues. Casey se rappela les propos du Taï-pan : « Cela fait cent vingt ans que nous essayons de les changer mais les Chinois ne perdent pas facilement leurs habitudes. »

Lorsque le bateau approcha du débarcadère de Kowloon, deux autres ferries partant pour Hong Kong lui cédèrent le passage. Tout le monde se leva et se dirigea en se bousculant vers la sortie située à bâbord. Le bateau pencha légèrement et Casey, tirée de ses pensées, réalisa avec une pointe d'inquiétude qu'il devait y avoir plus de cinq cents passagers sur chaque pont. Une matrone chinoise lui écrasa le pied et continua à pousser vers la tête de la file sans même s'excuser.

— Il faut se les faire, hein ? dit avec bonne humeur le grand Américain qui se trouvait derrière Casey. Je m'appelle Stanley Rosemont, nous nous sommes rencontrés chez le Taï-pan.

— Oh ! excusez-moi, je... je réfléchissais. Comment ça va ? demanda la jeune femme, qui n'avait gardé aucun souvenir de cet homme.

— La routine. Vous, ça n'a pas l'air d'aller fort, Casey, répondit-il gentiment.

— Si, si, mentit-elle en tournant la tête.

À l'avant et à l'arrière, des matelots lancèrent des cordes qui, aussitôt enroulées autour d'une bitte, se tendirent avec un bruit qui la fit grincer des dents. Le ferry s'immobilisa. Avant même que la passerelle ne fût complètement abaissée, la foule se remit en mouvement, entraînant avec elle les deux Américains.

— Vous êtes descendue au V & A ?

— Oui. Vous aussi ?

— Non, j'occupe un appartement acheté par le consulat, à Hong Kong.

— Vous êtes ici depuis longtemps ?

— Deux ans. C'est curieux, les premiers mois on se sent bloqué : on a l'impression qu'il n'y aucun endroit où l'on puisse aller, que l'on rencontre toujours les mêmes têtes. Et puis on commence à aimer Hong Kong, on se sent vivre au centre du monde, là où les choses importantes se passent. On se met à apprécier tout ce que la Colonie offre : excellents journaux, bonne cuisine, golf, yachting, courses, voyages à Taipei ou à Bangkok. Et vous, vous comptez rester longtemps ?

— Cela dépend. Vous savez probablement que nous espérons conclure un marché avec Struan ?

— On ne parle que de ça. Vous vous souvenez de mon copain Ed Langan, celui avec qui j'étais chez le Taï-pan ?

Il connaît un de vos actionnaires, un type nommé Bestacio, ou quelque chose comme ça.

— Banastasio ? questionna Casey, surprise.

— Oui, peut-être. Vous avez l'air étonné.

— À cause de la coïncidence : Banastasio arrive demain.

— Ah bon ! murmura Rosemont, désarçonné.

— Vous pouvez dire à votre ami qu'il descendra à l'hôtel Hilton. Il le connaît bien ?

— Non, simplement de vue. C'est un joueur, ce Banastasio, non ? D'après Langan, c'est un sacré bonhomme.

— Je ne l'ai rencontré que deux fois, aux courses. C'est un grossium à Del Mar. Personnellement, je ne suis portée ni sur le jeu ni sur les joueurs.

Ils étaient sortis de la gare et remontaient le quai en direction du V & A, fendant la foule, assaillis par des odeurs de sueur et de moisi. Rosemont aperçut les mâts du *Sovetsky Ivanov* et tourna automatiquement la tête vers Hong Kong, songeant qu'avec de bonnes jumelles les Russes pouvaient facilement compter les rivets du porte-avions nucléaire dont il contemplait la silhouette. Casey suivit son regard et dit :

— Vous avez dû monter à bord puisque vous travaillez au consulat.

— Naturellement. Visite guidée !

— Veinard.

— Hier, le commandant avait organisé un pince-fesses à bord, je me suis débrouillé pour en être, mentit l'homme de la CIA avec aisance.

Il était effectivement monté à bord du porte-avions la veille et une nouvelle fois dans la matinée mais pour s'entretenir avec l'amiral, le commandant et le responsable de la sécurité. L'entrevue avait été orageuse et Rosemont avait dû montrer aux trois hommes les photos du manuel du système radar pour les convaincre qu'ils avaient été trahis par l'un des leurs. Le traître se trouvait à présent à bord, dans une cellule gardée nuit et jour par des agents de la CIA. D'après son dossier, il venait d'une petite ville du Middle West et s'était jusque-là comporté normalement, sans éveiller la méfiance de quiconque. C'était un homme tranquille, estimé par ses camarades et ses supérieurs. Pas de sympathies à gauche, pas de tendances homosexuelles, pas de motif de chantage — rien n'expliquait sa conduite.

— Pourquoi as-tu fait ça ? lui avait demandé Rosemont.

— Pour de l'argent.
— Qui te paie ?
— J'ai rencontré à San Diego un type prêt à me refiler du fric contre des renseignements sur le *Corregidor*.
— Tu te rends compte que tu as trahi ton pays ?
— Mais tout ce qu'il voulait, c'était quelques chiffres, quelques tuyaux ! Qu'est-ce que ça change, que je les lui ai filés ? On est capable d'écraser ces foutus cocos quand on veut. Le *Corregidor* est le plus grand porte-avions du monde !
Misère ! comment résoudre les problèmes de sécurité quand on a affaire à des types aussi bêtes ! pensa Rosemont avec lassitude. Il continua à bavarder en marchant, posa à la jeune femme des questions apparemment anodines mais destinées à la sonder. Lorsqu'ils furent devant l'hôtel, un portier en livrée leur ouvrit la porte en souriant. Le hall était bruyant et animé, comme à l'ordinaire.
— Je suis en avance à mon rendez-vous. On boit un verre ? lui proposa-t-il.
Casey hésita puis accepta avec un sourire. Cet homme lui plaisait, elle aimait bavarder avec lui.
— Laissez-moi d'abord voir si j'ai du courrier, dit-elle.
Elle passa à la réception où on lui remit une pile de télex, des messages de Jannelli, Steigler et Forrester la priant de rappeler, ainsi qu'une note de Bartlett. Après avoir abordé diverses questions de routine concernant Par-Con, Linc concluait : « Nous optons pour Rothwell-Gornt. Rendez-vous demain matin 9 heures pour le petit déjeuner. »
Elle retourna auprès de Rosemont et lui demanda :
— Je peux remettre votre invitation à plus tard ?
— Mauvaises nouvelles ?
— Non, simplement des affaires urgentes.
— Dans ce cas, vous viendrez dîner à la maison, Linc et vous, un soir de la semaine prochaine. J'aimerais vous présenter ma femme, Athena. Elle vous téléphonera pour fixer la date, d'accord ?
— Entendu.
Rosemont quitta Casey et se rendit seul au bar, où il commanda un whisky. Combien de millions Banastasio a-t-il investi dans Par-Con et que reçoit-il en échange ? se demanda-t-il. Un coup de chance que je me sois occupé personnellement de Casey aujourd'hui, nous n'aurions

peut-être rien su de la venue de Banastasio. Qu'est-ce qu'il vient faire ici ?

Robert Armstrong s'approcha.

— Bon Dieu, Robert, vous avez l'air vanné. Payez-vous des vacances ou laissez tomber les femmes un moment.

— Allez vous faire empailler ! Vous êtes prêt ? Autant partir maintenant.

— Le rendez-vous n'est qu'à sept heures, nous avons le temps.

— Nous devons d'abord passer prendre le gouverneur.

— Bon, allons-y, soupira l'Américain.

Il vida son verre, paya et reprit le chemin de la gare du ferry en compagnie du policier.

— Comment se déroule « coup-à-blanc » ? demanda Armstrong.

— Nos troupes sont encore là-bas, drapeaux déployés. Il semblerait que la révolte en Azerbaïdjan fasse long feu. Vous avez l'air bien morose, mon vieux.

— Il y a des jours où j'en ai marre d'être flic, c'est tout. Stanley, j'aime autant vous prévenir : vous êtes dans le pétrin, et Crosse ne décolère pas à l'idée qu'il pourrait trinquer.

— Dites donc, n'oubliez pas que c'est Ed Langan qui vous a appris l'existence des rapports d'AMG. Nous sommes alliés, nom de Dieu !

— Exact, mais cela ne vous autorise pas à opérer une descente tout à fait illégale dans un appartement « blanc comme neige » appartenant à la Compagnie du téléphone, « blanche comme neige » elle aussi.

— Moi ? fit l'homme de la CIA en jouant les vertus offensées. Quel appartement ?

— Le 32, aux tours Sinclair. Vos gorilles et vous avez enfoncé la porte en pleine nuit. Je peux savoir pourquoi ?

— Je n'y ai jamais mis les pieds ! rétorqua Rosemont, espérant s'en tirer par un faux-fuyant.

L'un de ses informateurs chinois avait entendu dire que cet appartement, vide la plupart du temps, servait occasionnellement de planque à des agents communistes — de nationalité inconnue —, et qu'une rencontre s'y déroulerait ce soir-là. Connochie, un de ses meilleurs hommes, avait dirigé l'opération mais les espions avaient réussi à s'enfuir. La fouille des lieux n'avait apporté aucun indice — mis à part les empreintes relevées sur l'un des deux verres trouvés dans l'appartement.

— Vous peut-être mais pas vos petits soldats. Plusieurs locataires ont déclaré avoir vu quatre grands costauds de race blanche monter et descendre les escaliers à toute allure. Des gaillards taillés en armoires à glace — tout à fait le genre de vos services.

— Certainement pas !

— Oh si ! et cette erreur va vous retomber sur le dos, parce que Crosse a déjà envoyé à Londres deux télégrammes plutôt gratinés. L'ennui, c'est que vous n'avez pris personne et que nous, nous allons prendre un savon !

— Laissez tomber, soupira l'Américain. J'ai quelque chose pour vous : j'ai appris par Casey que Banastasio arrive demain. Qu'est-ce que vous en pensez ?

Armstrong n'ignorait rien de la venue de Banastasio, que Ng-le-Photographe avait inscrite dans son agenda.

— Intéressant. Je transmettrai au Vieux. Mais vous feriez bien de trouver une meilleure explication pour les tours Sinclair et surtout faites comme si je ne vous avais pas prévenu.

Le policier bâilla, il était mort de fatigue : ce matin à 6 h 30, il avait commencé à interroger Brian. Selon la procédure habituelle, Kwok, toujours sous l'effet de la drogue, avait été transporté de sa cellule d'un blanc immaculé à un cachot malpropre aux murs humides, à la porte vermoulue, et jeté sur une paillasse puante. Dix minutes après la piqûre de « réveil », la lumière s'était allumée, Kwok avait vu la porte s'ouvrir et Armstrong entrer.

— Vous êtes devenu fou ? avait crié le policier au geôlier. Comment osez-vous traiter de cette façon le commissaire Kwok ?

— Ordre de Mr. Crosse, commissaire. Je...

— Je me fous de Crosse ! Allez, du balai !

Armstrong avait refermé la porte de la cellule et s'était approché de son « ami ».

— Tiens, mon vieux, tu veux une cigarette ?

— Mer... merci. Robert, qu... qu'est-ce qui se passe ?

— Je n'en sais rien. On m'avait dit que tu prenais quelques jours de vacances mais j'ai fini par apprendre que tu étais ici. Crosse devient cinglé, il prétend que tu travailles pour les communistes.

D'une main tremblante, le prisonnier avait approché la cigarette de ses lèvres et avait tiré une profonde bouffée.

— Moi ? Pour l'amour de Dieu !... Quel jour sommes-nous ?

Armstrong, qui attendait la question, avait ajouté sept jours à la date réelle :

— Vendredi, le treize.

— Qui a gagné la cinquième course ?

— Butterscotch Lass, avait répondu le commissaire, décontenancé, et surpris que le cerveau de Brian fonctionnât encore aussi bien. Pourquoi ?

— Juste pour savoir... Écoute, Robert, c'est une erreur, il faut que tu m'aides. Tu ne...

Comme prévu, Roger Crosse était entré dans le cachot, brusquement, la colère de Dieu en personne.

— Écoute-moi, sale espion, je veux le nom et l'adresse de tes contacts. Qui te donne des ordres ?

Kwok s'était mis debout péniblement.

— Personne. Je ne suis pas un espion, c'est une erreur.

— Alors explique-moi ce que tu fais là ! avait rugi Crosse en brandissant un agrandissement photographique sous les yeux du détenu. Devant la pharmacie de ta famille, à Ning-tok, avec Fang-ling Wu, ta mère. Explique-moi pourquoi tu nous cachais ton vrai nom, Chu-to Wu, fils de Ting-top et de Fang-ling Wu...

Une expression de stupeur était passée fugitivement sur le visage de Kwok.

— C'est faux, avait-il bredouillé. Je suis Brian Karshum Kwok...

— Menteur ! Nous avons des preuves, nous avons des témoins ! Ta *gan sun*, Ah Tam, t'a reconnu.

Cette fois, Kwok était presque parvenu à masquer son ahurissement :

— Je... Je ne connais pas d'Ah Tam.

— Tu passeras le reste de ta vie dans cette prison si tu ne parles pas. Réponds à mes questions, sinon je te fais enchaîner ! Quant à vous, Robert, je vous interdis de venir ici sans mon autorisation ! avait hurlé Crosse avant de sortir du cachot d'un pas nerveux.

Armstrong se rappelait la nausée qui lui avait soulevé le cœur quand il avait vu la vérité s'inscrire sur le visage de son « ami ». Il avait trop l'habitude de traquer ce genre de réaction pour se tromper. Cependant, ce fut avec le même dégoût de soi qu'il avait continué à jouer la comédie :

— Bon Dieu, Brian... Qu'est-ce qui t'a pris de faire ça ?

— De faire quoi ? avait répondu Kwok d'un ton de défi. N'essaie pas de m'avoir, Robert, je n'ai pas passé sept jours ici, impossible. Je suis innocent.

— Et les photos ?

— Des faux, fabriqués par Crosse...

Brian s'était agrippé au bras de son collègue et l'avait regardé avec des yeux désespérés.

— C'est lui, la taupe, Robert. Il essaie de me faire porter le chapeau, c'est un homos...

Le geôlier était alors entré pour prononcer sa réplique :

— Désolé, commissaire, vous devez partir.

— Bon, mais donnez-lui un peu d'eau.

— C'est interdit.

— Donnez-lui de l'eau, nom de Dieu !

Le geôlier avait fait mine de céder et, pendant son absence, Armstrong avait glissé quelques cigarettes sous la paillasse en murmurant :

— Je vais voir ce que je peux faire, Brian.

Le cerbère était revenu porteur d'une tasse ébréchée.

— C'est tout ce que je peux vous donner, avait-il grommelé. Et rendez-moi la tasse !

Kwok avait englouti l'eau et la drogue qu'elle contenait. Armstrong était sorti du cachot, la porte s'était refermée avec un claquement, les verrous avaient coulissé en grinçant, la lumière s'était brutalement éteinte, replongeant le prisonnier dans le noir. Dix minutes plus tard, Armstrong était revenu avec Crosse et le docteur Dorn dans la cellule où Kwok gisait inconscient sur sa paillasse.

— Vous avez parfaitement joué votre rôle, Robert, l'avait complimenté le directeur de la SI. Vous avez remarqué sa stupeur ? Aucun doute, il est coupable. Docteur, vous le ferez passer au cycle éveil-sommeil d'une heure.

— Une heure ? Mais vous ne..., avait voulu protester Armstrong.

— Une heure, sous surveillance médicale. Je ne veux pas lui faire de mal, je veux le rendre plus malléable. Vingt-quatre heures de traitement, ensuite vous l'interrogerez de nouveau, Robert. Si cela ne marche pas, nous le conduirons à la « salle rouge ».

Dorn avait tiqué, le commissaire avait rétorqué :

— Pas question.

— Le client est coupable, Robert. Coupable ! C'est lui qui a vendu Fong-fong et Dieu sait combien d'autres. D'ailleurs nous n'avons pas le choix, j'ai reçu des ordres de Londres. Metkin, le gros poisson que nous venons de capturer, a disparu avec l'avion de la RAF qui le transportait. L'appareil a refait le plein à Bombay et s'est évanoui quelque part au-dessus de l'océan Indien.

60

18 h 58

Le gouverneur était dans une colère noire lorsqu'il descendit de voiture et s'avança vers la porte de la banque où l'attendait Johnjohn.

— Vous avez vu ça ? explosa-t-il en agitant le journal qu'il tenait à la main.

L'édition du soir du *Guardian* portait en manchette : « Des membres de la délégation parlementaire accusent la RPC ».

— Oui, Excellence, marmonna le banquier, furieux lui aussi. Vous ne pourriez pas les faire pendre ?

Au cours de la conférence de presse qu'ils avaient donnée dans l'après-midi, Grey et Broadhurst avaient fait des déclarations contre lesquelles le gouverneur, Dunross et les autres taï-pans les avaient pourtant patiemment mis en garde, au nom de l'intérêt de la Grande-Bretagne et de Hong Kong. Grey avait ensuite longuement développé sa théorie personnelle selon laquelle la Chine communiste cherchait à conquérir le monde et devait être traitée comme le principal ennemi de la paix.

— J'ai déjà reçu une protestation officieuse, dit sir Geoffrey.

— Pas de Tiptop, j'espère ?

— Bien sûr que si. Nos chances d'obtenir leur aide sont désormais nulles. Ce satané Grey a fait passer ses opinions personnelles pour celles de la délégation, ce qui est totalement faux ! Provoquer délibérément la Chine, c'est de la folie. Sans la bienveillance chinoise, nous ne resterions pas un jour de plus à Hong Kong, notre position serait intenable. Dire que nous avions tous pris la peine de le lui expliquer !

Le gouverneur se moucha et s'enquit des autres.

— Crosse et Sinders m'ont emprunté mon bureau, Dunross arrive, fit Johnjohn. Une sacrée surprise, le lien de parenté entre Ian et Grey, non ?

Le député travailliste avait répondu affirmativement lorsqu'un journaliste lui avait demandé s'il était le beau-frère du Taï-pan.

— En effet. Bizarre que Ian n'en ait jamais parlé.

— Ni Penelope ! Très curieux. Croyez-vous que...

Johnjohn s'interrompit en voyant arriver Dunross.

— Bonsoir, Ian, dit-il. Vous avez lu le *Guardian* ? Ces deux salauds mériteraient d'être condamnés pour haute trahison ! Que pouvons-nous faire ?

— J'ai pris contact avec Guthrie, le libéral, et plusieurs conservateurs. Un des meilleurs reporters du *Guardian* les interviewe en ce moment même et, dans l'édition de demain, ils se désolidariseront des propos de Grey.

— Avez-vous parlé à Tiptop ? demanda le banquier.

— Non, sa ligne est toujours occupée, mais je lui ai envoyé un message par l'entremise de Phillip Chen.

Après que le Taï-pan eut résumé aux deux hommes le contenu de la lettre du compradore, le gouverneur l'informa de la protestation de Tiptop.

— À quelle heure vous a-t-il téléphoné ? questionna Dunross, atterré.

— Juste avant six heures.

— Il avait sans doute déjà reçu la lettre... Après ces déclarations catastrophiques, inutile de compter sur l'argent chinois.

Comme les deux hommes n'avaient fait aucune allusion à ses liens avec Grey, Dunross décida de prendre les devants :

— Mon fichu beau-frère n'aurait pas fait mieux s'il avait été membre du Politburo soviétique.

— On choisit ses amis mais on subit ses frères, cita le gouverneur. Tout est prêt, Johnjohn ?

Roger Crosse et Edward Sinders, le chef du MI-6, sortirent de l'ascenseur, Dunross, le banquier et le gouverneur les rejoignirent dans le hall.

— Sinders, je vous présente Mr. Dunross, dit sir Geoffrey en conduisant le petit groupe dans un bureau.

— Enchanté, assura le patron du MI-6.

C'était un homme d'âge mûr, de taille moyenne, sans rien de particulier. Ses vêtements froissés et la barbe grise hérissant son visage mince et pâle indiquaient qu'il arrivait directement de l'aéroport.

— Bonsoir, Excellence, bonsoir Ian... Puisque tout le monde est là, nous pourrions peut-être commencer ? suggéra Crosse d'un ton crispé.

— Bruce, vous voulez bien nous laisser ? demanda le Taï-pan à Johnjohn.

Le banquier se retira en s'interrogeant quant aux fonctions du mystérieux Mr. Sinders, dont on ne lui avait rien dit.

Dunross se tourna vers le gouverneur.

— Excellence, certifiez-vous formellement que je me trouve devant Edward Sinders, chef du MI-6 ?

— Assurément, répondit l'homme politique en tendant une enveloppe au Taï-pan. Vous vouliez une attestation écrite, n'est-ce pas ?

— Maintenant que cette formalité est réglée..., commença le patron des services secrets.

— Un instant, coupa Ian. Qui est Mary McFee ?

Sinders ouvrit la bouche de surprise.

— Vous avez des amis haut placés, Mr. Dunross. Puis-je savoir d'où vous tenez ce nom ?

Dunross l'avait obtenu d'Alastair Struan, qui le tenait lui-même d'un membre du gouvernement, par l'intermédiaire d'un ponte de la Banque d'Angleterre.

— Non, je regrette.

— Mary McFee est une amie, répondit Sinders avec embarras.

— Cette réponse ne me suffit pas. Quel est son vrai nom ?

Sinders hésita, prit le Taï-pan par le bras, l'entraîna à l'autre bout de la pièce et lui chuchota à l'oreille :

— Anastasia Kekilova, premier secrétaire de l'ambassade de Tchécoslovaquie à Londres.

Satisfait, Dunross hocha la tête mais le maître espion le retint avec une force surprenante et ajouta, toujours dans un murmure :

— Dépêchez-vous d'oublier ce nom. Si le KGB venait

à vous soupçonner de le connaître, il vous le ferait cracher. Ce serait la mort pour mon amie, pour moi, et pour vous.

Sinders prit une profonde inspiration, se retourna et lança aux autres :

— Allons-y.

Ils rejoignirent Johnjohn, qui les attendait devant l'ascenseur et descendirent à la salle des coffres, située au deuxième sous-sol. Deux inspecteurs en civil — l'un de la criminelle, l'autre de la SI — montaient la garde dans le petit couloir, devant les lourdes grilles de fer. Johnjohn les ouvrit, fit passer le groupe et referma à clef derrière lui en précisant :

— C'est la règle, dans une banque.

Après avoir franchi d'autres grilles, ils parvinrent aux caves en béton, à l'intérieur desquelles s'alignaient les coffres sur deux rangées.

— C'est le 16.85.94, dit Dunross en tirant une clef de sa poche.

Johnjohn s'approcha du coffre désigné, glissa sa propre clef dans l'une des serrures et invita le Taï-pan à faire de même. Les deux clefs tournèrent, la porte s'ouvrit.

— Je vous attends à la grille, murmura le banquier avant de s'éclipser.

— Ce coffre contient également des documents personnels, fit observer Dunross. Vous voulez bien vous éloigner un instant ?

— Navré, mais l'un de nous doit s'assurer que vous nous remettez bien la totalité des dossiers, répondit Crosse.

— Excellence, accepteriez-vous de vous charger de cette corvée ? ironisa le chef de la Noble Maison.

— Volontiers.

Les deux experts en espionnage reculèrent de mauvaise grâce. Quand il les jugea suffisamment loin, Dunross ouvrit toute grande la porte du coffre : il ne contenait que huit dossiers à couverture bleue. Le Taï-pan les prit, referma le coffre et les remit au gouverneur, qui s'en saisit sans mot dire. Crosse s'avança, la main tendue :

— Avec votre permission...

— Non.

— Mais, Excellence...

— Nous sommes tous convenus d'une procédure — le ministre, nos amis américains —, et nous la suivrons. À présent nous retournons à mon bureau, où les rapports seront photocopiés devant témoins. Deux copies uniquement : une pour Mr. Sinders, une pour Mr. Rosemont. Désolé, Ian, j'ai reçu ordre du ministre de remettre un exemplaire des rapports à la CIA.

Dunross s'efforça de paraître indifférent.

— Si c'est ce que veut le ministre, soupira-t-il avec un haussement d'épaules... Lorsque vous aurez fait les photocopies, brûlez les originaux ; si ces documents ont une telle importance, il vaut mieux que je ne les conserve pas, et s'ils ont peu d'intérêt, qu'importe qu'on les détruise. Les théories de ce pauvre vieil AMG étaient souvent tirées par les cheveux et, à présent qu'il est mort, j'avoue que j'attache moins d'importance à ses rapports.

— Comme vous voudrez, conclut sir Geoffrey. Oui, Roger ?

— Rien, Excellence. Si nous y allions ?

— Partez sans moi, proposa Ian. J'ai des documents concernant Struan à consulter — j'en profite.

Resté seul, le Taï-pan passa dans la cave voisine, s'approcha d'un coffre et sortit deux autres clefs. Johnjohn aurait une attaque s'il apprenait que je possède un double de son passe, songea-t-il avec une pointe d'amusement. La porte s'ouvrit sans bruit. Le coffre — un de ceux que la Noble Maison avait ouverts sous différents noms — contenait des liasses de billets de cent dollars US, de vieux titres et des documents. Dans la partie supérieure, l'œil noir d'un automatique chargé regardait Dunross.

Ian n'aimait pas les armes mais il s'était conformé aux « Instructions aux taï-pans » consignées par la Hag en 1917, juste avant sa mort, et par lesquelles elle recommandait à ses successeurs d'avoir toujours à leur disposition, en cas de besoin, une importante somme d'argent et une arme.

Ses mains tâtonnèrent dans la boîte métallique, effleurèrent le *chop* dont il aurait besoin lundi en cas d'accord entre la Royal Belgium et First Central. Il ne résista pas à l'envie de vérifier, souleva le double fond, jeta un rapide coup d'œil aux huit dossiers à couverture bleue — les vrais — et le laissa retomber. Les documents qu'il venait de remettre à Sinders provenaient du paquet que Kirk lui avait apporté la veille. Une lettre d'AMG accompagnait les huit faux :

« Taï-pan,

« Je crains que mes rapports ne tombent en de mauvaises

mains si nous venions un jour à être trahis. Ces faux, très semblables aux originaux, ont été expurgés des informations les plus brûlantes. Ce sont eux que vous remettrez si on vous contraint un jour à le faire. Quant aux originaux, vous les détruirez après avoir vu Riko. Elle vous expliquera comment faire apparaître certaines informations rédigées à l'encre sympathique. Pardonnez-moi ces procédures tortueuses mais l'espionnage n'est pas un jeu d'enfant. Il porte en lui la mort, pour aujourd'hui et pour demain. Avec toute mon estime, AMG. »

Pauvre vieux, pensa Ian. La veille, il avait secrètement placé les faux dans le coffre et mis les originaux en sûreté. Mieux vaut les y laisser pour le mo... Se sentant soudain observé, il glissa la main vers l'automatique, le saisit et se retourna : Crosse et Johnjohn le regardaient de l'entrée de la cave. Après un moment de silence, le directeur de la SI déclara :

— Je tenais à vous remercier pour votre coopération. Mr. Sinders et moi-même vous en sommes reconnaissants.

Soulagé, le Taï-pan répondit :

— Heureux d'avoir pu vous rendre service.

Il lâcha l'automatique, referma le coffre d'un geste détaché et ajouta :

— Il fait vraiment étouffant, ici. Vous ne trouvez pas ?

— Comment avez-vous ouvert ce coffre ? demanda Johnjohn sur un ton glacial.

— Avec une clef.

— Il en faut deux. Rendez-moi ce qui nous appartient, répliqua le banquier en tendant la main.

— Désolé, cela ne vous appartient pas.

— Nous vous avons toujours soupçonné d'avoir un double du passe... Paul a raison sur un point au moins : vous avez trop de pouvoir, vous considérez cette banque comme la vôtre et la Colonie comme votre propriété.

— Disons que la Noble Maison est intimement liée à l'une et à l'autre. Depuis qu'il occupe ses fonctions, Paul Havergill cherche à nous créer des difficultés, à moi personnellement ou à Struan, mais le plus grave c'est qu'il est dépassé. Voilà pourquoi j'ai voté son départ. Vous, vous n'êtes pas vieux jeu, vous avez des idées modernes.

— Si je deviens le patron de cette banque, je veillerai à ce qu'elle soit dirigée par les représentants de tous les actionnaires, élus au conseil d'administration.

— Dans ce cas, je vous rappelle que nous détenons 21 % des actions.
— Plus maintenant. Vous les avez offertes en garantie de votre emprunt à renouvellement automatique, que vous ne pourrez probablement jamais rembourser. De toute façon, 21 % ne vous assurent pas le contrôle de la banque, Dieu merci !
— Il s'en faut de peu.
— C'est précisément ce que je trouve dangereux, répliqua Johnjohn. J'ai l'intention de vous en racheter 11 %.
— Mes actions ne sont pas à vendre, mon vieux.
— Je les aurai, d'une façon ou d'une autre. Quand je serai devenu le Taï-pan de la Vic, je changerai beaucoup de choses, à commencer par les serrures de ces coffres.
— Nous verrons, dit Dunross en souriant.

Bartlett sauta du quai sur le pont du yacht et aida Orlanda à monter à bord. Machinalement, la jeune Eurasienne défit ses chaussures à hauts talons pour ne pas endommager les planches de teck.
— Bienvenue à bord de la *Sorcière des mers*, Mr. Bartlett. Bonsoir, Orlanda, fit Gornt.
Le Taï-pan de Rothwell, qui se trouvait à la barre, adressa un signe à son matelot de pont qui largua aussitôt les amarres, et le bateau s'éloigna du quai de Kowloon situé près de l'embarcadère du ferry.
— Je suis ravi que vous ayez accepté mon invitation à dîner, poursuivit Gornt.
— Il y a une demi-heure, j'ignorais encore cette invitation. C'est Orlanda qui me l'a appris... Sacré bateau !
— Il y a une heure, je ne savais pas que vous étiez libres, Orlanda et vous. Comme il y a plusieurs questions dont j'aimerais discuter avec vous en privé, je l'ai priée de vous convier à bord... Je présume que vous n'avez jamais vu le port la nuit ?
— Non. Vous n'avez pas eu trop de problèmes pour venir nous prendre à Kowloon ?
— Aucun, Mr. Bartlett. C'est une vieille habitude que de faire conduire nos invités ici, répondit Gornt en songeant aux parties fines de naguère.
Il mit la barre à tribord et lança le yacht vers l'ouest, à la moitié de la puissance des moteurs. C'était un six

mètres racé et étincelant qui se manœuvrait comme une vedette. Gornt portait une vareuse légère et une casquette de capitaine ornée de l'écusson du yacht-club qui s'assortissaient parfaitement à sa barbe soigneusement taillée et piquetée de gris. Il se balançait avec aisance en suivant les mouvements du navire. À l'aise lui aussi en maillot de corps et en espadrilles, Bartlett se tenait à côté d'Orlanda, qui avait revêtu un tailleur-pantalon noir. Un châle sur les épaules, les cheveux au vent, elle oscillait doucement sur ses pieds nus.

Son bras toucha celui de Linc, qui tourna la tête vers elle. Elle lui sourit et il se sentit inondé de chaleur.

— Formidable, non ? dit-il.

Orlanda acquiesça d'un signe de tête. Gornt, qui croyait que Bartlett s'adressait à lui, se retourna et répondit :

— Oui, c'est formidable de naviguer la nuit, de se sentir maître de son bateau. Nous allons vers l'ouest, ensuite nous mettrons plein sud pour faire le tour de Hong Kong — trois quarts d'heure environ.

Il fit signe au capitaine du yacht, un Shanghaïen silencieux vêtu d'un uniforme blanc qui se tenait à proximité.

— *Shey-shey*, merci, dit l'homme en prenant la barre.

Gornt eut un geste en direction de la table dressée à l'arrière du bateau. Le trio s'approcha, un steward apporta un plateau de toasts froids et chauds qu'il posa près du seau à glace où rafraîchissait une bouteille de vin blanc, à côté de boîtes de bière américaine.

— Un peu de Frascati, Mr. Bartlett ? proposa l'amphitryon. Je crois que vous préférez la bière glacée à même la boîte, non ?

— Je vais goûter le vin.

— Et toi, Orlanda ?

— Moi aussi.

Il sait bien que le Frascati est mon vin préféré, pensa la jeune femme. Il va falloir que je sois forte et intelligente, ce soir. Quillan me désire encore, quoi qu'il en dise. J'aurais préféré passer la soirée seule avec Linc, mais je ne pouvais refuser l'invitation de Quillan. C'était un or... — non pas un ordre, une requête : Quillan est de mon côté.

Ils passèrent à table et il se fit un silence dont Orlanda comprit aussitôt la signification.

— Si vous voulez bien m'excuser, je vais me remettre un peu de poudre sur le nez, dit-elle.

— Va à l'avant, suggéra Gornt.

Les cabines situées à l'avant étaient celles des invités et il avait voulu éviter qu'elle ne descende machinalement à l'arrière dans la cabine principale, celle qu'ils occupaient jadis ensemble. Peu importe, songea Orlanda en s'éloignant. Le passé est le passé, et aujourd'hui il y a Linc.

— Combien de personnes pouvez-vous accueillir à bord ? demanda Bartlett.

— Dix, facilement. L'équipage se compose de quatre hommes : un capitaine-mécanicien, un matelot de pont, un cuisinier et un steward. Nous pouvons naviguer une semaine sans refaire le plein... C'est toujours mardi que nous traitons ?

— Toujours. Nous verrons lundi, à la clôture de la Bourse, si vous avez réussi à avoir Dunross ou si la partie se termine à nouveau par un nul.

— Il n'y aura pas de match nul, il est ruiné, cette fois. Avez-vous toujours l'intention de vous rendre à Taipei avec lui ?

— Rien de changé.

Gornt, qui surveillait d'un œil la marche du yacht, se leva et s'approcha du capitaine, mais le Shanghaïen avait vu lui aussi la petite jonque sans feux qui leur barrait la route et il la contourna.

— En avant toutes, ordonna l'homme d'affaires avant de reprendre place à la table.

— Mr. Bartlett,... commença-t-il.

— Appelez-moi donc Linc.

— Linc, puis-je vous parler franchement ?

— Mais oui.

— Comme vous le savez sans doute, Orlanda et moi avons été très liés. Tout est fini entre nous depuis trois ans, mais nous sommes restés amis, et je ne voudrais pas qu'on lui fasse du mal.

— Message reçu.

— Je tiens également à vous dire qu'elle n'a rien à voir avec mes affaires ; je ne l'utilise ni comme appât ni comme récompense.

Comme Bartlett gardait le silence, Gornt ajouta :

— Vous ne me croyez pas ?

L'Américain éclata d'un rire joyeux :

— Hong Kong me dépasse, décidément ! Enfin, merci

de votre franchise. Mardi, il n'y aura plus ni dettes ni amitié, nous repartirons tous à zéro.

— D'ici là, de quel côté vous placerez-vous ? interrogea Gornt en scrutant Bartlett par-dessous ses sourcils broussailleux.

— À fond avec vous pour le raid ! En ce qui concerne l'installation de Par-Con en Asie, je balance encore, même si j'ai une préférence pour vous. En tout état de cause, je serai pour le vainqueur et j'espère que ce sera vous.

— Vous faites une distinction entre le raid et le reste ?

— Certainement. Le raid, c'est une sorte de coup du berger, une opération isolée. Là je vous soutiens à 100 % — d'ailleurs, n'ai-je pas accepté de verser deux millions de dollars sans autre garantie qu'une poignée de main ?

— À Hong Kong, une poignée de main vaut parfois plus qu'un papier. Je ne connais pas encore les chiffres exacts mais pour l'instant nous avons gagné entre 24 et 30 millions de dollars HK.

— *Alléluia !* s'exclama Bartlett en levant son verre. Mais la ruée bancaire ne va-t-elle pas tout compromettre ?

— Je ne crois pas. Certes le marché est agité mais Blacs et la Vic sont inébranlables, le gouvernement est obligé de les soutenir. Selon certaines rumeurs, le gouverneur décréterait la fermeture des banques jusqu'à ce qu'il y ait suffisamment d'argent liquide pour rétablir un climat de confiance. D'ici là, beaucoup feront faillite mais cela ne devrait pas affecter nos plans.

— Quand commencerez-vous à racheter ?

— Cela dépend : quand laisserez-vous tomber Struan ?

— Lundi midi, par exemple. Il vous resterait trois heures avant la clôture pour racheter en sous-main après un nouvel effondrement des cours.

— Parfait. Les Chinois sont si sensibles aux rumeurs que le marché se retourne en un clin d'œil. Vous ferez la déclaration à Taipei ?

— Oui.

— Il me faudra une confirmation par télex.

— Casey vous la donnera.

— Elle est au courant ?

— Maintenant, oui. Combien faut-il d'actions pour avoir le contrôle de Struan ?

— C'est vous qui devriez détenir cette information, fit remarquer Gornt.

— C'est la seule qui me manque.

— Nos rachats nous donneront au moins trois sièges au conseil d'administration, cela suffira pour couler Dunross. Ensuite j'opérerai la fusion entre Struan et Rothwell-Gornt.

— Et vous deviendrez le Taï-pan de la Noble Maison.

— Oui, murmura Gornt, les yeux brillants. À votre santé !

— À la vôtre !

Les deux hommes burent, satisfaits de leur accord, mais, au fond d'eux-mêmes, aucun ne faisait confiance à l'autre, fût-ce un peu, et chacun se félicitait d'avoir un plan de rechange en cas de besoin.

La mine sombre, les trois hommes sortirent de la résidence du gouverneur. Ils montèrent dans la voiture du directeur de la SI, Crosse s'installa au volant, Sinders à ses côtés, Rosemont à l'arrière. Le patron du MI-6 et le dirigeant de la CIA serraient contre eux les copies des rapports d'AMG, dont ils n'avaient pas encore pris connaissance. Il faisait nuit, les nuages fuyaient dans le ciel et la circulation était plus dense encore qu'à l'ordinaire.

— Vous croyez que le gouverneur lira les originaux avant de les détruire ? demanda Rosemont.

— À sa place, je le ferais, répondit Sinders sans se retourner.

— Sir Geoffrey est trop intelligent pour cela, objecta Crosse. Il ne détruira les originaux qu'après que vous aurez remis vos copies au ministre — au cas où vous n'arriveriez pas... De toute façon, il est trop malin pour apprendre quelque chose qui pourrait gêner un représentant plénipotentiaire de Sa Majesté.

— Metkin, lui, n'est pas arrivé, reprit le chef de station de la CIA. Que s'est-il passé, Rog ?

— L'avion a dû être saboté à Bombay.

— Alors il y a encore eu des fuites. Qui a donné le tuyau ? Votre taupe ?

Comme personne ne lui répondait, Rosemont continua :

— Pourquoi ne pas mettre le *Sovetsky Ivanov* sous séquestre et perquisitionner à bord ?

— Londres ne veut pas d'incident.

— C'est un navire espion, nom de Dieu ! explosa l'Américain. Je suis sûr qu'on y trouverait des codes, du matériel de surveillance et cinq ou six experts du KGB.

— Vous avez sans doute raison mais nous ne pouvons agir sans autorisation, argua Sinders.

— Alors laissez faire mes gars, ils...

— Pas question !

— Vous allez rester sans réagir ?

— Je vais convoquer Souslev demain au QG pour lui demander des explications.

— J'aimerais être de la fête.

— Je réfléchirai.

— Vous recevrez le feu vert d'en haut avant 9 heures.

— Désolé, Mr. Rosemont, mais je peux parfaitement ne pas tenir compte des injonctions de vos supérieurs, rétorqua le chef du MI-6.

— Nous sommes alliés, bon sang !

— Alors pourquoi avez-vous fait une descente aux tours Sinclair sans nous en aviser ?

L'agent de la CIA soupira et s'expliqua.

Sinders regarda Crosse d'un air pensif puis revint à Rosemont.

— Qui vous a dit que le 32 servait de planque à des agents ennemis ?

— Nous avons un réseau d'informateurs à Hong Kong. Je ne puis vous révéler mes sources mais je tiens à votre disposition un jeu d'empreintes trouvées sur un verre, si vous le désirez.

— Cela pourrait nous être utile. Merci.

— Ce cadeau n'excuse cependant pas votre descente, fit observer Crosse avec froideur.

— Tout le monde peut se tromper, répliqua Rosemont avec humeur. Philby, Burgess et MacLean sont là pour vous le rappeler. D'ailleurs, nous croyons savoir qu'il reste une quatrième taupe dans vos services, aussi haut placée.

Crosse et Sinders échangèrent un regard stupéfait.

— Qui ?

— Si nous le connaissions, il serait grillé, grommela l'Américain. Le mois dernier, nous avons démantelé un réseau communiste aux États-Unis : deux agents à Washington, deux autres à New York, dont un nommé Ivan Egorov, haut fonctionnaire au Secrétariat de l'ONU. Quand finirons-nous par comprendre que les Nations unies sont truffées d'espions et qu'elles constituent pour les Soviets la meilleure arme qu'ils se soient appropriée depuis qu'ils nous ont volé la bombe atomique ! Egorov et sa femme Alessandra transmettaient à Moscou divers secrets industriels, notamment dans le domaine de l'informatique. Ceux de Washington avaient pris les noms et identités de citoyens américains décédés : un prêtre catholique, une femme du Connecticut. Ces quatre salauds étaient en contact avec un attaché d'ambassade soviétique qui leur servait d'officier traitant et qui s'est fait pincer en essayant de recruter un de nos gars. Avant de l'expulser, nous avons réussi à lui faire cracher le nom des quatre agents et l'un d'eux nous a révélé que Philby n'était pas la cheville ouvrière du réseau, qu'il y avait un quatrième homme.

Sinders alluma une cigarette avant de demander :

— Que vous a-t-il dit exactement ?

— Que le réseau de Philby comptait quatre membres, que le quatrième avait recruté les trois autres et exerçait les fonctions d'officier traitant. Il est, paraît-il, très haut placé.

— Où ? Au Foreign Office, dans les milieux politiques ?

— Très haut placé, sans précision, répondit Rosemont avec un haussement d'épaules.

Sinders lui décocha un regard appuyé puis se retourna et rentra dans sa coquille. Crosse prit Sinclair Road, déposa Sinders devant son domicile puis accompagna Rosemont au consulat. Après s'être fait remettre le jeu d'empreintes promis, l'Américain conduisit le directeur de la SI dans son bureau.

— Scotch ? proposa-t-il en ouvrant le bar.

— Vodka, avec un trait de jus de citron, répondit Crosse en lorgnant les copies des rapports d'AMG que Rosemont avait négligemment posées sur son bureau.

L'agent de la CIA fit le service, tendit un verre au Britannique.

— Qu'est-ce que vous avez, Rog ? Vous avez été nerveux comme une chatte pendant toute la soirée.

— C'est à cause des rapports. Je veux avoir la taupe, je veux liquider Sevrin.

— Voyons ce qu'ils contiennent, grommela le chef de station adjoint.

Il prit le premier dossier, s'assit, posa les pieds sur la table et commença à lire. À peine deux minutes plus tard, il passa le document à Crosse, qui en entama la lecture. Quand les deux hommes eurent fini de parcourir rapidement les huit rapports, Crosse alluma une cigarette.

— Il y a trop de choses pour qu'on puisse faire un commentaire maintenant, marmonna Rosemont d'un air absent.

Crosse se demanda si l'Américain ne le mettait pas à l'épreuve.

— En tout cas, une chose saute aux yeux, dit le patron de la SI en regardant Rosemont. Leur qualité est bien inférieure à celui que nous avons intercepté. Ici, on tourne autour du pot, on laisse quantité de questions sans réponse, on n'aborde que de loin le problème de Sevrin et de la taupe. Je suis déçu.

— De deux choses l'une : ou le rapport intercepté était exceptionnel, ou ceux qu'on nous a remis sont des faux.

— Exactement.

— Dans le second cas, Dunross détient toujours les documents authentiques.

— Dans un coffre ou dans sa tête, ajouta Crosse.

— Que voulez-vous dire ?

— Il passe pour avoir une mémoire prodigieuse. S'il a détruit les vrais originaux, leur contenu reste gravé dans son esprit.

— Alors nous pourrions lui faire subir un interrogatoire si... s'il nous a trahis.

— Et si on le juge nécessaire en haut lieu, enchaîna Crosse. Naturellement, on ne pourrait ordonner un tel interrogatoire que dans le cadre de la loi sur les secrets d'État, ajouta-t-il en regardant Rosemont.

— Vous voulez que je saute sur la balle et que je me mette à courir ?

— Non. Nous devons d'abord avoir une certitude. Je vous propose un marché : vous coopérez pleinement, vous ne prenez aucune initiative sans m'avertir — pas de cachotteries, pas de coups fourrés.

— Et en échange ?

En souriant, Crosse sortit de sa poche des photocopies.

— Aimeriez-vous avoir un certain pouvoir sur des personnalités briguant la Maison Blanche ?

— Je ne vous suis pas.

Le chef de la SI tendit à l'homme de la CIA les lettres de Thomas K. K. Lim trouvées deux jours plus tôt au cours de la descente chez Lo-Dents-de-Lapin.

— Il semblerait que certaines familles très fortunées et certains généraux américains se remplissent les poches en faisant construire au Viêt-nam de grands aérodromes tout à fait inutiles. Ces lettres fournissent tous les détails.

Après avoir expliqué comment il était entré en leur possession, Crosse poursuivit :

— Le sénateur Wilf Tillman, dont on parle dans une de ces lettres, fait figure de futur président, si je ne me trompe ? J'imagine qu'il vous offrirait la direction de la CIA en échange de ces intéressants documents — à supposer que vous soyez disposé à les lui remettre. Dans deux autres lettres, tout aussi passionnantes, on relève les noms de certains politiciens influents qui ont amené le Congrès à affecter des millions de dollars à un programme d'aide au Viêt-nam entièrement frauduleux. Huit millions ont déjà été versés.

Rosemont lut les lettres et décrocha le téléphone.

— Passez-moi Ed Langan... Je m'en fous ! Remuez-vous le train, trouvez-le-moi et amenez-le ici au trot !

Le visage écarlate, l'Américain raccrocha en jurant, ouvrit un des tiroirs de son bureau et avala trois pilules contre les maux d'estomac.

— Ce Thomas K. K. Lim, on peut lui mettre la main dessus ?

— Ne vous gênez pas, mais il est quelque part en Amérique du Sud. Voici qui devrait vous aider à le trouver, dit Crosse en joignant aux lettres le rapport de la brigade de lutte anticorruption.

Après en avoir pris connaissance, Rosemont jura à nouveau entre ses dents.

— Est-ce que tout ceci peut rester entre nous ? Il y a de quoi faire sauter plusieurs de nos monuments nationaux.

— Bien sûr. Alors, marché conclu ? Plus de secrets ?

— D'accord, acquiesça Rosemont.

Il se leva, ouvrit son coffre, en sortit un dossier dans lequel il prit plusieurs photocopies, rangea le dossier, referma le coffre.

Un service en vaut un autre. Tenez, vous pouvez les garder, dit-il en passant les feuillets à Crosse.

Le directeur de la SI les parcourut rapidement. Il s'agissait de rapports datés des deux derniers mois, portant en titre « Combattant de la liberté » et donnant diverses informations sur Canton : mouvements de troupes, promotions de cadres, nominations au présidium local et au Parti communiste, inondations, pénurie alimentaire, type et quantité de marchandises tchèques ou est-allemandes disponibles dans les magasins.

— Nous avons un réseau à Canton qui nous envoie un rapport tous les mois, expliqua Rosemont. Encore merci pour les lettres. Parfois, je suis écœuré de voir ce que mes propres compatriotes sont capables de faire pour du fric. Ça me rend malade !

— Il y a de quoi, approuva Crosse, en pensant que le dirigeant de la CIA était bien naïf.

Il prit congé de l'Américain, se rendit au QG de la police où il confronta les empreintes trouvées aux tours Sinclair avec celles de ses archives personnelles puis il remonta en voiture et roula au hasard. Quand il fut certain de n'être pas suivi, il s'arrêta devant une cabine, y pénétra et composa un numéro. Quelqu'un décrocha et demeura silencieux. Aussitôt Crosse fit entendre une toux sèche et dit, avec la voix d'Arthur :

— Mr. Lop-sing, s'il vous plaît.

— Il n'y a pas de Mr. Lop-*ting* ici, vous avez fait un faux numéro.

Crosse reconnut avec satisfaction la voix de Souslev et enchaîna le reste du code avec le ton affecté que Jason Plumm et lui utilisaient au téléphone. Les deux hommes avaient adopté ce système qui leur permettait d'être Arthur à tour de rôle, selon les nécessités du moment, et qui entourait donc d'une barrière supplémentaire leur identité véritable.

— J'ai lu le matériel, annonça-t-il. Notre ami aussi.

Notre ami, c'était la façon dont Crosse parlait de lui-même quand il endossait la personnalité d'Arthur.

— Alors ? fit Souslev.

— Alors nous le jugeons tous deux excellent.

Excellent signifiait en code qu'il s'agissait d'un faux.

Après un long silence, le Soviétique demanda :

— Que faisons-nous ?

— Notre ami pourrait-il vous appeler samedi à 16 heures ?

Cela donnait en clair : Roger Crosse pourrait-il vous téléphoner ce soir à 10 heures ?

— Oui, entendu.

Crosse coupa la communication, glissa une nouvelle pièce dans l'appareil et composa un autre numéro.

— Allô Jason ? Ici Roger Crosse.

— Bonsoir, Roger, content d'avoir de vos nouvelles. Nous jouons toujours au bridge demain ?

— Oui, mais plutôt à six heures qu'à huit.

— Avez-vous intercepté les rapports d'AMG ?

— Oui, mais ils ne sont pas dangereux, ils ne mentionnent aucun nom.

— Je préviens les autres ? demanda Plumm avec soulagement.

— Ne les dérangez pas ce soir, nous les avertirons demain.

— Nous nous voyons ce soir comme prévu ?

— Non, nous nous rencontrerons demain.

— Très bien. Merci d'avoir appelé.

Satisfait, Crosse sortit de la cabine, alluma une cigarette et remonta dans sa voiture. Je me demande ce que Souslev ou ses chefs penseraient s'ils savaient que le véritable Arthur, c'est moi et non Jason Plumm, songea-t-il. À l'intérieur d'un secret, on en trouve un autre, qui lui-même en cache un troisième ; voilà la meilleure façon de travailler, se dit-il avec un sourire. De cette manière, seul Jason connaît l'identité d'Arthur !

Ils seraient furieux, au KGB — ils n'aiment les secrets que lorsqu'ils les partagent —, et plus furieux encore s'ils apprenaient que c'est moi qui ai recruté Plumm et non l'inverse, que c'est moi qui ai créé Sevrin.

Cela n'avait pas été difficile. Vers la fin de la guerre, alors que Crosse faisait partie des services secrets de l'armée, il avait appris par un informateur que Plumm, spécialiste des transmissions, servait d'opérateur radio clandestin à des agents soviétiques. Le futur directeur de la SI avait fait une enquête qui l'avait convaincu de la culpabilité de Plumm. Mais la guerre avait alors pris fin et il avait gardé pour lui une information qui lui servirait peut-être plus tard de monnaie d'échange. Dans le monde des espions, on ne sait jamais si l'on ne sera pas trahi demain ; il vaut mieux garder en réserve quelques secrets qu'on monnaye alors contre sa peau ou sa liberté. Nul ne peut dire quand un sous-fifre quelconque, ou un supérieur, commettra l'erreur qui vous exposera sans défense à l'ennemi, comme un papillon épinglé sur un mur. Comme Voranski ou Metkin, comme Dunross et ses dossiers bidon ou bien encore Rosemont et son idéalisme naïf ; comme Gregor Souslev, dont la CIA possède à présent les empreintes et qui est tombé dans le piège que je lui ai tendu.

Crosse éclata de rire en engageant sa voiture dans la circulation. Changer de camp, jouer tour à tour l'un contre l'autre, voilà qui rend la vie excitante, se dit-il. Oui, sans secrets, l'existence ne serait vraiment pas passionnante.

61

21 h 45

Après le repas, Gornt offrit à ses invités café et liqueurs puis quitta la table en disant :

— Si vous voulez bien m'excuser, j'ai quelques rapports à étudier. La grande cabine-salon de l'avant est à votre disposition au cas où vous auriez froid.

Étendu sur un transat à l'arrière du yacht, Bartlett buvait un cognac à petites gorgées. Orlanda se pencha vers lui, lui passa la main dans le cou et se mit à lui masser doucement la nuque.

— C'est bon, murmura-t-il.

Elle accompagna la caresse d'un baiser et déclara :

— Tu es beau.

— C'est moi qui suis censé te faire des compliments, répondit Linc en riant.

— Tu veux visiter le reste du bateau ? demanda Orlanda en le fixant dans les yeux.

— Non seulement tu es une masseuse experte, mais tu sais lire dans les pensées !

— N'est-ce pas le rôle d'une femme de deviner ce dont son compagnon a envie ? dit Orlanda.

C'est aussi le meilleur moyen de le retenir captif, pensa-t-elle. C'est un art difficile à apprendre, et Quillan fut un professeur impitoyablement exigeant. J'ai souffert tandis qu'il faisait mon éducation mais, aujourd'hui, je sais comment me conduire pour satisfaire un homme.

— Viens, je vais te montrer l'avant du yacht, fit-elle en prenant Linc par la main.

La cabine-salon était vaste, confortable, meublée de

sofas et de fauteuils fixés au plancher et était pourvue d'un bar riche en bouteilles.

— La cuisine se trouve à l'avant, avec les quartiers de l'équipage, expliqua Orlanda.

Un couloir étroit conduisait à quatre cabines nettes et bien rangées, dont les couchettes semblaient une invite.

— La suite de Quillan se trouve à l'arrière. C'est le grand luxe — il ne se refuse rien.

Bartlett l'embrassa et elle répondit pleinement à son baiser, se laissant aller à son désir, sûre qu'elle n'aurait pas à le repousser parce qu'il romprait de lui-même le contact. Elle colla son ventre contre le sien, remua doucement ; ses mains partirent à la découverte du corps de Linc, celles de Linc explorèrent le sien.

Ils avaient chaviré sur une couchette lorsque Bartlett finit par s'écarter d'elle. Bien que frustrée dans son désir, elle exultait de l'avoir conduit là où elle le voulait.

— Remontons, l'entendit-elle grogner d'une voix rauque.

Gornt traversa son salon, passa dans la chambre et referma la porte à clef derrière lui. Il contempla un moment avant de la toucher la fille qui dormait au milieu du grand lit, sous une couverture légère. Tirée de son sommeil, elle bredouilla :

— *Ayiiya*, j'ai bien dormi, seigneur. Votre lit est si accueillant.

Elle bâilla, s'étira comme un chaton, s'assit dans le lit et se renversa sur l'oreiller tendu de soie, offrant à Gornt le spectacle de sa nudité.

— Je dois m'habiller et monter, maintenant ?

— Pas encore, Petit Chat.

Gornt se laissa tomber à côté de la fille, lui caressa les seins et la sentit frémir. Elle était entraîneuse au Happy Hostess Night Club, où il avait loué ses services pour la nuit, et avait pour nom de guerre Beauté-des-Neiges. Gornt avait d'abord songé à emmener Mona Leung, sa petite amie du moment, mais il s'était dit qu'elle accepterait mal d'attendre docilement dans la cabine qu'il eût décidé de la faire monter sur le pont.

Il avait choisi avec soin, pour la remplacer, cette fille de dix-huit ans d'une beauté extraordinaire, arrivée à Hong Kong un mois plus tôt seulement.

— Ce soir, je veux jouer un tour à un de mes amis, lui avait-il expliqué. Tu resteras ici, dans la chambre, jusqu'à ce que je te dise de monter. Tu attendras peut-être une heure ou deux.

— Dans une cabine pareille, j'attendrais bien une semaine entière ! Je peux dormir dans le lit ?

— Oui, mais prends une douche d'abord.

— Une douche ? Par tous les dieux, c'est le paradis !

Gornt avait l'intention de se servir de l'entraîneuse pour exciter Bartlett et rappeler à Orlanda que selon les critères de Hong Kong elle était déjà vieille, et que sans l'aide et les conseils de son ancien amant, elle ne parviendrait pas à mettre le grappin sur l'Américain — du moins, pas comme elle le voulait.

Et si je la mariais à Bartlett ? songea-t-il avec amusement. Ce serait le meilleur moyen de le contrôler parce qu'Orlanda est et restera toujours en mon pouvoir. Elle n'a pas oublié, elle demeure docile, obéissante, et continue à me redouter. Comme j'aurais plaisir à me venger de toi, ma chère Orlanda ! Parce que l'heure de payer viendra. Je n'ai pas oublié, moi non plus, comment tous ces salauds — Pug, Plumm, Havergill et Dunross — ont ricané en apprenant que tu avais sauté dans le lit d'un étalon deux fois plus jeune que moi.

Si je te révélais maintenant que tu es ma *mu jai* ?

Quand Orlanda avait treize ans, sa mère chinoise était venue le trouver :

— Les temps sont durs, seigneur. Nos dettes envers la Compagnie ne cessent de s'accroître et nous vous sommes infiniment reconnaissants de la patience dont vous faites preuve.

— Les temps sont durs pour tout le monde, avait répondu Gornt.

— Le bureau dans lequel mon mari travaille vient de fermer. À la fin du mois, il va devoir quitter la Compagnie, après dix-sept ans de service, sans avoir remboursé ses dettes.

— Eduardo Ramos est un homme capable, il trouvera facilement du travail ailleurs, avait dit le taï-pan de Rothwell en songeant que le piège qu'il avait mis en place depuis longtemps allait enfin se refermer. C'est le *joss*.

— Oui, c'est le *joss*, avait approuvé la Chinoise. Mais il y a Orlanda...

— Comment ça, Orlanda ?

— Elle pourrait être votre *mu jai*.

Une *mu jai* était une fille que son père offrait à un créancier en paiement de dettes qu'il ne pouvait rembourser. C'était une vieille coutume chinoise tout à fait légale.

Après plusieurs semaines de négociations, Gornt avait accepté d'effacer les dettes de Ramos — qu'il avait patiemment encouragé à lui emprunter de l'argent —, de l'aider à s'installer au Portugal et de payer les études d'Orlanda aux États-Unis. En échange, les Ramos s'étaient engagés à lui livrer leur fille, vierge et amoureuse, avant son dix-huitième anniversaire.

— Cet arrangement doit rester entre nous, seigneur, avait conclu la mère d'Orlanda. Même ma fille ne doit pas le connaître.

Gornt sourit en pensant que ses efforts n'avaient pas été vains, qu'il avait été largement remboursé de ses modestes investissements. Et je n'ai pas encore épuisé le plaisir que je peux tirer de cette affaire, se dit-il.

— C'est agréable, la vie, murmura-t-il en caressant Beauté-des-Neiges.

— Je suis contente que vous soyez heureux, vénéré seigneur. Si le moment n'est pas encore venu de jouer un tour à vos amis, nous pourrions faire l'amour.

— Bonne idée.

La simplicité de ses maîtresses chinoises l'avait toujours ravi. Comme son père le lui avait expliqué quand il était encore jeune, « Tu leur donnes de l'argent, elles te donnent leur jeunesse, les Nuages et la Pluie. En Asie, c'est un marché honorable et équitable. Plus la fille est jeune, plus le plaisir est grand, plus il faut payer. C'est la règle, et n'attends d'elles ni passion ni larmes — ce n'est pas dans le contrat. »

Gornt se déshabilla et se coucha à côté de la fille qui se mit aussitôt à caresser son torse velu, ses muscles durs. Bientôt elle commença à pousser de petits cris excités pour l'encourager. Et bien que la *mama-san* l'eût prévenue qu'avec ce *quai loh*, elle n'avait pas besoin de faire semblant, elle appliquait machinalement les règles d'or à suivre avec les étrangers : « Ne jamais se laisser aller au plaisir avec un client car on en oublie de se comporter avec une audace pleine de tact. Avec un *quai loh* toujours feindre d'atteindre aux Nuages et à la Pluie, sinon il se sentira humilié dans sa virilité. Les barbares ne comprennent pas que le *yin* ne s'achète pas et que l'accouplement qu'ils s'offrent ne débouche que sur leur propre plaisir. »

Quand Gornt se retourna sur le côté, encore haletant, Beauté-des-Neiges se leva et prit une deuxième douche en chantant joyeusement. Elle revint avec une serviette, essuya l'honorable seigneur et se coula à nouveau près de lui.

— On refait l'amour ? proposa-t-elle.

— Pas maintenant. Repose-toi pendant que je réfléchis. Tu as parfaitement calmé le *yang*, j'en toucherai un mot à la *mama-san*.

Gornt se demanda si Orlanda et Bartlett étaient revenus sur le pont. Probablement, se dit-il. Ils n'oseront pas se mettre au lit comme l'auraient fait des personnes civilisées. Il se leva avec un ricanement, alla à l'armoire qui renfermait quelques-uns des vêtements luxueux qu'il avait offerts à Orlanda. Cela l'amusait de les faire porter à d'autres femmes.

— Mets ceci, ordonna-t-il à Beauté-des-Neiges en lui tendant une robe longue en soie jaune, une des préférées d'Orlanda. Sans rien en dessous.

— Comme elle est belle !

— Si ma petite farce est réussie, tu pourras la conserver, promit-il en commençant à s'habiller.

Il fit un geste en direction du hublot et poursuivit :

— Tu vois ce grand bateau avec le pavillon à la faucille et au marteau ?

— Le bateau de mauvais augure ? Oui, je le vois, seigneur.

— Tu monteras quand nous serons par le travers de ce navire.

— Et qu'est-ce que je devrai dire ?

— Rien. Tu souriras à l'homme et à la femme puis tu redescendras m'attendre.

— C'est tout ?

— Oui. Simplement être belle et sourire — surtout à la femme.

— Je dois l'aimer ou la haïr ?

— Ni l'un ni l'autre, répondit Gornt, pourtant convaincu que les deux femmes se détesteraient dès la première seconde de leur rencontre.

Seul dans sa cabine à bord du *Sovetsky Ivanov*, le capitaine Gregor Souslev finissait de transcrire en code un message urgent. Il avala une rasade de vodka et relut le texte qu'il venait de rédiger : « *Ivanov* au Centre. Selon Arthur les rapports seraient des faux. Son ami m'en donnera une copie ce soir. Ce même ami a aussi intercepté les informations sur le porte-avions dont j'ai envoyé des copies supplémentaires à Bangkok, par la valise diplomatique, ainsi qu'à Londres et Berlin pour plus de sûreté. »

Satisfait, il remit son carnet de chiffrement dans le coffre, qu'il referma à clef, et décrocha le téléphone.

— Envoyez-moi le radio de service et le second.

Il alla ouvrir le verrou de la porte puis retourna s'asseoir et regarda par le hublot la silhouette du porte-avions américain. Un yacht passa devant ses yeux qu'il reconnut pour celui de Gornt, la *Sorcière des mers*. Braquant ses jumelles sur le bateau de plaisance, il vit le propriétaire du navire assis à l'arrière en compagnie d'un homme et d'une femme qui tournaient le dos à l'*Ivanov*. Le Russe promena son regard le long de l'élégant bâtiment, qui éveilla son envie. Il sait vivre, ce salaud, pensa-t-il. Si seulement j'avais un bijou de ce genre pour naviguer sur la Caspienne ! Ce ne serait que justice après tous les services que j'ai rendus à la cause. D'ailleurs de nombreux pontes du Parti ont leur yacht, eux aussi.

Dans le double cercle des jumelles apparut une autre fille, une beauté chinoise. De légers coups frappés à la porte arrachèrent Souslev à son observation.

— Bonsoir, camarade capitaine, dit le radio.

— Envoie ce message immédiatement.

— Bien, capitaine.

À peine le radio était-il sorti de la cabine que le second y entrait. Vassili Boradinov, quadragénaire nanti d'un brevet de capitaine, était un homme coriace et bien bâti, au visage agréable. Membre du KGB, il avait obtenu le diplôme de l'école d'espionnage de l'université de Vladivostok.

— Oui, camarade ?

Souslev lui tendit un des câbles décodés posés sur son bureau. « L'officier en second Vassili Boradinov assurera les fonctions de commissaire politique de l'*Ivanov* en remplacement de Dimitri Metkin mais le capitaine Souslev assurera le commandement dans tous les domaines jusqu'à plus ample informé », lut le second.

— Félicitations, lui dit Souslev.

— Merci, capitaine. À vos ordres.

Souslev lui tendit une clef et reprit :

— Si je ne suis pas rentré avant demain minuit et si je ne t'ai envoyé aucun message, ouvre le coffre, tu y trouveras des instructions dans l'enveloppe portant l'inscription « Plan d'urgence numéro un ». D'autre part, voici une autre enveloppe contenant deux numéros de téléphone auxquels tu peux me joindre. À n'ouvrir qu'en cas d'absolue nécessité.

— Très bien, marmonna le second, l'air nerveux.

— Ne te tracasse pas, tu es parfaitement capable de prendre le commandement.

— J'espère que cela ne sera pas nécessaire.

— Moi aussi, mon jeune ami, s'esclaffa le capitaine. Assieds-toi, nous allons boire à ton avancement, tu l'as mérité.

— Merci, répondit Boradinov d'une voix mal assurée. Qu'est-il arrivé à Metkin ?

— D'abord il a commis une grossière erreur, ensuite il a été trahi ou repéré par la SI ou la CIA, qui l'ont suivi. Quoi qu'il en soit, cet idiot n'aurait jamais dû courir de tels risques ni mettre en danger notre sécurité.

Mal à l'aise, le second s'agitait sur sa chaise.

— Qu'allons-nous faire ?

— Rien pour le moment, sauf nier en bloc. Notre plan prévoit d'appareiller mardi à minuit, nous nous y tenons.

— Dommage. Ce matériel nous aurait fait faire de grands progrès, dit Boradinov en regardant le porte-avions par le hublot.

— Quel matériel ? demanda Souslev, les sourcils froncés.

— Vous n'étiez pas au courant ? Avant son départ, Dimitri m'avait confié que nous allions recevoir cette fois des documents de la plus haute importance : des photos du manuel du système radar et la liste de l'armement du bord. Voilà pourquoi il se chargeait lui-même de l'opération.

— D'où tenait-il ces renseignements ?

— Il ne me l'a pas dit. Sans doute du marin américain

qui lui a donné ces précisions au moment où ils convenaient d'un endroit... Ils vont le faire parler, n'est-ce pas ?

— Oh ! ils feraient parler n'importe qui ! C'est la raison pour laquelle nous prenons nos précautions, dit Souslev en posant l'index sur la capsule de poison dissimulée dans le revers de sa veste. Est-ce que Dimitri t'a confié autre chose ?

— Non. Juste que nous aurions tous droit à deux semaines de congé et qu'il en profiterait pour voir sa famille en Crimée.

Soulagé de se savoir à l'abri de tout soupçon, le capitaine envisagea de soumettre à son second un des autres câbles décodés se trouvant sur son bureau et disant notamment : « ... Prévenir Arthur que suite à sa demande, ordre a été donné d'intercepter le traître Metkin en profitant de l'escale de Bombay... » Il se ravisa cependant : il valait mieux que Boradinov en sût le moins possible.

— Pauvre Dimitri, soupira-t-il. Espérons que nous pourrons rapidement l'échanger contre un des leurs. Le KGB ne laisse pas tomber ses hommes.

Souslev n'en croyait pas un mot et savait que son second n'avalait pas non plus ces fadaises qu'il avait obligation de prononcer. Moi, ils devront vraiment m'échanger, pensa-t-il avec satisfaction. Et vite. Je connais trop de secrets, ils me protègent. Sinon, le Centre donnerait l'ordre de me liquider, comme il l'a fait pour Metkin. Est-ce que je croquerais la capsule de poison, comme ce minable aurait dû le faire ? Je ne sais pas. Je ne veux pas mourir, j'aime trop la vie, songea-t-il en buvant une gorgée de vodka.

Une voix s'éleva dans l'interphone du navire :

— Ici la passerelle ! Deux voitures de police viennent de s'arrêter sur le quai, les flics sont une douzaine. Que faisons-nous ? Nous les empêchons de monter à bord ?

Souslev enfonça le bouton de l'appareil et s'écria : « Surtout pas ! » puis il appuya sur un autre bouton le branchant sur tous les interphones du bâtiment.

— À tout l'équipage : plan d'urgence Rouge, plan d'urgence Rouge...

Ce qui signifiait : visiteurs indésirables à bord, branchez les systèmes de destruction de tout le matériel secret.

— Descends les accueillir, ordonna le capitaine à Boradinov. Arrange-toi pour les retenir cinq minutes puis *invite* leurs chefs à monter à bord — seulement les chefs, si possible. *Vite !*

— Ils n'oseraient quand même pas fouiller notre...

— Dépêche-toi !

Le second se précipita hors de la cabine. Resté seul, Souslev arma le système de destruction de son coffre : si quiconque essayait de l'ouvrir, le napalm qui se trouvait à l'intérieur s'enflammerait et détruirait tous les documents. Ne t'affole pas, réfléchis, s'ordonna-t-il. Est-ce que tout a été prévu en cas de perquisition surprise ? Oui, nous avons répété le plan d'urgence Rouge une douzaine de fois. Mais pourquoi Roger ne nous a-t-il pas avertis ? Pourvu qu'il ne se soit pas fait prendre, lui aussi, ce serait une catas...

Son regard tomba sur la pile de télégrammes décodés. Il les chiffonna fébrilement, les plaça dans un cendrier en se traitant de tous les noms pour n'avoir pas commencé par les détruire. Il fit tourner la molette de son briquet, l'approcha du cendrier d'une main tremblante, se demandant s'il lui restait assez de temps.

— Deux hommes montent à bord avec Boradinov, annonça une voix dans l'interphone. Les autres restent sur le quai.

— Très bien, j'arrive.

Le Soviétique éteignit son briquet, fourra les câbles dans sa poche, prit une bouteille de vodka à moitié pleine et sortit de sa cabine. En grimpant l'échelle qui conduisait au pont, il se força à arborer un large sourire.

— Ah ! bienvenue à bord, messieurs. Que se passe-t-il ? fit-il avec l'élocution hésitante du personnage d'ivrogne qu'il s'était composé. Un de nos matelots a fait une bêtise, commissaire Armstrong ?

— Je vous présente Mr. Sun, répondit le policier. Pouvons-nous vous parler ?

— Bien sûr, bien sûr ! fit le capitaine avec une jovialité affectée.

Il n'avait jamais vu le Chinois, dont il examina les yeux froids, hostiles, le visage fermé.

— Suivez-moi.

Il conduisit les deux policiers et son second au carré des officiers voisin de sa cabine.

— Asseyez-vous ! Je peux vous offrir quelque chose ? Matelot, du thé, de la vodka pour nos hôtes !

Malgré le refus de ses visiteurs, Souslev leur versa de la vodka avant de demander du même ton jovial :

— Alors, que se passe-t-il ?

— Il se passe qu'un homme de votre bord se livre à des activités d'espionnage contre le gouvernement de Sa Majesté, répondit Armstrong d'un ton poli.

— Impossible ! Vous plaisantez, non ?

— Nous l'avons pris sur le fait.

— Vous nous connaissez depuis des années ; Crosse, votre directeur, nous surveille de près : il sait que nous ne sommes pas des espions.

— Combien de vos matelots sont descendus à terre ?

— Six. Écoutez, je ne veux pas d'ennuis. Déjà qu'un de mes hommes s'est fait assassiner par des incon...

— Ah oui ! feu le major Youri Bakyan, du KGB. Très regrettable, en effet.

— Il s'appelait Voranski. Je ne sais rien du major dont vous parlez, grogna Souslev d'un air renfrogné.

— Naturellement. Quand vos matelots doivent-ils regagner le bord ?

— Demain, à la tombée de la nuit.

— Où couchent-ils ?

— Avec des filles, évidemment. Ils sont en bordée.

— Pas tous. J'en connais un qui n'est pas en train de se payer du bon temps.

— Commissaire, je ne suis au courant de rien, affirma l'agent du KGB.

Armstrong posa sur la table des photos montrant Metkin devant le restaurant, entouré d'agents de la SI, assis à l'intérieur du fourgon, une expression de terreur sur le visage.

Certain que Metkin, disparu à jamais, ne présentait plus aucun danger, Souslev joua la comédie avec aplomb :

— Dimitri ? *Khristos !* C'est impossible ! Je vais prévenir mon gouv...

— Vos représentants à Londres ont déjà été informés et le major Nikolaï Leonov a reconnu l'accusation d'espionnage.

Le Soviétique fut pris au dépourvu ; il n'aurait pas cru que Metkin craquerait aussi vite.

— Qui ça ?

Armstrong poussa un soupir.

— Le major Leonov, du KGB, commissaire politique

à bord du *Sovetsky Ivanov*. Voyez-vous un inconvénient à ce que nous fouillions votre navire ?

— Cer... certainement, bredouilla Souslev. Je m'y oppose formellement.

— Pourquoi, si vous n'avez rien à vous reprocher ?

— Vous avez un mandat de perquisition ?

Le Soviétique blêmit en voyant Armstrong plonger la main dans une de ses poches. S'il a un mandat, le Britannique fouillera le navire — on ne pourra pas l'en empêcher — et y trouvera assez de preuves pour étayer une inculpation d'espionnage, pensa-t-il. Cet enfant de putain de Metkin a dû leur filer un tuyau important. Souslev avait l'impression que les messages décodés lui brûlaient la peau à travers le tissu de sa veste.

Quand le policier ressortit la main de sa poche avec un paquet de cigarettes, le capitaine de l'*Ivanov* ne put s'empêcher de murmurer :

— *Matieriebiets !*

— Quelque chose qui ne va pas ? s'enquit Armstrong courtoisement. Capitaine, si j'étais à votre place, je quitterais Hong Kong demain au lieu de mardi.

— Vous croyez que vous allez nous chasser comme des rats ? s'indigna Souslev en se demandant jusqu'où il pouvait pousser la comédie. Je vais alerter mon gouvernement !

— Ne manquez pas de l'informer que nous avons capturé le major Leonov et que nous l'avons inculpé d'espionnage, conformément à la loi sur les secrets d'État. Et vous, qui êtes-vous ? dit Armstrong en se tournant vers le second.

— Vassili Boradinov, répondit le Russe d'une voix étranglée.

— Capitaine Souslev, qui a remplacé Leonov aux fonctions de commissaire politique ?

Le second devint livide et le capitaine se sentit quelque peu soulagé de voir le policier s'intéresser à quelqu'un d'autre.

— C'est lui. Boradinov.

— Eh bien, Mr. Boradinov, puisque vous êtes le principal représentant du Parti à bord, je vous avertis que si vous n'avez pas quitté Hong Kong dimanche à minuit au plus tard, il se pourrait que votre bateau soit attaqué par des bandits chinois. C'est une rumeur qui court dans le port. Nous nous soucions de votre sécurité, vous savez.

— Mais les réparations ? objecta Souslev.

— Arrangez-vous pour qu'elles soient terminées à temps. Une dernière chose, capitaine : vous vous présenterez à dix heures dimanche matin au QG de la police. Navré de gâcher votre week-end.

Armstrong sortit de sa poche deux feuilles de papier, en tendit une à Souslev en déclarant : « Voici votre convocation », puis griffonna quelques mots sur l'autre, qu'il remit au second.

— Et voici la vôtre, commissaire Boradinov. Je vous conseille de récupérer vos matelots en goguette et de consigner à bord tout l'équipage. Vos hommes auront fort à faire pour préparer le départ. Bonne nuit, messieurs.

Le policier se leva brusquement, sortit du carré des officiers et ferma la porte derrière lui. Malcolm Sun se leva à son tour et se dirigea vers la porte sans se presser. Au moment où Souslev le rejoignait pour sortir avec lui, le Chinois se retourna et lança d'un air mauvais :

— Nous vous aurons. Tous !

— Nous n'avons rien fait, répliqua Boradinov.

— Vous vous croyez si malins ? reprit Sun en russe. Je ne parle pas de la police, je parle de la Chine. Nous vous aurons, sales hégémonistes ! La Chine est en marche, elle peut perdre cinquante, cent millions de soldats, il lui en restera encore le double. Rendez-nous les terres que vous nous avez volées pendant qu'il est encore temps !

— Nous vous balaierons de la surface du globe ! beugla Souslev. Nous détruirons toute la Chine avec nos bombes atomiques !

— Nous aussi, nous l'avons, la bombe, riposta le Chinois. Commencez et nous finirons : avec l'arme nucléaire, avec des socs de charrue, avec nos poings ! Fichez le camp de la Chine ! Nous surgirons de l'Est comme Genghis Khan, tous ensemble : Mao Tse-tung, Chiang Kai-shek, moi, mes petits-enfants, leurs descendants. Nous vous réduirons en miettes et nous reprendrons nos terres !

— Quittez immédiatement mon navire ! s'écria Souslev, prêt à se jeter sur le policier.

Pas le moins du monde impressionné, Sun s'avança vers lui.

— Frappe-moi et je t'arrête pour voies de fait, je fais saisir ton bateau !

Suffoquant de rage, Souslev enfonça ses poings dans ses poches.

— Partez... s'il... s'il vous plaît, bégaya-t-il.

— *Diou ne lo mo* sur toi, ton père, ta mère, et tous les hégémonistes russes mangeurs d'étrons !

— Partez... immédiatement !

— Nous déferlerons de l'Est comme une nuée de sauterelles !

Entendant au-dehors un bruit d'altercation suivi d'une explosion sourde, Malcolm Sun se rua hors de la cabine, les deux Soviétiques sur les talons. Souslev découvrit Armstrong devant la porte de la cabine radio d'où s'échappaient des volutes de fumée.

— Désolé, capitaine, je croyais que c'étaient les toilettes, fit le policier d'un air innocent. J'ai poussé la porte et... Oh ! mais on dirait qu'il y a le feu ! Malcolm, appelez les pompiers.

— Non ! s'exclama Souslev. Toi, continua-t-il en désignant Boradinov du doigt, prends quelques hommes et occupe-toi de l'incendie.

Dans le geste qu'il fit pour sortir sa main de sa poche, il accrocha avec sa manchette un des télégrammes décodés, qui tomba sur le pont sans qu'il s'en aperçût. Déjà un des matelots se précipitait vers la cabine radio avec un extincteur.

— Mon Dieu, mon Dieu ! mais qu'est-ce qui a bien pu se passer ? fit Armstrong sur un ton ironique. Vous êtes sûr que vous ne voulez pas un coup de main ?

— Non, merci, répondit le Russe, le visage marbré par la colère. À... à dimanche, commissaire.

— Bonne nuit, capitaine. Venez, Malcolm.

Le Britannique se dirigea vers la passerelle, s'arrêtant soudain pour ramasser le câble tombé sur le pont, puis il repartit avant que Souslev n'ait pu réagir.

Sur le quai, les policiers en uniforme s'étaient postés de manière à couvrir les deux passerelles du bateau soviétique. Armstrong monta à l'arrière d'une des voitures, à côté de Sinders.

— Bien joué ! le complimenta le patron du MI-6. Les

voilà privés de transmissions pendant un jour ou deux. Qu'est-ce qu'il y a, Malcolm ?

Le policier chinois, assis à l'avant, avait visiblement des difficultés à recouvrer son calme.

— Rien, Mr. Sinders. Mais je me suis un peu échauffé en les retenant pour laisser les mains libres au commissaire.

— Vraiment ?

— Ils m'ont injurié, alors... j'ai répondu, c'est tout, expliqua Sun sur un ton qu'il voulait détaché.

Sinders se tourna de nouveau vers Armstrong, qui examinait un morceau de papier à la lueur de sa cigarette.

— En route, Malcolm, ordonna le commissaire. Vous comprenez le russe, n'est-ce pas ? poursuivit-il en regardant Sinders.

— Oui, pourquoi ?

Armstrong attendit pour répondre que Sun, qui descendait de voiture pour gagner l'autre véhicule, eût refermé la portière.

— Ce câble est tombé de la poche de Souslev, murmura-t-il en tendant le morceau de papier à son supérieur.

Sinders le prit sans quitter Armstrong des yeux.

— Vous ne faites pas confiance à Sun ?

— Si. Mais les Chinois sont les Chinois. Faites attention de ne pas effacer les empreintes, elles pourront nous être utiles. Je ne lis pas le russe, vous pouvez traduire ?

Sinders alluma son briquet, déchiffra les caractères cyrilliques et soupira :

— Désolé, Robert, j'ai l'impression que c'est simplement un rapport météorologique. À moins qu'il ne soit en code.

Il replia le télégramme avec soin pour ne pas y laisser d'empreintes et le glissa dans sa poche en ajoutant :

— Je le confierai aux gars du Chiffre à tout hasard.

Le chef des services secrets se renversa sur la banquette et répéta mentalement le contenu réel du câble : « ... Faire prévenir Arthur que suite à sa demande, ordre a été donné d'intercepter le traître Metkin en profitant de l'escale de Bombay. Deuxièmement, la rencontre avec l'Américain est avancée à dimanche. Troisièmement, les rapports d'AMG restent prioritaires, Sevrin doit tout faire pour les obtenir. Le Centre. »

Quel Américain ? se demanda Sinders. Bartlett, Banastasio, ou même Peter Marlowe, l'écrivain anglo-américain aux curieuses théories ? Bartlett et Marlowe se trouvaient tous deux à Moscou en juin, au moment même où s'y tenait une réunion ultra-secrète d'agents étrangers... Et pourquoi pas Rosemont, ou Langan ? Ils feraient l'un et l'autre des taupes parfaites.

Et qui est le quatrième homme, le chef de Philby ? Est-il si haut placé qu'il faudra aller le chercher dans un château, voire un palais ? Qui est la mystérieuse Mrs. Gresserhoff qui a répondu au second coup de téléphone de Kiernan et a disparu ? Tant de questions...

Minuit approchait. Dunross et Casey étaient assis l'un à côté de l'autre à l'avant d'un Golden Ferry regagnant Kowloon. Malgré le ciel bas, la nuit était belle et une brise chargée d'une odeur salée pénétrait dans la partie vitrée où ils se trouvaient.

— Il va se remettre à pleuvoir ? dit Casey pour rompre le silence qui s'était installé entre eux.

— Sûrement. Mais j'espère que nous n'aurons pas les grandes eaux avant lundi.

— Vous et vos courses ! C'est si important ?

— Pour les habitants de Hong Kong, oui. Pour moi, oui et non.

— Je mettrai toute ma fortune sur Noble Star.

— Je ne vous le conseille pas. Il faut toujours se couvrir en partie.

— Il y a des paris pour lesquels on ne se couvre pas, fit l'Américaine en regardant Dunross.

— Il y a des paris pour lesquels *on ne peut pas* se couvrir, corrigea-t-il.

Il souleva le bras de la jeune femme d'un geste nonchalant et le fit passer sous le sien. Ce contact — ce premier contact — leur plut à tous deux. Pendant tout le trajet, du Mandarin à l'embarcadère du ferry, Casey avait résisté à l'envie de prendre Ian par le bras et, à présent, elle feignait de ne pas s'être aperçue de son geste — bien qu'inconsciemment, elle se fût un peu rapprochée de lui.

Ils avaient fait un succulent repas dans la Salle du Dragon, au sommet de la tour de l'hôtel.

— Nous fêtons quelque chose ? avait demandé Casey en regardant la bouteille de château-lafite.

— Buvons à la santé de la First Central !

— Ils ont accepté ? Oh ! Ian !

— Murtagh a accepté d'essayer de les convaincre.

Il n'avait fallu que quelques minutes aux deux hommes pour tomber d'accord sur les conditions proposées par Casey : 120 % du coût des deux navires, crédit de cinquante millions à renouvellement automatique.

— Le tout couvert par votre garantie personnelle ? avait voulu savoir le directeur de la Royal Belgium.

Conscient d'engager son avenir et celui de sa famille, le Taï-pan avait acquiescé.

— Tout ceci doit rester entre nous, Mr. Dunross. Maintenant, à moi de jouer : je vais tout faire pour persuader la direction générale d'accepter.

— Je vous en serai reconnaissant, Mr. Murtagh. Passez donc me voir demain aux courses. Navré, je ne puis vous convier à déjeuner, nous sommes déjà trop nombreux, mais rejoignez-nous vers deux heures et demie. Voici une invitation.

Le banquier n'avait pas caché sa joie : à Hong Kong, être invité dans la loge d'un commissaire des courses, c'était comme être présenté à la Cour.

— Pourquoi ce sourire, Taï-pan ? demanda Casey.

— Parce que ce soir, tout va bien dans le meilleur des mondes. Du moins, chaque problème est rangé dans son compartiment.

En descendant du ferry, Ian lui expliqua que la seule bonne façon d'aborder les problèmes était celle des Asiatiques : placer chaque problème dans un compartiment séparé et ne s'y attaquer que le moment venu.

Ils marchaient à présent l'un près de l'autre mais sans se toucher. Casey s'écarta pour laisser passer un groupe venant en sens inverse puis se rapprocha de Ian, dont elle prit machinalement le bras. Elle songea qu'il y avait plus de six mois qu'elle ne s'était pas offert une des rares aventures qu'elle se permettait de temps à autre. Quand l'envie de faire l'amour devenait trop forte, elle partait quelques jours, à la mer ou à la montagne, se choisissait un homme, le mettait dans son lit et l'oubliait aussitôt après.

— Ian, à votre avis, est-ce bien de faire l'amour avec quelqu'un qu'on n'aime pas ?

En apercevant les marches de marbre du V & A, elle lui avait lâché le bras.

— L'amour est une invention occidentale, madame. Moi je suis un homme de la Chine !

— Sérieusement, insista Casey.
— Ce n'est pas le moment d'être sérieux.
Ils grimpèrent le perron, pénétrèrent dans le hall, animé malgré l'heure tardive.
— Un dernier verre ? proposa la jeune femme. Je n'ai pas sommeil. Linc viendra peut-être nous rejoindre s'il est rentré.
— Bonne idée.
Ils se dirigèrent vers le bar, bondé comme à l'accoutumée. Un serveur apparut comme par miracle, salua le Taï-pan et le conduisit à une table miraculeusement libre.
— Bonsoir, Gup-service-de-nuit, dit Dunross. Pour moi ce sera un thé citron.
— Pour moi aussi, fit Casey. Excusez-moi, je vais voir si j'ai des messages.
Ian la regarda s'éloigner en se demandant pourquoi elle lui paraissait ce soir plus féminine. Un changement subtil, presque imperceptible s'était opéré en elle, et l'on devinait sous la façade de la femme d'affaires une sensualité prête à déborder.
Gup, le maître d'hôtel, expédia un serveur avec la commande et murmura en cantonais :
— Le trafiquant d'armes n'est pas à l'hôtel, Taï-pan. Il est parti vers sept heures, avec une fille... l'ancienne maîtresse de Barbe-Noire.
— Vieil homme, tu as de bons yeux et une mémoire meilleure encore.
Ravi de l'effet que produisaient ses indiscrétions, Gup-service-de-nuit ajouta :
— J'ai pensé que ce renseignement vous intéresserait puisqu'il est question que la Noble Maison s'allie aux Américains. Sachez aussi que Pubis-Doré...
— Qui ça ?
Le maître d'hôtel révéla qui avait reçu ce surnom et pourquoi.
— Vous vous rendez compte, Taï-pan ? Eh bien, elle a changé de chambre, et ce soir, Fung, la femme de chambre, l'a entendue pleurer.
— Elle s'est disputée avec le trafiquant d'armes ?
— Oh ! il n'y a pas eu de cris mais...
Gup s'interrompit pour sourire à Casey qui regagnait la table, et l'aider à s'asseoir.

— Pubis doré ou pas, continua-t-il en cantonais, dans le noir elles sont toutes pareilles.

Et il s'éloigna en gloussant. Dunross désigna d'un mouvement de tête les messages que l'Américaine avait posés sur la table.

— Des problèmes ?

— Rien d'inhabituel — je vais les ranger dans leur compartiment. Linc n'est pas rentré, je vais pouvoir vous monopoliser.

— C'est plutôt moi qui vous accapare, vous ne cro...

Ian s'interrompit en voyant Armstrong et Sinders entrer dans le bar et chercher du regard une table libre.

— Vos policiers font des heures supplémentaires, railla Casey.

— Un cognac avant de se quitter ? proposa Dunross. Demain la voiture passera vous prendre à midi juste.

— Pourquoi pas ? Dites, l'invitation précise : « chapeau et gants ». C'est sérieux ?

Le Taï-pan commanda les cognacs et dit :

— Les dames portent chapeau et gants aux courses, c'est la tradition.

— Alors il faudra que j'achète un chapeau, je n'en ai pas.

Ian parcourut la salle des yeux, remarqua qu'Armstrong et Sinders l'observaient à la dérobée et se demanda s'ils étaient là par hasard.

— J'aime les dames chapeautées, fit-il distraitement.

Le serveur apporta les verres, Dunross et Casey trinquèrent en se regardant dans les yeux.

— Voulez-vous répondre maintenant à la question que je vous ai posée tout à l'heure ? dit-elle.

— Ma réponse est oui, cela arrive tout le temps. Quant à savoir si c'est bien, cela dépend.

Ils pensèrent ensemble : cela dépend de la personne, du moment, de l'endroit, de l'envie, des circonstances, et maintenant ce serait formidable. Le Taï-pan plongea le regard dans les yeux de la jeune femme et lui sourit.

— Tout peut attendre jusqu'à mardi, murmura-t-il.

Elle sentit son cœur battre un peu plus vite et lui rendit son sourire.

— Oui, Ian. Je l'espère. J'ai passé une excellente soirée.

— Moi de même, assura Dunross en se levant.

Le maître d'hôtel s'approcha :

— On vous demande au téléphone, Taï-pan.

— Tout de suite. Bonsoir Casey.

Elle le suivit des yeux, un peu déçue, un peu frustrée. Si nous n'avions pas été à Hong Kong, tu ne te serais pas échappé, Taï-pan, pensa-t-elle. Et ce soir, nous aurions fait l'amour.

Dunross se rendit à la réception, prit le téléphone.

— Taï-pan ?

— Oui, Lim ? fit Ian, qui avait reconnu la voix de son majordome.

— Mr. Tip Tok-toh vient de téléphoner, il vous prie de rappeler au plus tôt. N'importe quand avant deux heures du matin ou après sept heures.

— Rien d'autre ?

— Miss Claudia vous fait dire... (il y eut un froissement de papier)... que Mrs. Gresserhoff est arrivée à l'hôtel et qu'elle vous verra demain à onze heures, au bureau, comme convenu.

— Ensuite ?

— Madame a téléphoné de Londres, tout va bien. Un certain Dr. Samson a aussi téléphoné de Londres.

— Ah ! le spécialiste de Kathy. Il a laissé un numéro ?

Lim le communiqua à son patron, qui le nota sur un morceau de papier.

— Première fille est rentrée ?

— Pas encore, Taï-pan. Elle est passée en coup de vent vers sept heures avec un jeune homme et elle est ressortie.

— Avec Martin Haply ?

— Oui, Taï-pan.

— Merci. J'appelle Tiptop et je rentre.

Dunross raccrocha, puis il se rendit dans la cabine située près du kiosque à journaux afin de pouvoir parler plus à l'aise.

— *Weiiii ?* fit la voix de Tiptop.

— Bonsoir, Ian Dunross à l'appareil.

— Ah ! Taï-pan. Une seconde... (Il y eut un bruit sourd, comme si l'on avait posé l'appareil sur un meuble, puis une brève conversation chuchotée)... Excusez-moi de vous avoir fait attendre. Je viens de recevoir des nouvelles préoccupantes.

— Lesquelles ?

— Votre police a arrêté un de vos amis, le commissaire Brian Kwok.

— Brian ? s'exclama Ian, sidéré. Mais pourquoi ?

— J'ai cru comprendre qu'on l'accuse, à tort, d'espionnage pour le compte de la RPC.
— Impossible !
— Et ridicule. Le Président Mao n'a que faire d'espions capitalistes. Il faut relâcher cet homme immédiatement et lui permettre de quitter Hong Kong s'il le désire... Immédiatement !
Dunross se força à réfléchir : si Tiptop réclamait la libération immédiate de Brian, c'était la preuve qu'il était bel et bien un de leurs agents...
— Je ne sais que dire, marmonna-t-il, offrant au Chinois l'ouverture attendue.
— Il ne saurait y avoir d'aide entre vieux amis quand la police commet de telles erreurs, je me vois contraint de le souligner. *Heya ?*
— Certainement, répondit le Taï-pan d'un ton compréhensif. Je... j'aviserai les autorités compétentes dès demain matin.
Dieu du ciel ! ils veulent échanger Brian contre leurs dollars ! se dit-il, atterré.
— Vous pourriez peut-être intervenir ce soir.
— Il est trop tard pour joindre le gouverneur mais... (Dunross se souvint de la présence d'Armstrong et Sinders dans l'hôtel)... je vais essayer. Sur-le-champ. Je suis persuadé qu'il s'agit d'une erreur, Mr. Tip. Il sera facile de la réparer... de même qu'il devrait être facile de régler le petit problème de la Victoria Bank.
Il y eut un long silence, au terme duquel le Chinois déclara :
— C'est possible. Les vieux amis doivent s'entraider et se montrer mutuellement leurs erreurs. Oui, c'est possible.
Dunross crut entendre le mot « quand ? » aussi distinctement que si Tiptop l'avait prononcé.
— Avez-vous reçu la lettre de Phillip, Mr. Tip ? Je me suis occupé de toutes les questions que vous aviez soulevées. À ce propos, c'est probablement la Vic qui fournira les fonds nécessaires à l'achat du thorium... ainsi que de la plupart des autres marchandises — à des conditions avantageuses.
— Oui, je l'ai reçue, de même que votre aimable invitation, merci. Votre gouvernement aurait besoin de cet argent pendant combien de temps ?
— Un mois devrait amplement suffire, voire deux

semaines. Mais c'est la Vic et les autres banques qui en ont besoin, pas le gouvernement. Je vous donnerai une réponse plus précise demain. Aurons-nous l'honneur de vous avoir à déjeuner demain aux courses ?

— Je passerai peut-être après le repas.

Le compromis parfait, pensa Dunross en grimaçant un sourire.

— J'ai été consterné par les propos que votre beau-frère a tenus sur la Chine, reprit Tiptop.

— Moi de même. Ma femme et lui ne se voient plus depuis des années. Grey a des conceptions totalement erronées et j'espère parvenir à le neutraliser.

— Bonsoir, Taï-pan. Merci d'avoir appelé.

Dunross raccrocha, sortit de la cabine et se dirigea aussitôt vers le bar. Armstrong et Sinders s'y trouvaient encore.

— Bonsoir, messieurs. Puis-je me joindre à vous ?

— Certainement, Mr. Dunross, acquiesça Sinders. Vous prenez quelque chose ?

— Un thé de Chine.

La table des deux hommes était à l'écart et lorsque le serveur se fut éclipsé, Ian se pencha en avant et murmura :

— Robert, je viens d'apprendre que vous avez arrêté Brian.

— Qui vous l'a dit ? fit Armstrong, interdit.

Dunross résuma sa conversation avec Tiptop et conclut :

— De toute évidence, il nous propose un marché : Kwok contre l'argent.

Le patron du MI-6 but une gorgée de chocolat chaud avant de demander :

— C'est important, l'argent ?

— Essentiel et urgent. Les dollars prêtés par les Chinois couperont court à la ruée. Nous devons...

Le Taï-pan s'arrêta au milieu de sa phrase.

— Qu'y a-t-il ? grogna Sinders.

— Je viens de me rappeler ce qu'AMG suggérait dans le rapport intercepté : que la taupe infiltrée dans la police pouvait faire partie, ou non, du réseau Sevrin. Il en fait partie ?

— Qui ?

— Ne jouez pas avec moi ! répliqua Dunross avec colère. Vous me prenez pour un imbécile ? Sevrin a aussi infiltré la Noble Maison, j'ai le droit de savoir si Brian fait partie du réseau.

— Je vous l'accorde volontiers, reconnut Sinders d'une voix calme, mal assortie à la dureté de son regard. Soyez assuré que nous vous informerons de l'identité du traître dès que nous l'aurons démasqué. Qui cela pourrait-il être, selon vous ?

— Aucune idée, grommela le Taï-pan en maîtrisant sa fureur.

— « Nous devons... », disiez-vous ?

— Nous devons absolument obtenir ce prêt. Qu'est-ce qu'a fait Brian ?

— Si... ce Brian a bien été arrêté, votre question devient indiscrète.

— Jamais je ne l'aurais cru, murmura Dunross, encore stupéfait. Mais Tiptop n'aurait pas proposé ce marché si ce n'était pas vrai. Qui se chargera de négocier — vous, Mr. Sinders ou Roger Crosse ? Je suppose qu'il vous faudra l'autorisation du gouverneur.

Le chef des services secrets souffla pensivement sur le bout de sa cigarette.

— Je doute qu'il y ait négociation, Mr. Dunross.

— Pourquoi ? L'argent est plus important que...

— Question de point de vue. *Si* ce Brian Kwok est bien en prison... En tout état de cause, on ne peut admettre que le gouvernement de Sa Majesté fasse l'objet d'un chantage.

— Sir Geoffrey donnera immédiatement son accord.

— Je le crois trop intelligent pour cela. Puisqu'on parle d'échange, vous deviez nous remettre ce soir les rapports d'AMG, Mr. Dunross.

— C'est ce que j'ai fait.

— Ne jouez pas avec moi ! Vous me prenez pour un imbécile ? répéta Sinders en imitant le ton que le Taï-pan avait employé. Il eut un rire bref et poursuivit avec un calme glacial : Vous nous en avez remis une version édulcorée, de qualité bien inférieure à celui que nous avions intercepté. Subterfuge habile, compréhensible même, mais tout à fait inutile. Il nous faut vraiment les originaux.

— Si vous n'êtes pas satisfait de ceux que je vous ai donnés, cherchez donc dans les papiers d'AMG.

— C'est déjà fait, répondit Sinders avec un sourire

plein de froideur. Mr. Dunross, vous ne semblez pas comprendre que la possession de ces documents pourrait vous coûter la vie. N'est-ce pas, Robert ?

— Absolument.

Sinders tira une bouffée de sa cigarette.

— Mr. Tiptop veut conclure un marché — tout le monde à Hong Kong veut conclure un marché, c'est dans l'air, reprit-il. Mais dans un marché, c'est donnant donnant. Il faut faire des concessions pour en obtenir, en amour comme à la guerre, dit-on.

— C'est ce qu'on dit, en effet, fit Dunross sans se troubler. Je parlerai au gouverneur demain matin. D'ici là, cette affaire doit demeurer strictement entre nous. Bonsoir.

Armstrong et Sinders regardèrent le Taï-pan s'éloigner puis disparaître par la porte à tourniquet.

— Qu'en pensez-vous, Robert ? Vous croyez qu'il a opéré une substitution de dossiers ?

Le commissaire poussa un soupir.

— Je n'en sais rien. Je l'ai observé attentivement mais son visage n'a rien trahi. Rien du tout. Il est très fort.

Sinders marqua une pause avant de répondre :

— Alors la partie adverse veut passer un marché, hein ? J'ai l'impression que nous ne garderons pas notre client plus de vingt-quatre heures. Quand le prochain interrogatoire doit-il avoir lieu ?

— Demain à 6 h 30.

— Nous ferions mieux d'aller nous coucher si vous devez vous lever tôt demain matin, dit Sinders en adressant un signe au serveur. Je consulterai Mr. Crosse mais je sais d'avance ce qu'il va me répondre — ce que Londres a décidé, plus exactement.

— À savoir ?

— À Londres, on est gravement inquiet parce que notre client a eu accès à de trop nombreux secrets. Il a fait l'École de guerre, il a passé plusieurs années dans la Police montée canadienne.

Le chef du MI-6 hésita puis ajouta :

— À la réflexion, Robert, quelle que soit l'attitude de Mr. Dunross, une seule solution s'offre à nous : accélérer l'interrogatoire. Oui, nous annulons la séance de 6 h 30, nous continuons le traitement éveil-sommeil à intervalles d'une heure — à condition que son organisme le supporte —, et nous l'emmenons directement à la « Salle Rouge ».

Armstrong devint livide.

— Mais..., voulut-il protester.

— Désolé. Je sais qu'il était votre ami, mais votre Mr. Tiptop et votre Mr. Dunross ne nous laissent pas beaucoup de temps.

Samedi

62

9 h 32

Les roues de l'avion de la Japan Air Lines, en provenance de Tokyo, émirent un petit nuage de fumée en touchant la piste de l'aéroport de Kai Tak. Aussitôt la poussée des réacteurs s'inversa et l'appareil ralentit puis obliqua vers les bâtiments.

Dans le hall principal, passagers, membres d'équipage ou simples visiteurs allaient et venaient. Les formalités d'entrée ou de sortie étaient promptement expédiées — sauf pour les citoyens japonais. Les Chinois n'ont pas la mémoire courte et l'époque de l'occupation japonaise était encore trop proche, trop cruellement vivante dans les esprits, pour qu'on pût oublier. Ou pardonner. Les Japonais faisaient donc l'objet d'un contrôle méticuleux, auquel n'échappèrent pas les hôtesses, jolies et mutines, de l'avion qui venait de se poser. Et bien que certaines d'entre elles ne fussent sans doute pas nées lorsque cette occupation prit fin, on leur rendit leur passeport avec le même regard glacial.

L'Américain qui se trouvait derrière les Japonaises tendit son passeport à l'employé en lui souhaitant une bonne journée.

— Bonjour, répondit le jeune Chinois en ouvrant le document.

Il examina la photo puis le voyageur, chercha le tampon du visa et appuya du pied sur un bouton. Le signal alerta

Crosse et Sinders, qui se trouvaient dans un bureau proche, séparé du hall par une glace sans tain.

L'employé parcourut rapidement la première page du passeport : Vincenzo Banastasio, de sexe masculin, né à New York le 16 août 1910. Cheveux gris, yeux marron. Puis il le feuilleta en déchiffrant les cachets : Angleterre, Espagne, Italie, Pays-Bas, Mexique, Venezuela, Japon. Il appliqua sur une page vierge un nouveau tampon et rendit le passeport au voyageur sans paraître lui accorder d'attention particulière.

Banastasio reprit la luxueuse serviette en crocodile qu'il avait posée par terre et franchit le contrôle, appareil photo en bandoulière.

— Plutôt bel homme, apprécia Sinders derrière le miroir. Il se soigne.

Crosse appuya sur le bouton de son talkie-walkie.

— Vous l'avez repéré ?

— Oui, nous le prenons en filature, répondit une voix déformée dans l'appareil.

— Je suis content de l'avoir vu, déclara Sinders. J'aime voir mes ennemis en chair et en os.

— C'est un ennemi ?

— D'après Rosemont. Vous ne partagez pas cet avis ?

— C'est un malfrat, convint Crosse. Mais je ne suis pas certain qu'il trempe aussi dans le renseignement.

— Les « mouchards » sont en place ?

— Oui, j'ai vérifié.

La veille, une équipe de spécialistes de la SI avait placé des micros dans la chambre que Banastasio avait réservée au Hilton, ainsi que dans le bureau et l'appartement de Ng-le-Photographe.

Les deux hommes se turent, on n'entendit plus que le crachotement du petit émetteur-récepteur.

— Et Kwok, il sera bientôt « mûr » ? demanda enfin Sinders.

— Nous le conduirons à la Salle Rouge vers midi — ou même avant s'il est à point.

— C'est Armstrong qui se chargera de l'interroger ?

Crosse acquiesça.

— Bon élément — il s'est remarquablement comporté à bord de l'*Ivanov*.

— La prochaine fois, j'aimerais quand même que vous m'avertissiez, fit le directeur de la SI avec aigreur.

— Désolé, Roger. C'était une décision soudaine de Londres.

— À quoi rime au juste la convocation de dimanche ?

— Le ministre doit m'envoyer des instructions spéciales, répondit Sinders en fronçant les sourcils. D'après son dossier, Kwok est une forte personnalité et il doit être profondément endoctriné pour avoir tenu le coup aussi longtemps.

— Je suis quand même optimiste. J'ai essayé trois fois la salle sur moi-même, je n'ai jamais pu y rester plus de cinq minutes, chaque fois j'ai été malade comme un chien — et je n'avais pas subi de traitement préalable. Non, nous n'aurons pas de problème, conclut Crosse en écrasant sa cigarette dans le cendrier. Le système est efficace, nous l'avons emprunté au KGB.

Après un silence, Sinders laissa tomber ce commentaire :

— C'est moche. Écœurant même. Je préférerais pouvoir me passer de ces méthodes. Enfin, notre métier n'a jamais été très ragoûtant.

— Vous pensez à la dernière guerre ?

— Oh ! je me sentais mieux à cette époque : il y avait moins d'hypocrisie chez nos dirigeants et nos journalistes, tout le monde comprenait que c'était la guerre. Mais aujourd'hui, alors que notre existence même est en jeu... Regardez là-bas, Roger, dit Sinders en montrant la sortie, est-ce que ce n'est pas Rosemont ?

— Oui, et l'autre c'est Langan, du FBI. Hier soir nous avons décidé de travailler ensemble sur l'affaire Banastasio mais je vous avoue que je me passerais fort bien de leur aide.

— La CIA devient vraiment envahissante.

Crosse prit son talkie-walkie, sortit du bureau avec Sinders et s'approcha des Américains.

— Stanley, je croyais que nous nous chargions de l'aéroport et vous de l'hôtel, protesta-t-il.

— Je suis simplement venu mettre Ed dans l'avion, répondit le chef d'antenne adjoint.

— Je dois porter personnellement au siège du Bureau les photocopies des lettres de K. K. Lim, expliqua Langan, qui paraissait las et tendu. Les extraits que j'ai lus au directeur ont fait l'effet d'une bombe.

— Je m'en doute.

— Roger, vous trouverez sur votre bureau une requête

urgente : nous aimerions également consulter les originaux.

— Pas question, répondit Sinders à la place de Crosse.

L'agent du FBI haussa les épaules :

— La requête est sur votre bureau, Rog. Et vos pontes vous enverront un ordre de tout là-haut si les nôtres insistent vraiment. En tout cas, merci. Nous vous devons une fière chandelle.

Langan serra la main des trois hommes et se dirigea vers la porte d'embarquement.

— Vos informations ont provoqué des remous, surtout au FBI, expliqua Rosemont. Vous aviez raison : si le sénateur Tillman, l'homme du moment, met la main sur ces documents, Dieu sait ce qu'il en fera ! Notre siège a donné l'ordre à tous nos contacts latino-américains de se lancer à la recherche de Thomas K. K. Lim. Autrement dit, nous ne tarderons pas à l'interroger. Je vous enverrai une copie du procès-verbal, ne vous inquiétez pas. Rog, il n'y avait rien d'autre dans les archives de Lim ?

Crosse eut un sourire narquois.

— Si, bien sûr. Que diriez-vous d'un plan de financement d'une révolution en Indonésie ?

— Oh ! nom de Dieu !...

— De documents attestant qu'un couple de Vietnamiens très influents a reçu des sommes importantes, par l'entremise d'une banque française, en échange de services très particuliers ?

Le visage de Rosemont perdit toute couleur.

— Quoi encore ?

— Cela ne vous suffit pas ? fit Crosse, sarcastique.

— Il y en a d'autres ?

— Naturellement, qu'il y en a d'autres, vous le savez bien !

— Vous me les remettriez maintenant ?

— Qu'êtes-vous prêt à offrir en échange ? intervint Sinders.

Le talkie-walkie empêcha Rosemont de répondre :

— Il a récupéré ses bagages, il se dirige vers la station de taxi... Maintenant il... Maintenant il... Ah ! quelqu'un est venu l'accueillir, un Chinois, bonne allure, vêtements coûteux. Sa tête ne me dit rien... Ils s'approchent d'une Rolls, immatriculée à HK... Ah ! c'est la limousine de l'hôtel, ils y montent tous les deux.

— Restez sur cette fréquence, ordonna Crosse à son correspondant invisible.

Il fit tourner un bouton de son appareil, qui crachota puis fit entendre un bruit étouffé de circulation.

— Vous avez posé un micro dans la limousine ? s'écria Rosemont, admiratif. Bravo, Rog, je n'y aurais pas pensé.

Le directeur de la SI affina son réglage et on entendit :

— ... de vous voir, Vee Cee. Vous n'auriez pas dû vous déranger.

— C'est un plaisir. Nous bavarderons dans la voiture et vous n'aurez peut-être pas besoin de passer au bureau ou même d'aller à Ma...

— Oui, oui, fit la voix de Banastasio précipitamment. Vee Cee, je vous ai apporté un cadeau...

Il y eut un bruit de papier froissé puis soudain un vrombissement aigu qui couvrit entièrement tous les autres sons. Aussitôt Crosse tourna le bouton de l'appareil : il fonctionnait parfaitement sur d'autres fréquences.

— Merde ! lâcha Rosemont d'un ton écœuré. Il se sert d'un rasoir à piles pour brouiller la transmission. C'est un vrai pro, ce salaud. Je vous parie ma chemise qu'il n'y aura plus rien d'intéressant à entendre quand il arrêtera le rasoir. Je vous l'avais dit : Banastasio, c'est le dessus du panier.

63

10 h 52

— Le Docteur Samson sur la trois, Taï-pan.

— Merci, Claudia, dit Dunross en enfonçant une touche du téléphone. Allô, docteur ? Je vous appelle au sujet de ma sœur, Mrs. Gavallan.

— Nous avons entamé une seconde série d'examens. Sur le plan psychologique, son état est satisfaisant ; sur le plan physique, c'est plus inquiétant, je le crains...

Le médecin expliqua qu'on n'avait encore trouvé aucun traitement contre la sclérose en plaques, que la maladie conduisait à une dégradation lente et irréversible des centres nerveux.

— J'ai pris la liberté de faire venir le professeur Klienberg, de la clinique de l'UCLA, pour avoir son avis. C'est le plus grand spécialiste de cette maladie. Soyez assuré que nous ferons tout ce qui est en notre pouvoir pour Mrs. Gavallan.

— C'est-à-dire pas grand-chose.

— Si elle prend soin d'elle, si elle ne se fatigue pas trop, elle pourra mener une vie normale pendant de nombreuses années.

— Combien d'années ?

Le docteur hésita avant de répondre :

— Je l'ignore. La maladie ne suit pas la même évolution chez tous les patients. Je vous donnerai peut-être une réponse plus précise dans six mois. En tout cas, je vous téléphonerai dès que les examens seront terminés et que le professeur Klienberg aura formulé son diagnostic.

Ian remercia le médecin, raccrocha, s'abandonna un moment à la tristesse puis se remit au travail. Depuis qu'il était arrivé au bureau, il avait reçu plus de cinquante câbles, des dizaines de coups de téléphone de l'étranger. À 9 h 30, il avait appelé le gouverneur pour l'informer de la proposition de Tiptop.

— Il faut que je consulte le ministre et je ne pourrai pas le joindre avant cet après-midi, avait répondu Sir Geoffrey. Je ne pense pas qu'il acceptera.

— Pourquoi ?

— Cela créerait un fâcheux précédent — c'est du moins mon opinion.

— Il nous faut absolument cet argent.

— La crise passera. Les crises passent toujours, les précédents demeurent, malheureusement. Vous assisterez aux funérailles de John ?

— Oui, Excellence.

Le Taï-pan s'était effectivement rendu à l'enterrement, y avait prononcé quelques mots à la mémoire de John Chen puis s'était entretenu en particulier avec son compradore.

— Merci, Taï-pan, avait dit Phillip. Encore une fois je suis vraiment désolé.

— Vos excuses ne nous tireront pas du pétrin dans lequel votre fils et vous nous avez fourrés !

— Je sais, je sais, avait murmuré Chen en se tordant les mains. *Oh ko*, nous sommes tous ruinés !

— Il nous reste le week-end pour agir. Écoutez-moi au

lieu de gémir ! Vous allez demander l'aide de tous ceux qui vous doivent un service, Lando Mata et Tung l'Avare, pour commencer. Si nous n'obtenons pas leur soutien avant dimanche minuit, vous me remettrez votre démission, je choisirai un nouveau compradore dans une autre famille que la Maison de Chen.

Après l'enterrement, Ian était retourné au bureau, où l'avalanche d'appels téléphoniques avait repris. Havergill, Johnjohn, Richard Kwang — tous redoutaient un effondrement total du marché. Seul David MacStruan, à Toronto, avait éclairé la matinée d'une note moins sinistre.

— David, je veux que vous veniez ici lundi pour...

— Taï-pan, je suis déjà en route pour l'aéroport ! s'était écrié MacStruan. Au rev...

— Une seconde !

Dunross avait expliqué à son cousin qu'il envisageait de le faire remplacer par Jacques de Ville.

— Si vous faites ça, je serai à jamais votre esclave !

— Il me faudra plus que des esclaves, David.

Après un court silence, MacStruan avait répondu d'une voix soudain grave :

— Vous pouvez me demander n'importe quoi, Taï-pan. N'importe quoi.

Ian sourit en se rappelant les propos de son lointain cousin. Il laissa son regard dériver jusqu'à la fenêtre, contempla le port noyé de brume, le ciel sombre. Pourvu qu'il ne pleuve pas avant la cinquième course, pensa-t-il. Je veux battre Pilot Fish avant d'écraser son maître...

— Taï-pan, Mrs. Gresserhoff vient d'arriver, annonça la voix de Claudia dans l'interphone.

— Faites-la entrer.

Dunross se levait lorsque la plus jolie femme qu'il eût jamais vue pénétra dans son bureau. Stupéfait, il se demanda comment elle avait pu épouser Alan Medford Grant, qui, dans certaines circonstances, se faisait appeler Hans Gresserhoff. Après un échange de politesses en japonais, elle passa à l'anglais :

— Votre japonais est excellent, Taï-pan.

— Une tasse de café ? proposa Dunross en montrant le plateau posé sur une table basse.

— Volontiers... Permettez-moi de vous servir.

Avant qu'il n'ait pu protester, Mrs. Gresserhoff — Riko Anjin — avait pris le pot à café. Elle remplit une tasse, la lui offrit en s'inclinant légèrement. C'était une femme menue et délicate, aux proportions harmonieuses et au sourire charmant. Elle portait un ensemble en soie marron bien coupé, sans doute de fabrication française.

— Merci pour l'argent que m'a remis miss Claudia, dit-elle.

— C'est uniquement pour couvrir vos dépenses. Nous devions à votre mari 8 000 livres environ que nous vous réglerons demain par chèque. Mrs. Gresserhoff, vous...

— Appelez-moi Riko, Taï-pan.

— Riko, donc, vous avez un avantage sur moi, vous me connaissez mais je ne sais rien de vous.

— Mon mari m'a recommandé de ne rien vous cacher. Il m'a aussi chargée de vous remettre une enveloppe, une fois que je me serai assurée que vous êtes bien le Taï-pan. Puis-je revenir vous l'apporter plus tard ?

— Je peux vous reconduire à l'hôtel, vous me la donnerez là-bas.

— Ne prenez pas cette peine, je vous en prie. Je vous l'apporterai après le déjeuner.

— Comment est-elle, cette enveloppe ?

— Ordinaire, pas très épaisse. Vous pourriez la glisser facilement dans votre poche.

Charmé par la jeune femme, Ian prit une brusque décision :

— Voilà ce que je vous propose. Mon chauffeur vous reconduit à l'hôtel, vous prenez l'enveloppe, vous revenez ici et vous déjeunez avec nous aux courses.

Cette invitation de dernière minute allait déranger la disposition des convives autour de la table mais Dunross n'en avait cure.

— Mais... mais je n'aurai pas le temps de me changer. Merci, je ne veux pas vous déranger. Je vous remettrai la lettre dans la soirée, ou demain. En mains propres, mon mari me l'a bien recommandé.

— Vous n'avez pas besoin de vous changer, Riko-*san*, vous êtes ravissante. Avez-vous un chapeau ?

La jolie Japonaise regarda Dunross d'un air perplexe.

— Oui, ici, la tradition veut que les dames mettent des gants et un chapeau pour aller aux courses.

— Ah ! bon. Oui, j'ai un chapeau, comme toutes les femmes.

— Alors, pas de problème.

— Si vous le croyez vraiment, dit Mrs. Gresserhoff en se levant.
— J'aimerais bavarder un moment avec vous, si vous avez le temps. Asseyez-vous. Depuis combien d'années étiez-vous mariée ?
— Quatre ans. Hans m'avait demandé de vous dire, au cas où il mourrait et où je serais amenée à vous rencontrer, que nous avions fait un mariage de convenance.
— Comment ?
Elle rougit légèrement en reprenant :
— Ce mariage nous arrangeait tous les deux. Moi j'obtenais la nationalité suisse ; lui, il avait quelqu'un pour s'occuper de lui quand il venait en Suisse. Je... je ne voulais pas l'épouser mais il a tellement insisté. Il disait que cela me mettrait à l'abri s'il venait à mourir.
— Il se savait menacé ?
— Je le crois.
Riko Anjin ouvrit son sac d'une main tremblante, en sortit une enveloppe qu'elle remit au Taï-pan en déclarant :
— Il m'avait aussi demandé de vous remettre ces documents : une copie de notre contrat de mariage, mon extrait de naissance et le sien, son testament.
Dunross ouvrit l'enveloppe, en tira un papier où il reconnut l'écriture d'AMG. « Taï-pan, lut-il, ce mot vous confirmera que la femme qui se tient devant vous est bien mon épouse, Riko Gresserhoff. Je l'aime de tout mon cœur, elle méritait mieux que moi. Aidez-la, je vous en prie, si elle en a besoin. »
— Je ne méritais pas mieux que lui, murmura Riko Anjin en se tamponnant les yeux. Il a été très bon pour moi.
— Il était malade ? Il s'attendait à mourir ?
— Je ne sais pas. Il m'avait fait promettre, avant notre mariage, de ne jamais lui poser de questions. J'ignorais où il allait, pourquoi, et même quand il rentrerait.
— Vous acceptiez une telle vie ?
La Japonaise hésita de nouveau avant de répondre :
— Je suis née au Japon en 1939, et j'étais encore un bébé lorsque mon père fut nommé à l'ambassade de Berne. En 1943, il rentra au Japon et nous laissa à Genève, ma mère et moi. En 1945, toute notre famille fut anéantie à Nagasaki, mon père compris. Comme nous n'avions plus aucune raison de retourner au Japon, nous nous sommes installées à Zurich, chez un homme plein de bonté qui

mourut il y a quatre ans. Ma mère et lui n'étaient pas mariés, je le savais, mais je feignais de l'ignorer et nous eûmes une vie de famille agréable. À la mort de mon beau-père, Simeon Tzerak, nous nous sommes retrouvées sans argent ou presque. Simeon était une personne déplacée, un réfugié hongrois qui avait été comptable à Budapest avant la guerre. C'est ma mère qui me fit épouser un de ses amis, Hans Gresserhoff. Je lui ai obéi et je ne le regrette pas. J'ai tout fait pour rendre mon mari heureux.

— Que votre mère vous conseille-t-elle de faire, aujourd'hui ?

— Elle est morte. Quand mon beau-père nous quitta, elle perdit le goût de vivre. Lorsque mon avenir fut assuré, elle monta très haut dans la montagne et se jeta dans une crevasse.

— C'est terrible.

— Non, Taï-pan. Elle est morte où et quand elle l'a choisi. Elle n'avait plus de compagnon, sa fille était pourvue — que lui restait-il à faire ?

— Rien, convint Ian.

Ému par la douceur, la sincérité, le calme de Riko Anjin, Dunross songea au mot japonais *wa*, harmonie. Voilà ce qui la rend si belle, songea-t-il.

Un des téléphones se mit à sonner.

— Oui, Claudia ?

— C'est Alexi Travkin. Il prétend que c'est important.

— Excusez-moi, Riko. Allô, Alexi ?

— Pardon de vous déranger, Taï-pan, mais Johnny est malade, il ne pourra pas monter.

Johnny Moore était le premier jockey de l'écurie de Dunross.

— Ce matin, il avait l'air d'aller très bien.

— Il a quarante de fièvre, le docteur pense à une intoxication alimentaire.

— Vous croyez qu'on l'a empoisonné ?

— Je n'en sais rien. En tout cas, il n'est pas question qu'il monte.

Dunross hésita. Il savait qu'il surclassait les autres jockeys mais le poids supplémentaire que Noble Star devrait porter s'il la montait lui-même compromettrait les chances de la jument.

— Dites à Tom Wong de se préparer à remplacer Johnny. Nous prendrons une décision juste avant la course.

Ian raccrocha et reporta son attention sur sa visiteuse.
— Anjin, cela signifie bien pilote ou navigateur, n'est-ce pas ?
— On racontait dans ma famille qu'un de nos ancêtres fut un Anglais qui devint samouraï et conseiller du shogun Yoshi Toranaga. Selon la légende, il se tailla un fief à Hemi, près de Yokohama, puis s'installa avec sa famille à Nagasaki, en qualité d'inspecteur général des étrangers.
Mrs. Gresserhoff sourit d'un air incrédule.
— Il aurait épousé une dame de haut lignage appelée Riko, poursuivit-elle. Vous connaissez les Japonais, Taï-pan : on imagine mal un *gaï-jin*, un étranger, épousant la fille d'un aristocrate. Enfin, c'est une manière amusante d'expliquer l'origine de notre nom... Il faut que je parte, maintenant, non ?
Non, aurait voulu répondre le Taï-pan.

La Daimler noire aux portières ornées de l'emblème de Struan s'arrêta devant le perron du V & A, où attendaient Casey et Bartlett. La jeune femme avait un air emprunté sous son petit chapeau rond sans bord assorti à sa robe verte ; Linc arborait une cravate d'un bleu un peu plus clair que celui de son costume de bonne coupe. Tous deux avaient le visage fermé.
Le chauffeur s'approcha d'eux.
— Mr. Bartlett ? Je m'appelle Lim. Excusez-moi mais avez-vous pris les badges et la carte d'invitation ?
— Je les ai, répondit Casey.
— C'est indispensable pour entrer. L'usage veut que les messieurs passent le leur à la boutonnière de leur veste ; les dames l'attachent avec une épingle.
— À vos ordres, dit Bartlett en descendant les marches.
Casey monta en voiture, Linc l'imita. Lim ferma la portière, s'installa au volant et remonta la vitre de séparation.
— Si vous voulez me parler, servez-vous du micro qui est devant vous, expliqua le chauffeur dans l'interphone.
Dans le rétroviseur, il vit l'Américain abaisser puis relever l'interrupteur de l'appareil. Après avoir engagé la limousine dans le flot de la circulation, Lim appuya discrètement sur un bouton situé sous le tableau de bord et la voix de l'Américain s'éleva aussitôt dans le haut-parleur :

— ... qu'il va pleuvoir ?

— Je n'en sais rien, Linc.

Lim poussa un soupir de satisfaction en se renversant sur son siège. Son frère aîné Lim Chou, majordome des taï-pans de la Noble Maison, avait demandé à un autre frère, spécialiste en radio, d'installer un interrupteur sur dérivation permettant d'écouter les propos des passagers de la voiture. Lim Chou avait bien précisé que ce système était destiné à protéger le Taï-pan et qu'il ne fallait en aucun cas l'utiliser quand le maître se trouvait dans la voiture. Le jeune Lim avait suivi ces recommandations. Jusqu'à présent...

— Cessons ce petit jeu, Linc, reprit Casey d'un ton apaisant. Depuis ce matin, tu es d'une humeur d'ours malade.

— Et toi ? rétorqua l'Américain. J'ai pris une décision : nous marchons avec Gornt.

— J'ai carte blanche pour l'affaire Struan, tu me l'as répété cent fois. Tu commets une grave erreur.

— C'est toi qui le dis. Et tout ça à cause d'Orlanda !

— Pas du tout ! Je t'ai expliqué mes raisons. Si Ian parvient à s'en tirer, il nous offrira des perspectives bien meilleures que Gornt.

— Nous n'avons jamais eu de différend, mais si tu t'obstines, ce sera tes actions contre les miennes et tu te retrouveras coincée ! D'ailleurs qu'est-ce qui te fait croire que Dunross peut s'en tirer ?

— Il est intelligent, et c'est lui le Taï-pan.

— Gornt le tient.

— Apparemment. Bon, n'en parlons plus pour le moment.

— Une minute, Casey. Qu'est-ce que tu mijotes ?

— Que veux-tu dire ?

— Je te connais mieux que quiconque, tu prépares quelque chose.

Casey se demanda si elle devait parler à Linc de l'opération First Central. Non, c'est inutile, se dit-elle. Si Ian obtient le soutien de la banque et se sort d'affaire, il en informera immédiatement Linc, il me l'a promis. Nous rachèterons tous les trois au plus bas, juste avant la remontée des actions, et nous gagnerons le pactole. Ian m'a donné sa parole, mais puis-je lui faire confiance ?

La veille, au restaurant, sous l'effet du vin et de la

nourriture, elle s'était confiée à lui, elle lui avait révélé la nature de ses relations avec Linc et l'accord qui les liait.

— Ce doit être dur pour l'un et l'autre, avait commenté le Taï-pan.

— Oui. Oui et non. Nous avions tous les deux vingt et un ans et je me refusais à devenir simplement Mrs. Linc Bartlett, l'épouse-mère-maîtresse-servante attendant patiemment le retour du mari à la maison en lavant les couches. Pourtant je l'aimais — je l'aime. Le contrat que nous avons passé nous a été profitable à tous deux jusqu'ici. Il expire le jour de mon anniversaire, le 25 novembre de cette année. Nous prendrons alors une décision.

— Et puis ?

— Je ne sais pas. Franchement, je n'en sais rien. J'aime Linc mais nous ne sommes pas amants.

La voix de Bartlett la tira de sa rêverie. Elle se tourna vers lui, le trouva plus beau que jamais malgré la froideur de son regard.

— C'est à ça que tu veux en venir ? demanda-t-il. Tes actions contre les miennes ?

Elle faillit hurler sa rage. Envoie-le se faire voir, disait une moitié d'elle-même. Il a besoin de toi plus que tu n'as besoin de lui. Tu connais tous les rouages de Par-Con, tu sais où sont enterrés les cadavres, tu peux détruire ce que tu as contribué à bâtir ; mais l'autre moitié lui conseillait la dissimulation et la prudence.

Aussi baissa-t-elle les paupières sans plus retenir les larmes qui lui montaient aux yeux. Un changement instantané s'opéra en Bartlett.

— Ne pleure pas, Casey, je te demande pardon, murmura-t-il en l'enlaçant. C'est la première fois que je te vois pleurer... Écoute, nous pouvons discuter sans nous énerver. J'ai bien réfléchi, il vaut mieux miser sur Gornt. Je sais que j'ai raison.

Tu as tort, pensa Casey, heureuse dans les bras de Linc.

64

12 h 32

Brian Kwok hurlait de terreur dans sa prison, dans son enfer. Il habitait un monde de folie éclairé par une lumière aveuglante qui donnait à toute chose la couleur du sang. Sang les murs de la cellule, sang le plafond, sang le sol. Il n'y avait ni porte ni fenêtre, tout avait basculé sens dessus dessous et il gisait au plafond, en proie à d'horribles tourments, tentant frénétiquement de redescendre, de retrouver la normalité. Chaque fois il retombait dans son propre vomi et, soudain plongé dans le noir, il entendait des ricanements, des voix grinçantes qui palpitaient et couvraient les supplications de son ami Robert, qui conjurait les démons d'arrêter. Puis de nouveau la lumière sang lui arrachait les yeux, lui fracassait le crâne ; il tentait d'agripper la table ou les chaises, noyées dans le flot rouge mais retombait encore. Le sol volait à la rencontre du plafond, rien ne demeurait en place dans ce monde dément inventé par le diable...

La lumière sang, le noir, les rires et la puanteur, le sang de nouveau, dans un cycle infernal...

Il se souvenait confusément d'avoir commencé à les supplier des années plus tôt. Laissez-moi partir, je ne suis pas celui que vous cherchez, je ne mérite pas cet enfer... C'est une erreur, l'ennemi, ce n'est pas moi, si je suis l'ennemi, quel ennemi ? Par pitié remettez le monde à l'endroit, laissez-moi me coucher là en bas, Robert, aide-moi, aide-moi !

— Je suis là, Brian, je remets le monde à l'endroit !

Les paroles compatissantes avaient couvert le vacarme des ricanements, le sang avait reflué. Kwok sentit sur lui la main de son ami, fraîche et douce ; il l'agrippa, soudain terrifié à la pensée que ce n'était qu'un rêve au milieu de son cauchemar. Oh ! Robert, ne m'abandonne pas !

Mon Dieu, c'est impossible, le plafond est à sa place, je suis étendu sur la couchette, normalement, dans une chaude pénombre. Les volets sont tirés, il y a des fleurs dans le vase, je me tiens à l'endroit, à l'endroit !

— Robert...

— Je suis là, mon vieux, dit Armstrong d'une voix apaisante.

— Robert, merci. Tout est à l'endroit, grâce à toi. Merci...

Kwok se sentait faible et avait du mal à parler. C'était merveilleux d'être sorti du cauchemar, de voir le visage de Robert, flou mais réel. Merveilleux de fumer... Je fume ? Oui, je me souviens, la semaine dernière Robert m'avait laissé des cigarettes que ces salauds m'ont confisquées... La semaine dernière ? Le mois dernier ? Robert est revenu le mois dernier, il m'a fait tirer une bouffée... C'est si bon, la fumée, la paix, si bon d'échapper à ce plafond lavé par le sang.

— Il faut que je parte.

— Non ! Si tu t'en vas, ça va recommencer. Reste, s'il te plaît. Assieds-toi, nous allons parler, oui, parler, c'est ce que tu voulais. Ne pars pas...

— D'accord. Tant que nous parlerons je ne partirai pas. Qu'est-ce que tu veux me raconter ? Parle-moi de Ning-tok et de ton père. Tu es retourné chez toi pour le voir, n'est-ce pas ?

— Oui, juste avant sa mort. Mes amis m'ont aidé, cela n'a pris qu'un jour, ils m'ont aidé...

— Ian t'a accompagné ?

— Ian ? Non, c'était... Je ne me souviens pas. Ian le Taï-pan ? Quelqu'un est venu avec moi. C'était toi, Robert ? Ah ! à Ning-tok ? Ce n'était ni toi ni Ian, c'était John Chancellor, d'Ottawa. Il hait les Soviétiques, lui aussi — la Russie : voilà l'ennemi, Robert. Même à l'école, et ce démon de Chiang Kai-shek et ses assassins, Fong-fong et... et... Oh ! je suis si fatigué, si content de te voir...

— Parle-moi de Fong-fong.

— Un sale type. Lui et son groupe d'espions travaillaient contre nous, les maoïstes, pour Chiang, je le sais. Ne t'inquiète pas, dès que j'aurai lu... Hein ? qu'est-ce que tu me demandes ?

— C'était ce fumier de Grant, non ?

— Oui, oui, j'ai failli m'évanouir quand il a su que j'étais... que je... Oh ! mais j'ai mis fin immédiatement aux méfaits de Fong-fong... Oui.

— Qui as-tu prévenu ?

— Tsu-yan, j'ai prévenu Tsu-yan. Il est à Pékin, maintenant. C'était une huile mais il ne savait pas qui j'étais, très peu de gens savaient... Oui, l'école, mon père m'a envoyé au loin après le meurtre du vieux Sh'in... des bandits l'ont fouetté à mort sur la place du village parce qu'il était de notre camp, avec le peuple, avec Mao... À Hong Kong, j'ai vécu chez l'oncle... je suis allé à l'école... et le soir, c'était lui mon professeur... Je voudrais dormir, maintenant.

— Comment s'appelait ton oncle, Kar-shun ? Où habitait-il ?

— Je... je ne me souviens plus.

— Alors je m'en vais. Je reviendrai la semaine pro...

— Non, attends, Robert. C'était Wu Tsa-fing, il habitait Fourth Alley à Aberdeen, numéro 8, cinquième étage. Oui, je me rappelle, ne pars pas !

— Très bien, je reste. Tu as étudié longtemps, à Hong Kong ?

Armstrong parlait d'une voix douce et apaisante. Il ne pouvait s'empêcher d'éprouver de la compassion pour son ancien ami, qu'il ne s'attendait pas à voir craquer aussi vite. L'esprit du « client » s'ouvrait tout grand devant lui, il n'avait plus qu'à s'y engouffrer. Son rôle consistait à faire parler l'homme brisé étendu à côté de lui tandis que d'autres écoutaient en secret, enregistraient les noms, les adresses, les faits, les vérités et les demi-vérités dont le flot ne cesserait pas avant que Brian Kar-shun Kwok ne soit devenu une coquille vide. Armstrong continuerait à alterner les caresses et les menaces, la compréhension et l'impatience, la colère ; il ferait mine de partir ou éloignerait d'une bordée d'insultes le geôlier l'invitant à s'en aller. Il ne serait qu'un instrument dans les mains de Crosse et de Sinders — les vrais maîtres du jeu — comme Kwok l'avait été pour ceux qui avaient utilisé à leur profit son intelligence et ses capacités. Armstrong avait simplement pour tâche de faire parler le « client », de le ramener sur le sujet quand il s'en écartait ou devenait incohérent, d'être son seul ami, son seul soutien dans un univers irréel.

— ... à Vancouver, murmurait Kwok. À Vancouver, c'était merveilleux, Robert. Il y avait une fille qui... Oui, je voulais l'épouser mais Tok-le-Sage, mon 489, il vivait...

à Chinatown, dans Pedder Street, il était propriétaire du restaurant Hoho-tok. Il a dit que le président Mao passe avant n'importe quel *quai loh*. J'aimais cette fille mais Tok m'a dit que les *quai lohs* avaient pillé la Chine pendant des années. C'est vrai, Robert.

— Oui, c'est vrai. Tok-le-Sage était ton seul ami, au Canada ?

— Non, j'en avais des dizaines...

Armstrong écoutait, sidéré par la richesse des informations déversées et par l'ampleur de l'infiltration chinoise en Amérique du Nord, à Vancouver, à Seattle, à San Francisco, à Los Angeles ou San Diego — partout où des Chinois avaient ouvert un restaurant, un commerce, une affaire, les maoïstes trouvaient un réservoir potentiel de fonds et surtout d'informations.

— ... Et le Wo Tuk, dans Gerrard Street, à Londres, c'est le centre où j'ai... quand je suis... Oh ! j'ai mal à la tête, j'ai soif.

Armstrong lui fit boire un peu d'eau additionnée d'un stimulant. Quand il jugerait le moment venu, il donnerait au contraire à son ancien ami du thé chinois contenant un soporifique. Il appartiendrait ensuite à Crosse et à Sinders de décider s'il fallait replacer le « client » dans la Salle Rouge ou mettre fin au traitement en ramenant progressivement Kwok à la réalité, lentement, avec précaution pour éviter des séquelles irréversibles.

À eux de voir, songea Armstrong. Sinders a raison de vouloir maintenir la pression tant que nous le pouvons. Le « client » en sait trop, il a trop d'expérience, il ne faut pas lui laisser le temps de se ressaisir.

Lorsque, de la cabine d'observation où il se trouvait avec Crosse et Sinders, Armstrong avait vu Brian craquer, vingt minutes seulement après avoir été mis dans la Salle Rouge pour la seconde fois, il avait été profondément ébranlé. Jamais il n'aurait cru qu'un homme aussi coriace que Kwok flancherait aussi vite.

— Impossible, avait-il murmuré.

— Il joue peut-être la comédie, avait suggéré Sinders.

— Non, il craque vraiment, avait affirmé Crosse. Essayez, Robert, vous verrez.

— Très peu pour moi ! On croirait une scène tirée du *Cabinet du docteur Caligari*.

— Une minute seulement, c'est une expérience que

vous devez absolument faire. On ne sait jamais, l'autre camp vous soumettra peut-être un jour à ce traitement...

Finalement convaincu, Armstrong s'était laissé enfermer dans la pièce où tout était écarlate, où il n'y avait ni verticales ni horizontales, où le plafond rejoignait le sol dans un coin, où toutes les perspectives étaient faussées. Le plafond incliné était en fait une glace rouge derrière laquelle coulait sans cesse un liquide semblable à du sang. On y avait fixé une table et des chaises, écarlates également, de façon qu'on pût le prendre pour le plancher.

Soudain la lumière s'était éteinte puis rallumée. Rouge, noir, rouge, noir. Involontairement, Armstrong avait cherché à se raccrocher à la réalité des tables, des chaises, du plancher ; il avait trébuché, il était tombé, complètement désorienté. La glace avait disparu, il n'avait plus vu qu'un flot rouge insensé coulant au-dessus de lui. De nouveau le noir puis des voix criardes et retour dans l'enfer de sang. Son estomac lui avait hurlé qu'il se tenait la tête en bas bien qu'il sût que ce n'était qu'une illusion, qu'il lui suffisait de fermer les yeux. Une illusion, une illusion...

Au bout d'une éternité, quand la lumière normale était revenue et que la porte s'était ouverte, Armstrong, pantelant, avait bredouillé à Crosse :

— Vous m'aviez dit une minute, espèce de sale menteur !

Il s'était relevé avec peine, incapable de maîtriser le vertige et la nausée qui continuaient à l'assaillir.

— Il ne s'est écoulé qu'une minute, Robert.

— Je ne vous crois pas.

— C'est exact, était intervenu Sinders, j'ai chronométré. Extraordinaire ! Et très efficace.

Armstrong revint au « client », qu'il avait suffisamment laissé divaguer et qu'il fallait maintenant ramener vers la rive.

— Que disais-tu ? que tu transmettais nos dossiers à ton ami Lo-Dents-de-Lapin ?

— Ce n'était pas... Je suis fatigué, Robert.

— Si tu es fatigué, je m'en vais ! déclara Armstrong en se levant. Le mois prochain, je...

— Non, je t'en prie... reste ! Ils vont... Je t'en priiiiie !

Le policier se rassit et continua la comédie qu'il savait injuste, indigne. Dans l'état où se trouvait le « client », il pouvait lui faire dire ce qu'il voulait, lui faire signer n'importe quoi.

— Je reste si tu continues à parler. Alors Lo-Dents-de-Lapin servait d'intermédiaire ?

— Non... enfin, oui, dans un sens. Le docteur Meng prenait les documents que je laissais à un endroit convenu mais... il ne savait pas que c'était moi... Il les remettait à Lo, qui était payé pour les transmettre à un troisième homme, je ne sais pas qui... Je ne sais...

— Oh ! si, tu sais, Brian. J'ai l'impression que tu veux me voir partir.

— Non, je le jure... Dents-de-Lapin le sait peut-être, ou Vee Cee Ng le Photographe, lui aussi, il est de notre côté. Demande-le-lui. Il travaillait avec Tsu-yan dans l'affaire d'importation de thorium...

— Le thorium ? qu'est-ce que c'est ?

— Une terre rare... pour la bombe atomique, la nôtre... Oui, nous aurons dans quelques mois nos bombes A et H ! s'écria Kwok avant d'éclater d'un rire dément. Première explosion dans quelques semaines, pas parfaite, bien sûr, mais nous ferons vite des progrès et nous aurons des dizaines de bombes H, Robert. Bientôt nous serons en mesure de riposter aux hégémonistes qui menacent de nous balayer de la surface de la terre. Imagine, Robert, le président Mao a réussi ! Avec l'aide de Joe Yu, nous allons récupérer nos territoires !

Kwok tendit la main, agrippa celle d'Armstrong et la serra faiblement.

— Écoute-moi, Robert, la guerre a commencé entre les Russes et nous, Chung Li me l'a dit — c'est mon contact en cas d'urgence —, il y a d'ores et déjà des affrontements armés au nord, le long de l'Amour, les Soviétiques tuent nos soldats et volent nos territoires mais... cela ne durera plus longtemps.

Le prisonnier ferma les yeux, épuisé, et se mit à marmonner des mots indistincts.

— La Chine aurait la bombe atomique l'année prochaine ? Je n'y crois pas, dit Robert Armstrong en affectant un ton méprisant. Qui est-ce, ce Joe Yu ?

— Qui ?

Brian Kwok ouvrit les yeux et tourna vers son ancien ami un regard différent, interrogateur.

— Joe Yu, répéta le commissaire, les yeux fixés sur le visage de Kwok.

— Qui ? Je ne connais personne de ce nom... Qu'est-ce, qu'est-ce que je fais ici ? Qu'est-ce qui se passe ? Pourquoi est-ce que je devrais connaître ce type ?

— Il n'y a aucune raison, dit Armstrong d'une voix apaisante. Tiens, mon vieux. Bois un peu de thé, tu dois avoir soif.

— Oui... Oui j'ai... qu'est-ce... Bon Dieu qu'est-ce qui se passe ?

Armstrong aida le prisonnier à boire, lui offrit une autre cigarette et s'efforça de le calmer. Quelques instants plus tard, Kwok dormait profondément. Le commissaire, épuisé lui aussi, s'essuya le front et les mains. La porte s'ouvrit, Crosse et Sinders entrèrent.

— Très bien, Robert, fit le chef du MI-6 d'une voix excitée. Très bien, vraiment !

— Vous avez arrêté au bon moment, approuva Crosse. Moi aussi j'avais remarqué qu'il émergeait.

Armstrong garda le silence. Il se sentait sali, souillé.

— Une mine d'or, ce « client » ! exultait Sinders. Le ministre sera ravi. Une guerre sur la frontière en ce moment même et la bombe atomique dans quelques mois. Pas étonnant que notre délégation parlementaire ait fait de tels progrès ! Excellent, Robert, excellent.

— Vous croyez le client ? demanda Crosse.

— Certainement, répondit Sinders. Pas vous ?

— Je crois qu'il nous a raconté ce qu'il sait. La vérité, c'est une autre affaire.

65

13 h 45

Un rugissement d'excitation jaillit de cinquante mille gorges lorsque les « engagés » de la première course sortirent de dessous les tribunes pour gagner au petit trot le paddock, où attendaient propriétaires et entraîneurs. Parmi les dames, vêtues de leurs plus beaux atours, on remarquait Mai-ling Kwang et Dianne Chen croulant sous les bijoux et le vison, conscientes des regards d'envie de la foule qui se pressait, les admirant, elles, autant que les chevaux.

De chaque côté de la pelouse détrempée du paddock, la masse des turfistes s'étalait jusqu'aux balustrades d'un blanc éclatant longeant la piste circulaire soigneusement entretenue. Le poteau d'arrivée, situé de l'autre côté, se dressait près du grand tableau sur lequel s'inscrivaient, course après course, les noms des chevaux, des jockeys et les cotes.

Le ciel était menaçant, il était tombé quelques gouttelettes une heure plus tôt.

Derrière le paddock se trouvaient les vestiaires des jockeys, les bureaux des officiels et la première rangée de guichets, surplombés par les tribunes en gradins. Le premier niveau était réservé aux membres du club hippique dépourvus de droit de vote, le second aux membres ayant droit de vote, et les deux derniers aux loges privées et à la salle de radio. Chacun des dix commissaires élus chaque année avait droit à une loge, le reste se partageait entre les titulaires permanents : Son Excellence le gouverneur, protecteur du club, le commandant en chef des troupes, les banques Blacs et Victoria et enfin Struan, qui occupait la meilleure position, juste en face du poteau d'arrivée.

— Pour quelle raison ? voulut savoir Casey.

— Parce que Dirk Struan fonda le club, en établit le règlement et fit venir un célèbre spécialiste, sir Roger Blore, qui en devint le premier secrétaire. C'est lui qui avança les fonds pour la construction des tribunes, pour l'importation d'un premier contingent de chevaux indiens, et lui, toujours, qui persuada sir William Longstaff, le premier représentant plénipotentiaire de Sa Majesté, de céder au club, à perpétuité, le terrain de l'hippodrome.

— Allons, Taï-pan, fit Donald McBride d'un ton jovial. Persuader n'cst pas le mot exact, dites plutôt que Dirk en donna l'ordre à Longstaff.

Dunross rit avec les autres invités, encore assis aux trois tables rondes, et avec les nouveaux venus : Casey, Hiro Toda, McBride.

— Je préfère ma version, reprit-il. Quoi qu'il en soit, la légende veut que Dirk se vit décerner cette loge par acclamations populaires quand les premières tribunes furent construites.

— Cela n'est pas vrai non plus, Casey, lança Willie

Tusk de la table voisine de celle de Ian. On raconte que le vieux Tyler Brock exigea lui aussi cette loge et défia Dirk de la mettre en jeu dans une des courses de la première réunion.

— C'est une histoire inventée.

— Ils n'ont pas couru ? demanda Casey.

— Ils s'y apprêtaient mais le typhon les en empêcha, à ce qu'on dit. En tout cas, Culum refusa de céder la loge, et voilà pourquoi nous y sommes aujourd'hui.

— Ce n'est que justice, approuva McBride, commissaire de piste pour la réunion. La Noble Maison le mérite amplement. Bon, il faut que j'y aille.

Il consulta sa montre, sourit à Dunross et sollicita d'un ton solennel l'autorisation de faire partir la première course.

— Permission accordée, répondit le Taï-pan en lui rendant son sourire.

Après le départ de McBride, Casey tourna vers Ian un regard étonné.

— On a besoin de votre permission pour commencer ?

— C'est juste une coutume, dit Dunross en haussant les épaules. Il faut bien que quelqu'un donne le signal du départ et les prédécesseurs de sir Geoffrey n'ont jamais été renommés pour leur ponctualité. Les traditions sont une excellente chose, elles procurent un sentiment de continuité et de sécurité.

Il finit son café et alla accueillir Peter Marlowe, qui venait d'entrer dans sa loge.

— Salut, Peter, content de vous voir. Comment va Fleur ?

— Mieux, merci.

— Servez-vous à boire, le bar est là, sur la droite. Excusez-moi, je reviens dans un instant. Jouez donc Excellent Day, le 5, dans la première. À tout à l'heure.

Casey fit signe à l'écrivain, mais il ne la vit pas, car il avait les yeux braqués sur Grey, qui se trouvait sur la galerie en compagnie de Broadhurst.

— Peter ! cria-t-elle pour attirer son attention. Venez donc vous asseoir.

Marlowe sursauta :

— Oh ! bonjour.

— Fleur va mieux, n'est-ce pas ?

— Elle a été très contente de votre visite.

— Et les enfants ?

— Ils vont très bien. Et vous ?

— C'est merveilleux. Je ne veux plus assister aux courses que de cette façon ! s'extasia la jeune femme.

Le Taï-pan avait offert à ses trente-six invités un somptueux buffet de mets chinois chauds ou, s'ils préféraient, de pâtés en croûte, de toasts au saumon, de poulet froid, de pâtisseries de toutes sortes, dont une pièce montée en meringue représentant l'immeuble Struan. Tout le repas, arrosé des meilleurs vins, avait été préparé dans la cuisine attenante à la loge.

— Je vais me mettre au régime pendant dix ans ! poursuivit-elle. Asseyez-vous donc.

— Non, répondit le romancier en regardant de nouveau Robin Grey, qui bavardait à présent avec Riko Anjin. Je suis invité dans la loge de McBride. À tout à l'heure, je vais risquer un peu d'argent.

— Sur ?

— Le 7, Winner's Delight.

Winner's Delight, un outsider, gagna d'une demi-longueur devant Excellent Day, le favori. Casey, qui avait joué le « tuyau » de Marlowe, alla faire la queue au guichet où l'on payait les gagnants, sous le regard envieux des parieurs malchanceux déambulant dans le couloir qui longeait les loges. La mise minimum était de cinq dollars de Hong Kong mais il n'y avait pas de limite maximum.

— Pourquoi ? avait-elle demandé à Linc juste avant le départ, en se démanchant le cou pour apercevoir, par-dessus la galerie, les chevaux placés sous les ordres du *starter*.

— Regarde le tableau, avait répondu Bartlett en lui montrant les chiffres de lumière qui ne cessaient de changer au rythme des paris. Tu vois la somme totale engagée sur cette course : déjà plus de trois millions et demi de dollars HK, soit près d'un dollar par habitant, en comptant les femmes et les enfants. À Hong Kong, le jeu est une véritable folie.

Un cri était monté de la foule quand le *starter* avait libéré les pur-sang.

— Ça va ? avait-elle demandé à Linc en lui souriant.

— Bien sûr. Et toi ?

— Très bien.

Oui, très bien, pensa-t-elle à nouveau dans la file d'attente. Je suis faite pour gagner !

— Bonjour, Casey. Vous touchez, vous aussi ?

— Oh ! bonjour Quillan, répondit-elle en rejoignant Gornt, qui se trouvait derrière elle dans la queue. Je n'avais joué que dix dollars, malheureusement.

— Peu importe la mise, ce qui compte c'est de gagner. Vous n'avez pas oublié que nous nous voyons demain ?

— Non. Dix heures à l'embarcadère, n'est-ce pas ? J'espère qu'il fera beau.

— De toute façon, nous déjeunons ensemble.

— Entendu. Où se trouve votre loge ?

Casey sentit aussitôt que la question gênait Gornt.

— Je n'en ai pas, je ne suis pas commissaire. Pas encore. Cependant je suis une sorte d'invité permanent de Blacs et je leur emprunte parfois leur loge pour y recevoir mes amis. Voulez-vous y faire un tour ? Blacs est une excellente banque et...

— Pas aussi bonne que la Vic ! lança Johnjohn d'un ton joyeux en passant devant eux. Ne croyez pas un mot de ce qu'il vous raconte, Casey. À tout à l'heure.

L'Américaine, pensive, regarda le banquier s'éloigner.

— Personne ne semble se soucier particulièrement de la ruée sur les banques, dit-elle. On dirait qu'il ne se passe rien, que le marché n'est pas en train de s'effondrer.

Conscient que les autres gagnants suivaient la conversation, Gornt s'esclaffa.

— Aujourd'hui, c'est spécial, il y a les courses. Il sera bien temps de s'inquiéter demain, ou lundi. Aujourd'hui, chaque Chinois qui dispose d'un peu d'argent est venu ici, les billets à la main. C'est votre tour, Casey.

La vice-présidente de Par-Con encaissa 150 dollars pour son gagnant à 10 contre un, Gornt en toucha 15 000.

— Jamais vu une course pareille ! s'exclama une voix à l'accent américain. On aurait dû déclasser le vainqueur.

— Mr. Biltzmann, Mr. Pugmire, salua Casey, qui avait fait la connaissance des deux hommes le soir de l'incendie.

— Chez nous, il y aurait eu réclamation, reprit l'Américain. Le jockey d'Excellent Day l'a retenu dans la dernière ligne droite, cela crevait les yeux. La course était truquée.

Les rares privilégiés qui étaient dans la confidence se permirent un léger sourire. Aux vestiaires des jockeys et dans la salle des entraîneurs, le bruit avait couru qu'Excellent Day laisserait gagner Winner's Delight.

— Voyons, Mr. Biltzmann, intervint Dunross, qui venait d'arriver, si la course avait été truquée, les commissaires l'auraient vu.

— Si cela s'était produit aux États-Unis, sur un grand hippodrome, le jockey d'Excellent Day aurait été suspendu à vie. Je l'ai vu, je n'ai pas cessé de l'observer à la jumelle.

Biltzmann n'en collecta pas moins ses gains et s'éloigna.

— Pug, avez-vous remarqué quelque chose d'anormal dans la conduite du jockey ? demanda Ian d'un ton calme. Je n'ai pas suivi la course.

— Non, absolument rien.

— Quelqu'un a-t-il remarqué quelque chose ?

Les turfistes les plus proches secouèrent la tête.

— Tout m'a semblé parfaitement normal, affirma l'un d'eux.

Dunross s'aperçut alors que Gornt tenait à la main une épaisse liasse de billets rouges.

— Et vous, Quillan ?

— Moi non plus. J'ajoute que je trouve déplacées les manières de cet énergumène et que son admission au club serait tout à fait inopportune.

Voyant Robin Grey se diriger vers un guichet pour parier dans la deuxième course, Gornt eut une inspiration soudaine.

— Excusez-moi, dit-il poliment avant de s'éclipser.

— Est-ce que les accusations de Biltzmann pourraient être fondées ? demanda Casey.

— Naturellement. Il y a des courses truquées partout, mais là n'est pas la question. Personne n'a déposé de réclamation.

Le Taï-pan éprouvait certaines difficultés à s'intéresser à un sujet aussi futile alors qu'il était assailli par des problèmes bien plus graves. Dans sa dernière lettre — celle apportée par Riko Anjin —, AMG lui expliquait comment faire apparaître des informations secrètes écrites dans ses rapports à l'encre sympathique : en chauffant une douzaine de feuilles, disséminées çà et là dans divers dossiers. Dunross devait ensuite en remettre une copie en mains propres au Premier ministre ou à l'actuel chef du MI-6, Edward Sinders, et une autre à Riko Anjin, dans une enveloppe cachetée.

Si je suis ces instructions, je reconnais implicitement que j'ai gardé les vrais rapports et que je leur ai donné des faux, se disait-il.

— Comment avez-vous trouvé le gagnant, Casey ? En jouant au hasard ?

— Marlowe m'avait filé le tuyau... Oh ! vous croyez qu'il savait la course truquée ?

— Si j'avais eu vent d'une quelconque rumeur, j'aurais fait annuler la course. Biltzmann...

Le Taï-pan s'interrompit : une idée lumineuse venait de lui traverser l'esprit.

— Qu'y a-t-il ? fit Casey.

Il la prit par le bras, l'entraîna à l'écart.

— Seriez-vous prête à prendre des risques pour gagner cette fortune dont vous m'avez parlé ? chuchota-t-il.

— À condition que l'opération soit légale. Que devrais-je risquer ?

— Tout ce que vous avez en banque, votre maison de Laurel Canyon, vos actions de Par-Con, pour rafler entre deux et quatre millions de dollars. Qu'en dites-vous ?

Casey avait le cœur battant, elle sentait naître en elle une vive excitation.

— Je marche, murmura-t-elle, et elle le regretta aussitôt.

— Bon. Restez là, je vais chercher Bartlett.

— Il est dans le coup ? De quoi s'agit-il, Ian ?

— D'une modeste opération commerciale. Oui, la participation de Linc est indispensable — cela modifie votre position ?

— Nooon, répondit Casey d'un ton hésitant. Mais comme je vous l'ai dit, je voudrais me retirer de Par-Con.

— Je ne l'ai pas oublié. Attendez-moi ici.

Le Taï-pan entra dans sa loge, revint avec Bartlett et entraîna les deux Américains dans la petite cuisine. Le trio la traversa sous l'œil indifférent du personnel et pénétra dans une minuscule pièce insonorisée, meublée d'une table, de quatre chaises et d'un téléphone.

— Mon père a fait aménager cette tanière lorsqu'il était Taï-pan : on traite beaucoup d'affaires aux courses, expliqua Dunross. Asseyez-vous, je vous prie... J'ai à vous faire une proposition qui n'a aucun rapport avec Struan ou Par-Con. Une proposition à titre individuel, pour ainsi dire. Cela vous intéresse, Linc ?

— Bien sûr. C'est une combine à la mode de Hong Kong ?
— Vous êtes contre ?
— Expliquez toujours.
— Avant de vous exposer ma proposition, je vous en donne les règles : c'est moi qui mène le jeu, vous vous contentez de regarder en spectateurs, mais vous touchez 49 % du bénéfice, à diviser en deux parts égales. D'accord ?
— Je voudrais d'abord connaître le reste, fit prudemment l'Américain.
— Vous déposez avant lundi matin 9 heures deux millions de dollars américains à une banque suisse de mon choix.
— En échange de quoi ?
— De 49 % des bénéfices.
— Quels bénéfices ?
— Vous l'avez bien fait pour Gornt sans aucune garantie, argua Dunross.
Bartlett sourit :
— Il y a longtemps que vous êtes au courant ?
— Je vous ai prévenu, à Hong Kong tout se sait, répondit le Taï-pan en lui retournant son sourire. Alors, vous êtes dans le coup ?
Il vit Bartlett couler un regard vers Casey et retint sa respiration.
— Tu sais de quoi il s'agit, Casey ? fit le patron de Par-Con.
— Non, Linc. Expliquez-nous, Ian.
— Je veux d'abord savoir si vous m'avancez les deux millions sans contrepartie — *au cas où* vous marchez, naturellement.
— Quel serait le profit éventuel ? s'enquit l'Américaine.
— Entre quatre et douze millions de dollars, net d'impôts.
— Net d'impôts ? répéta la jeune femme en pâlissant.
— Non imposables à Hong Kong, et nous pourrons vous aider à déjouer le fisc américain, si vous le voulez.
— L'opération portera sur combien de temps ? demanda Bartlett.
— Elle sera bouclée en un mois, nous toucherons les bénéfices quatre ou cinq mois plus tard.
— Quatre à douze millions, c'est le total, ou notre part seulement ?

— Votre part.
— Cela fait beaucoup pour une opération parfaitement légale.
Il se fit un silence que Dunross laissa durer.
— Et nous devons avancer deux millions en liquide, sans aucune garantie ? dit enfin Bartlett.
— Aucune.
— Gornt est mêlé à cette histoire ?
— Cette opération ne concerne ni Gornt, ni Par-Con, ni votre implantation à Hong Kong, je vous en donne ma parole. Et je vous promets également que je ne lui dirai rien des deux millions ou de cette affaire en général. Je ne lui dirai même pas que je suis au courant de votre association pour jouer Struan à la baisse — une excellente idée, soit dit en passant.
— Pourquoi faire appel à moi ?
— Parce que je ne dispose pas de deux millions en liquide, comme vous le savez.
— Vous pourriez les obtenir facilement d'un de vos amis, pour une telle combine.
— Je préfère vous en faire profiter : cela vous incitera à traiter avec moi. À ce propos, votre parole vous engage jusqu'à mardi minuit, rappela Dunross d'un ton sec. Cette opération servira à démontrer combien Struan est supérieur à Rothwell-Gornt, combien il sera plus excitant de travailler avec nous qu'avec lui. Vous aimez les risques, moi aussi. Vous avez risqué deux millions de dollars avec Gornt, pourquoi pas avec moi ?
Bartlett se tourna vers Casey, l'interrogea du regard mais n'obtint aucune réponse.
— Une question : puisque ce sont mes deux millions, pourquoi devrais-je partager avec Casey ?
— Je me suis souvenu de ce que vous aviez dit pendant le dîner au sujet de la fortune et de l'indépendance qu'elle confère. Cette opération pourrait lui permettre d'y accéder.
— Pourquoi vous préoccupez-vous autant d'elle ? Diviser pour régner, c'est ça ?
— S'il était possible de la séparer de vous, cela voudrait dire que vous n'auriez pas dû établir avec elle une association d'un genre particulier. Selon vous, elle est votre bras droit, elle a une énorme importance pour vous et pour Par-Con. Elle a donc droit à une part.
— Que risque-t-elle ?

— Sa maison, ses économies, ses actions — tout ce qu'elle possède. Elle les engagera en échange de la moitié du gâteau. C'est d'accord, n'est-ce pas, Casey ?
— Oui, oui, marmonna la jeune femme.
— Je croyais que tu n'étais pas au courant ? dit Bartlett.
— Il y a deux minutes à peine, Ian m'a demandé si j'étais prête à jouer tout ce que j'ai pour gagner le gros paquet. J'ai acquiescé et je commence déjà à le regretter.
Bartlett réfléchit puis reprit :
— Casey, réponds franchement : tu veux être dans le coup, oui ou non ?
— Oui.
— Alors c'est d'accord. Maintenant, Taï-pan, expliquez-nous qui nous devons tuer.

Chu-Neuf-Carats, coolie occasionnel pour la Victoria Bank et père de deux filles (Lily Su, l'« amie » de Paul Havergill, et Wisteria, la maîtresse de John Chen, morte piétinée par la foule devant la succursale de Ho-Pak à Aberdeen), se présenta devant un guichet.
— Oui, vieil homme ? fit le caissier, impatient.
Chu posa sur le comptoir une liasse de billets représentant tout ce qu'il possédait et tout ce qu'il avait pu emprunter — à l'exception d'une petite réserve destinée à payer les trois prises de poudre blanche dont il aurait besoin cette nuit.
— Le report sur les deux couplés, par tous les dieux ! déclara-t-il. 8 et 5 dans la seconde, 7 et 1 dans la cinquième.
Le caissier compta méthodiquement les billets froissés : 728 dollars de Hong Kong. Il appuya sur les boutons correspondant au pari demandé, vérifia le premier ticket et en débita 144 autres de 5 dollars chacun, la mise minimum, puis il les fit glisser vers le joueur avec les 3 dollars de monnaie.
— Presse-toi un peu ! s'écria le parieur suivant. Tu t'es coincé les doigts dans ton « trou noir » ?
— Un peu de patience, murmura le vieillard. C'est sérieux.
Il vérifia à son tour le premier ticket, le numéro de série du dernier, et céda la place au turfiste impatient. D'un pas lent, il s'éloigna de la file et respira une bouffée d'air qui lui redonna un peu de vigueur. Pour économiser

le prix de l'autobus, il était venu à pied, depuis le chantier de Kotewall Road, sur les hauteurs, où il travaillait la nuit.

Chu vérifia une nouvelle fois ses tickets : 8 et 5 dans la seconde, qui allait se courir ; 7 et 1 dans la cinquième, le clou de la réunion. J'ai fait ce que j'ai pu, pensa-t-il en les rangeant soigneusement dans sa poche. Aux dieux de décider. Comme la douleur qui lui oppressait la poitrine devenait insupportable, il se réfugia dans les toilettes, craqua une allumette et aspira la fumée montant de la poudre blanche grésillante. Lorsqu'il se sentit mieux, il sortit et constata que la seconde course était partie. Il se précipita vers les balustrades, indifférent aux protestations des turfistes qu'il bousculait. Les chevaux débouchèrent du virage et galopèrent à toute allure vers le poteau d'arrivée, qu'ils franchirent groupés. Chu écarquillait ses vieux yeux chassieux pour distinguer les numéros.

— Qui a gagné ? bredouilla-t-il.

Mais sa voix fut couverte par les cris de déception ou de joie montant de la foule.

— Qui a gagné ? répéta-t-il.

— Pas le mien, en tout cas, grommela son voisin. Que les dieux pissent sur ce jockey !

— Je n'arrive pas à lire le tableau.

— Il y a photo, de toute façon, répondit un autre parieur. Il faut attendre.

— Photos entre quels numéros ?

— Le 5, le 8 et le 4, Lucky Court, mon cheval. Dépêche-toi d'afficher le résultat, fils de la mamelle gauche d'une putain ! Le 4 et le 8, par tous les dieux !

Pour tromper l'attente, Neuf-Carats pensa à la conversation qu'il avait eue dans la matinée avec Chen de la Noble Maison. Trois fois il avait téléphoné, trois fois un domestique l'avait éconduit, et il avait dû prononcer le mot de « loup-garou » pour que Chen en personne consentît à lui parler.

— Honoré seigneur, je n'ai rien à voir avec les misérables meurtriers de votre fils, je suis seulement le père de Wisteria Su, sa maîtresse, à qui il a écrit son amour dans la lettre que tous les journaux ont publiée.

— Qui es-tu ? Encore un sale menteur ! Tu me crois assez sot pour me faire rouler par le premier gredin qui me téléphone ?

— Je m'appelle Hsi-men Su, avait déclaré Neuf-Carats.

Honorable Chen, votre fils a écrit deux autres lettres, dont j'ai pensé que vous aimeriez les récupérer. C'est tout ce qui nous reste de notre pauvre fille, morte elle aussi, et de ce pauvre John, que j'avais fini par considérer comme mon propre fils depuis qu'il...

— Mensonges ! Mon fils n'a pas écrit à cette catin à la bouche onctueuse ! Les faussaires comme toi, la police les jette en prison ! Tu me prends pour un paysan des lointaines provinces ? Fais attention ! Et ne t'avise pas de me parler d'un bébé que mon fils aurait fait à ta fille !

Chu avait failli lâcher le téléphone de stupeur. C'était exactement ce qu'il avait décidé de faire après en avoir discuté avec sa femme, ses deux fils et sa fille Lily. Il n'avait guère été difficile de trouver parmi la famille une mère acceptant de prêter son rejeton en échange de quelque argent.

— Vous me traitez de menteur ! s'était-il indigné. Moi qui ai donné ma fille vierge à votre fils ? Par tous les dieux, j'ai protégé la réputation de votre maison sans rien demander en échange. Quand nous sommes allés réclamer le corps de ma pauvre fille, nous n'avons rien dit à la police sur l'identité de l'auteur de la lettre, et nous avons continué à nous taire, malgré la récompense offerte par trois journaux. J'ai simplement pensé qu'il serait plus juste de vous proposer de récupérer les lettres avant de m'adresser aux journalistes...

Neuf-Carats avait patiemment laissé s'écouler la flot d'invectives qui avait précédé l'ouverture du marchandage. À plusieurs reprises, chacun des deux négociateurs avait menacé de raccrocher mais, finalement, ils étaient tombés d'accord sur l'arrangement suivant : Chu enverrait à Chen une photocopie des autres lettres, et s'il ne s'agissait pas de faux, le compradore « pourrait envisager de les échanger contre une très modeste *h'eung yau* ».

Chu gloussa au souvenir de la discussion. Oh ! oui, Chen de la Noble Maison crachera au bassinet, pensa-t-il. Surtout quand il aura lu les parties de la lettre qui le concernent. Si elles venaient à être imprimées, il deviendrait la risée de Hong Kong, il perdrait la face à jamais. Maintenant, comment faire pour...

Un rugissement l'enveloppa, son cœur se mit à battre, il se sentit pris de vertige. Appuyé à la balustrade, il regarda le tableau en clignant des yeux.

— Les numéros ! Dites-moi les numéros ! piailla-t-il en tirant la manche de ses voisins.

— Gagnant le 8, Buccaneer, le hongre de la Noble Maison. *Ayiiya*, tu ne vois pas que le Taï-pan le conduit vers l'enclos des gagnants ? Il est à sept contre un.

— Et le deuxième ? Qui est deuxième ?

— Le 5, Winsome Lady, trois contre un placé... Qu'est-ce qu'il y a mon vieux, tu te sens mal ?

— Non... non, balbutia Chu faiblement.

Il s'éloigna d'une démarche titubante, finit par trouver un endroit plus calme et s'assit sur le béton mouillé, la tête entre les mains, étourdi, tant le plaisir d'avoir gagné la première partie de son report était violent.

Commissaires, propriétaires et officiels se rassemblaient dans l'enclos des gagnants. Dunross, après avoir félicité son jockey, fit faire un second tour d'honneur à son hongre en laissant délibérément éclater sa joie. Il tenait à ce que chacun le vît heureux et sûr de lui, vainqueur à l'issue d'une épreuve qu'on pouvait interpréter comme un présage. S'il remportait de nouveau la victoire dans la cinquième, avec Noble Star, on commencerait à douter de la chance de Gornt et de ses alliés. Et si Murtagh se montrait convaincant avec ses chefs, ou si Tiptop obtenait d'échanger Brian contre l'aide chinoise ; si l'Avare, Lando ou Quatre-Doigts se décidaient...

— Félicitations, Mr. Dunross !

Ian tourna la tête du côté de la foule massée contre la balustrade.

— Oh, Mr. Choy. Avez-vous gagné ?

— Certainement, je mise toujours sur la Noble Maison, répondit le faux neveu de Quatre Doigts. Mon oncle et moi avons joué le 5 et le 8 dans un premier couplé, le 7 et le 8 dans le second. Il a parié 10 000 dollars sur le report, moi j'ai risqué une semaine de salaire !

— Alors espérons que nous allons gagner, Mr. Choy.

— Ça, vous pouvez le dire ! s'exclama le jeune homme avec une familiarité toute américaine

Le Taï-pan l'abandonna pour retrouver Travkin, à qui il demanda :

— Êtes-vous sûr que Johnny ne pourra pas monter Noble Star. Je n'ai guère confiance en Tom Wong.

— Je vous l'ai dit, Taï-pan : Johnny est malade comme un cosaque après une cuite.

— Il faut absolument que Noble Star arrive premier.

L'entraîneur vit que son patron regardait Noble Star.

— Non, Taï-pan, ne montez pas vous-même. Le terrain est déjà très dangereux et ce sera pire encore pour la cinquième.

— Mon avenir — et la réputation de la Noble Maison — se jouent peut-être sur cette course.

L'émigré tapota de la cravache qui ne le quittait jamais ses vieux jodhpurs lustrés par la selle.

— Je sais que vous montez mieux que nos autres jockeys mais la pelouse...

— Pour cette course je ne fais confiance à personne, Alexi.

Ian baissa la voix pour ajouter :

— La première était truquée ?

— À ma connaissance, les chevaux n'étaient pas dopés, répondit Travkin en soutenant le regard du Taï-pan.

— Alors, pas de combine ?

— Je n'ai pas suivi la course.

— Apparemment, les autres entraîneurs non plus, soupira Dunross. C'est très pratique.

— Taï-pan, j'ai un jockey à vous proposer pour Noble Star : moi.

Le chef de Struan jeta un coup d'œil au ciel, qui s'était encore assombri. Il va bientôt pleuvoir, se dit-il. Moi ou Alexi ? Il a encore de bonnes jambes, des mains excellentes, une expérience immense, mais il pense davantage à son cheval qu'à la victoire.

— Je prendrai une décision après la quatrième course, déclara Ian.

Le vieil homme, qui cherchait désespérément à se tirer des pattes de Souslev, revint à la charge :

— Je gagnerai, quitte à faire crever Noble Star.

— Inutile d'en arriver là : je suis plutôt attaché à cette bête.

— Taï-pan, j'ai un autre problème. Est-ce que je pourrais vous voir en particulier, ce soir, dimanche ou lundi ? Aux tours Sinclair, par exemple.

— Pourquoi là ?

— C'est là que vous m'avez engagé.

— Vous songez à nous quitter ?

— Non, non, pas du tout.

— Bon, mais je passe le week-end à Taipei, je ne pourrai pas avant mardi soir, dix heures.

— Ce sera parfait, merci.

— Je remonte. À tout à l'heure.

L'entraîneur regarda son patron se diriger vers l'ascenseur et sentit la honte le submerger. Il se retourna, chercha Souslev dans la foule et lui adressa le signal convenu : quatre doigts pour mardi. L'agent soviétique accusa réception d'un hochement de tête.

En sortant de l'ascenseur, où on l'avait accablé de félicitations sincères ou envieuses, Dunross retrouva Gavallan et de Ville.

— Tout est prêt ? s'enquit-il.

— Oui, dit Gavallan. Gornt et les autres sont là. Que préparez-vous ?

— Vous verrez. Andrew, je vous informe que Jacques va remplacer David MacStruan au Canada pour un an. David...

Le visage du Français s'éclaira.

— Merci, Taï-pan ! fit-il avec effusion. Je ferai de notre siège au Canada une affaire juteuse, je vous le promets.

— David arrive lundi, reprit Dunross. Jacques, vous lui transmettrez tous les dossiers que vous suivez et, dans une semaine, vous partirez là-bas avec lui où il restera une quinzaine de jours pour vous mettre au courant. Passez par la France, vous emmènerez Susanne et Avril — d'ici là, elle sera rétablie.

— Je serai heureux de revoir ce vieux David, dit Gavallan, songeur.

Il avait effectivement de la sympathie pour MacStruan mais se demandait surtout quelles étaient les raisons de ce changement et s'il évinçait de Ville de la course à la succession du Taï-pan.

— Partez en avant, je vais chercher Phillip, dit Dunross aux deux hommes.

Ian entra dans la loge de Chen — par tradition, le compradore de la Noble Maison avait rang de commissaire.

— Vous êtes prêt, Phillip ? fit Ian d'un ton aimable en souriant aux invités de l'Eurasien.

Dianne Chen était coiffée d'un chapeau orné de plumes d'oiseau de paradis et croulait sous les bijoux.

— Félicitations pour votre victoire ! s'exclama-t-elle avec un enjouement cachant mal son anxiété.

Son mari lui avait sans doute fait part de l'ultimatum que lui avait lancé le Taï-pan : convaincre Quatre-Doigts, Mata ou l'Avare d'aider Struan, sous peine de ne plus en être le compradore.

Quand il eut entraîné Chen dans le couloir, Dunross lui demanda :

— Alors ?

— Je... j'ai parlé à chacun d'eux. Ils se réunissent demain matin.

— Où ? à Macao ?

— Non, ici, répondit Phillip en baissant la voix. Je suis désolé pour tous les ennuis que mon fils vous a causés.

— J'accepte vos excuses. Sans votre rouerie et votre imprudence, la Noble Maison serait dans une position beaucoup moins vulnérable. Si Gornt vient à prendre connaissance de nos bilans de ces dernières années et de nos structures secrètes, nous nous retrouverons au milieu de la crique sans pagaie.

— J'ai... j'ai une idée qui pourrait peut-être nous tirer d'affaire. Puis-je vous en toucher un mot après les courses ?

— Vous venez prendre un verre ce soir, avec Dianne ?

— Oui, si... Kevin est-il invité, lui aussi ?

Dunross se retint de sourire : on propulsait déjà le nouvel héritier sur le devant de la scène.

— Si vous y tenez.

— Taï-pan, que va-t-il se passer, maintenant ?

— Vous verrez bien. Ne dites pas un mot, si ce n'est pour donner votre accord, et suivez-moi quand je partirai. En cas d'échec, la Maison de Chen sera la première à sombrer.

Ian entra dans la loge de McBride, où on le félicita à nouveau de sa victoire.

— Ce serait merveilleux si Noble Star remportait aussi la cinquième, n'est-ce pas, Taï-pan ? fit observer McBride.

— Pilot Fish la battra, affirma Gornt, qui était au bar en compagnie de Jason Plumm. 10 000 dollars qu'il finira devant votre pouliche.

— Tenu, répliqua aussitôt Dunross.

Des acclamations mêlées de huées s'élevèrent de l'assistance. Comme convenu avec Dunross, Casey et Bartlett avaient ostensiblement rejoint la trentaine d'invités de

McBride quelques minutes plus tôt, sous prétexte de saluer Peter Marlowe. Le Taï-pan feignit de ne leur accorder aucune attention et s'approcha de Dunstan, plus rubicond que jamais, un grand cognac à la main.

— Votre Buccaneer m'a fait gagner un paquet mais j'ai raté le couplé, annonça Dunstan. Lucky Court m'a laissé tomber.

Moins raffinée que celle de Dunross, la vaste loge de McBride était elle aussi fréquentée par d'importantes personnalités de la Colonie : Lando Mata, Holdbrook — l'agent de change de Struan —, sir Luis Basilio — président de la Bourse —, Johnjohn, Havergill, Southerby — président de Blacs —, Richard Kwang, Pugmire, Biltzmann, sir Dunstan Barre, Martin Haply, du *China Guardian*, et Gornt.

— Qu'est-ce que tout cela signifie, Ian ? demanda ce dernier. Vous avez une déclaration à faire ?

— Oui, je tiens, par courtoisie, à informer les personnes présentes que la Noble Maison dispute officiellement à American Superfoods le contrôle de HK General Store.

Pugmire devint blême.

— Quoi ? hoqueta-t-il.

— Pug, nous vous offrons cinq dollars de plus par action que Biltzmann. En outre, c'est 30 % en liquide et 70 % en actions que nous vous proposons, le tout dans trente jours !

— Vous êtes devenu fou ? Vous ne pouvez pas faire cela, murmura Pugmire.

— C'est déjà fait.

— Pour l'instant, nous n'avons eu droit qu'à une déclaration ronflante, intervint Gornt. Comment paierez-vous — dans trente ou dans trois cents jours ?

— Notre offre est publique, nous tiendrons nos engagements dans un mois. Pug, je vous ferai parvenir les papiers lundi matin avec un versement initial pour sceller l'accord.

Le brouhaha succéda au silence. Les invités posaient des questions, exprimaient leur stupeur : c'était la première fois qu'on mettait en cause une absorption déjà décidée. Johnjohn et Havergill étaient furieux de ne pas avoir été consultés, et Southerby, par l'intermédiaire de qui l'opération aurait dû se réaliser, n'appréciait guère d'être ainsi pris au dépourvu. Mais tous les banquiers présents, y compris Richard Kwang, faisaient déjà les comptes car, si le marché retrouvait son niveau normal et si Struan remontait, l'offre de Dunross pouvait profiter aux deux parties concernées. D'un côté, le style dynamique de Struan relancerait une *hong* puissante mais en pleine stagnation ; de l'autre, l'acquisition de HK General Stores renforcerait considérablement la Noble Maison, augmenterait de 20 % au moins les bénéfices bruts de fin d'année et ferait évidemment grimper les dividendes. Par surcroît, cette nouvelle formule présentait l'avantage de ne pas abandonner une part du gâteau à un étranger — surtout si cet étranger s'appelait Biltzmann.

Joli coup, songeait Dunstan Barre, admiratif et envieux. Car naturellement, la cote de General Stores va grimper en flèche lundi. Comment Ian et Havergill ont-ils réussi à préparer l'opération sans laisser filtrer la moindre rumeur ? Si j'avais été dans la confidence, j'aurais pu rafler une petite fortune — il n'est peut-être pas trop tard. Manifestement, les bruits selon lesquels la Vic ne soutiendrait pas Struan ne sont que des ragots.

Voyons, n'avons-nous pas acheté la semaine dernière une quantité importante de General Stores pour le compte d'un client anonyme ? se rappelait Luis Basilio. Le Taï-pan nous aurait-il tous roulés ? Mais alors comment expliquer la dégringolade de Struan et du marché ? Comment se débrouillera-t-il pour trouver l'argent nécessaire ?...

Gornt lui-même faisait des calculs et se reprochait de ne pas avoir pensé avant Dunross à cette opération. Il ne pouvait l'empêcher, il ne pouvait faire une offre supérieure à celle de Struan — du moins pour l'instant. Une seule solution : attendre que Ian se révèle incapable de payer, car enfin...

— Pouvons-nous publier vos propos, Taï-pan ? lança Martin Haply par-dessus le vacarme.

— Certainement.

— Une question : pourquoi...

Biltzmann interrompit brusquement le journaliste :

— L'affaire est conclue, c'est trop tard.

— Sûrement pas, répliqua Ian. Nous enchérissons sur votre offre, comme cela se pratique aux États-Unis. Bien sûr, à Hong Kong, nous ne sommes que des amateurs mais nous ne demandons qu'à prendre exemple sur les experts. Rien n'est définitivement conclu avant la réunion des actionnaires, c'est la loi, n'est-ce pas ?

— Oui, mais... Nous étions d'accord, non ? fit l'Américain en se tournant vers Pugmire.

Pug était dans l'embarras, bien que la surenchère de la Noble Maison le comblât.

— C'est-à-dire, les membres du conseil d'administration étaient d'accord, mais, euh, il faut la ratification de l'assemblée des actionnaires. Nous n'avions pas prévu qu'il y aurait... Chuck, Ian, ne pensez-vous pas que l'endroit est mal choisi pour disc...

— Certainement. D'autant que je ne vois guère de quoi nous pourrions discuter. Nous avons fait notre offre, un point c'est tout. À propos, Pug, les dispositions qui vous concernaient demeurent valables mais nous, nous portons leur durée de cinq à sept ans et nous vous proposons un siège au conseil d'administration de Struan pour la même période.

Pug ouvrit la bouche toute grande et chacun comprit que le Taï-pan avait ferré le poisson.

— Voilà, les papiers seront sur votre bureau lundi à 9 h 30, conclut Dunross. Il ne vous restera plus qu'à soumettre notre offre à vos actionnaires à l'assemblée de vendredi.

Il s'avança vers l'Américain et lui tendit la main.

— Bonne chance, Mr. Biltzmann. Je suppose que vous ne tarderez pas à faire une contre-proposition ?

— Eh bien... je dois d'abord consulter la direction. Nous... nous avions été jusqu'à la limite de nos possibilités. Votre offre est sacrément alléchante mais je me demande si vous serez en mesure de tenir vos engagements.

— Aucun problème, affirma Ian.

Biltzmann se tourna vers Pugmire :

— Dickie, vous feriez mieux de réfléchir. Notre proposition reste valable jusqu'à mardi.

L'Américain ne doutait pas que la Noble Maison s'effondrerait d'ici là. Il s'approcha de la porte et lança avant de sortir :

— Je vais risquer quelques billets dans la prochaine.

Le brouhaha s'éleva de nouveau mais la voix de Haply parvint à le dominer :

— Taï-pan, je peux vous poser une question ?

Le silence revint.

— Laquelle ?

— Dans ce genre d'opération, il est d'usage de faire un

versement initial en liquide, pour prouver sa bonne foi, en quelque sorte. J'aimerais savoir quelle somme Struan envisage de débloquer.

Le Taï-pan parcourut des yeux l'assistance, conscient que toutes les personnes présentes auraient aimé le voir humilié. Toutes, excepté... Excepté qui ? Casey, probablement. Bartlett ? rien de moins sûr. Claudia ? Oui, naturellement. Et aussi McBride, Gavallan, et même de Ville. Ian arrêta son regard sur le journaliste et répondit :

— Mr. Pugmire souhaite peut-être que ce détail demeure confidentiel. N'est-ce pas, Pug ?

Gornt devança le patron de General Stores :

— Ian, puisque vous avez décidé de bousculer les règles, allez jusqu'au bout. Le montant de votre paiement initial nous donnera une idée de la validité de votre offre. Vous ne pensez pas ?

Dunross entendit les cris étouffés qui signalaient le départ de la troisième course mais, à voir la tension qui se lisait sur les visages, il devait être le seul à en avoir perçu l'écho.

— Non, je ne pense pas. Enfin, si vous tenez tant à le savoir : Pug, deux millions de dollars US, lundi matin avec les papiers, cela vous conviendrait ?

Un murmure de stupeur parcourut la salle. Phillip Chen crut défaillir et Havergill ne put s'empêcher de bredouiller :

— Ian, vous... vous ne croyez pas que, euh...

Dunross tourna brusquement la tête vers le banquier.

— La somme vous paraît insuffisante, Paul ?

— Non, non, certainement pas, mais...

— Ne vous inquiétez pas. Je ne me serais pas permis de vous engager dans cette affaire sans vous en aviser. En l'occurrence, j'ai fait appel à un soutien financier extérieur, expliqua Ian d'un ton enjoué. Comme vous le savez, les banques japonaises et d'autres désirent poursuivre leur expansion en Asie. J'ai jugé préférable de m'adresser à l'une d'elles afin de garder le secret le plus longtemps possible et de prévenir des fuites éventuelles. Par bonheur, la Noble Maison compte de nombreux amis dans le monde. À tout à l'heure !

Dunross sortit, Phillip Chen suivit aussitôt, et Martin Haply se dirigea vers le téléphone.

— De quelle banque japonaise s'agit-il ? demanda Havergill à Johnjohn.

— J'aimerais le savoir. Si Ian a réussi à faire financer cette opération... Bon Dieu ! deux millions de dollars, c'est beaucoup trop ! La moitié aurait suffi.

— En cas de succès, le gâteau sera d'au moins dix millions la première année, pronostiqua Southerby. Et nous n'en aurons pas la moindre miette, mon cher Paul.

— Je ne comprends pas comment il est parvenu à...

— Nous avons des préoccupations plus urgentes, reprit le président de Blacs. Avez-vous des nouvelles de Tiptop ?

— Aucune. Il ne répond pas à nos appels téléphoniques.

Le regard de Havergill se posa sur Gornt, qui s'entretenait avec Jason Plumm.

— Que va faire Quillan, maintenant ?

— Il va racheter dès lundi matin, répondit Southerby. Il y est contraint : poursuivre son attaque deviendrait trop dangereux.

— Je suis de votre avis, approuva sir Luis Basilio. Si Ian peut sortir deux millions aussi facilement de sa poche, ceux qui jouent Struan à la baisse feraient bien de prendre garde. La semaine dernière, des actions de General Stores ont été acquises par des intermédiaires qui agissaient sans doute pour le compte de Struan — c'est clair, maintenant. Ian préparait le terrain, ce roublard !

— S'il gagne maintenant avec Noble Star, la situation pourrait se renverser complètement, dit Johnjohn. Vous connaissez la superstition des Chinois...

— Dieu merci, nous ne sommes pas tous chinois, intervint Gornt. Et j'attends de voir la couleur de son argent.

— Il l'a, c'est certain, répondit Johnjohn. Il n'aurait pas risqué de perdre la face aussi piteusement.

Gornt haussa les épaules :

— En tout cas, je suis gagnant : à défaut du contrôle de Struan, je raflerai plusieurs millions.

Il parcourut la salle des yeux, salua de la tête Casey et Bartlett puis sortit.

— Qu'en penses-tu ? demanda Linc à sa compagne en l'entraînant sur la galerie.

— Ian est un type fantastique ! fit-elle d'une voix excitée. Cette banque japonaise qu'il a sortie comme un lapin d'un haut-de-forme les a littéralement estomaqués. Tu as entendu la remarque de Southerby ?

— Oui. Tu sais ce que nous venons de faire ? Nous venons d'acheter la Noble Maison avec une simple promesse.

— Comment ça ?

— Ian a tout misé sur les deux millions que j'ai promis de lui verser. Si je ne tiens pas parole, son opération s'effondre comme un château de cartes. Sans mes deux millions, il est fini.

Casey avait l'air atterré.

— Tu ne ferais pas cela !

— Nous sommes venus ici pour mettre la main sur Struan. Regarde la façon dont Dunross a traité Biltzmann : le pauvre n'a pas encore compris ce qui s'est passé. Et les autres ne se sont pas montrés plus charitables : Pugmire avait passé un accord sur lequel il n'a pas hésité à revenir.

— Tu serais capable d'en faire autant ? demanda Casey en scrutant le visage de Bartlett.

L'Américain sourit en contemplant la foule des joueurs et le tableau des cotes.

— Peut-être. Tout dépend de ce qui arrivera pendant le week-end. Gornt ou Dunross, c'est pareil.

— Je ne suis pas d'accord.

— Je le sais, Casey, répondit Bartlett calmement. Mais les deux millions sont à moi.

— Tu as donné ta parole.

— Ces types nous mangeraient tout crus à la première occasion. Tu crois que Dunross ne nous laisserait pas tomber s'il devait choisir entre lui et nous ?

— Autrement dit, on a toujours le droit de rompre un marché.

— Tu les veux, tes quatre millions de dollars net d'impôts ?

— Tu connais la réponse.

— Tu recevrais 49 % des actions de la nouvelle compagnie Par-Con-Gornt. Cela doit faire le compte.

— Et même davantage. Qu'exiges-tu en échange ?

— De récupérer 100 % de Gornt-Par-Con.

Casey s'efforça de lire dans les pensées de Linc mais elle n'y parvenait plus depuis qu'il connaissait Orlanda.

— Tu me fais vraiment cette proposition ? fit-elle dans un souffle.

— Non, répondit Bartlett en souriant. Pas encore.

La jeune femme prit soudain peur à l'idée qu'elle aurait peut-être accepté le marché si Linc le lui avait réellement proposé.

— Je suis contente, murmura-t-elle.

— Dunross et Gornt se battent aussi pour gagner mais, pour eux, l'enjeu est différent. Cette loge, par exemple, a sans doute plus d'importance à leurs yeux que deux ou quatre millions de dollars. Nous sommes venus ici, toi et moi, afin de réussir un gros coup.

Quelques gouttes s'écrasèrent sur le rebord de la galerie mais il n'avait pas recommencé à pleuvoir : c'était l'avancée du toit qui s'égouttait.

— Je vais faire un tour pour voir quelles sont les réactions, reprit Bartlett. À tout à l'heure.

— Et la cinquième ?

— Attends les cotes. Je serai de retour avant le départ.

Casey regarda Linc s'éloigner et se retint de lui crier : « Est-ce que tu vas revenir sur ta parole ? » Avant de venir à Hong Kong — avant Orlanda —, elle n'aurait pas eu besoin de lui poser cette question, Linc ne revenait jamais sur un marché conclu. Mais à présent...

La pluie crépitait sur le toit des tribunes ; la piste, déjà lourde et labourée par les sabots des chevaux, était devenue très glissante. Devant l'entrée principale de l'hippodrome, les voitures avançaient au pas sur la route luisante, creusée d'ornières remplies d'eau. Des retardataires se pressaient encore en direction des tourniquets.

Roger Crosse, Sinders et Robert Armstrong descendirent d'une voiture de police et empruntèrent le couloir réservé aux membres du club hippique. Armstrong avait le droit de vote depuis un an, Crosse depuis cinq, et il venait d'être élu commissaire. Chaque année, le directeur de la SI suggérait que la police devrait avoir sa loge, et chaque année les commissaires des courses accueillaient la proposition avec enthousiasme et les choses en restaient là.

Une fois installé dans la tribune des membres du club, Armstrong alluma une cigarette. Il avait les traits tirés, les yeux cernés.

— Qui est-ce ? demanda Sinders avec un mouvement de tête en direction du bar.

Armstrong suivit son regard.

— Ça, c'est un peu de couleur locale, Mr. Sinders. Elle s'appelle Venus Poon, c'est une starlet de la télé.

La « comédienne », enveloppée dans un manteau de vison, était entourée d'un groupe de Chinois admiratifs.

— À sa gauche, c'est Charles Wang, poursuivit le commissaire. Producteur de cinéma, propriétaire de boîtes, de filles et de deux banques en Thaïlande. Millionnaire, bien sûr. Le petit vieillard qui a l'air d'un bambou et en a la dureté, c'est Wu-Quatre-Doigts, un de nos pirates locaux.

— Nous avons failli le pincer il y a deux jours, précisa Crosse. Il fait le trafic de l'or, et sans doute aussi celui de l'héroïne, à présent.

— Qui est le type nerveux en complet gris ? Un peu à l'écart ?

— Richard Kwang, de la banque Ho-Pak. C'est — ou plutôt, c'était — le, comment dit-on, déjà ? le protecteur de la demoiselle.

— Intéressant, dit Sinders en contemplant Venus Poon. Et celle qui parle avec un Blanc, là-bas ?

— Où ? Ah ! c'est Orlanda Ramos, une Portugaise — ce qui, ici, signifie souvent Eurasienne. Elle a été la maîtresse de Gornt, aujourd'hui, je ne sais pas. L'homme, c'est Bartlett, le trafiquant d'armes.

— Les bijoux de ces dames n'ont jamais tenté les amateurs de gros coups ?

— Personne n'oserait faire un braquage au club, répondit Crosse, l'air choqué.

— Pour la réunion de clôture, les mises se montent à une quinzaine de millions, au moins, dit Armstrong. Mais le système de sécurité est vraiment dissuasif — c'est Mr. Crosse qui l'a conçu.

— Un sandwich, Edward ? proposa le chef de la SI.

— Bonne idée, merci.

— Vous, Robert ?

— Non, merci. Avec votre permission, je vais « faire le papier », je vous retrouverai plus tard.

Armstrong ne pouvait s'empêcher de penser qu'après la septième course, ils retourneraient tous trois au QG de la police pour faire subir à Brian une nouvelle séance.

— Notre commissaire est un vrai turfiste, commenta Crosse. Robert, faites donc les honneurs de la maison à Mr. Sinders. Commandez-lui un sandwich et montrez-lui les guichets, moi je dois dire un mot au gouverneur. À tout à l'heure.

— Avec plaisir, mentit le policier.

Les 40 000 dollars d'*heung yau* qu'il avait pris dans le tiroir de son bureau sur une impulsion lui brûlaient la peau à travers l'étoffe du pantalon. Je les joue ou non ? se demanda-t-il pour la centième fois.

Crosse se dirigea vers l'ascenseur sous les regards nerveux d'une partie de la foule. Parvenu au dernier niveau, il passa sans s'arrêter devant la loge du gouverneur et pénétra dans celle de Jason Plumm.

— Bonjour, Roger, le salua Plumm d'un ton affable. Vous prenez un verre ?

— Plutôt un café. Comment ça va ?

— Mal, je perds ma chemise. Et vous ?

— Je viens d'arriver.

— Alors vous avez raté la grande scène du II !

Plumm résuma les événements et conclut :

— Ian a fait un croc-en-jambe à Pugmire.

— Ou plutôt une offre en or, rectifia un invité.

Dans la loge, aussi bondée que les autres, des groupes bavardaient et riaient.

— J'allais me rendre à la salle des commissaires, déclara Plumm. Vous m'y accompagnez, Roger ?

La salle se trouvait au bout du couloir, derrière une porte à double battant gardée par un Chinois en uniforme. Assez exiguë, elle offrait aux commissaires une table, douze chaises, un téléphone, deux fenêtres donnant sur la piste et une petite galerie.

Plumm y pénétra, s'assura qu'elle était vide, et, abandonnant ses allures désinvoltes, murmura :

— J'ai parlé à Souslev. Il est furieux de la descente opérée à bord de l'*Ivanov*.

— Ordre de Londres, je n'étais pas au courant.

— On se méfie de vous ?

— Non, je ne crois pas. Sinders et le MI-6 aiment les petits secrets, voilà tout.

— Souslev veut que vous lui téléphoniez. Il se trouvera près d'une cabine téléphonique au départ des trois prochaines courses. En voici le numéro, dit Plumm en tendant un morceau de papier au policier. Qu'est-ce qu'il leur a pris, de faire une descente sur le bateau ?

— Ils veulent maintenir la pression, inquiéter les

Russes. Même chose pour la convocation de dimanche à la police : c'est uniquement pour flanquer la trouille à Souslev.

— C'est réussi ! D'autant qu'il va devoir fournir des explications à ses supérieurs. Quand Armstrong s'est « trompé » de porte, le système d'autodestruction a fonctionné : plus de radio, plus de matériel de brouillage et de décodage.

Crosse haussa les épaules :

— L'*Ivanov* sera remplacé par un autre navire, ils n'en manquent pas. Ce ne fut ni la faute de Souslev ni la nôtre. Quoi qu'il en soit, nous pouvons envoyer au Centre un rapport fournissant des explications... si nous le jugeons utile.

— Si ?

— Les gars de Rosemont ont trouvé aux tours Sinclair un verre portant les empreintes de Souslev.

— Bon Dieu !

— Nous aussi, nous avions ses empreintes dans notre fichier mais je les ai retirées de son dossier il y a quelques années. En tout cas, la CIA ne tardera pas à lui tomber dessus, il vaut mieux qu'il quitte Hong Kong au plus tôt.

— Vous pensez qu'il faut avertir le Centre ? On ne va pas apprécier son imprudence, en haut lieu.

— Nous prendrons une décision pendant le week-end. Voranski, nous le connaissions, nous pouvions lui faire confiance, mais ce type ?

Crosse jouait la perplexité, comme si, à l'instar de Plumm, il ne connaissait Souslev que depuis peu.

— Après tout, ce n'est qu'un agent de seconde zone, reprit-il. Un courrier monté en grade. Il ne remplace même pas Voranski officiellement...

— Et nous devons penser à nous protéger. Que faisons-nous en ce qui concerne le câble décodé ?

— Comment ?

— Le télégramme que Souslev a fait tomber de sa poche et qu'Armstrong a ramassé sur le pont de l'*Ivanov*. Il faut prendre une décision.

Crosse tourna la tête pour cacher sa stupéfaction : ni Sinders ni Armstrong ne lui avaient parlé d'un câble.

— Souslev vous a révélé ce qu'il contenait ? demanda-t-il en s'efforçant de garder un ton calme.

— Bien sûr, j'ai insisté.

— Et que vous a-t-il répondu exactement ?

Plumm demeura un moment silencieux, les yeux fixés sur son complice.

— Oh ! vous pensez qu'il aurait pu me mentir ? dit-il enfin. Selon lui, le télégramme portait sur trois points : premièrement, l'ordre d'intercepter immédiatement le traître Metkin ; deuxièmement, le report à dimanche de la réunion avec un Américain ; troisièmement, l'ordre à Sevrin de tout faire pour mettre la main sur les rapports d'AMG, qui restent la priorité des priorités. C'est exact ?

Crosse dut se jeter à l'eau :

— Oui, c'est exact.

— Terrible, non ?

— Ce n'est pas si grave, marmonna le directeur de la SI qui se demandait pourquoi Armstrong et Sinders lui avaient délibérément caché cette histoire de télégramme.

— Je ne suis pas de votre avis, répliqua Plumm avec irritation. Le troisième point confirme l'existence de Sevrin et ses liens avec le KGB.

— Mais il ne leur a rien appris de plus que les documents d'AMG. Calmez-vous, Jason. Nous ne risquons rien.

— Vous croyez ? Les fuites deviennent trop nombreuses à mon goût, nous ferions bien de mettre le réseau en sommeil pour quelque temps.

— Il l'est déjà. Sans ce salaud d'AMG, nous n'aurions pas tous ces ennuis.

— Ce type était drôlement fort, même si ses rapports contenaient çà et là quelques erreurs.

— Vous pensez à Banastasio ? fit Crosse.

Dans le dossier intercepté, Grant désignait à tort Banastasio comme le contact américain du réseau Sevrin.

— Oui. Qu'est-ce qu'il vient faire là-dedans ?

— Vee Cee Ng est venu l'accueillir à l'aéroport, déclara le patron de la SI.

— Le Photographe ? Quel rapport ?

— Je ne sais pas. Peut-être une affaire de contrebande. Ng trempe dans toutes sortes de combines.

— À moins qu'il ne faille prendre au sérieux la théorie de cet écrivain — comment s'appelle-t-il ? — Marlowe. Vous croyez que le KGB monterait une opération sur notre territoire sans nous en avertir ?

— C'est possible, fit Crosse en haussant les épaules.

Mais ce pourrait être aussi une simple coïncidence. Pourquoi Souslev veut-il me parler ?

— Il a besoin de notre aide. Koronski arrive cet après-midi par avion.

Le policier émit un sifflement.

— C'est le Centre qui vous a prévenu ?

— Oui, j'ai reçu un message ce matin. Depuis que la radio de l'*Ivanov* ne fonctionne plus, je sers d'intermédiaire.

— Quelle est sa couverture ?

— Hans Meikker, citoyen ouest-allemand. Il descendra aux Sept Dragons.

Plumm marqua un temps d'arrêt avant de poursuivre d'une voix nerveuse :

— D'après Souslev, le Centre désire que nous nous préparions à enlever Ian et...

— Ils sont devenus fous !

— Souslev prétend que c'est le seul moyen de découvrir rapidement si les dossiers sont faux et, dans ce cas, d'apprendre où sont cachés les vrais. Koronski serait l'homme capable de... de vider la mémoire de Dunross en utilisant des drogues.

— C'est insensé. Nous ne sommes même pas sûrs que le Taï-pan aurait quelque chose à nous apprendre !

— Le Centre suggère d'attribuer l'enlèvement aux Loups-Garous, les ravisseurs de John Chen.

— Non. Trop dangereux, laissa tomber Crosse.

— Le moment serait pourtant bien choisi, argua Plumm. L'enlèvement plongerait la Noble Maison dans le désarroi et précipiterait le mouvement de panique amorcé avec la ruée bancaire et l'effondrement du marché des valeurs. Hong Kong partirait à vau-l'eau, la Chine s'affolerait, nous ferions gagner dix ans à la cause. Bon Dieu, Roger, vous n'en avez pas assez d'attendre ? Nous pouvons aujourd'hui remplir la mission pour laquelle Sevrin a été créé. Ensuite, nous mettrions le réseau en hibernation pour quelque temps.

Crosse alluma une cigarette.

— Je vais réfléchir. Pour l'instant, restons-en là... Souslev vous a-t-il révélé l'identité de l'Américain dont il est question dans le télégramme ?

— Non. Il a simplement précisé que cela n'avait aucun rapport avec nous.

— Tout ce qui se passe ici a un rapport avec nous, rétorqua Crosse en durcissant le ton.

— Oui, sans doute, mais il s'agit peut-être simplement d'un nom de code désignant n'importe qui.

— Possible.

— J'ai une hypothèse farfelue à vous soumettre : Banastasio.

— Pourquoi lui ? demanda le chef de la SI, qui était cependant parvenu à la même conclusion.

— Je n'en sais rien, mais je parierais que la manœuvre — si manœuvre il y a — est téléguidée par le KGB. C'est du pur Sun Tzu : retourner la force de l'ennemi contre lui-même — en l'occurrence des deux ennemis : les États-Unis et la Chine. Un Viêt-nam fort et unifié serait fatalement antichinois, non ?

— Probablement. Oui, cette hypothèse expliquerait tout, approuva Crosse.

Sauf Vee Cee Ng, songea-t-il. Jamais, avant d'avoir entendu Kwok avouer : « Vee Cee est des nôtres », il n'aurait soupçonné le Photographe d'être autre chose qu'un magouilleur.

— Pensez à Dunross, Roger. Les Loups-Garous nous fourniraient une couverture parfaite.

— J'y pense.

À travers ses puissantes jumelles, Orlanda vit les chevaux jaillir de la *starting gate* pour le départ de la quatrième course. Tout le monde avait le regard tourné vers la piste excepté Bartlett, qui se trouvait à côté de la jeune Eurasienne, dans un coin de la galerie réservée aux membres du club hippique. Il contemplait le renflement de ses seins sous la soie, l'angle de ses pommettes, l'ovale de son visage où se lisait une excitation intense.

— Allez, Crossfire ! marmonnait-elle, allez !

L'Américain éclata de rire mais Orlanda ne s'en rendit pas compte, elle ne songeait qu'aux cinquante dollars qu'elle avait misés sur le grand cheval gris, favori de la course.

— Il remonte, Linc !

Bartlett tourna les yeux vers les pur-sang, qui venaient de débouler dans la dernière ligne droite. Crossfire attaquait Western Scot, un hongre brun qui menait d'une courte tête, tandis que Winwell Stag, le cheval de Havergill, prenait l'extérieur pour se mêler à la lutte. Les trois bêtes, stimulées par les coups de cravache de leurs jockeys, se retrouvèrent quasiment à la même hauteur à quelques mètres de l'arrivée.

— Allez, Crossfire ! criait Orlanda par-dessus le tumulte. Allez !... Il a gagné ! Il a gagné !

Dans sa joie, elle enlaça Bartlett, qui se mit de nouveau à rire. Un second rugissement monta de la foule lorsque le tableau afficha l'ordre d'arrivée, confirmant la victoire de Crossfire. Quelques instants plus tard, un troisième salua l'apparition des rapports : 2,5 pour le gagnant.

— C'est maigre, commenta Bartlett.

— Non-non-non-non, chantonna Orlanda.

Jamais elle ne lui avait paru plus jolie. Elle s'écarta de lui, se pencha par-dessus la balustrade pour voir l'enclos des vainqueurs.

— Voilà le propriétaire, Vee Cee Ng, un de nos millionnaires shanghaïens. Mon père le connaissait bien, dit-elle à Linc en lui passant les jumelles.

L'homme qui menait le cheval par la bride était un quinquagénaire souriant, au dos bien cambré, vêtu d'un costume élégant. Il précédait Havergill, qui menait Winwell Stad, le second, battu d'un naseau. Bartlett braqua ses jumelles vers le paddock où se trouvaient Gornt, Plumm, Pugmire et de nombreux autres commissaires. Dunross bavardait près de la balustrade avec un homme de petite taille ; le gouverneur et son épouse passaient de groupe en groupe. L'Américain les considéra d'un regard un peu envieux. Ils font si *british*, se dit-il. Est-ce que je déparerais moins que Biltzmann, au milieu d'eux ? Sûrement. À moins qu'ils ne cherchent à m'évincer moi aussi. Et Orlanda, est-ce qu'elle aurait sa place ? Oui. Comme femme ou comme maîtresse ?

— À qui parle Ian ? demanda-t-il.

— À Travkin, son entraîneur. Il...

Orlanda s'interrompit en voyant Armstrong s'approcher.

— Bonjour, Mr. Bartlett. Vous avez touché le gagnant ?

— Non, malheureusement. Puis-je vous présenter miss Orlanda Ramos, qui, elle, a déjà gagné deux fois.

— Puisque vous êtes en veine, dites-moi donc quel est votre choix pour la cinquième.

— Je ne sais pas encore, commissaire. Et vous, quel est votre pronostic ?

— On parle beaucoup de Winning Billy mais je n'arrive pas à me décider, moi non plus. En tout cas, bonne chance.

Armstrong quitta le couple pour aller toucher ses gains : il avait misé 500 dollars sur le troisième de manière à couvrir ses autres paris. Il procédait toujours de cette façon afin d'équilibrer gains et pertes et y parvenait la plupart du temps. Ce jour-là, les pertes excédaient légèrement les gains mais il n'avait pas encore touché aux 40 000 dollars.

À l'entrée du couloir, le commissaire hésita en découvrant l'inspecteur principal Donald C. C. Smyth — le Serpent — qui quittait un guichet de paiement, une liasse de billets à la main. Il était trop tard, Smyth l'avait vu.

— Tiens, salut, Robert. Ça marche ?

— Couci-couça. Toi, c'est la forme, on dirait ?

— Je me défends. Et le boulot ?

— Comme d'habitude.

Armstrong sentit son estomac se soulever à la pensée de la Salle Rouge et de Brian Kwok, auprès de qui il retournerait s'asseoir tout à l'heure pour lui arracher ses secrets les plus cachés. C'était une course contre la montre, il fallait « vider » le cerveau de Kwok avant que le gouverneur n'obtienne de Londres l'autorisation de l'échanger.

— Tu as l'air fatigué, Robert.

— Je *suis* fatigué. Qui va gagner dans la cinquième ?

— Pilot Fish, d'après ton ami Jambe-de-Bois, du restaurant Para. Il m'avait d'ailleurs refilé Buccaneer dans la première, mais, avec ce terrain, tout peut arriver.

— Tout. Du nouveau sur les Loups-Garous ?

— Non, c'est l'impasse. Je passe le secteur au peigne fin, bien que, avec cette pluie, ce soit sans espoir. Ce matin, j'ai parlé à Dianne puis à Barbara, la veuve de John. Elles m'ont toutes deux répondu très aimablement mais je parie cinq dollars contre un sifflet de deux ronds qu'elles en savent plus long qu'elles ne veulent bien le dire. J'ai également interrogé Phillip Chen et je n'en ai rien tiré non plus. Il a drôlement encaissé, le pauvre. Mary ne t'a rien fourni d'intéressant sur John, par hasard ?

— Je n'ai pas eu le temps de lui poser la question, répondit Armstrong en regardant son collègue dans les yeux. Je le ferai ce soir — si on me laisse respirer un peu.

— Aucune chance, dit Smyth, dont le visage se fendit d'un sourire tordu. Mets tes quarante billets sur Pilot Fish.

— Quels quarante billets ?

— Un petit oiseau m'a murmuré qu'un œuf en or a disparu de ton pigeonnier — pour mélanger les métaphores. Ne te fais pas de mouron, Robert, profites-en. Il y en aura beaucoup d'autres.

L'inspecteur s'éloigna sous le regard haineux du commissaire. Il a raison, pourtant, pensa Armstrong. Il y a toujours beaucoup d'autres pots-de-vin une fois qu'on a accepté le premier. On a beau ne rien faire en échange, ne rien admettre, ne rien promettre, le moment vient toujours où il faut rembourser.

Mary. Elle a besoin de vacances mais pas moyen de partir avant d'avoir réglé mes dettes. Les fluctuations du marché ont achevé de me lessiver. Jouer les 40 000 sur un gagnant arrangerait tout...

Les pas d'Armstrong le conduisirent à l'une des queues qui s'étiraient devant les guichets. Ceux — nombreux — qui le reconnurent se dirent qu'il serait grand temps d'accorder aux policiers leur propre loge afin qu'ils ne se mêlent plus aux honnêtes citoyens. Quatre-Doigts, qui en faisait partie, misa rapidement 50 000 dollars sur le couplé Pilot Fish-Butterscotch Lass et retourna en toute hâte dans la tribune réservée aux membres du club. Fornicateurs de policiers ! pensa-t-il en sirotant son cognac au bar où il attendait le retour de Venus Poon. Hiiii, sa Fente-Dorée vaut jusqu'au dernier carat le diamant que je lui ai promis hier soir. Deux fois la Pluie et les Nuages avant l'aube et...

Des cris d'excitation l'attirèrent sur la galerie, où il découvrit qu'on affichait les noms des partants de la cinquième course. Sur le tableau apparut d'abord celui de Pilot Fish, le numéro un, salué par une ovation ; puis Street Vendor, le deux, un outsider ; et enfin Golden Lady, le trois, qui avait de nombreux partisans. Quand s'inscrivit le nom de Noble Star, le sept, il y eut un rugissement, qui retomba et reprit de plus belle pour saluer le dernier engagé, Butterscotch Lass, la favorite.

En bas, près de la balustrade, Dunross et Travkin examinaient le terrain. Plus on se rapprochait de la corde, plus il était labouré et glissant. Une pluie fine se mit à tomber du ciel obscurci par les nuages.

— La piste est détrempée, Taï-pan, dit l'entraîneur. C'est très dangereux.

— Ce l'est pour tout le monde.

Ian pesa une dernière fois le pour et le contre : si je monte et que je gagne, on y verra un présage ; si je perds, battu par Pilot Fish... En outre, je risque de faire une chute et ce n'est pas le moment de laisser la Noble Maison sans chef. Non, je ne tomberai pas, je gagnerai. Cette course, c'est ce que je désire le plus au monde.

Il regarda de nouveau la piste, les battements de son cœur s'accélérèrent et il eut l'impression de sentir l'odeur chaude, âcre, aigre-douce de la sueur des chevaux. Sa main se crispait sur la cravache, il bousculait Pilot Fish dans le dernier virage, le coinçait contre la balustrade et déboulait en tête dans la ligne droite... plus que quelques dizaines de mètres, allez, allez...

— Il faut prendre une décision, Taï-pan.

Dunross revint lentement à la réalité.

— Oui... C'est vous qui monterez, trancha-t-il, faisant passer la Noble Maison avant son propre plaisir. Alexi, il faut gagner.

L'entraîneur tourna vers son patron son visage ridé et parcheminé, hocha la tête et prit la direction des vestiaires. Au passage, il remarqua que Souslev l'observait des tribunes avec ses jumelles. Ce *matieriebiets* t'a promis que Nestorova viendrait pour Noël si tu lui obéissais mais peux-tu lui faire confiance ? Seigneur Dieu ! pourquoi m'a-t-il demandé de faire venir le Taï-pan en pleine nuit aux tours Sinclair ? Que dois-je faire ?

Tandis que Travkin se dirigeait vers les vestiaires, Ian examinait le tableau, où le total des mises s'élevait déjà à deux millions et demi. Butterscotch Lass était à trois contre un, Noble Star à 7, Golden Lady également, Pilot Fish à 5.

— Ah, Ian ! s'écria le gouverneur, qui s'approchait en compagnie de Havergill.

— Bonjour, Excellence. Pas de chance pour Winwell Stag, Paul. Il a fait une grande course.

— C'est le *joss*, répondit le banquier. Qui monte Noble Star, finalement ?

— Travkin.

Le visage de sir Geoffrey s'éclaira.

— Excellent choix. J'ai craint un moment que vous ne soyez tenté de monter vous-même, Ian.

— J'y ai songé. Si Alexi se fait écraser par un autobus

avant la course, c'est moi qui prendrai le départ, plaisanta Dunross.

— Espérons pour la Noble Maison et pour chacun d'entre nous qu'il n'arrivera rien de tel. Nous ne pouvons nous passer du Taï-pan. Jusqu'ici, nous avons eu de la chance, il n'y a pas eu d'accident grave. Si la pluie se met à tomber pour de bon, il faudra envisager d'annuler l'épreuve.

— Nous en avons déjà discuté, Excellence. Le départ sera donné dans dix minutes ; si le temps se maintient encore un peu, nous courrons et tout le monde sera satisfait.

— J'ai essayé une nouvelle fois de joindre le ministre, il y a un quart d'heure, mais il était en réunion, reprit le gouverneur. Les ramifications de l'affaire Profumo continuent à ébranler le parti conservateur et le gouvernement. Les esprits ne se calmeront que lorsque la commission d'enquête aura clairement établi si d'autres membres du gouvernement sont ou non compromis.

— Son rapport ne peut être accablant, le pire est passé, opina le banquier.

— Accablant ou pas, le scandale coûtera le pouvoir aux conservateurs, dit Ian en songeant au dernier rapport d'AMG.

— Grand Dieu ! j'espère bien que non ! s'exclama Havergill. Vous imaginez Grey et Broadhurst, ces deux corniauds, au gouvernement ? Nous n'aurions plus qu'à rentrer chez nous si j'en juge par les propos qu'ils ont tenus à leur conférence de presse.

— Nous sommes chez nous, fit observer le gouverneur. Et nous ne laisserons pas la situation s'aggraver. Il serait vraiment regrettable que les déposants de la Ho-Pak soient ruinés parce que Richard Kwang a manqué de prudence ou que ceux qui pourraient empêcher le désastre ne prennent pas la peine d'intervenir.

Sir Geoffrey salua les deux hommes d'un signe de tête et partit rejoindre son épouse.

— À quoi faisait-il allusion ? demanda Ian.

— Il pense que nous devrions porter secours à la Ho-Pak, répondit Havergill d'un ton détaché.

— Pourquoi ne le faites-vous pas ? Tout le monde en tirerait profit : vous, la banque, Hong Kong.

— Vous voteriez en faveur d'une prise de participation de la Vic dans la Ho-Pak.

— Oui, si les conditions sont raisonnables.

— J'envisage de proposer à Richard un rachat de ses actions à 20 % de leur valeur, murmura Havergill avec un petit sourire.

— C'est peu.

— Lundi soir, il n'aura plus rien : il acceptera sans doute mon offre. De cette manière, nous prendrons le contrôle de la banque et nous nous porterons garants à 100 % des dépôts.

— Ils sont suffisamment garantis ?

— Non, mais après stabilisation du marché, l'acquisition de Ho-Pak se révélera très profitable dans un an ou deux. Par ailleurs, une telle absorption contribuerait grandement à rétablir un climat de confiance.

— Il serait judicieux de l'annoncer cet après-midi, suggéra Dunross.

— Tout à fait d'accord. Des nouvelles de Tiptop ?

— Pourquoi ce soudain changement d'attitude, Paul ? Que signifie cette discussion ?

— Ce n'est pas un changement. J'ai soigneusement étudié la Ho-Pak, son acquisition constituerait une bonne affaire. Quant aux raisons pour lesquelles je vous consulte : vous êtes membre du conseil d'administration, vous jouissez d'une grande influence. C'est logique, non ?

— Cela n'explique pas tout.

Le regard de Havergill se fit plus froid.

— Puisqu'il y va de l'intérêt de la banque, je fais abstraction de mon propre jugement sur votre personne ou vos méthodes. Quelle que soit mon antipathie pour vous, je dois reconnaître que vous avez lancé votre OPA sur General Stores au bon moment. La confiance commence à revenir et si nous vous emboîtons le pas en nous portant garants de Ho-Pak, le mouvement s'accélérera. Il suffit de rétablir un bon climat. Si Tiptop nous accorde son aide, un *boom* s'amorcera lundi à Hong Kong. C'est pourquoi dès l'ouverture, nous achèterons des Struan à tout va et, lundi soir, nous aurons le contrôle de la Noble Maison. Cependant, je vous fais dès maintenant une proposition : nous vous avançons les deux millions que vous devez verser à Pugmire contre la moitié de vos actions de la Victoria.

— Non merci.

— Alors vous en perdrez la totalité la semaine prochaine. Nous vous proposons ces deux millions pour que vous puissiez maintenir votre offre quoi qu'il arrive — même si vous ne parvenez pas à empêcher votre propre absorption.

— Aucun risque.

— Dans ce cas, vous ne voyez pas d'objection à ce que j'en parle à Pugmire ou à ce petit fouineur de Martin Haply ?

— Vous êtes un salaud.

Les lèvres minces du banquier esquissèrent un sourire de guingois.

— Ce sont les affaires. Je veux récupérer les actions de la Victoria que vos ancêtres ont achetées pour rien, qu'ils ont quasiment volées aux Brock après les avoir écrasés. Je veux vous faire subir le même sort et prendre le contrôle de la Noble Maison. Je ne suis d'ailleurs pas le seul, beaucoup d'autres sont animés d'intentions identiques, et jusqu'à votre ami Bartlett, qui se joindrait à la curée s'il connaissait la vérité. D'où proviennent les deux millions ?

— C'est une manne tombée du ciel.

— Nous finirons bien par l'apprendre. Nous sommes vos banquiers et vous nous devez beaucoup d'argent ! Pensez-vous que Tiptop acceptera de nous tirer du pétrin ?

— Les propos qu'il m'a tenus hier soir m'ont paru encourageants. Il m'a promis de passer dans ma loge après le déjeuner mais il se fait attendre. C'est de mauvais augure.

Havergill essuya les gouttelettes tombées sur son nez avant d'annoncer :

— Nous avons reçu une réponse très positive de la Banque commerciale de Moscou.

— Vous ne seriez pas bête à ce point !

— C'est un dernier recours, Ian.

— Allez-vous convoquer immédiatement le conseil d'administration pour discuter de l'absorption de Ho-Pak ?

— Grand Dieu non ! s'écria le vice-président de la Victoria. Vous me prenez pour un imbécile ? Vous en profiteriez pour obtenir de ses membres une extension de votre crédit. Non, je les consulterai séparément, comme je le fais avec vous. Avec votre accord, je dispose déjà d'une majorité favorable — car vous êtes bien d'accord ?

— Oui. À 20 % de la valeur des actions.

— Il faudra peut-être aller jusqu'à 30. Laissez-moi un peu de marge.

— Entendu. De votre côté, convoquerez-vous une réunion du conseil lundi avant l'ouverture de la Bourse ?

— Je vous avais promis de réfléchir à la question ; j'ai réfléchi et ma réponse est non. À Hong Kong, les faibles périssent, les forts récoltent les fruits de leurs efforts. Au revoir, Ian.

Havergill souleva son chapeau et se dirigea vers Richard Kwang, qui discutait avec son entraîneur et son épouse.

— Richard, je peux vous...

Le reste de la phrase se perdit dans les cris qui saluaient l'entrée sur la piste des bêtes engagées dans la cinquième course. Pilot Fish ouvrait le cortège, la robe luisante sous la bruine.

Le banquier chinois entraîna son collègue à l'écart et lui dit :

— Moi aussi je voulais vous parler mais j'attendais que vous en ayez terminé avec le Taï-pan. J'ai un plan : je regroupe toutes les valeurs de Ho-Pak en garantie d'un emprunt de cinquante millions que vous...

— Non, Richard, répondit Havergill sèchement. Nous avons par contre une proposition à vous faire, qui restera valable jusqu'à dix-sept heures. Nous vous tirons d'affaire, nous nous portons garants pour tous les dépôts faits à votre banque. En échange vous nous cédez vos actions personnelles au pair.

— Au pair ? C'est le cinquantième de leur valeur ! glapit Kwang.

— Actuellement, elles ne valent quasiment plus rien. Vous êtes d'accord ?

— Bien sûr que non ! *Diou ne lo mo*, me prenez-vous pour un tas de viande de chien ?

Le cœur de Kwang battait à tout rompre. Un instant, il avait cru, contre toute vraisemblance, que Havergill allait le sauver d'un désastre qui paraissait à présent inévitable. Il était coincé ; quoi qu'il fasse, il n'échapperait plus aux taï-pans. Et comble de malheur, cette ingrate catin de Venus Poon lui faisait perdre la face aux yeux de tous, malgré le manteau de vison qu'il lui avait offert et qu'elle traînait dans la boue avec insouciance.

— Neuf ? avait-elle explosé le matin même. Tu prétends que cette misérable loque d'occasion est neuve ?

— Évidemment ! avait-il rétorqué. Ce manteau m'a coûté 50 000 dollars !

En réalité, il l'avait obtenu pour 14 000, après avoir longuement marchandé, par le biais d'un intermédiaire, avec une *quai loh* qui connaissait des temps difficiles. À cela il avait fallu ajouter 2 000 dollars pour le fourreur qui l'avait raccourci, remis en état, et qui avait promis de jurer par tous les dieux qu'il l'avait vendu 42 000 dollars alors qu'il en valait 63 000.

— Paul, la Ho-Pak se porte mieux que vous ne le pensez, assura Kwang d'un ton pompeux. Je...

— Ayez la bonté de la fermer et de m'écouter. Vous risquez de couler définitivement lundi, sans rien sauver du naufrage. Si j'ai bien compris, la Ho-Pak sera remise sur le marché dès l'ouverture.

— Mais sir Luis m'a assuré...

— Ce qui signifie qu'à la fin de la journée vous n'aurez plus ni banque, ni chevaux, ni même de quoi payer des manteaux de fourrure à Venus P...

— Quel manteau... de... de fourrure ? bredouilla le Chinois, conscient que son épouse tendait l'oreille à quelques pas de là.

— Bon, soupira Havergill. Si ma proposition ne vous intéresse pas...

Kwang le retint par le bras.

— 5 %, c'est ridicule, argua-t-il. Je peux en obtenir 80 % sans...

— Je suis prêt à aller jusqu'à 7.

— 7 ?

Le Chinois déversa une cascade de jurons, davantage pour se donner le temps de réfléchir que pour épancher sa bile.

— J'accepte la *fusion*, dit-il. Avec un siège au conseil d'administration pendant dix ans, et un salaire de...

— Pendant cinq ans, avec les mêmes indemnités que les autres membres, à condition que vous me remettiez à l'avance votre démission écrite et non datée, que vous votiez toujours selon mes indications, et...

— Pas de démission à l'avance !

— Alors pas de marché.

— Bien, j'accepte cette clause, fit Kwang d'un ton solennel. Mais en ce qui concerne l'argent...

— Désolé, Richard, je n'ai pas l'intention de

marchander plus longtemps. Le gouverneur, le Taï-pan et moi-même avons décidé de sauver Ho-Pak. Vous ne perdrez pas la face, les conditions de notre accord resteront secrètes et nous parlerons de fusion, si vous préférez ce terme à celui d'absorption. Enfin, je désire annoncer l'opération à 17 heures juste avant la septième course. Autrement dit, dans une heure environ ou *jamais*.

— 57 %, et c'est d'accord, marchanda Kwang.

— 10 %, pas plus.

Le banquier chinois gémit, se lamenta, pleurant presque alors que la proposition de Havergill lui donnait envie de crier de joie. *Diou ne lo mo*, pensait-il, il y a quelques minutes je ne savais pas où trouver l'argent pour payer l'avoine de Butterscotch Lass et maintenant je vaux au bas mot trois millions et demi de dollars américains. Plus, peut-être, avec de l'habilcté.

— 30, par tous les dieux !

— 11.

— Vous m'acculez au suicide ! Ma femme et mes enfants...

— Pardonnez-moi, seigneur, interrompit en cantonais l'entraîneur chinois de Kwang. La course est retardée de dix minutes. Que...

— Tu ne vois pas que je suis occupé, panse de crapaud ? rétorqua le banquier. File ! Mr. Havergill, 30 %, vous sauverez un malheureux et sa famille.

— 18.

— 25 et on n'en parle plus.

— Excusez-moi, j'ai juste le temps d'aller parier. 18, oui ou non ?

Tout en continuant à débiter ses jérémiades, Kwang observait son adversaire, chez qui il crut déceler une irritation proche du seuil de rupture. Faut-il céder ? se demanda-t-il. Cette fiente de lépreux est bien capable de changer d'avis d'ici cinq heures.

— 20 %, et je suis à jamais votre esclave !

— Bon, accepta Havergill, satisfait. Passez à ma loge vers cinq heures, vous y signerez un engagement provisoire et votre lettre de démission non datée. Nous annoncerons ensuite la « fusion ». D'ici là, pas un mot. S'il y a des fuites, le marché ne tient plus.

Havergill laissa Kwang, qui revint à pas pressés vers son épouse.

— Que se passe-t-il ? questionna-t-elle.

— Moins fort ! chuchota-t-il. Je viens d'accepter une fusion avec la Vic.

— À quelles conditions ?

— Rachat de mes actions à 20 % de leur valeur officielle.

— *Ayiiya !* s'écria Mrs. Kwang, les yeux brillants. Tu as bien manœuvré.

— Naturellement. Maintenant, écoute : nous avons jusqu'à cinq heures pour racheter des Ho-Pak à un prix dérisoire. Seulement, nous ne pouvons pas le faire nous-mêmes, cela éveillerait les soupçons. Qui pourrait nous servir d'intermédiaire ?

L'épouse du banquier réfléchit un moment puis son regard s'illumina de nouveau.

— Choy Bonne-Fortune. Offre-lui 7 % de tout ce qu'il nous fera gagner.

— Je lui proposerai 5 % pour commencer. Excellent ! Je m'adresserai aussi à Ching-Beau-Sourire, il est ruiné, maintenant. Bon, je te retrouve à la loge.

Kwang s'éloigna en se dandinant, la poitrine gonflée d'importance. Comme son entraîneur revenait vers lui, il l'accueillit d'un coup de pied dans le tibia en grommelant :

— Ne t'avise plus de me déranger quand je parle affaire, étron de chien ! Et n'essaie pas de me rouler comme tu l'as fait avec Tok-Panse-d'Ours !

— Je ne l'ai pas roulé, il était au courant, lui aussi. Vous avez raflé le gros paquet tous les deux.

— *Oh ko*, si ma pouliche ne gagne pas cette course, je demanderai à mon oncle Quatre-Doigts de te faire écraser les Sphères-Célestes par ses hommes !

Quelques grosses gouttes de pluie tombèrent sur le paddock où tout le monde tourna un regard inquiet vers le ciel. Sur la galerie réservée aux membres du club hippique, les craintes n'étaient pas moins grandes.

— Linc, je vais parier, annonça Orlanda.

— Ça y est, tu es enfin décidée ? Tu joues combien ?

— Tous mes gains plus... plus cent dollars !

La jeune femme s'éloigna d'un pas vif avant que Bartlett ait pu s'enquérir de son choix. Lui-même avait misé 10 000 dollars HK sur le couplé Pilot Fish-Butterscotch Lass. Ce dernier était maintenant à égalité, Pilot Fish et Noble Star à 3 contre un (les parieurs avaient joué gros sur la jument de Dunross dès qu'on avait annoncé que

Travkin la monterait), Golden Lady à 6, et le total des jeux atteignait déjà la somme incroyable de 4 700 000 dollars de Hong Kong.

L'Américain quitta la galerie, traversa le bar et se dirigea vers l'ascenseur conduisant aux loges.

— Linc ! lui lança Biltzmann. Vous avez un moment ?

— Bien sûr.

Quand les deux hommes eurent trouvé un endroit discret, Biltzmann reprit :

— Vous avez vu ce qu'ils m'ont fait, ces salauds ? Méfiez-vous d'eux.

— Vous allez surenchérir ?

— C'est à la direction générale d'en décider mais s'il ne tenait qu'à moi, je foutrais le camp de cette foutue île !

Le représentant de Superfoods s'approcha un peu plus de son compatriote et murmura :

— Dites, vous vous occupez de la petite ?

— Que voulez-vous dire ?

— La fille, Orlanda. L'Eurasienne avec qui vous causiez.

Comme Bartlett demeurait silencieux, Biltzmann poursuivit :

— Ça vous dérangerait que je me mette aussi sur les rangs ?

— Vous... êtes libre de faire ce que vous voulez, répondit Linc, dissimulant la haine qu'il éprouvait soudain.

— Elle a un de ces culs ! Combien elle prend ?

— Ce n'est pas une tapineuse, bon Dieu !

— Vous n'êtes pas au courant ? Tout le monde la connaît, pourtant. D'après Dickie, elle n'est pas terrible au plumard. C'est vrai, ça ?

Biltzmann se méprit sur l'expression de Bartlett.

— Oh ! vous n'en êtes pas encore là ? Voyons, Linc, il suffit de montrer quelques billets...

— Écoutez-moi, espèce d'enfant de putain, répliqua Bartlett d'une voix sifflante. Ce n'est pas une micheton-neuse et si vous lui parlez, si vous vous approchez d'elle, je vous enfonce mon poing dans la gorge. Compris.

— Hé, doucement, je n'ai...

— Vous avez compris ?

— Bien sûr, bien sûr, pas la peine de..., bredouilla Biltzmann en se reculant. Calmez-vous. C'est Dickie qui m'avait dit...

Comme Bartlett s'avançait vers lui, il répéta nerveusement :

— Calmez-vous, voyons. Je n'y suis pour...

— La ferme ! Fous le camp et ne t'avise pas d'approcher d'elle.

— D'accord, d'accord, murmura Biltzmann.

Il recula d'un pas, fit soudain volte-face et décampa. Bartlett alla aux toilettes, s'aspergea le visage (on avait rétabli l'eau pour les courses) puis il prit l'ascenseur et regagna la loge du Taï-pan. C'était l'heure du thé, les invités grignotaient des gâteaux secs ou des petits sandwiches avec du thé indien additionné de lait et de sucre.

— Linc ! appela joyeusement Casey de la galerie.

Elle s'approcha, cessa de sourire en voyant l'expression de Bartlett.

— Qu'y a-t-il ?

— Rien, rien. Les chevaux sont au départ ?

— Pas encore. Tu es sûr que tout va bien ?

— Mais oui. Sur qui as-tu parié ?

— Noble Star, naturellement. Peter m'a conseillé de jouer Winning Billy placé — c'est le cheval du docteur Tooley. À ce propos, tu n'es pas malade ?

— Non non.

— D'après Tooley — c'est vraiment un type épatant —, nous avons probablement échappé aux bestioles des eaux d'Aberdeen puisque nous n'avons pas encore la courante, mais nous ne pourrons en être certains que dans vingt jours.

Bartlett s'efforça de chasser de son esprit les propos de Biltzmann.

— J'avais presque oublié l'incendie, le plongeon et le reste, marmonna-t-il. J'ai l'impression qu'il s'est écoulé un million d'années depuis.

— Hong Kong, lâcha Gavallan, qui se trouvait à proximité.

— Que voulez-vous dire ?

— Ici, il se passe toujours quelque chose et le temps file à toute allure. Arrivées, départs, catastrophes — incendies, inondations, glissements de terrain —, scandales, boom financier, enterrements, banquets, visites de personnalités. La Colonie se trouve à la croisée des grands chemins de l'Asie et même si l'on ne fait pas partie de Struan, on est toujours sur quelque affaire, on tire des plans, on gagne de l'argent, on en risque pour en avoir plus, on part pour Taiwan, Singapour, Sydney, Tokyo, Londres. C'est la magie de l'Asie. Pensez à ce qui est arrivé depuis le début de votre séjour : on a trouvé des armes à bord de votre avion, John Chen a été enlevé puis assassiné, vous avez été pris dans un incendie, votre futur associé a fait l'objet d'une attaque en règle, tout cela tandis que le marché des valeurs vacillait. Et, maintenant, nous nous acheminons vers une fermeture des banques ou, si Ian a raison, vers un boom gigantesque. Vous voyez..., conclut Gavallan avec un sourire las.

— Vous pensez que Ian pourra rétablir la situation ? demanda Bartlett.

— Si quelqu'un en est capable, c'est bien lui. Nous ne pouvons qu'espérer. Avez-vous trouvé le gagnant de la cinquième ?

Bartlett eut un sourire qui rassura Casey.

— Et vous, Andrew, qu'avez-vous joué ? demanda-t-il.

— Le couplé Noble Star-Winning Billy. À tout à l'heure.

Après le départ de Gavallan, Linc remarqua :

— C'est vrai que les États-Unis paraissent à des millions de kilomètres d'ici.

— Ce n'est qu'une impression.

— Tu veux rester à Hong Kong, Casey ?

Elle leva les yeux vers lui en s'interrogeant sur le sens réel de cette question.

— Cela dépend de toi, Linc.

Bartlett hocha lentement la tête.

— Je crois que je vais aller me chercher une tasse de thé, finalement.

— Je te l'apporte.

Casey se retourna et sursauta en découvrant Murtagh, qui dansait d'un pied sur l'autre sur le seuil de la loge.

— Tu ne connais pas encore notre nouveau banquier, poursuivit-elle. Je vais te le présenter.

Elle fendit la foule des invités, s'approcha de la porte.

— Salut, Dave.

— Salut, Casey. Vous avez vu le Taï-pan ?

— Il est occupé jusqu'à la fin de la course, répondit la jeune femme, qui ajouta à voix basse : c'est oui ou c'est non ?

— C'est peut-être.

Murtagh s'essuya le visage, ôta son imperméable.

— Quand je leur ai soumis le plan, ils m'ont ordonné de rentrer dare-dare au pays, croyant que je perdais la boule. Ensuite, ils se sont calmés, ils ont dit qu'ils me rappelleraient. Effectivement, ils m'ont rappelé à quatre heures du matin, les salauds, juste pour me faire répéter ce que je leur avais exposé. Puis j'ai parlé à S. J. lui-même, qui m'a traité de c.., de crétin avant de raccrocher.

— Mais vous avez dit « peut-être ». Qu'est-il arrivé ensuite ?

— J'ai passé cinq heures au téléphone à leur expliquer ce que mon brillant cerveau avait imaginé — sans préciser que l'idée venait en fait de vous. Maintenant, S. J. sait de quel bois se chauffe David Murtagh III !

Casey s'esclaffa.

— N'en parlez à personne, sauf au Taï-pan.

Des acclamations s'élevèrent, quelqu'un sur la galerie s'écria :

— Ils se rangent au départ !

— Allez vite jouer le couplé 1 et 7, conseilla Casey au banquier. Vous avez juste le temps.

— Ce sont quels chevaux ?

— Peu importe, pressez-vous.

Elle lui donna une tape sur l'épaule et il fila. Après avoir rempli une tasse de thé, elle retourna sur la galerie et la tendit à Linc.

— Merci, dit-il. Tu lui as donné un tuyau ?

— Je lui ai conseillé le 1 et le 7.

— J'ai joué 1 et 8.

Les pur-sang terminèrent leur canter et commencèrent à tourner devant la *starting gate*. Pilot Fish fit quelques écarts lorsque son jockey voulut le mettre en position. Aussitôt les deux pouliches, Golden Lady et Noble Star, reculèrent en frémissant des naseaux. L'étalon de Gornt hennit, décocha une ruade vers le ciel. Son jockey, Bluey White, s'agrippa à la crinière et cria d'une voix apaisante :

— Là, mon beau ! C'est ça ! Montre tes breloques à ces demoiselles !

L'odeur de Pilot Fish rendait Noble Star nerveuse et, avant que Travkin n'ait pu l'en empêcher, elle recula et donna brutalement de la croupe dans le mâle. Pilot Fish fit un nouvel écart et bouscula Winning Billy, le hongre bai qui se dirigeait tranquillement vers son box de départ. Furieux, l'outsider agita la tête et obliqua vers Lochinvar, autre hongre au pelage roux.

Travkin ressentait dans les jambes les tremblements intérieurs qui agitaient sa monture. Debout sur ses étriers, il se demanda si l'entraîneur de Pilot Fish n'avait pas frotté de musc la poitrine et les flancs de son cheval pour énerver la jument, Butterscotch Lass, et les deux pouliches.

— Messieurs, veuillez prendre place ! réclama le *starter* d'une voix forte.

La jument de Kwang, qui avait déjà pénétré dans son box de départ, grattait la pelouse du sabot et agitait sa crinière, excitée par la présence du mâle et l'imminence de la course. Pilot Fish prit place dans son box, à la corde, Winning Billy entra dans le sien — le numéro trois —, entre Street Vendor et Golden Lady. Noble Star s'engagea dans son box puis recula soudain.

— Alexi ! s'impatienta le *starter*. Dépêche-toi !

— Voilà, dit l'entraîneur calmement.

Sans se préoccuper du *starter*, il éloigna la grande pouliche alezane de Pilot Fish et la laissa caracoler.

— Tout doux, ma belle, lui murmura-t-il en russe.

Il la ramena lentement vers la *starting gate* où tous les autres chevaux avaient pris place. On a le temps, pensa-t-il. Laissons-les s'énerver un peu. Un éclair zébra le ciel à l'est, le tonnerre gronda, la pluie se fit plus forte.

L'entraîneur se rappela ce qu'un des jockeys lui avait glissé discrètement juste après le pesage :

— Mr. Travkin, vous ne devez pas gagner.

— Ah oui ? Qui a décidé ça ?

Le jockey avait haussé les épaules.

— Et qui doit gagner ?

Nouveau haussement d'épaules.

— Si les jockeys et les entraîneurs ont monté un coup, dis-leur que je n'en suis pas, avait déclaré l'émigré russe. Je n'ai jamais trempé dans aucune combine à Hong Kong.

— Le Taï-pan et vous avez gagné avec Buccaneer. Ça devrait vous suffire.

— Non. Je suis engagé dans cette course, j'essayerai de la remporter.

— Bon, je leur dirai.

— Tu le diras à qui ?

Sans répondre, le jockey avait quitté les vestiaires où

flottaient des relents de sueur. Travkin connaissait ceux de ses collègues qui truquaient une course de temps à autre mais il ne les avait jamais suivis. Non pas qu'il fût plus honnête, mais il avait peu de besoins et les courses dont il connaissait d'avance le résultat ne l'intéressaient pas.

De plus en plus impatient, le *starter* le rappela à l'ordre :

— Alexi ! Allons, vite !

Travkin éperonna Noble Star, qui entra dans son box. La grille se referma derrière la pouliche avec un claquement sec. Il se fit un grand silence sur l'hippodrome : les chevaux étaient sous les ordres du *starter*.

66

16 h

Dès que les grilles s'ouvrirent, les huit pur-sang se ruèrent en un peloton serré vers le premier virage. Debout sur les étriers, les jockeys se courbaient sur le col de leurs montures. À la corde, Pilot Fish avait déjà pris une demi-longueur d'avance ; Butterscotch Lass, en bonne position, ne donnait pas encore le meilleur d'elle-même ; Winning Billy, sur la même ligne, précédait de peu Noble Star, qui tentait de se dégager du paquet par l'extérieur. Conscients que toutes les jumelles de l'hippodrome étaient braquées sur eux, les jockeys qui avaient pour consigne d'enfermer la pouliche de Dunross attendaient un moment plus favorable.

Les chevaux sortirent du virage toujours groupés, se bousculant pour bien se placer. Les foulées s'allongeaient, l'odeur de sueur et la vitesse excitaient les hommes comme les bêtes. Winning Billy se rabattit sur Butterscotch Lass, qui se trouvait à présent à une demi-longueur de Pilot Fish. Derrière, les autres engagés attendaient le moment de fournir leur effort. Éperonnée par son jockey, la jument passa devant le mâle, qui serrait toujours soigneusement la corde.

Travkin, qui retenait Noble Star, jugea que le moment était venu de commencer à la lancer et se rapprocha des premiers. La pluie l'aveuglait, ses jambes lui faisaient déjà mal. Les chevaux de tête abordèrent le virage opposé tous ensemble, et dans la mêlée, un coup de cravache venu dont ne sait où cingla les poignets de l'entraîneur du Taï-pan. La douleur faillit le déséquilibrer mais il se ressaisit aussitôt.

Kingsplay, qui tenait la corde derrière Pilot Fish, glissa et tomba, entraînant deux autres bêtes dans sa chute. Tout l'hippodrome se dressa.

— Bon Dieu ! qui est tombé ?

— C'est... c'est Noble Star.

— Non, Winning Billy.

— Mais non, il est en troisième position.

Dans la salle des commissaires, Dunross tenait ses jumelles d'une main ferme.

— C'est Kingsplay qui est tombé, annonça-t-il calmement. Avec Street Vendor et Golden Lady... Kingsplay ne se relève pas, il doit être blessé...

— Qui mène ?

— Butterscotch Lass, d'un naseau, devant Pilot Fish à la corde, Winning Billy et Noble Star. Ils peuvent tous encore gagner. Dernier tournant, Lass a pris une encolure, les autres la talonnent...

Gagné par l'excitation, Dunross mêla ses encouragements à ceux des autres turfistes :

— Allez, Alexi !

Dans la loge de Blacs, Gornt regardait Bluey White cravacher Pilot Fish et murmurait lui aussi entre ses dents :

— Vas-y ! vas-y !...

Travkin sentit de nouveau sur ses mains la morsure d'une cravache mais, ignorant la douleur, il se rapprocha encore du cheval de tête. À la sortie du virage, les cinq pur-sang restant en course abordèrent la dernière ligne droite dans un mouchoir. Bluey White, le jockey de Pilot Fish, estima le moment venu de lancer son cheval, qui jaillit le long de la corde. Travkin se pencha en avant, la poitrine presque parallèle au cou de Noble Star, et poussa un cri de cosaque aux oreilles de la pouliche. L'animal, excité par ce son rauque, allongea encore la foulée, les naseaux frémissants, l'écume à la bouche. Winning Billy, le garrot maculé de mousse blanche, passa devant Butterscotch Lass puis céda la tête à Pilot Fish. Lochinvar, le hongre pommelé, porta son effort et prit le commandement.

Tous les jockeys donnaient du talon et de la cravache. Il restait cent mètres à couvrir.

Une même clameur montait des tribunes et des loges. Le gouverneur martelait du poing le rebord d'une galerie en criant : « Butterscotch Lasssss ! » En bas, près du poteau d'arrivée, Chu-Neuf-Carats était écrasé contre la balustrade par la foule des turfistes.

Quatre-vingts mètres. Les sabots des chevaux arrachaient à la piste des mottes de boue. Stimulés par le rugissement croissant des spectateurs, les pur-sang galopaient à toute allure.

— Lass se détache.

— Non, regardez Pilot Fish !

— C'est Lochinvarrr !

— Winning Billy...

Bluey Wite, voyant enfin l'ouverture qu'on lui avait promise, y lança Pilot Fish, remonta à la hauteur de Butterscotch Lass, la dépassa et prit la tête. Le jockey de la jument, qui n'était pas de la combine, cravacha sa bête. Travkin lança un cri d'encouragement à Noble Star, qui produisit son effort. Les cinq chevaux fonçaient vers l'arrivée sans qu'aucun d'eux ne parvînt à se dégager nettement. Winning Billy reprit la tête à Pilot Fish, Noble Star se rapprocha : une encolure, une tête, un naseau. La foule hurlait, prise de délire.

Quarante mètres, trente, vingt, quinze...

Noble Star se porta en tête, Pilot Fish lui ravit la première place et la céda aussitôt à Butterscotch Lass, Winning Billy se mêla à la lutte... Les chevaux franchirent le poteau mais personne, pas même les jockeys, ne connaissait le vainqueur. Seul Travkin se savait battu. D'un geste sec, il tira sur la bride de Noble Star et maintint le mors à gauche. Surprise, la pouliche trébucha et culbuta dans la boue, projetant son cavalier contre la balustrade.

Oubliant un moment la course, la foule retint son souffle. Un éclair déchira le ciel, la pluie redoubla.

— Pilot Fish, d'un naseau.

— Mon œil ! Noble Star, d'un poil.

— Tu te goures, mon vieux, c'est Pilot Fish.

— Quelle course !

— Oh ! regardez le drapeau : il y a réclamation.

— J'ai rien vu de bizarre. Et toi ?

— C'est difficile avec cette pluie. Même avec des jumelles...

Dunross s'était précipité vers l'ascenseur dès qu'il avait vu Noble Star tomber. Il n'avait pas compris pourquoi sa pouliche avait fait une chute car Travkin s'était arrangé pour que personne ne remarquât son geste.

D'autres turfistes attendaient dans le couloir, chacun parlait sans écouter les autres.

— ... d'un naseau, je vous dis.

— Ah ! Taï-pan. Pourquoi y a-t-il réclamation ?

— C'est aux commissaires de l'annoncer.

Quand les portes de l'ascenseur s'ouvrirent, Gornt s'engouffra dans la cabine, les autres suivirent.

— Pilot Fish a gagné, Ian ! cria-t-il par-dessus le brouhaha.

— Quelle course ! s'exclama quelqu'un. Et maintenant, réclamation ! Je me demande pour quelle raison.

— Vous la connaissez, Ian ? dit Gornt.

— Oui.

— C'est contre mon cheval ?

— Vous connaissez la procédure : les commissaires examinent la question, ensuite ils font une déclaration.

À l'expression de Gornt, Dunross comprit que son ennemi enrageait de ne pas être commissaire. Et tu n'es pas près de le devenir, pensa-t-il. Tant que je vivrai, je te barrerai la route.

L'ascenseur s'arrêta, le Taï-pan se rua vers le groupe de *ma-fous* et d'officiels qui entouraient Travkin, étendu sur la pelouse, recroquevillé, inerte. Noble Star, qui s'était relevée indemne, galopait sans cavalier sur la ligne opposée, où des lads attendaient qu'elle s'arrête pour la ramener. À la sortie du virage, un vétérinaire était agenouillé devant Kinsplay, qui avait une patte arrière cassée et dont l'os fracturé émergeait des chairs. Le coup de feu ne s'entendit pas dans le vacarme que faisaient les turfistes impatients de connaître la décision des commissaires.

Ian se pencha vers son entraîneur, qu'un *ma-fou* protégeait de l'averse avec un parapluie.

— Comment va-t-il, docteur ?

Le docteur Meng, médecin légiste, était plus accoutumé aux cadavres qu'aux blessés et ce fut d'un ton hésitant qu'il répondit :

— Je ne peux pas me prononcer, il faudrait qu'il reprenne conscience. En tout cas il n'est pas mort —, pas encore. C'est un miracle qu'il n'ait pas heurté la balustrade.

Deux brancardiers accoururent avec une civière.

— Où faut-il le transporter ? demanda l'un d'eux.

Dunross regarda autour de lui.

— Sammy, fit-il à l'un de ses lads, va chercher le docteur Tooley, il doit être dans notre loge.

Se tournant vers les brancardiers, il ajouta :

— Mettez-le dans l'ambulance et attendez le docteur Tooley. Comment vont les autres jockeys ?

— Le capitaine Pettikin a une jambe cassée, on lui a mis des attelles. Les deux autres sont seulement commotionnés.

McBride, Gornt et les autres arrivèrent au moment où les brancardiers posaient l'entraîneur sur la civière avec d'infinies précautions. Dunross remarqua sur le dos d'une des mains de Travkin une marque rouge.

— D'où cela peut-il provenir ? demanda-t-il au docteur Meng.

Cette fois, le médecin légiste se trouvait dans son élément.

— Une entaille faite par la bride pendant la chute, peut-être, ou un coup de cravache...

Gornt regarda lui aussi l'estafilade. Ce crétin de Bluey White ! pensait-il. Quel besoin avait-il de jouer de la cravache alors que tout était arrangé à l'avance ! Je parie que la moitié de la foule l'a vu frapper Travkin.

Le Taï-pan examina le visage cireux de son entraîneur, qui ne portait pas d'autres traces que les inévitables hématomes. Un filet de sang séchait sous une narine.

— La coagulation a commencé, fit observer Meng. C'est bon signe.

Le gouverneur arriva à son tour, s'enquit de l'état du blessé puis demanda à Dunross :

— Quel est le motif de la réclamation ?

— Nous allons précisément en discuter. Voulez-vous vous joindre à nous, Excellence ?

— Non non, je laisse les commissaires régler cette question. Fichu temps, soupira sir Geoffrey en regardant le ciel. On dirait que cela va durer. Vous avez l'intention de poursuivre la réunion ?

— Je vais proposer qu'on annule ou qu'on reporte les autres épreuves.

— Je suis d'accord, approuva McBride. Nous ne pouvons nous permettre un autre accident.

— Je retourne à ma loge, Ian. Passez me voir quand vous aurez un moment, reprit le gouverneur.

— Vous avez parlé au ministre ? demanda Dunross d'un ton qu'il voulut détaché.

Avec la même désinvolture affectée, le représentant de Sa Majesté répondit :

— Oui, il m'a appelé.

— Je vous accompagne, Excellence. David, je vous rejoins dans un instant.

Les deux hommes se dirigèrent vers l'ascenseur. Quand ils se furent suffisamment éloignés, le gouverneur murmura :

— Ce n'est pas l'endroit idéal pour un entretien confi dentiel.

— Faisons semblant d'examiner la piste, suggéra Ian en entraînant sir Geoffrey vers la balustrade. La pelouse est dans un état lamentable ! s'exclama-t-il à voix haute.

— Un vrai bourbier, en effet... Le ministre me laisse le soin de prendre une décision au sujet de Kwok en consultation avec Sinders et Crosse.

— J'espère qu'ils seront d'accord, dit Dunross en se rappelant avec appréhension les propos des deux hommes.

— Je ne peux pas leur forcer la main, en tout cas, répondit le gouverneur.

Immédiatement après le coup de téléphone de Dunross, dans la matinée, sir Geoffrey avait convoqué Sinders et Crosse pour discuter d'un éventuel échange. Le chef du MI-6 s'était déclaré prêt à libérer Kwok si on lui fournissait la preuve de l'authenticité des rapports d'AMG ; Crosse, quant à lui, avait proposé d'échanger Kwok contre Fong-fong et son équipe.

Le représentant de Sa Majesté scrutait le visage du Taï-pan.

— Alors, Ian ?

— Dois-je comprendre que je peux répondre oui à Tiptop ?

— À condition que vous obteniez d'abord l'accord de Mr. Sinders et de Mr. Crosse. Londres insiste sur ce point.

— Ils connaissent la réponse du ministre ?

— Oui, je n'ai pu faire autrement que de les en aviser. À vous de les convaincre. Le ministre et moi-même voyons en vous le seul homme capable de mener à bien une affaire aussi délicate.

Une salve d'applaudissements salua le passage de Noble Star, qui avait échappé aux *ma-fous* et continuait à galoper sur la piste.

— Réglez d'abord la question de la course, poursuivit le gouverneur. Je vous attends dans ma loge.

Lorsque Ian entra dans la salle des commissaires, Shitee T'Chung, président de séance, s'exclama :

— Ah ! Nous sommes enfin au complet. Messieurs, nous devons prendre rapidement une décision.

— Cela me paraît difficile sans le témoignage de Travkin, objecta Dunross. Qui a vu Bluey White le frapper ?

Seul McBride leva la main.

— Avec moi, cela fait deux, reprit le Taï-pan. D'après le docteur Meng, il est possible que l'estafilade que Travkin porte à la main ait été causée par un coup de cravache. Qu'en pensez-vous, Pug ?

— Personnellement, je n'ai rien vu d'anormal. Pourtant je n'ai pas quitté Noble Star des yeux : j'ai misé 1 000 dollars sur elle. Qu'il y ait eu ou non coup de cravache, cela ne fait guère de différence. Noble Star ne s'est pas désunie, elle a poursuivi son effort jusqu'au poteau. Regardez la photo...

Dunross examina le cliché, qui lui confirma ce qu'il avait vu : Pilot Fish d'un naseau devant Noble Star, Butterscotch Lass, Winning Billy.

— Tous les jockeys jouent de la cravache, continua Pugmire. Le coup a pu être accidentel —, si coup il y a eu.

— Shitee ?

— J'avoue que j'ai surtout suivi mon cheval, Street Vendor, mais je serais enclin à partager l'avis de Pug.

— Roger ?

— Je n'ai rien remarqué.

— Jason ?

À la surprise du Taï-pan, celui que AMG accusait d'appartenir au réseau Sevrin répondit :

— Nous savons tous que Bluey White est un roublard, nous lui avons déjà donné plusieurs avertissements. Si Ian et Donald maintiennent leurs accusations, je propose qu'il soit définitivement interdit et que Pilot Fish soit déclassé.

Dunross consulta les autres commissaires, qui se montrèrent indécis.

— Interrogeons les jockeys, suggéra-t-il. En commençant par White.

À quelques variantes près, les jockeys fournirent tous la même réponse : ils étaient trop occupés par leur propre bête pour remarquer quoi que ce soit. Les commissaires attendaient, les yeux braqués sur le Taï-pan. Ian avait conscience que s'il proposait l'interdiction de White et le déclassement de Pilot Fish, il obtiendrait probablement un vote favorable.

Je l'ai vu, Donald aussi, pensait-il. Mais, en toute honnêteté, ce n'est pas ce coup de cravache qui a coûté la course à Noble Star. C'est moi qui l'ai fait perdre, je n'aurais pas dû laisser Travkin monter. Si j'avais été à sa place, j'aurais coincé Pilot Fish contre la balustrade dans le second virage et j'aurais cravaché le visage de Bluey White sans la moindre hésitation.

— Il y a eu faute, déclara-t-il. Pour moi, cela ne fait aucun doute. Considérant cependant que le coup de cravache n'a pas eu d'incidence sur le résultat de la course, je propose que nous donnions à White un nouvel avertissement et que nous maintenions le classement.

Soulagés de ne pas avoir à affronter directement le Taï-pan, les commissaires se détendirent.

— Excellent, approuva T'Chung. Pas d'opposition ? Bien ! Nous annonçons l'ordre d'arrivée et nous communiquons la photo aux journaux. Taï-pan, vous vous en chargez ?

— Certainement. Reste la question de la poursuite de la réunion : il pleut à seaux, maintenant. J'ai une idée à vous soumettre.

Ian formula sa proposition, qui provoqua une cascade de rires et d'exclamations approbatrices.

— Très bien ! Formidable ! s'écria Dunstan Barre.

— La Colonie n'a pas fini d'en parler, dit Pugmire.

— Excellente idée, fit McBride.

— Bon, je m'occupe de l'annonce, reprit Dunross. Pendant ce temps, appelez White et tirez-lui les oreilles. Roger, je peux vous parler ?

— Bien sûr. Je serai dans la tribune réservée aux membres du club avec Sinders.

— Ian ?

— Oui, Jason ?
— Vous pensez que la course de côte sera maintenue ?
— Pas s'il continue à pleuvoir comme ça. Pourquoi ?
— Je songe à donner un cocktail dimanche, en fin d'après-midi, pour fêter votre victoire sur Superfoods.
— Un sacré coup ! gloussa Shitee T'Chung. Félicitations, Ian. La tête que faisait Biltzmann !
— Il ne sera pas invité, plaisanta Plumm. Ian, vous seriez libre ?
— Navré, je pars en principe pour Taipei tout de suite après la...
— Vous ne serez pas à Hong Kong lundi ? s'inquiéta Pugmire. Et les papiers ?
— Ne craignez rien, Pug. À 9 h 30 nous signerons. Jason, si j'annule mon voyage à Taipei, je viendrai à votre cocktail.
— J'en serais ravi. 17 h 30, dans l'appartement de notre firme aux tours Sinclair.
Dunross s'éloigna en s'interrogeant sur la soudaine cordialité de Plumm. D'ordinaire, dans tous les conseils d'administration dont ils étaient membres, Jason se rangeait au côté de Gornt et de Havergill.
Dans le couloir, le Taï-pan dut se frayer un chemin parmi les journalistes, les propriétaires et les entraîneurs pour gagner la salle de contrôle, une petite cabine vitrée située au sommet du bâtiment.
— Bonjour, Taï-pan, dit le speaker. D'ici, nous avons tous vu Bluey White donner un coup de cravache... Quelle est la décision ?
— Je peux utiliser le micro ?
— Naturellement.
L'homme s'empressa de céder sa place à Dunross, qui appuya sur un bouton.
— Ici Ian Dunross. Les commissaires m'ont chargé de vous faire les deux déclarations suivantes...
Il se fit un grand silence sur l'hippodrome où cinquante mille turfistes, oubliant la pluie qui les trempait, retinrent leur respiration.
— Premièrement, voici le résultat de la cinquième course : Pilot Fish vainqueur devant Noble Star, Butterscotch Lass...
Le reste fut noyé sous des exclamations de joie ou de dépit tandis que l'ordre d'arrivée s'inscrivait sur le tableau

en chiffres lumineux : 1, 7, 8. Dunross attendit un moment puis répéta le résultat en cantonais.

— Deuxièmement, tenant compte des conditions météorologiques, les commissaires ont décidé d'annuler la suite de la réunion... (un grondement monta de la foule) ou plutôt de la reporter à samedi prochain... (les applaudissements crépitèrent). Nous aurons donc une réunion spéciale de huit épreuves, avec, dans la cinquième, les mêmes partants qu'aujourd'hui. Pour cette course revanche, le prix sera doublé...

La foule rugit de plaisir.

— Merci de votre attention, conclut Dunross. Dans quelques minutes, une autre déclaration.

— Une autre déclaration, Taï-pan ? répéta le speaker.

— Oui, vers cinq heures.

Havergill avait prévenu Dunross que Richard Kwang avait accepté sa proposition et l'avait prié de passer au plus tôt à la loge de la Victoria. Ian sortit de la salle de contrôle et descendit rapidement l'escalier, songeant avec satisfaction à ce qu'il venait de faire. Sa décision de laisser la victoire à Pilot Fish ne manquerait pas d'intriguer Gornt, qui savait évidemment que la course était truquée et que Travkin ne *devait* pas gagner, quoi qu'il fît. Je le savais aussi, et c'est la raison pour laquelle je n'ai pas monté Noble Star moi-même, pensa Ian. S'ils avaient essayé de m'avoir comme ils l'ont fait avec Alexi, j'en aurais tué un. Mais samedi prochain... Samedi, je monterai et ni White ni personne n'osera risquer un coup fourré.

Dans le couloir bondé, il aperçut Murtagh qui l'attendait devant la porte de la loge de Struan.

— Taï-pan, je peux vous parler ?

Dunross conduisit l'Américain dans la salle située derrière la cuisine.

— Quelles sont les nouvelles, Mr. Murtagh ?

— Appelez-moi Dave. Les pontes, euh, les pontes ont répondu « peut-être ». Le conseil d'administration se réunira demain à neuf heures, c'est-à-dire, pour nous...

— 22 heures. Excellent, Mr. Murtagh. Appelez-moi à ce numéro quand ils vous auront communiqué leur décision, dit Ian en griffonnant des chiffres sur un morceau de papier. Ne le perdez pas et ne le donnez à personne.

— Entendu. Taï-pan, commença l'Américain d'un ton embarrassé. Je viens d'apprendre que vous verserez deux millions cash à Pugmire lundi matin pour sceller votre accord. Si nous mettions cette somme à votre disposition, cela pourrait vous faciliter les choses...

— Je m'attendais à ce que votre groupe réagisse de la sorte. Malheureusement — pour vous — je n'ai jamais songé à lui pour m'avancer une somme aussi modeste. Ne vous inquiétez pas, ma *nouvelle* source de financement...

— Comment ? fit Murtagh en pâlissant.

— Ma nouvelle source de financement réagit aussitôt qu'une affaire se présente. Elle me fait davantage confiance que vos supérieurs, Mr. Murtagh.

— Appelez-moi Dave, Taï-pan, je vous en prie. Ce n'est pas qu'ils n'ont pas confiance, ils ne comprennent pas l'Asie. Je ne suis pas encore parvenu à les convaincre que l'absorption de General Stores doublera vos revenus bruts en trois ans.

— En un an, corrigea Ian, qui s'amusait beaucoup. Désolé, votre groupe ne partagera pas avec nous les profits énormes que rapportera cette petite opération, simple élément d'un vaste plan d'expansion. Allez donc à la loge vous faire servir une tasse de thé. Je ne vous accompagne pas, j'ai un coup de téléphone à donner.

Dunross prit le banquier par le bras, le fit sortir et referma la porte. Murtagh traversa lentement la cuisine où chefs et marmitons s'affairaient dans un vacarme de plats et de bols entrechoqués. Une *nouvelle* source de financement... Est-ce que ces fichus Suisses essayeraient de nous barboter notre client ? se demandait-il.

De l'autre côté de la porte, le Taï-pan écoutait dans le combiné la sonnerie lointaine du téléphone. On décrocha.

— *Weiiii ?*

— Mr. Tip, s'il vous plaît. Pour Mr. Dunross.

Ian entendit l'*amah* poser l'appareil puis crier d'une voix aiguë :

— C'est pour vous, Père !

— Qui est-ce ?

— Un diable d'étranger.

Dunross sourit.

— Allô ?

— Ian Dunross à l'appareil, Mr. Tip. J'espère que votre rhume n'a pas empiré.

— Non non. Excusez-moi de ne pas m'être rendu à votre loge, j'ai été retenu par des affaires urgentes...

Après avoir répondu à des questions anodines concernant les courses et l'accord avec General Stores, le chef de la Noble Maison se tut et laissa venir le Chinois. Mais Tiptop se montra plus rusé :

— Eh bien, merci d'avoir appelé, Taï-pan.

— Je vous en prie. À propos, ajouta aussitôt Ian, il se pourrait bien que notre police ait commis une erreur...

— Ah ! Elle sera immédiatement corrigée, je suppose ?

— Très rapidement. Si la personne concernée désire donner sa démission et profiter de la permission de voyager à l'étranger qui lui sera accordée.

— Qu'entendez-vous par très rapidement ?

Dunross choisissait ses termes avec soin, de manière à demeurer vague tout en donnant l'impression d'un engagement formel.

— Il y a certaines formalités à remplir mais il est possible d'accélérer les choses. Malheureusement, certaines autres personnalités ont aussi leur mot à dire — je suis sûr que vous me comprenez.

— Certainement. J'ai appris qu'un nommé Sinders séjournait actuellement à Hong Kong...

— C'est exact, répondit Ian, surpris. Cependant, j'ai déjà obtenu l'accord d'autres personnes.

— Je n'aurais pas cru qu'il fallait consulter tant de monde. Le puissant dragon ne craint pas le serpent qui vient de naître.

— Où pourrais-je vous rappeler, si la situation évolue ?

— Ici, vers 21 heures... Pour parler d'autre chose, je crois que votre demande d'aide financière pourrait être satisfaite. Naturellement, n'importe quelle banque exigerait des garanties en échange d'un prêt d'un demi-milliard de dollars HK pendant un mois, mais le *chop* de la Victoria, celui du gouverneur et le vôtre devraient suffire. Cette... petite somme sera à votre disposition dès que les problèmes annexes seront réglés. Au revoir, Mr. Dunross.

Le Taï-pan raccrocha, sortit dans le couloir, s'avança jusqu'à la porte de sa loge et fit signe à Gavallan d'approcher.

— Andrew, descendez à la tribune des membres du club chercher Roger Crosse, il est en compagnie d'un nommé Sinders. Priez-les de monter à ma loge le plus vite possible.

Dunross s'éloignait déjà en direction des guichets quand Casey s'écria :

— Taï-pan ! Désolée pour Noble Star ! Vous avez...

— Je reviens tout de suite ! lui lança Ian sans s'arrêter.

Il remarqua que Gornt faisait la queue devant le guichet des gagnants mais cela n'altéra pas sa bonne humeur. Chaque chose en son temps, se dit-il.

— Quillan, comment voulez-vous que je vous règle les 10 000 dollars de notre pari ?

— Du liquide me conviendrait parfaitement.

— Je vous les fais parvenir dans un instant.

— Cela peut attendre jusqu'à lundi.

— Lundi, je serai très occupé.

Sur ce, Dunross salua son ennemi de la tête et retourna à la loge, où il fut accueilli dès son entrée par Adryon et Martin Haply.

— Père, quelle malchance, cette défaite de Noble Star ! J'ai perdu tout mon argent de poche du mois !

— Les jeunes filles convenables ne devraient pas jouer. Bonjour Haply.

— Père, est-ce que tu pour...

— Plus tard. Adryon, ma chérie, n'oublie pas nos invités, c'est toi la maîtresse de maison.

— Oui, je m'occupe d'eux. Papa, tu pourrais m'avancer mon argent du mois prochain ?

— Mais oui, répondit Dunross, qui abandonna sa fille, interloquée par cette victoire éclair, pour rejoindre Havergill et Richard Kwang.

— Paul vous a parlé de la fusion de nos deux banques ? questionna le Chinois.

— Oui, je vous félicite.

— Vous le félicitez ? grommela Southerby en s'approchant. Il n'y a vraiment pas de quoi ! Sa jument m'a fait perdre une petite fortune !

Les conversations tombèrent quand le gouverneur fit son entrée dans la loge. Le Taï-pan se dirigea vers lui, Havergill suivit.

— Très bonne idée, cette réunion spéciale de samedi prochain, approuva sir Geoffrey. La cinquième sera encore très disputée. Vous avez une déclaration à faire, Paul ?

— Oui, Excellence... Mesdames, messieurs, votre attention s'il vous plaît...

Il fallut que Dunross frappât une théière de plusieurs coups de cuillère pour obtenir le silence.

— Excellence, mesdames et messieurs, au nom des membres du conseil d'administration de la Victoria Bank of Hong Kong and China, j'ai l'honneur de vous annoncer la fusion de notre établissement avec la grande Ho-Pak Bank... (Martin Haply laissa tomber son verre.) La Victoria se porte donc garante de tous les dépôts de la Ho-Pak et...

Les acclamations couvrirent le reste de la phrase. Les invités des loges voisines tendirent la tête au-dessus de la galerie pour voir ce qui se passait ; la nouvelle se répandit dans le couloir, où elle provoqua une seconde explosion de joie.

Assailli de questions, Havergill leva la main pour réclamer le silence et donna la parole au gouverneur.

— Au nom du gouvernement de Sa Majesté, je me réjouis de cette opération profitable pour tous et pour Hong Kong.

Certain qu'il venait de faire un pas de géant vers le titre de chevalier, Richard Kwang déclara d'un ton ronflant :

— J'ai estimé — en consultation avec les membres de notre conseil d'administration, naturellement —, j'ai estimé qu'il serait bon pour la Victoria de se faire une place dans la communauté chinoise et...

Havergill s'empressa de l'interrompre.

— Richard, il vaut peut-être mieux que j'en termine d'abord avec l'annonce officielle. Laissons les détails pour la conférence de presse qui aura lieu lundi, à midi. Ce que nous pouvons déjà dire, c'est que les modalités de la, euh, fusion ont toutes été arrêtées d'un commun accord. N'est-ce pas, Richard ?

Le Chinois s'apprêtait à débiter une tirade, qu'il ravala en voyant le regard de Dunross et de Havergill.

— Euh, oui, oui, dit-il, et il ne put cependant s'empêcher d'ajouter : Je suis ravi d'être devenu l'associé de la Vic.

— Mr. Havergill, une question, intervint Haply.

— Je vous en prie, répondit le vice-président, qui savait déjà ce que le journaliste allait lui demander.

— Comment allez-vous rembourser les clients de Ho-Pak et les vôtres alors que la ruée affecte toutes les banques et qu'il n'y a plus assez d'argent dans les coffres ?

— Rumeurs sans fondement, Mr. Haply. Comme on

dit ici, une nuée de moustiques peut faire plus de bruit que le tonnerre. Notre économie n'a jamais été plus saine. Quant à ce que vous appelez la ruée sur Ho-Pak, c'est terminé. La Victoria garantit les dépôts, elle garantit l'accord Struan-General Stores, et je vous assure que votre banque continuera à faire d'excellentes affaires dans les cent vingt années qui viennent.

Havergill se tourna vers le gouverneur :

— Excellence, avec votre permission, je vais rendre la nouvelle publique.

Tandis qu'il se dirigeait vers la porte, quelqu'un commença à chanter *For he's a jolly good fellow* et tous les invités reprirent en chœur. Dunross se pencha vers Kwang et lui murmura à l'oreille un vieux dicton cantonais : « Il faut savoir s'arrêter quand cela suffit, *heya ?* »

Le banquier comprit l'allusion et sourit avec embarras.

— Ah ! oui, certainement, certainement...

Mais grisé par son succès, par la perspective de reconquérir les faveurs de Venus Poon, il ajouta d'un air important :

— Votre banque tirera grand profit de mon expérience.

Et il s'éloigna en se rengorgeant.

Sur la galerie, à l'écart de l'allégresse générale, Peter Marlowe contemplait d'un œil morose la foule qui quittait l'hippodrome sous la pluie. Des *ma-fous* faisaient descendre des chevaux à la robe maculée de boue par la rampe s'enfonçant sous les tribunes.

— Qu'y a-t-il, Peter ? demanda Casey. Pas de problème pour Fleur, j'espère ?

— Non non.

— Alors c'est Grey ? Je vous ai vu lui parler.

— Non plus — bien qu'il soit pénible, mal élevé et hostile à tout ce qui a une vraie valeur. Nous avons seulement discuté du temps.

— Vous avez pourtant l'air maussade. Vous avez perdu dans la cinquième ?

— Oui, mais je suis largement gagnant sur l'ensemble de la réunion...

L'écrivain hésita puis reprit en montrant la foule :

— Je songeais simplement aux trois ou quatre millions de Chinois de Hong Kong qui ont tous des histoires extraordinaires à raconter, un héritage fabuleux, sans parler des vingt mille Européens, riches ou pauvres, taï-pans, pirates, boutiquiers, comptables, fonctionnaires, qui ont choisi eux aussi de vivre ici. J'aurais beau lire, écouter, poser des questions, je ne saurai jamais grand-chose de Hong Kong, je ne ferai qu'érafler la surface.

— C'est la même chose partout, fit observer Casey.

— Oh non ! Hong Kong offre un pot-pourri de toute l'Asie. Prenez par exemple ce Chinois rebondi, dans la troisième loge à gauche. Il est multimillionnaire. Sa femme est kleptomane, il la fait suivre partout où elle va et chaque fois qu'elle vole, il rembourse. Ils sont connus, elle et lui, dans tous les grands magasins et l'affaire se règle toujours à l'amiable, entre gens civilisés. Vous ne verrez cela nulle part ailleurs dans le monde. Le père de cet homme était coolie, son grand-père brigand, son arrière-grand-père mandarin, son arrière-arrière-grand-père paysan. Son voisin possède lui aussi une immense fortune gagnée dans la contrebande avec la Chine et le trafic d'opium. Sa femme... Ah ! c'est une autre histoire.

— Laquelle ?

— Les histoires des épouses sont parfois plus passionnantes que celles des maris. Une de celles que vous avez rencontrées aujourd'hui est nymphomane, elle...

— Voyons, Peter ! Je crois que Fleur a raison : vous inventez purement et simplement.

— Peut-être. Mais sous des apparences tranquilles, les Chinoises sont aussi... dévoreuses que les femmes des autres pays.

— Phallocrate ! Vous êtes sûr de ce que vous avancez ?

— Si j'en crois les rumeurs... Vous voyez là-bas ce Chinois vêtu d'un blazer : il porte un chapeau vert, autrement dit sa femme a un amant.

— Un chapeau vert ?

— Oui. Les Chinois ont un humour merveilleux. Ce type a fait paraître, il y a quelques mois, dans un journal chinois, une petite annonce disant : « Je sais que je porte un chapeau vert mais deux des fils de celui qui me l'a donné ne sont pas de lui. »

— Et il a signé ?

— Oui. D'un jeu de mots sur son nom assez transparent pour que toute l'élite chinoise puisse le reconnaître.

— C'était vrai ?

— Peu importe. L'amant fut terriblement embarrassé par ce mauvais tour.
— Ce n'est pas juste pour la femme calomniée.
— En l'occurrence, elle le méritait bien.
— Pourquoi ?
— Elle s'était fait faire deux enfants par un autre hom...
— Oh ! arrêtez de me raconter des histoires ! dit Casey en feignant la colère. Quelques secondes plus tard, elle reprit :
— Les gens paraissent plus fascinants, ici. Est-ce parce que nous sommes en Asie ?
— Probablement. L'Asie est le centre du monde, Hong Kong en est le noyau.
Marlowe désigna à la jeune femme quelqu'un qui leur adressait un salut de la main d'une loge voisine.
— Un de vos admirateurs ?
— Lando ? C'est un homme captivant ! s'exclama Casey, qui avait bavardé avec le Portugais entre deux courses.
— Miss Tcholok, il faut absolument que vous visitiez Macao, avait dit Mata. Dînons donc ensemble demain soir, je passerai vous prendre à sept heures et demie, si vous voulez.
Bien que sensible au charme désuet qui émanait du personnage, la jeune femme n'avait eu aucune difficulté à le percer à jour.
— Cela dépend de l'heure à laquelle je rentrerai de ma promenade en mer, avait-elle répondu.
— Avec qui, le Taï-pan ?
— Non, avec des amis.
— Alors lundi, peut-être ? Nous discuterons des affaires que vous pourriez entreprendre à Macao. Je vous téléphonerai demain soir à sept heures pour savoir si vous êtes libre.
Je saurai le tenir à distance, pensa Casey pour se rassurer. Encore que je me garderai de boire trop de vin...
— Qui est ce vieillard qui lorgne sa jeune voisine avec concupiscence, là en bas ? demanda-t-elle. Oh ! regardez, il lui met la main aux fesses !
— C'est un des pirates locaux, Wu-Quatre-Doigts, et une starlette de la télé, Venus Poon. Le jeune homme qui parle aux vieux est son neveu — son fils, prétendent certains. Quatre-Doigts a une femme légitime, trois concubines d'âges divers, ce qui ne l'empêche pas de s'intéresser

à Venus Poon. La belle avait plaqué Kwang pour le vieux pirate mais elle va peut-être revenir au banquier après la fusion avec Victoria. Vous voyez ce bonhomme tout ridé à qui parle Dunross ? C'est Shitee T'Chung, descendant direct de May-may et Dirk, par leur fils Duncan. On raconte qu'il vit dans un deux pièces, au sixième étage d'un immeuble sans ascenseur de Glessing Point. Comme il détient une grande quantité d'actions de Struan, chaque année, avant la réunion générale des actionnaires, le Taï-pan en exercice se rend chez lui et lui demande avec déférence une procuration l'autorisant à utiliser ses voix. Autorisation toujours accordée, comme le prévoit l'accord initial, mais le Taï-pan n'en doit pas moins venir la quémander en personne.

— Pourquoi ?

— À cause de la Hag. Une grande dame ! J'aurais voulu la connaître. Pendant la révolte des Boxers, en 1899-1900, alors que la Chine traversait une de ses périodes de troubles, toutes les possessions de la Noble Maison à Pékin, T'ien-chin, Foochow et Canton furent détruites par les terroristes boxers, plus ou moins protégés et en tout cas encouragés par l'impératrice douairière Tz'u-hsi. Ces « Poings de Justice », comme ils s'appelaient eux-mêmes, avaient pour cri de guerre : « Protégeons les Ch'ing, tuons tous les diables d'étrangers ! » Il faut reconnaître que les puissances européennes et le Japon avaient littéralement dépecé la Chine. Quoi qu'il en soit, les Boxers attaquèrent et détruisirent les sièges des compagnies étrangères, les concessions mal protégées. La Noble Maison se trouva dans une situation périlleuse. Le taï-pan d'alors était sir Lochlin Struan, dernier fils de Robb, né avec un moignon à la place du bras, et successeur de Culum. La Hag l'avait désigné quand il avait seize ans, juste après la mort de Culum, et elle le garda sous sa coupe jusqu'à ce qu'il mourût à son tour, en 1915, à l'âge de soixante-douze ans.

— D'où tenez-vous toutes ces informations ?

— Je les ai inventées, répondit l'écrivain avec hauteur. La Hag avait besoin d'argent et ne pouvait en emprunter à personne car toutes les *hongs* connaissaient les mêmes difficultés. Or le père de l'homme avec qui Dunross bavarde en ce moment était alors roi des mendiants de Hong Kong. Il vint trouver la Hag et lui dit avec la dignité seyant à son rang de monarque : « Je voudrais acheter un cinquième de la Noble Maison, j'en offre 200 000 taels d'argent », soit exactement la somme qu'il fallait à la Hag pour payer les créances que le grand-père de Gornt avait rachetées aux débiteurs de Struan. Après marchandage, le roi des mendiants accepta de se contenter du dixième de la Noble Maison — un véritable cadeau car il n'ignorait pas que la Hag, acculée, aurait dû lui céder deux ou trois fois plus s'il avait voulu lui tenir la dragée haute. Il ne réclama pas d'autre garantie que le *chop* de la Hag et la promesse qu'elle-même ou le Taï-pan irait trouver une fois par an le roi des mendiants ou ses descendants, afin de solliciter une procuration de vote à l'assemblée des actionnaires. La requête serait automatiquement satisfaite dès lors que le Taï-pan en personne la formulerait.

— Pourquoi me sauver de mes ennemis, honorable roi des mendiants ? questionna la Hag.

— Parce que ton grand-père, le Diable-aux-yeux-verts, a jadis permis au mien de sauver la face et l'a aidé à devenir le premier roi des mendiants de Hong Kong.

Casey poussa un soupir.

— Vous croyez à cette histoire, Peter ?

— Certainement. Un jour, j'écrirai un livre sur...

Il s'interrompit en voyant que la jeune femme ne l'écoutait plus. Le regard de Casey avait glissé de la loge de T'chung à la galerie des membres du club, où Bartlett et Orlanda se tenaient l'un près de l'autre, l'air heureux.

— Oh ! ne vous tracassez pas pour cela, reprit le romancier.

Casey détacha lentement ses yeux du couple et tourna la tête vers Marlowe.

— Parlez-moi d'elle, Peter. Rendez-moi ce service.

— Pour vous permettre de la détruire ?

— Pour protéger Linc.

— Il n'a peut-être pas envie d'être protégé.

— Je vous jure de n'utiliser vos informations qu'en cas de nécessité absolue.

L'écrivain soupira :

— Désolé, mais rien de ce que je pourrais vous apprendre ne vous protégerait d'elle. D'ailleurs, si je possédais des renseignements pouvant lui nuire, je ne vous les confierais pas. Ce ne serait pas juste, vous ne croyez pas ?

— Si, mais je vous le demande quand même. Rappelez-vous, je vous ai aidé quand vous en aviez besoin. Maintenant, à votre tour.

Marlowe regarda longuement l'Américaine avant de murmurer :

— Que voulez-vous savoir ?

Casey lui raconta ce qu'elle avait déjà appris : Gornt, Macao, l'enfant.

— Alors vous n'ignorez plus rien — excepté peut-être que vous devriez avoir pitié d'elle.

— Pour quelle raison ?

— Parce qu'elle est eurasienne, qu'elle n'a que Gornt pour l'aider et que c'est une situation terriblement précaire. Elle vit sur le fil du rasoir. Elle est jeune, elle est belle, elle mérite de s'en sortir mais il n'y a pas d'avenir pour elle à Hong Kong.

— Sauf avec Linc.

— Linc ou un type dans son genre. Il ne ferait d'ailleurs peut-être pas une si mauvaise affaire.

— Parce qu'elle est asiatique et moi américaine ?

Marlowe eut un sourire étrange.

— Vous êtes une femme, elle aussi, mais vous avez tous les atouts dans votre jeu. À vous de savoir si vous voulez vraiment la guerre.

— Conseillez-moi, Peter, je vous en prie. J'ai... j'ai peur — là, je ne vous cache rien. S'il vous plaît.

— Bon, d'accord, mais ce n'est pas là le service que je vous dois. Le bruit court que Linc et vous n'êtes pas amants, que vous vivez quasiment ensemble depuis six ou sept ans sans... sans rapports physiques. Il est séduisant, vous êtes belle, vous feriez un couple extraordinaire. Un *couple*, Casey, voilà le mot essentiel. Peut-être désirez-vous moins Linc que l'argent et le pouvoir, c'est tout le problème. En tout cas, je ne crois pas que vous puissiez avoir les deux.

— Pourquoi pas ?

— Ou vous choisissez Par-Con, la puissance, la fortune, et vous vous contentez de l'amitié de Linc ; ou vous devenez Mrs. Linc Bartlett et vous vous comportez comme l'épouse aimante qu'Orlanda saura être. Dans l'un et l'autre cas, vous devez vous donner entièrement, à 100 %. Vous

vous connaissez trop bien, Linc et vous, pour pouvoir vous jouer la comédie. Il a déjà été marié, il est sur ses gardes. Vous, vous avez passé l'âge d'aimer aveuglément quelqu'un, vous vous méfiez également.

— Vous êtes aussi psychiatre ?

— Ni psychiatre ni confesseur, s'esclaffa Peter. J'aime observer les gens mais je déteste leur tenir de beaux discours et je me refuse à les conseiller : c'est la tâche la plus ingrate qui soit.

— Alors pas de compromis ?

— Je ne pense pas, mais je ne suis pas à votre place. Vous avez votre propre charme, jouez-en. Orlanda a tout ce qu'il faut pour rendre un homme heureux — navré si la formule vous paraît misogyne. Puisque vous avez insisté pour avoir mon avis, je vous conseille de prendre une décision rapidement.

Gavallan entra précipitamment dans la loge de Shitee T'Chung et se dirigea vers le Taï-pan.

— Bonsoir, dit-il poliment au vieux couple, puis s'adressant à Dunross : Désolé, Ian, Crosse et l'autre type sont déjà partis.

Dunross réfléchit, prit congé des T'Chung et sortit dans le couloir avec Gavallan.

— Je dois vous parler, lui dit-il. Venez donc dans la petite salle.

En entrant, Gavallan remarqua une bouteille de dom pérignon dans un seau à glace.

— Qu'est-ce qu'on fête ?

— Trois choses : l'absorption de General Stores, le sauvetage de Ho-Pak et le début d'une ère nouvelle, répondit le Taï-pan en débouchant la bouteille. En ce qui vous concerne, vous partirez pour Londres lundi soir avec les enfants, vous ferez le point avec les médecins sur l'état de santé de Kathy et, s'ils sont d'accord, vous l'emmènerez au château d'Avisyard avec les gosses. Je veux que vous vous installiez là-bas pour un an ou deux, en tout cas au moins six mois. Vous emménagerez dans l'aile est.

Gavallan écarquilla les yeux mais ne souffla mot.

— Vous allez prendre la tête d'un nouveau secteur dont personne ne sait rien encore, pas même Alastair ou mon père, reprit Dunross. Ce soir, vous irez voir un nommé Jamie Kirk, que vous inviterez au château. Une fois sur place, vous commencerez à acheter du terrain, en particulier autour d'Aberdeen : zones industrielles, entrepôts, secteurs des quais, etc. Sans vous faire remarquer, surtout. Vous disposerez d'un budget initial d'un million de livres sterling.

— Mazette ! D'où vient-il ce m...

— Peu importe ! répliqua le Taï-pan (il versa lentement le champagne dans les coupes). Dans six mois, vous recevrez cinq autres millions qui couvriront nos investissements en Écosse pour les deux années à venir. C'est le délai que je me suis fixé pour faire discrètement de la Noble Maison la principale puissance d'Aberdeen, propriétaire des meilleurs terrains et jouissant de relations dans les conseils municipaux. Je veux que vous deveniez en deux ans le seigneur d'Aberdeen et de la région, jusqu'à Inverness à l'est et Dundee au sud. D'accord ?

— Oui, mais...

Toute sa vie, Gavallan avait voulu quitter l'Asie mais il n'en avait jamais eu la possibilité. Maintenant que Dunross lui offrait de réaliser son rêve, il n'arrivait pas à y croire.

— Pourquoi ? acheva-t-il.

— Parlez à Kirk, faites du charme à sa femme, et surtout, bouche cousue. À l'Écosse ! dit Ian en levant son verre. À notre nouveau fief !

Et à la mer du Nord ! ajouta-t-il en pensée.

67

17 h 50

Dans les tribunes désertées, il ne restait que les balayeurs, et les lumières s'étaient éteintes dans la plupart des loges. La nuit tombait, le ciel déversait des trombes d'eau sur Hong Kong. Tout autour de l'hippodrome, les véhicules circulaient au pas, doublant des milliers de turfistes qui rentraient à pied, trempés mais satisfaits : samedi prochain, il y aurait une autre réunion, une autre grande course.

Une Rolls sortant du parking réservé aux membres du

club hippique éclaboussa au passage une file de piétons, qui se mirent à abreuver d'injures chauffeur et passagers. Un jour, moi aussi j'aurai une voiture comme ça, pensait chacun d'eux. Il suffit que le *joss* soit de mon côté samedi prochain, j'aurai de quoi acheter du terrain ou un appartement, que j'hypothéquerai pour jouer à la Bourse. Moi aussi j'aurai une Rolls, comme Tok-le-Taxi, qui a conduit son *bo-pi* pendant sept ans avant de trouver 100 000 dollars HK sur la banquette arrière, qui les a investis, il y a trois ans, au moment du boom, et qui s'est acheté des immeubles avec les bénéfices.

Un boom, il va y en avoir un autre, le vieux Tung-l'Aveugle, l'a prédit. Finie la crise ! La Vic absorbe Ho-Pak et garantit toutes les dettes de Kwang, la Noble Maison achète General Stores... Curieux quand même, cette coïncidence. Et si c'était une combine de ces sales *quai lohs* pour manipuler le marché ? Forniquent tous les dieux, ils en sont capables !

La plupart de ceux qui rentraient chez eux en ressassant de vieux rêves repartaient plus pauvres qu'ils étaient venus. Il y avait cependant parmi eux quelques veinards, comme Wu-le-Bigle, l'agent de police du commissariat d'East Aberdeen. Crosse lui avait donné l'autorisation de s'absenter à la condition qu'il soit de retour à 18 h 15, lorsque reprendrait l'interrogatoire du « client ». Le Bigle avait pour tâche de traduire les phrases en dialecte de Ningtok que Kwok prononçait parfois.

Ayiiya ! comme il a vite craché ses secrets ! songea le jeune Wu avec une admiration mêlée de crainte. Ces barbares à la peau rose sont de vrais démons. Heureusement, je n'ai rien à redouter d'eux. Si j'entre à la Special Intelligence, j'apprendrai des secrets qui me protégeront et je deviendrai un ancêtre vénéré !

Un coup de klaxon le fit sursauter. À l'arrière de la Mercedes qui le dépassait, le policier reconnut Rosemont, l'homme de la CIA aux dollars plein les poches. Quels naïfs, ces Américains, pensa-t-il. L'année dernière, quand plusieurs membres de sa famille avaient franchi la frontière chinoise, Wu les avait envoyés à tour de rôle au consulat, chaque mois avec une histoire et un nom différents. Les Américains n'y regardaient pas de trop près avant d'accorder leur aide. Il suffisait de prétendre qu'on venait de fuir la Chine, qu'on était farouchement contre Mao, et que dans tel village les communistes avaient commis tels et tels crimes. Les Américains étaient également friands d'informations sur les mouvements de troupes en RPC, réels ou inventés. Comme ils s'empressaient de prendre des notes et d'en redemander ! N'importe quelle nouvelle piquée dans un journal les mettait en transes pourvu qu'on la murmurât en roulant des yeux.

Trois mois plus tôt, le Bigle avait eu une idée de génie. Avec l'aide de quatre membres de son clan — dont un ancien journaliste d'un quotidien communiste de Canton —, il avait proposé à Rosemont, par l'entremise d'intermédiaires, un rapport mensuel sur la situation de l'autre côté du rideau de bambou, en particulier dans la région de Canton. Pour prouver la qualité de la marchandise livrée, Wu avait accepté de fournir gratuitement les deux premiers spécimens du rapport, qui reçut pour nom de code « Combattant de la Liberté ». Si la CIA les jugeait intéressants, elle payerait 1 000 dollars HK pièce les trois suivants et si ces derniers lui donnaient satisfaction, un contrat devait être établi pour une année entière.

Les Américains furent si contents des deux premiers rapports qu'ils passèrent aussitôt commande pour cinq autres, au prix de 2 000 dollars HK chacun, et Wu devait empocher le premier versement la semaine suivante. Il ne s'agissait pourtant que de repiquage d'articles parus dans une trentaine de journaux de Canton qu'un train amenait quotidiennement à Hong Kong, en même temps que des denrées diverses, et que n'importe qui pouvait se procurer dans les kiosques de Wanchai. Wu et ses associés se contentaient de lire attentivement les textes, de les débarrasser du jargon communiste pour ne retenir que les informations : données économiques, nominations au sein du Parti, naissances et décès, etc.

Les rapports « Combattant de la Liberté » ne coûtaient rien et promettaient de leur faire gagner beaucoup d'argent. « Soyons prudents, avait recommandé le Bigle à ses complices. Glissons à l'occasion une erreur ici ou là ou sautons carrément une livraison en prétendant que notre agent à Canton s'est fait prendre. »

Bientôt je serai membre de la SI, j'apprendrai les ficelles du renseignement et je saurai encore mieux comment intéresser la CIA, pensait le jeune policier. Pourquoi ne pas envisager un rapport sur Pékin, sur Shanghai ? Les journaux nous parviennent de ces deux villes avec seulement un jour de retard...

Il regarda sa montre : il avait le temps, le siège de la police n'était plus très loin. Ce soir, Crosse va peut-être me demander mon avis, songea-t-il. Brian Kwok ment ou exagère ici et là mais il dit la vérité quand il parle de la bombe atomique. Bien sûr que la Chine la possède ! Le premier imbécile venu sait ce qui se prépare depuis des années dans le Hsin-chiang, près des rives du lac Bosten hu. Et nous ne tarderons pas à avoir nos missiles et nos satellites : nous sommes civilisés, non ? N'est-ce pas nous qui avons inventé la poudre, il y a plus de mille ans, et qui l'avons jugée trop barbare pour être utilisée ?

De l'autre côté de la barrière que longeait le Bigle, des femmes chargées de l'entretien de l'hippodrome ramassaient ce que des milliers de turfistes avaient jeté et cherchaient dans l'herbe une pièce, une bague, un stylo qu'un parieur aurait pu y perdre. Près d'une pile de poubelles encastrées les unes dans les autres, un homme était allongé sur le sol, à l'abri de la pluie.

— Allez, mon vieux, tu ne peux pas dormir ici, lui dit une des femmes sans animosité. Rentre chez toi !

Le vieillard ouvrit les yeux, commença à se redresser puis poussa un soupir et retomba comme une poupée de chiffon.

— *Ayiiya* ! murmura Yang-N'a-qu'Une-Dent.

Au cours de ses soixante-dix ans d'existence, elle avait suffisamment côtoyé la mort pour la reconnaître aussitôt.

— Petite sœur, viens par ici ! cria-t-elle à sa collègue. Cet homme est mort.

L'autre femme, âgée de soixante-quatre ans, ridée et courbée, elle aussi, s'approcha et se pencha vers le cadavre.

— On dirait un mendiant, fit-elle.

— Vaudrait mieux prévenir le contremaître.

Yang s'agenouilla près du mort, lui fit rapidement les poches et n'en retira que trois dollars HK en monnaie.

— C'est maigre, marmonna-t-elle. Enfin, c'est toujours ça.

Elle partagea avec son amie, comme elles en avaient l'habitude lorsqu'elles trouvaient quelque chose.

— Qu'est-ce qu'il a dans la main ? murmura la plus jeune des deux femmes.

N'a-Qu'une-Dent desserra les doigts crispés du vieil homme.

— Des tickets, dit-elle en feuilletant les morceaux de papier. Il avait fait un report sur les deux couplés... Hiii, ce pauvre fou a tout perdu dans la cinquième, il avait choisi Butterscotch Lass !

— Être passé si près de la fortune ! C'est sûrement ce qui l'a tué.

— Question de *joss*, grogna Yang en jetant les tickets dans une poubelle. Va prévenir le contremaître, petite sœur, je suis fatiguée.

Aussitôt seule, elle récupéra les tickets et vérifia fébrilement qu'elle ne s'était pas trompée. Non, le vieux avait gagné. Elle fourra les morceaux de papier dans sa poche, vida le contenu de la poubelle dans une autre. Loués soient les dieux ! Me voilà riche ! *Riche !* Chaque ticket vaut 265 dollars HK, combien y en a-t-il ? Cent, deux cents ?

Prise de vertige, elle s'accroupit auprès du cadavre et s'adossa au mur. Elle mourait d'envie de compter les tickets mais n'osait pas. Calme-toi, vieille folle, sinon petite sœur va soupçonner quelque chose, murmura-t-elle. Si elle te voit dans cet état...

Son cœur battait follement, la nausée lui retournait l'estomac. Elle se remit péniblement debout, se traîna jusqu'aux toilettes tandis que d'autres femmes continuaient à ratisser le gazon. L'équipe de Yang n'aurait pas fini ce soir et reviendrait le lendemain matin à neuf heures. Dans les toilettes désertes, la vieille prit les tickets d'une main tremblante, les enveloppa dans une loque, chercha dans le mur une brique mal scellée et les cacha derrière.

Un peu tranquillisée, elle sortit et reprit son travail. Le contremaître revint avec petite sœur, examina le corps de l'homme mort, le fouilla méticuleusement et trouva, enveloppée dans du papier d'argent, une dose de poudre blanche qui avait échappé à N'a-Qu'une-Dent.

— On pourra en tirer deux dollars, mentit-il, sachant qu'il y en avait pour trois fois plus. On partage : 70 % pour moi, 30 % pour vous deux.

Pour ne pas éveiller sa méfiance, Yang marchanda et obtint finalement 40 %. Satisfait, le contremaître s'en alla. Quand les deux femmes furent de nouveau seules, la moins âgée retourna à la poubelle.

— Que fais-tu ? lui demanda Yang.

— Je voudrais vérifier, sœur aînée. Ta vue n'est plus tellement bonne.

— À ton aise, grommela N'a-Qu'une-Dent avec un haussement d'épaules. Bon, j'ai terminé ici, je vais voir là-bas.

De son doigt crochu, elle indiqua une bande de gazon encore « inexplorée » sous une rangée de gradins. Sa compagne hésita puis lui emboîta le pas.

Yang fredonnait en songeant à ce qu'elle ferait de sa fortune. D'abord, j'avancerai à Troisième petite-fille de quoi s'acheter deux robes de *quai loh*, en échange de la moitié de ce qu'elle gagnera au cours de la première année. Elle fera une excellente prostituée au Dancing de la Chance. Ensuite, Deuxième fils quittera son travail de coolie au chantier de Kotewall Road et ouvrira une entreprise de construction avec Cinquième neveu et Second petit-fils. Nous ferons un premier versement sur un terrain, nous commencerons à bâtir un immeuble...

— Tu as l'air heureux, sœur aînée.

— Oh oui ! Mes os me font mal, la fièvre des marais me torture, mais je suis en vie, et ce vieillard est mort. C'est une leçon des dieux, affirma Yang.

Où en étais-je ? se demanda-t-elle. Ah ! oui... 1 000 dollars pour le couplé de samedi prochain, et si je gagne, je m'achèterai... un dentier !

On l'avait surnommée N'a-Qu'une-Dent depuis qu'un coup de crosse d'un soldat mandchou lui avait fait perdre toutes ses dents sauf une, alors qu'elle n'avait que quatorze ans, à Shanghai, au cours d'une des incessantes émeutes contre le joug de la dynastie étrangère des Ch'ing. Yang avait toujours détesté ce surnom, et à présent...

Par tous les dieux, je me paierai deux belles rangées de fausses dents sur mes gains de samedi prochain ! se promit-elle. Et j'allumerai deux cierges au temple pour remercier le ciel.

— Je ne me sens pas bien, petite sœur, murmura-t-elle, sur le point de défaillir de joie. Apporte-moi un peu d'eau, s'il te plaît.

N'a-Qu'une Dent s'assit tandis que sa collègue s'éloignait en grommelant. Elle passa la langue sur ses gencives édentées et sourit. Si je gagne assez, je ferai mettre une dent en or au beau milieu des autres, en souvenir.

Yang-la-Dent-d'Or, ça sonne bien. Oui, l'honorable Yang-la-Dent-d'Or, de l'empire Yang, numéro un de la construction...

68

18 h 15

La grande carcasse de Souslev se tassait inconfortablement à l'avant de la petite voiture d'Ernie Clinker, qui gravissait lentement la colline. La pluie tombait de plus belle, la boue et les pierres dévalant la pente rendaient la route dangereuse.

— Bon sang de bois, tu f'rais peut-être mieux de pieuter chez moi, dit le cockney, les mains crispées sur le volant.

— Pas ce soir, répondit le Soviétique d'un ton agacé. J'ai promis à Ginny de passer ma dernière nuit avec elle, je te l'ai déjà dit.

Depuis la descente d'Armstrong, le capitaine ne décolérait pas, sa fureur était entretenue par un sentiment de peur inhabituel chez lui : peur de la convocation au QG de la police, peur des conséquences, catastrophiques sans doute, de la perte du câble, peur du mécontentement du Centre après le meurtre de Voranski et la capture de Metkin, peur de Koronski, venu pour interroger Dunross après un éventuel enlèvement. Trop de choses ont mal tourné, cette fois, pensa-t-il en frissonnant. Il y a trop longtemps que je fais ce boulot pour avoir encore des illusions.

Même la conversation téléphonique avec Crosse, pendant la cinquième course, ne l'avait pas rassuré.

— Ne vous inquiétez pas, Gregor, lui avait dit le chef de la SI en déguisant sa voix. Ils veulent juste vous poser quelques questions sur Voranski, Metkin, etc.

— Ça veut dire quoi, « etc. » ?

— Je n'en sais rien. C'est Sinders qui a eu cette idée, pas moi.

— Vous feriez bien de me couvrir, Roger.

— Vous êtes couvert. Écoutez, ce kidnapping envisagé, c'est une mauvaise idée.

— Le Centre l'approuve et nous la mettrons à exécution si nous en recevons l'ordre ! Je peux vous voir ce soir ?
— Non, mais je vous téléphonerai. Au quatre, à 10 h 30. En clair : au 32 tours Sinclair, à 21 h 30.
— Est-ce bien prudent ? s'était inquiété le Soviétique.
— Évidemment, ces imbéciles ne penseront jamais à revenir.
— Bon. Arthur sera là. Nous préparerons un plan d'enlèvement.

Clinker fit un écart pour éviter un taxi surgi de la droite, freina puis relança la voiture. Souslev essuya la buée de sa vitre.

— Foutu temps, grommela-t-il, l'esprit ailleurs.

Foutu Travkin ! Plus question de l'utiliser pour attirer le Taï-pan à l'appartement, pensait-il. Pourtant il me faut Dunross ou les dossiers avant de partir : c'est ma seule protection réelle contre le Centre.

Lorsque Bartlett et Casey descendirent de la limousine de Struan, le portier sikh enturbanné de l'hôtel Hilton s'approcha avec un parapluie que la vaste marquise rendait inutile.

— Je vous attends, Mr. Bartlett, dit Lim, le chauffeur.

Les Américains pénétrèrent dans le hall, et se dirigèrent vers la réception.

— Tu n'es pas très bavarde, remarqua Linc.

Ils n'avaient guère échangé plus de quelques mots depuis l'hippodrome.

— Toi non plus, répondit Casey. J'ai cru sentir que tu n'avais pas envie de parler.

Avec un sourire hésitant, elle ajouta :

— C'est normal, après toute cette excitation.
— Mr. Banastasio, s'il vous plaît, demanda Bartlett à l'employé.
— Un moment, je vous prie... Il a changé à nouveau de chambre... oui, il occupe le 832 maintenant.

L'homme tendit à Bartlett un téléphone intérieur. L'Américain décrocha, demanda la chambre 832.

— Ouais ?
— Vincenzo ? Linc. Je suis en bas.
— Salut, Linc, content de t'entendre. Casey est là aussi ?
— Bien sûr.
— Montez donc.

— Nous arrivons, dit Bartlett avant de raccrocher.
— Tu tiens à ce que je vienne aussi ? fit Casey.
— Il t'a réclamée.
Le patron de Par-Con prit la direction de l'ascenseur en songeant à son rendez-vous avec Orlanda.
— Nous ne resterons que quelques minutes, reprit-il. Ensuite nous nous rendrons au cocktail du Taï-pan.
— Tu es libre ce soir, pour le dîner ?
— Non, nous discuterons demain au petit déjeuner. Il faut clarifier les choses avec Seymour et faire une mise au point avant mon départ pour Taipei.
Ils s'entassèrent dans la cabine avec d'autres clients, dont une Chinoise envahissante que Casey repoussa d'un coup de talon dans le tibia. « Oh pardon ! », fit-elle d'une voix suave, avant d'ajouter entre ses dents, juste assez fort pour que la femme puisse l'entendre : « *Diou ne lo mo.* » La Chinoise rougit et descendit à la mezzanine sous l'œil goguenard de l'Américaine, qui avait le sentiment d'avoir remporté une grande victoire.
Au huitième étage, elle suivit Linc dans le couloir et lui demanda à voix basse :
— Qu'est-ce qu'il veut exactement, Banastasio ?
— Juste nous saluer.
Bartlett pressa le bouton du 832, la porte s'ouvrit sur une sorte de bellâtre aux cheveux gris-bleu et aux yeux noirs qui accueillit chaleureusement ses visiteurs.
— Casey, vous êtes magnifique ! On boit un verre ?
La jeune femme fit le service : un martini pour elle, un coca pour Vincenzo, une boîte de bière pour Linc. Après avoir bu une gorgée, Banastasio mit en marche un petit magnétophone qui fit entendre un brouhaha de voix, de conversations mêlées : le bruit de fond habituel d'une soirée réussie.
— Juste une précaution de routine, expliqua-t-il.
Bartlett le regarda fixement :
— Tu crois qu'on a posé des micros dans la chambre ?
— On ne sait jamais, non ? Comment va Par-Con ?
— Bien, comme toujours. Notre taux de croissance sera même meilleur que prévu.
— 7 % de mieux, précisa Casey.
— Vous allez traiter avec Struan ou Rothwell-Gornt ?
Linc considéra les yeux froids, le sourire étrangement menaçant de son vis-à-vis.

— Je te l'annoncerai quand le marché sera conclu. En même temps qu'aux autres actionnaires.

— On préférerait être dans le coup, les gars et moi.

— Quels gars ?

Banastasio soupira.

— Nous avons investi un gros paquet de fric dans Par-Con, nous voulons avoir notre mot à dire de temps en temps. Selon l'avis de tous, je devrais faire partie du conseil d'administration, du comité de financement, et du comité des acquisitions.

— Il n'a jamais été question de cela, rétorqua Bartlett. Tu prétendais vouloir simplement faire un bon placement.

— C'est exact, renchérit Casey. Dans votre lettre, vous vous présentiez comme un homme à la recherche d'investissements et...

— Les temps ont changé, ma p'tite dame. On veut être dans le coup, compris ? juste un siège, Linc. Avec un tel paquet d'actions, j'aurais droit à deux sièges chez General Motors.

— Nous ne sommes pas General Motors.

— Je le sais, je le sais. On réclame pas la lune, on veut seulement que Par-Con se développe plus vite.

— Notre taux de croissance est excellent, intervint Casey. Si vous croyez que vous pour...

Elle s'interrompit sous le regard glacial de Banastasio. Bartlett serra les poings mais les laissa posés sur ses cuisses.

— Bon, question réglée, fit Banastasio en souriant de nouveau. À partir de maintenant, je fais partie du conseil d'administration. Exact ?

— Faux. Les membres du conseil sont élus à l'assemblée générale annuelle des actionnaires. Pas avant. Il n'y a pas de siège vacant.

— Il pourrait y en avoir...

— Tu veux répéter ?

— Ce n'est pas une menace, juste une remarque. Je ferais du bon boulot au conseil, j'ai des relations. Et j'ai envie de mettre mon grain de sel ici et là.

— À quel propos ?

— Dans les décisions à prendre. Je veux par exemple que Par-Con traite avec Gornt.

— Et si je ne suis pas d'accord ?

— Dunross se retrouvera à la rue si on le pousse un peu. J'ai fait ma petite enquête : c'est Gornt qu'il nous faut.

— Je n'ai pas encore choisi, déclara Bartlett en se levant.

Banastasio l'observait du fond de son fauteuil.

— Qu'est-ce que tu veux dire ? On traite avec Gornt, un point c'est tout.

— Va te faire voir, répliqua tranquillement Bartlett en se dirigeant vers la porte.

— Une minute !

Le mafioso se leva brusquement et s'approcha de Linc.

— Personne veut d'ennuis, ni moi ni les gars.

— Quels gars ?

— Allons, Linc, tu es un grand garçon. On t'a donné un bon coup de main. On cherche pas d'histoires, on veut juste du fric.

— Nous vous rachèterons votre part avec un bénéfice de...

— Elle est pas à vendre. Nous t'avons avancé du blé quand tu en avais besoin, tu t'en es servi pour développer l'affaire. Maintenant, nous réclamons un poste aux leviers de commande.

— Je soumettrai votre requête à l'assemblée géné...

— Maintenant !

— Pas question !

Banastasio tourna son regard de reptile vers Casey.

— C'est aussi votre avis, Madame la vice-présidente ?

— Absolument, répondit-elle d'une voix dont la fermeté l'étonna. S'il faut en venir au vote, je m'opposerai à votre entrée au conseil et au choix de Gornt.

— Vous serez virée quand nous prendrons le contrôle de Par-Con.

— Je serai déjà partie.

Elle se dirigea à son tour vers la porte, un peu surprise que ses jambes lui obéissent. Bartlett se carra devant Bonastasio et lui lança :

— À un de ces jours.

— Tu ferais bien de changer d'avis !

— Tu ferais bien de ne plus t'occuper de Par-Con.

Sur ces derniers mots, Bartlett sortit et entraîna Casey dans le couloir. Parvenu devant l'ascenseur, il exhala un long soupir.

— Nom de Dieu !

— Comme tu dis, murmura Casey. Linc, je boirais bien un verre, je n'ai jamais eu aussi peur de ma vie. Il me pétrifie, ce type.

Au bar du dernier étage, Casey avala une longue gorgée et se tourna vers Linc.

— Après cette petite conversation, je suis plus que jamais convaincue que Banastasio a partie liée avec la Mafia ou en fait partie, comme on le murmure. Ce qui nous mène à la drogue, et peut-être aussi aux armes.

— J'ai fait le même raisonnement, acquiesça Bartlett en plissant les yeux.

— Deuxièmement, s'il a peur des micros, c'est que le FBI est dans le coup.

— Ou la CIA.

— Ou la CIA, convint Casey. Ce qui signifie que nous sommes embarqués dans une sale affaire. Quant à ses exigen...

Elle s'interrompit.

— Qu'y a-t-il ? demanda Linc.

— Tu te souviens de Rosemont, un homme grisonnant, grand, portant beau, employé au consulat, dont nous avons fait la connaissance à la soirée des Dunross ? Je l'ai rencontré hier après-midi sur le ferry. Coïncidence ou pas, il a amené la conversation sur Banastasio en prétendant qu'un de ses amis Ed Machin-Chose, lui aussi du consulat, le connaissait vaguement. Et quand je lui ai appris que Banastasio arrivait aujourd'hui, il a eu l'air effaré. Sur le coup, je n'y ai pas pris garde mais c'est clair maintenant : consulat plus intérêt pour Banastasio égalent CIA.

— C'est probable. Et si... Je me rappelle tout à coup que Ian m'a parlé lui aussi de Banastasio sans raison précise. C'était mardi, pendant que tu téléphonais, juste avant d'aller voir les lingots d'or.

— Nous sommes peut-être dans de sales draps, murmura Casey. Un meurtre, un enlèvement, une affaire de trafic d'armes... John Chen et Tsu-yan connaissaient bien Banastasio. Tu crois que la Mafia serait liée à l'assassinat de John ? D'après les journaux, les méthodes des Loups-Garous n'avaient rien de très chinois.

Linc sirotait sa bière d'un air pensif.

— Pourquoi Banastasio préfère-t-il Gornt à Struan ?

— Pas la moindre idée, reconnut Casey.

— Supposons que Banastasio trafique dans la drogue, les armes, ou les deux. Chacune des compagnies aurait de quoi l'intéresser : Struan possède une flotte importante, des installations portuaires bien commodes pour faire passer des marchandises en contrebande. Gornt a lui aussi des navires et une compagnie aérienne dont les lignes relient Bangkok, l'Inde, le Viêt-nam, le Cambodge, le Japon — toute l'Asie !

— Et si nous aidons Gornt à écraser Struan, les deux compagnies réunies leur offriraient des possibilités fabuleuses.

— Ce qui nous amène à la question à soixante-quatre dollars : que faisons-nous ?

— Nous pourrions adopter une tactique d'attente, suggéra la jeune femme. Le combat entre Gornt et Struan trouvera une issue la semaine prochaine au plus tard.

— Pour nous sortir de ce pétrin, il nous faut des informations, et de quoi riposter. Nous ferions bien de chercher de l'aide en haut lieu : soit auprès d'Armstrong et des flics anglais, soit auprès de Rosemont et de la CIA.

— Ou des deux ?

— Ou des deux, acquiesça Bartlett.

Dunross descendit de la Daimler et entra d'un pas pressé au QG de la police. Le jeune inspecteur australien qui était de service à la réception l'accueillit par ces mots :

— Pas de chance pour la cinquième, Taï-pan. J'ai entendu dire que Bluey White s'est fait taper sur les doigts — ces foutus Australos, on ne peut pas leur faire confiance.

— Il a gagné, inspecteur, répondit Dunross en souriant. Les commissaires ont estimé que la course s'était disputée dans des conditions normales. J'ai rendez-vous avec Mr. Crosse.

— Normales mais pas tout à fait régulières. Troisième porte à gauche, dernier étage. Bonne chance pour samedi prochain, Taï-pan.

Le directeur de la SI attendait Ian devant l'ascenseur. Il le conduisit dans son bureau, lui proposa un verre.

— Non merci, déclina Dunross. Bonsoir, Mr. Sinders.

L'homme d'affaires, qui pénétrait pour la première fois dans le bureau du policier, le trouva aussi lugubre que le personnage qui l'occupait. Il s'assit et déclara sans préambule :

— Je ne peux vous donner de nouveaux rapports — à l'impossible nul n'est tenu —, mais j'ai autre chose à vous proposer. Quoi ? je l'ignore encore. Je viens de recevoir un paquet de la part d'AMG.

— Remis en main propre ? intervint Sinders.

Ian marqua un temps puis répondit :

— Oui. S'il vous plaît, ne m'interrompez plus avant que j'en aie terminé.

— C'est bien de Grant, d'avoir paré à toute éventualité, gloussa Sinders. Il était malin, ce diable d'homme. Pardon, continuez.

— Dans une lettre, AMG souligne que les informations contenues dans le paquet sont d'une importance toute particulière et qu'elles devront être remises au Premier ministre en personne ou au chef du MI-6, Edward Sinders, à ma convenance, et *si je le juge souhaitable.*

Dunross reprit sa respiration dans un silence de mort.

— Puisque vous comprenez ce que marchander veut dire, je vous propose ce paquet — quel que soit son contenu — contre la libération de Brian Kwok, qui pourra passer en Chine s'il le désire. De la sorte, nous pourrons traiter avec Tiptop.

Sinders se tourna vers Crosse :

— Qu'en pensez-vous, Roger ?

Le chef de la SI songeait à ces informations si particulières qu'on ne pouvait les confier qu'au Premier ministre ou à Sinders.

— Je pense que vous devriez considérer la proposition de Ian. À loisir.

— Immédiatement, riposta Dunross. Il faut que tout soit réglé avant l'ouverture des banques, lundi à 10 heures.

— C'est une considération dont nous n'avons pas forcément à tenir compte, déclara Sinders d'un ton cassant. La SI et le MI-6 se moquent éperdument de ce qui peut se passer à Hong Kong. Vous rendez-vous compte de ce que représente pour l'ennemi une taupe de la valeur de Kwok ? Et avez-vous songé que les informations que nous lui soutirerions avec du temps pourraient avoir une importance capitale pour *tout* le Royaume-Uni ?

— Est-ce là votre réponse ?

— C'est Mrs. Gresserhoff qui vous a remis le paquet ?

— Non.

Je ne mens pas vraiment, pensait Dunross. C'est Riko Anjin qui me l'a remis.

— Qui, alors ? insista Crosse.

— Je vous répondrai quand nous nous serons mis d'accord.

— Cela n'en prend pas le chemin !

Voyant le Taï-pan faire mine de se lever, Sinders intervint :

— Mr. Dunross, seriez-vous prêt à jurer solennement, sous la foi du serment, que vous ne possédez pas les originaux des rapports ?

— Certainement.

Là encore il n'y avait pas mensonge : les originaux, c'était AMG qui les avait gardés ; ce que Ian recevait était déjà une copie. En outre, Sinders lui avait simplement demandé s'il était *prêt* à jurer...

— Lundi, c'est trop tôt, déclara le patron du MI-6.

— Parce que vous voulez continuez à interroger Brian ? Combien de temps vous faudrait-il ?

Sinders garda le silence.

— Messieurs, mes invités m'attendent, reprit le Taï-pan. J'aimerais que vous répondiez à ma proposition par oui ou non.

— Disons peut-être, fit Sinders. Je vais réfléchir.

— Mon offre ne sera plus valable après 20 h 30, répliqua Ian.

— Pourquoi 20 h 30 ?

— Parce que c'est l'heure à laquelle je dois rappeler Tiptop, répondit Dunross en se levant. Merci de m'avoir reçu.

Derrière son bureau, Crosse consulta son supérieur du regard avant d'appuyer sur le bouton commandant l'ouverture de la porte. Les verrous coulissèrent. Surpris par le déclic, le Taï-pan marqua un temps d'arrêt mais se ressaisit aussitôt et sortit.

— Il a de l'aplomb, murmura Crosse.

— Et il sait mentir. Vous le croyez capable de détruire le paquet d'AMG ?

— Sûrement.

— J'incline à penser qu'il n'a plus les rapports et que le paquet est authentique. Que me conseillez-vous ?

— Je vous répète ce que j'ai déclaré au gouverneur : si nous gardons le « client » jusqu'à lundi midi, nous lui ferons cracher toutes les informations importantes.

— Oui, mais une fois libéré, que racontera-t-il aux *autres* ?

— Nous avons déjà une idée précise de ce qu'il sait. En ce qui concerne Hong Kong, il est possible de prendre dès aujourd'hui des mesures pour résoudre les problèmes de sécurité que pose sa libération. Nous avons pour pratique, à la SI, de garder secrets nos plans fondamentaux, qui ne sont divulgués à personne.

— Excepté vous, corrigea Sinders.

— Naturellement — et vous-même à Londres. Le client sait beaucoup de choses mais pas tout. Nous procéderons aux changements nécessaires : codes, etc. En fait, le danger principal est écarté maintenant que nous l'avons démasqué. Faisons une croix sur les renseignements qu'il a fournis aux gens d'en face — Fong-fong, les plans anti-émeute — et disons-nous que nous avons échappé au pire. Kwok aurait sans doute été le premier Chinois à diriger la police de Hong Kong. En ce qui concerne Sevrin, il en est au même point que nous. Le paquet pourrait nous fournir certaines réponses — ou même certaines questions que nous pourrions lui poser avant de le libérer.

— En définitive, le paquet est peut-être plus important maintenant que le client, conclut Sinders. Kwok n'est quasiment plus qu'une coquille vide à présent.

Dès le retour des trois policiers, l'interrogatoire avait repris, et Kwok, dont les propos devenaient de plus en plus incohérents, avait cependant fourni çà et là quelques informations de valeur : noms et adresses de contacts à Hong Kong et à Canton, détails sur l'infiltration soviétique au Canada.

— Pourquoi le Canada, Brian ? avait demandé Armstrong.

— La frontière nord, Robert... le maillon le plus faible. Je voulais l'épouser, cette fille, mais ils m'ont dit, ton devoir... Si les Soviétiques parviennent à diviser les Canadiens... Je peux avoir une cigarette ? Merci... Nous avons dans le monde entier des équipes de contre-espionnage chargées de détruire les cellules soviétiques... À boire, s'il te plaît... Et puis il y a le Mexique... là aussi les Russes font un effort gigantesque... Oui, ils ont des taupes dans le monde entier... Tu savais que Philby...

Une heure avait suffi.

— Curieux qu'il ait craqué aussi rapidement, fit observer le chef du MI-6.

Crosse eut l'air vexé qu'on mît en doute l'efficacité de ses méthodes.

— Je peux vous garantir qu'il a perdu tout contrôle sur lui-même. Il ne ment pas, il déballe absolument tout ce qu'il sait, et il continuera à le faire jusqu'à...

— Oui, bien sûr. Je m'étonne simplement qu'un homme de sa trempe se soit effondré si facilement, insista Sinders. Je hasarderai cette hypothèse : depuis des années, il était ébranlé dans ses convictions, il n'avait plus la foi, en quelque sorte. Il était probablement prêt à passer chez nous mais ne savait pas comment se dépêtrer de sa situation de taupe. Dommage, il aurait pu nous être très utile.

Sinders poussa un soupir avant de poursuivre :

— C'est ce qui arrive toujours aux taupes communistes opérant dans nos sociétés. Un jour, une fille, un amour, une amitié ou tout simplement le plaisir de vivre libre et heureux fait basculer leur monde. C'est la raison pour laquelle nous finirons par triompher. En Union soviétique aussi, le monde basculera un jour et les soviétiques eux-mêmes feront subir aux membres du KGB le sort qu'ils méritent. Voilà pourquoi le pouvoir soviétique maintient la pression : sans l'injustice et la terreur, la dictature et la police secrète, il ne survivrait pas. Vous n'êtes pas de mon avis, Roger ?

Crosse acquiesça de la tête en se demandant ce qu'il y avait derrière les yeux bleu clair, à l'éclat intense, qui le fixaient.

— Vous allez réclamer de nouvelles instructions au ministre ?

— Non, je prends mes responsabilités. Nous donnerons une réponse au Taï-pan à 20 h 30, dit Sinders en consultant sa montre. Rejoignons Robert, c'est bientôt l'heure de reprendre. Excellent élément, cet homme. Vous savez qu'il a gagné le gros paquet ?

Dimanche

69

20 h 05

— Ian ? fit Bartlett. Pardon de vous interrompre...

Le Taï-pan abandonna les invités avec qui il bavardait et se tourna vers l'Américain.

— Vous ne partez pas déjà, j'espère ?

— Casey reste. Moi j'ai un rendez-vous.

— J'espère qu'elle est jolie.

— Très jolie, mais je dois d'abord régler une affaire. Vous avez un moment ?

— Naturellement.

Dunross conduisit Bartlett sur l'une des terrasses où la pluie, bien que beaucoup moins forte, continuait à tomber implacablement.

— L'absorption de General Stores est quasiment faite à nos conditions, il n'y aura pas surenchère de la part de Superfoods, déclara Ian. À nous le pactole — si je parviens à enrayer l'attaque de Gornt.

— Nous serons fixés lundi.

— Je suis très confiant, assura le patron de Struan en dévisageant celui de Par-Con.

— Je l'ai remarqué, répondit Bartlett avec un sourire où perçaient la lassitude et l'inquiétude. Je voulais vous demander si le voyage à Taipei tient toujours.

— J'allais vous proposer de le remettre à la semaine prochaine. Les deux jours qui viennent seront importants pour vous comme pour moi. Cela ne vous dérange pas ?

— Au contraire, dit Linc, soulagé de ne pas avoir à annoncer son départ à Orlanda. Bon, je m'en vais.

— Prenez la voiture, Lim vous conduira. Vous assisterez à la course de côte si elle n'est pas annulée ? Elle se déroulera demain matin de dix heures à midi.

— Où ?

— Dans les Nouveaux Territoires. Ne vous tracassez pas pour Casey, je m'occupe d'elle. Après le cocktail, nous allons souper dans un restaurant chinois, je l'emmènerai si elle est libre. Cette affaire que vous devez régler, rien de grave, j'espère ?

— Rien que je ne puisse résoudre.

Bartlett sourit et s'éloigna en se préparant à aborder la seconde partie de son programme : Armstrong. Quelques instants auparavant, il avait entraîné Rosemont à l'écart pour lui parler de la rencontre avec Banastasio.

— Laissez-nous faire, avait dit l'homme de la CIA. Ne bougez pas, ni vous ni Casey. Si Banastasio vous relance, temporisez et prévenez-nous, nous mettrons au point un plan d'action. Voici ma carte, vous pouvez m'appeler à ce numéro à n'importe quelle heure du jour ou de la nuit.

Bartlett attendait en bas du perron la limousine de Struan lorsque Murtagh descendit précipitamment d'un taxi.

— Oh ! bonsoir, Linc. Ce n'est pas fini, au moins ?

— Non, rassurez-vous. Pourquoi cette hâte ?

— Il faut que je voie le Taï-pan, murmura le banquier. La direction générale pourrait marcher si Ian fait quelques concessions ! Casey est là ?

— Oui. Quelles concessions ? demanda Linc en masquant sa surprise.

— Doubler la période pendant laquelle il déposera chez nous la moitié de ses devises, traiter directement avec la First Central et lui donner priorité pendant cinq ans pour tous les emprunts futurs.

— Ce n'est pas terrible, hasarda Bartlett. Et quel serait l'accord général, à présent ?

— Pas le temps de vous expliquer, il faut que j'obtienne tout de suite le feu vert du Taï-pan, les huiles attendent. En gros, c'est à peu près ce que Casey et moi avions mis sur pied. Bon Dieu, si ça se fait, Dunross nous devra une fière chandelle ! Au revoir.

Bartlett regarda Murtagh gravir rapidement les marches

et disparaître à l'intérieur de la maison. Il commença à le suivre puis changea d'avis et redescendit le perron. Doucement, se dit-il. Réfléchis avant de demander des explications à Casey.

Elle lui avait parlé du rachat de la Royal Belgium par la First Central mais de rien d'autre. Quel accord avait-elle « mis sur pied » avec Murtagh ? ou plutôt quelle opération avait-elle lancée, car ce guignol ne faisait probablement que de la figuration ? De quoi le Taï-pan avait-il le plus besoin ?

De crédit !

Nom de Dieu ! la First Central va le soutenir, conclut Bartlett. Il acceptera de faire quelques concessions, pourvu qu'il...

— La voiture est là, monsieur.

— Ah, merci ! Lim. Au QG de la police, à Wanchai.

Ainsi, Casey a monté une opération de son propre chef, sans m'en parler, se dit l'Américain en s'installant sur la banquette arrière de la limousine. Pour quelle raison ? Si j'ai deviné juste et si le plan de Casey réussit, Dunross disposera des fonds nécessaires pour combattre Gornt et même l'écraser. Elle s'est rangée de son côté, elle l'aide à éliminer Gornt sans m'avoir consulté. En échange de quoi ?

De son indépendance financière, bien sûr ! Ian lui offre l'occasion de gagner cette fortune à laquelle elle aspire. La part qu'elle touchera sur l'opération General Stores — 50 %, alors que c'est *moi* qui avance les deux millions — constitue une partie de la récompense mais il doit y en avoir d'autres, que j'ignore.

Que faire ? Pour l'instant, j'ai encore le choix entre Struan et Gornt, qui m'offrent l'un et l'autre une solution possible. Comme Casey et Orlanda... Mon vieux, tu ferais bien de te décider pendant que tu es encore le Taï-pan de Par-Con.

Dunross s'entretenait dans son bureau avec Phillip Chen, qu'il avait délibérément fait asseoir sous le portrait de Dirk Struan.

— Comment va Alexi ? demanda le compradore d'une voix lasse.

— Il est toujours inconscient. D'après Tooley, il s'en tirera s'il sort du coma dans une heure ou deux.

— Et Tiptop ?

— Je dois lui téléphoner à vingt et une heures.

— Sa proposition n'a pas encore été acceptée par... par les autorités ?

— Vous la connaissez ? s'étonna Ian.

— Oui. Je... j'ai été consulté avant qu'on ne vous la soumette.

— Et vous ne m'avez pas averti ?

— Vous ne me considérez plus comme le compradore de la Noble Maison et vous ne m'honorez plus de votre confiance.

— Vous vous en jugez digne ?

— Je l'ai prouvé maintes fois par le passé, après mon père et mon grand-père. Toutefois, j'avoue qu'à votre place je n'aurais pas consenti à cet entretien, que j'aurais refusé l'accès de ma maison au coupable et déjà décidé des moyens dont j'userais pour le détruire.

— Qui vous dit que je ne l'ai pas fait ?

— Il eût agi ainsi, répondit l'Eurasien en montrant le portrait, mais pas vous.

— N'en soyez pas si sûr.

— Je n'ai pas d'inquiétude. Taï-pan, j'essaierai de savoir à l'avance ce que Wu exigera de vous en échange de la pièce. Si le prix est trop élevé...

— Il le sera.

— Que vous demandera-t-il ?

— Quelque chose ayant rapport avec la drogue. Le bruit court que Quatre-Doigts, Yuen-le-Contrebandier et Lee-Poudre-Blanche se sont associés pour faire le trafic de l'héroïne.

— Ce n'est pas encore réglé, les pourparlers continuent.

— Pourquoi ne m'en avoir rien dit, une fois de plus ? Votre tâche de compradore consistait à me tenir au courant, non à établir des dossiers qui ont fini dans les mains de mes adversaires.

— J'implore à nouveau votre pardon. À présent, l'heure est venue de parler.

— Parce que vous êtes fini ?

— Parce que je serai fini si je ne parviens pas à faire une fois de plus la preuve de ma valeur, répondit le vieillard.

Ayiiya, pensait-il, ces barbares ne connaissent pas la mansuétude. Nous avons servi cinq générations de taï-pans et celui-là menace de changer le testament de Dirk à cause d'une seule erreur !

— Quelles que soient les exigences de Wu, acceptez-les, poursuivit-il. Je vous promets de m'occuper de Quatre-Doigts avant qu'il ne puisse vous demander de remplir vos engagements.

— Comment ?

— À la manière chinoise, puisque nous sommes en Chine. Par le sang de mes ancêtres, je continuerai à protéger la Noble Maison comme j'en ai fait le serment.

— Quelles autres traîtrises aviez-vous enfermées dans votre coffre ? J'ai examiné les documents que vous avez remis à Andrew, ils nous rendraient extrêmement vulnérables s'ils tombaient en de mauvaises mains.

— Espérons que Bartlett les a gardés pour son usage personnel. Il ne me fait pas l'effet d'un homme malveillant. Peut-être pourrions-nous le convaincre de nous restituer ces papiers et de ne pas en divulguer le contenu, conjectura Phillip Chen.

— Pour cela, il nous faudrait connaître sur son compte un secret qui nous servirait de monnaie d'échange. Est-ce le cas ?

— Pas encore. Quoi qu'il en soit, il n'a aucun intérêt à nuire à ses futurs associés.

— Oui, à condition que ce soit nous qu'il choisisse. Il s'est déjà entendu avec Gornt et lui a avancé deux millions de dollars US.

Le vieil Eurasien pâlit.

— Je l'ignorais... Alors lundi, Bartlett nous lâche et passe à l'ennemi ?

— Je ne sais pas. Je crois plutôt qu'il attend et qu'il voit venir. C'est ce que je ferais, à sa place.

— Il semble très épris d'Orlanda, remarqua Chen.

— Oui, c'est un élément dont il faut tenir compte. C'est sans doute Gornt qui la lui a jetée dans les bras.

— Vous avez l'intention de le prévenir ?

— Non, à moins d'avoir une raison particulière. Il est majeur, après tout.

— Allez-vous accepter les concessions réclamées par la First Central ?

— Parce que vous savez cela aussi ?

— Si vous n'aviez pas voulu que tout le monde fût au courant, auriez-vous invité Murtagh aux courses et ici ?

Il était facile d'additionner deux et deux, même sans avoir jeté un œil aux télex qu'il a envoyés et reçus...

— Vous les avez lus ?

— Certains. Allez-vous accepter leurs conditions ?

— Non. Je lui ai répondu que je devais réfléchir — il attend en bas ma décision —, mais ce sera non. Je ne peux leur promettre la priorité pour tous les emprunts futurs parce que la Victoria ne le tolérerait pas. La banque de Havergill est puissante et elle détient assez de créances de Struan pour nous étrangler. En tout cas, je ne peux remplacer la Vic par une banque américaine qui a déjà démontré qu'on ne peut lui faire confiance. D'accord pour que la First Central nous tire du pétrin, mais il faudra qu'elle fasse ses preuves avant que je ne m'engage avec elle à long terme.

— Ils sont sans doute prêts à accepter un compromis. Après tout, ils nous ont déjà exprimé leur confiance en avançant les deux millions nécessaires pour sceller l'accord avec General Stores.

Dunross se garda de détromper son compradore.

— Que suggérez-vous ? lui demanda-t-il.

— Que vous leur fassiez une contre-proposition : tous les emprunts canadiens, américains, australiens et sud-américains pour cinq ans — ce qui couvre notre expansion dans ces pays —, plus un prêt immédiat pour l'acquisition chez Toda de deux pétroliers géants, avec système de *lease-back*, et commande ferme de sept autres bâtiments par un associé.

— Qui a les moyens de s'offrir une telle flotte ?

— Vee Cee Ng.

— Ng-le-Photographe ? Impossible.

— Dans vingt ans, il sera plus puissant qu'Onassis.

— Qu'en savez-vous ?

— On m'a prié de contribuer à trouver les fonds nécessaires pour cette expansion. Si nous incluons le financement de ces sept premiers pétroliers dans notre contreproposition, la First Central sera d'accord.

— On le serait à moins ! fit Dunross. Vee Cee... Oui, je vois : le thorium, les marchandises « délicates », le pétrole et les vieux amis, *heya ?*

Phillip Chen eut un sourire hésitant :

— Les corbeaux sont noirs sous tous les cieux.

Après un court silence, le Taï-pan murmura :

— La First Central pourrait accepter, mais Bartlett ?

— Avec la First Central, vous n'avez plus besoin de lui. La banque se fera un plaisir de nous aider à trouver un autre associé aux États-Unis pour le remplacer. Cela prendra un peu de temps mais avec Jacques au Canada, David McStruan ici et Andrew en Écosse... À ce propos, je ne connais pas vos plans, Taï-pan, mais les théories de ce Kirk me paraissent tirées par les cheveux.

— Revenons à Bartlett.

— Supposons que la First Central morde à l'appât, que Tiptop nous aide et que je fasse couvrir la banque de Murtagh par un consortium Mata-l'Avare-Quatre-Doigts, David, vous et moi n'aurons aucune difficulté à remplacer Par-Con. Je propose que nous ouvrions immédiatement à New York un bureau dont David sera responsable pendant trois mois... avec Kevin comme assistant, peut-être...

Le compradore marqua un temps d'arrêt avant de reprendre, avec un débit précipité :

— Ce délai nous permettra de voir si Kevin a de l'étoffe — je crois qu'il vous donnera satisfaction, en fait, j'en suis sûr. Quand George Trussler aura terminé son enquête en Rhodésie et en Afrique du Sud, il s'occupera du bureau de New York, à moins que vous ne préfériez le confier à votre autre cousin Mason Kern, le Virginien de Cooper-Tillman. Kevin se rendrait ensuite à Johannesburg et à Salisbury pour prendre le relais de Trussler. Je suis convaincu que le thorium et les métaux précieux offrent d'immenses perspectives.

— En attendant, nous devons faire face aux problèmes immédiats : Bartlett, Gornt et la chute de nos actions.

— Pour nous assurer du silence de l'Américain, il faut l'isoler de Gornt et en faire notre allié à cent pour cent.

— Par quel moyen, Phillip ?

— Laissez-moi m'en occuper. Il y a... il y a des possibilités.

Dunross regarda en silence son compradore mais ce dernier garda les yeux baissés. Des possibilités ? se demanda Ian. Orlanda, sans doute.

— Bon. Ensuite ?

— Le soutien de Tiptop mettra fin à la ruée bancaire. L'absorption de General Stores et notre renflouement par la First Central feront cesser les attaques contre Struan. À la Bourse, tout le monde va se mettre à acheter, ce sera le début d'un nouveau boom. Je connais d'avance vos objections, mais si nous persuadions sir Luis de retirer nos actions du marché jusqu'à lundi midi, nous...

— Quoi ?

— Oui. Aucune transaction officielle sur Struan avant midi, heure à laquelle nos actions seraient remises en vente à leur cote de mercredi dernier : 28,80. Gornt serait pris au piège puisqu'il doit acheter à n'importe quel prix pour couvrir son opération. Si personne ne lui offrait de vendre à un prix inférieur, il ne ferait plus un centime de bénéfice, il serait peut-être même nettoyé.

— Sir Luis n'acceptera jamais, dit Dunross.

— Si le comité directeur de la Bourse déclare cette mesure nécessaire « pour stabiliser le marché », si les grandes sociétés d'agents de change, comme Joseph Stern et Arjan Soorjani, conviennent de ne pas proposer d'actions en dessous de 28,80, Gornt n'y pourra rien.

— Je ne crois pas que sir Luis se montrera aussi coopératif, objecta Ian.

— Je pense que si, au contraire. Par ailleurs Stern et Soorjani me doivent une faveur, argua Chen en agitant nerveusement les doigts. Sir Luis, Stern, Soorjani, vous et moi contrôlons ensemble la majeure partie des actions que Gornt a vendues à découvert.

— Stern est l'agent de change de Gornt.

— Exact, mais il préférera perdre un client plutôt que s'aliéner un bon nombre de ses relations.

Remarquant la pâleur du vieillard, Dunross se leva, ouvrit sa cave à liqueurs et servit deux cognacs.

— Tenez, dit-il en tendant le verre d'alcool au compradore, qui le but avidement. Vous croyez possible de les convaincre tous les trois avant l'ouverture, lundi matin ? Par parenthèse, j'ai annulé mon voyage à Taipei.

— Sage décision. Dans ce cas, vous assisterez au cocktail de Jason Plumm ?

— Probablement.

— Nous y verrons plus clair à ce moment-là. Taï-pan, je crois pouvoir réussir à persuader sir Luis, mais si nos actions ne sont pas retirées du marché, la cote s'envolera de toute façon. À condition, bien entendu, que nous obtenions le soutien financier attendu.

Dunross regarda sa montre : 20 h 35, Sinders aurait dû lui téléphoner à la demie. Je ne peux pourtant pas l'appeler, pensa-t-il avec irritation. S'apercevant que Chen venait de parler, il demanda :

— Comment ?

— Vous m'avez laissé jusqu'à dimanche minuit pour vous remettre ma démission si je n'obtiens pas l'aide de Mata, de l'Avare ou de Quatre-Doigts. Pourriez-vous prolonger le délai de quelques jours ?

Ian remplit à nouveau le verre du vieillard en appréciant la subtilité tout asiatique de la requête : dans quelques jours, la crise serait passée et le délai aurait perdu toute signification. Cependant la proposition présentait l'avantage de ne leur faire perdre la face ni à l'un ni à l'autre. À vrai dire, la seule considération qui me retient, c'est son état de santé, songea Dunross. Il lui faudrait déployer de gros efforts que son cœur ne supporterait peut-être pas.

— Nous en parlerons lundi matin, après la prière, décida-t-il. Effectivement, je pourrais envisager des prolongations.

Ce pluriel n'échappa pas au compradore qui se sentit grandement soulagé. Bien, je n'ai plus qu'à livrer la marchandise, se dit-il.

— Merci, Taï-pan, fit-il en se levant. Je...

La sonnerie du téléphone l'interrompit.

— Allô ? Ah, Mr. Sinders ! Quoi de neuf ?

— Pas grand-chose, j'en ai peur. J'ai discuté de votre proposition avec le gouverneur. Si le paquet m'était remis avant demain midi, votre ami pourrait être libéré et amené au poste frontière de Lo Wu lundi au coucher du soleil —, du moins j'ai tout lieu de le croire. Naturellement, rien ne garantirait qu'il ait envie de passer en Chine communiste.

— « Votre ami pourrait », « J'ai tout lieu de croire » : vous abusez des formules vagues, il me semble.

— C'est tout ce que j'ai à vous offrir.

— Sans autre garantie ?

— Je crains que non. Il faut que nous nous fassions mutuellement confiance.

Les salauds ! explosa Dunross intérieurement. Ils savent que je suis coincé.

— Bon, je vais examiner votre proposition, dit-il d'une voix calme. Demain midi ? Si la course de côte n'est pas annulée, j'y prendrai part et je ne pourrai pas être au QG de la police avant...

— Si la course a lieu, nous y assisterons, répliqua Sinders. Dernier délai midi, à la police ou là-bas.

— Entendu.

Le Taï-pan raccrocha d'un air sombre et mit Phillip Chen au courant :

— Tout ce que j'ai obtenu, c'est un « peut-être », pour lundi au coucher du soleil.

Le vieillard perdit toute couleur et se rassit.

— Ce sera trop tard, murmura-t-il.

Ian décrocha le téléphone, composa un numéro.

— Bonsoir. Dunross à l'appareil. Le gouverneur est là... Excellence ? Navré de vous déranger mais Mr. Sinders vient de m'appeler pour me faire part de sa réponse : « lundi soir, peut-être ». Vous en portez-vous garant ?

— Non, Ian, je ne peux pas, je n'ai pas autorité en la matière. Vous devez traiter directement avec Sinders, qui me paraît être d'ailleurs un homme raisonnable. Vous n'êtes pas de cet avis ?

— Pas du tout mais peu importe. En tout cas, Tiptop réclame votre *chop* en plus de celui de la banque et du mien si nous parvenons à nous mettre d'accord. Seriez-vous éventuellement libre demain ?

— Naturellement. Bonne chance, Ian.

Le Taï-pan replaça le combiné sur son socle et tourna les yeux vers le vieux Chen.

— L'argent demain et Brian, au soir : vous croyez qu'ils accepteraient ?

— Certainement pas. Tiptop veut du donnant, donnant.

Dunross poussa un soupir, se renversa dans son fauteuil et but lentement son cognac en réfléchissant. À vingt et une heures, il appela Tiptop, échangea avec lui quelques propos anodins avant d'en venir au fait.

— Le sous-fifre de la police responsable de la regrettable erreur sera limogé et la personne qui en a été victime pourrait être conduite mardi midi à Lo Wu.

Après un long silence, le Chinois répondit sur un ton plus glacial que jamais :

— Ce n'est pas ce que j'appelle une réparation *immédiate*.

— J'en conviens, et je parviendrai peut-être à obtenir qu'elle soit avancée à lundi. Si vos amis faisaient preuve d'un peu de patience, je considérerais leur attitude comme une faveur...

Dunross appuya délibérément sur ce dernier mot.

— Je transmettrai le message. Merci, Taï-pan. Rappelez-moi demain à dix-neuf heures. Bonsoir.

— Bonsoir.

Dès que Dunross eut raccroché, Phillip Chen fit observer d'un ton inquiet :

— Vous venez de prononcer un mot qui coûte cher.

— Je n'avais pas le choix. Je sais bien qu'ils me demanderont un jour la réciproque — et peut-être très bientôt, avec Joseph Yu —, mais je ne pouvais pas faire autrement.

— Oui, vous avez montré une sagesse que possèdent rarement les hommes de votre âge. En ce domaine, vous surpassez de loin Alastair, ou votre père, mais vous n'égalez cependant pas la Hag.

Phillip Chen prit une profonde inspiration et poursuivit :

— Bien que je n'aime guère me faire de nouveau le porteur de mauvaises nouvelles, je dois vous informer que, dans le cadre de la fusion Victoria-Ho-Pak, Kwang a remis à Havergill une lettre de démission signée, non datée, et a promis de toujours voter dans le même sens que lui au conseil d'administration.

Ian soupira. Si Richard Kwang se rangeait dans le camp des adversaires de la Noble Maison, c'en était fini de la position dominante de Struan.

— Débrouillez-vous pour attacher un fil à la patte de Richard, dit le Taï-pan à son compradore.

— J'essaierai mais il en a déjà un. Et P. B. White ? Vous croyez qu'il nous aiderait ?

— Pas s'il doit s'opposer à Havergill, répondit Dunross. Ce qui pourrait le décider, c'est l'intervention de Tiptop. En tout cas, c'est le seul sur qui nous puissions encore compter.

70

22 h 55

Six personnes descendirent des deux taxis qui venaient de s'arrêter devant une entrée annexe de l'immeuble de la Victoria Bank : Casey, Riko Gresserhoff, Gavallan, Peter

Marlowe, Dunross et P. B. White, un Anglais de soixante-quinze ans aux allures de farfadet. Bien que la pluie eût cessé, de larges flaques envahissaient la rue faiblement éclairée.

— Vous ne prenez vraiment pas un dernier verre avec nous, Peter ? proposa White.

— Non merci, P. B., je rentre. Bonne nuit, et merci pour le souper, Taï-pan !

L'écrivain prit la direction de l'embarcadère du ferry, qui se trouvait de l'autre côté de la place. Ni lui ni les autres ne remarquèrent la voiture qui s'immobilisait en bas de la rue et dans laquelle se trouvaient Malcom Sun, de la SI, et Povitz, de la CIA.

— C'est la seule entrée, pour cette partie de l'immeuble ? demanda Povitz.

— Oui.

L'agent de la CIA regarda White appuyer sur la sonnette de la porte.

— Ils se refusent rien, ces salauds, grommela-t-il. Elles sont extra, ces deux nanas.

— Casey d'accord mais pas l'autre, objecta Sun. On en trouve de plus girondes dans n'importe quelle boîte de...

Il s'interrompit quand un taxi s'engagea dans la rue.

— De la concurrence ?

— Je ne crois pas, mais je te parie que nous ne sommes pas les seuls à filer le train au Taï-pan.

P. B. White appuya une nouvelle fois sur la sonnette, la porte s'ouvrit, un portier sikh ensommeillé le salua :

— Bonsoir, sahibs, memsahibs.

Le groupe s'approcha de l'ascenseur.

— Il est plutôt lent, remarqua White en montrant la cage métallique. C'est une antiquité, comme moi.

Casey était loin de partager cet avis et lui trouvait l'œil pétillant, la démarche fringante.

— Vous habitez ici depuis longtemps ? demanda-t-elle.

— Cinq ans, dit-il en lui prenant le bras. J'ai beaucoup de chance.

Et sans doute aussi beaucoup de puissance et d'influence pour occuper l'un des trois seuls appartements de l'immeuble, pensa-t-elle. Pendant le repas, White lui avait expliqué qu'un des deux autres était réservé au directeur général, actuellement en cure à l'étranger, et le troisième, meublé mais vacant, aux visiteurs de marque.

— Aux altesses royales, au gouverneur de la Banque d'Angleterre, au Premier ministre et autres étoiles de première grandeur, avait-il précisé. Moi je suis plutôt une sorte de gardien non payé qui s'occupe de la maison.

— Sûrement ! avait répondu la jeune femme d'un ton incrédule.

— Mais je vous assure ! Heureusement qu'il n'y a pas de communication entre cette partie de l'immeuble et la banque proprement dite, sinon je me servirais dans la caisse !

Casey se sentait bien après un succulent repas agrémenté de conversations intelligentes et au cours duquel les quatre hommes s'étaient montrés pleins d'attentions pour elle. Satisfaite d'avoir soutenu la comparaison face à la ravissante Riko, elle avait retrouvé son allant et avait même l'impression que Linc, *son* Linc, lui appartenait à nouveau — bien qu'il passât la soirée avec sa rivale. Comment la combattre ? se demanda-t-elle pour la centième fois.

Les portes de l'ascenseur s'ouvrirent, les deux femmes puis les trois hommes se tassèrent dans la minuscule cabine.

— Dieu vit au dernier étage, chuchota White en appuyant sur le plus bas des trois boutons. Quand il descend en ville.

— Quand doit-il rentrer ? dit Dunross.

— Dans trois semaines. Heureusement qu'il n'est pas au courant des événements, il rentrerait par le premier avion. Voyez-vous, Casey, notre directeur général est un homme extraordinaire mais il a de graves ennuis de santé depuis un an et il prend sa retraite dans trois mois. Je l'ai persuadé d'aller se reposer au Cachemire, dans un village traversé par le Jhelum, non loin de Srinagar. Cette vallée, située à deux mille mètres d'altitude, est un paradis : pas de téléphone, pas de courrier, pas de radio ; vous êtes seul face à l'infini, entouré de gens merveilleux, dans un cadre montagneux stupéfiant. Je recommande cet endroit aux personnes très malades... ou très amoureuses.

— Dans quelles conditions l'avez-vous connu ? voulut savoir Gavallan.

— Je faisais partie de la seconde catégorie, naturellement. C'était en 1915, j'avais vingt-sept ans et j'étais détaché du 3e Lancier du Bengale. Elle, c'était une princesse géorgienne.

Le vieillard poussa un soupir de jouvenceau énamouré qui déclencha les rires.

— Que faisiez-vous vraiment au Cachemire ? demanda Dunross.

— L'état-major de l'armée des Indes m'y avait envoyé parce que la région — le Hindu Kush, l'Afghanistan et ce qu'on appelle aujourd'hui le Pakistan, sur les frontières avec la Russie et la Chine — connaissait des troubles. Je fus ensuite envoyé à Moscou, fin 1917, lorsque le gouvernement légal de Kerenski fut renversé par le putsch de Lénine, Trotski et les bolcheviks...

L'ascenseur s'arrêta, le groupe en sortit. Un domestique chinois se tenait dans le couloir, devant la porte ouverte de l'appartement.

— Entrez, entrez, fit P. B. d'un ton jovial. Ian, vous vouliez donner un coup de téléphone ? Venez dans mon bureau.

White conduisit le Taï-pan le long d'un couloir orné d'une rare collection d'icônes. L'appartement, très vaste, comprenait quatre chambres, trois salons, une salle à manger pouvant accueillir une vingtaine de convives. Le vieil Anglais introduisit Ian dans une pièce aux murs tapissés de livres, fleurant le bon cigare et le cuir.

— Prenez votre temps, je m'occupe d'eux, assura-t-il. Y a-t-il autre chose que je puisse faire pour vous ?

— Persuader les Chinois d'accepter, répondit Dunross, qui avait mis White au courant de l'éventuel échange de Kwok, sans toutefois lui parler des rapports d'AMG ni de ses problèmes avec Sinders.

— Je téléphonerai demain à certains amis de Pékin et de Shanghai pour leur expliquer qu'ils ont tout intérêt à nous aider.

Bien qu'il le connût de longue date, Ian ne savait pas grand-chose de White, de son passé, de sa vie privée, de l'origine de sa fortune ou de ses rapports exacts avec la Victoria. Personne d'ailleurs n'en savait davantage. « Je suis une sorte de conseiller juridique, en retraite depuis de nombreuses années, déjà », avait-il coutume d'expliquer, sans autres précisions.

— J'ai l'impression que Casey vous plaît beaucoup,

P. B., dit Dunross au septuagénaire, dont il connaissait le penchant pour les femmes.

— J'en ai l'impression moi aussi, gloussa White. Ah ! si j'avais trente ans de moins ! Et cette Riko ! Merveilleuse. Vous êtes sûr qu'elle est veuve ?

— Certain.

— Vous m'en mettrez trois de chaque, conclut le vieil Anglais. Il s'approcha d'un des murs, pressa un bouton qui fit pivoter un pan de rayonnage, derrière lequel un escalier conduisait à l'étage supérieur. Dunross l'avait emprunté lorsqu'il avait eu un entretien confidentiel avec le directeur général de la banque. Ce passage dérobé faisait partie des nombreux secrets qu'il ne devrait révéler qu'à son successeur. « C'est une idée de la Hag, lui avait expliqué Alastair Struan le soir de la passation de pouvoir. De même que ceci. » Son prédécesseur lui avait remis le passe-partout des coffres de dépôts en ajoutant : « La Vic a pour habitude d'utiliser les services de la serrurerie Ch'ung Lien Loh. Seuls les taï-pans savent que cette entreprise nous appartient. »

Ian prit la clef que lui tendait White, monta l'escalier à pas de loup, ouvrit une porte menant à un ascenseur. La même clef lui permit de pénétrer dans la cabine de l'appareil, qui s'éleva en silence puis s'arrêta. La porte intérieure coulissa, Dunross poussa la porte extérieure et se retrouva dans le bureau du directeur général.

— Qu'est-ce que tout cela signifie, bon Dieu ! s'exclama Johnjohn en se levant de son fauteuil.

Dunross referma la fausse porte, qui se fondit dans les rayonnages de livres.

— P. B. ne vous a rien dit ? fit-il sans rien montrer de la tension qui l'habitait.

— Seulement que vous vouliez descendre à la salle des coffres prendre des papiers. Pourquoi toute cette mise en scène de film d'espionnage ? Vous auriez pu passer par la grand-porte !

— Je ne tiens pas à ce que Havergill soit au courant.

Johnjohn faillit répliquer mais changea d'avis. Avant son départ, le directeur général lui avait recommandé :

« Surtout, soyez assez aimable pour satisfaire aux requêtes de P. B., quelles qu'elles soient. »

— Bon, grommela-t-il.

Dans l'ascenseur conduisant à la salle des coffres, le Taï-pan demanda au banquier :

— Pourquoi avez-vous contraint Richard Kwang à signer par avance une lettre de démission non datée ?

Comme Johnjohn avait l'air stupéfait, Ian lui répéta les propos de son compradore.

— Je n'étais pas au courant, fit Johnjohn en secouant lentement la tête. Je comprends pourquoi vous êtes inquiet.

— *En rogne*, plus exactement.

— Dans l'esprit de Paul, il s'agit sans doute d'un arrangement temporaire, jusqu'au retour du grand patron...

— Je veux que cette lettre soit déchirée et que Richard puisse voter comme bon lui semble si je parviens à vous obtenir l'aide de Tiptop.

Le banquier hésita puis répondit :

— Je vous soutiendrai dans les limites du raisonnable en attendant le retour du boss. Ensuite, c'est lui qui décidera.

— Cela me paraît acceptable.

— Combien la Royal Belgium-First Central met-elle à votre disposition ?

— Assez pour couvrir tous nos besoins.

— Nous détenons la majeure partie de vos créances, Ian.

— Qu'est-ce que cela change ? rétorqua Dunross en haussant les épaules. Struan occupe encore une position dominante au sein de la Vic.

— Si nous n'obtenons pas les fonds chinois, la First Central ne vous sauvera pas du naufrage.

Le Taï-pan eut un nouveau haussement d'épaules. Les portes de l'ascenseur s'ouvrirent, les deux hommes s'avancèrent vers la grille barrant l'accès de la salle des coffres. Johnjohn l'ouvrit.

— J'en ai pour une dizaine de minutes, annonça Ian.

— De toute façon, je dois vous accompagner pour... Ah ! j'oubliais que vous avez votre propre passe-partout, fit le banquier d'un ton amer.

Dunross pénétra dans la salle faiblement éclairée, tourna à gauche et se dirigea sans hésiter vers la dernière rangée de coffres. Après avoir vérifié que personne ne le suivait, il introduisit les deux clefs dans leurs serrures, les fit tourner. La porte du coffre s'ouvrit en cliquetant. Il sortit de sa poche la lettre d'AMG donnant les numéros des pages spéciales des rapports, une lampe électrique, des ciseaux et un briquet en or dont Penelope lui avait fait cadeau quand il fumait encore. D'un geste preste, il souleva le double fond et prit les dossiers.

Je serais plus tranquille si je pouvais les détruire, se dit-il. J'ai mémorisé tout ce qu'ils contiennent d'important. Enfin, encore un peu de patience : dès que ceux qui m'ont pris en filature — SI, CIA ou RPC — en auront assez de me surveiller, je sortirai les dossiers et je les brûlerai en toute sécurité.

Conformément aux instructions d'AMG, Ian promena la flamme de son briquet sous le quart inférieur droit de la première des pages truquées. Le texte disparut, pour laisser apparaître une suite de lettres, de chiffres et de symboles sans signification apparente. Dunross découpa le rectangle de papier et le détacha du reste du rapport.

Un léger bruit le fit sursauter, il se retourna, le cœur battant. Un rat détala le long d'une rangée de coffres et disparut. Le Taï-pan prit une profonde inspiration et se remit au travail. Quand il eut terminé, il glissa dans sa poche les onze morceaux de papier qu'il avait découpés et remit les dossiers dans leur cachette.

Avant de refermer le coffre, il en sortit un acte de propriété afin de justifier sa visite puis mit le feu à la lettre d'AMG. Le papier s'enflamma et se tordit au bout de ses doigts.

— Qu'est-ce que vous faites ?

Dunross se retourna d'un bond.

— Ah ! c'est vous ! dit-il en reconnaissant la silhouette de Johnjohn. Rien, je brûle une vieille lettre d'amour que je n'aurais pas dû garder.

Les flammes moururent, Dunross lâcha la lettre calcinée et en écrasa les cendres. Puis il rejoignit le banquier, qui le considérait d'un œil perplexe, et retourna avec lui de l'autre côté de la grille. Les portes de l'ascenseur s'ouvrirent et se refermèrent dans un double soupir, le silence retomba dans la salle des coffres.

Une ombre bougea. Roger Crosse surgit de derrière une rangée et s'approcha du coffre de Dunross. Il sortit sans hâte de ses poches une lampe électrique, un appareil photo miniature et un trousseau de clefs. Il ouvrit le coffre, glissa à l'intérieur ses mains aux doigts effilés, découvrit le double fond et prit les dossiers. Il les posa sur le sol, brancha le flash de son appareil et commença à les photographier page par page. Quand il arriva à une page découpée, il s'arrêta, réfléchit un moment, fit la grimace et reprit sa besogne en silence.

Lundi

71

6 h 30

Koronski sortit du hall de l'hôtel des Neuf Dragons, héla un taxi et donna une adresse au chauffeur dans un cantonais passable. Le véhicule démarra. Recroquevillé sur la banquette arrière, le Soviétique jetait de temps à autre un coup d'œil derrière lui, en vrai professionnel, quoiqu'il y eût peu de chances qu'il fût suivi : ses papiers, établis au nom de Hans Meikker, étaient irréprochables, sa couverture de journaliste authentique puisqu'il se rendait effectivement à Hong Kong à intervalles réguliers pour le compte d'un groupe de presse ouest-allemand. Rassuré, il regarda distraitement la foule des passants en se demandant à qui il allait faire subir un interrogatoire chimique. C'était un homme courtaud et replet, au visage banal derrière des lunettes à verres non cerclés.

À une cinquantaine de mètres derrière, une mini déjà ancienne passait d'une file à l'autre, s'efforçant de demeurer dans le sillage du taxi.

— Il a tourné à gauche, annonça fébrilement Tom Connochie, agent de la CIA, installé à l'arrière.

— Oui, j'ai vu, grommela Roy Wong, qui tenait le volant. Détends-toi, Tom, tu me rends nerveux.

Américain, émigré de la troisième génération, licencié en lettres, Wong faisait partie de la CIA depuis quatre ans et travaillait à Hong Kong. Il conduisait avec adresse, sous l'œil vigilant de Connochie, son supérieur. Ce dernier était épuisé, il avait passé la majeure partie de la nuit à étudier avec Rosemont l'avalanche d'instructions, de requêtes et d'ordres que les lettres de Thomas K. K. Lim avaient provoquée. Juste après minuit, un de leurs indicateurs de l'hôtel les avait informés que Hans Meikker venait d'arriver de Bangkok pour deux jours. Cela faisait des années que le journaliste ouest-allemand figurait sur la liste des personnes à surveiller.

— Et merde ! s'exclama Roy Wong, bloqué par un bouchon qui s'était formé dans la rue étroite, non loin du carrefour animé de Mongkok.

Connochie passa la tête par la portière et dit :

— Il est coincé aussi. À une vingtaine de mètres.

La circulation reprit lentement puis s'arrêta de nouveau à cause d'un camion surchargé qui ne parvenait pas à repartir. Quand la mini se dégagea enfin de l'embouteillage, le taxi avait disparu.

— Baisé, marmonna Wong.

— Continue quand même, suggéra Connochie. Avec de la chance, on le retrouvera.

Quelques centaines de mètres plus bas, Koronski descendit du taxi et s'engagea dans une ruelle déjà noire de monde. Il déboucha sur une artère importante puis tourna de nouveau dans une venelle, celle où habitait Ginny Fu. Il pénétra dans l'immeuble de la jeune femme, monta l'escalier crasseux jusqu'au dernier étage, frappa trois coups à une porte de couleur terne. Souslev le fit entrer, referma à clef derrière lui.

— Bienvenue, lui souhaita-t-il en russe. Tu as fait bon voyage ?

— Excellent, camarade capitaine, répondit Koronski, qui parlait à voix basse par habitude.

— Assieds-toi, l'invita Souslev en montrant une table sur laquelle étaient posés un pot à café et deux tasses.

La pièce, peu meublée, était sinistre. Des persiennes sales masquaient les fenêtres.

— Il est bon, ce café, dit l'expert en interrogatoire après avoir bu une gorgée.

Il le trouvait pourtant exécrable comparé au café à la française qu'il avait dégusté à Saigon et à Phnom Penh.

— C'est le whisky qui lui donne du goût, expliqua Souslev, le visage fermé.

— Le Centre m'a ordonné de me mettre à votre disposition, camarade capitaine. Que dois-je faire ?

— Il y a ici un homme qui possède une mémoire photographique. Nous voulons savoir ce qu'elle contient.

— Où l'interrogerons-nous ? dans cette pièce ?

Le capitaine secoua la tête :

— À bord de mon bateau.

— De combien de temps disposerai-je ?

— Tout le temps que tu voudras : on emmène le client à Vladivostok.

— La qualité des informations recueillies a une grande importance ?

— Énorme.

— En ce cas, je préférerais opérer à Vladivostok. Je vous fournirai des sédatifs qui tiendront le client tranquille pendant le voyage et commenceront à le ramollir.

Souslev réfléchit : il avait besoin de connaître la teneur des rapports avant d'arriver à Vladivostok.

— Tu ne nous accompagnes pas ? Nous partons à minuit, avec la marée.

Koronski hésita.

— J'ai pour instructions de vous aider sans pour autant mettre ma couverture en danger. Me rendre à bord de votre navire serait une erreur : il est probablement surveillé.

— Oui, tu as raison.

Tant pis, je me passerai de lui, pensa Souslev. Après tout, je sais moi aussi mener un interrogatoire, même si je n'ai pas l'habitude de me servir de drogues.

— En quoi consiste ta méthode ? reprit-il.

— C'est très simple. Pendant dix jours, on fait au client, toutes les douze heures, des piqûres intraveineuses d'une substance chimique appelée le Pentothal-V6, après l'avoir au préalable préparé par le traitement habituel éveil-sommeil, suivi de quatre jours sans dormir.

— Nous avons un médecin à bord. Il pourrait faire les piqûres ?

— Naturellement. Si vous voulez, je peux mettre par écrit la marche à suivre et lui donner les produits nécessaires. C'est vous qui conduirez l'interrogatoire ?

— Oui.

— Vous n'aurez pas de problème si vous suivez mes instructions. La seule chose à se rappeler, c'est que le Pentothal-V6 transforme l'esprit du client en une sorte d'éponge humide. Pour en extraire une information, il faut presser délicatement, sans excès, avec tendresse presque, sinon on risque de provoquer des troubles graves et permanents, et de perdre à jamais les autres informations.

Koronski alluma une cigarette avant d'ajouter :

— On peut facilement perdre le client, vous savez.

— C'est toujours le cas, dans n'importe quelle sorte d'interrogatoire, dit Souslev. Ce Pentothal-V6 est efficace à cent pour cent ?

— Nous avons obtenu de grands succès, et quelques échecs, camarade capitaine. Si le client est en bonne santé initialement et s'il est bien préparé, il n'y aura pas de difficultés.

Souslev demeura silencieux et repensa au plan que Plumm lui avait soumis la veille avec enthousiasme et auquel Crosse s'était rallié à contrecœur.

— C'est du gâteau, Gregor, avait assuré l'homme d'affaires. Dunross a annulé son voyage à Taipei, il viendra à mon cocktail. Je lui ferai boire un alcool drogué qui le rendra malade comme une bête et l'endormira. Je le ferai s'étendre dans une des chambres et lorsque les autres invités seront partis, je le mettrai dans une malle que je ferai descendre et porter à la voiture par l'entrée de service. Quand on s'apercevra de sa disparition, je dirai que je l'ai laissé endormi dans la chambre et que j'ignore quand il est parti. Maintenant, comment amener la malle à bord ?

— Aucun problème, avait répondu le capitaine. Faites-la livrer à l'entrepôt 7, au bassin de Kowloon. Depuis que notre départ a été avancé, nous embarquons toutes sortes de matériel, de vivres et, dans ce sens, il n'y a quasiment aucun contrôle.

Oui, c'est faisable, se dit Souslev. Et l'enlèvement du Taï-pan fera oublier les deux échecs de l'affaire Metkin et de l'interception des armes. La veille, il avait téléphoné à Banastasio pour s'informer de la progression de l'opération Par-Con et avait été atterré en apprenant la réponse de Bartlett.

— Mr. Banastasio, vous nous aviez pourtant assuré que vous aviez la situation en main. Que comptez-vous faire ?

— Le harceler, Mr. Marshall, avait répondu le mafioso, en usant du pseudonyme sous lequel il connaissait le Soviétique. Le harceler sans répit.

— Bon, allez à Macao comme prévu. Dites-leur que la

livraison sera faite quand même à Saigon dans une semaine, je leur garantis.

— Ils ne traiteront pas s'ils n'ont pas vu les échantillons, ils nous ont prévenus.

— La marchandise sera livrée directement à nos amis vietcongs de Saigon. Vous prendrez les dispositions que vous voudrez pour le paiement.

— Entendu, Mr. Marshall. Où pourrais-je vous joindre à Macao ?

— Je descendrai à votre hôtel, avait répondu Souslev, qui n'avait nullement l'intention de se rendre là-bas.

À Macao, un autre officier traitant portant le même pseudonyme dirigerait la dernière partie de l'opération, qui avait pour nom de code King Kong. Souslev savait seulement qu'elle avait été montée à l'origine par une des cellules du KGB à Washington et faisait partie d'un plan consistant à communiquer au Vietcong, par la valise diplomatique, le programme de livraison d'armes américaines perfectionnées au Viêt-nam. En échange de ces informations, le Vietcong enverrait à Hong Kong une quantité d'opium en rapport avec le nombre d'armes détournées. « L'auteur de ce plan mérite une promotion immédiate », avait dit le capitaine au Centre, et il avait proposé le pseudonyme de Marshall en référence au général américain dont le plan avait ruiné les efforts soviétiques pour s'emparer de toute l'Europe immédiatement après la guerre. C'est notre revanche, notre plan Marshall à rebours, pensa-t-il.

Souslev éclata de rire sous le regard étonné de Koronski, qui se garda bien cependant de lui demander ce qu'il trouvait si amusant. Ce rire sent la peur, se dit-il. Cet homme est un couard, je le mentionnerai dans mon rapport — prudemment, au cas où il bénéficierait dc relations.

— Combien de temps te faut-il pour mettre la procédure par écrit ? demanda le capitaine de l'*Ivanov*.

— Quelques minutes. Je peux le faire maintenant, si vous voulez, mais il faudra que je retourne à l'hôtel pour les produits.

— Combien y en a-t-il ?

— Trois : un pour endormir, un pour réveiller, et le Pentothal-V6.

— Tous les trois par intraveineuses ?

— Non, seulement le dernier.

— Bon, vas-y, écris. Tu as du papier ?

Koronski sortit un petit calepin de sa poche revolver.

— En russe, en anglais ou en sténo ?

— En russe. Inutile de décrire la méthode éveil-sommeil, je la connais, je l'ai souvent utilisée. Explique simplement la dernière phase et remplace Pentothal-V6 par « médicament ». Tu as compris ?

— Parfaitement.

— Tu mettras le papier là quand tu auras fini, dit Souslev en montrant la pile de journaux posée sur le sofa mangé aux mites. Dans le deuxième en partant du dessus, je le prendrai plus tard. Quant aux drogues, tu les cacheras dans les toilettes du rez-de-chaussée de ton hôtel, sous la lunette du dernier cabinet de la rangée de droite. Et sois dans ta chambre ce soir à neuf heures, au cas où j'aurais besoin de précisions.

Souslev se leva, Koronski l'imita aussitôt et lui tendit la main en lui souhaitant bonne chance. Le capitaine le salua d'un signe de tête poli — comme on doit le faire avec un subalterne — et sortit de l'appartement. Il descendit le couloir, ouvrit une porte et monta un escalier conduisant sur le toit. Comme la plupart des autres immeubles de Hong Kong, celui de Ginny Fu accueillait sur sa terrasse toutes sortes d'abris de fortune loués aux nouveaux réfugiés, seule alternative aux bidonvilles des Nouveaux Territoires ou des collines de Kowloon. La vague d'émigrés avait depuis longtemps envahi le moindre centimètre carré de la ville et, si les autorités interdisaient la construction de bidonvilles ou de baraques sur les toits, elles fermaient sagement les yeux sur l'occupation des terrasses car les malheureux qui y habitaient n'avaient nulle part où aller. Il n'y avait ni eau ni toilettes mais on y était mieux que dans la rue. Quant aux ordures, on se contentait de les jeter en bas, ce qui expliquait pourquoi les habitants de la Colonie préféraient le milieu de la chaussée au trottoir — quand il y en avait un.

Le Soviétique passa sous une corde où séchaient des haillons, sourit aux enfants qui tournaient autour de lui en glapissant : « *Quai loh ! quai loh !* » et en tendant la main. Il avait trop l'habitude de Hong Kong pour leur faire l'aumône, bien qu'il fût touché par leur pauvreté et leur gaieté. Il les repoussa sans brutalité et se dirigea de l'autre côté, vers une porte semblable à celle par laquelle il avait accédé au toit. Il descendit l'escalier, se retrouva dans le couloir de Ginny Fu et frappa à la porte de son appartement.

— Salut, Gregy, fit la Chinoise en le faisant entrer.

Selon ses instructions, elle avait revêtu une tenue de coolie. Un chapeau de paille conique lui battait le dos.

— Comment je ressemble ? Vedette de cinéma, *heya ?* s'exclama-t-elle.

— Greta Garbo en personne ! assura Souslev.

Ginny Fu se jeta dans ses bras en riant.

— Tu veux zig-zig avant ?

— *Niet*. Nous aurons tout le temps sur le bateau.

Le Soviétique lui avait fait l'amour à l'aube, davantage pour prouver sa virilité que par désir. C'est le problème, pensa-t-il. Elle m'ennuie tellement que je n'ai plus envie d'elle.

— Tu as bien compris le plan, n'est-ce pas ? reprit-il.

— Oh ! oui. Je vais entrepôt 7, avec les coolies qui portent les balles dans navire. Une fois dans bateau, je prends porte en face escalier, j'entre, je donne papier.

La jeune femme sortit de sa poche une feuille sur laquelle était simplement écrit en russe : « Cabine trois ». Boradinov, à qui elle la remettrait, serait au courant de sa venue.

— Dans cabine trois, prendre douche, mettre les vêtements donnés par toi et attendre. *Heya ?*

— Parfait.

— Sûr rien prendre d'autre ?

— Seulement tes produits de beauté ou des choses de ce genre. Mais pas de bagages, tout dans les poches, compris ?

— Bien sûr, fit Ginny Fu d'un air indigné. Pas idiote !

— Alors en route.

— Oh ! merci pour vacances, Gregy ! Je serai plus meilleure femme pour toi !

Elle l'embrassa et sortit. Resté seul, Souslev regarda dans le réfrigérateur s'il y avait quelque chose à manger et mit la radio en marche pour écouter les informations.

« Bonjour. Ici Radio Hong Kong, il est sept heures. La météo prévoit encore de la pluie et on redoute de nouveaux glissements de terrain. Dans les zones de réfugiés situées au-dessus d'Aberdeen, on compte déjà trente-sept morts et de nombreux disparus.

« La Victoria Bank a confirmé officiellement qu'elle

rembourserait tous les déposants de la Ho-Pak, qui sont invités à se présenter en bon ordre lundi aux guichets de la banque s'ils désirent retirer de l'argent.

« C'est toujours l'impasse dans l'enquête sur l'enlèvement et l'assassinat de Mr. John Chen. Une récompense de 100 000 dollars est offerte à qui fournira des informations pouvant conduire à la capture des Loups-Garous.

« Selon un rapport en provenance de Londres, la moisson de cette année a une fois de plus été catastrophique en Union soviétique... »

Souslev n'écouta pas la suite, il savait que le rapport était exact. *Khristos*, pourquoi sommes-nous incapables de produire assez pour nous nourrir ? se demanda-t-il. Ah ! ce n'est pas ton problème. Aie foi dans le Parti et occupe-toi de ce qui te regarde. Tout ira bien. Plumm fournira le client, Koronski le matériel, et Roger la protection. Après une heure ou deux au QG de la police, je remonte tranquillement à bord et, à minuit, adieu Hong Kong ! j'appareille et je laisse les Loups-Garous servir de bouc émissaire.

Le Russe tressaillit en entendant le mugissement d'une sirène. Il se figea, tendit l'oreille, mais le bruit s'éloigna. Rassuré, il commençait à se détendre quand retentit la sonnerie du téléphone.

72

7 h 30

Le petit hélicoptère Bell s'éleva au-dessus de la ville, longea les pentes des collines jusqu'au funiculaire du Peak et continua vers les hauteurs piquées de tours. Quand il eut crevé le plafond nuageux, le pilote ralentit, immobilisa son appareil un instant puis descendit vers la terrasse d'atterrissage de la Grande Maison, qu'il venait d'apercevoir à travers la brume. Dunross, qui l'attendait, baissa la tête pour éviter les pales, monta à côté du pilote, boucla la ceinture de sécurité et coiffa le casque à écouteurs.

— Bonjour, Duncan, fit-il dans le micro. Je ne pensais pas que vous réussiriez.

— Moi non plus. Je ne sais pas si nous pourrons revenir, le plafond continue à descendre. Enfin, si on y va, autant partir tout de suite. À vous les commandes.

De la main gauche, Ian saisit la poignée des gaz, augmenta lentement la vitesse de rotation des pales tandis que de la droite il faisait décrire un petit cercle au manche à balai — à droite, à gauche, en haut, en bas — pour chercher le coussin d'air qui se formait. L'hélicoptère s'éleva de quelques centimètres, s'inclina légèrement à droite sous l'effet du vent mais le Taï-pan apporta aussitôt la correction nécessaire. Quand l'appareil fut stable, Dunross lança le rotor, poussa le manche à balai de quelques centimètres vers la gauche, appuya sur les pédales de gouverne et prit de l'altitude. Presque aussitôt après, il amorça la descente le long de la montagne et mit le cap sur Kowloon et les Nouveaux Territoires.

— Vous allez vraiment participer à la course de côte, Taï-pan ?

— J'en doute mais je voulais quand même me payer ma balade en hélico : cela fait une semaine que je l'attends.

Duncan MacIver dirigeait une petite compagnie qui travaillait surtout pour le gouvernement, parfois la police ou les pompiers. Ancien de la RAF, il avait un visage sillonné de rides, des yeux sans cesse en mouvement.

— Regardez, dit-il en montrant l'espèce de cicatrice balafrant une pente et creusant un fossé à travers l'un des bidonvilles les plus étendus. Il y a eu des glissements de terrain un peu partout. Vous avez entendu les nouvelles, ce matin ?

Dunross acquiesça.

— Laissez-moi les commandes un instant, sollicita MacIver.

L'hélicoptère décrivit un large virage plongeant qui le rapprocha de la zone du sinistre. Les dégâts paraissaient considérables : des centaines de baraques renversées ou écrasées ; d'autres, près du fossé, qui semblaient prêtes à basculer. Les incendies qui s'étaient déclarés avaient été maîtrisés mais la fumée montant encore des ruines enveloppait la scène comme un suaire.

— C'est terrible, murmura Ian.

— Je me suis levé à l'aube, ce matin. Les pompiers m'ont demandé de les aider à Hill Three, au-dessus d'Aberdeen. Il y a deux jours, une fillette avait failli être ensevelie ; cette fois, le glissement a fait une dizaine de morts. Il aurait pu y en avoir davantage : deux ou trois cents taudis ont basculé dans un fossé de quinze mètres de profondeur sur soixante de long.

MacIver tourna un moment autour de la faille, griffonna une note sur son carnet puis reprit de l'altitude et rendit les commandes à son client.

Sha Tin apparut à l'horizon, sur la droite. Le village de pêcheurs se trouvait en bordure des pistes menant dans les collines où la course devait avoir lieu. L'épreuve se disputait sur un circuit de terre battue tracé au bulldozer à travers la montagne. Dunross aperçut en bas de la pente quelques voitures, certaines encore sur leurs remorques, mais presque pas de spectateurs — il était trop tôt. D'ordinaire la course attirait un nombreux public — des Européens, en majeure partie , car c'était la seule compétition de sport automobile organisée à Hong Kong. La loi britannique interdisant les courses sur le réseau routier, le Rally Club de Hong Kong organisait son Grand Prix amateur à Macao, avec l'aide du conseil municipal de l'enclave portugaise. L'année précédente, Guillo Rodriguez, de la police de Hong Kong, avait remporté la victoire en couvrant les soixante tours en trois heures vingt-six minutes, à la moyenne de 115 km/h. Dunross, sur sa Lotus, et Brian Kwok, au volant d'une Jag Type E qu'on lui avait prêtée, s'étaient disputé la seconde place jusqu'à ce que Ian, victime d'une crevaison, eût percuté la barrière au virage du Pêcheur. Il avait failli se tuer, à l'endroit même où son moteur avait lâché en 1959, l'année précédant son accession au poste de Taï-pan.

Conscient qu'on l'observait, Dunross se concentra sur son atterrissage. L'hélicoptère descendit, se balança quelque peu en s'approchant du sol mais se posa selon les règles. Aussitôt, Ian sauta à terre et se dirigea, tête baissée, vers un petit groupe d'hommes en imperméable qui pataugeaient dans la boue.

George T'Chung, le fils aîné de Shitee, accueillit le nouveau venu par ces mots :

— Quelle mélasse, Ian. J'ai voulu faire un essai, je suis sorti au premier virage.

Il indiqua d'un geste une jaguar cabossée et embourbée.

— Il va falloir faire venir un tracteur pour la tirer de là, ajouta-t-il.

— Quelle perte de temps, grogna Don Nikklin, un petit homme d'une trentaine d'années aux manières agressives. Nous aurions dû annuler la course hier.

Très juste, pensa le Taï-pan, mais je n'aurais pas eu l'occasion de piloter, ni le plaisir de te voir gémir sous la pluie sur ta matinée gâchée.

— Vous étiez là, et votre père également, lorsque nous avons décidé d'un commun accord d'essayer quand même, répondit Dunross d'une voix suave.

McBride s'empressa d'intervenir :

— Je propose officiellement que nous reportions la course.

— J'approuve, lança Nikklin, avant de s'installer au volant de son camion flambant neuf à quatre roues motrices, sur lequel sa Porsche à moteur gonflé était déjà montée.

— Quel personnage chaleureux, ironisa quelqu'un.

Nikklin démarra, fit habilement décrire une courbe à son véhicule pour le ramener sur la route glissante et s'éloigna.

— C'est un bon chauffeur, commenta quelqu'un d'autre. Dommage qu'il soit aussi puant.

— On verra à Macao, hein, Taï-pan ? fit George T'Chung dans un éclat de rire.

— Cette fois, je gagnerai.

Dunross n'avait jamais remporté le Grand Prix, ses voitures n'ayant jamais résisté à la folle allure qu'il leur imposait.

— Oh non ! s'écria le jeune T'Chung dans son anglais de *public school*. Cette année, c'est pour moi. Mon vieux s'est fendu d'une Lotus 22, une merveille. Vous verrez mon train arrière pendant soixante tours !

— Sûrement pas ! Ma nouvelle type E...

Ian s'interrompit en voyant approcher une voiture de police qui dérapait dans la boue. Pourquoi Sinders vient-il si tôt ? se demanda-t-il, la gorge nouée. Machinalement, sa main se porta à sa poche revolver pour vérifier si l'enveloppe qu'il y avait mise s'y trouvait toujours.

La veille, quand il était retourné au bureau de P. B. White, il avait examiné à la lumière les onze morceaux de papier sans parvenir à les déchiffrer. Tant mieux, avait-il pensé. Il avait fait ensuite deux séries de photocopies qu'il avait glissées dans deux enveloppes. Sur la première, il avait écrit : « P. B. White, veuillez remettre ceci sans l'ouvrir au Taï-pan de Struan », puis il l'avait placée entre les pages d'un livre pris au hasard sur les rayonnages. Sur la seconde, destinée — selon les instructions d'AMG — à Riko Gresserhoff, il avait tracé un G. Enfin il avait mis les originaux dans une troisième enveloppe qu'il avait fourrée dans sa poche avec la seconde. Après avoir vérifié que la porte du passage secret était bien refermée, il était sorti du bureau. Quelques minutes plus tard, il avait quitté White avec Gavallan, Casey et Riko, et bien que les occasions n'eussent pas manqué de glisser son enveloppe à la Japonaise, il avait décidé de remettre d'abord les originaux.

Maintenant ou à midi ? se demandait Ian en regardant la voiture de police. L'automobile s'arrêta, l'inspecteur principal Donald C. C. Smyth en descendit, le bras toujours en écharpe.

— Bonjour messieurs, fit-il en portant sa badine à la visière de sa casquette. Mr. Dunross, est-ce vous qui avez loué l'hélico ?

Le Taï-pan répondit par l'affirmative.

— Je fais un petit travail là en bas, je vous ai vu arriver. Si vous ne repartez pas tout de suite, nous pourrions peut-être vous emprunter MacIver et son coucou un moment.

— Je vous le céderai quand il m'aura reconduit. Nous partons dans un instant, la course est annulée.

— Sage décision. Avec ce temps, il y aurait eu des blessés comme au casse-pipe. Je dis un mot à MacIver, alors ?

— Je vous en prie. Rien de grave, j'espère.

— Absolument pas. La pluie a découvert deux cadavres qui avaient été ensevelis dans le secteur où nous avons retrouvé le corps de John Chen. Intéressant, non ?

Le groupe se resserra autour du policier.

— D'autres victimes des Loups-Garous ? demanda George T'Chung, l'air abasourdi.

— Nous le supposons. Tous les deux étaient jeunes. L'un a eu le crâne fracassé, l'autre le cou à moitié tranché, apparemment avec une pelle. Des Chinois, précisa l'inspecteur.

— Dieu du ciel ! murmura le jeune T'Chung, livide.

Smyth hocha la tête avec une petite moue blasée.

— Quelqu'un d'entre vous aurait-il entendu dire que

des rejetons de riches familles chinoises se seraient fait enlever ?

Chacun fit non de la tête.

— Cela ne me surprend pas, reprit Smyth. Les familles ont tort de ne pas prévenir la police et de traiter avec les ravisseurs. Malheureusement, comme les corps ont été découverts par des Chinois du coin, cela va faire la une de tous les journaux du soir d'ici à Pékin !

— Vous voulez l'hélicoptère pour ramener les cadavres ?

— Oh ! non, Taï-pan. Le plus urgent, c'est de faire venir des experts de la Criminelle pour ratisser le secteur avant que la pluie ne reprenne. Vous pouvez partir tout de suite ?

— Certainement.

— Merci. Dommage pour Noble Star, dit Smyth en se dirigeant vers l'hélicoptère. Samedi, je mets le paquet sur vous.

George T'Chung était manifestement bouleversé par la nouvelle.

— Nous sommes tous menacés par ces salauds de Loups-Garous. Vous, moi, mon père, tout le monde ! s'écria-t-il. Comment nous protéger ?

Personne ne lui répondit.

— Ne vous en faites donc pas, mon vieux, dit enfin le Taï-pan en souriant. Nous sommes tous des monuments que nul n'oserait profaner.

73

10 h 01

La sonnerie du téléphone retentit dans la pénombre de la chambre et Bartlett émergea péniblement de son sommeil.

— Allô ?

— Bonjour, Mr. Bartlett. Ici Claudia Chen. Le Taï-pan voudrait savoir si vous aurez besoin de la voiture aujourd'hui.

— Non, non, marmonna l'Américain (il regarda sa montre). Déjà ! Euh, merci, Claudia.

— Le voyage à Taipei est reporté à vendredi prochain. Cela vous convient-il ?

— Euh, oui. Merci.

Bartlett raccrocha, s'étendit de nouveau et s'étira avec volupté. Ravi de n'avoir rien d'urgent à son programme, il savourait le rare plaisir d'un peu de paresse.

Il était quatre heures du matin quand il avait accroché à sa porte un « prière de ne pas déranger » et avait demandé au standard de ne lui passer aucune communication avant dix heures. La veille, Orlanda l'avait emmené à Aberdeen et ils avaient loué un bateau de plaisir avec lequel ils s'étaient promenés au hasard dans le port. La pluie faisait paraître plus confortable la cabine recouverte d'une toile tendue sur deux demi-cerceaux.

La jeune femme lui avait servi un plat très épicé, qu'un brasero tenait au chaud, et lui avait expliqué :

— À Shanghai, nous utilisons pour la cuisine de l'ail, du piment, du poivre et toutes sortes d'épices. Plus on remonte vers le nord, plus la nourriture est épicée, plus on mange de pain et de nouilles à la place de riz. Le nord de la Chine est une terre à blé, seul le sud est couvert de rizières. Tu en veux encore ?

Il avait excellemment mangé et avait bu la bière qu'Orlanda avait pris soin d'emporter. Le temps s'était écoulé sans qu'il s'en rendît compte tandis qu'elle lui parlait de Shanghai et de l'Asie. Puis ils s'étaient allongés côte à côte sur les coussins, les doigts enlacés, et elle lui avait murmuré :

— Pardon, Linc, mais je t'aime.

Surpris, pas encore prêt à lui faire le même aveu, il avait simplement répondu :

— Tu n'as pas à demander pardon.

— Oh ! si. Cela complique tout.

Les bras sous la nuque, il repensait à cette nuit au cours de laquelle ils avaient échangé des caresses sans jamais les pousser à leur conclusion logique. Non pas qu'Orlanda s'y fût refusée : c'était lui qui, en définitive, avait tenu la bride à son désir.

— C'est bien la première fois que ça t'arrive, grommela-t-il à mi-voix. D'habitude, quand tu chauffes une fille, tu vas jusqu'au bout.

Dans le taxi qui l'avait ramenée chez elle, ils étaient restés silencieux, la main dans la main. Ça, c'est le bouquet ! pensa-t-il. Si quelqu'un m'avait dit il y a un mois, ou une semaine, que je me contenterais de reconduire une femme chez elle en lui tenant la main !

Et Casey, dans tout ça ? et Par-Con ? Attends de voir si elle se décide d'elle-même à te mettre au courant de l'opération montée avec Murtagh... Gornt ou Dunross ? Le Taï-pan a du style et le fait d'avoir Banastasio contre lui est un bon point en sa faveur.

Quand Bartlett avait relaté à Armstrong sa conversation avec Banastasio, le policier avait répondu :

— Nous verrons ce que nous pouvons trouver, quoique Mr. Gornt jouisse d'une réputation irréprochable. Quant à Banastasio, nous l'aurons à l'œil, encore que ce soit probablement aux États-Unis qu'il soit le plus dangereux.

— Sans doute et j'ai prévenu Rosemont qui...

— Vous avez bien fait. Avez-vous également parlé à Ed Langan ?

— Non. Il est de la CIA, lui aussi ?

— Officiellement, je ne sais même pas si Rosemont en est membre, Mr. Bartlett. Vous a-t-il suggéré quoi que ce soit au sujet des armes ?

— Non.

— Bon, peu importe. Je me mettrai en contact avec lui. Soit dit en passant, c'est un homme de grande valeur, qui a une solide expérience.

Il lui en faudra pour contrer la Mafia — si Banastasio en fait bien partie, songea Bartlett. Il allongea le bras, décrocha le téléphone, composa le numéro de la chambre de Casey. N'obtenant pas de réponse, il appela la réception pour demander s'il avait des messages. L'employé lui annonça qu'on les avait déjà glissés sous sa porte.

— Désirez-vous qu'on vous monte également les télégrammes et les télex ?

— Oui, s'il vous plaît. Rien de la part de miss Tcholok ?

— Non, monsieur.

Bartlett sauta du lit, alla à la porte. Parmi les messages (dont un le priait de rappeler Mr. Banastasio), il trouva une enveloppe portant l'écriture de Casey. Il l'ouvrit, lut la note qu'elle contenait : « 9 h 45. Salut, Linc ! Je te laisse dormir. Je serai de retour vers 6 heures. »

Où est-elle allée ? se demanda-t-il distraitement. Il décrocha le téléphone pour appeler Rosemont mais changea d'avis et fit le numéro d'Orlanda. Pas de réponse.

— Merde, bougonna-t-il.

Ne t'impatiente pas, se raisonna-t-il. Tu as rendez-vous dans deux heures avec elle au dernier étage du V & A. « Le dimanche, tout le gratin de Hong Kong y déjeune, avait expliqué Orlanda. Leur buffet chaud et froid est une merveille ! On en parle dans toute l'Asie. »

— Encore manger, avait-il feint de protester. Je vais finir par peser une tonne !

— Non, tu ne risques rien. Si tu veux, nous irons ensuite faire une longue promenade, ou disputer une partie de tennis si la pluie cesse. Nous ferons ce que tu voudras ! Oh ! Linc, je t'aime tant...

Perdue dans la foule, Casey s'appuyait au parapet de l'embarcadère de Kowloon. Elle portait un pantalon kaki et un chemisier de soie jaune qui mettaient ses formes en valeur, un pull de cachemire assorti négligemment noué autour du cou, et des ballerines. Dans son grand sac à main, elle avait fourré un maillot de bain qu'elle ne comptait probablement pas utiliser : le Peak était noyé de brume jusqu'à mi-hauteur, de gros nuages noirs assombrissaient le ciel à l'est et un grain épais fonçait vers l'île. Un petit hélicoptère passa bruyamment au-dessus du port et se posa sur la terrasse d'un des immeubles du centre, peut-être celui de Struan, c'était difficile à dire.

Casey baissa les yeux et vit approcher le yacht, un superbe navire aux lignes racées arborant un pavillon aux couleurs vives en haut d'un mât tronqué. Gornt était à la barre, en tenue décontractée ; pantalon de toile, manches de chemise roulées sur les bras, cheveux ébouriffés par la brise marine. La jeune femme reconnut les autres hommes qui l'encadraient : Jason Plumm, dont elle avait fait la connaissance aux courses ; sir Dunstan Barre, vêtu d'un blazer bleu et d'un pantalon blanc ; Pugmire, lui aussi habillé en yachtman.

Gornt fit habilement accoster son imposant bateau avec l'aide de deux matelots armés de gaffes. Casey s'avança vers les cinq marches humides et rejoignit sur le ponton cinq jeunes Chinoises qui bavardaient en riant. Elles montèrent maladroitement à bord en agrippant tour à tour la main d'un des marins et, d'un coup de pied, se défirent de leurs chaussures à hauts talons. Trois d'entre elles s'approchèrent respectivement de Plumm, Pugmire et Barre en les saluant avec effusion, comme si elles retrouvaient de vieux amis ; les deux autres descendirent vers les cabines avec des cris joyeux.

Une partie fine, se dit Casey avec dégoût. Elle s'apprêtait à partir quand Gornt, appuyé contre le bastingage, lui lança :

— Bonjour, Casey. Montez donc.

Le yacht se balançait sous l'effet de la houle, des vagues giflaient sa coque et les marches de l'embarcadère.

— Montez, vous ne risquez rien.

Sentant le sarcasme sous l'invite, Casey refusa la main tendue du matelot et sauta seule à bord.

— On dirait que vous avez passé votre vie en mer, dit Gornt en s'approchant pour l'accueillir. Bienvenue à bord de la *Sorcière des mers*.

— J'aime la mer, mais je me demande si j'ai bien fait de venir.

— Vous faites allusion aux filles ?

— Exactement.

— Ce sont simplement les invitées de mes invités, répondit Gornt en fixant Casey dans les yeux. J'avais cru comprendre que vous revendiquiez une égalité complète.

— Comment ?

— Que vous vouliez être traitée en égale dans un monde d'hommes, aussi bien dans les affaires que dans le plaisir.

— C'est vrai, repartit la jeune femme d'un ton froid.

— Est-ce le fait qu'ils soient mariés et que vous connaissiez leurs épouses qui vous choque ?

— Oui, je suppose.

— Avouez que ce n'est pas très logique.

— Peut-être.

— Vous êtes *mon* invitée, les autres sont les invitées de mes invités, je le répète. Lorsqu'on réclame l'égalité, il faut être prête à l'accepter sous toutes ses formes.

— Ce n'est pas de l'égalité.

— C'est une preuve de confiance que je vous donne, et, croyez-moi, les autres étaient beaucoup moins prêts que moi à vous l'accorder. Je leur ai répondu qu'ils pouvaient partir si votre présence les dérangeait. Je suis seul maître à bord et je me porte garant de votre discrétion. Ici, à Hong Kong, nous avons des coutumes différentes des vôtres. Notre société n'est pas puritaine, bien que nous ayons des règles très strictes. Vous êtes seule, célibataire, très séduisante. Vous êtes donc la bienvenue à bord, sur un pied d'égalité. Si vous étiez mariée à Linc, ce n'est pas vous que j'aurais invitée mais lui, et ce qu'il vous aurait raconté à son retour n'aurait regardé que lui.

— Alors c'est l'usage à Hong Kong : le dimanche, les maris se paient du bon temps sans leurs femmes ?

— Pas du tout. Simplement, mes invités m'ont demandé la permission de se faire accompagner afin d'égayer un déjeuner qui aurait pu être ennuyeux pour eux.

La *Sorcière des mers* donna de la bande, Barre et sa compagne trébuchèrent et faillirent tomber. Gornt ne bougea pas d'un pouce, Casey non plus.

— Vous connaissez bien la mer ? lui demanda-t-il.

— J'ai un voilier de six mètres en fibre de verre. Je le sors parfois le week-end.

— Seule ?

— La plupart du temps. Parfois avec Linc.

— À présent je regrette d'avoir invité les autres. Je suis navré si je vous ai offensée, dit Gornt avec une étrange douceur.

— Je le regrette aussi.

— Acceptez-vous quand même de rester ? Je l'espère — comme j'espère que vous saurez vous montrer discrète.

— Je reste. Merci de votre confiance.

— Venez sur la passerelle. Nous boirons du champagne et je crois que le repas vous plaira.

Ayant choisi de rester, Casey décida de tirer de la journée tout le plaisir qu'elle offrirait.

— Où allons-nous ?

— Au large de Sha Tin. La mer sera calme, là-bas.

— Votre yacht est magnifique, Quillan.

— Je vais vous le faire visiter dans un instant.

Gornt s'apprêtait à donner l'ordre d'appareiller quand Peter Marlowe descendit à la hâte les marches de l'embarcadère et sauta à bord. L'écrivain eut l'air surpris de découvrir Casey.

— Désolé d'être en retard, Mr. Gornt.

— Cela ne fait rien. Vous vous connaissez, je crois ? Casey est *mon* invitée, elle saura être discrète. N'est-ce pas ? fit le Taï-pan de Rothwell en souriant à la jeune femme.

— Naturellement.

Quand il les laissa seuls pour se rendre sur la passerelle, Marlowe et Casey se regardèrent d'un air embarrassé.

— Je ne m'attendais pas à vous trouver ici, Peter.

— Moi non plus.

— Répondez-moi franchement : une de ces filles est pour vous ?

— Même si c'était le cas, cela ne vous regarderait absolument pas, dit Marlowe avec un curieux sourire. Et vous, vous êtes la petite amie de Gornt ?

— Bien sûr que non !

— Alors que faites-vous ici ?

— Je ne sais pas. D'après lui, je suis invitée sur un pied d'égalité.

— Oh ! je vois. Gornt a un sens de l'humour très particulier, je vous avais prévenue. Et, pour répondre à votre question, toutes ces filles font partie de mon harem !

Ils s'esclaffèrent ensemble puis il ajouta, d'un ton plus sérieux :

— Ne vous inquiétez pas pour Fleur. Elle fait preuve d'une grande sagesse.

— J'aimerais pouvoir en dire autant. Désolée, Peter, tout cela est nouveau pour moi.

— Pour moi aussi, répondit l'écrivain en souriant. C'est la première fois que je participe à ce genre de croisière. Pourquoi...

Son sourire disparut. Casey suivit la direction de son regard et découvrit Robin Grey, qui venait de monter sur le pont. Le député versait du champagne dans le verre que lui tendait une des filles.

— Venez ! appela Gornt. Il y a du vin, du champagne, ou du café, si vous préférez.

Bien que son visage n'en montrât rien, le Taï-pan de Rothwell s'amusait beaucoup.

74

11 h 15

— Je vous le répète, Mr. Sinders, je ne connais ni Arthur ni le major Youri Bakyan. Pour moi, cet homme s'appelait Igor Voranski, il était matelot de première classe, déclara Souslev en tâchant de garder son calme.

Le Russe était assis en face du chef du MI-6, dans la lugubre salle d'interrogatoire du QG de la police. À côté de lui, Boradinov, son second, s'agitait sur sa chaise, l'air très mal à l'aise. Depuis son arrivée, Souslev n'avait pas vu trace de Roger Crosse, dont il avait espéré l'aide. C'est normal, pensa-t-il, il ne doit pas courir de risques.

— Et vous prétendez aussi que l'espion Dimitri Metkin ne s'appelait pas Nicolaï Leonov, également major du KGB ?

— C'est absurde. J'en référerai à mon gouvernement.

— Les réparations de l'*Ivanov* sont terminées ?

— Elles le seront ce soir à minuit. Nous faisons gagner de l'argent aux chantiers de Hong Kong, nous...

— Assez de comédie. Leonov a parlé avant que vous ne le fassiez assassiner, il s'est montré très coopératif... Boradinov, allez attendre dehors !

L'ordre avait claqué comme un coup de fouet et le second se leva d'un bond. Il ouvrit la porte, un policier chinois lui indiqua une chaise de la pièce voisine et referma aussitôt.

Sinders posa sa pipe sur le bureau, sortit de sa poche un paquet de cigarettes et en alluma une en prenant son temps. Dehors, la pluie battait aux carreaux. Souslev observait son ennemi par-dessous ses sourcils broussailleux en se demandant ce que Roger avait de si urgent à lui dire. Ce matin, chez Ginny Fu, Arthur lui avait téléphoné que Crosse voulait le voir ce soir à huit heures aux tours Sinclair.

— Que me veut-il ? avait demandé le capitaine.

— Je n'en sais rien, nous n'avons pas eu le temps d'en parler. Vous avez vu Koronski ?

— Oui, tout est arrangé. Vous nous livrerez la marchandise ?

— Bien avant minuit.

La conversation avec Arthur avait en partie dissipé la peur de Souslev mais il la sentait à présent renaître en lui, face à cet homme dont on connaissait au KGB la réputation d'ennemi redoutable. Le Soviétique résolut de tenter un coup de bluff.

— Je m'en vais, annonça-t-il en se levant. J'en ai assez de vos questions.

— Parlez-moi de Sevrin.

— Severin ? Je ne connais pas de Severin. Je ne suis pas obligé de vous répondre !

— C'est exact, camarade capitaine — du moins en temps normal. Mais l'un de vos hommes a été pris sur le fait et nos amis américains voudraient bien mettre la main sur vous. Ils sont moins patients que nous, je vous préviens.

— Vos menaces ne m'impressionnent pas ! s'écria l'agent du KGB, de plus en plus inquiet. Je n'ai rien à me reprocher ! J'exige qu'on me laisse retourner à bord de mon bateau ! Immédiatement !

— Fort bien, répondit Sinders calmement. Allez-vous-en.

— Je peux partir ?

— Naturellement. Bonne journée, capitaine.

Souslev considéra son adversaire avec stupéfaction puis se dirigea vers la porte.

— Bien entendu, nous nous arrangerons pour que vos supérieurs apprennent que vous nous avez donné Leonov.

Le visage du Russe vira au gris cendreux.

— Co... comment ?

— Leonov nous a raconté, entre autres choses, que c'est vous qui l'avez poussé à prendre personnellement livraison de la marchandise. Ensuite, vous l'avez balancé.

— Vous mentez ! beugla Souslev.

L'idée le traversa soudain que Roger Crosse avait peut-être été pris, lui aussi.

— Tout comme vous avez balancé Bakyan à des agents nord-coréens, reprit Sinders.

— C'est faux, bredouilla le capitaine de l'*Ivanov*, soulagé de découvrir que le Britannique ne savait rien de précis et lançait des ballons-sondes au hasard. Je ne connais pas de Nord-Coréens.

— Je vous crois volontiers, mais je doute que vos supérieurs fassent preuve de la même confiance. Au revoir, camarade.

— Que voulez-vous dire ?

— Parlez-moi du télégramme.

— Je ne sais rien de ce télégramme. Votre commissaire se trompe, ce n'est pas moi qui l'ai laissé tomber.

— J'attendrai jusqu'à minuit. Si vous appareillez sans m'avoir dit ce que vous savez de Sevrin, d'Arthur et de l'Américain, à mon retour à Londres je glisserai à l'oreille de quelques personnes trop bavardes que vous avez dénoncé Leonov et Bakyan. La nouvelle finira par parvenir à votre attaché naval...

— C'est un mensonge !

— Cinq cents personnes vous ont vu parler à Mr. Crosse sur le champ de courses. C'est là que vous avez trahi Metkin.

— Vous mentez ! rétorqua Souslev, en s'efforçant de cacher sa peur.

— Votre nouvel attaché naval à Londres ne manquera probablement pas cette occasion de s'attirer les bonnes grâces de ses supérieurs, non ?

— Je ne comprends pas, répondit le Soviétique, qui se savait pris au piège.

— Alors je vais être plus clair : votre vie contre Arthur et l'Américain.

— Je ne connais pas d'Arthur.

— Cela restera entre nous, je n'en parlerai à personne. Vous avez ma parole.

— Je ne connais pas d'Arthur.

— Vous n'avez qu'à me donner son nom et vous sauverez votre peau. Nous sommes des professionnels, vous et moi ; nous savons transiger, et conclure à l'occasion un accord qui reste secret pour tous les autres. Vous vous êtes fait pincer, il faut payer. Si vous quittez Hong Kong sans m'avoir révélé l'identité d'Arthur, je vous balance. Au revoir, camarade capitaine.

Souslev sortit, récupéra son second et l'entraîna au dehors. Sans dire un mot, les deux hommes traversèrent la rue et entrèrent dans le bar le plus proche.

— Deux doubles vodkas, commanda le capitaine.

Foutu télégramme ! avait-il envie de hurler. Je suis coincé, d'un côté comme de l'autre. Si je leur livre Banastasio et Arthur, je reconnais que je suis mêlé à Sevrin, je tombe pour toujours en leur pouvoir ; si je me tais, je ne vivrai pas longtemps. J'ai besoin plus que jamais des dossiers d'AMG ou de la mémoire de Dunross pour me protéger.

— Camarade cap...

Souslev se tourna brusquement vers son second et le traita de crétin en russe. Boradinov se tut, pétrifié.

— Deux autres vodkas, dit Souslev. S'il vous plaît.

La serveuse apporta la commande.

— Je m'appelle Sally. Et toi ? fit-elle.

— Fous l'camp, rétorqua Boradinov.

— *Diou ne lo mo*, alors tu t'appelles Fous-l'camp ? Ta tête ne me revient pas Mr. Fous-l'camp, débarrasse le plancher !

Soucieux d'éviter tout ennui dans un endroit aussi proche du QG de la police, Souslev intervint.

— Excuse-toi, ordonna-t-il à son second.

— Quoi ?

— Excuse-toi, merdaillon !

— Désolé, murmura Boradinov, le visage écarlate.

La fille éclata de rire.

— Hé, mon gros, tu veux zig-zig ?

— Non, répondit Souslev. Juste de la vodka.

Crosse descendit de la voiture de police et se dirigea d'un pas vif vers l'immeuble Struan. Une pluie fine mouillait les passants qui quittaient leur travail, ou s'y rendaient, car le dimanche n'était pas jour de repos pour tout le monde à Hong Kong.

Au 20e étage, il fut accueilli par Sandra Yi :

— Bonjour, Mr. Crosse. Par ici, s'il vous plaît.

Le policier suivit la jeune fille dans le couloir en appréciant le balancement de ses hanches sous le *chong-sam*. Elle ouvrit une porte, le fit entrer.

— Salut, Edward, dit-il à Sinders.

— En avance, vous aussi ?

Le chef des services secrets sirotait une bière dans la luxueuse salle du conseil d'administration.

— Vous désirez boire quelque chose ? proposa Sandra Yi.

— Du café. Noir.

La secrétaire servit Crosse et sortit.

— Comment ça a marché ? demanda le patron de la SI.

— Avec notre visiteur ? À merveille, il est mort de trouille. J'ai enregistré notre conversation, je vous la ferai écouter après le déjeuner.

Crosse réprima un bâillement. Il avait passé une partie de la nuit à développer les photos qu'il avait prises dans la salle des coffres puis à lire et relire les vrais dossiers. À présent, il comprenait pourquoi le Taï-pan n'avait pas voulu s'en séparer : les informations qu'ils contenaient valaient une fortune.

La pendule à cardan égrena les douze coups de midi, Dunross entra.

— Bonjour, messieurs. Merci d'avoir accepté de venir ici.

Il tira de sa poche une enveloppe cachetée qu'il remit à Sinders. Ce dernier l'ouvrit, examina le premier morceau de papier puis feuilleta rapidement les dix autres.

— On dirait qu'ils ont été découpés, dit-il en passant un échantillon à Crosse. Comment vous les êtes-vous procurés ?

— J'ai tenu mon engagement, à vous de tenir le vôtre, réclama le Taï-pan.

— Je n'ai pris aucun engagement, Mr. Dunross. J'ai simplement déclaré que votre requête serait éventuellement satisfaite.

— Alors vous ne libérerez pas Kwok ?

— Il est possible qu'il le soit.

— Je vous demande d'être plus précis.

— D'abord trois questions. Est-ce vous qui avez découpé ces morceaux de papier ?

— Oui.

— Dans quoi et sur quelles instructions ?

— Celles d'AMG. En chauffant certaines pages d'un rapport qu'il m'avait envoyé, j'ai fait apparaître ces parties, je les ai découpées et j'ai brûlé le reste.

— Vous avez gardé une copie ?

— Des onze morceaux ? Oui.

— Veuillez me les remettre.

— Je vous les donnerai quand vous aurez rempli votre part du marché, lundi au coucher du soleil. Maintenant, des précisions.

— Il y a une chance sur deux pour que Kwok soit libéré.

— J'ai pris des dispositions pour que les onze fragments soient publiés mardi matin par le *China Guardian* et deux journaux chinois, l'un communiste, l'autre nationaliste.

— Le gouvernement de Sa Majesté n'apprécie pas le chantage !

— Vous ai-je menacé ? Ces chiffres, ces lettres constituent un fatras incompréhensible, sauf peut-être pour un spécialiste du décodage. *Peut-être.*

— La loi sur les secrets d'État m'autorise à en empêcher la publication.

— Essayez toujours. Votre loi ne m'empêchera pas de

les faire publier quelque part dans le monde avant la fin de la semaine. Maintenant, messieurs, si vous voulez bien m'excuser, j'ai du travail qui m'attend. Merci de votre visite.

Crosse laissa Sinders sortir le premier et le suivit dans le couloir. En les apercevant, Sandra Yi appela l'ascenseur.

— Pardon, Mr. Crosse, savez-vous quand le commissaire Kwok doit revenir à Hong Kong ? demanda-t-elle.

— Euh, je ne sais pas au juste. Pourquoi ?

— Nous devions dîner ensemble vendredi soir mais il a dû partir précipitamment, à ce qu'on m'a dit.

— Eh bien, je tâcherai de me renseigner, promit Crosse.

— Oh ! merci.

Un bourdonnement se fit entendre, Sandra Yi décrocha.

— Ici Struan... Un moment...

Tandis que la jeune Chinoise passait la communication, Crosse regardait les numéros des étages s'éclairer l'un après l'autre au-dessus de la porte de l'ascenseur. Le standard bourdonna de nouveau.

— Allô ?... Un moment, madame, je vérifie...

La secrétaire feuilleta le carnet de rendez-vous du Taï-pan. L'ascenseur arriva, Sinders pénétra dans la cabine, Crosse s'apprêta à le suivre.

— À 13 heures, Mrs. Gresserhoff, reprit Sandra Yi.

Aussitôt Crosse s'immobilisa et se pencha comme pour renouer son lacet. Sinders, qui avait immédiatement compris, bloqua la porte coulissante.

— Je vous en prie, madame. La table est retenue au nom du Taï-pan pour 13 heures, au restaurant Horizon de l'hôtel Mandarin.

Crosse se releva, entra dans la cabine dont la porte se referma.

— Tout vient à point à qui sait attendre, fit-il avec un sourire. Je propose que nous la prenions en filature à la sortie du restaurant pour découvrir dans quel hôtel elle est descendue.

— D'accord, approuva Sinders. Hans Gresserhoff était le nom de code d'un espion est-allemand qui nous a échappé pendant des années. Il travaillait avec un autre salopard, un tueur patenté qui se faisait appeler Viktor Grunwald ou Simeon Tzerak.

— Vous avez pu déchiffrer le code ?

— Non. Impossible d'envoyer le texte par télex, c'est

trop dangereux. Il vaut mieux que je rentre immédiatement à Londres pour le confier à nos services du Chiffre.

— Aujourd'hui ?

— Demain. Je veux d'abord terminer cette affaire et identifier Mrs. Gresserhoff. Vous pensez que Dunross mettrait sa menace à exécution ?

— Absolument.

Sinders se frotta les sourcils. Ses yeux d'un bleu délavé paraissaient plus clairs encore que d'ordinaire.

— Et le « client » ?

— Je crois...

La porte de l'ascenseur coulissa, les deux hommes sortirent de la cabine, traversèrent le hall. Un portier en livrée se précipita pour ouvrir la portière de la voiture. Une fois installé au volant, Crosse poursuivit :

— Je crois qu'une dernière séance suffira. Ensuite Armstrong le ramènera à la réalité. Je me demande s'il en aura le temps d'ici lundi soir. Enfin, peu importe, nous avons décroché le gros lot.

Ce matin, la séance de 6 heures allait s'achever sans résultat lorsque Armstrong avait mis au jour un véritable filon : des précisions sur le mystérieux professeur Joseph Yu, ancien de Princeton et Stanford, spécialiste des fusées, expert de la NASA.

— Quand doit-il venir à Hong Kong, Brian ? avait demandé le commissaire, tandis que, dans la salle de contrôle, Crosse et Sinders retenaient leur souffle.

— Je... je ne sais pas... Laisse-moi réfléchir... je ne me souviens plus... Ah ! si, à la fin du mois — Quel mois sommes-nous ?... Il devait repartir dix jours après... après les courses.

Crosse avait averti Rosemont, que la nouvelle avait complètement affolé.

— Je me demande si nos amis parviendront à le récupérer, murmura Crosse derrière son volant.

— Qui ? Joseph Yu ? Je l'espère de tout cœur. Encore que des fusées chinoises lâchées dans la stratosphère feraient courir des frissons dans le dos des Russes...

Au restaurant Horizon, on reconnut immédiatement Crosse, qui obtint une table légèrement à l'écart, près du bar. Tandis que Sinders commandait à boire, Crosse réclamait au téléphone le renfort de deux agents, l'un britannique, l'autre chinois.

Les deux hommes arrivèrent quelques minutes plus tard, peu avant que Dunross fît son entrée, précédé du maître d'hôtel et suivi de trois serveurs, et se dirigeât vers la meilleure table où une bouteille de champagne fraîchissait déjà dans un seau à glace.

— Il les a bien habitués, murmura Sinders.

Son regard balaya la salle, s'arrêta.

— Rosemont est là aussi ! Est-ce une coïncidence ? reprit-il.

— Et là-bas, dans le coin, Vincenzo Banastasio discute avec Vee Cee Ng. C'est peut-être pour eux que Rosemont est ici, supputa Crosse. À ce propos, l'Américain a loué un hélicoptère pour se rendre à Macao lundi.

— Il faut l'empêcher de partir.

— Je m'en suis déjà occupé : ennuis de moteur.

— Bon, approuva Sinders. Le fait que Bartlett soit venu vous prévenir des manigances de Banastasio tendrait plutôt à le blanchir, non ?

— Cela ne prouve..., commença Crosse.

— Regardez cette beauté ! fit Sinders en lorgnant la femme qui suivait le maître d'hôtel.

Le chef du MI-6 ouvrit la bouche de stupéfaction lorsqu'elle s'arrêta devant la table de Dunross, s'inclina et s'assit.

— Alors, Mrs. Gresserhoff est chinoise !

— Japonaise, corrigea Crosse, sans quitter des yeux les lèvres du Taï-pan. Aucune Chinoise ne lui aurait fait une aussi belle courbette... Bon sang, ils doivent parler en japonais !

— Dunross connaît le jap ?

— Le *japonais*. Et aussi l'allemand, le français, l'italien et trois dialectes chinois.

— Je dis jap parce que j'ai perdu un fils sur le *Prince of Wales* et que mon frère est mort de faim sur la route de Birmanie, répliqua Sinders. Alors épargnez-moi vos remarques hypocrites... Cela dit, cette fille est une beauté, je le maintiens.

— Belle preuve de tolérance, grommela Crosse.

— Vous, vous avez fait la guerre en Europe, je suppose ?

— Ma guerre n'a pas de fin, Edward, et pour moi 39-45, c'est de l'histoire ancienne. Désolé pour votre famille mais le Japon n'est plus notre ennemi, c'est même le seul allié véritable que nous ayons en Asie.

Pendant une demi-heure, le patron de la SI observa le Taï-pan et son invitée sans parvenir à lire leurs paroles sur leurs lèvres. En désespoir de cause, il proposa à Sinders de partir et d'abandonner la surveillance aux deux agents de la SI.

Un serveur apportait le café à la table de Dunross quand Riko Anjin demanda en allemand :

— Vous retournerez bientôt au Japon ?

— La semaine prochaine, pour prendre livraison d'un supercargo construit par Hiro Toda.

Conscient des regards posés sur eux, Ian passa au japonais :

— Où dois-je déposer l'argent que nous vous devons, Riko-*san ?*

— Si vous pouviez me donner un chèque avant mon départ ce serait parfait.

Sachant que les bonnes manières interdisaient à la jeune femme de s'enquérir du montant de la somme, Dunross précisa :

— Je vous ferai parvenir un chèque de 10 625 livres lundi matin, puis un autre de 8 500 livres en janvier, et la même somme l'année suivante. Quels sont vos projets ?

— Lundi, je prendrai l'avion pour le Japon, ensuite... je ne sais pas. Je rentrerai peut-être en Suisse, quoique rien ne m'attache là-bas. Mrs. Gresserhoff est morte avec Hans, il vaut mieux que je redevienne Riko Anjin, je crois.

Dunross sortit de sa poche un paquet plat.

— Voici un présent de la Noble Maison pour vous remercier de la peine que vous avez prise.

— Merci infiniment, mais ce fut pour moi un honneur et un plaisir. Dois-je l'ouvrir maintenant ?

— Plus tard. Ce n'est qu'un pendentif en jade. Il y a aussi dans la boîte une enveloppe contenant des documents confidentiels que votre mari m'avait chargé de vous remettre. Savez-vous ce qu'elle contient ?

— Non. Hans m'avait simplement dit que vous me remettriez une enveloppe cachetée et qu'un jour quelqu'un viendrait la réclamer.

— Il vous a révélé le nom de cette personne ?

— Oui, mais en me recommandant de ne le divulguer à personne, pas même à vous. Je vous prie de m'excuser.

— Simplement la remettre à cet homme ?

— Ou à cette femme, ajouta Riko avec un petit sourire.

Quand on viendra la réclamer, pas avant. Et la personne qui en prendra livraison s'acquittera d'une dette ancienne. Merci du cadeau, Taï-pan-*san*, je le garderai précieusement.

— Comment pourrai-je vous joindre à l'avenir ?

— Je vous donnerai trois numéros de téléphone : l'un en Suisse, les deux autres au Japon.

Après un silence, Ian demanda :

— Serez-vous au Japon quand je m'y rendrai ?

Riko leva les yeux vers lui.

— Si vous le voulez, murmura-t-elle.

75

14 h 30

La *Sorcière des mers* avait jeté l'ancre devant le port de Sha Tin, où elle avait mouillé pour le déjeuner. Dès que le yacht avait accosté, le cuisinier, Casey et Peter Marlowe avaient accompagné Gornt à terre pour choisir les crustacés, les bouquets et les poissons qui nageaient encore dans des baquets d'eau de mer. Puis ils s'étaient rendus au marché pour acheter des légumes frais, cueillis du matin.

Le repas avait été très gai, ponctué par les rires des jeunes Chinoises qui usaient toutes, à des degrés divers, d'un anglais assez salace. Dunstan Barre, en grande forme, avait multiplié les histoires drôles, et les autres avaient suivi son exemple. Casey les avait trouvés différents, plus spontanés, presque juvéniles. Puis la conversation avait roulé sur les affaires et, en quelques heures, elle en avait appris davantage sur les pratiques de Hong Kong qu'à travers toutes ses lectures.

— Vous vous ferez facilement une place, Bartlett et vous, si vous jouez le jeu selon les règles de la Colonie, lui avait assuré Barre. N'est-ce pas, Quillan ?

— Cela dépend. Si vous choisissez Struan — à supposer que Struan existe encore la semaine prochaine —, vous recevrez un peu de lait mais pas du tout de crème.

— Vous m'offrez mieux ?

— Beaucoup mieux : du lait, et un tout petit peu de crème ! s'était esclaffé Barre.

— Disons qu'avec nous le lait sera « homogénéisé », avait ajouté Gornt d'un ton aimable.

À présent, une délicieuse odeur de café fraîchement torréfié montait de la cuisine. Les Chinoises bavardaient entre elles tandis que les hommes discouraient sur les affaires en Asie, l'offre et la demande, le goût des Asiatiques pour la contrebande.

— Vous devriez consulter Marlowe en ce domaine, Mr. Gornt, lança soudain Robin Grey d'un ton mordant. Il a tout appris de la contrebande et du marché noir à Changi.

Dans le silence qui se fit autour de la table, l'écrivain répondit :

— Laissez tomber, Grey.

— Je pensais que vous étiez fier de cette histoire, vous et votre ami yankee.

— Laissez tomber, Grey, répéta Marlowe, le visage fermé.

Dissimulant le plaisir que lui procurait l'algarade, Gornt joua les hôtes parfaits :

— Mr. Grey, le moment est mal choisi pour ressasser de vieilles querelles.

— Loin de moi cette idée, Mr. Gornt. Comme vous parliez de contrebande et de marché noir, j'ai simplement fait remarquer que Marlowe est expert en la matière.

— Si nous prenions le café sur le pont ? proposa Gornt en se levant.

— Bonne idée. Une tasse de café, c'est bon après la bouffe, dit le député dans l'intention délibérée de choquer les autres convives.

Il en avait soudain assez de leurs plaisanteries, de tout ce que ces hommes représentaient.

— Marlowe et son copain américain faisaient griller du café dans le camp alors que les autres prisonniers mouraient de faim, poursuivit-il. L'odeur nous rendait dingues. Vous vous souvenez, Marlowe ?

Après un court silence, le romancier répondit :

— Tout le monde avait du café de temps à autre. Tout le monde en faisait griller.

— Vous deux, c'était tous les jours. Comment diable faisiez-vous pour avoir du café et de la nourriture alors que nous n'avions rien à manger ?

Casey remarqua la veine qui palpitait près de la tempe de Marlowe.

— Robin..., commença-t-elle.

— Vous ne répondez pas, Marlowe ? dit Grey.

Les deux hommes se regardaient en silence dans un climat lourd de violence.

— Laissez donc ces vieilles histoires, mon cher, intervint Gornt avec des intonations patriciennes dont il savait qu'elles ne feraient qu'exacerber la haine de Grey. Tout cela n'a plus d'importance, maintenant. Et puis, c'est dimanche, nous avons fait un excellent déjeuner entre amis.

— Dimanche ou pas, je n'ai jamais été l'ami de Marlowe ! repartit Grey. C'est un rupin, moi je suis du peuple. La guerre a tout changé, nous les travailleurs, nous n'oublierons jamais !

— Parce que vous êtes un travailleur ? rétorqua Marlowe sur un ton grinçant.

— Je suis du côté des exploités, vous de celui des exploiteurs, comme à Changi.

— Changez de disque, Grey ! Changi était un autre monde...

— C'était pareil qu'ailleurs : il y avait les patrons et les travailleurs, ceux qui recevaient les ordres et ceux qui s'engraissaient de leur sueur, comme vous et King.

— Vous dites n'importe quoi !

Casey, qui se trouvait près du député, lui posa la main sur le bras et dit :

— Allons donc prendre le café.

— Bien sûr, fit Grey. Mais demandez-lui d'abord si ce que je dis est vrai. Demandez-lui. Qui en aura le courage ?

Conscient d'avoir, pour la première fois, acculé son ennemi devant ses pairs, Grey poussait son avantage. Lcs autres invités gardaient le silence, gênés pour Marlowe et choqués par les accusations du parlementaire. Une des Chinoises s'approcha de l'échelle et monta tranquillement, les autres la suivirent. Casey aurait voulu les imiter mais n'osait pas.

— Mr. Grey, voudriez-vous être assez aimable pour abandonner ce sujet inopportun ? intervint Gornt courtoisement.

Grey promena un regard haineux autour de la table.

— Vous voyez, Casey, personne n'a le cran de lui poser

la question. Ils appartiennent tous à la même classe, dite supérieure, ils se serrent les coudes.

Dunstan Barre devint écarlate :

— Mon vieux, je trouve que vous...

Peter Marlowe l'interrompit d'une voix blanche :

— Il est facile de mettre fin à cette discussion stupide. On ne peut comparer Changi, Dachau ou Buchenwald à ce qui se passe en temps normal. C'est tout simplement impossible. La vie, les règles y étaient différentes. Pour les jeunes prisonniers de guerre que nous étions, Changi était un monde entièrement nouveau, où toutes les valeurs s'étaient inversées, où...

— Avez-vous fait du marché noir ?

— Non. Je servais d'interprète à un ami qui faisait du commerce. Il y a un fossé entre commerce et marché noir.

— C'était contraire au règlement du camp, donc c'était du marché noir.

— C'était contraire au règlement établi par l'ennemi, par les Japonais.

— Racontez-leur comment King achetait la montre, l'alliance ou le stylo d'un pauvre diable pour un prix dérisoire et les revendait ensuite beaucoup plus cher aux gardes.

Marlowe regardait Grey droit dans les yeux.

— Lisez mon livre. J'y ai écrit...

— Votre livre ? ricana Grey. Dites-nous plutôt, sur votre honneur et celui de votre famille, dont vous êtes tellement fier, si King roulait ou non les autres prisonniers. Sur votre honneur !

Peter Marlowe serra les poings.

— Si nous n'étions pas les invités de Mr. Gornt, je parlerais de votre conduite à vous, riposta-t-il d'une voix sifflante.

— Puissiez-vous rôtir en enfer...

— Cela suffit, maintenant, fit Gornt avec autorité. Pour la dernière fois, veuillez en finir !

Grey tourna la tête vers son hôte.

— J'ai terminé. Est-il possible de trouver un taxi au village ? Je préfère rentrer par mes propres moyens si cela ne vous dérange pas.

Ravi de ne pas avoir à suggérer lui-même cette solution, Gornt répondit :

— Comme vous voudrez. Ne pourriez-vous cependant,

Marlowe et vous, vous serrer la main en *gentlemen* et oublier cette histoire ?

— En *gentlemen* ? Non, merci, j'en ai ma claque des *gentlemen* comme Marlowe ! Dieu merci, l'Angleterre change et bientôt elle aura de nouveau le gouvernement qu'il lui faut. L'accent d'Oxford ne sera plus la clef du pouvoir. Nous mettrons les lords au rancart et lorsque nous serons au gouvernement...

— Dieu nous en préserve ! s'exclama Pugmire.

— Pug ! intervint à nouveau Gornt. C'est l'heure de prendre le café ! Excusez-nous un instant, Mr. Grey et moi.

Il prit Grey par le bras, le conduisit sur le pont puis descendit avec lui la passerelle menant au quai en songeant que les choses avaient encore mieux tourné qu'il ne l'espérait.

— Je suis désolé, Mr. Grey. Si je m'étais douté que Marlowe... Scandaleux, vraiment !

— C'est un salaud.

Les deux hommes firent quelques pas et Gornt arrêta un taxi.

— Vous ne voulez pas revenir sur votre décision, Mr. Grey ?

— Non, merci.

— Dommage. Enfin, je comprends parfaitement vos sentiments. Quand la délégation doit-elle quitter la Colonie ?

— Demain matin.

— Si je puis faire quelque chose pour vous d'ici là, n'hésitez pas à m'appeler.

— Merci. Donnez-moi un coup de grelot quand vous passez à Londres.

— Je n'y manquerai pas. Merci encore d'être venu.

Gornt paya le chauffeur d'avance et salua de la main quand le taxi s'éloigna. Ce répugnant personnage sera un allié utile dans les années qui viennent, pensa-t-il en regagnant le bord.

La plupart des invités se trouvaient à présent sur le pont, une tasse de café ou un verre d'alcool à la main. Casey et Marlowe se tenaient légèrement à l'écart.

— Quel sale bonhomme ! lança Gornt, sûr de l'approbation générale. Navré, Marlowe...

— C'est de ma faute, dit le romancier, manifestement bouleversé.

— Non, je n'aurais jamais dû l'inviter. Merci d'avoir réagi avec autant de tact à ses provocations.

— À votre place, je lui aurais donné une correction, renchérit Pugmire. Le passé est le passé.

— Oui, quel sale type ! approuva Casey.

— Assez parlé de ce triste sire, décida Gornt. Ne le laissons pas gâcher notre après-midi.

Il passa un bras autour des épaules de Casey et la serra brièvement contre lui.

— Il fait trop froid pour prendre un bain, reprit-il. Si nous rentrions par le chemin des écoliers ?

— Excellente idée, acquiesça Dunstan Barre. Je crois que je vais faire une petite sieste.

— D'abord, cognac pour tout le monde, dit Gornt. Marlowe ?

— Non merci.

— Écoutez-moi, Marlowe. Nous avons tous assez vécu pour savoir que votre conduite, quelle qu'elle fût, reposait sur des intentions louables. Vous l'avez souligné vous-même : Changi posait des problèmes très particuliers.

— Pour survivre, il faut parfois enfreindre les règles, ajouta Barre.

— Comment était-ce, à Changi, Peter ? demanda Casey, se faisant l'interprète de tous les autres.

— Il m'est difficile d'en parler... C'était... ce qu'on peut imaginer de plus proche de la mort tout en continuant à vivre. Nous avions droit à cent grammes de riz sec par jour, quelques légumes, un œuf par semaine. De la viande, on en voyait parfois passer au-dessus de la soupe. C'était un monde totalement différent. La plupart d'entre nous n'avaient jamais vu ni jungle ni Japonais et c'est terrible de perdre une guerre... Je n'avais que dix-huit ans quand je suis arrivé à Changi.

— Ces Japs, je ne peux pas les sentir ! déclara Pugmire.

Les autres opinèrent du bonnet mais Marlowe protesta :

— Ce n'est pas juste, ils n'ont fait que jouer le jeu selon leurs règles. De leur point de vue, Changi était justifié. C'était des soldats extraordinaires, qui combattaient jusqu'au bout et ne se laissaient pas capturer. Selon leur éthique, nous nous étions déshonorés en nous rendant. D'ailleurs je me sentais déshonoré...

— À tort, dit Gornt. Il n'y a aucun déshonneur à être fait prisonnier.

— Il a raison, Peter, approuva Casey en posant la main sur le bras de Gornt.

— Mais qu'est-ce qui a provoqué la fureur et l'indignation de Grey ? demanda Dunstan Barre.

— Tout et rien. Il devint un farouche défenseur du règlement du camp, ce qui, pour beaucoup d'entre nous, était absurde puisque c'était un règlement japonais. Les conditions de Changi étaient très particulières : simples soldats et officiers enfermés ensemble, pas de courrier, pas de nourriture, un taux de mortalité très élevé, la malaria, la dysenterie. C'est vrai, King était un homme d'affaires habile, il mangeait bien quand les autres n'avaient rien à se mettre sous la dent, il buvait du café et fumait des cigarettes toutes faites. Mais sa roublardise sauva de nombreux prisonniers, y compris Grey. C'est la haine qu'il éprouvait pour King qui l'a maintenu en vie, j'en suis persuadé. King subvenait aux besoins de tout le groupe américain, une trentaine d'hommes au total, officiers et soldats. Oh ! ils travaillaient en échange, mais sans lui ils seraient morts. En tout cas, moi je n'aurais pas survécu, je le sais... Je prendrais bien un cognac, maintenant, Mr. Gornt.

Le propriétaire de la *Sorcière des mers* emplit un verre.

— Qu'est devenu ce King après la guerre ? voulut-il savoir.

— Je n'en sais rien.

— Vous ne l'avez jamais revu ? fit Casey, surpris.

— Non. J'ai essayé de le retrouver. En vain.

— C'est souvent le cas, commenta Gornt d'un ton désinvolte. Lorsqu'on quitte son régiment, on efface tout, dettes et amitiés.

Il regarda Casey, qui lui sourit. Tout va pour le mieux, se dit-il en pensant au grand lit de sa cabine.

Dans l'ascenseur qui la conduisait au sixième étage du V & A, Riko Anjin-Gresserhoff sentait les regards s'attarder sur elle. Ils n'étaient pas, comme en Europe, lourds de désir, mais chargés de haine. L'ascenseur s'arrêta, elle sortit dans le couloir, se dirigea vers sa suite. Le groom préposé à l'étage ne se précipita pas pour lui ouvrir sa porte comme il le faisait avec les autres clients.

Une fois dans le petit salon où un bouquet de fleurs, offert par Struan, écrasait de sa masse un fragile guéridon, elle ferma à double tour et défit l'emballage du cadeau de Dunross. Dans l'écrin tendu de velours noir, elle découvrit, attaché à une fine chaîne en or, un pendentif en forme de corne d'abondance dont la surface lisse et verte accrochait la lumière. Elle le passa aussitôt à son cou ; une vague de chaleur l'inonda lorsqu'elle sentit la pierre contre sa poitrine. C'était la première fois qu'on lui offrait un bijou en jade.

Sous le fond de l'écrin, Riko trouva une enveloppe fermée par un sceau de cire rouge. Elle l'ouvrit, examina attentivement les chiffres, les lettres et les symboles alignés sur les onze feuillets. Un petit sourire satisfait lui monta aux lèvres. Elle s'installa au bureau, prit du papier à lettres de l'hôtel et commença à recopier soigneusement la première feuille.

Quand elle eut terminé, elle relut puis glissa les copies dans une enveloppe de l'hôtel et la cacheta. Elle sortit ensuite de son sac une enveloppe ordinaire dans laquelle elle mit les originaux, un bâton de cire rouge qu'elle amollit à la flamme d'une allumette avant d'apposer un sceau sur chacune des enveloppes. Puis elle affranchit l'enveloppe contenant les copies et l'adressa à R. Anjin, B.P. 154, poste centrale de Sydney, Australie.

Le téléphone sonna mais elle ne décrocha pas. Elle fourra les deux enveloppes dans son sac, vérifia qu'elle n'avait pas laissé de traces en creux sur le buvard du bureau en faisant les copies et alla prendre une petite bouteille d'eau minérale dans le réfrigérateur. Elle repensa au déjeuner avec Dunross et se demanda si elle avait eu raison d'accepter sa double invitation pour le soir même : cocktail puis dîner. Repas en tête à tête ou avec d'autres invités ? La jeune femme ne savait pas si elle souhaitait l'un ou l'autre.

Elle songea au petit homme presque chauve et peu soigné dont elle avait été la femme pendant quatre ans, aux journées et aux nuits qu'elle avait passées seule. Hans Gresserhoff disparaissait des semaines entières sans rien lui dire. C'était un être secret, qui ne parlait jamais de son travail. Le jour de leur mariage, il lui avait cependant expliqué ce qu'elle devrait faire s'il venait à mourir : « Quitte immédiatement Zurich, laisse tout ici sauf un sac de voyage et quelques affaires. Rends-toi à Genève, dans une banque de la rue Charles où j'ai loué un coffre dont voici la clef. Tu y trouveras de l'argent et des lettres. Suis scrupuleusement les instructions qu'elles contiennent. »

Riko avait obéi, non par amour mais par devoir. Dans le coffre, elle avait trouvé également un passeport suisse qui lui donnait un autre nom et la faisait naître à Berne, vingt-trois ans plus tôt.

À présent qu'elle avait presque fini le travail que son mari lui avait confié, elle se sentait libérée du passé. Son nouveau passeport paraissait authentique, elle n'avait aucune raison de retourner en Suisse.

76

17 h 10

Orlanda conduisait sa petite voiture sur la route menant à son appartement de Rose Court. Bartlett, assis à côté d'elle, lui avait passé un bras autour des épaules. Après le déjeuner, elle l'avait emmené dans la partie sud-est de l'île pour lui montrer les maisons de campagne des taï-pans, disséminées dans un paysage vallonné, toujours à proximité de la mer. Ils avaient ensuite remonté la route qui serpentait jusqu'à Repulse Bay, s'étaient arrêtés pour prendre le thé sous la véranda d'un magnifique hôtel puis étaient repartis, avaient longé Deep Water Cove pour s'arrêter de nouveau à Discovery Bay.

— Regarde, là-bas, Linc. Castle Tok ! s'était exclamé Orlanda en désignant une sorte de château normand perché en haut d'une falaise. Pendant la guerre, des soldats canadiens défendirent cette partie de l'île contre les Japonais et se retranchèrent dans le château. Quand ils durent se rendre, il ne restait que deux cent cinquante survivants. Les Japonais les conduisirent sur la terrasse et les forcèrent à sauter du haut de la falaise. Tous, y compris les blessés.

— On le dirait sorti tout droit d'un roman de chevalerie. Tu l'as visité ?

— Non. C'est, paraît-il, la copie d'un château français appartenant à l'origine à sir Cha-sen Tok, Tok-le-Bâtisseur, un milliardaire qui avait fait fortune dans le fer-blanc.

On raconte qu'à l'âge de cinquante ans, il alla trouver un astrologue qui lui conseilla de faire bâtir une « grande maison » s'il ne voulait pas mourir. Tok fit donc construire des manoirs dans une douzaine d'endroits, et le dernier de la série fut Castle Tok. Il avait alors quatre-vingt-neuf ans mais était resté fort vigoureux. L'histoire veut qu'il décida de ne plus rien bâtir et qu'il mourut, un mois plus tard.

— Tu es sûre que tu ne viens pas de l'inventer, cette histoire ?

— Non, mon chéri, elle est authentique. Évidemment, on ne sait jamais vraiment où commence le mensonge, où finit la vérité.

— Moi je sais que je suis fou de toi.

Ils étaient revenus par Aberdeen, qu'ils voyaient à présent s'étaler sous eux. La voiture gravit la pente, s'enfonça dans les nuages entourant les hauteurs et émergea quelques instants plus tard du cocon de brume. Bartlett s'abandonnait au plaisir de regarder Orlanda, parfois distrait par la pensée de préoccupations plus graves. Juste avant le déjeuner, il avait reçu de Banastasio un coup de téléphone et des excuses qui n'étaient en fait que de nouvelles menaces.

— Linc, on fait la paix, d'accord ? C'est con de se bouffer le nez, comme ça. Ce soir je t'invite au San Francisco, dans Nathan Road. Les steaks y sont terribles !

— Non, merci, je ne suis pas libre, avait répondu Bartlett d'un ton froid. D'ailleurs tu t'es parfaitement fait comprendre hier, restons-en là. Nous nous reverrons à la réunion annuelle des actionnaires, si tu y assistes.

— Hé, Linc, c'est moi, ton vieux pote ! Celui qui t'a filé du fric quand tu en avais besoin. On t'a aidé, non ?

— En échange de votre argent, vous avez reçu des actions qui constituent le meilleur investissement — et légal qui plus est — que vous ayez jamais fait, tes amis et toi. En cinq ans, vous avez doublé votre capital.

— C'est vrai. Et maintenant on veut avoir voix au chapitre. Normal.

— Et les armes, c'est normal aussi ? avait demandé Linc, mû par une inspiration soudaine.

Après un silence, Banastasio avait répondu :

— Quelles armes ?

— Celles qui étaient cachées à bord de mon avion. Les M14 et les grenades volées à l'armée.

— Première nouvelle. En tout cas, tu ferais mieux de changer d'attitude à notre égard.

— Pas question. Je ne changerai d'avis ni maintenant ni plus tard.

Bartlett avait entendu la respiration de Banastasio à l'autre bout du fil puis le déclic mettant fin à la communication. Aussitôt il avait téléphoné à Rosemont.

— Ne vous en faites pas, Linc, l'avait rassuré l'homme de la CIA. Notre organisation va recourir aux grands moyens.

— Du nouveau au sujet des armes ?

— Vous êtes blanchi, la police de Hong Kong ne vous tient plus pour suspect. Vous en serez officiellement avisé demain.

— Elle a découvert quelque chose ?

— C'est nous qui avons trouvé du neuf. Notre enquête a révélé qu'un des veilleurs de nuit de l'aéroport, à L.A., avait vu deux types traîner autour de votre hangar.

— Vous avez arrêté quelqu'un ?

— Non, et nous ne pincerons peut-être personne. Mais, rassurez-vous, Banastasio cessera de vous embêter avant longtemps.

Voyant son compagnon soucieux, Orlanda lui demanda :

— Qu'y a-t-il, chéri ?

— Rien. Je pensais que la peur peut détruire un homme s'il ne la surmonte pas.

Orlanda ralentit pour contourner un tas de boue. La pente se faisait plus raide, l'eau cascadait dans les caniveaux. Le véhicule rasa un haut mur de retenue lorsqu'elle tourna dans Kotewall Road puis dans Rose Court. La jeune Eurasienne hésita un moment avant d'engager sa voiture sur la rampe conduisant au garage.

— C'est l'heure du cocktail, déclara-t-elle.

— Formidable, dit Bartlett d'une voix rauque sans la regarder.

Dans l'ascenseur, deux Chinois portant des plateaux de toasts leur demandèrent où se trouvait l'appartement de la société Asian Properties.

— Au cinquième, répondit Orlanda.

Quand les Chinois furent descendus, elle ajouta :

— C'est Asian Properties qui a construit l'immeuble.

Jason Plumm et Quillan sont de grands amis. Quillan est encore propriétaire de l'appartement-terrasse mais il le loue depuis que nous avons rompu.

— Je suis content que tu l'aies quitté.

— Moi aussi, dit Orlanda avec un tendre sourire. Maintenant je le suis.

Bartlett remarqua qu'elle glissait sa clef dans la serrure de la porte d'entrée avec des doigts tremblants.

— Entre, Linc. Thé, café, bière ou cocktail ?

Elle ôta ses chaussures et leva les yeux vers Bartlett, qui tendait l'oreille pour savoir s'il y avait quelqu'un d'autre dans l'appartement.

— Nous sommes seuls, murmura Orlanda.

— Comment peux-tu deviner mes pensées ?

Il la prit par la taille, la serra contre lui.

— Orlanda...

— Je sais, mon chéri, souffla-t-elle d'une voix rauque qui acheva d'enflammer Linc.

Il sentit ses lèvres s'ouvrir sous les siennes, son ventre se coller contre le sien. Ses mains caressèrent son corps et sentirent les mamelons durcis de ses seins, les battements affolés de son cœur. Orlanda tenta de le repousser mais cette fois il la maintint contre lui et appuya son baiser. Elle cessa de résister, lui passa de nouveau les bras autour du cou et pressa ses cuisses contre lui. Ils interrompirent leur baiser mais restèrent enlacés.

— Je t'aime, Linc.

— Je t'aime, Orlanda.

Bartlett prit conscience de la véracité de cette déclaration au moment où il la prononçait, et cet aveu le consuma. Ils s'embrassèrent de nouveau en se prodiguant des caresses qui les embrasaient. Orlanda, dont les jambes se dérobaient sous elle, s'appuya de tout son poids contre Linc, qui la souleva et la porta dans la chambre. Les rideaux qui descendaient du plafond pour encadrer le lit remuaient doucement sous la brise fraîche pénétrant par la fenêtre ouverte.

— Sois tendre, mon chéri, murmura-t-elle. Oh ! comme je t'aime !

De la poupe de la *Sorcière des mers*, Casey adressa un signe de la main à Dunstan Barre, Pugmire et Plumm, qui venaient de descendre à terre. Marlowe et les filles avaient déjà quitté le bord à Kowloon et le yacht retraversait le port. Gornt avait persuadé Casey de rester :

— Il faut que je retourne à Kowloon, j'ai rendez-vous au Neuf Dragons. Vous voulez bien me tenir compagnie ?

Elle avait accepté. Rien ne la pressait, elle aurait largement le temps de se changer pour le cocktail auquel Plumm l'avait invitée pendant la promenade en mer. En outre, elle avait décidé de remettre à la semaine prochaine le dîner avec Lando Mata.

Lorsque le bateau avait quitté Sha Tin, elle avait somnolé sur le pont, chaudement enveloppée. Les autres invités s'étaient dispersés : Marlowe seul à l'avant, étendu dans un transat, Barre, Plumm et Pugmire en bas avec les filles. À l'heure du thé, les trois hommes étaient remontés, l'air satisfait, les cheveux en bataille.

— Bien dormi ? leur avait demandé Gornt en souriant.

— Excellemment, avait répondu Plumm.

Je m'en doute, avait pensé Casey, en détaillant la fille qui le suivait comme son ombre, une grande brune au corps svelte et au visage rieur nommée Wei-wei.

Plus tôt dans l'après-midi, quand Casey s'était trouvée seule sur le pont avec Gornt, elle lui avait demandé :

— Est-ce que tous les hommes de Hong Kong ont une maîtresse ?

— Grand Dieu non ! Cependant hommes et femmes ne vieillissent pas au même rythme. Pour parler crûment, l'amour, le mariage et le lit sont trois choses différentes.

— La fidélité n'existe pas ?

— Si, bien sûr, mais elle ne signifie pas la même chose pour un homme que pour une femme.

— C'est injuste.

— Oui. Et rien ne changera tant que vous le tolérerez.

— Je pense à ces millions de femmes qui s'échinent comme des esclaves pendant des années, frottent et récurent, soignent leur mari, s'occupent des enfants, pour se faire finalement rejeter sous prétexte qu'elles sont vieilles.

— N'accusez pas les hommes. C'est la société qui est responsable.

— Et qui dirige la société ? Les hommes !

— C'est injuste, je le reconnais, mais c'est injuste aussi pour les hommes. Moi je pense à ces millions d'hommes qui s'échinent comme des esclaves pour gagner l'argent que d'autres — le plus souvent des femmes — dépenseront. Regardez les choses en face, Ciranoush, les hommes doivent travailler jusqu'à leur mort pour subvenir aux besoins d'épouses qui, en règle générale, deviennent en vieillissant des mégères insupportables. Prenez celle de Pugmire, par exemple ! Et je pourrais vous en nommer cent qui, par simple manque de volonté, engraissent et enlaidissent. Il y a aussi celles qui jouent de leur corps pour séduire, qui ferrent le poisson en se faisant mettre enceintes puis rendent la vie impossible à leur mari et réclament le divorce, assorti d'une pension alimentaire exorbitante. Linc Bartlett, par exemple, sa merveilleuse épouse lui en a fait voir de toutes les couleurs, non ?

— Vous savez cela ?

— Naturellement. Je me suis renseigné sur vous comme vous l'avez fait sur moi. Vous trouvez les lois américaines équitables en matière de divorce ? On partage tout moitié moitié puis le malheureux mâle américain attend que le tribunal lui signifie quelle partie de ses 50 % il pourra garder.

— C'est vrai, la femme de Linc et son avocat l'ont presque mis sur la paille, mais toutes les femmes ne sont pas comme elle. La condition féminine reste en général très pénible.

— Les vraies femmes ne la subissent pas — je parle de femmes comme vous ou Orlanda, qui savent ce que féminité signifie...

Gornt avait soudain souri avant d'ajouter :

— Naturellement, elles nous accordent en échange ce qui nous est indispensable, à nous pauvres diables, pour demeurer en bonne santé.

Casey avait souri elle aussi mais elle aurait préféré abandonner un terrain qui devenait dangereux. Elle l'avait regardé, campé sur ses jambes, oscillant légèrement, dégageant une impression de force, et elle l'avait trouvé beau. Le vin, la nourriture et le désir qu'elle sentait en lui avaient amoindri ses défenses. Que ferai-je quand ce désir s'exprimera ? s'était-elle demandé. Répondrai-je oui, non, peut-être, la semaine prochaine ?

Elle remua doucement dans son transat, ferma les yeux et se rendormit, bercée par la houle et le ronron des moteurs. Lorsqu'elle se réveilla, quelques minutes plus tard, d'un sommeil sans rêve, quasi fœtal, Gornt se trouvait devant elle et la regardait. Ils étaient à nouveau seuls, le capitaine cantonais avait pris la barre.

— Vous êtes belle quand vous dormez.

Elle se redressa sur un coude.

— Quel homme étrange vous faites. Moitié démon moitié prince, tantôt plein de compassion, tantôt impitoyable. Vous avez été formidable avec Peter.

Gornt garda le silence.

— Je... Je crois que Linc est tombé amoureux d'Orlanda, poursuivit-elle.

Comme il se contentait de la regarder sans rien dire, elle ajouta :

— Et elle est amoureuse de lui... (nouveau silence)... Est-ce que cela fait partie d'un plan ?

— C'est vous qui êtes étrange, Ciranoush, répondit Gornt en riant.

— Appelez-moi Casey, s'il vous plaît.

— Je n'aime pas ce nom. Puis-je vous appeler Kamalian ?

— Casey.

— Ciranoush aujourd'hui, Casey demain et Kamalian mardi au dîner ? lorsque nous conclurons notre marché ?

La méfiance de la jeune femme se réveilla aussitôt, sans même qu'elle en prît conscience.

— C'est à Linc de décider.

— Exact. Quant à Orlanda et Linc, c'est à eux de décider. L'idée que je pourrais me servir d'elle, de façon machiavélique, est tout bonnement absurde. À mon tour de vous poser une question : êtes-vous amants, Linc et vous ?

— Pas au sens conventionnel du terme, mais je l'aime, si c'est ce que vous voulez savoir.

— Alors vous allez l'épouser ?

— Peut-être.

Sentant le regard de Gornt sur son corps, Casey ramena autour d'elle la couverture qui avait glissé. La *Sorcière des mers* doubla la jetée et pénétra dans les eaux du port de Kowloon.

— Magnifique ! s'exclama Casey, les yeux tournés vers le Peak enveloppé de nuages.

— Voulez-vous visiter le yacht, maintenant ?

— Avec plaisir.

Gornt la conduisit d'abord à l'avant, où les cabines,

nettes et bien rangées, ne donnaient pas l'impression d'avoir été utilisées quelques heures plus tôt. Chacune était équipée d'une douche et de toilettes.

— La pénurie d'eau présente parfois des avantages, dit Gornt. En ce moment, les dames apprécient d'autant plus notre compagnie qu'elles peuvent se doucher tout leur soûl.

Il l'emmena ensuite à l'arrière, dans la grande cabine où le lit semblait une invite. Casey entendait son cœur battre à ses oreilles et lorsqu'il ferma la porte d'un geste nonchalant et lui prit la taille, elle ne recula pas. C'était la première fois qu'elle embrassait un homme portant la barbe. Le corps de Gornt était d'une fermeté agréable, ses lèvres fermes avaient un goût de cigare. Casey se sentit bien dans ses bras.

Et Linc ?

La question jaillit subitement dans son esprit et, pour la première fois, elle sut avec clarté que c'était lui qu'elle voulait, non Par-Con ou le pouvoir. Oui, Linc seulement, se dit-elle. Et, ce soir, je lui proposerai de mettre fin à notre attente.

— Pas maintenant, souffla-t-elle d'une voix rauque.

— Quoi ?

— Non, désolée, nous ne pouvons pas, c'est impossible. Mardi, peut-être...

Gornt tint la jeune femme à bout de bras et la dévisagea longuement. Elle soutint son regard aussi longtemps qu'elle le put puis se blottit contre lui, rassurée, certaine de l'avoir convaincu. Elle attendit qu'il lui propose, d'une voix pleine de compréhension, de remonter sur le pont.

Soudain elle se sentit soulevée. Avant qu'elle ait pu réagir, il la coucha sur le lit, l'embrassa avec violence en pétrissant son corps. Casey voulut résister mais il lui emprisonna les mains et s'insinua de force entre ses jambes. Elle avait beau se débattre, elle ne parvenait pas à se dégager. Il l'embrassa de nouveau et Casey, impuissante, ne savait plus si elle voulait résister ou succomber. Tout à coup, aussi abruptement qu'il avait porté son assaut, Gornt la lâcha et roula sur le côté en riant.

— Allons prendre un verre, suggéra-t-il sans rancœur.

— Salaud ! fit Casey, haletante.

Il se souleva sur un coude et la regarda d'un œil malicieux.

— Casey, vous êtes une menteuse mais je me garderai bien de vous en administrer la preuve de force.

Furieuse de le voir aussi maître de lui alors qu'elle avait failli perdre la tête, elle se jeta sur lui, toutes griffes dehors. Il lui emprisonna les mains sans effort et murmura d'un ton apaisant :

— Tout beau, tout beau. Calmez-vous, Ciranoush. Si j'avais vraiment voulu vous violer, vous n'auriez pas fait le poids. Vous auriez pu crier, hurler, l'équipage n'aurait rien entendu.

— Espèce de...

— Assez ! J'ai simplement voulu vous donner une petite leçon — vous faire une farce, si vous préférez.

Il la libéra et elle se releva maladroitement, encore pantelante. Elle s'approcha du miroir, remit de l'ordre dans sa tenue et le voyant dans la glace nonchalamment étendu, un sourire aux lèvres, elle s'exclama :

— Vous êtes un foutu salopard !

Gornt partit d'un grand rire. Consciente de l'absurdité de la scène, Casey commença à pouffer et bientôt ils furent pris tous deux de fou rire, lui, sur le lit, les bras en croix, elle, pliée en deux devant la coiffeuse.

Sur le pont, ils burent le champagne en amis et lorsque le yacht accosta à Kowloon, Casey embrassa Gornt de nouveau et dit :

— Merci de cette agréable journée. À mardi, si ce n'est avant !

Elle descendit à terre, lui fit longuement signe de la main et rentra.

Wu-le-Bigle rentrait aussi chez lui, épuisé, nerveux et plein d'appréhension. Le sentier qui serpentait à travers le labyrinthe de baraques de la zone de réfugiés située au-dessus d'Aberdeen était escarpé et glissant. La boue avait tout envahi ; de la fumée montait encore des taudis détruits que le feu avait ravagés après le glissement de terrain. Wu contourna la fosse où Cinquième nièce avait failli mourir l'avant-veille et dans laquelle un nouveau glissement avait précipité une centaine de baraques.

La boutique de la marchande de bonbons avait disparu, la vieille femme qui la tenait aussi.

— Où est-elle ? demanda le policier à un Chinois qui

cherchait dans les débris des morceaux de carton, des planches pouvant encore servir.

L'homme haussa les épaules et continua à fouiller les décombres.

— Et plus haut, c'est comment ?

— Comme en bas. Certains sont morts, d'autres s'en sont tirés. C'est le *joss*.

Wu le remercia et repartit, enfonçant ses pieds nus dans la boue, ses chaussures à la main. Dès que la radio avait annoncé la nouvelle, Armstrong lui avait donné la permission de se rendre dans la zone où habitait sa famille. « Mais fais vite, avait précisé le commissaire. L'interrogatoire reprend à 7 heures. »

En gravissant la pente, le Bigle serrait dans sa poche la liasse de dollars qu'il avait gagnés aux courses. Le contact des billets le rassurait, dissipait sa crainte. Déjà les habitants des taudis détruits s'affairaient pour relever les murs de carton, reposer les toitures de tôle. Wu approchait, plus qu'une centaine de mètres et il serait près des siens.

Au sortir du tournant que faisait le sentier, il se figea : là où auraient dû se trouver les baraques de la famille et les taudis voisins, il n'y avait plus qu'une profonde faille au fond de laquelle s'entassaient des débris. Il reprit lentement son ascension, frappa à la porte d'une cabane restée intacte. Une vieille ouvrit, la mine soupçonneuse.

— Pardon, honorable dame, je suis le fils de Wu Chotam, de Ning-tok...

Yang-N'a-qu'une-Dent se lança avec volubilité dans des explications en shanghaïen auxquelles le Bigle ne comprenait goutte. Il la remercia néanmoins et alla frapper à une autre porte.

— Excusez-moi, que s'est-il passé ? Ma famille vivait là, dit-il en montrant le fossé.

Le voisin de Yang répondit dans un dialecte cantonais que Wu connaissait :

— C'est arrivé cette nuit. On a d'abord entendu un grondement, plus fort que le bruit du vieil express de Canton, puis des cris, des appels à l'aide. Ensuite les baraques ont pris feu, comme l'année dernière, mais la pluie a empêché l'incendie de se propager. Vous pouvez remercier les dieux de ne pas avoir couché ici hier soir, conclut l'homme en souriant de sa bouche édentée.

Wu redescendit près de la faille, en scruta le fond.

— Le Bigle ! Wu-le-Policier ! entendit-il.

En se retournant, il découvrit un des anciens du secteur, originaire lui aussi de Ning-tok.

— Plusieurs de tes parents sont là-haut, dit le vieillard en désignant une grappe de baraques. Dans la maison de ton cousin Wu Wam-pak.

— Combien y a-t-il eu de victimes ?

— Comment le saurais-je, fornication ? Je ne suis pas le gardien de la zone. Des dizaines, sans doute.

Le policier remercia le vieil homme et monta chez son cousin. Dans la cabane, il découvrit Neuvième oncle, Grand-Mère, la femme de Sixième oncle et ses quatre enfants, l'épouse de Troisième oncle et son bébé, Cinquième oncle, dont le bras cassé était serré entre des attelles de fortune. Il en manquait sept.

— Et les autres ?

— Sous la terre, répondit la grand-mère. Tiens, bois une tasse de thé.

— Merci, vénérée Grand-Mère. Et Grand-Père ?

— Il est passé au néant avant le glissement de terrain.

— C'est le *joss*. Et Cinquième nièce ?

— Disparue, enfouie quelque part.

— Elle vit peut-être encore ?

— Peut-être. Sixième oncle la cherche, là en bas. Elle, c'était une bouche inutile mais mes fils et mes petits-fils ?

— C'est le *joss*, répéta le Bigle. Nous brûlerons des bâtonnets pour qu'ils puissent renaître. Et la fabrique, Neuvième oncle, elle est détruite ?

— Non, grâce aux dieux, elle est intacte, répondit le vieillard d'une voix sourde.

Il avait miraculeusement réussi à s'extirper de la mer de boue qui avait englouti sa femme et ses enfants.

Le Bigle se sentit un peu soulagé : c'était là que se trouvaient les journaux et le matériel avec lequel il composait les rapports « Combattant de la Liberté ».

— Bon. Demain, Cinquième oncle achètera une machine à faire du plastique et nous fabriquerons nous-mêmes les pétales de fleur.

— Avec quel argent ? répliqua Cinquième oncle. Où trouveras-tu les...

Il s'interrompit en voyant la liasse de dollars que le Bigle venait de sortir de sa poche.

— *Ayiiya !* honorable Frère cadet, tu as enfin pris la sage décision de travailler avec le Serpent !

— Sage, en effet, fit Sixième oncle en écho. Que les dieux protègent l'honorable Frère cadet !

Wu ne les démentit pas, il savait que ses protestations seraient vaines. Il sortit et retrouva dehors le cousin propriétaire de la cabane, avec qui il discuta du prix à payer pour accorder un abri aux survivants jusqu'à ce qu'ils aient reconstruit leur maison. Estimant qu'il avait fait tout ce qui était en son pouvoir pour le clan Wu, le Bigle redescendit vers le QG de la police, le cœur gros, plein de colère à l'égard des dieux, injustes ou insouciants, qui avaient frappé si durement la famille.

Ne sois pas bête, s'ordonna-t-il. C'est le *joss*. Tu es riche à présent, tu as un bel avenir à la SI, un sacré filon à exploiter avec « Combattant de la Liberté ». Quand même, pauvre Cinquième nièce, si douce, dont la mort n'avait pas voulu un jour plus tôt...

— Les dieux sont les dieux, murmura-t-il avec lassitude.

Il songea que c'étaient les dernières paroles qu'il l'avait entendu prononcer puis la chassa de ses pensées.

77

18 h 30

De sa démarche claudicante, Ah Tat monta le large escalier de la Grande Maison puis s'engagea dans la galerie. Elle marmonnait avec une crainte superstitieuse des propos indistincts à l'adresse des portraits dont le regard semblait la suivre. Il y a trop de fantômes dans cette demeure, pensait-elle. Elle y était née quatre-vingt-cinq ans plus tôt, y avait grandi et avait connu la plupart des personnages représentés sur les tableaux.

Comme chaque fois qu'elle apercevait du coin de l'œil le poignard que la Hag avait planté dans le portrait de son père, la vieille servante frissonna. Quelle terrible femme, celle-là ! se dit-elle. *Diou ne lo mo*, elle avait dans la Porte-de-Jade un démon insatiable, sans doute, parce qu'elle avait épousé le fils alors qu'elle désirait le père, le

Taï-pan, dont elle porta secrètement le deuil toute sa vie. *Ayiiya !* il en est passé des hommes dans son lit, des barbares de toutes nations, âges et tailles, qu'elle jetait au rebut lorsqu'elle les avait vidés de leur suc.

La Porte-de-Jade et le Moine-Borgne ont beau se mêler, ils se consument éternellement de désir. Les dieux en soient remerciés, mes parents m'ont permis de faire vœu de chasteté, de consacrer ma vic à l'éducation des enfants, sans jamais être déchirée par le Bâton-Viril qui nous change à jamais. Les femmes n'ont pas toutes besoin d'homme pour accéder au ciel ; certaines, dans leur sagesse, préfèrent les caresses féminines. La Hag aussi connut bien des filles, surtout dans son vieil âge, mais leurs jeunes corps lui donnaient du plaisir sans pleinement la satisfaire. Combien de fois ne lui ai-je pas conseillé, moi, son unique confidente, de mettre dans son lit non une femme ou un barbare mais un homme civilisé, seul capable d'éteindre l'incendie qui la dévorait ?

Pauvre folle ! Comme l'impératrice douairière, elle était hantée par des rêves de pouvoir et de luxure que rien ne pouvait chasser. Malédiction ou pas, la Maison ne connaîtra pas la paix avant que quelqu'un ne retire ce poignard et ne le jette à la mer, se dit Ah Tat en coulant un regard vers l'arme.

Sans frapper à la porte, la vieille se glissa silencieusement dans la chambre et s'approcha du lit. C'était le moment qu'elle aimait le plus : lorsque cet homme, son enfant, dormait sous ses yeux, et qu'elle pouvait le contempler à loisir, sans être dérangée par Première épouse.

En voilà une sotte, pensa la servante. Pourquoi se refuse-t-elle à remplir son devoir en cherchant pour mon fils une autre femme, plus jeune, qui lui donnerait d'autres enfants ? Cette maison manque de fils. Quelle bêtise de compter sur un seul rejeton pour assurer sa descendance ! Et quelle bêtise de partir, de laisser seul cet étalon, à la merci de la première tentatrice venue, qui lui fera gaspiller sa semence dans des pâturages étrangers ! Cette barbare ne comprend pas qu'il faut protéger la Maison.

Elle le vit ouvrir les yeux et s'étirer.

— C'est l'heure de te lever, mon fils, annonça-t-elle en s'efforçant de prendre un ton autoritaire.

— Oui, Mère, grogna Dunross en cantonais à travers un bâillement.

Il secoua la tête comme un chien qui s'ébroue, s'étira à nouveau, se leva et se dirigea vers la salle de bains. Ah Tat examina le corps nu d'un œil critique : les jambes étaient puissantes, les flancs minces et souples, le *yang* vigoureux. Satisfaite, elle bougonna :

— Il y a de l'eau chaude dans le seau. Et n'oublie pas de te laver les dents.

— Où est Première fille ? l'entendit-elle crier de la salle de bains.

— Ah ! Est-ce que je sais ? Elle rentre, elle sort, toujours avec ce barbare. Il ne me plaît pas du tout. Marie-la au plus vite ou flanque-lui une bonne volée... Mange avant de partir, surtout.

La vieille fit le lit et quitta la chambre en marmonnant. Dunross finissait de se sécher lorsqu'elle revint annoncer :

— J'oubliais : il y a un barbare qui attend en bas.

— Qui ça ?

— Un barbare, fit la servante en haussant les épaules.

Dunross sortit de la salle de bains.

— Il m'a donné sa carte, reprit Ah Tat en fouillant ses poches. Ah ! voilà ! Tiens.

Dave Murtagh III, Royal Belgium and Far East Bank, lut Ian.

— Il y a longtemps qu'il est là ?

— Une heure, peut-être.

— Forniquent tous les dieux ! Pourquoi ne m'as-tu pas réveillé ?

— Tu me prends pour une vieille bête ? Qu'est-ce qui est le plus important : ce barbare ou ton repos ? *Ayiiya !* ta mère sait ce qu'il faut faire.

Dunross s'habilla à la hâte et descendit au salon, où il trouva Murtagh assoupi dans un fauteuil. Le bruit de la porte réveilla la banquier, qui bredouilla un bonjour.

— Je suis désolé de vous avoir fait attendre, s'excusa le Taï-pan. Je ne savais pas que vous étiez là.

— C'est sans importance. Votre vieille domestique m'avait menacé des feux de l'enfer si je faisais le moindre bruit, et je me suis endormi... Pardon de vous prendre au saut du lit mais j'ai une nouvelle à vous annoncer et je ne me fie pas au téléphone.

— Whisky ? proposa Dunross sans trahir son impatience.

— S'il vous plaît. Avec soda. Bon Dieu, je suis crevé !

Ian servit deux verres en résistant à l'envie d'interroger Murtagh.

— À votre santé, fit l'Américain... et à notre accord ! C'est dans la poche ! Ils ont râlé, ils ont pinaillé mais ils ont fini par accepter il y a une heure. Nous avons tout obtenu : 120 % du prix d'achat des navires, crédit à renouvellement automatique de cinquante millions, premier versement mercredi mais vous pouvez prendre des engagements dès lundi dix heures. C'est la proposition concernant les autres pétroliers qui a fait pencher la balance. Nous avons gagné, nom de Dieu !

Ian dut faire appel à toute sa maîtrise de soi pour ne pas pousser un cri de triomphe.

— Excellent, commenta-t-il d'une voix calme.

Murtagh secoua la tête avec effarement.

— Ces Anglais ! Je vous apporte sur un plateau un accord en or massif et tout ce que vous me dites, c'est : « Excellent ».

Ian éclata de rire, serra la main de l'Américain et le remercia.

— Ça va mieux comme ça ? lui demanda-t-il en souriant.

— Beaucoup mieux ! s'exclama Murtagh. (Il ouvrit sa serviette et en sortit une poignée de documents.) J'ai passé la nuit à les rédiger, ils sont conformes à notre accord : contrat principal, garantie personnelle, accord de la société — dix exemplaires de chacun.

— Nous allons en parapher chacun un jeu que l'autre gardera, et nous signerons officiellement demain, proposa le Taï-pan. 19 h 30 vous conviendrait ?

— Tout à fait.

— Reposez-vous pendant la journée, vous aurez une soirée agitée.

— Dans quel sens ?

— Vous n'êtes ni marié ni fiancé, une petite sortie ne vous fera pas de mal, non ? Je vous confierai aux bons soins d'un de mes amis d'Aberdeen, Wu-Bouche-d'Or, il s'occupera de vous... Pendant que j'y pense, je vous invite à déjeuner samedi prochain aux courses.

— Oh ! merci ! On raconte que vous allez monter vous-même ?

— Peut-être.

— J'oubliais : S. J. Beverly, notre président, attend votre

coup de téléphone dans une heure. Simple formalité, tout est réglé. Un détail, cependant : S. J. insiste pour que notre accord reste secret.

— Cela me paraît difficile, répondit Ian. Qui a tapé les documents ?

— Ma secrétaire, mais elle est américaine — un tombeau.

Dunross hocha la tête sans conviction. Les précautions de Murtagh n'empêcheraient pas la nouvelle de s'ébruiter : l'échange de télex et de coups de téléphone entre New York et Hong Kong avait sans doute éveillé l'intérêt d'un employé de la poste.

La porte d'entrée s'ouvrit et se referma en claquant.

— Ah Tat ! cria Adryon.

La jeune fille se lança dans une longue tirade en cantonais qui se termina par ces mots :

— Et ma nouvelle blouse, elle est repassée ?

— La blouse, quelle blouse ? Pas la rouge, celle de Première épouse...

— Elle est à moi, maintenant. Ah Tat, je t'avais demandé de...

— À moi ? tu n'as rien demandé du tout, ça, j'en suis s...

Murtagh soupira.

— Je ne me ferai jamais à la façon qu'ont les domestiques de vous répondre. Impossible d'avoir le dernier mot avec eux.

Dunross s'approcha de la porte du salon, l'entrouvrit et fit signe au banquier de le rejoindre. Adryon, les mains sur les hanches, criait en cantonais aux oreilles de Ah Tat qui ne l'écoutait pas et glapissait de son côté.

— Silence ! tonna Ian. Les deux femmes se turent et il poursuivit d'une voix normale : Adryon, ma parole, tu deviens comme Ah Tat.

— Oh ! bonjour Père, dit la jeune fille avec un grand sourire. Est-ce que...

Elle s'interrompit en découvrant Murtagh, qu'elle examina avec un soudain intérêt. Attention, pensa Ian.

— Adryon, je te présente Dave Murtagh, vice-président pour l'Asie de la Royal Belgium and Far East Bank... Ma fille, Adryon.

Le banquier avait l'air ahuri.

— Vous, vous parlez chinois, miss, euh, Dunross ?

— Naturellement. Cantonais. Vous êtes nouveau ici ?

— Non, je suis arrivé il y a plus de six mois...

Le Taï-pan regardait d'un œil amusé sa fille et l'Américain, qui avaient manifestement tous deux oublié sa présence. Il les laissa poursuivre leur conversation en songeant que Murtagh serait un rival idéal à jeter dans les jambes de Haply.

— Tu prends un verre avec nous, Adryon ? proposa-t-il au moment où la jeune fille allait se retirer.

— Merci, mais je ne voudrais pas vous déranger.

— Nous avions terminé.

Adryon entra au salon et se retourna pour lancer à Ah Tat :

— Va repasser ma blouse, s'il te plaît. Je dois repartir dans un quart d'heure.

— *Ayiiya !* sur ton quart d'heure, jeune princesse, grommela la vieille en s'éloignant.

Adryon reporta son attention sur Murtagh, qui se redressa, toute fatigue envolée.

— De quelle région des États-Unis êtes-vous ?

— Du Texas, mademoiselle, mais j'ai passé de nombreuses années à Los Angeles, New York et à La Nouvelle-Orléans. Vous jouez au tennis ? Nous avons d'excellents courts à l'American Club. Nous pourrions faire une partie la semaine prochaine.

— Avec plaisir. Vous êtes fort ?

— Oh non ! Juste le niveau universitaire, mademoiselle.

— Très fort, autrement dit. Pourquoi ne pas m'appeler Adryon ?

Dunross servit à sa fille un verre de sherry et le lui tendit en souriant. Mon petit Murtagh, si tu n'étais pas le meilleur de ta faculté, tu vas te faire étriller, pensa-t-il. Un banquier dans la famille, pourquoi pas ? Dieu nous garde des Américains, mais celui-ci est texan, ce n'est pas tout à fait la même chose.

— ... non, Adryon, disait Murtagh. J'habite un appartement de West Point qui appartient à la banque.

Dunross regarda sa montre et feignit la surprise :

— Diable ! J'ai juste le temps de donner un coup de téléphone avant de partir...

Comme Murtagh se précipitait vers sa serviette, le Taï-pan continua d'un ton détaché :

— Adryon, puisque tu repars dans quelques minutes, pourrais-tu déposer Mr. Murtagh ?

— Non, ne vous dérangez pas, je prendrai un taxi, protesta le banquier.

— Oh ! cela ne me dérange pas. West Point est sur mon chemin, assura Adryon.

Ian sortit du salon sans que sa fille ou Murtagh ne s'en rendent vraiment compte, il monta dans son bureau et ferma la porte. Il demeura un moment immobile sous le portrait de Dirk Struan, dont les yeux lui adressaient leur étrange sourire.

— C'était facile pour toi ou même pour la Hag, dit-il à voix haute. Quand quelqu'un se mettait en travers de ton chemin, tu le supprimais.

À sept heures juste, il décrocha le téléphone.

— Mr. Tip, s'il vous plaît. De la part de Ian Dunross.

— Bonsoir, Taï-pan. Comment allez-vous ?

Après l'échange rituel de banalités, le Chinois demanda :

— Quand la personne victime d'une injustice sera-t-elle libérée ?

Bien que Sinders ne lui eût donné aucune assurance, Dunross se jeta à l'eau :

— Demain au crépuscule, à Lo Wu.

— Vous vous en portez personnellement garant ?

— Je vous garantis que j'ai fait tout ce qui était en mon pouvoir pour persuader les autorités de le libérer.

— Ce n'est pas la même chose.

— Non, mais je suis...

Ian faillit dire « presque certain » et se ravisa. En cas d'échec, il perdrait à jamais la face et par conséquent la confiance des Chinois.

— Écoutez, Mr. Tip, nous vivons des temps difficiles, les vieux amis ont besoin de s'entraider. J'ai appris, sous le sceau du secret, que la Special Branch a découvert tout récemment un réseau soviétique opérant à Hong Kong. Sevrin — c'est son nom de code — a pour objectif de détruire le lien qui unit l'Empire du Milieu au reste du monde.

— Cela n'est pas nouveau, fit observer le Chinois. Russie tsariste ou Union soviétique, ce sont toujours des hégémonistes. Voilà quatre cents ans qu'ils cherchent à nous voler nos terres.

— Hong Kong constitue votre seule ouverture sur le monde — le Diable-aux-yeux-verts a été le premier à le comprendre. Si les liens venaient à se rompre entre vous et nous, seuls les hégémonistes en tireraient profit. On m'a confié certains documents...

Le Taï-pan commença à réciter des extraits des rapports d'AMG concernant Sevrin et la taupe infiltrée dans la police, comme s'il en avait eu le texte sous les yeux.

Lorsqu'il eut terminé, Tiptop lui posa une question :

— Ce document, volé aux Soviétiques et marquant pour ainsi dire la naissance de Sevrin, quelle date portait-il ?

— Il a été approuvé le 14 mars 1950 par L. B.

Le Chinois poussa un long soupir.

— Lavrenti Beria ?

— Je n'en sais rien, répondit Ian, conscient que ses révélations allaient causer des remous dans les relations sino-soviétiques.

— Serait-il possible d'examiner ce document ?

— Éventuellement.

Dunross se félicita d'avoir pris la précaution de photocopier les parties des rapports concernant Sevrin.

— Et le document tchèque auquel vous vous référiez ?

— Également.

— Quelle date porte-t-il, celui-là ?

— 6 avril 1959.

— Ainsi nos prétendus alliés ne sont depuis toujours que des cœurs de loups et des poumons de chiens ?

— J'en ai bien peur.

— Pourquoi l'Europe et certains capitalistes américains ne comprennent-ils pas *qui* est le véritable ennemi ?

— C'est en effet difficile à comprendre.

Après un silence, Tiptop déclara :

— Mes amis aimeraient sans doute beaucoup avoir une copie de ces documents...

Dunross essuya la sueur qui coulait sur son front.

— En qualité de vieil ami, j'ai le devoir de leur prodiguer toute l'aide dont je dispose.

— À ce propos, un de nos amis communs m'a téléphoné pour appuyer votre requête auprès de la Bank of China, et une personnalité très influente de Pékin m'a fait savoir il y a quelques instants à peine que vous méritez amplement notre soutien. Excusez-moi, on sonne à la porte...

Le Taï-pan comprit que Tiptop voulait demander conseil ou des instructions.

— Je peux rappeler plus tard si vous voulez ?

— Non, attendez un moment, si cela ne vous dérange pas.

Dunross entendit un bruit sourd, des chuchotements par-dessus l'écho lointain d'un poste de radio. Quelques minutes plus tard, Tiptop reprit le téléphone :

— Taï-pan ? Pourriez-vous nous faire parvenir rapidement les copies de ces documents ? Après votre réunion du matin, par exemple ?

— Certainement.

— Présentez mes amitiés à Mr. David MacStruan quand il arrivera.

Dunross faillit lâcher le combiné mais se reprit aussitôt.

— Je suis sûr qu'il me chargera de vous présenter les siennes. Comment va Mr. Yu ?

— Fort bien. Justement il m'a téléphoné de Canton cet après-midi : il aimerait avancer, si possible, la date de votre rendez-vous, dans deux semaines, lundi.

Dunross réfléchit. En principe, il devait se rendre à Tokyo à cette date pour négocier avec Toda le système de vente en *lease-back* qui avait de grandes chances de réussir désormais avec le soutien de la First Central.

— Ce lundi-là, ce me sera difficile. Je préférerais dans trois semaines. Pourrais-je vous donner confirmation vendredi ?

— Entendu. Eh bien, Taï-pan, je ne vais pas vous retenir plus longtemps...

Et l'argent ? avait envie de hurler Dunross.

— Merci de ces informations, continua le Chinois. Nous tenons donc pour assuré que la personne sera à Lo Wu au coucher du soleil... Une dernière chose : si Mr. Havergill, le gouverneur et vous-même vous présentez demain à 9 heures à la Bank of China avec les papiers nécessaires, le milliard de dollars sera immédiatement transféré à la Victoria.

Ian ne tomba pas dans le piège.

— Merci. Malheureusement, le gouverneur ne sera pas disponible : des consultations avec le Premier ministre le retiendront à la résidence jusqu'à midi. Cependant, je me ferai son interprète et j'apporterai sa garantie.

Il était naturellement exclu que le représentant de Sa Majesté vienne quémander, la casquette à la main, pour ainsi dire, chez les représentants officieux de la RPC.

— Nous pourrions attendre jusqu'à midi pour permettre

à Son Excellence de remplir ses obligations, répondit Tiptop d'une voix qui était presque un murmure.

— Après midi, le gouverneur se trouvera aux côtés de la police anti-émeute et de l'armée, afin de faire face aux troubles fomentés par les hégémonistes, qui cherchent bien entendu à exploiter la situation. Comme vous le savez, Son Excellence est commandant en chef des forces de Hong Kong.

Tiptop durcit le ton :

— Un commandant en chef ne peut-il consacrer un peu de son temps, si précieux soit-il, à une affaire de cette importance ?

Dunross demeura imperturbable, rompu qu'il était à l'art asiatique de la négociation.

— Il doit avant tout penser aux intérêts de la Colonie et de l'Empire du Milieu. Non, je crains qu'il lui soit impossible de se libérer avant la fin de la crise.

— Alors que suggérez-vous ? rétorqua le Chinois sur un ton hostile.

Le Taï-pan évita de répondre directement :

— J'y pense à l'instant. Son Excellence organise une réception aux courses samedi prochain en l'honneur de nos plus éminents ressortissants chinois et il m'a prié de vous transmettre une invitation.

Tiptop évalua les implications politiques de la proposition et répondit :

— Remerciez-le de son amabilité. Je crois que je pourrai me libérer. Puis-je donner confirmation mardi ?

— Je me ferai un plaisir de lui communiquer votre réponse. Serez-vous à la banque à 9 heures, Mr. Tip ?

— Non. À vrai dire, je n'ai rien à voir dans cette affaire. Vos représentants rencontreront le directeur général.

Le Chinois ne réclamait plus la présence personnelle du gouverneur. Ai-je gagné ? se demanda le Taï-pan.

— Il serait peut-être utile que la nouvelle de l'accord soit confirmée par Radio Hong Kong par les deux parties avant les informations de 21 heures, suggéra-t-il.

Tiptop eut un petit rire :

— La parole du Taï-pan de la Noble Maison devrait suffire à une station de radio capitaliste. Au revoir, Mr. Dunross.

Ian raccrocha d'une main tremblante. Il avait les muscles

du dos endoloris, le cœur battant. Un demi-milliard ! se dit-il. Sans papiers, sans garantie, sans poignées de mains — juste quelques coups de téléphone, quelques séances de négociation, et les billets seront disponibles, à 9 heures, dans un camion !

Nous avons gagné ! D'abord l'argent de Murtagh et maintenant celui de la Chine ! L'excitation qu'il avait réussi à maîtriser jusqu'ici se libéra d'un coup en un cri de victoire, qui se transforma en un éclat de rire. Dunross sautilla sur place, poussa un nouveau mugissement et courut à la salle de bains ; il ôta sa chemise trempée de sueur sans prendre la peine de défaire les boutons et s'aspergea le visage.

La porte du bureau s'ouvrit brusquement, Adryon entra.

— Père ! appela-t-elle d'une voix anxieuse.

— Qu'y a-t-il ? fit Ian en sortant de la salle de bains.

— C'est à toi que je le demande : je t'ai entendu brailler comme un bœuf malade.

— Oh ! euh... je me suis cogné l'orteil. Tout va bien, tout va parfaitement bien.

— Alors, je pourrais avoir mon propre appartement le mois prochain ?

Dunross faillit acquiescer mais se reprit à temps :

— Non, petite futée. Ne cherche pas à profiter de la situation.

— Mais papa...

— Non. Ouste !

Adryon regarda son père d'un air boudeur puis se mit à rire.

— Ce coup-ci, j'ai presque réussi à t'avoir. Tu vas où, maintenant ?

— Je suis invité chez Plumm, à Rose Court, pour fêter l'absorption de General Foods, mais je ne sais pas trop si...

— Martin trouve que tu as eu un trait de génie... si le marché ne s'effondre pas. J'ai répondu à cet idiot que tu allais tout arranger.

Le Taï-pan songea que la réception de Plumm serait l'occasion idéale pour parachever sa victoire.

— Murtagh est encore là ?

— Il attend en bas, nous allions partir. C'est un chou, ce garçon.

— Ne partez pas tout de suite, j'ai de bonnes nouvelles pour lui. Adryon s'approcha de son père.

— Mon petit papa chéri, offre-moi mon appartement pour Noël, s'il te plaît.

— Quand tu seras à l'université, pas avant.

Elle lui passa les bras autour du cou.

— Pour Noël, s'il te plaît, papa chéri...

— Non, d'abord tu...

— S'il te plaît, s'il te plaît, s'il te plaît !

— Bon, d'accord. Mais pas un mot à ta mère, elle m'écorcherait vif !

78

19 h 15

Une brise chargée d'une odeur marine agitait les rideaux encadrant le lit d'Orlanda. Bartlett s'éveilla, se demanda où il était. Aussitôt le souvenir de l'étreinte qui venait de l'unir à Orlanda envahit son esprit et lui fit battre le cœur un peu plus vite. Tout s'était merveilleusement passé, elle avait répondu à son désir avec la même passion et lui avait fait découvrir des sommets jusque-là inconnus de lui. Après l'amour, elle s'était levée, avait fait chauffer de l'eau dans la cuisine et lui avait épongé tout le corps avec une serviette humide et chaude.

— Désolé, mon chéri, pas moyen de prendre une douche, s'était-elle excusée.

Jamais l'Américain n'avait connu après l'amour des attentions aussi tendres, aussi douces, aussi peu égoïstes. La petite croix qui pendait au cou d'Orlanda miroitait dans la pénombre tandis qu'elle promenait la serviette sur sa peau luisante de sueur. Peu à peu ses gestes étaient devenus caresses et une nouvelle fois les deux amants n'avaient fait qu'un avec les dieux avant de s'endormir.

Bartlett regardait distraitement les rideaux onduler et n'osait bouger de crainte de réveiller Orlanda, de rompre le charme. Il sentait contre sa poitrine le souffle de la jeune femme, dont le visage semblait plus pur encore dans le sommeil.

Que faire ? se demanda-t-il. Rien pour le moment. Tu es libre et jamais une femme ne t'a donné autant de plaisir. Bon, tu as fait l'amour avec elle mais tu ne lui as rien promis. Pourtant, tu es sous le charme, mon vieux, elle t'a ensorcelé. Et c'est merveilleux !

Les yeux clos, il se laissa glisser dans le sommeil. Quand Orlanda s'éveilla, elle resta immobile afin de laisser Linc dormir, pour son plaisir comme pour le sien. Cela lui était parfois arrivé dans les bras de Gornt, mais c'était différent. Elle avait toujours eu peur de Quillan ; le désir de lui plaire et la crainte de n'être pas parfaite la rendaient anxieuse. L'amour avec Linc, c'est tellement meilleur, se dit-elle. Je jure par la madone d'être pour lui la plus merveilleuse des épouses. J'userai de mon esprit et de mon corps, de mes mains et de mes lèvres pour le satisfaire. Tout ce que Quillan m'a appris, je m'en servirai, et même ce qui me répugnait un peu deviendra avec Linc un plaisir. Mon corps, mon âme seront les instruments de son plaisir — et du mien, quand il aura appris, lui aussi.

Orlanda sourit en se pelotonnant contre la poitrine de Bartlett. Comparé à Quillan, Linc manque de technique mais il compense largement cette insuffisance par sa force, sa vigueur et sa tendresse. Ses mains et ses lèvres ont sur moi un effet magique.

Comme je saurai l'aimer ! J'apprendrai à apaiser sa colère quand il sera fâché, je lirai les revues économiques afin de pouvoir discuter avec lui. Après les Nuages et la Pluie, je ne parlerai pas, je me contenterai de le caresser, non pour réveiller son désir mais pour prolonger son plaisir. Je ne demanderai pas : « Tu m'aimes ? », je dirai : « Linc, je t'aime ». Bien avant que ma peau ne se flétrisse, je lui donnerai des fils pour l'amuser, des filles pour le ravir. Bien avant que je n'éveille plus son désir, je veillerai à ce qu'il trouve son plaisir ailleurs, avec une idiote au corps excitant. Je me montrerai indulgente, voire compatissante quand il connaîtra l'échec, car il deviendra moins viril en vieillissant. Moi, je tiendrai la caisse, je lui serai indispensable. Et quand il sera las de sa maîtresse, je lui en trouverai une autre. Oui, je serai sa *tai-tai* !

Un jour, il me proposera d'aller au Portugal voir ma fille. Je refuserai plusieurs fois puis nous irons la voir ensemble — quand je porterai notre fils dans mes bras. Il la verra, il l'aimera elle aussi, et cette ombre également sera dissipée.

Orlanda soupira d'aise. La tête sur la poitrine de Linc,

elle se sentait merveilleusement bien, comme si son corps ne pesait plus rien. C'est tellement meilleur de faire l'amour sans précautions, pensa-t-elle. De sentir le flot du plaisir en se sachant jeune, fertile et prête, de s'abandonner totalement, délibérément, en priant pour que de l'union de deux vies naisse une vie nouvelle.

N'as-tu pas commis une folie ? Et s'il t'abandonnait ? Et s'il se mettait en colère et exigeait que tu ne gardes pas l'enfant ? Non, il ne fera pas cela, ne t'inquiète pas. Que la madone et tous les dieux me viennent en aide ! Qu'ils fassent croître en moi sa semence !

Bartlett remua, s'éveilla à demi.

— Orlanda ?

— Je suis là, murmura-t-elle. Comme tu es merveilleux ! Rendors-toi, nous avons tout le temps.

Elle se félicita d'avoir donné congé à son *amah* pour la journée et la nuit.

— Mais...

— Dors. Tout à l'heure, j'irai chercher à manger.

— Tu voudrais peut-être...

— Dors, mon chéri.

79

19 h 30

Trois étages plus bas, du côté de l'immeuble faisant face à la montagne, Wu-Quatre-Doigts regardait la télévision dans l'appartement de Venus Poon. En chaussettes, la cravate desserrée, il était affalé dans un fauteuil, près de la vieille *amah* assise sur une chaise. Tous deux riaient aux gags d'un vieux film de Laurel et Hardy.

— Hiii, le gros va se prendre le pied dans l'échafaudage ! gloussa le vieillard.

— Et le maigre va le frapper avec la planche !

La scène les fit s'esclaffer bien qu'ils l'eussent vue un bon nombre de fois déjà. Le film s'acheva, Venus Poon apparut sur l'écran pour annoncer la suite du programme. Elle semblait regarder Wu droit dans les yeux et il s'imagina, comme le faisaient tous les téléspectateurs mâles, que son sourire lui était exclusivement destiné. Ses yeux demeuraient rivés sur cette poitrine qu'il avait examinée, fasciné, pendant des heures et sur laquelle il n'avait décelé aucune trace de l'intervention chirurgicale dont parlait tout Hong Kong.

— Je peux attester que tes nichons sont sans défaut. Ce sont les plus gros et les plus fermes que j'ai jamais touchés, avait-il déclaré l'avant-veille avec solennité.

— Tu dis cela pour faire plaisir à ta pauvre fille sans le sou.

— Sans le sou ? Kwang-le-Banquier t'a offert hier un manteau de fourrure et, à ce que j'ai entendu dire, il a ajouté une rallonge de 1 000 dollars à ton chèque mensuel. Moi je t'ai donné les gagnants de la première, de la troisième et de la cinquième course. Tu as raflé 30 000 dollars, moins les 15 % de commission de mon informateur, sans faire plus d'effort que pour lâcher un pet !

— Pff ! Ne parlons pas de ces 25 000 dollars, ils ne suffiront même pas à l'achat de ma nouvelle garde-robe. Je dois changer de toilette chaque jour pour mon public.

Ils avaient continué à discuter jusqu'à ce que, sentant proche le moment de vérité, il lui avait demandé de remuer plus vite. Venus Poon avait ondulé avec une telle flamme qu'elle l'avait laissé sans force, vidé. Quand Wu avait fini par recouvrer un peu de vigueur, il avait balbutié : « *Ayiiya*, petite catin ! si tu me fais ça encore une fois, je t'offrirai un diamant. Non, pas maintenant, par tous les dieux ! tu me prends pour un surhomme ? Pas maintenant ni demain, petite bouche onctueuse, mais le jour suivant... »

Deux jours s'étaient écoulés depuis et Quatre-Doigts contemplait l'image de Venus Poon avec un plaisir anticipé. Avec une débauche de sourires et de fossettes, elle prit congé des téléspectateurs après avoir annoncé le programme de la soirée et disparut de l'écran. Le vieillard l'imaginait sortant en toute hâte des studios pour monter dans la Rolls qui l'attendait et l'amènerait à lui sans perdre un instant. Pour plus de sûreté, Wu avait envoyé Paul Choy avec le chauffeur. Après leur séance amoureuse, ils se rendraient au restaurant barbare d'un hôtel barbare où l'on servait des plats barbares, infects et nauséabonds, mais où se retrouvaient tous les taï-pans, avec leurs épouses ou avec leurs putains. Il y ferait étalage de sa bonne fortune tandis que Venus Poon exhiberait son nouveau diamant.

— *Ayiiya !* fit-il, tout joyeux.

— Qu'y a-t-il, honorable seigneur ? demanda la vieille *amah*.

— Rien. Sers-moi un cognac, s'il te plaît.

— Ma maîtresse n'aime pas l'odeur du cognac.

— Hé, la vieille, tu me prends pour un paysan des provinces extérieures ? J'ai des feuilles de thé parfumé que je mâcherai avant notre joute. Cognac !

Wu avait donné son ordre d'un ton sec mais il ne tenait pas rancune à la servante : elle ne cherchait qu'à protéger sa maîtresse, c'était normal. Quatre-Doigts porta la main à l'une de ses poches et caressa la petite boîte dans laquelle se trouvait le diamant qu'il avait acheté dans la matinée à un cousin qui lui devait un service. La pierre, un magnifique bleu-blanc, valait près de cinquante mille dollars mais il l'avait obtenue à moitié prix. Si Venus Poon me donne autant de plaisir qu'avant-hier, elle l'aura mérité, pensa le vieillard. Hiii, la dernière fois, j'ai bien cru que mon esprit ne reviendrait pas du Grand Vide ! Quelle belle fin pour celui qui meurt dans un moment pareil ! Oui, mais celui qui reprend conscience et revient à la vie pour saccager à nouveau la Porte-de-Jade a plus de chance encore !

Quatre-Doigts éclata d'un rire qu'il lança comme un défi aux dieux. Il était content, la journée avait été bonne. Yuen-le-Contrebandier et Lee-Poudre-Blanche, qu'il avait rencontrés en secret, l'avaient élu chef de leur nouvelle confrérie. Ce n'est que justice, pensa-t-il. N'est-ce pas moi qui leur ai ouvert le marché du pays de la Montagne dorée par l'intermédiaire de ce diable d'étranger, Bana Bana... Machin-chose ? En échange de l'argent prêté par ce barbare, Premier fils Chen lui avait proposé de se faire une place dans le trafic mais il avait eu la mauvaise idée de se faire enlever et assassiner. Dans une semaine, il y aurait une réunion à Macao avec l'Américain pour mettre au point les questions de financement, de paiement, et démarrer l'opération. Oui, c'était justice qu'il soit Grand Dragon et qu'il touche la plus grosse part des profits ! Grâce aux techniques modernes de Choy-Bonne-Fortune, il allait révolutionner la contrebande d'opium, la fabrication de la poudre blanche et son introduction sur tous les marchés mondiaux. *Choy* travaillait déjà aux services affrètement de la seconde *hong* de la Colonie ; deux petits-fils de Yuen, formés en Amérique eux aussi, étaient agents en douane de la même compagnie ; et quatre parents de Lee étaient entrés à l'aéroport de Kai Tak, soit aux entrepôts de la Noble Maison, soit à ceux d'All Asian Air. Le trafic serait plus facile, plus sûr et plus profitable, dans un sens comme dans l'autre.

Les trois hommes avaient aussi discuté de la question des complicités dont il fallait s'assurer dans la police, notamment maritime.

— Il ne faut pas compter sur les barbares, avait argué Poudre-blanche avec chaleur. Ces fornicateurs ne se mouilleront jamais dans des histoires de drogue. Nous devons nous servir uniquement des Dragons.

— D'accord. Tous les Dragons ont accepté de collaborer, sauf Tang-po, celui de Kowloon, avait fait observer Yuen.

— Il nous le faut, pourtant. Il est vraiment contre nous ou il cherche à faire monter les enchères ?

Quatre-Doigts avait haussé les épaules :

— Je n'en sais rien. En tout cas, le Grand Dragon a accepté, à lui de régler le problème Tang-po.

Le vieillard sourit en songeant qu'il s'était montré plus malin que ses associés et les avait contraints à le choisir pour chef. J'ai aussi été plus malin que Choy-Bonne-Fortune, se dit-il. Au lieu de lui confier la gestion de mon argent, comme ce jeune fornicateur l'espérait, je ne lui ai donné que deux millions en lui promettant 17 % des bénéfices. Voyons ce qu'il saura en tirer. La cervelle de mon rejeton m'a déjà fait gagner de quoi offrir un diamant à Venus Poon et payer ses services pour un an sans écorner mon capital d'un centime. Les combines qu'il invente ! Bigrement astucieuses — comme celle qu'il a préparée pour ma rencontre de demain avec le Taï-pan.

Wu porta nerveusement la main à la demi-pièce pendue à son cou et la palpa sous le tissu de sa chemise. Ce fut en échange d'une pièce semblable que son illustre ancêtre, Wu Fang Choi, avait obtenu de Dirk Struan un clipper pouvant rivaliser avec les plus beaux bâtiments de la Noble Maison. Mais Wu Fang Choi a été le dindon de la farce, pensa Quatre-Doigts avec amertume. Il n'a pas songé à demander aussi un droit de passage pour son navire, et le Diable-aux-yeux-verts l'a roulé.

Je serai moins bête que Wu Fang Choi, je formulerai avec précaution la faveur que je réclamerai du Taï-pan. Demain, il devra accepter de transporter ma marchandise, de financer avec moi une fabrique de produits pharmaceutiques — la couverture idéale, selon Bonne-Fortune —, et enfin, d'intercéder auprès de Lando Mata pour que *mon* syndicat — dont le Taï-pan fera partie — prenne le contrôle du jeu et du trafic de l'or à Macao.

Quatre-Doigts était ravi de son plan. Le Taï-pan serait obligé d'accéder à toutes ces requêtes, qu'il avait les moyens de satisfaire.

— Voilà le cognac.

Wu prit le verre des mains de l'*amah* et but une gorgée d'alcool pensivement. Les dieux m'en soient témoins, moi, Wu-Quatre-Doigts, chef des Wu de la mer, j'ai vécu pleinement pendant soixante-seize années, se dit-il. Si les dieux m'appellent à eux pendant les Nuages et la Pluie, je chanterai éternellement leur gloire au paradis — s'il y en a un.

Le taxi s'arrêta dans la cour, Souslev en descendit, paya le chauffeur et se dirigea en titubant vers l'entrée de l'immeuble. Devant l'ascenseur attendait un groupe de personnes parmi lesquelles il reconnut Jacques de Ville et Casey. Sans paraître leur prêter attention, le Russe s'approcha de l'escalier d'une démarche vacillante ; il descendit, traversa le garage et tambourina à la porte de Clinker.

— Salut, mon pote ! fit le cockney.

— *Tovaritch !* brailla le capitaine de l'*Ivanov* en le serrant contre lui.

— Il y a de la bière et de la vodka ! Mabel, dis bonjour au capitaine.

Le bulldog à moitié endormi ouvrit un œil et lâcha un pet sonore. Clinker referma la porte et soupira :

— Pauv'vieille ! Ça m'embête qu'elle fasse ça, ça commence à schlinguer, ici. Tiens, dit-il en tendant au Soviétique un grand verre d'eau. C'est du raide.

Souslev but bruyamment.

— Merci, vieux copain. Encore quelques coups comme celui-là et je partirai content de ce paradis capitaliste.

— Encore un ou deux et tu quitteras Hong Kong sur les genoux ! ricana Clinker en emplissant le verre. Tu restes longtemps, ce soir ?

— Juste le temps de vider quelques godets avec toi. Faut que je parte d'ici à dix heures... Cul sec, nom de Dieu ! Et mets-nous un peu de musique, hein ?

Clinker appuya sur le bouton du magnétophone, monta le volume. Une mélancolique chanson russe sortit de l'appareil. Souslev s'approcha du vieil Anglais et lui murmura à l'oreille :

— Merci, Ernie. À tout à l'heure.

Clinker, qui croyait toujours que le capitaine retrouvait dans l'immeuble une femme mariée, se permit une question qu'il n'avait jamais posée :

— C'est qui, cette greluche ?

— Pas de nom ! souffla le Russe avec un large sourire. Son mari est un aristo, un capitaliste.

— Terrible ! Mets-lui-en un coup de ma part, à ta bonne femme !

Souslev descendit par la trappe, alluma la lampe électrique et s'engagea dans la galerie. Des gouttes d'eau tombaient des lézardes du plafond, des éboulis rendaient le sol glissant. Le Soviétique jura à mi-voix. Pourquoi fallait-il qu'il soit là au moment où on enlevait Dunross ? Il aurait préféré rester en sécurité à bord de l'*Ivanov* mais Crosse avait été inflexible :

— Il faut que je vous voie en personne, Gregor, et il n'est évidemment pas question que je me rende à bord de votre navire. D'ailleurs, vous ne risquez rien, je vous le garantis.

Qui peut garantir quoi que ce soit ? pensa Souslev avec irritation. Il sortit de sa poche un automatique muni d'un silencieux, ôta le cran de sûreté et continua à avancer prudemment. Parvenu au pied de l'échelle menant à la fausse armoire, il s'arrêta et tendit l'oreille. Comme il n'entendait aucun bruit, il se glissa dans l'appartement que les lumières de l'immeuble voisin éclairaient faiblement. Quand il en eut fait le tour, il prit une bouteille de bière dans le réfrigérateur, l'ouvrit et alla se poster à l'une des fenêtres. D'où il se trouvait, il ne pouvait voir son navire mais il le savait quelque part dans le noir, et cette pensée le rassurait. Je serai content de partir, se dit-il. Et content de revenir, si je le peux.

Est-ce que je prends le risque de faire confiance à Sinders ? S'il parle, le Centre aura tôt fait d'obtenir la preuve que j'ai balancé Metkin. Un simple coup de téléphone à Crosse suffira... Au diable, Sinders ! je sais qu'il me dénoncera si je ne marche pas — j'en ferais autant à sa place. Roger est-il au courant du marché qu'il m'a proposé ? Non, Sinders n'en a probablement parlé à personne, pas même à Crosse.

Les minutes s'écoulaient. Souslev entendit le bruit de l'ascenseur et braqua aussitôt son automatique vers l'entrée. Une clef tourna dans la serrure, la porte s'ouvrit et se referma.

— Bonsoir, Gregor, fit Crosse à voix basse. J'aimerais que vous pointiez ce sale engin dans une autre direction.

Le Soviétique baissa son arme et rabattit le cran de sûreté.

— Pourquoi m'avoir fait venir ? attaqua-t-il aussitôt. Qu'est-ce que ce salaud de Sinders a...

— Calmez-vous et écoutez-moi, interrompit Crosse.

Ses yeux d'un bleu délavé brillaient d'un éclat inaccoutumé. Il tira de sa poche un petit rouleau de pellicule.

— Un cadeau pour vous : les vrais rapports d'AMG.

— Mais comment...

Crosse lui expliqua qu'il s'était introduit dans la salle des coffres de la Victoria Bank.

— Après le départ de Dunross, j'ai photographié les rapports et je les ai remis en place.

— Le film est développé ?

— Oui. J'en ai fait un tirage que j'ai détruit aussitôt après l'avoir lu. C'est plus sûr que de vous le remettre. Sinders est sur le sentier de la guerre, qu'est-ce qu'il vous a dit exactement ?

— Parlez-moi d'abord des dossiers.

— Navré de vous décevoir mais ils sont identiques aux premiers, mot pour mot.

— Quoi ?

— Dunross ne mentait pas. Les copies qu'il nous avait remises étaient authentiques.

— Mais nous étions sûrs que c'étaient des faux, répliqua Souslev. Sûrs !

Crosse haussa les épaules.

— Vérifiez vous-même, fit-il en tendant le rouleau au Russe.

Le Britannique cachait derrière une expression grave l'amusement que la situation lui procurait. Mon pauvre Gregor, les vrais rapports sont bien trop précieux pour que je te les remette, pensait-il. Il est trop tôt, je les laisse prendre de la valeur. Une telle masse d'informations mérite d'être passée soigneusement au crible et distillée au compte-gouttes. Quant aux onze feuillets en code, ils vaudront en temps utile une fortune — quelle que soit leur signification.

— Cette fois, Gregor, je crains bien que nous n'ayons fait chou blanc.

— Et Dunross ? dit Souslev, livide. Il est peut-être déjà dans la caisse...

Crosse haussa de nouveau les épaules.

— Inutile de changer nos plans. L'enlèvement du Taï-pan provoquera des remous auxquels nous avons tout intérêt. Il faut détourner l'attention de Sevrin, et Dunross fera admirablement l'affaire.

— Vous en êtes sûr ? demanda Souslev, à moitié convaincu.

— Absolument. Son kidnapping constituera une excellente diversion... Vous allez livrer Arthur à Sinders, n'est-ce pas ?

Le Soviétique parvint de justesse à masquer sa stupeur.

— Je suis content que Sinders vous ait mis au courant, cela m'évite d'avoir à le faire. Comment me sortir de cette trappe ?

— C'est à *vous* de trouver une solution.

— Je n'en vois pas, Roger. Sinders mettrait ses menaces à exécution, vous croyez ?

— Réfléchissez, pour l'amour de Dieu ! rétorqua Crosse. Que feriez-vous à sa place ?

— La même chose.

— C'est votre tête ou celle d'Arthur. Et si c'est celle d'Arthur, la mienne pourrait suivre... Enfin, tant que je ne risque rien et que je suis au courant de ce qui se passe, je ne m'inquiète pas trop.

— Je suis content que Sinders vous ait révélé sa proposition, répéta Souslev.

— Mon pauvre Gregor, votre cerveau ne fonctionne plus ! Sinders ne m'a rien dit, bien sûr. Il s'imagine que vous êtes les seuls à connaître son petit marchandage. Encore une fois, c'est vous ou Arthur. Si vous livrez

Arthur, vous mettez en danger tous les autres, à commencer par moi ; si vous ne cédez pas à Sinders, vous êtes fini. Je vous avoue que je penche pour la seconde solution.

— Le mieux serait que je trahisse Arthur en lui laissant le temps de s'enfuir, suggéra le Russe. Il pourrait se réfugier à bord de l'*Ivanov*, par exemple.

— Sinders bloquerait votre navire avant que vous n'ayez quitté les eaux de Hong Kong.

— Alors il faudrait qu'Arthur se suicide, ou qu'*on le* suicide.

Crosse fusilla Souslev du regard.

— Vous plaisantez, je présume ? Vous voulez que je liquide Jason ?

— Vous l'avez dit vous-même : c'est sa tête ou la mienne. Écoutez, pour le moment, nous ne faisons qu'envisager toutes les possibilités. On peut sacrifier Arthur, les autres et moi-même ; le seul qui soit indispensable, c'est vous, dit le Soviétique, convaincu de ses propos. Donc, quoi qu'il arrive, il faut d'abord vous protéger, et ensuite penser aux autres, en me plaçant de préférence en tête de liste. L'idée de mourir ne m'a jamais séduit... Vous êtes notre allié, n'est-ce pas ?

— Oui. Tant que le jeu m'amusera et me rapportera.

— Lorsqu'on croit en une cause, on vit mieux et plus longtemps.

— Mon scepticisme est la seule chose qui me tienne en vie. Mais rassurez-vous : vos amis du KGB et vous-même pouvez continuer à saper le capitalisme, à tenter de conquérir le monde sous quelque prétexte que ce soit, je vous prêterai main-forte.

— Qu'est-ce que cela signifie ?

— C'est une expression synonyme d'aider. Alors, vous allez trahir Arthur ?

— Je ne sais pas. Pourriez-vous fabriquer une fausse piste menant à l'aéroport ? Cela nous donnerait le temps de sortir des eaux territoriales.

— Sinders a déjà fait renforcer la surveillance autour de Hong Kong.

— Macao, alors ?

— Je n'aime guère cette solution, fit Crosse avec une moue. Et les autres membres de Sevrin ?

— Ils se mettraient en hibernation. Passé l'orage, le

réseau fonctionnerait à nouveau et vous en prendriez la direction. Est-ce que de Ville a une chance de succéder à Dunross ?

— Je miserais plutôt sur Gavallan. Par parenthèse, on a découvert ce matin à Sha Tin deux nouvelles victimes des Loups-Garous.

— Que s'est-il passé ?

Crosse raconta à Souslev comment les corps avaient été trouvés.

— Nous ne sommes pas encore parvenus à les identifier, conclut-il. Gregor, livrer Arthur à Sinders serait risqué, quoi qu'il arrive.

Souslev hocha la tête. À présent que le moment était venu de prendre une décision, il sentait son estomac se retourner.

— Finalement, je ne vais rien faire, murmura-t-il. Je quitterai simplement Hong Kong et je raconterai au Centre ce qui s'est passé. Je cours le risque, nous verrons bien ce que Sinders décidera. Après tout, j'ai moi aussi des amis haut placés et peut-être que l'effondrement de la Bourse plaidera en ma faveur. En tout cas, je me chargerai personnellement d'interroger Dunross ; on ne sait jamais, il a peut-être... Qu'y a-t-il ?

— Rien, rien. Que ferez-vous de Koronski ?

— Il est parti ce matin déjà après m'avoir fourni les drogues nécessaires. L'interrogatoire aura lieu en route, à bord de l'*Ivanov*. Cela vous gêne ?

— Pas du tout. Reprenez.

— Oui, la situation catastrophique de la Colonie incitera probablement mes supérieurs à la bienveillance, dit Souslev, qui se sentait un peu mieux maintenant qu'il avait pris une décision. Envoyez d'urgence un rapport au Centre par le canal habituel et demandez à Arthur de faire de même, cette nuit par radio. Un rapport qui me sera très favorable, hein ? Mettez l'affaire Metkin sur le compte de la CIA locale, attribuez l'assassinat de Voranski aux Américains ou au Kuomintang.

— Très volontiers... si vous doublez mes honoraires. Un conseil, Gregor : à votre place, j'essuierais cette bouteille de bière pour ne pas y laisser d'empreintes.

— Quoi ?

D'un ton sarcastique, Crosse expliqua à Souslev que

Rosemont avait trouvé ses empreintes sur un verre, lors de la descente que la CIA avait faite aux tours Sinclair.

Le Soviétique perdit toute couleur.

— Ils ont mes empreintes dans leur fichier ?

— Je ne crois pas. Je les ai enlevées du nôtre il y a quelques mois, pour vous protéger, et je serais étonné que leurs archives soient plus riches que les nôtres.

— Je compte sur vous pour me couvrir, Roger.

— Ne vous inquiétez pas. Je vais tellement chanter vos louanges dans mon rapport que vous obtiendrez de l'avancement. En échange, recommandez-leur de me verser une prime de cent mille dol...

— C'est beaucoup trop !

— C'est mon prix pour vous sortir d'un sacré guêpier !

— Je... j'essaierai.

— Bon. Attendez ici, le téléphone de Clinker est sur table d'écoute. Je vous appellerai de chez Jason dès que j'aurai du nouveau sur Dunross. Bonne chance, dit Crosse en tendant la main. Je ferai tout mon possible du côté de Sinders.

Le Russe serra le Britannique contre sa poitrine.

— Merci, Roger. Bonne chance à vous aussi.

Souslev raccompagna Crosse, referma la porte derrière lui, essuya les paumes de ses mains moites à son pantalon et prit dans sa poche le rouleau de pellicule. À présent qu'il était seul, la perspective d'affronter ses supérieurs du KGB le terrifiait de nouveau. Il faut que je trouve une solution, pensa-t-il, le dos inondé de sueur. Peut-être y a-t-il moyen de livrer Arthur sans mettre Roger en danger...

Dans l'ascenseur qui le conduisait au rez-de-chaussée, Crosse, appuyé contre la paroi de la cabine, secouait la tête comme pour en chasser la peur. « Suffit ! Ressaisis-toi », murmura-t-il. Il alluma une cigarette, remarqua que ses mains tremblaient. Si cet imbécile fait subir à Dunross un interrogatoire chimique, je suis foutu, se dit-il. Et je parie qu'il n'a pas définitivement écarté la possibilité de trahir Plumm. S'il cède à Sinders, mon château de cartes s'écroule. Une erreur, un petit faux pas et je suis cuit.

L'ascenseur s'arrêta, Crosse en sortit et rejoignit Rosemont, qui l'attendait dans le hall.

— Alors ? demanda l'Américain.

— Alors rien.

— Vous et vos inspirations !

Le chef de la SI avait prévenu Rosemont qu'il voulait jeter un coup d'œil à l'appartement, à tout hasard, et lui avait proposé de l'attendre en bas. Le stratagème avait pour seul but de lui permettre de pénétrer dans l'immeuble sans éveiller la curiosité des agents de la CIA qui continuaient à le surveiller.

— Ça va, Roger ? Vous n'avez pas l'air bien, poursuivit Rosemont. Je vous raccompagne avec la voiture si vous voulez.

Les deux hommes sortirent sur le trottoir.

— Non, merci, je vais là-bas, dit Crosse en montrant les bâtiments de Rose Court. Obligations mondaines.

En dépit de ses efforts, il ne parvenait pas à dominer totalement sa peur et parlait d'une manière un peu bizarre.

— Vous êtes sûr que ça va ? insista Rosemont.

— Mais oui. Vous aimeriez assister au départ de l'*Ivanov* ?

— Avec plaisir ! Je ne suis pas mécontent que vous fassiez décamper ces lascars. Hier soir, le technicien du porte-avions s'est mis à table, il avait glané toute une collection de petits secrets qu'il s'apprêtait à refiler aux Russes.

— Par exemple ?

— Des informations diverses sur le *Corregidor* : vitesse maximum, codes d'armement, etc. Je vous donnerai la liste ce soir. Vous passez me prendre à minuit, d'accord ?

— Entendu.

Crosse salua de la tête et s'éloigna d'un pas rapide. Qu'est-ce qu'il a ? se demanda Rosemont en fronçant les sourcils. Il y a quelque chose qui cloche.

80

20 h 10

Crosse sortit de l'ascenseur au cinquième étage, fit quelques pas dans le couloir et franchit la porte grande ouverte de l'appartement d'Asian Properties. Il s'arrêta près de l'entrée et chercha Dunross ou Plumm parmi la foule des invités. L'ambiance lui parut sinistre, ce qui ne fit qu'ajouter à son inquiétude. Les femmes, peu nombreuses, s'étaient regroupées au fond de la salle, laissant leurs maris discuter de la ruée sur les banques et de l'effondrement possible de la Bourse.

— La Vic a beau annoncer l'absorption de Ho-Pak, cela ne nous donne pas l'argent liquide nécessaire pour nous sauver de la catastrophe.

— Il s'agit d'une fusion, Dunstan, pas d'une absorption, corrigea Richard Kwang.

— Pour l'amour du Ciel, Richard, nous sommes entre amis, inutile de raconter des histoires, répliqua Barre. Fusion ou pas, les hommes d'affaires de la Colonie risquent de faire le plongeon parce que vos foutues banques sont à court de liquide !

— Ce n'est pas de notre faute, plaida Johnjohn. Tout provient d'un manque de confiance passager.

— Et d'une mauvaise gestion, ajouta Barre d'un ton caustique. Tiens, bonsoir Roger.

— Ian est là ? demanda Crosse.

— Il n'est pas encore arrivé, répondit Johnjohn.

Crosse retint un soupir de soulagement.

— Vous êtes sûr ?

— Certain : je l'attends pour partir, dit Dunstan.

— Excusez-moi, je dois aller saluer notre hôte.

Crosse s'engagea dans la foule, s'arrêta devant le rédacteur en chef du *Guardian*, qui essayait désespérément de cacher le désarroi dans lequel la mort de sa femme l'avait plongé.

— Bonsoir, Christian. Toutes mes condoléances.

— C'est le *joss*, murmura Toxe. Elle... elle n'aurait pas voulu que... La vie continue, n'est-ce pas ? Je dois m'occuper du journal... Vous pourriez m'accorder un instant, tout à l'heure ?

— Certainement.

Le chef de la SI continua son chemin, croisa Pugmire et sir Luis, qui discutaient de l'absorption de General Stores par Struan, et remarqua, sur le grand balcon d'où l'on découvrait le port, un groupe comprenant Casey, de Ville et Gornt. Il s'approcha de Plumm, qui bavardait avec Joseph Stern et Phillip Chen.

— Bonsoir, Jason. Merci de votre invitation.

— Bonsoir, Roger. Heureux que vous ayez pu venir.

— Où est votre invité d'honneur ?

— Ian arrive, il m'a téléphoné pour prévenir qu'il serait en retard, répondit Plumm avec un soupçon de nervosité. J'ai... j'ai préparé un petit discours. Tout est prêt. Venez, Roger, je vais vous donner à boire.

Au moment où les deux hommes s'éloignaient, impatients de pouvoir échanger quelques mots sans témoins, le silence se fit. Dunross venait d'apparaître sur le seuil de la porte, en compagnie de Riko Anjin et de Gavallan.

— Écoutez, Jason... murmura Crosse.

Mais Plumm s'était déjà tourné vers le bar. De la main gauche, il brisa adroitement une ampoule au-dessus d'une coupe de champagne, en dissimula les morceaux de verre dans sa paume et les fit tomber dans une poche de sa veste. Puis il posa la coupe droguée et trois autres sur un plateau et se dirigea vers l'entrée. Fasciné, Crosse le regarda s'approcher de Dunross et lui offrir du champagne.

Le Taï-pan laissa Riko puis Gavallan se servir avant de prendre une coupe, Plumm avait présenté le plateau de manière que le breuvage drogué échût au Taï-pan. Le patron d'Asian Properties prit le dernier verre, confia le plateau à un serveur et porta un toast :

— À la santé du Taï-pan. Félicitations, Ian, pour ce coup splendide.

Plumm porta le verre à ses lèvres, les autres invités l'imitèrent — sauf, naturellement, Dunross, qui ne but pas à sa propre santé.

— Et, maintenant, si vous portiez un toast à Kwang et Johnjohn pour leur fusion ? proposa Plumm d'une voix un peu étrange.

— Pourquoi pas ? répondit Ian en tournant les yeux vers Johnjohn. Bruce, je bois au succès de la Victoria !

Les conversations tombèrent de nouveau et Dunross haussa la voix pour ajouter :

— Je crois que nous pourrions étendre le toast à toutes les autres banques car je viens d'apprendre que la Bank of China a accepté de mettre à leur disposition lundi matin un demi-milliard de dollars en liquide.

Le silence se fit, les invités qui se trouvaient sur le balcon rentrèrent dans la salle, Gornt en tête.

— Quoi ? fit-il.

— La Chine prête aux banques de la Colonie — par l'intermédiaire de la Vic — un demi-milliard de dollars, et plus, au besoin. Finie la ruée ! À la Victoria ! lança le Taï-pan en levant son verre.

Un brouhaha s'éleva. Crosse s'approcha de Dunross, parut trébucher et se raccrocha à son bras, faisant tomber la coupe.

— Oh ! pardon, dit-il.

Plumm adressa à son complice un regard consterné.

— Nom de D...

— Jason, je suis vraiment désolé, s'empressa de déclarer Crosse afin de l'empêcher de poursuivre. Peut-être pourriez-vous aller chercher une autre coupe pour Ian.

— Euh, oui...

Avant que Plumm n'ait fait mine de se diriger vers le bar, Riko Anjin tendit son verre au Taï-pan en disant :

— Tenez, prenez le mien.

— Un peu de silence, s'il vous plaît ! cria Johnjohn par-dessus le vacarme. Ian, vous êtes sûr de ce que vous avancez ?

— Tout à fait, répondit Dunross avec désinvolture avant de boire une gorgée de champagne. La radio annoncera la nouvelle aux informations de 21 heures.

Les invités poussèrent des acclamations et se mirent à bombarder le Taï-pan de questions. Les yeux fixés sur Gornt, Dunross semblait ne pas les entendre.

— À votre santé, Quillan ! s'écria-t-il d'un ton moqueur.

Le brouhaha faiblit jusqu'à n'être plus qu'un murmure, les regards se portèrent vers les deux hommes.

— À votre santé, Ian, répliqua Gornt sur le même ton moqueur. Ainsi la Chine va nous aider ?

— Ce n'est pas la seule bonne nouvelle ; je viens d'obtenir un crédit à renouvellement automatique de cinquante millions de dollars US.

— Garantis par quoi ?

— La réputation de la Noble Maison, dit Dunross en se tournant vers Johnjohn. Bruce, je n'ai plus besoin de l'aide de la Vic, la Royal Belgium m'offre de meilleures conditions.

— Vous plaisantez ! protesta le banquier.

— Non, je viens d'en discuter avec Paul — c'est la raison de mon retard. Soit dit en passant, il vous réclame d'urgence à la banque, mon vieux Bruce. Il y a des dispositions à prendre pour le transport de l'argent.

Johnjohn regarda longuement le Taï-pan, ouvrit la

bouche pour parler, la referma et lança finalement un hourra repris par tous les invités. Les conversations repartirent de plus belle tandis que le banquier sortait précipitamment.

— Comment le Taï-pan a-t-il fait...

— La radio ? Alors c'est vrai ! Vous ne croyez pas que...

— La Royal Belgium, et sans doute quelqu'un derrière...

— Bon Dieu, j'ai joué Struan à la baisse.

— Moi aussi. Je vais me dépêcher de racheter...

— Je suis nettoyé !

Voyant Casey sourire au Taï-pan et lever son verre dans sa direction, Gornt s'approcha d'elle.

— La Royal Belgium a bien été rachetée par la First Central, la banque de Par-Con, n'est-ce pas ? lui demanda-t-il d'un ton brusque.

— Oui, Quillan, répondit Casey d'une petite voix.

— C'est vous et Bartlett qui avez manigancé tout cela ?

— C'est moi qui ai obtenu cet emprunt, intervint Ian.

— Je ne contrôle pas la First Central, Quillan, dit Casey.

— Mais vous êtes mêlée à cette histoire d'une façon ou d'une autre, ne niez pas.

— Murtagh m'a demandé mon avis sur Struan. J'ai émis une opinion favorable.

— Struan est à sec !

— Justement pas, dit Dunross en s'approchant. À ce propos, sir Luis a accepté de retirer Struan des transactions jusqu'à lundi midi.

Tous les yeux se tournèrent vers Basilio, qui se tenait stoïquement aux côtés de Phillip Chen.

La voix de Gornt claqua dans le silence :

— Pourquoi ?

— Pour que le marché ait le temps de s'adapter au boom.

— Quel boom ?

— Celui que nous méritons tous et que Tung-l'Aveugle a prédit. Cela permettra également de réévaluer notre cote : nous ouvrirons à 30.

— Vous ne pouvez pas ! explosa le Taï-pan de Rothwell. Elle était tombée à 9,50 à la clôture, bon Dieu !

— Et nous proposons des actions à 30, bon Dieu ! rétorqua Dunross.

Gornt se rabattit sur sir Luis :

— Vous acceptez de couvrir cette arnaque ?

— Il n'y a pas d'arnaque, Quillan, répondit Basilio

calmement. Avec l'approbation unanime du comité, j'ai décidé, dans l'intérêt de tous les investisseurs, de décréter une pause afin que chacun puisse se préparer au boom. Les cotations sont donc suspendues jusqu'à midi.

— Vous détenez une grande partie des Struan que j'ai vendues à découvert, je vous les rachète. Quel est votre prix ?

— Je vous répondrai demain à midi, à la Bourse, dit sir Luis.

— Moi j'accepte de traiter avec vous maintenant, déclara le Taï-pan. Combien d'actions avez-vous vendues à découvert ? Sept cent mille, huit cent mille ? Je vous laisse racheter à 18 si vous me cédez assez d'actions à 15 pour contrôler All Asia Air.

— All Asia Air n'est pas à vendre.

— Je maintiens mon offre jusqu'à l'ouverture.

— Allez au diable, vous et votre ouverture à 30 ! s'écria Gornt, qui se tourna vers Joseph Stern. Achetez des Struan ! Maintenant, demain matin, demain midi !

— À... à quel prix, Mr. Gornt ?

— Achetez, c'est tout !

Gornt fit volte-face, adressa à Casey un « merci » glacial, sortit à grandes enjambées et claqua la porte derrière lui. Les invités se ruèrent vers Dunross, le submergèrent de questions et de compliments. Restée seule devant la porte-fenêtre menant au balcon, Casey vit Plumm puis Crosse s'esquiver discrètement mais n'y prêta pas attention.

Dans une petite chambre située au bout de l'appartement, Plumm ouvrit le tiroir d'un bureau près duquel se trouvait un grand coffre de marin à armatures de fer. En entendant la porte s'ouvrir, il se retourna : c'était Crosse.

— Qu'est-ce qui vous a pris ? fulmina-t-il. Vous avez délibé...

Crosse traversa rapidement la pièce et gifla son complice. Ce dernier voulut se lancer sur lui mais une seconde gifle le fit tomber à la renverse sur le lit.

— Mais qu'est-ce...

— *Fermez-la et écoutez !* coupa Crosse d'une voix sifflante. Souslev est prêt à vous trahir !

Les joues marbrées de Plumm viraient à l'écarlate. Il ouvrit la bouche, toute colère dissipée.

— Quoi ?

— Souslev va vous livrer à Sinders, et moi aussi du même coup, chuchota Crosse. Parlez à voix basse, bon sang ! Vous êtes calmé maintenant ?

— Hein ? Oui, je... Oui.

— Désolé, mais c'était le seul moyen.

Plumm se leva du lit, essuya le filet de sang qui coulait de ses lèvres. On entendait un bruit étouffé de conversations provenant du salon.

— Que se passe-t-il, Roger ?

Crosse résuma son entrevue avec Souslev et conclut :

— Ce type est glissant comme une anguille, impossible de prévoir ce qu'il va faire. En tout cas, si Sinders n'obtient pas satisfaction, il mettra sa menace à exécution et nous ne reverrons plus Souslev à Hong Kong. Ses collègues du KGB le travailleront pour le faire avouer.

— Justement ! L'interrogatoire de Dunross aurait pu lui donner des armes pour se tirer du pétrin. À présent, Gregor sera obligé de parler. Pourquoi avoir renversé le verre du Taï-pan ?

— Je n'ai pas pu vous prévenir avant. Après avoir quitté Souslev, j'ai téléphoné au QG, où l'on m'a appris que Tiptop aiderait ces salauds à éviter la catastrophe. Par ailleurs, je savais que Dunross avait obtenu une aide financière importante, mentit Crosse. Conclusion : plus de ruée bancaire et un boom en perspective, avec ou sans Dunross. Mais surtout, je tenais d'un de mes indicateurs à la Special Branch que Sinders avait donné l'ordre de renforcer la surveillance à l'aéroport et sur les quais, autour de l'*Ivanov*. La police examine toutes les caisses, coffres ou sacs montés à bord, et même les coolies qui les portent. Si elle avait découvert Dunross, nous étions faits.

Plumm semblait de plus en plus nerveux.

— Et si... et si nous donnions Gregor à Sinders ?

— Moins fort ! Décidément, vous déraillez complètement : Gregor nous connaît tous, quelques séances de Salle Rouge et il déballera tout ce qu'il sait.

— Qu'est-ce qu'on peut faire, alors ?

— Laisser Souslev quitter Hong Kong et espérer qu'il réussira à convaincre ses supérieurs. Même s'il donne votre nom à Sinders, nous nous en sortirons. Vous êtes britannique, la loi vous protège. Ne vous inquiétez pas : s'il y a danger, je serai au courant et nous aurons toujours le temps d'appliquer le plan trois.

C'était un plan d'évasion que Plumm avait mis au point en prévision d'une telle éventualité : faux passeports, billets d'avion, bagages déjà prêts, déguisements, couvertures, et même des passe-partout permettant d'accéder aux salles d'attente de l'aéroport sans passer par le contrôle.

Le chef de la SI observa son complice en se demandant s'il l'avait convaincu. Étant donné les circonstances, il avait fait ce qu'il avait pu. Il détestait improviser mais cette fois il n'avait pas le choix.

— Quel sale boulot nous faisons, soupira-t-il.

— Seule la Cause compte.

Crosse dissimula le mépris qu'il éprouvait pour Plumm. Mon vieux Jason, tu ne me sers plus à rien, pensa-t-il en décrochant le téléphone. Il reconnut la voix de Souslev à l'autre bout du fil et imita la toux sèche d'Arthur avant de demander :

— Mr. Lop-sing, s'il vous plaît.

Après l'échange des phrases du code, il dit avec la voix de Plumm :

— Il y a un ennui, le gibier ne s'est pas montré. Faites attention, la surveillance a été renforcée sur les quais. Bonne chance.

Crosse raccrocha.

— C'est son glas que vous venez de sonner, remarqua Plumm.

— Tant que ce n'est pas le vôtre...

81

20 h 25

À l'autre bout du couloir, dans le salon bourdonnant de bruit, Casey était partagée entre sa joie de voir Dunross triompher et sa tristesse de savoir Gornt pris au piège. D'après les réactions des invités, il ne faisait aucun doute que Struan commencerait avec une cote très élevée lundi. Pauvre Quillan, s'il ne se couvre pas, il sera dans la panade, pensa-t-elle. Et c'est moi qui l'y aurai mis, en un sens.

Il fallait bien sauver Dunross. Sans lui, Gornt aurait

écrasé tout le monde, nous y compris. En affaires, pas de sentiments, comme dit Linc.

Linc, toujours Linc.

Elle ne l'avait pas vu de la journée, elle n'avait reçu aucun message. Elle promena le regard sur tous ces hommes qui discutaient avec animation et se sentit très seule. Peut-être Linc est-il rentré, maintenant, se dit-elle.

Personne ne remarqua son départ. Devant l'ascenseur, elle rencontra Crosse, qui descendait lui aussi.

— Belle réception, n'est-ce-pas ? dit-elle.

— Oui, oui, répondit-il distraitement.

Au rez-de-chaussée, le policier la laissa sortir puis se précipita hors de l'immeuble. Il est bien pressé, songea Casey en se dirigeant vers la station de taxis. Elle se figea en découvrant Orlanda Ramos qui avançait à sa rencontre, les bras chargés de sacs en papier.

L'Eurasienne fut la première à se ressaisir :

— Bonsoir, Casey. Vous êtes en beauté.

— Vous aussi, répondit l'Américaine.

La remarque était sincère : Orlanda portait une jupe et une blouse bleu clair parfaitement assorties. Elle adressa quelques mots en cantonais au gardien qui traînait dans le hall et vint prendre les sacs en bougonnant.

— Il y a eu un éboulement un peu plus bas, j'ai dû laisser ma voiture, expliqua-t-elle d'une voix un peu nerveuse. Vous... vous rendez visite à quelqu'un ?

— Je m'en vais. Vous habitez l'immeuble ?

— Oui.

Comme Casey s'apprêtait à partir après un salut de la tête, Orlanda la retint :

— Il faut que nous parlions.

— Quand vous voudrez.

— Maintenant ?

— Pourquoi pas ?

— Accompagnez-moi jusqu'à ma voiture, je vais prendre le reste des commissions, proposa Orlanda. De toute façon, vous aurez plus de chances de trouver un taxi là-bas.

Les deux femmes commencèrent à descendre la rue, conscientes l'une et l'autre de ce qui les attendait. La pluie avait cessé mais l'eau continuait à ruisseler vers le bas de la colline. À une cinquantaine de mètres, Casey vit l'endroit où le remblai avait partiellement cédé, déversant sur la chaussée un amas de pierres, de terre et de moellons. Il n'y avait pas de trottoir. De l'autre côté de l'éboulement, que quelques piétons se risquaient à escalader, les voitures faisaient demi-tour après force manœuvres.

— Il y a longtemps que vous habitez Rose Court ? demanda Casey.

— Quelques années. C'est un coin très agréable. Je... Oh ! vous étiez au cocktail de Jason Plumm ?

L'expression de soulagement qui se peignit sur le visage d'Orlanda irrita Casey. Elle s'arrêta et déclara d'une voix calme :

— Je crois que nous n'avons en fait rien à nous dire. Bonsoir.

— Linc est chez moi en ce moment.

— Je l'avais deviné.

— Cela vous est égal ?

— Pas du tout, mais c'est lui que cela regarde. Nous ne sommes ni mariés ni fiancés, comme vous le savez. Vous avez votre ligne de conduite, j'ai la mienne.

— Qu'est-ce que cela signifie ?

— Que je connais Linc depuis sept ans et vous depuis sept jours.

— Quelle importance ? rétorqua Orlanda d'un ton de défi. Je l'aime et il m'aime.

— Cela reste...

Casey dut se reculer pour laisser passer un groupe de Chinois qui remontaient la rue en bavardant joyeusement.

— Cela reste à prouver. Bonsoir, Orlanda.

Elle aurait voulu crier : « Tu gagnes ta vie sur le dos, moi je travaille, et la seule chose que tu aimes, c'est l'argent », mais elle se contenta d'ajouter :

— Aussi curieux que cela puisse vous paraître, je ne reproche rien à Linc. Bonsoir.

Casey se remit à descendre la rue en songeant qu'il lui fallait maintenant changer de plan. Plus question de faire l'amour avec Linc ce soir, se dit-elle. J'allais lui offrir quelque chose qu'il n'aurait pu que refuser. Que faire ? Attendre le 25 novembre en espérant que d'ici là Linc en aura assez d'elle ? Non, cette fille est trop dangereuse, elle sait que Linc peut lui ouvrir les portes d'une autre vie.

Je vais me battre, décida Casey. Je suis capable de rivaliser avec elle. Peut-être pas au lit ou dans la cuisine, mais je peux apprendre.

Elle escalada le monticule de terre en pestant contre la boue dans laquelle elle enfonçait jusqu'aux chevilles. En redescendant, elle découvrit la Rolls de Dunross en tête de la file de voitures qui s'étirait vers le bas de la colline. Le chauffeur, qui s'appuyait contre la portière, se redressa et lui demanda :

— Pardon, m'amzelle, le Taï-pan est encore là ?

— Oui, oui.

L'homme ferma le véhicule à clef et commença à grimper l'éboulis. Casey se retourna pour le suivre des yeux et aperçut Orlanda, immobile de l'autre côté du tas de terre, un demi-sourire aux lèvres.

Quand Orlanda avait vu Casey sortir de son immeuble, elle avait aussitôt pensé que l'Américaine était venue chez elle et avait eu une explication avec Bartlett. Bien qu'elle sût maintenant qu'il n'en était rien, elle ne pouvait s'empêcher d'avoir peur. A-t-elle barre sur lui grâce à Par-Con ? se demanda-t-elle en se dirigeant lentement vers son immeuble.

Un groupe d'invités comprenant Dunross, Riko Anjin, Phillip et Dianne Chen, sortit de Rose Court et se dirigea vers les voitures. Orlanda les salua machinalement sans leur prêter attention. Une seule question l'absorbait : fallait-il ou non parler à Linc de la rencontre avec Casey ? Elle se retourna et découvrit sa rivale, toujours immobile, les yeux braqués vers Rose Court. Linc est à moi, se dit-elle avec confiance. Casey ou pas, je l'épouserai, quel que soit le prix à payer.

La vice-présidente de Par-Con avait vu le Taï-pan sortir de l'immeuble et le regardait s'approcher. Plein d'une assurance tranquille, il semblait avoir rajeuni de dix ans depuis le jour où elle avait fait sa connaissance. Elle prenait plaisir à penser qu'elle l'avait aidé à se tirer d'embarras. Comme elle tournait la tête et recommençait à descendre, elle l'entendit appeler :

— Casey ! Attendez !

Elle s'arrêta.

— Vous dînez avec nous ? cria Dunross.

Ne se sentant pas d'humeur à être en compagnie, elle répondit :

— Merci, je suis déjà prise ! À dem...

La terre se déroba sous ses pieds.

82

20 h 56

Le glissement de terrain avait commencé plus haut, de l'autre côté de Po Shan Road. La masse de terre avait traversé la route, culbuté un garage de quinze étages qui avait glissé sur le flanc sur quelques dizaines de mètres avant de basculer dans la faille. La coulée de boue et de pierres prit de la vitesse, effleura un gratte-ciel plongé dans l'obscurité, envahit Conduit Road et fracassa la maison de Richard Kwang. Cinquante mille tonnes de terre et de roche déferlèrent sur Kotewall Road, arrachant Rose Court à ses fondations. L'immeuble glissa vers le port, bascula et se brisa en son milieu, comme un homme dont les genoux plient dans sa chute.

En tombant, les étages supérieurs du bâtiment décapitèrent l'une des tours Sinclair et se fracassèrent. Le reste de l'immeuble, entraîné par la coulée, continua jusqu'à un chantier situé plus bas puis s'arrêta. Tout fut soudain plongé dans la nuit et le silence.

Puis des cris commencèrent à s'élever...

Dans la galerie creusée sous Sinclair Road, Souslev suffoquait, à demi enfoui sous les gravats. L'eau s'écoulant des conduites brisées emplissait rapidement le tunnel, dont la voûte avait été en partie arrachée. Le Soviétique se dégagea, parvint à se hisser à la surface et fut pris de panique. Autour de lui, toute lumière avait disparu, il était plongé dans le noir, dans une mer de décombres qui continuaient à craquer et à bouger. Il se releva et dévala à toutes jambes ce qui restait de Sinclair Road.

Plus haut, la partie de Kotewall Road située de l'autre côté du barrage avait été épargnée. Les rares personnes qui n'avaient pas perdu l'équilibre étaient paralysées de frayeur, incapables de croire à la réalité de la scène qui se déroulait sous leurs yeux. Le glissement de terrain avait fait éclater la chaussée ; les terrasses échelonnées sur le flanc de la montagne n'étaient plus qu'un amas informe de boue, de rochers et de terre. Les routes et les immeubles avaient disparu, le petit groupe qui accompagnait Dunross avait été entraîné par la coulée.

Casey, qui faisait partie des rescapés, ouvrit la bouche sur un long hurlement silencieux. Retrouvant enfin sa voix, elle réussit à crier : « Mon Dieu, Linc ! » et se précipita vers les ruines. Des appels à l'aide montaient de partout dans l'obscurité, soudain zébrée par un arc électrique jaillissant de câbles arrachés.

Des décombres qui remuaient encore émergeaient çà et là une chaussure, un lit, un jouet, le capot d'une voiture. À la lueur de l'arc électrique, Casey aperçut une cabine d'ascenseur emprisonnant des corps désarticulés. « Linc ! Linc ! » continuait-elle à crier, le visage inondé de larmes. Elle se dirigea vers ce qui avait été l'entrée de l'immeuble, escalada un bloc de béton qu'elle sentit osciller sous son poids. Elle entendit un gémissement, se mit à genoux, creusa dans les gravats et découvrit un petit Chinois de trois ou quatre ans, coincé sous les ruines, terrifié, à demi étouffé par la poussière.

« Mon Dieu, pauvre chéri », murmura Casey. Elle se redressa, jetant autour d'elle des regards désespérés, mais ne vit personne qui puisse lui venir en aide. Le bloc de béton bougea de nouveau avec un grincement menaçant mais Casey, ignorant le danger, continuait à essayer de dégager l'enfant. De ses mains en sang, elle déblaya briques et moellons, parvint à agripper le bras du petit Chinois et à le tirer vers elle. Elle le prit dans ses bras, se releva et se recula tandis que le bloc de béton basculait et roulait vers le bas de la pente. L'enfant, indemne, serrait son petit corps agité de tremblements contre celui de Casey.

L'avalanche de boue avait entraîné Dunross et ses compagnons vers le bas de la colline où des broussailles avaient freiné leur chute. Le Taï-pan se releva, étourdi, étonné de n'être pas blessé. Il s'approcha de Dianne Chen qui gémissait, à demi inconsciente, une jambe fracturée. Le tibia émergeait de la chair, mais apparemment il n'y avait pas hémorragie. Ian essaya, avec d'infinies précautions, de remettre l'os en place, Dianne poussa un hurlement de douleur et s'évanouit. Il vit une ombre remuer, leva les yeux : Riko Anjin venait de se relever, nu-pieds, la robe déchirée, un filet de sang au coin des lèvres.

— Ça va ? lui demanda-t-il.

— Oui... oui. C'est... c'est un tremblement de terre ? fit-elle d'une voix blanche.

Un arc électrique grésilla, illuminant brièvement les ruines.

— Bon Dieu, on se croirait à Londres pendant la dernière guerre, murmura Dunross.

Apercevant Phillip Chen gisant quelques mètres plus bas, inerte, coincé contre un arbuste, il confia Dianne à Riko et descendit. Le compradore respirait encore. Soulagé, Ian le redressa, l'appuya contre l'arbuste et scruta les ténèbres. D'autres rescapés se relevaient ; à quelques pas de Dunross, Christian Toxe secouait la tête.

— Nom de Dieu de bon Dieu, marmonnait-il. Il doit y avoir deux cents personnes sous les décombres... Il... il faut que je trouve un téléphone.

Il trébucha, poussa un nouveau juron et retomba.

— Aidez-moi, dit-il au Taï-pan. Je crois que je me suis tordu une cheville.

Appuyé sur le Taï-pan et Riko Anjin, le journaliste parvint à grimper la pente jusqu'à la route. Certains rescapés contemplaient la scène, figés par la peur ; d'autres fouillaient les décombres à la recherche de survivants. Toxe descendit en clopinant vers les immeubles épargnés tandis que Dunross allait prendre dans sa voiture une lampe électrique et une trousse de secours.

Il glissa la clef dans la serrure du coffre et essaya de se rappeler qui faisait partie du groupe. « Qui était avec moi ? Toxe, Riko, Jacques — non, il nous avait quittés — Phillip et Dianne Chen, Barre... non, nous l'avions laissé chez Jason. Bon Dieu, j'avais oublié la réception ! Qui se trouvait encore là-bas ? Kwang et sa femme, Plumm... Johnjohn était parti, Crosse aussi, peut-être. »

Ian revint auprès de Riko avec une trousse d'urgence, deux torches électriques et une corde. Il lui donna l'une des lampes, quelques bandes et un tube d'aspirine.

— Occupez-vous de Dianne et Phillip, ordonna-t-il d'un ton volontairement autoritaire. Elle a une jambe fracturée, lui, je ne sais pas. Faites ce que vous pourrez et restez avec eux jusqu'à ce qu'une ambulance arrive ou que je revienne. D'accord ?

— D'accord, dit la jeune femme, qui leva des yeux effrayés vers la montagne. Il... il n'y aura pas d'autre glissement ?

— Non, vous ne risquez rien. Allez-y, maintenant.

Rassurée par le ton du Taï-pan, elle redescendit lentement, posant le pied dans la terre avec précaution. Dunross se retourna et aperçut Orlanda au bout de la file de voitures. Les yeux braqués vers l'endroit où s'était élevé son immeuble, elle remuait doucement les lèvres, des tremblements agitaient son visage et son corps. Ian s'approcha d'elle, la prit par les épaules et la secoua pour la tirer de son hébétude. Pendant la guerre, il avait vu de nombreuses personnes semblablement tétanisées par la peur.

— *Orlanda !*

La jeune femme sortit de sa torpeur et balbutia :

— Oh... qu'est-ce... qu'est-ce...

Elle se mit à pleurer mais ses yeux avaient perdu leur lueur égarée.

— Reprenez-vous, Orlanda, dit Ian d'une voix douce mais ferme. Vous n'avez rien, c'est fini !

Il l'appuya contre le capot d'une voiture et commençait à s'éloigner quand il l'entendit murmurer :

— Mon Dieu, Linc... Linc est là-dessous !

Il s'arrêta, se retourna.

— Où ? Où était-il ?

— Il... dans mon appartement. Au huitième étage !

Dunross courut vers les ruines. Çà et là des survivants avançaient à tâtons, les pieds dans la boue, la main protégeant la flamme d'une allumette. En approchant de l'immeuble, le Taï-pan sentit une odeur de gaz et s'écria :

— Éteignez les allumettes, vous allez nous faire griller !

Ce fut alors qu'il découvrit Casey...

La voiture de police qui suivait le camion de pompiers gravissait la pente aussi vite que la circulation le permettait.

Malgré les hurlements des sirènes, aucun véhicule ne dégageait la voie. Assis à l'avant à côté du chauffeur, Armstrong écoutait les appels-radio :

— Ordre à toutes les voitures de se rendre d'urgence à Kotewall Road. Il y a eu un nouveau glissement de terrain à proximité de Po Shan et Sinclair Road ! D'après notre informateur, Rose Court et deux autres bâtiments de quinze étages se seraient écroulés.

— Attention, bon sang ! dit le commissaire au chauffeur, qui avait déboîté trop largement et avait frôlé un camion venant en sens inverse. Tourne à droite, traverse Castle pour prendre Robinson et rejoins Sinclair.

Il rentrait chez lui après une séance de « normalisation » avec Brian Kwok quand il avait entendu le premier appel. Se souvenant que Crosse habitait Sinclair Road et qu'il avait l'intention de se rendre au cocktail de Jason Plumm après avoir vérifié une intuition avec Rosemont, Armstrong avait décidé de se rendre sur les lieux. Si Crosse s'est fait écrabouiller, qui prendra la direction de la SI ? se demandait-il. Son successeur maintiendra-t-il la libération de Brian ?

Une seconde voix, plus calme et plus ferme, résonna dans le haut-parleur :

— Ici le colonel des pompiers Soames. Nous allons déclencher le plan d'urgence n° 1. Je me trouve à l'intersection de Sinclair, Robinson et Kotewall Road où j'ai établi un poste de commandement. Informez immédiatement le directeur de la police et le gouverneur de l'ampleur de la catastrophe. Tous les hôpitaux de l'île doivent se préparer à accueillir les blessés. Nous aurons besoin de toutes les ambulances et d'une aide massive de l'armée. Le courant est coupé, il faut réquisitionner tous les générateurs disponibles...

— Sacré bon Dieu ! s'écria Armstrong. Appuie sur le champignon !

Le chauffeur accéléra.

Casey tenait encore dans ses bras l'enfant pétrifié par la peur.

— Oh Ian ! Linc est dans les décombres !

— Je sais ! répondit-il par-dessus les gémissements et les appels à l'aide qui montaient des ruines. Vous n'avez rien ?

— Non, mais Linc...

Un enchevêtrement de poutrelles tordues s'écroula dans un bruit assourdissant, provoquant une réaction en chaîne. Un bloc de béton heurta la cabine d'ascenseur, l'arracha à sa cage et l'expédia vers le bas, semant des cadavres dans son sillage.

— Mon Dieu ! fit Casey.

— Retournez à la voiture, vous y serez en...

Un homme se précipita vers Casey et Dunross, regarda l'enfant et le prit dans ses bras en remerciant le ciel et l'Américaine.

— Où l'avez-vous trouvé ?

Casey eut un geste vers les décombres, que le Chinois examina avant de s'enfoncer dans la nuit en pleurant de soulagement. On entendait de toutes parts des sirènes s'approcher.

— Restez ici, ordonna Ian à Casey. Je vais aller voir.

— Faites attention. Vous sentez cette odeur de gaz ?

S'éclairant de sa lampe, Dunross avançait à travers les ruines sur les gravats glissants et cédant sous le pied. Le faisceau lumineux fit jaillir de l'ombre le corps recroquevillé d'une Chinoise qu'il ne connaissait pas, puis le cadavre d'un Blanc au crâne défoncé. Dunross braqua sa torche sur les autres morts mais ne trouva pas Bartlett. Un peu plus loin, il passa devant les corps disloqués de deux Chinois. Maîtrisant une envie de vomir, il s'approcha d'un Blanc dont la tête, écrasée, était méconnaissable, il fouilla dans une de ses poches, en retira un permis de conduire au nom de Richard Pugmire.

L'odeur de gaz s'intensifiait. Un court-circuit et nous nous retrouvons tous au royaume des cieux, se dit-il en songeant aux câbles arrachés. Après un dernier regard au cadavre de Pugmire, il recommença à descendre. Quelques mètres plus loin, il entendit un faible gémissement, s'arrêta, parvint à en localiser la provenance. Avec précaution, il se glissa sous deux poutres entrecroisées supportant un tas de gravats. Il saisit un morceau de béton, s'arcbouta, réussit à le faire basculer et découvrit le visage d'un homme.

— Aidez-moi, gémit Clinker d'une voix faible. Vous tombez à pic, mon pote...

Dunross constata que l'homme était coincé sous les poutres mais qu'elles le protégeaient en même temps des débris qui les recouvraient.

— Un moment, dit-il.

Il chercha autour de lui, trouva une barre de fer et s'en servit comme d'un levier pour soulever les poutres. Une pyramide de gravats bougea dangereusement.

— Vous pouvez sortir tout seul ? fit-il d'une voix haletante.

— Je... Je suis blessé aux cannes, salement, mais je vais essayer, répondit Clinker.

Il étendit le bras, saisit une armature dépassant d'un bloc de béton.

— Prêt ? J'attends votre signal.

— Comment vous appelez-vous ?

— Ernie Clinker. Et vous ?

— Ian Dunross.

Clinker bougea la tête pour tourner vers Ian un visage en sang, aux cheveux gris de poussière et aux lèvres à vif.

— Merci, Taï-pan. Je suis prêt, allez-y.

Dunross appuya de toutes ses forces sur son levier de fortune, les poutres se soulevèrent d'un ou deux centimètres. Clinker se tortilla mais ne parvint pas à se dégager.

— Un peu plus haut, fit-il, pantelant.

Le Taï-pan banda ses muscles, les poutres se soulevèrent, des débris roulèrent dans la cavité où se trouvait Clinker. Ian fit un dernier effort et s'écria :

— Maintenant ! Je ne pourrai pas tenir...

Clinker se dégagea centimètre par centimètre en s'agrippant au bloc de béton. Quand il eut le torse complètement sorti, Dunross laissa les poutres redescendre très lentement, attendit un moment puis saisit le vieillard sous les bras et finit de le dégager. Les jambes apparurent : la gauche n'avait plus de pied.

— Ne bougez pas, mon vieux, dit Ian.

Il prit une bande et fabriqua à la hâte un tourniquet qu'il plaça au-dessus du moignon. Comme il se demandait s'il pouvait laisser le blessé pour aller chercher de l'aide, il entendit un craquement, le tas de débris se mit à glisser vers lui. Dunross se jeta à terre en se protégeant la tête des mains.

83

21 h 13

Seize minutes après l'effondrement de Rose Court, il régnait une animation fébrile sur toute la zone sinistrée. Les rescapés qui avaient réussi à sortir des décombres prêtaient main forte aux sauveteurs et plus bas, près du poste de commandement installé au croisement, quatre camions de pompiers et une dizaine de voitures de police étaient déjà arrivés. Des équipes de secours armées de grosses lanternes grimpaient vers le lieu de la catastrophe. Une ambulance emportait déjà des blessés, d'autres venaient en renfort.

Le colonel des pompiers avait, dès son arrivée, réclamé des ingénieurs de la Compagnie du gaz et d'autres spécialistes pour inspecter les fondations des bâtiments épargnés. Au besoin, on ferait évacuer les habitants des immeubles jugés en danger dans les trois artères, Kotewall, Po Shan et Conduit.

— Il faudra des semaines pour déblayer la terre et nettoyer, estima-t-il avec une grimace.

Une voiture de police s'arrêta près de lui en faisant gémir ses pneus.

— Salut, Robert, dit le colonel en voyant Armstrong descendre du véhicule.

— Oh ! nom de Dieu !

— Oui. Dieu sait combien de personnes sont enfouies sous les décombres !

— Attention ! cria quelqu'un.

Les sauveteurs coururent se mettre à l'abri tandis qu'un bloc de béton armé tombait de la tour Sinclair décapitée et s'écrasait sur les débris. Une des voitures braqua son projecteur vers le haut, éclairant des vestiges de pièce sans plafond ni mur extérieur. Une petite silhouette se balançait au bord du vide...

Craignant un nouveau glissement, les habitants des immeubles voisins s'étaient assemblés près du barrage établi sur Kotewall Road. L'air encore égaré, Orlanda, appuyée contre une voiture, pleurait doucement, mêlant ses larmes aux gouttes de pluie coulant sur son visage. Des renforts de police franchirent les barrières établies par leurs collègues et se dispersèrent sur l'immense bourbier. Un policier, entendant un appel à l'aide, dirigea sa lampe vers les broussailles et prit dans son faisceau une silhouette de femme agitant le bras près de deux formes inertes : Riko allait recevoir du secours.

En bas, au croisement, Gornt arrêta sa voiture, en descendit et se mit à gravir la pente sans prêter attention aux protestations des policiers submergés. Parvenu devant la barrière, il contempla avec consternation la scène de fin du monde qui s'offrait à lui. Quelques instants plus tôt, il se trouvait lui aussi dans l'immeuble mais un miracle l'avait fait partir juste avant la catastrophe. Tous les autres étaient peut-être morts et enterrés...

— Restez pas là ! lui cria un policier.

Des ambulanciers suivis de pompiers armés de haches le bousculèrent en passant. Gornt s'écarta.

— Il y a des survivants ?

— Oui, bien sûr.

— Vous avez vu Dunross ?

— Qui ?

— Dunross, le Taï-pan.

— Non, pas vu.

Le policier abandonna Gornt pour empêcher de passer un couple de Chinois affolés.

— Mon Dieu, fit une voix à l'accent américain.

Gornt se retourna. Paul Choy et Venus Poon venaient d'arriver avec un nouveau groupe de Chinois qui scrutaient l'obscurité d'un regard anxieux.

— Que faites-vous ici, Paul ?

— Oh ! bonsoir, Mr. Gornt. Mon... mon oncle est là-dedans, répondit Choy en montrant la tour étêtée.

— Quatre-Doigts ? s'étonna Gornt.

— Mr. Wu m'attendait pour discuter d'un contrat, expliqua Venus Poon. Il va produire mon prochain film.

Sans s'attarder au mensonge patent de la fille, Gornt se dit qu'une occasion s'offrait à lui de renverser la situation ; s'il lui sauvait la vie, le vieux pirate l'aiderait peut-être à éviter la ruine.

— À quel étage était-il ?

— Au cinquième, dit Venus Poon.

— Paul, faites le tour par Sinclair Road et remontez par ce côté-ci. Moi, je descendrai à votre rencontre. Allez, vite !

Choy s'éloigna avant que Venus Poon n'ait eu le temps de le retenir. Profitant de ce que le policier s'efforçait toujours de calmer le couple de Chinois, Gornt franchit la barrière. Il connaissait bien l'appartement de Plumm, situé au cinquième étage : Quatre-Doigts ne devait pas en être loin. Du fait de l'obscurité, il ne remarqua pas Orlanda, qui se tenait immobile de l'autre côté de la route.

Gornt avançait aussi rapidement qu'il le pouvait mais ses pieds s'enfonçaient dans la terre.

— Honorable ambulancier ! cria-t-il en cantonais à un Chinois. Vous n'auriez pas une lampe de trop ?

— Si, tenez. Faites attention, le terrain est traître.

Parvenu à l'endroit où s'était élevé Rose Court, il s'arrêta. La cicatrice que le glissement avait tracée sur le flanc de la montagne courait sur une centaine de mètres. Conduit Road avait complètement disparu, les arbres avaient été arrachés, les parapets balayés. — Impossible, murmura-t-il, en songeant aux plaisirs qu'il avait goûtés pendant des années à Rose Court. Quelques mètres plus loin, des projecteurs éclairaient le moignon de la tour qu'il avait toujours détestée — d'abord parce qu'elle avait gâché la vue qu'il avait de Rose Court, ensuite parce qu'elle appartenait à Dunross. La voir ainsi mutilée lui procura une brève sensation de plaisir, aussitôt dissipée par la tristesse de savoir Rose Court anéanti.

Assise sur les gravats, Casey attendait, le cœur serré d'angoisse. Des sauveteurs éparpillés sur tout le lieu du sinistre appelaient et écoutaient alternativement, puis creusaient les décombres quand ils avaient entendu un gémissement. Elle se leva et chercha Dunross, dont elle ne voyait plus la torche depuis quelques minutes.

Un pan de terre se détacha du flanc de la montagne, les sauveteurs coururent se mettre à l'abri. Tout redevint immobile et silencieux, les équipes de secours remontèrent lentement la pente.

— Casey ? Casey, c'est vous ?

Gornt sortit de la pénombre et s'approcha de la jeune femme en trébuchant.

— Oh ! Quillan, s'écria-t-elle en se jetant dans ses bras. Il faut trouver Linc !

— Je suis venu dès que j'ai entendu la nouvelle à la radio. J'avais peur que vous ne soyez... Tenez bon, Casey !

— Moi... ça va. C'est Linc, il est quelque part là-dedans.

— Mais comment...

— Il était chez Orlanda.

— Vous vous trompez peut-être.

— Non. C'est elle qui me l'a dit.

— Où est-elle ? Elle n'a rien ?

— Non. Elle était dehors avec moi quand c'est arrivé.

Quillan, j'ai tout vu. Il y a eu une avalanche, l'immeuble s'est effondré et j'ai couru. Ian est venu m'aider mais Linc...

— Dunross ? Il s'en est tiré lui aussi ?

— Oui, il est là-bas, maintenant, il fouille les ruines... L'ascenseur... plein de cadavres...

— Il y a d'autres rescapés ?

— Jacques, les Chen, le journaliste, je ne sais pas... Vous regrettez que Ian soit vivant ?

— Au contraire. Où est-il allé, exactement ?

— Là-bas, où il y a ce tas de décombres, dit Casey en montrant la direction avec sa torche. Près de ce qui reste de l'ascenseur.

— Restez ici.

Gornt quitta Casey et disparut bientôt dans la nuit. La pluie tombait plus dru, rendant le terrain glissant. Il trébucha, se cogna le tibia et jura, mais continua à descendre, cherchant de sa lampe où poser le pied sans trop de risques. Alors ce foutu Taï-pan est sorti de l'immeuble avant qu'il ne s'écroule, pensa Gornt. Il a une chance incroyable !

Il crut entendre un faible appel à l'aide et s'immobilisa. Il tendit l'oreille : rien. — Où êtes-vous ? cria-t-il. Pas de réponse. Il hésitait à poursuivre ses recherches car l'amas de décombres dans lequel il s'était enfoncé pouvait s'effondrer d'une seconde à l'autre. — Où êtes-vous ? cria-t-il de nouveau. Il continua d'avancer prudemment, les narines envahies par une odeur de gaz de plus en plus forte.

Il s'approcha des débris de l'ascenseur, examina les cadavres, n'en reconnut aucun, tourna derrière un bloc de béton. Soudain une lumière l'aveugla.

— Que faites-vous ici, Quillan ? fit la voix de Dunross.

— Je vous cherche, répondit Gornt en braquant sa torche vers la source lumineuse. Casey m'a dit que vous jouiez à cache-cache dans le coin.

Assis sur un moellon, le Taï-pan reprenait son souffle. Il avait les bras griffés et couverts de sang, les vêtements en lambeaux. Quand les décombres s'étaient effondrés sur lui, il avait lâché la lampe pour se protéger la tête et s'était retrouvé pris au piège dans le noir avec Clinker. Faisant appel à toute sa volonté pour ne pas céder à la panique, il avait patiemment cherché à tâtons, centimètre par centimètre. Il était sur le point de renoncer quand ses doigts s'étaient enfin refermés sur la lampe. La lumière avait dissipé sa peur, il avait trouvé une issue.

— Désolé, je ne suis pas mort, lança-t-il à son ennemi avec un sourire sarcastique.

Gornt haussa les épaules :

— C'est le *joss*. Vous finirez bien par mourir.

Entendant un craquement, Gornt braqua sa torche vers le haut.

— Et plus tôt que vous ne le pensez si nous ne fichons pas le camp en vitesse ! ajouta-t-il.

Dunross se leva, grogna quand la douleur lui poignarda le dos.

— Vous n'êtes pas blessé, j'espère ? demanda Gornt.

Ian sourit. Sa peur d'être enterré vif se dissipait lentement.

— Non. J'aurais besoin de votre aide.

— Pour quoi faire ?

Le Taï-pan éclaira le corps inerte de Clinker.

— C'est en essayant de le sauver que je me suis retrouvé coincé, expliqua-t-il. Il s'appelle Clinker, il a les jambes en bouillie et il lui manque un pied.

— Le pauvre ! Je me charge de lui.

Gornt s'agenouilla près du vieillard, lui souleva doucement la tête.

— Il est mort.

— Vous êtes sûr ?

— Oui. Emmenons-le.

L'ennemi de Ian chargea Clinker sur ses épaules comme un pantin de chiffon et remonta la pente, suivi par Dunross. Quand ils furent hors de danger, ils s'arrêtèrent pour reprendre haleine. Ian appela en renfort des ambulanciers et leur confia le corps du vieillard.

— Quillan, avant que nous ne rejoignions Casey, un mot au sujet de Bartlett...

— Oui, je sais. Elle m'a dit qu'il était chez Orlanda. Elle habitait au huitième.

— À votre avis, il se trouve où, maintenant, le huitième ?

— De toute façon, Bartlett est certainement mort. Le *huitième*, vous vous rendez compte ? D'ici, je ne vois rien. Je pourrais peut-être reconnaître quelque chose mais j'en doute. Le huitième doit être là-bas, presque sur Sinclair Road.

— Et s'il vivait encore, protégé par un pan de mur ?

— Vous avez vraiment besoin de lui et de son argent, fit Gornt d'un ton sarcastique.

— Plus maintenant.

— Foutaises ! répliqua Gornt. (Il monta sur un bloc de béton, mit ses mains en porte-voix.) Casey ! Nous descendons ! Retournez nous attendre à la barrière !

Dunross entendit l'Américaine répondre :

— Entendu. Soyez prudents !

— Bon, grogna Gornt. Si nous devons jouer les héros, autant le faire dans les règles. Je passe devant.

Le Taï-pan suivit. En descendant, les deux hommes aperçurent des cadavres ou des morceaux de corps mutilés ; ils croisèrent des survivants qui creusaient frénétiquement les ruines à la recherche de leur famille. Parvenu en bas de la pente, Gornt inspecta soigneusement les décombres.

— Alors ? demanda Ian.

— Rien.

Gornt découvrit des rideaux tachés de boue qui auraient pu être ceux d'Orlanda mais cela faisait près de deux ans qu'il n'avait pas mis les pieds dans son appartement. Il hésitait, s'attardait devant le tissu crotté.

— Quelque chose ?

— Non.

Le patron de Rothwell se remit à chercher dans les gravats.

— Ce meuble pourrait venir de l'appartement de Plumm, au cinquième, dit-il en éclairant de sa torche un sofa défoncé.

— Au secours ! au secours, par tous les dieux ! fit une voix en cantonais.

Gornt crut reconnaître Quatre-Doigts et se rua dans la direction de l'appel. Il s'enfonça dans les ruines, suivi par Dunross, et découvrit un vieux Chinois couvert de poussière, assis sur un moellon. Apparemment indemne, il regardait autour de lui d'un air perplexe. Quand Dunross et Gornt s'approchèrent, il cligna des yeux dans la lumière de la torche et fit la grimace.

Les deux hommes reconnurent aussitôt les dents de lapin de Ching-Beau-Sourire, le banquier. Lui aussi les reconnut.

— Que s'est-il passé, honorables seigneurs ? leur demanda-t-il dans son cantonais guttural.

Quand Gornt lui eut répondu, le vieillard ouvrit la bouche toute grande :

— Impossible ! Alors je suis vivant ?

— Oui. À quel étage vous trouviez-vous ?

— Au douzième, dans ma salle de séjour, devant le poste de télévision, répondit Beau-Sourire (ses lèvres esquissèrent une nouvelle grimace tandis qu'il fouillait sa mémoire). Je venais de voir cette petite bouche onctueuse de Venus Poon et puis... et puis il y a eu un grondement de tonnerre en provenance de Conduit Road. Ensuite, je me suis réveillé ici, il y a quelques minutes à peine.

— Qui se trouvait avec vous dans l'appartement ? demanda le Taï-pan.

— Mon *amah*. Ma première épouse était partie jouer au mah-jong, répondit Ching.

Il se leva avec précaution, se palpa les membres et émit un petit gloussement :

— *Ayiiya !* par tous les dieux, c'est un miracle ! Le *joss* m'est de nouveau favorable ! Je vais redevenir riche, récupérer ma banque et mon titre de commissaire des courses ! Taï-pan et second Taï-pan, la chance a tourné !

Le vieux Chinois fléchit les genoux, se tâta de nouveau les cuisses et partit se mettre à l'abri en trottinant.

— Si cet amas de décombres est ce qui reste du douzième étage, le huitième devrait se trouver là-bas, conclut Dunross en dirigeant sa torche derrière lui.

Gornt opina du bonnet.

— Si cette vieille fripouille a survécu, Bartlett a pu s'en sortir, lui aussi.

— Peut-être. Cherchons-le.

84

23 h 05

Un camion militaire monta sous la pluie jusqu'au poste de commandement et s'arrêta en projetant une gerbe de boue. Des soldats irlandais de la garde, vêtus de treillis et d'imperméables, en descendirent et se dirigèrent vers l'officier qui les attendait. Certains d'entre eux portaient une hache.

— Emmenez vos hommes là-haut, sergent, ordonna l'officier en pointant sa badine vers la droite. Mettez-vous à la disposition de l'adjudant chef O'Connor. Défense de fumer, il y a une fuite de gaz !

— Où est la compagnie Alpha, mon lieutenant ? demanda le sergent.

— Là-haut, à Po Shan, et la Delta est à mi-pente. Nous avons installé un poste de secours sur Kotewall Road. Vous pouvez m'appeler sur le canal 4. En route !

Les nouveaux venus prirent la mesure du désastre et commencèrent à grimper sous la conduite de leur chef. Le lieutenant retourna au poste de commandement, décrocha le téléphone de campagne.

— Compagnie Delta ? Ici le poste de commandement. Au rapport.

— Nous avons découvert quatre cadavres et deux blessés, mon lieutenant. Une Chinoise nommée Kwang, qui souffre de multiples fractures, et son mari, qui est seulement un peu commotionné.

— Dans quelle partie de l'immeuble se trouvaient-ils ?

— Au cinquième. Nous les conduisons au poste de secours de Kotewall. Ce sont probablement des grosses poutres qui les ont protégés. Nous avons entendu un autre survivant mais il est trop profondément enfoui pour que nous puissions l'atteindre. Les pompiers ne peuvent utiliser leurs chalumeaux oxy-acétyléniques à cause de la fuite de gaz. Rien d'autre dans notre secteur, mon lieutenant.

— Continuez.

L'officier se retourna, lança à un planton :

— Va me chercher les types de la Compagnie du gaz. Dis-leur de se grouiller !

— Oui, mon lieutenant.

— Poste de secours de Kotewall ? Poste de commandement. Quelle est la situation ?

— Quatorze morts et dix-neuf blessés, dont plusieurs grièvement. Nous venons de retrouver sir Dunstan Barre, il a seulement une fracture du poignet.

— Bon. La police a établi un service des personnes disparues sur le canal 16. Communiquez-lui les noms des morts et des blessés dès que vous les connaîtrez. Nous avons des parents fous d'angoisse, ici en bas.

— Bien, mon lieutenant. Il paraît que nous allons faire évacuer tout le secteur ?

— Le gouverneur, le directeur de la police et le colonel des pompiers en discutent en ce moment.

L'officier se frotta le visage d'un geste las puis se rua vers un camion amenant des Gourkhas du génie. Un ingénieur topographe des Travaux publics descendit de voiture et s'approcha du poste de commandement central, établi près de la tour décapitée. Il salua le gouverneur, le colonel des pompiers et le directeur de la police :

— Bonsoir, messieurs. Nous avons inspecté tous les immeubles, de Po Shan à ici. Je recommande que nous en évacuions dix-neuf.

Grand Dieu ! s'exclama sir Geoffrey. Vous voulez dire que cette foutue montagne va s'écrouler totalement ?

— Non, Excellence, mais s'il continue à pleuvoir, il pourrait y avoir un nouveau glissement. Ce secteur a déjà été touché maintes fois : Bonham en 41 et 50, Robertson et Lytton Road en 59, etc. Il faut évacuer.

— Quels bâtiments ?

L'ingénieur tendit une liste au gouverneur en précisant :

— L'opération concerne plus de deux mille personnes, j'en ai peur.

Les regards convergèrent vers sir Geoffrey qui examina la liste puis leva les yeux vers la masse menaçante de la montagne.

— Bon, allez-y. Mais pour l'amour du ciel, pas de panique ; je veux une évacuation en bon ordre.

— Bien, Excellence, fit l'ingénieur avant de s'éloigner.

— Est-il possible d'obtenir des renforts, Donald ?

Le directeur de la police, un homme d'une cinquantaine d'années au visage énergique, répondit :

— Pas pour le moment, nous manquons d'hommes. Il y a eu des glissements de terrain à Kowloon, à Kwun Tong...

— Je croyais voir la fin de nos ennuis avec l'accord de Tiptop, murmura le gouverneur.

Le colonel des pompiers secoua la tête :

— Ils ne font que commencer, je le crains. D'après nos estimations, il pourrait y avoir une centaine de personnes ou plus enfouies sous les décombres. Il nous faudra des semaines pour passer le secteur au crible.

Sir Geoffrey resta un moment silencieux puis déclara d'une voix ferme :

— Je monte à Kotewall, vous pourrez me joindre sur le canal 5.

Il s'apprêtait à s'installer dans sa voiture quand il vit Crosse et Sinders, qui revenaient de Sinclair Road, où l'effondrement de la voûte du souterrain avait creusé un large fossé.

— Alors ?

— Rien à faire. Nous avons réussi à descendre dans la galerie mais elle est bouchée par un éboulement. Pas moyen de gagner Rose Court par là, dit Crosse.

Quand l'immeuble d'Orlanda s'était écroulé, Crosse se trouvait à une cinquantaine de mètres de chez lui. Le premier choc passé, il avait aussitôt pensé à Plumm et à Souslev. Lorsqu'il était parvenu devant la tour Sinclair décapitée, des locataires terrifiés fuyaient déjà. À contre-courant du flot des habitants, il était monté par l'escalier jusqu'à l'appartement 32, dont il ne restait quasiment rien. Si Souslev s'y trouvait quand le glissement a commencé, il est mort maintenant, avait-il pensé. Même chose s'il était retourné chez Clinker. Sa seule chance d'avoir survécu, c'est le souterrain.

Il était donc redescendu, avait fait le tour du bâtiment et s'était glissé par la porte secrète menant au tunnel. L'eau avait envahi la galerie, on ne pouvait y descendre. Il était retourné sur la route et avait constaté que là aussi l'eau coulait à gros bouillons dans le souterrain éventré. Désormais certain de la mort de Souslev, il avait couru téléphoner au QG et avait demandé Sinders. Après avoir expliqué la situation, il lui avait déclaré :

— Souslev était avec Clinker, mes hommes ne l'ont pas vu ressortir. Ils sont enfouis tous les deux. Aucune chance qu'ils aient survécu.

— Diable... J'arrive immédiatement.

Crosse était retourné à la tour pour organiser l'évacuation des habitants et les premiers secours. Lorsque les renforts étaient arrivés, on avait déjà retrouvé sept morts, dont deux enfants, et quatre blessés agonisants. Sinders et le gouverneur étaient arrivés, Crosse leur avait résumé la situation en dissimulant sa satisfaction sous son air grave.

— C'est sacrément dommage, avait grommelé Sinders.

— Vous pensez vraiment que Souslev vous aurait révélé l'identité d'Arthur ? avait demandé le gouverneur.

— Oh ! oui, avait répondu le chef du MI-6 avec assurance. Vous n'êtes pas de cet avis, Roger ?

Crosse avait eu peine à retenir un sourire :

— J'en suis persuadé.

Sir Geoffrey avait poussé un soupir :

— Sa disparition va provoquer des remous diplomatiques.

— Nous n'y sommes pour rien, Excellence.

— Je le sais mais vous connaissez les Russes. Ils croiront que nous le retenons secrètement prisonnier pour l'interroger. Nous ferions mieux de retrouver rapidement Souslev mort ou vivant.

— Certainement, Excellence, avait répondu Sinders. Quant à l'*Ivanov* ?

— Que proposez-vous ?

— Qu'en pensez-vous, Roger ?

— Je suggère d'informer immédiatement Boradinov de la situation et de lui permettre de retarder le départ du navire s'il le souhaite. Une voiture ira le prendre, il pourra participer aux recherches et se faire aider par ses matelots, au besoin.

— Bon, je retourne à Kotewall, avait déclaré le gouverneur.

Les deux hommes des services secrets l'avaient regardé s'éloigner. Un jeune policier s'était approché et avait remis un papier à Crosse.

— Dernière liste des morts et des rescapés, monsieur le Directeur. Venus Poon va parler sur Radio Hong Kong d'un moment à l'autre. Elle est à Kotewall.

— Merci.

Roger Crosse avait parcouru rapidement la liste.

— Bon Dieu !

— On a trouvé Souslev ?

— Non, mais je connaissais plusieurs des victimes, avait-il répondu en passant la liste à Sinders. Je téléphone à Boradinov et je retourne dans le secteur de Clinker.

Sinders avait hoché la tête sans lever les yeux de la feuille de papier. Vingt-huit rescapés, dix-sept morts dont les noms ne signifiaient rien pour lui. Parmi ceux-ci, celui de Jason Plumm...

Sur le quai de Kowloon où l'*Ivanov* était amarré, des coolies chargés de caisses montaient et descendaient les passerelles. Du fait de la catastrophe, la surveillance avait été réduite et deux policiers seulement étaient postés au bas de chaque passerelle. Déguisé en coolie, le visage disparaissant sous un vaste chapeau, Souslev monta à bord sans attirer l'attention. Il se fit reconnaître de Boradinov et l'entraîna dans sa cabine.

— *Khristos !* camarade capitaine, je vous croyais mort. Nous devons lev...

— Tais-toi et écoute, fit Souslev, encore pantelant.

Il empoigna une bouteille de vodka et but une longue gorgée.

— La radio est-elle réparée ?

— Oui. Il n'y a plus que le brouilleur qui ne marche pas, répondit le second.

— Je ne sais pas comment je m'en suis sorti. D'un seul coup, je me suis retrouvé à l'air libre, j'ai dévalé la colline et j'ai pris un taxi, raconta Souslev. (Il avala une autre rasade.) Écoute bien, pour tout le monde, je suis encore enfoui là-bas, à Rose Court, mort ou présumé tel.

Boradinov le regardait d'un air ahuri.

— Mais camarade capi...

— Appelle la police, signale ma disparition et réclame le report du départ. Si les flics refusent, tant mieux, nous partirons ; s'ils acceptent, nous resterons vingt-quatre heures de plus pour sauver les apparences puis nous lèverons l'ancre. Compris ?

— Oui, camarade capitaine, mais pourquoi ?

— Je t'expliquerai plus tard. En attendant, veille à ce que tout le monde à bord me croie disparu. Personne ne doit pénétrer dans cette cabine avant que nous ayons gagné les eaux internationales. La fille est là ?

— Dans l'autre cabine comme vous l'avez ordonné.

Souslev se demanda ce qu'il allait faire de Ginny Fu puisqu'il était porté disparu et qu'il le resterait. La débarquer, ou ne rien modifier aux plans la concernant ?

— Quand la police t'aura informé que je me trouve sans doute sous les ruines de Rose Court — les hommes de la SI m'avaient filé jusque chez Clinker, comme d'habitude —, tu diras à la fille que notre départ est retardé et qu'elle doit continuer à m'attendre dans sa cabine. Allez, file !

Souslev referma la porte à clef derrière son second et se laissa aller au sentiment de soulagement qui l'envahissait. À présent, il pouvait s'enfuir, Sinders n'aurait jamais l'idée de trahir un mort. À Moscou, il convaincrait aisément le Centre de le décharger de ses responsabilités en Asie et de lui donner une nouvelle affectation sous une identité différente. Il prétendrait que diverses fuites rendaient sa situation périlleuse et qu'il valait mieux confier à un autre le soin de repartir de zéro avec Crosse et Plumm — si toutefois ils avaient survécu.

Plus détendu et confiant qu'il ne l'avait été depuis des années, il passa dans la salle de bains et entreprit de faire disparaître sa barbe. Un poste au Canada ne me déplairait pas, pensait-il. C'est un pays important.

Quand, quelques minutes plus tard, Boradinov revint l'avertir que la police leur accordait la permission de prolonger leur escale, il reconnut à peine Gregor Souslev sans sa barbe et sa moustache.

85

23 h 40

Bartlett se trouvait sous un enchevêtrement de poutrelles qui empêchait les cinq mètres de gravats qui le recouvraient de l'écraser. Quand le glissement de terrain avait commencé, près de trois heures plus tôt, il sirotait une bière sur le seuil de la cuisine en contemplant la ville. Il s'était douché, habillé et attendait le retour d'Orlanda. Soudain le monde avait basculé, le sol était parti à l'assaut du ciel, les étoiles avaient plongé vers la terre. Une énorme explosion silencieuse l'avait aveuglé, ses poumons s'étaient vidés d'air et il était tombé dans un puits sans fond.

Lorsqu'il avait repris conscience, dans une nuit épaisse comme celle d'un tombeau, il n'était pas immédiatement parvenu à comprendre où il se trouvait ni ce qui lui était arrivé. Ses mains palpaient des choses qu'il ne voyait pas, ses yeux s'ouvraient sur une obscurité totale qui lui donnait la nausée. Pris de panique, il tenta de se relever, heurta de la tête un morceau de béton et retomba, à moitié assommé, sur les débris d'un fauteuil. Peu à peu ses idées s'éclaircirent, il aperçut dans le noir un petit point brillant : sa montre — elle indiquait 23 h 41. Sa tête et tout son corps étaient parcourus de douleurs.

Je me souviens... Je me souviens de quoi ?

Fais un effort, bon sang ! Ressaisis-toi ! Où étais-tu ? Des ombres commençaient à émerger de la nuit mais il ne reconnaissait rien. Une lumière provenant d'il ne savait où accrocha un reflet à la surface polie d'une cuisinière et soudain tout lui revint en mémoire. « J'étais dans la cuisine, s'écria-t-il à voix haute. C'est ça, Orlanda était partie depuis une heure à peine. Il devait être neuf heures environ quand il y a eu... Quand il y a eu quoi ? Un tremblement de terre ? »

Il se palpa prudemment le visage et les membres ; une douleur lui perçait l'épaule droite à chaque mouvement. « Merde, marmonna-t-il, elle est démise. » Il avait le nez et les joues à vif. « Ça va, tu peux respirer, bouger, voir, ent... »

Il chercha à tâtons autour de lui, trouva un morceau de plâtre, le lança au hasard et l'entendit heurter quelque chose. Et tu peux entendre. Que s'est-il passé ? C'est comme à Iwo Jima, il y a des années. Se souvenant des conseils de son sergent, il s'allongea pour ménager ses forces.

« Si vous êtes pris dans un trou ou enterré après une explosion, couchez-vous sur le dos, avait expliqué le sergent. Assurez-vous d'abord que vous pouvez respirer : creusez, dégagez la terre, faites n'importe quoi mais arrangez-vous pour respirer à fond. Ensuite vérifiez que vous entendez bien — question vue, vous serez immédiatement fixé —, que vous n'avez rien de cassé, puis étendez-vous sur le dos, et ne vous affolez pas. Si vous paniquez, vous êtes foutus. J'ai retrouvé des gars qui étaient restés enterrés trois jours et ils ne s'étaient pas sentis plus mal qu'un cochon dans sa merde. Tant qu'on peut respirer, voir et entendre, on tient le coup une semaine. Quatre jours, c'est rien. Mais y a des gars qui au bout d'une heure se noient dans une flaque ou dans leur vomi, ou qui se cognent la tête et tombent dans les pommes. Quand les sauveteurs arrivent, ils ne les entendent pas, même s'ils passent à quinze centimètres d'eux. Je vous le répète, si on commence à pétocher, on est cuit. Moi j'ai été enterré une dizaine de fois, j'ai jamais paniqué ! »

Non, pas de panique, se dit Bartlett, réconforté par ce souvenir. Il entendit les décombres craquer, de l'eau s'écoulant goutte à goutte puis, au loin, un mugissement de sirène. Certain que les secours commençaient à s'organiser, il attendit calmement. Les décombres bougèrent de nouveau et l'obscurité devint moins épaisse. Bartlett distingua au-dessus de lui des poutres tordues, des tuyaux émergeant de blocs de béton, des meubles démantibulés, des ustensiles de cuisine. Sa prison était exiguë, il n'aurait pu s'y tenir debout, bien qu'en se mettant à genoux, il ne parvînt pas à en toucher le « plafond » de son bras tendu. Il fit le tour de son trou, en évalua les dimensions. « Deux mètres sur un mètre cinquante », grogna-t-il, et le son de sa propre voix le réconforta. « N'ayez pas peur de parler à voix haute », leur avait aussi conseillé le sergent Spurgeon Roach.

La lueur de la cuisinière attira de nouveau son regard. Je dois encore me trouver dans la cuisine, se dit-il. Où était la cuisinière par rapport au reste ? Encastrée près de la porte, en face de la fenêtre. De l'autre côté de la porte, le réfrigérateur et... Alors il y a à manger dans le coin ! Si je trouve le frigo, je tiendrai le coup facilement. Si seulement j'avais de la lumière ! Attends un peu... il y avait une lampe électrique accrochée au mur près du réfrigérateur, et des allumettes dans le tiroir de la table, je me souviens d'avoir vu la boîte quand Orlanda a allumé le gaz...

Le gaz ! Bartlett renifla plusieurs fois sans sentir l'odeur de gaz. Ouf, soupira-t-il. En se repérant à la cuisinière, il commença à explorer sa tanière centimètre par centimètre. Après une demi-heure de vaines recherches, il sentit sous ses doigts une boîte de bière, des conserves. Il trouva d'autres boîtes de bière, en ouvrit une, but une gorgée et s'arrêta aussitôt : il en aurait besoin plus tard si l'attente se prolongeait.

Il s'allongea de nouveau et tendit l'oreille. De temps à autre, des gravats s'éboulaient, des bruits étranges s'élevaient. Soudain une poutrelle torturée par le poids des décombres gémit et s'affaissa de quelques centimètres. Bartlett retint son souffle, la poutre s'immobilisa.

J'attends ou j'essaie de sortir ? se demanda-t-il. Quand

on lui posait la question, le vieux Spurgeon répondait invariablement : « Ça dépend, mon gars. Ça dépend. »

Il y eut un nouveau craquement qui le glaça jusqu'aux os puis une voix très faible sur la droite. Les mains autour de la bouche, Bartlett appela, écouta, appela de nouveau. Pas de réponse. À mesure que les secondes s'écoulaient, la déception faisait croître en lui la détresse et la peur. « Pas de ça ! s'ordonna-t-il. Attends calmement. » Les minutes passaient lentement, rythmées par le bruit de l'eau. « Il doit pleuvoir », se dit Linc. Il déchira un pan de sa chemise et y fit un nœud. Un nœud par jour, pensa-t-il. Au cas où cela durerait...

Des voix étouffées lui parvinrent de nouveau aux oreilles — des voix chinoises.

— Au secours ! cria-t-il de toutes ses forces.

Les voix se turent puis quelqu'un répondit :

— Où êtes-vous ?

— Iciiii ! Vous m'entendeeez ?

Nouveau silence.

— Où êtes-vous ?

Bartlett vida la boîte de bière et se mit à la cogner contre une poutre. Il s'arrêta, écouta : toujours pas de réponse. « Ils sont peut-être partis chercher de l'aide, murmura-t-il. Ne t'affole pas, sois patient. Le mieux est d'attendre. Ils vont... »

La terre glissa sous lui, les poutres qui le protégeaient grincèrent, une avalanche de gravats s'abattit sur lui. Il se couvrit la tête des mains, s'abrita du mieux qu'il put. Quand la pluie de débris cessa, Bartlett avait un goût amer dans la bouche, son cœur battait follement dans sa poitrine. Il cracha, chercha une boîte de bière : ses provisions avaient disparu. Il poussa un juron, leva la tête avec précaution et faillit heurter le « plafond » de son tombeau, dont les dimensions s'étaient considérablement réduites.

Il entendit un sifflement et perçut aussitôt après une odeur de gaz. « Il faut te tirer d'ici en vitesse, mon vieux », dit-il à voix haute.

Il progressait lentement vers le haut, dans une obscurité oppressante. Il lui fallait parfois redescendre pour contourner un obstacle infranchissable avant de recommencer à grimper. Comme il assurait sa prise sur un cadavre pour se hisser quelques centimètres plus haut, il entendit des voix lointaines. « Par iciiiii ! » hurla-t-il. Il attendit puis se remit à ramper lentement. Après quelques minutes d'efforts, il atteignit une « poche » assez grande pour qu'il pût s'y tenir debout. Il se coucha sur le dos et resta un moment immobile, pantelant, épuisé. La lumière y était plus forte. Quand il eut repris son souffle, il consulta sa montre, rassembla ses forces et se remit à grimper. La direction qu'il choisit d'abord le conduisant à une impasse, il rebroussa chemin, en prit une autre, qui le mena aussi à un cul-de-sac. Il se glissa sous un pan de mur, rampa vers la droite : nouvelle impasse. Il retourna en arrière, s'engagea dans une autre direction et se retrouva encore bloqué. Désorienté, il ne savait plus s'il ne s'enfonçait pas dans les décombres au lieu de remonter. Il s'arrêta, s'allongea et attendit que les battements de son cœur ralentissent. Il avait les doigts, les coudes, les tibias en sang.

— Pas de panique, mon gars, dit-il à voix haute. Tu te reposes un peu et tu repars...

Mardi

86

0 h 45

Des Gourkhas armés de torches électriques avançaient prudemment sur les ruines glissantes et lançaient de temps à autre un appel. Autour d'eux et sur toute la pente, soldats, policiers, pompiers, parents angoissés faisaient de même.

« Ohé ! », cria un sauveteur. Il écouta un moment, puis reprit sa progression. Sur sa gauche, un soldat trébucha et tomba dans une crevasse. Comme il était fatigué, il ne se releva pas immédiatement mais se mit à rire et lança aux décombres : « Y a quelqu'un ? » Il se redressa d'un bond, écouta, se jeta de nouveau par terre et cria dans les gravats : « Vous m'entendez ? »

Une voix lui répondit faiblement. Le soldat s'extirpa du trou où il était tombé et cria d'une voix excitée : « Sergent ! Sergent, par ici ! »

À une cinquantaine de mètres de là, Gornt écoutait les informations sur un petit transistor en compagnie du jeune lieutenant commandant les opérations de sauvetage dans le secteur.

« ... affecté toute la Colonie. Voici maintenant un reportage en direct de Kotewall Road. » Après un bref silence, les deux hommes entendirent une voix qu'ils connaissaient bien : « Bonsoir. Ici Venus Poon qui vous parle en direct du lieu de cette terrible catastrophe. Rose Court n'existe plus. La magnifique tour de lumière qui faisait l'admiration de tout Hong Kong n'est plus qu'un horrible tas de ruines. Je n'ai plus de chez moi. Cette nuit, le Tout-Puissant a frappé la tour et ses habitants... »

— Lieutenant ! appela le sergent. On a trouvé quelqu'un !

Gornt et l'officier se précipitèrent vers lui.

— Un homme ou une femme ?

— Un homme. Il s'appelle Barter, ou quelque chose de ce genre...

Plus haut, sur Kotewall, Venus Poon continuait à lire le texte qu'on lui avait remis, s'interrompait pour verser une larme — en veillant toutefois à ne pas abîmer son maquillage. Placée au centre de l'attention, et sous le feu des projecteurs, elle jubilait intérieurement.

« La pluie continue de tomber, murmurait-elle dans le micro en prenant une expression pathétique pour les caméras de télévision. Dans ce qui reste des étages de la tour Sinclair fracassée par Rose Court, on a déjà dénombré sept morts, dont quatre enfants. D'autres sont probablement encore enfouis... »

La starlette s'interrompit pour réprimer un sanglot. Tout de suite après la catastrophe, elle avait commencé par s'arracher les cheveux en gémissant sur la perte de son appartement, de ses vêtements, de ses bijoux et de son nouveau manteau de fourrure. Puis elle s'était souvenue que ses vrais bijoux se trouvaient chez le joaillier, qui devait les remonter (aux frais de Kwang-le-Banquier, un de ses vieux soupirants) et qu'elle avait confié son vison au tailleur pour quelques retouches. Quant à ses robes, pfft ! Quatre-Doigts ne serait que trop heureux de lui en payer de nouvelles.

Comme le réalisateur de l'émission lui prenait le micro pour assurer le relais, Venus Poon releva la tête avec une expression pleine de courage.

— Non, dit-elle. Je peux continuer. « ... Disséminés sur la pente, les glorieux Gourkhas et les gardes irlandais risquent leur vie pour retrouver nos frères et nos sœurs... »

— Quelle bravoure, murmura un Anglais. Elle mérite une médaille, vous ne trouvez pas ?

Il se tourna vers son voisin et découvrit avec embarras qu'il était chinois.

— Oh ! excusez-moi.

Paul Choy ne l'avait même pas entendu. Depuis qu'il

était revenu du poste de secours établi au croisement, il guettait le retour des brancardiers qui amenaient régulièrement un blessé ou un cadavre. Il ne cessait de faire la navette entre les postes dans l'espoir de retrouver Quatre-Doigts. Une demi-heure plus tôt, un pompier était parvenu à atteindre les vestiges du cinquième étage et à dégager les Kwang, Jason Plumm — à qui il manquait la moitié du crâne —, ainsi que d'autres plus morts que vifs.

Le fils de Quatre-Doigts regarda les civières que l'on venait d'apporter : trois cadavres, dont deux enfants, un blessé en train de mourir mais pas de Quatre-Doigts. Paul ne put s'empêcher de se demander si la Bourse ne resterait pas fermée lundi en signe de deuil. « Bon sang, si la Bourse n'ouvre pas lundi, Struan cotera plus de 30 mardi, à tout coup ! » se dit-il, la gorge serrée. Vendredi, juste avant la clôture, il avait acheté sur acompte des actions de Struan, Blacs, Victoria et Ho-Pak en utilisant les deux millions de dollars HK que son père lui avait confiés à contrecœur. Il avait fait le pari que le Taï-pan parviendrait, d'une façon ou d'une autre, à transformer le désastre en victoire pendant le week-end. Choy était convaincu que les rumeurs faisant état de contacts avec la Bank of China étaient fondées et que les grandes banques préparaient quelque chose. Depuis sa conversation avec Gornt à Aberdeen, il soupçonnait les gros bonnets de mijoter une opération. Et quand Kwang lui avait demandé d'acheter des Ho-Pak en sous-main, quand Havergill, presque aussitôt après, avait annoncé l'absorption, le faux neveu du vieux Wu s'était précipité aux toilettes pour y vomir. Avec l'argent de son père, il avait acheté dix millions d'actions à un cours très bas, sur un marché au bord de l'effondrement. À présent que l'aide financière de la Chine avait été officiellement confirmée, la ruée avait cessé, il était multimillionnaire.

Pris de nausées, Paul Choy courut vers les broussailles bordant la route et se soulagea. L'Anglais qui lui avait adressé la parole quelques instants plus tôt s'approcha d'un de ses compatriotes et lui chuchota à l'oreille :

— Ces Chinois sont des petites natures, vous ne trouvez pas ?

Paul Choy s'essuya les lèvres ; la tête lui tournait encore à la pensée de cette fortune qui allait lui tomber dessus. Il prit le sillage de brancardiers qui passaient devant lui et les suivit jusqu'au poste de secours. Là, le docteur Meng souleva les couvertures recouvrant les corps : une Blanche, à qui il ferma les yeux, un garçonnet chinois, un petit enfant — morts tous les trois. Sur la dernière civière gisait un Chinois torturé par la souffrance à qui le médecin administra une piqûre de morphine.

Paul Choy s'éloigna de nouveau pour vomir. Lorsqu'il revint, le docteur Tooley lui conseilla d'un ton plein de douceur :

— Ne restez pas là, Mr. Choy. Allez donc attendre dans une voiture, nous vous appellerons dès que nous saurons quelque chose sur votre oncle.

— Oui. Merci.

Une ambulance arriva. Aussitôt les brancardiers installèrent plusieurs blessés dans le véhicule, qui démarra sous le crachin. Une fois dehors, loin des odeurs de sang et de mort, Bonne-Fortune se sentit mieux.

— Bonsoir, Paul. Des nouvelles de votre oncle ?

— Oh ! bonsoir, Taï-pan. Non, toujours rien.

— Si Beau-Sourire s'en est tiré, pourquoi pas Quatre-Doigts ? Il faut espérer.

— Oui, Taï-pan, murmura Choy en regardant Dunross s'éloigner.

Pour s'occuper l'esprit, le jeune homme tenta d'évaluer les profits qu'il allait réaliser. Après l'absorption de General Stores — quel coup de génie ! —, la cote de Struan va grimper à 30. Celle de Ho-Pak, bloquée à 12,50, remontera à 20 dès qu'elle sera remise sur le marché...

— Mr. Choy ! Mr. Choy ! fit la voix de Tooley.

Paul se rua à l'intérieur du poste de secours.

— Veuillez me suivre. Je ne suis pas sûr mais...

Tooley ne s'était pas trompé, le mort était bien Quatre-Doigts, dont le visage avait pris une expression calme, presque séraphique. Paul s'agenouilla près de la civière et se mit à pleurer, désemparé par la perte de celui qu'il considérait moins comme un père que comme le chef du clan des Wu. Pour les Chinois, la mort du chef de famille est plus terrible que celle d'un père.

Que vais-je faire, maintenant ? se demandait-il. Je ne suis pas l'aîné mais j'ai néanmoins de nouvelles responsabilités. Que les vivants enterrent les morts, la vie doit continuer. Plus rien ne me lie désormais à cet homme. Il était chinois et je suis américain.

Choy souleva la couverture comme pour recouvrir le visage de son père et lui ôta prestement du cou la lanière à laquelle était attachée la demi-pièce. Il se retourna pour s'assurer que personne ne l'observait, fouilla rapidement les poches du mort et y subtilisa un portefeuille, un trousseau de clefs, un *chop* personnel, et le diamant promis à Venus Poon.

Il se releva et retourna auprès du docteur Tooley.

— Excusez-moi, docteur, puis-je laisser le corps ici un moment ? Je reviendrai avec une voiture...

— Entendu. Prévenez la police avant de l'emmener, il y a un service des personnes disparues au croisement. Je signerai demain le certificat de décès.

Paul descendit la colline sans se soucier de la pluie fine qui trempait ses vêtements. Il n'avait plus de nausées, son avenir était assuré. À moi la pièce, maintenant, se dit-il, convaincu que son père, fidèle à ses habitudes, n'en avait parlé à personne.

J'ai son *chop* personnel en poche mais je ne m'en servirai pas. À quoi bon tricher ? Je suis plus malin que mes frères et ils le savent. Je garde la pièce et les profits réalisés avec les deux millions, ce n'est que justice. J'aiderai la famille, j'équiperai les bateaux, je moderniserai les méthodes, je consentirai à tout ce qu'on me demandera. Mais avec les bénéfices que je viens de faire, je commencerai à bâtir mon propre empire...

Lorsque Dunross ouvrit la portière de sa voiture, Casey sursauta et sortit de sa somnolence pour bredouiller :

— Linc ?

— Rien encore. Quillan pense avoir localisé le secteur où il devrait se trouver. Les Gourkhas sont en train de le passer au peigne fin, dit le Taï-pan sur un ton qu'il voulut confiant. D'après les spécialistes, il a de bonnes chances de s'en être tiré. Comment vous sentez-vous ?

— Ça va.

Après une heure de recherche, Ian avait envoyé Lim chercher du café, des sandwiches et une bouteille de cognac car il savait que la nuit serait longue. Puis il avait chargé son chauffeur de reconduire Riko et Casey à leur hôtel mais l'Américaine avait refusé de partir.

— On a retrouvé d'autres personnes ? poursuivit Casey.

— Donald McBride et son épouse. Ils sont juste un peu sonnés.

— Des cadavres ?

Dunross décida de ne parler ni de Plumm ni de son vieil ami Southerby, le président de Blacs :

— Non, pas que je sache.

Adryon arriva en compagnie de Martin Haply, se jeta au cou de son père et éclata en sanglots.

— Oh ! Père. J'étais folle d'angoisse ! Nous venons juste d'arriver.

— Là, là, murmura Dunross en tapotant le dos de sa fille. Tu vois, je n'ai rien. Tu ne crois quand même pas qu'un misérable glissement de terrain pourrait venir à bout du Taï-pan de la Noble Mai...

— Ne dis pas cela ! coupa la jeune fille, saisie d'une crainte superstitieuse. Nous sommes en Chine, les dieux écoutent. Ne dis plus jamais cela !

— Entendu, ma chérie. Bonsoir, Martin.

— Bonsoir, Taï-pan. Je suis bigrement content de vous voir. Nous étions à Kowloon, où je « couvrais » l'autre glissement de terrain quand nous avons appris la nouvelle. J'ai bien peur d'avoir un peu esquinté la voiture en venant ici.

— Aucune importance. Ça va mieux, Adryon ?

— Oui, papa.

— Mettez-vous donc à l'abri dans la voiture, suggéra Casey.

Adryon monta dans la Rolls mais Haply se tourna vers Dunross :

— Avec votre permission, je voudrais jeter un coup d'œil là-bas.

— Christian s'en est tiré, annonça Ian. Il a télé...

— Je sais, j'ai eu le journal. À tout à l'heure, Adryon, je ne serai pas long.

En regardant le journaliste s'éloigner, Dunross vit Gornt descendre la colline, s'arrêter à quelques mètres de la barrière et lui faire signe de venir. Il se pencha vers Casey, qui n'avait rien remarqué de l'intérieur de la voiture.

— Je reviens bientôt, lui dit-il.

— Faites attention !

Dunross s'approcha de Gornt, dont les vêtements étaient sales et déchirés ; sa barbe était grise de poussière, son visage fermé.

— Nous avons repéré Bartlett.
— Mort ?
— Non, mais nous ne parvenons pas à descendre jusqu'à lui. C'est du thé ? fit Gornt en montrant la bouteille thermos que tenait Dunross.
— Café-cognac.
Le rival du Taï-pan but avidement avant de demander :
— Casey est toujours dans la voiture ?
— Oui. À quelle profondeur est-il ?
— Nous ne savons pas encore. Peut-être vaut-il mieux ne rien dire à Casey pour le moment.
Comme Ian paraissait hésiter, Gornt argua :
— Ce ne sera pas facile de le sauver.
— Bon, dit Dunross.
La pluie épaississait la nuit et rendait le bourbier géant plus dangereux encore. Plus haut, au-dessus du glissement, Kotewall Road montait en ligne droite sur une soixantaine de mètres puis tournait pour disparaître dans la montagne. Déjà le flot des occupants des immeubles épargnés se déversait sur la route : l'évacuation avait commencé.
— La décision de Tiptop, c'est absolument sûr ? dit Gornt en balayant le sol du faisceau de sa lampe.
— Absolument. La ruée a cessé.
— Que lui avez-vous accordé en échange ?
Le Taï-pan orienta la conversation dans une autre direction :
— Nous ouvrirons à 30.
— Cela reste à voir. D'ailleurs, même à 30, je suis couvert, rétorqua Gornt d'un ton sarcastique.
— Vraiment ?
— Les pertes s'élèveront à deux millions de dollars américains environ, mais c'est Bartlett qui me les avait avancés.
Cela lui apprendra à essayer de m'avoir, pensa Ian.
— J'étais au courant. Vous calculez mal, Quillan : à 30, vous y laisserez quatre millions — deux pour Bartlett, deux pour vous. Cependant je suis disposé à me contenter de All Asia Air.
— Pas question, répliqua Gornt. Ma compagnie d'aviation n'est toujours pas à vendre.
— À votre aise. Mon offre tient jusqu'à l'ouverture.
— Allez au diable avec votre offre !
Les deux hommes continuaient à gravir péniblement la

pente. À proximité des ruines de Rose Court, ils croisèrent des ambulanciers portant sur une civière une femme qu'ils ne connaissaient ni l'un ni l'autre. Si Dunross était à sa place, je n'aurais plus de problème, songea Gornt.

87

1 h 20

Le sergent gourkha braquait sa lampe dans les profondeurs du tas de ruines. Près de lui, le jeune lieutenant regardait approcher le colonel des pompiers Harry Hooks et plusieurs de ses hommes.

— Où est-il ? interrogea Hooks.

— Quelque part tout en bas. Il s'appelle Linc Bartlett.

Le capitaine s'allongea sur les gravats, où l'odeur de gaz était plus forte.

— Vous m'entendez, Mr. Bartlett ? cria-t-il dans les décombres.

— Oui, répondit une voix lointaine.

— Vous êtes blessé ?

— Non.

— Vous voyez notre lumière ?

— Non.

Hooks grommela un juron puis reprit :

— Ne bougez pas pour le moment !

Comme il se relevait, le lieutenant lui déclara :

— Un nommé Gornt est parti chercher du renfort.

— Bon. Que tout le monde se disperse et tâche de trouver une voie d'accès, ou un moyen de se rapprocher de lui, tout au moins.

Gourkhas et pompiers obtempérèrent. Quelques instants plus tard, un des soldats s'écria :

— Par ici !

Il se tenait devant une étroite ouverture séparant deux blocs de béton, juste assez grande pour qu'un homme pût s'y couler. Hooks accourut, examina la brèche d'un air perplexe puis commença à retirer sa veste de cuir.

— Non, intervint le lieutenant. À nous de jouer. Pas vrai, les gars ? ajouta-t-il en regardant ses hommes.

Les Gourkhas s'approchèrent aussitôt du trou.
— Un seul suffira. Sangri, c'est toi le plus mince.
— Oui, sahib, répondit un petit homme en souriant.
Ses dents éclataient de blancheur dans son visage basané. Il se baissa et se glissa dans l'ouverture la tête la première, comme une anguille.
Sept mètres plus bas, Bartlett tournait la tête en tous sens dans le noir. L'odeur de gaz devenait de plus en plus forte dans la poche exiguë où il se trouvait. À droite du grand morceau de plancher qui lui barrait la route, il vit une lueur briller faiblement. Il déplaça une latte, provoqua un petit éboulement qui s'arrêta bientôt. Il se coula dans l'ouverture qu'il avait ménagée, obliqua sur la gauche : cul-de-sac. Il repartit vers la droite et se trouva également bloqué. Il se coucha sur le dos et s'attaqua aux lattes disjointes qui se trouvaient au-dessus de lui. La poussière l'aveuglait et le faisait tousser. Soudain une planche céda, révélant un tunnel faiblement éclairé. Bartlett ravala son cri de victoire quand il s'aperçut qu'il était bloqué de toutes parts.
— Hé, là-haut !
— Nous vous entendooons !
— Je suis dans la lumière, maintenant !
Silence.
— Quelle lumière ?
— Comment voulez-vous que je le sache, bon Dieu !
Pas de panique. Bartlett crut entendre ce bon vieux sergent Spurgeon l'exhorter au calme. Voyant la lumière bouger légèrement, il cria :
— Celle-là !
Aussitôt la lumière s'immobilisa.
— Nous vous avons localisé ! Restez où vous êtes !
Bartlett examina de nouveau sa prison. Non, il n'y avait pas d'issue.
— Ils vont devoir venir me chercher, murmura-t-il en frissonnant.

Sangri, le jeune Gourkha, se retrouva bloqué loin sur la droite de l'Américain après être descendu de trois mètres. Il se retourna, prit appui sur un pan de mur qui oscilla légèrement. Les ruines se mirent à bouger. Il se figea, les dents serrées, attendit un moment, puis entreprit d'écarter le pan de mur en priant pour que l'échafaudage de ruines tienne. Le pan de mur bascula, il n'y eut pas d'avalanche. Pantelant, Sangri dirigea sa lampe dans le trou puis y glissa la tête : impossible d'aller plus loin, il était de nouveau bloqué. Il se redressa.

— Pas moyen de descendre plus profond, sergent ! cria-t-il en népalais.

— Tu es sûr ?

— Oui, sahib !

— Alors remonte !

Avant de repartir vers la surface, Sangri appela :

— Ohé, là-bas !

— Je vous entends ! répondit Bartlett.

— Nous ne sommes plus loin ! Nous allons venir vous chercher, ne vous inquiétez pas !

— Okay !

Le jeune Gourkha commença à remonter péniblement par où il était venu. Un petit éboulement le couvrit de poussière et de menus débris mais il continua.

En haut, Dunross et Gornt rejoignirent les hommes qui faisaient la chaîne pour déblayer la première couche de décombres.

— Bonsoir Taï-pan, dit le colonel des pompiers. Nous l'avons localisé mais il est loin.

— À quelle profondeur ?

— Six ou sept mètres, à en juger par sa voix.

— Grand Dieu !

— Oui, ce sera difficile. Regardez ces énormes poutres qui nous empêchent de descendre ! Nous n'osons pas les attaquer au chalumeau à cause des fuites de gaz.

— Et par le côté ? Pas moyen ? demanda Dunross.

— Nous essayons. Pour le moment, nous ne pouvons guère faire plus que déblayer le dessus, répondit Hooks.

Un cri lui fit tourner la tête et tout le monde se dirigea vers le soldat qui venait d'appeler. En enlevant un grand morceau de plancher, les Gourkhas avaient découvert une sorte de tunnel qui semblait s'enfoncer dans les décombres. L'un d'eux sauta dans le trou, soutenu par les encouragements de ses camarades. Il progressa rapidement sur deux mètres, commença à ralentir puis fut bloqué.

— Ohé ! Vous voyez ma lumière ?

— Oui ! répondit la voix de Bartlett, beaucoup plus proche.

— Je vais bouger la lampe, vous me direz si elle

s'éloigne ou si elle se rapproche, et dans quelle direction : à droite, à gauche, en haut en bas.

— D'accord, fit l'Américain, qui n'avait presque plus besoin de hausser la voix pour se faire entendre.

Il apercevait au-dessus de lui, sur sa droite, à travers un entrelacs de poutres et de débris divers, une faible lumière. Une barrière infranchissable de lattes de plancher était suspendue juste au-dessus de lui.

— À droite légèrement, ordonna-t-il. Plus bas... Stop ! Un peu plus haut... C'est bon !

Le soldat maintint l'orientation de la lampe, qui était à présent braquée sur Bartlett, et la coinça dans les gravats.

— Toujours bon ?

— Oui !

— Je vais chercher de l'aide.

Le Gourkha remonta. Quelques minutes plus tard, le capitaine Hooks descendait à son tour, examinait les obstacles qui se dressaient sur le parcours du faisceau lumineux.

— Il va falloir des jours et des jours, murmura-t-il.

À l'aide d'un compas, il mesura avec exactitude l'angle que faisait le faisceau lumineux avec la verticale et lança à l'homme enseveli :

— Ne vous tracassez pas, mon vieux. Nous allons vous tirer de là en douceur. Vous pouvez vous rapprocher de la lampe ?

— Je ne crois pas.

— Alors restez où vous êtes. Ça ira ?

— Je tiens le coup mais ça commence à puer le gaz.

— Nous arrivons.

Hooks remonta, sortit le compas de sa poche, fit quelques pas sur les débris et déclara :

— Il est à la verticale de ce point, à cinq ou six mètres de profondeur.

Le capitaine se trouvait aux deux tiers de la pente en descendant, plus près de Sinclair Road que de Kotewall. Il n'y avait apparemment pas moyen d'accéder à la prison de Bartlett par les côtés ; à droite comme à gauche, la boue, la terre, les débris offraient une barrière impénétrable.

— La seule solution, c'est de creuser, dit Hooks. Et comme il n'est pas question de faire venir un engin, nous allons retrousser nos manches ! Essayons d'abord ici.

Le capitaine indiquait un endroit situé à trois mètres du trou découvert par les Gourkhas.

— Pourquoi là ? demanda Dunross.

— C'est moins risqué, au cas où nous provoquerions un éboulement. Allez les gars, au travail, et faites attention !

Soldats et pompiers commencèrent à creuser, à déblayer les débris qu'ils pouvaient enlever. Tout ce qu'ils touchaient était humide, glissant, dangereux, et les ruines elles-mêmes constituaient un amas instable, menaçant.

Ils s'arrêtèrent lorsqu'ils mirent à jour un cadavre de femme.

— Appelez un médecin ! cria Hooks.

— Elle est vivante ?

— Façon de parler.

La vieille Chinoise avait les cheveux tressés en natte. De la boue maculait sa blouse et son pantalon noirs. C'était Ah Poo.

— Une *gan sun*, dit le Taï-pan.

Gornt, incrédule, examinait la « poche » minuscule où elle avait survécu, au milieu d'un amoncellement de blocs de béton armé.

— Comment a-t-elle réussi à échapper à la mort ?

— C'est le *joss*, Mr. Gornt, répondit Hooks. Tant qu'on peut respirer, il y a de l'espoir. Charlie ! une civière par ici, vite !

Des brancardiers emportèrent Ah Poo, les hommes se remirent à creuser. Une heure plus tard, après avoir avancé d'un mètre cinquante, ils se heurtaient à des poutres d'acier de plusieurs tonnes.

— Il faut les contourner, décida le capitaine.

Le travail reprit. Après une nouvelle progression, nouvelle barrière.

— On contourne encore, dit Hooks.

— On ne pourrait pas scier les poutres ? suggéra Ian.

— Une étincelle et tout saute. Allez les gars, on essaie ici...

88

4 h 10

Bartlett entendait distinctement les sauveteurs à présent. Parfois une coulée de débris cascadait jusqu'à lui quand ils bougeaient une latte ou une poutre. Autant qu'il pût en juger, ils se trouvaient à une dizaine de mètres, à un mètre cinquante - deux mètres au-dessus de lui. Il était bloqué de toutes parts mais la lumière rendait l'attente moins pénible. Bien que l'odeur de gaz fût toujours forte, il n'avait ni nausée ni maux de tête et ne se sentait pas menacé de ce côté-là. Malgré son épuisement, il ne se laissait pas aller au sommeil. Les sauveteurs passeraient sans doute toute la nuit, voire la journée du lendemain, à se frayer un chemin jusqu'à lui. Il en avait conscience, et cela ne l'inquiétait pas ; ils étaient là, ils avaient établi le contact. Une heure plus tôt, il avait entendu la voix de Dunross :

— Linc ? C'est Ian !

— Qu'est-ce que vous fichez là ? lui avait-il répondu d'un ton joyeux.

— Je vous cherche. Nous ne sommes plus loin, maintenant. Ne vous tracassez pas.

— Vous... vous connaissez Orlanda Ramos ? J'étais...

— Je l'ai vue, elle n'a rien.

Rassuré, Bartlett avait échangé quelques mots encore avec le Taï-pan avant que ce dernier ne laissât les sauveteurs reprendre leur travail.

Bartlett changea de position sur son morceau de plancher. Ses vêtements trempés lui collaient désagréablement à la peau. Pour tromper une attente que le bruit des sauveteurs rendait moins pénible, il rêvassait aux deux femmes qui occupaient sa vie. Casey ferait une bonne épouse, une excellente associée, mais elle n'aurait jamais la féminité troublante d'Orlanda. Qu'est-ce qui m'est arrivé ? Je ne la connais que depuis deux jours et... C'est elle ou la magie de Hong Kong ? se demandait-il, sans se rendre compte que le gaz commençait à l'engourdir.

— Linc !

— Ian ? Qu'y a-t-il ?

— Rien. Nous nous sommes encore rapprochés et les gars vont se reposer un peu. Nous nous trouvons à un mètre cinquante au-dessus de vous, sur la gauche. Vous nous voyez ?

— Non, je suis juste en dessous d'un morceau de plancher. Dites, c'est la seconde fois que vous m'appelez Linc...

— Vraiment ? Pas fait attention.

Menteur, pensa Bartlett en souriant.

— Que...

Le tas de décombres remua en grinçant, les deux hommes retinrent leur respiration. Quand le bruit cessa, Bartlett laissa lentement l'air s'échapper de ses poumons.

— Que comptez-vous faire demain ? demanda-t-il.

— À quel sujet ?

— Gornt. Et la bourse.

Le Taï-pan résuma à Bartlett les derniers événements.

— Qui vous soutient, Ian ?

— Le Père Noël !

— Pas de salades. C'est Murtagh, n'est-ce pas ?

Après un silence, Ian répondit :

— Casey vous a mis au courant ?

— Non, j'ai deviné. Alors vous avez gagné. Félicitations, dit Linc avec sincérité. Pourtant j'ai bien cru que j'allais vous avoir. Vous croyez vraiment que votre valeur va coter 30 à l'ouverture ?

— Je l'espère.

— Autrement dit, c'est arrangé. Gornt est coriace, vous ne l'aurez pas.

— Oh que si !

— J'en doute... Et notre marché ?

— Il tient toujours, bien sûr. Je pensais que c'était clair, fit le Taï-pan avec une naïveté feinte.

— Il faut neutraliser Gornt.

— Il l'est déjà. À propos, il fait partie de l'équipe qui cherche à vous tirer de là.

Bartlett fut surpris :

— Pourquoi ?

Nouveau silence.

— C'est un salopard de première classe mais... Je ne sais pas. Vous lui plaisez peut-être !

— Allez vous faire voir ! lança l'Américain avec bonne humeur. Que comptez-vous faire à son sujet ?

Dunross expliqua la proposition qu'il avait faite à Gornt.

— Alors j'ai perdu deux briques ?

— Naturellement. Vous avez perdu ces deux millions-là mais l'absorption de General Stores vous en rapportera cinq autres, ou davantage, et l'accord Struan-Par-Con bien plus encore.

— Cinq millions, vous êtes sûr ?

— Cinq pour vous, cinq pour Casey.

Bartlett se demanda ce que ferait la jeune femme à présent qu'elle avait conquis l'indépendance financière à laquelle elle aspirait depuis longtemps.

— Vous voulez lui parler ? proposa Ian. C'est un peu coton de descendre jusqu'ici mais pas trop dangereux.

— Non, je n'y tiens pas, répondit Bartlett d'un ton catégorique.

— Elle ne bougera pas avant qu'on ne vous ait sorti de là. Orlanda aussi refuse de s'en aller. Vous avez quelque chose à lui dire ?

— Dites-leur à toutes les deux de rentrer.

— Elles ne voudront pas. Vous êtes un vrai bourreau des cœurs, mon vieux !

Bartlett éclata de rire, se releva et heurta une latte de la tête. En grognant, il prit une position moins inconfortable, le crâne touchant presque le « plafond » de sa prison. Dunross se trouvait lui aussi dans une sorte de poche exiguë située au bout du tunnel creusé par les sauveteurs. La sensation d'être pris au piège lui donnait la nausée, il avait le corps couvert d'une sueur froide. Hooks lui avait demandé de parler à Bartlett, pendant que les sauveteurs se reposaient, pour empêcher qu'il ne s'endorme sous l'effet du gaz. « Il faut qu'il reste éveillé, avait dit le capitaine. Nous aurons bientôt besoin de sa participation. »

Mission accomplie, pensait le Taï-pan, à qui la voix de l'Américain avait paru ferme et confiante. Il entendit quelqu'un derrière lui dans le tunnel et se retourna : c'était Hooks.

— Vous pouvez remonter, maintenant, Taï-pan. Les gars vont s'y remettre.

— D'accord... Linc ! On recommence ! Ne vous endormez pas, surtout !

— Ne craignez rien. Dites-moi, Ian, est-ce que vous accepteriez d'être mon témoin ?

— Certainement, répondit Dunross sans hésiter. Ce serait un honneur pour moi.

— Merci.

Le Taï-pan n'osait poser la question qui lui brûlait les lèvres : laquelle, d'Orlanda ou de Casey, avez-vous décidé d'épouser ? Il espérait que Bartlett lui fournirait de lui-même la réponse mais l'Américain se contenta de répéter :

— Merci. Merci, beaucoup.

Il fait des progrès, se dit Ian, surpris et amusé. Ce sera une bonne chose que de l'avoir pour associé — et de le faire admettre au club hippique, ainsi que Casey.

— Nous allons vous tirer de là en un clin d'œil !

Comme il entamait la remontée, Dunross entendit :

— Ce serait formidable si elles pouvaient devenir amies... J'en demande un peu trop, j'ai l'impression.

Ne sachant si Bartlett s'adressait vraiment à lui, il cria :

— Comment ?

— Rien. Ian, nous aurons des tas de choses à faire, cette semaine. Finalement, je suis content que vous ayez remporté la victoire sur Gornt !

Oui, ce sera agréable de construire avec toi *notre* Noble Maison, pensait Bartlett. De t'aider dans tes manœuvres, tout en te surveillant de près.

À huit mètres de lui, le Taï-pan commença à remonter vers la surface, où Gornt et les autres attendaient, près de l'entrée du puits. L'aube dissipait la nuit à l'est ; un coin de ciel se montrait entre les nuages. Disséminés sur toute la pente, des hommes épuisés continuaient à creuser, chercher, appeler, écouter. Au moment où Hooks émergeait du tunnel, un grondement s'éleva de la partie supérieure de la colline. Tous les regards se tournèrent vers Po Shan Road. Un pan de la pente se détacha et glissa vers le bas. Le grondement enfla ; soudain un mur d'eau et de boue surgit de derrière le tournant de Kotewall Road, descendit vers les sauveteurs, prit de la vitesse. Les hommes restèrent un moment pétrifiés et ne commencèrent à s'enfuir que lorsque la crête de la lame atteignit l'endroit où s'était dressé Rose Court. La vague submergea les décombres, inonda toute la pente. Gornt s'agrippa à une poutre ; d'autres, autour de lui, s'accrochèrent comme ils purent pour ne pas être balayés. L'eau nauséabonde les engloutit et continua à déferler. Gornt tomba à genoux mais ne lâcha pas prise, malgré la force du courant. La vague descendait, laissant derrière elle une couche de boue de plusieurs centimètres. Hooks et les autres se relevèrent, l'esprit momentanément vidé de toute autre préoccupation que leur propre vie.

Gornt, lui, n'avait pas oublié le tunnel, ni celui qui s'y trouvait encore.

De l'endroit où il était, son regard plongeait dans le puits. Il vit la tête de Dunross émerger de la boue, puis ses mains qui cherchaient vainement une prise dans le bourbier. La boue continuait à glisser vers le tunnel, à l'emplir lentement. Dunross disparut, absorbé par la vase, mais il parvint à refaire surface et à s'agripper.

Gornt regardait, immobile.

Le niveau montait, la succion aspirait Dunross, qui tenait bon néanmoins. Suffoquant à demi, il parvint à glisser l'un de ses pieds dans une crevasse et s'arracha à la boue. Exténué, il roula sur le côté et demeura un moment étendu, pantelant, saisi d'une irrépressible envie de vomir. Encore à demi étourdi, il essuya la boue qui maculait son visage, se redressa, promena autour de lui un regard vide et aperçut Gornt, à quelques mètres de lui. Appuyé contre un bloc de béton, son ennemi l'observait avec un sourire sardonique, sans chercher à cacher sa haine et sa déception de le voir encore en vie. Dunross se dit que si les rôles avaient été inversés, il aurait sans doute aussi assisté sans intervenir aux efforts de son rival pour échapper à la mort.

Est-ce bien sûr ? se demanda-t-il.

Oui, j'aurais attendu sans bouger, sans lui tendre une main secourable. La malédiction de Dirk Struan aurait enfin touché à son terme et les miens n'auraient plus rien eu à redouter.

Le Taï-pan cessa soudain de penser à la haine qui l'opposait à Gornt lorsqu'il se rappela Bartlett. Horrifié, il plongea le regard dans la mare de boue emplissant à présent l'entrée du tunnel.

— Oh ! mon Dieu !... À l'aide ! Par ici.

Hooks et ses hommes se précipitèrent vers le puits, commencèrent à s'attaquer au bourbier, qui avec une pelle, qui avec les mains, mais renoncèrent rapidement : il était impossible de vider le tunnel de sa boue.

Gornt avait quitté les lieux. Debout près du puits, le Taï-pan fixait avec des yeux pleins d'effroi la tombe de Bartlett.

89

17 h 39

Debout devant la baie vitrée de son appartement-terrasse, en haut de l'immeuble Struan, Dunross contemplait le port. Le ciel était clair et sans nuages, à l'exception de quelques cumulus à l'ouest, au-dessus de la Chine continentale, où l'horizon se teintait de rouge avec la fin du jour. En bas, les quais connaissaient leur activité coutumière, Kowloon miroitait dans le soleil couchant.

Claudia frappa, ouvrit la porte et s'effaça pour laisser entrer Casey. La chevelure de la jeune femme, qui avait pris les couleurs flamboyantes du crépuscule, encadrait un visage aux traits tirés. Le chagrin lui donnait quelque chose d'éthéré.

— Bonsoir, Casey.

— Bonsoir, Ian.

Ni l'un ni l'autre ne jugèrent utile de revenir sur la mort de Bartlett, tout avait été dit. Casey avait attendu jusqu'au petit matin qu'on retrouve le cadavre de Linc puis elle était rentrée à l'hôtel. Vers midi, le Taï-pan lui avait téléphoné et lui avait donné rendez-vous.

— Vous voulez boire quelque chose ? Café, thé, vin, Martini ?

— Un Martini, s'il vous plaît, répondit-elle d'une voix morne qui émut profondément Dunross.

Elle s'installa sur le sofa tandis qu'il emplissait deux verres.

— Cela pouvait attendre, Casey, dit-il d'un ton plein de compassion. Rien ne presse.

— Je sais. Mais nous avions décidé de traiter mardi, fit-elle en prenant le verre que Ian lui tendait. C'est le *joss*.

— Oui, le *joss*.

Elle but un peu du liquide ambré, ouvrit sa serviette, en sortit une enveloppe en papier bulle qu'elle posa sur le bureau. Ses mouvements semblaient étudiés, comme si elle se regardait elle-même de l'extérieur.

— Vous y trouverez tous les documents concernant Struan que nous avait remis John Chen, dit-elle. Je n'ai pas gardé de copie et je détruirai les doubles qui se trouvent à notre siège quand je rentrerai aux États-Unis. Voilà, tout est là.

— Merci. Linc n'avait rien confié à Gornt ?

Elle hésita avant de répondre :

— Non, je ne crois pas. Néanmoins, il vaudrait mieux, par prudence, supposer qu'une partie de ces informations a fait l'objet de fuites.

— J'ai déjà pris des mesures dans ce sens.

— Deuxième point, l'accord Par-Con-Struan. En voici six copies signées et portant le cachet de notre firme, reprit Casey en remettant à Dunross une épaisse liasse de feuillets. J'ai pleinement autorité pour prendre cette décision. Nous avions conclu un accord, Linc et moi : pendant dix ans, il aurait ma procuration et j'aurais la sienne pour les votes au conseil d'administration. Me voilà donc à la tête de Par-Con.

Dunross haussa imperceptiblement les sourcils :

— Pour dix ans ?

— Oui, répondit Casey sans la moindre trace d'émotion.

Elle ne ressentait rien, ne désirait rien, sauf pleurer et mourir. Plus tard, j'aurai le droit d'être faible, se dit-elle. À présent, je dois encore me montrer forte et intelligente.

— Pour dix ans, continua-t-elle. Linc... Linc détenait le contrôle de la compagnie. Je vous enverrai les documents qui l'attestent quand nous aurons officiellement conclu notre accord.

Dunross acquiesça de la tête et sortit d'un tiroir de son bureau laqué un second jeu de contrats.

— Ils sont identiques et j'y ai apposé notre *chop*. Dans cette enveloppe, la clause confidentielle par laquelle nous vous offrons nos navires en garantie, dit le Taï-pan en pointant le doigt vers le dessus de la pile.

— C'est inutile maintenant que vous avez obtenu un crédit à renouvellement automatique de cinquante millions.

— Peu importe : cette clause fait partie de notre accord.

Dunross observait Casey et admirait à nouveau son courage. La veille, devant le bourbier dans lequel Bartlett était enseveli, elle n'avait pas eu une larme, juste un mouvement de la tête plein de raideur. « J'attendrai, avait-elle murmuré. J'attendrai jusqu'à ce que... j'attendrai. » Orlanda, elle, s'était aussitôt effondrée et Dunross l'avait confiée à un médecin après l'avoir fait conduire à un hôtel.

— Nous étions convenus de cette clause, insista le Taï-pan.

— Comme vous voudrez, mais ce n'est pas nécessaire.

— Point suivant : voici le texte de notre accord sur l'opération General Stores. Je vous enverrai les documents finals dans une dizaine de jours et...

— Linc n'avait pas avancé les deux millions, objecta Casey.

— Si. Par télégramme, samedi soir. Ma banque suisse a confirmé le transfert hier et l'argent a été versé comme convenu au conseil d'administration de General Stores. L'affaire est réglée, maintenant.

— Malgré la mort de Pugmire ?

— Oui. Sa veuve a approuvé les recommandations du conseil d'administration. D'ailleurs nous leur avions fait une excellente proposition, bien meilleure pour eux que celle de Superfoods.

— Je n'ai rien à voir dans cette opération.

— Quand Linc m'a parlé, sous les décombres, il s'est félicité de la réussite du coup. Voici les termes exacts qu'il a employés : « Cinq briques ? formidable. J'ai toujours voulu que Casey conquière son indépendance financière. À présent elle l'a. »

— Oui, mais à quel prix, murmura la jeune femme, permettant à Dunross d'entrevoir l'abîme de souffrance dans lequel elle se débattait. Linc m'avait avertie : la grosse galette coûte toujours plus que ce que l'on est prêt à payer. C'est ce qui est arrivé. Je ne veux pas de cet argent.

— Vous êtes encore trop bouleversée pour penser clairement. Linc a voulu vous donner cet argent.

— C'est vous qui me le donnez.

— Non, vous vous trompez. Je n'ai fait que vous aider, comme vous m'avez aidé.

Ian trempa ses lèvres dans son verre avant de reprendre :

— Il faudra me dire à qui je dois envoyer sa part des profits. Qui est son fondé de pouvoir ?

— C'est une banque : la First Central. Je suis exécutrice testamentaire, conjointement avec un représentant de cet établissement, dit Casey. (Elle hésita.) Sa mère doit être son héritière, c'est la seule dont le nom soit mentionné dans son testament. Linc m'avait fait des confidences à ce sujet : son ex-épouse et ses enfants, dont il s'est par ailleurs généreusement occupé, ne figurent pas dans ses dernières volontés. J'ai procuration pour les actions de Par-Con, tout le reste va à sa mère.

— Alors elle va être très riche.

— Cet argent ne la consolera pas, dit Casey. Je lui ai téléphoné la nuit dernière, elle s'est effondrée, la pauvre. Linc était son seul enfant.

En dépit des efforts qu'elle faisait, Casey ne put empêcher une larme de rouler sur sa joue.

— Elle m'a demandé de le ramener, continua-t-elle. Linc voulait être incinéré.

— Je peux me charger de...

— Non, merci, Ian. Je m'en suis déjà occupée. Tous les papiers sont prêts.

— Quand partez-vous ?

— Ce soir à dix heures.

— Si tôt ? Je vous accompagnerai à l'aéroport.

— Non, c'est inutile.

— J'insiste.

— Non, je vous en prie, dit Casey d'un ton implorant.

Le Taï-pan demeura un moment silencieux puis demanda :

— Vous avez des projets ?

— Pas vraiment. Je vais m'occuper de ses papiers, veiller à ce que ses dernières volontés soient respectées. Ensuite, je réorganiserai Par-Con, comme il l'aurait voulu, et puis... je ne sais pas. Tout cela me prendra trois ou quatre semaines. Je reviendrai peut-être dans un mois pour mettre les choses en train, ou j'enverrai Forrester. Je ne sais pas encore, je vous préviendrai le moment venu. D'ici là, téléphonez-moi s'il y a un problème.

Comme la jeune femme se levait, Dunross la retint :

— Avant que vous ne partiez, je voudrais vous dire quelque chose. Hier, Linc m'avait demandé si j'accepterais d'être son témoin.

Casey pâlit.

— Il voulait m'épouser *moi* ? fit-elle, incrédule. Il a prononcé mon nom ?

— Nous venions de parler de vous.

— Il n'a pas mentionné Orlanda ?

— Pas à ce moment-là. Auparavant, il s'était inquiété de son sort, naturellement, et il avait été soulagé d'apprendre qu'elle était saine et sauve. Au moment où j'allais remonter, je l'ai entendu dire : « Ce serait formidable si elles pouvaient devenir amies », mais je ne suis pas certain que la remarque m'était destinée : il s'est beaucoup parlé à lui-même pendant que nous creusions.

Dunross vida son verre et conclut :

— Je suis sûr que c'est à vous qu'il pensait.

— Votre intention me touche, Ian, mais je crois qu'il pensait à Orlanda.

— Vous vous trompez.

Le silence s'installa.

— Devenir amies,... dit enfin Casey. Allez-vous devenir l'ami de Quillan ?

— Jamais. Ce n'est pas comparable. Orlanda est une gentille fille, vraiment.

— Je n'en doute pas. Et Quillan ? Que s'est-il passé aujourd'hui ? J'avoue que je n'ai pas suivi attentivement les événements. J'ai juste entendu que Struan cotait 30,01 à la clôture.

Après la catastrophe de Kotewall, le gouverneur avait décrété que la Bourse et les banques resteraient fermées lundi en signe de deuil. Mardi à dix heures, l'argent de la Bank of China se trouvait dans les caisses quand toutes les agences de la Colonie ouvrirent leurs portes. La ruée prit fin ; dès quinze heures, de nombreux clients faisaient la queue pour déposer l'argent qu'ils avaient retiré les jours précédents. Juste avant l'ouverture de la Bourse, Gornt avait appelé Dunross :

— J'accepte.

— Sans marchander ?

— Je ne veux pas plus de votre pitié que vous ne voudriez de la mienne. Je vous envoie les papiers.

Le Taï-pan de Rothwell avait raccroché sans rien ajouter.

— Et Quillan ? répéta Casey.

— Nous avons adopté un compromis : à l'ouverture, Struan cotait 28, mais je l'ai laissé racheter à 18.

Casey, bouche bée, fit un rapide calcul.

— Alors sa défaite ne lui coûtera que deux millions environ — les deux millions de Linc !

— Quand j'ai appris à Linc qu'il les avait perdus, il a

éclaté de rire. D'ailleurs, je lui ai fait remarquer que l'opération General Stores et l'accord Par-Con-Struan lui rapporteraient probablement vingt fois plus.

— Vous n'allez pas me dire que vous laissez Gornt s'en tirer comme cela ?

— Non. Je récupère ma compagnie aérienne. Nous avons de nouveau le contrôle d'All Asia Air.

Casey se souvint de ce qu'on lui avait dit de cette nuit de Noël où Gornt et son père avaient fait une apparition inattendue à la Grande Maison.

— M'accorderiez-vous une faveur ? dit-elle.

— Certainement — à condition que Quillan ne soit pas concerné.

La jeune femme garda le silence. Elle n'osait plus, à présent, demander à Ian de laisser Gornt devenir commissaire des courses et avoir sa loge à l'hippodrome.

— Quelle faveur ?

— Non, plus tard. Je m'en vais, maintenant.

Elle se leva. Ses genoux tremblaient, elle souffrait de tout son être et se sentait terriblement lasse. Ian prit la main qu'elle lui tendait et l'embrassa avec la même grâce que le soir de la réception, ce premier soir dans la galerie, où le poignard planté dans le portrait l'avait tant effrayée. Sa douleur devint si forte qu'elle voulut crier sa haine de Hong Kong et de ses habitants, qui avaient en quelque sorte causé la mort de Linc. Mais elle parvint à se retenir. Plus tard, s'ordonna-t-elle, résistant jusqu'à la limite de ses forces. Ne craque pas, ne te laisse pas aller. Maintenant que Linc n'est plus là, tu dois être encore plus forte.

— À bientôt, Casey.

— Au revoir, Ian.

Après le départ de sa nouvelle associée, Dunross fixa longuement la porte puis appuya sur un bouton. Quelques secondes plus tard, Claudia entra.

— Bonsoir, Taï-pan. Il y a plusieurs appels importants. Mais d'abord je dois vous parler de maître Duncan, qui veut m'emprunter mille dollars HK.

— Pour quoi diable ?

— Pour offrir un diamant. Je n'ai pas réussi à lui faire dire à qui.

À la fille qu'il a connue en Australie, bien sûr, pensa Ian. Sheila Scragger, l'infirmière anglaise.

— Il n'aurait pas grand-chose pour mille dollars. En

tout cas, c'est à moi qu'il doit les demander, dites-le-lui. Non, attendez ! Prêtez-lui l'argent, vous le prendrez dans le coffre. Fixez un taux d'intérêt de 3 % par mois et exigez qu'il s'engage par écrit à vous rembourser sur son argent de poche, à raison de cent dollars par mois, quand vous déciderez de récupérer la somme. S'il tombe dans le panneau, cela lui servira de leçon ; s'il refuse, je lui donnerai les mille dollars à Pâques.

Claudia opina du bonnet.

— À présent, les appels téléphoniques. Maître Linbar a appelé de Sydney, il pense avoir réglé l'affaire Woolara.

— Ça alors, murmura Ian.

— Mr. Alastair, votre père, et la plupart des membres de la famille vous présentent leurs félicitations. Master Trussler, de Jo'burg[1], voudrait vous parler à propos du thorium, et Mrs. Gresserhoff a appelé pour vous dire au revoir.

— Quand part-elle ? demanda Dunross d'un ton détaché.

— Demain, tôt dans la matinée... J'ai essayé de savoir si ce pauvre Travkin avait de la famille, comme vous me l'aviez demandé, mais je n'ai rien trouvé, pas même une petite amie. C'est Mr. Jacques qui s'occupe de l'enterrement.

L'entraîneur était mort dans la nuit. Ian s'était rendu plusieurs fois à l'hôpital Matilda pour le voir mais Travkin n'avait pas repris connaissance après l'accident.

— C'est le moins que nous puissions faire pour lui.

— Taï-pan, vous monterez Noble Star, samedi ?

— Je ne sais pas encore. Rappelez-moi de proposer aux autres commissaires de donner à la cinquième course le nom de prix Travkin.

— C'est une merveilleuse idée, approuva la vieille secrétaire.

Dunross coula un regard vers sa montre.

— C'est l'heure. Il est arrivé ?

— Il est en bas, dans votre bureau.

Ian descendit d'un étage.

— Bonjour, Mr. Choy, dit-il en entrant dans la pièce. Que puis-je faire pour vous ?

---

1. Johannesburg.

Il ne renouvela pas des condoléances qu'il lui avait déjà présentées par écrit.

— Comme convenu, je suis venu vous demander si les empreintes que nous vous avons confiées s'adaptent à votre moitié de pièce, dit le jeune Chinois en se frottant les mains sans s'en rendre compte.

— Je voudrais d'abord savoir qui détient la pièce, maintenant que Quatre-Doigts a rejoint les rangs des ancêtres.

— La famille Wu.

— Qui, précisément ? demanda le Taï-pan, d'un ton délibérément sec. Il y a bien quelqu'un qui l'a en sa possession. Je veux savoir qui.

— C'est moi, répondit Paul Choy en soutenant le regard de Dunross.

Le jeune homme n'avait pas peur, bien que son cœur battît plus vite qu'il n'avait jamais battu — plus vite même que le soir où son père l'avait contraint à jeter par-dessus bord le corps mutilé et sanguinolent du Loup-Garou.

— Il va falloir me prouver que Quatre-Doigts vous l'a donnée, reprit Dunross.

— Navré, Taï-pan, je n'ai rien à prouver du tout, répliqua le fils du vieux Wu avec assurance. Il me suffit de présenter la pièce et de réclamer une faveur. Seule obligation : garder le secret. Si ma demi-pièce est authentique, c'est votre honneur et la réputation de la Noble Maison qui sont en jeu, et la...

— Je sais ce qui est en jeu. Et je me demande si vous en avez conscience vous aussi.

— Que voulez-vous dire ?

— Nous sommes en Chine, dans un pays où il se passe de curieuses choses. Vous me croyez assez bête pour croire à une vieille légende ?

— Vous n'êtes certainement pas bête, mais vous m'accorderez la faveur que je sollicite.

— Quelle est-elle ?

— Au préalable, je veux vous entendre dire que la pièce est authentique, qu'il s'agit bien d'une des quatre données par votre ancêtre.

— Si vous y tenez. Vous ignorez probablement qu'elle a été volée à Phillip Chen.

Choy eut l'air abasourdi mais se reprit rapidement.

— Je tiens cette pièce de Quatre-Doigts. Je ne sais rien de votre histoire de vol. Mon père me l'a donnée, un point c'est tout.

— Vous devriez la rendre à Phillip.

— Peut-il prouver qu'il l'a eue en sa possession ?

Ian avait déjà posé la question à son compradore, qui avait répondu par la négative.

— Cette pièce appartient à Phillip Chen, affirma Dunross en fixant Choy dans les yeux.

Le jeune homme, mal à l'aise, remua sur sa chaise.

— Il y avait quatre pièces, Taï-pan. Celle de Mr. Chen doit faire partie des trois autres. Celle que je détiens appartenait à mon père. Vous vous souvenez de ce qu'il vous a dit à Aberdeen ?

Dunross dévisagea longuement Paul Choy en silence, essayant de lui faire perdre contenance, mais le fils de Quatre-Doigts ne se troubla pas. Intéressant, se dit Ian. Ce jeune salopard a du cran. Il vient de la part de Bouche-d'Or, l'aîné, ou il agit pour son propre compte ? La veille, quand Choy avait sollicité un rendez-vous, Dunross avait immédiatement deviné les raisons de sa démarche. Comment le traiter ? se demandait-il. Quatre-Doigts vient à peine de mourir qu'il est déjà remplacé par un nouvel ennemi, coriace, formé à l'occidentale, et difficile à ébranler. Il a pourtant des points faibles, comme tout le monde. Toi aussi tu en as : Gornt, pour commencer, et peut-être aussi Riko. Qu'est-ce qui te trouble tant chez cette femme ?

Oublie-la ! Pense plutôt au moyen de récupérer la pièce avant qu'on ne te demande une faveur.

— Je suppose que vous avez votre moitié de pièce sur vous ? Allons tout de suite chez l'expert, proposa Ian pour sonder les intentions de son adversaire.

Choy eut soudain l'impression que la lanière passée autour de son cou, et à laquelle pendait la pièce, allait se resserrer et l'étouffer.

— Non, je... je ne crois pas que ce soit une bonne idée, bredouilla-t-il.

— Une idée excellente, au contraire, insista le Taï-pan en se levant.

— Non, rien ne presse, répondit le jeune homme, dont la voix avait retrouvé un peu de fermeté. Remettons cela à la semaine prochaine. Vendredi, par exemple ?

— Je ne serai pas à Hong Kong.

— C'est juste, vous serez au Japon. Mais il y a des spécialistes là-bas aussi. Si vous pouviez trouver une heure libre dans votre emploi du temps, nous irions ensemble chez un numismate de Tokyo. D'ailleurs, le Japon offre l'avantage d'être un terrain neutre...

— Vous êtes bien renseigné, Mr. Choy. Insinueriez-vous qu'ici, nous ne sommes pas en terrain neutre ?

— Certainement pas, mais comme vous le disiez à l'instant, nous sommes en Chine, et il se passe des choses étranges, en Chine.

Couvert de sueur, Choy se félicitait de l'obligation du secret.

Choy transpirait à présent. Depuis qu'il avait ramené le corps de Quatre-Doigts, il manœuvrait pour prendre le pouvoir au sein de la famille et avait obtenu de devenir le conseiller de Bouche-d'Or, l'aîné, chef en titre des Wu de la mer. Chez les mafiosi, je porterais le titre de *consigliere*, se dit-il. D'ailleurs, n'est-ce pas ce que nous sommes : des mafiosi chinois ? Moi aussi j'ai du sang sur les mains, moi aussi je suis mêlé au trafic d'opium.

— Tu peux avoir confiance en moi, Bouche-d'Or, avait-il affirmé à son frère.

— J'ai pas le choix : je navigue sans visibilité, toute aide sera la bienvenue. Ton expérience nous sera utile, avait répondu le nouveau chef des Wu de la mer au stade ultime de la négociation.

— Je suis sûr que nous pourrons travailler ensemble.

— Soyons francs. Nous avons besoin l'un de l'autre : il faut moderniser nos méthodes et, sans toi, j'en suis incapable. Les années que j'ai passées à m'occuper des bateaux de plaisir du père ne m'ont pas préparé à commander. Tu sais comment il était : je ne pouvais même pas changer les tarifs d'une fille sans son approbation. C'est toute la flotte des Wu qu'il tenait dans ses quatre doigts.

— Si les capitaines marchent pour le changement, tu auras dans un an l'affaire chinoise la plus prospère de toute l'Asie.

— C'est exactement ce que je veux.

— Avec l'opium en plus ?

— C'est une tradition, chez les Wu de la mer.

— Les armes aussi ?

— Quelles armes ?

— J'ai entendu dire que Quatre-Doigts allait se lancer dans le trafic d'armes.

— Je ne suis pas au courant.

— Je suis d'avis de laisser tomber la drogue. D'après les rumeurs, le père envisageait de s'associer avec Yuen-le-Contrebandier et Lee-Poudre-Blanche.

— Des ragots. Je tiendrai compte de ton opinion mais je te rappelle que c'est moi le capitaine de la flotte, à présent. Tu donnes des conseils, moi je décide. Par exemple, le coup de Bourse que tu as fait sans la permission du père — plus question de ça, maintenant. Je veux être tenu au courant de tout ce qui se passe.

— D'accord, mais je travaillerai aussi pour mon propre compte. Par exemple, je finirai seul les affaires que j'avais entreprises avec Quatre-Doigts.

— Lesquelles ?

— Vendredi, il m'avait avancé deux millions pour jouer à la Bourse. Je devais toucher 17,5 % des profits, maintenant je veux la totalité.

— 50 %

— 90 %. Rien ne me retient à Hong Kong...

Les deux frères étaient finalement tombés d'accord sur 70 %, la part de Bouche-d'Or devant être déposée en Suisse sur un compte numéroté.

— Le marché devrait continuer à grimper pendant deux ou trois jours, avait expliqué Choy. Ensuite nous vendrons. Là, c'est moi qui prends la décision, d'accord ?

— Entendu. Décidément, Bonne-Fortune te va beaucoup mieux que Paul. De quelles autres affaires t'occupais-tu pour Quatre-Doigts ?

— Il y en a une autre mais je ne peux t'en parler. Le père m'avait fait jurer de garder le secret à jamais. Je dois respecter mon serment.

Bouche-d'Or avait finalement renoncé à savoir. J'ai gagné, pensait Choy dans le bureau du Taï-pan. Je suis riche, j'ai accès au pouvoir des Wu de la mer, je possède un passeport américain. Et le Taï-pan va bien finir par admettre l'authenticité de ma pièce, au Japon ou ailleurs.

Bonne-Fortune revint à la charge :

— Un rendez-vous à Tokyo vous conviendrait ?

Dunross orienta la conversation dans une autre direction :

— Vous avez, paraît-il, fait un malheur a la Bourse.

Le jeune homme se laissa entraîner sur ce terrain :
— J'ai gagné plus de cinq millions de dollars américains.
Dunross siffla entre ses dents.
— Pas mal, pour quelques semaines de travail... Moins 15 % pour le fisc, bien sûr, ajouta-t-il innocemment.
— Non, malheureusement, dit Paul Choy avec une grimace. En qualité de citoyen américain, je suis soumis à la fiscalité américaine... A ce sujet, j'ai quelques idées dont je voudrais vous parler. Nous pourrions conclure un accord mutuellement avantageux.
Attention, se dit le Taï-pan en voyant une lueur s'allumer dans le regard de Choy.
— Mon père avait confiance en vous, poursuivit le jeune homme. Vous et lui étiez de « vieux amis ». Peut-être mériterai-je un jour ce titre, moi aussi.
— Rendez-moi la pièce sans contrepartie et je vous accorderai de nombreuses faveurs.
— Commençons par le commencement. D'abord, nous vérifions ensemble à Tokyo que la pièce est authentique.
Dunross se jeta à l'eau :
— Non. Nous vérifions ici ou pas du tout !
Paul Choy plissa les yeux et prit soudain une décision lui aussi. Il passa sa main sous sa chemise, détacha la pièce et la posa sur le bureau en déclarant :
— Au nom de Jin-qua, je réclame une faveur du Taï-pan de la Noble Maison.
Ian examina la pièce en silence puis demanda :
— Laquelle ?
— Premièrement, je veux le titre de vieil ami, comme Quatre-Doigts, avec tout ce que cela implique. Deuxièmement, je veux faire partie du conseil d'administration de Struan pendant quatre ans, avec les mêmes indemnités que les autres membres. Pour sauver les apparences, j'achèterai un paquet d'actions qui portera mon portefeuille à 100 000...
Bonne-Fortune sentit une goutte de sueur lui couler sur le menton.
— Troisièmement, continua-t-il, nous nous associons à part égale pour lancer une firme pharmaceutique, avec un capital initial de six millions de dollars US. J'avancerai la moitié de cette somme dans un mois.
— Pourquoi une telle firme ? demanda Dunross, perplexe.

— L'Asie offre un marché considérable en ce domaine. Nous pourrions gagner beaucoup d'argent en conjuguant votre expérience en matière de fabrication et mes connaissances en marketing. D'accord ?

— C'est tout ce que vous réclamez en échange de la pièce ?

— Trois choses encore.

— Trois seulement ? rétorqua le Taï-pan d'un ton acerbe.

— Trois. L'année prochaine, je vais ouvrir un autre marché des valeurs et...

— Quoi ?

Bonne-Fortune sourit et s'épongea le visage.

— Une Bourse chinoise, dirigée par des Chinois.

— Vous ne manquez pas de culot, mon vieux, dit Ian en riant. Ce n'est pas une mauvaise idée, d'ailleurs. Et que voulez-vous ?

— Juste l'assistance bienveillante d'un vieil ami pour m'aider à démarrer et empêcher les pontes de me barrer la route.

— Contre 50 % ?

— Je vous garantis en échange une part substantielle des profits, convint Choy. Très substantielle. En second lieu, je vous demande de me présenter à Lando Mata et de soutenir ma candidature, au nom du groupe de mon père, pour l'octroi du monopole du jeu et de l'or à Macao.

— La troisième chose ?

— Enfin, un titre de commissaire des courses dans trois ans. Pour vous faciliter la tâche, je ferai don d'un million de dollars américains à une œuvre de charité de votre choix, je soutiendrai les bonnes causes, etc. Voilà, j'ai terminé.

Ian réfléchit un moment et déclara :

— Si la pièce est authentique, j'accepte toutes vos conditions, excepté celle qui concerne Lando Mata.

— Elle n'est pas dissociable des autres.

— Je ne suis pas de votre avis.

— Je ne vous demande rien d'illégal, rien que vous ne puissiez m'accor...

— Lando Mata, c'est exclu !

Choy soupira, prit la pièce et la contempla.

— Dans ce cas, je retire ma proposition et je remplace

ma requête par celle que Quatre-Doigts avait l'intention de vous présenter.

— C'est-à-dire ?

— C'est-à-dire que vous vous retrouverez mêlé au trafic d'armes et de stupéfiants, à tout ce dont vous avez horreur. Désolé, Taï-pan, j'ai l'intention de laisser à mes descendants le souvenir d'un grand ancêtre. À vous de choisir, conclut Choy en lançant la pièce sur le bureau.

Dunross était troublé. Le fils de Quatre-Doigts avait habilement manœuvré en n'exigeant rien de lui qui fût illégal ou exorbitant. Le vieux Wu, il le connaissait, il savait comment le prendre, mais sa progéniture ?

Pour se donner le temps de réfléchir, il prit dans sa poche une petite bourse en soie, en sortit une moitié de pièce qu'il approcha de celle de Choy. Les deux morceaux de métal s'imbriquaient parfaitement. Le Taï-pan et Bonne-Fortune regardèrent en silence la pièce reconstituée qui les liait indissolublement l'un à l'autre. Dunross résolut de consulter quand même un expert, bien qu'il connût d'avance la réponse qui lui serait donnée. Comment venir à bout de ce jeune arrogant ? pensait-il en faisant sauter la pièce au creux de sa main. C'est un problème que Phillip Chen devrait pouvoir résoudre.

— Très bien, Bonne-Fortune, je vous accorderai la faveur demandée si votre moitié de pièce est authentique. Mais je peux simplement *présenter* votre candidature à Mata et non lui *ordonner* de l'approuver. Nous sommes d'accord ?

— Merci, Taï-pan. Vous ne le regretterez pas, assura Choy. (Il tira de sa poche une feuille de papier qu'il tendit à Dunross.) Voici la liste de tous les numismates de Hong Kong, choisissez celui que vous voudrez.

— Vous êtes bougrement sûr de vous, Bonne-Fortune, dit Ian avec un léger sourire.

— Je m'efforce de parer à toute éventualité, Taï-pan.

Lorsque Casey sortit de l'immeuble Struan, Lim lui ouvrit la portière de la Rolls. La jeune femme se laissa aller contre les coussins moelleux de la banquette. Elle ne sentait rien, elle ne pensait à rien d'autre qu'à la souffrance qui la rongeait et qui finirait par venir à bout de sa résistance. La voiture démarra et prit la direction de l'embarcadère du ferry.

Casey savait qu'elle ne parviendrait plus longtemps à

retenir ses larmes. Il reste de longues heures à attendre avant notre départ, songeait-elle. De longues heures vides. Elle se demanda si elle ne ferait pas mieux d'arrêter la voiture et de marcher seule dans la foule. Non, ce serait encore pire, se dit-elle.

— Lim, conduisez-moi au sommet du Peak, dit-elle, mue par une inspiration subite. Je... je n'y suis jamais allée.

— Bien, m'amzelle.

Casey se renversa sur la banquette et ferma les yeux. Des larmes ruisselèrent sur ses joues.

90

18 h 45

Le soleil se couchait.

À Lo Wu, poste frontière entre la Colonie et la Chine, la foule habituelle traversait dans les deux sens un pont d'une cinquantaine de mètres enjambant des eaux lentes et boueuses. À chaque extrémité, un poste de garde, un contrôle douanier ; au milieu, une petite barrière relevable, où deux policiers de Hong Kong faisaient face à deux soldats de la RPC.

Autrefois les trains reliant Hong Kong à Canton empruntaient les deux voies ferrées construites sur le pont mais, à présent, les locomotives s'arrêtaient, les passagers descendaient des voitures et traversaient à pied. Par contre, les trains de marchandises en provenance de Chine franchissaient la frontière sans problèmes — du moins la plupart du temps.

Chaque jour, des centaines de villageois passaient de l'autre côté de la barrière pour se rendre à leurs champs, comme leurs ancêtres l'avaient fait pendant des générations. Ces habitants de la zone frontière étaient des paysans endurcis, méfiants, n'aimant ni le changement ni les ingérences, encore moins la police, l'armée et les étrangers. Pour eux, comme pour la plupart des Chinois, est étranger quiconque n'est pas du village. Il ne pouvait y avoir de frontière pour ces hommes nés d'un côté de la barrière et travaillant de l'autre.

Outre le pont de Lo Wu, il y avait deux autres points de passage entre la Chine et la Colonie. À Mau Kam Toh, où arrivaient chaque jour le bétail et les légumes en provenance de Chine, le même cours d'eau boueux délimitant une grande partie de la frontière coulait sous un pont branlant. Au village de pêcheurs de Tau Kok, la frontière n'était pas apparente mais on s'accordait à dire qu'elle partageait dans sa longueur l'unique rue de la localité.

À ces trois seuls points de contact entre la Chine et l'Occident, on procédait de part et d'autre à un contrôle minutieux. L'attitude des gardes, l'intensité de leur zèle était le baromètre des relations entre la RPC et l'Ouest.

Ce jour-là, les soldats de Mao s'étaient montrés irritables, ce qui avait rendu nerveux les policiers de Hong Kong. Du côté de la Colonie, on se demandait s'il fallait craindre une fermeture soudaine de la frontière ou un afflux massif de réfugiés, comme l'année précédente.

L'inspecteur principal Smyth, envoyé en mission spéciale à Lo Wu, se tenait près du poste de police installé à une centaine de mètres de la frontière pour ne pas offenser les regards des maoïstes. « Qu'est-ce qu'ils foutent ? », marmonna-t-il avec impatience, le regard tourné dans la direction de Hong Kong. Une voiture de police apparut enfin sur la route creusée d'ornières emplies d'eau.

Le véhicule s'arrêta, Armstrong et Brian Kwok en descendirent. Le Chinois, vêtu de vêtements civils, avait un regard étrange, un peu vide.

— Désolé d'être en retard, s'excusa Armstrong.

— De quelques minutes seulement. En fait, on m'avait demandé d'être ici au coucher du soleil, répondit l'inspecteur en montrant le globe rouge qui se tenait encore au-dessus de l'horizon.

Kwok sortit de sa poche un paquet de cigarettes, le présenta à Smyth d'une main tremblante.

— Non, merci, dit le Serpent avec froideur. Tu as l'air crevé, Robert.

— Je le suis.

Brian eut un rire nerveux :

— C'est de ma faute. Il... il a essayé de me tirer des pattes de Crosse et de ses bonshommes.

La remarque ne fit sourire aucun des deux Britanniques.

— Il n'y aura personne d'autre ? voulut savoir l'inspecteur.
— Pas officiellement, répondit Armstrong. (Il regarda autour de lui, ne remarqua aucune présence insolite parmi les villageois traversant la frontière.) Ils sont là, pourtant. Quelque part... Bon, tu peux y aller.
Smyth déplia un document officiel et lut :
— Wu Chu-toy, alias Brian Kar-shun Kwok, vous êtes accusé d'espionnage au service d'une puissance étrangère. Nous vous expulsons de la Colonie de la Couronne conformément au décret sur la déportation. Nous vous avisons qu'en cas de retour vous vous exposeriez à être interpellé et emprisonné, selon la volonté de Sa Majesté.
Brian Kwok prit d'un geste gauche le document que lui remettait Smyth. Il paraissait engourdi, comme si ses sens réagissaient avec un temps de retard.
— Et... et maintenant ? balbutia-t-il.
— Vous passez ce foutu pont pour rejoindre vos petits copains, répliqua l'inspecteur.
— Vous... vous me prenez pour un idiot ? Vous pensez me faire croire que vous allez me laisser partir ? dit l'ancien policier. (Il se tourna vers Armstrong.) Robert, ils jouent avec moi, avec toi ! Ils ne me libéreront jamais, tu le sais !
— Tu es libre, Brian.
— Non... non, je sais ce qui va se passer ! s'écria Kwok d'une voix aiguë. Au dernier moment, ils vont me retenir : c'est la torture par l'espoir ! Oui, bien sûr, la torture par l'espoir !
— Bon Dieu, je te répète que tu es libre ! Tu peux partir, dit Armstrong, pressé d'en finir. Ils te libèrent, et ne me demande pas pourquoi !
Brian essuya un filet de salive qui lui coulait des lèvres.
— Tu... tu mens, c'est impossible.
— Va-t'en !
— Bon, je...
L'ex-commissaire fit un pas et s'arrêta. Aucun des policiers n'avait bougé.
— C'est vrai, alors ?
— Oui, c'est vrai.
Kwok tendit à Smyth une main tremblante. L'inspecteur la regarda puis releva le tête et déclara :

— Si c'était moi qui prenais les décisions, je vous ferais fusiller.

— Et les pots-de-vin que vous touchez, c'est honorable, peut-être ? lança Brian d'un ton haineux.

— Cela n'a rien à voir ! La *h'eung yau* fait partie de la Chine, rétorqua le Serpent.

Armstrong approuva d'un hochement de tête embarrassé en songeant aux 40 000 dollars qu'il avait joués samedi.

— Graisser un peu la patte, c'est une vieille coutume chinoise. La trahison, c'est autre chose ! Fong-fong avait travaillé avec moi avant de passer à la SI. Allez, fous le camp, sinon je te fais traverser le pont à coups de cravache !

Kwok ouvrit la bouche pour répliquer, changea d'avis et se tourna vers Armstrong. Le commissaire serra la main que lui tendait son ancien collègue et dit :

— En souvenir du Brian d'autrefois. Moi non plus, je n'aime pas les traîtres.

— Je... je sais que j'ai été drogué mais merci quand même.

Kwok recula lentement, l'air inquiet, puis se retourna. Il pressa le pas, regardant derrière lui à tout moment et, lorsqu'il parvint sur le pont, il se mit à courir. Ni les policiers ni les soldats ne l'arrêtèrent. Les Chinois qui longeaient la voie ferrée dans un sens ou un autre ne lui prêtèrent pas attention. Une fois de l'autre côté, l'ancien commissaire s'arrêta et se retourna à nouveau.

— Nous gagnerons ! cria-t-il. Nous gagnerons, et vous le savez !

Pas vraiment rassuré, il courut se réfugier en Chine. Armstrong vit un groupe de Chinois que rien ne distinguait des villageois l'intercepter près du train. La tension retomba, le disque du soleil commençait à disparaître sous l'horizon.

De la petite tour d'observation située au-dessus du poste de police, Roger Crosse suivait la scène à la jumelle. Ses lèvres esquissèrent une grimace quand il reconnut, parmi ceux qui accueillaient Kwok, Tsu-yan, le millionnaire disparu.

En haut du Peak, Casey regardait le soleil sombrer dans la mer. À ses pieds, Hong Kong et Kowloon baignaient dans une lueur rouge que l'ombre grignotait peu à peu. L'eau engloutit le globe flamboyant, la nuit commençait.

Insensible à la beauté du spectacle, la jeune Américaine ne retenait plus ses larmes, qui ruisselaient sur ses joues. Ni les touristes ni les Chinois qui attendaient l'autobus ne prêtaient attention à cette femme appuyée contre la balustrade du belvédère, perdue dans son chagrin.

— Par tous les dieux, j'ai gagné une fortune aujourd'hui, disait l'un.

— J'ai acheté dès l'ouverture et j'ai doublé ma mise, fornication ! répondit un autre.

— Heureusement que l'Empire du Milieu a tiré d'ennui ces stupides diables d'étrangers.

— J'ai acheté des Noble Maison à 20...

— Vous savez qu'on a encore retrouvé deux cadavres à Kotewall ? On en est à soixante-sept morts, maintenant.

— Le vieux Tung-l'Aveugle l'avait prédit : c'est le boom !

Casey ne voyait, n'entendait rien. Il faut que j'arrête de pleurer pensait-elle. Je dois être forte, pour moi et pour Linc. C'est moi qui le ramène chez lui.

Ce matin, quand Seymour Steigler était venu lui proposer de s'occuper du cercueil et des formalités, elle lui avait répondu :

— Tout est arrangé.

— Ah ? Très bien. J'ai fait mes bagages, Janelli pourra les prendre. Je vous rejoindrai à l'avion...

— Non. Je rentre seule avec Linc.

— Casey, nous avons des tas de choses à discuter : le testament de Linc, l'accord avec Struan...

— Cela peut attendre. Prenez quelques jours de repos et retrouvez-moi lundi prochain à L.A.

— Lundi ? Mais nous avons des millions de choses à faire immédiatement ! Et d'abord nous préparer à une attaque en règle de son ex-femme. Elle va contester le testament, bien sûr. Vous aussi vous devriez attaquer, d'ailleurs. Si l'on tient compte du fait que, pendant sept ans, vous avez été pour ainsi dire sa femme, vous avez droit à...

— Seymour, vous êtes viré ! Foutez le camp d'ici !

— Qu'est-ce qui vous prend ? Je pense seulement à faire valoir vos droits...

— Vous ne comprenez pas, Seymour ? Je vous dis que vous êtes viré !

— Vous ne pouvez pas vous débarrasser de moi comme ça. Nous avons signé un contrat.

— Vous êtes un salaud ! Vous toucherez intégralement ce qui est prévu dans le contrat mais si vous vous mêlez de mes affaires ou de celles de Linc, vous n'aurez pas un sou ! Maintenant sortez !

Casey essuya ses larmes en repensant à la scène et à sa fureur. Oui, un beau salaud, toujours à l'affût du fric. Je parie qu'il a déjà pris contact avec l'ancienne femme de Linc pour la convaincre d'intenter un procès.

Qu'ils y viennent ! je saurai protéger Linc. Oublie cette fripouille de Seymour, oublie les batailles qui t'attendent, songe à ce que tu vas faire maintenant. À Orlanda. Linc l'aimait peut-être. Comment le savoir ? Voulait-il vraiment que nous devenions amies ?

Orlanda...

91

20 h 05

De la fenêtre de sa chambre à l'hôtel Mandarin, Orlanda contemplait la nuit. Son chagrin s'était tari.

C'est le *joss*, se dit-elle pour la centième fois. À présent tout est comme avant, tout doit recommencer. Les dieux se sont moqués une nouvelle fois de moi. Peut-être aurai-je une autre chance ? Oui, bien sûr, il y a d'autres hommes... Ne t'en fais pas, Quillan t'a dit de ne pas t'inquiéter, tu continueras à recevoir l'alloca...

La sonnerie du téléphone la fit sursauter.

— Allô ?

— Orlanda ? C'est Casey. Je suis dans le hall, en bas. Est-ce que je pourrais vous voir avant mon départ ?

Pourquoi ? se demanda l'Eurasienne, méfiante. Pour se gausser de moi ? Mais nous avons perdu toutes les deux.

— Si vous voulez, dit-elle d'un ton hésitant. Montez, nous serons plus tranquilles ici. Chambre 363.

Orlanda alluma la lumière et courut à la salle de bains s'inspecter dans le miroir. Elle vit un visage triste, où les larmes avaient laissé des traces, mais encore épargné par l'âge. La vieillesse viendra, pensa-t-elle avec un frisson d'appréhension. Pour l'instant, un coup de peigne, un peu de maquillage suffisaient à lui rendre toute sa fraîcheur mais cela ne durerait pas.

Elle enfila ses chaussures, attendit. On sonna, la porte s'ouvrit, Casey entra.

— Vous partez, vous aussi ? dit-elle avec un geste en direction des deux valises posées près du lit.

— Oui, je m'installe provisoirement chez des amis de mes parents. L'hôtel est, euh, un peu cher pour moi. Ces amis m'offrent l'hospitalité jusqu'à ce que je retrouve un appartement... Asseyez-vous.

— Mais vous êtes couverte par l'assurance.

— L'assurance ? répéta Orlanda en clignant des yeux. Non, je ne crois pas. Je n'ai jamais... Non, je ne pense pas.

— Alors vous avez tout perdu ?

— C'est le *joss*, fit l'Eurasienne en haussant les épaules. J'ai un peu d'argent de côté à la banque... ça ira.

Voyant les ravages que le chagrin avait causés sur le visage de l'Américaine, elle poursuivit :

— Casey, je n'ai pas essayé de jouer à Linc un mauvais tour. Je l'aimais. C'est vrai, j'étais prête à tout pour l'épouser mais il n'y avait aucun piège, et je crois sincèrement qu'il aurait été heureux avec moi. Je l'aimais vraiment... Je suis désolée.

— Vous n'avez pas à vous excuser.

— Quand je vous ai rencontrée pour la première fois, le soir de l'incendie, je me suis dit : « Ils sont fous de ne pas... » Oh ! vous avez peut-être raison, Casey, inutile d'en parler, maintenant moins que jamais.

Les yeux de Casey s'embuèrent en voyant des larmes perler aux paupières d'Orlanda. Pendant un moment, les deux femmes gardèrent le silence, puis Casey s'essuya les yeux et décida de faire ce pour quoi elle était venue.

— Voici un chèque de dix mille dollars US, dit-elle en tirant une enveloppe de son sac. Je...

— Je ne veux pas de votre argent ! Je ne veux rien de vous !

— Cet argent n'est pas à moi, c'est Linc qui vous le donne, expliqua Casey.

Elle répéta ce que Dunross lui avait rapporté et conclut :

— Je crois que c'est vous qu'il voulait épouser. Je me

trompe peut-être, je ne sais pas. En tout cas, Linc aurait certainement souhaité vous mettre à l'abri du besoin...

— Il a prononcé le mot « témoin » ?

— Oui.

— Et il voulait que nous soyons amies ?

— C'est ce qu'il a dit, assura Casey.

En fait, elle ne savait pas si elle faisait exactement ce que Linc aurait souhaité. Mais comment aurait-elle pu en vouloir à cette jeune beauté au corps parfait, à la peau veloutée, qui avait eu pour seul tort d'aimer Linc ? Ce n'est ni sa faute ni celle de Linc, c'est la mienne, se dit-elle. Linc lui aurait évité d'aller à la dérive — je dois l'aider, ne serait-ce que pour lui. Il souhaitait que nous soyons amies, nous pouvons peut-être le devenir.

— Pourquoi ne pas essayer ? continua l'Américaine. Vous devriez quitter Hong Kong, ce n'est pas un endroit pour vous.

— Je ne peux pas, je suis coincée ici. Je n'ai pas de formation, ma licence ne me sert à rien. Je... je deviendrais folle s'il me fallait pointer dans une usine.

Mue par une impulsion subite, Casey suggéra :

— Pourquoi ne pas essayer les États-Unis ? Je pourrais peut-être vous aider à trouver du travail.

— Vous croyez ?

— Oui, dans la haute couture, par exemple.

— Vous seriez prête à m'aider ? demanda Orlanda d'un ton incrédule.

— Certainement, murmura Casey en se levant.

Elle posa l'enveloppe et sa carte de visite sur la table, se dirigea vers la porte. Orlanda s'approcha d'elle, passa ses bras autour de son cou.

— Merci, Casey. Merci.

Les deux femmes restèrent un moment enlacées, mêlant leurs larmes.

La lune, qui apparaissait de temps à autre entre les nuages, éclairait faiblement la résidence du gouverneur. Roger Crosse ouvrit silencieusement la porte à demi cachée par les plantes grimpantes tombant du mur d'enceinte, referma derrière lui et remonta rapidement l'allée du parc, en ayant soin de rester dans l'ombre. À proximité de la maison, il tourna à droite, descendit quelques marches menant à une porte de cave qu'il ouvrit avec une autre clef.

La sentinelle gourkha qui montait la garde à l'intérieur lui bloqua le passage.

— Mot de passe, s'il vous plaît, exigea le soldat.

Crosse s'exécuta, la garde salua et s'écarta pour le laisser passer. Au bout du couloir, le directeur de la SI frappa à une porte qu'ouvrit l'assistant du gouverneur.

— Bonsoir, Mr. Crosse.

— J'espère que je ne suis pas en retard ?

— Pas du tout.

À travers un dédale de caves communicantes, l'homme conduisit Crosse jusqu'à la porte en fer d'un gros cube en béton construit au milieu de la cave principale. Il ouvrit, laissa le policier pénétrer seul dans le cube et referma. Une fois à l'intérieur, Crosse se détendit : il était dans le Saint des Saints, à l'abri de toutes les oreilles indiscrètes. Cette salle de réunion pour discussions ultra-secrètes avait été aménagée par des membres de la Special Intelligence au-dessus de tout soupçon — Britanniques exclusivement —, afin de rendre inopérants les systèmes d'écoute que l'ennemi aurait pu installer dans la résidence.

Dans un coin de la pièce, un émetteur-récepteur perfectionné couplé à un brouilleur indécodable permettait d'envoyer des messages à Whitehall et d'en recevoir par l'antenne installée sur le toit. Crosse le mit en marche, entendit un bourdonnement rassurant.

— Ici Asiate Un, dit-il, prononçant avec plaisir son nom de code. Le ministre, je vous prie.

— Oui, Asiate Un ?

— Tsu-yan faisait partie du comité d'accueil de l'espion, Brian Kwok.

— Alors nous pouvons le rayer de nos tablettes.

— Nous pouvons les rayer tous les deux. Samedi, un de nos agents a vu le transfuge Joseph Yu passer la frontière.

— Diable ! Il faut mettre une équipe sur cette affaire. Nous avons quelqu'un à leur centre nucléaire de Hsien-chiang ?

— Non. Selon certaines rumeurs, Dunross devrait rencontrer Mr. Yu à Canton dans un mois.

— Que pensez-vous de ce Dunross ?

— Il ne trahirait pas son pays mais il n'acceptera jamais de travailler pour nous.

— Et Sinders ?

— Il a fait du bon boulot. C'est un type sûr.

— L'*Ivanov* a quitté Hong Kong ?

— Ce midi. Nous n'avons pas trouvé le corps de Souslev ; il faudra des semaines pour fouiller les décombres. Maintenant que Plumm est mort, il va falloir repenser l'opération Sevrin.

— Elle nous a été jusqu'ici trop utile pour que nous ne la poursuivions pas.

— C'est certainement ce qu'on se dira également chez les autres. Quand le remplaçant de Souslev arrivera, je le sonderai afin de connaître leurs intentions. Ensuite, nous élaborerons notre plan.

— Bien. Et de Ville ?

— Il est muté à Toronto. Il faudra informer la police montée. Enfin, le porte-avions : 83 350 tonneaux, 5 500 officiers et hommes d'équipage, huit réacteurs, vitesse maximum 62 nœuds, 42 Phantom II F-4 pouvant être dotés d'un armement nucléaire, deux Hawks Mark V. Curieusement, le bâtiment n'a qu'un seul moyen de défense face à une attaque : une batterie de fusées SAM à tribord...

Crosse poursuivit son rapport d'un ton satisfait. Il était à l'aise dans sa peau d'agent double — triple même. Son compte en banque était bien garni et chaque camp avait besoin de lui, même s'il ne lui faisait pas totalement confiance. Chacun espérait l'avoir en définitive de son côté, à défaut de le contrôler entièrement.

Parfois je me demande moi-même pour qui je travaille, se dit Crosse avec un sourire.

Appuyé contre le guichet « Renseignements » de l'aéroport de Kai-tak, Armstrong surveillait l'entrée. Parmi la foule habituelle, il découvrit avec surprise les Marlowe et leurs deux enfants. Fleur avait les traits tirés, le teint pâle ; Peter, qui croulait sous les valises, avait l'air mal en point lui aussi.

— Salut, Robert, dit l'écrivain au policier. Vous travaillez bien tard.

— Je suis juste venu accompagner Mary. Elle va passer un mois en Angleterre. Bonsoir, Mrs. Marlowe. J'ai vraiment été très peiné lorsque j'ai appris...

— Merci, commissaire.

— Nous allons à Bicoque, déclara d'un ton sérieux la plus jeune des fillettes. C'est en Taillande.

— Oh ! t'es bête ! fit l'aînée. C'est Banco ! On va en vacances parce que Maman a été très malade.

Peter Marlowe eut un sourire las.

— Une semaine à Bangkok. Le docteur Tooley veut que Fleur se repose... Chérie, tu t'occupes des billets ? Je vous rejoins.

— Oui, bien sûr. Venez, vous deux, dit Fleur à ses filles. Et soyez sages.

Quand elle se fut éloignée, le romancier murmura :

— Selon un de mes amis, la réunion des gros bonnets de la drogue se tiendra jeudi à Macao.

— Vous savez où ?

— Non. Parmi les participants, il y aurait Lee-Poudre-Blanche et un Américain nommé Banastasio.

— Et puis ?

— C'est tout.

— Merci, Peter, et bon voyage. À Bangkok, allez donc voir de ma part l'inspecteur Samanthajal, il vous aidera.

— Merci. À la semaine prochaine.

Armstrong regarda l'écrivain rejoindre sa femme puis reprit sa faction devant le guichet. Inexorablement ses pensées revenaient à Mary. La veille, ils avaient eu une scène violente à propos de John Chen — d'autant plus violente qu'il avait les nerfs à vif à cause de Brian, de l'argent du tiroir. Il avait joué les 40 000 dollars sur Pilot Fish, remboursé ses dettes avec ses gains et replacé le pot-de-vin dans le tiroir en s'efforçant d'oublier qu'il y avait touché. Il lui était même resté assez d'argent pour offrir à sa femme un voyage à Londres mais cela n'avait pas évité une nouvelle scène, juste avant le départ.

— Naturellement, tu as oublié notre anniversaire de mariage ! C'est si peu important, n'est-ce pas ? Oh ! je hais Hong Kong, les Loups-Garous et le reste. Si tu t'imagines que je vais revenir !

Il alluma une cigarette dont la fumée lui parut amère. Apercevant Casey entrer dans le hall, il se dirigea vers elle.

— Bonsoir, miss Tcholok. Je vous accompagne, cela abrégera les formalités.

— Merci, commissaire, répondit la jeune femme d'une voix presque parfaitement maîtrisée.

Armstrong se garda bien d'ajouter quoi que ce soit. Qu'aurait-il pu lui dire ? Dommage, pensa-t-il. Elle a un courage extraordinaire : elle l'a prouvé sur le bateau en feu, à Kotewall, et elle le prouve encore maintenant en ne s'effondrant pas.

Il la conduisit à la salle réservée aux personnalités, ouvrit la porte. L'un et l'autre furent surpris d'y trouver Dunross.

— Bonsoir, Ian, dit Casey. Il ne fallait pas...

— J'ai un dernier détail à voir avec vous et je suis venu accueillir mon cousin, qui revient de Taiwan où il a examiné diverses possibilités d'emplacement pour nos futures usines. Bonsoir, Robert. Vous allez bien ?

— Comme d'habitude, soupira le policier. (Il se tourna vers Casey et lui tendit la main.) Je vous laisse, maintenant. Bon voyage.

Au moment où Armstrong s'apprêtait à partir, Dunross lui demanda :

— La livraison a été faite à Lo Wu ?

Le commissaire fit mine de réfléchir :

— Je crois que oui.

— Vous pourriez m'attendre un moment ? J'aimerais que vous m'en parliez.

— Certainement. Je serai dans le hall.

Quand ils furent seuls, Ian remit à Casey une enveloppe en disant :

— Voici un chèque de 750 000 dollars américains. J'ai acheté des Struan pour vous à 9,50 et je les ai revendues à 28.

— Quoi ?

— C'est votre part. Struan a gagné des millions, moi aussi, Phillip et Dianne également — je les ai fait profiter de l'opération. Vous trouverez en outre dans l'enveloppe un autre chèque de 250 000 dollars correspondant à votre pourcentage sur l'absorption de General Stores.

— Je ne comprends pas.

— C'est pourtant clair. Dans un mois, vous toucherez à nouveau 750 000 dollars et nous vous avancerons un demi-million au besoin. Cela suffira pour vous maintenir à flot ?

Les réacteurs du *Yankee 2*, dont le nez se profilait derrière la baie vitrée, se mirent à siffler.

— Un million de dollars, murmura Casey.

— L'argent n'a pas d'importance. Ce qui compte, c'est que vous êtes devenue le Taï-pan de Par-Con. Le voilà, le cadeau que Linc vous a fait, *Taï-pan* Casey.

Dunross sourit, prit la jeune femme dans ses bras et la serra contre lui.

— À dans un mois...

Incapable de prononcer un mot, elle le regardait. La porte de la salle s'ouvrit, livrant passage à un homme de grande taille.

— Bonsoir, Ian ! lança-t-il. On m'a dit que je vous trouverais ici.

— Salut, David. Casey, je vous présente David MacStruan, mon cousin.

Casey tourna les yeux vers le nouveau venu, eut un demi-sourire, mais ne lui prêta pas vraiment attention.

— Enchantée... Ian, vous êtes sérieux ?

— Absolument ! Dépêchez-vous de monter à bord. À dans un mois.

— Quoi ? Mais je... Oui, à dans un mois.

L'air un peu perdu, elle mit l'enveloppe dans son sac et se dirigea vers la porte 16. Les deux hommes la regardèrent monter la passerelle de l'avion.

— Alors voilà la célèbre Casey, dit David MacStruan pensivement.

Aussi grand que Dunross, plus jeune de quelques années, il avait des cheveux roux, des yeux en amande, presque asiatiques malgré leur couleur verte.

— Oui, c'est Kamalian Ciranoush Tcholok.

— Superbe !

— Mieux que cela. Une sorte de Hag, dans son genre.

— Elle est si forte que ça ?

— Elle pourrait le devenir, avec le temps et l'expérience.

À bord du *Yankee 2*, Svensen verrouilla la porte et demanda à Casey avec sollicitude :

— Vous n'avez besoin de rien ?

— Non, merci. Laissez-moi seule, Sven. Je vous appellerai si je veux quelque chose.

Après le départ du steward, la jeune femme boucla sa ceinture d'un geste machinal et regarda par le hublot. À travers ses larmes, elle vit Dunross et l'homme dont elle avait déjà oublié le nom lui faire signe.

Un nuage cacha la lune. Le sifflement des réacteurs s'intensifia, l'appareil roula lentement sur le tarmac, se plaça sur la piste d'envol, accéléra et s'éleva dans le ciel noir. Casey, qui ne se rendit même pas compte du décollage, ne cessait d'entendre les propos de Dunross résonner à ses oreilles.

Taï-pan de Par-Con. Le cadeau de Linc. L'argent n'a pas d'importance. Oui, c'est vrai mais...

Elle essaya de se rappeler ce que Linc lui avait dit à la Bourse. Quelque chose comme : « Que ce soit Gornt ou Dunross qui l'emporte, c'est nous qui gagnons. Nous devenons la Noble Maison — c'est pour cela que nous sommes ici. »

C'est ce qu'il voulait avant tout, songea-t-elle. Et c'est peut-être ce que je peux faire pour lui. La *Noble Maison*...

Dunross roulait à vive allure sur Peak Road, où la circulation était fluide. Au moment de tourner pour rentrer chez lui, il changea d'avis et monta jusqu'au belvédère ; il descendit de voiture et s'appuya contre la balustrade, seul.

Hong Kong était une mer de lumières. Au-dessus de Kowloon, un avion décolla de la piste balisée par des pointillés lumineux. Quelques étoiles apparurent entre les nuages.

— C'est bon, la vie, murmura le Taï-pan.

Achevé d'imprimer en juillet 1994
sur presse CAMERON
dans les ateliers de B.C.A.
à Saint-Amand-Montrond (Cher)
pour le compte de France Loisirs, Paris

Dépôt légal : septembre 1994.
N° d'Édition : 26364. N° d'Impression : 94/575.
Imprimé en France